U0905405

大明首相

郭宝平◎著

中国文联出版社
http://www.clapnet.cn

图书在版编目（CIP）数据

大明首相 / 郭宝平著 . -- 北京 : 中国文联出版社，
2018.11
ISBN 978-7-5190-4007-9
Ⅰ . ①大… Ⅱ . ①郭… Ⅲ . ①长篇历史小说 – 中国 –
当代 Ⅳ . ① I247.5
中国版本图书馆 CIP 数据核字 (2018) 第 255043 号

大明首相

著　　者：郭宝平

出 版 人：朱　庆
终 审 人：奚耀华　　复 审 人：蒋爱民
责任编辑：胡　笋　　责任校对：傅泉泽
封面设计：仙　境　　责任印制：陈　晨

出版发行：中国文联出版社
地　　址：北京市朝阳区农展馆南里 10 号，100125
电　　话：010-85923076（咨询）85923000（编务）85923020（邮购）
传　　真：010-85923000（总编室），010-85923020（发行部）
网　　址：http://www.clapnet.cn　　http://www.claplus.cn
E - mail：clap@clapnet.cn　　hus@clapnet.cn

印　　刷：天津翔远印刷有限公司
装　　订：天津翔远印刷有限公司
法律顾问：北京市德鸿律师事务所王振勇律师
本书如有破损、缺页、装订错误，请与本社联系调换

开　　本：710×1000　　1/16
字　　数：1320 千字　　印张：69.5
版　　次：2018 年 11 月第 1 版　　印 次：2018 年 11 月第 1 次印刷
书　　号：ISBN 978-7-5190-4007-9
定　　价：198.00 元

目　录

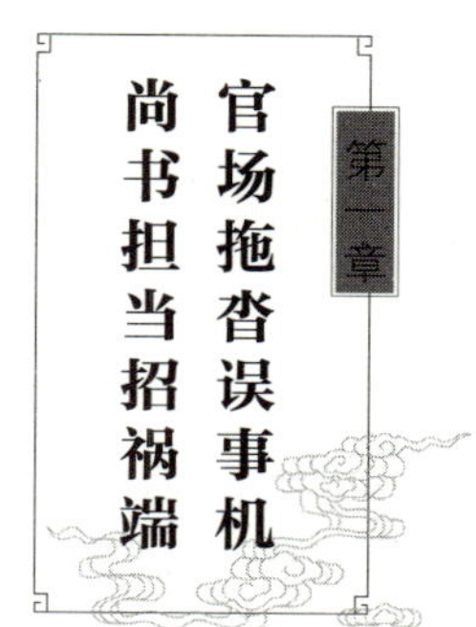

第一章 官场拖沓误事机 尚书担当招祸端

一

宣武门是京师内城九门之一，与东边的崇文门相距不远，遵上古左文右武之制命名，取文治武安、江山永固之意。宣武门偏城下，有一座稍显老旧的四合院，首门是座广亮大门，一看便知是有品第的官员宅邸。进入首门后，是一排朝北的房屋，右手第一间称为茶室，是来客等候接见时小憩之所，其余则供仆从居住。自此向内，有一座小巧的垂花门，左右各置荷花缸一只。正值夏天，缸内空空如也，并无花木。正院北房开间进深最大，台基稍高，乃是主人卧室、书房和会客的花厅。正房、厢房和垂花门有廊连接，围绕成一个规整的院落。

这便是大明嘉靖朝礼部[1]尚书高拱的宅邸。

天刚蒙蒙亮，一顶六抬大轿就出了宅院首门，沿着宣武门大街向北而行。这条街是内城为数不多的繁华大街之一。平时，坐在轿中的高拱总是打开轿帘儿，街道两旁酒肆商铺的动静、引车卖浆者的言谈举止，都会引起他的兴趣。今日，天气异常闷热，眼看就转到棋盘街了，轿帘儿还密闭着，坐在轿中的高拱，双目微闭，陷入沉思中。

他是在细细地琢磨着，何以昨夜做了那么一个奇怪的梦，让他惊出一身冷汗。

突然，从前方的棋盘街传来一阵吵闹声，侧耳细听，竟有番语夹杂其间。仔细观望，朦胧间可见一群人推推搡搡，引得早起遛弯的老者都加快步伐，纷纷向那边

① 礼部，明朝主管文教、外交的中央机关。明朝中央设吏、户、礼、兵、刑、工六部，设尚书为各部长官，另设左右侍郎各一员为副，各部下设四司，郎中为司长，员外郎为副，下辖主事若干。

聚拢。

“高福，”高拱不得不中断了自己的沉思，打开轿帘，探出头来吩咐说，“快过去看看，所为何事？”

高福是高拱从河南新郑老家找来的家仆，二十多岁年纪，身材高大，皮肤黝黑，长方脸，大眼睛，目光中透着一股憨直劲儿。护送主人当直散班，家中买水购菜，都由他一力承当。他知主人的脾气，凡事最恶拖沓，听到吩咐，拔腿便向棋盘街奔去。须臾，高福就跑回轿前，高拱已探头轿外，只等高福禀报吵闹原委。

“老爷，那群人头发都绾到头顶，拿青白布缠着，说是渤泥国的番人，带啥东西在棋盘街用蛮语叽哩哇啦大声叫卖、吵闹，中城兵马司的吏目领人去制止，起了争执。”高福抹了把脸上的汗珠，喘着粗气禀报说。

“喔！竟有此事？”高拱颇感吃惊。渤泥国乃国朝藩属，而藩属朝贡早有定制。按制，每次朝贡时，朝贡使团除贡品外，可携带本国特产若干，由礼部规定时限，在会同馆旁专设的乌蛮市开市交易。渤泥人因何至京城繁华之地擅自叫卖？他本想前去探明究竟，又觉此事关涉藩邦，国体所系，自己身为掌管藩务的最高长官，不便直接出面，就命高福：“快去，知会彼辈，不必争执。此事本部堂已知，渤泥人当静待本部区处。”

高福领命而去，高拱挥挥手，命轿夫继续前行。轿夫们知道，主人平时无事，还时常责备他们如小脚妇人，今日遇此事体，定然不容按部就班，是以无须催促，即步履如飞，拐向大明门，向北疾行。

过了大明门，有一座凸字形广场，广场东侧是一排坐东朝西的院落，最北端靠近长安街的是宗人府，往南为吏部，再下为户部，继之乃礼部。进了礼部首门，刚一落轿，高拱就快步跨出。但见他头戴乌纱帽，身穿绯色袍服，腰间束犀带。袍服的胸前和后背按例缀一方补子，补子上绣着锦鸡。这是二品文官在本衙当直时所穿常服。

“司务何在？”高拱手握束带，边急匆匆往直房走，边大声道。

“禀尚书，司务李贽在此。”听到高拱的喊声，从司务厅疾步走出一位中年人，应声答道。他是举人出身，曾任河南辉县教谕，守丧期满赴京候补，因无银子上兑，候一年而不得其职，困窘至饥寒交迫，差点冻饿而死，多亏高拱从礼部右侍郎升转吏部左侍郎，倡言各衙门之官缺、候补者之资格均榜示于众，方意外获补从九品的礼部司务。

“渤泥国朝贡使团何时到京的？因何尚未朝见？”高拱已然判断出，渤泥人在棋盘街高叫卖物，必是对到京久候不得朝见的抗议，是以直截了当问。

“禀尚书，据职所知，渤泥国使团到京已两月余。”司务厅掌管文移，专门接待来使的会同馆早在两个多月前就有呈文到部，李贽尚有印象，“至于因何未能朝圣上贡，容职咨询主客司后禀报。”

“不必！”高拱一扬手道，“叫魏惟贯来。”

“学曾在！”高拱话音未落，一位四十出头、个子高大、宽脸庞上透着一股精干气的男子，就疾步走过来施礼，正是主管外藩事务的主客司郎中魏学曾，惟贯是他的字。高拱就任礼部尚书后，常在天不亮就到部，到部后又时常叫各司郎中回话，是以各司郎中不得不一改往昔的散漫，早早就位。

高拱并未理会魏学曾，而是吩咐李贽：“李司务，你速带承差赶去棋盘街，把渤泥人请回会同馆，就说礼部正上紧办理，不日即可朝见，一俟朝见毕，礼部即允其开市交易。”见李贽领命而去，高拱边快步迈入尚书直房，边语带责备地问跟在身后的魏学曾：“渤泥国朝贡使团已晋京两月余，何故迄未朝见？”

“玄翁，此事有些麻烦。”魏学曾开口为难地说。

国朝自嘉靖年间，官场兴起称“翁”之风，即在字或号中选一雅字，后缀以“翁”，以示尊崇。高拱号中玄，故有“玄翁”之称。魏学曾比高拱晚登进士第十二年，小十三岁，颇受高拱赏识，是以他没有以官职相称，而是以“玄翁”称之。

“麻烦？甚麻烦，嗯？”高拱不以为然地反问。

“玄翁，渤泥国国书两月前已交四夷馆通译，可四夷馆迄未译出送来。”魏学曾说出了缘由。

“说甚？”高拱刚要落坐，听了魏学曾的回话，又站直了身子，忿然道，“事关国体，也能如此拖沓？足见如今的官场疲沓萎靡之风，到了何等模样！”他瞪了魏学曾一眼，“那你主客司何以不急不躁不催办？”

高拱身材魁梧，四方脸，大鼻头，眼睛不大不小，目光炯炯有神，两道浓眉宛如燕子展翅，枣红色脸膛两侧，络腮胡须茂密绵长，说话大嗓门、粗声调，给人以不怒而威的印象，属僚无不畏之。但魏学曾摸透了他的脾气，知他说话办事，一向对事不对人，是个直性子，见高拱沉着脸质问他，魏学曾并不惊惧，而是跨前一步，边扶请他落坐，边道：“玄翁啊，学曾焉能不催！可是，提督四夷馆的刘少卿奉旨到湖广办理景王丧葬事宜去了，四夷馆无人主政，跑了不知多少趟，就是不得要领。”

“弊病！弊病！”高拱连连说，“国朝成例，赴各地经办藩王册封、丧祭事，例遣翰林官，刘奋庸弃本职不顾，去抢人家翰林官的差事，可恶！”

“呵呵，玄翁居然也口称成例了。”魏学曾见高拱怒容满面，想舒缓一下他的情绪，遂故意岔开话题说，“记得玄翁是最烦别人动辄拿成例说话的。”

高拱着急渤泥国朝贡事，不想扯远，于是沉脸道：“渤泥国贡使朝见的事，务必在三日内办妥，惟贯，你，亲自办！即刻办！”

魏学曾沉吟片刻，说：“本想自己想些法子的，既然玄翁定了时限，而这个时限内无论如何办不成，故不得不向玄翁说出实情。”

“难在哪里？”高拱不耐烦地问。

魏学曾叹口气道：“四夷馆里，缅语译字官，两年前就一个也没有了，国书自然也就无人能译出了。”

高拱刚端起承差送来的茶盏，正要喝，听魏学曾此言，一下子愣住了，拿盖儿拨茶的手僵在半空：“四夷馆里没有了通缅语的译字官？”他重复了一句，质疑道，“会有这等事？”

“千真万确！”魏学曾说，“因渤泥人中断朝贡有年，故四夷馆缅语译字官也就可有可无了。”

“过去的事先不细究，”高拱焦躁地打断魏学曾，“有无在学的译字生通缅语？”

魏学曾答：“玄翁有所不知，四夷馆自嘉靖十六年迄今，二十八年了，从未考收过译字生。”

“啪”的一声，高拱把茶盏礅在书案上：“这成何体统！成何体统！是不是说，国朝对外交往事，可以不办了？那么礼部是不是也可以关张了？”

“玄翁息怒，”魏学曾小心翼翼地说，“学曾正在南北两京四处物色通缅语之人。”国朝成祖皇帝迁都北京，改南京为留都，仍保留一套部院寺监机构，故有两京之说。

“连四夷馆都没有通缅语者，你到哪里物色？等你物色到了，渤泥人怕把登闻鼓都敲破了，说不定还会伏阙抗争。如此，让藩属对我天朝做何观感？外邦有何理由敬我中国？”高拱说着，蓦地站起身，背手在屋内徘徊。须臾，他一转身，指着魏学曾，“快去，给云南巡抚写咨文，八百里加急，让他物色人译国书。”又自语道，“这又要耽搁个把月，渤泥人势必着急。这样，”他又指了指魏学曾，“你这就差人去会同馆，找个堂皇些的借口安抚一下渤泥人，同时把开市交易的牌子先发给他们。”

“先发交易牌子？”魏学曾踌躇道，“朝贡有成例，先递国书、再朝见并贡方物，之后方可发……”

高拱打断魏学曾：“你误了事机，把人家给耽搁了，还不能破个例？没什么大不了的，照我说的做！”

魏学曾不再争辩，疾步而去。高拱对着他的背影嘱咐道：“办完事，即刻来见，有急事相商。”

二

“尚书大人，您倒是还能稳坐钓鱼台啊！”随着一句听似抱怨、实则调侃的话音，一位四十刚出头的男子闯进了尚书直房。他身材适中，略显消瘦，八字眉，长鼻梁，尖下颌，两只细长的眼睛炯炯有神，耳孔里长着耳毛，分外显眼。他头戴乌纱帽，身着一袭青袍，前后补子上绣着鹭鸶，这是六品文官的常服。

高拱抬起头，刚想发火，与来人打了照面，却露出惊喜之色。他手拍书案，大声道：“何人如此大胆，竟敢擅闯尚书直房！”说着，一阵大笑，起身绕到书案前，笑容满面地问，“叔大因何一大早跑到礼部来？”

“渤泥人在棋盘街闹事，玄翁知否？”被称为“叔大”的男子站在直房当间，斜对着高拱，一脸严肃地问。他姓张名居正，字叔大，号太岳，湖广省荆州府江陵县人，比高拱晚两科中进士、入翰林，授编修，时下任国子监司业。

“喔，叔大也听说了？”高拱边伸手示意张居正入座，边问。

张居正摆手，并未挪步，而是焦急地说：“岂止听说！眼看就要出大事啦！”

“出大事？甚样大事？”高拱忙问。

张居正神情肃然：“国子监监生一大早就聚拢在一起，个个义愤填膺，吵闹着要到会同馆抗议渤泥人藐视天朝！”

高拱刚坐下，仿佛触到烧红的烙铁似的，蓦地起身，瞪大眼睛看着张居正：“说甚？”

张居正叹道：“南倭北虏，欺我天朝，监生们也是忍无可忍又无可奈何，对时局甚是失望。今闻连渤泥人也敢公然在棋盘街闹事，正可借机发泄压抑已久的怨气！”

高拱急了，挥动手臂往外赶张居正：“那你还跑这儿来？快！快回去，阻止他们胡闹！”

张居正却快步走过来，扶住高拱的双臂，推他坐下：“玄翁不必焦躁，居正对他们说，待探得原委再去不迟。”他终于露出了笑容，“监生们对本司业还是敬畏的，时下已安静下来。”

高拱舒了口气，“忽”地举手向外扇了扇，又伸过手去把眼前的张居正向外推了一下，蹙眉道：“哎呀呀，我闻不得这脂粉味！”

司务李贽抱着一摞文牍进来了，躬身道：“禀尚书，渤泥人已被劝回会同馆。”说着，把文牍放到书案上，走过去向与高拱隔几而坐的张居正抱拳施礼。一股香味扑鼻而来，李贽笑道：“呵呵，早就听说张司业性整洁，穿衣必鲜美耀目，膏泽脂香。今日一见，果是冰纨霞绮，时尚所不逮。”言毕，一缩脖子，转身出了直房。

“这倒怨不得人家渤泥人。”高拱无暇闲谈，转入正题，把事情原委说了一遍，一拍座椅扶手，“监生们不问青红皂白去抗议，那不是忠君爱国，是添乱！你和他们说清楚，不准胡闹，有伤国体！”

张居正神情放松了许多：“好在是老兄你掌礼部，不然，不以为意或漫不区处，此事还不知演变成何种模样！”

高拱颇自得，也夸奖张居正道：“不是叔大坐镇，监生们还真就会闹起来！”

张居正呵呵笑道：“前几任礼部尚书，向来不理部务，居正知中玄兄不至于如法炮制，但又担心老兄大而化之，下边的人一拖沓推诿，事体就越闹越大难以收场了，是故赶紧来谒。”

高拱侧身拍了拍张居正的手臂，慨然道：“我看，举朝也就高某和叔大，对官场拖沓的弊病看不下去，忧心忡忡！”

张居正默然，欠身要走。高拱扬手向下压了两压，示意他坐下。张居正刚沉下身，扭过脸来欲听高拱吩咐，高拱却又一扬手：“算了，你还是赶紧走吧，免得监生们等得不耐烦，上街闹事。”

“呵呵，我怕中玄兄有话不说出来，憋得难受！”张居正坐着不动，笑笑说，“中玄兄还是把话说出来吧！”

高拱满意地看着张居正，问：“叔大，你见过大海吗？”

张居正愣了一下，摇了摇头。他生长在湖广，自幼读书应考，进士及第后一直在翰林院任职，没有机会到沿海一行。

“我是见过的，不过那是四十年前的事了。”高拱眯起双眼，缓缓道，“斯时先父提学山东，我十二岁那年随往济南，师从致仕都察院佥都御史李麟山先生受教六载。其间，先师曾偕赴青州，一睹沧海状景。”

张居正不知高拱何以突然说起这等漫无边际的事，只是茫然地点了点头。

“叔大，我昨夜做了一个奇怪的梦。”高拱比划着描述梦境：苍茫无际的大海，时而波涛汹涌，时而风平浪静。影影绰绰可见海面上商船鳞次栉比，穿梭往返。船上有中土之人，也有红发碧眼的夷人，嘈杂无比。忽而，这些舟船拥挤到一起，变成了一个硕大的车轮，“呼啦啦”地向岸上滚来，势如破竹。所过之处，村庄、街巷瞬间被夷为平地，田间劳作的农人望见此轮，纷纷抱头鼠窜，场面可怖……

张居正耐着性子听高拱说完，起身道：“是个怪梦！呵呵，中玄兄，居正得赶紧回去。”

高拱感觉出张居正对他述说的梦境兴味索然，有些失望，只得与他抱拳相别：“务必约束好监生，万勿闹出事体来！”

张居正回头道：“替中玄兄解梦之类的玄学，居正力有不逮；办些实实在在的事，中玄兄尽可放心！”

高拱一摆手，快步坐回书案前，翻阅文牍。

“禀玄翁，给渤泥国入市交易的牌子已发。”魏学曾进来禀报，双手捧着文稿递过去，“这是给云南巡抚的咨文。”

高拱接过文稿，浏览一遍，边提笔签署，边吩咐：“叫司务来，速封发！”

司务李贽进来拿上文牍小跑着出去了，高拱指了指书案前的椅子，示意魏学曾坐下，问：“佛郎机国国势如何？说甚语？”说着，把适才阅看的一份文牍向前推了推，示意魏学曾看看。

魏学曾一脸茫然状，趋前捧过文牍一看，乃是三个多月前主客司办理番人求贡的文牍底稿。

本年四月，广东壕镜有番人以蒲丽都家国使臣名义，投书广东巡抚，恳求两件事：一、向天朝上贡；二、天朝与其相互贸易。广东巡抚奏报朝廷，诏下礼部议。时任尚书李春芳嘱主客司找借口回绝，最后以“南番国无所谓蒲丽都家者，或佛郎机诡托”为由，命广东巡抚谢绝之。昨日，高拱命司务厅把近年来办理的关涉外邦的文牍搜拣出来，送他阅览，这是其中的一份。

“佛郎机国者，似是西洋岛国。”魏学曾放回文牍，回答说。

高拱身子向椅背靠了靠，道：“时下与国初大不同矣！佛郎机人远涉重洋东渡，所为何来？”顿了顿，又道，“礼部不应只是被动应付藩属国朝贡。世界上国度甚众，倭国也好，佛郎机也罢，不唯知其所在，对其风土人情、律法国策、物产钱粮种种讯息，都要尽力搜集，彼等有求贡互市之请，也不宜一味拒之。”

魏学曾虽点头称是，却也有些疑惑。历任礼部尚书从不关注对外交往之事，更不会主动探究藩属以外的夷国，而高拱与前任独异其趣，令魏学曾感到压力陡增。

“四夷馆考收之事，不能再拖！”高拱一扬手，大声道。

当高拱说出“有急事相商”这句话时，魏学曾就猜到，定是四夷馆考收事。以他对高拱的了解，一旦事体摆出台面，此公不会佯装不知避而远之；从适才说起佛郎机国的话题看，高拱把四夷馆考收之事看得很重，似不仅仅是招收几个通外文的译字生而已，尚有更深远的考量。可是，四夷馆考收事，正是魏学曾最担忧的，他未敢接话。

“惟贯，何日启动？”高拱盯着魏学曾问。

“玄翁，这……”魏学曾露出为难的表情，“玄翁啊，嘉靖十六年考收译字生，大遭物议，皇上命都察院查办，礼部自堂上官、郎中到主事，都受到严厉惩处，以至时过二十八年，考收事都未再举！”

“正因如此，才要即刻启动。”高拱语气坚定。

“玄翁，何以二十八年没有考收，虽则是朝廷上下对交通外邦之事甚少关注，但也是因为……”

高拱打断魏学曾：“因为什么？因为这二十八年，做礼部尚书的不是高某！”他喝了口茶，继续说，“内政外交，国之大端。内政不修，外交不举，何以称治？而修内政、举外交，端赖人才。泱泱大国连区区几个通夷语之人都不作养，成什么话！”

魏学曾苦笑道：“玄翁，这些年南倭北虏侵扰不止，天朝对外交往之事几乎禁绝，只要尚有通鞑靼语和倭语者，就足以应付。无人愿触及四夷馆考收事。”他偷偷瞥了高拱一眼，见他没有动怒，又加了一句，“玄翁，考收译字生，不是不该，是不敢！”

高拱正翻阅文牍，听魏学曾说出“不敢”两个字，不禁一惊：“嘿嘿，怪哉此言！朝廷的衙门，办职守内该办之事，何来‘不敢’？”

魏学曾解释道：“二十八年前考收译字生，因富豪凭借钱神，或钻刺官员，或买嘱权要，花钱请托，致考选不公，酿成舞弊大案。玄翁试想，若再办考收，请托、贿赂可免乎？任由请托钻谋，势必考选不公，惹出风波；若一概拒之，必有不近人情之诟，左右都是费力不讨好，谁愿惹此麻烦？”

高拱用力摇了摇头，以深沉的语调道：“惟贯，为官之人都畏难避怨，不敢担当，必致国事日非!”他一拍书案，“事当为而不敢为，都是因为有私心！国法有在，果以公奉法，何怕之有？！”

“玄翁所言，自是至理，然则……”魏学曾嗫嚅道。

“惟贯，在我面前少说什么然则、但是之类的话，四夷馆考收之事，我不与你权衡办与不办，”高拱以严厉的口气说，“我只要你说如何办，何时办完！”

魏学曾不再说话。高拱仰坐在高脚梨花木圈椅上，思忖片刻，缓和了语气：“惟贯，既然办考收会招惹麻烦，此事又不能不办，那就要思虑周详。我意要先立规矩：一、定资格，当从译字官世家子弟中考收；二、严保勘，报名者须有四夷馆教师作保；三、绝干请，把禁约公布于众，丑话说前头，凡说情者通以干请论，本部参劾；四、严考试，考试之日要严加搜检，封锁防范等。还有什么，详议报来。”

“玄翁，容学曾再进一言，可否？”魏学曾以恳求的语调说。

“说！”高拱一扬手道。

“玄翁，不是学曾避烦畏难，而是为玄翁计。远的不说，就说十年内礼部的三位尚书，徐阶、袁炜、李春芳，他们做尚书时，不要说四夷馆考收事，即使礼部的部务，也甚少过问，精力都用于为皇上写青词了。”魏学曾环视室内，压低了声音，“以学曾观察，他们无心部务，却是一意讨皇上欢心。是故，无一例外都入阁拜相，可玄翁……”

“不必再说！”高拱扬手制止道，“我明白，你不就是想说，凡事要为个人前程计吗？惟贯，做官是为国办事的，不能本末倒置，办事是为了升官。四夷馆考收事，一定要办！”

话说到这个份上，魏学曾自知不能再劝下去了，一撸袖子：“既然玄翁意已决，那就办。”顿了顿，建言道，“未必由本部发动。我这就到都察院找一二御史，嘱托他们上本建言，皇上必批礼部题覆。届时，本部再将慎思熟议的方案报皇上御批，诸如严考试、绝干请等，依圣旨而行，不唯效力大增，且本部也减少压力。”

高拱点点头，说：“只是，要上紧办，不能拖来拖去！”

魏学曾踌躇片刻，嘿嘿一笑：“玄翁，考试是仪制司的职掌，主客司不宜办吧？”

高拱不悦道：“考试是该仪制司掌管，但四夷馆考收，关涉的是理藩、外交事务，一应事体，均由主客司办理，不准推诿！”

魏学曾不敢再推脱，仿佛捧着烫手山芋，满脸苦楚。

“有我在，惟贯大胆去办就是了。”高拱鼓励了他一句。

三

永定门内有座宏大的建筑群，乃天坛也。天坛南部的圜丘，是祭天之所。这天，为筹办冬至祭天大礼，礼部尚书高拱亲赴天坛查勘，率众预演。散班后，高拱顾自大步往前走，忽听身后有人唤道：“高尚书，恭喜啦！”

高拱扭头一看，是吏科都给事中胡应嘉。

国朝设言官，言官又分属都察院与六科。都察院有御史一百一十名，按十三行省之名分设十三道；都察院外，又设吏、户、礼、兵、刑、工六科，各科设都给事中一人为长，余为给事中，随六部事务繁简而名额有差，共计五十人。都察院御史与六科给事中合称科道。科道虽只七品，却为百官所畏。吏科都给事中与都察院河南道掌道御史分量最重，是言官领袖。嘉靖三十五年进士及第的南直隶淮安府人胡应嘉，从宜黄知县甄拔为给事中，迁都给事中。此人个子不高，不到四十岁年纪却已驼背，面庞乌青，两只小眼睛像鹰隼般犀利，是科道中搏击大臣的厉害角色，阁臣、九卿无不怵他三分，朝野以倾危之士视之。

高拱不与科道结交，却也不怕他们；胡应嘉倒是常常有意与他接近，每每奉承他有大才，高拱颇受用。今日又听胡应嘉“恭喜”他，不知何意，笑道：“胡科长何来恭喜？”

“此番译字生考收，至公无私，可洗数十年之弊。”胡应嘉抱拳揖道，“非高尚

书，谁能做得到！”

“喔，此事啊！”高拱露出得意的神情，“官场皆知本部堂素奉法不移，无人敢到我这里干请；且考试之日，防范严密，审对精实，是以可称圆满。”

也难怪，二十八年未敢举办的四夷馆考收，在高拱的坚持下终于启动，经过两个多月紧张筹备，严格照礼部题奏、皇上御批的方案推进。高拱亲自主持，每个环节都务求周密严谨，不留空子。考录后，高拱又命将名册榜示，接受告发，以免留下后患。三日前，礼部将考录名册上报，奉圣旨：“是。这世业子弟，你们既考取停当，都着送馆作养。”同时，照礼部《题补译字生疏》最后一项“补教师”的题请，朝廷已明令各边省督抚，多方觅求通晓缅文及佛郎机语者，充四夷馆教师。

渤泥国朝贡事也打理停当。为避免渤泥国特使在朝见时发怨言、出怪语，高拱特命魏学曾出面与使团协商，特许下次入贡，所携开市交易的售卖物可倍于常例，以此化解了渤泥国使团的不满。就在四夷馆开考的当日，渤泥国使团高高兴兴地离京返国。

四夷馆开考，关涉外务的事体得以一揽子梳理、解决，储备人才以备将来，这让高拱感到欣慰。是以听了胡应嘉的恭维，他也毫不谦虚，对答中充满自信。

回到礼部衙门，高拱正快步往直房走，余光扫见走廊拐角处一个人影慌慌张张向里缩去，他并未在意。国朝官场习尚繁文缛节，不少僚友相见礼节烦琐，高拱早就看不下去了，正准备拟一道《厘士风明臣职以仰裨圣治疏》，以匡正此弊，他以为躲到墙角的人是为免除拜见礼节的麻烦，也就一笑了之。不料刚进直房，一位中年男子“忽”地闯了进来，“嗵”地跪在高拱的书案前，梗着脖子道：“下吏名顾祎，乃四夷馆教师署正！”不容高拱垂问，他语速极快地说，“此番考收译字生，人家都有子弟入选，我是教师的头儿，两个儿子参加考收，都未入选，望尚书大人开恩，腾挪一个。”或许是紧张的缘故，顾祎声调颤抖，带着哭腔。

高拱不胜惊愕！想到适才在拐角处躲躲藏藏的那人大抵就是此人，他居然闯到尚书直房求情，且译字生名册业经圣旨批准，顾祎居然要求为他儿子腾挪一个，这让高拱大出意外。他强忍怒气道：“弥封考试，凭译写番字多寡为去取，谁能作弊？况今成命已下，谁敢腾挪？”

顾祎并不起身，叩头道：“尚书大人若真心关照，自有法子！”

高拱顿时火起，一拍书案，指着顾祎：“谅你爱子心切，本部堂不与你计较，你即刻退下思过！”

顾祎“腾”地站起身，发出一声冷笑，转身就走。难得的好心情被顾祎给搅了，高拱有些恼火，但案头一摞文牍等着他处理，哪有工夫生此闲气？刚拿过一份文牍要看，魏学曾神色凝重地走了进来，唤了声“玄翁——”，把手里拿的一份揭帖递到高拱面前，“礼部、都察院门口都张贴着这份揭帖！”

高拱一看，上有“切今查得考中译字生田东作等，实系冒籍，朦胧入选”等语，不禁大吃一惊。竟然是攻讦四夷馆考收舞弊的署名揭帖，乃是顾祎的儿子顾彬领衔。揭帖开列冒籍者二十二人，请求礼部将这些人问革为民，补录世家弟子。

“啪”的一声，高拱把揭帖拍在书案上：“这是怎么回事？到底是怎么回事？！”

“禀尚书——”随着一声唤，李贽慌慌张张跑了进来，喘着粗气说，“门外有一群落选考生自长安街游行至本部门口，高呼口号，声称译字生考收作弊，他们这些世业子弟受冒籍者排挤落选！”

高拱大惊，顿感脸上火辣辣的，仿佛被人重重扇了几个耳光，他“腾”地站起身，对魏学曾道：“你快去，把那些人给我叫来，我要当面问个明白！”又转向李贽，“拿保结来，查对一下，看看揭帖所列冒籍者，作保教师是何人！”

魏学曾踌躇着，劝谏道：“玄翁，此事，或知会兵马司弹压驱散，或由司务厅出面抚慰劝散，似不必尚书亲自接见。”

高拱扬手道：“不必！绕来绕去，何时了事？照我说的办！”

魏学曾、李贽只得分头去办。不到两刻钟工夫，魏学曾领着二十几人到了直房门口，适才还底气十足大声呼叫的一群人，一个个耷拉着脑袋，你推我、我推你，裹足不敢前。

“磨蹭什么？”高拱喊了一声，“本部堂找尔等来，是要和尔等明事论理的，不是审问尔等的，何惧之有？速速进来！”

众人只得低头磨蹭着进来，“呼啦”一声跪倒在书案前，胆小的浑身哆嗦着，不敢抬头。

“你叫什么？”高拱指着领头者问。

“顾彬。”一位二十多岁的高个子男子低着头，战战兢兢答。

“尔等声言考收作弊，有何弊？一一道来，果如尔等所称，本部堂绝不掩饰，务必严惩，还尔等一个公道！”高拱抑制着怒火道。

顾彬等人沉默不语。

高拱拿过揭帖，“这是尔等写的吧？那好，就拿揭帖所揭一一对质！”他命众人起身，把揭帖递给顾彬，“看好了，尔等称田东作等人冒籍，可考前开送有资格与试者到部，本部堂亲自拿着各位的保结当堂面审，当时四夷馆教师都在，有否此事？”高拱问。

这是十几天前刚刚发生的事，顾彬等人只得点头。

“彼时，本部堂谕曰：‘若有诈冒，是争尔世家子弟之利，即当举出，便当惩治逐出’，彼时，署正顾祎是教师之首，而你，”他指着顾彬说，“系考生之首，尔与

尔父当时是如何说的？”

顾彬缩着脖子，半天才嗫嚅道：“说、说的是……是‘情实，无有诈冒’。”

“尔等面讦时皆云无弊，而黜落后又投递揭帖，游行呼号，是何道理？！”高拱大声质问。

这时，李贽将保结拿到，高拱扫了一眼，指着顾彬说：“尔父保结二十四人，乃当堂亲递保状，他人且勿论，尔等揭帖所列王子春诈冒译字官王福永侄、胡良金诈冒译字官胡良佐弟、林洲诈冒译字官林密侄，此三人，正是尔父顾祎所保者。如今，尔称这三人为诈冒，是尔父受贿作弊，还是尔造言传谤？”

顾彬大汗淋漓，忙跪地叩头不止，哽咽道：“小的知错，知错！这就四处去收回揭帖，不敢再生事，请大人宽恕。”众人也忙跟着叩头，口称“知错。”

“尔等退下！”高拱一扬手道。众人闻言，慌乱中挤作一团拥出了直房。高拱望着一群人的背影，不解地问：“这些人明知无理，何以敢如此取闹？”

魏学曾答：“若照惯例，必是安抚，找些冠冕堂皇的借口，奏请把这些闹事的落榜者补录。”

“魏司长何以有此判断？”李贽好奇地问。

魏学曾解释道：“因为主事者或通贿赂，或卖人情，自身本不干净，自然怕闹事；一旦闹事，也只好设法安抚。”

“因自身不干净，怕闹事，所以不办事，此之故也？”李贽半是评说，半是求解。

“清白做人，干净做事，就无后顾之忧！”高拱很是自信地说。

“也不尽然。”魏学曾辩论说，“官场岂尽贪墨之徒？办事先想捞好处者，未必占多数。”

“说下去。”高拱并没有因魏学曾毫不客气地反驳自己而生气，反而很有兴趣地倾听，见魏学曾停顿下来，忙催促说。

魏学曾在梳理自己的思路，过了片刻，他伸出右手拇指，说：“一则，想干净做事，势必得罪人。”他又伸出一个指头，“二则，即使自身真的干净，一旦引发众人闹事，比贪墨还让上官反感。”

高拱皱了皱眉，流露出焦躁情绪，对魏学曾说：“惟贯，拟道弹章来，本部堂要参顾祎。”

魏学曾和李贽俱露吃惊状，以不解的目光望着高拱，都没有说话。

“是不是觉得小题大做了？”高拱自问，又自答道，“非也！”

“这……”魏学曾支吾着，“一旦参顾祎，弹章上了《邸报》，中外皆知，反而引起风言风语……”官场通常以京师为“中”，以各省、南北两直隶为“外”，中外者，即朝廷和地方之代称也。

“就是要让中外皆知！”高拱打断魏学曾，“一则，参顾祎，请下法司提问，由法司把四夷馆考收事查清，让朝野看看，到底有没有清白之人、干净之事！再则，历来朝廷诏令，每每有违者听参之语，总是光打雷不下雨，所谓违者听参之类的话，连稻草人也不如了！要么不说，说了就要真做。本部《题补译字生疏》中是不是有违者参究的话？顾祎故悖明旨；顾彬造言兴事，陷害他人，安能不参究？还有——”高拱越说声调越高，“近年京师恶少，刁诈成风，一不遂意，辄生事端，若不痛加惩创，诚恐群起效尤，不可收拾。各衙门凡有举事，辄起烦言扰乱，谁还敢办事？政体所关，岂能小视？！”高拱把右手拍在书案上，“有此三者，非参不可！”

四

西城阜财坊隆善寺南的一条街道里，有一小四合院，是以“骂神”著称的兵科给事中欧阳一敬的家。此人与吏科都给事中胡应嘉最为亲近，如同兄弟。这天晚上，胡应嘉垂头丧气来找欧阳一敬，一进门，就叫着他的字道：“司直，淮安老家，我是没脸回去了！”

欧阳一敬身材矮胖，尖脑袋，小耳朵，嘴巴奇大，他拨拉了一下薄薄的耳垂，道：“怎么？那件事，李登云没办？”

两个多月前，工部侍郎李登云奉旨到淮安督办疏浚运河，临行前，欧阳一敬受胡应嘉之托，拜托李登云雇请胡应嘉亲戚承揽土方工程。适才，胡应嘉接到老家来书，诉说李登云到淮安后，招徕盲流，以工代赈，并未关照他的亲戚。胡应嘉又气又恨，忙来找好友欧阳一敬诉苦：“司直，你说我在老家，哪里还有面子？”

“哟！这个李登云胆子够大的。”欧阳一敬边拉着胡应嘉往书房走，边说道。他指了指胡应嘉，又回手点着自己的鼻子：“我辈何人？朝野谁敢惹，他李登云却不给面子！别啰唆，待我上弹章，让他滚蛋！”

胡应嘉端起茶盏，头摇得像拨浪鼓：“唉，此事不那么简单！”

欧阳一敬的胖脸上露出狐疑的神色：“何以言之？”

“李登云是高拱的妹夫，高拱是裕王首席讲官。目今皇上春秋已高，而八皇子仅存裕王一人，一旦……”胡应嘉不敢明说，又道，“况且，司直参劾李登云，也没有什么噱头啊！”

“噱头嘛……倒是不必担心。”欧阳一敬道，“科道有权风闻而奏，就说道路传闻，李登云在淮安督办疏浚河道，贪墨治河款，收受工头贿赂。”他狡黠一笑，“目今说哪个做官的清廉，或许有人不信；说哪个官员贪墨，则无人置疑！至于高拱……”

话未说完，顾祎神色惊慌地跑过来，“嗵”地跪倒在门口：“司直老弟救我！”

“怎么回事？”欧阳一敬吃惊地问，起身把顾祎扶起。

欧阳一敬和顾祎的侍妾都是烟花女子，先后被两人赎身，而两女在柳巷已结拜了干姐妹，是以两家人遂以亲戚相处。

“高胡子把我和你侄子参了！”顾祎作揖道，“司直老弟，这可如何是好？”

“这个高胡子，真够较真儿的！”欧阳一敬已然知道此前发生的事，一听说高拱以堂堂礼部尚书竟上本参一个四夷馆教师和一个布衣青年，不禁摇头。

“顾兄，谁不知高胡子最不讲情面，你不该出面去求他，倒让他抓住了把柄。”胡应嘉插话说。

“我看那高胡子太自负，满以为此番考收译字生做得漂亮，不意生出这些事端，他岂不恼羞成怒？”欧阳一敬道。

“都说皇上近来越发喜怒无常，万一拿我父子开刀……”顾祎垂泪道，连连向欧阳一敬和胡应嘉作揖，“二位给谏有时誉，不能见死不救啊！”给谏，是对给事中的简称。

欧阳一敬突然眼睛一亮，露出惊喜的神情，拊掌道：“既然高胡子和李登云不把我辈放眼里，就别怪我辈不客气啦！”说罢向顾祎一摆手，“兄台先回去，我来想法子。”

“怎么，司直兄有妙计？”胡应嘉伸过头问。

欧阳一敬叫着胡应嘉的字，诡秘地问：“克柔，还记得前任吏部尚书李默是怎么死的吗？”

几年前，一心想做吏部尚书的工部尚书赵文华，抓住吏部尚书李默出的一道策问考题——“汉武、唐宪以英睿兴盛业，晚节用非人而败”参劾他，说李默用心险恶。皇上年近六旬，除了太祖、成祖，其下没有一个皇帝活过五十岁的；皇上多年在西苑静摄修玄，就是为了追求长生不死，接阅赵文华弹章，再找来策试题一看，“晚节”二字煞是刺眼，不禁勃然大怒，下旨将李默下狱拷问，李默暴死狱中。

欧阳一敬狡黠地挤挤眼：“今岁会试，高胡子主考，考题多出自他手。有一道题，当时就有人提醒再酌，他却说此题与治国安民息息相关，竟置于首位。”

“喔呀！”胡应嘉喜出望外，“今年春闱，朝野都说高胡子所作程文，奇杰纵横，传诵海内，倒不知还有这么个插曲。”他欠身往欧阳一敬这边靠了靠，“但不知是哪道题？”

欧阳一敬道：“就是第一道题，出自《论语·学而篇》的‘绥之斯来，动之斯和’。”

“喔，是这题。”胡应嘉眨巴着小眼睛，“记得这段话的意思好像是说，若孔子获得治国之权位，要安抚百姓，百姓俱会归心；要动员百姓，百姓就会追随。意在表明，为官不能靠权术，要靠品德与真才实学。”

“可是，后面一句话呢？”欧阳一敬晃着尖脑袋诵道，“绥之斯来，动之斯和，其生也荣，其死也哀。”

“喔呀！”胡应嘉大叫一声，“皇上若看了，必震怒！高胡子就是李默第二！”

欧阳一敬一蹙眉：“不过，我是今年会试的监试官，当时不举，事后再纠，说不过去。”他欠了欠身，盯着胡应嘉，“克柔，你来上本！”

胡应嘉忙摆手：“这不成！赵文华以试题媒孽李默，落得声名狼藉，不可重蹈覆辙。”

两人一时陷入沉默。良久，胡应嘉突然一拍大腿：“走内线！”

“这个主意好！”欧阳一敬会意，兴奋地说，“听说裕王府承奉冯保最喜交结外臣，他在宫里又有不少弟子，不如花些银子，托他去办。”

“嗯，妙！”胡应嘉拊掌道，“听说冯保很贪财，只要见银子，这点事他必不会推脱。届时也不必明说，只含含糊糊说有人议起试题的事，让他转告宫里的弟子，在皇上面前提一句也就是了。”

欧阳一敬沉吟片刻：“克柔，你是淮安人，弹劾李登云在淮安受贿有可信度，你来参他；我去办收拾高胡子的事。”

五

京城的中心，是庄严恢宏的紫禁城。紫禁城西侧，就是碧波荡漾的太液池，从南至北，分为南海、中海和北海，合称金海。中海和南海被皇家御园——西苑环绕其中。自西苑乘舟，或通过中南海与北海之间的金鳌玉栋桥，可以直通大内；或通过西苑南门——西苑门，可以来往于长安街。

这里本是金朝皇宫。国初，成祖封燕王，设府邸于此，又经过营建，规模可观。燕王登极并迁都北京后，西苑一变而为皇室休憩游玩的场所。二十四年前，宫女杨金英等趁当今皇上熟睡之际，以绳索弑君未遂，自此皇上搬离紫禁城，住进西苑修玄敬摄。由于皇上不复还宫，一应朝仪停止举行，只有近臣方有机会一睹天颜。内阁朝房在紫禁城文渊阁，皇上在西苑，阁臣蒙召觐见，往返不便，屡误事机。皇上遂下旨要工部在西苑修葺直庐，初时只是临时板房，后经首相严嵩建言，直庐改造成了一个个独立的官邸式的庭院，成为阁臣及专为皇上拟写青词的词臣办公之所。皇上、阁臣俱在西苑，这里遂成为国朝的权力中心所在。

西苑西北方，太液池西岸，有一群建筑，曰昭和殿、紫光阁、万寿宫、旋磨台、无逸殿、幽风亭。其中的无逸殿，以砖石建成，是皇上斋醮之所，召见阁臣也多在此殿。这不大的宫殿里，终日烟霭缭绕，弥漫着龙涎香奇异的香味。

这天薄暮，斋醮毕，身着道袍的皇上起身缓步走到窗前，望着夜幕下飘飞的雪花，甚是感慨，回身问随侍太监道："朕在位已四十五年，嘉靖年号也用了四十四年，朕又多病，臣民是不是都盼着行新政？"

内侍们战战兢兢，不敢多嘴。司礼监掌印太监滕详安慰道："万岁爷是英主，臣民无不仰颂呢！"

随堂太监张鲸正在低头清理斋醮留下的烟灰，听到皇上与掌印太监的对话，放下扫帚，凑了过来，低声道："万岁爷，小奴听说坊间传闻，今年春闱试题，绥什么斯来，有些意思呢！"他最钦佩师叔冯保的学识，时常向冯保求教出人头地的诀窍。冯保教他，在万岁爷身边，要想出人头地，必得引起万岁爷的注目。前两天，冯保神神秘秘地知会他，不妨借机在万岁爷面前提提春闱试题之事，或许会引起万岁爷的关注，他这才壮着胆子一试。

皇上闻言，看了张鲸一眼，默然良久。过了一会儿，传谕将春闱试题调阅。春闱已过去半年多，试题照例移存文渊阁档房。内侍从文渊阁将试题调出，皇上匆匆看了一遍，急召元辅徐阶觐见。

徐阶是南直隶松江府华亭县人，四十二年前进士及第，是该科探花，入阁已有十年了。三年前，以智谋扳倒把持朝政二十年的首相严嵩，位居阁揆，小心翼翼地侍奉喜怒无常的皇上，多半住在直庐，随时应召。闻听皇上调阅春闱试题，徐阶预感不妙，不敢离直庐半步。不多时，果有召见之谕，他披上一件棉斗篷，便急急忙忙往无逸殿赶去。

"徐阶，'绥之斯来，动之斯和'之后，是什么话？"皇上见徐阶进来施礼，劈头就问。

徐阶已六十二岁，比皇上大三岁，须发花白，额头上已有几道显眼的皱纹。他身材矮小，皮肤白皙，慈眉善目，一副蔼然长者之貌。听闻皇上问话，他拱手道："禀陛下，'绥之斯来，动之斯和'之后，为'其生也荣，其死也哀'。"

皇上突然猛烈咳嗽起来，捂住胸口，怒气冲冲道："快，召朱希孝来！"

朱希孝是功臣之后，任锦衣卫都督，人称缇帅。锦衣卫衙署在承天门西南、长安街南侧，离西苑不远。朱希孝正登轿回家，一见内侍来传，不敢怠慢，调头到了西苑门，下轿一溜小跑，进无逸殿觐见。

皇上未等朱希孝叩头毕，喘着粗气道："把高拱逮诏狱，好生打问，问他是不是存心咒朕速死！"

朱希孝知高拱是礼部尚书，又是裕王的首席讲官，颇有声望，皇上二话不说就要他去逮人，朱希孝不知所措，满头大汗，伏地不敢起身。

皇上一拍御榻，大声道："大胆朱希孝，你要抗旨吗？！"

"臣不敢！"朱希孝声音颤抖，连连叩头，起身看着垂首而立的徐阶。

徐阶忙跪地："陛下息怒，臣有话要奏。"

皇上不理会徐阶，声音嘶哑着道："高拱就是李默第二！"他伸手一指朱希孝，"朱希孝，你这就去逮！"

御用监掌印太监陈洪正好来送龙涎香，尚未进门，听到皇上的话，吓得浑身战栗，急忙退了出来。

陈洪是河南许州人，本姓郭，家贫无以营生，千里迢迢来京城寻找活路。忽一日，闻听礼部选收阉人，前去报名，得了印票。谁知排队净身时，印票被人夺去，徒手不得入。在门外转悠了半天，伸手将他人的印票抢在手里，这印票上的名字为陈洪，他净身入宫后就只好改叫陈洪了。他珍惜来之不易的机会，克己奉人，颇有人缘，目下已提升为仅次于司礼监的御用监掌印太监。入宫几十年了，思念家乡不得回，对老家相距不过百里的同乡高拱，就有天然的亲近感，忽听皇上要锦衣卫去逮他，陈洪惊惧之余，忙冒死吩咐身边的随侍去向高拱通报。

高拱正在家中用晚饭，高福拿着一个名刺跑进来："老爷，门外有一位宫里的宦官，火急火燎要见老爷，说有十万火急的事要禀报。"

"喔？"高拱接过名刺一看，是御用监掌印太监陈洪的，便往地上一丢："内官安得与外臣交通！"

夫人张氏在旁劝道："听说这陈公公是咱河南许州人，同乡，既有十万火急的事，你就别犯倔脾气了。"

高拱踌躇片刻，吩咐高福传请。小宦官一溜小跑进了花厅，一见高拱，来不及施礼，便道："高大人，大事不好！陈老公公让小奴知会高大人，万岁爷对高大人会试出的题震怒，说是李默第二，要差锦衣来逮高大人！"

"啊！"高拱一声惊叫，愣住了，枣红色的面庞顿时血色全无，变得煞白。高福吓得双腿战栗，带着哭腔道："老爷，这咋办呢？快想法子吧！"

高拱惊恐地摇头，颓然道："预备后事吧！"

高福闻言，"哇"的一声，大哭起来。

第二章 宅院萧索夫人以死相逼 道观幽静大侠美女为赠

一

高福送老爷进了礼部，转身到棋盘街转悠了一圈，买了一些菜蔬，有气无力地回到高宅，正要进门，忽听有人唤道："壮士乃此宅主人高大人管家，姓高名福者，对吗？"

高福吓了一跳，回头一看，见有一人站在身后。此人四十多岁年纪，高高瘦瘦，满脸横肉，额头上有一条深深的皱纹，像是一道长长的伤疤；头上戴着青色南华巾，身着一袭青蓝袍，腰系黄丝双穗绦，严寒季节，手里却摇着把龟壳扇，一副道士打扮、算命先生模样。自当今皇帝崇道修玄以来，国中道教昌盛，京师道士出没，高福早就见怪不怪了。但他未见过此人，不知他何以知道自己，心里不觉纳闷，也有几分警觉。

年前，祸从天降，老爷差一点掉了脑袋，正要准备后事，突然又说没事了。高福不知道是咋回事，谁救了老爷，也不敢问，还是心有余悸，遇事越发谨慎。

道士见高福神色紧张，一脸狐疑，笑道："哈哈，高管家，不必起疑，贫道是来为高家解忧的。"

高福紧紧盯着道士，问："敢问仙道，你咋知道俺的名字？"他随高拱在京有年，也学会几句半文半白的应酬语，但说不了一句，河南土话就溜出来了。

"贫道不才，人送外号邵仙人。"道士不紧不慢地说，"给人看相乃贫道本业，最擅长者，就是卜算子息后代。"

“啥？你会算子息后代？”高福面露惊喜，急切地问。只因高府无有子嗣，就连高福这些下人都为之焦急万分。

“嗯，不错，正是贫道所长。”邵仙人重重地点头，他指了指高宅，“我观此宅寂静无息，定然是主人无有尺男寸女，了无生气。”

“咦？可叫你说着呢！”高福感叹，“你都不知道俺家这上元节是咋过嘞！俺家奶奶哭了一夜呢！”

邵仙人呵呵一笑，脱口而出：“那就好！”

“啥？”高福怒目而视，“你这老道咋这么说话？”

邵仙人忙解释：“哦，贫道的意思是说，遇到贫道就好了。”他露出得意的神色，“贫道不唯会算子息后代，贫道最大的本事嘛……”他诡秘一笑，捋了捋胡须，“肯遵我嘱，保证添丁加口！”

“真的？”高福大喜，“你——不，仙道，仙道稍候，待俺禀报奶奶，叫仙道给算上一卦，解上一解。”说着，便小跑着进了宅院。

士林风尚，一妻两妾最为平常。男子十六七、女子十四五便成婚，十七八岁做父亲，最寻常不过。

高拱却有些例外。

十六岁那年，高拱随任光禄寺少卿的父亲居住京城。忽一日，京城传闻，皇上要为幼妹永淳公主挑选驸马。照例，公主选驸马，以三人入宫，听内廷选择。高拱因风骨秀异，被举为人选之一。入宫后，宫嫔内臣皆目属于他，唯公主的生母章圣皇太后择定谢诏。虽然高拱对应征驸马并不乐意，一旦落选，却又备受打击。自此，他便暗自发誓要有一番作为，让皇家为之追悔。次年，高拱即在乡试中夺魁，而永淳公主则在是年与谢诏成婚。翌年，高拱晋京会试，一到京，就听到官场传闻，说驸马寡发，为时论所嘲讽，永淳公主甚不悦；既闻高拱才貌，又得知他乡试得了解元，芳心颇许之。这个消息令高拱既高兴又紧张。虽则他并未见过永淳公主，可突然间，在他的心里却藏起一个秘密，仿佛一个高贵冷艳的女子躲在暗处悄悄看着他，而他也爱上了这个幻象。因此，当父母按乡俗为其定亲时，高拱竟断然回绝。一度，高拱与家族的关系不甚融洽，独自跑到会城开封的大梁书院就学、教书。一直到了二十四五岁，他的长兄、次兄都未生子，高氏家族为之忧心如焚，年迈的祖母甚至以死相逼，高拱才妥协了，娶邻县中牟张氏女为妻。

中牟张家也是官宦世家，祖上乃元代礼部尚书张圭。张氏夫人的曾祖做过屯留知县，祖父张嵩积善行孝，以孝著称，父亲则为分封于开封的周王府审理。这张氏乃大家闺秀，身材高挑、长相端庄，又知书达理，两人婚后倒颇是恩爱。不意成婚数年，张氏并未孕育，高拱遵母命又纳曹氏、薛氏为妾。直到三十三岁年纪，侧室曹氏方产一女，得名启祯；薛氏亦诞一子，只是一落地就夭折了；此后曹氏又连产两女。十多年过去了，高拱虽无男儿，启祯、启宗、五姐三姐妹聪慧可爱，对高拱和夫人张氏，也算是莫大的安慰。

士林时尚，女儿三四岁即许配门当户对之家。高拱长女启祯许配巡抚孟君淮之子；次女许开封知府郭坤之子；三女许南通州知州曹金之子。不料，启祯十五岁正要成婚时，却病殁；次年，启宗又以十四岁之龄殇；三年前即嘉靖四十二年，十四岁的五姐也染病而亡。三姐妹生母曹氏肝肠寸断，哭女而死。至此，年过半百的高拱不仅无子，又连丧三女。惨毒至此，木石能堪？他只能埋头公务寻求解脱，从本业中求得慰藉。

家园寂廖，张氏、薛氏两人如坐针毡，内心不得片刻宁静。元宵之夜，看着别家欢天喜地过节，童言稚语满院，张氏、薛氏备受煎熬，相对而泣，夜不能眠。

夫人张氏和侧室薛氏，早就瞒着高拱四处烧香拜佛，不知求告了多少次，也时不时劝高拱再纳新妾，为高家接续香火。高拱也为无有一男半女而烦恼，但因宦囊羞涩，纳得起妾，却养不起家；加之薛氏尚有生育之望，他也就推三阻四，从未实行。今日高拱上朝一走，张氏、薛氏两人就在一起嘀咕，欲以强硬态度，逼老爷尽快纳妾。正说话间，见高福兴冲冲跑来，说明原委，张氏忙命高福有请仙道。

邵仙人进了花厅。他与别的算命先生不同，见过两位女主，只问生辰八字，实则探寻年纪后，就摇头不止，对张氏道："老夫人，恕贫道直言，老夫人年过半百，育息无望矣！"时俗以老为尊，夫人无论长幼，皆冠以"老"字，以示尊崇。

张氏闻言苦笑道："仙道此言差矣！老身哪里是让你给俺看相来？这成什么话？仙道只说俺高家能不能有后，如何才能有后便好。"

邵仙人笑笑，脱口而出："老夫人如此急切，那就好办了。"

"这是何意？"张氏不解。

"哦、哦……"邵仙人支吾了一下，"贫道的意思是，遇到贫道就好办了。"说着急忙转向薛氏，只看了一眼，便道，"这位老夫人，嗯嗯，三十有五，虽唇若红莲，鬓可照人，然泪堂有雀，恐子息难繁。"

"那那那……咋办？咋办？"高福似懂非懂，只是从邵仙人摇头动作看出不是吉卦，顿时急了。薛氏本还存有一念，听邵仙人如是说，顿感天旋地转，晕倒在张氏怀里。张氏和高福都慌了，邵仙人一笑："无碍！这位老夫人只是过于激动而已。"

"闻仙道有高术可解，请仙道指点迷津。"张氏一边用手轻拍薛氏后背，一边焦急地向邵仙人恳求。

“倒也不难，”邵仙人自信地说，“只要老夫人愿遵我嘱，贫道敢保证，不出一年，贵宅必庆弄璋之喜！”

二

紫阳道观坐落在宣武门东南方，离城不过十余里。道观本是道士修炼之所，务求清静无为、离境坐忘。是故，道徒多是避开嘈杂之地，跑到深山老林中修炼。不过，当今皇帝崇道修玄长达四十余载，京城内外便道观林立，这紫阳道观即是其中之一。道观建在一片高土坡上，坐西朝东，顺势而为，建筑依次为牌楼、山门、邱祖殿、云集山房。高高的院墙，都涂以粉赤色红泥。

出资修造紫阳道观的，乃是关厢有名的“豆腐陈”。陈家兄弟两人，弟二明经营豆腐坊，名闻京师；兄大明专营各地特产，售卖陕西绒褐、苏州吴丝之类，俱为达官贵人的时尚用品。陈家在京城东南购地万亩，种植大豆，家族墓地也安置于此。紫阳道观就是在墓地阳宅基础上改建的，与其说是道观，不如说是私家别业。不要说京城百姓，就是周边村庄的农人，也绝少光顾。

这座道观，除了邱祖殿内供奉着邱处机的泥塑像，成为道观的象征，其余建筑就要数两排典雅幽静的“山房”了。两排南北相对的山房，形成密闭的口子型四合院，院中又分隔出几个独立的庭院，每个庭院里都建有数间房舍。每到清明时节，陈家男女老幼都会借祭祖之机，到此踏青、居住；陈家兄弟也时常邀请至交到此小憩避烦，是以一应设施齐全，堪称修身养性之所。

这天用过早饭，高拱骑着匹毛驴，打扮成私塾先生的模样，带着高福来到了紫阳道观。

临行前，在夫人张氏的操持下，高拱沐浴更衣，梳理了绵密的长须，用夹子夹好，穿戴停当，才一身清爽地出了门。

至观门，道士打扮的邵仙人已在此恭候，一见高拱便抱拳施礼：“贫道邵某，幸会玄翁，有请——”

“不可如此相称，”高拱虽还了一礼，却面露不悦，“你我并不相识，称先生即可。”

“呵呵，玄……不，高先生，晚生访得，官场皆云高先生是极较真儿之人，不意一见面就领教了。”道士解嘲说。

“敢问高名雅号，仙乡何处？”高拱问，“果有通风鉴、究子平，密谈三命、深讲五行之术？”

道士只是呵呵一笑，并不回答，而是领着高拱沿着甬道川纹，径直来到后排一座门楣上写有“怡园”的庭院门前，又吩咐一个小道先领高福到左近的茶室用茶，这才开了院门，带高拱入内，在一间雅静的花厅坐定。

“我观你行为举止，再听你言语口音，不是京师之人。”高拱在一张八仙桌左手的圈椅坐下，以质疑的语气道，“所谓道士，也未必是真。你到底是何人，何以千方百计诓骗高某到此？”他愈说，语气中的责备之意愈发明显。

难怪高拱没有好气。为了逼勒他来紫阳道观，家里差一点闹出人命！

就在邵仙人到高府算命的当晚，用罢晚饭，高拱便照例进了书房，张氏也紧跟着进来，说有要事相商，就把邵仙人的卜语复述了一遍，提出要他到紫阳道观去见邵仙人，以求高术。这是午前邵仙人算命时向她授意的，说只要高老爷到紫阳道观一行，他自有高术相授。

听了夫人的话，高拱敷衍了两句，就撵夫人回房歇息，说自己有重要公牍要写。张氏对高拱一向敬畏有加，从不敢稍有违逆，不料这次却破了例。她双膝跪地，边哭边恳求，把这些年因为没有儿子、又连丧三女的痛楚和委屈，都哭诉了一遍，恳求高拱念及三十年夫妻情分，务必与邵仙人一见。倘若是别的事，高拱或许会大发雷霆，可是无儿无女、眼看绝后，这也是他的心病。是以，他非但没有发火，还对夫人好言相劝，安慰良久，答应抽暇与邵仙人见面，才把夫人劝走。谁知三天过去了，高拱似乎把这事忘得一干二净，绝口不提。张氏终于忍耐不住，再次催促高拱赶紧定下时日，好去给邵仙人回话。

听夫人三番五次逼勒，高拱心中烦躁，禁不住呵斥她一顿。原以为他一发火，夫人必会退却忍让，不意这次她不唯不退，反而郑重提出，摆在面前的只有两条路：一则请高拱写休书休了她；一则她自我了断，无儿无女的日子，她再也熬不下去了。侧室薛氏也随着张氏跪在高拱面前，哭泣不止。高拱以为两人只是求子心切，以此吓唬一下他，谁知从次日起，两人竟当真不进茶饭，连高拱亲自出面劝说也无济于事。拖至两日后，高拱不得不松口，差高福到紫阳道观知会邵仙人，约定会面时刻。

国朝有官员轮流十日休沐之例。昨日，高拱交代司务李贽，知会左右两侍郎和各司，说他今日休沐，不到部当直。可是，一见到邵仙人，高拱即觉察出异样，认定此人绝非算命先生，更无甚样送子观音的绝技。是故，他说话的口气就变得严厉起来。

对高拱的不悦乃至动气，邵仙人颇能体认。堂堂二品大员、礼部尚书，到此荒郊野外小道观里私会一个算命先生，怎会心甘情愿？不过，只要高拱能来，对他来说就是成功的第一步。在京师盘桓多日，对高拱的脾气多少了解一些，知他不可能在此消磨太多时光，就决计不再兜圈子，索性把话挑明。待侍者把茶水、干鲜果品整备停当，邵仙人收敛笑容，郑重道：“高先生好眼力！晚生委实不是道士，也不是算命先生。晚生姓邵名方，南直隶应天府丹阳县人，人称邵大侠者，就是在下。”说着，起身给高拱躬身施礼。

高拱并不还礼，边打量着邵方，边暗忖：他诓骗自己到此，意欲何为？国中多年来冒出不少山人、游侠，他们多半是科场失意又不甘寂寞之辈。此等人往往有些特长，或善舞文弄墨，或善参详画策，以此邀得官场中人青睐。山人也好，侠客也罢，倘若出外游走，尤其是交通官场中人，必是想以自己的某些“资本”换取某种需求。不过，此辈毕竟被冠以“侠”字，绝不奉有奶便是娘之旨。以此而论，若某个有名的山人、侠客投奔谁的门下，对这个官员来说，也算是一种无形的赞誉。高拱一则宦囊羞涩，无余钱供养；一则也无闲暇与此辈周旋，是以素来不与山人、游侠之辈打交道，却不知这邵方何以偏偏盯上了他。

邵方似乎猜透了高拱的心思，忙解释说：“晚生既无诗词歌赋之才，也无度曲弄韵之能，更无求先生接济之意。不瞒先生说，晚生乃应天府一带有名的富户，父母俱已下世，给晚生遗留丰厚家财……”

高拱打断邵方的话：“仗义疏财，遂有‘大侠’之誉？那么，你诓骗高某到此，所为何来？”

邵方摇摇头，并不解释，而是神秘地说：“晚生要给先生赠送一礼。”

“高某从不受礼！”高拱义形于色，“莫说是素不相识之辈，即使门生故旧，谁敢给高某送礼？”

邵方呵呵笑道：“那要看是什么礼。”

高拱并不辩白，又问：“素不相识，因何送礼？”

邵方道：“恕晚生冒昧，敢向先生请教：四夷馆考选译字生，可是先生主张？明令边省督抚物色通番文者充四夷馆教师，可是先生上的本？”

高拱大惑不解，只是下意识地点了点头。

“那就是了，说明晚生所访讯息不虚。”邵方颇振奋，“不瞒先生说，晚生到京已月余，这首善之区，也有几个熟人。晚生访得，先生的才干、学问自不必说，更有勇于任事的魄力、敢破故套的胆识，绝非常人所能及。从适才晚生所请教的两事看，先生的眼界、识见，恐举朝无人可及。”

高拱不觉一惊。考收译字生、补充四夷馆教师这两件事，邵方与眼界、识见联系到一起，就连他自己也未曾这么想过。由此，他不得不对邵方刮目相看，但表面却依然严厉：“既然你访得高某的不少讯息，难道就没有访出高某从不受礼吗？”

“先生家如寒士，尽人皆知。”邵方很干脆地说，“苞苴之事为先生所不齿！”

高拱接言：“既知这些，何必多此一举？”

邵方笑道："先生，此礼非它，"他指着几案上的茶盏说，"一盏茶而已，先生请品用。"

高拱一脸疑云，先是端详茶盏，也就是时下流行的坛盏；端起茶盏用心品了一口，咂了咂嘴，心里说："此茶果然香醇中又有几分甘甜，俨浓中有几分清爽，滋味绵长，非同一般。"连喝两口，闭目回味。

"此茶并非名品，"邵方道，"不过是浙南常见的品种。之所以有此品位，端赖煮茶技术之高超。"

"喔？"高拱好奇地问，"有何奥秘？"

"名教贤训最强调一个道字，天有天道，人有人道，"邵方得意地说，"这茶嘛，也有茶道。只是，这茶道嘛，非晚生所长，还是请出懂茶道者为先生解释一二。"他向里间喊了声："有请珊娘——"

须臾，一个十五六岁模样的女子从里间走了出来。高拱只觉眼前一亮，心里立时冒出"惊为天人"这个词。但见她上穿着白藕丝对襟仙裳，下穿拖地紫绡翠纹裙，披着一件黑色杭丝霞帔，不施粉黛，却也脸映桃花，眉赛弯月，厚嘴唇，高鼻梁，眸子澄明纯净，虽腮染红霞，目含羞怯，举止却也落落大方。

"这就是在间壁为先生煮茶者，唤作珊娘。"邵方指着女子作引介，又对珊娘道："珊娘，这位大人，就是我常向你提起的高先生。"

"奴家见过先生。"珊娘忙给高拱施礼道了万福，说话虽不算轻声细语，却也甜润异常。看她神态举止，不像风尘中人，倒像是知书达理的大家闺秀。

高拱局促中不知该如何应对。除了家中妻妾，他从不涉足风月场，士林中喝花酒之类的游戏，他也从不与闻，真不知该如何与陌生女子打交道。

邵方见状，忙说："珊娘，你先退下吧。"珊娘施礼告退，邵方又对着她的背影，嘱咐说，"好生为先生煮茶。"他又转向高拱，"此女非风尘女子，身世非同寻常……"他故意停顿下来，笑而不语了。

"喔？有何传奇？"高拱问。

邵方笑道："喔，珊娘的名字，是有些来由的，与大海有关……"邵方不再说下去，"这是一个秘密，世间只有晚生和珊娘才知道的秘密，若有机会，由珊娘向先生亲口述说吧！"

听到"大海"两个字，高拱内心颤了一下。他当即就想到了自己曾经做过的那个关涉大海的梦。难道，这个梦，冥冥中与这个女子有关？

时下，高拱已然会意——邵方要把珊娘送与他。目今有买女子馈赠贵人的习俗。所买女子，不是风尘中人，就是出自贫寒之家，珊娘两者都不像。那她的家人为何会卖她？还有，邵方何以把珊娘送与自己，他要谋些什么？不管怎样，先摸摸邵方的底再说。高拱边端起茶盏呷了一口茶，边肃然道："说吧，你想得到什么？"

三

初春时节，道观里还有几分寒意，花厅里放着一个火盆，上好的炭火烧得室内暖洋洋的，不多时，高拱身上的寒气即被驱散，鼻尖上竟冒出细细的汗珠。

闻听高拱问他想得到什么，邵方大笑："哈哈哈！公门里头的大人，总有一个惯常念头，但凡我辈与之交通，定然有利益交换。"他目光直直地盯着高拱，"倘若晚生说，我并不想得到什么，高先生信吗？"

"吾不信也！"高拱很干脆地答。

邵方伸出大拇指，晃动了几下，说："呵呵，高先生，果是坦率之士！"他沉吟片刻，"敢问高先生，见过大海吗？"

高拱既吃惊又好笑。前些天，他就问过张居正这个话题，今天竟然被邵方问到了。因为不知邵方有何用意，加上堂堂二品大员不想与一个江湖人士深谈，高拱也就避而不答。

"晚生是见过大海的，不唯见过，还在大海上航行过。"邵方并未因高拱不搭话而感到尴尬，继续说，"想必高先生听说过佛郎机之名吧？"

高拱又是一惊。那次他也曾经问过魏学曾佛郎机国的事，魏学曾只说是西洋岛国，别的就没再说什么了。他暗忖："这个邵方，怎么今天尽说些我近来关心的话题？会不会邵方与魏学曾见过面？"遂反问道："见过魏惟贯？"不久前，高拱向吏部尚书、同乡郭朴举荐魏学曾，说他有军旅才，不妨外放历练。魏学曾以按察副使兵备辽东广宁，前几日刚到辽东赴任。

邵方笑而不答，继续照自己的思路说："晚生不是夸口，或许对佛郎机国之了解，国中未有超过晚生者。"见高拱对他的话并不反感，反而流露出饶有兴趣的神情，邵方索性讲起了自己的经历，"适才晚生禀报过，晚生生于豪富之家，最看不起吃喝嫖赌，也非常人所说的仗义疏财之辈；所好者，是行万里路，弱冠即离家游走。与国中游侠不同，晚生最喜游走海上，下过西洋，去过南洋，也曾泛舟涨海。在壕镜盘桓过，还曾一睹倭国风貌。"似乎为了印证自己所言不虚，邵方连说带比画，描述起他见过的佛郎机人的长相来，"哎呀，佛郎机人，与我天朝人真是大不同，长身高鼻、卷发赤须，衣服华洁。贵者戴冠，贱者带笠。西洋人与我天朝人喜好也不同，天朝人重本抑末，而西洋人好经商。"

国朝以婆罗为界，以东称东洋，以西称西洋，暹罗湾之东，则称为涨海。

高拱只是在文牍中偶然看到过这些名词，没想到邵方居然都曾亲历过，不禁生出些许歆羡。“看来邵方其人，确非一般游侠所能比。难怪他从自己主张考收译字生、补充四夷馆教师一事，窥出了识见、眼界。”高拱暗忖，“只可惜，此人没有举人、进士身份，不然定要设法延揽他入公门，为国效力。”这样一想，高拱对邵方的经历就感兴趣起来，好奇地探问：“邵大侠冒死涉险，颠簸海上，都交通些甚样人物？”

邵方笑道：“呵呵，高先生，晚生一不是‘奸民’，二不是‘假倭’，三不是‘海贼’，晚生游走海上，也无谋利之念，只是想多看看这国人所不知的世界，结交各路英雄豪杰。”

大明开国起，就实行海禁国策，太祖皇帝有谕：“厉海禁，片板不许下海。”嘉靖朝以来，又三令五申海禁之策。可越是严海禁，海上事端越多，尤其是沿海一些绅民，不唯无视国策擅自下海，且每每与倭国海商内外勾结，朝廷对这些绅民分别冠以“奸民”“假倭”和“海贼”。高拱一听邵方说出这几个名词，就觉此人非懵懂之人，对朝廷维系海禁的政策举措甚为了然。可当他说出“结交各路英雄豪杰”这句话时，高拱又警觉起来。海上的所谓英雄豪杰，会是什么人？未必是与倭寇、海贼激战海上的俞大猷、戚继光这些官军将帅，很可能是许栋、王直、曾一本、林道乾这些海盗巨头。想到这里，高拱改变了主意，决计不再与邵方纠缠下去，他皱了皱眉，道：“你到底想说什么？”

邵方又是一阵大笑：“晚生知高先生有些怕了。不过先生尽可放心，晚生既无谋利之念，故从不介入海上任何事端，就是一个旁观者而已。有道是旁观者清，晚生百思不得其解的是，堂堂天朝大国，为什么非要禁海，不准通番贸易？请教高先生，互通有无，有何不可？”

高拱不语。这何尝不是他所疑惑不解的。但他不能在一个江湖人士面前说出“同感”二字，又不愿与一个陌生人商榷国策大计，只能沉默。

“嘉靖二十六年双屿岛之战，想必高先生闻知？”邵方问。

高拱自然知道。那一年，东南倭患渐炽，朝廷特命朱纨巡抚浙江指挥剿倭，朱纨到任后以强硬态度严海禁、绝走私，调集大军强攻被海贼盘踞多年的双屿岛，击毙海贼巨头许栋，把双屿岛上的建筑一律捣毁。但高拱不知邵方提及此事用意何在，故继续沉默以对。

“晚生去过那里。哎呀，真是让人不敢相信啊！”邵方以惊喜的口吻说，“双屿虽孤悬海上，却不是人们想象的蛮荒之地。岛上商旅云集，贸易繁荣，各国海商慕名而来。那里的繁华，怕是国中任何一个城市都比不得的，包括京师。佛郎机人还在那里开了医院、教堂，真真是一派西洋景啊！”

邵方的描述虽让高拱颇感意外，但也不由不信。他在巡抚朱纨给朝廷的奏本中看到过，说双屿岛上有一条四十里长的大道，寸草不生，“商旅往来之多，由此可见。”高拱对奏本中的这句话印象甚深，彼时即思忖，既然如此繁华之地，为何要将一切捣毁，重回荒芜就是好事吗？

“可惜啊，这一切都不复存在了！”邵方惋惜地叹气说，喝了口茶，继续说，“许栋固然被灭了，剿灭他的朱纨不也很快就自杀了吗？王直、徐海，被胡宗宪用诈术诛杀了，可胡宗宪结局又如何？”邵方突然神秘地说，“高先生想过没有，凡是指挥所谓剿倭的文臣，没有一个有好结果，一个比一个死得惨！”

高拱迅疾在脑海里捋了一遍，不禁大吃一惊！不到二十年的光景，奉旨指挥剿倭的督抚大员，不管基于何种原因，下场还真是如邵方所言：开指挥剿倭之首的是巡抚朱纨，嘉靖二十九年自杀身亡；继任浙江巡抚只有三个多月的王忬，于嘉靖三十九年被斩首西市；再往后江南总督张经、浙江巡抚李天宠，于嘉靖三十四年被斩首西市；继任江南总督的胡宗宪被下狱，去年自杀身亡！曾奉命督师剿倭的尚书赵文华，嘉靖三十五年被勒令回籍，途中暴病而亡！

“天意乎？人心乎？”邵方感慨。

高拱面对过皇上、皇子，与朝廷大员更是共事多年，但从来没有遇到过邵方这样的人。他很少敬佩谁，也没有从心底惧怕过谁，但是面对邵方，他却生出几许敬佩。可海禁这个话题，未免太过敏感，他不愿再谈下去了，遂起身道：“时辰不早了，高某谢谢大侠的美意，告辞了。”

“先生，奴家煮的茶不好吃，不合先生的口味吗？”珊娘不失时机地出现了。她手拿紫砂壶，给高拱的茶盏里续上茶水，忽闪着有神的双眼，仰脸问。

“哦……不不不，珊娘煮的茶，甚好，甚好。”高拱答道，又担心珊娘会错了意，忙补充说，“不过，我辈中原人，不像江南人对茶有那么多讲究，呵呵呵……”

“那就请先生好好品一品吧！”珊娘一语双关，见高拱依然站着，她拉了拉高拱的袍袖，“先生请坐下，再吃盏茶吧，切莫拂了奴家的一片心意。”

“哪里话，珊娘，”高拱不知所措，只得又坐下来，“粗茶淡饭可也，实在不懂讲究啊！”

珊娘抿嘴一笑：“据奴家所知，不仅倭国人，就连西洋的佛郎机人，对天朝的茶都情有独钟。人家倭国人吃茶，比咱天朝人还要讲究呢。先生是名士，该讲究才是的呀！”

“不得了，不得了！”高拱连声感叹，“珊娘见多识广，不唯国中女子无人企及，便是我辈须眉，也要自叹弗如啊！”

珊娘被高拱一夸奖，越发来了兴致：“先生真这么看吗？奴家可当真了呢！”

邵方笑吟吟地看看高拱，再看看珊娘，叹道：“郎才女貌，此之谓也！不不，郎才女貌哪里概括得了……”

“这这……”高拱红着脸，打断了邵方的话，“邵大侠这话从何谈起嘛！不早了，高某该告辞了。”

邵方挥挥手，示意珊娘退出，急忙切入正题：“如果晚生没有猜错的话，高先生怀疑晚生要以珊娘与先生做笔交易，对吧？”也不等高拱回答，继续说，“那么，高先生一定以为晚生要先生为晚生谋什么利益喽？”他盯住高拱，以坚定的语气说：“非也！晚生所求者，只三个字：开海禁！”顿了顿，又道，“请高先生为生民请命，吁请朝廷，尽快改变闭关锁国之策，开海禁！”

高拱没有想到邵方会提出这个请求，一时不知如何作答。按说，他应当严词拒绝并对邵方厉声呵斥，因为海禁是祖制、国策，身为朝廷大臣，面对攻讦祖制、国策者，理应这样做。但高拱不想这样做，毋宁说，他从内心愿意接受邵方的建言，至少在他看来，这是应该也是值得加以论证的重大国计，绝不当以不合祖制就断然拒绝之。高拱沉吟良久，问道：“邵大侠与徐阁老临邗，徐老是阁揆，开海禁，兹事体大，非高某一礼部尚书所能为，大侠何不谒徐阁老一试？”

“呵呵，”邵方笑道，“开海禁之事，非有识见、有魄力的干才能臣，谁能为之。高先生以为然否？”

高拱的问话，本有试探邵方之意，看他是不是见过内阁首相徐阶、是不是向他提出过这个话题、徐阶做何回应。可邵方的回答却滴水不漏，还变相奉承了高拱。这倒让他为难了。拒绝？似有不妥，毕竟，开海禁不是不可讨论的，倘若真的符合民心民意，有何不可！答应？开海禁关涉国策祖制，非同小可，礼部尚书力不从心。再者，答应邵方，是不是预示着接纳珊娘？高拱仰脸看着天花板，踌躇难决。

邵方看出了高拱的犹豫：“高先生不必为难，开不开海禁与晚生无关，晚生只是觉得为国家计、为沿海生民计，该这么做，方在朝廷高官这里吁请开海禁的。若哪位高官认为开海禁当行，把握时机提出就是了。”他一欠身，诡秘一笑，“只是有一事，请先生早做决断……”

“老爷——老爷！”随着几声呼唤，高福快步跨进花厅，他走到高拱面前，附耳低语。

“喔？快，牵毛驴来！”高拱“腾”地站起身，边吩咐高福，边疾步向外走去。

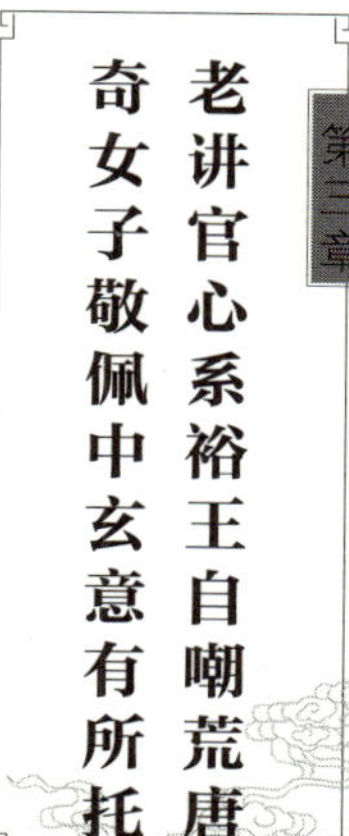

第三章 老讲官心系裕王自嘲荒唐 奇女子敬佩中玄意有所托

一

“王使何在？”高拱一进家，刚迈过垂花门，就急不可待地大声问。适才在紫阳道观，高福附耳禀报高拱：裕王府有使者到宅传裕王令旨，说有事请高先生参详。一听是裕王的事，高拱脑海里顿时一切都清空了，猜想着殿下会有什么事，他该如何拿主意，甚至顾不得与邵方、珊娘话别，仅拱了拱手，就匆匆往家里赶。

“小奴在！”一名太监从茶室应声道，带着几分谄媚，说话间走到了高拱跟前。

此人约莫四十二三岁，身材微胖，白耳黑齿，双目如电，带着一脸福相，狡黠中又有几分儒雅。他头戴以竹丝作胎、蒙着真青绉纱的钢叉帽，身穿红贴里，上缀麒麟补，腰间挂着牌穗，牌穗用象牙做管，青绿线结成宝盖三层，下垂长八寸许的红线，内悬牙牌，上有提系青绦。他到了高拱跟前，抖了抖衣袍，躬身给高拱行礼。

高拱一看，是裕王府的管事太监冯保，脸色顿时沉了下来。

“哦，高先生，”冯保忙解释，“李老公公染了风寒，小奴替李家前来。”

李芳是裕邸总管太监，以往都是他充当裕王使者。听了冯保的解释，高拱顾不得多想，急切地问：“殿下没有生病吧？”

“没有没有，殿下好着呢！”冯保喜笑颜开，“殿下让小奴给高先生问安呢！”

“你回去知会李芳，让他莫要当直，病好三天后再说。”高拱嘱咐说，“切莫传染给裕王殿下。”

冯保点头称是，心里不免嘀咕：“都说这高胡子不怒而威，只要一提到裕王，他就像变了一个人。”他这样想着，跟在高拱身后，奉承道，“小奴听坊间传闻，一说高先生‘直房接受公谒，门巷间可罗雀’；再说高先生‘家如寒士’，今日一见，传言不虚啊！”

高拱只顾往花厅走，并不接言。他做翰林院编修时，被选为裕王讲官，在裕邸九年，知道冯保其人。此人在给太监专办的“内书堂”读过书，粗通文墨，尤善书法，曾在皇上身边贴身侍候多年，皇上竟以“大写字”呼之。后来偶有小过，被贬到裕邸效力。这冯保为人精明，处事圆滑，在裕邸宦官中颇有人缘，都说他笃好琴书、雅歌投壶，有儒者风。可在高拱看来，冯保目光游移、甚是狡黠，绝不像善类。刻下听他说什么“坊间传闻”，一个王府太监，倘若安分守己，哪来的“坊间传闻”？显然对外多有交通，而这是做中官者所当禁的。高拱本想斥责他两句，念及他是裕王使者，忍了，只冷冷道：“别误了裕王殿下的正事。”

冯保知道高拱在裕王心目中的位置，而裕王是皇上唯一存活的儿子。去年冬天，冯保收了兵科给事中欧阳一敬十两银子，传话给随堂太监张鲸，让他在皇上面前提及会试题，不意竟激起皇上雷霆之怒，高拱为此差一点掉了脑袋。冯保事先并不知个中底细，闻听后吓出一身冷汗，后悔不该贪财。他生恐高拱事后暗中追查，自己难脱干系，是以一直找机会设法接近高拱，向他示好。今日好不容易从李芳那里讨得这次差事，他小心翼翼，讨好卖乖，不敢稍有差池。进得花厅，落了坐，冯保环视花厅，神神秘秘地低声道：“高先生，还是借一步说话吧！”

高拱只得起身，领冯保进了书房，伸手示意冯保在靠墙摆放的一把椅子上落坐，自己则转身到书案后面的座椅上坐下。

冯保看了一眼左手案几旁空着的座椅，知高拱不屑于与他并座一起，虽心中颇感凄然，也不敢流露分毫，而是讨好地一笑：“高先生实在辛苦。听说高先生从未休沐过，好不容易休沐一次，小奴又来打扰，真是过意不去呢！”

“此处无人，隔墙无耳，快说正事吧。”高拱并不回应冯保，只是冷冷地催促道。

冯保干咳几声，缓缓道：“高先生，李答应今晨又诞一子，裕王殿下请高先生拿个主意。”

“什么？”高拱一惊，一股怒气窜到脑门，但又不便发作，只好压了又压，起身在书案前烦躁地来回走动。

刻下，高拱最担心的莫过于裕王府冒出个什么事端来，而裕王府添丁的消息传出，弄不好会招惹是非。

当今皇上修玄崇道，追求长生不死。在皇上心目中，诅咒他速死的莫过于储君。皇上身边的道士陶仲文当年提出“二龙不相见”，不能立太子。可是，在群臣一再恳求下，皇上不得不立了太子。不料，太子行成人礼次日即暴卒，此事令皇上对陶仲文的话深信不疑。几年后，皇上的八个儿子中，六个先后夭折，只剩下康妃所出的裕王和晚他不足一个月由靖妃所出的景王。潜在的储君，似乎成了追求长生不死的皇上最大的威胁，也是他最为厌恶和极力防范的对象。裕王已是事实上的长子，他的处境因此变得极端危殆，遭受的摧残也是常人所难以理解的。

裕王十六岁出阁开府，他想见自己的生母康妃，皇上不允；康妃去世后，礼部拟定了葬典，被皇上断然驳回，甚至不允许裕王去为生母送终，裕王与生母生不得见、死不得诀。后来，裕王成婚得子，当时即为皇上的长孙，可是，皇上却不许群臣称贺，不准按制颁诏；不久，这个王孙就夭折了。裕王的元妃薨逝，按制称“薨”，皇上却不准，只许称“故”。裕邸经费拮据不堪，还时常不按时拨付，有时竟一拖三载，例行赏赐也每每被截留不发。

虽然裕王是皇上仅存两子中的长子，可是皇上很不喜欢他，认为他“木木”有余而聪灵不足，远不如小裕王一个月的景王聪慧机灵。皇上甚至突破祖制，迟迟不让景王按制就藩，反而命工部于宣武门内承恩胡同同时给二王建造府邸，二王同时出阁就府，同时成婚。中外议论纷纭，言裕、景二王争立国本，群臣窥视上意，押注赌博，拥裕拥景，隐然形成两派。当是时，两府杂居，谗言四处，裕邸周围，布满了锦衣卫、东厂的侦缉逻卒，裕王一旦稍有过失，即可能遭遇灭顶之灾！讲官高拱正是在此情势下来到裕邸的。他周旋维持，为裕王出谋画策，要他忍耐为上，小心恭谨。因此，裕王蛰居府邸十余年，始终惊恐度日，如履薄冰，给朝野的印象也是小心敬畏、动遵礼法，不敢稍有违制。如此一来，拥景派抓不到裕王任何把柄，皇上也找不到借口继续让景王留在京师。于是，景王于五年前之国湖广安德。国朝之制，除太子外，皇子应离京到封地去，谓之“之国”，非奉圣旨不得出城，形同幽禁。但景王之国，并不表明裕王之位已定。随着皇上年迈，越发对储君一词敏感起来，凡有公开建言立太子者，就会断然下令处死。是以高拱一再忠告裕王，他的境遇不会因景王就藩而发生逆转，反而更需格外谨慎，不能出半点差池。

三年前，李宫女诞下一子，作为裕王事实上的长子，也就是皇上的长孙。可这个长孙，却是下人所出。按制，藩王得子，当上报，并请皇上赐名，裕王即差使者请高拱拿主张。宫女就是普通民家的丫鬟，民家主人收笼丫鬟也不罕见，但毕竟不是什么光彩之事，所出子女也是庶出，与嫡子女不同。况且，若据实上报，裕王动遵礼法的形象势必受损，甚至出现难以想象的后果。是以高拱当时冒死做出一个决断：隐匿不报。因为隐匿，此子虚龄已然四岁，如今连名字也没有。此事还不知如何了结，高拱整天担心会出什么岔子，为此提心吊胆的，不意李宫女又诞一子。这怎不令高拱焦躁不安。

既然三年前第一子隐匿未报，新诞小皇孙自然也不能上报。高拱焦躁归焦躁，也不愿让裕王等待太久心生烦恼，便停下脚步，以决断的语气说："此次，如前例可也！"

冯保经历过李宫女所诞第一子隐匿的决断过程，他自然明白高拱的意思，不过还是提醒说："高先生，景王已死，严世蕃也伏诛了。"

景王是去年在封地暴卒的，无子，国除。景王一死，皇上就剩裕王这一个儿子了；而严世蕃被认为是当年拥景派的领袖。去年，徐阶亲自修改三法司判词，将其冠以"通番谋反"的罪名斩立决。冯保提及此二人，意在说明，如今境况与三年前已大不同，争国本的景王、拥景派的领袖都死了，还需要这么谨慎吗？

如果是别人说这话，高拱或许会与之商榷，但冯保是太监，高拱从来就认为太监除了宫中事务，对外间的任何事都不应干预，甚至不能插嘴。是以冯保话音甫落，高拱就怒斥道："这，是你这个身份者当说的话吗？"

冯保吓了一跳，忙作揖赔礼，又自扇嘴巴，连声说："小奴多嘴，该打，该打！"他知高拱素来不喜宦官，今日对他如此冷淡，不知仅仅是因为讨厌宦官，还是对那件事有所察觉，遂试探着道，"呵呵，万岁爷春秋高，忌讳越发多了，高先生就差一点……哎呀，今日高先生如此决断，小奴以为委实英明。"

高拱不理会冯保，仰脸沉思。裕王府的秘密又多了一个，危险也就又增加一分。想到这里，高拱忧心不已，禁不住连连摇头，叹气不止，口中喃喃："这个李答应，唉——"

嘉靖朝宫女命名甚俗。皇宫大内的宫女，皆以莲、兰、荷之类的花草命名；裕王府的宫女则以彩云、彩霞、彩凤、彩蝶等命名。这李答应即李彩凤，京东漷县人。她父亲李伟是一名泥瓦匠，本就一贫如洗，又赶上家乡遭受虫灾，为了活命，李伟携家带口进城谋生。彼时女儿才十二岁。两年后，眼看生活无着，饥寒交迫，李伟只得将年幼的三子李文进净身，入宫做了宦官；又设法将女儿送往裕王府当了一名使唤丫头，进裕邸后改名李彩凤。乡下丫鬟进王府，只能做些洗衣、端水、扫地之类的琐事。彩凤做起事来格外麻利、细心，裕邸上下没有不夸她的，尤其是裕王妃陈氏生性贤淑，为裕王生过一个女儿，不久就夭折了，几年来未再有孕，孤寂抑郁，总是病病殃殃的样子。彩凤虽比她小不了几岁，却以乖巧女儿侍奉母亲一般待她，让裕王妃陈氏很是感动。她对聪明伶俐、屈己奉人的彩凤亦格外提携，差她到裕王书房里当一名答应。虽然是级别很低的丫鬟，但因负责料理裕王的纸笔墨砚，并在裕王读书时陪侍在侧，端茶倒水，得以直接与裕王单独相处。

李彩凤进裕邸时，高拱还在裕邸为裕王讲官，彩凤又是伺候裕王读书的丫鬟，彼此是见过的。这个李答应身材丰满、长相俊俏，红润的面庞透出几分机灵，虽是贫寒人家出身，竟也识文断字。只是她那双眼睛，虽不大，却似有勾魂的魔力，顾盼生辉的眼神足以令人浑身酥软。高拱内心还闪过一念，隐隐担心这个丫鬟会不会以勾魂的眼神令裕王陶醉。事实证明这个担心不是多余的。裕王与李答应显然不是偶尔放纵一次这么简单，不然不会又诞一子。看来此女有一套本事，不然处境危殆、惊恐度日的裕王，未必会甘冒风险，与一个宫女如胶似漆，接连诞出二子。在高拱的心目中，裕王聪明特达，孜孜向学，又知礼数、重感情，是无可挑剔的好皇子。高拱不认为裕王会犯过失，纵然出了差错，那也是别人勾引裕王所致，是以他对李宫女就难免生出几分怨气。

“小奴整天陪伴王子，与李答应也朝夕相处，深感李答应对裕王殿下一片真心，关护有加，颇能使裕王身心愉悦。”冯保替李宫女辩白了一句。

高拱气呼呼地“哼”了两声，关涉宫闱事，他不便多言。冯保不知高拱是对他插话替李宫女辩白不满，还是对李宫女不满，也就不敢再多嘴。他从高拱的神态中判断出，高拱对去冬因试题触忌而险些丧命的内幕并不知晓，冯保也就踏实了许多，躬身一揖，就要辞去。

“回去禀报裕王殿下，请饬令阖府上下，照八个字行之，”高拱顿了顿，一字一句地说：“谨、言、慎、行，密、不、透、风！”

冯保连声称“是”，生恐高拱对他再加呵斥，深揖而去。

高拱突然觉得很累，靠在椅背上，不禁长叹一声。须臾，他蓦地起身，快步走出书房，喊了声：“高福，备马！”

“哼！你有马吗？”高福小声嘟哝了一句。昨日整备去紫阳道观时，高福本想雇匹马，老爷却吩咐雇驴，说一来省钱，二来不张扬，高福只得从命。刻下，高福正犯愁要不要把毛驴还回去，不还回去怕老爷责备不懂节俭，还回去又怕主人再用，抓耳挠腮间，听主人吩咐“备马”，这才松了口气，忙牵驴伺候。

“老爷，去哪儿？”高福问。

高拱瞪了一眼高福：“这还用问！”

二

高拱骑驴直奔紫阳道观而来。这次，是他主动要来的。冯保刚走，高拱心急火燎地要去紫阳道观，高福既兴奋又纳闷，不知老爷为何如此着急，心里暗自好笑：“看来，老爷真的想早点有个儿子啦。”

从允诺夫人去道观那一刻起，高拱委实是有求子之心的，尤其是见到珊娘后，

美丽、灵秀的江南少女，亦让高拱为之心动。

士林风尚，纳妾不是丑闻，即使年过花甲，倘若纳了小妾，士林依然会津津乐道。尤其对高拱这样没有一儿半女的男人，僚属故旧没有不劝他纳妾的。是以从紫阳道观回家的路上，他一直在斟酌：紫阳道观是陈家所建，而陈大明是邵方的至交，珊娘可在道观居住，他随时去会。权衡再三，没有掂量出接纳珊娘会有什么风险，决计将珊娘暂时安置于紫阳道观，待生得子嗣后再作计较。

但是，当再次踏上去往紫阳道观的小道，高拱为自己竟然萌生暗中藏娇的想法感到荒唐可笑，似乎这样做，对不起裕王。

高拱对裕王的感情太深了。他永远忘不了，嘉靖三十一年八月十九日，是他第一次到裕王府的日子。彼时，裕王年方十六岁，身体瘦弱，目光中流露出的满是恐惧，又兼带渴盼。少年裕王渴盼父爱、母爱，因为他从父皇那里感受到的只有恐惧；而自离宫就府后，就再也不能与母亲见面，也失去了母爱，裕王是那样孤立无助，惶恐不安。

这一切，都让长裕王二十六岁的高拱心生爱怜。以没有儿子为憾的高拱突然生出一个闪念，把少年裕王暗暗当作自己的儿子。

按照皇上谕旨，翰林院编修高拱讲书、检讨陈以勤讲经，旋又下旨，先讲《大学》《中庸》《论语》《孟子》，而后及《经》。这样，就只有高拱一个人先为裕王讲学。按成例，先训字义，后教大义而止。高拱却突破成例，超出恒格，在讲四书时，凡关乎君德、治道、风俗、人才、邪正、是非、得失，必延伸开来，联系古今实例，提出独到见解，以启迪裕王感悟。每到高拱讲书之日，就是裕王最开心的时刻了。在外人看来，高拱对裕王尽心开导、敷陈剀切，裕王获益良多，对高拱目属心仪。其实，高先生讲些什么，裕王未必都明白，就连那些煞费苦心、冒着违例风险讲授的启迪君德治道的内容，是不是真的听进去了都不重要，只要见到高先生就好！长达九年的时光里，无论冬夏寒暑，只要高先生来讲，裕王从来没有传令免讲过。他还手书“忠贞”“启发弘多”条幅赠予高拱。

不唯如此，高拱在裕邸九年，绝非仅作为讲官负责给裕王讲书这么简单。他清楚地记得，当二王争国本传闻甚嚣尘上时，裕王曾经凄然对高拱说：“先生资高才大，若本王离京之国，先生愿坐佥事之下吗？”王府设长史，从四品，位列同品的按察司佥事之下，是名副其实的冷板凳。裕王说这话，显然是对太子之位已心灰意冷。高拱忙安慰裕王：“殿下不要这么说，只要殿下益起孝敬，谨遵礼法，以人合天，必有大福。”当时，首相严嵩之子严世蕃自知严家握权久、仇人多，遂有烧冷灶、立奇功之计，试图暗中推景王上位。一日，严世蕃特请高拱喝酒，意在灌醉高拱后套出有用的只言片语。酒酣之际，严世蕃突然说：“闻裕王殿下对家大人有芥蒂？”高拱闻言猛醒，汗涔涔下，叫着严世蕃的号说：“东楼何出此言？国本默定，中外共知。国朝成例，东宫讲官用编修，诸王用检讨。今裕王虽非东宫，然讲官用编修，此乃令尊严相的美意，裕王殿下亦深知之，心存感念。裕王殿下在高某面前，每谓令尊严相乃社稷臣，中兴大业，实利赖之，请勿听挑拨之言。”这才掩饰过关。高拱和裕王都心知肚明，在裕邸的九年，高拱是以保护裕王安全、维护裕王地位为己任的，他做到了。

六年前，也是在初春，为裕王讲授四书的任务已然完成，高拱升国子监祭酒之职，该辞别裕邸了。那天，裕王赐高拱金缯甚厚，一直送他到府邸大门口，拉着他的手，久久不愿松开，哽咽不忍别，场面催人泪下。高拱离开裕邸后，裕王对他思念不止，手书“怀贤”两字，遣李芳送往高拱家中。每每在别的讲官讲授经史时，裕王突然就会说出“高先生也曾如是说”之类的话。对陈以勤、张居正、殷世儋这些讲官，裕王不时会传出免讲的令旨，听讲时也是兴味索然。这三位讲官与高拱对裕王的印象反差甚大，总觉得裕王甚是慵懒。这话，张居正婉转地和高拱说起过，高拱坚决不信，还气呼呼地说要张居正充实学问。言外之意是说，裕王跟他高拱学习九年，学识已非一般，不是学生不愿意学，而是老师的学问不够用了。

高拱在裕邸的九年中，裕邸的大事小情，裕王一概请高拱决断；他离开的六年间，府中事无论大小，裕王都要遣太监到高拱家里，要高拱来拿主张。裕王对高拱的情分，似乎已不仅仅是倚重、信赖乃至感激所能够概括的。对此，高拱也是感受得到的。

“今生得遇裕王，于愿已足，夫复何求！”每当为门庭萧索、无儿无女而伤感时，高拱就会以此来安慰自己。但是，这样的话，无论如何是不能说出口的，一丝一毫都不能流露，否则，势必惹上大不敬之罪！高拱只能将这种情愫深深埋在心底。门生故旧也好，妻妾家人也罢，谁都不理解高拱何以不再纳妾延续香火，他只能王顾左右而言他，搪塞过去。他心里对夫人也是有几分歉疚的，毕竟她没有寄托，寂寥度日，甚是难熬。因此，当夫人以死相逼要他去见邵仙人时，高拱难免动摇；遇到珊娘后，他也难免起了接纳之心。

或许是天意吧，裕王正巧在这个节骨眼上派使者来问事。

抬眼望见道观的山门，高拱心里暗暗自嘲：“背着裕王做这等荒唐事！”他又想到适才要冯保禀报裕王的八个字，自觉不能光要求别人，自己首先也要做到。

多年来，高拱一直有一个信念，作为裕王的老师，他必须克己，一切以维护裕王为根本，不能计较个人得失。当年道士陶仲文最为皇上崇信，高官大僚无不争相讨好之。一次与陶仲文相遇，陶仲文卜高拱必贵，遂与之通殷勤。高拱婉拒之，说：“陶公乃天子幸臣，高某为王府长史，交结近侍，国法所禁，殷鉴不远，岂可重蹈

覆辙？”那时这样做，当然是为了裕王。如今到了最关键、最敏感的时刻了，自己更要加倍小心，做到无可挑剔，不能给别人任何把柄，以免连累裕王。

还有那个未曾谋面却深深埋在心里的永淳公主。自十六岁落选驸马，多年后，在翰林院做编修的高拱又听到传闻，说自他进士高第，点翰林、有盛名，永淳公主越发不能忘怀，竟为之悔叹。高拱暗暗发誓，万万不可让自己心目中的那个幻象失望。

是故，高拱觉得有必要快刀斩乱麻，迅疾知会邵方，他是不会接纳珊娘的，劝邵方早日偕珊娘离京。

来到道观，进了山门，守门的小道士告知高拱，邵大侠进城会友去了，回不回来、何时回来，都说不好。高拱踌躇良久，还是进了道观。他决计会一会珊娘，让她转达给邵方也好。

“老爷，俺……”走到“怡园”门前，高福指了指自己，又指了指旁边的一间茶室，笑嘻嘻地走开了。高拱白了他一眼，也未阻止，只好亲自叩门。

“呀！是先生？”开门的正是珊娘，看到站在门外的高拱，不禁又惊又喜，还多了几分羞涩，脸颊顿时变得绯红。

“邵、邵大侠，在吗？”高拱手足无措，只好以明知故问来掩饰。

“嗯，陈家大爷邀义父进城去了。”珊娘答，见高拱直直地站在门外，珊娘抿嘴笑了笑，“先生，请进来呀！”

“喔……，也罢！”高拱像下了颇大决心似的，边说边大步跨进院中，“说与珊娘听也好，就烦请珊娘转达吧！”又像想起了什么，“珊娘适才说甚，义父？邵大侠是珊娘的义父？”

“对的呀！”珊娘见高拱进院后又站住了，禁不住嘻嘻笑道，“先生，此院中只奴家一人，先生不必如此紧张，随奴家进屋好吧？”

“喔，也罢！”高拱鼓足勇气，便随珊娘往屋里走，就在珊娘撩裙跨过门槛的瞬间，高拱突然发现，珊娘竟是天足——未曾裹过脚！“哎呀，怪哉！”高拱心里暗忖，“不是风尘女子已可断定，但若说是大家闺秀，焉能留天足？”

“先生，进内室，还是……”珊娘羞涩地问。

高拱尚未缓过神儿来，一脸狐疑，并未听清楚珊娘所说，也就未答语。珊娘以为高拱不好意思明确表态，羞怯地娇声道：“先生，随奴家来吧！”说着，就向内室走去。

高拱连连摆手：“不……不……不！”说着，一步跨到花厅的一把座椅前，蓦地坐上去，心怦怦直跳，一时气短，“就、就在此……在此说话。”

珊娘愣了一下，低着头，良久才说：“那么先生稍候，奴家去给先生煮茶，吩咐预备酒食。”

高拱又摆手：“不必了，不必了！”

“慢待先生，奴家心里会不安的呀。”珊娘撒娇道。

高拱一笑：“呵呵，珊娘客气了，”他坐直了身子，指了指左前方一把椅子，“珊娘，快请坐下，我有话问你。”

三

高拱万万没有想到，珊娘竟然是十六年前自杀的浙江巡抚朱纨的女儿！

十七年前，朱纨巡抚浙江指挥剿除倭患时，捣毁了双屿岛，岛上最大的海盗团伙头目许栋被击毙。许栋是南直隶徽州人，靠海上走私致富。他有一个女儿，貌若天仙、知书达理，到了该出嫁的年龄，许栋命家在绍兴的谋士，悄悄带她到了绍兴，为她编造了一个家世，托保山为她做媒。到了绍兴，尚未为她觅得佳偶，双屿岛之战爆发，许栋一家被灭门，唯独遗下这个女儿。绍兴知府得到线索，把她搜寻到了，为讨好朱纨，隐瞒她的出身，送给朱纨作外室，生下一女。不料，此女出生几天后，尚未与生父谋面，朱纨就被弹劾而下狱，随后自杀身亡。许栋之女这时方知自己家里已遭灭门，为纪念亡父，以海中珊瑚的珊字为女儿取名，这就是珊娘。

珊娘母女孤苦无助之际，与海商多有交通的邵方，在双屿岛之战后到处寻访阵亡海商家属，访得许栋尚有一女，遂四处探寻，终于在杭州找到了她们，将她们接到丹阳抚养。

“这个秘密，唯有奴家和义父两人晓得。”珊娘说，“今日说与先生闻之。奴家私愿，这个秘密永远只有三人知晓，永远！”

高拱对珊娘的传奇身世喟叹不已，闻珊娘此言，点头道：“珊娘尽可放心。”

“奴家自朦胧懂事起，就发誓要报仇！”珊娘流着泪说，她撩起裙裾，抬了抬脚，晃了晃：“先生请看。”

高拱此前已观察到了，他并没有吃惊，只是急于知道原委。

“留此天足，皆为报仇！”珊娘苦笑，故意问，“可是，先生，奴家的仇家是谁呀？”

这一问，高拱还真不知作何回答。

若从母系说，珊娘的外祖父一家遭灭门之灾，仇家自是指挥剿倭的巡抚朱纨，可朱纨是珊娘的生父；若从父系说，表面上看，导致朱纨被捕自杀的是言官的弹劾，实际上另有隐情。朱纨在浙江忠实执行海禁国策，双屿岛之战后，他不惜捣毁岛上一切设施，致大批海贼逃到福建，朱纨又一路追杀。他还严厉打击走私，抓捕近百

人公开处斩。朱纨的做法等于向浙闽沿海的绅商宣战，一举断了沿海百姓的财路甚至生路，沿海百姓无不对他恨之入骨。岂止是绅商、百姓，浙闽的官员也从走私中获取大量好处，他们并不希望看到海禁国策得到严厉执行，故而对朱纨的做法十分反感。于是，与浙闽商场、官场有联系的言官们便出面弹劾朱纨"滥杀无辜，草菅人命"，一时众议汹汹，皇上也不得不下令逮朱纨入京下狱。朱纨哀叹，若自己不自杀，浙闽绅商也会杀他，遂自我了断。如此看来，杀死朱纨的，正是那些要为朱纨所杀之海商报仇的人。

珊娘仰脸望着高拱，道："奴家后来才慢慢明白过来，奴家的仇人，只有一个…"

"是谁？"高拱盯着珊娘问。

"它的名字叫……"珊娘刻意停顿了一下，然后一字一顿地说，"海——禁！"

"喔……"高拱沉吟着，暗忖：难怪珊娘不惜以身相许，吁请解除海禁呢！

"呀……！"珊娘如梦方醒般叫了一声，"奴家真是太傻了，尽和先生说些如此沉重的话题，先生定是烦了呢！"说着，她站起身，整理了一下衣衫，"奴家给先生唱曲南戏吧！"

南戏，是江南戏曲的统称，有昆腔、海盐腔、弋阳腔、余姚腔，近来昆腔有脱颖而出之势。时下江南市面繁荣，听戏成为时尚，养戏班子的绅商不在少数。在京城的官场，听戏，也成了最时尚的消遣。高拱虽非江南人，但礼部主管教化，对戏曲也是多有了解的。

"珊娘会唱南戏？"高拱惊喜地问。

珊娘甜甜一笑："是的呀，听多了，学唱几句，奴家只比鹦鹉强那么一点点。"说着，伸出小拇指，用大拇指在指头尖上掐了掐。

虽然听戏是士林时尚，高拱却并不热衷，他更愿意和珊娘交谈下去，遂"呵呵"一笑，说："珊娘先请坐，可否知会一二，你是何处学的南戏？"

珊娘坐下来，神情黯然地说："奴家母亲五年前弃世，义父即是奴家这世间唯一的亲人了。"

"哦，珊娘可怜呢！"高拱感叹道。

"又让先生如此沉重了，"珊娘调皮一笑，"先生相信吗？家母故去后，奴家就女扮男装，随义父游走南北。"

"女扮男装？"高拱好奇地说，"好一个美姿容的少年郎啊！"

"唉，女儿家嘛，怎能出头露面？只好扮成男子啦！"珊娘晃晃脑袋说，"苏州离丹阳不远，是奴家随义父常去的地方。苏州写戏的人很多的呀，有一个叫梁辰鱼的先生，"说着，珊娘兴奋地比画起来，"他身长八尺，声如金石。哎呀，真是了不得的名士呀！”

梁辰鱼这个名字，高拱是知道的。此人生于官宦之家，本人却不务本业，中秀才后就拒赴科场，风流自赏，放荡不羁，着红衣、拥美女，挟弹飞丝、骑行山石。此人好任侠、喜音乐，热衷招徕四方奇杰之彦，邵方与他结交，再正常不过。人称梁辰鱼入媚其妻、出傲王侯，以替游闲公子、富商巨贾写些寻花问柳的助兴之作讨生活，有时还亲自登场唱曲，以博取主人和妓女们的欢心。他写的《红线女》《红绡记》《浣纱记》，大受梨园子弟欢迎，纷纷演唱。梁辰鱼的戏多以少女为主角，红线女、西施在他的笔下都是胸怀大志的女英雄。在他最负盛名的《浣纱记》一剧中，西施就是个一心报国的女英雄，越王、范蠡都对她膜拜，失身之后仍足以和范蠡相配，这显然是对名教中男尊女卑之训的反叛。也难怪珊娘提到梁辰鱼的名字，语气中满是倾慕之意。

不过，也有人对梁辰鱼大为不满，南京的言官曾上疏，说梁辰鱼在歌妓宴席上为富商作曲，现场就要富商支付银子，令斯文扫地！更有甚者，他在《浣纱记》中嘲笑万世师表孔圣人，简直目无名教、离经叛道！若衡之祖制，梁辰鱼有杀头之罪，要求礼部应严教化、整饬士风。在高拱心目中，当务之急是整饬官风，革除官场积习，是以对言官的论奏也未置可否。

见高拱陷入沉思，珊娘又站起身，畅快地说："奴家就给先生唱昆曲吧！"

高拱点头。昆曲，本是昆山、太仓一带的民间小调，只供清唱用。梁辰鱼对其加以改进，将昆曲与文人创作的传奇相结合，遂成为时下南戏的主流，但依然是南戏中最适合清唱的。

珊娘清了清嗓子，报了曲名《天下乐》，便唱了起来：

想四海分崩白骨枯，萧疏短剑孤。拟何年尽将贼子诛！笑荆轲西走秦，羡专诸东入吴。那时节方显女娘行的心性卤。

高拱时而闭目静听，时而含笑望着珊娘，心里满是愉悦。

唱完《天下乐》，见高拱脸上堆满笑意，珊娘主动说，"嗯，再给先生唱一曲吧，这曲叫《寄生草》。"

主公，你道我红线呵！身材小，我可也胆气粗。晓蛮夷已撰定川西喻，苦流离已草就河东赋，救饥荒已拟上关西疏。主公，你怎能勾析声沉月中无犬吠千村？你看尚兀自剑光寒星边、有骑飞三辅。

高拱虽然不懂南戏，珊娘唱的戏词他也没完全听明白，但还是感到很陶醉。待珊娘唱完了，他才醒悟过来，说："珊娘，你把戏词给我说说。嗯，就说《寄生草》这曲的词。"

珊娘近乎一字一顿地念了两句，高拱侧耳细听，还是不能完全明白，要么就是要珊娘再重复一遍，要么就问是哪个字。珊娘走到高拱面前，说："先生，请把手伸出来。"

"这……"高拱踌躇着，看看室内无人，狠狠心，伸出了手。

珊娘把高拱的手翻转到手心向上，用自己的手托住，念一字，就在他手心上写一字。

珊娘身上的香气把高拱笼罩了，珊娘纤指在他手心里的移动让他麻酥酥的，禁不住轻轻打了一个激灵。他不敢继续下去，忙把手缩回来："哦，珊娘，我已明白了，你唱的这出戏叫《红线女》。"

"是的呀，就是梁辰鱼先生的昆曲《红线女》。"珊娘歪着头说。

高拱坐直了身子，又示意珊娘坐回去，让自己镇静了片刻，开口说："这出戏说的是，红线女为解救潞州节度使薛嵩的危难，星夜飞到薛嵩的对头魏博节度使田承嗣的内寝盗取黄金盒，然后差人送回，示意田承嗣，取他的首级易如反掌。这出《红线女》表现的是弱女子同样能办大事、同样有非凡的本事。这，是珊娘的夫子自……不，女娘自道吧？"

珊娘并不回答，而是怅然若失地说："可是，红线女事成之后出家修道了。这，或许就是如先生所说同样能办大事、同样有非凡本事的女子的命运吧！"

高拱似有所悟：珊娘并不是为唱曲而唱曲，她是意有所托的。

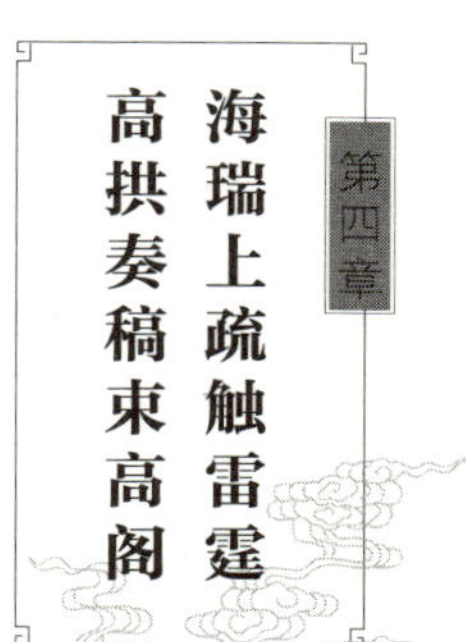

第四章 海瑞上疏触雷霆 高拱奏稿束高阁

一

黄昏的崇文门外，夕阳透过一株老槐树，把最后的余晖洒进一个简陋的小院里。城内城外房价悬殊，几个月前从江西兴国知县升任户部主事的海瑞，赁下了这个小院。虑及京城居住不易，他把老母与妻女送回琼州原籍，仅带一名侍妾、一名丫鬟和忠仆海安晋京赴任。这天散班回来，海安正在拴毛驴，海瑞道："记得过年买的那瓶酒尚未吃完，拿来我吃。"

海安纳闷，老爷自过完年就一直闷闷不乐，少言寡语，常常一个人陷入沉思，似乎在思忖什么大事，今日突然要喝酒，是借酒浇愁，还是大事已决？他不敢多问，找出那小半瓶酒放到餐桌上。海瑞更衣毕，换上了一件黑色夹袍，独自坐到餐桌前，拿起酒瓶猛喝一口，咧着嘴，"嘶哈——嘶哈——"举左袖抹了抹了嘴，把酒瓶蹾在桌上，对海安说："你，明日到棺材铺，买口棺材回来！"

海安惊讶地看着海瑞："老爷，买这个做啥？"

"老爷自己用！"海瑞悲壮地说。

海安大惊失色，却拗不过老爷。第二天乖乖地到棺材铺买了一口棺材，拉回院中。

"哎呀，海瑞买了棺材，他意欲何为？"一夕间，这件事就在京城官场传开了。

海瑞虽只是六品主事，名气却不小，官场上几乎无人不知。他生于遥远的海外琼岛，中举后，两度入京参加春闱都落第了，不得不以举人身份求职。十二年前海瑞被授福建南平教谕，到北京领取吏部红谕时，官场里品级最低——从九品的海瑞拜伏于承天门下，献上他精心撰写的《平黎策》，建言朝廷在琼岛开辟道路，设立县城，以安定乡土。海瑞的名字首次在京城传开。在南平做教谕时，福建学政朱衡到南平巡视考校生员，来到海瑞任教的学宫，阖县官吏都伏地通报姓名，海瑞却独施以揖礼，还振振有词道："到学政衙门，自当行部属礼；此学堂乃老师教育学生之所，故不宜屈身行礼。"朱衡不以为忤，还赞赏有加，屡屡举荐。不久，海瑞竟破格升任知县。海瑞的名字，又一次传到了遥远的京城。

海瑞还有几件事，也在坊间绘声绘色地流传着。其一是发生于海瑞在淳安知县任上，他以计整治胡宗宪的公子，让堂堂的江南总督胡宗宪哑巴吃黄连，只好将错就错，夸奖了海瑞一番的事。另一件是海瑞羞辱巡盐御史鄢懋卿的事，鄢懋卿受了海瑞的一番羞辱，堂堂的钦差大臣无话可说，不得不改变行程，绕过淳安。

海瑞第一次抗拒的上司——学政朱衡，后升任工部侍郎，一如既往地赏识、举荐海瑞；而海瑞曾经公开羞辱的两个高官大僚——钦差大臣鄢懋卿和江南总督胡宗宪，虽说当年都是如日中天之人，却同属严嵩一党。严嵩失败，严嵩一党遭到清洗，反对过鄢懋卿、胡宗宪的人就被证明是正确乃至有先见之明的，是以海瑞的声望也就越来越大了。

海瑞更以清廉、守法著称。在淳安知县任上，海瑞因过生日买了肉吃，还让总督胡宗宪作为新闻高调传扬，对众多下属说："你们知道吗，海瑞居然买肉吃呢！"引得朝野皆知。海瑞的举动时常成为舆论的焦点，饭后的谈资，如今突然间买了口棺材放在院中，怎不令人既兴奋又好奇。户部同僚本想当面问一问的，海瑞却请假了。请假不为别事，而是沐浴斋戒！大家预感到，海瑞又要对哪位上官开火了！

在猜测议论中，迎来了一个小节日——二月二，这是龙抬头的日子。京城的百姓怀着对过年热闹气氛的不舍，在二月二这天还要吃喝一顿，算是过大年的正式收官。好事者还会呼朋唤友，燃放炮仗。

可是，嘉靖四十五年的二月二，官员当直离家时都会严厉地警告顽皮子孙，绝对不许燃放炮仗，否则，说不定会惹来杀身之祸！不为别的，只为海瑞于昨日上了一道《治安疏》——治国安天下的建言。此疏直指在位近四十六年的皇上，遣词用语极尽尖刻，近乎对皇上公开谴责。在海瑞笔下，当今皇上这个为人称颂的"英主"，其实是一个残忍、虚荣、多疑和愚蠢的君主；所谓的太平盛世根本就不存在，有的只是民怨沸腾。他引用民谚，说嘉靖这个年号，就是"嘉靖嘉靖，家家干净"之意。海瑞还指出，举凡贪污腐败、盗贼横行、风俗日坏，根本就不像部分舆情所说是因为朝廷出了奸臣，而全是当今皇上之过！皇上"君道不正"，其"误多矣"。他明明白白地知会皇上说："天下之人不直陛下久矣！"

看到这道奏本，首相徐阶双手颤抖，汗如雨下；皇上则被气得七窍生烟，几度昏厥，气若游丝却依然咬牙切齿道："锦衣校尉，速拿了海瑞，别让这厮跑了！"

“万岁爷，海瑞不会跑，他棺材已备好了。”掌印太监滕详说。

“好，好啊！朕、朕这就成全了他！”皇上勾着头，喘着粗气道。

须臾，一队缇骑包围了海瑞的居所。绣春刀寒光闪闪，铁锁链哗哗作响，海瑞被逮进了南镇抚司诏狱。

此事一时间轰动京城。此时，若官员家里燃放鞭炮，岂不被疑为庆贺海瑞骂驾？正在气头上的皇上正无处发泄胸中恶气，百官安能不小心翼翼，生恐稍有不慎就惹祸上身。

高拱却是今日到部后才听到海瑞上疏这件事的。他对家人约束甚严，高福等人被明确警告，不许与人交通，无事就回家闭门不出，更不敢传什么闲话了。对礼部官员，高拱也明令禁止当直期间趋谒走动，僚属们无公务不敢去他的直房闲谈道路传闻。虽然海瑞上疏的事轰动官场，到处都在议论，但因奏本并未奉旨下部院议处，礼部尚书高拱竟一无所知。直到今日到了直房，司务李贽去送文牍，忍不住问：“大宗伯知海刚峰其人否？”

士林时尚，每以古职代称现官。吏部尚书称冢宰，户部尚书称大司农，礼部尚书称大宗伯，兵部尚书称大司马，刑部尚书称大司寇，工部尚书称大司空。故李贽私下偶以大宗伯称高拱。

高拱自然是知道海瑞的，对他的印象也不错。当李贽说到海刚峰时，他略一思忖，问：“是海外琼岛的海瑞吧？记得他字汝贤，号刚峰。”

一听高拱如是说，李贽就猜到高拱对海瑞上疏事尚不知晓，于是说：“海刚峰上了道《治安疏》，道路传闻，此疏用语之大胆，古今罕见！”随即把他听到的奏本要领，转述给高拱。

高拱惊诧不已，心里却也有几分快意。是啊，该从太平盛世的幻觉中警醒了。一意维持的局面，不能再没完没了继续下去了，但这话他不能在李贽面前说出口。为了掩饰自己的惊喜，他打破不与下属谈论坊间传闻的惯例，问：“司务可知，坊间对此事有何议论？”

李贽与海瑞同为举人出身，几乎同时进入官场做教谕，但海瑞已做过两任知县，升正六品主事；而李贽却只是打杂的从九品司务。提到海瑞，李贽心里总是酸溜溜的。高拱问他坊间传闻，他却以揶揄的语调说：“我李某进官场，纯为稻粱谋；人家海瑞呢，照他的话说，做官就是获得了为国尽忠、为百姓办事的机会，想发财就不应当选择做官。何其高尚耶！”

倘若别人这样说话，高拱一定严厉呵斥；他知道李贽是位有主见的人，也很率直，这个人对祖制成宪乃至名教圣训没有敬畏，常常冷嘲热讽，不少人到高拱这里告状，高拱私心也以为李贽确实有些过，但又觉得他勇气可嘉，对矫正官场抱残守缺、固步自封的风气不无裨益，也就不与之计较，采取听之任之的态度。今日听他说些海瑞的风凉话，心里虽不悦，却不想责备他，只是淡淡道："海瑞的话没错的嘛！"

"当然没错，"李贽嘴角一撇说，"因为这番话，正是太祖皇帝对为官者的要求，谁敢提出异议？不过，倘若是别人说这话，一定被认为是说套话，他海瑞就不同，他说出来，就没有人怀疑是套话啦！"

"那是因为海刚峰言行一致，说到就做到。"高拱以辩驳的语气说。

"故而海瑞出名啦！"李贽酸酸地说，"关于他的传闻，一直源源不断，也常常成为京城官场的谈资。不过，据卑职所知，人们提到海瑞这个名字，多半会一笑置之，或者摇头不已，乃至说海瑞是善出风头之辈。说他自知以举人出身按部就班晋升无望，就另辟蹊径，千方百计邀取声名，以图超常任用。"

高拱猜李贽对海瑞大抵存有嫉妒之心，说话未必客观，也就不愿再继续说下去了，冷冷回道："一本忠心，尽职尽责就好！"突然又忧心地说，"看来，海瑞这次是凶多吉少了！"

李贽一改对海瑞的揶揄腔调，叹口气说："皇上雷霆之怒，海瑞旦夕难保！"

"嗖"地一股寒气，从高拱后背窜过。想到自己去冬的遭遇，不禁替海瑞感到惋惜，喃喃道："但愿海瑞也有高某这般运气。"

二

日头还挂在天际，余晖透过窗棂，洒进高拱书案前的空地上。他有些坐不住了。平时，他总觉得光景过得太快，似乎刚进衙门就到散班时刻，每每等部里人去屋空，他才意犹未尽地离开，今日却嫌过得太慢，刚到散班时分，就急匆匆往家赶。

"酒菜都整备好了吗？"一进家门，高拱就急切地问。

"呵呵，老爷，都预备了。"高福答道，他一伸舌头，"难得能改善伙食，阖府上下比老爷还上心呢！"

"你到门口守望，等你张爷一到，上紧迎一下。"高拱吩咐高福道。

自正旦节起，只要在家，高拱就把自己关在书房，拟写一篇大奏本。疏稿已成，他想让张居正过目后再报。可张居正过了年就接受了重修《承天大志》的使命，带着一班人闭门改稿，竟没有余暇与他会面，直到前天，张居正才差人来禀，说二月二申时到府拜谒。高拱早上出门就吩咐家人预备酒菜，此时他更衣毕，亲自到厨房查看了一番，美滋滋地想着与张居正喝几盅，谁知申时三刻已到，还没见张居正的人影。

“就知道一趟一趟来禀，不会到半道上去迎？！”高拱又急又气，对回禀的高福大声呵斥着。

高福噘着嘴又小跑着出了门，一眼望见张居正的管家游七跑了过来，劈头嗔怪道：“哎哟哟，我的祖宗哎！你家张爷咋回事？老爷快把俺骂死啦！”

游七矮个子，小眼睛透出机灵，他点头哈腰，气喘吁吁地说：“咱家老爷、老爷要、要小的禀报、禀报高爷，他、他有了急事呢，约莫戌时二刻才能来谒，请高爷先用饭，不必等他了。”

听了高福的禀报，高拱怅然若失，命家人把几个菜先端走，自己只是匆匆吃了个馒头垫垫肚，就进了书房。他拿出反复斟酌修改的疏稿，看了，放下；放下，再拿起，又不时去看刻漏，离戌时还有两刻，高拱坐下，又站起来；站起来又坐下，心情有些烦躁，脑海里竟浮现出珊娘的影子，不停地晃动。

那天在紫阳道观，高拱与珊娘相见交谈了近一个时辰，连午饭都忘了吃。虽然，高拱并没有因为一个时辰的交谈，就改变不接纳珊娘的主意，但却让他对珊娘多了几分思念，心里放不下她了。和珊娘在一起交谈时的愉悦感，是高拱从来没有体验过的，他忘不了，舍不得。虽然决绝地说出了请她尽快离京的话，心里却直骂自己“胆小鬼、无情汉”！

辞别珊娘后，高福察言观色、旁敲侧击想打听出点什么，高拱一路上神色黯然，沉默不语，高福也不敢多言。回来后夫人问起，高福实话实说，老爷确实是与一女子相会，别的就不知道了。夫人又问了高拱几次，他都含含糊糊搪塞过去了。为了转移注意力，把思绪从珊娘身上移开，这些天，他把全部精力都投入到对疏稿的斟酌修改中，可珊娘的影子、珊娘的声音，她的举手投足，却不时在他眼前浮现出来。此刻，在等待张居正的空当，高拱不由自主地又想起了珊娘，回味和她在一起交谈时的愉悦感。可是，他又害怕自己总这样回味，便不时提醒自己说：“还是多想想裕王吧。”

“可是，裕王毕竟是储君，且不说作为臣子不能随便见他，即使见到他，敢把心里话说给他听吗？说自己在他身上弥补了没有儿子的缺憾？这岂不是大不敬？”高拱这样问自己，心里陡然涌出一丝悲凉。越是想裕王，越感到孤独，越发觉得肩上的担子很重很重……

“或许正因为如此，和珊娘在一起，才感到轻松愉悦，像换了一个天地，自己也像换了一个人吧。”高拱又想，“这样看，心里牵挂着裕王和想珊娘，并不抵牾……”高拱又为自己解脱说。

越想越烦躁，高拱突然嗔怪起张居正来：“这个叔大，原说好的申时来，居然临时改约，会有甚事绊住他？”

戌时二刻刚过，张居正急匆匆赶来了。高福径直领他到了高拱的书房，高拱坐在书案前，并不起身。

“哎呀——中玄兄！”张居正满脸笑容，一进门就亲热地叫着，边鞠躬施礼，“请兄台恕罪，恕罪！”

高拱故意显出冷淡的样子，瓮声瓮气地说：“恕你何罪？”

“咳！中玄兄——”张居正不客气地坐下来，“是元翁召见，弟不敢不去，只得与兄改约啦！”

嘉靖朝，内阁辅臣依入阁顺序排位，资格最老者排首位，百官仰尊，称为首相。因皇上在御札里曾以“元辅”相称，为表尊崇，官场即呼为“元翁”。张居正所说的元翁，就是内阁首相徐阶。

高拱已然猜到，张居正之所以改约，很可能与徐阶有关。因为他自信，在张居正的心目中，除了徐阶，不会有谁的分量重于他。他与张居正早在嘉靖二十八年就结为朋友。那一年，张居正庶吉士散馆，授翰林院编修；早他六年入翰林的高拱恰于此时为亡母守制期满起复，继续担任编修，两人在翰林院成为同僚。

起初，张居正并不敢奢望与高拱结为朋友。不唯高拱乃阀阅衣冠之族，而张居正则家世贫贱，门望相殊甚远。更重要的是，高拱的阅历也让张居正感到高不可攀。他们两人都是十六七岁中举，且俱是本省解元。可是，高拱自幼就有名师教习，研修学问。早在张居正尚未出生前，高拱的父亲提督山东学政，他就随父在济南师从致仕的都察院佥都御史李麟山，六年后又拜在先后任国子监祭酒、礼部尚书、内阁大学士的致仕阁老贾咏门下，师从其学数年。此后，又游学河南会城开封，就学于大梁书院，师从当时的著名学者、以倡导“实学”著称的大学问家兼高官李梦阳、王廷相，学绩甚优，被大梁书院聘为教习，教授生徒。虽然高拱在中举十三年后才进士及第，但是他已经是学识深厚广博、满腹经纶的学问家了。而张居正虽寒窗苦读十余载，但工夫都用在四书五经、历科程墨、宗师考卷之类，不过是几块入仕的敲门砖而已，除了为科场夺标而死记硬背了一通四书五经，就谈不上什么其他学识了。况且，高拱大张居正近十三岁，进士及第早两科，他的同年陈以勤就是张居正会试阅卷官。士林是甚讲科第辈分的，对张居正来说，高拱乃名副其实的前辈、师长。加之张居正观察到，高拱脸上流露出的是掩饰不住的傲气，断定他是一个自视甚高的人，遂暗自叮嘱自己，对高拱要敬而远之。

翰林院的文牍房里，高拱是常客，张居正每次去，几乎都会碰到他，而要阅看的故牍文翰又每每相同，彼此便有了亲近感。张居正虚心求教，高拱则倾心相谈，让他受益颇多。高拱感到张居正年少聪明，孜孜向学，给他讲什么，马上就能够领悟，并且对自己又甚崇拜，常对外人感慨：“居正自结交玄翁，长多少学问”，高拱听后，很是受用。如此一来，两人常常在一起切磋学问，商榷治道，至忘形骸。脱离编修之职后，高拱在裕王府任讲官，又荐张居正步其后尘；高拱任国子监祭酒，则荐张居正任其助手司业；高拱晋礼部侍郎后，受命主持重修《永乐大典》，提议张居正为分校官，各解原务，入馆办事。两人同心谋事，协力济务，融洽无间，不唯成为知己，还有了香火盟，近二十年的交谊，关系实非一般。对张居正来说，高拱亦师亦友，是他最敬佩的人。

徐阶是张居正在翰林院庶吉士时的授业老师，对张居正赏识有加，器重非常，他又是当朝首相，徐阶相召，张居正也只能与高拱改约。对此，高拱自然是体谅的。因此，听了张居正的解释，高拱也就不好再摆出生气的架子，忙问："叔大，你见到元翁，可知海瑞的事怎么样了？还有救吗？"

"待会儿说，待会儿说。"张居正一脸神秘，"还有更重要的事要说呢！"

"喔？"高拱忙问，"叔大快说，何事？"

"嘿嘿，"张居正一笑，"弟最喜边吃酒边谈事，中玄兄，待酒过三巡，弟自然会说。"

高拱嗔怪地一笑，向门外叫了声："高福——"高福应声而来，高拱刚要开口吩咐，张居正伸手阻拦，"不，不，今日吃我带的酒，游七这就该送到了。"

"叔大怎知我唤高福是命他拿酒的？"高拱故意问。

"路人皆知，中玄兄是居正师友，兄台的心思，弟若不知，怎配做兄台口中的金石之交？"张居正笑着说，"适才从元翁的直庐一出来，弟就命游七回家取酒，必与兄台痛饮！"说着，上前拉住高拱的袍袖就往餐厅走。

"中玄兄，"边走，张居正边说，"我观兄台庭院萧索，何不再纳新嫂以振门庭？"

高拱心里"咯噔"一下，暗忖："难道张叔大已知珊娘一事？"

"快快再娶房嫂夫人吧！"张居正说，"所谓双喜临门，我兄亦当有此福分！"

"双喜临门？"高拱似被张居正的话带进云里雾里般，摸不着头脑，更感到纳闷。张居正一向沉毅稳重，喜怒不形于色；今日却有些异样，兴奋而多语，其中必有缘故。刚想开口问，高福、游七两个人从马背上的驼袋里把酒取出，一人抱着一坛气喘吁吁进来了。

张居正指着高福抱的酒坛："这是山东秋露白，色纯味烈，属高粱烧酒。这酒倒是不错，就是太烈太辣。不过呢，此坛酒中加了莲花露酿成，清芬特甚，是秋露白中的精品。"又指着另一坛说，"此为金华酒，色如金，味甘而性醇。据闻，饮金华酒乃近时京师嘉尚，有人甚至说李太白所谓'兰陵美酒郁金香'者即指此酒。"他拍了拍蓝花瓷坛子，"怎么样，中玄兄，就喝秋露白吧，金华酒太甜腻了。文坛盟主王世贞和弟说过，金华酒吃十杯后，即舌底津流，旖旎不可耐。"

高拱笑道："我老家开封府地界，以中牟所酿梨花春为酒中魁首，当地士绅皆云此乃汴中之秋露白，足见秋露白在中原绅民心目中是顶级的好酒，那就尝尝真正的秋露白吧！"

说话间，两人进了设于西耳房的餐厅。餐桌是张八仙桌，围放着四把圈椅。高拱面南而坐，张居正在他对面落坐。菜端上来了，酒也倒好了，两人碰了一盅，一饮而尽。张居正又举盅："弟敬兄台一盅！"

"慢！"高拱拦住他，"酒，过会儿再喝，还是先办正事。"说着，从袖中掏出一叠文稿，"叔大一观。"

三

张居正接过文稿，《挽颓习以裨圣治疏》映入眼帘，他抬眼以钦佩的目光看了看高拱，"中玄兄，这……"

高拱欠起身，"忽"地从张居正手里夺过疏稿，道："也罢，先给你说说由来，再看不迟。"

"差点搬家，"高拱指着自己的脑袋道，"这事，叔大知道的。"

"哎呀！提起此事，心有余悸，心有余悸啊！"张居正拍拍胸口说，"多亏元翁多智，不然……"他摇摇头，重重吐了口气。

去冬因高拱所出试题触忌，皇上震怒，强令锦衣卫都督朱希孝即去逮治。朱希孝求助的眼神，让徐阶鼓足了勇气，战战兢兢道："皇上，待臣说完，再逮不迟。"

"说吧。"皇上终于松口。

"皇上，臣名阶，字子升，"徐阶故意露出一丝笑容，"这个名字正是出自《论语·学而篇》。"说着，他晃了晃脑袋，闭目吟诵，"夫子之不可及也，犹天之不可阶而升也。夫子之得邦家者，所谓立之斯立，道之斯行，绥之斯来，动之斯和。其生也荣，其死也哀。如之何其可及也？"吟毕，解释道，"皇上，这是说孔夫子伟哉，后世读书人当以之为楷模，以德服人，方可理政安民，岂有诅咒皇上之嫌？"

皇上微微欠了欠身，没有说话。

徐阶又道："记得嘉靖初年日讲时，讲官徐缙讲《论语·曾子有疾章》。徐缙刻意回避'人之将死，其言也善'一句，皇上还责备他说，'死生常理，有何嫌疑？不必避讳'。朝野闻之，莫不仰诵皇上圣明。今皇上忽以'绥之斯来，动之斯和'一语罪大臣，臣不知朝野作何观，后世作何论。"

皇上怒目直视徐阶，刚要说话，被一阵咳嗽堵了回去。

徐阶冷汗直淌，咬着牙，继续说："皇上静摄修玄多年，臣民都以为皇上春秋无限，万寿无疆。当年不避讳，目今照样不避讳。况‘绥之斯来，动之斯和’一语，并无可避之嫌。”

“卿所言，亦不无道理。”皇上嘀咕了一句，暗忖：当年不避讳而时下避讳，不是向臣民证明自己老了吗？不能这样，我必是长生不老的，怎么会老？这样想着，只得打消了逮治高拱的念头，但一口恶气却不能不宣泄，遂大声道，“朱希孝！锦衣卫务必严密侦缉，敢有胡乱遐想，造言惑众者，以大不敬罪重处！”言毕，向外一摆手，“都退下！”

朱希孝当夜即造访高府，把情形知会高拱。高拱有种死里逃生的解脱感，自是对徐阶心存感戴。正旦节，他破例去给徐阶拜年，表达感激之情。说着说着，高拱却又说到官场萎靡、士风日下，亟待振作。徐阶免不得一番嘉勉，鼓励他多思国政。辞出徐府，高拱便埋头书房，正旦节、上元节，都用在起草疏稿上了。

张居正听罢，暗忖：“人家是客气话，这老兄就当真了。”但他未说出口，一笑道：“居正要看看，中玄兄是如何思国政的。”说着，伸过手去，要疏稿看。

高拱没有给他，问：“叔大，你说，目今我大明有何大难题？”

“兵不强，财匮乏。”张居正脱口而出，又补充道，“内，吏治败坏；外，边患严重。”

“浅见！”高拱一撇嘴道，“譬如诊治病人，你说的是病症，不是病根！”

张居正脸“唰”地红了，尴尬一笑：“嘿嘿，中玄兄责备的是。”

“吏治败坏，可以整饬嘛；诸边不靖，可以安攘嘛。兵不强、财不充，可以振而理之嘛。”高拱以轻松的语气道，顿了顿，“何以效果不彰？”不等张居正回答，他用力一敲餐桌，“积习不善之故！”

“积习不善……”张居正像是自言自语，用心体悟着。

“积习不善，这，才是目今天下之大患！”高拱大声道，旋即缓和了语气，“读书人初入官场，一心想着去捞钱，这样的人不多吧？可是，时下却是贪墨成风，政以贿成。怎么回事？积习不善之故。有人送礼你不收，会被视为异类；有人请客你不去，会被视作不近人情。久而久之，求他办事不行贿，他就认为你不懂规矩；想与他拉近关系不请客，他就会认为你心不诚；过年过节不给上官打点，自己心里也不踏实。”他突然提高声调，“可怕的是，大家也觉得这不好，可又都这么做，边做边喟叹：‘风气如此，奈之若何？’风俗移人，此之谓也！”

“嗯，是这么回事。”张居正点头道，“那么以中玄兄之见……”

“我概括有八点，也可谓八弊。”不等张居正说完，高拱就侃侃而论。他伸出左掌，用右手食指一一按下左手手指，“一是坏法，执法不公；二是赎货，贪墨成风；三是刻薄，对官场任事者百般挑剔，对百姓百般搜刮；四是争妒，见不得别人好；

五是推诿，不愿担当；六是党比，拉帮结派，搞团团伙伙；七是苟且，萎靡不振，得过且过；八是浮言，说大话，说空话，说套话！有此八弊，士气所以不振，公论所以不明。”

“正是！”张居正赞叹道，“官场上说谁好，说不定就是这个人各方打点得好。因此，所谓公论，靠不住。拔擢官员不看政绩，只看亲疏，谁还踏踏实实做事，士气哪里振作得起来？”

“这八弊，相互之间也是关联的。”高拱继续阐释说，“譬如‘党比’，时下什么同乡、同年、师生，团团伙伙，只看亲疏、不论律法，不言公理、彼此关照，以‘关系’定轻重，坏法之弊必随之出。”他突然长叹一声，抬高声调道，“更可怕的是，人人以为已然如此，只能随波逐流，皆不思振作！”

“对！”张居正大声道，“不思振作，才是国之大患！以时下官场积习，非有大举措、大手笔，不足以除八弊、移恶俗、新治理！”

“叔大说的对！”高拱接言道，“八弊不除，不唯不能救患，实则诸患由此八弊引出。如果要振作，就要从革除八弊着手。任由八弊越积越重，我国家就顺着下坡路急速滑行，不要说千秋万代，我看连一百年也未必撑得住！”

张居正重重点头，目光中流露出焦躁的情绪。

“可惜啊，还是一意维持……”高拱欲言又止，端起酒盏，一仰头，把满满一盏酒倒进口中，“咕咚”一声咽了下去，举起奏稿，大声问，“叔大，此疏当上否？”

“当上！”张居正毫不含糊地说，他喘了口气道，“然则，此疏断断不能上！”

高拱兴奋劲刚起，被张居正的话遽然压下去，不禁疑惑地问：“既然当上，何以又不能上？”

“断断不能上！”张居正重复说道。见高拱神情沮丧，他突然喜笑颜开，端起酒盅，“兄台，有好酒不让吃，就这么干坐着，非待客之道啊。边吃酒边说嘛。”

高拱并未响应，口中喃喃道：“此疏上与不上也无所谓，以愚兄之地位，无须做甚博取名声的事，”他喘着粗气，语调沉重，“然则，眼看积弊日甚一日，上下熟视无睹，为兄忧心如焚啊！海瑞上疏，言辞虽激烈，却也促人猛醒，可惜激起皇上雷霆之怒，恐事与愿违。”

张居正伸手拿过疏稿，揣入袖中，一笑道：“中玄兄，此疏虽不能上，却不能不用。弟先拿回去抄副本，随时从中领教。”说罢，举盏敬高拱，“我兄不必愁苦，大可不必！”

高拱瞥了他一眼：“叔大，你今日有些异样。到底有什么事，还不快说出来！”

张居正兴致甚高，大声道：“中玄兄，吃酒，吃了酒再说不迟！”

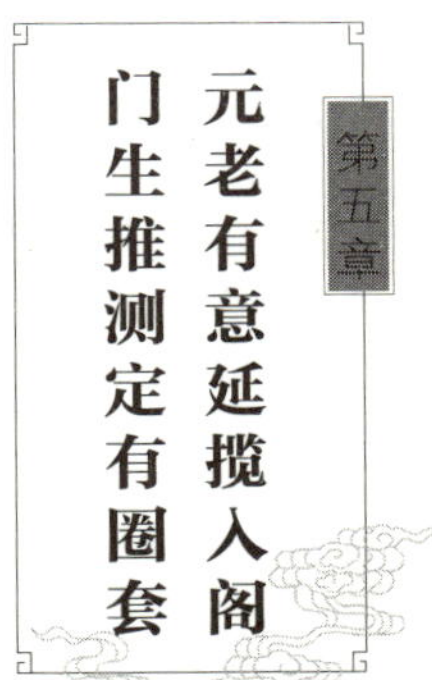

第五章 元老有意延揽入阁 门生推测定有圈套

一

高拱端起酒盅，与张居正连干了三盅，放下，夹了块红烧鲤鱼，边择刺边问："叔大，海瑞有何消息，可以说了吧？"

张居正向在旁侍候的高福招招手，接过他手中的酒壶，示意他出去，这才道："中玄兄有所不知，适才我应召谒元翁，方知海瑞的《治安疏》对皇上刺激甚大，精神几近崩溃；而元翁则左支右绌，焦头烂额。"

"喔？"高拱放下筷子，侧耳细听。

海瑞要上疏一事，事前徐阶已有耳闻，还曾派人前去劝说，要海瑞不要鲁莽行事。在徐阶看来，海瑞初到京城，朝廷在他心目中一直是神圣的，一旦身在其中，发觉与自己的想象反差巨大，不免失望，出于一时激愤，难免会发发感慨，未必真要上疏。即使上疏，大不了就户部职掌建白一番。不意海瑞不唯上疏，矛头竟直指皇上，用语尖刻而不留余地。皇上发雷霆之怒，命锦衣卫把海瑞抓进诏狱，没过一个时辰，又召见徐阶，说海瑞辱骂君父，此举史无前例，他实在咽不下这口气，要三法司迅疾审判，斩立决。徐阶回应说，海瑞不怕死，棺材已然备好，杀他就上了他的当，因为他就想以直臣之名流芳百世；而杀直臣的君主，将落得个暴君的恶名，不能中他这个圈套。徐阶一番说辞，让皇上无言以对。又过了两个时辰，皇上突然又召徐阶，说海瑞可称大明的比干，而他不是纣王，思度再三，纳海瑞之言的办法只有一个，那就是他退位，让裕王继任，以新君行新政，一新天下耳目。徐阶知道这只是皇上赌气的话，自然要百般安慰劝谏。

“我兄试思之，皇上何以提出这些怪异的要求？”张居正说，“因为他实实憋着口气，无处发泄，故意给元翁出难题。若此时我兄上此除八弊疏，不说别的，皇上只要说他正欲纳海瑞建言一新治理的，高某人却来渎扰，是何居心？那我兄真是百口莫辩了，结果很可能成了海瑞的替死鬼！”

“唉！”高拱被张居正的话点醒了，原本对海瑞上疏有些欣喜，刻下却生出怨气，遂长叹一声，“这个海瑞，早不上晚不上，偏偏在这个节骨眼上上甚治安疏！”

张居正叹息道：“居正今日方悟出，科道、下僚，对国是不明底里，或想博取名声，或图一时口舌之快，贸然上本，大而化之指斥一番，或许人心为之大快，然则于施政何益？不但不能改进治理，反而增烦添乱，实实可恼！”

高拱猛地干了一盅，说：“我的本不上了，不上了！”

“难得我兄这次能从谏如流。”张居正欣喜道，“弟劝我兄此时不能上此疏，还有一层缘由呢。”

高拱尚未从失望情绪中解脱出来，有气无力地说：“左右就是束之高阁罢了。”

张居正却依然兴奋，问：“中玄兄，还记得‘庚戌之变’吗？”

那是十六年前的事了。那年，退居大漠的前元残部、蒙古右翼酋长俺答，率兵马长驱直入，围困京师达八日之久，此乃嘉靖一朝最大国耻。高拱不明白张居正何以突然提及此事，而且说话的语气不但不沉重，反而有轻松欢悦之色。

“我兄可曾记得，那个风雨如晦的夜晚，在安定门内的守门直房里，我兄弟曾经的盟誓？”张居正情绪激动地说。

高拱怎会忘记。当是时，俺答大军围困京师，皇上下令戒严，并谕令百官轮班分守九门，高拱和张居正轮值安定门。那个夜晚，在敌兵焚烧地坛的火光中，在关厢百姓求救的号哭声里，张居正向高拱求教靖边之策，两人越说越激动。那个场景，真是令人终生难忘！此时，因张居正再次提及，高拱的脑海里瞬时就浮现出当时的情景：

“我兄当国执政，乃大明之幸，生民之福，居正之荣！”二十六岁的翰林院编修张居正慨然道。

三十九岁的翰林院编修高拱闻言，上前攥住张居正的手说：“为兄早知叔大乃非常之人，有志于做非常之事，拱引为同志久矣！今日你我兄弟即结香火盟，盟誓无它，相期以相业！”说着，高拱拉着张居正，一齐跪倒在地，高拱起誓说：“新郑高拱、江陵张居正，兄弟二人乃为国而生，有朝一日入阁拜相，赞钧轴、行实政；破常格、新治理；创立规模，为万世开太平！”

张居正也一改往日的深沉，向高拱叩首者三，又抱拳道：“若拨乱世而反之正，创立规模，堂堂之阵，正正之旗，即时摆出，此乃我兄之事，弟不能也。然则我兄才敏而性稍急，若使弟赞助，在旁效韦弦之义，亦不可无闻也。弟愿追随我兄之后，不计利钝毁誉，富国强兵、振兴大明！”

高拱流着热泪说：“耿耿此心，天地共鉴！”

十六年过去了，忆起这个场景，高拱依然热血沸腾，眼含泪花。

“常人盟誓，无非生死与共之类，而我兄弟香火盟，则是相期以相业。”张居正慨然，“十六年过去了，我兄年过半百，霜降须发，终于得见曙光了！”

高拱恍然大悟，今日张居正之所以表现异常，定然是他从徐阶那里获得了一个重大机密，而这个机密，就是自己将入阁拜相！捕捉到这一讯息，高拱不禁心潮澎湃。毕竟，入阁拜相是多少读书人的梦想啊！但高拱极力抑制住惊喜，故意问：“叔大，此话何意？”

“元翁适才召见居正，即为此事。”张居正语气郑重地说，“元翁意已决，延揽我兄入阁，垂询居正，办此事，是走廷推，抑或特旨简任。”

高拱自斟自饮，兀自又干了一盅酒，以掩饰自己的激动。他想给张居正也斟上一盅，刚拿住酒壶，手却有些发颤，只好又放下：“叔大，你自己斟上一盅。”张居正斟酒的当儿，高拱这才想到他刚说的后半句话，问：“叔大，元翁何以有特旨简任之说？”

国朝成例，简用阁臣，由朝廷九卿、科道会推，每员以三人为候选人，排序上达，呈请皇上从中圈定一人，谓之廷推。作为例外，也可由皇上直接发布诏旨任命，谓之特旨简任。特简虽合法，但毕竟绕过廷推，难免会给人不够堂堂正正的印象。

张居正并没有正面回答高拱的提问，而是叹了口气：“我兄一心谋国，倡言担当，而担当，是要得罪人的嘛！远的不说，就说刚过去的嘉靖四十四年之事，”张居正举起左手，伸出手掌，用右手掰着左手的手指头开始列举。

“这第一件，春，我兄主春闱，诸如怀挟传递、交换试卷、冒替代笔、搜检不严、校阅不公等科场诸弊，百五十年所不能正者，革之殆尽。表面上，朝野无不大赞特赞，可敢交换试卷、冒替代笔者，恐非平民子弟所敢为，官场里不知多少人在骂你坏了他们子弟前程呢！

这第二件，夏，我兄由吏部左侍郎晋升礼部尚书，舆论对我兄佐铨的评价是：‘吏事精核，每出一语，奸吏股栗，俗弊以清。’这当然是赞誉。但反过来理解，可不可以说，我兄太强势以致令人生畏？谁愿意推一个令自己提心吊胆的人上去？

这第三件，秋，四夷馆考收。固然举朝公认此次考收办得干净利索，但国受益而我兄收怨，多责我兄不近人情。”

说到这里，张居正蓦地干了一盅酒，肃然道：“我兄以礼部尚书之尊参劾教师顾祎父子，致顾祎革职、顾彬于刑部枷一月，坊间也以为太过。”

“太过？”高拱终于忍不住了，红着脸说，“他们是知其然不知其所以然。就事论事，短视之极！”

张居正并不解释，继续说：“我兄的才识，人所共知。然则，在时下萎靡的官场，我兄整顿官常、革除陋习，已然让一些人不习惯了。我兄还每每把兴革改制挂在嘴上、付诸行动，行事风格颇是强势，自然成为争议人物。那些科道言官，以清流自居，以维护纲常自任，对我兄不免啧有烦言，一旦付诸廷推，能否顺利过关，恐无十足把握。”

高拱摇头，嘴唇嚅动着，仿佛有话要说，一时又不知说些什么。

张居正盯住高拱问：“中玄兄，真的如此在意形式吗？”不等高拱开口，便说出了自己的见解，“不管何种形式，结果才最重要——入阁拜相！劝我兄，对形式不必介意。”

高拱默然。

张居正沉吟片刻，皱了皱眉：“中玄兄，我兄拜相，尚有一道坎儿，倘若不迈过去，不但拜相之事难以逆料，我兄礼部尚书之职，也可能不保。这也是元翁召居正并向居正透露拜相机密的原因所在。此事，元翁命我与兄台商榷。”

高拱一惊，猜不出是什么坎儿，会有如此严重的后果。

“我兄还记得那首打油诗吗？”随之，张居正吟道：

试观前后诸公辅，谁不由兹登政府。

君王论相只青词，庙堂衮职谁更补！

高拱闻之，不禁怅然。起初的兴奋劲儿，喘息间减去多半！

二

高拱的轿子刚在礼部首门落降，一群人突然围了上来。

“高大人——”几个人围轿高声叫着，“只有高大人能为我辈做主了！请高大人主持公道！”

高拱下轿一看，是十多个着官服的人，从官服补子上绣的鸟兽一看便知，都是七品以上官员，有的还似有一面之缘，是他任吏部侍郎时参与选任、分发出去的知州、知县、推官。他颇是纳闷地问：“诸位甚事？”

一个年纪稍长者施礼道：“高大人，我辈素知大人主持公道，特拜托大人为我辈说句话。”

高拱以责备的口气说：“诸位皆朝廷命官，在堂堂的六部衙前拦阻大臣，不但与体制不合，且有碍观瞻，诸位难道懵懂无知？”

“我辈实在没有法子啊！”有人哀哀地说，“这才求到高大人的。”

高拱快步向里走。走了几步，回头看了一眼，那些人在一起嘀嘀咕咕，仿佛是在争论该不该跟进，便大声说："有事直房里说。"

十几人如释重负，小跑着跟上高拱，随他进了尚书直房。稍一询问，高拱就明白了。这批人是因为到吏部听选时未能补缺，多次向吏部表达诉求，均遭到拒绝，故来向高拱求情。

国朝地方官三年考察，各府州县的通判、推官、知州、知县，凡遇考察被列入"才力不及"类，即以改教职安置之，而改教职者照例皆改任府学教授；但各省府学有限，而近年改教官员数量益多，有候缺三年以上犹未得补者。这次听选，就有十四人改教，而府学教授只有二缺，故十二人未能补上，且不知要候到何时。听完十几人诉苦，高拱爽快地答应了："此事虽不属礼部权责，但关乎官制改革，高某倒是要管管这桩闲事的。"说罢，嘱众人在直房候着，他急匆匆往间壁的吏部赶去。

吏部尚书郭朴，字质夫，号东野，河南彰德府安阳县人，为人低调、稳重，高拱对他很敬重，而他对高拱也颇敬佩。同乡又相互尊重，是以高拱也就不必顾忌，径闯尚书直房。

进门一看，提督四夷馆少卿刘奋庸也在。

"亮采，你怎么在这里？这可是当直时刻。"高拱满脸不悦，叫着刘奋庸的字问。

刘奋庸是河南洛阳人，进士及第后授兵部主事，善书法，改翰林院待诏，抄写诏旨敕书。后奉旨在裕王府做侍书官，教裕王书法，与高拱不唯是同乡，还曾在裕邸共事半年，但高拱对他印象不佳。四夷馆译字官缺员，提督四夷馆的刘奋庸置若罔闻，倒是钻谋着当特使去经办藩王丧葬，让高拱对他心生厌恶。刘奋庸回京后多次想去见高拱，都被他拒绝。今日见他跑到吏部尚书直房来，高拱越发反感，是以说话的语气颇为尖刻。

"哎呀，是玄翁！"刘奋庸以惊喜的语调说，"谒玄翁难于上青天啊，不意今日遇到了，奋庸实在太有幸，太有幸啊！"说着，不停作揖施礼。

"心思用在谋事上，别花在钻谋上！"高拱冷冷地说。

"那是，那是！"刘奋庸讨好地说，"向玄翁学习。玄翁办一件四夷馆考收事，让朝野都见识了玄翁的才干和担当！"

高拱冷笑："哼哼！以亮采看来，高某是为了博取声名才办事的？"

"玄翁误会了，误会了！"他转向郭朴，求助似的说，"东翁，你看你看，玄翁误会奋庸了。唉，是奋庸不会说话，不会说话！"

郭朴瘦高个，一脸和气，只是微笑着，不出一语。

"亮采，赶快回衙办事吧！"高拱下了逐客令。刘奋庸以乞求的目光看着郭朴，郭朴依然不语，他只好怏怏而退。

“中玄，堂堂礼部尚书，以大宗伯之尊，不知会一声，就一个人跑来，所为何来？”刘奋庸刚走出直房，郭朴就边让座边问高拱。部院堂上官光天化日之下到直房走动并不常见，是以郭朴感到意外。

“东翁，此来不为别事，特为改教之官的补缺之事。”高拱开门见山，把适才十几人拦轿求情的事说了一遍。因郭朴长高拱两岁，早两科中进士，是前辈，虽同为尚书，高拱仍以“翁”相称。

郭朴以为高拱是为某人说情的，便为难地说：“中玄啊，若委曲誊缺，事体殊为未妥。”

“若令彼辈守候日久，选法不无濉滞。”高拱说，“我也知吏部难以疏通，而各官则苦于守候。能不能改改法子？”不等郭朴回应，高拱就说出了自己的想法，“今后凡改教到吏部听选者，府学教授有缺自然尽补；若遇人多缺少，不妨酌量改除州学学正、县学教谕，只是仍照府学教授一体升迁，庶不滞于铨法，且有便于人情。”

郭朴沉吟良久，说：“中玄，我们是乡曲，念及同乡之谊，我也就不必与你说些冠冕堂皇的话。此事，即使我同意办，侍郎、郎中也会抵触。”

“是啊，僧多粥少，正是吏部最愿意看到的。”高拱讥讽说，“一旦照我提的法子办，那改教者都可安置，谁还会打破脑袋找他们钻谋，他们哪里还有利可图？可是，东翁是冢宰，属僚得听你的吧？不能让墨官滑吏牵着鼻子走啊！”

郭朴并不生气，笑着说：“中玄，你说话未免尖刻了。你不是不知道，对他们有利的事，谁想改了章程，他们势必拿祖制、成例说话，让你改不得。咱做堂上官的，也是无奈嘛！”

“官场风气不正，得从点点滴滴做起，着实改之啊！”高拱焦急地说，他一扬手，“东翁，此事，不妨一试！”

“试倒是可以一试，”郭朴说，“不过要看时机，此非其时也。”

“为何？”高拱问。

郭朴笑而不答。

倘若是别人，高拱或许会发火，与之争执一番。面对郭朴，他想发火也发不起来，一脸无奈地看着他，苦笑道：“我知东翁不会故意搪塞，可到底有何难处，不妨说出来，我为你画策就是了。”

郭朴依然微笑着，问：“中玄，那件事，元翁可曾与你提及？”

高拱一怔，旋即会意。张居正已透露过，徐阶拟将郭朴和高拱两人延揽入阁。从郭朴的话里可以听出，徐阶亲自向他有过或明或暗的提示。他所谓“此非其时”，或许就是因为这件事，不想在此关键时刻闹出风波。

“我已许久未见过元翁的面了，倒是他的弟子张叔大衔命向我提及过。”高拱如实回答。

“中玄是干才，皇上、元翁都需要借助中玄治国理政，这是明摆着的。”郭朴说，“盼中玄不计毁誉，出任艰巨。不唯是国家之幸，亦是我桑梓之幸啊！”

两天前，张居正向高拱透露徐阶要荐他入阁的消息，实则是衔徐阶之命，向高拱提出一个要求：写青词。

青词，又称绿章，是道教斋醮时献给上天的奏章祝文，用朱砂写在青藤纸上，斋醮时焚烧之。本朝因当今皇帝崇道修玄，重臣以写青词邀宠。昔年由识文断字的道士撰写青词，一变为饱读诗书、点过翰林的臣僚撰写，档次品位骤然提升。青词写得好，就会得到皇上的赏识，因此而破格拔擢，直至入阁拜相，以至形成不写青词者无缘入阁的惯例。是故，徐阶特让张居正转告高拱，多年来尚无不写青词而拜相的先例。倘若贸然荐高拱入阁，皇上势必提及此事，不唯入阁受阻，就连礼部尚书也未必能够做下去。因为，历任礼部尚书都以写青词为首务，甚至一心在西苑为词臣专设的直庐里写青词，根本不理部务，而高拱却迄今未向皇上贡献青词。闻此，高拱开始时的兴奋劲遽减大半，张居正又透露了徐阶提出的一个法子：上一道密札，就说倘若皇上有旨，愿为皇上贡献青词；唯有阁臣方有资格上密札，此札可交徐阶转呈。高拱一直在踌躇，并未着手写密札。

与高拱不同，郭朴是有名的青词高手，并因此深获皇上赏识，以至于他父亲去世、丁忧守制尚未期满，皇上就三番五次强令他起复，并把吏部尚书的要职简任于他。是以此番入阁，对郭朴来说是顺理成章的。听郭朴的话，似乎他也知道高拱还要迈过一道坎儿，并有规劝之意。高拱一顿足，赌气说：“东翁，就冲着官场里只知拿着祖制、成例做幌子谋私利，不去触及矛盾、解决难题，高某也要入阁！不的，耳闻目睹这些弊病又无能为力，气也要气死！”

郭朴笑道：“呵呵，中玄老弟，不要动不动就生气，气坏了身子，可是你自己遭罪咧！”

高拱苦笑一声，与郭朴揖别。回到礼部直房，抱拳道：“诸位耐心等待，吏部答应择机改制，为诸位及时补缺，不必再四处求告。”

众人不便再纠缠，只得在“拜托”声中辞去。送走众人，高拱坐下来，推开文牍，展纸提笔，欲写密札。刚写了开头，都察院御史齐康的拜帖递进来了。

“他来何事？”高拱一边自问，一边把开了头的密札压在文牍下。

三

身材瘦弱、面带抑郁的御史齐康进了直房，施礼毕，高拱方抬起头，也不让座，

只是叫着他的字问："健生，何事？"

"学生有一言，想陈于老师。"齐康向高拱的书案挪了两步，倾着瘦高的身躯，沉声而言。

齐康是嘉靖三十七年顺天府举子，高拱是当年顺天府乡试的副主考，彼此有师生名分。但高拱对师生、同乡、同年间拉拉扯扯的党比之风一向反感，视为"八弊"之一，故与门生间远不像其他师生那样频繁交通，关系亲密。齐康本就发黑的面庞总是带着几分抑郁，少言寡语，甚少参谒，高拱闻听他来进言，遂仰靠在座椅上，指了指书案前的坐椅。

齐康边落坐边问："学生闻得，徐阁老要延揽老师入阁，可有此事？"

"你怎知道？"高拱不悦地反问。

"要示恩于人，当然不会秘而不宣，反而会有意外泄。"齐康以讥讽的语调说，显系对徐阶的做派多有不满。

既然齐康为此事而来，而齐康是门生中少有的老成持重者，高拱索性把徐阶要荐他入阁但要他写保证贡献青词的密札之事，大略说了一遍，一则看齐康有何判断，再则想得到门生的谅解，以后万一提及密札之事，也好让齐康作个证，证明他是被动的。待把事情说完，他问："健生对此事，有何看法？"

齐康站起身，对着高拱深鞠一躬："老师拜相，不唯是我辈门生之幸，实乃我大明江山社稷之幸！此是学生肺腑之言，绝非虚应故事之语。不过，学生窃以为，此非老师入阁时机。甚或，在学生看来，老师此时入阁，实属冒险之举！"

高拱一惊，盯着齐康问："健生何出此言？"

齐康也只是隐隐感到这里面有些名堂，一时又拿不准，怕遭老师训斥，只好做些铺垫道："老师，坊间私下也有议论，说徐阁老外宽厚而实阴狠，城府深不可测，智术过人。"

"健生这是甚话！"高拱嗔怪道。

齐康不以为意，顾自道："不说别的，就说徐阁老对付严氏父子的法子，就令人不寒而栗！严嵩当国时，徐阁老是如何对他的？侍奉唯谨，又是结姻亲，又是攀同乡，无所不用其极；严嵩倒台后，徐阁老又是如何对他的？严世蕃固然骄横跋扈，贪淫无度，但说他'通番谋反'，则绝对是无中生有之事。徐阁老却对法司说，不以此罪无以杀严世蕃，遂公然锻造！严嵩年过八旬，勒令致仕可也，抄家籍产亦不为过，然徐阁老却指令穷究株连，江西全省公私重为其累，致使一个相国二十余载的八十三岁老人沦落为乞丐！老师看，这是一般人做得出来的吗？还有，胡宗宪总督江南，倭患为之渐平，就因为他的拔擢冒升得自严嵩举荐，徐阁老以严党视之，皇上亲自为胡宗宪辩白，释放了他；可徐阁老还是暗地部署深挖猛打，最终抓住一个把柄，深文周纳，将他置于死地。老师看，这是一般人做得出来的吗？”

齐康一口气说了这么多，端起茶盏，掀开盖子，又盖了上去，继续说：“老师，其实道路传闻，还有更耸人听闻的呢。”他压低声音说，“当初为讨好严嵩，徐阁老把自己的孙女，也就是徐琨的幼女，许给严世蕃之孙为妻，可当徐阁老得知皇上已决意抛弃严氏父子时，为保全自己的名节、减少日后的麻烦，竟将四岁的亲孙女闷死在床，对外称病殇。老师，这等事体，非心狠手辣，谁能做得出？”

高拱时而点头，时而摇头，一言未发。

“对了，”齐康像是突然想起什么，“老师，时下道路传闻，徐阁老对外称，他要搭上自己的阁揆之位，也要尽力调息，保全海瑞的性命。看似为海瑞，实则是为自己。”

“健生，此话未免苛责了吧？”高拱蹙眉道。

“老师恐也有耳闻，严嵩倒台，徐阁老当国，朝野充满期许；可眼下对徐阁老无所作为越来越不耐烦了，他的威望日益降低，”齐康解释说，“不意出了海瑞这个愣头青，让徐阁老捞到了一根稻草。其实徐阁老不‘调息’，皇上也未必真的会杀海瑞，可徐阁老却说是他在不惜一切代价保全海瑞，而他的门生故旧已然对外传扬。看，昔年严嵩当国，谏言之臣如杨继盛、沈炼者辈竟丧了性命；而徐阁老当国，即使海瑞这样近乎诅咒皇上的谏言者，也得以保全，徐阁老真乃良相也！老师试想，徐阁老不是在利用海瑞上疏之事吗？此事之所以闹得沸沸扬扬，实为徐阁老暗中故意夸大、渲染之所致！”

“渲染？”高拱似是回应齐康，又像是在自言自语。

齐康顾自继续着自己的研判：“老师不妨试观之：海瑞上疏一事，皇上圣威蒙羞，国家大局受损，而徐阁老独享其益，不唯时下可挽回威信，且有望名留青史。”

高拱听不下去了，以责备的语气说：“健生，你说这些，究有何意？”

齐康答：“学生仅举数例，来证明徐阁老绝非展示于人的敦厚长者，他所有举措，看似老成谋国，实则所考量者，私利也。而延揽老师入阁，焉能例外？他打的是自己的小算盘！”

高拱沉默着。他常训导属下要多琢磨事少琢磨人，自己也一向如此，倒是省却了不少烦恼。可被齐康这么一说，一团疑云陡然间遮天蔽日般涌上心头。不知是该感谢齐康的提醒，还是怪他多嘴，导致入阁拜相这样公认的喜事，除了青词这道坎儿外，心头又骤然多了几分沉重。

“喔！”高拱突然一拍脑门，“健生，是不是你把未能留任翰林院的责任怪罪到徐阁老头上，对他有成见啊？”

齐康进士及第后得选庶吉士，但散馆后未能留院，外授御史。科道官炙手可热，例从新科进士所授知县、府推官和朝廷的中书舍人中甄拔，少量的是庶吉士散馆后分发而来。前者视科道为美差，钻谋干进无所不用其极；而庶吉士散馆授言官者，则被视为排除出“储相”之列，不免惆怅失意。齐康听老师如是说，颇是委屈：“老师以此责学生，学生夫复何言？”可是他并没有住嘴，而是继续说，“学生宁被老师误解、责备，也要披肝沥胆，向老师陈辞，非仅为老师计，亦为国家计！”

“喔？如此说来，为师当一听喽？”高拱见齐康一脸委屈状，便故意以轻松的语调说。他调整了一下坐姿，做出倾听状，“健生，不必顾虑，敞开心扉言之可也！”

“徐阁老此时延揽老师入阁，是有深意的。”齐康自信道，“朝野共知，皇上只存裕王一子，而老师乃是裕王首席讲官，裕王与老师的深情厚谊，非常人可比。入中枢，赞钧轴，乃老师的本分，只是早晚而已，此其一。昔年严嵩当国，揣摩上意而偏向景王，裕王才有多年不堪境况，而当时徐阁老为明哲保身，态度骑墙，言辞暧昧，只是后来与严嵩斗法计，才转而拥裕远景的。时下裕王已成事实上的储君，徐阁老向老师示好，也就是在向裕王示好，这是徐阁老在布局，此其二。时下内阁只有徐、李两阁老，而李春芳乃青词宰相，无治国之才，内阁已然空转，而朝野公认的干才，首推老师，借助老师推进国务，当在情理之中，此其三。由此三者可知，老师入阁，于公乃大有益于国家；于私，乃是襄助徐阁老、使内阁有效运转。明明是徐阁老有求于老师，而他的所谓延揽却变成了示恩，反而需要老师对他感恩戴德了。”

高拱侧过脸去，细细琢磨齐康的话，似不无道理；但又觉得琢磨这些也大可不必，遂一笑道：“凡事琢磨动机，不免累心。”

“老师，学生不作如是观。”齐康以老成的口吻道，“学生适才所言，还只是表面的，内里还大有文章。徐阁老施展的是控制术！”他顿了顿，又向前伸了伸脖子，压低声音说，“今上老病交加，万一……所谓一朝天子一朝臣，徐阁老担心，一旦裕王……那老师势必取代他的首相之位。是故，他要先发制人，延揽老师入阁。倘若老师怀感恩戴德之心，对其执弟子礼甚恭，他的位子自然稳固；倘若老师不服从他驾驭，那就落得忘恩负义之名，他会设法排挤老师出局，使老师无缘跻身新朝，遑论当国执政。是故，学生以为，徐阁老此时延揽老师入阁，名为延揽，实则是要老师入其彀中耶！”

“啊！？”高拱震惊不已，良久才缓过神儿来，方觉在门生面前失态了，沉着脸道，“诛心之论，焉能乱说！”

齐康并未因为老师的责备而止步，继续说：“学生隐隐感到，徐阁老要老师写青词或上密札，内里也有名堂。”

高拱摇头，说：“健生，侃侃而论这么久，口渴了吧？”

“老师不以为然，学生固执己见！”齐康露出执拗的表情，“学生窃以为，此时徐阁老延揽老师入阁，是为老师设计的一个圈套！”他像被自己的研判所折服，重复说，“有陷阱，是圈套！”

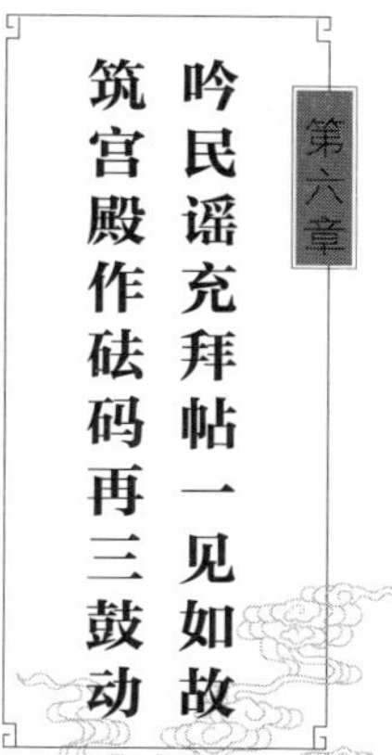

第六章 吟民谣充拜帖一见如故 筑宫殿作砝码再三鼓动

一

仲春的一天，傍晚时分，高拱的轿子刚进家门，首门尚未关闭，门外突然传来诵诗声：

百里人烟绝，平沙入望遥。
春深无寸草，风动有惊涛。
两税终年纳，千家计日逃。
穷民何以答，遮马诉嗷嗷。

高拱下轿，驻足细听，门外之人又诵道：

入城但闻弦管沸，火树银花欲燎空。
金樽玉碗皆含泪，肉皆民膏酒尽血。

高拱听出来了，前一首是民谣，倾诉民间疾苦的；后一首当是文人诗作，讽刺官场的。听此人吟诵得如诉如泣，似有忧国忧民之心，高拱吩咐高福：“去问问，诵诗者何人？”

高福出门一看，是一个四十多岁的儒生，头戴方巾，身穿蓝色夹褶，矮个子，瘦身板，宽额头，像是落寞书生。

“谁呀，这是？来俺家门前念叨啥呢？”高福对儒生说。

"姓房名尧第字崇楼，"儒生答，"欲见高大人。"

高福问："你见高大人啥事，有拜帖吗？拿来俺看看。"

"无有拜帖手本，适才的两首诗，权作拜帖。"房尧第答。

高拱走到大门口，搭眼一看，自称房尧第的书生长着一双深邃的眼睛，面带抑郁，眉宇间似隐藏着一股凛然正气，顿生好感，笑着说："呵呵，这拜帖甚奇特！不过倒是管用。"

房尧第施了揖礼，高拱向内一扬下颌，示意他进门。房尧第跟着高拱进了花厅，落坐后，高拱便问："你是何人，何事见某？"

"呵呵，学生谒大人，自然有事。"房尧第说，"不过学生还想给大人再诵首诗。"说罢，不等高拱回应，就又诵曰：

家家有子皆无钱，不惜恩情长弃捐。

一鹅愿舍换两娃，出门唯伤儿卖难。

吟罢，接着道："高大人可知，天下百姓贫苦极矣！适才学生所吟，即山西民间流行的打油诗。"

房尧第自称"学生"，显然也是有功名的人，听他吟诵的这几首诗，也是忧思天下苍生的，高拱对他的好感又添几分，遂说道："适才你道字崇楼。崇楼，不妨说说，有何对策可解苍生疾苦？"

房尧第一笑，道："嘿嘿，此非学生所长，不敢班门弄斧。"

"喔，那么所长何在？"高拱好奇地问。

"既然高大人以字相称，那么学生也斗胆呼高大人玄翁了。"房尧第不卑不亢道，"学生乃直隶保定府易县人，秀才出身。"

"我观崇楼非庸常之辈，何以不科场再售而止步于秀才？"高拱问。

"蒙玄翁垂询，学生就讲讲缘由？"房尧第以试探的口吻道。

高拱一笑道："呵呵，不妨讲来。"

房尧第一欠身，调整了坐姿，侧向高拱，开言道："敝邑学政考校生员，从不亲自阅卷，而是私下带上别处的生员，替他阅卷。只要贿买所带生员，通关节甚便。学政则日日饮宴，更有甚者，假借歌诗之名，留童生狎戏，顺从者即令过关！"

"有这等事？！"高拱怒道，"学政何人？某这就参奏，不可令其一日留！"

房尧第却笑了笑："玄翁，学生非为此事而来，只是在讲学生的经历。"顿了顿，又继续说，"玄翁试想，这等学政，学生自是鄙夷，故贽见时不携一礼。学政见之甚怒，却引而不发，岁考时则将学生黜落。学生质问之，学政言学生作文中的'群'字，将'君'与'羊'并列，不合朝考体，有欺君之罪。"他苦笑两声，忽又义形于色地说，“学生亦尚气节之男儿也，似这等官场，不入也罢！便拂袖而去，遂与科场绝矣！”

“嗯，奇人也！”高拱暗忖，“尚气节，又忧思民生，不错。”但他尚未从对学政的痛恨中脱出，遂追问：“崇楼固可拂袖而去，然提学之官，所以教育贤才，表正风俗。此学政坏法干纪，伤化败伦，实名教之所不容，王法之所不贷。某忝位礼部，岂能置若罔闻！”

“玄翁，不提也罢，”房尧第说，“此人已高居侍郎之位啦！人家因讲学闻名一时，深得大佬赏识，朝中有奥援、后台硬，是故才我行我素。”

高拱愕然，脑海中迅疾把六部侍郎过了一遍，说：“是陈大春，对否？”这陈大春热心聚会讲学，徐阶主盟灵济宫讲学会，具体事宜即陈大春经理之，遂破格拔擢他以按察副使提督直隶地方学校。此人因热衷讲学故，深受首相徐阶赏识，时下已位居户部右侍郎。

房尧第不回应，继续说：“幸亏学生家有薄田，足以糊口，是故学生可不为五斗米折腰。敝邑与山西之广昌、浑源接壤，学生忧于北虏猖獗内犯，庙堂无应对良策，遂时常到大同、宣府乃至出关游走，对北边情势，倒是有所知晓。”

“喔，如此甚好！”高拱最忧心的是北边，但掌握北边情势只能靠督抚所报，正急于找熟悉北边者了解情况，听房尧第如此说，不禁大喜，“那崇楼可否一陈虏情？”

房尧第道：“早在北元共主达延汗死后，其三子巴尔斯博罗特称大汗。达延汗的其他儿子不服，遂迫其退位，达延汗嫡长孙博迪继承汗位，国朝称其为土蛮，又称小王子。这小王子为安抚叔父巴尔斯博罗特，封他的三个儿子吉囊、俺答、昆都力哈为小汗。吉囊，据袄儿多斯万户之地；昆都力哈即老把都，驻牧河套及以西之喀喇沁；俺答为土默特万户长，驻牧丰州滩。但他能征善战，一统大漠，小王子虽有共主之名，实已沦为察哈尔万户的领主而已。其后又被俺答逼走，徙于辽东，察哈尔万户之地由俺答长子辛爱即黄台吉驻牧。”

这些情形，高拱大略是知道的，遂又问：“具体情形如何？”

房尧第答：“俺答有弟侄子孙四十六枝，诸婿十余枝。他的汗廷驻扎丰州滩美岱召，部落十余万众，明灰甲者三万有奇，马四倍之；长子黄台吉在宣府边外旧兴和所、小白海、马肺山一带驻牧，离边三百里，拥众三万；其他各子分别于得胜堡、杀胡堡、山西偏关、陕西河州等边外二三百里处驻牧。唯其二子宾兔台吉，居松山，直兰州之北；四子兵兔台吉，居西海，直河州之西。俺答号令，各枝虽未必尽听，却也不敢与之公开抗衡。故制驭北虏，端在制驭俺答。”

高拱甚喜，又问：“崇楼不妨说说，应对北虏之策，关节点何在？”

“与其被动挨打，不如开边贸！”房尧第朗声道。

高拱摇头：“正因被动挨打，才不可能开边贸。”他慨叹一声，“此议一出口，即是冒天下之大不韪了。”

房尧第略感惊诧，旋即露出笑容：“呵呵，学生适才吟诵那些讽刺官场的诗作，玄翁并未生气；学生说出与北虏开边贸的话，以为玄翁会震怒，甚或怀疑学生乃北虏奸细，执送法司，可玄翁只是慨叹一声。看来，玄翁就是学生要找的人了！”

见高拱面露疑惑之色，房尧第拱手道：“不瞒玄翁说，这一两年来，学生客游都下，久之无所依归，每有世不我知之慨，今谒玄翁，所请者无他：乞玄翁收于门下，尧第得为玄翁仆，足矣！”

高拱正在心里盘算，若此人在侧，可随时商榷御虏安边之计，委实难得，一听房尧第说要投他门下，忙不迭道：“正……”但“合我意”三字尚未出口，又觉得过于轻率了。他刚到礼部就听说，前任尚书李春芳以银六十两聘绍兴秀才徐渭入幕，不料徐渭到后不久，就提出请李春芳帮他占国子监监生籍，以便他能在顺天参加乡试——这是一些有门道的士子为避开江南科举竞争激烈而惯用的手法。被李春芳回绝后，徐渭一怒之下就要南归，李春芳不放他走，一时闹得沸沸扬扬。高拱担心房尧第会不会有甚目的，急于表态恐陷于被动，便端起茶盏喝茶，掩饰了一下，“正、正要问，崇楼何以要投高某？”

房尧第早有准备，道：“官场中人谁不知玄翁‘家如寒士’，廉洁如玄翁者，有二人乎？”

“呵呵，绝无仅有倒不敢说，‘家如寒士’却非虚语。”高拱坦荡地说，“然则，唯清廉，即堪信赖？”

房尧第道：“清廉之官，若有识见敢担当，则足可信赖！清廉又有识见敢担当，举朝无出玄翁之右者！”

高拱心里喜滋滋的，但又不能确认房尧第此话是刻意逢迎，还是发自肺腑，于是又问：“何以见得？”

“它事勿论，只四夷馆考收事足可证明。”房尧第答。

“崇楼既知高某为人，当了然，”高拱欠了欠身道，“在高某这里做事，绝无私利可图。”

“学生一不为稻粱谋，也不再存功名仕进之心。”房尧第语气坚定地说，“玄翁乃不世出之英杰，一心谋国，尧第为玄翁效命，也是为国效力，比起自己进官场做微官，更有价值。”

“一言为定！”高拱兴奋地说，“崇楼，继续说说北边的情势吧！”

房尧第从夹袋中拿出他手绘的《北边关隘图》和《板升图》，铺到高拱面前，道：“玄翁请看。”他向舆图中心一点，“这，就是丰洲滩……”

二

塞北丰洲滩，又称土默川，西至河套，东至宣府洗马林一带，离大同不过三百余里。这丰州滩北靠连绵起伏的大青山，南临大小黑河，地势平坦，牧草丰盛，宜牧宜耕，乃是蒙古右翼土默特首领俺答部汗廷所在。

国朝自太祖建都南京，大军北伐，元帝偕朝廷退回大漠，但大元国号仍在，依然控制大片领地，一度企图恢复旧疆，夺回大都。成祖皇帝数度北征，重创之。漠南、辽东的蒙古军民大批降归，高丽也正式归藩国朝，蒙古势力才全部退回到大漠草原。但双方仍不时冲突，国朝由攻转守，依险修筑长城，东起辽东、西至甘肃，设立九边重镇，布大兵把守。而北逃的蒙古残余，其内部为争夺名位地盘，内讧不断，自相残杀，分裂为鞑靼、瓦剌及兀良哈三部。鞑靼为国朝对东蒙古的称谓，游牧于贝加尔湖以南，大漠以北，东至鄂嫩河、克鲁伦河流域，西至杭爱山、色楞格河上游，南及漠南地区；瓦剌为国朝对西蒙古的称谓，游牧于阿尔泰山至色楞格河下游的广阔草原之西北；兀良哈乃古蒙古部落名，聚居于漠北及辽东边外。鞑靼遭国朝重创后，居大漠西北的瓦剌部迅速兴起并大举东进，一度控制了整个蒙古草原。在土木堡大败国朝大军的瓦剌部落首领也先遂自称“大元天圣大可汗”，但称汗之举反而招致杀身之祸，瓦剌势力自此衰落，鞑靼部逐渐占据大漠南北。至达延汗，经艰苦卓绝的奋战，一度统一了蒙古。他去世后，蒙古内部又陷入混乱。时下，作为土默特万户的俺答部落势力最强，称雄右翼诸部并不断扩大领地，国朝以北虏称之。

土默川昔年不过星星点点搭建过些帐篷，只十几年工夫，已然变成一座汉地城池，谓之“板升”。在城池的最北端宝丰山麓下，有一座古城堡，谓之美岱召，乃国初太祖皇帝在此所设卫所遗址。俺答汗率部在此驻牧后，即选择此处为汗廷。十五年前，山西白莲教首领率众来投，特为俺答汗建造三层楼的壮丽宫殿。俺答汗平时在此居住，但常年游牧习俗一时难改，特在大青山脚下另设营帐一座。大帐外骑兵、步卒团团把守，刀光凛凛，弓箭密布，东西南北四角，还架设着火炮铁铳。

这天近午时，一匹高大的白马从城池外的草原上飞驰而来，到了大帐前，从马上跳下来一个约莫十二三岁的女子，欢跳着就往大帐里闯。

鞑靼忌讳骑马快跑到帐前，认为这不仅会惊动人畜，还意味着有坏消息传来。故亲兵们顿时神情紧张，“哗啦啦”挥动刀戟，上前阻拦。女子并不理会，顾自在刀丛中穿行。亲兵们被她的美貌所惊，尚未反应过来，女子已闯到帐门。几名亲兵如梦方醒，手忙脚乱一拥而上，紧紧抱住了她。

“啊呀——放开！”女子边挣扎边大叫，抱她的一个亲兵被她一肘杵中下体，疼得倒地乱滚。

“何人喧哗？”帐内走出一个约莫四十三四岁的男人，是俺答汗的义子恰台吉，名脱脱，人高马大，一脸络腮胡。他身后跟着一个十三四岁的少年，有些瘦弱，似乎还满脸稚气，是俺答汗的孙子把汉那吉。

“表哥！”少女像捞到了救命稻草，大声唤道。

“是你？”把汉那吉一脸惊诧。

亲兵见状，虽不再如临大敌，却还是紧紧抱住少女不放。

“快放开我！”少女扭动身子，大喊大叫。

俺答汗听到女子的喊叫声，大步走过来：“喔，是谁？”

女子看见俺答汗，惊喜地大叫：“祖汗！”

俺答汗虽年已六旬，却体格健壮，矮胖身材，古铜色似方实圆的脸上，颧骨高耸，大而长的眼睛占据了鼻梁以上的半个脸，浓密粗硬的胡须垂在胸前。他一眼认出了少女，大笑：“喔哈哈哈！放开！放开！谁敢动本汗的外孙女！”说着，张开双臂，一把抱住了女子，“也儿钟金，我的小黄鹂，我的百灵鸟！喔哈哈哈！”

恰台吉领着把汉那吉紧跟着走进大帐，俺答汗扭过头，不耐烦地说：“出去！”两个人讪讪地出了大帐。亲兵们见俺答汗抱走了女子，一个个都愣住了。

“大漠无边，风吹草低，竟有这般美丽的女子？”一个亲兵打破了沉默，用力地摇着头，似乎在分辨是不是梦境，嘴里念叨说。另一个亲兵仰头看天，口中喃喃：“听中土之人说，天上有七仙女，七仙女下凡了，这女子就是下凡的七仙女？”

“喂喂，祖汗，谁是小黄鹂？”大帐里，也儿钟金对俺答汗的昵称充满疑惑，高声问。

“喔哈哈哈！”俺答汗又是一阵大笑，“中土有个诗人，有句诗我记住了，说‘一只黄鹂鸣翠柳’。也儿钟金，帐外的柳树抽芽啦，我适才正在想黄鹂鸟是啥样的，也儿钟金就来了。”

“祖汗也看汉人的书吗？”也儿钟金拍着手说，“那太好啦！”

俺答汗在也儿钟金头上拍了两下，说：“喔哈哈哈，本汗听说大同巡抚给朝廷奏章里有句话，说本汗‘得中国锦绮奇巧，每以骄东虏’。喔，东虏就是南朝对土蛮汗他们那边的称呼。也儿钟金，你看大同巡抚奏章里的这话，啥意思？南朝对本汗喜汉地文物，也是得意嘞！”他亲了也儿钟金一口，突然神色黯然道，“也儿钟金，你来这里，是要告别的吗？”

叫也儿钟金的女子，是俺答汗的外孙女。她的母亲是俺答汗的长女亚不亥，照部落联姻之例，嫁于乞儿吉斯首领吉恒阿哈为妻。也儿钟金是他们的次女。她容貌姣美，聪明机敏，不唯能歌善舞，还勤习汉番文字，又学得一身武艺。同样是联姻之例，也儿钟金刚被聘为据河套的袄儿都司部落首领、俺答汗之弟吉囊的次子为妻，已下了聘礼。也儿钟金此番是随母亲来丰州滩探亲的。乞儿吉斯地处遥远的西北，人烟稀少，荒漠无边。到得丰州滩，也儿钟金看到板升建了城池，百姓还仿汉地过正旦节，甚是有趣，她竟一拖再拖，不愿离开。不过在城池玩耍了数日，也儿钟金有些闷了，独自骑马到草原上驰骋了一个时辰，在大青山的山坡上望见大帐，顶上飘着一杆黄旗，她猜想定然是外祖父的营帐。从母亲那里，也儿钟金听得不少外祖父的壮举，莫说自己的部落，即使是顶着蒙古各部共主之名的土蛮汗，也惧他三分！她早就对外祖父充满敬仰，只是从未有机会与他私下单独接触，此时恰是良机，遂心血来潮，跑来大帐与他一会。

也儿钟金一噘嘴："哼，我不想回去了！"

"喔哈哈哈！好着嘞！好着嘞！"俺答汗大喜，一把抱起也儿钟金，走到他的坐榻上，伸手去拉她的袍子，"来来来，扒下来，扒下来！帐里有火盆。"边说，边动手脱她的外袍。也儿钟金配合着，麻利地甩开外袍，俺答汗一怔，"喔？我的小黄鹂、百灵鸟！你、你内里穿的是汉服？"

也儿钟金在部落就常常听长辈说起大明中土，自小习汉文、读汉书，对汉地的风俗文物也略有了解，只是与汉人的交往委实不多。一到板升，就对汉人充满好奇，处处模仿汉人女子的穿着。她脖中围了条围肩，下身是条纻丝粉红裙，只是腰间束了根红束带，婀娜的身姿越发诱人。她忽闪着两只大眼睛，望着俺答汗，撒娇道："那又怎么样呀，祖汗只说好不好看？"

"好、好、好看，好着嘞！"

"咱看这板升之地的人，学汉人的不少呢！"也儿钟金扳着细长的手指说，"我看表哥把汉那吉的帽子用红氆氇，靴子用粉，皮袋用金，嗯，好不威风呢！"说着，坐起身，摊开几案上的文牍，一本正经地阅看，边小声念着，边提笔在文牍上批写起来。

俺答汗并不生气，笑着说："喔哈哈哈，小黄鹂、百灵鸟，不如你跟随本汗料理政务吧！"。

正在此时，两个汉人进得帐来，一起曲下右膝，垂下右臂，高声道："参见汗爷——"

三

俺答汗扭头一看，进帐施礼者是赵全和李自馨。不悦地问："二位薛禅，何事？又要鼓动打仗？"薛禅，就是参议之意。赵全、李自馨就是俺答汗的得力参议。

"打仗？"也儿钟金忽闪着两只水灵的大眼睛，"为啥总打仗？"

“喔哈哈哈！我的小黄鹂、百灵鸟！我来说给你听。”俺答汗拍了拍也儿钟金的脸蛋，耐心地说，“谁想打仗啊？可大漠荒凉之地，要吃米面、穿布匹、用锅碗瓢盆，哪里供得上这些？需从南朝获得。多少年了，我每年都向南朝求贡……”

“祖汗，啥叫求贡？”也儿钟金打断俺答汗，歪着头问。

“喔哈哈哈！”俺答汗仰脸大笑，“名义上送给朝廷些大漠的土产，换取朝廷的厚赏，并答应开市场，双方交易货物。南朝好面子，就用上贡这个说辞啦！”

“呀，这是好事呀！”也儿钟金托着下巴道。

“谁说不是嘞！”俺答汗一蹙眉，“可南朝不干呢！既然不能从市场获得，就只好打仗，抢他啦！”

也儿钟金又是摆手，又是摇头，连道：“这不好，这不好！”

“谁说不是嘞！”俺答汗叹了口气，“可他们不答应上贡，也只好打仗喽！”

赵全听着俺答汗的一番话，与李自馨对视了一眼，面露愁容。

“汗爷——”赵全趋前一步，唤了一声。

也儿钟金伸手一指：“祖汗，这个人是汉人呀，他跑来做啥？”

“喔哈哈哈！”俺答汗又是一阵大笑，“薛禅赵，你给小黄鹂说道说道，你咋跑这里了？跑这里做啥？”

“还有他！”也儿钟金蓦地伸出另一只手，指着李自馨说。

赵全系山西云川左卫四峰山军户出身，李自馨乃山阴县秀才，都是白莲教教徒。山西雁北乃国朝与俺答部接壤之地，饱受侵扰，百姓苦不堪言，求告无门，白莲教乘虚而入。大明律早已将白莲教定为邪教，明令取缔，一旦冒头，必予以严厉镇压。嘉靖三十三年，赵全、李自馨密谋起事被人告发，山西巡抚亲率重兵抓捕，赵全、李自馨遂率教民二十余人自宁虏堡偕家口出逃，叛逃到丰州滩。

“他俩敢跑过来，胆子不小嘞！”俺答汗感叹道，“从前，部落对汉人是丁壮必杀，本汗一琢磨，倒也不必那样，汉人来投也不是坏事嘛，就改了规矩了。不然的话，嘿嘿嘿，这两个小子，早被狼把骨头都嚼没啦！喔哈哈哈！”

“可是、可是，”也儿钟金咬着嘴唇，“咋就成了祖汗的薛禅了呀？”

“喔，俩小子好着嘞！”俺答汗道，“那个赵全，嗯，就是他！刚到美岱召，本汗正害腿病，走不成路，赵全这小子，冒死潜回应州去买药。你还别说，只贴了几贴，腿病就好啦！你说，人家敢拿命给本汗治腿，还不信任他，是不是太不够朋友？”

“是呀。”也儿钟金忽闪着眼睛说。

“还不止这些嘞！”俺答汗又道，“自这两个小子来了，本汗真是，用汉人的话说，如虎添翼！对，如虎添翼！每次铁骑南下，都是这两个小子为本汗画策，又当向导，直打得南朝晕头转向，损兵折将。南朝上到总督，下到墩卒，一听到巴特尔的铁骑声，先就吓得尿裤子啦！喔哈哈哈！”

也儿钟金听得津津有味，时而看一眼赵全，时而扫一眼李自馨，再仰脸盯着俺答汗，嘴巴随着俺答汗的讲述，时而张开，时而紧闭。

“汗爷，小的最自豪的还是，巍巍板升，拔地而起！”赵全提醒道。

“对对对！喔哈哈哈！”俺答汗大笑道，“原先啊，这里可是一片荒凉。而今呢，我的小黄鹂、百灵鸟，你都看见了的，喔，好得很喔！好得很！”

赵全身材高大、相貌堂堂，英俊的面庞上透着一股杀伐之气，受俺答汗的夸赞，他得意地抿嘴笑着。也儿钟金急了，指着他道：“你说说呀，咋就把板升打理成这样儿的？”

“嘻嘻，一言难尽哪！”赵全咧嘴一笑道，“来投的汉人可不会骑马打猎，要建屋子、种庄稼。小的呢，就给汗爷画策，开丰州地万顷，分给来投的汉人。小的又让细作在大同一带吹嘘，说北边百姓在南朝朝不保夕，在板升可安居乐业，不少人听了，都偷偷往这儿跑呢！”

“有一年，”李自馨插话说，“学生带领众教徒，随巴特尔的铁骑到老家吆喝：‘我已在板升干下大事业，你们跟我去受用。’当开堡门之日，堡内居民男妇三百二十余名，衣物家具用车装载，跟随学生到板升驻种。”因是秀才出身，李自馨言谈话语间还带着汉地的习惯。

“来投的汉人越来越多，越来越多，”赵全接言道，“如今已有五万多。”

“立村修堡，连村数百。”李自馨接着道，“来投工匠制造弓箭、戈、矛、盔甲等兵器；同时也制造日常所需的皮箱、摇车、银碗、念珠、酒、高烛等。”

“喔，我的小黄鹂、百灵鸟，你看见陶思浩了吗？还有察素齐，可是了不得，好得很嘞！”俺答汗抚摸着也儿钟金的脸蛋道。

“就是烧砖瓦的窑厂、造纸的作坊，知道了吧？”赵全盯着也儿钟金，挤挤眼说。

“还仿照汉地修建城池、开府建衙，板升之地一片繁荣，威震各部啊！”李自馨自豪地说。

“我的小黄鹂、百灵鸟，你说，该不该信任这两个小子？”俺答汗用手托住也儿钟金的下巴问，不待她回答，又一阵大笑，“喔哈哈哈，本汗待两个小子不薄，封薛禅赵为把都儿汗。在南朝，就是提督嘞！”

赵全一躬身：“惭愧，惭愧！”说着，向李自馨使了个眼色。李自馨会意，咳嗽一声，清了清嗓子，说：“汗爷，时下已开春，兴土木之工，正当其时。长朝殿，当重建。”

俺答汗收敛了笑容，沉着脸道：“往者，薛禅见本汗，都是建言本汗发兵南下的，怎么这回说起这事来了。”

赵全忙道：“汗爷，这是件天大的事，比发兵的事，大多了。”

俺答汗佯装没有听到，顺手拿过一份文牍，亲了亲也儿钟金的脸颊：“小黄鹂、百灵鸟，你识得字的，帮本汗看看这个，该咋批。”

“汗爷，小的看，还是重修的好！”赵全又说了一遍。

“哎呀呀！”也儿钟金一跺脚，双手在俺答汗的胸口拍打着，“他说的事，是啥事，我听不懂呀！快给我说说呀！”

俺答汗只得道：“去年个，本汗纳了这两个小子的说辞，修大板升城，建造长朝九重殿。可是，上梁那天，突然刮起了大风。喔呀呀，那风可真大得很呢，我活了六十岁，头一回遇着，梁也折了，屋也塌了，大殿也就没有盖成。”

“那是咋回事呀？”也儿钟金问。

“谁知道嘞！”俺答汗道，“本汗心里嘀咕，想不明白这是咋回事。只有仰天长叹，天意，天意啊！”

“因此之故，今年当上紧修起来。”赵全不失时机地说，又向李自馨使了个眼色，李自馨忙大步走上前去，把手中的一张图纸展于几案，说：“汗爷，我等已绘制成图，请过目。”

俺答汗一脸无奈，依然歪在也儿钟金身边，并不低头看图。

赵全不甘心，走上前去，在图上指指点点道：“要采大木十围以上，起朝殿、寝殿共七重，东南建仓房三重，城上起滴水楼五重！”说完抬起头，看着俺答汗，“汗爷，小的已密遣细作潜入朔、应各城，易买金箔并各色颜料。”他又盯着也儿钟金，“到时候啊，令画工绘龙凤五彩，不特惊艳大漠，也必令南朝刮目相看！”

“好！好！好！”也儿钟金拍手道，“那就建呀！”

赵全向俺答汗这边努了努嘴。

“祖汗，为啥不快些建呀！”也儿钟金捶着俺答汗宽大的胸脯问。

俺答汗仰脸不语。

赵全心里一紧，和李自馨交换了眼色，刚要说话，俺答汗向外一摆手：“下去吧，这事先放放。”

“这……”赵全还想建言，俺答汗不耐烦了，大喝一声：“滚！”

也儿钟金惊得睁大眼睛，不明白俺答汗何以不愿建造宫殿，看着赵全、李自馨讪讪出了大帐，又见俺答汗脸色阴沉，一着急，“哇”的一声，哭了起来。

四

暮春的大漠依然寒气逼人。日头明晃晃地照着，走出大帐的赵全却感受不到一丝暖意，打了个寒战，缩着脖子，浑身“瑟瑟”抖动着。因思虑过度，他四十出头年纪，额头上却布满皱纹。他一咬牙，语气坚定地说：“此事，非办成不可，不的，我辈的脑袋就得搬家！”

“赵兄言重了吧！”李自馨道。他还保留着一丝儒雅，不像赵全那样缩着脖子，而是挺直身板，只是把两手揣在袖中。

赵全拉住李自馨，走到一个僻静处，道：“秀才兄，你是知道的，我从来投的兵士中挑选不少猾黠狡诈之徒，装扮道士、乞丐，流徙诸边，还有潜入京师的，侦刺谍报。都说，皇帝老儿病恹恹的，命不久矣！换了裕王，局面就不同了。高拱是裕王的老师，据说高拱这老兄是个厉害的主，天不怕地不怕，他若当国，甚事都可能发生！一旦双方达成和平，秀才兄，我辈什么下场，不言自明了吧？”

李自馨倒吸口凉气，道：“也是。俺答汗互市之念耿耿不息，若朝廷真有担当大臣主政，还真不好说。”

“务必绝了双方和平之念！”赵全恶狠狠地说，又以决断的语气道，“唯一的办法，就是鼓动俺答汗建国称帝。”

李自馨叹息道：“事不顺。去年，汗爷好不容易点头了，国号都拟好了，不意宫殿被大风给吹坍了！汗爷对称帝本就疑虑重重，见状以为是上天示警，对建国称帝事，遂绝口不提了。”

“秀才兄，你说，汗爷这么勇武果敢，为啥在这件事上犹豫不决？”赵全问。

“不难揣度，”李自馨道，“一则，俺答汗不是嫡长子，无缘继承蒙古名义上的共主——大元可汗之位，对徒有其名的大元可汗，他也只能逼其东迁而不敢贸然灭之。他当是担心，倘若建国称帝，势必成为蒙古各部的众矢之的，重蹈瓦剌首领也先的覆辙；再则，他担心一旦称帝，就彻底断了与朝廷的和平之路。”

“也不尽然吧？”赵全道，“俺答汗是雄主，有雄心，难道不想过过称帝瘾？还得赶紧说服他！”他突然一笑，“那个小丫头倒是可以利用。”

“走，再闯大帐！”赵全拉住李自馨的袖口就往回走。

大帐里，俺答汗被也儿钟金的哭声吓了一跳。他一把搂过也儿钟金，拍着她的背安慰道：“我的小黄鹂、百灵鸟，哭啥嘞？”

“祖汗，”也儿钟金揉着眼睛，哽咽着，“你为啥不让建宫殿？建宫殿吧，钟金想住宫殿的呀！”

“喔哈哈哈！”俺答汗被也儿钟金逗笑了，旋即叹了口气，“我的小黄鹂、百灵鸟，你哪里懂嘞！”

“不懂，你就给我说说呀！”也儿钟金扭动着娇小的身躯，跺着脚说。

俺答汗亲了也儿钟金一口：“那就说说！”他眼珠子一转，“我的小黄鹂、百灵鸟，宫殿可不是谁想建就建的。那两个小子鼓动本汗建宫殿，是要本汗建国称帝的。”

也儿钟金似懂非懂，却也不再问，以仰慕的目光盯着俺答汗，伸出拇指道：“祖汗是大漠雄鹰、草原头狼，打遍天下无敌手！祖汗要做的事，谁也挡不住的呀！”说着，双脚“啪啪”地一阵乱跺，“我不管，反正我要住宫殿！祖汗，你把那两个汉人叫回来，让他们去建宫殿！”

“汗爷——”账外的赵全听到也儿钟金的话，大喜，忙大喊一声，拉住李自馨“腾腾”几步到了俺答汗的几案前。

“嗯？”俺答汗脸一黑，“你们两个小子找死来了？”

赵全求救似的看着也儿钟金，抖了抖手中的图纸，又向她挤了挤眼睛。

也儿钟金在俺答汗脸颊上亲了一口，又捋了捋他的胡须，道：“祖汗，钟金不让他们走，让他们说说建宫殿的事。”

俺答汗刮了一下也儿钟金的鼻梁，说：“我的小黄鹂、百灵鸟，为啥非要修宫殿嘞？说出由头，本汗就答应你。”

“你看人家大同、宣府，到处是亭、亭什么阁……”也儿钟金被难住了。

“亭台楼阁，呵呵呵。”李自馨提示说。

“对，亭台楼阁，多气派。整日里住这破帐篷，无趣！无趣！”也儿钟金说，她一拍手，“就这么说定了！”说着，蓦地亲了俺答汗一口。

俺答汗无奈地叹了口气，把也儿钟金搂得更紧了。也儿钟金往外一挣，噘着嘴道：“那，我找祖后去说！”

“使不得……使不得，我的小黄鹂、百灵鸟！”俺答汗一听也儿钟金要去夫人伊克哈屯那里纠缠，连连求情。

“那，就叫他俩听我的话，快去修宫殿。”也儿钟金一本正经地说。

“好好，薛禅赵，你去，快去吧。”俺答汗敷衍着。

赵全面露难色，他不想失去这次机会，双膝“嗵”的跪下，抱拳向上一举：“汗爷，小的有话要说。”

“让他说，让他说！”也儿钟金迫不及待地说。

赵全看了一眼李自馨：“你先说！”

李自馨上前一步，道：“汗爷骁勇善战，冠绝诸部，率军先后六次征讨兀良哈，四次进军青海，所向披靡。顶着大元可汗帽子的土蛮可汗俱为汗爷所并，率众徙往辽东已逾十载。目今，汗爷辖境东抵辽蓟，西迄甘肃、青海，又不断向西拓展，征服瓦剌。大漠南北，苍天之下，谁敢匹敌！”

赵全起身，迈步拿过旁侧条案上一碗奶茶，一饮而尽，把碗用力向帐外一扔，抹了抹嘴说：“汗爷念兹在兹的，是通贡互市，可结果怎样？求和不成，以战促和之策又如何？数十年来战争不息，南朝屡战屡败，我汗爷为何仍不得正果？因南朝蔑视我汗爷，视为‘抢食贼’耳！”

俺答汗被“抢食贼”三字刺激得满面通红，羞愧地转过脸去，不敢让也儿钟金看到。

“战事连绵，所苦者唯北边百姓，”李自馨接言道，“南朝江山，各级官老爷，并未受到我汗爷的威胁，此其一。征战数十载，彼此仇恨已深，南朝谁敢冒天下之大不韪，结澶渊之盟？因此，通贡互市，求，求不来；战，战不来，那只能另辟蹊径——建国称帝。我汗爷雄才大略，只因非中兴烈主之嫡长孙，就不能正大位，岂不失大漠臣民之望，汗爷岂不抱憾终生？”说着，他挤出两滴泪水，滚落到嘴角，和喷出的白沫搅到一起，向下淌去，仿佛生出两道白须。

也儿钟金忽闪着眼睛，聚精会神地听着，直到李自馨打住，方被他嘴角的“白须”所吸引，呵呵笑了起来。

赵全见俺答汗默然，高声说：“汗爷，有一个好消息：南朝的嘉靖皇帝，虽与汗爷同龄，却衰病不堪；日前又遭微官海瑞一通痛骂，越发萎靡不振。这老儿最是可恶，汗爷求贡不得，就是这老儿固执己见之故。汗爷不是对这老儿甚反感吗？时下这老儿命不久矣，朝廷手忙脚乱，正是我汗爷教训他的良机！”

“嘉靖老官，喔哈哈哈，好面子，忒好面子！”俺答汗笑道，语调中分明夹杂着几分惋惜。

“攻掠大同，让他闻变羞愧而死！”赵全恶狠狠地道。

俺答汗坐直了身子，叹口气说：“本汗何尝愿意纵兵抢掠嘞？当年本汗兵临城下，巴特尔们跃跃欲试，要打进北京城，可本汗硬是给拦下了，恳请朝廷允开马市。倘若那时马市一直开下去，何至有这连绵的战事嘞？”

“听说，是一个叫徐阶的，站出来请皇帝恩准开马市的。眼下徐阶当了首相，祖汗为啥还打他呀？”也儿钟金插话说。

俺答汗以惊异的目光看着也儿钟金：“喔呀，我的小黄鹂、百灵鸟，你竟知道这些？那时你的母亲还未出嫁啊！”他又转过脸对着赵全，叹息道，“本汗以为，徐阶做了首相，会变变调门，谁知苦苦等了五年，还是老一套！”

李自馨接言道：“那时是严嵩当国，徐阶建言恩准开马市，是与严嵩斗法的手腕儿罢了。他当了首相，求稳怕乱，改弦易辙的事，他才轻易不肯干！”

“是啊，汗爷！”赵全忙接上去，“咱一边重修宫殿；一边勒兵南下，痛创官军，使南朝丧胆，再论通贡互市之事，或许有转机！”

“嗯，这话有那么些个理儿。”俺答汗说着，“哈哈”大笑了一阵，站起身，大手一挥，“备马点兵！”

第七章 徐阶穷于应付 高拱入阁拜相

一

西苑不唯是皇家御园，且是当今皇上静摄处，最需幽静。是以除内阁大臣和词臣在直庐当直外，无论是皇亲国戚还是内外臣工，不经皇上召见或首相批准，一律不得踏进西苑门一步。即使首相有召，臣僚也只能进入直庐，且进了西苑门，需一律步行，不得骑马或乘轿。

这天卯时三刻，礼部尚书高拱披着晨曦进了西苑门，快步往太液池西南岸的徐阶直庐走去。

自海瑞上疏二十多天过去了，徐阶整天忙着调息海瑞上疏引发的事体，部院奏疏、科道弹章、督抚塘报，哪怕十万火急，也顾不上审阅票拟，都压在书案上，堆积如山。礼部本无十万火急之事，但恰遇琉球国朝贡事，高拱以为不能按常规视之。由于东南倭患大炽，琉球国朝贡已中断多年，时下琉球国王好不容易派出贡使来朝，且还有请上国批准琉球国立太子事，高拱敦促主客司优先办理。但上奏旬日，音信全无，高拱又命司务李贽到通政司查询，方知奏本压在内阁。无奈之下，高拱只得设法请准，到西苑徐阶的直庐谒见，以促内阁尽快票拟呈报御批。

敦促尽快办理琉球使臣朝贡事是真，但高拱之所以急于谒见徐阶，心里还存着一件事：按照徐阶的意思，高拱要入阁，当先上愿意为皇上贡献青词的密札。密札他已拟就，但齐康的一番说辞，在高拱的心里蒙上一层阴影，他想与徐阶一晤，摸摸他的底，看徐阶做何反应，再定行止。

徐阶的直庐是四合院式的建筑。进首门左侧是茶室，乃候见者临时等候之所。高拱一进直庐茶室，就看见兵部尚书霍冀、工部尚书葛守礼都在排队等候。这两个人虽与高拱职务相当，但都是科举前辈，他便主动抱拳向霍、葛二人施礼。

“大宗伯？”身材肥胖的兵部尚书霍冀看见高拱，吃了一惊，“礼部会有甚火烧眉毛的事？”霍冀边说边焦躁地来回踱步。

高拱愣了一下。霍冀虽早他一科中进士，是前辈，又贵为兵部尚书，但对高拱一向敬重。这大体是因高拱乃裕王首席讲官之故，加之多年来他并未握权处势，彼此也没有过利害冲突。或许正因为霍冀在他面前屡示谦抑，高拱陡然间有些不适应，便不满地说：“大司马这是什么话！礼部的事，关乎人心士气、国体国格，难道这些事，在大司马眼里，都是鸡毛蒜皮的小事？”

霍冀却未示弱，抖了抖手中的塘报：“谍报称，虏酋俺答正集结大军,欲入寇大同，你说是不是火烧眉毛？宣大总督缺员，吏部好不容易物色到人选，可一直没有批下来。刻下前线告急，而掌军令的总督却迟迟不能到任，大同、宣府的塘报十万火急往兵部报，你说是不是火烧眉毛？”他又抖出一份塘报，“再看看这个，署理福建总兵戚继光八百里加急呈来的，海贼林道乾率船五十余艘，以南澳为基地，攻福建诏安、五都等地，贼势甚盛，可兵部题覆到了内阁，一概都压下来了！”说着，霍冀跺脚长叹。

“喔呀！”高拱露出惊讶的表情，知霍冀是有火无处撒，才冲自己说怪话的，气也就顿时消了。刚要说话，霍冀又指了指葛守礼，替他着急，说：“再说工部的事，大宗伯一定知道，工部侍郎朱衡乃国中水利大家，然如何疏通漕河，朝野一直争论不休。无奈之下，大司空只好命人制定两套截然不同的方案，谒请上裁。这都快三月了，进入河工最佳时机，可方案尚未批下来。若不赶快动工，怕是今年的漕运要误事，我辈、京师的百姓、辽东的将士，怕只能喝西北风喽！”

霍冀的一番牢骚话，让高拱替兵部、工部着急起来，尤其是应对大同战事，委实不能再拖，他急切地说：“大司马，调兵遣将乃兵部权责，当速速行令才是啊！”

“如此重大的事，咱不敢擅自主张。”霍冀回道。

高拱知道霍冀是怕承担责任，心里对他就有几分鄙夷，但同列间他也不便责备，就说：“如此紧急的事，得权宜从事，宣大总督缺员，不妨派兵部一位侍郎火速赶赴大同掌军令，指挥御虏。”

“这……”霍冀为难地说，“兵部的两位侍郎都是江南人，既无军旅经历，亦从未到过北边，到大同前线，两眼一抹黑，能成事吗？”

“这就是弊病了！”高拱说，“兵部侍郎出则为军帅，选任之制不能等同于他部。”他一跺脚，“不过，时下说这个也无用。那，能不能派职方司郎中以巡边使的名义去？”高拱越发焦急，又出主意说，“职方司郎中乃总参谋长之任，他对边务定然熟悉。”

“职方司郎中？”霍冀摇头说，“祖制倒是有职方司郎中巡边之例，然则，并无权代总督掌军令、节制三军之例。再说，职方司郎中也是郎中而已，与你礼部的郎中任用资格都是一样的，别把他看得那么有本事。”

“当痛下决心，一改旧制了！”高拱慨然道。

“改制？”霍冀不解，摇头说，“我着急的是，刻下该怎么办！”

“二位尚书，”一直闭目养神的葛守礼开口道，“先镇静镇静，不然待会谒见元翁，情绪失控，会误事的。”他是嘉靖八年进士，比高拱早四科，资格更老，且一向老成持重，话语不多，一旦他说出话来，霍冀、高拱都不能不尊重。

可是，高拱还是为大同前线的事忧心，便放缓了语调问：“军情紧急，元翁又无暇接见，大司马何不赶紧谒见李阁老，请他秉笔票拟？”

嘉靖朝成例，内外公牍由大内司礼监文书房送阁，阁臣在黄色纸条上拟出批示，贴于公牍上，谓之票拟或拟票；再送到大内，皇上亲自或委托司礼监秉笔太监，照内阁票拟批红。皇上若认为内阁票拟不妥，或直接改写，或发回重拟。票拟权无形中将部院置于内阁的实际控制之下。时下内阁只有徐阶、李春芳两位阁臣，是以高拱提到另一阁臣李春芳，建议霍冀请李春芳拟票进呈。

霍冀鼻腔中“哼”了两声，说：“李阁老？不经元翁，甚事他能做主？”话音刚落，似乎察觉到在此地非议内阁大佬失当，忙指指葛守礼奉承说，“像葛老这样的干才，做过地方的学政、布政使、巡抚，又做过几个部的侍郎、尚书，倘若在内阁，遇事自可提出主张，为元翁分劳。”

高拱听出来了，霍冀是看不起李春芳。

李春芳是南直隶兴化县人，与张居正为同年，以状元直接入翰林授编撰，被皇上选为词臣。自入仕途，李春芳就专心干着撰写青词供皇上焚烧这一件事，仅仅十几年就入阁拜相了，坊间有“青词宰相”之讥。由于没有任事的经历，加之李春芳性格平和、柔弱，入阁后也以写青词为务，国务则唯徐阶马首是瞻，无非替徐阶阅看文牍而已，凡需决断之事，都要徐阶定夺。这是官场尽人皆知的，但情急之下，高拱还是希望霍冀能去一试，以解燃眉之急，不意却引来他对李春芳的嘲讽。可是高拱无论如何也坐不住，焦躁地走来走去，口中嘟哝道：“元翁在忙何事，一直无暇接见我辈？”

霍冀只是摇头，一直沉默的葛守礼则重重叹了口气。没有得到答案的高拱，伸长脖子，向对面徐阶的直房焦急地张望着。

徐阶正在直房里埋头撰写青词。他也知道兵部、工部、礼部三尚书在茶室候见，心里虽也有些着急，但依然淡定地写着青词。写青词是皇上的口谕，他不能违拗。

自海瑞上疏呈达御前，徐阶已经快一个月没有回家了，就住在西苑的直庐里，以应对皇上的随时召见。皇上自受海瑞上疏刺激，越发沉湎于斋醮，李春芳昼夜不

停写青词，还是不敷焚烧，以往皇上最欣赏的是袁炜写的青词，徐阶听说翰林院编修张四维曾为袁炜捉刀代笔，就请他代写青词，不料皇上对青词十分挑剔，一眼就看出非徐阶所撰，竟至大怒，命徐阶须亲自精心撰写，一天不得少于三篇。这对已年过花甲的徐阶来说，委实不堪重负。

写青词，偶一为之或许不难，难就难在年复一年、日复一日。徐阶屏息静气，依照格式，埋头书写着：

维嘉靖四十五年三月初二日，皇帝谨差真人赐紫，奉依科修建邯郸道场，谨稽首上启虚无自然元始天尊、太上道君、太上老君、三清众徒、十极灵仙、天地水三官、五岳众官、三十六部众经、三界官属、宫中大法师、一切众灵……

霍冀、葛守礼、高拱还在茶室焦急等待，太监张鲸大摇大摆进了直庐首门，尖着嗓门高叫：“万岁爷口谕，传徐老先生觐见——”

宦官呼阁臣为“老先生”，是嘉靖朝的习惯。

高拱等人眼睁睁地看着徐阶拖着疲惫的步履出了直庐，向无逸殿走去。

走在路上，徐阶心里一直在打鼓，此番召见，皇上会不会又赌气出什么难题？

二

无逸殿里，花甲之岁的皇上身裹道袍，半坐半躺在御榻上，神情萎靡，不时发出只有衰病老者才会发出的“哼哼”声。

徐阶勉强打起精神，趋前叩头施礼。

“徐阶，朕又读了一遍海瑞的奏疏，”一见徐阶，皇上一改此前怒不可遏的腔调，以和缓的语调低声念叨着，“朕以为，海瑞所言也许是对的，只缘朕多病，不能振作以新治理，让臣民失望。”皇上喘了几口气，“既然如徐爱卿所言，退位有负祖宗重托，非明智之举，那就要治朕的病吧？”说着，躬身一阵咳嗽。

“保圣躬万寿无疆，乃是臣子的本分……”徐阶说，他对皇上今日说话的语调如此亲切、温和尚不适应，也摸不透皇上是何心思，正斟酌如何提出治病建言，皇上又说：“徐爱卿，朕适才看了御医，方知朕脉息浮促，内火难消，多方诊治，服药无数，终不见效……”说着又连咳数声，喘了阵子气，“朕思度再三，无他计，如能驾往原受生地拜陵取药，必能消灾减疾。”像是怕徐阶不允他说完似的，皇上以比适才快得多的语速，一口气说出了自己的想法，随后就急促地喘息起来。

“皇上是说，要南幸？”徐阶不敢相信自己的耳朵，故意问了一句，仿佛为了求证，又仿佛是为了表达自己的惊诧之意。

皇上并不回答，只是喘气不止。他是以外藩入继大统的，嘉靖十八年，皇上曾以南巡的名义，回到当年的封地湖广安陆。彼时皇上刚过而立之年，春秋正盛，南倭北虏之患也远不像如今这么严重，此番南巡，举国瞩目，风光无限。可是，皇帝一次南巡，要投入多少人力物力，内阁要投入多少精力？以当今皇上的做派，军国要务牢牢控制在手里，他人不敢擅作主张，倘若南巡，朝廷势必空转。而北边的情势，远不是二十七年前的样子了，一旦皇上南巡、政府空转，北虏突进，后果不堪设想！是以徐阶只有一个念头：谏阻！

“陛下……”徐阶深情地唤了一声，又斟酌良久，“恕臣直言，臣奉谕不敢仰赞。”

元辅反对南巡，并且直言不讳表达出来，似乎并不出乎皇上的意料，他面无表情地看了一眼徐阶，又继续喘息起来。

“陛下，无论是时势还是龙体，都不能与二十七年前相比了。”徐阶提及上次南巡，“此一时彼一时也，承天离京数千里，陛下自度精力可如彼时，长途劳顿，有益病体乎？”

皇上似乎早已深思熟虑过了，缓缓道：“不必乘轿，可改为卧辇抬行，沿途诸王百官不必朝迎，谅无大碍。”徐阶刚要开口，皇上吃力地挥了挥手，“元辅不必再言，速速筹办去吧。朕意，最好出月即可成行。”他又补充说，“青词，元辅不必每日三篇，有暇再写就是了。”每日必亲写三篇青词，是不久前皇上吩咐徐阶的，本就是故意难为他的。作为交换，皇上收回了成命，替徐阶解脱。

“容臣妥为整备。”徐阶说。他了解皇上的性格，再谏诤下去，只能引起皇上的反感，且坚其南巡之念。

一路上思量着如何才能打消皇上南巡之念，徐阶理不出甚样头绪，长吁短叹地慢慢往回走，刚跨进直庐首门，兵部尚书霍冀就挡住了他的去路：“元翁，下吏的五脏六腑快被火烤焦了，不得不恳求元翁救火！”

高拱、葛守礼也迈出茶室，给徐阶施礼。

徐阶眼袋低垂，双目深陷，倚在首门门框上，一语不发，眼睛则不停地眨着，似乎是在斟酌着什么。

“元翁，能不能把兵部的事先拟票，呈上去？”霍冀不住地抱拳作揖求情。

徐阶开口道：“三位尚书久候了，正好有事商榷，就随老夫来吧。”

照六部排序，礼部排在兵部和工部之前，霍冀、葛守礼也就自动往后靠了靠，让高拱走在最前面，跟在徐阶身后进了正堂的花厅。抬眼望去，最醒目的莫过于正厅墙上悬挂的条幅了。这是徐阶亲笔书写，字体隽秀：

以威福还主上，以政务还诸司，以用舍刑赏还公论

此乃徐阶取代严嵩出任阁揆后向朝野宣示的，作为他当国执政的信条。高拱还清楚地记得，这三句话公诸于众后，一时九卿科道、大小臣工，无不拱手加额，为

一个新时代的到来而庆幸，而“三还”也成为官场流行语，谓之“三语政纲”。熬过了严嵩执政的漫长时代，新执政又誓言以政务还诸司，以用舍刑赏还公论，朝野怎能不欢欣鼓舞？

“五年了，徐阶真的做到了吗？”高拱暗忖。

见高拱一进门就盯着条幅看，霍冀大声说：“大宗伯，怎样？元翁的‘三语政纲’，震撼人心啊！”他慨然道，“想那严嵩当国近二十载，一朝罢黜，朝臣门户分立、科道各怀己见，元翁折冲其间，举措皆以宽大为念，保持了大局稳定，实属不易啊！”

霍冀当面奉承，徐阶连谦辞也没有，依然沉默着，只是用手指了指左右两排椅子，示意三位尚书落坐。承差忙来倒茶。闲杂人等尚未离开，霍冀就等不及了：“元翁，大同……”

徐阶微笑着摆了摆手，制止了他。一向少言寡语的葛守礼忍不住了，开口道：“元翁……”话甫出口，徐阶又打断他，叹口气说：“各位尚书要说的话，老夫岂不知之？实话说吧，部院、省直的章奏，天大的事体，不要说内阁无暇览看，即使是呈上去，皇上也不会批！”

“元翁，这是为何？”霍冀、高拱不约而同地问。

徐阶只是摇头，并不回答。

“这……这……”霍冀站起身，一副心急如焚的样子。

“元翁，总要想个法子啊！”高拱焦急地说。

“法子倒是有的，除非……”徐阶说着，伸出手掌，用力做刀劈状，“把海瑞杀了！”

“这……”高拱、霍冀、葛守礼，你看看我，我看看你，不知所措。

“杀就杀吧！”霍冀气呼呼地说，“不就是一个海瑞吗？再这样赌气闹腾下去，宣大的将士、三边的百姓，不知要死多少呢！”

“以海瑞上疏为由杀他，这不成，咱们的皇上可不想做杀直臣的暴君，落万世骂名！”徐阶说，“得有别的立得住的借口方可。”

徐阶的话，只是说辞而已，霍冀则当真了，搓手道：“借口？这可是难题，海瑞这个人没有把柄可抓吧？不然，他何以如此不知天高地厚？”顿了顿，他勉强挤出一丝笑意，“元翁，还有别的法子吗？相信元翁定然是有法子的。”

“还有一个法子，”徐阶说，“扈从皇上南巡！”

“啊？！”高拱、霍冀、葛守礼齐声惊叫。

徐阶高叫一声：“来人！”左右人等应声跑了进来，徐阶吩咐道，“首门、厅门一律关闭，任何人不得靠近此厅。”待一干人等手忙脚乱办完了一切，徐阶才道，

“适才老夫斟酌良久，天子南巡，关涉礼、兵二部，而大司空又是朝中老臣，老夫也就不必隐瞒了，正可与三位尚书一起商榷。”随即，他把适才在无逸殿面君的经过大略说了一遍。不唯皇上离京南巡是绝密，关涉皇上龙体，也是保密的，徐阶已然破了规矩，自然不得不小心万分。

听罢，高拱先坐不住了，“腾”地起身，蹙眉道：“元翁，这可万万使不得啊！”他一脸愁容，看着霍冀道，“大司马做过三边、宣大总督，”又转向葛守礼，“大司空做过宁夏巡抚，”最后又将目光转向徐阶，“元翁主政府，赞军国要务，三公俱比高某更熟悉边情，北虏虎视眈眈，若圣躬远狩，京城空虚，万一北虏窃发突进，后果何堪设想？然则……”他顿了顿，“皇上既已有谕，想来元翁必是当面劝谏过的，一味抗旨谏阻，终归不是以臣事君之道。”

“中玄，我老霍不明白你的意思呢！”霍冀不解地说。

高拱未理会霍冀，对着徐阶继续说：“刻下当预为整备：一则，援引前例，派大臣巡边，强化北边守备；二则，命锦衣卫预备路上所用帐幕粮饷，近卫六军备齐铠甲兵器。以此整备情形禀报皇上，皇上见政府在妥为部署，也就无话可说了；而办妥这一切需要时日，元翁再伺机旁敲侧击劝谏皇上，皇上冷静下来，自己改变主意也未可知。”

“这倒是个法子。”葛守礼赞成道。徐阶捋着花白的胡须，点了点头。

“那该可以办事了吧，元翁？”霍冀急切地说，“恳请元翁速速票拟，把宣大总督人选，还有谕令昌平总兵严阵以待，在黄花镇紧急设防这些事，赶快批下来吧！”

徐阶摇头，慢声低语道：“以刻下的情势，内阁只侍候皇上尚力有不逮，部院的事，各位堂上官就多想想法子吧，事事指望内阁恐会误事。”

霍冀对徐阶的话大不满，双手一摊，道：“元翁如是说，叫我辈为难嘛！那国务如何推进？”他嘟哝说，“内阁人手不够，添……”话未说完，霍冀意识到失言了，忙捂嘴住口。内阁添人，视同拜相，论相乃皇上持权，建言权则在首相，他人置喙，就是妄议，而妄议是官场的大忌。霍冀话未说完就意识到了，不免面露尴尬之色。

“好了，老夫还要办事，诸公请回吧。”徐阶起身送客。

霍冀、葛守礼有些不甘心，高拱劝道：“既然元翁有示，我辈就先告辞吧。”说完，他抱拳一揖，快步出了直庐。

来时，高拱本来想就入阁之事与徐阶深谈一次，探探他的真实意图再定行止的，可是此时，他已有了主张。国事日非，内阁乏人，自己无论如何不能再踌躇了。

三

嘉靖四十五年初夏，肆虐京城的北风仿佛失去了韧劲儿，渐渐和缓下来，昨夜的一场雨，把沙尘重重地压制住了。挺拔于街道两旁、庭院内外的杨树，墨绿叶茂，槐树上则散发出甜腻的香气，不管不顾地扑向行人，也悠然钻进了礼部尚书高拱的轿中。

高拱吸了吸鼻子，似乎在品味着。这京城的槐花，到底不如老家新郑的。新郑的槐花，甜中带香、香甜兼具、沁人心脾。自嘉靖二十八年丁母忧服满起复，十七年过去了，再没有闻到家乡的槐花香了。

轿子快进礼部时，高拱向外探了下头，问跟在轿旁的高福："今儿个是何日子？"

"老爷，今儿个是三月二十八。"高福答。心想："老爷着实太忙，居然连日子都忘了。"

高拱并没有忘，只是想证实一下而已，或者说，掩饰一下自己内心的忐忑。许久以来，他从来没有像近些天这样，如此精心地盘算时日。

"今日是第三天了，该有准信儿了吧？"高拱心中自问，"莫非，皇上还是不满意？"他心里嘀咕着。下了轿，思绪还没有断，低头走进尚书直房，司务李贽举着一份文牍跟进来了，边走边说："恭喜高大人！"

高拱心里豁然开朗。他自然知道李贽恭喜的是什么，但还是急切地接过文牍，展开细读。

这是吏部的咨文：

奉圣旨：高拱着兼文渊阁大学士，在内阁同徐阶们办事，余官如故。钦此。

这，就是入阁拜相了！嘉靖四十五年三月二十八日，五十五岁的高拱，在进士及第二十五年后，入阁拜相，位列宰辅。

国朝阁臣正式官衔为大学士，前冠殿阁之名，用以区别入阁顺序，此后会渐次转为排序靠前的殿阁之名，以示尊崇；又因内阁非律法所定，阁臣无品级，以入阁前原任部院之职的品级为新晋阁臣的品级，并以此支取俸禄，故阁臣例兼部院堂上官，但非实际任职。高拱"余官如故"，即仍带礼部尚书衔，实则礼部尚书会另任新人。阁臣虽以兼职定品级，但最高只达正二品，皇上遂常以赏功加师保荣衔，提升阁臣的品级。太师、太傅、太保，正一品；少师、少傅、少保，从一品；太子太师、太子太傅、太子太保，从一品；太子少师、太子少傅、太子少保，正二品。高拱作为新晋阁臣，即照礼部尚书的正二品定级支俸。

高拱恭举咨文反复看了几遍，随即将文牍压在书案上，抬头对李贽说："李司务，此事暂不对人言。”李贽刚要走开，高拱又嘱咐，“若有人为此事来谒，一概挡驾。”

“呼！”高拱仰面坐在座椅上，重重地出了口长气，这口气吹起了他的长须，已然花白的长须在眼前乱舞了几下，他伸手抓住，盯着看了又看，不禁叹息一声：五十五岁，这个年纪已近老迈，同年中有不少人已不在人世了。想到这里，短暂的喜悦旋即被几分沉重挤压殆尽。

自张居正知会高拱徐阶欲延揽他入阁的消息，已经快两个月了，开始的兴奋劲儿在慢慢消减。那天在徐阶直庐，眼见羽书旁午而国务停滞，高拱终于做出决断，回到礼部便差人把密札送给徐阶。徐阶接到密札，微微一笑，吩咐李春芳拟写内阁公本，荐吏部尚书郭朴、礼部尚书高拱入阁。

可是，内阁公本呈报御前，好几天竟悄无声息。倒是高拱突然接到一份手谕，打开一看，是皇上手书的一副上联：

洛水灵龟献瑞 天数五 地数五 五五还归二十五数 数定元始天尊 一诚有感

当今皇帝在西苑斋醮修道，每日都要焚烧青词。这道御制上联虽不是焚烧所用青词，却是斋醮时悬于门坛的对联，宽泛而论，也可列入青词范围。高拱顿悟：这是皇上在考验他。因几任礼部尚书都专务青词，而他却一篇未上，如今又被内阁举荐拜相，而此前入阁者无不是青词高手，皇上显然对他未曾贡献青词多有不满，是不是同意他入阁，还在犹豫中，特以此联来考验他。事已至此，高拱别无选择，他请前来颁旨的随堂太监稍候，当即写就了下联：

丹山彩凤呈祥 雄声六 雌声六 六六总成三百六十声 声祝嘉靖皇帝 万寿无疆

这道下联呈上后，高拱便算计着时日，仅过一天，内里就有特旨下；今日一早，高拱就接到了吏部的咨文。

照例，大臣接到任命诏旨，都要先上辞免疏，以示谦逊。奏本尚未写好，就听门外有拉拉扯扯的声音，不觉火起，起身喝道：“何人喧哗？”

“禀尚书，国子监张司业不听劝阻，执意要来谒见。”是李贽的声音.

“中玄兄，我还是晚了一步。”是张居正的声音。

“李司务，请张司业进来吧。”高拱吩咐。

“晚了一步，晚了一步。”一见高拱，张居正就说，“我就猜到中玄兄要封门，拒见贺喜之人，才急急忙忙赶来，还是晚了一步，让李司务为难了。”说毕，恭敬地给高拱深深鞠躬，又抱拳揖了又揖，表示恭贺。

“中玄兄！”张居正很郑重地唤了声，“今日起，中玄兄就是我大明的堂堂阁老相公了，居正乃六品微官，焉能再称兄道弟？以后无论公私场合，居正都以‘玄翁’相称了。”

“那又何必？”高拱笑吟吟地说。

“尊玄翁，亦尊国朝相体也。”张居正解释说。

高拱一扬手：“叔大总是有理，随你随你。”言毕，两人才隔几并坐。

张居正刚落坐，又起身道：“玄翁，拜相的诏旨，可否让居正一观？”高拱起身把压在案上的吏部咨文拿过来，递给他。张居正细细地看着，若有所思，举到高拱面前，“玄翁，看到这句话了吗？”他指着其中的一行字，“对，就是这句话，‘在内阁同徐阶们办事’这句话。”

“怎么，叔大有高论？”高拱不解地问。

张居正环视室内，低声说：“玄翁，今上御宇近四十六载，恩威莫测，权柄独运，弊由此出、变由是难；元翁久历政府，当国五载，求稳致静是其治国方略，振弊易变，非其时也；玄翁虽位列宰辅，但是身份是在内阁同元翁等办事，非当国执政者也。居正有句话，想贡献于玄翁：仍需韬光养晦，不可急于求成。”

高拱大感意外，笑道：“叔大，你转汰何其急也？此前你是怎么说的，嗯？”

“此一时彼一时也。”张居正说，“为劝玄翁不要踌躇不决，故居正言盼我兄只争朝夕，展布经济，力推新政，庶几不负平生所学云云！而今玄翁既已入政府，居正不能再一味劝玄翁急进，否则势必给玄翁乃至中枢运转带来麻烦。有些话，刻下可以说了：玄翁就当否上除八弊疏垂询居正时，居正不赞成玄翁上疏，其中一个理由当时未敢明言，那就是，居正担心此疏与元翁执政理念不合，一旦上奏，恐元翁对玄翁大起戒心。”

“叔大，你的话或许是对的，”高拱叹口气说，“然则你当知我之为人，做‘青词宰相’不屑，做‘伴食宰相’又何甘？焉能安于操劳案牍、墨守官常的庸官俗吏！况局面糜烂如此，为兄位在中枢，又安能装聋作哑？”说着，起身走到书案前，弯腰从抽屉里取出一篇文稿，返身递于张居正，“叔大，昔年我们弟兄香火盟，‘相期以相业’，旋即为兄作此文以为纪念，你该不会忘记吧？昨日我特意检出此文，看了又看，也请叔大再看看。”

张居正接过一看，是高拱所作《萧曹魏丙相业评》。这是高拱借评论大汉萧何、曹参等四位宰相的业绩，来表达他的志向与理念的。张居正还清楚地记得，当年看过此文，自己不禁心潮澎湃，为之倾倒，从此把高拱视为生死之交。今日看到此文，张居正依然感慨万千，出口诵出开篇的话：

夫相天下者，毋以有己而已。何者？天下事未有不须人可以己济者也。有己，则见人之贤而不能以己推之，见人之美而不能以己成之，与人共事而不能以己下之。夫有己之心不足以治三分之宅也，况相天下乎？

诵毕，张居正感慨了一句：“总而言之，玄翁的理念只一句话即可概括：相天下者无已！”

“叔大说得不错！”高拱爽快地说，“我的意思只有一点，相天下者无已。倘若己身为宰辅还存私心，官场哪里会有公道？为宰辅者，有一分私心，便于臣道有一分亏欠。”

张居正表情庄重，又诵出一句：

独任者无明，自用者无功。相臣有私心，则国家有弃积也。

高拱慨叹一声：“相天下者，忠诚、无私，乃国之大幸。”

张居正看着高拱，拱手道：“玄翁如是说，居正夫复何言？唯愿玄翁履新顺遂吧！”

高拱本想与张居正商榷，在東之高阁的除八弊疏基础上梳理出一套政纲来，建言徐阶次第实施的。但听了他一番说辞，不得不放弃，不免还是有几分遗憾，也有几分期盼，遂对张居正道：“若得与叔大一起平章天下，则大明中兴有望。”

“呵呵，玄翁，部院一个郎中还正五品呢，居正只六品微官，哪里敢奢望登政府？”张居正自嘲说。

“郎中怎可与叔大比？”高拱手一扬，“叔大别忘了，你也做过裕王殿下的讲官，又是首相最得意的弟子。”说着，拍了拍自己的胸脯，“嘿嘿，还是高某的金石之交！”

张居正微笑道：“资历尚浅，不敢奢望。”

高拱摇头道：“什么资历浅？论才干，我看除了高某，就是你叔大啦！愚兄对叔大自不必说，尊师徐揆不是也在一力栽培，为叔大铺垫吗？叔大主持《承天大志》重修完竣，朝野有‘张太岳将大用矣’之议，呼之欲出嘛！叔大，机遇来矣！”

张居正笑而不语，眉宇间却隐约有阴翳凝结。

第八章 南倭北虏羽书旁午 老臣新进各说各话

一

南澳岛乃闽粤共治之地。自嘉靖二十年起，这里就为海贼所盘踞。这天傍晚，在一座仿官军帅帐搭建的营帐中，横行海上的海贼头目林道乾，迫不及待地拿出两颗夜明珠，命左右熄灭所有烛火，歪着脑袋左看右赏，嘴中不时发出“啧啧”的赞叹声。

“大帅——”随着一声娇滴滴的呼唤，一个身着异服的女子扭动着腰肢走过来，搂住林道乾的脖子，在他身上擦蹭着。

“哎哟！大帅——”另一个女子也尖叫着扑过来，抓住林道乾的一只手，放在自己脸颊上摩挲起来。

“陈德媛，叶姬，”林道乾不耐烦地说，“你俩骚货他郎奶的给老子罢了，本帅烦着呢！”

林道乾虽是海贼，也远不如前两年被剿灭的号称“老船主”的王直实力雄厚，但手下也有喽啰四五千、船只百余艘；他本人年轻时又混迹官场，虽无野心，也有梦想，故特命左右以大帅呼之。从陆地、海上掠来女子，年轻貌美者，他收用后或赏给手下弟兄，或留侍身边，时下寝帐留侍美姬就有十多个。林道乾不敢以嫔妃称之，而是仿照后宫等级，命为德媛、姬、贵人、常在、答应。陈德媛和叶姬都是风尘女子，被林道乾掠来后，整日吃山珍海味、穿绫罗绸缎，还常带她们游佛郎机人占据的壕镜岛，又去暹罗等国长见识，竟比在院里时快活许多。只是少了男人们的争风吃醋，她们不免有些惆怅，是以就把风月场的手腕儿，一股脑用在林道乾身上，

彼此斗计用法，倒也聊补缺憾。为此，她们处处都要别出心裁。陈德媛今日穿了一身佛郎机女子的西洋女装，尽显女人身条；而叶姬则索性只穿了件透明薄纱，胴体若隐若现，双乳呼之欲出，极尽妖冶之能事。

听林道乾说心烦，陈德媛忙伸出长长的舌尖，去舔他的耳朵，边说："哎哟，大帅烦什么呀，不就是一个戚继光吗，他又能奈大帅何？大帅，今夜独留媛媛，媛媛给大帅解颐，好不好？"

"什么他郎奶的媛媛！德媛，德媛！你他郎奶的不懂？那是有品级的官称，能胡改吗？"林道乾生气地说，"照你这么改，皇帝就自称帝帝喽？"

"嘻嘻嘻！"叶姬捂嘴笑道，"莫如自称小弟弟，女人喜欢哩，嘻嘻嘻！"说着，伸手去摸林道乾的裆部。

林道乾无心与她们取乐，向帐外喊了声："叫帅丞来。"帅丞，就是大帅丞相的简称，这也是林道乾既要仿朝廷又不敢僭越、取的折衷之法。

须臾，帅丞梁有训进来了："大帅，有甚事？"

林道乾个子矮小，又是坐着，仰头看着魁梧的梁有训，吩咐叶姬说："骚货，你他郎奶的不是手闲不住吗，那就快掌灯去吧。"

陈德媛和叶姬都不敢乱说话，一个麻利地掌灯，一个乖巧地倒茶。

"今夜到柘林湾装船，都预备好了吧？"林道乾问。

梁有训在林道乾前面的一把长条凳上坐下，道："正要禀大帅，往壕镜那边输货这事，还是先放放吧。"

"诶，这他郎奶的为哪个？"林道乾不满地说。

"壕镜那边的佛郎机人太不够意思，咱要他只和咱一家做买卖，不准接别人的货，可他们硬说甚公平……"梁有训挠挠头，"嗯，公平、公平竞争？对对，公平竞争！那咱的货价钱就上不去啦！"

"甚样是他郎奶的竞、竞什么争，"林道乾不屑道，"给老子派几十艘船，绕着壕镜岛转他郎奶的几圈，谁敢给佛郎机人输货，给老子灭了他！"

"这……"梁有训露出为难的神情。

"若不是俞大猷、戚继光两个老儿逼得紧，老子连截带抢就足够了，还他郎奶的辛辛苦苦做生意？"林道乾说着一拍几案，"来他郎奶的个利索点的！到壕镜抢佛郎机人一把！"

"大帅，佛郎机人的火炮太厉害，"梁有训说，"这边有的是吃食儿，何必非找他去抢？"他顿了顿，又说，"大帅自谓不能居人下，一直欲收招海上精兵，志在做老船主，而时下的情势，是时候了！"

"真他郎奶的到时候了？"林道乾兴奋地问。

梁有训喝了口茶，做出要长篇大论的架势："胡宗宪率俞大猷、戚继光剿倭十载，浙闽海上巨头尽灭，大帅最敬仰的老船主王直，也被胡宗宪设计给害了；广东这边的曾一本也被俞大猷给灭了。时下正是空档期，我帅要称霸海上，正其时也。打出名望是第一位的，这样才有弟兄投靠。只要人众，进可控沿海，退可占北港、赤嵌，开府称王。"

林道乾蓦地起身道："老子这就把脑袋别裤腰带上，干他郎奶的一场！"但旋即又坐了下来，顾虑重重地说，"可是，俞大猷、戚继光那两个老儿，可不是他郎奶的吃素的。"

"这二人并不可怕。"梁有训不以为然地说，"时下俞大猷已被革职，调到潮州戴罪立功，戚继光接任福建总兵。闽粤两地一向不能协同，他们二人各自能奈我帅何？"他一皱眉头，"只是有一事，如芒刺在背！"

"何事？"林道乾问。

"邵大侠。"梁有训答，"近闻过完年邵大侠就晋京了。大帅还记得吗？当年在双屿岛，大帅与他一见如故，无话不谈。"

"那是因为他也佩服老船主。"林道乾解释说。

"可是，他佩服老船主，与大帅仰慕老船主，是两回事。"梁有训说，"邵大侠佩服老船主，是因为老船主念兹在兹的是敦请朝廷开海禁！多年来邵大侠游走东南，也都是为了此事。此番晋京，我怀疑他是游说朝廷重臣，吁请开海禁的。"

"他郎奶的！这个邵大侠，不仗义！"林道乾顿足道，"我啥都给他说了，他跑到京师去交通大官，是不是想带官军来剿我？"他连连甩手，"不该啥都和他说，他要真给官府画策，他郎奶的，我就完啦！"

"何止呀，大帅！"梁有训蹙眉道，"他吁请开海禁，一旦开了，海商可名正言顺交易，官军势必为他们提供保护，那我辈就没有立足之地了。"

林道乾情绪顿时烦躁起来："帅丞有何主张，说出来，干他郎奶的就是了！"

梁有训附耳向林道乾嘀咕了几句。林道乾点了点头，道："好好好！有句他郎奶的古话叫事不宜迟。帅丞，你这就动身吧！"他又转向叶姬，说，"你，随帅丞走一遭。办成这件大事，老子立你坐他郎奶的正宫！"

二

柘林港依山傍海，与南澳岛相距不过八海里，乃粤东第一门户。自隋开始，柘林因海上贸易而兴，至宋而盛，成为南来北往的货物集散地，贸易盛极一时，暹罗、倭国及海寇皆泊巨舟于此。但国朝厉海禁，柘林港一度陷入萧条。嘉靖朝起，随着走私大盛，柘林港又悄然复活。

这天亥时，一艘小船从南澳岛驶来。尚未泊稳，几个黑衣人就鱼跃而下。刚上岸，就被几个巡港兵卒察觉，从暗处喊话：“谁？”

“新船主——”一名黑衣人回答。

兵卒小声嘀咕：“嗯，暗号对上了，别管了。”

一名黑衣人一溜小跑，向左近一个叫七夕井的村落而去，另一名黑衣人则又返身回到船上。约莫过了一刻钟工夫，这黑衣人拎着一个重重的包袱，领着一位身穿黑色斗篷的男子和一位身穿黑色霞帔的女子出了船舱。待上得岸来，从七夕井牵来的几匹马已备好。穿斗篷的男子吩咐一名黑衣人，把女子拉到他身边：“你，带她直奔魏把总的营帐。”转过身，一挥手，“弟兄们，上马！”

几名黑衣人上了马，直奔柘林镇而去。

柘林镇东南角，黑暗中，几只大红灯笼在风中摇曳着，近前细观，是个大院落，门额上书“潮春丽院”四个大字。骑马的黑衣人在首门前下了马。被四名黑衣人簇拥着的“黑斗篷”，把包袱递给一名身材高大的黑衣人，说：“徐三兄弟，这有纹银三千两，路上先花着。到得京师，可到西城劈柴胡同找陈大春陈侍郎，就说是新船主的人，陈大人会关照。”说着，把一封密函递到他手里，“万勿遗失，面交陈大人。”

叫徐三的高个黑衣人接过包袱，说：“帅丞放心吧，待我兄弟进了京师，就是那个王八蛋邵大侠的死期！”说罢，拉了一把向潮春丽院首门张望的矮个子黑衣人说：“李黑，走吧，哪里都有女人！”

这徐三、李黑，原是江湖光棍儿、走南闯北的死士，被梁有训收留，此番去做刺客，到京师寻觅邵大侠踪迹，取他的首级。

别过徐三、李黑，四个黑衣喽啰护卫着梁有训进了潮春丽院的首门，与老鸨略事寒暄，就被领进一个幽静的屋子。这里早被梁有训花钱长期包用，实为他与官军、官府人等私会之所，无闲杂人等出入。

四个喽啰警觉地在门外守护。

进得屋内，梁有训甩下斗篷，推开一扇窄门，穿过十来步长的步廊，进了一个宽展的房间。

“哎呀，铭翁驾到，有失远迎，恕罪恕罪！”一名赤身裸体的男子刚从女人身上滚下来，边穿衣服边说。又对床上的女子说，“我一位朋友远道而来，你先出去吧。”梁有训秀才出身，字纪铭，对方遂有此称。

待女子走出房门，梁有训才笑着道：“扰了纬翁的雅兴，恕罪恕罪！”

被称为“纬翁”的，是潮州府推官来经济，字经纬。他所任推官之职，乃知府衙门掌理司法之官。推官与知县本由进士分发出任，只因岭南距京师遥远，进士无不视为畏途。无奈之下，吏部只得在广西、福建、江西及湖广等省选用举人，就近分发到此充任推官、知县。

“纬翁可有好事？”梁有训礼貌地问。

来经济一摇手：“哈！铭翁是知道的。学生只是举人出身，治绩再佳，也无前程可言，哪里会有好事？”

“也是。”梁有训道，“既如此，莫如捞实惠喽！”

“呵呵，铭翁一针见血。”来经济一笑道，“这不，学生到潮州不久，就与铭翁结交，一则钦佩铭翁的为人，再则嘛，哈哈哈！”

“纬翁给林老板帮衬不小！”梁有训抱拳道，“官府动向、官军行止，皆在掌握中。多亏了纬翁！”

来经济收敛笑容，道：“前两天说的那件事，要快办。”

两天前，来经济向梁有训通报说，驻守柘林的四百水兵，五个月没领到粮饷，把总魏宗瀚有哗变之心，梁有训闻之大喜。魏把总负有守卫柘林港之责，梁有训早已将其买通。林道乾的人，只要与守港兵卒对上“新船主”这个暗号，就可在海上、陆地畅行无阻。今夜梁有训就是为此事而来。他听来经济催促，便从怀中掏出两颗夜明珠，递给来经济：“这个是林老板奉献的，请纬翁笑纳。”

来经济一边惊喜地说：“哎呀，这可是稀罕物，太贵重了，学生不敢擅专。”一边却把夜明珠塞进袖中，“林老板有命，学生敢不效力？可潮州知府新近易人，新任知府侯必登，是个难对付的角色。”

“何以见得？”梁有训追问。

“此公初到，潮州府属员、各县知县援例贽见，他却将奉礼一一退回。”来经济说，“这真是从未遇见过的。”

梁有训笑道：“初来乍到，做做样子嘛！抑或是看不上那些个薄礼，也未可知。”

来经济摇头：“不仅如此。此人一反常态，履任旬日，皆不在府衙当直，整日微服私访，这两天就要到柘林巡视。这不，命我先行来接洽。”

梁有训闻言，站起身说：“学生这就去拜谒魏把总。”

须臾，几匹快马就到了魏把总的兵营。对了暗号，一个兵卒就领着梁有训一行到了魏把总的营帐。魏把总慵懒地坐在一把高高的座椅上，抱拳相迎。

“呵呵，老总，怎么样？叶姬的功夫还不错吧？”梁有训开口便问。

“哈哈哈，林老板调教过的，自然错不了！”魏把总心满意足地答。

入了座，左右看茶毕，梁有训装作很是忐忑的样子：“禀老总，大事不妙啊！”

“嗯，有甚不妙？”魏把总懒洋洋地问。

“适才下船时，遇到几个陌生人，我辈急忙躲避，听闻是潮州府的逻卒，奉知府之命来暗访的。若不是我辈说是兵营里的人，差一点被带走了。”梁有训编造说，“叶姬也被他们看到了。万一他们看出端倪，给老总扣上一个通倭的罪名，那就有杀身之祸啦！”

魏把总把手一挥，说：“怕甚？老子何止通倭，老子正想着要做寇哩！”

国朝军制本为卫所，军事要地设军卫，其下依序有千户所、百户所，各卫所隶属于五军都督府，亦隶属于兵部，有事从征调发，无事还归卫所。将士则从在籍军户抽丁而来。嘉靖朝，南倭北虏之患日炽，卫所以外招募兵勇，东南沿海竟以募兵作为主力。或官府招募，或军官乃至民人自出资财，募兵为营，随军报效。由此，军、兵分途，军即指来自军户的卫所将士，兵则由募而来，由什长、队长、哨官、把总、守备、都司、游击、参将、副总兵、总兵统属。兵不世袭，不终身服役，战时创设，事毕汰兵撤营；官无品级，不需兵部任命，直接由总、副、参、游统带出征。

魏把总乃是潮州府前任知府所募。知府去后，所募魏把总一营水兵军饷无着，已使魏把总怨气冲天；忽又有俞大猷派驻潮州之事。俞大猷此来，显系是要剿灭倭寇海贼的，一则俞大猷募有“俞家军”，他魏把总的一营水兵就是杂牌，势必成为剿贼的先锋，送命的霉头；加上多年来与梁有训等海贼打交道，他对海贼的营生，竟生出几分歆羡，遂起叛心。

梁有训本是吓唬魏把总的，以坚其哗变之心，听他一说，心里暗自高兴，又煽惑说：“是啊老总，老总受募来此，本是为求富贵潇洒的，如今不要说富贵，连饭都吃不上啦！林老板闻此，为老总扼腕呢！”

魏把总道：“今日就听老夫子一句话，若大帅诚心收留，只要大帅有令，魏某不敢有片刻迟疑！”

“那好！”梁有训“腾”地站起身，正色道：“魏把总，梁某就是衔林大帅之命而来，证据就是叶姬。她可是大帅寝帐挂第二牌的，大帅今日特遣于魏把总享用，无他，端为表达有福同享之意！”

魏把总也站直了身板，道：“如此，则请老夫子传达帅命！”

梁有训双臂下垂，郑重道：“大帅意已决，明日戌时三刻，点火把九支为号，遣我两支兵勇，均脱巾束发，两面夹击，进攻澄海县城！”

三

文渊阁坐落于午门内东南隅，阁南边凿一方池，引金水河水流入，池上架一石桥，石桥和池子四周栏板都雕有水生动物图案，灵秀精美；阁北边以湖石堆砌成山，势如屏障，其间植以松柏，郁郁葱葱。文渊阁两山墙青砖砌筑，直至屋顶，简洁素雅。黑色琉璃瓦顶，绿色琉璃瓦剪边。阁之前廊设回纹栏杆，檐下倒挂楣子，加之绿色檐柱、苏式彩画，凸显园林建筑风格。阁南向，门西向，上下两层，西尽间设楼梯连通上下。腰檐处设有暗层，面阔六间，底层有厅，谓之明堂，恭设孔圣暨四配像，旁四间各相间隔，而开户于南，为阁臣朝房；二层中间有大堂，谓之中堂，乃阁臣议事之所，中堂两侧东西各两间南向房间，也用作阁臣的朝房。

这，就是国朝的政务中枢——内阁的廊署了。

国初，太祖诏罢中书省，废丞相，但后世皇帝仿宋制置殿阁大学士，定华盖殿、武英殿、文华殿、文渊阁、东阁大学士各一人，于翰林及六部官员内择取，级只五品，仅备顾问。英宗时，文渊阁成为大学士专门入直之所。进入嘉靖朝，大学士位极人臣，内阁之权日重，遂命工匠相度，阁东制敕房装为小楼，以储书籍；阁西制敕房南面隙地添造卷棚三间，以处阁臣之书办文吏，而阁制始备。

嘉靖四十五年四月初十，破晓时分，新任内阁大臣高拱的轿子在文渊阁前落降。高拱下轿，映入眼帘的是门前的花坛，花坛内植芍药，首夏四日盛开八花：纯白者曰玉带白，纯红者谓宫锦红，澹红者称醉仙颜……这是昨日到阁时，首相徐阶一一知会明白的。

高拱三月二十八日接到入阁特旨，照例谦辞，皇上照例驳回，遂到鸿胪寺报名廷谢。随之，徐阶、李春芳向新同僚郭朴、高拱发出《郭东野、高中玄二相公到任请启》，选定到阁吉日四月初九。昨日，郭朴、高拱相约而来，一整天都是行礼如仪的客套。内阁同僚互拜；接着，部院寺监堂上官、科道翰林分批来贺。真正当直，今日是第一天。

绕过花坛，入门有一小坊，上悬圣谕："机密重地，一应官员闲杂人等，不许擅入，违者治罪不饶。"高拱仰望圣谕，庄严、神圣之感油然而生。生为炎黄子孙，读书明理，入仕为官，谁无有朝一日入阁拜相之梦！而今梦想成真，纵目乾坤，俯仰六合，俊杰忠悃之慨，凛凛犹若神明，自感为国尽忠之心，耿耿可昭日月！

可是，进得阁中，却是冷冷清清。高拱在明堂站立良久，才有几个文吏、承差跑来，掌灯看茶。这时，郭朴也到了。

"东翁，这是甚模样？"高拱在抱拳施礼时，禁不住发了句牢骚。

郭朴个高而身瘦，微微弓背。他性情平和，不善辞藻，听了高拱的话，微笑道："中玄，阁臣俱在西苑直庐当直，文渊阁冷清是正常的嘛！"

正说着，一名叫姚旷的书办疾步走了进来，气喘吁吁地说："徐阁老请郭阁老、高阁老到西苑直庐当直，不必到文渊阁来。"

对此，高拱和郭朴并非不知。但昨日从文渊阁离开时，高拱特意对郭朴说，文

渊阁乃内阁廨署，相沿百年，首日当直，当先到文渊阁来，再去西苑直庐。郭朴接受了高拱的提议，两人才到这里来的。

“两位阁老，适才下吏从承天门过，听说兵部门口有人打起来了！”姚旷又道。

“何人在兵部门前打架？又为何打架？”高拱厉声问，好像打架的是姚旷。

“听说，是……”姚旷的话未说完，只见兵部尚书霍冀急匆匆进来了。

“老天爷开眼啊！”霍冀激动地说，“真有人在，真有人在，那就好，那就好！快去西苑，禀报元翁一声，请他快快召见霍某，十万火急，十万火急！”

“像这般语无伦次、张皇失措，岂不有失大臣体统！”高拱对霍冀斥责道。霍冀说话语无伦次固然令他感到不悦，最让他生气的是霍冀对自己和郭朴两位阁臣的轻视。听霍冀的口气，在他心目中，似乎徐阶就是内阁、内阁就是徐阶，而他们只是陪衬而已。

内阁大臣体制上虽不是六部的上司，但部院失去内阁支持很难运转，尚书对阁臣也不能不敬惧三分。霍冀遭高拱一顿斥责，虽内心不忿，也还是忍住没有顶撞，只是气氛显得尴尬。

“姚书办，你快去西苑向元翁禀报，就说本兵有十万火急军情要奏报，”郭朴指示姚旷说。本兵，是官场对兵部尚书的简称。

霍冀向郭朴拱手致谢，郭朴一笑道：“呵呵，大司马，高阁老也是替你着急，并非有意苛责大司马。”霍冀也就顺坡下驴，“禀二位阁老，霍某也是着急啊！时下阁臣不在文渊阁当直，有急事到内阁找不到人，而西苑直庐又非我辈任意进出，十万火急的事都不知去哪里请示，今日兵部门前打成一锅粥了。霍某焦头烂额，无奈之下，适才是想来文渊阁碰碰运气的，见阁中果然有灯火，霍某一时激动，才……”

高拱忙问：“兵部门口打架，是怎么回事？”

霍冀道：“北边有大同、宣府、朔州、昌平、蓟州各镇送塘报的；岭南有俞大猷送塘报的；有桂林送塘报的，挤到一起，争先恐后，起了争执，竟至扭打！”

高拱一听不觉焦躁起来，忙问：“喔呀，都是甚军情？大司马不妨说来听听，赶快一起商榷个法子出来！”

霍冀犹豫了一下，说：“不是霍某信不着两位阁老，是怕因为霍某举动给内阁添乱，是故……”

郭朴听出来了，霍冀是担心，未经徐阶同意，先和他们两个新晋阁臣商榷军国政务会引起徐阶的不满，便说：“也好，报于元翁，请元翁定夺吧。”

“大司马，你与我同去！”高拱以决断的语气说，“军情紧急，内阁理应与本兵研议御敌之策，高某权且就做一次主，请本兵去西苑直庐！”

“这……”霍冀踌躇，看着郭朴，想让他解围。

郭朴道："也罢，何必非等元翁来示再动身。"

霍冀听郭朴如是说，也就不再犹豫："那最好不过！"

"东翁，催你的轿夫快着点！"高拱边走，边对郭朴说，"你的轿子在前面，你不快都快不了。"

"高阁老就是急脾气，呵呵呵！"郭朴对霍冀一笑说。

三顶大轿出了承天门，右拐上了长安街，快速西行，到得西苑门，郭朴、高拱和霍冀都下了轿。徐阶拨给两位新任阁臣的书办已在门外守候，手里拿着进出西苑的腰牌，牵着皇上特赐的坐骑。西苑是禁地，皇上赐阁臣可以骑马。当年严嵩八十寿辰时，皇上特赐可乘肩舆，竟被视为殊荣。

霍冀没有腰牌，无法进门，正着急间，先行到西苑禀报徐阶的姚旷拿着腰牌出来了，霍冀这才进了门。

"我和郭阁老先到元翁直庐去，候着大司马。"说罢，高拱和郭朴上马而行，霍冀则只能步行，向徐阶的直庐赶去。

郭朴和高拱到得徐阶的直庐前，远远就看见徐阶率李春芳及内阁办事人员中书舍人、书办文吏站在门首迎接。郭朴、高拱下马施礼相见，被徐阶迎进直庐。刚进花厅，尚未落坐，高拱就道："元翁，本兵有十万火急军情来报，随后即到。"

徐阶佯装没有听到，笑着说："今日安阳、新郑二公到直庐履任，徐某不胜欢忭，冀与兴化、安阳、新郑三公协力共济，辅佐圣天子臻于盛治！"

国朝阁臣间，有以籍贯代称之例。李春芳是南直隶兴化人，郭朴是河南安阳人，高拱是河南新郑人，徐阶即以此称之，并提议此后阁臣间皆以籍贯代称。徐阶已六十三岁，嘉靖二年进士，入阁十余年，李春芳、郭朴、高拱皆云还是以"元翁"尊称之，徐阶也欣然接受。

"按例，阁臣分阅章奏文牍，轮流执笔票拟，"徐阶捋着花白的胡须，继续向新同僚交代内阁办事规矩，"安阳、新郑二公甫履任，这几日，可仍由兴化秉笔，二公传看，最后老夫阅看后上奏。"顿了顿，又说，"需研议事，老夫当请诸公来议。"言毕，向外喊了声，"来人，请二阁老到直庐去！"

一干人等拥进来，引着郭朴、高拱出了徐阶的直庐，徐阶礼貌周全地送到首门，正巧霍冀气喘吁吁地赶到了。

高拱忙说："元翁，本兵来了，元翁看，是不是……"

徐阶沉吟不语，良久，才缓缓说："也罢，就请三公一起听听本兵的禀报吧。"

四位阁臣并兵部尚书进了花厅，依次坐定，左右看茶毕，霍冀一大早着急上火，口干舌燥，端起茶盏就喝，被茶水烫了一下，慌忙吸溜着嘴巴，搁下茶盏，"哐"的一声，茶盏盖子滚落下来。

“军国政务千头万绪，遵祖制、援成例，有条不紊地尽心办就是了，似这等火急火燎，不唯乱了章法，也有失大臣之体。”徐阶沉着脸，冷冷道。

徐阶话音未落，高拱催促道：“大司马，你就快说吧！”

李春芳、郭朴相顾愕然。他们似乎都听出来了，徐阶的话与其说是责备霍冀的，不如说是给高拱听的，他自己却未意识到，反而又越位说话，催促起霍冀来。

霍冀弯腰去捡茶盏盖，李春芳站起身，对徐阶施礼：“元翁，皇上要的青词，尚未写竣，春芳可否……”

“嗯，此事误不得！”徐阶很是郑重地说，“辛苦兴化了。”语气仿佛是私塾老师对幼稚学童。他又转向郭朴说，“此前皇上有南幸之谕，经老夫劝谏，刻下皇上倒是不再提南幸之事，但圣心怀怒，并未释然，是故斋醮甚殷，青词之供须臾不可断呢！此事关乎安帝心、慰圣怀，不可小视！安阳，你入直庐，当以写青词为首务！”

郭朴答：“元翁放心，朴当谨遵。”

高拱心生厌恶，瞥了李春芳一眼，目光中流露出些许不屑。望着李春芳走出首门，霍冀才清了清嗓子，刚要说话，徐阶笑了笑说：“本兵先吃口茶再说，茶，此时已吃得了。”

“谢元翁关照！”霍冀答，一口气把一盏茶饮干，一抹嘴说，“禀元翁，兵部接连收到各镇八百里加急的塘报，有三事，欲请元翁裁示。”

“哪里话，老夫岂敢裁而示之，”徐阶谦虚道，“有事阁臣共同商榷，达成议案，揭请上裁。”

高拱心里上火，不停地变换坐姿，几次想开口催促，又强忍住了。

四

兵部尚书霍冀终于说到了正题：“俺答率大军三万南侵，始有攻大同、侵宣府之意，故本部令我军急向宣大集结，并调大批客军驰援。北虏知大同防守严密，转攻朔州、忻州，参将崔世荣御敌于樊皮岭，崔参将与亲子崔大朝、崔大宾俱战死！此番内侵，沿途且行且掠，不分兵民，大肆屠戮，损我人畜难计其数！”

“这定然是赵全的主意，”高拱恨恨然道，“欲以杀戮激双方仇恨！”他转向徐阶，提议道，“元翁，北虏敢攻我不备，我自可以其人之道还治其人之身，兵部当传檄宣大，命我军向宁武关集结，来个关门打狗！”高拱多年来一直用心北边防务，又从房尧第那里得到不少讯息，脑海里有一张北边的立体图，知宁武关位于朔、忻之间，北虏南下绕过大同，这里就是他们北返的必经之地，是以很快就想出了这个策略。

“高阁老，如此一来，宣大空虚，若北虏突进，攻破大同抑或宣府，谁来负责？”霍冀摸了摸脖子，“那可是掉脑袋的事。”

徐阶淡然道：“北虏侵扰并非始于今日，此番南下，逼近了居庸关，威胁到皇陵？没有嘛！既如此，难道还要渎扰圣听？朝廷有兵部，地方有督抚、总兵，各有职守，兵部檄令督抚将帅尽心御敌就是了。”

“元翁！”高拱语调沉重地说，“多年来，天朝视北虏为抢食贼，似乎只要不存夺取大明江山之念，不侵扰皇陵、威胁京师，就不算大事，就不以为意；边防督抚将帅，也以不被攻破要塞重镇为念，故北虏只要不强攻大同、宣府这样的重镇，就不愿与之战，而北虏侵扰其他地方，将士每每见敌即溃，相望不敢前，任其饱掠而去！北虏也正是抓住这一点，胆大妄为，在北边任意来去。这，近乎成了双方的默契。边民生灵涂炭、家破人亡，却无人顾恤；兵连祸结，国库为之空虚，却不能阻止北虏侵扰，委实令人气短！”

徐阶双目微闭，捋着胡须的手微微颤抖，霍冀露出愕然的表情。郭朴皱眉看着高拱，向他使眼色，高拱却浑然不觉。他喝了口茶，继续说：“元翁，北虏敢涉险掠朔、忻，正是摸清了我朝的底细；宣大有我数十万大军，而此时我一破故套，调数万精锐急趋宁武关，关门打狗，当可将入袭之敌一举歼灭！至于宣大，仍留军防守，即使北虏乘虚而入，仍可抵挡。北虏短期内不可能攻破，而集结于宁武关的大军一旦歼敌，再转头驰援，足可保宣大无虞！”

徐阶笑着说：“新郑，这等事，非阁臣可越俎代庖吧？”

高拱被抢白了一句，欲辩驳，见郭朴一直向他递眼色，不得不忍住了。徐阶慢悠悠呷了口茶，放下茶盏，继续说：“兵部并不隶属内阁，内阁亦不应侵夺部院之权。”他仰头指着墙上“以政务还诸司”的条幅说，“严嵩揽权专政之弊，不能重现于今日。”随后又笑了笑，对霍冀道，“大司马，适才高阁老所提关门打狗之议，供兵部酌之。还有何事？”

好一个“以政务还主司”，“还”来“还”去，成了推卸责任的代名词了！兵部说事体重大、不敢擅自做主，内阁说以政务还诸司、应该兵部做主，如此重大军情，却这样推来推去，谁也不愿负责！高拱这样想着，嘴唇微微发抖，刚要开口，郭朴干咳一声，再给他递眼色，示意他适可而止。霍冀看在眼里，知高拱还想坚持他的御虏之策，忙抢先道：“元翁，下吏要禀报的这第二桩事是，”他从徐阶的表态中摸准了底牌——任由北虏抢掠而去，一切就自然复归平静，就不愿再提北边战事，“驻守粤东柘林的水兵四百人，受海贼林道乾蛊惑，脱巾而叛，与林道乾合攻澄海，抢了县库，又转攻广州，势甚张，羊城大恐！”

徐阶沉吟不语，看了看郭朴，似要阁臣先表明态度。郭朴咳了一声，道：“福

建总兵俞大猷受劾戴罪立功、移驻潮州，俞帅是战将，当命他与海贼死战！”

“林道乾与叛军合攻澄海后，便分头行动，俞大猷两线作战，实在难以对付。”霍冀说，“关键是两广总督与广东巡抚一个主剿，一个主抚，军令抵牾，俞帅无所适从。”

高拱正憋着火，遂怒气冲冲道：“我看广东巡抚不讲规矩！总督是掌军令、节制武官的最高文臣，巡抚焉能与之对立？”

“呵呵，”郭朴笑道，“新郑有所不知，广东有些例外，不知何时形成了一个惯例，关涉广东的事，皆由广东巡抚决断，两广总督倒是不便插手了。”

“这是甚事？！”高拱仍是语带激愤，“既如此，何不裁了总督抑或巡抚？”

徐阶目视前方，不悦道：“两广设总督、广东设巡抚，乃祖宗成宪，岂是说裁就裁的？目下是商榷剿贼平叛，何关体制？”言毕对高拱一笑，“新郑，急不得的，内阁每日要处理的事体千头万绪，多半是棘手的难事，不是操切所能解决的，慢慢来。”

高拱心思却还在广东平叛上，并未回应徐阶，盯着霍冀道：“既然督抚军令抵牾，那莫不如授权俞大猷，让他便宜行事。俞帅久历沙场，经验丰富，值得信赖。”

“这倒也是个法子。”郭朴附和说，又对徐阶道，“请元翁裁示。”

“这等事体，兵部该先拿出个法子嘛！”徐阶看着霍冀说，“高阁老所说，本兵以为如何？若本兵以为可行，就以兵部名义速传檄广东吧。”

“兵部唯内阁之意是从！”霍冀说，“那就再说第三桩，广西古田僮贼韦银豹，率贼众南攻昭平县城，杀知县魏文端；又反手北向，攻桂林，杀知县并布政使子女五人，袭击靖江王府！”

“古田僮贼叛乱，从弘治朝就起来了，杀官劫库，弘治、正德两朝时就习以为常。”徐阶不耐烦地说，“这等事体，地方督抚自然晓得如何处置！好了，大司马，回去办事吧！”又对郭朴、高拱道，“安阳、新郑，如何？”

“凭元翁决断！”郭朴说。

高拱还想再争，徐阶却站起身，大声道：“公牍堆积如山，待办之事甚多，内阁的精力不能都花在兵部的几件事上，费时已经够多了。”他向郭朴、高拱抱了抱拳，笑着说，“呵呵，也请二位阁老回直庐办事吧。”

守在院中的一干人等见花厅有了动静，忙拥过来，引导郭朴、高拱去各自的直庐。

“国事如此，执政如此，我高某该如何措手足！”高拱仰脸看着苍穹，内心发出痛苦的呐喊。

郭朴看着一脸悲壮的高拱，顿生愁云。

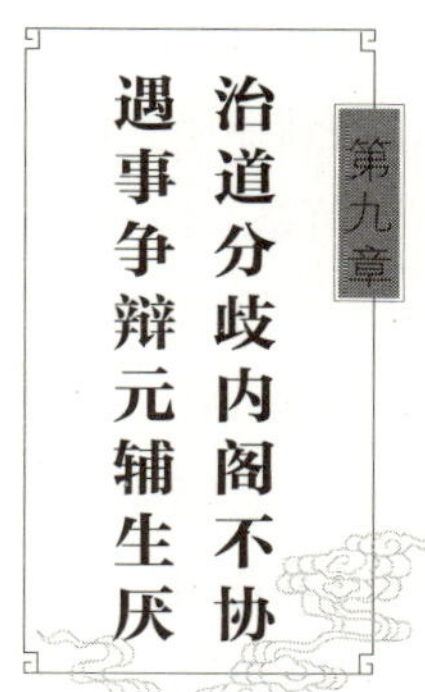

第九章 治道分歧内阁不协 遇事争辩元辅生厌

一

高拱下了轿，并没有进屋，而是悄然从作餐厅用的西耳房绕到后院北墙边，面墙垂首而立。

高福见状，浑身冒汗，心突突直跳。正房后有三间后罩房，曾是高拱女儿们的居室，自五姐殇后，高拱就再也没有到过后院了。今日一见他满脸郁悒，径直到了后院，高福便担心不已。

高拱伫立良久，心中默念："边境苍生，朔、忻百姓，高某虽入阁拜相，却不能解吾民于倒悬，救尔等于刀下，眼睁睁看着灭虏良机就此错过，心有愧焉，心有愧焉！"

高福、房尧第远远看着，揣知老爷必有心事，不敢近前。约莫过了足足一刻钟工夫，高福忍不住了，上前几步，唤道："老爷，小的和房先生有事要禀。"

高拱并不回应，背过手来，仰天长叹一声。随即转过身，开始在院子里踱步，目光在各处扫来扫去，连无水的空缸也看了又看。

"这座院子，还是嘉靖二十年我入翰林后，从老家筹得一千五百两银子购来的。"高拱迈出垂花门，回过头来，指着院子说，"住了几十年了。"

"老爷，宅子实在太狭窄，也太破旧了点儿。"高福说，"眼下达官贵人谁不自建宅第？"

"跟我觉着吃亏了？"高拱盯着高福道，"来京师不过几载，就沾染上纨绔气息？"见高福吓得垂首而立，不敢再言语，高拱缓和了语气，"此后在西苑当直，当有夙夜在公之心。此地与紫禁城较远，高福要收拾庭院、购菜买水、看守门户，

无暇来回穿梭往直庐送吃食衣物，故不能不另选住所。”顿了顿，又道，“崇楼、高福，你们这些日子去西安门外寻觅寻觅，看有没有合适的院子，找到了，把此院售出，搬到那里去住。”

“可是，没有余钱啊，老爷！”高福手一摊说，“除非把皇上、裕王赏赐的钱拿出来……”

“混账话！”高拱大声怒斥说，“皇上、裕王的赏赐，待我告老还乡时用，时下有俸禄，焉能动用赏银？再说，卖此买彼，还愁无银两？就这么定了！”说着，大步跨过垂花门，又嘱咐说，“快点办，别磨磨蹭蹭的！”

“玄翁放心，一定速办。”房尧第答。

高拱边往花厅走，边问，“适才谁说的有事要禀，甚事？”

说话间，三人进了花厅，高拱坐下，让高福禀事。房尧第拿出一个簿册，说：“玄翁，这是贺玄翁拜相的礼单。”

“你说甚？礼单！”高拱露出惊诧的神情，“居然还有人敢给高某送礼？”随即大声呵斥道，“谁让你们收的？统统退回去！退回去！”

“玄翁……”房尧第想解释。高拱气得喘着粗气，打断他：“住嘴！给我统统退回去！”

房尧第低声道：“玄翁，有些也未必要退。”

高拱闭目仰面坐于椅上，默然无语。房尧第知他想知道送礼情形，忙念道：“新郑知县送新郑干大枣两担；翰林院……”高拱截住房尧第的话，“干枣？干枣……我看就收了吧。”

房尧第点头，继续道：“翰林院编修张四维送波斯地毯一张；提督四夷馆少卿刘奋庸送贺金一百两……”

“退回去！”高拱厉声打断，说，“这个张四维，明知故犯！刘奋庸送贺金，非为我贺，实为己谋！”

房尧第低头顾自念道：“尚宝寺卿徐琨送吴丝两条。”念罢，看着高拱，参议说，“徐少卿乃徐相的公子，退回去怕不妥。不如把新郑知县送的干枣回赠给他，吴丝是徐相家乡特产，大枣是玄翁家乡特产，相互馈赠，也是人之常情吧！”见高拱不语，房尧第又念：“吏科都给事中胡应嘉送贺金一百……”

高拱一惊，打断他问：“胡应嘉？一百？”

“正是，”房尧第答，把名刺递给高拱验证，“吏科胡科长。”都给事中是各该科言官的首领，故有科长之称。

高拱把名刺丢到一边的茶几上，像是自言自语，又像在求证：“怪哉，胡科长何以给高某送贺金？”

两个月前，胡应嘉刚刚弹劾过高拱的姻亲、工部侍郎李登云，致其被罢职，是以一听到胡应嘉有贺金，高拱甚是诧异。

房尧第道："胡科长此举，要么是以此向玄翁示好，要么就是试探，摸摸底细，看玄翁是不是像官场所传那样一尘不染。"

高拱不耐烦地一扬手："不琢磨动机，退回去就是了！"

"对了！"站立一旁的高福突然插话说，"今天一大早，有个小道士来过，送了一个匣子，说是恭贺老爷拜相的。"说着，跑出去到厢房取来，递于高拱。高拱打开一看，竟是一副红珊瑚串珠。细细观看，红珊瑚纵纹排布紧密，颜色明亮鲜活，透出蜡质光泽，拿在手中有份超出意料的沉重感。看似娇嫩的串珠，在相互碰撞时却发出清脆硬朗之声。

"喔，好玩意儿！"房尧第赞叹，"据闻珊瑚生长在大海深处，开采极为不易，自古即被视为独一无二的千年宝贝！而这红珊瑚，象征沉着、聪敏、平安、吉祥，佩戴此宝物，有驱邪保安之效，乃吾国最古老之护身符也！"

看到红珊瑚时，高拱的脑海里，就闪现出珊娘的影子，又听高福说到小道士，就断定必是珊娘无疑。如此看来，她非但未离开京师，反而做了紫阳道观的道士，忙问高福："小道士留有甚话？"

"只说此物是老爷的一个友好相赠，别的就没有说啥了。"高福嘟哝道。他担心高拱责备，解释说，"小的死活不愿意收，可那小道士就是不肯收回去。"

高拱把串珠捧在掌中轻轻摩挲着，似要把一腔怜惜之意，都倾注到鲜美的珊瑚串珠上。良久，才开口说："这个留下。"说着，把串珠放回锦盒，嘱咐道，"记住，此物，任何人不得触碰！"

房尧第不解，看着高福。高福似有所悟，向他挤了挤眼。

"这几日你抽空去一趟紫阳道观，回访那位小道士，回来向我细细禀报。"高拱吩咐高福道。言毕，就要起身，房尧第忙说："玄翁，莫如索性说完吧。玄翁的好友、国子监司业张居正，同年、宁夏巡抚王崇古，老部下、广宁兵备道魏学曾，门生、御史齐康，均赋诗相贺。"他又拿出一封函套，"这里还有从福建递来的书函。"

高拱接过书函，尚未看完，便拊掌道："喔？！嗯……好！"阅罢，他又把珊瑚串珠从锦盒里拿出，用手捻着，沉思良久，顾自点头，自言自语道："当以此为突破口！"

二

高拱又做了那个奇怪的、有关大海的梦。所不同的是，这次，说不清是被巨大的风力所驱使，还是他有意为之，总之，他紧紧跟在那架高大的车轮后面，随着车轮的滚动向前狂奔。到处是险滩陷阱、峻岭荆棘，车轮却照样向前滚动，而他则深一脚浅一脚，时而跌倒在地，爬起来，再继续追赶，气喘吁吁……

不过，这次，高拱远不像第一次做这个梦时感到惊异，反而觉得是某种暗示，虽则梦境中跌跌撞撞的奔跑累得汗水湿透了夹被，醒来后却感到身心清爽了许多。

今年的气候有些怪异，立夏不过半个来月就闷热起来，像是进了三伏天，令人烦躁。高拱进得西苑，就直奔徐阶的直庐。刚到首门，书办姚旷就迎了出来，满脸笑意却甚是为难地说："高阁老，元翁正在批阅文牍，吩咐下来……"

高拱一扬手："我到花厅候着。"

姚旷也不敢让堂堂的阁老到茶室等候，只得放行，随高拱进了花厅，轻手轻脚地伺候茶水。高拱在花厅坐定，闭目梳理自己的思路。

自从接到入阁的诏旨，高拱就一直在想，当拿出实招，改变时下一意维持的局面。南倭北虏乃国朝大患，当国者多年来皆无良策，他很想就此有所作为。但朝廷御虏之策已隐然定型，昨日甫到阁办事就差一点为此和徐阶闹翻，不得不暂且搁置。对南倭，往常他关注相对少些，但也查阅过不少故牍《邸报》，大体知晓来龙去脉，又从邵大侠那里得到不少启发，渐渐有了些新想法。昨天，看到珊娘所赠珊瑚串珠，高拱已会其意；而福建巡抚涂泽民的投书，则坚定了他以此为突破口的信心，也不由生出些许紧迫感。是以今日一大早，就径来谒见徐阶，欲向他陈述己见，以便早日定策。

"来人——"约莫过了一刻钟工夫，里间传来徐阶的声音。姚旷忙从门外跑过去，徐阶吩咐："请李阁老来。"姚旷领命而去，高拱借机起身走进内室。

"拜见元翁！"高拱施礼道。

"喔，是新郑啊！"徐阶起身相迎，"新郑不必多礼，同僚间，怎说拜见？呵呵呵！"说着，走过来拉住高拱的袍袖，与他一同到书案对过隔几并坐，以关切的语气说，"新郑五十开外了，无有子嗣，终是憾事！家事，也是要办妥的嘛，呵呵呵！"

"多谢元翁美意。不瞒元翁说，我与元翁弟子张叔大言，相天下者无己；在谢恩疏里也发誓国而忘家，此皆非虚应故事之言。"高拱诚恳地说，"故子嗣一事，已不挂在心间矣！"说着，从袖中掏出一函，"元翁，此为福建巡抚涂泽民写来的，敢请元翁过目。"

徐阶既没有夸赞高拱，也没有展读书函，而是长叹一声，意味深长地说："新郑，吾老矣！"

高拱怔住了，良久才道："元翁何出此言？"他不知道，适才他所谓"相天下者无己"和"国而忘家"的说辞，自以为是在表达赤心为国的决心，殊不知，在徐阶看来，这分明是摆出一副肩荷社稷、以天下为己任的姿态。而这，正是徐阶所忌惮的。

徐阶一笑，并不解释："呵呵，老夫二更即起披览文稿，老眼昏花了。"他把书函还于高拱，“新郑，涂巡抚书中说些什么？”

“涂泽民说，所谓倭寇，十之八九为我朝海商，沿海已呈民寇一家之势。”高拱把来书中自己印象最深的话先说出来，作为铺垫，随即概括说出涂泽民的观点，“涂巡抚言，绝倭患，非剿所能奏其效，时下虽经力剿而暂平一时，若无根本之策随即跟进，则所谓倭患不旋踵必再起。根本之策者，开海禁也！他欲上本提此议，因我与他乃同年，故特修书试探朝廷风向如何。”士林风气，同科进士互称同年。

徐阶悠然地捋着胡须，面无表情地问：“新郑以为，此策可行否？”

“元翁，国朝南北两欺久矣！公帑、兵力消耗甚大，皇上宵旰所忧，天下百姓苦之，”高拱情绪激动地说，“一旦开海禁、绝倭患，则可集中精力对付北虏，南北两欺之局当可解之，此其一。自海瑞上疏，皇上深受刺激，也有振作以新治理之愿，吾辈辅佐皇上，当为之画策促成。而开海禁乃大举措，东南绅民必为之额手称庆，正是新人耳目之举。是故，开海禁，上可遂皇上新治理之愿，下可振绅民新气象之心，此其二。”

“当行，不等于可行！”徐阶笑着说，“祖制煌煌，国策久定，贸然更张，势必人言籍籍，物议腾天，此其一。圣躬违和，务求清静，岂可以此再添纷扰？此其二。”他侧过脸来，看着高拱，语甚和蔼地说，“新郑求治之心，老夫能不体谅？蔽邑松江，倭患尤烈，究根溯源，岂不晓乃海禁所致？开海禁，亦是老夫私愿。然则，我辈在政府，平章天下事，当以皇上为念；便是宜行之政，亦要把握时机，徐图缓进，所谓欲速则不达。请新郑酌之。”

高拱原以为，徐阶家乡在松江，深受海禁之苦，开海禁当能求得他的谅解，没料到徐阶会说出这番话，不觉火起，脖子一梗道：“皇上受海瑞上疏刺激，屡屡表达新治理之愿，政府焉能漫无区处、无所作为？”昨日御虏之策被徐阶变相否决，今日开海禁之议又被他断然拒绝，而且照徐阶的说辞，时下最好甚事也别做，这让高拱感到难以接受，也顾不得礼貌，顶了他一句。

徐阶眼睛直勾勾地看着高拱。自当国以来，内阁里还没有人对他如此说话，不意高拱甫入阁，就出言顶撞，这让他深感难堪。但他藏而不露，反而笑着说：“呵呵，老夫尚未来得及与安阳、新郑二公商榷治道，也难怪新郑误会。”顿了顿，又说，“新郑，治国之道，当有所为有所不为。吾闻新郑颇有移风俗之念，此与老夫甚合！老夫当国，矢志不渝关注者，就是移风俗、正人心。所谓有所为者，即在此也。”

听徐阶如是说，正在气中的高拱释然了。毕竟新入阁，再固执己见，势必与徐阶闹翻，这是他所不愿看到的。况移风俗、正人心，确是他希望做的，若以此为突破口，针对官场弊病，次第革除之，也不失为新治理的一个举措。是故他缓和了态度，诚恳地说：“如今官场奔竞成俗，贿赂公行，遇灾变而不忧，非祥瑞而致贺。吹吹拍拍，流为欺罔，士风民心，颓坏极矣。此天下之大忧也。故移风俗……”

高拱尚未说完，徐阶就笑了笑："呵呵，新郑认同正人心为上，这就好。"但他似乎不想就此深谈下去，而是转移了话题，"今有一事正欲与新郑商榷：翰林院掌院学士空缺待补，吏部尚书杨博来咨商，新郑以为谁可任之？"

"不是政务还诸司吗？用人是吏部职权，内阁何以要过问？"高拱暗忖。转念一想，这是徐阶向自己示好，表达尊重之意，不必苛责了吧，遂脱口而出："张叔大，乃合适人选。"话一出口，就悟出了，张居正恐怕是徐阶心目中的人选，故意让他说出来，既达到用自己欣赏的弟子之目的，又让他觉得受到尊重，真不愧官场老手。

"叔大资历浅，老夫恐有任用私人之议，"徐阶道，"既然新郑以为可用，那老夫不妨向吏部举荐！"说罢，对外间喊了声："李阁老到否？"

"春芳候谒中！"是李春芳的声音，"听元翁吩咐。"

徐阶喊姚旷："姚书办，去把案上已览文稿拿与李阁老。"待姚旷拿走厚厚的一摞文稿，徐阶站起身，对高拱说，"新郑，请移步外间稍坐。"

徐阶、李春芳、高拱在花厅坐定，李春芳边翻看文稿，边"啧啧"道："喔呀！听姚书办说，元翁二更即起，披阅文稿，实在令春芳感动。"他转向一脸茫然的高拱，"数日前灵济宫聚众讲学，凡百数人到场，元翁实主其盟，然因元翁当直不克赴会，就命春芳代为主持。会中散发了元翁所订《明道先生定性书》《为官须先识仁》二篇，与会者讽咏而商榷之，既各出所见，就正于元翁；元翁对所呈文稿一一细心批示。"

高拱从鼻中轻轻发出"哼"声，原以为徐阶是在处理政务，竟是干这等事！

京师自严嵩当国，忽起讲学之风。始乃在野名流出面主持，后官场中人也热心参与其间。徐阶当国后，索性亲自主盟，高拱、张居正者辈对此甚为不屑。听罢李春芳所言，高拱无论如何说不出恭维徐阶的话，只是强忍着没有出恶语。

"适才老夫与新郑言及治国之道，"徐阶开言道，"当务之急，在移风俗、正人心，此乃诸公共识。"他扫了李春芳、高拱一眼，见两人点头，继续道，"欲除弊政、移风俗，必先正人心。欲正人心，端在教化；欲善教化，必从讲学始。"

高拱闻言，大失所望，这才明白徐阶的所谓治道，竟然是透过讲学以正人心，而讲学，就是他正人心的抓手；正人心，就是他的治国要领。既然徐阶把讲学提到如此高度，高拱也就不能再像过去那样只是私下非议一番，于是道："元翁……"

徐阶伸手做制止状："新郑，等老夫把话说完。"他呷了口茶，"或许有人会说：居庙堂处公门者，皆读书登第之人，对名教贤训早已了然于胸，讲学还有何益？其实不然，今士林之病，最是先学作文干禄，为了科考做官，死记硬背，不暇深究义理，焉能掌握名教精髓？而讲学则不同，听讲者已是为官之人，无干禄之诱，纯然为重新研习名教贤训，得其精髓以端正为官理念，审视自己的行为，符合名教贤训者发扬之，不符合者摒弃之。是故，讲学足以收正人心、清政风之效。孟子曰：人心不正，则一膜之外皆胡越。只要人心正，则虽四海五洲、兆民之众，足可治矣！”

“元翁所言，振聋发聩！”李春芳附和道，“所谓世道之隆替系于人心，人心之邪正系于教化。只要所有官员识仁、定性，则人心丕变，士风吏治翕然改图，旋乾转坤，真易如反掌！”

高拱对直接与徐阶争辩有所顾忌，李春芳一插话，倒给了他一个辩驳的机会，遂嘲讽道：“讲学足可旋乾转坤？可我闻科道抨击讲学谈虚论寂，开团团伙伙之门，当禁。”

几个月前，礼科给事中张岳上《辩诚伪以端士习疏》，痛诋官场讲学，建言欲端正士风、杜绝门派，当禁官员开讲坛。旋即，吏部以晋升张岳之职为由，外补为云南参议。徐阶自然知晓高拱所说言官抨击讲学之事，是以脸色阴沉下来。他听出高拱对他秉持讲学以正人心的治道不认同，甚至嗤之以鼻，这让他感到难堪、愤怒。但徐阶历经宦海沉浮，修炼出足够的涵养和忍耐力。他长叹一声，缓缓开言道：“近来老夫反复研读宋史，读到王荆公变法，每每慨叹不已。想大宋积贫积弱，王荆公以天下为己任，大破常格，兴利除弊，变法图强，何等气概？然则，事与愿违，不仅未能挽救危机，反而自己身败名裂，后人焉能不掩卷叹息！”

李春芳、高拱有些茫然，不知徐阶何以把话题扯到宋史上。自南宋以降，王安石就是误国的代名词，人人口诛笔伐，徐阶以惋惜的口气谈到他，倒是令高拱感到意外。

“是王荆公有私心，无报国之志，乏谋国之才？非也！”徐阶连提三问，自问自答，又问李春芳、高拱，“那何以有此结局？”

高拱低头品味着徐阶的话，隐约感到弦外有音；李春芳则憨厚一笑：“愿闻元翁卓见。”

“老夫焉敢品评王荆公，”徐阶道，“程、朱、陆三大儒倒是有品评。程朱皆谓荆公不懂儒学精髓，当他说儒学之道时，已经背离了‘道’。陆九渊先生是同情王荆公的，但他也说，王荆公不懂得心是为政之本，不造其本而从事其末，末不可得而治矣！”他笑了笑，“兴化、新郑，此为先贤之论，供二公酌之。”

高拱终于明白了，徐阶是拿王安石误宋故事来批评他，心里骤然凉了半截，暗忖：“看来，我与徐阶在治道上有着根本分歧，难怪自己提议每每被他否决。”想到这里，高拱不禁急得额头冒汗，以恳切的语气道：“元翁，王阳明先生为时下士林所崇，但阳明心学与宋之理学，差异很大。由此可见，所谓名教贤训，也是见仁见智。施政，恐还是牢牢把握一个‘实’字为好。”

徐阶一笑：“呵呵，新郑，商榷学问此非其时也，还是分头办事去吧。有暇再向新郑讨教学问！”说着，顾自起身，就要往里间走。

“元翁，说到办事，我欲进一言。”高拱也站起身，很是郑重地说，“所谓朝廷者，内有乾清宫，外有文渊阁，是国朝政本之地；直庐乃为助皇上修玄所设。按例，阁臣有事在直，无事在阁，然刻下阁臣悉数在直庐办事，为便于沟通部院、便于办事，我辈阁臣宜到文渊阁轮直阁务。”第一天入直到文渊阁的经历，让高拱感到有必要向徐阶提出这个建言。

徐阶愣住了，良久才缓过神来，面带愠色，问：“新郑说甚？”

高拱并没有觉察到徐阶的不悦，重复道：“我是说，四阁臣宜到文渊阁轮直阁务，不知元翁尊意如何？”

徐阶不答，故意问：“喔，老夫忘记了，新郑入直几天了？”

高拱觉得徐阶问得好笑，但还是答道：“第二日。”

“喔，刚第二天，老夫恍惚了，以为新郑入直已然甚久了。”徐阶冷笑着说，“如此甚好。轮直与否，老夫不敢妄言，就请高阁老拟个公本，呈请圣裁吧！”言毕，用力一甩袍袖，气呼呼地向内室走去。

高拱正为徐阶采纳自己的建言而欣慰，一眼望见他怒气冲冲的样子，不觉满腹狐疑：都说此老城府深不可测，此时因何怒形于色？

三

兵部尚书霍冀虽是四川人，却喜欢听戏。昨夜因为听了一场南曲，睡得很晚，今日迟迟未到部。武选司员外郎曾省吾已经来了三趟，还是没有见到尚书的人影。眼看到了午时，霍冀才懒洋洋地下了轿，迈着方步进了尚书直房。

“大司马！”等候在直房门口的曾省吾施礼道，“这里有两件公牍，如何办理，下吏想请大司马示下。”

“不急，不急嘛！”霍冀摇手道。兵部最怕接到羽书塘报，那是有战事的标志。相比之下，正常的公牍，就算不上急件了。

“大司马晓得的，时下的政府不同从前了，有些事办得慢了，免不得被责备。”曾省吾跟在霍冀后面劝道。政府，是对内阁的代称。

霍冀冷笑道：“本部堂晓得，不就是高新郑嘛。新来乍到，就指手画脚的，说甚阁臣要到文渊阁轮直，对元翁甚不尊重！”他扭头望了曾省吾一眼，突然意识到他是张居正的同乡、幕僚，而张居正既是徐阶的得意弟子，又是高拱的好友，在曾省吾面前说话还是谨慎些为好。遂叫着他的字说，“三省，有些话，出去不可乱讲啊！”又一笑，“三省，你做员外郎多久了？”不等曾省吾答话，又道，“本部堂心里有数，安心办事就是了！”

“多谢大司马栽培！”曾省吾鞠躬深揖道。说着，把手中的文牍恭恭敬敬摆到了霍冀的书案上。

霍冀并不翻看，而是悠然地喝着茶，摇晃着脑袋，似乎还在回味听曲的美妙时光。曾省吾几次想开口，都怕扰了尚书的雅兴，直待霍冀伸了伸懒腰，打了一个长长的呵欠，曾省吾方道："大司马，这两份文牍，都是大内批红、下本部议处题覆的，关涉对督抚、总兵的处分。"

霍冀没有接茬，问："喔，快该用餐了吧？三省是钟祥人，喜川菜吗？"他咽了口唾液，"川菜尚滋味，好辛香，真乃佳肴也。唐宋时川菜还是很有名的，川食店遍及开封，深受食客青睐。不知何故，到了本朝，川菜像是销声匿迹了，想吃口川菜，也找不到合适的馆子。"

曾省吾忙道："大司马爱乡之心，令人敬仰。容下吏四处打探一下，向大司马禀报。不过湘菜也是口味不错的，若大司马不嫌弃，可否劳大驾到湖广会馆一行，品尝一下正宗的湘菜？"因恐失去禀报的时机，未等霍冀答言，曾省吾即转移话题说，"大司马，御史弹劾俞大猷交通夷狄之事，该如何处分？"说着，拿起已放在书案上的一份文牍，递到霍冀手里。

"交通夷狄？！"霍冀一惊，把文牍丢在书案上，恨恨然道，"这个俞大猷，真是不可救药！革职！"

"禀大司马，俞大猷已然是革职了，戴罪立功的。"曾省吾皱眉道，"难就难在这里。"

"有甚难的？身为军帅，胆敢交通夷狄，拿京师勘问！"霍冀很轻松地说，曾省吾"嘶"地倒吸口气，似有话要说。霍冀正为自己的决断感到得意，便以不容置疑的口气说，"按本部堂说的办。还有一件，是怎么回事，一并了结！"

曾省吾只得说："俺答率虏骑袭朔州、忻州，大掠而去，按例当追责。吏部议处文臣，本部议处山西、大同两镇武将。"

"好了！"霍冀不耐烦地说，"这都是惯例，从重议处就是了。"

"武将乃本部选任，还是要保护吧？"曾省吾试探着说。

"喔！使不得！"霍冀诡秘地说，"皇上愤于南北两欺，每每拿败战的将领撒气，杀总兵是家常便饭，杀督抚也屡见不鲜！"他轻捻胡须，以教诲的语调说，"三省，皇上总要出口恶气吧？对武将不从重处置，势必把账记到兵部头上，那我辈都吃不了兜着走。是故，凡遇此类事体，即对武将从重处置。记住本部堂的话，遇事就不再为难了。"言毕，挥手示意曾省吾退下。

曾省吾刚施礼走出几步，霍冀突然想起，昨晚乃是在湖广会馆看的戏，是石首人、宣大总督王之诰差人请去的。临别，还有一个沉甸甸的锦盒相赠，不是宝石就是金子。霍冀没有打开，但已明其意，遂忙叫住曾省吾说："三省，你到吏部走一趟，看看他们对督抚议处情形，宣大总督王之诰不宜追究。若吏部有异议，不妨再加重对武将的处置，杀他一两个将官也无妨！"

“这……”曾省吾转过身，面露难色。

“元翁当国，以宽大为念。对文官，能宽则宽；吏部乐得顺水人情，多半不会驳回。”霍冀为曾省吾打气道，“你去就是了。”

曾省吾见霍冀连文牍也不看就做出决断，还为自己的圆润老练颇自得，内心大不以为然，又不便表露，只得喏喏告退。他快步出了兵部，径直去了间壁的翰林院，进了掌院学士的直房。

新任翰林院掌院学士张居正见曾省吾进来，也不起身，只是放下手中的文牍问：“三省，此时跑来做甚？”

曾省吾顾自坐在书案前的一把椅子上，把适才在霍冀直房的经过说给张居正听。他是湖广钟祥县人，比张居正小七岁，中进士晚三科，由富春知县转任主事、升员外郎。此人小个子、大脑袋，高高的额头占去半张脸，绝顶聪明，尤善谋略。他视张居正为湖广乡党领袖，凡事都愿与他商榷，为他画策。

待曾省吾说完，一直沉默的张居正才开言道：“三省看，堂堂的兵部尚书，就是这么为国家办事的。更令人寒心的是，彼辈还为掌握了为官处事的诀窍而洋洋自得！可偏偏这样的人，在官场混得很滋润啊！”

“我此来非为此也。”曾省吾说，“太岳兄，听本兵的意思，内阁已然不协？”

“三省，不瞒你说，这是我预料得到的。”张居正怅然道，“无论是治道抑或行事风格，元翁与玄翁很难融洽。”

曾省吾道：“太岳兄是徐相的弟子，又是高相的好友，这下太岳兄岂不是很为难？”

“嘉靖朝的内阁，已有政府之尊；阁臣俨然宰相，然威权日盛则谤议日积；谤议日积则祸患日深。内阁何时风平浪静过？”张居正答非所问道。

“正因为有了权力，是故才争来争去！”曾省吾阐发说。他突然两眼发光，一笑道，“呵呵，徐高相争，对太岳兄来说，未尝不是好事！”

张居正嗔怪道：“三省，这是甚话？”

曾省吾站起身，手扶书案，道：“ 徐相最赏识太岳兄，一力栽培，人所共知；太岳兄的才干，外人未必尽知，徐相是知晓的，举朝堪与高相比肩的，唯太岳兄。何况，太岳兄也是裕王的老师嘛！”他拍了一下书案，“哎呀！说不定延揽高相也是为太岳兄铺垫的，毕竟高相资历深，又是裕王的首席讲官，徐相不好越过他直接拔擢太岳兄入阁嘛！”

张居正眼珠向上一翻，道：“三省，好啦，别胡乱揣测啦！”

曾省吾喜滋滋道：“一旦徐相与高相破裂，势必破格提携太岳兄；而若徐相被高相取而代之，以太岳兄与高相的交情，高相势必也提携太岳兄！”他击掌道，“哈哈！联翩开坊可期，张院长的好运来喽！”

张居正脸一沉，厉声道："休得胡说！"

四

徐阶当国五年来，内阁一直沿用阁臣轮流执笔票拟、首相审定之制。郭朴和高拱入阁后，渐渐形成了事事要经阁议的格局，虽仍由一位阁臣执笔，但要依据阁议票拟，再由徐阶审定。这天，四阁臣在徐阶直庐花厅会揖，李春芳执笔。他举着一份文牍说："广东巡按御史弹劾戴罪立功的革职总兵俞大猷，御批'下兵部议'。兵部以'著锦衣卫逮京拷问'题覆。"

"怪哉！"高拱鼻孔发出"哼"声，以打抱不平的语气道，"目今军中名将，无过于俞大猷与戚继光。俞帅长戚帅二十五岁，从戚帅尚未出生的嘉靖二年起，俞帅就转战东南，四十余载矣！奇怪的是，每一胜战，戚继光必加官进爵；俞大猷则必受弹劾问罪，只不过战事紧急，委实需要俞帅这样的将才，才免于牢狱之苦，每以戴罪立功之身收拾残局。朝野早有传闻，说俞帅性格刚烈，素不巴结权贵，对巡按御史从不低眉顺眼，是以每每遭到论劾，被劾后又无人替他说话。这次高某倒要替俞帅说句话。"他喝了口茶，"前些时，海贼林道乾寇澄海、哗变水兵犯羊城，一时粤省人心惶惶，羽书旁午。不久，广东有捷报来，林道乾败走，哗变水兵也被平息，本应复俞大猷职，让他做广东总兵，不意竟要逮京拷问，未免太不公平！"

李春芳看着弹章道："弹章云，俞帅率'俞家军'既要对付占澄海的林道乾，又要追剿西移的哗变水兵，顾此失彼。无奈之下，俞帅想到昔年在征讨海贼张琏之战中结识的佛郎机海商迪奥戈哗咧，差人到壕镜相邀，迪奥戈哗咧遂率三百佛郎机人并两队战船，在三门海参战，经此一役，哗变平息。俞帅又率部东移，林道乾遁逃南澳。弹章因此责俞帅'交通夷狄，行同汉奸'。"

郭朴一笑："呵呵，往者问罪俞大猷，每以戴罪立功了之；可眼下他已是戴罪立功中，要处分他，或革职闲住，或逮治。"

高拱接言道："俞、戚二将乃国之干城，爱之护之唯恐不及，焉能轻弃？俞帅邀夷人助战，也是迫不得已。记得也是在此厅，本兵来禀广东水兵哗变之事，吾辈曾有授权俞大猷便宜行事之议。既然授权于彼，事后焉能追究？"

"喔？"郭朴道，"是有这事，委实不宜追究俞帅。"

"况且，俞帅的所谓交通夷狄，是将夷狄为我所用，借其力平叛剿贼，与勾结夷狄祸害国人截然不同！"高拱又补充说，"当把兵部题稿驳回重议，免究俞帅。"

李春芳看着徐阶，似是在等待他的裁示。徐阶却沉默着，良久不出一言。高拱等得颇不耐烦，便催促李春芳："兴化，还有要议的吗？"

李春芳抬眼看着徐阶，见他仍不开言，只得拿起一份文牍，又候了一会儿，才慢慢读起来。乃是吏、兵二部议处朔、忻二州失事文武官员的：大同巡抚回籍听勘；山西、大同两镇总兵、副总兵革职闲住；朔州、忻州守将并镇守宁武关参将、游击逮问论斩。

“朝廷执法首在公平。既是追责，先就要分清责任。”高拱又抢先道，“国朝以文官掌军令，武将悉听其指挥。若处分将领，先就要查明，是其违抗军令？是其不服从调遣？是其畏敌不战抑或临阵脱逃？若无此等情节，因何要斩杀之？依我看，这件事，且不说兵部的责任，至少宣大总督王之诰难辞其咎！何以言之？作为前线节帅，倘若思有为，何以不调集兵力于宁武关截击北虏？节帅漫无区处，任凭虏骑饱掠而去，事后却斩杀将领，我不敢苟同！”

徐阶捋着胡须，缓缓道：“新郑，老夫的三语政纲，是朝野所欣然拥护的，处分文武官员，是吏部、兵部的权责！若内阁动辄驳回，朝野会不会说，‘以政务还诸司’的承诺不再有效？”

“内阁是替皇上把关，驳议乃内阁之责，并不是侵夺部院的职权。”高拱当即顶撞道。

“部院也是秉承皇上的旨意上奏的。”徐阶反驳说，“新郑有暇可查查《邸报》，处理类似事体，无不如此。”

高拱不服气：“那是因为内阁、部院敷衍塞责！”

郭朴从徐阶的话语里听出了弦外之音，指责高拱要推翻深受朝野拥护的“三语政纲”；又听高拱一句话把内阁、部院都捎上了，感到事态严重，不得不插话以免再争执下去，忙道：“喔，此事，不妨维持原议，下不为例？”

李春芳突然叫了一声：“来人——”书办人等应声而来，“你们都退出，命人到冰窖搬些冰块来。这鬼天气，热死人啦！”说着，用力地扇着折扇。他是恐高拱再说出什么令徐阶难堪的话，刻意以此调和紧张空气的。

“是啊，元翁，太热了，不妨待傍晚凉爽时再议吧！”郭朴明白李春芳的意图，也附和说。

“也罢！”徐阶顺水推舟说。

高拱抹了一把额头上的汗珠，说：“元翁，两案涉及多名边镇将帅，恐已惶惶不可终日，万一有事，谁来效命？故早一日定案，早一日安边镇将士之心，事体非同小可，不宜久拖。”

徐阶本欲借此台阶缓和局面的，不意高拱不唯不领情，反而步步紧逼，心中甚是恼怒，强忍着没有发作，叹了口气说：“吾老矣，势难支撑，要休憩片刻。”说罢，起身即向内室走去。

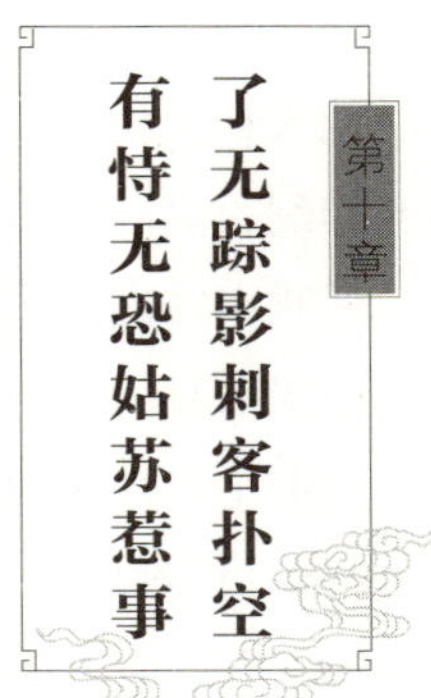

第十章 了无踪影刺客扑空 有恃无恐姑苏惹事

一

西四牌楼往南不足一箭远的路，有个丰盛胡同，是西四牌楼南大街路西最为宽展整齐的街巷，胡同里有不少官宦宅第。在胡同的中间偏东处，是一所三进套的四合院。这里，就是翰林院编修张四维的府第。散班回来，张四维边更衣，边吩咐左右预备礼物。

“老爷，最近又从豆腐陈家的方物商号购进一批绒褐，备两条如何？”管家张得问。

“不妥。”张四维否决说，“府中还有甚名画，挑一幅来。”

须臾，张四维更衣毕，管家备好了礼物，张得也备好了轿。张四维登轿，出了胡同，沿西四牌楼南大街南行，过单牌楼大街拐入长安街，东行至北长街，上东华门大街。这里，就是萃华楼所在。一路上，他不停地揣测，徐琨何以主动约他见面？

徐琨，字石美，是徐阶的二公子，任尚宝司少卿，属于荫官。皇上为笼络大臣，行恩荫之制，徐阶的三个儿子，都蒙荫获得尚宝司官职。但荫官多无职守，并不当直，只是享受免除赋役的特权罢了。徐阶的三个儿子，只有次子徐琨在京侍父，另二子则在松江老家打理家务。

突然收到徐琨的邀帖，张四维颇为吃惊。他出生于山西盐商世家，父亲张允龄为国中豪贾，晋商魁首；舅父王崇古是高拱的同年，历任宁夏巡抚、三边总督；他与吏部尚书杨博都是蒲州人，且是姻亲。因此，张四维家资雄厚、人脉广连，萃华

楼最豪华的雅间，早被他常年包租。收到徐琨的邀帖，他当即回帖，邀他到萃华楼餐叙。

两人初次相见，彼此打量了一番。徐琨个子矮胖，仰脸看去，但见张四维四十出头年纪，高高的个子，细长脸上皮肤白净，眉宇间有股英气，饱读诗书又见多识广，儒雅中透出几分商人的精明。寒暄过后，二人进了包间。无须点菜，侍者即先端出蔬果清品，再上异品、腻品，熊白西施乳、兰花鱼翅、酒醋白腰子、酒炊淮白鱼、酒煎羊二牲醋脑子、霸王别鸡等，足有二十九道之多。

“阔气！排场！”徐琨不断重复着说。张四维几次说叫几个伶人助兴，徐琨都阻止说：“低调，低调！”

张四维是参加过严世蕃的酒宴的，与他的霸气相比，徐琨显得有几分猥琐。或许是有事相求？张四维从徐琨的眼神中察觉到了。酒酣耳热之际，张四维几次说出“有事请尽管吩咐”的话，徐琨却只是笑而不语。酒量上，徐琨也与严世蕃不在一个档次，喝了不几盅，就有些微醺了。

“张翰林，子维啊！”徐琨拉住张四维的手，指着酒桌上的菜品说，“够阔气，够排场！与河东张家相比，咱老徐家，就比乞丐好一点而已！”

徐阶父子的家乡南直隶松江府，乃富庶繁华之地，户户皆闻机杼之声，士大夫之家也多以纺绩求利，此人所共知之事。道路传闻，徐家乃当地望族，不唯良田万顷，且雇织妇甚众，岁计所积，与市为贾，家境之殷实可甲一方。对此，张四维也是知道的，何以徐琨竟说出比乞丐好一点的话？难道要他上兑银子？张四维暗忖着。

张四维进士及第后被甄选为庶吉士，散馆后授编修，在翰林院已十三年了。翰林院号称清华之选，实为朝廷舆论场、清流汇聚地。翰林们经常私下聚议，裁量公卿、臧否当道。对于徐阶，舆论时有演变。严嵩当国时，徐阶对皇上比严嵩还要柔顺，对严嵩也是低眉顺眼。是以舆论对徐阶有“一味甘草”“四面观音”之讥，就连他最赏识的弟子张居正，一度也曾责备老师不敢担当。但严嵩垮台后，朝野以徐阶乃是以降身自污、扮猪吃虎之术与严氏父子斗法来解释此前他的表现。徐阶继任首相后，舆论期望很高，一度也认为他以宽缓化解苛暴，立朝有相度。但五年过去了，人们慢慢悟出，其实，当下与严嵩当国时并无大变化。严嵩为人所诟病的无非三点：对皇上一味逢迎；贪墨；纵子为恶。时下又怎么样呢？徐阶对皇上还不是一如既往地逢迎？不唯把写青词作为压倒一切的首务，而且还利用一切机会讨好皇上，最有名的就是他以皇上的年号，用拆字术，把“嘉靖”两个字的笔画拆解，写成这样一首诗：

士本原来大丈夫，口称万岁与山呼。
一横直过乾坤大，两竖斜飞社稷扶。

加官加爵加禄位，立纲立纪立皇图。

主人自有千秋福，月正当天照五湖。

徐阶的巧思，是把嘉靖两字的笔画都按顺序排进每行诗的第一个字，组成藏头诗，表达歌功颂德之意。

说到贪墨，徐阶固然不像严氏父子那样卖官鬻爵、大开贿门，但三节两寿中外官员的馈礼，他都会欣然笑纳，还半公开说过他“不敢”拒收。在他当国后，也有肃贪的举措，人们后来才发现，几年里被整肃的所谓贪墨之徒，无一例外都是“严党”；就连江南总督胡宗宪这样深为皇上赏识、大有功于国家的人，就因为被徐阶暗暗划入“严党”之列，终归也没能逃脱被清算的命运。凡非严嵩一党者，纵然声名狼藉，皆安然无恙，官场的贪墨之风，并没有因为严氏父子的倒台而好转。时下人们议论说，也就是严嵩的纵子为恶这一点，徐阶还差强人意。

“怎么，张翰林，有心事？”见张四维低头沉思，徐琨问。

“啊，”张四维像是从梦中醒来，忙举起酒盅，“四维敬徐大人一杯。”

“子维啊，”徐琨喝完一盅酒，边抹嘴边说，“叫什么大人，太生分了吧？字号相称最好。”

这分明是示好。但虽年龄相仿，叫徐琨的字，张四维还是觉得不妥，就按士林的规矩，取“石美”中一个石字，称他为“石翁”：“石翁，四维还是那句话，有何难处，只要石翁吩咐一声，四维敢不效力？”

徐琨一笑：“子维，今日约会，嗯……”他踌躇片刻，鼓足勇气似的说，“有一事请教。令尊、令舅是商界翘楚，相信子维耳濡目染，也深谙此道。子维看，我在京开家商号，如何？”

“以首相之子在京开商号？”张四维暗自吃惊，但他并未流露，而是笑着说：“不知石翁要经理什么？”

“东城关厢的豆腐陈家，子维当晓得的。”徐琨说，“他们家大掌柜陈大明那家商号，很红火的嘛！”

张四维思忖片刻：“石翁开商号，若以售卖贵邑布匹为业，四维以为经理起来更为便当，也无须投入太多人力。”

“这确是个法子，不过……”徐琨手里把玩着酒盅，良久，抬头看着张四维，“子维，你看，两者兼做，是不是更……呵呵呵。”到底，“更赚钱”几个字，他没有说出口。

张四维尽管颇不以为然，嘴上却连说：“那是，那是……”

徐琨看了张四维一眼，急忙又把头低下去，支吾道：“这个……只是……”

张四维会意，畅快道：“喔，石翁放心，本钱嘛，四维……”

没等张四维说完，徐琨忙打断他，摆手道：“子维，这不妥，不妥的嘛！今日与子维言此事，只是请方家指点之意，呵呵。”

张四维一笑道：“石翁如此客气，把四维当外人了。适才石翁还说不能太生分，四维已然斗胆把石翁当师友了。”

徐琨“嘿嘿”一笑，抬头对门外喊了声：“来人——”须臾，一个身材瘦弱、约莫三十出头的男子走了进来，鞠躬行礼。徐琨指着他说：“此人名徐忠，字承述，贡生出身，也是做过官的。诖误罢职，在松江襄赞蔽府商事，日前特命他晋京，专责开办商号事。”他又指着张四维说，“张太史，鼎鼎大名的河东张家大少爷！以后你须多向张太史求教。”

寒暄过后，张四维对徐忠道：“明日卯时三刻，请承述兄到翰林院外稍候，待四维点了卯，即带兄到东华门外查勘赁屋。”又转向徐琨，解释道，“棋盘街固然好，然则未免太张扬，故选在东华门外为好。”

“不愧是翰林，虑事果是周全。”徐琨赞叹说。

“石翁，事情说妥了，叫个曲儿吧？”张四维说，“此乃士林的时尚，四维第一次与石翁餐叙，不叫曲儿助助兴，实在过意不去。”

“不妥、不妥！”徐琨边说边站起身，“子维，不早了，多有烦劳，就此别过吧！”

张四维忙上前搀扶着走路有些晃荡的徐琨。待他登轿，张四维把预备好的名画递了进去，徐琨向外推了推，张四维“呵呵”两声，把画塞到了徐琨的手里。轿子前行了一丈远，徐琨想起了什么，命轿夫停步，伸出头来招呼张四维，张四维忙走过去，徐琨附耳道：“今日之事，子维万不可对外人言，亦不可说与家大人。”

“无须石翁叮咛，四维虽不才，倒是知深浅、识轻重的，呵呵！”张四维笑答。

两人又一次抱拳作别。刚走出一箭远，徐琨掀开轿帘，吩咐跟在轿旁的徐忠：“你拿上我的名刺，去户部侍郎陈大春家一趟，此事还要他多帮衬。”

“二少爷，要陈侍郎帮衬甚事？”徐忠问，“请二少爷吩咐。”

徐琨在徐忠耳边低语了一阵，徐忠踌躇道：“陈侍郎会干吗？”

“老爷子一力提携他，谅他不敢推脱！”徐琨自信地说。

二

天渐渐变长了，戌时过半，才真正黑下来。西城劈柴胡同一座三进院的大宅前，夜色里，两个人轻手轻脚来到首门，用手叩动门环。

“何人？”里面的人大声问。

“老家潮州新船主差来的，想见陈大人。”外面的人低声说。

里面没了回应，大概是向主人禀报去了。良久，大门开启，两个人快速跨进宅院，被领进首门左手的一间屋子暂坐。户部右侍郎陈大春送几位客人出了垂花门，边走边说：“讲学以正人心，是元翁治国要领，明年是京察之年，灵济宫讲学会一定要筹备好，这是大事，就有劳各位了。”说罢，抱拳别过。

过了半刻工夫，来人被领进后院的一间屋子，屋子不大，没有窗户，里面摆着几把座椅，一张高高的条案，条案上点着几根红蜡烛，照得屋内通明。身材矮胖、长着一张棕色圆脸的陈大春坐定，望着来人，冷冷地问：“何方人士？高姓大名？”

“小的徐三，”高个子说，又指着矮个子，“他叫李黑，都是潮州混江湖的弟兄。”说着，从怀中掏出一个锦盒，捧递到陈大春手里。

陈大春扭过身去，打开锦盒看了一眼，里面装着几张黄灿灿的金叶子，脸上露出笑容，边合上锦盒边问：“徐三，来时主人有什么话要你带的？”

“陈爷，帅丞要小的禀报陈爷，说：‘若是开海禁，我辈必失去生计。’又说，‘邵大侠知道得太多，与官府走得太近，留着，终究是祸害。’别个，就没甚话了。”徐三说。

“尔等来京何干？就是专为传话来的？”陈大春又问。

徐三目露凶光：“找邵大侠！”说着，举手向下一劈。

“哎呀！使不得！”陈大春大惊道。

“帅丞有命，小的只晓得遵命！”徐三梗着脖子说。

陈大春心里七上八下，暗忖：这邵大侠常年漂泊海上，知道的事情委实太多，又与官府公然交通，难怪林道乾对他忌惮非常。但行刺也未免太过。最让他不安的是，刺客来到自家府邸，那他必牵涉其中，至少也是知情不举。一旦事情败露，暗通海贼之事岂不一并清算？想到这里，他不禁出了一身冷汗，摇头道：“不到万不得已，何必出此下策？”

徐三道：“江湖上混，靠的就是‘诚信’二字。答应替人办事，就不能说话不作数。”

“身家性命押在这上呢！”李黑嘀咕道。

陈大春低头不语，蹙眉沉思：这林道乾是江湖中人，凡事不计后果；徐三也是江湖义气，恐难以阻拦。想到这里，他忙起身把锦盒拿在手里，对徐三道：“兄弟既决计要干，那是兄弟你的事。这个，你拿去，就权当你没有来过我这里。”

“哈哈……”徐三大笑，陈大春神情紧张地“嘘”了一声，制止住他，向外摆手，“快请吧，此地不宜久留。”

“陈爷莫害怕！”徐三压低了声音，“不在京城动手，先跟踪，哪里合适做活就

在哪里做。跟陈爷无干系的。”他伸手推了推锦盒，“这个……陈爷得拿着，帅丞让交给陈爷，小的是断不能拿回的！”

陈大春只得又把锦盒放回条案，笑道：“徐三兄弟果然讲究，难怪帅丞信得着。也罢，尔等不妨去紫阳道观寻找。”他不唯热衷讲学，还喜结交商贾。豆腐陈家的老大陈大明也是陈大春的朋友，经大明引见，也与邵大侠一起宴饮过，他知邵大侠已在几天前离京，到紫阳道观也找不到他，才这么痛快指点徐三的。徐三谢过陈大春，就要告辞，陈大春嘱咐道：“京师重地，不可轻举妄动。”

徐三点头称是，昂然出了密室。陈大春望着两人的背影，心中一喜，追出门来：“徐三兄弟留步，”徐三站定，陈大春又嘱咐道，“探寻结果如何，回来禀报一声，再作计较。”

“那是的！”徐三一拍胸脯道，“来时帅丞有交代，到这儿，一切听陈爷吩咐！”

次日辰时，徐三、李黑雇了两匹快马，悄然来到紫阳道观。两人先在四周细细查勘了一番，徐三道：“这地界，倒是适合做活！早做早了，再接下单。”

突然出现两个鬼鬼祟祟的陌生人，让守门的道士心生疑窦。他急忙跑到“怡园”，手忙脚乱地叩门。须臾，一个眉清目秀的小道士打开院门，守门道士气喘吁吁地说：“喂，我说，观外有两个陌生人，嘀嘀咕咕的，必是找邵大侠的。”小道士也不说话，跟着守门道士往观门走去。远远的，就听到外面的叩门声。

“二位客官，咱这是私家阳宅，不接香客。”守门道士在门内回应。

“晓得的！”徐三在门外道，“兄弟是江湖上的，来寻邵大侠。”

“但不知壮士因何寻邵大侠。”小道士接言问。

“哎哟，这声音怪好听的。”李黑一伸舌头说。徐三在他后背上拍了一掌，笑着道：“道长，我辈混江湖的，慕名来寻邵大侠，想拜在他老人家门下，略效犬马之劳，也好混口饭吃。”

“不巧呢！”小道士说，“邵大侠委实到观里来过，可他早已离开了呀，壮士还是到别处去寻吧！”

“俺的个郎奶吔！”李黑又叫了一声，“这小道士的声音，把人给听醉了！”

徐三抬脚踢向李黑，李黑忙向外一闪，躲过了。徐三又向门内喊话：“道长只是这般说，兄弟就以为是邵大侠不愿收兄弟，兄弟是不甘心的。不妨开门，放兄弟进去叩见邵大侠吧！”

守门道士望着小道士，见小道士点头，方打开观门，放徐三和李黑进了道观。李黑一进观门，就直勾勾地望着小道士，咂嘴道：“啧啧，天下有这般清秀的道士？那俺也在此做道士算啦！”

小道士转过脸去，道：“壮士不信，自可到处寻寻看，邵大侠他真的不在。”

徐三拽着李黑，在观内四处寻找，除了陪着他们的两个道士，还有一位老道长，就再也没有别人了。

"邵大侠去哪里了，烦请道长知会兄弟。"徐三问。

小道士摇头："他既是大侠，自是行走江湖，来去无踪的，我等修炼之人，本不认得他，又哪里知晓他的行踪呀？"

徐三突然紧紧盯住小道士，道："听口音，道长不是京城里的人吧？"

小道士神情有些慌乱，"腾"地就地打了个旋风腿，抱拳道："兄弟听着：咱修炼的人，本就无家！"

徐三无奈，只得拽着恋恋不舍盯着小道士看的李黑，讪讪告退。

戌时，徐三到了陈大春府邸，禀报说："咱兄弟到紫阳道观，并未寻着邵大侠的影踪。"

李黑眼光迷离，咽了咽口水，道："郎奶的，那小道士，倒真是玉人呢！"

"不知徐三兄弟作何打算？"陈大春问。

"小的来前，帅丞交代小的，听陈爷的。"徐三抱拳，"就请陈爷吩咐！"

"那好！"陈大春大喜，"我会设法知会帅丞，告知情形。兄弟就权且留在我这里使唤。时下有一桩事，要二位兄弟到苏州走一遭。"说着，指了指几案上的银子，"这里有一百两银子，兄弟拿去。"言毕，向外喊了一声，"徐忠来见！"

三

前几日，徐阶二公子徐琨差经理美玉商号的徐忠来见陈大春，商榷到苏州采办吴丝事宜。先是物色帮手一事，就让陈大春为难，遂想到借徐三、李黑一用。今日他把徐忠和徐三叫到一起，商洽此事，又给苏州知府蔡国熙亲书一函，让徐忠带上。

"书中不宜多言，免留把柄。你此番到得苏州，见了蔡国熙当面和他说，让他把苏州做吴丝的坊场，都召集到一起，申明此后所出吴丝只能贩于京城美玉商号，违者惩治不贷！"陈大春嘱咐徐忠说。又像想起什么，道，"嗯，蔡国熙若推三阻四，那就来硬的，尔等找一家吴丝坊场，闹他一闹，让人知晓，谁敢贩于他人，吃不了兜着走！"

徐忠点头，又问："二少爷交代的吴丝运京之事，侍郎大人有何说法？"

陈大春是户部侍郎，各地所设税卡，皆直隶户部，他自然明白徐琨的意思，于是说："雇船北运。我这就写个路条，就说是朝廷采买物品，各关各卡，通不许查验、抽税。"又对徐忠道，"吴丝时下刚为达官贵人所追捧，所产不多，尔等不闻'苏州样、广州匠、杭州风'之说吗？苏州物产领国中风气之先，吴丝之外，它物

也不妨采买些，把徐二少爷的生意做大，做到国中第一！昔年严世蕃私下自称国中首富，可他那是靠贪墨得来；而今徐家也可做成首富，但不靠贪墨，靠做生意！”

一切交代停当，临辞别前，陈大春又嘱咐徐三：“凡事听从你忠爷吩咐，不得有违！”

次日一早，徐忠带着徐三、李黑上路了，到得通州，在潞河码头改乘舟船，顺运河一路南下，日夜兼程，遥遥二千九百五十里，半个月即到。

徐忠一行过浒关、入阊门，找家客栈安顿下来，用过早点，正要往府衙去，徐忠临时起意，在卧龙街转了转，故意等到午饭前再去。过了巳时，三人上了府前街，走了一箭远的路，到得府衙首门。徐忠把陈大春的书柬、名刺连同自己的拜帖递给守门兵丁，须臾，兵丁来回：“知府大人让传话，此时无暇，请未时两刻来见。”

“哼哼，这个蔡国熙，小气鬼。”徐忠转过身，撇嘴道，“我是故意试探他的，连顿饭都不舍得请，还会给面子吗？亏得还是相爷举荐他来当知府的，忘恩负义！”又对徐三道，“看来此番要仰仗两位兄弟大显身手了。”见蔡国熙无意看顾食宿，徐忠只得领着徐三、李黑，到左近找了家酒馆，坐下慢慢吃酒用饭。三杯黄酒下肚，徐忠一脸诡秘地说，“两位兄弟应该知道朝廷徐相爷吧？咱就是给他家办事的。”

徐三“呀”了一声，说：“难怪哩，咱看陈大人偌大的官，对忠爷也敬着三分，让他干甚他干甚，咱弟兄还有甚说的嘞！”

徐忠乘机说：“要不说呢，两位兄弟不要瞻前顾后，有徐相爷撑腰，谁敢奈我辈何？”

终于见到蔡国熙了。徐忠见他身材高大，长着一双扇风耳，一脸威严，心里先就憷他三分，不时暗暗给自己打气：“哼，老子乃相府当差，怕他？”

蔡国熙礼貌周全，把徐忠请进二堂，左右一阵忙碌，茶水、干果、点心侍候，蔡国熙坐定，默然不出一语。徐忠已是微醺，高声大气地先把蔡国熙大大夸赞了一番，说在京城无人不晓“蔡苏州”大名，元翁也以引荐过蔡兄为傲云云。徐忠有功名，与官场中人对话，文绉绉了许多，夸过蔡国熙，又赞苏州的繁华，感叹道：“学生首次涉足姑苏，但见男女之杂，灿烂之景，真不可名状。”他还吟诵起了四十三年前去世的唐伯虎诗：

世间乐土是吴中，中有阊门又擅雄。
翠袖三千楼上下，黄金百万水西东。
五更市贾何曾绝，四远方言总不同。
若使画师描作画，画师应道画难工。

蔡国熙不动声色。此人为嘉靖三十八年进士，授户部主事，升员外郎，以干练敏捷著称。因热心讲学而受徐阶青睐，荐于吏部，提任苏州知府。主政一方后，蔡国熙锐意兴利除弊，务实禁虚。苏州素称难治，一则因此地文人墨客汇集，在朝在野的阁老尚书、翰林科道甚多，每有举措，必有掣肘干预。蔡国熙建中吴书院，以聚绅士讲学为名，把自己认为应兴应革之事提交公议，以此排除干扰，大得民心，行之不久，局面竟为之一新，苏州籍的官宦们轻易不再敢托请徇私。午前看到徐忠的名刺和陈大春的便函，他即判断大体是请托之事，不禁生出几分厌烦。蔡国熙对徐阶的引荐本心存感激，但到苏州后就不断听到临郡松江绅民对徐阶家族的非议，开始他还将信将疑。一年前，以生产吴丝中名气最大的"顾绣"而闻名江南的顾氏家族，不堪徐阶家族欺凌，从家乡松江搬到苏州，让蔡国熙不得不相信那些关涉徐阶家族的"讹言"并非空穴来风。由此，蔡国熙对徐阶的看法也发生了转变，多了几分戒心。徐忠此行所为何来？若堂堂正正做生意，何以要户部侍郎陈大春出面引介？难道，徐阶家族横行松江还不够，又来祸害苏州吗？蔡国熙感到自己任上不能开这个恶例。是故，他明知徐忠是要他请吃午饭的，却故意不予理会。刻下见到徐忠，他决计要见机行事，待徐忠吟诵完毕，开口问："徐兄此行有何重任？在下何从效命，请明示。"

"奉命采买吴丝。"徐忠说。

蔡国熙笑道："嗯，徐兄有先见之明，在下要尽地主之谊。"

徐忠闻言大喜，抱拳道："多谢府台！"

蔡国熙又道："说起吴丝，当数顾家所绣名'顾绣'者。花鸟、香囊、人物，为他郡所未有，始乃仅供亲友至交观赏、赠送、把玩之用。时下文人商贾趋之若鹜，视为时尚宝物，其价于是高涨，尺幅之素，精者值银几两，全幅高大者，不啻数金，仍供不应求。顾家特从松江搬来苏州，在观前街开了一家大坊，日夜刺作。苏州本地宋代既有的绣衣坊、绣花弄、滚绣坊、绣线巷等街巷，也纷然重开刺坊。徐兄自可前去接洽。"

"呵呵，府台如数家珍，学生佩服之至！"徐忠赞道，"不知姑苏特产还有甚物？"

蔡国熙道："苏州特产甚丰，陆子冈之治玉，鲍天成之治犀，周柱之治嵌镶，赵良璧之治梳，荷叶李之治扇，张寄修之治琴，范昆白之治三弦子，俱闻名海内。"

"甚好！"徐忠兴奋地说，"学生当可满载而归矣！"他伸头向蔡国熙凑了凑，诡秘地说，"行前，元翁有示，敢请蔡知府传敕苏州府地界各刺坊，严令此后所出吴丝，通不许贩于他人，通由……"

蔡国熙打断徐忠，追问："元翁果有示于徐兄？"

徐忠"嘿嘿"一笑："是、是元翁…元翁二公子徐琨徐少卿。"

蔡国熙勃然色变，厉声道："你敢假捏朝廷执政之示，安知所谓徐公子之说，果有其事？况采买货物，双方自愿，官府何能干涉？你假冒官属，不怕本府治你的

罪吗？念你也是读书人，若迷途知返，幡然改过，本府可暂不追究，快回去思过吧！”言毕，起身而去。

徐忠悻悻然走出府衙二堂，讪讪地到首门外与候他的徐三、李黑会合，回头骂了一句：“好你个蔡国熙，不知天高地厚，走着瞧！”又恨恨然说，“这蔡国熙，居然不给相爷面子。雇马，到观前街去！”

观前街因玄妙观而名。徐忠带着徐三、李黑，各骑一匹新雇大马，沿观前街横冲直撞，找到了顾家的刺绣坊。徐三跳下马，抬脚在首门上踹了几脚，大喊：“开门，快开门！”须臾，门徐徐开启，三人径直闯了进去，“叫掌柜的来！”徐三一进门就大叫道。

喘息间，顾掌柜赔着笑脸走出来：“不知三位大爷驾到，失迎失迎！”

徐忠道：“废话少说，尔店此后所产吴丝，通不许卖与他人，只准卖于京城美玉商号，听明白了吗？”

顾掌柜赔笑道：“呵呵呵，这位爷，做生意讲究信誉，敝坊与商家有约，岂可擅自违约？”

徐忠大声道：“谁敢纠缠你，让他找京城美玉商号理论！”

“呵呵呵，敝坊不是怕纠缠，是不能违约！”顾掌柜解释说。

徐忠大怒：“这么说，你是不愿和美玉商号做买卖了？”说着，给徐三递了个眼色，徐三心领神会，上前一步，挥拳打在顾掌柜脸上，顾掌柜踉跄倒地，血流如注。李黑也快步上前，对顾掌柜一阵猛踢。

徐忠见顾掌柜喊叫声越来越弱，又见顾家一干人等围了过来，挥臂道：“走！”顾家几个下人试探着想拦住去路，徐三飞起一脚，把一个老者踢翻在地，又挥拳把一幼者击倒，在伤者发出的凄厉叫喊声中，三人扬长而去。

走到首门，徐忠又回头大喊道：“听着，苏州所有吴丝坊，通不许卖与他人，只准卖于京城美玉商号！谁敢不服，这就是下场！”说罢，跨马而去。

抬头望去，玄妙观就在不远处。这玄妙观内遍栽桃树，开花时灿若云锦，故此街又有碎锦街之名。徐忠道：“不妨先到此观一游，再到顾家刺坊去计较。”三人遂下马进了道观。

道观信众不少，三人心不在焉地转悠着，忽见人群一阵骚动，正纳闷间，一群兵丁带着刀叉剑戟拥了进来，领头者大叫：“给我围了，任何人不得出入！”徐忠尚未反应过来，“就是他！”随着一声喝令，几个兵丁一拥而上，将他按倒在地。李黑踌躇片刻，欲上前搭救，也被兵丁按倒。徐三见状，从腰间掏出一把匕首，对着李黑的脑袋“嗖”地投了过去，李黑一声惨叫，须臾丧命。徐三一个箭步跨到院墙前，纵身一跃，跳了出去。

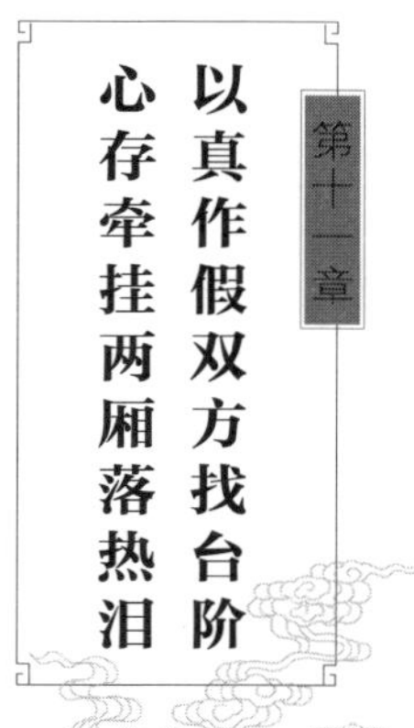

第十一章 以真作假双方找台阶 心存牵挂两厢落热泪

一

苏州知府蔡国熙从尚未见到徐忠、只是看到他所递陈大春的短柬、名刺时，就没有怀疑过他的身份，是以才在府衙二堂接见了他，并耐心为他讲了那么多，以尽地主之谊。他预料到徐忠会提出让他为难的要求，一直在思忖如何应对。后灵机一动，以他假捏徐阶之示为由，拒绝了他。

此时，坐在大堂，蔡国熙翻看着从客栈搜出的徐忠所携物品，只看一眼户部侍郎陈大春亲笔所开“路条”，就断定徐忠果有来头，此来也确是为徐家办事的。他没有料到徐忠会仗势欺人，居然在光天化日之下无辜殴打绅民，致伤三人。若不严惩，且不说国法难容，即使为个人计，“蔡苏州”的声名也将毁于一旦。若依法严惩，又担心徐阶面子过不去，说不定报复会接踵而至。这让他感到颇为棘手。

蔡国熙在苏州主政，与高官大僚的亲属故旧打交道乃家常便饭，但遭遇当朝首相还是首次，他不得不小心行事。从用罢早饭，他就屏退左右，独自在后堂踱步。蓦然想起昔年参加灵济宫讲学的事。那年严嵩被罢，其子严世蕃下狱，朝野欢庆，徐阶在灵济宫讲学会上，刻意提及此事，谆谆告诫在场的数百名官员，“物必自腐，尔后虫生”，不要以为严氏恶党已倒就政清吏明了，务必时刻以严氏覆辙为戒，不唯要管好自己，还要管好子弟乃至身边之人。他还拿出自己亲书的家训：“无竞之地，可以远忌；无恩之身，可以远谤”要众人传看，言犹在耳，子弟亲故就利用其权势横行不法起来！难道，人一旦到了无人企及的高位，他曾经竭力反对的事情，

竟然会在不知不觉间重演吗？弊病到底出在哪里？蔡国熙百思不得其解，也就不再琢磨，还是把眼前这桩事想妥了吧。思忖良久，他终于想出了一个主意：仿照当年海瑞对付胡宗宪公子的法子，以抓到假冒者为由，向徐阶禀报。

时下常有骗子假冒京官公子、亲友或下人，到各地行骗，地方官多抱着宁信其有的态度，不敢轻易得罪，致骗子每每得手。蔡国熙也曾抓捕过这样的骗子。如今不妨就来他个以真作假、装傻充愣。于是，他字斟句酌、反复推敲，给徐阶写了一封长函。先把徐阶当国后如何惩严嵩贪墨无度、纵子为恶之弊，如何严格约束自己和家人，因此威望如日中天等写了一通，又把徐忠来苏州后的言行细述一遍；最后说他绝不相信此人会衔元翁抑或元翁公子之命而来，是骗子无疑。为挽回元翁声誉计，也要对徐忠严惩不贷。又说，骗子为以假乱真，还假捏户部陈侍郎的书函、路条，委实是用尽心机云云，连同陈大春写给他的短柬、'路条'，一并封寄。

徐阶接阅蔡国熙来书，又惊又怒，命人召陈大春和徐琨来见。当陈大春、徐琨战战兢兢走进他的书房，徐阶亲自起身把门关上，尚未坐定，"啪"的一声把蔡国熙的书函摔在书案上："拿去看！"

徐琨低头上前，拿在手里扫视了一遍，脸色煞白，不敢说话，默默地把书函递给陈大春。

徐三从苏州狼狈逃回，就向陈大春禀报了发生的一切。陈大春惊诧不已。起初，他还以为只是一场误会，因苏州城是国中唯一的一城两县衙之地，说不定是被打的顾家报案，县里派人去抓的，蔡国熙知情后，或许会设法放人。但等了好久并未见动静，陈大春坐不住了，找徐琨反复商榷，最后决定来个丢卒保帅，死不认账，一口咬定徐忠也好、他的亲笔字函也罢，都是假冒。只是对蔡国熙如此不给面子，陈大春一直耿耿于怀，委实咽不下这口气。看了蔡国熙给徐阶的书函，遂脱口而出："这个蔡国熙，太不像话啦！这不是学的海瑞戏弄胡宗宪那套把戏吗？他敢来戏弄元翁，过分！太过分了！"

"这么说，此事是真的了？"徐阶盯着陈大春问。他只是证实一下而已，陈大春的字、徐忠其人，他都认得，何来假冒？

"不、不……"陈大春忙说，"那倒不是。假冒之事，是真。"

徐阶转向徐琨："逆子，你来说，到底怎么回事？"

"这、这…"徐琨支吾着，求救似的看着陈大春。

"元翁，大名鼎鼎、秉公执法的'蔡苏州'都认定是假冒，那不就是假冒吗？"陈大春解围道，"叫学生说，莫如元翁给他回书，就说徐忠胆敢假冒，又殴伤三人，请蔡知府依法严办；徐忠胆敢妄攀主顾，就是诬蔑朝廷大臣，罪加一等；最后再把蔡国熙大大夸奖一番就是了。"

徐阶仰面坐于椅中，良久，长叹一声：“唉——嘉靖朝的内阁，是生死场啊！都说严嵩杀了夏言；徐某杀了严嵩的儿子！也许有一天，再续上一句：某某杀了徐某或徐某的儿子？”他指着徐琨，提高声调说，“都谨慎些吧，少给老子添乱！你老子够闹心的了！”说罢，向外无力地挥挥手。徐琨见状，麻溜转身出了书房。

陈大春眨巴着一双细眼，回味着徐阶的一番话。外界固然有所议论，说高拱入阁后就与徐阶不协，但陈大春没想到徐阶竟将其提高到你死我活的程度。看来，徐阶对高拱已然不抱希望，甚或可说置于敌对地位了，这不啻是发起进攻的信号了！遂一撸袖子：“哼！不就是一个高新郑吗？哼！”他一声冷笑，以探寻的口气说，“元翁，学生听说高新郑一入阁就对元翁甚不敬，遇事每每固执己见，给元翁出难题，可有此事？”

徐阶沉吟片刻，叫着陈大春的字说：“得霖，有道是宰相肚里能撑船，老夫自忖还算是大度的，可有件事却总不能释怀，得霖看，是不是老夫小肚鸡肠？”

高拱入直西苑次日，就提出阁臣轮直文渊阁的建言，虽合乎内阁体制，却让徐阶大感意外，耿耿于怀。见陈大春摩拳擦掌有意出手，遂把高拱建言阁臣轮直文渊阁的事大略说了一遍。

“时下皇上衰病交加，已进入非常时期，自然不能沿用平时的惯例。”陈大春道，“况且，内阁运作，乃是首相主持，姓高的乃新进之人，就要干预，置元翁何地？”陈大春以愤愤不平的语调道，“元翁不便直接驳他面子，言要揭请圣裁，弦外之音是，作为首相都不敢妄言，何况一个新晋的阁僚？可高新郑竟真的拟本，要元翁签署，简直就是胁迫首相！”

徐阶微微一笑：“皇上在内阁公本上御批，‘阁中政本，可轮一人往。’接此上谕，老夫即言，当此关头，老夫不能离皇上也。高新郑竟冷笑一声，言：‘元翁，元老也，皇上须臾难离，高某与李、郭两公愿日轮一人到文渊阁，元翁满意否？’得霖听听，他这是什么话？”

陈大春暗自思忖：高拱此举，不唯是公然向徐阶的首相地位挑战，而且触到了他的痛处。到不到文渊阁轮直，看似小事，实关大局。无论是夏言和严嵩争斗激烈之时，还是徐阶与严嵩猜若水火之际，其胜败的关键，并不在于人心向背，实在于谁能经常亲侍于皇帝左右。高拱作为内阁新人，与历史上重大恩怨是非关联不大，无虞因未经常在皇帝左右而受倾覆，不以在内阁轮直为忧，而这却是徐阶心理深处的敏感。高拱未必明白这一点，贸然提出这个议题，甚至奏闻皇上，又当面呛白徐阶，这当然让徐阶难以接受。想到这里，陈大春义形于色地说：“事体非同小可！高新郑不懂规矩，根本就不把元翁放在眼里，未免太过分了！分明是公然夺权嘛！也就是元翁宅心仁厚，不然的话……”

徐阶没有接陈大春的话，问："得霖可知，兵部那里对内阁有非议吗？"

兵部所拟处分俞大猷和山西、大同两镇将领的意见，因高拱固执己见，双双驳回，兵部不得不重新上奏，对俞大猷的处分，改为"姑且不究"；宣大方面，严旨切责总督王之诰；武将中，只有镇守宁武关守将因避敌不战而处斩，其余改为革职、戴罪立功不等。虽然高拱仍不满意，但在徐阶看来却预示着自己被高拱胁迫，失去对内阁的主导权。他要传达出这是高拱要侵夺部院职权、推翻"三语政纲"的信号。

陈大春与兵科给事中欧阳一敬时常相聚，而兵部公牍，欧阳一敬都要副署，对徐阶所说兵部意见被驳回之事自然十分清楚。无论是霍冀，还是欧阳一敬，都对高拱多有抱怨，这些陈大春也是知晓的。但谁也没有把此事与推翻"三语政纲"联系到一起，被徐阶一点拨，陈大春恍然大悟，试探说："元翁，看来，高新郑恩将仇报，存心要逐元翁自代了！"

徐阶并不明言，嘱咐道："今日之事，通不许对外人言之！"又对陈大春说，"得霖，你代老夫给蔡国熙回书吧！"

陈大春恨恨然道："哼，谁敢与元翁过不去，就绝不饶他！"随即满脸堆笑，"元翁，李登云被劾罢几个月了，工部左侍郎之缺还不补上吗？"

"得霖，你做学政时考校生员，是不是做了过分的事？"徐阶突然问。

"元翁？……"陈大春愕然道。

徐阶道："高新郑纳了一名门客，叫房尧第。他大抵说了不少你在直隶做学政时的事。得霖是知道的，高新郑反感讲学，而你是因热衷讲学被拔擢的。高新郑对你成见甚深，几次提到过这件事。"

"他高新郑要翻旧账？"陈大春既惊且惧，忙问。

"翻不翻旧账姑且不论，"徐阶叹气道，"可再推升得霖，甚难喽！"

二

北京西城有一条东西走向的胡同，东端与灰厂夹道相交，西端与同为东西向的劈柴胡同隔单牌楼街、穿甘石桥相通。胡同分东西两段，东段坐落有灵济宫，人称灵济宫街；西段因南侧有座宣城伯府，人称宣城伯后墙街。

灵济宫是皇家敕建，占地甚广，规模宏大，因与皇宫大内、西苑禁地一步之遥，凡有重大朝会，百官即先到此聚集，习仪演练。徐阶当国后，借其地利、用其讲坛，作为聚众讲学之所。

此地带在皇城西门即西安门外，故以西安门外统称之。距紫禁城虽近，但住户稠密，已无空地可营造新宅，故朝廷高官无住此胡同者，只有高拱无购地造宅之念，又图上朝便利，遂在宣城伯后墙街上典了座旧宅而居。从此宅上朝当直，走近道，向东过灵济宫大门，转到灰厂夹道，北行过皇城西门西安门入西苑；走远道，则向西转到单牌楼街往北，再东转上西安门大街，入西安门进西苑，往南则过题有“瞻云”两个大字的牌楼瞻云坊，上长安街。

这天，送老爷入直毕，高福耷拉着脑袋往回走。这些天来，宅中委实令人憋气。奶奶、姨奶奶原以为她们以死相逼，老爷到紫阳道观一行，当有结果。岂知几个月过去了，动静全无。待再催问，老爷竟然说“相天下者无已”，此后不许再提此事。眼看高门就要绝后，奶奶、姨奶奶又气又愧，也无计可施，平时本就甚少言语，此后更乏欢笑。这已然让高福忧心不已了，不料这些天，入阁拜相的老爷也不时长吁短叹，显得颇为郁闷、烦躁，高福哪里还有高兴劲儿。

“福哥——”突然，身后传来一声低唤。高福回头一看，灵济宫大门前的空地上，站着一个手持扫把的小道士。再细观看，不觉眼前一亮：竟是珊娘！

几个月前，高福奉命到紫阳道观查访，送珊瑚珠串的小道士得到消息，主动与他相见，并向他道出了实情：她就是珊娘，并让高福转达她的话给老爷，她为高先生而留京不归。高福以此禀报老爷，老爷只是一声长叹。过了些日子，高宅搬家到了此地，高福又偷偷去了趟道观，想把此消息知会珊娘，可那次去，珊娘却不见了。前些天，见老爷整日怏怏不乐，高福就想不如找珊娘来见见，又去了趟紫阳道观，还是没有打听到珊娘的消息，不禁怅然若失。不意今日在此，竟然不期而遇扮成道士的珊娘。

“俺的娘唉——”高福一则惊喜一则嗔怪道，“你咋到这来呢？俺到紫阳道观找你两趟，都白跑腿了。”

珊娘把高福拉到宫墙西边的小胡同口，低声说：“有一天，两个凶巴巴的家伙到紫阳道观找义父，我看他们不怀好意，晓得那里不能久留，不几天我就到白云观去了。”

“那你咋又到这呢？”高福指了指灵济宫问，“这个道观不是随便能进的吧？皇家道观呢！”

珊娘脸颊上泛起红晕，说：“我早就想搬到城里来的，这样离先生近些。打听到先生搬家到了这条街，我就从白云观到了这里。”刚说完，又想起高福还有一问，忙补充道，“哦，是请豆腐陈家的二爷出面转圜的。”

高福点头，没话找话道：“豆腐陈家？那没的说，皇宫都吃他家的豆腐呢。这灵济宫的老道，怕也是吃他家的。”

沉默了片刻，珊娘低下头，挥了挥手里的扫把，说：“我搬这里三天了，申领打扫庭院的活计，每天一早就在门口扫地，目送先生的轿子从门前过，只是看不见

先生。福哥，先生近来可好？”

“唉——”高福叹气道，“别提啦，这俩月，不知咋的，老爷一直不高兴，闷得很呢！”

“先生闷得很，那是为何？”珊娘关切地问，“福哥，先生为何事烦闷，你可晓得？”

“不知道啊！不知道咋回事。”高福叹了口气，“唉！你说俺家老爷他为了啥呢？这都拜了相公了，也没见他高兴过，俺都替他亏得慌！”他向珊娘跟前凑了凑，继续说，“你看啊，没个一男半女的，自己倒是滋润些啊，还那么仔细。吃的，粗茶淡饭；住的，就那破院子！徐相爷家俺去过，那，啧、啧、啧……再看看张四维张翰林家，那，啧、啧、啧……就说不能和徐相爷、张翰林比，那京城当官的哪家像俺家老爷呢？再说了，人家当大官的，听听戏、推推牌，时不时被请到四城的名店吃一顿，多滋润啊！再看俺家老爷，啥玩好也没有，除了办事还是办事，又总生闷气，累不累啊？”说着，高福又是摇头又是叹气，“真不知老爷他咋想呢！”

“先生定然是为国事忧心吧，”珊娘心里一直挂念的是高拱何以闷闷不乐，听高福一番说辞，就这样猜测说。她目光直视远方，喃喃道，“先生是一心为国的伟丈夫。”

“还说呢！”高福接言道，“就说你俩的事吧，事后想想，当初虽是俺家奶奶以死相逼，不过老爷去见了你，俺看他是动心了呢。谁知咋回事后来又变了！他要是不当这破阁老，说不准事就成了。当了破阁老，接到准信儿那天，老爷把阖宅的人都叫到一起，说啥‘相天下者无己’，又把他写的《谢恩疏》拿出来，念里面的一句话，是那个……”高福一时想不起来了，挠了挠头，“对、对……国而忘家，公而忘私，让俺们都记住这些话。咱老百姓都知道，官场里头的人，谁不会说漂亮话，谁又把漂亮话当真了，你说是不是，珊娘？可俺家老爷不是那样呢，他就那么当真，你说咋办呢？”他重重叹了口气，“唉！珊娘啊，老爷是不要家啦！俺们不好说啥，”他两手一摊，“这、这不把珊娘你，给、给闪了吗？你咋办呢珊娘？”

珊娘咬着嘴唇，摇了摇头。

“对了，珊娘我给你说，”高福闷了许久，终于可以找人说说心里话了，就滔滔不绝起来，“你给老爷送的那串珊瑚，老爷稀罕着呢，不让家里任何人碰。那盒子就放在老爷书案上，一进书房就拿出来在手里捻来捻去的。兴许是这些日子有啥不顺心的事吧，老爷有时候望着珊瑚，流泪呢！”

“福哥，你说的是真的吗？”珊娘盯着高福，急切地问。

高福一拍胸脯：“说假话是小狗！俺有时给他添茶，有时去送封书啥的，偷偷看到过呢！”

珊娘猛地背过脸去，两行热泪，潸然而下。

奇特的身世，铸就了珊娘坚毅的性格。自小母亲和义父灌输于她的，又都是舍生取义的理念，为取义而“无己”，早早就在她的脑海中深深扎下了根，因而读书、习武，以待来日。随义父到苏州，听了梁辰鱼的《红线女》，珊娘就暗暗把自己当作她的化身了。因此，当义父说要带她进京结交达官贵人、要她为开海禁而舍身时，珊娘没有丝毫的踌躇。义父也先后邀请好几位高官到紫阳道观相会，其中不乏道貌岸然、英气逼人的男子，但听他们与义父交谈，多逐利之念、羡奢之言，提及开海禁，无不噤若寒蝉，一副猥琐相。见到高拱，听了他与义父的一番对话，又与高拱单独相处了一回，珊娘见他伟躯干、美鬓髯，就有几分好感，更被他的凛然之气所折服，认准她这个红线女要献身的对象，就是高先生无疑！令她没有想到的是，高先生却拒人千里之外，一再捎信要她和义父远走。但珊娘意已决，就留在京城，哪怕只是远远地看着高先生，于愿已足！

可是，珊娘毕竟是情窦初开的女儿家，多情怎会不为无情恼？况且孤身一人寄居道观，连女儿身也不能暴露，内心的苦楚，又向何人诉？适才听了高福说到“无己”一语，珊娘的内心就为之震撼，却原来在舍生取义上，她与高先生是共通的。世有知音，弥足珍贵，珊娘越发觉得自己留在京城的决断是正确的。又听高福说到高先生对着她所赠珊瑚暗自垂泪，珊娘心头顿时拥上一股暖流，再也忍不住，泪水止不住淌了下来。

高福见珊娘扭过脸去，似是在哭，不知哪句话惹她这样，一时手足无措，就逗她道：“嘻嘻，到底是丫头儿也，爱抹泪儿！”

珊娘转过身去，说：“福哥稍候，我去去就来。”说罢，疾步往灵济宫走去。须臾，她提着一个包着杭丝的盒子，递到高福手里，“福哥，八月节就到了，我从豆腐陈家取了两盒江南风味的月饼，请福哥带给先生。”又补充说，“先生近来烦闷，请福哥禀报先生，我愿给先生唱曲儿，唱《红线女》，替先生解闷儿。”

“这真不赖！”高福赞叹，“俺保准把这话带到！”他又晃了晃手中的盒子，“嗯，还有这，保准带到！说不准，老爷还会赏俺一块月饼尝尝呢！”说着，“咕”地咽了口涎水。

当晚，高福背着手，蹑手蹑脚地进了书房。只见高拱手里把玩着珊瑚串珠在发呆。“老爷！”高福唤了一声，把高拱吓一跳，抬头呵斥道：“放肆！不是说过了吗？晚间不喝茶，总起夜，睡不好觉。”

高福转过手，把杭丝包裹往书案上一放：“老爷请看！”

“何物？谁送的？”高拱追问。

“嘻嘻，老爷猜，俺看见谁了？”高福诡秘一笑，“就是她让俺带给老爷的。”

说着，麻利地解开了包裹。

高拱凑上前去一看，是两盒月饼，忙问："是谁？"

高福这才把早间遇到珊娘的事一五一十说了一遍。高拱静静地听着，待高福说完，良久无言。高福忍不住道："老爷，要不的话，就让珊娘来唱曲儿吧？"

高拱沉吟良久，道："你先出去吧。"

高福出了书房，高拱把珊瑚放在盒子上，挪到自己面前，鼻子一酸，竟流下两行热泪。连他自己也说不清楚，何以会流泪。想自己刚而好胜，在京城几十年了，除了为自己的三个女儿和裕王殿下，他还从来没有像这样为谁流过泪。曾经，他心里有过一个幻象，那就是永淳公主。随着岁月流逝，特别是遇到珊娘后，那个幻象突然间就活生生展现于他的眼前，原来是珊娘！他又何尝不愿接纳珊娘，有这样一位红颜知己在侧，该是多么愉悦。但是，他不能为了自己的愉悦，忘记了自己身上的担子——替裕王殿下担起江山社稷的千钧重担，把一切都舍弃了吧，舍了！自己这样决绝，却从未为珊娘着想过。她一个弱女子，孤身一人寄居京城，难道不想有个依靠吗？一次次无情地把她推出去，对珊娘是不是太冷酷了？她心里一定很不好受吧？这样想着，高拱仰起脸，默念道："珊娘，我该如何办呢？"良久，下了莫大决心似的，自言自语道："待明日见分晓！"

三

"天意！天意啊！"高拱望着李芳的背影，连声慨叹道。

昨日，高拱暗自给自己找了一个台阶：倘若明日裕王那里没有动静，八月十五当天，他就请珊娘来赏月，听她唱《红线女》。他甚至被这个想象中的场景所陶醉，心里顿时畅快了许多。

中秋节将至，倘若裕王心里牵挂着他，必有赏赐。高拱说不清是盼着赏赐，还是盼着没有赏赐，一整天都在纠结中。到了酉时，裕邸总管太监李芳奉王命而至，带来了裕王赏赐：两盒月饼，两匹绸缎被面，两瓶金华酒。

送走李芳，高拱把自己关在书房，盯着珊娘送的月饼看一阵，又盯着裕王赏赐的月饼看一阵，突然意识到，自己的心里，牵挂着两个人，一个是裕王，一个是珊娘。他唤来高福，吩咐道："裕王所赐月饼，分一盒给珊娘吃。把盒子替换了，用油纸包上。"高福刚要走，高拱又嘱咐说，"灵济宫人多眼杂，没有我的吩咐，不要与珊娘见面。你转告她，就说我送她一句话：相天下者无己！"

这句话，高拱说过多次了，可今日又一次说出来，感觉却不同往常，有种前所未有的悲壮，是与儿女情长的诀别！

既然与儿女情长诀别，就要把心思全放在国事上。他可真是一心谋国，却被误以为咄咄逼人，欲取首相而代之。高拱烦恼万端，在书房徘徊良久，喊了声：“崇楼——”

须臾，房尧第进来了。高拱慨叹一声：“看来，这‘伴食宰相’，不能再做下去了！”

房尧第笑道：“‘伴食宰相’，岂是玄翁做得的？”

“是啊，这就是天命吧！”高拱道，“崇楼不是总问，这些日子我何以怏怏不乐吗？无他，做‘伴食宰相’，不好受啊！”

那日内阁议事，高拱主张驳回兵部处分俞大猷和北镇将领的意见，僵持之下，徐阶竟以年迈难以支撑为由拂袖而去，让高拱大出意外。事后，郭朴劝高拱，出语万勿咄咄逼人，要给徐阶留面子。高拱尽管内心不接受，但还是克制了许多。可是，突然之间，坊间传言，高拱要推翻“三语政纲”，暴露了取徐阶而代之的野心。一时门生故旧或致函或趋谒，探问根由，劝高拱多些耐心，不可急于求成。高拱不得不内敛了许多。当了两个月的“伴食宰相”，反倒比忙碌时憔悴了许多。房尧第见主人时常一个人在院子里仰天长叹，几次三番追问其故，高拱担心高层分歧一旦传出去，对大局不利，都欲言又止。但今日不同了，他不想再继续这样违心迁就下去了，遂把此前内阁发生的争论，简要说与房尧第，想听听他的想法。

房尧第思忖片刻：“玄翁一心谋国，并无私欲，无欲则刚，何惧之有？以学生之见，柔润无骨易弄，廉刚好胜难犯。”

高拱闻言，为之一震，默念着：“无骨易弄，廉刚难犯！”这样想着，再到徐阶直庐会揖时，他就不再像此前那样无精打采了。

这天在徐阶的直庐会揖，李春芳轮值执笔，他举着一摞奏本道：“元翁，诸位阁老，兵科都给事中欧阳一敬等赣籍科道，齐齐弹劾江西巡抚潘季驯。”

徐阶微闭双目，仰靠在椅背上，淡定地说：“说说科道论劾潘季驯的理由。”

李春芳忙翻阅着奏本，择要说：“说是潘季驯别出心裁，强行要江西各县清丈田亩，推行‘一条鞭法’，还美其名曰税费兴革！闹得人心惶惶，赣籍科道一起上疏，论劾潘季驯妄改祖制、骚动赣省，当将其革职查办。”

高拱起身走到李春芳案前，要过弹章，细细翻看。从弹章看，所谓“一条鞭法”，就是在清丈田亩的基础上，根据田亩征收田赋，此前所有税费项目一概取消；所有征收的实物，统统折合为白银。此制朝野早有议论，究竟如何，高拱心中并无定见。但他赞赏兴利除弊做实事者，主张为这样的官员撑腰，遂一晃弹章道：“时下科道的坏毛病越来越多，有人要踏踏实实做事情，尤其一有针对弊病革故鼎新的举措，不问其利弊，不管民心向背，即搬出祖制、祭出名教，指手画脚、弹劾攻

讦！此风不杀，何以新治理？！”

徐阶、李春芳、郭朴都露出惊讶的神色。短短两个月，那个刚而好胜的高拱又复活了，似乎也预示着，内阁的麻烦又来了！

“朝廷设言官，就是要他们评头论足的，”徐阶冷冷地说，他想以气势将高拱压住，口气就越发严厉，“以此遏制操切，祛除骄盈，裨益大焉！朝廷法纪俱在，科道以法纪绳之，这也是他们的权责，新郑何故以此责科道？”

高拱争辩说：“元翁的话是不错，然则……”

郭朴打断他：“新郑，少说两句吧！”

“元翁鼓励科道说话，反而不许阁臣建言？”高拱眼一瞪，大声道，似乎要把两个月来的郁闷都发泄出来，“我看，科道若不出风头不结私党，把精力用在肃贪上；部院、督抚若不重形迹，把精力用在实政上，国家方可望治。可时下不是这样，甚或是反其道而行之，科道热衷于挑剔锐于治功者；部院、督抚热衷于务形迹，委实令人扼腕！”

徐阶眉头紧锁，捋着花白的胡须，缓缓道：“老夫当国，无他，开言路，洽舆情。”

高拱不以为然地说：“时下官场多是徒托空言，敷衍塞责，甚或唯以搜刮民脂民膏为能事！科道甚少指摘，却每每对锐于治功者说三道四。再者，潘季驯试行‘一条鞭’之法，计亩征税，或会触动豪族大户利益。这些科道，安知不是在为他们代言，这样的所谓言路、舆情，恕高某不敢苟同！”

徐阶闭目不语。李春芳为难地说：“元翁，此事，该如何拟票？”

“照新郑说的，拟旨：切责科道，今后不可对锐意治功者说三道四！”徐阶决断说。

此言一出，李春芳、郭朴相顾愕然，高拱却露出得意的神色。

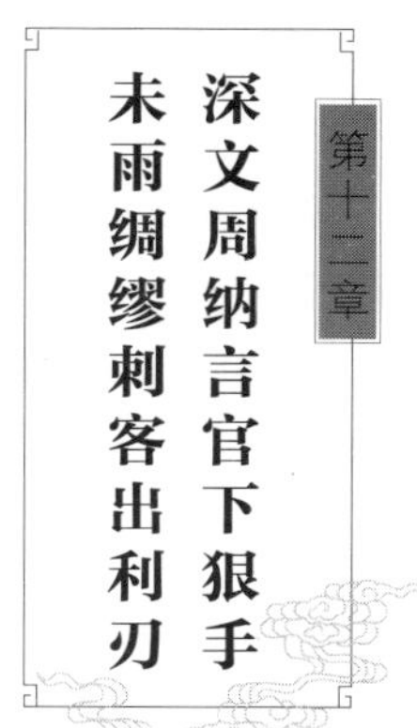

第十二章 深文周纳言官下狠手 未雨绸缪刺客出利刃

一

进入嘉靖四十五年十一月下旬，徐阶在西苑无逸殿里逗留的时间越来越长了，御医们也奉首相之命，须臾不得离开。这天，徐阶从午后就到了无逸殿，一直守候到黄昏。

“徐阶，”皇上醒过来了，以微弱的声音，吃力地说，“近来，边境可安？”

徐阶道：“回陛下的话，东南倭患渐平，北虏畏威怀惧，不敢再犯，边境安谧，天下太平！”

皇上歇息了片刻，又说：“御医、药，这么久、不见效，让、王金试试吧。”

徐阶做沉思状。他知道，皇上对保重龙体极慎重，先是在大内崇道修玄，后移居西苑“静摄”二十多年，崇信道士。而那些道士的方术，一则炼丹药为皇上求长生不老，一则授皇上御女术。皇上龙体因过量服用丹药、纵欲过度而受损。对此，徐阶也不便直言，只能建言圣躬违和，当由御医诊治为好。皇上倒是乐于采纳此议，一旦有恙，太医院开出的方剂，都发御札与阁臣商榷，然后才服用。刻下，皇上病势沉重，时常陷入昏睡状态，写御札的力气也没有了。徐阶只好随侍左右，与御医们一起商讨救治办法。不意皇上苏醒过来，竟提出欲服用道士王金所炼石药的想法。眼看御医回天无力，徐阶也不好反对让术士们一试。

王金就在旁侧，替皇上诵经斋醮，焚烧青词。他一身道袍，面色煞白，两只耳后各留一绺长长的胡须，给人以神秘莫测感。徐阶走过去，低声道：“道长，皇上

对仙药寄予厚望，道长不妨稍进药丸，以慰圣心。”

“悉听元翁尊意。”王金躬身道，又讨好徐阶说，“元翁在此值守一天了，就回去歇息吧，贫道侍候皇上进药。”

“多谢道长体谅！”徐阶抱拳道，临出门又吩咐御医，“诸公轮流值守，不得离殿。”

出了迎和门，一个旋风打来，吹起地上的积雪，冰冷坚硬的雪粒打在徐阶的脸上，他打了个寒战。走不几步，地上的冰碴又滑了他一个趔趄，不是侍从眼疾手快上前搀扶，徐阶差一点摔倒在地。

难道是不祥之兆？徐阶心里“咯噔”一声，当即改变了回直庐去的主意，吩咐道：“牵马，备轿，回府去！”

过了一会儿，一名侍从牵马而来，两名侍从扶徐阶上了马，到西苑门换轿，直奔灯市口府邸而去。

“去，叫陈大春来见！”刚一下轿，徐阶就吩咐管家说。

不到半个时辰，陈大春就到了徐府，径直被领进徐阶的书房。施礼间，他觑了一眼徐阶，见他一脸愁容，似乎还夹杂着几分怒气。陈大春低声道：“元翁，大春知会了欧阳一敬和胡应嘉二给谏，他们过会就到了。”

“谁让他们来的？胡闹！”徐阶怒气冲冲地说，“难道要授人以首相暗结科道之柄？”

陈大春忙出了书房，找到徐府管家，嘀咕道：“管家，快差人到路上拦住欧阳一敬和胡应嘉，让他们转去劈柴胡同敝宅等候。”

“得霖，近来，都忙些甚事？”陈大春返身刚进书房，徐阶劈头就问，语调中似乎有股怨气。

“元翁……”陈大春支吾着。

一向沉稳的徐阶流露出焦躁的情绪，道：“灵济宫讲学事，老夫思度再三，还是要办，不唯要办，还要办大！得霖，此事要广为传布，知道者越多越好。”说完，叹了口气，显出疲惫的样子，“老夫在无逸殿守候了一天，累了。”

陈大春满腹狐疑地出了徐府，一路上也未猜透徐阶的意图。回到家里，欧阳一敬、胡应嘉已在花厅等候。

“霖翁，大冷的天，你这是闹的甚玄虚？”欧阳一敬嗔怪道。

陈大春歉意一笑：“两位给谏，我一听元翁有召，就思谋必是商榷对高新郑动手的事，遂自作主张请二位给谏一起去。谁知元翁坚不允准，这才赶紧知会二位给谏转来敝宅的。”

早在几个月前，陈大春听到徐阶和他主动说起高拱提议阁臣到文渊阁轮值一事，就断定这是徐阶对高拱不满的信号，也是一种暗示。但他苦于一时找不到把柄，也就迟迟没有动作。此后，江西籍科道弹劾潘季驯，谕旨却是切责科道不得挑剔锐意治功者，引起科道大哗。欧阳一敬等对高拱愤恨不已，陈大春即找他和胡应嘉一起聚议了几次，皆因抓不到高拱的把柄而作罢。此时，他把奉召谒见徐阶的情形，原原本本讲给两人听，最后问："召见一回，只是吩咐传布灵济宫聚众讲学事？差人捎话足矣，何必要我跑一趟？那么，两位给谏看，元翁是何意？"

"元翁问霖翁忙甚事，似有责备之意。"欧阳一敬猜测道，"意思似乎是说，该办的事，何以还未办？"

"抓不到高新郑把柄嘛！"胡应嘉一摊手说。

"元翁有责备之意，不足为奇。"欧阳一敬道，"他高新郑一入阁，不唯对元翁提携他无感激之意，还处处与元翁作对；元翁又对他无如之何，我辈这么久也没有帮元翁出气，元翁焉能不责备？"

"出气？"陈大春冷笑，摇摇头道，"你也太小看元翁了吧？元翁岂是意气用事之人！"

欧阳一敬像是有所悟："喔呀！霖翁站得高。元翁召见霖翁，刻意说他守候无逸殿一天，何意？分明是提醒我辈，今上……"他压低声音，"须知，历来是一朝天子一朝臣。新朝之臣，自然出自裕邸，非高新郑莫属！元翁能不能打破一朝天子一朝臣的铁律，关节点即在高新郑一人身上。尚未进入新朝，他就如此咄咄逼人，我辈对他又束手无策，新朝开局还有元翁的立足之地吗？看来元翁是真的急了！"

"那么，元翁让霖翁传布灵济宫聚众讲学事，又有何意？"胡应嘉问。

欧阳一敬道："是啊，初时元翁是要我辈预备的，后来顾忌高新郑反对，元翁又说缓缓再说，今日何以突然主张大变？"

"这个不必揣测，按元翁的意图办就是了。"陈大春说，"元翁这样吩咐，定然深思熟虑过，自有深意。至少，是要收拢讲学派官员的人心。"

"我有预感，灵济宫的讲坛，开不了！"欧阳一敬颇是自信地说。

"先不管这么多，"陈大春道，"二位给谏不妨在科道那里大肆传布。"顿了顿，又叫着胡应嘉的字说，"克柔，我倒是替你担心，是你出面把高新郑姻亲李登云给弹劾掉的。高新郑要是当国执政，就他那德性，克柔凶多吉少！"

胡应嘉大大咧咧一笑："不会吧？这数月我与高新郑碰面也不是一次两次了，没有感觉他对我心存芥蒂。"又一撸袖子，"我是元翁乡党，不管高新郑对我怎样，我都要替元翁出力，这不必说。"

欧阳一敬不住地欠身，蹙眉道："元翁已然着急，我辈得快想法子才是啊！"

"正因为难办，办成了，才算大功；有大功，必有重酬！"陈大春鼓劲儿说，

"了此心结，元翁必以督抚相酬。二位给谏不是常以王忬、胡宗宪以七品御史摇身变为督抚而慨叹吗？机会来了！"

欧阳一敬、胡应嘉低头不语。

陈大春似乎猜透了两人的心思，笑道："呵呵，二位给谏不可存两边押宝之心，元翁大风大浪过来的人，门生故旧遍布朝野，一呼百应，他高新郑有谁？孤家寡人一个，是元翁的对手吗？我辈只须想如何出手，不必想退路！"

欧阳一敬道："这倒是实情。就说我辈论劾潘季驯，元翁纳高新郑之意切责科道，听说高新郑还洋洋自得，以为元翁是对他让步。岂不知，"欧阳一敬怪笑一声，"哼，就这一件事，高新郑就把言路得罪了，被元翁玩于股掌而不自知！哈，哈，哈！"

"是啊，元翁的手段，十个高新郑也不是对手！"陈大春得意地说，"嘿，嘿，二位给谏，别书呆子气。想想看，元翁办严世蕃，罪名是通倭谋反，严世蕃真通倭谋反？元翁自己真这么认为的？还不是照样办了他，一举办成死罪！元翁还因此赢得巨大声誉，没有人追究手段是不是不堪！二位给谏，学着点吧！"

欧阳一敬和胡应嘉若有所悟，陈大春目露凶光："记住，要出手就得出狠手，一举置于死地！"

二

文渊阁二楼，中堂两边的四间朝房，房间不大，却又隔成里外两间，里间有张床铺，外间放一张书案，摆几把圈椅。唐宋宰相设政事堂，国朝废丞相，无政事堂之设，阁臣即以朝房为通谒之所。起初，内阁只是备顾问、看章奏，与部院近乎隔绝，文渊阁也不许百官擅入。自嘉靖朝，内阁权重，俨然政府，或召九卿来内阁议事，或部院寺监、科道翰林有事来禀，无形中也就打破了以往的禁忌，九卿、科道、翰林，携腰牌出入文渊阁，到朝房谒见阁臣，已是常事。

这天午后，高拱在文渊阁轮值，正在朝房埋头阅看文牍，兵科都给事中欧阳一敬笑着走了进来，施礼间，关切地问："高阁老，最近可好？"说着，目光在直房内扫来扫去。

高拱熟悉欧阳一敬。不唯此人以"骂神"著称，还因为去年高拱任会试主考官时，欧阳一敬是监视官，锁院月余，朝夕相处。一见他进了朝房，高拱突然想起试题触忌的事，便问："欧阳给谏，去春会试，'绥之斯来，动之斯和'一题若说触忌，当时皇上没有发怒，过了几个月还升我为礼部尚书，因何去冬又闹出触忌的事来？"

"喔？"欧阳一敬没有想到高拱一见面就提及此事，猝不及防，面带尴尬，"这个这个……高阁老不会怀疑是一敬捣鬼吧？”

高拱道：“我只是纳闷，时过境迁，何以又冒出触忌的事来？”

“这个，一敬不敢胡乱揣摩。”欧阳一敬红着脸说，“怎么，高阁老不能释怀，要追查？”

“岂敢！见到给谏，想起这件事，随口问问。”高拱淡然道，“给谏此来，有何贵干？”

“呵呵，无甚事，”欧阳一敬说，突然看到靠墙的条案上放着一个包裹，忙走上前去，又摸又看，“高阁老，收拾好包裹往家带？”

高拱不解其意，没有回应，而是沉着脸说：“自严嵩当国，政以贿成，贪墨成风，欧阳给谏以敢言著称，何不加意肃贪？潘季驯在贵省行‘一条鞭法’，锐意革新，欧阳给谏本应为之鼓与呼，却上章论劾，我甚不解之。”

欧阳一敬脸上热辣辣的，“嘿、嘿”笑了两声，道：“明春京察，京官及督抚都在考察之列，济济一堂，正是讲学良机，元翁预备在灵济宫大开讲坛，高阁老可否莅临讲授一次？”

高拱反对官员参与讲学，尽人皆知。显然欧阳一敬是故意以此刺激他，遂一拍书案，大声说：“你这是何意？”

欧阳一敬狡黠一笑：“嘿嘿，高阁老因何动怒？”

“讲学……”高拱欲言又止，他不愿意在欧阳一敬面前公开他与徐阶在讲学一事上的分歧，转而把矛头对准了欧阳一敬，改口道，“讲学事，是科道的本业？何以欧阳给谏在当直时四处串联此事？嗯？”

“高阁老教训的是，嘿、嘿、嘿……”欧阳一敬讪讪地笑着，“一敬这就回去当直。”

望着欧阳一敬的背影，高拱压抑不住怒气，“啪”地把一份文牍摔在书案上，说道：“哼，讲学讲学，靠讲学治国？笑话！”言毕，起身在室内来回踱步。

“见过师相！”御史齐康在门口施礼说。

“健生，你来做甚？”高拱烦躁地问。

“师相，今日一大早，”齐康边往里走边说，“同僚都在议论，说京察陛见仪式后，灵济宫将大开讲……”

“不要说了！”高拱扬手打断齐康。

“此事，甚蹊跷啊，师相！”齐康继续说。

“不要在我面前提‘讲学’两字！”高拱厉声喝道。

齐康只得住口。沉默了片刻，压低声音说：“师相，最近听到一件事，说是徐阁老二公子徐琨派徐忠去苏州采买，殴伤数人，被苏州知府蔡国熙抓捕，并要徐忠赔偿医治费用。但徐阁老坚称徐忠是假冒，要蔡国熙依法严办；徐忠家人大呼冤枉，到苏州诉冤，被徐家抓回。”

“哼，正人心，先正自己吧！”高拱冷笑说，“这不又要出严世蕃第二了吗！”话一出口，又觉得失言了，忙掩饰道，“健生，你对我说这些，何意？”

“学生要弹劾徐阁老！”齐康回答。

“弹劾？”高拱停下脚步，“弹劾大臣是言官的权责，何以要知会我？”

“坊间传闻，内阁不协，师相与徐阁老处处顶牛。”齐康说，“学生是师相的门生，恐一旦发动，势必有师相授意之说，不能不事先禀报师相。”

“内阁不协、处处顶牛云云，都是唯恐天下不乱者造谣生事，健生不必信，更不要传！”高拱回应说，“至于弹劾一事，不知会我，你愿意弹劾，那是你作为言官为国家办事，一旦知会我，就复杂化了。你弹劾他，岂不成了替我打击对手？这样的事，我高某不屑为，不能干！”

齐康失望地望着高拱，还想说什么，高拱一扬手：“不必再说，回去吧！”

“呵、呵，玄翁火气这么大，谁惹你了？”门外传来张居正的声音。

“喔！是叔大？快进来快进来！”高拱正愤懑中，听到张居正的声音，欣喜不已，起身到门口去迎。齐康忙向张居正施礼，匆匆告退。

“怎么，训斥门生？”张居正指着齐康的背影道。

“不提了，不提了！”高拱边示意张居正入座，边道，“叔大怎么想起过来看我？”

自高拱入阁，与徐阶龃龉，张居正似乎隐身了，高拱几次想找他倾诉，一想到他是徐阶的得意弟子，夹在中间甚为难，也就打消了找他的念头，心里却无时不念着他，终于得见，高拱打心眼里高兴。

张居正坐定，收敛了脸上的笑意，道：“玄翁，居正昨晚谒元翁，今日又来谒玄翁，无他，朝野皆知，大局靠徐、高二相维持，居正与二相皆厚，实不忍二相水火。”

“水火？有这么严重？”高拱瞪大眼睛问。对他人，高拱一向否认内阁不协，但对张居正，他不必隐瞒，旋即叹气道，“叔大，我从未有取代之心，只是痛心官场萎靡，不忍国事糜烂，不得不进言，不意元翁却不能体谅。”

张居正道：“居正早就听到传闻，但如介入调息，反而把矛盾挑开了，于大局未必有利，但刻下不能再沉默了。”他顿了顿，看着高拱，以为他会问何以不能再沉默，可高拱似未听出弦外之音，表情如常，张居正只得继续说，“我向元翁解释说，玄翁一心谋国，只是急躁了些，并无他意，请他多体谅。今日我也劝玄翁一句，刻下时局瞬息万变，玄翁要格外当心，不可操之过急。”

“叔大，还是那句话，相天下者无己！”高拱说，“已然位在中枢，还囿于个人得失，那国家还有甚希望？”

张居正勉强笑了笑：“呵呵，无己之心固然令人敬仰，但玄翁不是也对‘古大臣协恭和衷，师师济济’赞叹不已吗？劝玄翁先把和衷共济摆在首位。”

高拱道：“我是想和衷共济的，可总要以办事为底线，总不能和衷共济一意维持嘛！”

张居正苦笑了一声：“玄翁，不能事事顶牛，无关宏旨的，何必多言？”

“喔！这话是对的，是对的。”高拱连连点头。他正想和张居正商榷要办的大事，张居正却站起身，走到条案前，指着一个包裹问：“玄翁，这是什么？”

“几件钧州窑瓷器，姻亲李登云临走时所赠。”高拱解释说，“宫内有惯例，紫皇殿办展礼，阁臣有器物即去参展，展毕带回。昨日已展毕，今日欲带回。”

张居正压低声音说：“刻下圣躬违和，往家搬器物，会不会……”

高拱忙道：“喔？还真是的！”他的脑海里，顿时浮现出欧阳一敬盯着包裹看了又看的情形……

三

嘉靖四十五年十一月二十日，天气异常寒冷，凛冽的北风不住地吹着，发出“呜呜”的怪叫声。地上的残枝败叶被风卷起，在空中撒欢翻腾着，京城的百姓大都闭门不出，躲在家里围炉取暖。

今日阁臣会揖，高拱冒着寒风走到徐阶的直庐。一进门，见徐阶、李春芳和郭朴都到了。他脱下棉袍外罩，一咧嘴道：“这大风，多年没有遇到过了。”

徐阶、李春芳、郭朴低着头，都没有接他的话茬。

高拱觉出内阁的气氛有些怪异，但他心里却比平时会揖时轻松了许多。前日张居正一席话，让高拱豁然开朗，抓住想办、该办的大事坚持到底，其他事就不必计较了。他决意照此去做，或许和徐阶的关系会有所缓和。

待高拱悠然地坐下来，郭朴拿起一份文牍，清了清嗓子，道：“吏科都给事中胡应嘉论劾大学士高拱不忠二事。”

高拱正要去端茶盏，愣了一下，问：“弹劾？弹劾高某的？呵呵，我倒要听听，弹劾高某什么！”

徐阶闭目不语，郭朴摇摇头，看着胡应嘉的弹章说：“胡应嘉一言高拱拜命之初，即以直庐为狭隘，移其家于西安门外，夤夜潜归，殊无夙夜在公之意。二言皇上近稍违和，大小臣工莫不吁天祈佑，冀获康宁，而高拱乃私运直庐器用于外，似此举动，臣不知为何居心？”

高拱侧耳细听，越听越气，一拍几案，大声说：“荒唐！荒唐透顶！”

徐阶、李春芳沉默不语。郭朴道：“新郑，按例，被论之人应回避。要辩，上疏自辩可也。”

“自辩？弹章的那些个指摘，值得辩白吗？我回家写辞呈就是了！”高拱说着，蓦地起身，愤然而去。

“安阳，拟旨：‘著拱照旧供职’。”身后传来徐阶的声音。

“这胡科长的论劾，也未免……”李春芳嗫嚅道。

徐阶笑着说：“呵呵，新郑五十开外了，儿子也没有一个，也难怪。”

郭朴闻言愣了一下，正色道：“元翁，这话可说不得。照这么说，胡科长的论劾就坐实了，好像弹章指摘的，真有其事！”他把胡应嘉的奏本举起来往几案上一摔，“胡应嘉这是要激皇上杀新郑啊！”顿了顿，又恨恨然说，“做言官的，不能这么干！我看票拟当再加上对胡应嘉训诫的话，不能纵容言官深文周纳图谋杀人的行径！”

徐阶笑道：“呵呵，安阳，言重了吧？胡科长就事论事，也是他做言官的本分。”说着，沉下脸来，肃然道，“我说过，老夫当国，无他，开言路，恰舆情。不可无端责言官！”

郭朴冷笑道：“哼哼，明白了！元翁宅心仁厚，郭某佩服！佩服啊！”

“安阳何意？”徐阶瞪着郭朴说，“安阳是不是以为，胡应嘉是受老夫指授？不错，胡应嘉是老夫的同乡；别忘了，新郑是安阳的同乡，那安阳这样说话，是不是党护？照这么揣测下去，我看是要无端启党争！”

“不敢！”郭朴回应说，“深文周纳杀人，无故启党争，都是要上史书的。”言毕，拿起一份文牍，“这是户部题本，兵部为明年九边的春防要银八十万两，户部言无银可支。”

徐阶摇了摇头，默然无语。

大风没有减弱的迹象，怪叫不止，尘土飞扬，让坐在轿中的高拱越发烦燥。

“老爷，你咋这时辰回来了？”西安门外高宅，高福见轿子进了首门，忙迎上去，惊讶地问。

高拱一语不发，径直进了书房，高福刚倒上一盏茶，他抓在手里，“啪”的一声，摔了个粉碎。房尧第听到响声，急忙进来，低声问：“玄翁，何事如此生气？”

“崇楼，注门籍！”高拱向外一指，激愤地说。

国朝惯例，大臣受弹劾，当上本辞职，皇上裁定前，不得上朝当直；或官员患病暂时不能上朝当直，请假在家休息数日，俱应在自家住宅大门上张贴一张白纸，称为注门籍。房尧第一看高拱不像生病的样子，即知是受人弹劾，不觉大惊："玄翁有何弊可资论劾？"

高拱摇头，声音低沉道："高某入仕数十载，抱定一个宗旨，无论风俗如何、潮流怎样，都不可害人，不能谋私，一心为国。我一日三省吾身，始终认为没有值得他人论劾的事，可偏偏就有人拿鸡毛蒜皮的事来论劾！"遂把胡应嘉弹劾之事说了一遍，忿忿不平地说，"本来搬家到西安门外是想就近上朝，便于为朝廷做事的，胡应嘉却硬把搬家这件事说成是高某不忠！"

"啊！"房尧第大惊失色，说，"胡应嘉用心险恶，这是要置玄翁于死地啊！"

高拱一愣。适才他只顾生气，并没想那么多，听房尧第这么一说，吃惊不小。

"玄翁，胡应嘉所论两条，看似鸡毛蒜皮，实是揣摩透了皇上的心理。"房尧第一脸焦急地说，"胡应嘉给玄翁列的两条'罪状'，都在质疑玄翁对皇上的忠心，尤以第二条最为凶险，言语间暗示玄翁认为皇上即将辞世，匆忙往外搬物什。一旦皇上看出这个暗示，以他以刑立威、果于杀戮的性格，玄翁——"房尧第被惊出一身冷汗，不敢再说下去了。

高拱顿时毛骨悚然。他很清楚，当今皇上孜孜于乞求长生不死，如今病情日重，极端畏惧死亡，又极度猜疑臣下对他的忠诚，尤以宰辅大臣为最。而当此关节点上，胡应嘉弹劾他预先疏散器用，岂不是说他在为皇帝的死亡做准备？这不是犯了弥天大忌吗？想到这里，高拱脸色煞白，身子摇晃了一下，差点晕过去。房尧第忙上前搀扶，把他安顿到座椅上。

"崇楼，我不甘心就此了却一生啊！"高拱凄然道，"死，我不惧也！死皇上杖下，死沙场上，死得其所；可死于小人的构陷，我不甘心！"顿了顿，又说，"我也放心不下裕王。"说到此，声调哽咽，"在裕王最需要我的时节，我不能死！"

"天底下最不该死的，就是玄翁！"房尧第说，"大明复兴，端赖玄翁！"

"看来得上紧辩白了。"高拱说着，神情紧张地站起身，对房尧第说，"崇楼，你坐过来，我气得手发抖，握不住笔，你先按我说的意思写出来，我抄一遍就是了。"待房尧第坐定，高拱倚坐在旁边的一把躺椅上，一脸委屈地说，"我入阁时，皇上即赐西苑直庐，前后四重、为楹一十有六，此乃奇遇！胡应嘉却说我嫌直房狭隘！这符合人情吗？我家贫无子，又乏健仆，只有族人高福替我经理家事，没有人可以替我送吃食物件，故才搬家于西安门外，便于取衣就食，以免路途遥远误了公事，这怎反倒成了无君、不忠的罪证？禁军和内官皆可作证，看看我当直时是不是私自回家。至于移直房器用，内阁在直诸臣，每遇紫皇殿展礼，必携所用器物而去，旋即移回，此乃惯例，现器物皆在，自可查证。胡应嘉捕风捉影，竟说我是移器用于外，纯属无稽之谈！"

房尧第照此意，须臾就拟好了疏稿，交高拱过目，边道："皇上会不会问，既如此，胡应嘉为何弹劾玄翁呢？"

高拱阅毕，抬头道："这也正是我要问的。往者，胡应嘉每次见到我，必奉承说高某有大才，令他敬仰非常。何以突然下此毒手？不错，胡应嘉劾罢了我的姻亲李登云，但此事与我何干？我也从未因此对胡应嘉心存芥蒂，他也应该感觉到的。"

"以学生推测，此事，背后一定有人指授！"房尧第以肯定的语气说，"胡应嘉弹劾玄翁，若说出于忠君爱国，尽言官的责任，显然说不通。他所指摘玄翁的'罪状'，本就是捕风捉影，何谈出于正义而奋不顾身？若说胡应嘉是因弹劾了玄翁的姻亲李侍郎而不自安，先发制人以求自保，又未免太牵强。将玄翁置于死地，换来的是玄翁再无机会报复他？若只为此，莫不如讨好巴结玄翁更有效。如此险恶构陷相臣，风险极大，谁敢保证弹劾一举成功？若玄翁安然无恙，按照自保的逻辑，他反而岌岌可危。换言之，此次弹劾所冒风险与所求自安间，本身就存在抵牾。无非是成功了，有大回报；失败了，有保护伞，他才敢冒险去做。"

高拱内心也如是想，但仍以质疑的语气说："徐老会如此不堪？"

"想想他对付严世蕃的手段，此人还讲什么底线。"房尧第为自己的观点找例证说。

高拱不以为然："严世蕃为恶多端，无论以何手段对付他，朝野都会谅解，对高某焉能深文周纳置于死地？"

"胡宗宪呢？他可是有大功勋于国家的，皇上也是维护他的，结果怎样？"房尧第又找例证说，"徐揆不还是深文周纳把他置于死地了？所谓一朝天子一朝臣，徐揆能不明白？他这是为保权位而战呢。"说着仰天慨叹一声，"人一旦把权位放在首位，就什么事都做得出来了。"

高拱痛苦地摇头。

"不管真相如何，在皇上那里得找个理由出来。不然皇上对玄翁的辩白怎么接受呢？"房尧第焦急地说，点着脑门想了想，一挑眉毛，"不妨就说，胡应嘉弹劾玄翁姻亲李登云致其罢职，他担心玄翁记恨之，甚不自安，但又抓不住别的把柄，遂以细姑无端弹劾。"

高拱点头："也只有如此了。"

房尧第一脸焦虑，又道："玄翁，还是去找找徐阁揆，求他在皇上面前为玄翁辩白。玄翁与徐阁揆并无仇恨，无非是他担心玄翁急于取代他的阁揆之位，玄翁向他表明心迹，向他示弱，或许他……"

高拱不等房尧第说完，就打断他："崇楼，徐老心机甚深，当年严嵩还在台上，因预感徐老在算计他，曾设家宴请徐老上座，严世蕃率家人跪求徐老保护，结果怎样？没有用的。”

“玄翁与张太岳是金石之交，而张太岳是徐阁揆的弟子，玄翁不妨请他出面到徐阁揆那里转圜。”房尧第又建言道。

“前日叔大匆匆到文渊阁，寥寥数语就不愿再深谈下去了，现在想来，他一定是觉察到什么了，特意去提醒我的。”高拱说，“可事到如今，即使叔大愿意出面，徐老也不会听。”他长叹一声，“把奏稿上呈，就静候圣断，听天由命吧！”

四

徐阶已在无逸殿守候两天了，皇上多半都在昏睡，偶尔睁开眼，就是问“王金安在”。道士王金在旁斋醮祈福，皇上一醒，他即奉上药丸，让皇上服用。眼看到了用晚膳时分，皇上还在昏睡，司礼监掌印太监滕祥吩咐小火者为徐阶抬来食盒。徐阶用餐毕，滕祥把他拉到殿角，依照太监称呼阁臣的惯例，低声道：“徐老先生，万岁爷……”他指了指御案上堆积的文牍，“徐老先生看，压这么多，咱不敢批红，会不会耽搁了事体？”

“喔，滕老公公所言，乃公忠体国之语。”徐阶道。

滕祥建言道：“徐老先生，叫咱说，这些个文书，既然内阁已然替万岁爷拟旨了，咱就照内阁拟票批红吧。”

“滕老公公所说，也是老夫所想。”徐阶说，“兹事体大，还是请示皇上后再说吧！”

滕祥以为，未经皇上口谕朱批文牍，责任重大，徐阶不愿承担也在情理之中，就不便再言。两人默默回到御榻前，见皇上没有苏醒的迹象，徐阶让滕祥先退出，他和王金两人守候在御榻旁。过了小半个时辰，徐阶悄然走到御案前，从一摞文牍中找出胡应嘉弹劾高拱的奏本，摆在最上面，回身向王金招招手，领他走到殿角：“道长，老夫要先回直庐，若皇上醒过来，御案上最上面几份文牍，都很要紧，请道长拿给皇上御览。”

“元翁，这可使不得呢！”王金摆手道，“倘若是捷报，还可读给皇上听，其他的，怎敢报闻渎扰？皇上不能受刺激，这个，元翁能不体谅？”

徐阶脸色陡变，气呼呼地说：“那好，老夫就在这里守着，待皇上醒来再说。”

“王金何在？”御榻上传来呼唤声。

“陛下，王金在。”王金忙跑过去，轻声说，“陛下用膳如何？用了膳，再进药为好。”

皇上吃力地摇了摇头。

“陛下！”徐阶往前凑了凑，以恳求的语调说，“有几份文牍，臣敢请陛下御览？”

皇上睁眼看着徐阶，茫然无所示。王金吃惊地瞪了徐阶一眼。他不明白徐阶何以在这种情形下还硬要皇上御览文书，这不是促皇上速死吗？举朝最怕皇上死的，莫过于王金了。一旦崇道的皇上驾崩，作为道士的他会有怎样的结局，他不敢也不愿想象。他横下一条心，为保皇上之命，也就不再避嫌，进言道：“陛下龙体要紧，批红的事，就让司礼监按内阁票拟办吧，待陛下康复了，再来检查他们办得妥不妥。”

“也……好。”皇上以微弱的声音，含糊回应说。言毕，又闭上眼睛，昏昏睡去了。

徐阶“哼”了一声，甩了甩袍袖，一言未发，出殿而去。

过了一天，胡应嘉的弹章连同高拱的辞呈及内里批红，就见诸《邸报》了。皇上到底没有御览弹章，是滕祥照内阁所拟批红。徐阶遂命中书舍人到高拱家里，禀报他胡应嘉的弹章已奉朱批“著拱照旧供职”，请他到西苑当直。

高拱紧绷的神经这才松弛下来。他刚到直庐，尚未坐定，却听门外一阵脚步声响起，抬头向外一看，一干人等簇拥着徐阶走了过来。

“喔，新郑，受委屈了！”一进高拱直庐大门，徐阶就抱拳说。

高拱只好迎了出来，施礼道：“有劳元翁。”

徐阶挥手让左右退去，他和高拱一同走进室内，隔几坐下，开口道：“新郑，不必计较。国朝的宰辅，谁免得了言官的论劾呢？”

“我是无所谓，只是言官论劾，得有底线，不能深文周纳存置人死地之心。”高拱愤然道。

“呵呵，新郑想多了！”徐阶道，“都是鸡毛蒜皮的小事，老夫看后只是一笑而已。海瑞骂皇上，皇上发雷霆之怒，老夫也调息了，何况这些小事？老夫不会允许伤害到新郑。老夫也想处分胡应嘉，但若处分他，必有科道站出来为他说话，反而把事体闹大了。刻下圣躬不豫，闹出事来，对新郑更不利。”

“处分不处分胡应嘉，我不便置喙，也无关大局。”高拱淡然道，“这几天，我闭门反思入阁半年多来的所言所行，也觉有失当之处。思度再三，有几句话欲向元翁陈之。”

“喔？”徐阶露出惊讶的表情，“新郑，都是为了国事嘛，老夫岂不体谅？”

“元翁，此后元翁欲做之事，我高某不再置喙。”高拱以诚恳的语调说，“也请元翁对我主张的一二事，予以支持，至少不阻拦。”

徐阶沉吟良久，说：“请新郑明言。”

高拱道：“元翁，北边情势严峻，虏酋俺答在板升筑城建殿，边民逃板升者日增，防御压力甚大。刻下国库空虚，民力已竭，防御北虏已捉襟见肘，况两广、东南乎？从大局通盘考量，为北边计，为财用计，为东南绅民生计计，开海禁，是时下最佳选择！”

“不能再等等？”徐阶问。

“皇上不豫，内阁主政，当有所作为。”高拱说。

徐阶捻着胡须，沉吟道：“恐科道群起反对，不好收场吧？”

高拱道：“元翁，位在中枢者，明知举措利大局、利生民，不能因为忌惮物议而缩手缩脚。”

徐阶眯起双目，沉吟良久：“新郑，开海禁事，老夫不反对，若新郑坚持，不妨试试看吧！”

高拱感激地抱拳致谢，又道：“元翁，有句话，说出来可能是死罪，但既为辅臣，也不能不说。历来君王事，都要有所准备，按例，内阁要秘密起草遗诏，如在遗诏里把开海禁之事写进去，此事可成。”

徐阶露出惊恐的神情，摆手道：“喔！新郑，说不得。今上不比列祖列宗，今上是相信长生不老的，内阁岂敢预拟遗诏？若走漏风声，吾辈死无葬身之地矣！”

“怎么可能走漏风声？”高拱争辩说，“身为阁臣，这个规矩都不守，那还配做阁臣吗？”

“新郑，此话题到此为止！”徐阶说着，起身告辞，忽然又想起了什么，“新郑，近日东厂密奏，言许多妖寇潜入京城，皇上已密令锦衣卫并京营官军秘密搜捕，已搜捕多日，却一无所获。敝宅已雇武健士备非常，新郑也要多加小心。”

高拱心不在焉地点了点头。徐阶一走，高拱即吩咐书办：“明日我到文渊阁轮直，让礼部司务李贽去见我。”

徐阶回到直庐，召书办姚旷到内室，吩咐说：“你去翰林院，知会张居正，今日入亥时到直庐来见。”

天寒地冻的时节，深更半夜来见，好像偷偷摸摸干什么见不得人的勾当，姚旷以为听错了，问：“亥时？”

“亥时！”徐阶重复说，又叮嘱道，“不许走漏风声！”

五

京师南城有条与棋盘街平行的延寿街，街北口西侧是座辽代所建、国朝正统年间重建的延寿寺，寺西南角不远处，就是广东潮州会馆所在。会馆始兴于国朝。北京的会馆，多为同乡缙绅和科举之士居停聚会之处。

陈大春是潮州在京官员中职位最高者，也就成了潮州会馆的当家人，时常约人到此来聚。这天，陈大春命会馆雇轿，把胡应嘉和欧阳一敬接来，当晚在此餐叙。

酉时三刻，天已全黑。三人前后脚都到了，雅间坐定，陈大春开言道："要说吃，还是咱潮州菜。"他指着胡应嘉说，"你们淮阳菜固然有名，但比起咱潮州菜，那就不在话下了。焖、炖、煎、炸、蒸、炒、焗……"正说着，几盘"打冷"端上了桌，陈大春叫着胡应嘉和欧阳一敬的字道，"克柔、司直，这'打冷'，就是把新鲜海鲜蒸熟，等凉冻后，沾香蒜油或豆酱吃，风味别致，没有腥味，反而格外鲜美。来来来，动箸动箸！"

胡应嘉有气无力地夹了一块鲍鱼片，放在嘴里慢慢嚼着，一副心事重重的样子。陈大春问味道如何，胡应嘉摇头不语。

欧阳一敬叹口气说："克柔没胃口，有压力呢！"

陈大春举盅道："来来来，吃酒吃酒！有压力才要吃酒嘛！"

"那高新郑还真是有点肚量，受此刺激，也没见他消极。"欧阳一敬说，"听说礼部司务李贽受了高新郑之托，到处和人讲当开海禁，这等事，也就是高新郑这种人才敢做。"

陈大春一惊："说甚，开海禁？高新郑要开海禁？！"

"李贽那厮说得头头是道，还说元翁也赞成。"欧阳一敬道。

"元翁时下事事受高新郑胁迫！"陈大春仰头饮了盅酒，"啪"地把酒盅往桌子上一撴，"郎奶的！本是要杀他头的，结果费了九牛二虎之力，一根汗毛也没伤着，反而让他出来折腾开海禁了！"

胡应嘉语带遗憾地说："皇上已然昏迷，不能亲览章奏，不然，他高新郑必死无疑！"

"不管怎么说，结果是高新郑安然无恙。"陈大春手敲桌子说。

"呵呵，也不能这么说。"欧阳一敬狡黠一笑，"时下朝野都在议论，说高新郑道貌岸然，常常责备别人当直时趋谒酬酢，他倒好，当直旷职，回家御女，原来他也是两面人！"

"有此说法？"陈大春来了兴致。

欧阳一敬道："克柔弹章里说高新郑夤夜潜归，殊无夙夜在公之意，随即就有传言说他五十开外没有儿子，难怪会偷偷往家里跑；恰好高新郑辩疏里有一句'臣家贫无子'，这不自己送上门了吗？"

陈大春"嘁"了一声，说："高新郑的话，是说他之所以搬家到西安门，是因为缺少送物什的人手，才移家就近的。"

"哪管那么多，反正坊间都理解为他因为'无子'，当直时偷偷跑回西安门外的家里与姬妾寻欢，以图生子！”欧阳一敬说着，一阵狂笑，“哈哈哈！想那高新郑是极好颜面的，方从绝地惊险逃生，即陷旷职御女丑闻，百口莫辩，哈哈哈！”

“吴时来去做西城的巡城御史了。”一脸沮丧的胡应嘉突然冒了一句。

巡城御史在科道中简用，一年为期轮替。提调督率东、西、南、北、中五城兵马司，巡查京城内的治安、审理诉讼、缉捕盗贼等事。吴时来和魏学曾是同榜进士，当年承徐阶之意弹劾严嵩，谪戍广西横州。徐阶当国后，起用为都察院御史。陈大春明白胡应嘉的意思，是说吴时来为徐阶出力，被谪戍多年，到现在不还是御史，出力的人未必就有酬报。

“还不都是因为高新郑那个王八蛋！”陈大春一拍桌子，恨恨然道，“时下用人，因高新郑掣肘，元翁事事小心，越是自己人越不敢用了。”

“高新郑时下就这样跋扈，眼看裕王就……”胡应嘉凄然道，“到时还有我辈的活路吗？”

雅间内顿时陷入沉默。桌上摆着清炖鳗鲡汤、龟裙点点红、酸辣青蚝等十几样菜品，样样鲜美，三人连举箸的兴趣也没了。

“对了，有件秘闻二位听到了吗？”欧阳一敬诡秘地说，“闻得许多妖寇潜入京师，厂卫、京营官军四处搜捕不能得。我观元翁宅邸，忽然多了几名彪形大汉，想此传闻恐非空穴来风。”

陈大春早有所闻，并不为意，刻下闻言，突然两眼发光，一咬牙道：“看来，只有破釜沉舟了！”

欧阳一敬忙问：“霖翁，破釜沉舟何所指？”

陈大春沉吟良久，诡秘地说：“听说海盗遣人来刺杀主张解海禁的大臣。”

“喔？！”欧阳一敬欠身问，“霖翁怎么知晓的？”

“不必多问。”陈大春一脸肃穆，“来人！”他向外喊了一声，对侍者道，“差轿子把巡城御史吴时来接来！”

不过两刻工夫，吴时来就到了。一见面，陈大春三人你一言我一语大骂高拱如何忘恩负义，如何胁迫首相，如何不给他们活路，再不动手，就真的死无葬身之地了云云。吴时来从徐阶那里得到消息，说本想提名他巡抚广东的，可顾忌高拱反对，只好暂时放一放，为了历练，先做一年巡城御史。这让他对高拱恨之入骨。三盅酒下肚，吴时来慨叹一声，道：“当年承元翁之命弹劾严嵩被谪戍横州，受尽苦辛；我不弹劾严嵩，按部就班，或许早就做了巡抚；可如今……唉——”

陈大春叫着吴时来的字，诡秘地问：“惟修，你那里有没有胡刀和鞑子的匕首？还有，乞丐混混儿？”

“又不是字画玩物，霖翁要了做甚？”吴时来问。

陈大春道："惟修，你找来，我有用；再，某日某时，你率兵马司人马去某地截杀盗贼就是了，余事不必问。"

吴时来隐隐约约揣度出来了，佯装不知，一笑："霖翁的事，没得说！"

回到家里，陈大春即刻把一直收留在府的徐三叫到跟前："徐三兄弟，你此来京师，身负使命，老爷不便久留。"

徐三以为陈大春要逐客，刚要辞谢，陈大春又道："谋刺邵大侠乃为阻开海禁，可邵大侠只是奔走呼号而已。时下有人正操持开海禁一事，兄弟是仗义死士，替主家杀此一人，即可回去复命。"

徐三嘀咕道："咱一个人恐怕办不成。"

"自有人协助你。"陈大春道。

第二天傍晚，灵济宫前，三个道士模样的人鬼鬼祟祟地来回游荡。一个高个子背着长长的盒子，颇似锦衣卫的十四式锦盒。他们左右察看，把四周拐弯抹角处都细细看了个遍。院墙西南角，还有一匹马，察看毕，其中一个健壮者即骑马向西奔去，过了不到一刻钟，又转了回来，像是在演练什么。如此往复了两遍，悄然离开。

过了一天，又到了傍晚时分，两个乞丐从西向东慢慢游荡着。随后，高个子道士模样的人背着盒子，来到灵济宫西侧拐角处，放下盒子，打开、盖上，盖上、打开，如是反复几次。

须臾，一顶大轿从灰厂夹道转到了灵济宫前街。轿子行至灵济宫前，两个乞丐突然闪出来，跪倒在轿前，拦住了去路。

"何人拦轿？"高拱掀开轿帘，问。

高福刚要回答，道士模样的人已从盒中拿出一把胡刀，向轿子猛扑过去。

"有刺客！"高福大喊一声。

刺客一脚踢翻了高福，举起胡刀，就要向轿厢刺去。突然，从灵济宫东南角的一株古柏上飞下一人，一脚将刺客手中的胡刀踢出一丈多远。刺客猝不及防，踉跄着向后退了两步，猛地从怀中抽出一把寒光闪闪的匕首，飞身扑向轿厢。古柏上飞下的壮士双腿左右开弓，"啪啪"两声，匕首应声落地，刺客脸上也挨了一脚，正踢中双眼，旋即发出"哇"的一声惨叫。

两个乞丐见状，"嗖"地起身向院墙西南角跑去，刺客也捂着双眼，跌跌撞撞地跟在两人身后，慌慌张张地上马，向西奔去。跑出不到一箭远，"忽"地从胡同口拥出一队人马，"嗖嗖嗖"一阵乱箭射去，三人瞬时从马上跌落。

高拱惊魂未定，就听轿外有人说了声："先生无恙吧？"这声音很熟悉，像是珊娘。他不敢相信，惊喜地问："是珊娘吗？"轿外之人尚未来得及回答，就听西边跑过来一队人马："高阁老无恙吧？"巡城御史吴时来高声问。

珊娘见状，闪身进了宫门。

"下吏西城巡城御史吴时来禀报高阁老！刺客已被我兵马司逻卒击毙！"吴时来在轿外躬身施礼，大声说。又命左右将刺客所遗凶器一一捡起细验。

高拱一身冷汗，问："何人如此大胆，天子辇下，皇城之侧，敢行刺朝廷大臣？"

"禀高阁老，搜遍刺客全身，无片言只字，但从所持凶器看，疑似北虏所遣。"吴时来答。

高拱素知北虏常派奸细入京，扮作乞丐或道士，对吴时来的话也就信以为真，只是想知道刺客是不是专门针对他的，遂问："刺客都已毙命？没有一个活口吗？"

"禀高阁老，下吏率兵马司逻卒偶然巡逻至此，听到有刺客的喊声，急忙往这边赶，见刺客骑马飞奔，恐其逃脱，遂命以箭射击，不意慌乱中将凶徒射杀了。"吴时来答。

高拱道："吴御史，速速查勘明白。另加派兵勇四处搜查，看刺客有无同伙！"

"遵命！"吴时来答，扭头把四周看了一遍，"适才何人相救，怎不见勇士身影？"

高福腿还打着哆嗦，以颤抖的声音说："哦，往灵济宫……"

话未说完，高拱插话说："吴御史，当务之急是搜查刺客同伙，万勿遗漏，也要禀报徐、李、郭三阁老，请他们多加防范。"

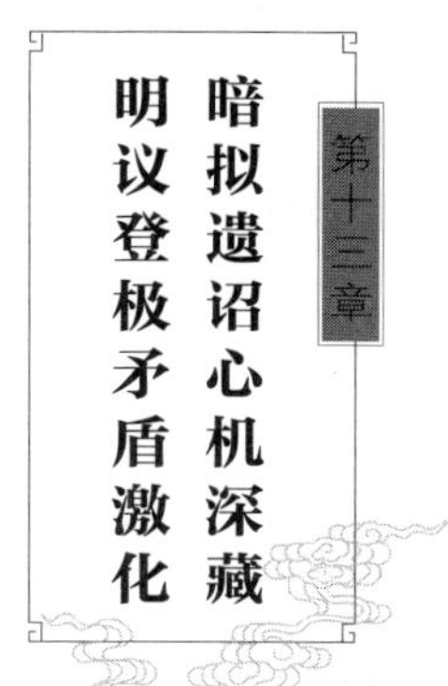

第十三章 暗拟遗诏心机深藏 明议登极矛盾激化

一

二十多年来，紫禁城未曾举行过皇上主持的朝会大典，百官也不曾像今天这样济济一堂，鱼贯而入。过承天门，再穿端门，越午门，就是皇宫大内了。国朝的宫苑大内，规制宏伟壮观，崇楼叠阁，摩天连云。四年前刚刚修复的奉天殿、华盖殿和谨身殿这三大殿，此时已更名为皇极殿、中极殿、建极殿，流光溢彩，富丽堂皇。嘉靖四十五年腊月十五，朝廷百官身穿孝袍，列班恭立乾清宫外，叩谒大行皇帝的梓宫。

大行皇帝是昨日午时驾崩的。当天一早，眼看皇上已进入弥留状态，徐阶一面命内侍将他强行抬回皇宫，一面命内阁大学士李春芳等到裕王府迎裕王殿下入宫。

隐隐约约中，但见硕大的黑色梓宫摆放在乾清宫正中，梓宫前的灵几上，长明灯闪闪烁烁。烟雾缭绕里，裕王殿下身裹麻布长袍，冠带缠着白布，面无表情地垂手而立，按照礼仪官的引导，执行他作为继任人和孝子的职分。百官在这位嫡亲孝子的脸上，看不出有丝毫的痛苦。百官队列里，倒是不时传出哭泣声，但与其说是为失去在位近四十六年的皇帝而悲恸，不如说是为终于熬过了漫长的嘉靖时代而激动。多少年来，没有朝会，没有奏对，一切都失去了常规，就连在三大殿觐见聚议，也成为奢望。刻下，当人们终于可以在大内列班朝觐的时候，那个追求长生不老的高高在上的人，却静静地躺在梓宫里，去圆他的回乡之梦。

百官叩谒毕，鸿胪寺官员已经站立在丹墀上，高声喊唱：“大行皇帝遗诏——”随着这喊唱声，文武官员齐声哭喊：“大行皇帝啊——”全体跪倒在地。

高拱心里“咯噔”一声。注门籍被请回直庐时，他还在徐阶面前冒死提过起草遗诏事，被徐阶敷衍过去了。从大行皇帝被抬回皇宫起，高拱又不止一次找徐阶商榷遗诏之事，可是徐阶总是顾左右而言他，始终没有正面回应。刻下，当听到要宣读遗诏时，高拱满脸怒气地睨视着徐阶，跪地的同时发出不满的“哼”声。

鸿胪寺赞礼官以洪亮的声音，宣读遗诏：

奉天承运，皇帝诏曰：朕以宗人，入继大统，获奉宗庙四十五年。深唯享国久长，累朝未有，乃兹不起，夫复何恨！但念朕远奉列圣之家法，近承皇考之身教，一念惓惓，本唯敬天勤民是务。只缘多病，过求长生，遂致奸人乘机诳惑，祷祀日举，土木岁兴，郊庙之祭不亲，朝议之礼久废，既违成宪，亦负初心。迩者，天启朕衷，方图改过，又婴疾病，补过无由。每一追思，唯增愧恨。呜呼，愆成美端，有仗后贤。皇子裕王，仁孝天植，睿智夙成，宜上遵祖训，下顺群情，可即皇帝位，勉修令德，勿过毁伤。自朕即位至今，建言得罪诸臣，存者召用，殁者恤录，系狱者即先释放复职。方士人等，查照情罪，各正法典。斋醮、土木、采买等项劳民之事，悉皆停止。于兮，予以继志述事为孝，臣以将顺匡救两尽为忠。当体至怀，用钦末命。诏告中外，咸使闻知。钦此！

高拱原以为，徐阶未与同僚商榷遗诏事，很可能把遗诏作为例行公事的文牍，不痛不痒说几句场面话而已。但听着听着，高拱觉察出自己的判断严重失误。

这，绝非一道普通的遗诏！当鸿胪寺官员读到“既违成宪，亦负初心”时，人群中已发出哭声，为了不至影响听到后边的话，还极力抑制着。当把“钦此”两个字读完，余音还未散去，百官已是放声大哭。受此感染，宫外顿时哭声大作。这哭声，显然不是对躺在漆黑梓宫中的皇帝的哀悼，而是对遗诏的欢呼！如果不是在大丧的礼仪场合，不知有多少人会放声大笑！一种“鞭尸”的快意，在治丧的队伍里，在梓宫前迅速地弥漫开来。那个躺在硕大的梓宫中的大行皇帝，恐怕做梦也没有想到，生前用尽心机想要避免发生的事，在他刚刚咽气的时候，就遽然发生了！议大礼，翻案！修玄斋醮，翻案！钳制言路，翻案！为了支撑所谓太平盛世的面子不惜大兴土木，翻案！他越是要拼命维护生恐翻案的，越是不折不扣地翻了案！

遗诏宣读毕，百官叩首起身，高拱却仍呆跪原地，排在他身后的吏部尚书杨博只好伸出右脚，在他的靴底上轻轻踢了两下。

“这、这……”高拱嘴唇颤抖，嗫嚅着，勉强爬了起来。

“先朝政令不便者，以遗诏改之，既否定了先朝之恶政，又足以彰显先帝悔过之诚，且避免新皇改父过之议，元翁，真大手笔啊！”身后传出感叹、钦佩的议论声。

“是啊，拨乱反正，收拾人心，无过此诏！元翁，有大功于社稷啊！”附和的声音。

“今遗诏培国脉、回元气，反数十载之误而正之，旋乾转坤，虽伊尹、霍光犹未及也！”有人大声道。

“是啊，是啊……”有人说着，就哽咽起来，“元翁，我大明救时良相也！”

高拱一边听着这些议论，一边望着裕王被太监李芳搀扶着离开了乾清宫，这才转过脸来，看了一眼郭朴，问：“安阳，遗诏事，你与闻否？”

“一无所知。”郭朴答，语气中流露出不满。

“如此大事，何以不经阁议？”高拱故意大声说。

徐阶佯装没有听到，顾自走了几步，又回头对李春芳道：“自今日起，阁臣通到文渊阁办事。”又道，“昨钦天监查黄历来报，二十四日行裕王殿下登基大典。按例，阁臣要向裕王殿下上劝进表，写就后就各自径直上达吧。还有，再过半个月，嘉靖四十五年就过去了，新年号内阁要议一议，呈裕王殿下定夺，诸公可先斟酌一下，取甚年号为好。”

“我看年号也不必议了，”高拱没好气地说，“阁臣各自拟一个出来，让裕王殿下挑选就是了！”

徐阶踌躇片刻：“也罢，就按新郑所言办。”

说话间，部院大臣、科道翰林纷纷向徐阶围拢过去，众人都急于表达他们听完遗诏的感受，有的深深鞠躬，有的紧闭嘴唇，抱拳有力地晃了又晃。还有的想说什么，可只叫了一声“元翁——”就再也说不下去了。顿时，哭声又起。

“玄翁！”翰林院掌院学士张居正没有往徐阶身边凑，而是走到高拱跟前，说，“前日遇刺事，到底怎么回事？听说此事，正要去谒玄翁，却赶上大行皇帝驾崩，就没来得及。”

高拱前晚遇刺的消息还未广为人知，次日一早大行皇帝就陷入弥留，阁臣遇刺这样的轰动性消息，因正赶上皇帝驾崩，也就无声无息了。就连高拱本人，这时也不愿再提及此事。他没有回答张居正，而是以愤懑的语调说：“叔大，徐老怎么可以这么做？拟遗诏之事，把阁臣蒙在鼓里，玩裕王于股掌中！”

张居正沉吟不语。他知道，作为新君裕王的首席讲官，高拱希望在起草遗诏时能够体现自己的意志——拨乱反正，除旧布新！

“我、我本想，”高拱以惋惜、遗憾的语气说，“我本想，遗诏要肯定嘉靖初年励精图治的历史，把新朝与嘉靖初期的革新路线接续起来，这样就可以减少阻力，一举开创新局面。无论是从维护裕王的角度，还是从除弊兴利、以新治理的角度，我都希望能参与《嘉靖遗诏》的起草，不意竟是这般结局！我委实咽不下这口气！”

“玄翁，遗诏业经裕王殿下认可，百官闻之雀跃，居正劝玄翁万毋发难。”张居正低着头，劝道。

“我只是想知道，徐老为甚瞒着阁臣？用意何在？”高拱怒气冲冲地说。

张居正低声说：“揪住此事不放，恐对玄翁不利，请玄翁慎思之。”

二

张居正已然明白了徐阶的意图，他在为高拱担心。

那天徐阶吩咐书办姚旷，召张居正深夜到直庐来见。张居正预料必有机密大事。一见面，徐阶仰坐椅中，道：“叔大，按例，皇帝驾崩当公布遗诏，借以作为新旧皇帝交接的宣示。往者，只是以大行皇帝名义和口气，对其在位期间的作为简略回顾，对嗣君作出勤政爱民的嘉勉，每每是溢美之词，套语空话，并不为臣民所重视。然则，四十六年前，武宗驾崩时，以他的名义发布的《正德遗诏》却非同寻常。当是时，御宇十六载的武宗以三十岁暴卒，朝野普遍引为欣幸，内阁顺应民心，拟制了一道《正德遗诏》，宣布废除最受臣民痛恨的一系列弊政，借以稍平民愤，挽回人心。遗诏颁布后，朝野为之踊跃称庆，首相杨廷和也因此赢得了‘救时良相’之誉。”

“学生明白！”张居正郑重地说，“《嘉靖遗诏》，要不同凡响。”

徐阶凛然道：“以自责的口气，清算四十多年来弊政，除旧布新！”

“师相英明！”张居正庄严道，“大明宇内，若蕴隆焚炽之极，师相以《遗诏》拨乱反正，宛如手扶日月，以时雨沛之！”

“议大礼，是一件；修玄斋醮，是一件；兴土木，是一件；钳制异议者，是一件；久废朝议，是一件；求珠宝、营织作，也是一件……”徐阶扳着手指头，历数四十余年来件件恶政。

张居正愕然失色！暗忖：这件件恶政中，作为中枢重臣的徐阶，你老人家无不参与其间，甚或推波助澜！大兴土木重修永寿宫，不就是你老人家主动建言的吗？连当国的严嵩都羞于为之！力赞修玄，撰写青词，不是你老人家二十年来的日课吗？久废朝议也好，求珠宝、营织作也罢，你老人家又谏阻过几次呢？怎么突然之间，不唯不为之掩饰，反而公开揭露，要大行皇帝通过遗诏向天下谢罪呢？他不便直接问，就小心翼翼地试探说：“师相，此诏非同小可，学生何日完稿？”

徐阶断然道：“今夜，在此完稿，不可对任何人提及。”

张居正越发疑惑了：“师相的意思是，此诏瞒住其他阁臣？”

徐阶胸有成竹地说：“此诏非同寻常，实有全面翻案之意。兹事体大，通过阁议，一则恐难以立时取得共识；二则恐有泄漏，罹‘大不敬’之罪。老夫不愿牵累他人，愿一体承当！”

张居正半信半疑。但至此重大转折关头，他以五品翰林身分得以亲历——一种亲手参与旋转乾坤的神圣感、一种创造历史的责任感，让他激动不已。受到老师如此信任，再无端揣测老师的心机，未免有失厚道。他不再多想，遂照徐阶所说，埋头起草。

不知修改了多少遍，字斟句酌，反复推敲，直到破晓，才最终定稿。张居正深知这道遗诏的分量，心底埋藏着这个巨大秘密，又被两个疑团所困扰，他不敢与任何人提及，只是自问：遗诏实是痛诋皇上之非，近乎“鞭尸”，这与徐阶示于人的敦厚长者形象委实难以吻合，且皇上的这些过失，徐阶俱有份，他何以甘冒风险，执意要拟出对在位近四十六年的皇帝如此不留情面的遗诏呢？再者，起草如此异乎寻常的遗诏，事体重大，徐阶何以执意要瞒着内阁同僚，却私下引用一个五品翰林？揆诸体制，不和；揆诸情理，不通。他不怕因此引发高拱反弹吗？当遗诏甫一颁布，就获得如潮好评，张居正当即就明白了徐阶的良苦用心。

“岳翁，”站在张居正身后的张四维唤了他一声，低语道，“此遗诏当是元翁手笔。若非借遗诏以定策，元翁或将以‘十面观音’‘一味甘草’形象定论；以他在先帝面前降志自污、迎合顺从的表现，虽有其不得已之苦衷，仍有可能被归入‘奸佞’行列而难以辩解。今此诏发布，彻底洗刷了元翁身上的历史污垢，足以把他载入救时良相的史册矣！”

“这就是大家！这就是大手笔！”张居正也忍不住感叹了一句。但他并无意与张四维交谈，目光须臾也未离开高拱，随即迫不及待地走到他身边，劝慰、提醒他。

这一刻，张居正已悟出了徐阶的更深层次心机！他瞒着高拱起草如此异乎寻常的遗诏，不唯不惧怕高拱的反弹，毋宁说，更愿意看到高拱对大得人心的遗诏发难！果若如此，高拱必然会引发朝野的反感。张居正在感叹徐阶老辣的同时，也不禁为高拱担心。

高拱却以为张居正是在替徐阶在自己面前缓颊，顿时生出几分反感，只冷笑一声，顾自疾步走向文渊阁。到得朝房，本想拟一个年号呈报的，可怎么也静不下心来，越想越生气，索性站起身，边喘着粗气，边在室内来回踱步。厨役抬来了食盒，他烦躁地一扬手：“抬走！”

“新郑，再生气也得吃饭嘛！”郭朴从间壁朝房走过来，命左右将两份早点置于高拱的书案上，与他面对面坐下，抓起一个包子在高拱眼前晃了晃，赌气似的说，“吃！吃得饱饱的！”说着，大口咬了下去，嚼了半天，却咽不下去，两行热泪顺着脸颊淌下，哽咽着道，“先帝对我有知遇之恩，实不忍见以遗诏‘鞭尸’！”

高拱把一碗小米粥向他面前推了推。郭朴端起碗喝了一口，勉强咽下食物，抹了抹嘴，恨恨然道：“徐老谤先帝，可斩！”又说，“先帝固已无知觉，然裕王乃先

帝亲子，徐老这不是故意要儿子扬亲爹之丑吗？为捞取个人声誉而置裕王于不孝不义之地，殊为可恨！”

这番话触到了高拱的痛处。他最在意的是裕王，容不得他人对裕王有一丝一毫的伤害，遂愤然道：“先帝英主，四十五年所行，非尽恶也；裕王，先帝亲子，非他人也，已而立之岁，非幼童也，何以公然在裕王面前扬先帝之罪以示天下？这不是欺负裕王吗？”因想到裕王受人欺负，泪水顿时就涌出眼眶。

郭朴总觉得，身为先帝一手拔擢的阁臣，在他身后未能为他维护住英主的形象，实在愧对先帝在天之灵，内心深感不安。听高拱说完，又附和说：“如先帝何？如裕王何？”

“哼，他也做得出来！”高拱咬牙道，“斋醮事，先帝多次想终止，还不是他为固宠希位一直在鼓动？怎么都是先帝的罪过？土木事就更不用说了。昔年万寿宫被焚，严嵩都不好意思说重修，他却力主重建，一丈一尺，皆他们父子视方略，怎么都成了先帝的罪过？诡随于生前，诋毁于身后，这等事，于心何忍？于心何忍？！”

郭朴听高拱激愤异常，顿时清醒了，警觉地起身向门外走去，徐阶的书办姚旷神色慌张地转身要走，郭朴问：“姚书办何事？”

“哦，下吏刚来，刚来。”姚旷答非所问。

郭朴故作镇静追问道：“我问你来此何事？”

姚旷忙说：“哦，元翁有示，请郭、高二位阁老用餐毕，到中堂会揖。”说完，转身疾步下楼。

“适才所言，大抵已被姚旷听到了。”郭朴回身对高拱道。

“听到怕甚？”高拱不以为然地说，“他敢做，我辈连说都不敢说吗？”

“新郑，说几句牢骚话何用？徒增纷扰罢了。”郭朴说着，向高拱伸了伸脖子，压低了声音，“裕王最信任新郑，不妨上密札，揭穿某人诡随于生前，诋毁于身后的行径。只要新郑肯出手，新皇登基后，定然一举将其罢黜！”

高拱沉吟片刻，道：“裕王初登大宝，就要他罢黜大臣，这会让他为难，不能做。况且，背地里算计同僚，坏朝廷的规矩，我高某不屑为之！”

郭朴摇着头说：“新郑啊，我是前朝旧臣，无所谓了；你是新朝柱国，要想施展抱负，就不能事事都按牌理出牌。人家已然不按牌理出牌了，你却还事事讲规矩，那会有好结果吗？”

“相天下者无己！”高拱义形于色道，“在中枢者不讲规矩，焉能率天下人守规矩？”

郭朴叹气道：“既如此，遗诏事，不可再发一语！”又自嘲地一笑说，“唉，晚矣！适才的那些话，收不回来了，已然传到人家耳朵里喽！”

三

文渊阁二层中堂，左右各置书案，东西相对，以入阁先后分左右入座。徐阶左手，李春芳右手；郭朴在左，高拱在右。中堂里还摆着一张圆桌，为平时阁臣用餐之所。

郭朴和高拱从朝房出来，进了中堂，吏部、户部、兵部、刑部尚书并锦衣卫都督已北向列坐圆桌南端，李春芳也已坐在自己的位子上。众人见两位阁老入席，忙起身施礼。刚坐定，徐阶迈着沉稳的步履进来了，尚未施礼毕，徐阶一脸肃穆，道："遗诏已宣示中外，作臣子的当竭力奉行。这是对大行皇帝的尊重，也是对即将继位的新君的尊重。"他扫视了众人一遍，从袖中掏出一张稿笺，快速浏览了一遍，高声道，"锦衣卫都督朱希孝！"

"在！"高大威猛的朱希孝站起身答。

"缇帅，当速速领锦衣校尉，到西苑捉拿王金等一干方术道士，下镇抚司羁押！"徐阶以命令的语气道。又转向刑部尚书黄光升，"刑部当速立案审勘！这些方术道士，妖言惑君，进丹药于先帝，不的，先帝静摄有年，何以骤然驾崩？"

"元翁的意思是，先帝非善终？"高拱以质问的语气插话道。

徐阶不理会高拱，举手示意正要离席的朱希孝站住，说："遗诏明言，建言得罪诸臣，存者召用，殁者恤录，系狱者即先释放复职。户部主事海瑞，还有因论救海瑞而获罪的户部司务何以尚，正拘押在北镇抚司诏狱，也请缇帅速传令释放之！"这才挥手让朱希孝快去办事，转脸对吏部尚书杨博说，"吏部当速将嘉靖朝因建言获罪的诸臣一一开列名册，存者召用，殁者恤录。"

"建言者，无不是忠君爱国的正直之士，今日得以拨乱反正，天下绅民能不加额？"李春芳慨然道。

"得此消息，存者能不欢呼庆幸？即使殁者，在天之灵也当感佩元翁为之昭雪！"兵部尚书霍冀感叹道。

"功德无量！"吏部尚书杨博说，"天下士人归心矣！"

徐阶得意地扫了一眼手中的文稿，继续说："遗诏明示斋醮、土木、采买等项劳民之事，悉皆停止，户部当列出各项应停止的劳民之事上奏，昭告中外，迅疾停止！"

"绅民焉能不庆！"户部尚书刘体乾赞叹说。

徐阶把手中的文稿揣入袖中，悠然地呷了口茶，又慢慢放下茶盏，说："兵科都给事中欧阳一敬上疏，言及新皇登基赏军之事，正好户部、兵部尚书都在，不妨一议。"

李春芳道："欧阳给谏奏言：新皇登基，自英宗始，照例赏赐三军将士，例有定额；但大行皇帝登基时，照前例加倍赏军。欧阳给谏建言裕王登基，当比照皇考大行皇帝成例，倍赏三军。"

"欧阳给谏的提议甚好，三军将士必加倍效死！"兵部尚书霍冀迫不及待地说。

"还轮不到你说话！"高拱一拍桌案，大声道，"有些人，只知任恩，不体认时艰！"

朝野对徐阶最大的非议，莫过于"只知任恩"了。对此，包括徐阶在内的在座诸公，自然了然于胸，是以高拱的话一出口，中堂里的气氛顿时紧张起来。

"赏军是祖宗成例，高阁老何以动怒？"李春芳小心翼翼地说。

"新君登基赏赐三军，是英宗创下的先例，大行皇帝因是外藩入继大统，遂决定赏军倍于以前。"高拱粗声大气地说，"欧阳给谏何以专引大行皇帝之例，仍倍赏三军？"

"有何不妥？！"徐阶头也不抬，瓮声瓮气地说。

"赏军固然要赏，"高拱语带激愤地说，"然则，按英宗至武宗时的赏军之数办，是成例；按先帝倍赏之数办，也是成例，本是无所谓的。"高拱喝了口茶，提高了声调，"倍赏三军当然最好，将帅无不念新君的恩泽，谢元翁的美意。然政府办事要从实际出发，不能一意任恩。请问诸公，内库、太仓，所存银两几何？"他把目光转向户部尚书刘体乾，"大司农，你不妨说说看。"

刘体乾见徐阶沉默不语，转过脸来为难地看着高拱，支吾良久，高拱忍不住道："也罢，我来替你说！诸公可知，国库仅存银一百三十万四千六百五十二两！可是，诸公又知否，国家必须要花的钱是多少？"他伸出右手，掰着指头计算着，"岁支官俸该一百三十五万有奇，边饷二百三十六万两，补发年例一百八十二万两，仅此两项，通计所出需银五百五十三万有奇。如此算来，现存之数，仅够三个月之用！三个月后，该怎么办，已是束手无策！若按元翁美意，赏军之数，又要四百万两！新君登基，按例还要蠲免天下钱粮，所收又少其半。内帑空虚，高某愚钝，不知这些钱，从何支之？"

"天下承平日久，国中尤其是江南甚为繁荣，财富日积月累，大大超过从前。"李春芳道，"既然先帝登基时可倍赏三军，今次似可克服一时艰困，咬咬牙照例行之。"

高拱沉着脸道："江南繁荣倒是繁荣，财富倒也委实多过从前，但言朝廷则国库空虚、捉襟见肘；言民间则贫富悬殊、富者愈富。与其咬牙倍赏三军，莫如下功夫解决这个难题！"

徐阶见阁臣在部院大臣面前争论不休，也就不再沉默，清了清嗓子，缓缓道：

“新郑的话，没有错的。国库空虚、捉襟见肘，确是实情。但我辈位在中枢者，每做一事，无小大，皆关乎大局，不能仅从财用角度考量。加倍赏军之例乃先帝所创，若无故停之，恐将士寒心，士林非议，这不是帑银多少之事，实在关乎新君圣威，我辈不可不慎重待之。”

“喔？”李春芳以赞佩的口气说，“元翁可谓深谋远虑！”

高拱被徐阶的话噎住了。照他的意思，似乎高拱反对倍赏三军就是不顾及裕王的威德，这委实让高拱百口莫辩，只好叹了口气：“元翁如是说，我辈夫复何言？”

徐阶忙接言道：“那好，既然内阁达成共识，户部抓紧筹钱吧！”

不等刘体乾接话，高拱正色道：“传令都察院，各位巡按，对赏军之款，务必严密监控，保证足额发到每位士兵手上，谁敢贪污克扣一厘，”他提高了声调，“砍了他的脑袋！”

“诸公，可以回去办事了，”徐阶道，“内阁还有要事相商。”

杨博、刘体乾、霍冀、黄光升闻言，施礼告辞。

“礼部已将裕王登基大典报来，诸公看看，妥否？”徐阶扬了扬下颚，示意李春芳把礼部奏本一读。

“哼！”高拱一声冷笑，“该议的不议，不该议的反而要议！登基大典都有成例，有甚好议的？当务之急是商榷一下登极诏书，这关乎大局，最应研议。”他又补充说，“登极诏相当于新君、新朝的施政纲领，总结过去，展望未来，务必给人耳目一新之感！”

“喔，这话是对的。”郭朴附和说，“最宜集思广益，慎重研议。”

李春芳尴尬一笑说：“元翁，要不，礼部的奏本，传阅之？”

徐阶自然明白高拱气从何来，但他神态自若，似乎一切都在他的掌控中，淡定地说：“也好。那就议一议登极诏吧。兴化，对登极诏，你有何想法？”

李春芳沉吟良久，才开口说：“窃以为，登极诏似应与遗诏相互呼应。”

高拱正端茶盏喝茶，听到“遗诏”二字，把茶盏在书案上猛地一撴，说：“遗诏，你李阁老可曾与闻？内阁研议过吗？”

徐阶勃然色变，高声道：“老夫当国，要杀要剐，自当一体承当！况遗诏乃是裕王审定，且已宣布中外，难道新郑想要推翻遗诏吗？”

郭朴从徐阶的话中听出，适才他和高拱两人在朝房说过的那番话，徐阶已然知晓。他最担心的是徐阶把反对甚或推翻遗诏的罪名强加于他和高拱头上，从百官听到遗诏后的反应可以推测出，谁反对遗诏，谁就不得人心。那么，一旦他和高拱反对遗诏的话传出去，势必陷入孤立境地。想到此，郭朴忙道：“元翁，没有人反对遗诏，更谈不上想推翻遗诏，新郑只是想说，遗诏未经内阁……”

徐阶打断郭朴，嘲讽道："安阳，新郑怎么想的，你都清楚？"

"喔，还是说说登极诏吧！"李春芳忙打圆场。

高拱道："推翻遗诏之说，高某不敢领教。但若说先帝四十五年尽行恶政，高某不敢苟同；裕王乃先帝亲子，加裕王于不孝之名，高某不能缄默。"说着，他提高了声调，"除弊政、开新局，谁也没有我高某迫切！想必诸公都清楚这一点。但前提是不能让裕王担不孝之名。"顿了顿，又缓和了语调说，"思度再三，我想登极诏先要有这样一句话：皇考大行皇帝，以经文纬武之德，建安内攘外之功；然后再全面概述新政内容，论列若干条；最后一段还要体现兴革改制以新治理的态度，不妨有这样的话：推类以尽义，通变以宜时。一应弊政，诏书开载未尽者，陆续自行查议奏革。凡可以正士习、纠官邪、安民生、足国用等项长策，仍许人真言无隐。"

郭朴赞叹说："喔！尽管施政数条尚未开列，但仅新郑适才所言数句，足可振人心、提士气！看来新郑深思熟虑过的，不妨请新郑拿出初稿，我辈再细细推敲之。"

徐阶瞪了郭朴一眼，道："说来说去，不还是要推翻遗诏？"

高拱忍无可忍，大声说："总说想推翻遗诏，高某实不敢测其用心。在施政数条里，遗诏宣示的停止劳民之事、昭雪建言诸臣尽可列入，高某也有此考量，怎么就成了推翻遗诏了？"

"刻下还是老夫当国！"徐阶怒气冲冲地说，"所谓在其位谋其政，该老夫承当的，也无须他人代劳！"

高拱仍不示弱："登极诏是裕王的登极诏，该全面表达裕王的意思才是！裕王三十岁了，不是幼童可任人摆布！既然内阁不能达成共识，那就觐见裕王，各自陈述已见，让裕王集思广益后定夺！"

李春芳和郭朴都为高拱的这番话所震惊。尽人皆知，高拱是裕王最信任的老师，这恰恰是徐阶之所以对他高度戒备的敏感点。高拱搬出裕王来压徐阶，岂不是逼徐阶与他摊牌？要么徐阶知趣地辞职走人，要么他施展手腕让高拱走人，已经没有退路。

"如此甚好！如此甚好！"徐阶连连说了几遍，"诸公，先把年号拟好，等年号定下来，再说登极诏，散了吧！"说完，略一拱手，就气呼呼地向朝房走去。

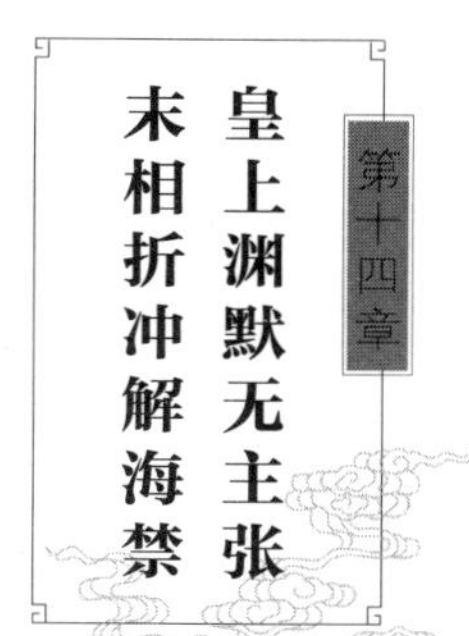

第十四章 皇上渊默无主张 末相折冲解海禁

一

正月的京城天寒地冻，就连引车卖浆者，也不愿意早早爬出被窝，上街叫卖。而衙门的大小官员，逢三六九日，却不得不哆嗦着身子，寅时即起，在金水桥列队，穿过承天门，到午门外等候早朝。大行皇帝——已被尊为世宗的先帝在日，因在西苑“静摄”，朝议尽废，百官腹议久矣。然则，新朝开局一切步入正轨，不少官员又怀念起不用早朝的时日，巴不得皇上传旨免朝。可皇上免朝了几次，却遭科道密集猛谏，免朝的话，也就不敢再提起了。

朦胧中，大内刻漏房报了卯牌，钟鼓声中，宫门缓缓开启，鸿胪寺赞礼官高唱一声：“百官入朝——”话音未落，大小官员便鱼贯而入，年迈的官员因为眼神不好，步履显得蹒跚，后边的同僚不时发出窃笑声。经过一阵小小的骚动，文武官员来到皇极门前广场，依次列班，侍班御使开始点名。一切就绪后，就听九声鞭响，是皇上驾到的信号。鸿胪寺礼赞官一声口令：“行礼——”随即一阵骚动，百官行一跪三叩之礼，随之响起“吾皇万岁！万万岁！”的喊声。

这喊声中，以高拱的嗓门最高。为了今日早朝，确切说是早朝后的廷议，他一夜未眠。自入阁不久，他就想办一件大事，但迟迟未能如愿。终于，在新皇登基二十多天后，机会来了，高拱怎不兴奋异常！他睨视了一眼徐阶，见他跪拜间颤颤巍巍，雪白的胡须在寒风中飘荡着，心里顿时生出一丝怜悯。

在高拱看来，大行皇帝驾崩后的一个多月，徐阶似乎颇识时务，而转折点，就是新皇的年号。在裕王登基大典前，四阁臣分别拟了一个年号上报，高拱拟出“隆庆”二字，而裕王最终正是选定“隆庆”作为自己的年号。朝野并不认为隆庆作为

年号算是最理想的，但裕王偏偏选定了它，这越发让人觉得，高拱在新君心目中的地位，是任何人难以比拟的。正是裕王的这个决定，让徐阶突然间缓和了与高拱的关系，同意由他起草《隆庆登极诏》，经内阁研议后呈请裕王定夺，裕王也照单全收。登极诏开列出三十余项应兴应革事宜，人心为之大振！

更让高拱感到意外的是，徐阶又明示灵济宫的讲学大会停止举办。高拱以为，这分明是徐阶在向他示弱、示好。在自信心倍增、摩拳擦掌预备大展鸿猷的同时，高拱骤然间生出对年迈首相的一丝怜悯，也就不难理解了。

刻下，高拱豪情满怀，壮心不已。在他看来，随着大行皇帝的死去，一个旧时代结束了，一个充满希冀的新时代到来了！当今皇上春秋正盛，在裕邸时塑造的宽厚仁孝、动遵礼法的良好形象，又足以使臣民们相信，他将带领大明继往开来，昌隆国运。作为皇上最信任的老师，高拱暗自发誓，必义无反顾，锐志匡时，肩大任而不挠，开创堪载史册的隆庆之治！

前日内阁会揖时，福建巡抚涂泽民建言开海禁的奏本摆到了中堂阁臣的桌案上。这本是涂泽民按照高拱私下指示上奏的，他自然建议准奏。但是，包括郭朴在内，其他三位阁臣一致认为，开海禁兹事体大，需慎重研议。高拱很清楚，官场上所谓慎重研议，往往是延宕不办的借口。而他需要的是抓住这难得的机会，以开海禁这个大举措，布局谋篇，经略国防，充盈财用，以此作为隆庆朝的新开端，营造出隆庆朝的新气象。是以高拱当即反对搁置开海禁之议，并态度强硬地提出，把涂泽民的奏本提交廷议。

徐阶早就对高拱说过他也主张开海禁，只是时机不成熟，时下新朝开局，正是良机，他没有理由反对，也就签署了内阁公本，建言皇上主持廷议，商榷开海禁之事。皇上对内阁提议从未否决过，遂传旨今日早朝后即行廷议。

国制，“事关大利害”的政事，须下廷臣集议，谓之廷议。实际上就是御前会议，只不过在正德、嘉靖两朝，皇帝多半委托首相或王公代为主持而已。倘若皇帝亲自主持，就是御前会议了。参加廷议的人数，因所议内容而异，少则三十余人，多则百余人。按照内阁研议，今日早朝后在御前廷议，除内阁大臣外，部院寺监正卿并六科都给事中出席。

天色已经微明，天颜近在咫尺，只是面带倦容，仿佛还处于似醒非醒的状态。尽管头戴精美绝伦的金丝皇冠，身着黄色龙袍，可一眼望去，却看不出飒爽豪迈之气。高拱有些心疼，大明江山的千钧重担落在了身材瘦弱的皇上肩上，皇上太辛苦了！这一个月来，没完没了的礼仪，都要皇上出面，皇上太累了！

“启禀陛下——”徐阶当仁不让，先说话了。他从袖中取出一迭文稿，说，“按照先帝遗诏和陛下登极诏，先朝建言诸臣，已殁者有杨继盛、沈炼等四十五人；尚存者有海瑞、赵贞吉等三十三人，凡七十八人，除海瑞、何以尚已释放复职外，其余诸臣，吏部已开列起复名册，请陛下御览。”

皇上渊默无语。司礼监掌印太监李芳把文稿接过去，见皇上没有御览的表示，只好拿在手里。

徐阶继续说：“陛下，臣等遵陛下谕旨，例行京察。京察是甄别朝廷官员贤与不肖之机会，六年一举。臣等查得，往者之京察，五品以下官员一经察典，便是终身的耻辱；倘若受到贬黜处分的，皇上也留他不得。四品以上官员照例须自陈，听候皇上的处分。对于自陈是否属实，科道可以提出京察拾遗；经拾遗者，一概察典。现四品以上官员的自陈奏疏均已呈报陛下，臣等辅臣也在京察之列，理当回避，不便替陛下票拟。臣敢请陛下对四品以上官员的自陈御览颁旨。”

皇上看了一眼高拱，却对徐阶的提问一字未答。徐阶从袖中又掏出一份文稿，说：“今次京察将科道纳入，察典为不称职者十人，名册在此，请陛下御览。”

李芳把名册捧到皇上面前，皇上袖手不动，李芳只好把名册塞入袖中。

徐阶轻声叹了口气，又说：“陛下，工部并各省督抚奉旨已拆毁建于西苑并各地王府、衙门之所有神坛道观，昔年因建造此等不经、劳民之工程，岁费百万，以大木费等名目摊派于民，已一体取消。绅民为之加额，争诵圣德！”

高拱目不转睛地看着皇上，见他在龙椅上向下滑了滑身子，显得十分疲倦的样子，心疼不已，忙对徐阶说：“元翁，早朝只是皇上宣示勤政的仪式，象征性禀报一二事就是了，免得皇上和百官倦了。”

头排的阁臣带头窃窃私语，朝班中顿时就响起一片“嗡嗡”的议论声。

“皇上何以渊默无语，这让元翁如何推进国务？”

“不是临朝渊默，就是索性免朝，这可不是新气象啊！”

“内阁不协，皇上渊默，这可如何是好？”

“哎呀，这些话也敢在此庄严场合说得的？多亏今上和元翁宅心仁厚，不的，岂不罹大不敬之罪？”

“此话有理，今上是仁厚的君主，我辈臣子遇此君父，实乃大幸啊！”

“肃静——”侍班御史高叫一声，众人这才慢慢安静下来。

“有事奏来，无事散班——”鸿胪寺官员高声说。

徐阶又出列道：“陛下，臣所奏之事，请发口谕。”见没有得到皇上回应，他仍不甘心，又说，“早朝乃祖制，除了皇亲与勋贵重臣去世方可辍朝以示哀悼外，不宜免朝。臣读得孝宗实录，当年因宫中失火，孝宗皇帝彻夜未眠，神思恍惚，就恳求辍朝一日，经内阁慎重研议，才同意免朝一日。按制，朝会时，陛下可对国务有所垂询，臣工有所奏请，陛下宜即发口谕。”

听了这番当众教训孩童般的话，百官无不提心吊胆；可皇上并不生气，甚至还有些愧赧，终于开了金口："这——"他踌躇着，喃喃说，"众卿皆明达干练、老成谋国之士，政务之事，就由卿等谋划办理，不必事事取乎朕之旨意。内阁号称政府，政务筹划自然是内阁的责任。以后，朝会上百官有所询，就由辅臣代朕答复吧。"

徐阶愕然。

百官又发出一阵"嗡嗡"的议论声。

"所谓君逸臣劳，自古有之。"高拱出列高声道，"皇上如此信任政府，我辈辅臣当竭尽所能，慷慨有为，不辜负皇上的期许！"

朝班中有人发出"嘘"声。

"轮到他说这话吗？"科道班列里，传出嘲讽的声音。

"散班——"鸿胪寺官员高唱一声。话音未落，皇上起身要走，李芳上前扶住他，道："万岁爷，廷议还要万岁爷主持呢。"

皇上踌躇片刻，只得极不情愿地又坐了回去。

二

国朝已有二十六年没有举行过皇帝主持的廷议了。为此，徐阶命李春芳查了前朝故例，本来想演习一番的，可皇上传谕说不必，也只好作罢。刻下廷议正式开始，阁臣并六部和都察院堂上官，通政司、大理寺正卿，另有六科掌印给事中，都进入殿内依序列班。人数不算多，却因多年未曾有过这样的场面，还是忙乱了一阵才安静下来。皇上枯坐着，茫然地看着穿梭换位的臣工，待列班已毕，他求助似的看了看高拱，似乎等待他主持场面。可高拱自知自己只是末位阁臣，这个场合碍于规制不便先说话，皇极殿里顿时陷入沉默。

"陛下！"徐阶只好先开口了，"今次廷议，乃是就福建巡抚涂泽民所奏开海禁事。按例，先宣读奏疏，与会者要就赞同抑或反对一一表明态度，最后由陛下宸断。"

"那就读吧。"皇上懒洋洋地说。

鸿胪寺赞礼官把涂泽民《条陈善后未尽事宜以备远略以图治安疏》读了一遍，等待皇上发话。良久，皇上才似从梦中醒来，说："嗯，继续吧！"

徐阶道："禁海，乃太祖皇帝钦定祖制；开禁，乃时势所逼。此事早有议论，臣闻得，赞同抑或反对者都不乏其人，所列理由也都不能说是无根之谈。"众人屏息静气等了良久，徐阶却没有了下文。

"那么元辅是何主张？"皇上打起精神，好奇地问。

“这……”徐阶踌躇片刻，“还是先听听众人的意见吧。”

会场再次陷入沉默。

“皇上，臣主张开海禁！”高拱忍不住大声说。他早就做了充分准备，遂侃侃而论起来。“其一，继续禁海，东南祸患难弭。皇上和诸公都知道，沿海倭患，乃国朝大患，嘉靖朝南北两欺，作臣子的实不忍言。剿倭数十载，东南生灵涂炭，国库为之空虚。可是，亲历御倭或遭遇倭患者惊讶地发现，所谓倭寇，十之八九乃国人，为我大明沿海之民也！所谓倭寇头目，乃沿海富商也！这里有几段话，不妨念给皇上和诸公闻之。”说着，他从袖中掏出一叠文稿，说道，“先帝曾命工部侍郎赵文华祭海神、督剿倭，赵文华说：‘近来海禁太严，渔樵不通，生理日蹙，转而为盗。’曾任浙江巡抚督率剿倭的王忬是这么说的：‘寇与商同是人，市通则寇转为商，市禁则商转为寇。禁之愈严而寇愈盛。海滨人人为贼，有诛之不可胜诛者。’曾任福建巡抚的谭纶也说：‘闽人滨海而居，非往来海中则不得食。自通番禁严，而附近海洋渔贩，一切不通，故民贫而盗愈起。’听了亲历者的这些话，对所谓倭寇、剿倭，当有新认识。”

会场响起窃窃私语声。

“读这些，臣的意思是说，不开海禁，所谓倭患还会再起。因为沿海民众就是靠海吃饭的，海禁断了彼辈的生路，彼辈必视国策为无物。为防范东南祸患再起，则必开海禁。”高拱语气坚定地说，“再说其二，开海禁乃是面对现实之举。海外贸易全由官府垄断，不仅事所难能，且与大势相悖。不管朝廷愿意与否，海禁禁不了走私，私人贸易已非官府所能掌控。官府垄断贸易的衰落与民间贸易的勃兴已是不争的事实，不承认这个事实，就是坐等祸患再起！也就是说，开海禁，是对事实的承认，是明智之举。”

“倭患曾经何等严重，不也剿灭了吗？”都察院左都御史王廷提出质疑，“朝廷焉能被动承认事实？”

高拱听到了，并不辩驳，顾自照自己的思路说下去：“其三，开海禁，是足财用之所需。嘉靖朝为弭南倭北虏之患，所需粮饷甚巨，加之，”他突然恨恨然道，“加之官场竞相奢靡，贪墨成风，财富消耗殆尽；而多年倭乱又给富庶之东南造成巨大破坏，繁华之地一片萧条，财源为之枯竭。时下说国库空虚，实在是轻描淡写了。平时无事，尚难支推，万一有不虞之灾，供费浩繁，计将安出？或曰征税加赋？可多年催征急矣，搜括穷矣，民力竭矣！势时至此，即鬼运神输亦难为谋。”停顿片刻，自问道：“财用何所筹？无非开源节流，而尤以开源为根本之策。开海设关，征收商税，何乐不为？况且，国朝自开国以来一直禁用金银、铜钱，后因钱法大坏，时下不唯民间交易，就连官府收税也多用银两。为抑制大明宝钞贬值，

也需更多银两来维持市面，白银遂捉襟见肘。臣在礼部时即访得，倭国及西洋诸国，甚愿以白银换取我天朝货物。开海禁，则必可大大缓解银荒，实乃安邦之所需。”

皇上聚精会神听着，不时点头。

“此外，”高拱又补充说，“开海禁安定东南，我可集中精力对付北虏，则北虏之患不足虑矣！”

“元辅，何以还有反对开海禁之人？”皇上不解地问徐阶，“谁反对？因何反对？”

会场响起一片“嗡嗡”声。良久，兵科都给事中欧阳一敬出列，大声道：“臣反对！”

皇上露出惊讶的神色，问：“说话者何人？”

欧阳一敬答：“臣兵科都给事中欧阳一敬。”

此前，高拱已请李贽有意试探开海禁之事，欧阳一敬得知是高拱的主张，便不假思索地站在反对者一边，并极力争取科道同僚的支持。为今次廷议，他也做了充分准备。报完姓名，便单刀直入地说：“海禁，是祖制，是国策！太祖高皇帝曾明谕天下：‘厉海禁，片板不许下海。’祖制煌煌，谁敢违之？违祖制大逆不道，非同小可！”

高拱早料到会有此说，欧阳一敬话音一落，他便辩驳说：“祖宗燕谋宏密，注意渊远，非前代所及，这是毋庸置疑的。对先皇祖制，当善继善述。何谓善继善述？祖宗所为、所欲为，继承之；所不及为、不得为者，亦当继承之。不唯如此，祖宗已为者，因时异势殊不宜于今日者，变通之、斟酌损益之，务得其理，推行扩充，是为善继祖宗之志，善述祖宗之事也。一言以蔽之，事以位异，则易事以当位；法以时迁，则更法以趋时。所谓与时俱迁，所谓通权达变，即祖制之精髓也。”顿了顿，又说，“以上是就理而言。再就实而言，不解海禁，只是掩耳盗铃而已，片板不许下海，而艨艟巨舰反蔽江而来；寸货不许入番，子女玉帛恒满载而去！这样的所谓遵祖制，岂不贻笑天下？”

欧阳一敬并不示弱，反驳道：“祖制，乃立国之基。当年太祖高皇帝之禁海，可谓深谋远虑。海禁，不特基于我天朝地大物博，无求于异邦他国；还因为我天朝立国之本，乃农桑也。重本抑末，也是太祖高皇帝所定，是祖制、是国策。若开海禁，允许民人出海经商，无异于鼓励弃本逐末，如此，则国将不国矣！是故，开海禁，揆诸律法则违背祖制，推及后果则动摇国基，断断不可！”

“经商做买卖就会动摇国基？”高拱提高声调道，“时下，松江、苏州、广州、杭州、武昌、天津、佛山，都因商而繁荣，也未见这些地方动摇国基，抑或动乱不已。洪武二十二年，太祖皇帝有令：‘做买卖的发边远充军’。二十四年又有令：

‘若有不务耕种，专事末作者，是为游民，则逮捕之’。请问欧阳给谏，徽商、晋商这些个商帮中人，是不是都要投入监牢？”

徐阶家族不唯是松江最大的地主，还开着最大的纺织场，他不愿意公开谈论这个话题，越俎代庖道：“嗯，开海禁，支持者如高阁老、反对者如欧阳给谏，都表达了各自的观点。诸公还有什么需要补充的？”

“若开海禁，”兵部尚书霍冀开言道，“那么如何向数十年来为严海禁、剿倭寇而死的万千将士在天之灵交代？”又道，“高阁老言开海禁可定东南，但这只是推测，又安知开海禁而乱东南之事不会发生？”

“本兵此话有理。”户部尚书刘体乾接言道，“高阁老说开海禁乃开财源之举，未尽然也！开海禁，漫长海岸线势必要部署兵力，强化戒备，是开财源还是陡增负担，皆在未知中。”

都察院左都御史王廷道：“皇上初登大宝，骤改祖制，无论如何是要慎思详虑的。”

皇上忽而向上直了直身子，忽而又向下滑动，反复几次，显得烦躁不安。

“遵祖制，是要遵的，”刑部尚书黄光升开言道，“但开海禁，也是大势所趋，这是为沿海绅民留生路。”他是福建晋江人，嘉靖八年进士及第后，又长期在浙江、广东任职，对海禁带来的严重后果有切肤之痛，久存开海禁之念，见发言者多是反对声，生恐开海禁之事从此没有指望，也就壮了壮胆，说出了自己的想法。

徐阶道：“陛下，臣以为无论反对抑或支持者，都表达了各自的观点，照廷议之例，与会者均要表态，臣请陛下发谕令。”

皇上道：“赞同开海禁者，出列。”

连同高拱，只有六人出列。皇上露出失望的神情，说：“那么反对者有谁？”

六科掌印给事中六人，大臣中则有兵部尚书霍冀、户部尚书刘体乾、都察院左都御史王廷及多数部院堂上官出列，共十八人。

徐阶、李春芳、郭朴和吏部尚书杨博、礼部尚书陈以勤、工部尚书葛守礼，始终站立未动，似乎保持中立。

“反对者十八；赞同者六 。”徐阶向皇上禀报说，“尚有未表态者六人。”

皇上惊讶不已，不满地问：“元辅何以不表态？”

徐阶道：“陛下，开海禁关涉改祖制，但时势所迫，又不能不有所松动，臣主张慎重。”

李春芳接言道：“慎重为好。”

郭朴也只好表态说：“臣对此体认不深，听了高阁老的一番陈词，稍有认识，开海禁确有必要；但毕竟关涉改祖制，臣尚未思虑成熟，不便盲目赞同抑或反对。”

杨博、葛守礼也主动说，他们的想法与郭阁老同。皇上望着高拱，分明是不知所措的表情。

高拱也大感意外。他预料，沿海籍的官员，都应该是赞同的。尤其是徐阶，上次就明确对他说过海禁当开的话，倘若今次他赞同，再带动一批官员附和，赞同者当稳操胜券。可是，徐阶却不表态，沿海籍官员要么反对，要么不表态，自己竟然陷入孤立境地！若不是黄光升附和，他就真是孤家寡人了。对此，他可以不在意，但他不能让皇上为难，给皇上添烦恼。他暗忖，若固执己见，皇上或许也会力排众议表示支持，可这样一来，科道又会向皇上发起猛攻，皇上就会受委屈；倘若就此放弃，那自己所构想推动的隆庆之治，尚未举步就夭折了，他怎能甘心？想到这里，高拱大步出列，刚要说话，徐阶也站了出来，说："陛下，廷议结果已出，臣等恭请陛下宸断。"

皇上以商榷的口气说："元辅，高先生有话要说，不妨听听。"

高拱正进退失据间，听了皇上的话，心里涌上一股暖流，深情地唤了声："皇上——"镇静片刻，梳理了一下头绪。他知道，关节点是祖制不能改，这是言官、清流们所坚守的，改祖制的罪名，皇上也承担不起。他要做的，是打开这个死结，于是道，"太祖是有严海禁、片板不许下海的谕令。何以如此？因当年张士诚、方国珍等与太祖争天下，东南沿海乃张、方之根据地，其残部败退后又盘踞于海岛。天下初定，太祖为巩固大明江山计，不得不禁海，此时势使然。按照太祖禁令，无论公私船舟，皆在禁止之列。为此，还特裁撤泉州、明州、广州三市舶司。但成祖时，江山已然稳固，张士诚等残部已不复存在，时势已变，成祖不唯下旨恢复了三市舶司，还遣郑和率船队浩浩荡荡下西洋，难道要给成祖加上改祖制的罪名吗？若说成祖改了祖制，那改祖制又有何不可？改祖制本身岂不也是祖制？大明开国快二百年了，时势已然大变，堂堂天朝大国，处处以守势示外邦，自信何在？气度何在？"

皇上被高拱的气势所振奋，大声道："高先生所言甚是！"但旋即又缩了缩身子，为难地说，"然则，臣工强半反对……"

高拱断然道："皇上，臣敢请宸断，可沿成祖之例，对海禁祖制仍遵守之，但可试行调整。既然福建巡抚涂泽民有请求，朝廷可允其在泉州小月港设关开海，准许各地商民从此关出海。若试行成功，此后沿海诸省有此请求者，仿此办理。"这是高拱与涂泽民书函往返时商定的底线，高拱不得不把底线端出。

兵部尚书霍冀又出列："臣还是那句话，如何向为严海禁而死的将士交代？"

高拱无奈，道："不妨再加限制：禁止商民与倭国贸易。"

"嗯，高阁老说的，倒是一个法子。"郭朴接言说。

李春芳、葛守礼也不约而同地说："似可一试。"

皇上也对高拱的这个主意暗自赞叹。表面上祖制不改，但实际上海禁要开，只是不全面铺开，而是步步推进。如此，则不授言官清流们擅改祖制之口实，亦可打消郭朴、杨博、葛守礼这些老成谋国之臣的担心，确不失为妙招，遂兴奋地口授谕旨："内阁拟旨，览涂泽民所奏，俱体国爱民之言。着该省泉州设关开海，准沿海商民出海贸易，唯不得与倭国交通。"说完，忙问徐阶，"元辅以为妥否？"

"呵呵，皇上宸断，臣子安敢非之？"徐阶答。

"吾皇圣明！"高拱带头大声说。

"吾皇圣明！"皇极殿响起了参差不齐的呼喊声。

随着"退朝"的喊声，皇上起身往内里走去。

众人出了皇极殿。"高阁老——"刑部尚书黄光升叫了一声，"光升主张开海禁，是就事论事，对事不对人哩！"

高拱不知作何回答。他听得出来，黄光升与其是说给他听的，不如说是说给徐阶听的。他向黄光升拱了拱手，顾自往文渊阁走。这次廷议，徐阶的态度令他百思不得其解，"看来，事情不像我想象的那么简单。"高拱默念了一句。

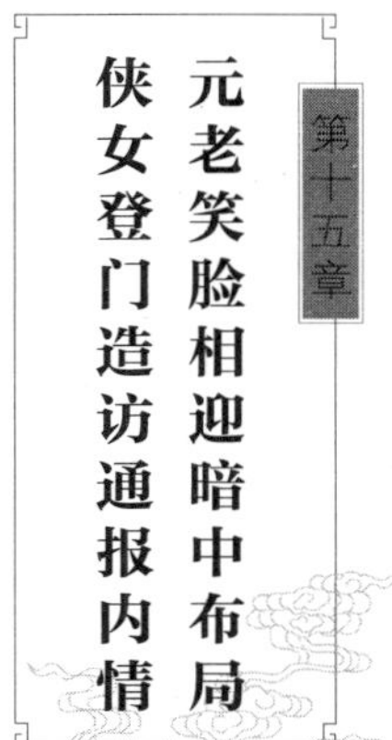

第十五章 元老笑脸相迎暗中布局 侠女登门造访通报内情

一

内阁中堂，郭朴拿起一份文牍，一脸疑惑地说："吏科都给事中胡应嘉弹劾吏部尚书杨博？"

听到胡应嘉这个名字，高拱不禁生出厌恶。一个多月前，胡应嘉深文周纳弹劾高拱不忠二事，意在激先帝杀高拱。虽然胡应嘉的奏本因先帝处于弥留之际未及御览，没有起到应有的杀伤效果，但官场上却到处流传着高拱当直时回家御女的传闻，给他的声誉带来莫大损伤，让他百口莫辩。不唯如此，胡应嘉之举，对高拱与徐阶的关系已起到煽发仇恨、激化矛盾的作用，这也是朝廷高层人所共知的。虽然明知胡应嘉是诬陷、用心险恶，高拱也无可奈何，胡应嘉并未因此受到任何影响。如今胡应嘉又将矛头对准吏部尚书杨博，让高拱感到意外。

杨博进士及第三十八载，出任过甘肃巡抚，又以兵部左侍郎经略蓟州、保定军务，总督宣大、蓟辽，升任兵部尚书、转任户部尚书，去岁接替郭朴任吏部尚书。他不唯资格老、资历深，且为人持重，善处各派之间，很有人缘。嘉靖朝曾任蓟辽总督者六人，非杀即革，只有杨博不唯平安无事，还从这个职位升任兵部尚书，足见此人为人处世非同一般。他执掌铨政，一向照章行事，升迁调转，无依据者不办；但若皇上暨内阁明暗所授，他也会领会意图，稳妥办成。不知胡应嘉因何弹劾起杨博来了。

郭朴把胡应嘉的弹章读了一遍，略谓："科道官是否纳入京察，本无定制，国

朝历史上京察时考察科道者十之仅三；今次考察科道，察典降黜之科道，竟无一人为山西籍者，臣愚钝，不知吏部尚书杨博之同乡，皆称职优等之官乎？所察典之给事中胡维新、御史郑钦，曾弹劾过杨博，察典他们乃是泄其私愤，似此护党营私之人，委以铨叙之重，恐长此以往，庙堂之上皆晋人矣！”

听完胡应嘉的弹章，高拱鼻子发出一声“哼”，忍不住要说话，郭朴忙放下文牍，抢先道：“胡应嘉，何职？”

“吏科都给事中。”李春芳顺口答道，脸上露出不解的神情。

“着啊！”郭朴道，“胡应嘉劾杨博挟私愤、庇乡里，且不论其对错，但问一件事：吏部所有公牍，吏科都给事中不副署即为无效；京察结果上报时，胡应嘉必是副署了的，事前既无异议而副署；事后却偏要提出弹劾，是何用心？”

高拱想要说的，也正是这层意思，既然郭朴已说出，他也就不必再言。他明白郭朴让他不要说话，是为了避嫌，免得落得挟私报复胡应嘉的恶名。

徐阶也气呼呼地说：“抵牾。”

“胡应嘉出尔反尔，全不是人臣事君的道理！”郭朴恨恨然，“此等言官，违制任性，应当革职！”

高拱憋得难受，还是忍住了，只是一脸怒气地撸了撸袍袖。徐阶却盯着他问：“新郑怎么看？”高拱咬紧牙关，未出一语。徐阶只好又问李春芳，“兴化，你呢？”

“这……”李春芳为难地说，“皇上初登大宝，遽遣言路，似……”

徐阶捻着胡须，厉声道：“他自找的！”侧脸看着郭朴，“胡应嘉党护同官，挟私妄奏，首犯禁例，革职！”

谁也没有想到徐阶会这样说。他一向标榜开言路，对处分言官从来都是慎之又慎的，今次何以如此痛快？怕外人说他党护同乡？抑或想以此让怀疑他指授胡应嘉弹劾自己的高拱释怀？李春芳、郭朴各自揣度着，谁也没有说话。高拱尽管内心疑虑重重，但胡应嘉受到革职处分，他还是有几分快意，脸上竟露出了一丝笑容。

徐阶瞥了高拱一眼，微微一笑，对郭朴道：“安阳，说下一份吧。”

郭朴道：“这份，御史李贞元弹劾河道总督朱衡的。”弹章略谓：“朱衡总督河道后，主持开支河四，泄其水入赤山湖，山水骤溢，决新河，坏漕艘数百。请皇上罢其职。”

国朝的漕粮六成征自南直隶和浙江，漕运遂成朝廷一大繁务。成祖迁都北京后，便整治大运河，形成从杭州湾通往北京的漕河，造漕船三千余只，以资转运。但漕运遥遥数千里，中经淮河、黄河，而黄河不时泛滥甚至改道，使得漕运每每受阻。治理黄河、淮河，不唯关乎两河沿岸百姓性命财产，也是疏通漕运的关键所在。多年来，朝廷为此争论不休。去年，先帝裁示，纳工部侍郎朱衡的“束水归漕”方案，并命其出任河道总督，而另一套“挽淮入河”的方案被否决。“束水归漕”和“挽淮入河”各自拥有一批拥趸，朱衡任河道总督采“束水归漕”之策，“挽淮入河”派必然会弹劾朱衡。高拱对两派主张本无定见，只是觉得彼此攻讦不已，让人感到既好笑又无奈。

朱衡与高拱同岁，中进士却早九年。授尤溪知县、转婺源知县，颇有政声，迁刑部主事，历郎中，出为福建提学副使，力荐南平教谕海瑞清廉可用。后升山东布政使、巡抚，调任工部侍郎，去岁受命总督河道。朱衡是有名望的大臣，倘若纳弹劾他的言官所请罢黜他，则不唯得罪朱衡，还得罪一批“束水归漕”派官员；倘若对弹劾他的事置之不理，则势必得罪“挽淮入河”派。关键还在于，无论是“束水归漕”还是“挽淮入河”派，都没有十足的把握治好黄河，谁当河道总督，漕运都难免闪失，言官总有弹劾的把柄。往者先帝乾纲独断，但对两派的主张也一直游移不定，每以两派轮换的法子化解之。可新君继位，远不像先帝那样以刑立威，施铁腕钳百官，如何处理这件棘手的弹劾案，是摆在内阁面前的难题，包括高拱在内，几位阁臣一时都感到为难。

徐阶见几位阁臣都沉默不语，遂决断道：“揭请上裁！”

高拱一听徐阶要把难题甩给皇上，当即就急了，断然道：“此端不可开！”

徐阶被高拱激怒了，大声道：“既然内阁拿不定主意，奏请皇上宸断，有何不可？”

高拱解释说：“元翁，莫忘了，咱们皇上刚继位啊！先帝时，揭请上裁习以为常，那是因为先帝御宇年久，通达国体，故请上裁；方今皇上甫即位，安得遍知群下贤否，事体根由？遽请皇上亲裁，皇上或难于裁断，必有所旁寄！”

“旁寄？”李春芳问了一句。

“这还用说吗？政府指望不上，皇上又难以决断，就只好交给太监喽！如此，天下大事去矣！”高拱慷慨激昂地说，“世人皆云任用宦侍，过在皇帝。岂不知，举凡宦侍肆虐，莫不由政府或政府中人启其端，我辈职责所在，万不容宦官干政之事再现！”他以为自己一旦摆出强硬姿态，徐阶就会像前些日子一样做出退让。

可是，徐阶却突然一反常态，比高拱的态度还要强硬，一拍桌案：“够了！刻下还是老夫当国，揭请上裁否，是当国者的特权！等新郑坐上阁揆之位，再说什么不容宦官干政的话不迟！”

中堂的争吵声，引得书办文吏都伸着脑袋往这边张望。高拱颇感意外，还想争辩，郭朴制止说：“新郑，别再说了！”

“既然不容高某置喙，那高某还赖在此地何用！”高拱怒气冲冲，言毕，拂袖而去。

高拱刚走出中堂，徐阶冷冷道："不是替你把胡应嘉革职了吗，还不满意？！"

"喔呀，元翁——"郭朴惊诧地说，"适才议胡应嘉一事，新郑并未出一语，与他不相干嘛！"

"哼哼！"徐阶又是几声冷笑，"不是事先密议好了吗？有人替他说，还要他亲自说出口吗？"

郭朴望着徐阶，突然感到异常陌生，似乎在他华丽的官袍下，藏着无数支冷箭，随时都会悄然射出，让人猝不及防。想到此，郭朴不禁出了一身冷汗！

二

自从在灵济宫门前遇到刺客，加之阁臣已不在西苑当直，高拱就命轿夫改走西单牌楼大街，再转西长安街上下朝了。这天黄昏，高拱的轿子快到家门口时，影影绰绰间，高福看见一个人影往轿前移动，有了上次遇刺的遭遇，他忙警觉地上前细观。

"福哥——"随着一声轻唤，一个丫鬟装扮的女子快步走了过来。

"咋是你哩？！"高福惊喜地问，"老爷一直挂着你，为找你我腿都跑断啦！"

遇刺后次日，高拱一则要感谢珊娘的救命之恩，一则担心她的安全，命高福到灵济宫打探消息。高福连续去了几次，也没有获取任何珊娘的讯息，不意今日珊娘变成了丫鬟，找到家里来了。坐在轿中的高拱觉察出外边有动静，便掀开轿帘观看，借着灯笼的光亮，一眼就认出丫鬟打扮的珊娘，急命落轿。上午在内阁与徐阶发生激烈争执，高拱拂袖而去，一个人回到朝房，余怒难消，徘徊踱步良久，也没有使自己平静下来。适才在轿中，一路上也是眉头紧锁，郁闷异常。他原以为，新朝开局，可以大展鸿猷，尽快开创一个新局面出来，却不料处处碰壁，反而陷入孤立。自己的处境固然可虑，但他更忧虑的是皇上受到围攻，国事难以正常推进。焦躁、委屈、气愤的情绪堵在胸口，呼吸不畅，晕轿的感觉阵阵袭来，难受至极。可一见到珊娘，高拱的心情瞬间变好了，适才的晕眩感顿时消失得无影无踪。

珊娘与高拱对视了一眼，指了指宅院。高拱明白她的意思，要进院里说话，便命高福引珊娘入内。进得首门，高拱急忙下轿，拱手对珊娘道："侠女恩人，受高某一拜！"

"哎呀，先生，折煞奴家也！"珊娘忙回礼道。

"哈、哈、哈！"高拱发出爽朗的笑声，指了指垂花门，"请珊娘到内里小坐。"

珊娘摇摇头，说："先生，奴家还是在茶房稍坐吧，说几句话就走。"

自从高拱遇刺，巡城御史禀报朝廷，说是北虏奸细所为，并煞有介事地在京城展开大搜查，凡是乞丐、游僧人等，都盘查甚严。锦衣卫、东厂也派出缉卒暗中缉查，京城一时风声鹤唳。珊娘大抵是怕给高拱添麻烦，不愿久留吧。高拱也就顺从了她，遂做了一个“请”的手势，将珊娘引进右手的茶室。

“怎么，珊娘为何这番装扮？”高拱指着她的一身丫鬟服饰问。

“灵济宫不能再住，故而恢复女儿身。”珊娘故作轻松地说，“因天足之故，怎可作大家闺秀装？”

那天救下高拱，珊娘进了灵济宫，想到官府必来搜查，她不愿暴露身份，也担心那些人会加害于她，片刻未敢停留，借夜色掩护，趁乱跑到西四牌楼，雇车想去“豆腐陈”家。可出了德胜门，她又犹豫了，想到陈家与灵济宫多有往来，和不少达官贵人也常有交通，恐非自己藏身之所。遂弃车步行，到村中观察，找到一老年夫妇家，拿出自己随身佩戴的一块玉玦，在此处安身。编造了一通家世，恢复了女身，这才敢进城打探消息。

高拱也不再多问，很是郑重地说：“珊娘，我正想见你，一来要感谢救命之恩；二来，请你回江南去，知会邵大侠，海禁已开，请他到泉州观察情形。”

珊娘起身施礼道：“奴家听说了，多亏先生主持！”复落坐，又说，“《邸报》一出，议论可多啦，有的说历史上将有‘隆庆开关’这一笔呢！想必义父也很快会晓得的。先生想让他去观察开关情形，奴家会寄书转达。”

“这么说，珊娘不回江南？”高拱忙问，“珊娘远来，不就是为了开关吗？今目的已达，为何还不回去？

“对的呀，初心是如此。”说着，珊娘低下头，脸颊上泛起红晕，“可，奴家心有所寄，不想离开。”

高拱明白珊娘的言外之意，既感动又无奈，轻声叹了口气：“珊娘，一个人在京城，不是太委屈自己了吗？”

“不！”珊娘倔强地答，“奴家觉得比梁辰鱼先生笔下的红线女要强多了呢。”言毕，她看了高拱一眼，目光流露出敬慕，似乎还有几分怜惜，说，“先生，奴家此来谒见，有几句话想说与先生。”

高拱眉毛一挑，说：“哦？珊娘请讲。”

珊娘道：“那天刺客谋刺先生之事，听说是北虏奸细所为，可奴家总觉得似乎有些蹊跷。”

“哦，有何蹊跷？”高拱道，“我也正想问珊娘，珊娘何以在千钧一发关头出手？”

“刺客此前已在灵济宫前游荡。”珊娘道，“奴家就发觉那几个家伙鬼鬼祟祟，定有见不得人的勾当，就多了几分戒备。那天见他们又来了，就悄悄埋伏在那株老树上，观察动静。后来的一幕，先生都晓得了。”她笑了笑，又说，“刺客刚跑出不远，就死在兵马司之手，先生不觉得奇怪吗？”

“他们说是正巧偶然遇到。”高拱答。

“也太巧合了吧，”珊娘道，“怎么三个人都瞬间毙命呢？会不会他们事先就知道刺客在灵济宫前行刺，然后埋伏好了，再杀刺客以灭口？”

高拱大吃一惊！那天巡城御史吴时来当场即断定是北虏奸细所为，他也有些不满，但也只是觉得作为巡城御史，吴时来说话不够谨慎，事后也没有多想。听珊娘这么一说，高拱顿觉蹊跷，有必要彻查，消除隐患。但这是公务大事，他不想对珊娘说起，只是道：“多谢珊娘提醒，我知道了。”

“先生，还有一事。”珊娘说，“年前奴家还在灵济宫时，遇到两位官爷，他们找道长说，要借灵济宫讲坛，大开讲学。两个人辞别道长后，嬉皮笑脸嘀咕说，‘元翁让我辈宣扬大开讲坛，不是真的要讲学，是想让高胡子背上这口大黑锅的！’听了这话，奴家心里为先生着急，又怕贸然说与先生，有挑拨是非之嫌。奴家左右为难，想来想去，恐有人在背后算计先生，还是说与先生知道为好。”

高拱“腾”地站起身，大声道：“这不是故意栽赃吗！”话一出口才觉得失态了，忙又坐下，对着珊娘报歉地笑了笑，“珊娘，我知道了，让珊娘费心了。”

珊娘觉察出高拱既愤怒又尴尬，忙起身告辞。高拱才想起来问她：“哦，珊娘，你住哪里？靠甚维持生计？”

“在附近不远赁了房子住，会知会福哥的。”珊娘羞怯地答。高拱忙唤高福，要他记住珊娘的居处，又命他取些银子来，珊娘摇头道，“义父已有接济，不劳先生挂心。”说完，施礼而去。

望着珊娘的背影，高拱满是爱怜。她不愿意回江南，竟让高拱感到几分踏实。能够见到珊娘，对他来说就是愉快的经历。这样的愉悦对他来说，太稀有，也太珍贵了。

高福送珊娘出门，返身回来，见高拱还愣愣地在站在原地，忙上前唤了几声。高拱这才回过神来，边往里面走，边回味珊娘适才通报的情形，突然感到事态严重。

三

高拱满脑子都是珊娘，她的身姿，她的声音，她的举手投足，侠肝义胆！他时而感到愉悦，时而感到羞愧，不时发出叹息声。

房尧第见高拱自晚饭时开始就是一副怅然若失的样子，饭后一个人在院中踱步，似有满腹心事，便跟过去，唤了声：“玄翁。”

高拱还在想着珊娘，又想到珊娘向他通报的事情，没有听到房尧第的叫声。

“玄翁，夜晚有寒气，还是回屋去吧。”房尧第提醒说。

“崇楼，你说，他们真会谋刺于我？”高拱蓦地转过身，问房尧第。

房尧第吓了一跳，忙问：“玄翁，谁要谋刺？”说着，上前拉住高拱的袍袖，往书房走。

进得书房，高拱将珊娘所通报的情形约略说了一遍，房尧第反问道：“胡应嘉的弹章本就是隐藏杀机的，只是没有得逞而已。难道激先帝杀人不成，便雇刺客行刺？”

“胡应嘉、吴时来关系密切，都是徐老夹袋中人，这背后，会不会是徐老指授？若真是这样，那就太可怕了！”高拱像是自言自语道。

“徐揆当不会出此下策。”房尧第推断道，“所谓图穷匕首见，那是无可奈何又不甘心方会使出的下招，徐揆老而猾，招数有的是，不必破釜沉舟。”

高拱点头，一扬手道：“不去绞尽脑汁想这事了！”又道，“官员讲学的事，我是反对的。讲学当是民间事，官员不宜主持其间。一则导官场浮虚之风，一则容易结成团团伙伙。先前传得沸沸扬扬，说京察之际灵济宫要大开讲坛，后来徐老主动说停止灵济宫讲学，我还以为是他向我示好，感动良久。看来，这里面有名堂。”

“嗯，玄翁，委实有名堂。”房尧第道，“学生推测，起始他们就没有打算真开讲坛，却故意高调宣扬，又突然宣布不开，实为嫁祸于反对讲学的玄翁。如此，玄翁不唯得罪讲学派官员，还给人以胁迫首相的口实，此计何等恶毒！”

高拱神色黯然，长叹一声：“唉——崇楼，想做事，难哪！”

房尧第怅然道：“岂只不容玄翁做事，已不容玄翁立朝廷矣！玄翁，得反制啊！”

高拱摇摇头：“我最反感勾心斗角！国事如此，用尽全力尚不足补救万一，况还要花心思与同僚攻防。再说，皇上甫继位，大臣斗得你死我活，不是让皇上为难吗？”

“可是，玄翁……”

高拱一扬手，打断房尧第：“不去想它了！或许只是揣测，里面有误会也未可知。待我明日与徐老说开就是了。”

次日辰时进了文渊阁朝房，高拱却又踌躇起来。昨日与徐阶一番争吵，拂袖而去，今日主动去谒，真有些不情愿。正纠结间，书办姚旷在门外唤了声：“高阁老——”施礼道，“元翁有请！”

不愧是老手，高拱暗忖，以这种方式打破僵持局面，彼此颜面上都过得去。姚旷还担心高拱端架子，谁知他刚说完，高拱起身就往外走。

徐阶的朝房就在中堂左侧最东头的一间，高拱走过去，正欲施礼，徐阶起身，满脸笑意地迎出来，盯着高拱看了一眼，说：“喔呀，新郑脸色发乌，是不是没睡好觉？”边示意高拱坐下，“新郑，都是为国事，争执很正常嘛。往者也常有争执，老夫从不介怀，劝新郑也想开些。”他伸开手掌对着茶盏说，“新郑，先吃盏茶。”

高拱的气消了一半。夜里，脑海里闪现出徐阶的形象时，他满是憎恶；可一见到徐阶，听了这番话，高拱的心立时软了下来。他端起茶盏，道：“元翁是否记得？在西苑直庐，我曾当面向元翁说起，灵济宫讲学之事，我不再反对。”

“嗯，有这么回事。”徐阶道。

高拱放下茶盏：“可灵济宫停办讲坛，何以说是我高某执意反对，不得不停办？”

徐阶愣了一下，以惊讶的口气说：“竟有此事，谁说的？”

高拱道：“得罪人，我不怕，但那是为办该办的事；似这等肆意栽赃、莫名其妙背黑锅的事，高某不干！”

徐阶叹气道：“唉！时下官场确有一股歪风，讹言流传，蜚语四出，不唯让不明真相者真假难辨，还起到挑拨是非、激化矛盾的恶劣作用，此风当刹！下次朝会，就请皇上严词训诫百官，不得信谣传讹！”

高拱听徐阶如是说，也不便再多言，道：“有机会，也请元翁向科道解释，将真相告之于众。”

“理当如此！”徐阶爽快地说。

“还有，”高拱又端起茶盏，道，“月前灵济宫门前谋刺案，因先帝驾崩，不了了之。这几天我每每忆及，总觉得事有蹊跷。一人性命不足惜，然朝廷大臣之安危，国体所系，不能不慎之又慎。是故，当着锦衣卫彻查此案！”

“应该的，应该的！”徐阶连声道，“这些天忙于先帝的丧仪、今上的登基大典，无暇顾及此案，老夫正要找新郑说说这事的。既然新郑有此意，内阁即上公本，请皇上敕令锦衣卫彻查，新郑看如何？”

高拱踌躇良久，道：“此事，我意不必惊动皇上，扰乱圣怀。”

“那……”徐阶为难地说，“新郑，东厂、锦衣卫，只有皇上方有权指挥，臣子不得染指；不经皇上，谁敢给厂卫派事？”

高拱想到请锦衣卫彻查，是因为他担心刑部或都察院向来唯徐阶马首是瞻，很可能还是不了了之；但一想到惊动皇上，他又有些不忍，只好改口道：“我一时恍惚，不该提锦衣卫，还是请三法司严加侦缉吧。”

“也好，”徐阶笑着说，“三法司侦办案件，也应经由皇上才合规矩。既然新郑不愿惊动皇上，那老夫就和大司寇说，请他主持办理。”

高拱放下茶盏，向徐阶抱拳一揖，问：“元翁相召，不知为何事？”

徐阶以庄重的语气道：“所谓一朝天子一朝臣。按说老夫是该让贤的。然则，虑及皇上甫继位，老夫即挂冠，恐外界误会，有损圣德。故老夫敢告不敏，摄官承乏。虽如此，内阁皆前朝旧臣，毕竟难以新天下耳目。况登极诏所列兴革事体甚巨，内阁也确需充实似新郑这般干才。老夫思度再三，以为当从裕邸讲官中增补阁臣，此事老夫并未与兴化、安阳商榷，因新郑是裕邸首席讲官，先与新郑商榷妥帖，再端出阁议不迟。”

“自然是叔大喽！”高拱脱口而出。

这是徐阶预料到的，也是他所希望的。但他不露声色，踌躇道：“叔大嘛，资历尚浅，遽然入阁，恐遭物议。”

“内阁有共识，皇上不会反对，怕甚？”高拱不以为然地说。

徐阶道：“既然新郑有此把握，不妨一试。叔大时下只是五品翰林，尚不够入阁资格。我意，分两步走：先升为礼部侍郎，再特旨简用入阁。不过，陈南充在裕邸比叔大早，且是他会试时的阅卷官，那就把他们两人一起补进来吧。”

四川南充人陈以勤，是高拱的同年，又是裕邸同事，尽管高拱对这位年兄的能力不敢恭维，但为好友张居正顺利入阁计，也就不便提出异议。从徐阶朝房出来，高拱神清气爽，他被与好友张居正联手缔造隆庆之治的愿景所激励，昨日的一切愤懑、疑虑，瞬间烟消云散。他迈着轻快的步履往朝房走，迎面碰上郭朴，差一点撞了个满怀。

“新郑，何事这么高兴？”郭朴不解地问。

高拱知道郭朴做过吏部尚书，一向口风甚严，也就忍不住道：“安阳，元翁适才与我言，拟延揽张叔大入阁。”

“什么？”郭朴惊讶不已，“张居正入阁？”

高拱见郭朴一脸惊疑，问：“怎么，因为叔大资历浅？”

郭朴叹息道：“新郑，这是一盘大棋啊！”他探头望着阴云密布的窗外，一语双关地说，“尚未出正月，就要来场暴风雨了吗？”

第十六章 八个月升七级太岳拜相 一下午哭三女中玄昏厥

一

高拱拿起案头的文牍，一眼就看到欧阳一敬的奏本："陛下为鳌山之乐，纵长夜之饮，极声色之娱。朝讲久废，章奏抑遏；一二内臣，威福自恣，肆无忌惮，天下将不可救！"

"啪"的一声，高拱把文牍摔在书案上，大声说："猖狂至极！欺人太甚！"可发完火，又自觉无可奈何，遂在屋里焦躁地踱步，厨役送来的早点，他也没有心思吃。他担心自己控制不住情绪，在内阁会揖时发火，说不定又会和徐阶起冲突，也就不避嫌疑，走到间壁郭朴的朝房，想与他商榷办法。

"安阳，你说，咱们的皇上，宽厚仁慈，史所罕有，"高拱开门见山说，"何以科道老找皇上的茬，接二连三上疏，言辞尖刻，都是鸡蛋里头挑骨头的勾当？这不，欧阳一敬又上本诬蔑皇上耽于鳌山之乐，沉湎酒色，这未免欺人太甚了吧？"

郭朴看着高拱，说："皇上每每免朝，经筵也每每不开，难怪科道大哗。"

"安阳是知道的，先帝惑于'二龙不相见'之说，与裕王几乎隔绝，是故皇上没有得到先帝面授治国经验，甫登大宝就精通朝政要领也不可能。正是基于此，皇上充分信任内阁，放手让内阁理政，这有何不好？非要逼皇上朝会时做决断，这合适吗？换言之，免朝，于国家是好事还是坏事？只重形迹，何益？"高拱替皇上辩解说，"再说经筵，主讲者按例都是翰林官，其选也以诗文，其教也以诗文，以诗文平章天下，可乎？臣下不检讨经筵之制得失，不反求诸己，只苛责皇上不热心开经筵，真令人痛心！”

郭朴暗忖：“高新郑不愧实事求是之人，到底高人一筹，一眼能够看透本质。只可惜实事求是在时下官场吃不开，甚或大家只认人不认理，越是实事求是越是得罪人。”想到这里，他提醒高拱：“新郑，你不觉得奇怪吗？皇上初继位，科道如此密集上疏谏诤，言辞激烈，莫说本朝，就是历朝历代，恐怕也没有过。”

“就是咱们的皇上太宽厚仁慈了！”高拱忿忿不平地说。

郭朴摇头，若有所思地说：“新郑，事情恐非如此简单！”

“安阳，你是说，这里面有名堂？”高拱不解地问。

“一盘大棋！”郭朴说，“都是这盘大棋的步骤！”

前日听到徐阶欲延揽张居正入阁，郭朴就说是“一盘大棋”，高拱问了半天，郭朴也不解释；今日一早他又如是说，高拱越发急于想知道底蕴，遂问：“此话怎讲？”

郭朴并不明言，只是说：“再看看，或许我的揣测有误。”

正说着，书办送来新出的《邸报》，郭朴扫了一眼，见任命张居正为礼部侍郎的消息已刊出，不禁慨叹道：“动作真快啊！”

张居正任正五品翰林院学士仅七个月，离入阁拜相尚十分遥远，但有了礼部侍郎身份，就具备了入阁的资格。徐阶前两天刚与高拱谈起此事，今日就见诸《邸报》了，就连高拱也感到，此事办得如此之快，委实少有。因是好友张居正升迁，高拱高兴还来不及，哪里会像郭朴那样再往深处琢磨。

郭朴语重心长地说：“新郑，听我一句劝，你斗不过他，还是谨慎些，少说话为好。”

“我哪里要与他斗？我是为皇上、为国家着急呢！”高拱争辩道，“安阳应该知我，我是对事不对人，该办的事不办，不该办的事偏要办，我焉能缄默？”

郭朴道：“可人家是阁揆，你总持异议，动辄顶撞，他会善罢甘休？且不说他会认为你是以怨报德，就说他当年在内阁是如何对严嵩的？表面上还不是事事顺从，执弟子礼？多年媳妇熬成婆，当了婆婆就想让媳妇对他百依百顺，这也不难理解。”

高拱脸色通红，道：“位在中枢，事事先要考虑个人得失，这样的人，我真看不上！”

郭朴叹了口气：“我听说部院大臣、科道翰林都在议论，说胡应嘉革职，反对就弹劾朱衡事揭请上裁，都是新郑胁迫首相，欲擅专权柄。这等舆论，对新郑甚不利！”

“胡应嘉革职与我何干？”高拱眼一瞪说，“我反对揭请上裁有错吗？”

“官场上的事，是非很难说清。”郭朴道，“人家要想整你，无中生有的事都能造出来，何况还有些影子可供臆测。你和元翁在内阁吵吵嚷嚷，这事能不传出去？”

“让他们说好了，我不怕！”高拱赌气说，“但眼看这些人欺负皇上，我忍不下去！安阳，你只说，有何法子？”

郭朴说：“有甚法子？人家是站在道义制高点上的。开言路，正君德，致君尧舜上，作臣子的敢说这是欺负皇上吗？敢出面替皇上说话吗？那不成了佞臣了吗？”见高拱生气又失望的样子，郭朴于心不忍，补充说，“倒是有个法子，新郑愿意做吗？”

高拱惊喜道：“请讲！为了皇上，有甚不愿做的！”

“偷偷约见掌印太监李芳，让他转奏皇上，”郭朴低声道，“命东厂跟踪侦缉那些出风头的科道，抓住他们的把柄，狠狠收拾一通，砍几颗人头，关镇抚司大牢几个，看谁还敢再找皇上的茬儿！”

“这……”高拱摇头，“不磊落，下不了手。”

“那就是了。”郭朴笑道，“呵呵，想来新郑教裕王时，也常说君王当从谏如流吧？如今若怂恿他杀谏官，抵牾嘛！”言毕，郭朴收敛了笑容，“还有一个法子，就是你高新郑走人！人家真的是光对着皇上的吗？那是走的‘将军’棋，先把老将牢牢困住，再排兵布阵，走马飞象，把你这个‘车’给吃了！”

高拱若有所悟，又半信半疑。

郭朴向外摆了摆手，说：“新郑，别让人家又起疑心，快回去吧，谨言慎行为好！”

高拱被郭朴“一盘大棋”的说辞说得心里发毛，却又不解其意，低头进了中堂。过了片刻，郭朴也进来了，徐阶开口道：“先与诸公商榷一事，拟补陈以勤、张居正入阁。诸公有何见教？”

“赞成！”高拱急不可待地表态说。

郭朴沉默良久，道：“既然元翁已深思熟虑，无异议。”

李春芳缓缓道：“只是……若廷推，恐难……”

徐阶决断说：“那好，就请兴化拟内阁公本荐举，奏请皇上特旨简任！”顿了顿，又说，“海瑞已复任户部主事满一月，为彰显朝廷褒扬敢言极谏直臣之诚，顺应舆情，当破格拔擢之。尚宝司丞缺员，正可把海瑞补上。内阁若无异议，吏部即可奏报。”

高拱道：“海瑞做京官，恐非所长，亦非所愿。”

徐阶解释说：“海瑞在朝野绅民心目中，已成某种象征，不宜外放，以免让外人说我辈执政大臣排挤直臣。不唯不能外放，今次拔擢只是起步；过一两个月，还要破格，不让他位列九卿，对舆论终归不好交代。”

郭朴道：“海瑞乃举人出身，部院寺监的堂上官，照例都由进士出身者任之。”

徐阶苦笑道：“安阳所言，自是不错。然则，像海瑞这样敢言极谏之臣，若不大破常格、大力提携，不唯难治时论，就是后世也要指责我辈呢！今日阁议，老夫之所以特意摆出，即是基于这等考量。诸公若体认，则此后海瑞之拔擢，内阁不宜设障碍。”

几个人听徐阶如是说，也就不再说话。徐阶便对李春芳说：“兴化，奏本中有

何要事需研议的？”

李春芳拿出一份文牍，低下头，支支吾吾地说：“兵科都给事中欧阳一敬上本，论救吏科都给事中胡应嘉。”

高拱听到欧阳一敬和胡应嘉这两个名字，就厌恶地撇了撇嘴，暗忖：胡应嘉身为吏科都给事中，副署吏部的奏疏，转头就拿他副署的奏疏说事，弹劾吏部尚书，于公是违制乱政，于私是人品卑劣。欧阳一敬居然有脸替他开脱，真是令人齿冷。倒想听听他有甚由头。

李春芳念道：“陛下初登大宝，宜以尧舜明目达聪为法，即使应嘉妄言，犹当宥之，而况言实不妄乎？”

高拱本想说：“妄不妄言姑且不论，副署奏疏时何以不说？”但他还是忍住了。

李春芳还在低声念欧阳一敬的奏本：“应嘉素称敢言，即今辅臣高拱，奸险横恶，无疑蔡京，将来必为国巨蠹。……”

“说甚？！”高拱脸色大变，震惊异常，愤怒已极，一时竟说不出话来。

郭朴也被“奸险横恶，无疑蔡京”这句话惊得目瞪口呆，随即叹气道：“果然来了！”他是想提醒高拱，他所作“一盘大棋”的判断是对的。

高拱“啪”的一拍书案，大声道：“信口雌黄！”他脸色通红，脖子上的青筋道道分明，“说我奸横，说我是蔡京，证据呢？空口无凭，就胡乱给人扣上大奸巨恶的帽子，说得过去吗？有这样论劾大臣的吗？欺人太甚！欺人太甚！”

徐阶劝解说：“新郑息怒，科道论劾大臣，是他的本分，听完了再辩不迟嘛！”

李春芳继续读欧阳一敬的奏疏：“……高拱奸横，应嘉尝极力论列，诸臣孰有如其任事任怨者哉？应嘉前疏，臣实与谋。臣才识又不及应嘉远甚。若黜应嘉，则不如黜臣。”读完，又急忙拿起另外两份文牍，“这里还有，御史李贞元论救胡应嘉的奏本，言皇上初登大宝，遽谴言官，非圣治之象。”

高拱恨恨然道：“这个欧阳一敬在弹章里公然说他和胡应嘉是密友，去岁胡应嘉论劾我无君、不忠之事，是他们共同商榷的！那他当时何以不列名参劾我？背后搞小动作，居然堂而皇之写在奏疏里，目无纪纲到了何种地步！”

徐阶微闭双目，仰靠椅背，说：“兴化，把欧阳一敬的奏本交给新郑。”

高拱明白徐阶的意思，是要他回避，写辞呈，遂冷笑道：“近日人情不一，国事纷然，即无彼等论劾，高某也要乞身求去。然则，古人云，大臣不重则朝廷轻！彼等论劾高某的话，倘若传之四方，让海内以为真有蔡京在朝，高某一人不足惜，岂不让天下人轻朝廷？！”言毕，把李春芳递过来的奏本往书案上一摔，起身而去。

“诸公都说说，究何处置？”徐阶淡然地、慢条斯理地说。

“岂有此理！”郭朴愤愤不平地说。

“这……”李春芳不知所措，“请元翁裁示。”

“皇上初登大宝，有尧舜之明，岂可轻易压制言路？”徐阶字斟句酌着，“况看此阵势，倘若责科道、甚或不宥胡应嘉，科道不会善罢甘休，恐于高阁老更为不利。以老夫之见，彼此让一步，把对胡应嘉的处分改外调吧！如此，各方的颜面皆可保全，事情也就过去了。兴化、安阳，如何？”

“这……”郭朴为难地说，“如此，则不更让科道有话说了吗？”

“安阳此话怎讲？”李春芳不解地问。

郭朴并不解释，对徐阶说：“元翁，论救胡应嘉的奏本，留中不发如何？”

“安阳，老夫也是无奈啊！”徐阶叹气道，“内阁与科道较劲，致乱之道也！”他转向李春芳，“兴化，拟旨，胡应嘉革职之旨收回，改外调！”

“又是一步妙棋啊！”郭朴暗自感叹道。他睨视徐阶一眼，窥出他微眯的小眼睛所发出的狡黠和阴险。

二

隆庆元年二月十八日，是清明节。天气骤寒如隆冬，满城的人都在大呼“怪天气”！高拱在内阁会揖毕，用过午饭，躺在朝房的床上，想小憩片刻，可突然感到胸闷，仿佛有一团棉花塞在胸口，在向外抽丝。他起身唤来书办，为他备轿，提前回家。进了家门，换上一件棉袍，叫上高福，徒步出了首门。本说要高福去雇头毛驴的，见寒风呼号，天上飘起了雪花，只得听从高福的提议，雇了辆骡车。

“去广安门外。”坐上车，高拱才说出了目的地。高福明白了，老爷这是想女儿了。

高拱的三个女儿先后以十几岁年纪殇逝，厝棺城外。

果然，骡车刚在广安门外的一座寺庙前停下，高拱就疾步往静室走，待走进室内，迈步间双腿已是微微颤抖。走上前去，挨个抚摸两口棺柩，口中哽咽着：“启祯，启宗，为父看你们来了！”

高福在出广安门时就买好了纸钱，此时跪地烧纸，口中道：“小姐，老爷给小姐们送钱来了，别舍不得花！”说着，想到老爷、奶奶无儿无女的孤单，不禁哭出声来，“小姐啊，你们撇下老爷、奶奶好可怜啊！”

高拱已是泪流满面，示意高福走开。他站在东面的棺柩前，泪眼模糊中，仿佛看到十五岁的启祯站到了他面前：眉目清秀，立如琼枝，乖巧可爱。高拱轻轻抚摸着棺盖，喃喃道：“祯儿聪颖出类，最解为父之心。那时节，为父当直离家去，儿意沾沾思父归。每见为父少有抑郁，必设言宽慰，得解乃罢。可是，如今，为父心中委屈不平何其多哉，谁来宽慰？”

无儿无女是高拱的隐痛，可偏偏有人拿这一点诋毁他，这让他伤心欲绝。胡应嘉弹劾的余波尚未平息，欧阳一敬又以论救胡应嘉为名攻讦他，说他奸横如蔡京。看到欧阳一敬奏本的当天，他就递交了辞呈，再注门籍。辞呈里，他说欧阳一敬无端指责他奸横如蔡京，不唯是对他个人的侮辱，也是对朝廷的侮辱。皇上随即下旨说："卿心行端慎，朕所素知。兹方切眷倚，岂可因人言辄自求退？宜即出视事，不允辞。"接到谕旨，高拱又上疏求去，说去岁即遭胡应嘉弹劾，意欲杀臣，彼时臣即欲乞休，以先帝病重，不敢再渎扰；及皇上初登大宝，典礼方殷，又不可言去，不料欧阳一敬和胡应嘉呼应，又以无根之词论劾，务求去臣。臣亦志士，乃被如此诋诬，何能觍颜就列？况今党比成风，纪纲溃乱，使圣主孤立于上，而无有为收拾者。皇上又下旨说："大臣之道重在康济，不专洁身。宜遵前旨即出，以副眷倚。不允辞。"谕旨下，徐阶派中书舍人到高拱家里将他请回文渊阁。虽则高拱表面上装作无所谓的样子，可是，遭此诋诬，他的内心已受巨大伤害。这伤害、这委屈无处诉说，憋得他胸闷气短，因此，今日破例到女儿棺前一哭。

高拱托起自己花白的长须："祯儿看来，父老矣！那时节，儿患病，为父料理儿病为之消瘦，须有白者，儿忧心不已，总是强至餐桌，伏案看着为父进食，方才回屋卧床。待儿病笃，怕为父伤心，还挣扎着坐起，对为父说：'儿可起身，父亲不必担心。'临殁，儿放心不下为父，泫然泣下如雨！"说着，高拱放声痛哭起来。

哭了一阵，已无多少气力，高拱方止声，慢慢走向启宗的棺柩。他伏在棺盖上，闭目忆起次女短暂的一生。她是在新郑老家出生的，比姐姐启祯小两岁，四岁时才偕至京师。启宗未周岁就能言语，且语多解悟惊人，五岁后却变得寡言笑，端重如成人。启宗最勤劳，常常下厨房帮着做饭。本预备着待满十五就出嫁的，孰料在姐姐启祯病殁一年后，十四岁的启宗也殁了！病重时，高拱坐在她的病床前，每要离去时，启宗就拉住父亲的手，久久不舍得松开。临殁，凝望着父亲，咽下了最后一口气，眼睛却未闭上。

不知停了多久，高拱才慢慢站直身子，对着两口棺柩说："祯儿，宗儿，为父不忍把你们送回老家，方把你们姐妹权厝于此，双柩接幕联儿，聚在这里，相互陪伴。待为父告老还乡，带你们一起回新郑老家，到那时，为父也该到九泉陪你们了！"

出了静室，风大了，雪也下紧了。高拱上了骡车，吩咐到宣武门女僧庵去。那里，是小女儿五姐的厝棺处。到得庵中，高拱的泪已哭干，默默看着五姐的棺柩，耳边仿佛响起了幺女唤父的声音。这个女儿生在京师，最受高拱疼爱，从小总爱把她抱在怀里。五姐也最缠父亲，每天必躺在父亲身边才能入睡。那年高拱任顺天府乡试主考官，按例锁贡院不能归家，五姐每晚必至首门内盼父归，久久才含泪进屋。两个姐姐先后病殁，母亲曹氏哭女而死，五姐变得沉静寡言。她自幼贫血，突有一天吐血不止，自恐不测，每当父亲当直去，便悲悲切切地说："父亲何时归家，我怕从此见不到父亲了！"每当高拱回到病床前看她，她即收泪改和悦状。高拱暗自隐痛，又强作笑容，安慰她，她私下对嫡母说："儿父强笑来安慰儿，可脸上有戚容泪痕。儿为什么这么不争气，不能孝顺父亲，反倒要父亲为儿伤心？"病了两个多月，药石无效，自知将要永诀，哭着对父亲说："两个姐姐殁去，父亲年岁也大了，就我一个女儿，却不料……女儿殁后，父亲年老，谁给父亲端茶喂药，谁给父亲养老送终！女儿不舍啊！"说着哭晕过去，待苏醒，看着父亲说，"女儿感觉特别昏沉，真想还有清明的时候啊！"言毕，便再也说不出话了，只是目不转睛地看着父亲，咽下了最后一口气。

"姐儿，感到清明些了吗？"高拱含泪低声问，又自答道，"姐儿不昏沉了，姐儿永远清明了，清明了！"默默伫立良久，高福抹了把泪，扯了扯他的袍袖，高拱才缓缓转身，走出僧庵。高福跟在身后，见高拱步履沉重，背手低头缓慢地前行，突然意识到，老爷也是一个儿女情长的父亲，一个孤独的老人。他壮了壮胆，问："老爷，小姐都走了，走了这么久了，撇下老爷奶奶，怪孤单的。老爷，何不再……"

"不必再说了！"高拱制止说，"天意如此，欢蹦活跳的儿女突然殇了，一个，两个，三个，生死离别，草木、铁石也不堪承受，我怕了，怕了！"

"可是……"高福还想说什么，高拱突然仰天长叹，"凡夫俗子皆有儿女，高某无此缘分。然则，能得天子心者，儿人？足矣，足矣！"

高福半懂不懂，也不便再劝，侍候老爷上了骡车。

刚进宣武门，已是傍晚时分。突然狂风大作，鹅毛大雪漫天而至，令人不辨南北。

"老爷，进酒馆避避吧！"高福用手遮脸，大声说。

高拱见骡车已然难行，车上也坐不住了，只得在高福的搀扶下下了车，到路边的一个酒馆暂避。

酒馆里挤进不少人，见一个器宇不凡的儒者进来，门口的人向旁边闪了闪，高福扶着老爷进了屋内。刚要坐下，就听一个胡须雪白的老者感叹说："老天爷啊，我活了七十岁年纪，从未见过这等事！据老辈人说，暮春有此异事，属大征兆，不知征验在谁身上。"

"喔，想那湖广的张居正，四十出头，连升七级，入阁拜相，本朝可有此等冒升的官员吗？看来此人非同寻常，早晚要把大明来个天翻地覆！或许此事要应验在他身上了。"一个书生接言道。

皇上继位一个月零六天，任翰林学士八个月、礼部侍郎十天的张居正就被特旨简任入阁。昨日刚到文渊阁接受拜贺，今日就发生此等异事，难怪街谈巷议将此事与张居正联系起来。

"是朝廷出了奸臣吧？上天所以示警。"又有人凑趣说。

“可不咋的，听说朝廷出了个叫蔡京的奸臣！”一个手握扁担的男子说。

“啥呀，蔡京是宋朝的奸臣！”一个中年人接言道，“咱朝出了个像蔡京一样的奸臣，那个高、高，哦，反正是姓高的阁老呢！”

“可不是嘛。听说他在先帝爷病危的时候，偷偷跑出来回家和妻妾做那事呢，嘻嘻嘻！”一个年轻人插话说。

高拱闻言，眼前一黑，向前栽去。

三

若不是高福眼疾手快，，一把抱住了晕厥过去的高拱，他差一点就栽倒在地。回到家里，高拱就病倒了，发烧、说胡话，不时喊一声“奸臣！奸臣！”

闻听高拱卧病，同乡、工部侍郎刘自强，提督四夷馆少卿刘奋庸，门生齐康等，纷纷投帖探视，都被高拱拒之门外。次日晚上，看到翰林院编修张四维的拜帖，高拱没有踌躇，当即吩咐传请。

四年前的秋天，高拱奉旨以礼部侍郎总裁校录《永乐大典》，遂引荐张居正、张四维等充校官。张四维得与高拱、张居正相熟。他倜傥有才智，明习时事，颇得高拱、张居正赏识。

张四维眉宇间有股豪气，细长脸上却挂满谦和。他坐在高拱病榻前，寒暄了几句，踌躇着道：“玄翁，官场都在私下议论，说岳翁从五品翰林到入阁拜相只用了八个月，首相之所以迫不及待地提携岳翁入阁，缘于首相与玄翁矛盾激化，首相冀借助岳翁在内阁牵制玄翁；更有甚者，说首相大破常格提携岳翁匆忙入阁，就是要赶玄翁下台的信号。”张四维虽与张居正同岁，但进士及第晚六年，故仍以前辈待之，称他“岳翁”。

“呵呵，有人言徐老在布‘一盘大棋’，大抵指此吧！”高拱语调轻松地说，“我曾与叔大相期于相业，如今双双登政府，正是联手中兴大明的开端。那些个传言，不值一哂。”

“玄翁作如是观，四维就放心了。”张四维道，“四维之所以对玄翁说这些，非为挑拨是非，实是担心玄翁与岳翁生嫌隙。四维深知二翁交情匪浅，断不会为闲言碎语所离间。”

“不过，徐老乃叔大授业馆师，对他栽培、提携不遗余力，可谓恩重如山，要叔大与我公然携手做事，也难！”高拱叹息道。

“可岳翁也不会与首相搅在一起，对付玄翁。”张四维以自信的语调道，“不唯二翁乃金石之交，还因为岳翁同样急于改变现状，振朝纲、新治理！在治道上，二翁同调，与首相就未必了。”

高拱露出欣喜的神情，道："人言徐老要驱逐高某，他以何把柄驱逐？不就是指授科道论劾吗！朝廷重臣，岂是言官信口雌黄所能撼动？"

张四维默然良久，道："相知者谁不谓玄翁为坦荡君子。只是首相收恩，玄翁布怨，是以科道对玄翁不能谅解。科道固然不能撼动大臣，但不闻墙倒众人推之语耶？玄翁还是谨慎为好。"

高拱一笑："子维，你看我是当伴食宰相的人吗？与其做伴食宰相，莫如回家著书立说。"他指了指自己的脑门，"人言高某是干才，殊不知，我脑袋里装的学问不少，只是做朝廷官，干朝廷事，不能驰心旁骛罢了。"

两人晤谈良久，高拱顿感病情大好，下床送张四维到垂花门，方依依不舍挥手告别。

第二天，高拱即到内阁当直。轿子落地，刚掀开轿帘，一眼看到张居正从轿中走出，忙喊了声："叔大——"

张居正听到喊声，回头一看是高拱，惊喜交加，便转身来迎，深揖施礼。高拱向张居正拱了拱手，道："叔大，已成内阁同僚，不必再行大礼，拱手为礼即可。"

"玄翁康复就好了。得知玄翁染恙，居正本应去探视，怎奈这些天履行入阁的礼仪，忙得不可开交。"张居正满脸歉意地说。

"呵呵，"高拱一笑，"叔大入阁拜相，愚兄本应亲去致贺，想来叔大应能体谅。"

"彼此体谅吧！"张居正心照不宣地一笑说。

"这些天，礼节性的事忙得差不多了吧？"高拱说着，上前拉住张居正的袍袖就往里走，"到我朝房去。"

张居正踌躇片刻，跟着高拱往里走，刚迈了两步，指着花坛的芍药道："玄翁，听说这些芍药都有雅称？"说着，从高拱手里挣脱出来，移步走到花坛前，弯身细观。

高拱无心观花，又要去拉他。张居正蹙眉道："玄翁，今年清明节天气怪异，京城冻死者达百余人。这真是异象，京城里人心惶惶啊！"

"呵呵，还有说这异象要应验在叔大你身上呢！"高拱一笑道。

"居正何德何能，有天人感应之兆？"张居正自嘲道，"说来奇怪，清明节居然大雪纷飞，可转天就一切如常了。人常谓'如沐春风'，沐春风当是极难得的，何不在春风里稍站？"他并未打算与高拱进朝房谈话，以免让徐阶不悦，只是不便拂了高拱的好意，跟着他走了几步，就找出这个理由，停下了。

"喔，也罢！"高拱看出张居正有些为难，便不再勉强，抬脚向阁后的假山走去，边走边道，"叔大，时下虏患日炽，财用匮乏，吏治千疮百孔，再不励精图治，国家不复有望矣！究竟从何着手打理，百官议论纷纭。但主流看法是理财为先。户部奏请遣钦差督办天下欠赋，我是不赞成的。无非严行督责，让地方补缴历年积欠，然民力已竭，再行搜刮，民何以堪？我看，当务之急是解除虏患，国库多半投到北边九镇，仍

不能解虏患于万一，搜刮再多的钱，也都填到这个无底洞里了，怎么得了？！”

张居正低头不语，暗忖：逐高，已是徐阶的既定之策，眼前的平静只是暂时的，猛烈的风暴正在酝酿中；可高拱却懵然不知，总以为有皇上的信任，自己律己甚严，无把柄可抓就不会翻车，这未免高估自己了，也太轻视徐阶的智术了。又一想：无端受胡应嘉、欧阳一敬诬陷，逐高的战役已然打响，他不思应战，却还在一心谋国，这样的人，即使不喜欢他，也不能不钦佩他。

忽然一阵旋风刮来，沙尘扬起，张居正忙道：“玄翁，这京城春天也不好，风沙太大，委实让人受不了。还是回阁吧！”

高拱抬手揉了揉眼睛，向前扬扬手：“回阁！”

两人进了文渊阁，张居正的朝房在一层明堂东侧，他向高拱抱拳一揖，径直走了过去。高拱摇摇头，上了楼。中堂最西侧面南的房间是他的朝房，一进门，见几份《邸报》摆在书案上。高拱走过去，站在案前翻阅，突然看到胡应嘉调留都南京礼部郎中的字眼，不觉吃了一惊，拿着《邸报》就到间壁郭朴的朝房，进门就道：“安阳，胡应嘉不是革职了吗？”

郭朴忙起身把门关上，低声道：“你注门籍时，胡应嘉由革职改外调了。”

“怎么回事？”高拱惊问，满脸怒气。

郭朴道：“元翁上本，说胡应嘉以吏科都给事中论救察典同官，违例非法，故拟罢斥；科道谓皇上初继位，宜开言路、广德意，故请留。臣欲守前说，则涉违众，而无以彰皇上恩；欲从后说，则涉徇人，而不能持朝廷法。去留难定，揭请上裁。皇上御批：薄胡应嘉罪，调外任。吏部遂以留都礼部正五品郎中处之。”

“这不是胁迫皇上吗？”高拱大声说。

“新郑，小声点！”郭朴着急地说，“你只说皇上为难，他是对着你高新郑的。听说欧阳一敬那伙人大肆散布说，高新郑注门籍，胡应嘉就由革职改外调，足见高新郑专横、挟压阁揆到了何种地步！起初，官场对欧阳一敬论劾你奸横如蔡京尚有非议，可胡应嘉改外调消息一出，朝野即转而认同欧阳一敬的说法了。”

“这这这……”高拱气得浑身战栗，说不出话来。

“这是首相的手腕啊，新郑！”郭朴痛心疾首地说，“当初把胡应嘉革职也好，欧阳一敬上本论救也罢，加上胡应嘉改外调，都是环环相扣的，让你步步陷入被动！”

“我……”高拱一跺脚，“我找徐老去！”说着转身要走。

郭朴拉住他：“新郑，万勿意气用事！刻下你最好保持缄默，只要你不说话，不反制，他们就无如之何。”

高拱双手在胸口又拍又捋，大口大口地喘着粗气。

“张太岳入阁，也是对着你的，你不要轻信。”郭朴嘱咐道。

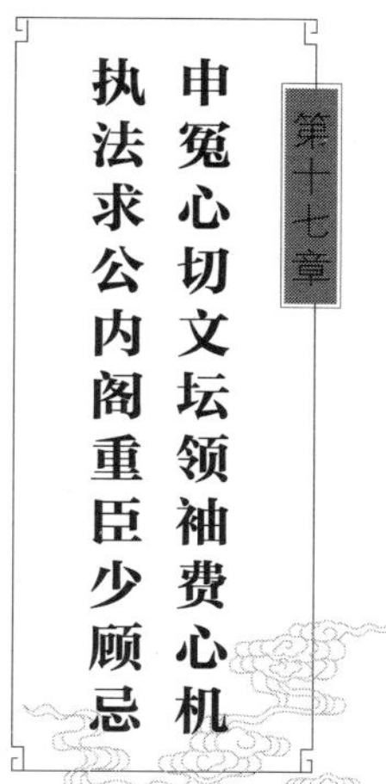

第十七章 申冤心切文坛领袖费心机 执法求公内阁重臣少顾忌

一

城南弘法寺，以收揽游僧闻名。虽有天王殿、大雄宝殿和大法堂之设，但寺内更多的建筑是招提僧房，多达百余间。二月初，寺里住进一群从南方而来的男子，为首的男子四十出头，中等身材，美姿容，风采玉立，与人谈笑，温秀之气溢于眉目间。他就是当代文坛盟主王世贞，字元美，号凤洲，南直隶苏州府太仓州人。

这天傍晚，刚用罢晚膳，东配房一套雅静僧房里，王世贞把弟弟王世懋叫来，指着书案说：“敬美，给朝廷的奏本我已拟好，你看看吧。”

王世懋坐到案前，拿过疏稿细细阅看了一遍，诉状略谓：“臣父皓首边廷，六遏鞑虏，不幸以事忤大学士严嵩，坐微文论死。仿尧舜知人之明，解豪杰任事之体。乞行辩雪，以伸公论。”

七年前，王世贞之父、蓟辽总督王忬，指挥滦河战事失利，致北虏大掠京畿，京师骚动，戒严多日。事后追究责任，王忬被逮下狱，次年斩首。时任山东按察副使的王世贞与刚中进士的弟弟世懋扶柩返回家乡太仓。先帝驾崩、新君继位，王世贞不顾严寒赶赴京师，意欲昭雪父冤。

“兄长，大佬们都是过来人，只把杀先君的责任推给严嵩，能否站得住？”王世懋提出了疑问，“当年三法司议罪，判先君流放，是先帝驳回，亲批‘诸将皆斩，主军令者焉得轻判耶’十三字，才改判先君死罪的。”他看了一眼王世贞，又说，

“兄长，严嵩对先君或许有落井下石之嫌，但杀先君者，先帝也。这一点弟是不怀疑的。”他之所以这样说，一方面是描述他所知道的事实，更重要的是要安慰王世贞，减轻他的自责。

王世贞进士及第后授刑部主事，晋员外郎、郎中，与一批新科进士吟诗作赋，结成诗社，有“七子”之誉，名噪海内，为天下读书人所倾慕。当是时，诸人皆年少，才高气锐，相互标榜，视当世无人。时严嵩当国，雅重其才名，数令具酒食征逐，欲收其门下。王世贞不唯不买账，还对严嵩多有讥讽。弹劾严嵩的杨继盛以诈传亲王令旨罪被逮，王世贞多方营救；其罹难后又带头经理后事，并把杨继盛之死归罪于严嵩。王世贞名气之盛足以影响舆论，街谈巷议中，严嵩成了害死直臣的罪魁，由此开罪严嵩，被外放山东按察副使兵备青州。他一直认为，是因他得罪严嵩而连累了父亲。为此，王世贞负疚甚深，是以王世懋才刻意说了那番话。

“先君死得冤啊，敬美！”王世贞咬着牙说，“不能救父免死，本无颜立于人世；若不昭雪父冤，我兄弟无以称人！”或许是忆起当年以文坛领袖之尊四处跪地恳求权贵救父的场景，王世贞双手掩面，抽泣起来。

王世懋垂泪劝道：“兄长，雪先君之冤已有头绪，拿到朝廷为父昭雪的诏书，到先君灵前再哭不迟。”

王世贞止住哭声，说：“申冤奏本只是形式，关键是大佬们的谅解。”他像忽然想起什么，问，“投书环节没有出纰漏吧？”

“都是派人专门投送的，不会有纰漏。”王世懋答，“只是，高新郑只收了书函，礼物都退回了。”

“此人就是这样的做派。”王世贞摇头说。良久又叹息道，“我最放心不下的，正是此人。”

王世懋不以为然地说：“兄长会不会过虑了？高新郑与先君毕竟有同年之谊，我王家与他也无过节，他何必从中作梗，这对他有何益处？以兄长的名气，冠盖国中，他何必无故得罪？”

“高某人最不近人情！”王世贞叹气说，“你忘记了吗，当年先君系狱，三法司奉旨议罪，我兄弟四处求人宽解。念及高某人与先君乃同年，亦往叩之，恳请他伸出援手，他却以爱莫能助回绝，连句安慰的话都没有。何等薄情！如今他与徐阁老不睦，在内阁独持异议，先君昭雪事，若有闪失，必出在此人身上。”

“当时高新郑只是裕邸讲官，委实也帮不上忙，可能也怕连累裕王，才回绝的。”王世懋替高拱辩解说，“况且，那些满口答应帮忙的人谁又帮忙了？倒是高新郑实话实说、不虚伪，兄长不必耿耿于怀。”

王世贞还是不放心：“要万无一失才好。去，叫曹颜远来。”

曹颜远是王世贞的外甥，一直追随其左右，帮其经理事务。待他进屋施礼毕，王世贞问："金叶子还有多少？"

"有四十来张吧。"曹颜远回答。临赴京前，王世贞特命以十万银两换成金叶子，每五百两一张，便于送礼。这几年，不少人对他以文坛盟主之尊竟不吝为商贾写传作铭大为不解，殊不知，他需要积攒一笔丰厚的资本，为的就是这一天派用场。此番北来，随身携带不少书画，外加金叶子二百张，为的是无论如何都要把事情办成。这不唯是替父昭雪，更关乎他的尊严甚至未来。

"你去取四张来。"王世贞嘱咐说，旋即又改口说，"不，取六张吧，六六顺，图个吉利。"

王世懋道："兄长，高新郑连书画都退回了，怎会收金叶子？"

"自不能送高某人。"王世贞解释说，"张居正乃高某人好友，求他在高某人面前说话，不然真不敢贸然上本。"

"听说张太岳也律已甚严，未必会收吧？"王世懋说，"况且上次兄长已投书于他，送了画的，这次他会收金叶子吗？别让他反感了吧？"王世懋胆怯地提出了异议。在他看来，兄长过于悲观了，做这些不免有画蛇添足之嫌。一则父亲本就是冤枉的，新朝开局，与天下更始，正大量平反冤假错案；二则，现在执政的首相徐阶，与王家是远亲，他威望正高，无须再遍求权贵；再则，兄长是当代名流，执政者对名流一般不愿无故得罪，能帮衬的一定会帮衬。有此三点足矣。

王世贞也明白弟弟的意思，只是他不敢大意。思忖良久，说："张太岳城府极深，言谈真假难辨，直接找他委实冒失。访得曾省吾是张太岳的心腹幕僚，请他在张太岳面前说话，张太岳必纳之；再由张太岳在高新郑面前转圜，这样或许更妥帖些。"说着，坐于书案前，疾笔写就一封便函，交给曹颜远，又嘱咐了一番，曹颜远领命，骑马往宣武门而去。

新晋兵部郎中曾省吾接到王世贞的名刺，忙吩咐传请，又亲自把曹颜远迎到花厅。寒暄过后，曹颜远把王世贞的便函奉上。

"家舅说，这些，请曾大人酌处。"在曾省吾低头阅看书函的当口，曹颜远拿出所带金叶子，放在他右手的高脚茶几上。

"这不好，不好！"曾省吾说，"收回去，收回去！"

曹颜远歉意一笑："家舅所托，请曾大人体谅。"

"那好，不难为你。"曾省吾说着，把书函盖在金叶子上，"以后见了令舅再说。"他笑了笑，很是洒脱地说，"令舅所托，省吾当竭力效劳。回去请转告令舅，就说张阁老必全力促成此事。"

曾省吾这么说，是因为他知道王忬是徐阶的远亲，对昭雪王忬一事，徐阶定然

不遗余力。作为徐阶的学生，张居正自不会持异议；王世贞又是天下名流，无论做与不做，话要说到位。朝廷大臣谁不愿意笼络名流？

曹颜远忙起身深施揖礼，说了一番感激的言语，即要告辞。曾省吾起身拉着他的袍袖，亲自送到首门。临别，又殷殷嘱咐："回去代张阁老问候令舅！"

二

高拱听从了郭朴的叮嘱，多日来沉默寡言，不多出一语，可内心却异常沉重。皇上继位快三个月了，大举措、新气象何在？唯一值得安慰的是，突破阻力，海禁得开，今日内阁召部院正堂会揖，商榷福建巡抚涂泽民所奏泉州开关事宜。高拱抖足了精神，要给涂泽民助力。他刚出了朝房，张居正刚好上了楼，远远地向他抱拳晃了晃，道："玄翁，接到王元美的书函了吗？"

"如此说来，王元美定然是给每位阁臣都投了书的。"高拱说着走过来，对站在中堂大门西侧的张居正道，"叔大看，王忬昭雪事，该如何区处？"

张居正"呵呵"一笑，道："玄翁，王元美乃文坛盟主。士林有说法，王元美才最高，地望最显，声华义气笼盖海内。士大夫及山人、词客、衲子、羽流，莫不奔走门下，片言激赏，声价骤起，颇有富人贫人、扬人抑人之能啊！"言毕，一伸手臂，躬身请高拱移步。

高拱使劲眨了眨眼，没有听出张居正到底是赞成抑或反对给王世贞之父王忬昭雪，也不便再问，只得大步进了中堂。

部院正堂见高、张二阁老进来，起身施礼，寒暄了一阵，徐阶也走了过来，又是一阵寒暄，方各自入座。

李春芳拿出福建巡抚涂泽民的奏本，读了一遍。

"诸公都听到了，"高拱率先说话了，"东南各省绅民对开海禁欢呼雀跃，大批商船已向月港集结，甚至佛郎机人闻讯后也到福建招徕商贾，意欲引导他们到吕宋贸易。足见开关顺民心、顺时势，是明智之举。"他用手指一敲书案，"然京师却对此反应迟钝，涂泽民接连奏请，户部、吏部、兵部却迟迟未就设立督饷馆及组建护海水军拿出办法。"

吏部尚书杨博魁梧丰硕、须发尽白、脸庞红润，他一听高拱责备部院，忙起身一揖道："高阁老责备的是。本部当商户部，就督饷馆编制赶紧拿出方案上奏。"

户部尚书刘体乾、兵部尚书霍冀却低头不语。高拱瞥了一眼霍冀，被他沉默以对的态度激怒了，遂以质问的语气道："本兵，若不是戚继光坐镇福建，海禁一开，恐早就出事了。沿海安全，岂能指望戚帅一人？组建护海水军是早晚的事，还是上紧办为好。”

“回高阁老，”霍冀漫不经心地说，“开海禁谕旨里，并未说要兵部组建水军。”

高拱本就憋一肚子火，又听霍冀说出如此不负责任的话，终于忍不住了：“荒唐！商贾出海贸易，水军不保护，难道要海盗保护？这等事还用诏旨去说吗？涂泽民奏请过，兵部题覆，就该明明白白写上组建水军，甚或还要明明白白写上责成福建巡抚于何年何月组建毕。我看前些日子兵部题覆，漫无区处，全无为朝廷办事之心！”

众人目光齐齐地转向徐阶，见他面带微笑，举着茶盏慢悠悠地喝着茶。待高拱说完，霍冀只是不服气地“哼”了一声，并未再辩。徐阶缓缓道：“设督饷馆、建护海水军，各部就上紧办吧！”

高拱缓和了语气，对户部尚书刘体乾道：“大司农，理财要靠开源，只靠卖种马、清理仓库里的米面豆醋，抑或靠追缴历年积欠，终归不是法子。设督饷馆，就是开源的一着！不唯这件事，时下与开国初期已大异其趣，为国理财，必得扶持商业、培植税源，比如元翁的家乡松江府及邻郡苏州府，工商繁荣，民人多半不再种地，而户部依然把目光牢牢盯住田赋，岂不本末倒置？松江、苏州，田赋多少、商税多少，不知户部可有数据可查？”

刘体乾一愣，神色紧张地看了看徐阶。徐阶刚端起茶盏，手猛然抖动了一下，茶盏“哗啦”一声掉在了案上。

“来人——”李春芳喊了一声，“给元翁换茶。”

左右一阵忙乱。高拱觑了徐阶一眼，见他神情颇不正常，顿感蹊跷：难道，这里面有甚名堂？

“呵呵，”徐阶已然镇静，笑了笑，“既然高阁老有示，户部就上紧梳理核对，报给高阁老吧。”又转向高拱，“新郑，要查老夫家的账吗？”

“元翁何出此言？”高拱以狐疑的眼神看着徐阶，“我只是随便举例而已，户部自然亦可拿杭州甚或佛山为例嘛！”

“不！”徐阶断然说，“大司农，即以松江府为例核报。”言毕，向部院大臣一拱手，“就请诸公回去办事吧！”又向李春芳扬了扬下颌，“兴化，议一下王世贞的奏本。”

“故总督蓟辽右都御史兼兵部侍郎王忬子、原任山东按察副使王世贞上疏诉父冤。”李春芳拿起奏疏要读，徐阶扬了扬手，“此事不过数载，在座诸公皆亲历之，不必再读。究如何措置，大家商榷。”

高拱道：“王思质确有功于国家，滦河之役指挥失当，京师为之震动，也不能说无过，然死罪未免责重。思质乃本人同年，长公子元美又是文坛盟主，于情于理，

自当昭雪。”

“诚然！”李春芳附和说。

“然则，此事尚需统筹。”高拱又说，“先帝愤于南北两欺，对统军者果于杀戮。嘉靖朝统军文官遭大狱者，何止王思质一人？我粗略梳理了一下就有以下：二十三年逮宣大总督翟鹏、蓟辽巡抚朱方下狱，翟鹏戍边，朱方处斩；二十七年杀三边总督曾铣；二十九年杀兵部尚书丁汝夔、保定巡抚杨守谦，逮蓟辽巡抚王汝孝下狱；同年逮浙江巡抚朱纨下狱，自杀死；三十四年杀江南总督张经、浙江巡抚李天宠；三十六年逮宣大总督杨顺下狱；四十一年逮江南总督胡宗宪下狱，死狱中；四十二年，杀蓟辽总督杨选。”

“喔呀……”李春芳、郭朴、陈以勤纷纷发出感叹声。

高拱继续道：“我举出这些例子，是想说，朝廷处事，需得一个公字。”他顿了顿，“方今内则吏治不修，外则诸边不靖；兵不强、财不充，皆缘于积习之不善。在高某看来，这才是天下之大患。而言积习之弊，首当其冲的即是执法不公。新朝开局，当致力于革除此弊！若独给王思质昭雪，势必给朝野一个朝廷执法不公的印象，故当将类似情形，一体甄别，次第昭雪。”

“喔！”郭朴恍然大悟似的，“是啊，是需统筹。”

徐阶捋须沉吟：高拱的话，自然是难以辩驳的；公平地说，也委实该这么做。但这又是徐阶断难接受的。因为这其中有些人，尤其是江南总督胡宗宪，就是徐阶处心积虑才置于死地的。倘若按照高拱的说法一一甄别昭雪，就像王忬之死归结于严嵩那样，胡宗宪之死岂不归结到他的身上？这不是引火烧身吗？宁可不为王忬昭雪，也不能按照高拱的提议做。这是徐阶的底线。可这样一来，对王世贞就难以交代了。他看了张居正一眼，点名道：“叔大……”话一出口，方觉这是在内阁议事，不能按习惯称字了，急忙改口，“哦，江陵，你有何高见？”

“居正无异议。”张居正答。

徐阶暗忖：“这个张叔大，也太滑头了吧？究竟是对昭雪王忬无异议，还是对高拱的提议无异议？”但他明白张居正左右为难，两头不愿得罪，也不好逼问太紧，只得作罢。对张居正的一丝不满，转眼间就转嫁到了高拱身上——不是他在内阁处处固执己见，像王忬昭雪这样的事，何至于为难？这样想来，一个念头陡然冒了出来，不禁暗自惊喜，便以从善如流的口气道：“既然新郑有此主张，王世贞之疏，留中不发！”

此言一出，阁臣们都露出惊讶的表情。若按高拱的主张，应该是着吏部并三法司议处，将先朝获罪的掌军令者甄别昭雪才是，何以不明不白地搁置了呢？

三

户部尚书刘体乾从文渊阁一回到衙门，就径直到了右侍郎陈大春的直房，将高拱追问松江税银一事说与他听，最后道：“那件事，难道走漏风声了？”

去岁，刘体乾上任后得知，松江府年征税银，皆就地送华亭县徐府，以空牒入都，再由北京徐府统交户部；徐府召银匠铸银锭，以七株为一两。刘体乾明知这里面定有手脚，也不便深究。不意高拱突然提出要查查田赋、商税。他和陈大春揣测良久，也弄不清高拱到底是随口一说，还是掌握了什么线索意欲追查？究竟如何因应？刘体乾遂把此事推到陈大春身上：“元翁明示要核报，请得霖妥善区处之！”

陈大春心急火燎，用罢午饭，就到内阁去谒见徐阶。

“得霖，我说过，不要到朝房来，有事家里去说嘛！”一见陈大春，徐阶就责备说。但他还是起身走过去，与陈大春隔几而坐，又以和缓的语调说，“也好，正要差人晚间去你府上的。”

“喔，元翁有何见教？”陈大春问。

“先说说你的来意吧。”徐阶很是体恤地说。

“元翁……”陈大春以诡秘的语调说，“大司农从内阁回去，就找学生商榷核报松江税银事，学生担心……”

徐阶脸色顿时阴沉下来：“户部的这点小事，还要老夫来替你们做吗？”

陈大春暗笑：老头子故意强调是户部的小事，似故意对松江府税银腾挪的猫腻佯装不知。这样的事，他怎么可能不知情？即使事先未与闻，事后也不可能不知道。不过，这是老头子的一贯做派，这件事如此，徐琨开办商号事如此；徐忠在苏州的官司如此；科道弹劾高拱的事也如此。陈大春最了解徐阶的心思，凡事心照不宣，不喜点破。点破，就有玩弄权术之嫌了，非正人君子所为。而老头子一向是以蔼然长者、正人君子的形象示人的。是以陈大春“担心”的话，徐阶不能让他说出口，以免把事机点破。陈大春明白他的心机，解释道：“元翁，学生并非为此事而来。高新郑一再追问松江税银，又要重查遇刺案，是何用心？学生以为，他是要发动进攻，意在赶走元翁！”

徐阶沉吟不语。

陈大春沉不住气了，试探着问：“元翁，灵济宫谋刺案，刑部有呈报吗？”见徐阶还是默然，陈大春着急地说，“刑部负责此案的郎中王学谟是个死心眼，凡事较真儿，据闻一直在真追真查。”

刺杀高拱一事，陈大春并没有事先向徐阶说起过，本打算事后再邀功的，出了意外后，为了求得徐阶的保护，才作了暗示。他把握的分寸依然是心照不宣。徐阶佯装不知，脸色铁青："查案，自当真追真查，难道这成了罪错？"

陈大春无言以对。刺杀高拱出了意外，就是半路杀出个小道士，事后吴时来多方缉查，就是没有抓到这个人。如果此案追查下去，小道士现身，说不定会查出破绽。这可是行刺内阁大臣的惊天大案，一旦水落石出，身家性命自不保。陈大春不能不着急，这些天来一直如坐针毡，想从徐阶这里讨教，却又遭呵斥，他沮丧地低头搓手，叹息不止。

徐阶突然用力拍了下扶手，正色道："化解之道，不在事，在人！"

陈大春似懂非懂："元翁之意是……？"

徐阶并不解释，起身道："王世贞申雪疏，新郑力持不得下部议处，你亲自去找王世贞，知会他，与他商榷对策。拟差人去府上要说的，正是此事。"

"哦？"陈大春眼珠子急速转动着，"姓高的因何反对昭雪？"

徐阶未接陈大春的话茬，笑道："呵呵，昨日有人从宣府送来几只野山鸡，本来今晚差人要给得霖送去两只的。既然你不请自来，要知会之事已然说了，山鸡还要吗？"

"呵呵，学生心领了！"陈大春笑答。

"不！"徐阶突然表情严肃地说，"此次所获山鸡甚难得，要送！得霖，记住：不可送人，也不可放山鸡跑了！"说完，抱拳一晃，转身进了内室。

陈大春愣了片刻，似有所悟，疾步出了文渊阁，吩咐轿夫："到会馆去。"

轿子在潮州会馆首门刚落地，陈大春就吩咐左右，快去雇两顶轿子，接欧阳一敬和胡应嘉速来见。待两人前后脚进了会馆小花厅，寒暄数语，陈大春就把适才谒见徐阶的情形细说了一遍，然后道："我理解，元翁所示'化解之道，在人不在事'一语，是说只要驱逐高拱，什么松江税银……"他突然意识到，欧阳一敬和胡应嘉并不知悉松江税银一事，忙用手在眼前煽动了几下，"胡说八道了，我要说的是谋刺高胡子案，谋刺案，自然就不了了之。"

胡应嘉虽被外调留都礼部郎中，仍延宕着尚未赴任。时下他在京城唯一做的就是暗中勾连，整治高拱。听了陈大春的一番说辞，胡应嘉心花怒放，道："我也作如是观。"追随徐阶多年，他知道徐阶一向刻意回避指授之嫌，乐于追随者承望行事，自然不会直来直去把事情说穿，"还有元翁所说送山鸡一事，我看就是'机不可失'之意！"

这回轮到陈大春附和了："呵呵，我正是这样领会的，是以才急接二位来议。"

"然则……"胡应嘉又提出了疑问，"时机，甚样时机？因为张居正已然到位，就可从容逐高？"

欧阳一敬叹气道："说到张居正，我真是有些不忿！我辈替元翁冲锋陷阵，张居正却坐收渔利，四十出头即入阁拜相。倘若不是要整倒高胡子，就凭他张居正的资历，焉能蹿升内阁？”他一拍大腿，“关键是这个张居正还是高胡子的至交，我辈为他打天下，将来也未必有好报！”

“此何时，还发这等牢骚？”胡应嘉瞪了一眼欧阳一敬，“不扳倒高胡子，我辈饭碗甚或身家性命不保！”

“我看也未必！都是我辈整他，也没见高胡子主动整治我辈。”欧阳一敬嘟哝道。他提了提神儿，“算了算了，说甚也晚了，开弓没有回头箭，只能一条道走到黑了。元翁何以有机不可失的暗示？别领会错了，栽大跟头！”

“当与王世贞申雪疏被搁置有关。”陈大春把一路上在轿中所想说了出来，“二位看啊，高胡子靠山是今上，但今上甫继位，科道就轮番上阵，来了个下马威。时下今上畏科道如虎，可说已被牢牢困住了。就是说，高胡子的靠山靠不稳了。这是元翁的一大招啊！高胡子自负，还在于他有干才无把柄，他以为元翁无奈他何。这未免太小看元翁了。元翁刻意绕开阁议，密草遗诏，赢得人心；而高胡子已被扣上反对遗诏的帽子，人心失其半矣！海瑞以举人资格即升京堂，节义派归心矣；而高胡子阁议时提出外放海瑞，已被我辈传为反对拔擢海瑞，节义派怨高矣！元翁追赠王阳明封爵世袭，讲学派归心矣；而灵济宫讲学，事先高调传布，又以高胡子反对为由骤然取消，讲学派怨高矣！今元翁欲抚王世贞兄弟，复其父官，文章派必归心；而高胡子持异议，王世贞必恨之入骨，文章派恨高矣！二位试想，天下、官场，节义派、讲学派、文章派，都反对高胡子，他还立得住吗？就事论事说，人言元翁只是任恩，高胡子则不吝修怨，这倒不能否认，而这正是元翁的高明之处。元翁施恩，高胡子修怨，他得罪过多少人？朝廷里有多少人巴不得高胡子即刻滚蛋！”

“难怪元翁命霖翁亲自去会王世贞！”欧阳一敬恍然大悟，“王世贞文坛盟主、天下名流，人脉广联，有他暗中相助，高胡子大势去矣！”

胡应嘉兴奋地说：“既然元翁已发出指令……”

陈大春打断他：“克柔，你切莫信口开河，元翁何时指令？”旋即一笑道，“克柔，已拿你的事做足了文章，高胡子已落下了胁迫首相报复言官的恶名。他不是没有把柄吗？奸横如蔡京这个帽子给他戴上了，就有把柄了！”

“呵呵，高胡子一向反感趋谒酬酢，说有搞团团伙伙之嫌。”欧阳一敬笑道，“好啊，这下他孤立无援，就任人宰割吧！”

“胜利在望！哈哈！”陈大春大笑，随即高叫，“来人——酒菜伺候！”

“不是去见王世贞吗？”胡应嘉急不可待地说，“霖翁何不这就走？”

“弘法寺哪有酒肉？”陈大春说，“吃了饭再去不迟。”言毕，命人拿了拜帖，即送弘法寺，约好戌时三刻造访。

四

看到户部侍郎陈大春的拜帖，王世贞很是困惑。多年来与他素无交通，陈大春以侍郎之尊，何以亲自跑到弘法寺来拜访？凡拜访他者，不是请他给亡故先人修传写铭，就是想拜在门下，侧身文坛。陈大春是为此而来吗？他隐隐感到，陈大春此行可能与他为父申雪一事有关。如果陈大春真是为此事而来，很可能是出了什么麻烦。这样想着，王世贞与弟弟王世懋、外甥曹颜远率仆从已到了寺门外。不远处，已可见灯笼的亮光在游动，轿子的影子恍惚可见了。王世贞狠狠心，说："陈侍郎一到，跪迎！"

"兄长，这……"王世懋为难地说，"朝堂外的跪迎之礼，适于君父藩王，迎一个侍郎……"

王世贞打断他，说："那是给官场中人定的规矩，时下我们是山野之人，又以孝子身份替亡父诉冤，见官跪拜，也是礼数。"

王世懋知道兄长申冤心切，也就不再争辩。

轿子渐近寺门，借着灯笼的亮光，陈大春一眼望见台阶下跪着十来个人，不觉一惊。当今文坛盟主、天下名流，以此大礼相迎，委实出乎意料。转念一想，当年为营救狱中的乃父，王世贞曾着囚服跪在大街上拦轿求情，如今为申雪父冤，做出跪迎之举，也在情理之中。这让陈大春一阵暗喜。王世贞如此不顾一切，要假他手办的事，就不难推进了。

"哎呀！折煞陈某也！"陈大春走出轿子，疾步去扶王世贞，"王大师、王兵宪、元美兄，"他连着说出几种称呼，"快快请起，请起！"

"为申雪先人，叩拜少司农陈大人！"王世贞哽咽着说。

"哦，理解，理解！"陈大春说，"元美兄不世出之才，固然令人钦佩；然则，最可道者，乃元美兄之孝心，足可感天地、泣神明，士林莫不敬仰！"

寒暄中，左右提灯照路，引导着一行进了寺院，王世贞命世懋率仆从照应陈大春的轿夫随从，他独引陈大春进了专设的会客间。室内放着一张炕座，炕座上放置着宽大的茶儿。两人隔几坐下，左右将茶水、干果旋即摆上，随手关好了房门。

陈大春环视客室，最显眼的是茶具——茶焙、茶笼、汤瓶、茶壶、茶盏、纸囊、茶洗、茶瓶、茶炉俱全。再看茶儿上的茶盏，乃是有盏中第一的宣德尖足，料精式雅，洁白如玉。茶壶则是士林崇尚的紫砂小茶壶。"不愧天下名士，即使是寄居寺庙，也这般讲究。"陈大春半是慨叹、半是夸赞地说。他又轻轻在茶壶上摩挲了几下，展示才学似的说，"嗯，果然不凡。人云壶以砂者为上，盖既不夺香，又无熟汤气。呵呵，有这国中顶级茶具，又得与大名士一起品茗，陈某何其幸哉！"

王世贞却无心思与他闲谈，只是勉强挤出一丝笑意，旋即就被一种紧张的思绪所敛去，提心吊胆地说："少司农夤夜来访，定有要事指教。"

陈大春斟酌了一下，觉得还是以字相称显得亲近，遂道："不瞒元美，此番造访，确有要事。"他喝了口茶，侧身向着王世贞，"元翁相告，元美申雪疏，高阁老力持不可下。"

王世贞虽有预感，但得此信息，仍觉难以接受，顿感天旋地转，浑身战栗，面无血色。陈大春心中暗喜，却佯装吃惊，伸手向王世贞摇摆了几下："元美，不可过于悲伤，总要想个法子出来，昭雪令尊。"

"少、司农，"王世贞声音低沉、断断续续，"少司农可知，高阁老他、他何以不、不允昭雪先父？"

陈大春被问住了。他也问过徐阶，可没有得到答案。但此时又不能回避。不唯不能回避，还要借以煽惑王世贞。他低头沉吟片刻，就有了措辞："元翁提携高新郑入阁，他仗着是今上的老师，以怨报德，奸横远过蔡京。凡是元翁主张的，他必反对。"说着，叹了口气，"非令尊不该昭雪，实乃徐、高二相水火，置令尊在天之灵不得慰藉。元翁深有愧焉，特命陈某来向元美谢罪！"说着，抱拳向王世贞一揖。

王世贞两眼发直，牙关紧咬，像是在极力抑制自己的情绪，又仿佛发泄对高拱的愤恨。

"唉！"陈大春又叹气说，"不唯令尊昭雪事被高新郑所阻，凡是元翁要办的事，他无不力阻。国务难以推进，元翁忧心如焚！可这正是高新郑的阴谋，扰乱朝堂，败坏国政，好让朝野对元翁失望，他即可取而代之！"

王世贞恨恨然，说："如此小人，尚安然立于朝堂，乃士林之耻！"

"然则，"陈大春接言道，"今上对其宠信异常，百官忧恨交加又无如之何。"

"科道、科道都是缩头乌龟吗？！"王世贞抗议似的说，"为国除奸，是他们的本分啊！"

"元美是治史大师，又是亲历者，自然是晓得的，"陈大春缓缓道，"当年严嵩残害忠良、为恶多端，弹劾他的还少吗？可结果又怎样？若不是元翁扮猪吃虎，用尽智术，谁能扳倒严嵩？"

王世贞潸然泪下，摇头不止，泣声道："如此说来，先人之冤终不得雪了？"

"元美不必悲观。"陈大春鼓动说，"所谓墙倒众人推。高新郑看似强势，实则失道寡助、孤立无援，只要正直节义之士协力同心，逐高易如反掌！"

王世贞叹息道："世贞一介书生，山野之人，愧不能为除此大奸巨恶稍尽绵薄。"

"非也！"陈大春激动地说，"元美乃文坛盟主、天下名士，一言相教，士林风从。即使是朝廷大佬，也都对元美敬仰非常。我意，元美可暗中广为联络，整齐人心，一旦发动，南北两京群起响应，何愁高新郑不倒？”言毕，端起茶盏，又放下，补充说，“推倒高新郑，非为个人，乃为国家，故欲参与逐高者众。朝廷早已暗流涌动，只是喷薄而出之口尚未打开而已。刻下南北两京，上至阁老尚书，下到科道翰林，摩拳擦掌者不在少数。”

王世贞大受激励，从绝望中缓了过来，问：“请少司农吩咐。”

陈大春得意地一笑，说：“为避嫌疑，此番从南都发动。不知元美在南都科道中可有弟子？”

王世贞不加思索地说：“此事何难！”他起身走出客室，须臾拿着一张诗笺走到陈大春面前，“少司农请看，这是南都吏科给事中岑用宾写的七言律诗，送世贞披阅的。岑给谏多次投书自通，要投世贞门下，此人当可用。”

陈大春接过诗作，轻声吟诵：

酣歌古寺意偏雄，南北分携在眼中。
满目秋光何惨淡，无边云树对飞蓬。
芙蓉江上仙舟远，白鹭洲前旅梦空。
把袂临岐情不极，鱼书莫惜寄东风。

吟毕，随口赞道：“嗯，佳句迭出。此人，元美自可纳之。”

王世贞又从袖中掏出一函：“这是南都御史尹校所书。此人工书法，乞世贞吹嘘荐扬。”

陈大春大喜：“喔，元美片言激赏，可使其身价陡增！有此趣味者谁不愿投门下？元美辛苦，对岑给谏的诗、尹御史的书，写几句溢美之词就是了。这两人联名发动，最好不过。”

王世贞点头道：“世贞即差人赍夜赶赴南京！”

第十八章 连遭弹劾中玄十上辞表 偕游胜景珊娘一往情深

一

入了四月，京城天气乍热还爽，尚且宜人。不到辰时，高拱的轿子就到了文渊阁。刚下轿，忽见从阁后石山走来几人，唤了声“师相——”高拱驻足一看，打头的是韩楫，身后跟着许国等十几人。众人走到高拱近前，列队作揖施礼。

高拱这才看明白，这是他前年主考所取进士，甄拔为庶吉士，刚散馆，分发授职，多数留翰林院授编修、检讨，也有授科道的，其中打头的韩楫即授刑科给事中。他们多次投帖要去家中参谒座师，都被高拱所拒，无奈之下，今日方到文渊阁前拦轿参谒。见此情景，高拱心中不悦，沉着脸道：“你们是我的门生，应该知道，我誓言要除八弊，其中即有党比一弊。什么座主门生、同乡同年，参谒酬酢，不是结团团伙伙吗？此即党比之弊。下不为例，此后无事不准再谒，都回去办事去吧！”言毕，扭头大步进了文渊阁西门。

“呵呵，你们的师相，就是这脾气，都回吧！”张居正不知何时下了轿，出现在韩楫等人面前，劝慰了几句，与众人拱手揖别。

高拱听到张居正说话，在门内候着，待他进来，兴奋地说：“叔大，今年春防，北边没有出大事，你我的心血总算没有白费。”

北虏总在春秋两季进犯，春防、秋防遂成为国朝北边诸镇的重心所在。今年春防，因是国朝新旧交替，高拱担心北虏会大举进犯，故神经紧绷、格外用心，每夜必与房尧第商榷办法。在内阁则与张居正协力，举凡兵部春防策，督抚奏本、边镇

塘报，无不悉心研议，指授方略。到了四月，春防警戒解除，北虏并未冒进，只是发生了东部土蛮汗进攻辽阳长安堡之事，也在新任辽东巡抚魏学曾的指挥下很快平息。高拱闻报，大大松了口气。

“多亏玄翁操持啊！”张居正赞叹了一句，作提笔写字状，“今日居正执笔，得上紧看看文牍。”说罢，拱手作别。

高拱上了楼，进得朝房，一眼看到书案上放着一份揭帖，随手打开一看，竟是徐阶的弟弟、留都的刑部右侍郎徐陟所写。读了不几句，就被惊住了。徐陟竟是揭发乃兄不足为外人道的隐私的！不唯揭发徐阶的儿子骄横乡里、干请朝中，横暴过于严世蕃；还揭发说，当初先帝曾欲立裕王为太子，商于徐阶，他却力言不可；皇上登极，徐阶因心虚，便诈称生病来窥测皇上是否知晓他反对立储之事，对他是否信任。

“竟有这等事？”高拱不知所措，唤来承差，吩咐道，“请张阁老过来说话。”

张居正轮当执笔，正在阅看公牍，听到高拱相召，心生嗔怪：“玄翁这人，虑事未免太粗心，又不是首相，同是阁老，岂是任你呼来唤去的？”转念又想，“他大概还是以师友自居，习惯难改吧？”便释然了，但还是故意延宕了片刻，才起身前去。

“叔大，你快看看！”高拱见张居正进来，连寒暄话也没说，就举着徐陟的揭帖，递了过去。

张居正接过，不等高拱让座，就坐在书案对面的靠椅上，快速扫了一遍。高拱在旁观察他的表情，却未见张居正有惊诧之状。

“徐子明此函，不止投寄玄翁，居正已有耳闻。”张居正边把揭帖放在书案上，边说，“吏部、都察院也曾收到。”

“这是怎么回事？”高拱不解地问。

“徐子明乃元翁幼弟，”张居正以揣测的语气说，“闻得此公与二兄，哦，亦即元翁，不睦；今次京察等次甚低，或许他怀疑留都主持京察者得了元翁授意，故意贬低他的等次，一怒之下做出此等出人意料的事。”

徐陟是张居正的同年，张居正又是徐阶的弟子，他的话是有分量的。但照他的说法，似乎因为徐阶出于公心，没有为胞弟争名位才被诬陷的。高拱半信半疑：若无深仇大恨，仅为考察一事，亲兄弟焉能如此？背后或许有不足为外人道的隐秘，张居正也未必知之；即使有所耳闻，也未必愿说出来。是以他嘲讽地一笑：“呵呵，叔大此言，是元翁的口径吧？”

张居正并不辩驳，而是拿起揭帖晃了晃，望着高拱：“玄翁打算如何区处？”

“正要与叔大商榷。”高拱说，“以叔大之见呢？”

“玄翁可上密札，附上此书，皇上或许会令元翁致仕。”张居正以试探的口吻说。

高拱摇头道："非磊落之举，焉能如此？！"

"玄翁亦可找来科道中的门生故旧，授意以此弹劾元翁。"张居正继续试探道，"然结局如何，尚不好预判。"

高拱暗忖：倘若是自己有这些把柄，徐阶当会如此做吧？没有把柄还指授言路攻讦不已呢！虽则如是想，但他还是摆手道："结言路以攻讦大臣，乃坏纲纪之举，正人君子岂可为之！"

"那么，玄翁即可亲持此书，交于元翁。"张居正又说，"元翁当视玄翁为示好之举，对化解彼此芥蒂有益。"言毕，拱了拱手，"今日居正执笔，文牍如山，不敢久留。"走到门口，又转身回来，以低沉的声调说，"玄翁，还是多想想如何防身吧！"

"哦，还好！"高拱随口说。他以为张居正提醒他多保重身体，待张居正已走出房门，才似有所悟，"难道又有攻讦者？他们拿什么攻讦我？"这样想着，收起徐陟的揭帖，塞入袖中，起身去见徐阶。

徐阶刚进了朝房，尚未坐定，接过揭帖，痛心疾首地说："家门不幸，出此丑事，老夫真是无颜再立朝堂啊！"

高拱心想，此老好讲学，整日把修齐治平挂嘴上，若按照此老的逻辑，不能"齐家"，何以治国？说无颜立朝堂，倒也不为过。但这话不能说出口，只是淡淡地说："元翁不必介怀。"

徐阶觑了高拱一眼，想从他的神情中察探其心机，口中道："新郑有所不知，老夫的这个逆弟，从小最是娇惯，与父母、兄长一言不合，非哭即闹，甚是无理。长大后积习未改，故无论家事、国务，老夫一向不与之言及只字片语。或许正因如此，他对老夫耿耿于怀，此次京察又不遂其愿，便出此辣手。"

高拱听出了徐阶的弦外之音，无非是说徐陟根本不掌握他的隐私，书中所揭的那些事，都是无根之语，纯属捏造。真假与否，对高拱来说都不重要，他本来即无拿此做文章的打算，亲自把揭帖交到徐阶手里，已表明此意，无须再表白什么了。可听了徐阶一番解释，一时又不知该说些什么，只得重复道："元翁不必介怀。"便拱手告辞。

须臾，到了会揖之时，阁臣先后进了中堂。张居正低着头，拿着一份文牍道："南京吏科给事中岑用宾、都察院御史尹校，联名上《京察拾遗疏》。"

"京察拾遗？"高拱质疑道，"京察都过去两个多月了，怎么这时候才拾遗？"

国朝京察之制，吏部、都察院主持考察百官，南北两京各衙门五品及以下官员，各携堂上官开注的事迹、评语，亲赴吏部过堂，以凭参酌。考察不职者，降罚有差。四品以上自陈，取圣旨以定去留。考察若有疏漏，科道当拾遗。往昔京察，科道拾遗者不乏其例，但又每每引发门户之争；一旦争斗，必窒碍国务，高拱引以为忧，故语气中流露出反感。

李春芳接言道："献可替否，宰相之责；拾遗补阙，谏官之责。新郑不必苛责吧！"

张居正停顿良久，终于读出了拾遗的对象："大学士高拱，屡经论劾，恋栈不去，宜令致仕。"

"什、什、么？"高拱大惊失色，茫然无措，"这、这从何说起？"

郭朴大感意外，愤愤然道："开国二百年，从无京察拾遗阁臣的先例！"

"喔？"李春芳也感叹道，"京察拾遗不及阁臣，这是历朝成例嘛！南都科道，怎就对阁臣拾遗？"

"哼哼，先例姑且不论，既然是拾遗，总得有可拾遗的证据，"郭朴又说，"如今这科道只说新郑被劾过。若按这逻辑，远的不说，请问嘉靖朝的阁臣，哪位没有被论劾过？即使是元翁，被论劾也数以十计了吧？科道竟以这个理由拾遗阁臣，是何用心？这岂不贻笑后世？"

"南都的科道，拾遗朝廷的阁臣？"素来很少开口的陈以勤也忍不住说话了，口气像是提问，又像是质疑。

以京察拾遗的名义攻讦高拱，对岑用宾和尹校来说，也是无奈的选择。成祖迁都北京，为表对太祖的尊重，南京仍保留朝廷架构。但各部院寺监、翰林科道，等同闲衙，官员除了吃喝玩乐外，都要别寻一个雅好以打发时光。岑、尹二人一心想在文坛占一席之地，接到王世贞对他们诗作和书法的赏评，自然激动不已。可王世贞的信差又知会他们，须出面弹劾高拱。两人从未闻高拱有甚不堪之事，不知从何入手；可好不容易得到文坛盟主的激赏，坐失良机实非所愿。议来议去，岑用宾想出了"拾遗"的名堂。尹校不以为然，说拾遗阁臣无先例；拾遗高拱无由头；南京科道拾遗北京的阁臣实在太过勉强。但他始终也没有想出更好的办法，最终也只好与岑用宾联名拾遗高拱。

高拱无论如何也想不到会有这样的事发生，这分明是对他的侮辱！委屈、愤怒却又无奈，一股难以名状的火焰在胸中燃烧，火苗一直窜到了喉头，但又不得不极力遏制住，以致脸色铁青。他紧咬嘴唇，未出一语，起身大步出了中堂。

徐阶鼻孔中发出"哼"声，气呼呼地说："江陵，拟旨！拾遗阁臣无先例；切责岑用宾、尹校有失体统！"

二

房尧第一见高拱当直时回家，即知必是遭弹劾注门籍。他低声问："他们拿什么论劾玄翁？"

“屈辱！莫大的屈辱！国朝二百年，从未有阁臣被科道拾遗的先例，今高某有之，屈辱！”说着，步履蹒跚地走进卧室，“嗵”地扑到床上，喘着粗气，整整一天，不吃不喝，不发一语。

傍晚，内阁书办奉徐阶之命来到高府，带来了皇上在高拱辞职奏本上的批红：“拾遗阁臣无先例，卿著照旧供职。”

高拱阅罢，沉吟良久，叹了口气：“罢了，这些个小人，不值得和他们怄气！”

次日，高拱刚要登轿，内阁书办又来了，禀报道：“高阁老，这有一份副本，元翁命送高阁老，自辩用。”说完，一拱手，慌慌张张转身走开了。

国朝成例，大臣被劾，抄弹章副本与被劾者；被劾者可据此上本自辩。高拱一听“自辩”两字，即知又有弹劾者，急忙拿起阅看，是兵科都给事中欧阳一敬的弹章，上写着：“大学士高拱，屡经论列，不思引咎自罢，反指言官结党，欲威制朝纲，专擅国柄，亟宜罢斥！”

“混账话——”高拱大喊一声，把文牍狠狠摔在地上，用脚狠劲儿踩着，“欺人太甚！欺人太甚！”

房尧第忙上前拉住高拱：“玄翁，送副本是要玄翁自辩用的，踩烂了如何是好？”

“哼！”高拱仰天一笑，“不就是那几句话吗，他还能说出甚花样来？按他的逻辑，他要高某下台，若高某还在台上，就是罪状！这是甚混账逻辑？言官弹劾大臣，那是他的本分，但弹劾总要有弹劾的由头吧？似这等蛮不讲理的混账话，也说得出口！”

房尧第上前拉住高拱的袍袖往书房走，高福忙提来茶壶为二人倒茶。房尧第端起茶盏，送到高拱面前：“玄翁，来，喝口茶，消消气吧！”

高拱喝了口茶，放下茶盏，声音低缓地说：“欧阳一敬上次以论救胡应嘉为名弹劾我，说胡应嘉弹劾我的奏本事先两人商榷过；我在自辩时就说了一句，既然欧阳一敬和胡应嘉事前商榷过，何不列名？这欧阳一敬居然反咬一口，诬陷我指斥言官结党！”

“看来，他们是南北呼应啊！”房尧第忧心忡忡地说。

高拱喘着粗气，痛苦地仰坐在椅子上，双手微微颤抖着。

“初四，南都科道拾遗玄翁；初五，欧阳一敬再发难。若说这背后没有名堂，谁会相信！”

“崇楼，起稿吧，上本求去！”高拱有气无力地指着书案上的砚台说，“彼辈铁了心要赶我走，我一日不去，欧阳一敬者辈一日不罢手，恳请皇上放我回乡养老吧！”

房尧第照高拱所述写成奏稿，高拱看了一遍，“啪”地拍在书案上：“可我不甘心啊！皇上刚继位不到半年，百废待兴，我岂可弃皇上而去？”但他也知道，被劾请辞是惯例，无论多么不甘，也只能提笔抄写一遍，签上名字，封送会极门收本处。

当日薄暮，司礼监秉笔太监张宏奉旨前来高宅宣谕："卿侍藩邸年久，端谨无过，著照旧供职。"

"玄翁，不能就这么出来视事，"张宏刚走，房尧第劝道，"再上一疏吧，不的，那些小人又该有话说了。"说罢，不等高拱回应，即展纸提笔，再起一稿。

次日午时，张宏再次来到高宅宣谕："卿忠心谋国，朕所深知，不允辞，宜即出。"

"高老先生，万岁爷为高老先生的事，很忧心。咱看，高老先生还是遵旨上朝吧。"一向谨慎的张宏，辞别前劝了高拱一句。

房尧第还想劝高拱再上一疏的，高拱不以为然："皇上不会放我走；我再渎扰，徒伤圣怀，何益？"

次日，高拱即到阁当直。徐阶一进中堂，见高拱已在座，抱拳晃了晃："呵呵，新郑来了就好。常言宰相肚里能撑船，新郑不必介怀。"

"只是不知这等事摊在他人头上，会如何？"高拱冷冷道，"我是怕圣心怀忧，不愿再渎扰。"

张居正摇摇头，暗忖：玄翁何必说这话，分明是炫耀皇上离不开他，越发坚首相逐高之心矣！

徐阶一笑，转向陈以勤："南充，你执笔，说说当议之事。"

陈以勤拿起一份文牍："吏部题本，前朝已致仕吏科都给事中尹相、礼科都给事中魏良弼，各加太常寺少卿；户科给事中张选加通政司左参议；御史冯恩加大理寺丞，各致仕。"

高拱瞪大眼睛，环视诸人，"呵！呵呵！"怪笑两声，"这是做甚，这些言官早已因故致仕，冯恩、魏良弼在我登进士时已是中年，此时当八十之龄了吧？何以突然把这些早已销声匿迹的科道翻出来加恩？"见诸人默然，高拱火起，"这是什么意思？"他把案上的文牍向前一推，大声道，"朝廷优老之德，乃为政府行其私耶？"

张居正一听，高拱指责徐阶以此向科道示好，以结言路，不禁替他捏了把汗，忙瞟了一眼徐阶。徐阶手捋胡须，依然挂着微笑："南充，这个先放放。下一个！"

陈以勤低着头，小声咕哝道："南京都察院御史李复聘，劾大学士高拱奸恶五事……"

高拱正端茶盏侧身喝茶，"噗"的一声，喝到嘴里的一口茶水喷了出来，茶盏"哐啷"一声跌落在地。他用脚一踢，梗着脖子，激愤地问："哪五事？高某奸在何处，做过甚恶？"

郭朴恐高拱口无遮拦，忙道："新郑，副本会抄给你，你还是回避的好！"

高拱仰脸眨了几眨眼睛，一甩袍袖，起身出了中堂。

“怎么，玄翁，又遭论劾？”房尧第见高拱一步一顿足进了垂花门，吃惊地问。

高拱紧咬嘴唇，不出一语，径直走到书房，坐在书案前，拿起珊瑚串珠摩挲着，两行热泪滚滚而下。房尧第见状，只得悄然退出。

须臾，内阁书办送来了弹章副本，房尧第接过，走进书房，交给高拱。高拱把文牍扔回去：“崇楼，你看看，高某奸在何处，做了哪些恶？”

房尧第展开浏览一遍，道：“言玄翁奸恶五事：一、胁迫首相报复胡应嘉；二、攻讦言官结党；三、《嘉靖遗诏》深得人心，意欲推翻；四、无视三语政纲，侵夺部院职权；五、目无祖制，变乱成法。”

“没有说高某谋逆造反？”高拱揶揄道，“谢他留口德！”

房尧第坐在书案对面的椅子上，提笔拟写辞呈。

“只求皇上放归，不要自辩！”高拱扬手道，“这些个信口雌黄的话，不值一辩。”

皇上的谕旨很快就到了：“朕素知卿，岂宜再三求退？宜即出，以副眷怀。”

“不再上本了，明日就回阁当直！”高拱断然道。

“玄翁，回不得，似这般一波又一波的攻讦，史所未有，玄翁岂可轻易即出？”房尧第劝道。

高拱叹口气道：“我读皇上谕旨，即知皇上很无奈，对我三番五次求去，微有责备之意，怎好再让皇上着急？”

房尧第苦笑道：“玄翁三番五次求去，是他们不依不饶论劾不止，非玄翁故意以退为进嘛！”他顿足道，“玄翁亦义士，就这样眼睁睁被小人构陷污蔑？”他咬牙道，“玄翁，何不发动科道中的门生故旧，弹劾徐摆？他的把柄多的是，都给他揭出来！”

高拱摇头道：“且不说我一向反对党比，对门生故旧素无示恩笼络之举；即使他们听我的，一旦发动，岂不开启党争？党比相攻，非盛世之象，君子当戒！”

房尧第劝道：“玄翁，目今官场，没有几个心腹干将，遇事孤立无援，任人欺凌，委实是件痛心的事！”

“崇楼，做官是为了做事，不的，何必做官？皇上留我，我就要为皇上正士风、除时弊，导国家于大治！既然我誓言除党比之弊，自不能屈从时俗，以党比存身。”高拱目视前方，幽幽道，“处天下之大事，祸福不能动。如无不可，则可以退，可以死，可以天下非之而不顾！如此，方可称豪杰！”

房尧第被高拱的话所震撼，哽咽道：“可惜啊，官场中人斤斤于眼前小利，不识豪杰，竟至不容！学生为玄翁不平，为天下惋惜！”

“世不见知而不悔，盖无所往而不宜也！”高拱感慨一句，一扬手，“崇楼，把《板升舆图》拿来，春防无恙，秋防压力陡增。已是四月中旬了，秋防的事当预为整备，靠内阁那几位青词高手、兵部那些个猥琐官僚，我不放心。”

房尧第知劝也无益，倒不如一起商榷边务，分散注意力，遂把《板升舆图》摊开在书案，与高拱头抵头指指点点议论起来。

“哦！玄翁？”次日早，张居正一下轿，正碰上高拱出了轿厢，不觉惊诧，慌忙拱手道。

“怎么，叔大想不到吧？”高拱神情自若，“皇上既留我，我就得为朝廷办事，是以就来了。”

两人相跟着进了阁门，高拱边走边道：“抽暇叫上张子维，一起聚议一次，秋防的事，不能误了。”

“听玄翁吩咐。”张居正一拱手，拐向自己的朝房。

三

几天后，晨曦初露，高拱已在文渊阁前下了轿，信步走到阁后石山处漫步，目光却一直未离开内阁西门。不多时，张居正的轿子到了，高拱快步走过去，道：“叔大，我已知会张子维，今晚散班即到我家中一聚，商榷秋防事。”

“唔？”张居正愣了一下，旋即一笑，“呵呵，好，我带坛秋露白去，许久没有与玄翁一起吃酒了。”

交了辰时，阁臣进了中堂，徐阶拿起一份文牍，道：“科道不依不饶，委实令人心烦。”说着，扬了扬下颌，书办姚旷会意，把文牍转到高拱手里，他展开一看，是御史李贞元的弹章，只见上写着：

大学士高拱，刚愎偏急，无相臣体。外姑为求退之状，而内怀患失之心，屡劾屡辩，屡留屡出，中外指目，转为非笑，非盛世所宜有，愿亟赐罢免。

皇上在弹章上御批：李贞元无端渎扰，有失体统，著高拱安心供职。

高拱本以为，科道接连论劾，皇上一再强留，这场风波就此止息了，不意不到旬日，又有弹章。李贞元话说到这个份上，如何还能安心供职？高拱“哼”了一声，道：“看来高某之罪就是一条，不该再留京师。也罢，遂了你的心愿就是了！”说着，把弹章往书案上一摔，拂袖而去。

“上本，我意已决，不日归乡！”回到家里，高拱把房尧第叫到书房，嘱咐道。

房尧第埋头起稿，高拱拿起珊瑚串珠，出了书房，唤高福进了卧室，问：“珊娘何在？你去没去看过她？”

“老爷，俺跟你说，”高福凑过去，神秘地说，“这个把月，珊娘天天都在西边胡同口看着老爷轿子，俺见她好几回了。说不定俺去找找，还能找见她呢！”

“喔呀，那你快去，看能不能找见。”高拱惊喜道，“若见了她，就说老爷我想请她一起到高梁桥走走。快去快去！”

高福一溜小跑，出了卧室，慌慌张张到胡同西头的拐角处去寻找珊娘。正在东张西望中，忽听珊娘唤道：“福哥——”

“哎呀，俺的娘唉！”高福大喜过望，跑过去。还未开口，珊娘就神色黯然地说：“先生的轿子回了，是不是又被坏人参了？”

高福顾不得解释，咧嘴笑道：“珊娘，啥也别说了，你到西直门等着吧。过会儿老爷去跟你碰头，到高梁桥去玩呢！”

“真的呀，福哥？”珊娘转忧为喜，忽闪着眼睛问。

“去雇辆车，去吧，去西直门等着。俺去雇头毛驴，说话就到！”高福说着，转身跑开了。

须臾，高福回到府中，直奔书房。见高拱已更了衣，正嘱咐房尧第：“崇楼，会极门投完本，你即设法知会张叔大、张子维，今晚不要来了，免得连累他们。我走了，叔大在，辅佐皇上，我还放心些。”

“老爷，妥啦，走吧！”高福急不可耐地说。

高拱走到厨房，洗了把脸，又梳理了一番胡须，方跟着高福出了院门，骑上毛驴，沿西单牌楼大街，向北穿过西四牌楼大街，转向西直门内大街。到了西直门城楼下，远远望见珊娘站在右侧的一块石头上向这边张望，高福喊了声：“珊娘——这儿呢！”

珊娘闻声小跑着过来，抹了把汗，向高拱施礼：“奴家见过先生！”

高拱局促一笑，向城门一指：“珊娘，走，出城！”

出城一箭远路程，向北拐，数百步之遥，就是高梁桥了。此地两水夹堤，垂柳十余里，连接澄湖百顷，一望渺然。每至夏日，芙蓉十里如锦，熏风芬馥，游人如织，最为京师胜处。

高拱下了毛驴，与珊娘并肩沿平堤缓步西行。过响水闸，听水声汩汩，令人心旷神怡。又走出几步，珊娘弯身看着旁侧的河水，突然“呀”的一声惊叫，指着下面道：“先生请看，河底的小鱼儿，连鱼鳞和鱼鳍都看得清呢！”

“呵呵，珊娘抬头西望！”高拱笑道，“西山如在几席，朝夕设色以娱游人。”说着，盯着珊娘看，仿佛她就是设色娱人的西山。

珊娘慌忙侧过脸去：“先生，西山遥遥在望，哪天陪先生去登西山，好不好？”

“从前在翰林院时，高梁桥、西山，是常来的。自入裕邸、掌国子监、做部院堂上官后，就再也没有来过了。”高拱感慨着，“今日与珊娘同游，又与往昔不同。”

“那么先生不妨说说，有何不同？”珊娘调皮地歪过脑袋看着高拱。

“哦，这个嘛！”高拱驻足思忖，却不知如何表达，索性道，“这个就不说了。”

“嘻嘻嘻！”身后传来高福的嬉笑声。

“高福！”高拱转身道，“我看四处不少人席地野炊，你也去买些吃食来。”转过身来，一指前方，“珊娘看，精蓝棋置，丹楼珠塔，绿树窈窕，丝管夹岸，真乃人间仙境也！”

珊娘虽未全懂高拱的话，可她听说过境由心造这个说法，以此可知，先生心里必是愉悦的。珊娘心里充满温馨，上前拉住高拱的袍袖摇了摇：“先生，以后常来这里，好不好？”

高拱不语，又走了几步，指着前面的一条石凳，道：“珊娘，坐一会儿吧。”

“好的呀！”珊娘欢快地跑过去，在石凳左侧坐下，拍了拍石凳中间的位置，“先生快来坐。”

高拱坐下，望着静静流淌的河水，黯然道：“珊娘，我就要告老还乡了。京城，怕是今生不会再来了。”

“奴家猜到了！”珊娘向高拱身边挪了挪，“不的，先生哪里有雅兴陪奴家到这里来。”

“我想好了，回到新郑老家，著书立说。”高拱眼圈红了，语调中有几分悲凉，“穷愁、怨尤、落魄，皆非豪杰所为，读书写作，足以自怡。”他向珊娘投去一瞥，叹息一声，“只是，只是心有牵挂……”

“先生牵挂什么？”珊娘仰脸看着高拱。

高拱摇摇头，沉默了。

“先生！”珊娘唤了一声，低下头，郑重地说，“奴家愿随先生到先生家乡去。”

高拱蓦地站起身：“珊娘，走！”

“呀！”珊娘惊讶地叫了一声，“先生，这就走呀？”

高拱脸一红，道：“我是说，再往前走走。”

“老爷老爷，东西买来了！”高福气喘吁吁跑过来，“烧鸡，还有烧饼。”说着，把怀里的两个纸包放到石凳上。

珊娘麻利地脱下披在身上的斗篷，铺到地上，扶着高拱：“先生，请坐。”说着，跑过去在河里洗了洗手，边甩手边跑过来，打开纸包，撕下一块鸡肉，举到高拱面前，“来，先生。”

高拱四下看了看，踌躇片刻，张开嘴，珊娘轻轻地把一块鸡肉送进他的嘴里，高拱嚼了几下：“好香！”珊娘又掰下一块烧饼，“咸呢，就了这个一起吃才好。”说着，又送到高拱口中。

“珊娘，你也吃嘛！”高拱指了指石凳上的烧鸡说。

“先生吃得香，奴家就满足了。”珊娘满含深情地说。

想到官场受到的屈辱，望着珊娘柔情似水的脸庞，泪水在高拱的眼眶里打转。珊娘一口一口地喂他，高拱吃了几口，摆摆手：“珊娘，这两年，你受苦了！”

“没有呢，先生，奴家不觉得苦。”珊娘低下头，喃喃道，“奴家找到了归宿，比什么都甜呢！”

“珊娘，我想好了，带你回老家去！”高拱一把拉住珊娘伸到她嘴边的手，“带你走！”说着，又蓦地放开他，踌躇道，“只怕委屈了珊娘！”

“奴家能追随先生这样的伟丈夫，是莫大的荣幸！”珊娘眼含泪花道，忙伸出袖子，为高拱擦去手上的油渍。

蹲在河边啃着烧饼的高福听到这里，高兴地说：“哎呀，俺的娘诶，终于等到这一天呢！”

“多嘴！”高拱呵斥了一声，突然想起一件事，道，“珊娘，刑部在追查谋刺案，到处在找小道士。你要不要去刑部，把那天的情形说给他们听听？”

“奴家听先生的，”珊娘道，托腮想了想，“只怕他们不信奴家的话，也怕节外生枝，不能随先生返乡。”珊娘最担心暴露身份，被遣送回籍，是以她一直回避着。反正先生安然无恙，她可以随时远远地注视先生，彼此靠得很近，这比什么都好。此时她便找了借口，婉拒了高拱要她出面配合查案的提议。

高拱也拿不定主意：“那就等等再说吧。”

珊娘觉着话题又沉重了，怕高拱不开心，起身道：“奴家为先生唱曲吧！”

“还唱红线女？”高拱笑着说，“呵呵，我看那红线女，却不如珊娘这般美丽、勇敢！”

珊娘愉悦地晃了晃脑袋，拍拍手，清清桑，低声唱了起来。

一曲未了，忽见房尧第骑马奔来，到了跟前，翻身下马，道：“玄翁，皇上差司礼监宣旨，在府中候着呢！”

高拱沉吟片刻，看着珊娘，似在等待她的决断。

“先生还是快回吧。”珊娘善解人意地说。

高拱向珊娘一拱手：“珊娘，失陪了。”言毕，高福、房尧第两边扶着高拱上马，向城里奔去。

司礼监秉笔太监张宏见高拱风风火火从外边进来，起身抖了抖朝袍，不等高拱跪定，就展旨读道：“朕屡旨留卿，特出眷知，宜以君命为重，人言不必介怀。”

高拱接过谕旨，道：“老公公，请回禀皇上，臣亦义士，不能再忍羞辱，盼皇上能放臣归去。”

“高老先生，你老人家已然上了七表要辞官，咱看万岁爷不会放老先生回去

呢！”说罢，抱拳而去。

高拱走到书房，提笔又拟一本。

“对，这回，只能坚不再出！”房尧第走过来，看过高拱的辞疏，赞同道。

可是，又连上三疏，都被皇上驳回，房尧第劝道：“即使如此，还是不能出。出，又是一波弹劾，不是自取其辱吗？”

高拱怅然道：“再不出，无非是逼迫皇上处罚科道。咱们的皇上仁厚，安能以此相逼？我不忍也！”

“哼！”房尧第一声冷笑，“根子不在科道，在徐揆。他要赶玄翁走，玄翁在一日，徐揆就不会善罢甘休！”

“看来，我要让他知道，高某不是任人宰割的羔羊！”高拱咬牙道。

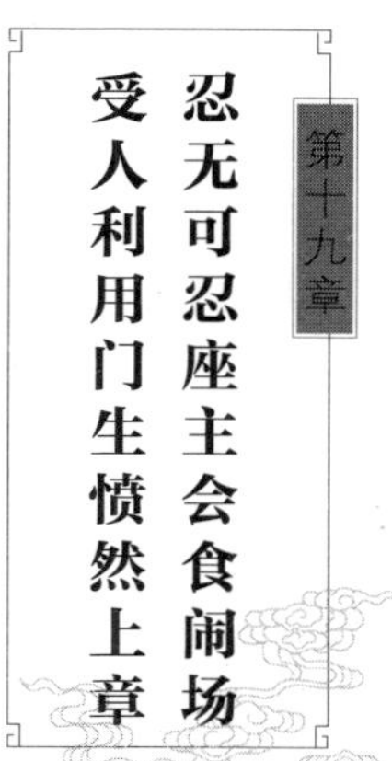

第十九章 忍无可忍座主会食闹场 受人利用门生愤然上章

一

隆庆元年端午节，百官照例放假一日，阁臣则依例当直。皇上体恤辅臣的辛劳，特赐酒宴。午时三刻，徐阶、李春芳、郭朴、高拱、陈以勤、张居正六阁臣一起来到文渊阁中堂会食。厨役们布置停当，御膳房的酒菜也由小火者抬到。阁臣一到，厨役打开食盒，将菜品摆到桌上，又有承差为阁臣斟酒侍候。

阁臣依次坐定，徐阶举盏道："来来来，诸公，第一盏酒先敬皇上。感谢皇上赐宴，祝我皇万寿无疆！"

李春芳等忙不迭端起酒盏，举了起来；只有高拱脸色阴沉，慢慢起身，愣愣地端起酒盏，待众人都一饮而尽，目光齐刷刷地转向他，他才猛一仰头，把酒倒进嘴里，气鼓鼓地落了座。徐阶见状，放弃了先带三盏酒的打算，笑着说："呵呵，今日过节，还是随意些好，请诸公自便！"说着，举箸示意，请大家吃菜，自己先夹了块鱼片放进嘴里慢慢嚼着。众人边附和着，也都举箸夹菜。高拱却袖手而坐，仰脸望着天花板，喘息声似叹非叹，时高时低。

往者过节会食，平时一本正经的阁臣也会放下架子，彼此出谐语、说笑话，至少表面上是欢快祥和的。但今次不同了，五阁臣都明白高拱之所以如此的原因，怕触发他的愤怒不好收场，也都不敢随便开口说话。

会食的气氛很压抑，阁臣都埋头吃菜。高拱瞥了徐阶一眼，鼻中发出"哼"声，心想："欧阳一敬那顶'威制朝纲，专擅国柄'的帽子，戴错了地方！给此老戴上，

才最合适！发动科道钳制皇上，内阁同僚提出建言就被视为异端另类而不容，这不是威制朝纲，专擅国柄的典型手法吗？彼辈小人，颠倒黑白、混淆视听如此，真是令人发指！”

张居正看出了高拱的异样，担心沉闷中会爆发，他盘算，高拱不会不给他面子，遂站起身道：“诸公皆居正师长，居正少不更事，多亏诸师长优容、训导。端午佳节之际，借皇上所赐，居正要表达感谢之情，打一个通关！”说着，举盏走到徐阶座前，“先敬元翁！”

徐阶扭脸慈祥地望着张居正，笑着说：“江陵年富力强，又闻颇有雅量，自可多吃几盏。老夫老矣，又不胜酒力，吃半盏吧！”

张居正不便强求，敬完徐阶，又依次敬李春芳、郭朴，二人皆起身相迎，也各有说辞，爽快地饮了酒。轮到高拱了，张居正道：“玄翁，怎么样？居正敬盏酒是应该的吧？”高拱未起身，但端起了酒盏，说：“叔大，饮三盏！”

“好！三盏！”张居正说着，先饮了一盏，在高拱眼前一晃，“先干为敬！”

高拱酒量不大，加之心情郁闷，又一直未吃菜，连喝三盏，已有醉意，满脸通红，脖子红得像鸡冠，几根青筋越发凸出，隐约可见跳动。待张居正敬完了陈以勤回到座位，高拱起身从厨役手中夺过酒壶，说：“尔等都出去，我来斟酒！”说着，兀自干了一盏，又斟上，“嗵”地在桌上撴了一下，紧紧盯着徐阶道：“元翁，高某敬你一盏！”

“不必了！”徐阶沉着脸说，“老夫不胜酒力！”

“也罢！”说着，高拱一仰脖，把酒喝了下去，将酒盏往桌上一撂，“元翁，皇上慰留我甚坚，科道逼迫我甚急！为皇上计，为国家计，适可而止吧！”

徐阶阴阳怪气地说：“老夫何尝不盼如此？”

听徐阶这句话，似乎他对言官所为一无所知，摆出了一副超然事外的阵势，令高拱顿起反感，遂以质问的语气说：“高某到底有何过错，竟至不容，如此结言路必逐我而后快？！”

徐阶似乎早已成竹在胸，冷冷道：“新郑此言差矣！言官乃朝廷的言官，不是老夫的言官。倘言路可结，老夫结得，那么新郑自然也结得嘛！”

“你……”高拱被噎住了，大口地喘着粗气。须臾，他索性伸手指着徐阶质问，“写青词、助斋醮，元翁当年不曾为之？永寿宫事谁为之？该不会说是严嵩献策重修吧？哼哼，此等事，严氏父子也不愿为之！一尺一寸皆元翁父子视方略，何以遗诏中，尽归为先帝之过？”

高拱终于把他对徐阶瞒着他拟定遗诏的不满公开发泄出来了。虽然高拱私下里说过，徐阶对先帝是“诡随于生前，诋骂于身后”，他为之不平，而且这些话也早为徐阶所闻，可是当面直截了当说出口，还是第一次。

徐阶又冷笑了一声，说："土木事，老夫不敢辞；然青词事，倘若老夫没有记错的话，似乎有人上了密札，恳请为先帝精制青词，密札犹在，新郑，你看要不要公之于众？"

高拱面露羞愧之色，嗫嚅不能言。仿佛他用力抛向对方一粒石子儿，被厚厚的盾牌弹了回来，重重地打在自己的脑门上，瞬间被打蒙了。

张居正不由自主地"哦"了一声。他刻下方明白，去岁徐阶明知高拱入阁乃是大势所趋，既想示恩于他，又踌躇不决。原来，他是想要抓住高拱的把柄，以防将来高拱拿青词一事攻讦他。虽然高拱最终没有写青词，但是那道密札，比青词的分量还要重。刻下，这道密札终于派上了用场，高拱的气势只此一下就被打了下去。

趁高拱尚未反应过来的当口，徐阶手扶食案，有气无力地唤了一声："来人——"左右闻声而至，徐阶道，"老夫头晕，有天旋地转之感，扶我进朝房休憩。"左右忙搀扶他起来，徐阶步履蹒跚地走了几步，回头对茫然不知所措的众人说，"老夫摇席，请诸公自便！"

众人面面相觑，不知如何收场。郭朴对李春芳道："兴化，我看就散了吧？兴化不妨代表我辈去看看元翁。"

李春芳如释重负："嗯，这样好，这样好！"

待李春芳进了徐阶的朝房，却见他正端坐在书案前，提笔写着什么，忙问："元翁，要不要传太医来诊治？"

徐阶抬起头，说："老夫并无病恙。只是新郑如此拆台，当面攻讦，如何还能干下去？"他指了指文稿，"老夫这就上疏求去，遂了他的愿就是了。"

"元翁，新郑酒后失言，元翁不必介怀。"李春芳劝道，"春芳这就去找新郑，劝他向元翁赔罪。"说罢，生恐徐阶拒绝，转身走了出去。到得高拱的朝房，忙将徐阶要上辞呈的事说于他，劝道："新郑啊，同僚间，不可破了颜面嘛！此事传扬出去，对内阁和徐、高二公声誉有损。元翁毕竟是前辈，我意，新郑不妨去向元翁解释几句，算作道歉，给彼此一个台阶下，如何？"

高拱余怒未消，说："兴化都看到，言路一再羞辱攻讦高某，倒是高某有错？无非是赶我走，我走就是了。这就再上辞呈，向皇上乞骸骨！"

"相国者，以和衷共济为美，新郑何必赌气？"李春芳又劝了一句，他也给自己找了一个台阶，"请新郑再细酌。"言毕，告辞而去。

高拱没有想到徐阶今次毫无退让之意，竟以辞职相威胁。自己本是受害者，无非发泄一下不满而已，却要示弱道歉，这让他难以接受。但不道歉，就只能上辞呈。辞呈很快写就，高拱照例离开文渊阁，回家等待皇上的裁示。

“玄翁，这……？”见高拱在当直时返家，房尧第以为又是被劾回避，跟在身后小心翼翼地问。

“圈套！果然是圈套！”高拱义愤填膺地说，“当初酝酿我入阁时，齐康就提醒说有圈套，对他感恩戴德驯服听话则可，否则必不容。我还对齐康一番训斥，今日才如梦方醒！”

二

徐府是一座三进四合院，亭台楼阁、假山名石、小桥流水，俨然江南园林。这天用过早饭，徐阶背手在院中漫步。管家匆匆走了过来，递上一张拜帖，竟然是高拱的！

徐阶大感意外。昨天，他以老迈衰病为由上疏求去，照例在家里等候皇上的裁示，并吩咐管家，谢绝一切人等的探视。但高拱是内阁同僚，管家不敢不呈递他的拜帖。徐阶捻须沉吟良久，才吩咐左右领高拱到花厅来见。

高拱也是递交了辞呈的。他着了一身便服，在管家的引导下进了徐府的花厅。一眼看见徐阶半躺半坐在太师椅上，大热的天，腿上还盖了条薄被，似乎真有病恙在身。“元翁——”高拱唤了一声，施礼相见，口中道，“昨日会食，拱酒后失言，对元翁甚不恭，特来向元翁道歉，请元翁见谅！”

徐阶一动不动，吩咐左右：“给高阁老上茶。”

高拱见徐阶竟无让座的话，只好尴尬地站着，又道：“元翁，皇上悉心委政内阁，拱甚愿与诸公和衷共济，把国事办好，别无他意。耿耿此心，皇天可鉴！”

徐阶发出一阵咳嗽声，良久，才以低沉的语调说：“新郑，老夫病痛难忍……”接着，又是一阵咳嗽。

高拱明白了，徐阶是不接受他的道歉，而且下了逐客令。他强忍心中怨怒，道：“元翁，拱典试时，以试题触忌，元翁为拱解护，拱实心感之。今日郑重告元翁：元翁即仇我，然解先帝疑一节，终不敢忘，必当报效！”言毕，抱拳一揖，昂然出了花厅。

房尧第在茶室候着，看见高拱梗着脖子出了垂花门，心里不禁“咯噔”一声，脸色变得煞白。昨夜，他怀疑徐阶是以辞职来煽动百官反高，恳切建言高拱去给徐阶道歉。高拱本是担心阁臣僵持下去，影响国务推进，让皇上为难，勉强接受了建言。房尧第见喘息工夫高拱就出来了，料定此行不顺。他怕受高拱责备，小心翼翼地跑过去，不敢说话，跟着高拱出了徐府。

回到家中，高拱下了轿，房尧第垂首立在垂花门前，预备承受高拱的呵斥。但高拱并未发火，只是感慨了一声："连道歉这般违心的事也做了，我可心安理得了。"

"徐揆不愿息事宁人？"房尧第问，旋即感叹一声，"看来，学生判断没错！此前徐揆是以退为进，设下陷阱；今次则是故意刺激玄翁。"

高拱一脸委屈，忿然道："此老全无谋国之心！"

"往者学生劝玄翁反制，目今看，当改变策略。"房尧第边思忖边道，"所谓言官百篇，不抵君父一言。虽然科道联翩论劾，但皇上一再慰留，也是有目共睹的。一二言官再纠缠下去也是自讨没趣，彼辈想逐玄翁，却已无从下手。是故，彼辈所盼者，就是玄翁出而反制，这样他们才有机可乘。玄翁不惜放下身段，亲往道歉却仍受冷遇，正说明徐揆希望事情越闹越大。故学生建言，玄翁当以静制动，沉默以对。"

"静不得啊！"高拱忧心忡忡地说，"昨日见塘报，知俺答率军犯大同任达沟等处，游击阎振引兵抗御，战于西山及谢家洼；俺答察知大同防御严密，不敢冒进，引兵还巢。这虽是喜讯，却也是警讯。北虏必蓄积兵力，于秋季大举进犯，北边防御日益急迫，朝政不能再纷纷扰扰了，当拿出得力对策才对！"

"刻下的情势，不容玄翁有为啊！"房尧第痛心疾首地说，"玄翁一做事，即被目为谋位夺权、胁迫首相，如何能有为？"

"清者自清。既然在其位，自当谋其政。"高拱慨然道，叹了口气又说，"况且，我这种人，不做事，不是更郁闷吗？做事，还能转移注意力。崇楼，去，把大同的舆图拿来。"

"高新郑居然来赔罪，出乎预料！"望着高拱的背影，徐阶口中喃喃道。他有些沉不住气了，把搭在腿上的薄被掀出老远，大叫，"来人——"

管家疾步上前，躬身等待主人吩咐，徐阶道："你去户部，叫陈大春戌时三刻来见。"管家领命而去，刚转过身，徐阶又叫住他，"记住，不可从首门进出。届时你亲自接他，从偏门进来。"

陈大春昨日散班就已到过徐府。徐阶递交辞呈的事，很快就在官场传开了，人们猜测着、私下议论着，部院堂上官纷纷以探病为由前来探听虚实，结果都吃了闭门羹，陈大春也不例外。今次一听徐阶有召，就知必有所授，便把迩来他的一番部署在脑海里过了一遍，预备在徐阶面前表表功。

"元翁求去，必是那忘恩负义、恩将仇报的小人所逼！"在书房一见徐阶，看他并无病态，陈大春也就免了问病的说辞，开口即骂高拱，意在试探他的推测是否属实。

"老夫求去，外间有何议论？"徐阶问。

“人言藉藉，都揣测是高某所逼！”陈大春说，“学生听说，已有人放出话来，设若元翁坚卧不出，当联络同僚，共逐奸臣！”

“喔？！”徐阶眼前一亮，露出几分喜色。

“元翁坚卧不出最好。”陈大春献计说，“学生与王世贞都在私下与朝中要人联络，共谋逐高之策。”

徐阶叹息道：“午前高新郑亲自登门致歉，适才皇上慰留之旨已到。”

“哦？高新郑这头倔驴，居然会亲自登门道歉赔罪？”陈大春吃惊地说，又一甩手，“这，这却乱了元翁的棋谱。”

本来，徐阶想借此次高拱向他发难，以退为进，摆出有徐无高、有高无徐的态势，逼迫皇上和百官做出选择。他自信，百官当会站在他这边，而皇上在百官胁迫下，最终也不得不忍痛割爱。而高拱此一番登门道歉，徐阶自觉顿失主导权。内阁同僚间顶撞争执，算不得大事，况且人家已道歉赔罪，若再不依不饶，岂不有失相体？虽然自己故意给高拱难堪，意在激他恼羞成怒再做失分寸之举，可万一高拱忍辱含垢不再发难，此事也只能到此为止。

陈大春不甘心：“元翁，学生看，当再上本求去，让百官出面挽留。”

徐阶摇头：“因此细故坚卧不出，让人说老夫小肚鸡肠；若再惹皇上动怒，岂不弄巧成拙，遂了人家的心愿？”

“元翁出来视事，朝局复归平静，再拿甚事持续论劾高新郑？逐高岂不功败垂成？”陈大春着急地说。

徐阶突然诡秘一笑：“昨日新郑讽老夫结言路，老夫答他，言路吾可结之，新郑何不能结之？”

陈大春若有所悟，点头间，已有了主意。

三

曾省吾本打算请御史齐康喝酒的，但他知道齐康一向特立独行，不喜交际，恐被拒绝，只好在晚饭后前去家里拜访。

齐康与曾省吾熟悉。他知曾省吾是张居正的幕僚，而张居正与座主高拱是好友，一见曾省吾的名刺，齐康亲自到首门去迎。

“冒昧叨扰御史，恕罪！”曾省吾笑着说。

齐康不苟言笑，满脸抑郁，寒暄过后，再也无语。曾省吾无话找话说了几句，自觉无趣，也就不再多言。直到在花厅坐定，两人依然相对沉默。曾省吾欠了欠身，叹口气道：“健生，时下贪官墨吏有之，混日子不办事者有之，却少见科道参揭；而尊师高相廉节自守，无非是不忍坐视国事糜烂，想为国办事而已，竟不见容言路，令正直者寒心，求治者裹足！”他一拍座椅扶手，义形于色地高声道，“更可气的是，竟无一人秉公心站出来替高相说句公道话！”

齐康盯着曾省吾，品味着他的这番言辞，琢磨他的来意。曾省吾被齐康看得心里发毛，仿佛内心的隐秘被他窥视到了。

前天，陈大春从徐阶府邸出来，已明白了徐阶的意图，当即就想到了曾省吾，遂吩咐侍从，请他晚间到潮州会馆一聚。酒酣耳热，陈大春亮出了底牌：请曾省吾劝说高拱的门生出面替高拱出气。曾省吾即知此乃徐阶之意，不禁吃惊道：“哪有发动言官攻讦自己的？”

陈大春笑道：“呵呵，元翁胞弟徐陟，早把元翁的隐私揭得体无完肤了，言官论劾，也无非是拿这些说事。”他走过去拍了拍曾省吾的肩膀，“三省当知，元翁最赏识太岳相公，可谓不顾物议，超常提携。何意？一旦高新郑下野，时下仰仗太岳相公，不久必向太岳相公交棒；若高新郑得势，恐太岳相公只能做个驯顺配角罢了！”

这也正是曾省吾的想法。不唯如此，他还有一块小小的心病。他原以为王世贞之父昭雪事不会出什么意外，一听说申冤疏被停格，曾省吾叫苦不迭，直怨高拱无事生非。王世贞差外甥送的六张黄灿灿的金叶子，恰逢张居正的次子嗣修得一女，曾省吾以贺礼为名送与张府，退也退不回去了。万一王世贞迁怒张居正，让他曾省吾如何交代？协助徐阶逐高，不唯对张居正有益无损，且王世贞之父昭雪之事必能办成，也可了却一桩心病。他盘算良久，认定暗中变相参与逐高，不会有任何风险。至于张居正，他知道了或许会责备自己，更大的可能是口责备而心许之。因此，曾省吾爽快地答应了陈大春。他对高拱的门生逐个梳理，想到齐康其人，耿直抑郁，平时对徐阶多有不满，可以一用，遂登门相劝，话也就说得相当直接，不想绕弯子。

齐康问：“曾郎中何不站出来替师相说句公道话？”

“曾某是这么想，可健生知道，张相是徐相的弟子，夹在中间备受煎熬，一旦我站出来，让张相不好做人，也势必把局面复杂化。”曾省吾双手一摊，装作很无奈的样子说。见齐康不说话，他又以愤愤不平的语气说，“谁不知一朝天子一朝臣的道理？新朝伊始，本当高、张二相协力治国、开创隆庆之治，可时下如何？高相有何错，受到的攻讦史所罕见！然则，细究之，徐相这样对高相，实是以攻为守，看似攻势凌厉，实则外强中干，不堪一击！”说着，从袖中掏出一叠文稿，乃是徐阶胞弟徐陟揭发乃兄的揭帖抄本，放到几案上，向齐康一边推了推，“况且，徐相有的是把柄呢。”

齐康展读揭帖，喘息声越来越重。

曾省吾突然冷笑起来，道："徐相每以讲学以正人心相标榜，可他施之兄弟即不达，况四海五洲之远，兆民之众乎？"

齐康不能再装糊涂，问："曾郎中为何找齐某？"

曾省吾以同情的语气说："健生有学识，悒悒不得志久矣！"他抓住齐康的手，郑重地说，"与其委委屈屈，何如奋起一搏？"

齐康双目直视前方，嘴唇嚅动着，却未出一言。

曾省吾站起身，慨然道："健生，隆庆之治能否成为现实，端在高、张二相能否协力执政。做言官的，为国家立奇功的机会，并不多见呢！"说罢，抱拳作辞。

齐康早就对科道同僚无端攻讦座师看不下去了，只是怕出面替师相鸣不平激化矛盾，方一忍再忍的。刻下被曾省吾一番话激得热血沸腾，送走曾省吾，转身快步向书房走去。

过了两天，齐康的弹章发交内阁。秉笔票拟的郭朴展读之，喜忧参半。他瞥了一眼徐阶，见他脸上依然挂着惯常的微笑，但却不停地捋着胡须，似乎内心很不平静。以徐阶的人脉，通政司恐早有人将此事偷偷禀报于他，此时他故作镇静，佯装不知罢了。郭朴又看了一眼高拱，见他低头翻看案上的文牍，并无反常之处，就揣测出，高拱恐对此事毫不知情。知情不知情都不重要，重要的是徐阶势必会咬定乃高拱指授，这是让郭朴忧心的。

"都察院广东道御史齐康劾大学士徐阶险邪贪秽、专权蠹国。"郭朴拿起齐康的弹章，读了起来。

刚读了"事由"，"哗啦——"一声，李春芳端在手中的茶盏盖子掉在了地上，他却依然张着嘴，呆在那里。

"谁？！"高拱大吃一惊，抬头问，"谁劾元翁？"

"御史齐康。"郭朴回答。

"很正常，嘉靖朝的阁臣，谁能免？"徐阶大度地说，旋即冷冷一笑，"如此甚好。老夫求之不得！不过，诬诋之事，老夫也不能安于缄默。"

听徐阶的意思，他是要听听齐康论劾他些什么了。于是，郭朴把齐康的弹章，缓缓地读了一遍。

高拱细细听着，边梳理归纳齐康论劾徐阶的三件事：一说他当年反对立裕王为储君；一说他以遗诏谤诋先帝，诡随于生前，而诋訾于身后，非为人臣之道；一说他儿子在外多干请，有不法，置商号于京师，家奴于姑苏治商事，颇横。这都不是新鲜事，其胞弟徐陟曾经揭发过。

"齐御史所论，皆暧昧之事。"徐阶听完齐康的弹章，似早有预备，回应说，"其中所论建储一事系老夫阻挠，尤为妄诞。昔老夫在礼部，曾四次上疏请立东宫；

及入内阁，先帝确曾问及传位事，因当时恐起他衅，是故不敢赞成，但恳恳为先帝陈裕王之仁孝。文牍俱在，可查对之。至于谓老夫父子请托，则各部院当事之人皆可询问，何时、何事曾经请托？”说着，徐阶转问郭朴，“安阳历任刑部、吏部尚书，我父子可曾请托于你？”也不等郭朴回应，长叹一声，“老夫蒙恩叨逾，已极履满盈，此人所戒者。”边说，边站起身来，“老夫这就上疏求退，以谢齐御史！”

“这……”李春芳看看高拱，又对着徐阶的背影，以求助的语调叫道，“元翁！这……阁务……”

徐阶头也不回，“老夫乃被劾之人，理当回避。阁务，按制当由兴化署理。”

“春芳不敢！”李春芳一脸苦楚，“元翁，万万不可卸仔肩啊！”

“非放归徐某，无以息争，”徐阶态度坚决地说，“老夫只好隐去，以谢齐御史！”徐阶又重复了一遍。他像突然想起什么，转身对李春芳说，“喔，齐御史弹章里不是还说老夫在内阁里拉拢李春芳，与之声势相倚，从而达到专权任事的目的吗？如此，则兴化亦是被论之人了。内阁，就由郭、高二公来干吧！”

李春芳也收起文牍，道：“春芳也只好回避，上辞呈。阁务，多劳诸公了。”

“来人——”高拱突然大喊一声，书办战战兢兢走过来，高拱向外一指，“去，把齐康给我叫来！快去！”

“玄翁，这又何必？”张居正劝阻道，“御史论劾大臣，是他的本分，阁臣焉能干预？玄翁为何怒气冲冲召御史来见？”

高拱从适才徐、郭对话中悟出了三昧，由听到弹章时的快意转瞬间变得焦躁起来。倘若指授门生弹劾阁揆这盆脏水兜头下来，正愁找不到由头的欧阳一敬之流必然大做文章，谋位夺权的指责势必越发汹涌，是以他急于先发制人表明心迹，避免误会。见书办听完张居正的话止住了步，他吼道：“因何止步？快去，即刻把齐康叫来！”随即转向张居正，解释说，“叔大，叫齐康来，问问他此事是不是高某指授，抑或是他承望而为。”

张居正摇头，不再说话。

“新郑，我看，问与不问，都于事无补了。”郭朴感叹说。

“安阳、江陵，”高拱动情地说，“二公最知我，我自己可忍辱含垢，但不忍朝政纷扰、党比相攻，误国政、伤圣怀！无论如何，我不会做不磊落之事。”

“我和江陵相信，就怕有人不信！”郭朴叹气，忽然又若有所悟地说，“更可怕的是，内心相信，可故意不相信。”

听了郭朴的话，高拱和张居正都沉默了。良久，高拱才问：“安阳，徐、李二公回避，你主持。你说，齐康的弹章，该如何票拟？”

“皇上仁厚，从不处罚科道。”郭朴说，“按例，只拟票慰留徐、李二公就是了。”

正说话间，齐康进来了，施礼毕，不亢不卑地问："敢问高阁老相召，所为何事？"

"你枉做了我的门生！"高拱劈头盖脸训斥齐康，"谁让你干的？"

"学生身为御史，乃朝廷耳目风纪之司，"齐康争辩说，"论劾大臣乃职责所系，良心驱使，与他人何涉！高阁老岂能以此相责？"

高拱被噎住了，竟无言以对。

张居正接言道："齐御史话是不错。可你是玄翁的门生，外人会如何看？科道中那些人，对玄翁本已结怨，论劾不止；你这样做，他们定然妄言玄翁结党，起而攻讦。宋之党争，复见于今日矣！"

"倘如此，朝政如何推进，皇上该如何措置？"高拱忧急交加地说，"快去，去向元翁请罪！"

齐康一惊，正色道："御史论劾大臣，不要说所论俱是事实，即便风闻而奏，亦是律法所赋，何谈谢罪？这是哪家的规矩？"

"谢罪倒也不必了。"张居正打圆场说，"齐御史听了玄翁的话去请罪，那别人更会说玄翁指使了。此事，本就与玄翁无关嘛。玄翁心迹已明，齐御史请回吧。"

高拱余怒未消，向外挥了挥手，示意齐康走人。齐康气鼓鼓地拱了拱手，扭头大步走出中堂。

"但愿，齐御史不会捅到马蜂窝！"郭朴望着齐康的背影说。

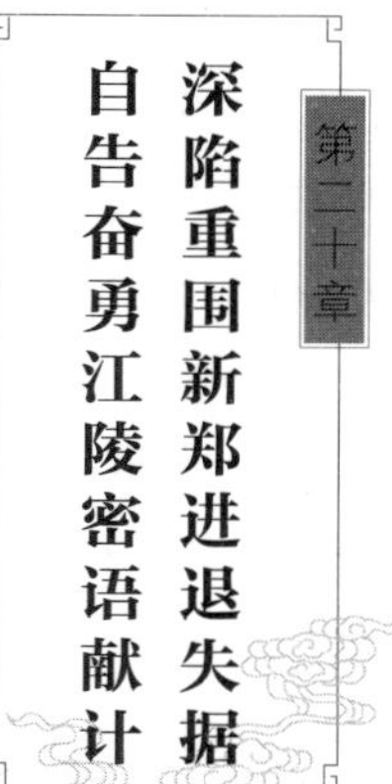

第二十章 深陷重围新郑进退失据 自告奋勇江陵密语献计

一

大理寺左丞海瑞，因是举人出身，在京城既无座师，又无同年，更无门生，便是衙门里有几位同僚，也对他敬而远之，是以他的家几无造访者。这天，海瑞正坐在厅里吃晚饭，仆人海安拿着一个拜帖、一张名刺来禀，海瑞看罢，惊喜不已，忙起身出迎。

夜色里，两顶小轿悄然抬进海瑞的小院。户部侍郎陈大春下了轿，用广东话向迎在轿旁的海瑞寒暄了一句，指着从另一顶小轿上下来的中年男子，叫着海瑞的号，低声道："刚峰，这位就是大名鼎鼎的文坛盟主王世贞、元美先生，仰慕刚峰名气，特来一睹风采。"

王世贞此番晋京为父诉冤，一直住在城外寺庙，今日受陈大春之约秘密入城，前来拜访海瑞。一番寒暄，三人进了海瑞家简陋的花厅，见一碗喝了一半的稀粥、一碟咸菜摆在厅中的一个方凳上，王世贞皱了皱眉，扭过脸去不愿再看。厅里只有两把座椅，海瑞延请客人入座，又吩咐海安把粥碗和咸菜碟端走，拉过方凳坐在陈大春旁侧，一脸憨笑。

三人天南海北闲谈数语，王世贞就以激愤的语调道："刚峰冒死谏上，为民请命，天下无不敬仰。目今新朝伊始，因奸人横肆，胁迫首相，不能一新治理，委实令人痛心！"

"学生正扼腕叹息呢！"海瑞点头道。

“高新郑结党！”王世贞又道，“竟指授门生构陷首相，司马昭之心路人皆知矣！”

“学生平生最恶结党！”海瑞恨恨然道。

陈大春暗喜，接言道：“高新郑主春闱，出题触忌，先帝欲杀之，多亏元翁解护方免死。继之，元翁又延揽高新郑入阁，而他却忘恩负义，可谓失德背义极矣！”

海瑞皱眉沉思，听出了陈大春乃是旁敲侧击，提醒他别忘记徐阶的救命之恩，遂一笑：“学生憨直，认理不认人，高新郑结党，这事我不能坐视！”

陈大春禁不住面露喜色，又道：“元翁宅心仁厚，冒死草拟《嘉靖遗诏》，所列新朝当办之事，首言开释建言诸臣，刚峰据此获释，联翩开坊。可高新郑为一己之私，诋毁遗诏不遗余力，百计翻案，居心叵测！”

“遗诏最能收拢人心，学生读之流涕，焉能容忍推翻之？！”海瑞摩拳擦掌道。

陈大春忙向王世贞递了个眼色，道：“元美，刚峰是直性子，也是急性子，想来他要起稿上本，我辈就不打扰了。”

出了海宅，陈大春抱拳道：“元美，我在潮州会馆恭候。”

王世贞向陈大春一揖，登轿转向吏部尚书杨博的府邸。

吏部尚书照例不接纳百官私谒，可王世贞已无官身，几个月来又为杨博捉刀代笔，写了不少应酬文字，他不能不见。王世贞被引进杨府花厅，见地上铺着波斯地毯，顶上挂着纱罩灯，轩敞明亮，一笑道：“博老蛮时尚嘛！”

“犬子张罗的，呵呵呵！”杨博笑着说。他的一个儿子娶了山西大盐商王崇教之兄、三边总督王崇古的女儿，故杨博刻意点破，以免误会。

王世贞会意，道：“博老有所不知，江南富家之室，豪华舒适远过贵府呢！”说着，突然神色陡变，黯然道，“世贞欲孝，而父不待矣！”

杨博捋着稀疏的胡须道：“元美，令尊之事既已停格，你还是回去吧，且缓图之，早晚要昭雪。”

“家父之冤不能昭雪，”王世贞咬着牙道，“世贞即死，死都门外三尺地，绝不南归！”

“元美孝心可感天地，只是目今朝廷……”杨博摇着头，欲言又止。

“世贞诉冤成功与否，取决于高新郑一人！”王世贞哽咽道，“目今高新郑胁迫首相，扰乱朝纲，新朝几无新气象，天下士子莫不痛心疾首。为国家计，为收拢人心计，非逐新郑不可！博老德高望重，何不登高一呼？”

杨博叹了口气：“似这般纷纷扰扰，有碍国务，人心涣散，委实令人扼腕！”

“化解之策无他，唯高新郑下野一途！”王世贞语气坚定地说。

杨博沉吟良久，叹息道：“刻下徐、高对立，有徐无高、有高无徐之势已成。

皇上仁厚垂拱，悉心委政内阁，阁揆国政所系。元翁老成持重，时望甚隆；而新郑躁急自负，恐不能与朝臣和衷共济。为打破僵局、尽快稳定局势计，吁请皇上尽快决断，也是不得已的选择。”

王世贞见游说杨博目的已达，起身施礼，辞别而去。

“哈哈哈！好，好，好！”潮州会馆里，陈大春听完王世贞的禀报，拊掌大笑，向外拍了拍手，两名婀娜美姬牵手而来。陈大春挤挤眼，“元美辛苦，在此放松一下，我这就去禀报元翁。”

不多时，陈大春从侧门进了徐府，刚走近花厅，管家闪身出来，向里指了指，道：“侍郎大人，老爷在见客。”

“知道了，去吧！”陈大春一挥手道，蹑手蹑脚走到一个拐角处，侧耳细听。

“元翁，皇上一再慰留，还是出面主政吧！”是户部尚书刘体乾的声音。

“是啊元翁，别看某人跃跃欲试，可离了元翁，朝政无以推进，非乱套不可！”是兵部尚书霍冀在说话。

“不是老夫不出，而是不能出。老夫德不足以服人，能不足以率众，在阁一日，内阁即纷扰不止，还是走开的好。”徐阶回应道。

刘体乾、霍冀忙异口同声道：“元翁不能走！”

“要说老夫放心朝政，也不敢这么说。”徐阶叹了口气，“老夫所忧者，是李兴化驾驭不了内阁，而强势者又过于自负，必抛弃三语政纲。加之其人轻慢祖制，无视成宪，唯以兴革为能事，恐部院无所适从，人心浮动，朝政纷扰，乱由是出，治何可求？”

“元翁所忧，也正是我辈所担心的！”霍冀道，起身向刘体乾一扬下颌，“大司农，别再耽搁了。事不宜迟，这就到杨吏部府上走一遭，吏部尚书乃百僚长，只要他带头，事即可为！”

刘体乾、霍冀礼貌周全地辞出，陈大春闪身进了书房。徐阶送刘体乾、霍冀出了花厅，转身往书房走，陈大春迎过来，兴奋地说：“元翁，事协矣！”

徐阶指了指右手的紫檀雕花椅，示意陈大春坐下，做侧耳细听状。

“杨博不唯为百僚长，且一向处事圆润，给人以不偏不倚、为人持正的印象，只要他愿意带头，则部院大臣必响应之；海瑞直臣的名望如日中天，每出一语，足以引导舆论！此二人带头，他人不必鼓动则自会响应。”听完陈大春禀报，徐阶欣喜地说。

“适才户部、兵部两尚书似已有意上本逐高，如此看来，高新郑大势去矣！”陈大春激动地说。他端起茶盏喝了口茶，尚未咽下去，又一伸脖子，补充说，“欧阳一敬、李贞元已发动科道，让齐康，也让朝野明白，元翁不是那么好论劾的！”

二

都察院在承天门西南、长安街南侧，坐西朝东，与吏部隔广场相对。这天辰时，御史齐康下了马，低头向都察院衙门走去。这些日子，他心里像压了块重重的石头，沉重异常。他不理解，何以自己履行监察之责，弹劾徐阶，竟像是犯了罪。老师召去内阁训斥，兵科都给事中欧阳一敬则上疏弹劾他，极论其罪，要求皇上务必将奸党绳之以法。齐康不甘示弱，也上疏自辩，除郑重申明弹劾徐阶乃出于承担御史之责，还指欧阳一敬甘为徐阶所使，才是结党。这道奏疏见诸《邸报》，科道哗然，大有向齐康兴师问罪之势。徐阶则再三求去，似乎在向皇上施压。齐康想不到他一道弹章，竟然会引起轩然大波，是以压力甚大，走起路来，也是低头沉思状。

“站住！”突然，一声大喝，把齐康吓了一跳。抬头一看，都察院首门上站着一大群同僚，在他止步观望之间，几十号人“呼啦”一下，将他团团围住。

“你论劾元翁，是何用心？受何人指使，必说明白方可！”

“卑鄙小人，甘当鹰犬，猪狗不如！”

“呸！”一口唾沫飞到了齐康的脸上，“不要脸的东西！”

齐康刚要辩解，被一片质问、咒骂声盖住了。

“说话啊！”有人用力推搡着齐康，“论劾元翁的话写那么多，方今怎就哑巴了？”

齐康被推搡得向左踉跄了两步，左边的人用力推搡，他又向右踉跄几步，右边的人再推搡……推搡、质问、唾骂、哄笑，进士出身的言官们仿佛转瞬间成了街头地痞，尽情展示出流里流气的一面。

御史钟继英是嘉靖四十四年进士，庶吉士散馆后授御史，与齐康虽非同年，却都是高拱的门生。他本想上前劝解，又恐寡不敌众、引火烧身，急忙向文渊阁奔去。

阁臣刚在中堂坐定，茶尚未喝上一口，钟继英就急匆匆闯了进来。

“何事惊慌？”高拱呵斥道。

“哎呀呀！”钟继英一脸惊惶失措状，边喘着粗气边概略讲述了都察院门前的情形。

“这，这……”李春芳一副手足无措的可怜状。他递交辞呈后蒙皇上慰留，即出来视事，没想遇到这等闻所未闻的事，一时不知如何才好。

“时下是什么风俗？！”郭朴一拍几案，“指斥皇上，论劾大臣，不绝如缕，谁也不能说个‘不’字！可是，何以论劾首相，就像犯了众怒了呢？岂非咄咄怪事？！”

“元翁不是又上了一道辞呈吗？”高拱黑着脸说，“慰留元翁，切责齐康妄言，降二级，调外任！”

“妄言诋诬论劾你高新郑者，安然无恙；何以论劾元翁者，也不管是不是事出有因，就切责其妄言，还要降级调外任？”郭朴忿忿不平地说。

“高某不足惜！齐康亦不足惜！”高拱慨然道，“要为皇上计、为国家计。皇上初继大统，正是臣工同心同德共辅新政之机，似此交互论劾不止，伊于胡底？”

“即使齐康弹章妄言，皇上已洞察，且有旨再三慰留元翁，今不唯举朝腾疏攻之，甚或聚众辱之，这是何道理！”郭朴愤然道。

“钟御史，你知会御史们，”张居正开言道，“内阁已票拟，齐御史降二级调外任，通不许再聚集鼓噪！”

钟继英闻之心里颇是不平，可也不敢多嘴，忙转身往回走。到了都察院门前，望见左都御史王廷已然站在台阶上说着什么。

适才，王廷听到门外吵闹声，怒气冲冲走了出来，尚未说话，就被眼前的场面惊呆了。御史论劾首相，司空见惯，可如此场面，不要说大明开国以来，就是汉唐宋元历朝历代，也是绝无仅有啊！他见众御史围攻齐康，骂声不绝，便把满脸怒容换作一脸笑意，大声说：“诸位同事，不要让外人看我都察院笑话嘛！”

“哼！都察院有这等卑鄙小人在，本身就是笑话！”有人高声叫喊道。

“我辈感到羞耻！”有人附和说。

王廷不知所措，钟继英走过去，附耳向他嘀咕几声。

“诸位勿躁！”王廷伸出双臂，向下压了压，“皇上慰留元翁甚坚，对齐御史妄言甚怒，必会严厉处分他，降级调外任是一定的了。诸位当静候皇上处分，不可失了体统。”

“御史齐康何在？”突然，传来一声高叫，众人扭头一看，通政司承差举着一份文牍疾步走过来。

齐康答了一声，往外挤，众人拦住，不许他出去。御史李贞元高声问：“是何文书？”

“大理寺左丞海瑞弹劾御史齐康的抄本。”承差答。

“哦！好啊，读来听听！”李贞元走过去接过文牍，摇晃着圆圆的脑袋，朗声读了起来：

臣海瑞谨奏：为恳乞圣明乾断，重治党邪言官，以定国是，以正人心，以扶社稷事。

古昔圣王谓天子君临天下，一己闻见，不能及远，以其责寄之台谏之臣，故台谏之臣，为天子耳目。御史齐康，正皇上耳目所寄也。其论辅臣徐阶，备载贪秽实迹，中外传闻，人人骇异。夫徐阶辅弼先帝十五年，无能改于先帝神仙、土木之误。

律之大臣以道事君之义，阶诚歉然矣。然阶与严嵩同相十一年，嵩以其贪，阶以其廉；嵩以其邪，阶以其正。恶嵩父子，迄不加害。罢黜恶嵩以来，阶为首相，天下骎骎然有向治之渐。谓非徐阶翼赞之力，不可也。今以老臣复相陛下，陛下信而任之，其才与德，谅亦昭然莫逃于圣鉴下矣。徐阶心在社稷，是虽畏威保位，间不免于容悦顺从，而随事调和，足小补于天下。且其不招权，不纳贿。素所亲厚，事在当斥而不为之容；素所怨恶，事在可取而不为斥逐。古之所谓休休有容，克、伐、怨、欲不行焉，阶亦有之。有臣如阶者，天民大人，品题不及，谓非一时之选，社稷之卫也哉！臣之所言，中外公议。齐康身为御史，任陛下耳目之寄，乃敢不顾公是公非，捏架无影虚词，污辱宰辅。次相李春芳，清勤慎守，保惜名节，均之可必其为善不为恶人也，康奏连及焉。善人君子，齐康一网打之矣。康将以其狡且凶如高拱者，有才力而遗之辅陛下以祸天下乎？康乃以是为非，以非为是，欲陛下斥阶而用拱焉。臣不知康之心何心也！恶如高拱，诚不可一日使居辅弼以当钧轴，备在南北科道十三疏中。中外共知，臣不必赘论。所可恨者，齐康甘为鹰犬，受高拱指使，搏噬善类，顾一己爵禄，不顾天下安危，罪浮于高拱矣。康职为御史，不咋如鼠高拱，反噬鸓鹉徐阶，情可恕乎？

伏望皇上细加体察，如果臣言不谬，速赐乾断，罢斥高拱，将齐康重加刑治，以为人臣党邪不忠之戒。徐阶、春芳得以安位行志。朝无小人，君子道长。天下幸甚，宗社幸甚。

读罢，李贞元甚觉过瘾，道：“海瑞说得好，高拱狡且凶，却也是只老鼠而已。哈哈哈！”

齐康听罢，当即晕倒在地，众人一哄而散。钟继英见状，拾起丢在地上的文牍，上前扶起齐康：“师兄，回家吧！”

“奇耻大辱，奇耻大辱！”齐康哽咽着说，“隆庆朝的奇耻大辱！我大明的奇耻大辱！”

三

海瑞参齐康、攻高拱的奏本，当即在京城传开了。各衙门上至堂上官，下至书吏承差，都无心办事，各处走动，探听消息，议论一番。工部侍郎刘自强从兵部出来，急匆匆回到部衙，拉上右侍郎徐养蒙，一起进了尚书葛守礼的直房。

“大司空，海瑞一疏，震惊朝野，坊间引车卖浆者流，都说朝廷出了奸臣。”刘自强抹了把汗，焦急地说，“刻下吏部、户部、礼部、兵部、刑部和都察院，都已具公本，请求皇上罢斥高新郑，稳定政局，独独本部没有动静，只怕朝野舆论转过头来对准我辈，届时就被动了！”

“被海瑞骂过来，可就惨啦！”徐养蒙一缩脖子道。

葛守礼蹙眉道：“刘侍郎，记得你是开封府扶沟县人，离开封府新郑县不远吧？”

刘自强听出了葛守礼的言外之意，一撇嘴道：“大司空，玄翁从不讲乡谊，谓之团团伙伙，党比之风。刻下自不当以乡谊相权衡。”

葛守礼又盯着徐养蒙道：“徐侍郎，记得你是嘉靖二十年馆选得中，不唯与高新郑同榜进士，又一同在翰林院同窗三载，可是名副其实的同年啊！”

“嘿嘿嘿，那又怎样？”徐养蒙一摊手，揶揄道，“中玄说论同年是党比之风，刻下我与他讲年谊，岂不是党护负国？中玄可不忍见党护负国！”

“二公，我读书少，不曾记得历史上有过这等事。当年严嵩父子为恶多端，也不曾有过部院上公本劾他的。”葛守礼捋着胡须慢声细语道，“新郑何罪？怎么科道喋喋不休，部院也群起而攻之？”

“时也，势也！”刘自强道，“大势所趋，不得不如此啊！”

葛守礼鼻腔里发出“哼”声，不再理会两侍郎，顾自翻阅文牍。

刘自强向徐养蒙一摆脑袋，二人出了葛守礼的直房，须臾，拿着写好的奏本，请葛守礼签署。

葛守礼看也不看，正色道：“人之所见不同，有者自有，无者自无，不可强求。本部，不凑这个热闹！”

两侍郎面面相觑，不敢再争，讪讪告退。

“体乾，工部独逆舆情，大司空倒是无所谓，我辈前程可就断送了！”徐养蒙叫着刘自强的字，沮丧地说。

“也罢！”刘自强心一横，道，“就以工部白头疏上奏，如此，我辈之意即为朝野所知，自可解脱出来。”

两人议定，遂差司务到会极门投本。只一顿饭工夫，这个消息就传遍部院寺监、科道翰林。

“哈哈！隆庆朝新鲜事真不少，京察拾遗阁臣、御史劾大臣被围殴、部院以白头疏参阁臣，真是闻所未闻嘞！”官员一见面，就禁不住感叹道。

“这、这、这……全乱套了！”内阁中堂里，代理阁揆李春芳一脸苦楚，不知所措。

此时，徐阶注门籍，皇上已连发三道慰留谕旨，仍坚卧不出；高拱因为海瑞所攻，不得不上本求去，已注门籍。郭朴早被刻下的阵势惊得目瞪口呆，不敢再出一语。陈以勤在端午会食后就上本求去，奉旨不准辞，在家调理。李春芳只得求助张居正：“江陵，你看怎么办？”

张居正对高拱遭此围攻，心中暗恨，对徐阶充满怨怒，遂以嘲讽的语调道："今居正出一语，即为玄翁矣，居正不敢言！"

李春芳无奈，默然走出中堂，登轿直赴徐阶府邸。

外间的一切，都在徐阶的掌握中。他一笑："兴化，老夫就要告老还乡，朝廷的事，不敢再出一语。"李春芳鞠躬、作揖，一遍又一遍，恳求良久，徐阶方缓缓道，"兴化，何不建言皇上早朝，朝会上禀明皇上，让皇上宸断嘛！"

李春芳如获至宝，忙回内阁起稿，以公本奏请皇上早朝。皇上免朝已久，内阁恳请，科道谏诤，今又见内阁上了公本吁请，无奈之下，只得传谕，二十九日如期早朝。李春芳接谕，忙召集部院正堂会揖。

"此次朝会，只奏请罢高新郑一事，他事不必言及。罢高新郑一事，部院已上公本，科道也上二十余疏，朝会时，部院大臣与科道，就不必一一再奏了吧？"李春芳以商榷的语气道。说着，从袖中掏出一张稿笺，"春芳代言，向皇上奏事，所奏用语，请诸公斟酌。"

待李春芳读罢，众人俱无异议，李春芳正欲宣布散会，都察院左都御史王廷面露难色，道："除兴化代言外，本院不妨代科道说一句，如此方周详。"

"也好。"李春芳点头道。

次日清晨，文武百官已列班整齐。须臾，皇上升座，礼毕。鸿胪寺赞礼官"奏事"的话音未落，一个矮小、瘦弱的人抢先出列，伏地奏道："微臣海瑞启奏陛下：朝臣结党，非社稷之福。微臣于御史齐康论劾元辅徐阶之事，不能不略陈己见。齐康说徐阶事先帝，无能改先帝神仙、土木之误，畏威保位，诚亦有之。然徐阶执政以来，忧勤国事，休休有容，亦足可称道。齐康甘为高拱鹰犬，搏噬善类，罪大于高拱！微臣敢请陛下严惩齐康、罢斥高拱，请徐阶出而视事，以稳政局、安人心。"

海瑞虽用官话，但不少字句还是略带乡音，众人屏息静气也只能听明白十之八九。因他的奏本早已为众人熟知，故对他的一番言辞，并不感到意外。

"臣也有本奏。"都察院左都御史王廷出列，清了清嗓子，高声道，"陛下，大学士高拱屡经论劾，公论皆曰当罢。然则，高拱却觍颜留阁，不唯不自引咎，还一味诡辩，用语甚激，大犯众怒。臣以为，不亟罢高拱，无以慰人心、稳政局。"

皇上皱眉不语。李春芳整了整冠带，正要出列，突然有人大喊一声："陛下，朝廷出了奸人，臣请剑以诛之！"

李春芳一看，乃户部司务何以尚。

何以尚虽只是一个举人出身的九品司务，却也有些名气。去年海瑞下镇抚司拷问，是时朝廷百官知海瑞已触先帝雷霆之怒，无人敢上疏论救，唯何以尚揣度先帝似无杀海瑞之心，遂上疏请先帝宽宥海瑞。先帝大怒，命廷杖之，下镇抚司狱，昼夜用刑。不久，先帝崩，何以尚得全，与海瑞一起出狱，一时声名大噪。

众人大惊，目光齐刷刷向何以尚投来。只见他跪在朝班中间的过道上，拜了再拜，声泪俱下，又重复了一遍：“陛下，朝廷出了奸人，臣请剑以诛之！”

“谁是奸人？”皇上终于说话了。

“大学士高拱！”何以尚大声回答。

皇上愣了一下，厌恶地叹了口气。

“启奏陛下！”李春芳急忙出列，叫了声：“陛下——”旋即以颤抖的声音说，“时下局面纷扰，朝政无以推进，吏部尚书杨博、都察院左都御史王廷及六官之长，各率其属上疏；另有台省属官，南北科道，交章论奏，凡三十余疏，论劾大学士高拱，言不可一日使其处朝廷。臣以为，皇上宜亟赐高拱归，以全大臣之体。”

皇上又皱了皱眉，欠了欠身，低声说：“新朝初开，何以无故遣大臣？众卿不必再言。”说罢，一甩袖袍，起身离去了。

百官愕然！随即是一片议论声。李春芳还跪在丹墀，抬头望着皇上的背影，听着众人的喧哗声，茫然不知所措。

张居正上前将李春芳扶起，低声道：“兴化不必烦恼，居正这就去谒玄翁，时局或可转机。”

李春芳抱拳揖了又揖，道：“江陵，拜托啦！”

四

朝班已散，但百官还在议论着，磨磨蹭蹭不愿离去。张居正目不斜视，大步穿过人群，直奔高府。

高拱的新家，张居正只是夜间来过一次，印象不深。今次走进院内，见简陋破旧，近似贫民之宅，不觉鼻子发酸。“清廉又如何？照样还是那么多人参劾他！”张居正突然涌出这样一个念头。“难道才干是最重要的吗？”他又自问，随即摇了摇头。

高拱接到海瑞参劾齐康和他的奏疏，痛苦万分，几不能自制，跌跌撞撞出了文渊阁，回到家里，上本求去，在床上躺了一天一夜，任凭家人如何劝说，就是不出一语。第二天却自己爬起来，吃喝照旧，只是关在书房不出来。忽闻张居正来拜，忙迎出来：“哦，叔大何以此时来访？”他穿着一袭深蓝色长袍直缀，目光中流露出惊喜。

“玄翁——”张居正忙施礼，又叫了声，“中玄兄！”竟一时不知从何说起。

“叔大此番前来，有何要事？”高拱问，“公干抑或私务？”

张居正低着头，支吾道：“无、无他，来、来看望兄长。”

“喔？”高拱见张居正神情凝重，定然有要事相商，“走，到书房去说。”

张居正跟在高拱身后进了书房，尚未落坐，高拱拿起书案上的一叠文稿，说：“叔大，时下朝政纷扰，北虏细作必报与俺答。据闻板升自去岁遭雪灾，今春以来又奇旱，据此推测，收秋时节必大军进犯，秋防当格外加意。前些天本想邀你和子维一议的，怎奈……”他叹了口气，又道，“刻下元翁坚卧不出，部院、科道攻我不止，搜肠刮肚论劾者有之，投机买好者有之，看热闹者有之，竟无人关注秋防事！我担心秋防会出纰漏，叔大当……”

“玄翁——”张居正深情地叫了一声，“此何时，玄翁还有心思思谋朝政。”

高拱叹气道：“叔大，我无儿无女，闷在家里作甚呢？想那些人的论劾，不是越想越生气吗？把心思花在朝政上，也算是寄托吧。”

张居正儿女甚众，虽不能完全体会高拱内心的苦楚，但听他这样说，还是为之恻然。他侧身伸臂，握住高拱粗大的手：“玄翁，刻下已不容我兄展布矣！”随即，把早朝的情形说给高拱，末了，又以愤愤不平的口气说，“自胡应嘉外调，欧阳一敬等数论玄翁，玄翁前后自辩，用语颇激，言者益众。及齐御史论劾元翁，众藉藉谓玄翁指授，元翁则坚卧不出以为反制，九卿大臣及南北科道纷然论奏，极言丑诋，连章三十有奇，有竟目为元凶大奸者，其持论稍平者，也劝皇上亟赐罢玄翁归，以全大臣之体。所谓势比人强，玄翁，当慎思行止。弟此来，即为此事。”

高拱两眼发呆，脸上的肌肉分明在时断时续地跳动着，吃惊、不解、委屈、不甘，五味杂陈于胸。“叔大，”过了半天，他才痛心地说，“高某何罪之有，竟至于此？”说着，两行热泪，从布满皱纹的眼角簌簌流淌下来。

张居正又叹了口气：“皇上仁厚，不发雷霆之怒，虽不舍玄翁去国，却也是勉力招架，实难遏制言路的围攻。”

高拱长叹一声：“高某绝非恋栈之人。然则，我已上了十一道辞呈，皇上就是不允！况且，目下国政维艰，非只争朝夕、涤故革新不足以扶大厦于即倒！我一走了之，谁替皇上分劳赴怨？”

张居正闻言，心中不悦。暗忖：“玄翁正是被目无余子、舍我其谁的自负所误！怀安邦治国之愿，具经天纬地之才，足以肩荷社稷、扶大厦于将倾者，就在你的眼前，难道号称金石之交的玄翁却一无所识？居正只能为你拾遗补阙、从旁襄助？”这样想着，面对蒙受怨谤、满腹委屈与不甘的好友，张居正的同情心瞬间被一种幸灾乐祸的情绪所取代，隐藏在内心身处的排斥感陡然冒了出来。他极力掩饰着自己的不悦，建言道，“以弟愚见，玄翁当暂避锋芒。此非为玄翁计，实为皇上计。”张居正知道这是高拱的软肋，只要说是为了皇上，高拱就会义不容辞。

“可是，正是皇上坚留，不容我须臾离……”高拱满脸痛楚地说。

“试想，倘若皇上坚留玄翁，”张居正为高拱条分缕析，“南北两京、九卿科道，势必将矛头对准皇上，那么，岂不是置皇上于满朝公卿直接对立之地？皇上如何措手足？先帝当年因‘议大礼’与满朝公卿对立，终以流血镇压而暂时平息；当今皇上宽厚，断不会效法先帝，此僵局如何打破？国政又如何推进？玄翁又如何展布？”

高拱点头。

“适才朝会中，弟留心观察皇上，”张居正又为自己的理由添加注脚道，“见皇上满面愁容，踌躇难决，委实令人替皇上忧……”

“皇上知我，是以不容我去。”高拱激动地说，“我亦知皇上，是以进退失据。”

“不难！以弟愚见，玄翁当取以退为进之策。”张居正充满自信地说，“自嘉靖一朝，大臣仆而复起，屡仆屡起者，何止一人？以弟观察，皇上对元翁早有不满，此番元翁不择手段必逐玄翁而后快，玄翁不去便罢；果去，则必令皇上对元翁增加恶感。弟敢断言，别看当下满朝充斥逐高留徐之声，只要玄翁毅然去国，则风向必为之反转！如此，元翁亦难自安矣！一旦时机成熟，弟当在朝廷为玄翁转圜，玄翁再命驾北来，担当大任。是故，弟敢请玄翁速速决断，取以退为进之策。”

高拱闻言，顿有豁然开朗之感，道：“愿听叔大之言。”旋即又一脸无奈，“然则，我已连上十一道辞表，皇上不许，如之奈何？”

张居正胸有成竹地说：“早朝之情形，必令皇上忧心如焚。玄翁不能再以被劾为由求去，而当以病体难支为由，请求皇上放归。”

“叔大所言甚是。”高拱欣然接受，又道，“叔大，皇上仁厚，悉心委政内阁，本想借此良机，和衷共济除弊振衰、开创隆庆之治，无奈……”高拱摇着头，“不说这些了，我去之后，叔大要多为皇上分忧。”

张居正感叹道：“替皇上分忧，自不必说。然则，内阁里都是弟的前辈，弟也很难展布啊！”他抱拳一揖，“玄翁，请为国珍重！弟期盼不旋踵即可追随我兄之后，开创隆庆之治！”说完，起身正欲告辞，忽然又想起什么，“皇上对玄翁必不舍，李芳掌司礼监，守在皇上身边，玄翁不妨知会他一声，请他届时替玄翁遮掩。”

“这……”高拱为难地说，“外臣与内官交通，不妥！”

张居正苦笑了一声，道：“此事，弟来办。”

送走张居正，高拱的心情轻松了许多，他提笔又写了一道辞呈，凄凄哀哀道：“臣实有犬马疾，恐一旦遂填沟壑，唯皇上哀怜，放臣生还故土。”

奏本当即送往会极门。

“高先生病耶？”皇上接到高拱的奏疏，惊问。

“回万岁爷的话，高老先生病得很重。”李芳回答说。此前，张居正差他的管家

游七到李芳位于东华门外的私宅，请他为高拱求去遮掩，李芳遂有这样的答语。

“哎呀！”皇上焦急地说，“高先生怎么就病了？快，快传御医去为高先生诊治！”李芳刚要走，皇上又吩咐说，“你与御医同去，宣谕颁赏。”

李芳不敢怠慢，须臾即整备停当，率御医及一干人等来到高府。高拱佯装生病，在房尧第和高福搀扶下，颤颤巍巍在首门内迎候。

“高老先生听旨——”李芳高叫一声，高拱伏地听宣。李芳宣谕道：“皇上口谕，高先生有恙，传御医为高先生诊治！”两位御医闻言施礼，李芳又道，“皇上口谕，高先生家贫，赏高先生银二百两，让高先生补身子用。”说罢，挥了挥拂尘，随堂太监端出一个盛着银子的托盘，转到李芳手里。

高拱本应谢恩，起身恭接赏赐，但听了皇上口谕，他始则哽咽不能言，继之终于抑制不住，放声痛哭起来。李芳递了个眼色，随堂太监把托盘接过去，转递到房尧第手上。

“高老先生，请起——”李芳躬身去搀扶高拱，两位御医也走上前去，正要动手扶高拱，高拱止住哭声，哽咽道：“请老公公回奏皇上，臣实有犬马疾，恳请皇上哀怜，使臣得生还故里！”

李芳道：“老奴必奏于皇上。”说着，向后退了几步，对随行的御医说，“请御医先为高老先生诊治。”

两位御医上前将高拱扶起，请他入座，好为他诊治。

高拱站定，伸手挡住御医靠近：“不劳御医了！”语气低沉，却也透出坚定。

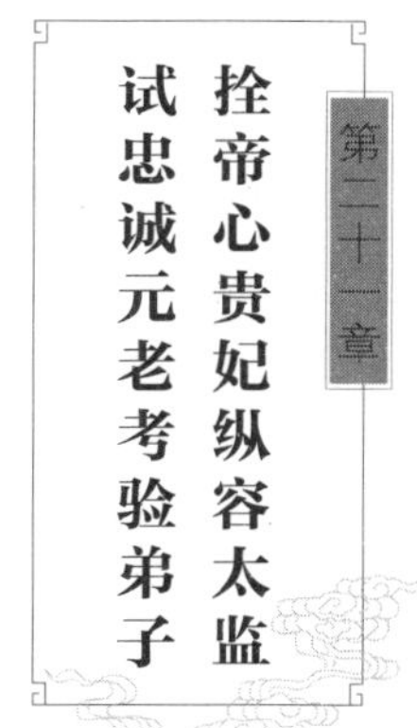

第二十二章 拴帝心贵妃纵容太监 试忠诚元老考验弟子

一

已是入秋的季节，京城依然闷热。近来，皇上总是打不起精神，暑期以天气炎热为由免朝，入秋又以热气未退为由，连续免朝。这天用完早膳，皇上在乾清宫东暖阁听李芳读章奏，刚读了两份，就有些不耐烦："都发交内阁拟票吧！"

李芳小心翼翼地拿出徐阶的一份密札，说："万岁爷，这是徐老先生的密札，按制不能发交内阁。"

"他说些甚话？"皇上心不在焉地问。

李芳知道皇上没有耐心听读全文，就把意思归纳出来："徐老先生说，皇上不宜幸南海子！"

"欺人太甚！"皇上突然发出一声怒吼，"朕要到旧邸看看，他说不成；朕要到南海子去散散心，他又说不成，真不知是何居心！朕这次偏要去！"

"万岁爷，依老奴看，还是算了吧，"李芳边扶皇上坐下，边劝道，"徐老先生固然不敢再阻拦，可科道那里怎么办？既然内阁谏阻，万岁爷硬要去，岂不捅了科道的马蜂窝，不妨等些日子再说。"

皇上泄了气，不再说话，默坐良久，起身往坤宁宫走去。内侍忙备舆辇，皇上摆摆手："不必具威仪！"说着，顾自徒步而行。

坤宁宫乃陈皇后所居。陈皇后一向娇弱，又未育一男半女，宫中甚是冷清，皇上也很少驾临。因为这件事，科道还不时向皇上提出谏言，批评他冷落正宫。皇上

怕科道纠缠，特意到坤宁宫一行。

见皇上突然现身，陈皇后吃了一惊，施礼毕，便道：“皇上，正是处理政事之时，何以到此？”

皇上听皇后一开口就是这种话，心里不觉反感。但还是勉强挤出一丝笑意：“科道每每谏诤，说朕冷落了皇后，是以嫡子无出。”说这话时，他打量着皇后白嫩的脸庞，伸手抓住她的一只手，一边摩挲着，一边吩咐侍候在侧的都人，“快去御膳房取酒食来，朕要与皇后同饮几盏。”

皇后挣脱出来，嗔怪道：“皇上，那些言官总说皇上沉湎酒色，这时辰正是皇上处理朝政时光，酒就免了吧。”

皇上突然恨恨然大声说：“你也说这等话！外臣欺负朕，你也这般不体谅朕！”

陈皇后见皇上发怒，低头不再言语，两串泪珠簌簌滚落下来。皇上本想与皇后缠绵一番的，此时也失去了兴致，叹气说：“你不是不知道，朕做皇子时受尽委屈，如今做了皇帝，也一样不舒畅！”

“那么皇上因何不开怀？”陈皇后怯怯地问。

“你不知道吗？高先生被他们赶走了，谁帮朕说话，谁替朕做主？内阁、科道喋喋不休，终归要朕任他们摆布才罢！”

陈皇后猜想，皇上是为内阁、科道屡屡谏诤而烦恼，便义形于色地说：“倘若皇上恪守帝范，勤于政事，自可杜外臣之口。”

皇上闻言，默然起身，怅然而出。

走出坤宁宫宫门，皇上驻足踌躇了良久，迈步向西走去。李芳猜皇上是要到翊坤宫去，忙命御前牌子速去通报。

翊坤宫乃李贵妃所居，为内廷西六宫之一，两进院，后院为寝宫，前殿为行礼升座之处。

李贵妃早已闻报，挺着大肚子到翊坤门接驾。她虽是宫女，因诞下皇上事实上的长子——朱翊钧，裕王继位后，即晋封为皇贵妃。与出身名门的陈皇后端庄、静默不同，泥瓦匠家庭出身的李贵妃颇是善解人意。最让皇上所喜者，是她床笫之间很是放纵，以至于后宫嫔妃众多，皇上还是愿意常常临幸她。可资为证的是，自从在裕邸时两人有了鱼水之欢，她就每年都有孕诞，且她已生二子两女，皆存活。时下皇上存活的儿女，皆是她所出。搬入翊坤宫不久，她又有孕在身，日渐显怀，皇上虽不便再与她床笫缠绵，却还时常过来走走，说几句体己话。待迎皇上进了后殿入座，李贵妃知冷知热地问：“皇上因何闷闷不乐？”

皇上看了看李贵妃隆起的肚子，良久才道：“看文书累了，过来看看凤儿。”在裕邸时，李彩凤乘两人缠绵时，撒娇要裕王叫她“凤儿”，自此凡是私下场合，皇上依然以“凤儿”唤之。皇上不想拿那些烦心事让凤儿不开心，只好轻描淡写地说。

李贵妃起身走到皇上身边，伸手轻捶他的双肩，体贴地说：“皇上太辛苦了。皇上春秋正盛，整日闷在宫里，总是不好的，出宫到南海子打猎，散散心也好。”

“内阁一再谏阻，朕哪里也去不得啊！”皇上回手按住李贵妃的手，“你也不便陪朕……这深宫大内，委实憋闷！”

李贵妃把朱唇贴在皇上的耳边，轻声说：“皇上若实在想了，要不这就到寝宫去，凤儿就……”她伸出柔软的舌头，在皇上耳根上轻舔了几下，“就用此法侍候皇上。”

皇上浑身麻酥酥的，侧脸看着李贵妃绯红的面颊，起身拉住她的手往床帏移步，走了几步，又踌躇了：“恐动了胎气。”

李贵妃不便再勉强，怜惜地看着皇上：“皇上，莫不如到别宫走走吧。”

皇上闻言，甚是感动，便道：“凤儿这般体贴朕，朕也不想辜负凤儿。”

李贵妃心中暗自好笑。她知道皇上真实想法是什么，因为在与皇上缠绵时，皇上多次说过，她们都是木头一般，无趣呢！但既然皇上说出不辜负她的话，李贵妃还是十分高兴，越发想让皇上开心，便以伶俐的语调说：“皇上，莫不如凤儿陪皇上下盘棋吧？”

皇上没有说话，待围棋已然摆好了，却兴趣全无，说：“罢了，让她们陪你玩玩吧！”

“嗯，皇上不愿玩也罢。”李贵妃手指点着脑门，咬着嘴唇思忖着，突然一拍手，道：“那么皇上，钧儿在御花园玩耍，叫钧儿陪皇上散心吧！”

“也好！”皇上只得说。

刚出了宫门，皇上站立片刻，正神情游移间，就望见冯保牵着四岁的朱翊钧的手，从御花园那边走了过来。

冯保时下担任司礼监秉笔太监。国制，大内宦官衙门设司礼、御用、内官、御马等十二监；兵仗、巾帽、针工、内染织、酒醋面等八局。司礼监掌印太监一员，秉笔、随堂太监八九员或四五员。凡外廷进呈文书，由秉笔太监照内阁票拟用朱笔楷书分批。冯保即秉笔太监之一。除了批红外，他把大量精力花在陪伴朱翊钧上，朱翊钧竟以“大伴”呼之。适才在御花园，冯保窥见皇上往翊坤宫走，眼睛就仅仅盯着宫门，一见有了动静，就急急忙忙往回赶。约莫离皇上有四五丈远，冯保拉着朱翊钧跪地请安。

皇上笑了笑，快步上前，拉起朱翊钧，抚摸着他的脑袋，心里陡然间生出一丝悲凉。这悲凉，是为自己。自己的童年，何曾得到过父皇的关爱？父皇给予他的，只有恐惧。

见父皇陷入沉思中，而冯保还跪在地上，朱翊钧上前去拉冯保的手，奶声奶气地说："大伴，你也起来吧。"

皇上适才欲火中烧，此时也消了大半，只是心里颇是烦躁，也就没有心思陪儿子玩耍，遂顺势说："冯保，平身吧，好好陪皇子，谁让皇子受委屈，朕决不轻饶！"

冯保连连叩头，口中不住地说："小奴领旨，小奴一定陪好皇子殿下，请万岁爷放心！"说完，见皇上满脸不高兴，便忙拉着朱翊钧的手，"殿下，走吧，万岁爷还有事情哩！"

皇上弯身拍了拍皇子的后背，就径直往御花园方向走去。冯保跪送皇上走远，急忙拉着朱翊钧进了翊坤宫，把朱翊钧交到奶娘手里，小跑着到了后殿同道堂，见到李贵妃，小声说："娘娘，万岁爷近来很不开心呢，得想法子让他老人家开心才好！"

李贵妃叹气道："咱们皇上也是可怜哩！自幼备受压抑，战战兢兢度日，好不容易遇到个高先生，得了依靠似的，凡事都要他拿主意出来。如今高先生被那些人赶走了，皇上似失了主心骨，能不烦闷？"

"嘻嘻，以老奴看，皇上恐怕也不全是因为这事吧？"冯保紧紧盯着李贵妃丰润的脸庞，坏坏一笑说。

还在裕邸的时候，冯保与李宫女就颇是投缘。当时，冯保看出彩凤不是安于现状的女子，两人时常私下交谈。冯保提醒一心出人头地的李宫女说，男人出人头地靠科场夺标，女人靠的是姿色。聪明的男人多了，可科场夺标终归是少数；有姿色的女人多了，可真正出人头地的也是少数。务必讨得男人欢心，方有出头之日。彩凤甚为赞同。冯保多方搜求，弄到一本《素女经》，还花大价钱买了几张春宫图，偷偷献给彩凤。彩凤眼界大开，床第一试果然不凡。当年的裕王、如今的皇上，因此一直与她耽于床第之欢。相比之下，皇后就无趣多了，如今的那些嫔妃，竟也没有一个能压过她的。时下，李贵妃已成为储君的生母，并依然能够让皇上对她贪恋不已，也多亏了冯保的帮衬。

李贵妃自然明白冯保的意思，她轻抚肚子，两颊泛起红晕："咱不能陪他，他是无乐子可寻了。"

"嘿嘿嘿，娘娘，老奴有话要说，请娘娘先赦言者无罪。"冯保狡黠地一笑道。

二

李贵妃猜透了冯保的心思，佯装生气："你有野心，想提督东厂！"

"娘娘明鉴！"冯保"嘿嘿"笑道，"皇上贪恋床第之欢，娘娘当比小奴更清楚。可刻下娘娘有孕在身，倘若皇上饥不择食，皇后那里得沛甘露，万一生育，那可是嫡出；别宫的嫔妃若借机笼络住了皇上的心，以后把娘娘冷落一边，那滋味……”

“该掌嘴！”李贵妃一瞪杏眼，“别绕弯子了，你想说甚？”

冯保挤挤眼：“老奴要是掌东厂，事体就好办了！”

李贵妃一挑眉：“你就这么急着坐厂公的交椅？”

国制，设东厂，为直属皇帝的秘密侦伺机构，皇上从最宠信的秉笔太监中选一人提督之。掌印太监秩尊，被比为内阁元辅，谓之内相；掌厂太监权重，被比为外廷都察院左都御史兼亚相，尊称厂公。冯保也知道，厂公位置至关重要，皇帝历来慎重择人，不会轻易听从他人安排。况且冯保资历不够，要想冒升，不能不另辟蹊径。听李贵妃说他伸手要厂公位置，冯保顺水推舟道：“嘻嘻，娘娘冰雪圣明！娘娘一小口枕头风，那令人不寒而栗的东厂，就握在娘娘的手心啦！嘿嘿嘿！”见李贵妃依然笑靥如花，他又颇是得意地说，“老奴的意思是，要把万岁爷笼络在翊坤宫，眼下可为他物色两名美姬。”

李贵妃杏眼飞转，须臾，低声说：“待你物色到了，悄悄带到翊坤宫来。”

冯保瞪大眼睛看着李贵妃，口中“啧啧”，钦佩她的心机。原以为会招来一顿责骂，却不料李贵妃畅快地答应了。如此一来，皇上必感念她的体贴，且寻来的女子又在她的掌控中，外界也必得出皇上与李贵妃如胶似漆的观感。冯保暗忖，这个女人果然不凡，死心塌地跟定她就对了！这样想着，就献忠心道：“娘娘，老奴先慢慢铺垫，待再诞皇子，即请外臣吁立太子。”

李贵妃柳眉轻挑，掩唇道：“要小心行事！”

冯保满心欢喜，疾步往外走。出了宫门，远远望见黄罗伞还在御花园里，“嘿嘿，万岁爷，你有嗜好就好！”他小声嘀咕了一句。

此刻，皇上已走进了观花殿，这是位于大内御花园——后宫苑东侧的一座平面方形亭子，黄色琉璃瓦剪边，鎏金宝顶。亭内天花藻井，面南设宝座。皇上心烦意乱地胡乱走了小半个时辰，有些累了，便在宝座上坐了下来。

“护送高先生的人，怎么还没有回来？”坐了须臾，皇上突然问了一句。

“禀万岁爷，昨行人司有报，说护送高老先生的行人张齐已然回来了。”李芳回答。一个多月前，皇上被迫允准高拱去职还乡，赐驰驿，特命行人司遣行人护送，又赐银二百两，以资还乡用度。

皇上本来翘着二郎腿，听了李芳的禀报，“呼”地一下滑动右腿，用力顿脚，呵斥道：“大胆李芳，如此大事，竟敢瞒着朕！”

李芳忙跪地，低头偷笑：皇上竟将此看成大事，真也好笑！但转念一想，自高拱走后，皇上思念不止，有时竟至精神恍惚，也难怪他发火了。正因如此，李芳才

刻意在皇上面前回避高拱的名字，不料却受此责备，也不知做何解释。

皇上站起身，以少有的坚定语气说："速传旨，让护送高先生的行人即刻来见！"

"万岁爷，这、这不妥吧？"李芳低声谏阻说，"行人乃从七品微官，焉能独仰天颜？"

国朝设行人司，有行人三百四十五人，以新科进士充任，凡颁行诏敕、册封宗室、抚谕四方、征聘贤才，及赏赐、慰问、赈济等，则遣行人出使。以从七品之官单独觐见圣驾，极为罕见。尤其是，当今皇上极少召见大臣，内阁大佬常常求见不果，却独独召见一名行人，李芳担心内阁、科道会有非议。

"这就见！"皇上态度坚决地说，边抬脚迈步出了观花殿。

李芳不敢怠慢，急命一个随堂太监到行人司传旨，传行人张齐即刻到平台召对。

过了半个时辰，皇上在东暖阁稍事休息，喝了杯热茶，李芳就禀报张齐已在平台候驾。皇上起身，来到平台安放的御座，命张齐平身回话。

"此番护送高先生，何以去了这么久？"皇上开口即问。

"禀陛下，高阁老此次还乡，把三个女儿的灵柩一并带回原籍安葬，东下潞河，走了水路，出运河入卫水，再渡黄河，是以延宕些时日。"张齐回答。

"高先生何其不幸耶！"皇上感叹道，又说，"你想得很周到，天气炎热，高先生上了年纪，又染恙在身，走水路甚好。此番护送高先生，一路上顺利吗？高先生身体好些了吗？"

张齐把一路情形，择要述说了一番。

"高先生家乡如何？"皇上又问。

"新郑虽有个新字，却是古邑，乃是轩辕黄帝故里，白居易的出生地，欧阳修的长眠处……"张齐不厌其烦地说开了。李芳直给张齐递眼色，让他不要啰啰唆唆。皇上听读章奏，每每不到一刻钟即不耐烦了，目下张齐已说了快两刻了，还没有止住。

"当年高先生的祖父为山东金乡令，致仕时行囊寥寥，唯有金乡枣苗若干，携于新郑高老庄。如今一个甲子过去了，新郑成了大枣之乡，微臣所见，枣树成林，硕果累累呢！"张齐兴奋地说。皇上兴趣盎然，还不时追问细节，张齐也就放开胆子，把在新郑的所见所闻，一股脑都说了出来。最后，张齐感叹道，"新郑高家三代在县城营建了颇为宽敞的宅邸，高家在新郑口碑甚好。倘若不是牵挂皇上，高先生在老家，倒比在这京城自在多了呢！"

皇上点头，沉思了片刻，问："高先生有什么话没有？"

"高阁老甚是牵挂皇上。"张齐说。

皇上低下头，沉默了。

张齐想了想，又说："哦，对了，高阁老回到故里，曾赋《闻蝉》诗一首。"说着即为皇上吟诵：

何处寒蝉抱叶吟，
日高风静响沉沉。
无端清切惊残梦，
暗引悲秋万里心。

皇上叹息一声，喃喃道："先生此乃为不能一展经国济世之志而痛惜！"

"哦，微臣想起来了，"张齐兴奋道，"高阁老离京，众皆心有忌惮而不敢相送，唯高阁老的门生、兵部主事吴兑送之潞河，高阁老一路上对吴兑说，要多留意边务。还说，今年秋防当格外用心。"

皇上坐直了身子，吩咐李芳："这就传朕的口谕，著行人司派人去高先生家乡，赐白金一百两、蟒衣两袭，以慰先生之心。"

"微臣愿往！"张齐忙说。

皇上露出满意的笑容，说："你不辞劳苦，又要往返三千里，足见忠心。"转头对李芳说，"传朕的口谕给吏部，科道有缺，着即甄拔张齐补之。"

张齐叩头谢恩。待张齐刚辞别，皇上对李芳道："即到内阁，传朕的口谕：今年秋防需格外留心，着内阁写本来说。"

三

文渊阁里，自从高拱走后，委实安静了许多。高拱求去奏本获准，徐阶即不再坚卧，随即出而视事。但有几件事，他还是压了许久，待得知高拱已然回到老家、闭门读书的禀报后，才端到台面。

"工部尚书葛守礼给老夫写了个条子。"徐阶笑笑说，把葛守礼的便札从袖中掏出，展开来，边让阁臣们传阅，边说，"葛尚书对江南纷然推行'一条鞭法'颇是忧虑，言税赋俱折合银两征收，于民不利，更便于官府侵吞，实则加重民人负担，建言朝廷明令禁止，内阁不妨一议。"

多年来，江南不少地方自发试行此法，民称其便，但朝中百官对此看法各异。此前科道弹劾江西巡抚潘季驯推行"一条鞭法"，高拱以支持勇于任事为由，主张搁置弹章，此案也就不了了之。徐阶乃松江最大的地主，加之高拱主张支持潘季驯推行此法，基于此，李春芳等人揣测，大抵徐阶对此法不会热心，只不过此法在江

南有一定民意基础，徐阶爱惜羽毛，不便直接出面反对，才把葛守礼的便札郑重提交内阁的。

“条鞭之法，便与不便，看法不一。”张居正郑重地说，“居正以为，行法贵在人，亦贵在地。如闽粤，银子早已全面流通，一体征银自无窒碍。此法若与民便，行之似无不可。以居正浅见，此法只可在南方试行，但须得良有司主持。”

李春芳道：“春芳以为，条鞭之法一概禁之未必妥当，但任由有司漫无边际纷然实行，恐骚动海内，扰乱人心。是以朝廷当划出范围，只允该地先行尝试。”

“如此甚好！”徐阶忙道，“可在福建试行。”

一向沉默的陈以勤支吾道：“这，那么，已试行此法的他地该如何呢？”

徐阶不悦道：“朝廷的态度是，只许福建试行。”言毕，晃着手里的一份文牍说，“王世贞为父申雪疏，搁置已久。南京科道又有疏来，吁请朝廷为王忬申雪，诸公何意？”

李春芳、陈以勤、张居正皆不言语。郭朴踌躇片刻，说：“当时高新郑曾有建言，似有道理。”

“安阳的意思，要照高新郑的意见办，还要继续搁置？”徐阶不满地问。

郭朴辩道：“不是搁置，是统筹解决。我的印象里，高新郑也从未主张搁置。”

“统筹解决，也是要解决的嘛！”徐阶转向陈以勤，“南充，你执笔，拟旨，疏下兵部、吏部并三法司议处。”

“王世贞乃文坛领袖，此举出，天下文人墨客，必感元翁厚德美意。”郭朴揶揄道。

话音未落，大内传旨太监到了。五阁臣忙起身听旨。跪地的当儿，几个人都在心里嘀咕：皇上极少过问国务，今日何以突然传旨？听完太监宣谕，方知是要内阁就加强秋防拿方案上报的。

“领旨！”徐阶答。接了旨，他起身往外走，边道，“诸公不妨先议议。大司寇来谒，已等候多时，老夫先见见再说。”

刑部尚书黄光升来谒，是徐阶相邀的。听到护送高拱的张齐回京了，徐阶才踏实下来。有两件事该有个了断了，遂派人召黄光升来见。

“大司寇，方士王金的案子，办得如何了？”回到朝房，见礼毕，徐阶即开门见山问，“这可是遗诏里明示的，不办妥这件案子，就不能说与嘉靖朝修玄斋醮的神道决裂！”

“元翁，王金辈术士固然可恶，但若衡之律法，实难定罪，更莫说死罪了。”黄光升知道徐阶意欲处死王金等人，可刑部始终找不出证据证明他们有罪，也没有可援引的法条判其死罪，只得如实禀报。

“去岁海瑞谏诤先帝，起初刑部奏报判他死罪，是依的哪条律法？”徐阶问。

“比子骂父律。”黄光升答，“但那是迫于先帝的压力。”

徐阶以少有的严厉口吻说：“大司寇，王金辈术士，以硝黄损先帝圣躬，当以子杀父律，置极典！”不容黄光升说话，徐阶又问，“高阁老遇刺案，查得如何？”

“据本部郎中王学谟禀，确有疑点。不过，王学谟外放后，此事就搁置了。迄为查明，是以未报。”黄光升回答。

陈大春禀报徐阶说，刑部郎中王学谟在真查谋刺高拱案不久，王学谟就升职了——山西按察副使，兵备岢岚。黄光升隐隐感到事出有因，谋刺案也就搁置不再查办。

徐阶笑道：“呵呵，大司寇，物证俱在，不能服众？其实，高新郑是想息事宁人的，他一再要求不必让皇上知道，足见他并不愿没完没了查下去。况时过境迁，能查出所以然吗？”

“不了而了之吧！”黄光升心领神会地说。

“秋审的事，筹备好了吗？”徐阶又转移话题说。国朝在每年秋季由九卿会审，复审各省上报的死刑案件。秋审早有成例，并不需要内阁关注，但徐阶却特意提及，“此乃新朝首次秋审，请大司寇筹备停当。”说着，即起身送客，“事体甚多，老夫还要主持阁议。”

“呵呵呵，”回到中堂，徐阶先是发出一阵笑声，才解释说，“大司寇要禀报秋审的事，老夫说此乃成例，按例行事就是了。”他转向李春芳，“兴化，秋防的事，议得如何？”

徐阶离开的这一刻钟，四阁臣都埋头阅看文牍，并没有议起秋防之事，李春芳也只好含糊道：“请元翁示。”

适才接到口谕，张居正就猜到，这一定是高拱的意见。他断定徐阶也明白这一点。说不定徐阶会认为这是高拱试图遥控朝政，大起反感，故意对秋防一事心不在焉，冷漠以对。是以张居正对此事格外谨慎，虽内心着急，但踌躇再三，还是决定暂时保持沉默。

“老夫郑重宣布，”徐阶一脸庄重，清了清嗓子，说，“即日起，三语政纲复活！”

郭朴撇了撇嘴，暗忖：这句话硬是给高拱扣上了推翻三语政纲的帽子，也成为徐阶推卸责任的遁词！此公手腕未免太老辣了。他忍不住说：“没有谁宣布三语政纲作废过吧？”

徐阶睃了一眼郭朴，并不理会他，呷了口茶，道：“以政务还诸司，秋防是兵部的权责，当由兵部全权画策。”

“元翁，皇上钦命是要内阁写本的。”郭朴不满地说。

“皇上要内阁写本，没有要内阁侵夺兵部的权责。”徐阶不悦地说。他对着张居

正说："江陵，知会兵部，把秋防画策报来，内阁改成公本上奏。"

诸阁臣沉默不语。

"呵呵，"徐阶笑着对郭朴说，"安阳，此议妥否？"

"一切皆由元翁裁夺！"郭朴不冷不热地说。

"岂敢？大家商榷，集思广益。"徐阶面带微笑站起身，"各自办事去吧！"

张居正回到自己的朝房，净了手，刚要入座，徐阶的书办姚旷就进来了："张阁老，元翁有请。"

四

好几天了，张居正都是心事重重的样子。这天散班，正低头向文渊阁大门走，听到有人唤他："江陵，有心事？"抬头一看，是郭朴。张居正笑了笑："东翁，居正乃晚辈，才疏学浅，冒居高位，怎不战战兢兢啊！"

郭朴摇头："呵呵，江陵会说话啊！"

张居正有些心虚，忙抱拳揖别，快步登轿。"修炼得不够，修炼得不够！"坐在轿中，张居正自责说。

那天徐阶召张居正去见，问他："郭安阳俨然高新郑替身，你可察之？"张居正点头。徐阶又说，"你与高新郑乃好友，老夫不能不体谅；与郭安阳，可有瓜葛？"张居正摇头，"请师相吩咐。"徐阶并不点破，而是转移了话题，"秋防自有成案，待兵部来文，就由江陵斟酌起草内阁公本吧！"

张居正自然明白，徐阶是在暗示他，与高拱争斗他不帮忙或可谅解，现在该他表现的时候了：想办法赶走郭朴。可是，与郭朴无冤无仇却要算计于他，张居正内心甚是忐忑。更重要的是，拿什么做文章可以驱逐郭朴，张居正实在没底。此事压在心里好几天了，散班路上满脑子想的都是这件事，不意被郭朴看出他有心事，张居正心里不免发虚，暗自检讨自己修炼不够。

这件事固然让张居正烦恼，而更忧心的则是秋防。高拱去国前就提过今年秋防不同以往，但徐阶对秋防却不以为意，以政务还诸司为借口，让兵部画策。张居正深知，徐阶把袭故套堂而皇之美化为守成宪、稳大局，也就不愿意破成规、出新政。兵部尚书霍冀深谙此道，大抵也会以往年成案报来。如此，则秋防之策就沿袭往年的做法，无非是以不变应万变。这样想着，张居正越发烦恼起来："哼，倘若玄翁当国，那他时下必集中精力研议、指挥秋防；而首相却把心思用在排挤同僚上，真是令人齿冷！"

久久没有理出头绪，张居正决定驱逐郭朴的事，先放放再说。

过了几天，兵部报来了秋防方案。张居正遵照徐阶的旨意，细心审读，又把去年的故牍找来比对了一番，果然全无变化。重中之重是加强昌平、居庸关一带防守，为此，调保定镇一半兵力驻防黄花岭；其次是固守宣大，将山西镇八成兵力沿草垛山堡至红门口一线布防，以固大同西翼。对兵部的方案，张居正也提不出修改意见，但他有意调戚继光北来镇守蓟门，徐阶最担心的京师、皇陵的安全，当有保证。这样想着，快散班时，张居正进了徐阶的朝房。

徐阶坐着未动，上下打量着站在他对面的张居正，似乎是在看一个陌生人。张居正浑身颇不自在，手捧文稿欲呈递，徐阶突然阴阳怪气地说："叔大，贵同年殷正甫才堪大用否？"

张居正愣住了。他迅疾眨巴着不大的双眼，琢磨徐阶发出此问的用意，额头上不觉冒出一串汗珠。

"师相，学生……"张居正嗫嚅着。

"哈哈哈！"徐阶突然大笑起来，指着书案边的一把椅子，"叔大，坐嘛，坐！"

张居正顿觉毛骨悚然，忙说："哦，师相，学生本想呈上内阁秋防策公本稿请师相审定的，突然想到有几句话不妥，拿回去改后再呈师相。"说完，深深一揖，逃也似的走出徐阶的朝房。

"游七，速速去请曾郎中来见！"回到家里，张居正还未进垂花门，就一脸焦躁地吩咐。说完，就径直进了书房，坐进宽大的圈椅，长长地喘了口气。

正甫是殷世儋的字，徐阶特意问及此人时，张居正已然明白，是老师对他迟迟没有对郭朴动手感到失望，暗示他不止张居正一个学生，自可再提携他人取而代之，而殷世儋就是一个人选。他不唯与张居正为同榜进士，又同入翰林，都是徐阶的学生；还同为裕王的讲官，入阁拜相也是顺理成章的。殷世儋颇善钻谋，定然是屡屡到徐阶那里表忠心，让徐阶动容。徐阶未必真的要以殷世儋取代他，但这个信号足以让张居正胆战心惊。以徐阶时下的权势，只要他愿意，让殷世儋入阁、赶走一个张居正，当是手到擒来之事。是以张居正忙找借口逃离徐阶的朝房，赶紧先办驱逐郭朴一事。

"太岳兄，有好酒招待？"曾省吾未进书房就大声说，待看到张居正神态不对，他愣了须臾，"出事了？"

张居正摆摆手，以平和的声调说："有两件事，甚是烦恼，请三省参详一二。"

"是吗？"曾省吾看着张居正的眼睛，"何至于饭也不让吃就火急火燎相召？"

张居正不想解释："三省，元翁对郭安阳积不能堪，示意我有所为。你看，该如何措置？"

"徐相有的是手下，何以偏偏托付太岳兄？"曾省吾自问，又自答道，"显然是在考验太岳兄嘛！”

这一层，张居正也想到了。

“积极理解，也可以说徐相要历练历练太岳兄。官场险恶啊，要历练方得智术。”曾省吾得意地分析着，“消极理解，那是要太岳兄递投名状，这就叫：太岳佐徐逐东野！”张居正皱眉静听，曾省吾却不再说下去了，而是问：“那么另一件，何事？”

“秋防。”张居正只好答，“是袭故套，还是另作画策？”

“因何要另作画策？”曾省吾问。

“板升接连遭灾，粮食难以供给，而今年春防严密，北虏未敢进犯，秋防压力是以倍增。”张居正解释说，“若袭故套、援成例，恐不能奏其效。”

“徐相何意？”曾省吾追问。

“以政务还诸司。”张居正答，鼻腔里轻声“哼”了一下。

“那就是要袭故套。”曾省吾说，“袭故套不唯简单，更重要的是无须承担责任。倘若打破故套，万一出事，责任就不是战地将帅的了。责任重大，谁敢轻言改之？举朝也就高新郑傻乎乎有这个气魄。”

张居正叹息一声：“调戚继光守蓟镇，可保皇陵、京师无虞。”

曾省吾摇头：“此议太岳兄不可提，时机未到也！”

“此话怎讲？”张居正问。

曾省吾诡秘一笑：“权势不足者，想成事，必有交易方可。”

“三省，你越说我越糊涂了。”张居正皱眉道。

曾省吾却不再解释，背手在书房踱步，突然转身，对着张居正拊掌笑道：“太岳兄，赶走郭老头，是好事！如此好事太岳兄怎还愁眉不展？不该，实在不该！”见张居正茫然，曾省吾伸出两根指头，“你说的两件事，第一件事，要有为；第二件事，”他把一根指头弯下去，“要无为。此为上策也！”言毕，拍手道，“正所谓徐阁揆聪明反被聪明误，张相公一箭双雕得实惠！”

“又来啦！”张居正嗔怪道，“说下去。”

曾省吾却闭口不言了。

张居正怅然道：“最可忧者，今秋北边将有大祸！”

“我所虑者，是从何入手收拾那个郭老头。”曾省吾以调侃的语气道。须臾，像是给张居正打气，一拍胸脯说：“太岳兄放心，不出一个月，让他卷铺盖走人！”

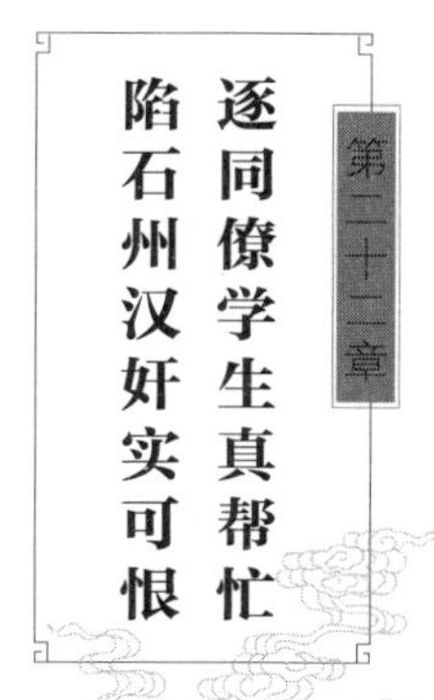

第二十二章 逐同僚学生真帮忙 陷石州汉奸实可恨

一

蓟州、宣府、大同、山西、宁夏五镇，乃国朝防御北虏的前线。不唯长城坚固，且扼要处皆设立墩台，台上有守望房屋和燃烟放火的设备，台下有墩卒住处和羊马圈、仓库等建筑。每墩哨军五名、夜不收二名，轮流值守，有警则举烟为号，有寇至则挂席鸣炮以报信。驻守及巡视墩台的夜不收，除奉令深入虏区刺探敌情外，遇到紧急状况，也负责将谍报传报腹里，皆通虏俗、会番语。

大同镇平虏卫干鲁忽赤千户所下辖的前卫百户所，位于大同城西南，驻守败胡堡所辖十多个墩台。隆庆元年的八月节快到了，边地百姓虽然凄苦，依然张罗着过节的物品。这天夜里，月牙挂在天空，满天星斗闪烁。前卫所百户姜广亮带着十几个墩卒，护卫着几匹马，马背上驮着包裹，悄悄出了最北处的一个墩台，向西北方向一个稀疏的小树林移动。

走进小树林，一名叫栗见勤的墩卒吹起了暗号：“啾啾啾！啾啾啾！”几个虏兵应声牵马而来，栗见勤与他们嘀咕了几句，姜广亮便命墩卒卸下包裹，请对方验货。茶叶、纻丝、食盐，外加几个青花瓷器。虏兵点头，把带来的貂皮、马尾拿出来，请姜广亮验货。不到一刻钟，双方交货毕，各自返回。一个怯里马赤——鞑靼军中的通事，上前拉住栗见勤，把握在手心里的几块碎银顺势塞到他手里，用番语叽里咕噜说了几句，栗见勤只是点点头，不敢多言，匆匆追上了姜广亮。

回到墩台，姜广亮命人将货物运至百户所营盘，他则照例开始巡查墩台。随从携了一壶酒，姜广亮一边在墩卒为他腾出的一个房间里独自酌酒，一边算计着这批货的赚头。墩台夜不收栗见勤脸上挂着讨好的笑，手拿一包风干牛肉走了进来，急切兼带兴奋地说："头儿，这回的貂皮卖了，分了银子，俺的钱就攒够了。这夜不收，俺不想再干了。"栗见勤哭丧着脸说，"俺娘七十了，俺三十了才娶了婆姨，婆姨给俺下了个仔儿，俺要是……"

"哪个王八蛋愿做夜不收？可这各色差事总得有人干，你又没啥靠山，还想挑挑拣拣？"他"呸"了一口，嘲讽道，"你要是兵部哪个官的小舅子，俺这就给你调岗！"

"嘻嘻嘻，"栗见勤嬉皮笑脸地说，"这一年咱和鞑子私底下做的买卖，俺也攒了四十多两银子，加上这回的，都给头儿，求头儿给俺换换地儿吧！"说着，"扑通"一声跪了下来，叩头不止。

"这回的货不卖了！"姜广亮把酒盅往土台上一撴，断然说，"快过节了，得打点上头，不的，他们把闭着的那只眼睁开，和鞑子的这点营生，咱还能干下去？没这营生，咱不更苦？"

栗见勤一脸沮丧："头儿，可是你说的，俺攒够五十两银子，你就帮忙给俺调到关口的城墙上，不让俺做这墩台的夜不收了。"

姜广亮瞪一眼栗见勤："那也得再等等！时下快过节了，上头都在打点呢，哪顾得上你这屁大点的事。"

栗见勤接受了姜广亮的说法，眼睛放出亮光，好奇地问："哎，头儿，上头这过一个节，得收多少啊？他们又是吃空饷又是克扣赏银，过节还收礼，这银子还不用车拉啊？"

"你以为呢？"姜广亮撇了栗见勤一眼，"不然为啥打破脑袋要升官？升官发财、升官发财，不升官发鸟财？就咱那点营生，脑袋别裤腰带里，赚了，一半以上都得打点上头！"

"啧啧，头儿，上头要那么多银子，花得完吗？"栗见勤擦了一把哈喇子，问。

"憨蛋！"姜广亮不屑地说，"你去大同往北京的官道上看看就知道了。"

"啥、啥意思头儿？"栗见勤问。

"嘿嘿，莫说总兵、副总兵，就是总督、巡抚，都得往京城送礼呢！"姜广亮说，"就像老子我，是收你们点小钱，可给上头也不少送钱，我赚不了几个子儿！"

"啧啧！"栗见勤感叹说，"还是当官好啊！俺攒钱就是不想干这个墩台夜不收了，哪怕调到关口守门也好。"

"踏踏实实再干几笔，你会说鞑子话，以后多分你一份。"姜广亮安慰说。

"那谢谢头儿、谢谢头儿了！"栗见勤捣蒜似的叩头说。刚起身要走，姜广亮伸出一个巴掌，向里勾了勾，像招呼一条狗。待栗见勤靠近，姜广亮冷冷地问，

“适才在小树林，鞑子与你说些啥？”

栗见勤打了个激灵，忙说：“哦哦，头儿，鞑子问俺咱这儿和往常一样吗？”随即便一脸无辜地申辩，“俺可啥也没说，一个字也没说。”

“哼哼！”姜广亮只冷冷一笑，栗见勤便双腿一软，跪了下去，哆哆嗦嗦把鞑子给的碎银子从裤腰里掏出来，“就这么多，俺对天发誓！”

姜广亮一把夺了过去，在手心里颠了颠，捏给栗见勤一小半，阴阳怪气地说：“吃独食会噎死，知道吗？”

栗见勤羞愧地点头：“下回不敢了！”又讨好地一笑，“头儿真是火眼金睛，啥也瞒不过头儿！难怪做百户。俺看做千户、做游击，嗯嗯，不，做参将也跟玩儿似的！”

姜广亮递过酒壶，赏了栗见勤一口酒，嘱咐说：“长点心眼，多打探点鞑子那边有啥好买卖，赚足了钱，往上头多送送，啥事都好办。”

就在姜广亮和栗见勤在墩台内喝小酒的当口，那个在小树林里暗中塞给栗见勤碎银子的怯里马赤，正骑上快马，连夜向板升奔去。

板升城的西北角，汗廷长朝殿西侧有一座土堡，全堡周长可达五里，坚壁自固。这就是赵全的宅邸。进入八月以来，赵全密令细作迅疾搜集传递谍报，为此还特意提高了赏格。他预判，随着秋收季节的来临，一场大的南侵行动将不可避免，届时，俺答汗必问计于他，所谓知己知彼百战不殆，搜集、分析谍报就成了他近来的头等大事。国朝上有内阁六部科道翰林，下有总督巡抚兵备道，总兵参将，更不用说还有一大批幕僚师爷。赵全几乎是以一人之力与整个朝廷、九边的文臣武将斗智斗勇！是以每有大举动，赵全必先把谍报尽可能掌握周详。

连续半个月了，赵全一直隐身于土堡内，在一座豪华的宫殿式建筑里听取谍报。他不允许他人转达，只听探报人自己的亲历亲闻。

“重赏！”听完那个怯里马赤的禀报，赵全紧锁的眉头一下子舒展开来，大声吩咐说。他兴奋的是，国朝墩军此时依然偷偷与鞑子走私交易，足可判断出国朝秋防策并无新招。是以一个大胆的南侵画策，迅疾在他的脑海里成形！

赵全从太师椅上站起身，在屋内刚要伸展酸沉的臂膀，侍从匆匆来禀：“把都，汗爷来了！”赵全来不及更衣，急忙吩咐开门迎接。

“喔哈哈哈！”老远，俺答汗爽朗的笑声就传到了赵全的土堡里。一眼望见俺答汗身后的亲兵，有的抬着刚刚宰杀的全羊，有的抬着酒坛，赵全一笑：俺答汗前来问计了。

二

张居正走进徐阶的朝房，心里颇是忐忑。

自从一个月前被徐阶责备，张居正行事谨慎了许多。秋防策完全按兵部所提，袭故套而已。这件事本不是徐阶所关注的，他连看也没看，就以内阁公本上奏。皇上倒是也未再说什么，此事算是应付过去了。但对于尽快驱逐郭朴，徐阶却念兹在兹。近来，张居正和曾省吾一直在暗中运作，可事情并不顺利。郭朴乃为人长者、性情敦厚，资历直比徐阶，又素以清正名于朝，如之奈何？曾省吾私下与几个御史商榷，劾郭朴本已与高拱结党，元翁宽厚，一再优容；可他不唯不承情，还屡屡攻讦言官结党。张居正以为不妥。赶走郭朴，不唯不能关涉高拱，还要刻意回避，不然，势必给外界对不顺服者赶尽杀绝的观感，岂不落下不能容人、无相臣体的恶名？可是，不以与高拱结党做文章，又能拿什么论劾郭朴呢？举凡能拿来论劾的，诸如贪墨、干请、结党、大不敬、渎职不法、横行乡里，一件也未找到。实在计无所出，而此事又不容再拖，曾省吾只好授意御史陈瓒论劾郭朴“负气使才，无相臣体”。内阁只能票拟“朴先朝旧臣，雅称慎静”，慰留郭朴。

科道论劾郭朴，固然让徐阶知道张居正已然在行动，徐阶对他的态度又恢复到从前状态；可张居正很清楚，徐阶不是为了出气，也不是以羞辱对手为目的，他要的结果是——驱逐郭朴。况且，似这般大而化之扣帽子类论劾，舆论究竟以谁为非，还是未知数。故陈瓒上弹章的同时，张居正就敦促曾省吾再想办法，出新招。张居正费了一番心思，终于有了眉目，他还是决定试探一下徐阶的意思，再作计较。

“师相，学生访得，近日有科道欲论安阳。”张居正装作颇不经意地说。他不能把事情说破，只能佯装徐阶对弹劾郭朴之举一无所知，不然徐阶会认为他不会办事。

徐阶不语，良久，才端起茶盏，吹了吹热气，漫不经心地问：“科道论劾大臣，司空见惯。”似乎他对此毫不关心，但他举着的茶盏一直未放下，看着张居正，显然是等着他说出下文。

“据闻，乃是一桩旧事。”张居正说。

“旧事？”徐阶用力放下茶盏，不悦地说，“这些个科道，拿陈年旧事来论劾大臣，真是闲得慌！”

张居正一笑，道：“据闻，有御史访得，安阳多年前丁父忧，守制未满，皇上夺情召回，他虽辞谢再三，可还是提前起复了。”

“是有此事。那又如何，难道抗旨不遵才好？”徐阶道，语调中充满失望。

张居正不急不躁地说：“据闻，御史访得，安阳老母在堂，衰病交加，他却一味恋栈，不思归养。”见徐阶摇头，张居正很是郑重地说：“学生访得，该御史欲论劾安阳往居父丧，夺情赴召，为士论所鄙；人言其有老母病耄且死，不思归终养，伤薄风化。”

徐阶叹口气说：“本朝以孝治国，最重孝道；孝道一失，则大节亏矣！科道以此论安阳，安阳何颜再立朝廷？”语调中似乎满是惋惜之情，旋即提高声调说，“科道论劾大臣，那是他们的权责，内阁要做的，拟旨慰留便是了。”

张居正明白，徐阶这是认可了。迎着大权在握的老师欣赏的目光，他松了口气。他同样也知道，该转移话题了。正好他对秋防始终不放心，何不借机进言，便道：“师相，学生近思北虏之患甚炽，秋防之事宜格外用心。学生思之，设险有常道，所贵因乎形势；用兵无定术，所贵酌乎时势……”

“秋防事，自有兵部画策。”徐阶收敛了笑意，打断张居正，叹息道，“平心而论，高新郑委实称得上是难得的干才。但新郑太自负、太急躁了，这是他的弊病。是以清廉有干才的高新郑，终究难立于朝，遑论展布经济？每一思之，老夫惋惜之至！”

张居正听得出来，徐阶是在敲打他。该感激还是反感？张居正一时也说不清楚，神态颇不自然。

“呵呵，叔大啊！”徐阶以亲切的语调说，“为师老矣，经历这么多，悟出一个道理：世上无有解不开的难题。叔大不闻‘不了了之’之语？此之谓也。”见张居正疑惑不解，徐阶解释说，“就拿叔大适才所言北虏之患来说。虏患非起于今日，也非今日可一举消除之。是故，急不得嘛！”

“师相的意思是，要等？”张居正问。

“等！”徐阶断然说，“俺答老酋能猖獗到何时？一旦此老酋一命呜呼，则北虏必内讧。如此，北边之患，自可不解而解矣！”

张居正大惊。他没有料到徐阶的御虏方略竟然是无所作为，坐等不了了之！

“当然，也要有所为有所不为。”徐阶没有觉察到张居正的惊诧，继续以传道授业的语气说，“蓟镇要严防死守，不惜一切代价！此为保国，亦为保身也！”

张居正明白了，在徐阶看来，只要蓟镇不被北虏突破，确保京师和皇陵无虞，位在中枢者就无须承担责任——如此，对得起天下苍生，西北百姓？张居正心中生出一丝鄙夷，但说出话来却滴水不漏：“师相高瞻远瞩，学生领教了。”

“怎么，元翁否决了？”张居正步履沉重地走回自己的朝房，还等待在此的曾省吾见他满脸凝重，忙问。

张居正坐到书案前，向外挥了挥手，有气无力地说：“照计行事去吧！”

“大功即将告成，太岳兄还愁眉不展、佯装深沉？”曾省吾兴奋地打趣说，“这就叫欲加之罪不患辞，触怒权相终难安！郭老头该卷铺盖喽！”

张居正一拍书案："三省，少说一句吧！我问你，兵部近来都在忙些甚事？"

"收礼，赴宴！"曾省吾很干脆地说。

张居正皱了皱眉，不再说话。这是预料中的事。即使他自己，固然常常婉拒边将的礼物，那是因为彼此尚不熟稔。多年来每到三节，戚继光都早早派人到京送礼，初时他还责备戚继光，戚继光说，风气如此，不送礼心里不踏实，啥事都不敢大胆去干。宣大总督王之诰是张居正的儿女亲家，前两天也派人送了重礼。尽管如此，听到曾省吾说兵部忙于收礼、赴宴，张居正心里还是又急又气，可一时又不知说什么好。

"临近中秋，这京城里稍上档次的酒楼，若不提前十天半月，恐订不上位置。"曾省吾又说。

张居正叹息道："请问掌管武官任免大权的曾郎中，武官之升迁荣辱，非以战功，而以贿赂；将帅之精力，非付诸练兵排阵，而用于结交权贵，则这样的军队，可恃否？"

"请问位在中枢的张阁老，倘若你坐在他们的位置，会不会也和他们一样？"曾省吾反问。

张居正被问住了。

曾省吾起身道："我这就去办郭老头那事！"

望着曾省吾的背影，张居正突然冒出一个闪念："倘若去国归乡的是徐阶，局面会如此吗？"这个念头一闪，张居正先就被吓了一跳，可是，越是这样，这念头越是挥之不去！

三

赵全将俺答汗迎入土堡，忙吩咐侍从烤羊炖牛，奉茶摆酒，他则引导俺答汗一行进了花厅。这是赵全仿照内地富贵之家装饰的会客之所。俺答汗一进来，人未落坐，就在厅内扫来扫去，只见面南的一堵墙上有一个神龛，里面供奉着无生老母，俺答汗知道那是白莲教徒信奉的神祇。他上前拱手拜了拜，转身好奇地问："薛禅，只见供奉无生老母，咋不见一个女子？"

赵全叛逃北来时随行带有妻妾子女，嘉靖四十三年，他率五千人马深入朔州，斩获甚丰，还将封于此地的大明广陵王的庶女掠来做了侧室。俺答汗垂涎已久，可每次来此，都未遇到过，是以特意一问。

赵全一笑："汗爷，此是为汗爷画策的关键时节，小的是不近女色的。"

"喔哈哈哈！薛禅，把都儿哈、草原的雄鹰、大漠的骏马，好样的！"俺答汗用力拍了拍赵全的肩膀，夸奖说。

跟在俺答汗身后的恰台吉鼻子里“哼”了一声，撇嘴道：“是啊，每次南下，巴特尔们流血卖命，某些人大得其利，看看这堡子，板升谁能比？”

俺答汗不唯对赵全信赖非常，还给予格外照顾。按部落成例，战利品通不许私匿，且无论是前线将领还是后方元老，也无权私分。但对赵全等人，却每每破例，赏赐大量战利品。十几年下来，赵全、李自馨的土堡在板升成为最豪华坚固的私宅，除俺答汗的宫殿外，无人可比。这让恰台吉异常不满。

赵全看也不看恰台吉，双手合十，默念着：“真空家乡，无生老母；黄天将死.苍天将生；大劫在遇，天地皆暗，日月无光……”

俺答汗怔了一下，指着恰台吉道：“喔哈哈哈，脱脱小儿，你呢，用汉人的话说，是在吃醋呢！”

“哼！”恰台吉倔强地一扭头，“吃醋？若说儿吃咱家把汉那吉的醋，儿无话可说，汗爷疼爱把汉那吉，那是尽人皆知的；至于别人嘛，不配！”

“好啦！”俺答汗嗔怪道，“薛禅只是造了这座堡子嘛，这偌大的板升又是谁的？”他摆摆手，“尔等都出去吧，今日本汗与薛禅对饮！”

看着恰台吉不忿地走出花厅，赵全脸上露出得意的笑容，道：“汗爷，今秋的举动，是隆庆朝登场以来第一次大举南下，非同寻常！”

“谁说不是嘞！”俺答汗道，“要不本汗咋来找薛禅嘞！”南朝嘉靖老皇驾崩，俺答汗又萌生了通贡互市之念。尤其是新朝在一个叫高拱的阁臣力主下，居然在泉州开了海禁，这让俺答汗看到了希望。春季固然因为南朝春防严密，但更是俺答汗要观察新朝动向，不愿贸然开战，才相安无事的。但这大半年来，南朝对北政策却未见调整迹象。那个敢作敢为的高拱不旋踵就被赶出了朝廷，令俺答汗大失所望。时下，因灾荒连连，部落百姓嗷嗷待哺，大兵南下在所难免，故俺答汗需要赵全献计画策。他先提出了的自己的想法：“薛禅，云中风高土燥，物产最薄，没啥意思。此番大举南下，东进攻蓟镇、围京师.重演庚戌围城的故事，让南朝胆寒而再开马市。”

十七年前，俺答汗率大军南下，突破蓟镇重重防线，直抵京师城下，令京师戒严两月。这就是让南朝备感耻辱的庚戌之变。作为解围的条件，南朝答应开马市——官方设立边贸市场。经此事变，南朝不惜代价，加固长城、扩充守军，蓟镇防御委实今非昔比了，俺答汗自己也有些底气不足。

“汗爷，自那个叫高拱的大臣被逐出朝廷，南朝还是嘉靖老儿时代的那套招数。”赵全很自信地说，“目下隆庆新君不愿理事，徐阶执掌朝纲，他的北边防御方略与当年严嵩的套路是一样的，但有了庚戌围城的教训，不使我大军突破蓟镇、威胁京

师是底线。除非汗爷有把握可以一举推翻朝廷，否则不宜触碰南朝的底线。”

俺答汗点头，说：“薛禅，那你有何妙策，痛痛快快说出来嘛！”

“汗爷，声东击西，直捣晋中！”赵全以坚定的语气说。

“晋中？”俺答汗问，“有啥味道？”

“此地肥羊良铁，美女如云！”赵全诱惑说。

“肥羊良铁，美女如云？”俺答汗两眼发光，一阵大笑，搓着粗糙的手掌，“既如此，不好得手吧？隆庆朝咱是第一次出手，不能失手啊！”

“南朝一则蓟镇、一则大同宣府，均重兵固守；而晋中兵弱、亭障稀，且去岁我大军已掠应、朔，他们不会料到我大军重入杀胡口。此乃声东击西，出其不意也！”赵全得意地说。

“深入腹地，地形险峻复杂，恐中埋伏。”俺答汗久历沙场，经验丰富，遂不断提出质疑。

“汗爷放心，板升汉人有不少对晋中地形厄塞甚谙熟，可为前导。”赵全回答说。

俺答汗大喜：“喔哈哈哈，薛禅，此计，也只有你这般谙熟地形厄塞又深知南朝军力部署的内鬼才能提出来啊！”

赵全尴尬一笑：“嘿嘿嘿，汗爷，我赵全对汗爷死心塌地，才会献上此计，汗爷心里当有数啊！”

“有数有数！”俺答汗拍着赵全的肩膀，“若无薛禅赵，就没有土默特的今日！本汗心里明镜似的。辛爱——黄台吉，本汗的长子；脱脱——恰台吉，本汗的义子，薛禅都看到了，连他们都吃薛禅的醋嘞！”

“多谢汗爷垂爱！”赵全感激涕零地说。

“喔哈哈哈！”俺答汗拉住赵全的手，就往外走，“薛禅，你这就到本汗的大帐，画出行军图，组合分袭各地的巴特尔，本汗即照此发令！”又突然想起什么，问，“薛禅，我大军深入腹地，万一南朝的军队合围过来，关门打狗，那该咋办？”

“汗爷放心！”赵全拍着胸脯说，“传令黄台吉，令他率军威胁宣府并做佯攻大同状，南朝的军队就不敢轻举妄动。再说了，这么些年和他们打交道，汗爷还不知道吗，他们最怕自己守备的地盘被攻破，至于其他，他们才不会顾及呢！是故，我断定大同、宣府的军队绝对不会集结南下救援，更不会合围我军。”

俺答汗又是一阵大笑。

赵全咬牙道：“汗爷，此番进军，虽避开蓟镇，也不攻宣府、大同城池，但也要有些大动静，给新皇帝点颜色看看！”

四

内阁中堂里，当徐阶审核张居正在郭朴第三次求退的辞呈上拟出的“准致仕，赐驰驿”六个字时，抑制不住的得意，透过他略显干瘪的嘴角洋溢出来。徐阶白皙、苍老的脸庞上，油然而生一股顺昌逆亡的气概，经由鼻孔中轻轻发出的“哼”声，传达给了几位同僚。

那天，张居正向徐阶透露了御史拟弹劾郭朴的内容，得到认可，御史陈瓒随即上本。郭朴自知已为徐阶所不容，只得求去。朝中大臣求去，一疏、再疏照例慰留，要在第三次请辞奏疏上见分晓。今日是郭朴第三次求去了，“准致仕，赐驰驿”的票拟宣告了逐郭战役胜利结束。

几天前，文坛领袖王世贞为父申雪一事，尽管阻力重重，在徐阶的坚持下，最终还是诏复王忬原职。王世贞感激涕零，跪在徐阶面前痛哭良久。徐阶知道，自己在历史上“救时良相”的定位，将通过立志做大明司马迁的王世贞之手描绘出来，传之后世。刻下，还有一批自嘉靖初年以来被罢的官员或其后代，依《嘉靖遗诏》所示申请平反昭雪，每一个获得平反者无不对徐阶感恩戴德。想到内阁里已然全是对自己执弟子礼、奉命唯谨的属僚，一向深藏不露的徐阶，几分自得油然外溢，也不奇怪。

这时，李春芳突然哭丧着脸说：“元翁，若以此罢安阳，则春芳也只能求去。”见徐阶、张居正都愣了一下，他解释说，“科道论劾安阳，说来说去，要害就一事：安阳老母在堂，他未回家为母养老。春芳父母俱在，年已八旬，若照此论，则春芳之罪过于安阳，若不主动求去，恐科道……”

张居正禁不住笑出了声，赶紧咳了两声以为掩饰。心想：这位年兄真是幼稚，只看形迹，不明就里。他居然真以为郭朴就是因为那点事被赶走的呢。官场上从来是以人划线，政敌的所谓秽迹，放自己人身上就是美德。比如不归养老母，反之亦可说成“国而忘家，尽忠王事”。连这点都看不明白，亏得还是内阁大佬！

“啪”的一声，徐阶把手中的折扇重重地扔到书案上，厉声道：“兴化不愿与老夫共事，自可求去！”

李春芳懵懵懂懂无意间把那层窗户纸戳破了，陷徐阶于尴尬地位，也难怪徐阶发火。他的话一出口，李春芳不知所措，向张居正投来求助的目光，张居正迅疾转过脸去，佯装没有看见。

“这、这……”李春芳满脸通红，支吾道，“元翁，春芳敢有二心？”

徐阶依然沉着脸，说：“已是中秋了，经筵迄为开讲。格君心正君德致君尧舜上，乃是我辈阁臣的首务。兴化，速速草道公本，再谏皇上开经筵！”

经筵，乃是皇帝为讲经论史而特设的御前讲席。每年春秋两季举办，每月三次，讲官讲授经史。经筵之制，实为朝臣规劝皇上、制约皇权而设。

对于开经筵，张居正虽不像高拱那样不以为然，却也远不像徐阶这样看得如此之重。他不明白，既然皇上委政内阁，何以内阁反而把批评皇上懒惰作为首务？以示恩百官见长的徐阶，何以对皇上不依不饶？难道，背后隐藏着什么秘密？

正暗自思忖着，徐阶唤了声："江陵。"张居正忙答："请元翁示下。"徐阶道："以后户部、兵部、工部的章奏，你先看。"这话是对张居正说的，也是说给其他阁臣听的。张居正内心固然对徐阶如此器重不无感激，但一想到凡事皆要在徐阶限定的框框内周旋，而三部尚书对自己未必买账，顿感难以展布，恐陷入左右为难境地。是以他苦笑一声："居正当随元翁用心办事。"

"不妨商榷一下开经筵事宜。"徐阶吩咐说。

张居正尚未从适才的思绪里解脱出来，徐阶侃侃而谈，李春芳不时附和，他都没有听进去。

"言户部，则国库空虚，财用无着；言兵部，则边患无宁日，阁部无良策；言工部，则治河糜费无度，漕运却屡屡受困，哪一个不是棘手的难题？"在内阁中堂会揖、在朝房枯坐，乃至散班回家的路上，张居正脑子里一直思忖着，"唉！要是玄翁在就好了。"

"你快把高爷那份《除八弊疏》的抄本给我找出来。"回到家里，张居正边更衣边对游七说。去岁高拱的《除八弊疏》未能上奏，张居正特意抄了副本留着，他想好好研读几遍，能找出解决难题的对策更好，即使没有现成的对策，至少可以启发思路。

游七答应了一声，嘻嘻一笑说："说到高爷，他又有书来哩！"

"哦！"张居正面露喜色，以迫不及待的语气说，"快拿给我看！"

游七点头道："在老爷的书案上放着呢。"

自高拱去国，两月有余。张、高各相望不能忘。高拱甫离京，张居正的问候函就发出了。高拱到家安顿好，即给张居正写了回书。不过他用语谨慎，只是简要叙述了回乡经历、乡居情形，未敢只字言及朝政。张居正当即回了一书，除了例行的问候外，着重谈及对局势的忧虑。这当是高拱的复函。

"游七——"不到一刻钟，书房里传来张居正的喊声，语气颇是急促。游七答应着往书房跑去，"快，去宣大总督派驻京师的塘报官那里，找王之诰的来使，让他速速来见！"

看了高拱的来书，张居正如坐针毡。高拱言，自赵全等人叛投北虏，战术上，教以攻取、围困、掩袭等事；战略上，教以避实攻虚，声西击东之策；战具上，教以制造利兵坚甲、云梯冲竿，尽其机巧。北虏攻城战力大增，从只盗村落转向攻城掠堡，又以赵全等人熟知险隘厄塞，又有汉人预为通风报信，北边将帅遂有防不胜防之叹！是以御虏不可袭故套，秋防不可轻腹地。张居正读罢，头上冒出冷汗。今年兵部所拟、内阁所奏秋防策，唯重蓟镇，次则宣府、大同城池之守备，根本没有顾及腹地。他突然想起三天前，宣大总督王之诰差人来谒，估计来使不会只拜访他一人，说不定还未离京，遂急急相召。

五

宣大总督节制宣府、大同、山西三抚三镇，是国朝仅次于兵部尚书的统兵大员，常以兵部左侍郎衔总督宣大，甚或有以兵部尚书总督宣大者。故获任宣大总督者，如无意外，即为兵部尚书不二人选。

按例，秋防时总督驻节宣府。这天一早，一匹快马重重地喷着热气，穿过宣府东门，飞驰至总督行辕外，马上滚下一人，手举令牌，高声道："京师有急递到——"

宣大总督王之诰正在洗漱，听得亲兵禀报，忙宣使者来见。原以为是兵部塘报官，却见来人是他前不久差到京师打点权要的使者，不觉一惊。使者从怀中掏出一函，捧递过去，才向王之诰禀报原委："昨夜卑职奉张阁老急召，谒见时，张阁老命卑职火速将密函送呈军门。"

王之诰颇是不解，边迈步往签押房走，边扯开了函封，借着窗棂透来的一缕晨光，快速浏览了一遍。"来人——"他喊了一声，"请李参议到签押房来见。"李参议是王之诰的心腹幕僚。待他进了签押房，王之诰就把张居正的密函递过去，让他过目。匆匆看了一眼，李参议道："此与兵部秋防策不合。"

"谍报倒是也有俺答欲攻腹地之说。可北虏自得赵全为助，屡使声东击西之伎，真真假假、假假真真，令人头痛！"王之诰心绪烦乱地说。

"军门，江陵相公所提，固不能视而不见。"李参议把书函放到案上，"宣府、大同若有闪失，军门责任重大，攸关性命。至于晋中腹地，即使北虏突进、饱掠自去，无关大局，朝廷也不会追究军门的责任。孰重孰轻，不言自明。"

王之诰仰脸上望，不住地眨着眼睛，显然是踌躇难决。

"学生有一策，可解军门之忧。"李参议道。见王之诰立时伸长脖子盯着他，他不觉面露得意之色，"令岢岚兵备道王学谟等增修城垣、急入收保。如此，宣大守备一切如常，一卒不必西调；万一晋中遭劫，军门事先已有部署，绝无责任。"

王之诰慢慢靠回椅背上，沉吟不语。因大同镇密迩虏巢，担负着拱卫京师之任。

且就地貌而言，大同镇地势开阔平坦，利用地形组织防御较难，故自洪武年间起，就在此地广设卫所、布置重兵。大同镇内外长城全长八百里，又陆续修筑了诸多城堡，分为州县及卫所治所、居中应援城堡、长城边堡、腹里收保四类，达七十二城堡之多。无论是增修城垣还是急入收保，不为迎敌，只为避战。王之诰一时拿不定主意。

“我朝对虏方略就是防御，军门不必踌躇。”李参议劝道，“莫说北虏掠朔、应，即使要攻大同，何尝能出战？想必军门对战例甚了然。”

大同有名的战例，王之诰自是知晓的。孝宗朝，鞑靼小王子率兵大举入犯，直抵大同城下，大肆掳掠，焚毁代王别业。代王胁迫巡抚冒险出战，结果大败，损失惨重，巡抚革职、总兵斩首。嘉靖中，有一年俺答以数万骑入犯，巡按御史胡宗宪力督总兵张达、副总兵林椿出战，结果深陷重围，全军覆没，二人皆战死。自此，边帅无有主动迎战者。

“是以北虏若掠朔、应，只要防御得当、城池不失，朝廷不唯不会追究，甚或嘉赏。”李参议又说。

王之诰缓缓地点了点头。当即，就由李参议执笔，写成令檄，盖上总督关防，令中军即刻传令。

岢岚兵备道王学谟的衙署在朔州城。衙两旁竖着“威远”“宁迩”两座牌坊。这王学谟本是刑部郎中，正受命侦办高拱遇刺案，突然被外迁按察副使。以江南文士到边塞整饬兵备，难免生出戴罪流放之慨。是以王学谟抵任后态度消极，整日诗酒自娱，别无兴趣，忽接总督令檄，他只是扫了一眼，就命书吏转发防区各县与各卫所了事。

过了旬日，有佥事提醒道：“兵宪，莫不如到各县巡视增修城垣一事。”王学谟从佥事的神态中已知其话意——以巡视为名，自可捞上一笔。他也就懒洋洋地答应了。正待备马出行，忽听门外传来惊恐的叫声：“兵宪——大、大事不好！”

王学谟一惊：“出什么大事了？”

探报乃是阻胡堡的夜不收，他喘着粗气说：“鞑子、鞑子从阻胡堡打过来了！”

王学谟闻言脸色大变，惊问：“多少人，鞑子有多少人？”不待回答，就提袍想跨到马上去，只是腿脚不听使唤。亲兵上前连抬带推，把他扶到马上，出了衙署，向右一拐上了城墙，举目向西南望去，但见鞑子人马蹚起的尘土遮天蔽日，各色旗帜“哗哗”作响，喊杀声震耳欲聋。

“完了、完了！”王学谟腿一软，就要瘫倒，亲兵战栗着扶住了他。须臾，王学谟尖着嗓子道：“快，快！派十名夜不收，火速向军门禀报！十万火急！十万火急！”边踉跄着往下走，边急促地喘着气说，“全城戒严，戒严！快快关闭城门，关闭城门！”几名亲兵架扶着把他扶上马，王学谟进了衙署，瘫坐在签押房的座椅上，突然缓过神儿来，“适才恍惚间看到一杆高纛，可是俺答老酋的？”

左右道：“是，我辈也看到、看到了。”

“这么说，俺答老酋亲率大军打来了？”王学谟说话间已然带着绝望的哭腔，“休矣，吾辈休矣！”

衙中人等见老爷先就泄了气，也都陷入惊恐中，有的到处穿梭，似要整备细软，有的四处乱找看看能否藏身。有位书吏高声喊着：“快传令所有墩台烽燧，点烟鸣炮，鞑子要攻大同啦！鞑子要攻大同啦！”

扼要处设立的墩台烽燧，有寇至则挂席鸣炮以报信。只听炮声此起彼伏，从接连不断的炮声中，军民皆可听出，此番鞑子寇大同，不是小股骚扰，而是大军来袭。刹那间，朔州、应州、平虏、代州、右玉乃至大同城，陷入一片恐慌中。

顺利突破阻胡堡的俺答汗，骑在一匹纯白色大马上发出一阵狂笑，用马鞭向不远处的平虏城一指：“巴特尔们，随本汗踏平平虏城！让骏马在这南朝的原野上驰骋吧！喔哈哈哈！”

六

王之诰接到俺答亲率大军自阻胡堡入寇大同的急报，正要传令总督行辕移驻大同，李参议劝阻说：“军门，俺答老酋狡黠万端，惯于声东击西，切莫被其牵着鼻子走。”

“大同有失，我这脑袋就保不住啦！”王之诰焦躁地说。

“宣府若有闪失，罪过更大。”李参议说，“况大同城池甚固，周围各城堡粮饷所储甚丰，不会有失。”

王之诰不知所措，在节堂徘徊。自大同前来禀报军情的人马川流不息，王之诰忐忑道：“既知俺答率大军入寇，我闻而不往，恐科道论劾；行辕可不西移，但无论如何务必要走一趟。”言毕，不容李参议开口，就大声传令，“本部堂即赴大同督师！”因总督并非法定正式官职，也无固定品级，例兼兵部侍郎衔，故以部堂自称。

总督出行，自有仪规，但王之诰念及敌情叵测，下令简从，只带了一千亲兵，夤夜西行。

此时，俺答汗所率六万大军，已在朔州境内安营休憩。赵全跟随俺答汗身后，进了临时搭起的营帐，献策说：“汗爷，我大军当兵分三路，一路攻朔州，一路攻偏关，一路直插腹地！”

“喔哈哈哈！”俺答汗大笑，“薛禅说的对，传本汗的命令：明日一早，巴特尔

们分三路进兵：左路脱脱率两万巴特尔攻朔州；右路五奴柱率两万巴特尔攻偏关；中路两万大军，随本汗横扫晋中！”

次日凌晨，东方一缕曙光尚未舒展开来，俺答汗连夜编组的三路大军即分头出发了。王之诰刚进大同城，就有多路探马来报。“果然如此！果然如此！”王之诰闻报，念念有词，“张太岳料事如神，本部堂亦有此预感，老酋必掠晋中！”言毕，大声道，“速向兵部呈报羽书！”

接到宣大总督和大同、山西两镇塘报，兵部尚书霍冀急忙到文渊阁禀报徐阶，请示办法。

徐阶正在审阅经筵讲稿，见霍冀慌慌张张来谒，不禁皱眉面露愠色，待霍冀举着一叠塘报刚要说话，徐阶唤了一声：“请张阁老来。”须臾，张居正疾步走了进来，待他坐定，徐阶才问霍冀，“大司马有何军情？”

霍冀忙作了简报。禀报完军情，霍冀咬牙切齿地说：“这都是汉奸赵全的诡计。若没有赵全为前导，北虏何敢犯我腹地？”

“喔呀！”张居正暗自感叹，“玄翁对边务果然谙熟，预判何其精准！”

“实不相瞒，老夫惴惴不安久矣！”徐阶开言缓缓道，“我天朝新朝开局，朝政纷扰，俺答老酋春季又引而不发，老夫恐今秋老酋会联络各部，攻我蓟镇、威胁京师。今次老酋倾巢而出，知我蓟镇台垣甚固，宣大防守严密，不敢东犯蓟镇，亦不敢正面攻大同、宣府，可证我秋防策正确无失。大同、宣府可保无虞。”语调中竟透出几许庆幸。

霍冀听了徐阶一番说辞，轻松了许多，恭维道：“元翁老成谋国，安内攘外自是游刃有余。不过，如何应对战局，还请元翁赐教。”

徐阶笑道：“呵呵，大司马，若老夫此时重申以政务还诸司，有推卸责任之嫌。不过北虏犯边数十年何曾间断？往者御敌之策，大司马自可鉴而用之。”见霍冀露出失望的神色，徐阶突然提高声调，郑重道，“当传令蓟镇，严阵以待，防范土蛮乘机来攻！当传令宣大，日夜守备，严防老酋长子黄台吉寇宣府。至于山西战事，阁部岂可遥度？自当由督抚临机应对，但务必确保太原万无一失！”

“围魏救赵，抑或关门打狗？”徐阶说话的当儿，张居正却在暗忖，倘若是高拱，会有甚样对策？很可能乘老酋倾巢而出之机，出大同镇主力疾驰板升捣巢；或者集大同、山西两镇重兵于偏头关，关门打狗。可徐阶的意思，则还是惯常的套路，一味取守势，确保重镇不失，余不复顾，待其饱掠而去，自可恢复平静。

“江陵以为如何？”徐阶问。

张居正自知多说无益，遂道：“元翁英断。”

霍冀满意而去，张居正却心情沉重回到朝房，盯着大明全舆图山西一隅，久久没有移开，似乎闻到了血腥气息和百姓无助的惨叫声。

此时，俺答汗所率大军已达大同西南朔州境内的屈湾。

“咔嚓”一声，随着胡刀凛凛寒光一闪，一颗人头滚落在地，“噗”的一声，血柱喷起。另一个虏卒见一老者伏地躲避，策马上前踩踏，惨叫声中，老者已成肉泥。还有一个少年见无处躲避，正好有一棵高大的枯杨在侧，遂用尽全力攀爬。一个虏卒拉紧弓弦，“嗖”的一声，弓弩穿透少年后心，将他钉在树干上。少年惨叫一声，两腿挣扎着蹬了几下，不再动弹。

此番大军寇腹地，在赵全，是有意散播仇恨的种子，以塞和平之途，不停鼓噪着“杀杀杀”；在将士，黄沙弥漫、战马嘶鸣中，几个昼夜的驰骋，却不见大明官军的影子，遂对四散逃命的百姓痛下杀手！

俺答汗也有自己的主张。他意在向新君展示铁血军威，造成强大震慑力，以迫其调整嘉靖朝对北政策，改弦易辙。是以放任将士对手无寸铁的百姓大肆屠戮。在死难者的惨叫声中，俺答汗用马鞭指着前方的一座城池，说：“又望见凤凰城啦，老朋友啦！”

凤凰城即平虏城，北控大漠，据守西口古道，南接雁门紫塞，乃军事要冲。国初在此设老军营，后因此地极冲要而设平虏卫，筑城垣。相传选址修筑时，在北固山顶落下一只美丽的凤凰欲作蓄势待飞之势，人们视为吉祥之兆，故称为凤凰城。

俺答汗多次掠朔州，对凤凰城颇为熟悉。

“薛禅，不见南军来战，会不会故意诱我深入？”俺答汗见大军一路奔驰，却不见官军迎战，忍不住问赵全。

大同总兵孙吴已接驻代州的大同巡抚王继洛令檄，命他谨防俺答回攻大同；山西总兵申维岳驻宁武关，早已得到探报，此番北虏铁骑如蝗虫般扑来，迎战不啻小鸡战饿狐，不敢出而截击。俺答汗大军所过城堡，守军多者千余，少者几百，更不敢出战。

这些情形，赵全虽不能详知，却也通过谍报探得一二；加之他对国朝军帅的了解，判断出官军不会组织大规模出击，遂信心十足地高声道：“我勇猛坚毅的汗爷！官军在老百姓面前凶神恶煞，在汗爷统率的巴特尔面前，却胆小如鼠，成了缩头乌龟！哈哈哈！”

正说着，只见一队人马突然从一个山坡处冲杀出来，从着装可以看出，率军的是一名游击将军。

国朝驻守边镇的军队谓之边兵，每镇设总兵官总镇正兵；副总兵领三千人作为奇兵；游击将军领三千人往来防御，为游兵；参将分守各路要塞，互相策应，为援兵。向俺答汗冲杀而来的，就是游击将军阎振所率游兵。

北虏大军来袭，驻守凤凰城的文武官员察知虏势，仓皇间聚议，决定紧闭城门避敌。唯游击阎振慷慨道："国家养兵，守边疆、卫百姓，乃天经地义！如今眼看鞑子践踏我土、屠戮百姓，我辈军人却不敢一战，不唯让鞑虏轻视我天朝，也让百姓寒心、皇上失望。即使苟活，也不能安枕！"众人虽钦佩阎振的胆量，却也知道他有自己的苦衷。官守有归，阎振不是专守城堡的，而是往来防御的，若终不与北虏一战，事后追究，将难逃一死。是以众人也不便阻拦，答应开城门送其迎敌一战。

俺答汗数万大军如入无人之境，直到这凤凰城才遇到一位游击率千把人迎战，望着冲杀过来的官军，他不觉大笑："喔哈哈哈，南朝放出只老鼠，巴特尔们，勇敢的雄猫，戏他一戏，塞塞牙缝吧！"

话音未落，几个小头目乌哩哇啦叫了起来，抢着出战。

"哈比赤，出战！"俺答汗一挥马鞭出令。哈比赤乃俺答汗亲兵，都是百发百中的射士，闻令一阵欢呼，催马而出。

"轰！轰！轰！"三声巨响，一片红光黑烟中，几个哈比赤应声跌下马来。

俺答汗还是第一次近距离眼睁睁看着自己的亲兵被炸得血肉横飞，不由自主打马向后退了又退，口中言道："厉害！厉害！"

"汗爷，这是南朝仿古火器造出的火炮，叫三出连珠。"赵全显得无所不知，上前给俺答汗解说。言毕，他轻蔑地大笑，"哈哈哈，火炮固然厉害，可军人太草包！见到我草原雄鹰、大漠飞狐，官军就傻了眼、破了胆，火炮岂不成了迎送我大军的礼炮？哈哈哈！"

这当口，已有另一群哈比赤策马绕行，拉紧弓弩，对着阎振射去。

"噗！噗！噗！"阎振的肩膀、大腿、胳膊上，连中十余箭，血流如注，疼得晕厥过去。

"快，快撤回来、撤回来，不然我要关城门啦！"平虏城城门上响起一阵阵催促声，传到了阎振军中。主将受重创昏厥，营中催促速返，几个军士把阎振扶伏马背，簇拥着仓皇退却。

"追——"几个哈比赤高声喊叫着，就要追赶。

"汗爷，这个乌龟壳没有多大油水，"赵全忙说，"官军已然闻风丧胆，我大军可先破石州、再下汾州，还捣太原！"

"喔哈哈哈！"俺答汗大笑着，挥鞭下令，集结队伍，即刻南下。

赵全又提醒说："汗爷，此番出兵，不同往昔。"

"喔，对对对！"俺答汗挥动马鞭，向天一指，高声喊，"无上荣耀的成吉思汗的子孙们，我勇猛的巴特尔！听着，此番出兵，所到之地，任行抢掠，所获人畜物产，谁抢的归谁！"

“哇啦——”军中顿时一片欢腾，数万匹战马纷纷腾起前蹄，发出一片嘶鸣，与欢呼声交织在一起，震天动地，在群山中回荡。

七

大同的总督行辕里，王之诰正召集两镇文武会商军机。

“军门，为防老酋回攻大同，确保大同万无一失，大同镇主力不可南调！”大同巡抚王继洛强调。

山西按察使方逢时道：“老酋已然南下，太原危在旦夕，两镇当协调行动，两面夹击！”

“两镇各有所守，若然行动协调，军门当亲临督师方可有济。”王继洛又说。

王之诰不满地看了王继洛一眼。王继洛怕大同有失，阻止大同镇出兵应援已经让王之诰十分生气，此刻又说出要他亲自督师的话，明显是要把责任都推到他身上，王之诰便有了恨意。可从军机上说，王继洛的提议并非没有道理，他不好驳回，心里对王继洛越发恼火。

李参议见王之诰脸色阴沉，知他是为王继洛的提议而恼怒，立即驳斥王继洛说：“军门一手托大同，一手托宣府。据报，黄台吉欲借军门西顾之机寇南山，土蛮也蠢蠢欲动。军门不唯不能南下督师，且不可滞留大同，宜夤夜返宣府！”

王之诰松了口气，也不想再拖延下去，遂起身决断说：“北虏欲薄石州，分掠岚县、宁乡，声蹂汾州，还出太原。本部堂命令：分山西总兵申维岳及刘宝、尤月、黑云龙四营之兵，尾贼而南；大同总兵孙吴与山西副总兵田世威，率军间出天门关邀击贼前，遏其东归！大同巡抚王继洛集结并督率大同以南各州县战堡官兵，驰援石州！只要将帅协力、三军用命，灭此老酋，即在此役！”

大同总督行辕的军事会议刚散去，俺答汗所率大军已将石州团团围住。嘶鸣的战马声，各色战旗被风吹动发出的“哗啦”声，已是震天动地，石州百姓顿时陷入惊恐中。

“石州的官民听着——”这时，一个通事奉令向城内喊话，“识时务者为俊杰！我雄狮铁骑兵临城下，不占尔城池，只索财物。若识趣者，开门相迎，财物相献！如若不然，待攻陷城池，格杀勿论！”

通事一遍一遍地喊着，城内却无人回应。此刻，在满城百姓像无头苍蝇一样乱撞的混乱中，知州王亮采正在州衙召集紧急会议。

“以将军之见，守城可坚持一昼夜否？”王亮采以期盼的目光望着守备黄建南问。

“军人只知与石州城共存亡，他不复问！”黄建南悲怆地说。

户书小心翼翼地说："通权达变如何？须知汉奸赵全教北虏制造云梯冲竿，破城不难。北虏确乎为掠财物而来；若不能守城，与其城破血流成河、人财两空，莫如……"

黄建南打断他："敢言降者，不唯瓦解人心，且视我堂堂军人为无物，汉奸也！"他"嗖"地拔出长剑，在空中挥舞着，"这兵刃不唯砍杀鞑虏，也可砍杀汉奸！"

王亮采忙起身劝解，安抚黄建南坐下，高声道："军门已下军令，申帅自宁武、王抚台自代州驰援，孙、田二帅间关截击。只要我辈坚守一天，援军即可抵达。是以我石州军民当坚守城池，誓与此城共存亡！"说完，又为与会人等一一下达指令，众人领命而去。

王亮采偕黄建南上了西城门的城楼，但见黑压压的人马在黄土弥漫中骚动。通事的劝降已然停止，敌营似正在准备下一步行动。城楼上，一架铁棒雷飞炮已装好了火药，黄建南一声令下，"轰"的一声，一团火焰在敌阵燃起。这算是对敌人劝降的答复了。

赵全得意一笑，说："汗爷，石州官儿敬酒不吃吃罚酒。赶紧下令吧，我铁骑当踏平石州城，把这些不识时务的东西碾成粉末！"

"巴特尔们，攻城！"俺答汗挥动马鞭，大喊一声。

赵全扯开嗓子高声叫喊："石州城美女如云、财宝无数，巴特尔们，上啊！"

"轰"的一声，如大风卷动，一队队人马抬着云梯、冲竿，在炮火掩护下向城墙冲杀过去。

"轰轰轰！"城楼上发射出一团团火焰，一队人马尚未接近城墙，就被炮火淹没了。炸碎的云梯竹竿乱飞，炸伤的马匹惨叫着狂奔，箭弩"嗖嗖"，宛如苍凉的挽歌……

一个时辰过去了，两个时辰过去了，攻城的云梯竹竿竟没有机会靠墙竖起。

"传本汗命令，令脱脱、五奴柱率军来援！"俺答汗下令。传令兵骑马飞奔而去。

石州城池、俺答汗的军阵，淹没在浓烟和战马荡起的黄土中，已分不清白天还是黑夜……

"援军呢？援军到哪里了？"城墙上，来回巡视的黄建南嗓子沙哑，大声质问。王亮采已然满身尘土，胡须黏连在一起，也顾不得梳理，石州城已被隔绝，两天来得不到任何外界的讯息，瞭望哨揉破了眼皮，也未望到援军的旗帜。王亮采无奈地摇了摇头。

"可是，火药已用尽……"话未说完，黄建南就疲惫地瘫倒在地，王亮采上前摇着他的肩膀，"将军！将军，务必坚持住啊！"黄建南猛地醒了过来，"明府，快动员绅民搬砖石上城墙，快！”王亮采忙回身下楼，又扭过头来打气说，“将军，再坚持一两个时辰，援军必到！”

“报！”代州，大同巡抚王继洛的行辕，探马向王继洛禀报，“鞑虏大军围攻石州，石州危在旦夕！”

“知道了！”王继洛烦躁地挥了挥手，待探马离去，一位幕僚上前道，“中丞，军门有令，中丞大人迟迟未动，恐……”

“王之诰是老滑头！”王继洛边焦躁踱步，边大声抱怨，“他明知俺答老酋倾巢出动大掠晋中，事涉两抚、两镇，他却不在前线督师，反而命我这个大同巡抚置大同于不顾，督师去山西巡抚的地盘，是何道理？！”

“中丞，隔墙有耳，军门听到了，必对中丞怀恨在心，届时秋后算账，中丞危矣！”一位幕僚担心地劝告说。

“哼哼，本院不怕！凡事总得讲个道理出来！”王继洛不满地说。

“呵呵，中丞身在官场数十载，终究还是书生。讲道理？道理者何？道理就是权力，权力就是道理。”幕僚老成地说，“须知人家的亲家翁是张阁老，而张阁老是徐阁老的得意弟子，若军门严参中丞，中丞和谁讲道理去？”见王继洛默然，幕僚继续说，“中丞若在代州不出……”王继洛打断幕僚，“本院乃大同巡抚，值此紧要关头，不能离开大同境！况鞑虏十万大军，督几千人去送死？吾不忍为也！只要大同城池安然，所属州县城池不失，作为大同巡抚，要担何责？本院意已决，在代州不出！”

石州城墙上，云梯竹竿满布，头戴圆盔帽的兵卒像蚂蚁一般向上攀爬着。城墙上到处是死尸，枪炮因无火药而变哑，弓箭也已射完，就连石块也用尽了。疲惫的绅民还在搬运家用的桌椅板凳，士兵转手就向攀墙的兵卒砸去。

王亮采已无力迈步，靠在墙垛上，气若游丝地问：“援军，援军有消息吗？”

援军主力、山西总兵申维岳，就在三十里外的大武口，一天内应走完的路，他走了整整三天。申维岳对总督王之诰也是满腹牢骚。此番俺答大军出动，若两镇不能协同作战，则毫无胜算；若要两镇协同，则总督当亲临督师。可王之诰仅仅在大同召集一次会议，仓促部署毕即东返了。“王军门这是只顾自己逃避责任，把晋中丢给鞑虏蹂躏！”申维岳抱怨说。他深知，数十年来历次出击，都是损兵折将甚或总兵战死，尚无获胜的先例。今次总督只是敷衍塞责般部署，并无深思熟虑的排兵布局，仓促间出战，无异于送死。但总督的军令，他不敢违抗，正苦恼间，幕僚出了个主意：且进且退。进，是为了做出服从军令的姿态；行军到开阔地，即有探马来报，假言鞑虏来击，申维岳就以地势平坦于虏骑有利为名，命向后撤退，佯为设伏。这样反复了几次，历时三日，才抵大武口。

“报——”探马在申维岳的马前下马滚地禀报，“石州失陷！”

申维岳摇摇头，道：“传帅令，间走文水，驰援会城！”

已间道出天关的大同总兵孙吴也得到石州失陷的禀报，当即下令北撤，急援太原、汾州。

石州城里，赵全陪侍俺答汗登上城楼，歇斯底里地叫喊着：“屠城！屠城！杀光敢抵抗汗爷的汉人！”虏阵一片欢腾，横冲直撞，见人就砍。顿时，砍杀声、惨叫声、求助声响成一片，大街小巷，死尸塞道，断壁残垣上被溅血染红。知州王亮采在两个衙役的搀扶下艰难地移向俺答的战马，试图出面交涉，赵全一指，道：“他，是这里的官儿，胆敢抗拒汗爷，让那么多巴特尔丧命，把他剁成肉泥！”话音刚落，几个哈比赤拥上前去，举刀一阵乱砍。“哈比赤，全城搜索，把少女给汗爷统统抓来！”赵全在一片惨叫声中，格外兴奋，索性替俺答汗下达命令。

过了一个时辰，俺答汗坐在石州州衙大堂，边喝着奶茶，边色眯眯地盯着站成一排、瑟瑟发抖的少女。一个少女突然忍不住大哭起来，赵全上前一刀，把少女劈成了两半，高声喝道：“警告过尔等，务必顺从，不准哭泣！谁再不听命令，她就是尔等的例子！”

众少女吓得皆不感出声。

“哈哈哈，汗爷，这晋中的女子，最是水灵，不信，请汗爷摸摸看！”赵全说着，把一个丰满的少女两手一托，放倒在俺答汗面前的几案上，“刺啦”一声，扯去了衣裙，把内衣也剥了个精光，一个少女的裸体呈现在俺答汗面前。俺答汗伸手在少女的大腿上摩挲了几下，发出淫荡的笑声，抱起少女就往后堂走，刚走了几步，回头问赵全：“薛禅，官军闻得我大军破石州，会不会围过来？”

“哈哈哈，汗爷放心，我以脑袋担保，他们不敢！”赵全自信地说，又疾步上前，低声对俺答汗道，“破石州费了三天工夫，未免太缠手了。我意，当速派随行的汉人打入汾州，以为内应。”

“嗯，谁说不是嘞！”俺答汗以欣赏的目光看了赵全一眼，向一排少女那里努嘴道，“薛禅，快去部署停当，回头也挑两个享用一番！哈哈哈！”

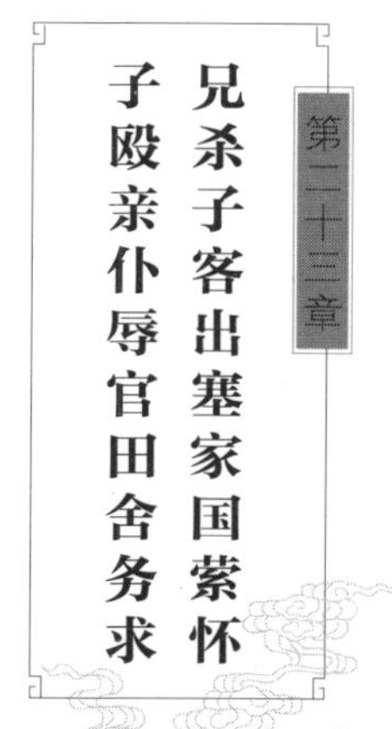

第二十三章 兄杀子客出塞家国萦怀 子殁亲仆辱官田舍务求

一

新郑县城东北十五里有一个村庄，叫高老庄。村西边有一条河，谓之莲河。莲河上架着一座石桥，向西南通县城，向东南通官道。

高老庄有一二百口人，全是高姓，且是同宗一族。国朝武宗正德七年，高拱就出生在这个村庄里。

这个村庄的远祖居山西洪洞。元末战乱，叫高成的祖先偕祖母唐氏东走至新郑老沙窝，在荆棘中藏匿数日，闻太祖皇帝定鼎，遂在此处安家，生息繁衍，渐成一村庄。高老庄民风淳朴，村民多以种田为生。与中原数以千计的村庄一样，出了新郑县提起高老庄，便知者甚少了。但到了国朝成化年间，高成玄孙高魁中举入仕，官至工部郎中，高老庄遂闻名左近州县。正德年间，高魁之子高尚贤不唯是河南全省乡试解元，还中了进士，官至光禄寺少卿，高老庄便在全省名声大噪。嘉靖年间，尚贤之长子高捷、三子高拱皆登进士第，二子高掇、五子高才也以举人资格入仕，这高老庄就在国中颇有名气了。

高老庄南头，有一座大院落，正房九间，东西厢房各六间，此即为高老庄赢得声誉的高魁、高尚贤、高拱三代老宅。虽则自高魁起即在新郑县城购地造屋，连续三代数十载已成规模，但高老庄的老宅也是家人常居之所。高拱自隆庆元年五月底去国回籍，就径直到了高老庄居住。三个女儿的灵柩已然运到，早有村里的执事人

等出面经理。村西有高氏祖茔，但殇去的三个女儿按照风俗不能入祖茔。县城以西多有山峦，执事人等提议葬在那里，然高拱觉得女儿尚小，不忍远离，执意要在高老庄左近寻找吉壤。正是夏秋之交的季节，高拱头戴草帽，持杖在沙丘中踏勘多日，找到了一个荆棘丛生的高坡，将三个女儿安葬于此。

女儿灵柩下葬时，作为长辈，高拱不能到场。三日过后，首闻鸡叫声，高拱就骑着毛驴悄然出了院子，来到女儿们的坟前，绕坟三周后，坐在坟前的沙地上，眼前又浮现出三个女儿生前乖巧可爱的情景。不知坐了多久，晨曦透过坟东一株老槐树茂密的枝叶，照到了他的身上。正是这株老槐树，才让高拱选定此处安葬三女的。那天走到这里，看到这株老槐树，虽然算不得挺拔，却也是难得的直顺，高拱突然想起十五年前受命为裕王讲读官，接到谕旨的前一日，他正好在家中栽种了一株槐树，接旨后即赋《五言律·种槐》诗一首：

佳树映三台，门墙独尔栽。
芳荫他年被，灵根此日培。
雨露自先得，风霜应不摧。
岂期柯叶盛，终拟栋梁材。

他借诗期盼裕王成为栋梁之材，来日带领大明继往开来，开一朝圣治，成一代明君。从此，高拱对槐树便情有独钟。他看到槐树，就会想到裕王，想到当今皇上。他无日不思念皇上，也深信皇上不会忘记自己。

“老爷，大老爷到了老宅。”身后响起高福的声音。他是在宅院寻老爷不到，猜到老爷可能在此，方找到这里的。

大老爷就是高拱的长兄高捷。他已罢官家居近十年，为了安慰三弟，特意从县城宅邸回到高老庄，与高拱在老宅同住。

高捷长高拱十岁，中举晚一科，但登进士第早六年。初任户部主事，转任兵部主事、升员外郎，出任山东兖州知府，升山西按察副使、江西布政司参政。高拱在裕王府做讲官时，兄长高捷以都察院右佥都御史衔，提督操江兼管巡江，简称操江巡抚。他为人刚直豪爽、节侠自喜；为官惠贫摧强、植弱察奸，官声颇佳。只因触怒朝廷权要，被劾罢职。

兄弟二人已然十余年未曾谋面。入夜，各自手持一把蒲扇，坐在院子西南角的鉴月亭下乘凉。说了一通闲话，终于还是说到了一直刻意回避的官场。

“弟为举朝所攻，国朝历史上何曾有过？”这是高拱第一次向长兄谈及被逐事。他尚未从罢职的阴影中走出来，满是激愤，“弟反复问自己错在哪里？无非是孜孜然致力于兴利除弊以新治理，求治心切而已！”委屈、愤懑积压在心头，语调中流露出的是痛心疾首的伤感。

“因其异常，方可知非我弟有何罪错，委实是一场阴谋！”高捷说。他叹息一声，“咱高家人刚而好胜，不为时俗所容啊！也罢，守着祖业薄产过清净日子，也未尝不是福气。三弟不必萦怀，一切忘却！”高捷罢职后，闭门谢客，口不谈世事，足不履公庭，为的就是忘却所受委屈，平静看待世间一切，是以劝三弟也如此对待。

两人陷入沉默，能听到轻摇蒲扇的声音，远处不时传来几声蛙鸣。

“肃卿，”高捷打破沉默，叫着高拱的字说，“往日只是一心为国办事，时下朝廷不用你了，你也该想想自己的事了。”高捷是在为三弟绝后而忧虑。他自己也是五十岁上得长子务润，六十岁上得次子务滋，三弟虚龄不到五十六岁，还来得及。

高拱会意，脑海里顿时浮现出珊娘的形象。

自高梁桥与珊娘匆匆一别，未再谋面。他曾当面允诺要带珊娘告老还乡，但他未料自己被举朝所攻，故意兴阑珊、沮丧愤懑。张居正建言他以退为进，暂避锋芒。房尧第也说，玄翁拜相一载，志不得抒、才不得展，受举朝所攻，若不再出，后人不识玄翁之才、之功，玄翁岂不以奸横面目载入史册？这番话刺激得高拱彻夜难眠，“一定要回来！”他暗自发誓，以致将带珊娘回乡的念头从脑海里彻底清除，并差高福知会珊娘，让她死心。但是，悄然离京时，高拱还是暗暗期待能够见到珊娘，是以从离开家门时就左顾右盼，心神不宁；下潞河、上了船，他向外张望良久，让船夫稍候，直到确认委实无珊娘的影子，才不得不启程。一路上，他心里牵挂皇上，也思念珊娘。

高捷见三弟走神，提醒道：“肃卿，你想想吧，想好了，说一声，我着人张罗。”见高拱沉默，他加重了语气，“肃卿，此事，不可久拖！”

正说着，县城宅第的管家高德突然进了院子，气喘吁吁地说：“大老爷，大少爷他……”

“啥事？”高捷蓦地站起身，“务润闯祸了？”

务润是长房长孙，加之高捷老来得子，颇是宠爱，是以年纪不大，却染了些公子脾气，不喜读书，却时常偷偷跑出去和城内顽劣少年相与，让高捷没少费心劳神。随着他年迈体衰，而务润一天天长大，高捷愈发力不从心，整日提心吊胆，生恐他惹出事端。

高德镇静片刻，说出了事情原委：这务润与因贩枣发家的新郑首富姜家少公子交好，将每年的压岁钱交于姜公子放债，视其归还之期短长，加收利息若干。有一个借主借期逾半年、不足一年，姜公子命其按一年期付息，双方争执不下，遂在大街上动手相殴，又有玩伴加入其间，酿成群殴之事，惊动知县，遂着捕头将一干人等缉拿到衙门羁押听问。

高捷闻报，气得浑身颤抖，说不出话来。高拱也颇为惊讶。高家门风向为乡梓楷模，乡人提起高家，只有夸赞的份，何时有过让人戳脊梁骨之事？如今长房长孙居然大街之上与人群殴，且要吃官司，岂不于家风有玷？下一代迄未有科场得功名者，眼看书香门第要断送在这一代人手里，这已然让人忧心忡忡，若再出个生事为非之徒，谁能接受？高拱这样思忖着，一面命高德、高福把长兄扶到屋内休息，一边吩咐说：“这件事，高家人通不许到衙门说项，任凭官府发落，绝不袒护！”

二

南直隶松江府，属国朝富庶之地，百姓善于经商，移居城市者甚多，府城也不得不渐次向外扩展。在府城东南角，有一座巍峨的寺庙，谓之南禅寺。寺旁，有一座大宅，是江南第一府邸，围墙厚且高，四角建有角楼，布有家丁在此瞭望；首门紧闭，门外站着七八个手提棍棒的彪形大汉。

这是首相徐阶在家乡营造的宅邸。

徐家本贫寒之家，自二公子徐阶及第为官，家业渐兴。徐阶有三子，无一有功名者，皆由恩荫得尚宝司之官。但尚宝官多半是虚衔挂名，故除次子徐琨在京侍父兼营商号外，长子徐璠、三子徐瑛皆在家乡居住。徐家一大家人并未分家，在大宅内又有几座小院，为三子各自所居。

这天清晨，在街上为徐府打理典当铺的徐五喜滋滋来见徐瑛，神神秘秘地说：“三少爷，松江府差省祭官顾绍，管押颜料银三千五百两，昨晚运至挑河口，堆放在张银家。何不把银子搞过来？”

徐瑛一听有三千五百两白花花的银子，两眼顿时放光，两人一番密议，遂召顾绍来见。徐瑛开门见山道：“顾兄，你押运三千五百两银子赴京，路上不怕被贼人劫去？”

“正为此犯愁，故尚未装船。”顾绍道，“少爷有何妙策？”

徐瑛道：“不如让张银把银子运到敝宅，敝宅在京城商号提出银子送礼部就是了。”为让顾绍放心，他又道，“不瞒顾兄，松江府解京税银，都是这么办的。”

顾绍抱拳相谢，带徐五前去办理交割。可是，顾绍晋京，到美玉商号提银，却被告知不知此事。顾绍大惊，忙赶回松江，到徐府探问。

“哦？有这事？”徐瑛蹙眉做沉思状，“本少爷只记得张银欠的债一次还清了，别的都不晓得了。”

顾绍拿出文凭：“少爷，这可是少爷亲笔所写。”

徐瑛点着文凭道：“不错，上面写着：‘收到顾绍、张银送来银三千五百两’。

可这是张银欠本少爷的债，你怎说是颜料银？”

顾绍这才顿悟，忙跪地求情。

“顾兄不必如此，律令上说，限期三个月纳完，不纳完即尽其财产赔纳。快回去筹措银两吧！”徐瑛说罢，一个眼色，打手一拥而上，把叩头求情的顾绍推出了徐府。

“哈哈哈，大傻蛋，就活该倒霉！”徐瑛望着顾绍的背影，大笑不止。

“少爷，平湖舅老爷来了。”徐五躬身禀报。因诓骗顾绍颜料银一事，徐瑛颇赏识徐五的机灵，遂把他调回府内升任管家。

“他来做甚？”徐瑛不悦地说，“既然来了，就请吧！”

“给姐夫请安！”须臾，一个高个子细高挑的男子进来，给徐瑛施礼。他是徐瑛的内弟陆绎。

时任浙江平湖卫指挥佥事的陆绎，是已故锦衣卫都督陆炳的长子。陆炳的母亲为先帝乳母。嘉靖十一年陆炳中武进士，授锦衣卫副千户。嘉靖十八年先帝南巡，深夜行宫起火，随扈的陆炳背先帝逃出火海，更得先帝恩宠，是国朝唯一一个三公兼任三孤的官员，炙手可热，权倾朝野，贪财无度，成为国中仅次于严世蕃的富豪。他为固宠自保，不吝杀人，结下不少冤仇。太仆寺卿杨爵疏谏先帝，先帝怒，交陆炳下锦衣卫镇抚司诏狱，酷刑拷打，竟致杨爵当场毙命；户部主事周天佐论救杨爵，遭廷杖六十，下镇抚司，狱吏遵陆炳授意，绝其饮食三天，致周天佐死于非命；陕西巡按御史浦铉紧急上疏，为杨爵、周天佐鸣冤，先帝暴怒，命陆炳差缇骑逮治，浦铉在镇抚司诏狱遭严刑七天后死去。

徐阶早与陆炳结为亲家，以三子徐瑛娶陆炳长女为妻。陆炳给女儿的陪嫁仅田产即达三千亩，曾轰动一时。嘉靖三十九年陆炳去世，两年后严嵩被罢，徐瑛以有人要追论曾勾结严嵩的陆炳，需预为保全为由，将陆家巨额资财侵夺。徐家欺孤灭寡的传闻，同样也曾轰动一时。陆炳虽助纣为虐、欠有血债，但也有不少朝臣借其调护得全；加之徐阶当国，故一直未被清算。如今《嘉靖遗诏》宣示，嘉靖朝遭打击的建言诸臣皆平反，杨爵、周天佐、浦铉均已昭雪，他们的家人故旧，亦纷纷建言追论陆炳，陆绎担心有变，忙从平湖赶到徐府，商榷对策。

“放心，莫说老头子还在位，即使老头子去国，朝廷大佬，哪个没有受过老头子的恩惠？”徐瑛豪气冲天地说，“翻不了天去！”

陆绎虽则点头称是，内心却另有想法。他此来，是想索回自家的资财，一则亲自晋京打点，二则给几位死难者后人补偿赎罪，破财或可免灾。不意他刚提及寄存徐府的资财，徐瑛脸色陡变，“啪”地打了他一记耳光，厉声道：“陪嫁的资财有要回去的道理吗？”

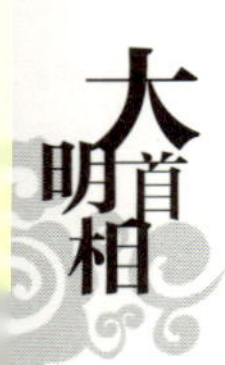

陆绎愕然。听徐瑛的话，似乎不再承认陆家资财寄存徐家的事实，急忙争辩道：“哪个说要陪嫁？只说要回些寄存……”

徐瑛不待陆绎说下去，又是一记耳光扇了过去：“想讹诈？”

陆绎虽比身材矮胖的徐瑛高出一头，却不敢还手，只得边往室外退却，边与徐瑛争执。

“来人——”徐瑛一声喝令，几个家丁“忽”地围拢过来，“把这个来讹诈的混蛋拖出去！”家丁不由分说，架胳膊推屁股，将陆绎拖出了徐府。“再敢来此撒野，小心你的狗腿！”身后，传来徐瑛恶狠狠的警告声。

“徐五，你这就带人速去苏州，办几件投献的手续。”徐瑛吩咐说。或许是适才与陆绎争执的火气未消，他的话中充满火药味，“谁敢刁难，老子饶不了他！”

徐家田产之多为国中第一，除放高利贷逾期不还将抵押的土地收入名下外，多数是通过投献的方式获取。国制，官员享有赋役优免权。小地主为了逃避赋役，假造买卖契约，纷纷将田产托在徐阶名下，谓之“投献”。不唯松江，就连苏州、湖州也有人前来投献。徐瑛吩咐徐五所办的就是签订契约，将人带田划入徐阶名下，到官府办理过户手续，以便此后免征赋役。

徐五率十余家丁到了苏州，前期一切顺利，不意到县衙办理过户时却遇到麻烦。吴县知县一脸无奈地对徐五道：“管家，蔡知府颁了教令，言要清查田亩、行条鞭法，清查期间暂停办理买卖手续。”又出主意说，“本县不敢违背知府教令，不如管家去找蔡知府，他是徐阁老提携的，这个面子必是给的。”

徐五只好拿着徐瑛的名刺，递拜帖求见苏州知府蔡国熙。

“这不是买卖，是投献！”蔡国熙在大堂听罢徐五的陈情，一脸怒容，“嘉靖二十七年朝廷所颁《问刑条例》明定：投献人发边卫永远充军，受献人家长参究治罪！奉劝徐家还是带头守法为好！”

“咱说你一个小小的知府，竟敢刁难首相家？”徐五因徐瑛事先有交代，底气十足，一跺脚，指着蔡国熙道，“咱看你这乌纱帽是不想戴了！”

蔡国熙怒不可遏，大声道：“尔何人，敢咆哮公堂，辱骂朝廷命官！”他一拍惊堂木，“来人，重打二十大板！轰出去！”

徐五被一顿暴打，狼狈而归，跪在徐瑛面前哭诉道：“自打小的记事起，还没听说过江南的官员，谁敢动咱徐家的人！那姓蔡的受相爷拔擢，不唯不知恩图报，反而如此欺凌徐府，还有天理吗？！”

蔡国熙以真作假，整治前去采买吴丝的徐忠一事，徐瑛从二哥徐琨那里已然知晓，对他本存怨恨；又见他惩治徐家下人不少贷，已是火冒三丈，当即修书一封，要二哥徐琨在京设法把蔡国熙赶出江南。徐五却等不及了：“若不给姓蔡的颜色看看，恐自此以后，江南的官员都敢对徐家不敬了！”徐瑛以为有理。但蔡国熙乃苏州知府，去苏州兴师问罪，必惊动朝野，苦思冥想，忽想到苏州知府亦受驻节松江的苏松常兵备道节制，必会来松江参谒禀事，遂亲自到兵备衙门，嘱其一旦蔡国熙来谒，即提前知会徐府。

不几日，兵备衙门差人知会，蔡国熙今日来谒。徐瑛既兴奋又紧张，仿佛要面对一场大战。他召徐五来见，密议办法。须臾，两人计定，差二人到兵备衙前专候，一旦蔡国熙出衙，即速报知。这边，徐瑛已整备四艘小船，每船男女各四人，先行在蔡国熙必经的泾河里游弋；另有男女仆从二百人，在两岸等候。

刚交未时，蔡国熙出了兵备衙门，乘轿到了码头，换船西行。官船甫开动，前后各两艘小艇合围过来，高声叫骂着，岸上也“忽”地涌出数百男女，与艇上之人呼应而骂。蔡国熙放眼望去，这些男女竟都赤裸上体，一伙人高喊：“蔡国熙——”另一伙人则喊：“王八蛋——”艇上男女不停地往官船上吐口水。蔡国熙见状，只得躲进舱内，吩咐船夫躲闪围堵，小心行使。约莫两刻钟，蔡国熙的官船动弹不得。此时，围观的民众已是人山人海。又过了约莫一刻钟，徐瑛佯装行色匆匆地坐轿赶到，大喊：“这是做甚？蔡知府纵然贪墨无度、欺压良善，自有官府治他；尔等纵有千般冤屈，自可到官府控告，安得在此围船申冤？都退去吧！”经徐瑛一番喊叫，四艘小艇方留出通道，在众男女的咒骂声中，蔡国熙的官船得以缓缓前行。

回到苏州，蔡国熙愤然上本求去。

为父申雪南返的文坛盟主王世贞，在苏州浒关码头正要登岸，忽见岸上人山人海，忙问：“怎么回事？”

“蔡苏州辞官归乡，苏州绅民不舍，皆来追留。”先王世贞南归的外甥曹颜远禀报说。

王世贞颇感惊讶：“哦？蔡苏州有名望、得民心，何以辞官？”

曹颜远遂把徐家“噪船”之事禀报舅父，最后说：“闻得蔡苏州忍辱含垢回到苏州，一气之下，呈请辞职，拜发了奏疏，也不等吏部文凭，即收拾行装要回广平老家。”

王世贞先是吃惊，继之则脸色一沉，呵斥道：“噪船这等事，于首相令名有损，焉能传布？此后有人谈及，当为首相辩诬！”

曹颜远喏喏，又问：“苏州名流邀舅父一聚，舅父允准否？”

王世贞步履缓慢地下了船，叹息道：“在京勾留了八个月，身心疲惫已甚。聚会就免了。”他又恨恨然说，“若不是高新郑从中作梗，何至于此！”

三

高拱虽则归里，但按制可阅览朝廷颁发的《邸报》。因为务润之事，他不便差人去县衙取《邸报》，又想了解朝政动向，不免有些坐卧不安。正踌躇要不要差高福进城一趟，县衙吏书拿着近期的《邸报》来谒。高拱如获至宝，埋头翻看起来。

“故总督蓟辽右都御史兼兵部左侍郎王忬子、原任山东按察司副使王世贞上书讼父冤，乞行辨雪，以伸公论。诏复王忬官。”

“到底是独独先给王忬昭雪了！”高拱叹息一声，“张经、李天宠、胡宗宪呢？难道不比王忬更冤？”

“三弟，王世贞乃文坛盟主，闻得有整齐一代国史之志，示恩于他，关乎身后评价。徐老终归是想得长远啊！”高捷接言道。他曾在南京任职，对王世贞多有了解。

“只为自身计，殊非大臣体！如此执法不公，朝廷还有甚公信力！”高拱忿忿然，把《邸报》丢到一边，又拿起另一份翻看。

“苏州知府蔡国熙奏称衰病不堪供职，乞辞免所任，准致仕。奉圣旨：行令本官，准回籍调理。病痊之日，有司具奏起用。”

“这蔡国熙本为徐老所推崇，何以突然辞职？”高拱很是不解地说。

“三弟，官场上的事，不牵挂也罢。”高捷劝道，“尝谓水至清则无鱼，咱们老高家的人太讲规矩了，屈己却不能奉人，与当下官场格格不入，还是远离些好。”

正议论间，新郑新任知县寇声带着高务润到了。

“我丢不起这张老脸，无颜面对父母官。”高捷躲在屋内，对高拱说，“三弟去支应一下吧！”

高拱只得出面延接。他命高福将务润带到书房读书，将寇知县引进堂屋入座，肃然道：“明府因何放人？此来，是要高家承明府的情吗？”

寇知县尴尬一笑，道：“回阁老的话，互殴双方已达成谅解，且伤势不重，是以放人。焉敢言承情二字？”

高拱又问：“若是寻常百姓家，明府也会这般对待吗，堂堂知县将释放的人犯亲自送到家里？”

寇知县愣神良久，方笑道：“呵呵，高阁老，学生初来贵邑，按例当拜谒乡官缙绅，闻得高阁老家居，学生特来拜谒，让令侄带个道而已。”他本有结交高家的念头，见高拱满脸严肃，说出话来令人难以应接，不得不打消此念，喏喏告退了。

估摸着知县已走远，躺在东间床上的高捷大声道：“把那个逆子给我带过来！”

务润战战兢兢进了房间，跪在地上，一语不发。高捷拿起扫床的掸子，照着务润一顿猛打。务润只是蜷缩着身子，不喊疼，也不求饶，反而让高捷没有台阶可下，不由得越打越气，直到气喘吁吁没了力气，才丢下掸子。

高拱见长兄教训儿子，也不去劝解，背着手在院子里徘徊。“肃卿——”里屋传来长兄的唤声，高拱走过去，高捷以微弱的声音说，“家里请的那个叫刘旭的教席，心不在焉，恐不愿约束务润，我看就辞了他，不许逆子再回县城，就辛苦三弟，在此老宅课逆子读书。”

高拱应承一声，拉起务润，见他满身红肿，吩咐高德、高福更衣伺候。

只教了务润不几日，高拱就知此子心思全不在读书上，指望他科场得意恐是一厢情愿。更令高拱担心的是，务润总是嘴唇紧闭，目光中满是哀怨甚或仇恨。“大哥，此子既无心读书，何必勉强？闻得江南以经商为时尚，务润若有此志趣，不妨顺了他的意。”

“断断不可！”高捷语气坚定地说。

高拱无奈，只得硬着头皮继续课务润读书。

“天使来啦！天使来啦！”这天上午，高拱正在书房教务润读书，就听得院外一阵惊喜的嚷嚷声。高拱出屋一看，但见“钦差”“回避”的牌子下，省府县三级官员簇拥着上次护送自己回籍的行人张齐，来到了大门外。高拱忙命人打开大门迎接。

“皇上思念高先生，特遣使存问。”张齐道，随即正了正衣冠，正色道，“皇上口谕！”待高拱跪地，张齐宣谕：“赏高先生白金一百两、蟒衣一袭！”高拱叩头毕，延接张齐等人入内。堂屋里早已临时加置了椅子，端上了几碟鲜枣，众人行礼如仪，说了一番场面话，张齐等人便告辞而出。

“玄翁，学生昨日临出衙前看到《邸报》，虏酋俺答率大军侵入晋中，石州失陷了。”河南布政使梁梦龙悄声对高拱说。

“竟有这事？！”高拱惊讶地说。张齐等人不知发生了什么，都停下脚步，把目光投向高拱。高拱顾不得礼数，情绪激动地说，“州城失陷，自庚戌之变以来所未有；今日有之，圣怀必为之忧！”众人闻言，愕然相顾。

送走天使，高拱请长兄到堂屋叙话，郑重道：“皇上必不弃弟，弟也放心不下皇上。朝廷之上，不可无忠诚、刚正、远识之重臣。气有夙养，可以当大事而不慑；谋有豫定，可以平大难而不惊。猝遇缓急，国有所赖以为安，民有所仗以无恐。只要皇上不弃，弟已决心舍身报国，他不复顾矣！”

“三弟的心思，大哥明白。”高捷说，“不过目下皇上并未召三弟赴朝，即使召用，也不妨家事嘛！”

“大哥，弟已近花甲之年，即使有了子嗣，不能抚育管教其长大成人，万一成生事为非之辈，我高家门风为之有玷，恐我兄弟九泉之下不得安息矣！”

高捷闻言，两眼发直，默然良久，吃力地站起身道：“三弟不必再说，为兄明白了。”言毕，佝偻着身子，步履蹒跚地回东间休息去了。

高拱嘱咐高德照管务润读书，自己则带上高福，骑驴向县城赶去。他要到县衙去阅看《邸报》，尽快了解石州失陷的情形。只过了一天，已是深夜，高拱已到卧室准备休息，高德神情慌张地跑了进来，惊恐道：“老爷，老宅出大事了！”

“甚事？”高拱不悦地问。

高德一脸惊恐，支吾良久也未明言。高福已牵来毛驴，两人将高拱扶上毛驴，一路小跑，赶往高老庄。村庄已是一片漆黑，唯有高家老宅灯光摇曳。高捷躺在床上，手上、脸上满是血迹，见高拱进来，气若游丝地说：“三弟，我把那个逆子，逆子……”他吃力地喘着气，吐出了两个字，“杀了！”

“啊？！”高拱闻言，大惊失色，忙四处寻找着。

高德带高拱到了厢房。务润浑身是血，直挺挺地平躺在床上，身体已然僵硬了。高拱顿足道：“家门不幸，家门不幸！”转身回到高捷的卧室，激愤地说，“大哥焉能如此！焉能如此！”

高德搬过来一把椅子，高捷示意三弟坐下，对高德道：“老爷没有气力了，你来说给三爷听。”

尽管高德前言不搭后语，躲躲闪闪、颠三倒四说了一通，高拱还是听明白了：务润偷偷跑出去，和贩枣的姜公子骑马游荡，所到之处大喊大叫，称今年鲜枣必得卖给姜家，不的，要你好看云云。有乡邻将此事报于高捷，高捷一怒之下，手刃亲子！

“我高家门风，不能毁在这个逆子手里！”高捷自辩说，“我还活着，他即如此；我六十六了，活不了几天了，我一死，还不知会惹下甚样事端，我不能留下这个隐患！”

“大哥不该如此，不该如此！”高拱语调痛楚地说。他叹了口气说，“既然事情已然发生，再说什么也晚了。大哥多保重身体，务润的后事，弟来经理。”

高捷勉力抬起手，向外指了指：“连夜埋了吧，传扬出去，终归不好。”见高拱犹豫不决，高捷捶床道，“就这么定了，快去办！”

高拱无奈，只得吩咐高福、高德拿蒲席把务润裹上，用毛驴驮到村南的一个沙丘，挖了一个深坑，匆匆葬了。

高捷健朗的身体陡然间垮了，回到县城的宅邸，即卧病在床。半个月后的一天，高拱被叫进大哥屋内，屋里已然挤满了人。二哥高掇举人出身，在南京任金吾右卫千户；五弟高才举人出身，任南京都督府都事；六弟高揀以贡生授凤阳府判，均不在老家，高拱和侄辈都到齐了。高捷声音低沉地说：“我自知将不起，今日一言后事。高老庄老宅，永不分割；县城宅邸，这适志园就归肃卿居住。我居官虽久，然性倔强，尔辈所知；唯俸金在，可分散。”他把钥匙递于高拱，“由三弟分散之。”

高拱道：“大哥，务滋年幼，留着他们母子开销吧。”

“那反倒生分了。”高捷摇头道，“咱高家甚时都是一家人，我无须担心他们母子，方决意分散俸金的。”

高拱不便再言，遂打开床头的一只小铁箱，取出银两，诸兄弟姊妹及一二仆人，各有遗惠。高捷看着高拱分毕，端坐而逝。

办理完长兄的后事，高拱满脑子全是石州失陷一事。思来想去，忽生一计，忙召房尧第来见。

四

张居正散班回家，正在更衣，管家游七在门外禀报：“老爷，有一位远道来的客人要见老爷，见还是不见？”

“谁？”张居正警觉地问。

“从河南新……”游七“河南”两字一出口，张居正大声道：“不必再说！速带他到书房来见。”

须臾，一个儒生装扮的男子进来施礼：“学生房尧第，字崇楼，奉玄翁之命，拜见张阁老。玄翁有书在此，请张阁老过目。”说着，从袖中掏出一函，捧递于张居正。

张居正审视着房尧第，口中道：“哦，崇楼。早闻大名，幸会幸会！玄翁还好吧？”

房尧第答：“玄翁身体倒健朗。唯得知石州失陷，皇上苦思防虏策，玄翁忧心如焚，夜不能寐！”

张居正点头道：“玄翁尽忠国事，令人感佩！”说着，指指旁侧的座椅，示意房尧第入座，他则低头展读高拱来书：

边事孔棘，中外藉藉，皇上宵旰西顾，圣怀重虑。主忧臣辱，仆虽在野，身已许国，安得不以为虑？今特遣门人房尧第趋前问候，详议一事。

张居正忙问：“崇楼，要议者何事？玄翁有何见教？”

“计除汉奸赵全！”房尧第答。

“不谋而合！”张居正惊喜道，“迩来我也一直琢磨此事。”他突然一蹙眉，叹了口气，“数十年来，朝廷屡降明诏，苟能擒斩者，爵通侯，赏万金。然则，审彼量己，图之甚艰。”

“唯其如此，才值得一做！”房尧第语气坚定地说。

“哦？那最好不过。但不知崇楼有何画策？”张居正兴奋地问。

房尧第道："此番学生要深入虎穴，意在策反赵全部属，利用北虏上层与板升汉奸之间的矛盾，除掉赵全，招降李自馨等人。"

张居正虽钦佩房尧第的勇气，却认为此举太过冒险，且把握不大，故闻言默然。房尧第看出来了，便道："学生曾多年游北边，也去过板升，无论边哨抑或板升都有熟人朋友，可资利用。唯请张阁老在内主持。"

"需要我做什么？"张居正问。

"学生与玄翁反复商榷，要做成此事，"房尧第郑重道，"其一，请朝廷再发明诏，有斩擒赵全等汉奸者，明颁赏格，除赵全外，如李自馨等，许其归顺。此诏当布之遐迩，传之虏中。其二，请张阁老密示大同总兵，嘱其为学生提供支持。"

"皆可办！"张居正爽快地答应了。

不出旬日，房尧第带上在老家找来的仆从名房山者，买了马直奔大同城。因石州失陷，大同总兵孙吴被劾听勘，副总兵赵岢署理总兵，他接阅张居正密函，款待房尧第唯恐不周，席间拍着胸脯道："房先生尽管说，要钱给钱，要人给人，要物给物！"

房尧第安顿下来，持总兵所颁银牌，赶往平虏卫的败虎堡，径直来到守堡最高武官操守的府衙前。但他并未亮明身份，也未拜见操守，而是以客商身份，约见操守府旗牌官鲍崇德。

鲍崇德是应州人，世代军户，十来岁时被北虏掳去，在板升过了六七年，会讲番语，后逃回应州，照例袭军职，被委败胡堡操守府做通事，兼责汇总谍报。他在板升时，与化名房楼、以商人身份到那里贩货的房尧第相识，结为朋友。一晃多年过去了，忽见房楼名刺，鲍崇德惊喜不已，忙出府相见。

三十多岁的鲍崇德虽人高马大，却是极细心之人。他知房楼来此险境，绝不会为游山玩水，必有所图，不能为外人道。是以他脱去军服，打扮成商人模样，相见略事寒暄，就领房尧第到一家酒肆，找了僻静处的一张桌子，点了菜肴酒水，这才问："房兄此来……？"

房尧第探身向鲍崇德凑了凑，低声道："欲到板升去，有使命在身。"他亮了亮总兵银牌，见鲍崇德点头，又道，"此行需鲍兄助：一则请鲍兄指教，如何去板升为宜；二则请鲍兄荐一通番语者。"

鲍崇德"嘶"地吸了口气，眼珠飞转着。须臾，露出轻松的神情，待店小二端上了酒菜，为房尧第斟上一盅，又自斟一盅，举盏相碰。饮毕，道："大同与板升走私甚盛，房兄不妨仍以商人身份前去。"他转头扫视四周，见无人关注到此，压低声音说，"时下赵全辈为俺答筑宫殿，密遣奸细窃入各城，易买金箔并各色颜料，被边军截获不少。若房兄携颜料、金箔去售卖，必受其欢迎。"言毕，向房尧第使眼色，笑道，“哈哈哈，掌柜的生意尚未做成一笔，就要弟帮找美姬侍候，未免心急了些！”

房尧第会意，两人谈些风月，饮了酒、吃了饭，走出酒肆。见周遭无人，鲍崇德才解释说：“没有法子，此地奸细甚多，或扮作僧道，或诈为口外饥民行乞入边，侦我虚实，防不胜防。”他指了指前面的玉皇阁说，“走，权作游览，边走边谈。”

不到一个时辰，房尧第求助鲍崇德的几件事都有了眉目，两人抱拳作别。房尧第回到客栈，叫上房山回大同晋见总兵赵苛，一面命人整备颜料、金箔，一面传檄召山西布政使承差杜经、干鲁忽赤千户所墩军夜不收栗见勤来见。这是鲍崇德向房尧第举荐的。杜经乃李自馨同窗好友，而栗见勤是鲍崇德同乡，两人一同被掳板升，又一同逃回。

这天夜里，又是墩台与虏兵约好的交易之夜，栗见勤指着房尧第向纳闷不已的怯里马赤解释说：“上头的兄弟要来做大买卖。”

一番讨价还价，怯里马赤答应护送房掌柜去板升，房尧第则送给怯里马赤等人每人银锭一双。

房尧第一行四人，皆是商人装扮，每人骑着一匹马。栗见勤和房山的马背上驮着颜料、金箔；杜经的马背上驮着银钿耳坠之类的首饰及干粮酒肉；房尧第则把装有银锭、金叶子的布袋放在自己的马背上。怯里马赤三人骑马护送。

国朝严禁与虏贸易，违者有杀身之祸；俺答汗则力主与国朝贸易，不管是公开还是走私，都受欢迎，房尧第所携又是俺答汗建殿急需的颜料，且由虏兵护卫，故一路上并未遇到阻拦，三百里路程，不到两天工夫就到了。

正是初夏时节，映入房尧第眼帘的丰州滩，崇山环合、阡陌良田万顷，城郭宫室满布，已今非昔比。与屡遭蹂躏的北边比，竟是一片生机！

护送房尧第一行的怯里马赤悄然南返，只剩下房尧第主仆四人一边四处张望，一边往宣化门走去。刚要进城门，突然，几个手持胡刀的汉人围了上来，一个小头目大声呵斥道：“站住！从哪里来？到此做甚？”

“大同商贾，来宝地购马尾到扬州贩卖。”房尧第答。

“哼哼！”小头目围着房尧第转来转去，“大同墩台烽燧满布，关卡林立，如何能放你等过来？我看你不像商人，倒像是个官儿，定然是南朝的奸细！”说着，一挥寒光闪闪的胡刀，高叫一声，“来呀，把这几个奸细给我绑了！”

第二十四章 元老无长策失众望 弟子谋自用出暗招

一

经过徐阶并科道力争，经筵在立冬前一日终于得以举行。这天辰时，皇上御文华殿，面南坐定，传谕百官入内。鸿胪寺官员将一张书案摆在御座之前，另一张则设在数步之外，为讲官所用。参加听讲的官员鱼贯而入，分列书案左右。先一日用楷书恭缮的讲义已陈列案几之上。

鸿胪寺赞礼官一声呼唱，两位身穿红袍的讲官和两位身穿蓝袍的展书官出列。他们都是点过翰林的学问家。讲官面对皇上，展书官在书案两侧东西而立。就位后，讲官叩头。礼毕，左边的展书官膝行接近书案，打开御用书本讲义，用铜尺压平。此时，左边的讲书官——礼部侍郎赵贞吉已站在中央位置，开始演讲。

皇上对经筵本无兴趣，只是禁不住内阁、科道三番五次谏诤才不得不敷衍的。皇上坐在御座上，恍惚间仿佛回到了裕邸，高拱的影子顿时在眼前浮现。

高拱陛辞离京已然五个月了。开始一两个月，皇上思念甚切。多亏凤儿体贴入微，找来一位西域美女，安置翊坤宫，经凤儿手把手调教，床笫技艺大增，直把皇上身心牢牢拴住。陈皇后几度向皇上进言，皇上不唯不听，索性以利于皇后养病为由，将她迁出坤宁宫别居。科道联翩相谏，皇上置若罔闻，并对科道屡屡言及宫闱之事甚为不满，传谕徐阶稍加训诫。整日里色酒相娱间，皇上竟也把对高先生的思念忘却了八九分。倘若不是这经筵讲官又讲起四书五经来，皇上的脑海里，或许依然是翊坤宫里愉悦的场景。

“高先生去国已五个月了！”皇上口中喃喃，叹了口气，颓丧地向下滑动了一

下身子，懒洋洋地看了一眼对面的讲官。只见他个头不高，身材消瘦，须发尽白，略带四川口音的官话，抑扬顿挫，声音甚是洪亮。半个时辰下来，皇上只是对讲官银发皓须和洪亮的声音留下些许印象，至于讲官讲些什么，并没有听进去丝毫，甚至讲官的职务和名字，竟也懒得去记。

按例，左边的讲官讲经毕，即由右边的讲官讲史。右边的讲官正要出列，皇上突然向上坐直了身子，说："朕看，今日就不必再讲了。"

众臣面面相觑，旋即把目光投向徐阶。徐阶出列，躬身奏道："启禀陛下，经筵既讲经又讲史，乃是祖宗成例，臣恳请陛下……"

皇上面露愠色，打断徐阶，厉声道："难不成是朕不听讲史，石州方陷的吗？"

徐阶闻言，浑身战栗，颤颤巍巍跪地叩头："臣无能，臣有罪！"

李春芳、张居正也忙走到徐阶身后，跪地叩头。吏部尚书杨博等见状，也依序跪地叩头。皇上道："众卿都平身吧！"待众臣起身归位，皇上又道，"迩来夷情踵至，诸边不靖，以至京师戒严，绅民惊恐。何以如此？有何定边之策？"

皇上的话令众臣大感意外，又颇为振奋。一年来，皇上主动垂询国务，此尚属首次。看来石州之陷对皇上刺激甚大，颇有振作求治之愿。不少人为此感到欣慰欢忭，文华殿里顿时群情振奋。徐阶却隐隐有种不安，忙奏道："启禀陛下，鞑虏寇晋中，陷石州，奉旨下御史勘问，已有处分意见，正可奏明皇上。"

皇上皱了皱眉，良久才道："也罢，众卿听来，一道商榷。"

徐阶奏道："臣等据宣大总督王之诰参奏、宣府巡按御史姚继可勘奏，议得：山西镇总兵申维岳避敌不战，始则逗留不进，虏遂薄石州城，继则且进且退，石州遂陷；石州既陷，维岳寻间道走文水，虏得大掠孝义、介休、平遥、文水、交城、太谷、隰州间；虏疲而退，维岳终不敢战，致使众虏顺利出关。身为总兵，畏敌如虎，当斩！山西镇副总兵田世威，奉令率军间出天门关邀击贼前，遏其东归，世威却避于平虏城老营不出，当斩！大同总兵孙吴，援石州不利，革职闲住。大同巡抚王继洛，故违宪令，驻代州不出，谪戍。岢岚兵备王学谟，接总督宪令，恬不为意，无战守之备，谪戍！"

众臣发出"啊"的惊叫声。

"同为总兵官，大同镇总兵孙吴，何以只受革职处分？"礼部侍郎、经筵讲官赵贞吉不解地问。据御史姚继可勘奏，孙吴始则援石州不力，继则闻石州陷而不救；虏疲而撤时，申维岳与之相约夹击，及虏出岢岚东，孙吴竟以超出防区为由，率兵返回大同。

赵贞吉一问，徐阶不知作何答，只好说："请本兵答之。"

兵部尚书霍冀不住地擦汗。大同总兵孙吴闻石州失陷之报，第一件事即火速差人晋京，携重礼贿馈权门。徐阶的公子徐琨、兵部尚书霍冀、都察院左都御史王廷，都收受了；张居正、杨博婉拒了。霍冀既已收受重金，不能不千方百计为之掩饰，便解释道："孙吴未违抗军令，且在石州失陷后驰援太原、汾州，虏攻汾州而不能下，掠太原之计未成，乃孙吴之功。"

"汾州未陷，乃山西按察使方逢时之功！"兵科都给事中欧阳一敬大声说。他知孙吴有使来京通贿，却未上门贿己，心生恼怒，遂借机发泄，"北虏既陷石州，赵全遣团伙入城为内应，方逢时早有防备，迅疾缉拿，得预修备；待北虏至，急攻不能下，汾州得保。"

"不必再争！"皇上不耐烦地制止道。

"那么，王之诰何以不追责？"赵贞吉又大声道，"我皇上继位方一载，虏陷石州，竟有屠城之祸；丑虏大掠孝义、介休、平遥、文水、交城、太谷、隰州，屠戮男女以数万计，粮食牲畜难计其数，所过萧然一空，死者横路，肝脑涂于郊原，哭声遍于城市，情何以堪？"

王之诰早已重礼相馈，就连张居正也收下了，是以无人议及王之诰之责。霍冀忙辩护道："王之诰事前已有预见，传令王学谟增修城池，急入收堡；事中又急赴前线议军机、授方略，已属尽职。"

"哼哼！"赵贞吉冷笑一声，"且不说石州之责，就说丑虏攻汾州不下，是时入边已达二十余日，在内地久，人困马乏，又遇大雨，马倒过半，皆拄马鞭徒步归，所掠财物也无力携去，多弃于道，浸寻蹒跚，至十日余始出边，而我无一人御之者。王之诰若真有为国尽职之心，何不集结大军夹击？须知，大同镇兵员达十余万，加上山西镇及驰援的宣府镇两参将所领，已有近三十万！丑虏不过五六万，若此时夹击，岂不是灭虏良机？"

霍冀恐引火烧身，不敢与赵贞吉辩。张居正只得说："臣请皇上下旨，勒王之诰罢职听问！"

皇上恨恨然道："着王之诰罢职听勘！"

"庙堂无过乎？！"赵贞吉不依不饶说，"秋防策有防丑虏掠晋中之案否？再者，石州既破，王之诰急督宣帅马芳西援，可兵部担心俺答虽西犯，其子黄台吉尚在宣塞未动，恐乘间卒犯南山，不允马帅西行，独遣二偏将往。若早从王之诰之请，趋令西援，虽无救于汾石之祸，犹得击其惰归以纾吾人之愤！而当事者昧于机宜，反为虏偏师牵制，令其得志，益轻我天朝，殊为可恨！"

徐阶汗涔涔下，又一次跪地叩头："老臣无能，请皇上罢斥！"李春芳、张居正随之跪地请罪。霍冀浑身战栗，也急忙跪地叩头不止。

"晋中之祸，除申维岳、田世威问斩，王继洛、王学谟谪戍，孙吴革职、王之诰回籍听勘外，余朕悉从宽宥。今内外官尚多虚言误事者，卿等宜专心谋国，务期实心共济，不得仍蹈前非，纵虏得志。违者，必置之重典不贷。”皇上凛然训谕毕，方命徐阶等平身答问。待徐阶等归位后，皇上又说，“朕本非过问处分边臣案，防虏之策，图之宜豫。元辅，对防虏之策如何切实讲究？”

徐阶未料到皇上一反常态，一再追问，竟哑口无言，良久才支吾说：“宜、宜集思广益。”

“启禀陛下，”李春芳忙替徐阶打圆场，奏道，“石州之‘石’与‘失’谐音，臣以为当为之更名。臣斗胆建言，改石州为永宁州；又当精心选将调兵，加意防守。”

赵贞吉不屑地一笑：“正德以来，边备废弛。嘉靖之末，权臣贪墨，将士离心，文武解体，丑虏跳梁，边境骚然，生灵暴骨。不唯如此，去岁国库所入仅二百二十余万，而用于北边之费，即达三百四十余万。国库被掏空，兵马疲于调遣，举国受此拖累，凋敝不堪！”说着，赵贞吉声调哽咽，“臣实不忍言之，以伤圣怀。臣愿为皇上进言者，善后之计有二：一则目下宣大方受虏祸，士气低沉，宜用首相巡边，以示朝廷振边之意；二则汉奸赵全等恶贯满盈，为患甚烈，石汾之祸，鼠子谋也，朝廷当明诏中外，得赵全首级者拜都指挥，赏万金！”赵贞吉顿了顿，再次提高声调，“至于根本之计，臣以为，肃贪严纪为军政之首，修墙设险为防御之要；攻守相用为战略之策。”

皇上露出难得的笑容：“元辅何意？”

徐阶暗自叫苦，但已无可推脱，遂缓缓道：“陛下殷殷垂询防虏策，臣敢不奉旨进言！然事在关外，臣等实难遥度，宜令边臣计奏，再据边臣所奏，由文武群臣集议，各陈所见，务实讲求预处之策。”

“啊？”有人发出惊诧的叫声。不知是惊诧于徐阶的圆滑，还是他竟如此漫语上覆。

皇上不满地看了徐阶一眼，说：“今边事久坏，无为朕实心整理者，但逞辞说、弄虚文，将来岂不误事？！”

众臣愕然。

二

刮了一整天北风，到了傍晚时分，似乎老天爷渐渐没了力气，偃旗息鼓了。刻漏显示已过申时，该散班了。张居正正欲起身，大理寺左丞海瑞突然到朝房造访，令他颇为惊讶。因为海瑞其人一向性格孤僻，甚少与人交往酬酢。张居正与他素无渊源，不知他此访意欲何为，当即就警觉起来。虽然很是客气地请海瑞入内就座奉茶，却也摆出一副公事公办的样子。

海瑞似乎觉察到张居正的戒备，开门见山道："张阁老，去岁下吏上疏触雷霆之怒，元翁尽心调息，对下吏有救命之恩。张阁老是元翁的得意弟子，今日下吏有几句话，欲托张阁老转达于元翁。"

"呵呵，海寺丞，元翁朝房几步之遥，何不当面陈情？"张居正问。

"下吏一不愿公开说，二不愿当面说，俱是为元翁留面子！也可说是下吏有私心吧，毕竟不想背上忘恩负义的罪名。"海瑞解释说。

张居正一笑道："海寺丞于私是给元翁留面子，于公即是顾大局。有话请讲，居正当原原本本转报元翁。"

海瑞道："这第一桩，是前些时经筵上，皇上垂询防虏策。臣工总抱怨皇上不理国务，然皇上经筵上主动垂询边事，诸臣始奉玉音，可元翁竟无长策登对，漫语上覆，此事已引起朝野哗然相议。往者国政每有失，就说皇上不理朝政所致，此后再推给皇上，谁还相信？再者，元翁不能答皇上垂询，赵贞吉则条对甚详，且言宜用首相巡边，旋即竟将赵侍郎出为南京礼部尚书，道路传闻，元翁这是以明升暗降手腕排斥异己！"

张居正不语。

海瑞又说："第二桩，郭朴为人长者，何以不容？元翁果休休有容乎？对此，中外啧有烦言！北虏忙于相谋南侵，国朝首相则忙于逐同僚。士林耻之，有内斗内行，外斗外行之议，人皆信然。"

张居正仍不动声色，面带微笑看着海瑞。

"这第三桩，胡应嘉因妄言调外任，不过几个月，就升湖广布政司参议；欧阳一敬带头逐高拱，遂晋太常寺少卿，未免痕迹太露！元翁久历官场，谙达政体，岂不知此为用人大忌乎？若说非他主动，何不予阻之？无非是公开宣示，凡为首相出力者，将超次拔擢！海某要问，是谁在结党？"海瑞痛心疾首地说，"闻高新郑去国时叹曰：'目今非乡愿不可以得人'！痛哉斯言！我朝诸公，稍升高位，便是全然模棱养望，因因循循，度日保官。孟子曰，'自以为是，不可以入尧舜之道'。今之谓也。不少人在问：若徐去高留，局面会如此吗？"说完，抱拳告辞了。

张居正呆坐良久，踌躇着该不该向徐阶转达。此刻，他突然明白了曾省吾说过的"徐阁揆聪明反被聪明误，张相公一箭双雕得实惠"这句话。曾省吾从一开始就明白，驱逐郭朴对徐阶威望有损；而秋防策袭故套，一旦出现大纰漏，则会让中外对徐阶的执政能力产生怀疑。这样一来，既赶走了郭朴，又让徐阶威信大跌，不得不乞休，内阁大佬一个个灰溜溜走开，则实权自然落到他张居正的手里！一箭双雕者，此之谓也！

"这等思路，未免太自私、太阴暗，于公于私都交代不过去。"张居正暗忖，"况且，徐阶声望受损，作为他一力提携的弟子，也是中枢重臣，能脱干系？"这

样想着，张居正坐不住了，起身疾步往谒徐阶。

进得徐阶的朝房，吏部尚书杨博也在。见张居正进来，便起身告辞。徐阶拿过厚厚的一叠文稿，边阅看边问："叔大有何急事？"

张居正斟酌道："师相，适才海瑞造访学生，言及几件事，让学生转报师相。"

徐阶仍未抬头，也未置可否。张居正只得把海瑞的话，简要说了几句。徐阶这才抬起头，示意张居正坐下，很是不屑地说："闻得海瑞对当下的职务不满意，称无事可做，他找你发这些怨语，无非是想再升官罢了！"他推了推手头的文稿，"正好，适才杨吏部来，与老夫商榷人事。南京通政司有缺，不妨把海瑞提拔到通政司任右通政。一个举人出身的人，做到大九卿，想必他该满意了吧！"

张居正暗自吃惊，惊讶于徐阶手腕之老辣！但他还是提醒说："听海瑞弦外之音，不少人对举朝攻新郑颇有悔意，甚至有若新郑在位，局面不会如此之说。"

"是要警惕别有用心的小人在背后煽惑，为某人复出摇旗呐喊！"徐阶恶狠狠地说。顿了顿，又道，"人心不古，当务之急是正人心！非正人心无以正风气；非正风气无以新治理！明日灵济宫开讲坛，老夫要亲自去讲，讲稿尚未审看，叔大如无它事，就回吧。"

张居正对讲学一向嗤之以鼻，一听徐阶竟然把讲学说成是新治理的抓手，不由生出厌恶情绪。他瞥了徐阶一眼，突然觉得如此陌生，徐阶脸上的几道皱纹，显得丑陋不堪。他微微一笑："师相嘱学生倾力边务，学生不敢懈怠，故明日讲学事，不能躬逢其盛。师相，北虏屡侵，边镇多事，皇上谕群臣详筹防虏策，学生再三思维，目下御北之计，莫过慎选边帅。学生以为，把戚继光北调，防虏或可有济。"

"此事固然当行，"徐阶捋着胡须，缓缓道，"然则，科道对戚继光多有论议，言他刻薄严酷，行止有亏。今若征调北来，势必又是一番论劾。届时，调，则逆舆情；不调，则损朝廷威信，岂不陷入进退维谷之地？"

戚继光所练"戚家军"行连坐法，作战不力而战败，主将战死，所有偏将斩首；偏将战死，其辖所有千总斩首；千总战死，其辖所有百总斩首；百总战死，其辖所有旗总斩首；旗总战死，其辖队长斩首；队长战死，全队十名士兵全部斩首。对此，科道每每攻讦为严苛，有违名教；且言戚继光多与朝臣交通，有行贿之嫌。徐阶因担心科道攻讦而不敢决断，张居正急了："师相，语曰，多指乱视，多言乱听。开言路、集众议是对的，但谋在于众，断在于独。近年来，朝廷里议论太多、意见横出，一听叽叽喳喳就不敢做事，岂不虚旷岁时，成功难睹？以学生愚见，认准的事，他叽叽喳喳他的，我决断我的！"

徐阶一翻眼皮，看着张居正，不知是欣赏还是责备。

张居正浑身不自在，低头道："师相，朝野对朝廷御虏策非议颇多，当有新举措，以安人心。不的，必有起复新郑之议起。”

徐阶打了个激灵，微微叹了口气，道：“戚继光北调事，叔大找科道官，科道官若上疏建言，内阁票拟允准就是了。”

张居正急忙拜谢告辞。

“叔大，时下人心浮动，要严防有人背后搞小动作！”徐阶对着张居正的背影说。

三

户部右侍郎陈大春原以为，高拱下台之日，应是他升迁之时。可事实则出乎他的意料之外。始则徐阶言六部尚书、侍郎满员，需寻机腾挪方可；待礼部左侍郎赵贞吉被排挤出京，徐阶又说礼部侍郎例用翰林出身者，结果右侍郎升左，又拔擢殷世儋补右缺。待到胡应嘉和欧阳一敬都升迁了，陈大春更是按捺不住，徐阶却说，正是因为他们两人升迁了，得霖你才要再等等。陈大春也知道，因为胡应嘉、欧阳一敬的拔擢，朝野议论纷纭，对徐阶声望有损，是以徐阶谨慎从事，也有其道理。但陈大春心里着急，暗忖：再等等？等你老头子卷铺盖走人后再说？他盘算再三，朝廷中最有潜力的大臣，无过于张居正了，正好他又是徐阶的弟子，转投他的门下也是顺理成章。但他又不敢贸然登门，就隔三岔五请曾省吾到潮州会馆宴饮。

这天，两人又聚在一起，陈大春神神秘秘地说：“三省，你有所不知，前些天皇上谕户部，命查内库太仓银出入数奏闻。户部呈报后，昨日又发手诏：‘帑藏之积，何乃缺乏至此？’可见皇上不唯对边事孔棘、防虏无策失望，对财用无着也大不满呢！”

曾省吾接言道：“岂止边务、财用，对用人也不满啦！”

“可不是嘛！”陈大春道，“今春首开经筵，皇上见讲官换人，便追问：‘那位声音洪亮的白发讲官安在？’元翁禀报说已迁南京礼部尚书；皇上不悦，手诏内阁：调赵贞吉回任。元翁无奈，只得把礼部尚书之位腾挪出来，让赵贞吉担任，令一直病休的尚书高仪回籍调养。”

“呵呵，还不止这些呢！”曾省吾一笑道，“元翁声望来自《嘉靖遗诏》，可近来对《嘉靖遗诏》的质疑声也出现了。礼科给事中张卤建言，宜对嘉靖朝获罪诸臣加以甄别区处，不能一概平反复官。礼部议覆：设不稍为区别，则朝廷励世之典，遂为臣下市恩之私，其何以劝天下后世？这不是针对元翁的吗？”

两人边说边喝，陈大春已有几分醉意，摇头叹息不止：“陈某替他办多少事，到头来却……”他带着哭腔说，“我也明白了，官场上贴得越紧价值越低，正是我帮徐二公子捞钱太卖力，老头子怕提携我会遭物议，再把二公子牵连出来，是以故意压着我的！哈哈哈，我看明白了，明白了……”

曾省吾安慰他："霖翁，张阁老欣赏霖翁，不必灰心！"说着又和陈大春碰了一盏。

从潮州会馆出来，曾省吾径直到了张居正家："太岳兄，连陈大春都疏离了，足见徐相气数已尽。所谓背靠大树好乘凉，可眼看这棵大树枯朽不堪，遇风即倒，若不躲开，不死即伤！"

张居正正在研读高拱未上的《除八弊疏》稿，听曾省吾一番说辞，突然有了主意，道："我与元翁恩义在而治道别矣！时下官场萎靡，一意维持，毫无振作之象，唯遇事议论纷纭，莫衷一是，甚是堪忧。故不妨就朝政大端向皇上奏陈，如此，则不唯向中外宣示，张某绝非元翁的影子；且对打破死气沉沉、一意维持的局面，亦大有助益！"

曾省吾大为赞赏，建言张居正迅疾行动。一连数日，张居正散班回家，就在书房埋头拟写。他斟酌再三，以为当务之急有六事：省议论、振纲纪、核名实、固邦本、饬武备，遂写成《陈六事疏》，修改了一遍又一遍，好几次都准备呈奏了，又放回了案头。无论曾省吾如何催促，他还是踌躇着没有报出。固然，此举可向中外宣示他与徐阶治道的不同，可唯其如此，必令徐阶伤感甚至恼怒，事态会如何演变，实在不在他的掌控中，他不想冒得不偿失之险。

一拖就拖到了隆庆二年的七月。初二这天，皇上颁诏内阁："秋防届期，不知各边已有备否？"

"显然，皇上对边务不放心，对内阁疲沓敷衍不满意。"在张居正的书房里，曾省吾研判说，"不能再拖下去了！拖下去，对国家、对你张太岳，都不利！"

张居正轻摇蒲扇，吟起了诗：

孤灯照雨嗟难曙，
短翼凌风叹不如。
强饮浊醪求暂睡，
梦魂偏到旧山居。

曾省吾惊问："何人所作？如此灰暗伤感！"

"此为元翁新作。"张居正答。

"哦？"曾省吾大喜，"那就是了，他老人家既然魂牵梦绕回故乡，遂他的愿就是了！"他看了张居正一眼，似乎明白了他此时吟出这几句诗的用意，"待我会会陈大春！"话音未落，就要告辞，刚走几步，又回身说，"那个陈大春，极想见你，太岳是不是见见他？"

"不见为好。"张居正道。

"太岳，以我观察，官场上，小人有时比君子更有用！"曾省吾老成地说。他又转回坐下，很是郑重地说，"太岳，你资历浅，人脉不丰，陈大春带头来投，徐相人脉皆归张，是好事啊！”

张居正沉吟良久，方道：“你代我问候他，就说张某素知得霖才识。”曾省吾刚要走，张居正又道，“三省，务必记住，张某人可不愿落得背师弃友、落井下石的恶名！”

“我会把握好，不然何以这么久迟迟未出手？”曾省吾颇是自信地说。

“怎么，张阁老有意接纳？”潮州会馆里，陈大春兴奋地问曾省吾。这次是曾省吾主动相约的，陈大春猜想，定然是张居正那里有了回复。

曾省吾把张居正的话转达给陈大春，但又擅自加了一句：“张阁老甚愿与霖翁协力谋国。”

陈大春始则兴奋，继之又露出失望情绪：“张阁老是要陈某递上投名状？”

“哎！霖翁，哪里话！张阁老委实太忙。”曾省吾挤挤眼道。

陈大春顾自喝了几盅闷酒，一抹嘴，道：“索性赌一把吧！”

曾省吾暗喜，却佯装吃惊：“霖翁何出此言？”

陈大春举盏与曾省吾重重碰了一下，一饮而尽，俯身桌案，对曾省吾道：“再这么下去，皇上必会把高新郑请回来！哦，我知道张阁老与高新郑是好友，可高新郑回来张阁老就得乖乖听他的，对张阁老何益？我陈某愿张阁老接掌朝廷实权！要做到这一点，只能请元翁早日颐养天年。”

曾省吾做沉思状。

陈大春微眯双目，露出凶光：“三省，我陈某人乃元翁心腹，而三省是元翁得意弟子的门客，你我来做，不会有人怀疑！”

“呵呵，霖翁喝多了吧？”曾省吾扭捏着，但又担心陈大春打消此念，又接着说，“不过，省吾愿闻其详。”

陈大春打了一个酒嗝，说：“最近遇到一件事，突然觉得可资利用。”

“哦？”曾省吾喜上眉梢，却不急于追问，而是举起酒盅，“来来来，省吾敬霖翁一盅！”

陈大春又干了一盅，舌头有些短了，虽然有些语无伦次，不断重复，但曾省吾还是听明白了。两人密议良久，计策已定，陈大春吩咐招来两个美姬，一人扶着一个，进了客房。

四

隆庆二年七月十七日，内阁里的气氛甚是异常。阁臣在中堂会揖，彼此相见，竟无一语，默然抱拳一揖，各自就位。徐阶脸色阴沉，眼泡浮肿，只是不停地捋着

白须；李春芳则愁容满面，坐立不安。陈以勤一向超然，仰脸沉吟着；张居正虽一脸茫然状，但他心里明白，进攻的炮火打响了！

“御史张齐劾大学士徐阶不职状。”李春芳拿起一份奏疏低声读了起来。刚读了事由，就停住了。

张居正佯装吃惊，瞥了一眼徐阶，从表情看，他显然已知情，虽还镇静，但捋胡须的手却还是微微颤抖，依然笑着道：“兴化，何以不读下去？照例，老夫当回避，但不妨听听，略做回应，请诸公兼听明断。”

李春芳只好道：“张御史弹章略言：阶事世宗皇帝十八年，神仙土木，皆阶所赞成；及世宗崩，乃手草诏，历数其过。阶与严嵩处十五年，缔交联姻，曾无一言相忤；及严氏败，卒背而攻之。阶为人臣不忠，与人交不信，大节久已亏矣。比者，各边告急，皇上屡屡宣谕，阶略不省闻，唯务养交固宠，擅作威福。天下唯知有阶，不知有陛下。臣谨昧死以闻。”

“哼哼！”张居正冷笑道，“张御史所论，与齐御史去岁所言，基调如出一辙，有何新意？此时张御史炒冷饭论劾执政，必有内情，当请都察院彻查之！”

“啊！”陈以勤惊讶地叫了一声，“江陵护师心切，可这等话说不得的。言官论劾大臣，那是他的职守，怎能说出一个‘查’字？”

这正是张居正所期待的效果。但他之所以敢那么说，是因为他心中有数。

那天，陈大春向曾省吾讲述了御史张齐的一件事：国朝自太祖皇帝起，边军行屯田制。但制久弊生，嘉靖年间，屯田之制已崩坏。如何除弊，议论纷纭，提出过各种对策，都是利弊兼有。张齐自河南新郑回来，被拔擢为御史，随即奉命赴宣大赏军。张齐一到宣大，就有不少盐商恳求他向朝廷建言改制。张齐回朝后上本，言恤边商、革余盐等数事，均被徐阶以“窒碍难行，徒增纷扰”为由，一概否决。张齐对徐阶满腹怨言。

“三省可知，元翁何以如此？”陈大春对曾省吾说，“还不是徐二公子？他是越来越贪婪了。他揣度张齐替盐商说话，必是得了他们的好处，得好处居然没有他的份，就在老爹面前说不要给人家当枪使云云。”

“喔？”曾省吾眼睛飞快地眨着，忙问，“那么张齐到底是不是受了盐商的贿？”

“倒是听说一个叫杨四和的盐商，是张齐父亲张栋的友人。他保不准会给张齐或者他老爹好处。”陈大春一挤眼，反问道，“商人和官员交朋友，不给官员好处的，有吗？”

曾省吾大喜，与陈大春密谋一番，由陈大春出面，鼓动张齐上本弹劾徐阶。

刻下，在内阁中堂里，当张齐的弹章终于摆到面前，张居正最关心的是徐阶的反应。

“就张御史所论，老夫不能不辩白一二。”徐阶阴沉着脸说，“据张御史所论，写青词，老夫既不能独辞，也不能逃避责任；永寿宫之重建，老夫罪无可逃。其余三端，则与老夫职掌未合：我朝革丞相，兵事尽归兵部，阁臣之职是票拟，凡内外臣工疏论边事，观其缓急，拟请下部看详，兵部题覆。中间行之力与不力，乃在边臣，非阁臣所能代为。今如张御史所奏，必使内阁侵夺部院职权，阁臣越俎而代庖不可？”

张居正闻言，禁不住撇了撇嘴。徐阶为推卸责任，又把内阁定位到国初时仅备顾问的角色。倘如此，还入阁做甚？他一时大起反感，徐阶再说什么，他也听不进去了，心里盘算着，事态该如何了结。一个新计策，遽然生出，继而在脑海里成形。

徐阶向内阁同僚一番辩白后，即按例回避，离开了文渊阁。李春芳执笔票拟：“徐阶辅弼首臣，忠诚体国，朕所素鉴。张齐辄敢肆意诋诬，姑调外任。”次日，徐阶的辞呈并自辩文再下内阁。秉笔的陈以勤在徐阶的辞呈上票拟：“卿即出视事，不必再辞。”

“兴化，九卿科道迄无一言留元翁，元翁必备感凄然！”内阁中堂，张居正忿忿不平地对李春芳说，“我意，把杨吏部请来，和他商榷一下，让他带头挽留元翁，你看如何？”

“喔！江陵所言极是！”李春芳附和说，“快去请杨吏部来。”又对张居正说，“杨吏部来了，有劳江陵与之谈。”

过了一个时辰，吏部尚书杨博迈着方步进了中堂，三阁臣起身相迎。杨博抱拳一揖：“不知诸公相召，有何赐教？”

落坐奉茶，李春芳努努嘴，让张居正说话。张居正遂道：“博老啊，元翁被论，去意甚坚，九卿科道，迄无一言慰留者。而去岁元翁求去，部院寺监、翰林科道，纷纷上本请留元翁，想必元翁也是历历在目。今番元翁已然两上辞呈，却无一本请留，情何以堪？博老能不能带头挽留元翁？”

“所谓此一时彼一时也！”杨博叹息道，他一笑，“不过，为元老存体面，愿一试。”

张居正起身向杨博鞠躬，杨博一惊：“张阁老，此大礼杨某岂敢受之？”

“此乃居正以元翁弟子身份，向博老表达拜托、感谢之意！”张居正解释说。

李春芳、陈以勤、杨博无不动容，夸赞张居正重情重义，张居正窃笑。散班回到家，他提笔写了一封密柬，只有七字：徐老倦不愿任矣！密封好，吩咐游七：“拿上我的名刺，去东华门李芳的宅子，将此柬奉呈。”

次日午后，张居正在朝房正要躺下小憩，李春芳慌慌张张闯了进来，抖动着手中的文牍，不知所措地说：“江陵，这……这可如何是好？”

张居正接过一看，是徐阶所上第二道辞呈，皇上钦批：“准致仕，赐驰驿。”心里一阵暗喜，但表面上却装作生气的样子，愤愤不平地说：“安能如此？！元翁乃元老重臣，大有功于社稷，怎么第二道辞呈就准了？且准致仕而又不依例加恩，倘

无‘赐驰驿’三字，那就等同于受勒致仕处分了！”

“江陵，这怎么办？”李春芳惊惶失措，焦急地问。

“请求皇上召见阁臣，面争！”张居正决断说。

“只能如此了。”李春芳附和，“我这就写本。”

“兴化，九卿有挽留元翁的奏本吗？”张居正问。

李春芳答：“杨吏部适才差人来知会，说联络九卿科道上本，诸公甚为难，结果只有吏部尚书杨博、都察院左都御史王廷有本，请留元翁。”

这是张居正预料到的。正因如此，方刻意拜托杨博联络九卿上本，以此让徐阶知趣些。他感叹一声：“大势去矣！兴化看，皇上不愿留元翁，百官无意留元翁，奈何？”沉吟片刻，又说，“照目下的情势，恳求皇上挽留元翁亦无可能，不如为元翁争礼遇为好。”

“江陵，你的意思是不再争留元翁？”李春芳吃惊地说。

张居正叹口气道：“兴化，杨吏部说得对，此一时彼一时也，还是面对现实吧。”见李春芳茫然无措，张居正恨恨然道，“张齐此时论劾元翁，似有内情。当知会台长一查，若能整治张齐，也可为元翁出口气！”

五

八月初的京城，早上已有凉意。崇文门外，阁臣李春芳、陈以勤、张居正并部院堂上官、科道翰林，足有二百多人，按序站立在城门两旁。须臾，一辆装饰华丽的四轮高级驿车慢慢驶了过来，致仕元老徐阶一袭布衣，打开车帘，抱拳向两边摇晃不停。

七月十九日，御批徐阶准致仕，赐驰驿。在张居正主导下，李春芳、陈以勤、张居正觐见皇上，先说徐阶内阁首臣，谙达政体，乞皇上留之。皇上谓徐阶年高，且求退再三，故卒从所请。李春芳遂照事先所议，不再乞留，乃言徐阶在阁十五载，请皇上优礼之，并把嘉靖初年名相杨廷和致仕礼遇说了一遍，皇上允之。徐阶黯然整备一番，知会行人司，拟于中秋节前陛辞离京。张居正提议隆重送行，李春芳即以内阁公本移司，遂有今日之场面。

“哎呀，瞧今日场面，怕是大明历史上除杨廷和外所仅见了！”

“是啊，七年前严嵩致仕，是偷偷出京的；去岁高拱回籍，送行的只有一个吴兑！”

“还说呢，吴兑要不是去送高拱，何以本该晋升员外郎，却被搁置了？”

人群里不断响起的议论声，徐阶都留心听着。当听到有人提到高拱的名字，他本就强颜欢笑的面孔顿时僵住了，忙用袖口去擦拭眼睛以为掩饰。

驿车驶到阁臣面前，停下。徐阶复又抱拳，凄然道：“此番作别，实乃永诀，诸公珍重！”言毕，老泪纵横。他向张居正招了招手，张居正忙趋前鞠躬，徐阶伸手拉过他的双手，紧紧攥着，流泪道：“叔大，国事、家事，为师都拜托于你了！”

“老师……”已是泪流满面的张居正哽咽着，良久，才神情庄重地说，“老师甄拔陶引，学生方有今日。老师恩情，重于丘山，学生不能仰报于万一，一切皆请老师放心！”说罢，又禀报道，“老师，御史张齐，必会严处！”

徐阶蓦地松开张居正的手，扭过头去，把车帘“哗”地拉上了。

“老师，珍重！”张居正对着缓缓驶去的驿车道。

徐阶泪流不止，直到张家湾，情绪才稍稍平复下来。一应要带回松江的物件，次子徐琨已先期运走，徐阶只是带着随身行李，轻装就道。驿车驶到潞河，改乘官船，一路南下。船到济宁，刚停稳，王世贞的拜帖就递过来了。他因父亲得昭雪而复出，任大名兵备道，上任途中得知徐阶致仕，特意在济宁迎候。

两人相见，王世贞对徐阶下野愤愤不平，唏嘘良久，半是安慰半是夸赞说：“无论如何，存翁堪称贤相。嘉靖以来阁揆，可谓救时良相者，唯存翁与杨廷和而已！”徐阶号存斋，故有“存翁”之称。

“呵呵，元美过誉了！”徐阶道，“去岁元美为令尊昭雪，因高新郑与老夫水火，竟受殃及，拖了八个月之久，老夫深有愧焉！”

类似这样的话，徐阶已在王世贞面前说过多次，可每一提及，都会激起王世贞对高拱的仇恨。不过，此番他未再恨恨然大骂高拱“巨奸大恶”，而是忧心忡忡地说：“高新郑与今上关系非同一般，存翁去国，高新郑会不会起复？晚生为之忧！”

徐阶笑而不语。

王世贞见状，微微颔首，道：“啊，想来存翁已有安排，晚生也就放心了。”说着，即请徐阶下船赴宴。

过了几天，船到扬州。这是国朝仅次于苏州的繁华大邑，徐阶要在此游览一两日。刚停船，又有拜帖递来。徐阶看了看，皆是门生故旧，正可让他们陪着在扬州一游，遂吩咐：“皆不必上船，随老夫一同到城内去。”正欲下船，又有拜帖递上，徐阶一看，拜帖中夹着海瑞的名刺，知是海瑞所差，忙吩咐进仓来见。施礼毕，来人道：“海大人本欲来谒，只是旬间一妻一妾接连故去，不便前来。”说着，把海瑞的手札奉上。

徐阶颇是惊讶：“哎呀，海通政一妻一妾一旬间都殁了？”他关切地问，“何以出此不幸之事？”

来使只是点头，并未回答。徐阶不再追问，展开书札一看，只见上写着：

瑞不幸有荆妇之变，哀苦中忽闻尊公致仕，不觉骇叹！今天下较五七年前，天渊矣！然南北未宁，水旱日甚，以太平视之，亦天渊也。倚赖元老，今日急事，何至有是！何至有是！君子不能一日忘情天下，况公通籍三十多年，国禄君恩，天高地厚，有

不可解其心者耶！万一论久而定，天启圣衷，行止之间，似当别为斟酌，多后日之功，补前日之过，亦公厚自为计之道也。闻舟即抵维扬，遣官办候迎，致私愿，唯留意。

见徐阶已阅毕，来使从袖中掏出一锭银子，道："这是海大人让卑职带给存翁的，说是还……"

未等来使说完，徐阶正色道："刚峰这是哪里话？收起来！"

海瑞被任命南京通政司通政，即差人赴琼州接老母、妻女到南京团聚。到了徐闻，方知徐阶已差人导之出疆，厚给路费，万里而北，宾至如归。海瑞甚是感激，原本对徐阶的一肚子怨气，遽然间烟消云散，反而有些过意不去。若将所有花销都还于徐阶，他宦囊羞涩，一时也拿不出来；暗自算了算，若是自己去接，花费要一锭银子，遂特差官办到扬州迎候，照此付给徐阶。

来使为难地说："存翁若不受，卑职何以交差？"

徐阶道："海通政有家变，本应略致赙仪，又恐海通政不受。不如两不相欠吧！"言毕不容来使再开口，即起身下船去了。

在扬州停留两日，正要启航，三子徐瑛领着叔父徐陟赶了过来。只见徐陟一身素服，低头跟在徐瑛身后，进得舱门，"嗵"地跪倒在徐阶面前，一边自扇耳光，一边痛哭不止。

徐阶想起去年初徐陟居然发揭帖揭其隐事，闹得南北两京沸沸扬扬，恨不得一脚把他踢出舱外。又见胞弟忏悔如此，他若再不宽恕，恐对徐家声誉有损，也就忍着没有发作，只是一语不发。徐陟哭泣良久，请求兄长宽恕的话不知念叨了多少遍，徐阶才沉着脸说："罢了！"

徐陟因与徐瑛争夺本家一个寡姑的遗产而闹翻，一时赌气投书攻讦兄长。辞官回家后，眼见徐瑛风生水起，乃南国一霸，自忖斗不过他，不如与他和解，借势一同发财。遂不顾叔父之尊，携厚礼负荆请罪。徐瑛既已得利，又见叔父屈尊赔罪，也就与之冰释前嫌，故此番亲自带他来迎徐阶。徐阶一见幼子与徐陟和好如初，不愿再纠缠过去，也就宽恕了徐陟。徐陟如释重负，起身道谢，擦去泪痕，讨好说："兄长二十年不曾回乡，松江民风越发刁诈，就连徐府也屡遭刁民讹诈，弟与侄子们苦苦支撑，方保住家业无虞。"

"是啊，阿爹，"徐瑛附和说，"目下仇富之风甚盛，对徐府眼红的人比比皆是，阿爹切莫信了刁民的谎言诳语！"

徐阶早就闻知乡里对子弟奴仆多有恶评，又听徐陟、徐瑛一番说辞，预感会有事体出现，心情陡然间沉重起来。

果然，船到京口，忽见江面上密密麻麻的小船，望不到边际，岸上也有黑压压的人群，都在向徐阶的官船围拢……

第二十五章 居正踌躇满志欲展宏猷 海瑞牢骚盈篇得抚江南

一

送别徐阶，回到文渊阁，三阁臣照例中堂会揖。李春芳不再推辞，移坐于左侧首位。

“都察院左都御史王廷，发给事中张齐奸利事。”秉笔的陈以勤拿起一份文牍说，“张齐奉命赏军宣大，有盐商杨四和者，是张齐之父张栋之友，他馈赠张齐五千金，请他回朝廷后替盐商说话。张齐建言被徐阁老驳回，盐商杨四和见事不遂，竟跑到张齐老家，向乃父索要那五千两银子，闹得左邻右舍都晓得了。张齐见踪迹败露，不唯内惭，且恐得罪，遂上本弹劾徐阁老。”

“怀私攻讦大臣，可恨！”张居正恨恨然道，“宜令锦衣卫逮张齐父子，送镇抚司鞫实以闻。”

“这……”陈以勤嗫嚅道，“恐有堵塞言路之嫌。”

“言路？”张居正不屑地说，“多指乱视，多言乱听。科道少说些，朝政也不至于如此纷纷扰扰！”

李春芳、陈以勤愕然。自徐阶乞休，近一个月间，中外章奏如何票拟，皆听张居正一言而决，两人谁也不愿与张居正争论，也就按他的口授票拟了。张居正体验到一种从未有过的畅快感，走起路来也油然生出几分豪迈。

可是，曾省吾却给他泼了一瓢冷水：“徐老去国，朝廷百官人心涣散，议论纷纷，都说时下的内阁是国朝历史上最弱的内阁。已经有人说，当请高新郑回来了！”

这天晚上，在张居正的书房，曾省吾颇为忧心地说。

这是张居正的一块心病。他曾经向高拱承诺，有机会当为其复出转圜。徐阶走了，不正是高拱复出的机会吗？可是，恩师徐阶恳求他的，则是万毋使高拱复出。

徐阶临走前，张居正单独去谒，两人密谈良久。

“叔大，老夫将国事、家事都一体托付于你了！”徐阶拉着张居正的手，动情地说。

“师翁放心，学生必不负重托！”张居正自信地说。

“国事，要把边务放在首位，此皇上宵旰之忧者也。”徐阶提醒说，“北虏之患别无良策，唯以不失城池为要。”

张居正不想听徐阶的这套方略，忙道：“学生记住了，国事，请师翁放心！”

徐阶早就意识到，张居正对他的治国方略并不认可，反倒与高拱多有契合，故一听张居正的口气，也就识趣地打住，重重叹息一声：“叔大，老夫的家事，此后就仰仗你了。”

“师翁对学生恩重如山，这等事，自不待嘱！”张居正也颇是动情地说。

徐阶向外喊了一声，次子徐琨应声进来，徐阶指着坐在他右侧的张居正道：“徐家都托付给张相公了。张相公人丁兴旺，你这就去叮嘱在京商号，到该换季时，把布匹提前送到张府。”

张居正本想推辞，但又担心徐阶误会，忙抱拳一揖：“多谢师翁关照！”

“有一句话，老夫还是要说。”徐阶道，“高新郑乃今上最倚重的老师，放之归亦是迫不得已。老夫去后，必有复新郑之议。老夫亦知叔大与新郑交谊甚厚，然官场上，情谊是靠不住的！”他不停地捋着胡须，目光幽幽地看着张居正。

张居正有些心虚，低头不语。

“叔大，务必阻止新郑复出！”徐阶脸上浮现出狰狞的表情，“不的，他不唯会报复老夫，叔大也将无展布之机！”

张居正郑重点了点头，道：“无论发生什么，学生都不会允许师翁受到伤害！”

正是这件事，让张居正感到为难。听曾省吾说到朝野有复高之议，他试探着问：“三省，你说，百官愿不愿意请玄翁回来？”

“以我看，大家都很矛盾呢！”曾省吾道，“于公，多以为有高相在，当能开创隆庆之治；但又担心高相眼里揉不进沙子，大家的日子不好过。”他狡黠地一笑，“太岳，其实你跟高相学了不少治国安邦的实学，又跟徐老学了官场的智术，已非高相可比矣！”

这话虽有些不中听，可张居正却颇认可。他微微一笑，陡增自信。

曾省吾扬了扬下巴，挤挤眼道：“那位老奸巨猾的徐揆，做梦也想不到是谁把他赶下台的吧？最后不还得恳求你保护他？太岳兄，青出于蓝而胜于蓝啦！”

“三省，身在朝廷，不能为私情而忘大义！”张居正正色道，“存翁治国乏术，国事日非，岂能坐视？请存翁下野，非为私，乃为国！”

“那是那是！”曾省吾道，“可是，天下谁都不识君哪！太岳，得赶快把你的《陈六事疏》呈上了。让朝野看看，张居正，非徐阶、高拱可比也！”

张居正踌躇着：“是不是太急了些？毕竟，存翁刚去国不足旬日。”

“再晚，复高相之议甚嚣尘上，你怎么办？”曾省吾道，他像是突然想起什么，“太岳，你拿奏稿来，我再看看。”

张居正伸手从书案上拿过奏稿，递给曾省吾。

“唯我皇上践祚以来，正身修德，讲学勤政，”曾省吾读着，突然笑了起来，“太岳，说皇上勤政，未免……不过也对，总得让皇上心里高兴了，才好择纳嘛！”言毕，又接着读起来，“惓惓以敬天法祖为心，以节财爱民为务，图治之大本，既已立矣！”曾省吾抬起头看着张居正，“嗯，老辣老辣，先把皇上的责任排除掉。”又读道，“但近来风俗人情，积习生弊，有颓靡不振之渐，有积重难返之几，若不稍加改易，恐无以新天下之耳目，一天下之心志。臣不揣愚陋，日夜思惟，谨就今时之所宜者，条为六事：一曰省议论，一曰振纲纪，一曰重诏令，一曰核名实，一曰固邦本，一曰饬武备。”他“哗啦啦”翻到最后，点着“饬武备”说：“太岳，在这里，当加上请皇上‘亲临校阅’一节。”

“三省是说，请皇上大阅？”张居正摇头，“国库空虚，圣驾大阅又要糜饷数十万，不妥吧？”

“皇上凭什么赏识你？”曾省吾瞪着眼说，“要让皇上感受到你心里装着他，他才对你另眼相待。”他手臂向上一挥，“戎装登坛，大阅三军，旷世荣典，何等威仪！皇上定然动心！”说罢，把奏稿递到张居正手上，“太岳，快改吧，早日呈上！”

张居正欣然接受了曾省吾的建言，把奏稿又改了一遍，在徐阶去国十天后，《陈六事疏》呈达御前。

看到这份奏疏，李春芳愣了半天，默然不语。陈以勤埋头读了一遍，说：“江陵此疏，可谓之政纲矣！”

张居正一脸庄重。他不在乎此二人的反应。这两人，一个是同科状元，一个是自己会试时的座师，寻章摘句的御用文人而已，都不足以与有为。他关心的是皇上的御批，朝野的反应。

次日，皇上的批红送到了内阁：“览卿奏，俱深切时弊，具见谋国忠恳，该部院看议以闻。”

张居正看了又看，读了又读，满心欢喜，浑身是劲儿！照此干下去，何愁无富国强兵之日？他自言自语道："玄翁、存翁，二老悠游山林，静观隆庆之治的到来吧！"

二

早朝甫散，礼部尚书赵贞吉快步走到张居正身旁，以揶揄的语气道："张阁老，你的政纲老夫拜读喽！"

"呵呵，不敢当！"张居正拱手道。

"哼哼！"赵贞吉突然冷笑一声，"不言自用而自用之心已明。你张叔大有何功可记？还不是前宰援引，遽升高位！你做礼部侍郎，经过会推了吗？入阁，经过会推了吗？若说是皇上简任，须知，彼时皇上甫继位，万机待理，安得只想着提拔你张叔大的事？若说你给皇上做过讲官，也不过几个月工夫，皇上就如此念念不忘？这就罢了，如今又不安于位，未免太着急了吧？"

张居正被赵贞吉说得面红耳赤，又听到科道群里响起幸灾乐祸的一片讥笑声，顿时又羞又怒，却也不知如何发泄，只得一摔袍袖，径直向文渊阁大步而去。

"徐阁老倡言开言路，张阁老上疏，首事即为省议论。这是要尽反前政吗？科道是不是都要闭嘴？"不知是哪位言官，故意大声说。

"他凭什么要别人闭嘴？"又有科道高声道，"古人云，集思广益；他却说甚'多言乱听'。真是谬论！他要真的当国，那科道还有活路吗？"

张居正都听到了。他知道，百官并不信服他，被他视为政纲的《陈六事疏》，不唯未给他带来声誉，还招致一片嘲讽，遑论改变萎靡散漫的官场风气了。

"太岳兄，不要着急嘛。"当晚，曾省吾就跑到张居正家里，劝他道，"吾兄资历浅、人望不够，这是事实。皇上又远不像信任高相那样信任吾兄，只能先做出些事来，让朝野看看，慢慢会被认可的。"

也只能如此了！张居正暗忖。此后的几个月里，他埋头边务，部署秋防，总算没有大的闪失，张居正这才从被嘲讽的阴影里走了出来。

转眼间，到了隆庆三年初春，这天，阁臣聚中堂议事，张居正秉笔票拟，一眼看见吏部奏请升任海瑞为通政司左通政的奏疏，陡然动怒，大声道："吏部有没有规矩？"

自徐阶去国，吏部尚书杨博即不再就用人之事与内阁沟通，内阁票拟时，李春芳、陈以勤一向照单全收，张居正也无可奈何，但他心里却压着一股火。不唯如此，他倡言省议论，把清流、多嘴视为当今官场第一大患，吏部却把最爱发议论的海瑞调回来，这让张居正难以忍受，终于抑制不住爆发出来了。

“呵呵，俗话说，会哭的孩子有奶吃。”陈以勤一笑道，“江陵也不必较真儿了吧！”

“海瑞不过是举人出身，只因谏言先帝，从主事到京堂，连升五六级，位列公卿，还要怎样？”张居正怒气冲冲地说，“怎么吏部又要提升他，还要内调朝廷？”

陈以勤道：“呵呵，海瑞在北京就牢骚满腹，说元事可做，何况到了南京。必是海瑞的不满之词传到吏部，把吏部上下都吓着了。”

“是啊！”李春芳皱眉道，“此人振臂一呼，足可引导舆论，若把矛头指向吏部，不啻引火烧身。是以急忙腾挪，题奏把海瑞升任朝廷通政司左通政。既然吏部题奏，内阁就不要阻拦了，不然，海瑞把矛头对准我辈，我辈也吃不消的！”

张居正见堂堂朝廷重臣，胆小怕事如此，不觉好笑，喊了声：“来人！”书办进来候命，张居正本想说：“把杨博叫来。”可话到了嘴边，又收回去，停顿须臾，方道，“你去吏部，知会冢宰，就说我这就去拜访他。”

吏部尚书杨博虽则资格老，但听凭阁老登门来拜，毕竟与体制不甚相合，只好随书办来到内阁。张居正忙吩咐看座奉茶，笑着说：“冢宰，近来官场风气渐有好转，说空话的少了，做实事的多了，虽鄙人《陈六事疏》发其端，然多亏冢宰公相助，太平之休，庶几可望。”他先向杨博暗示背景，才点到正题，“海刚锋名气大，次第拔擢自是应当，然亦不能不顾及前后左右。海瑞升任右通政不过数月，再擢升，未免太频，于公于私，都说不过去。”

杨博猜到了张居正要见他的事由，神情沮丧地从袖中拿出一份文牍，说：“此为海瑞自陈疏，请张阁老过目。”

按制，朝廷四品以上官员年终照例需向朝廷述职，谓之自陈；杨博所持，即为海瑞的自陈疏。张居正接过匆匆浏览了一眼，默然无语。

杨博苦笑一声：“海瑞对自己的新职务不满意。他抱怨说当这个通政，只是专管查看呈奏给皇上的公牍，毫无责任。”

“当时并未细阅，以为刚给他升了职，不会有怨气。”李春芳起身道，走到张居正书案前，拿过海瑞的自陈疏细细看了一遍，“哎呀，牢骚盈篇嘛！听海瑞这口气，他的意思是说，朝廷的大佬们表面上恭维提携他，实则是让他升官而不让他负实际的责任。这怨气委实不小呢！”

杨博眉头紧锁，道：“是以腾挪出朝廷通政司的位子给他。”

李春芳一笑：“呵呵，如此看来，海瑞并非不懂得阴阳之道的精微深奥嘛！诸公试看，他声称自己才浅识疏，连干这个等因奉此的职务也不称职，请皇上把他革退。这是何意呢？我看，他是明求罢免，暗为要挟，言外之意是，倘内阁、吏部真的敢罢黜他这样一个名满天下的直臣，则必大悖舆情；倘不敢罢黜他，那就给他一个能负实际责任的官职。”

杨博点头，叹了口气道：“兴化所言极是。海瑞气象岩岩，端方特立，朝中百官多疾恶之，哪怕站着和他交谈几句的人都没有，遂使他陷入空前孤立境地。这当亦是他郁郁不平的一个缘由。是以在朝廷给他安置官位，还是难以摆脱此一困境，终归还会发牢骚，不知届时会出何样状况。”

“这就是了！”张居正忙接言道，“难道他再发牢骚，阁部还要再给他腾挪位子？这成什么话！”不等杨博回应，他自顾说，“既然如此，安置海瑞事，不可轻率，待斟酌成熟后方可实行。”他举起吏部的奏疏，“冢宰，此疏先放一放，如何？”

“呵呵，张阁老，”杨博笑道，“驳正部院题奏，乃内阁本分，吏部安得置可否？”

李春芳听出杨博的弦外之音，是把搁置海瑞升职的责任推到了内阁，忙道：“江陵，此事……此事……”支吾良久，也未敢驳了张居正的主张。

张居正只是不愿把海瑞调回北京，至于如何安置他，此前并未斟酌过。看李春芳、杨博的意思，不安置好海瑞，阁部似有不得安生之忧，心里也就不禁暗暗盘算起来。

“江陵！”李春芳见张居正陷入沉思，便唤了他一声，“苏松近来水患甚烈，竟是流民遍地，甚是堪忧。户部奏请先把部分漕粮挪作灾民赈济，我看还是准了吧？”

“吴地最难治，简直就是鬼地！”张居正烦躁地说，“谁知是不是那些个江南籍的缙绅故意夸大其词！漕粮国脉所系，安得轻动？”

“那以江陵之见呢？”李春芳没有了主意，问道。

“鬼地难治，非有良有司不能济事！”张居正道。话一出口，眼前豁然一亮，不觉暗喜！

江南水患严重，巡抚出缺，可让海瑞出任。干好了，吴地复苏，自然是好事；干不好，海瑞声名狼藉，其正义化身、道德领袖的桂冠必蒙上污垢，再对朝政或大佬指手画脚，也就失去了公信力。况且，干不好祸害的是“鬼地”，也不必心疼。这样想来，张居正拊掌道：“我看，可让海瑞出抚江南。给他巡抚之职，海瑞自可满意。吴地土地兼并严重，此乃大患，关乎社稷存亡；而海瑞素疾大户兼并，正可让他到那里展布一番，也好为朝廷医治土地兼并痼疾试出方子来。至于水患，让海瑞去想法子化解就是了。”

三

运河里的一艘大船，船头挂着一盏硕大的纱罩灯，船上分列着身穿号衣的兵勇，远远看去，即知乃是一艘官船。这艘船不唯日夜兼程，且行速要比其他船只快了许多。即便如此，主人还是不断催促，巴不得喘息间就能到达苏州。

船上的主人，穿的倒是一袭布衣，头戴方巾。他除了偶尔到甲板上活动一下筋骨，与身穿皂衣的仆从谈笑一两句，就是不分昼夜地把自己关在舱间里，时而奋笔疾书，时而蹙眉沉思。

“海安，那些贺礼、程仪，都退净了吗？”他问进来续茶的仆人。

“老爷，都退回去了。”被唤作海安的仆人答。

一个多月前，皇上下旨，任命海瑞为都察院右佥都御史、总督粮储、提督军务，巡抚应天、苏州、常州、镇江、松江、徽州、天平、宁国、安庆、池州十府及广德直隶州，简称应天巡抚，亦泛称江南巡抚。海瑞对这个职务很是满意，立即到京领凭，再调头南返。

依官场旧例，得知海瑞出抚江南，籍贯在这十府的官员纷纷送来礼品贺金。海瑞忙在宅门贴出告示：“今日做了朝廷官，便与家居之私不同。”他拒绝接收贺礼，并命海安把已收的礼品一一退还，不得例外。随后，海瑞便集中精力思忖治理江南之计，在船上也无暇他顾。适才，他已把包括应兴应革、接送迎往，事无巨细共三十六款的《督抚条约》起草完毕，见海安悄然进来，想起来贺金之事，便顺嘴问了问。

海安刚要退出，海瑞叫住他：“老爷我不过是举子出身，由死囚而寺丞、由寺丞而通政，两年间跃升巡抚江南的封疆大吏，真是做梦也没有想到的事。”他捋了捋已然花白的胡须，“是以老爷我要舍身报答朝廷，干个样子出来，也要那些人看看，我海瑞不是光会耍嘴皮子的人！”他拿起刚拟好的《督抚条约》文稿，“你把这文牍收好。记住，一到巡抚衙门就交付刊印，颁发十一府州并广为张贴，要百姓周知，以便检举违例者。”

“嘿嘿，老爷的名气就把人给镇住了呢！”海安道，“小的一路听人说，得知老爷巡抚江南，府县的一些官员，纷纷辞职了呢！”

“哼，他们是屁股上有屎，不敢见人，躲了！”海瑞冷笑说。

海安又说：“老爷，听运河的客商说，江南的富豪大户，闻听老爷要去，纷纷把红色的大门改漆成黑色呢！连差派到苏州督办织造的太监，也赶紧减了车马随从呢！”

两年的京官生涯，海瑞实在太孤独了，是以常常拉住仆从海安说个没完，也不管海安是否听得懂。此时他感慨道：“太祖皇帝圣训说，礼立而上下之分定，分定而名正，名正而天下治矣！官员出行的车马随从、官民住宅服饰都有详细规定。可时至今日，纲纪废弛、奢靡成风，违例越分不以为耻，甚或可炫耀于人！老爷我治江南，就是要除积弊、复太祖之成法，不循常，不变旧！江南缙绅闻知老爷我的治吴方略，方幡然醒悟，知昨日之非，是以仓皇改过呢！”他指着海安手中的《督抚

条约》，“所谓新官上任三把火，老爷我的第一把火，就是要狠杀江南官场的奢靡之风！务必尚俭朴，知节约！”

海安壮了壮胆，说：“老爷，咱们出京时，用船夫、杂役三十多人，德州以下又增加不少，少说也超过百人了，这咋回事啊？”

“用夫百余，均是照朝廷规制，分所应当。”海瑞解释，“这是朝廷重巡抚的威仪所定。有了威仪，官民懔然，用人行政方可顺畅。”

海安面露喜色：“这么说，老爷做了抚台，往后鸡鸭鱼肉都可吃得上了！”

海瑞笑道：“不能这么说，但也可以这么说。不过，说了你也未必懂。”海瑞又指了指海安手里的文稿，“《督抚条约》写着呢，巡抚出巡各地，不准设宴招待。但巡抚乃朝廷大员，须稍存体面，接待时准有鸡、鱼、猪肉各一样，唯不得供应鹅和黄酒，不准超过伙食标准：蜡烛、柴火等开支一体计算在内，物价高的地方纹银三钱，物价低的地方两钱。”

海安懵懵懂懂，见海瑞谈兴正浓，又问：“老爷，都说这苏州松江一带最难治，是咋回事？”

“这地方科举最盛，出的进士、举人不计其数；江南又是财富之地，做生意的也不少，因此之故，达官贵人多的是，相互勾连，盘根错节，除非像有担当不怕得罪人如老爷我者，谁不发怵？”海瑞有几分得意地说，“嗯，据闻吴地刁民最多，这大抵也是难治的一个缘由。”他又补充说。

“哦，小的知道的，一年前致仕的徐阁老，就是这边的人呢。”海安兴奋地说，“他可是老爷的恩公哩！”

海瑞背起手，仰脸沉吟，口中喃喃道：“徐阁老，松江府华亭县人，江南第一大户！”说话间，目光中流露出一丝忧虑，继之则是轻蔑，“法之所行，不知其为阁老尚书家也！”他用力挽了挽袖子，仿佛即将投入一场战斗。

就在海瑞说到徐阶的当儿，松江府城徐阶宅邸，前来拜谒的文坛领袖王世贞恰好与徐阶谈到海瑞。

王世贞在起复为大名兵备道不久，旋即升任浙江参政，赴任途中前来拜谒徐阶。徐阶致仕后，在府内建造一座佛堂，带着两个随从住进去，与家人也甚少相见，外人就更不用说了。不过王世贞是徐府常客，徐阶即延之佛堂与之倾谈。

“前年为了逐高拱，学生曾拜访过海瑞，他对天下贫富不均最是痛恨，言：‘欲天下大治，必行井田；不得已而限田，又不得已而均税，尚可存古人遗意。’如此看来，海瑞抚江南，必对缙绅不利。以他的行事风格，摧抑豪门大户，恐在所难免。”王世贞忧心忡忡地说。

徐阶笑而不语。他致仕已一年余，高拱并没有复出，说明自己的得意弟子张居正听从了他的劝告，这让他感到欣慰。弟子在朝廷掌握实权，继任者李春芳对自己执弟子礼，还有甚可担心的？况且当年调息海瑞上疏事，可谓有大恩于他，他总不至于恩将仇报吧？是以他远不像王世贞那样为海瑞的到来而心存忧虑。

王世贞并不了解徐阶内心所思，“存翁，”他唤了一声，“其实，家里田亩未必要那么多。那些投献的，放贷抵押愿意赎回的，不妨退出去一些。”他知道徐阶乃江南第一大户，仅田产即达几十万亩。加之道路传闻，徐阶子弟暴横乡里，一方病之，如坐水火，诉冤告状者不绝于途。王世贞隐隐替徐阶担心，方才提出了劝告。

“不能中了刁民的奸计。”徐阶不紧不慢地说。

徐阶致仕回籍途中，被徐家鱼肉的民众不辞辛苦到京口去迎，诉苦的状纸一下子就递上三千多份，意在求徐阶做主，约束子弟以泄众忿。谁知徐阶先入徐陟、徐瑛之言，悉为不理，竟命护送他的行人传示镇江知府派兵将围船告状的乡人驱散。乡人没有料到徐阶袒护子弟如此，遂把仇恨转到他身上，控告徐阶的民众成群结队。这件事在江南传得沸沸扬扬，王世贞为之扼腕，特来提醒恩公。

“退地？说得轻巧！你以为是退二斤米呢。”一个矮胖子正好进来，听了王世贞的话，怒目相视，大声嘲讽说。王世贞认出此乃徐阶的三公子徐瑛，正要施相见礼，徐瑛抖了抖手中的一叠文书，“元美，你瞧，今年水灾，又有一大批贷款还不上，一万两千亩的地契，又改姓徐啦！”见王世贞愕然，徐瑛不依不饶，“我说元美，你是不是收了那些失地之家的好处，来替他们做说客的？”

王世贞一脸尴尬，心中不悦，索性不理会他。

徐瑛向徐阶面前凑了凑：“阿爹，儿子访得，近来刁民闻得海瑞前来抚吴，蠢蠢欲动。儿子想再招些家丁，阿爹以为如何？”

“不是已有千把人了吗？”徐阶问。

“不够呢！”徐瑛说，“有几家刁民，得盯紧，不的，他们又跑出去告状。告状咱倒不怕，唯是对咱家清名有损。”

徐阶不想让王世贞知道这些，不耐烦地挥挥手，让徐瑛出去，对王世贞歉意一笑：“小儿辈意殊不尔，元美不必介怀。”

“存翁，对后辈不可过于溺爱。”王世贞提醒说。

徐阶抖了一下稀疏雪白的胡须，慨然一叹，“老喽，不想再操心了。”

四

苏州府嘉定县城东十余里处，有一座油布大帐，是八月初搭起来的。一个月来，江南巡抚海瑞除偶尔出巡或回苏州巡抚衙门官邸问候母亲外，皆驻节于此。

这天一早，海瑞刚要出巡，忽见官道上有一台绿呢大轿晃晃悠悠往这边而来。海瑞望去，掰指细数，鼓吹旌旗八人、舆夫杠夫二十四人，不觉动怒，命海安道：“你带几个人去，截住此轿，问是何人所乘！”

须臾，海安回禀：“此乃浙江巡抚谷中虚所差官轿，到松江接新任布政使莫如忠到杭州赴任。”

海瑞闻听，疾步上前，道：“布政使莅任，何须如此奢靡？吹鼓旌旗一人足够了；轿夫杠夫八人即可！其余人等，返回去吧！”

一个执事上前禀道：“抚台，下吏乃浙江官员，并不归抚台管辖。”

“凡是路过本院辖区的，俱要照本院的禁奢令办！”海瑞语气强硬地说。巡抚属朝廷临时委派，并非法定正式职务，也无固定品级，例兼都察院堂上官之衔，故自称本院。

海瑞七月中旬抵达江南巡抚驻节的苏州，翌日，他在船上拟好的《督抚条约》就刊印颁发。时下的官场，新官到任，总要颁发冠冕堂皇的文告，无非做做样子罢了。可官场皆知海瑞是说到做到的人，辖下的十府一州大小官员，无不战战兢兢，不敢违反教令，酒食征逐、昼夜酬酢之风一时为之禁绝。今日，海瑞又对路过此地的外阜官员开刀了。毕竟是在海瑞的地盘上，来接布政使的浙江官员不敢违抗，只得乖乖地照海瑞的话去做。

“谁说官场奢靡之风刹不住？一纸通告，风气遽变，关键是做上官的，要言行一致，率先垂范！”海瑞不无得意地对海安说。

海安对老爷佩服得五体投地，也多了几许豪迈。

“不过是禁绝了本就不该做的事，这不算本事！”海瑞又说，“该做的事做起来，做成、做好，那才叫本事呢！”他指了指远处的工地，“这件事，不是老爷我，谁能这么快做起来？”

海瑞得抚江南，本就缘于江南水患。解水患、抚灾民自然是他的头等大事。故海瑞一到任，就外出巡视踏勘，方知水患之由：黄浦江上接淀泖及浙西诸水，下通浩瀚长江，变得十分宽阔；而吴淞江下游潮泥日有积累，通道填淤，非常浅狭，故泄洪不畅，一旦降雨超乎凡常，必致上游州县遭遇水灾。但此等情状非今年才有，几任江南巡抚、苏松各府县掌印官，并非不知，也不是没有人建言过，可多年过去了，并无整修之举。海瑞明察暗访，梳理出症结乃在经费无着，民工招募不易；治理方略众说纷纭，难以决断；田亩占用关涉缙绅权贵，实难触及。

“归根结底，还是不敢担当！”海瑞在巡抚大堂对应召而来的沿江各府县掌印官们说，“开浚吴淞江，济目前之饥，兴百年之利，非做不可！本院即上《开吴淞江疏》，请朝廷拨款，款项不足者，府县腾挪凑补；用以工代赈之法，招徕饥民、流民上工就食；凡治理所需占地，通不许讨价还价，一律先行占用，待工程完竣，再议善后；巡抚驻节工地，各府县掌印官一律驻地督工。”

只用了不到两个月，从嘉定县黄渡至上海县宋家桥，八十里河道治理疏浚，便告完竣。昨日，朝廷颁谕嘉勉，绅民更是称颂不已，海瑞大感欣喜。

明日就要撤帐回衙了，海瑞竟有些不舍。用罢晚饭，他出了大帐，在吴淞江边漫步。已是九月中旬了，江南的夜晚也有了几分寒意，海安拿过一件夹斗篷，给他披在身上。

江水急速流淌着，时有几道波浪，在月光的映衬下粼粼一闪，仿佛发出挑逗的一笑。海瑞望去，也报以欣喜的笑意。这笑意里，有得意，也有感慨。

“到底比在京城做官强多了，只个把月工夫，吴地官场风气为之一变，这清江之事也办成了，总算没有白拿俸禄啊！”海瑞望着新疏浚的吴淞江，对跟在身旁的海安说。

“可是，老爷，这边的事办完了，那些个饥民怎么办？”海安指着不远处星星点点的帐篷说。

“你小子不愧跟老爷久了，知道思谋事情了！”海瑞笑道，“老爷我早已成竹在胸。老爷巡视苏州府县，即知今年水患之由，除了这吴淞江，还有一个常熟县的白茆河，浅狭太甚，水不能消泄，亦需治理。”

“老爷，何不一道奏明朝廷，同时动工？”海安问。

“这你就不懂了！”海瑞得意地说，“白茆河去年已整修过，若一起奏请，恐朝廷不会允准。更关键的是，开浚吴淞江告成，到青黄不接时分，饥民无从取食，正可再修白茆河。”

“老爷还说当这抚台如人入暗室模样，以小的看，老爷心里明镜儿似的！”海安赞叹道，话音未落，他突然惊恐地说，“老爷，看，那里有两个黑影在往这里移动！”也不等海瑞说话，就大声道，“亲兵！亲兵！”

几个亲兵闻声疾跑过来，海安指着黑影，道：“拿下！拿下！”

“抚台大人——”是两个黑影那里发出的声音，“我辈是松江缙绅，特来参见抚台大人的。”说着，次第下了马。

“哦？海安，你去问问，是何人？”海瑞吩咐，“果是缙绅，即请大帐相见。”说着，快步往大帐走去。

须臾，海安带着两个人进来了。一番寒暄，海瑞才知道他们是松江华亭县的袁福澂、莫是龙。论科举资格，都是他的前辈。

“抚台大人锐意兴革，敢于担当，清浚吴淞江、白茆河，通流入海，民赖其利，功莫大焉！”落坐后，袁福澂抱拳赞叹说。

“是啊，道途闾巷，皆闻‘海青天’之赞！”莫是龙附和着。

“二位贤达夤夜来访，有何见教？”海瑞无心闲谈，开门见山问。

“知抚台大人忙于兴修水利，不敢打扰；闻得大功告竣，即将撤帐回衙，我辈代松江华亭县绅民，特来向抚台大人控告乡官。”袁福徵说。

袁福徵是嘉靖二十三年进士，比时下内阁里的李春芳、张居正还早一科，又是文坛名流，年近花甲，夜奔数十里告状，令海瑞大为吃惊。若说乡官，袁福徵也做过朝廷命官，致仕还乡，亦属乡官之列。他这个乡官要控告的乡官，恐非等闲之辈。

“我辈要控告者，乃致仕首相徐存斋！”莫是龙补充说，“徐存斋纵子为恶，横暴乡里，绅民苦之久矣，求告无门，华亭乃至松江，真可谓暗无天日矣！特恳求海青天拨云见日，让松江百姓感知人间尚有公道！”他是举人出身，其父就是浙江布政使莫如忠，父子都是江南文坛名流。

海瑞半信半疑，说：“存翁在朝，一向以蔼然长者示人。贤达所说，真有所据？”

袁福徵道：“徐家多年来就放高利贷，稍有延迟即侵夺田亩。徐府一沈姓账房偷偷知会，徐家田赋在华亭者，岁运米一万三千石，岁租九千八百余两，上海、青浦、平湖、长兴者不计，佃户不下万人。”

“更有甚者，”莫是龙接言道，“抚台大人可知，松江几无细民矣！”

“此话怎讲？”海瑞惊讶地问，“难道松江百姓都成了富豪，没有小民小户了？”

袁福徵解释道：“自徐某执政，独操国柄，势焰张甚，苍头满乡城，无敢犯者。数千金之家，一旦被徐家奴仆垂涎，必中以祸，不收拢到徐家不罢手。然其人既折入徐家为奴，便狗仗人势，又施毒于他人。久之，人都乐意充当徐家的奴仆，不唯可以免去赋役，还可横行霸道。抚台或许不相信，徐家的奴仆，已达数千之多。强者得为权利，弱者亦避徭役，有司多苦之，百姓无天日！”

海瑞不敢相信，但从两人的叙述看又不像造诬，遂道：“存翁在堂，子弟焉敢如此？”

袁福徵道：“徐老归家，独居一室，以二童子自随。家柄任诸子，不令关白。”他无奈地长叹一声，“乡民本冀望于他，他却概不问闻！此老态度如此，有司奈何？绅民田产被夺，本已冤屈；上控诉冤，要么石沉大海，要么竟遭徐府摧折。此等情状，谅抚台老大人不忍坐视。”

海瑞赴任两个月，对徐阶家族横暴乡里之议，多有耳闻，他也一直在思谋应对之策。听了袁福徵两人的一番陈词，海瑞对徐阶已是满腔怨怒，遂义形于色道：“本院已然申明，只知有国法，不知什么阁老尚书！请二位贤达放心，所诉之事，本院绝不敢巧回避，必有区处！”

话虽这么说，海瑞并无良策。送走袁福徵、莫是龙，他即在大帐内徘徊，躺到床上，还在苦苦思忖。“放告！”海瑞突然大声说。他披衣起床，亲自动笔，拟写文告。边写，还自言自语说：“百姓求告无门，冤苦殊甚，先要医了这个弊病！”

写好文告，天已放亮。海安知道老爷有早睡早起的习惯，便进来侍候。

“去，迅疾刊印此文告，今日务必颁发下去，广为张贴，让民众周知！”海瑞吩咐道。虽一夜未眠，却并无倦意，反而异常兴奋。巡抚衙门每逢初一、十五大开正门让百姓告状，国朝二百年所未有，今日要在应天巡抚衙门实行，海瑞怎不兴奋？

九月十五，是第一次放告的日子。一大早，苏州城的书院巷里已是人头攒动，如同大集。待巡抚衙门正门开启，人流如潮水般涌了进来，还夹杂着“冤啊冤啊”“请青天大老爷做主”之类的哭喊声。

海瑞见状，急令衙中属员放下手头事务，全部出面接待，分头记录，造册呈报。

一天下来，属吏们一个个口干舌燥，声音沙哑。海瑞望着书案上一摞摞状纸和登记簿册，竟达六千余份，慨然道：“何谓为民？这就是为民！为民做事是我辈的本分，苦些算甚？老爷今夜不打算睡觉了，要看看这些状纸！明日就升堂开审！”

“嘶——”“啊呀！”晚饭后，坐在书房阅看状纸的海瑞，不时发出惊叹的声音，“这这这……”

“老爷，啥事让老爷这般吃惊？”侍候茶水的海安忍不住问。

“首日放告，诉帖六千余，竟有八成是松江府的，松江府又有八成是控告华亭徐府的。”海瑞捋着胡须，不安地说，“看来升堂开审不是个法子，这么多状子，何时能审完？”

“交给府县去审就是了。”海安说，因自己为老爷想出了主意，他脸上露出几分得意。

海瑞摇头道：“不妥！正是府县官官相护，冤不得伸，绅民才上控的，岂能交下去？”

“啊？”海安一指书案上堆积如山的诉状，“这些，老爷都要亲自审？那老爷不是青天，是神仙呢！”

海瑞捋着胡须沉思，不再理会海安。须臾，他发出一阵大笑：“哈哈哈，何须一一审来，再发文告就是了！”说着，提笔起草文告。海安急忙磨墨铺纸，海瑞向外一摆手：“略做整备，过几天老爷要到松江巡视，会一会徐阁老！”

“老爷，都整备些什么？”海安问，“要不要备礼？”

海瑞道：“礼物，老爷我亲自整备！”

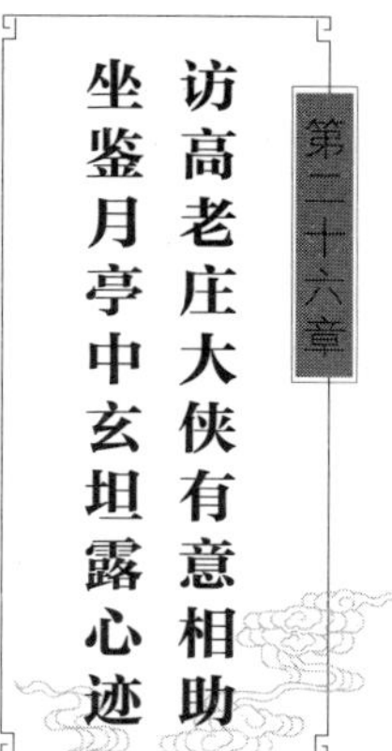

第二十六章 访高老庄大侠有意相助 坐鉴月亭中玄坦露心迹

一

隆庆三年中秋前后，大枣丰收季节，高拱又回到高老庄老宅居住。每天早起，用罢早饭，他便角巾布衣，骑着毛驴，到田间四处走走。正是打枣季节，有的喊“三叔，来吃个枣吧”，有的叫“三爷，过来歇歇，吃俩鲜枣”，高拱或招手一笑，或下驴驻足，边帮主人捡枣，边拉拉家常。

这天，高拱骑驴自东里而归，站在首门的一棵大枣树下四处张望。听到远处有人唤他：“阁老！”抬眼望去，一位道士疾步向他走来，快近前时，边施礼边说：“贫道想请阁老一起喝两盅。”见高拱踌躇，又说，“贫道听说前些日子阁老与里中沙弥共饮呢！”

“呵呵，”高拱笑道，“你见我既与僧游，当不会拒你；我还真不好拒你呢！”他向道士招了招手，“既然你到了我家门口，今日就由我做东了。走，跟我进家同饮！”

两人进了家门，对坐在院中葡萄架下的一张方桌前，桌上摆着一盘鲜红饱满的鲜枣。高拱和道士各自手拿蒲扇轻轻摇着，山南海北地闲谈，等候家人整备佐酒的菜肴。高福从门口走了过来，禀道：“老爷，门外有人求见。”说着，递上一张名刺。高拱一看，名刺很特别，只有七个字：丹阳邵方号樗朽。

“邵大侠？”高拱吃了一惊。那年在紫阳道观相见，高拱对邵方颇有好感，觉得此人眼界开阔、识见超凡，非一般读书人可比。但他毕竟是江湖人士，交游广泛，

目无羁绊，高拱不得不存几分戒心，是以几年来既未再晤面，也未通音讯。此番突然到访乡村，不知有何盘算？

道士见高拱对着手中的名刺沉吟，知趣地说：“阁老，此次不算，下次贫道再邀。”

“哦，也罢也罢！”高拱心不在焉地说，又吩咐高福，“你送道长，再请客人来见。”高福已走出凉棚，高拱补充道，“客人来了，就让他在此等候。”说罢，起身进了书房。

书房里，高拱并没有看书，而是坐在一张梨木雕花圈椅上陷入沉思。邵方毕竟是江湖人士，且与官场中人多有交通，远道来此，用意不明，高拱要有意冷落他。明知邵方已然在葡萄架下候着，高拱并未出来相见，待高福去请了几次，高拱才缓步走了出来。

“哎呀，高先生，恕晚生直言，”邵方见到高拱，边施礼边感慨道，“几年不见，高先生老了许多啊！”

“哎！怎么，樗朽，你一个人来的吗？珊娘可好？”高拱迫不及待地问。回乡两年了，他牵挂皇上，也牵挂珊娘，虽则这份牵挂深深埋在心里，见到邵方，还是情不自禁，开口就问到了珊娘。

邵方望着高拱，良久才道：“高先生未免太克己了！可是克己也好、无己也罢，怎么样呢？朝廷竟不容立足！”

高拱摇摇手，制止说：“不谈这个！”

“呵呵，高先生问及珊娘，晚生不能不谈及这个。”邵方笑道，“彼时珊娘知朝臣群起攻先生，心为之碎！竟病倒了……”

“珊娘、珊娘病了？”高拱打断邵方，焦急地问，“珊娘当早已康复了吧？”

邵方道：“珊娘游高梁桥受了寒，听到举朝攻讦先生，为之忧心。高先生被迫去国时，珊娘正躺在床上，高烧不止。晚生多日未得珊娘讯息，差人赶到京城，方知珊娘已卧病半个月了，不是人及时赶到，恐珊娘已不在人世了。”

“她一个女子，煞是可怜！不过到底是痊愈了，那就好！”高拱松了口气，又问，“珊娘何在？”

邵方并未直接回答，而是长长叹了口气说：“痴情如珊娘者，世间几稀耶！”

高拱内心五味杂陈，又不愿在邵方面前表露，也不好再追问下去，忙转移话题以为掩饰：“大侠迩来又到海上去了吗？泉州开关，情形如何？”这是他一直想知道的。

“呵呵，晚生知先生必垂询此事。”邵方道，他喝了口茶，又拿起一颗红枣，咬了一口，用手指点着鲜枣道，“嗯，肤赤如血，味甘于蜜，煞是好吃。”吃完了一颗鲜枣，拍了拍手，道，“高先生强势推动，海禁得开，可谓大明开国以来最重大的事件！”

“最重大？不至如此吧！”高拱一笑，“情形到底如何？”

邵方喜形于色：“朝廷于前年初开放漳州府月港，设督饷馆，从此民间私人海外贸易得到朝廷认可，商人出海贸易摆脱了走私的非法境地。晚生访得，东南沿海商船鳞次栉比，排队到督饷馆申领船由和文引，装货出港、入港验货。大批商人走出国门，拓展海外市场，大明的货物出口量激增，沿海造船业、制造业突飞猛进。月港一地所贸金钱，一年轻轻松松也得有百十万，公私并赖。开关不到三载，每年都有大笔关税上解，月港遂有‘天子东南银库’之绰号！”

高拱备感欣慰，道：“那就好，那就好！”

邵方目光悠远：“晚生总以为，开海禁这件事非同寻常！可惜当世无人意识到。”

“大宋从不禁海，只是国朝行海禁罢了。”高拱说，似对邵方的说法不以为然。

“时代不同了。”邵方说，“在海上所见所闻，总感觉时下列国海上贸易皆甚活跃，世界进入了互通有无时代。晚生访得，佛朗机国就大力招徕福建商人直接到吕宋贸易，竟有数以千计的国朝商人蜂拥而至，从事贸易。”

高拱陷入沉思，难道自己那个奇怪的梦，与之暗合？但他的思绪很快还是转了角度，道：“樗朽你看，政策对路，困扰国朝的大难题就不再是难题。海禁一开，不唯倭患消弭，还造福商民。真不明白囿于祖制而自裹其足者，是何用心！”

“可惜啊，像先生这样识见超迈、才干绝伦的豪杰之士，朝廷竟不容！”邵方说着，猛地一拍桌子，“天理何在？”

桌子上的两个茶盏发出“哐啷”的响声，盘子里的几颗鲜枣在桌面上滚动了几下，掉落在地。邵方歉意一笑，弯腰去捡。

高拱默然良久。他不想和邵方谈论官场的话题，一则邵方毕竟是江湖人士，与他谈论官场未免有失分寸；二则谈论此一话题，势必勾起他的伤感。他不愿去揭这个伤疤。待邵方捡完滚落在地的鲜枣刚要开口，高拱高声唤道：“高福，酒菜整备得如何？”

高福道：“回老爷的话，客人远道而来，适才小的到莲河边走了一遭，正好有几个捉鱼的，小的要了两条来，刚拾掇好。”

“呵呵，不急不急！”邵方道，“屈指算来，高先生乡居已两年半了，这两年多光阴，不知先生是如何度过的。”

二

“高福，你把新刻的集子给大侠拿来一观。”高拱吩咐，又扭过头来对邵方说，“这两年，乘归里之暇，将嘉靖四十五年三月至隆庆元年五月所撰笺、表、文、疏，辑录成《玉堂公草》。唯关涉内阁有关机密、人不与知者不敢泄，故又名《纶扉内稿》。另将在翰院中秘官署撰写的文官敕诰集录成帙，名曰《外制集》。”

“先生打算就这样读书、写作度过此生？”邵方显然对这些集子了无兴趣，便问。

高拱也觉得这些集子确非邵方这类江湖人士所关心，便唤已走进屋内的高福：“高福，刻的集子就不拿了，把《瓜皮诗》拿来，请大侠一观。”

前不久，江津人杨彝受命湖广按察司佥事，赴任途中到城中谒高拱不遇，便到城西卧佛寺旁的子产祠内瞻仰。见祠内竖一通尚未刻字的石碑，暗自猜度碑上会刻何文字，竟诱发诗兴，环顾左右，忽见左近草丛有一块西瓜皮，信手捡起，即以瓜皮代笔墨，把胸中的诗情洋洋洒洒地挥写在石碑上。这瓜皮上本粘有泥土，经风吹后，夹带泥土的字迹竟留在石碑上。待杨彝走后，人们发现碑上留下的那首诗不仅好，而且字也写得遒劲洒脱，忙请手艺高超的石匠，把泥土字刻在碑上。因为碑上的字是用西瓜皮写的，满县城的人便以《瓜皮诗》称之。高拱还特意命人做了拓片，以便随身携带，欣赏诗作，更是分享趣闻。

听了高拱所述趣闻，又读了诗作，邵方感慨道：“贵邑人文厚重，英杰辈出，浸淫其中，也难怪有高先生这般超迈之士！”把瓜皮诗拓片还于高福，邵方又问，“不知高先生有何诗作，晚生可否有幸一睹？”

高拱沉吟片刻，吩咐高福：“我送李巡抚那首诗的抄本，拿来请大侠一观。”

去春，河南巡抚易人，李邦珍抚豫，高拱以自己珍藏的《子昂画马图》相赠，并题《七言古·子昂画马图歌赠河南李中丞》诗一首。

卷中此马画者谁，毛鬣欲动风骨奇。
尺缣能收上闲骏，意态便欲随风驰。
天闲十二纷相矗，想是晴郊初出牧。
大宛雄姿宿应房，渥洼异种龙为族。
金羁玉勒不须夸，且看连钱五色花。
忽见麒麟出东枥，还疑騄駬涉流沙。
沙边青草茸茸起，上有垂杨覆河水。
圉人骑放绿荫中，参差牝騋成云绮。
我观此马皆能逐电不见尘，安得蓄息日适河之滨。
边关已息烽烟警，上苑因同苜蓿春。

吴兴妙手谁堪伍，遗墨流传自今古。
人间驽辈徒纷纷，哲匠抡求心独苦。
拟将此幅比琼瑶，寄赠佳人云路迢。
天阙昔曾窥立仗，霜台今复忆乘轺。
手持黄纸临中土，甲兵十万胸中吐。
皋夔事业待经邦，韩范威名先震虏。
氛祲潜消塞北场，河山坐镇汴封疆。
成皋归来放战马，嵩阳今作华山阳。
嗟乎！宵旰九重犹拊髀，奇勋早奏明光里。
愿徵颇牧入禁中，坐令天下之马休逸皆如此！

邵方虽无功名，但读书颇多，他反复默诵高拱的诗作，喜不自禁，说："高先生，此作鼓励李抚台匡时济世，慷慨有为，岂不是夫子自道？"

高拱不语，拿起一颗鲜枣，送到嘴边了，又放了回去。

邵方又细细品读了一遍，惊叹道："自古雄才大略之人，每乏悲天悯人之心！高先生不唯雄才大略，更兼悲天悯人，胸襟何其宽阔，识见何其超迈！真不世出之英杰耶！"他指着最后一句，"这'坐令天下之马休逸皆如此'，把高先生的襟怀、识见展露出来了！以贸易取代枪弹，以和平取代战争，这是大手笔啊！"

高拱摆摆手："樗朽浮想联翩，未免解读过甚。该吃饭了吧，尝尝咱这中原村落的农家菜，别有一番滋味呢！"

邵方意识到高拱有意回避什么，他突然诡秘一笑，说："不瞒高先生说，来贵乡之前，晚生去了一趟松江，见了徐老。"

高拱刚欲起身，闻言一怔，顿时警觉起来。邵方不再言声，跟在高拱身后进了堂屋。餐桌就摆放在堂屋正中。高拱默然坐在首位，目中无人地拿起筷子，顾自吃了起来。邵方有些尴尬，就在正西的一个椅子上坐下，抓起筷子，埋头用饭。

高家招待客人的午餐，一盘凉拌荆芥、一盘油炸花生米，一盘韭菜炒鸡蛋、一盘炒豆腐、一盘肉丝炒梅豆，两条清蒸鱼盛在一个瓦盆里，还有一盘是本地晒的瓜酱，用葱花炒过的。

高福拿来中牟所酿、号称汴中秋露白的梨花春，给两人斟上，高拱却视而不见，并不举盏。高福见状，忙端来两碗擀面条，分置于两人面前。邵方知高拱因自己提到去谒徐阶的话题生出戒备，似乎不愿触及官场上的事。暗忖："士大夫都是有偏见的，以为布衣百姓不该过问国家政事，以为江湖人士都是胸无点墨、鼠目寸光、混吃混喝的骗子。"相比徐阶，高拱对他已是很客气了，而且他从高拱的言谈话语间，能够体会到对他的尊重甚至欣赏。豪杰之气也是有气场的，他想，我与高先生就有这个气场。他暗自打定主意，午餐就不必多言了，待晚上再与先生商榷。于是他不住地夸赞几盘菜肴好吃，大体上是因为有些饿了，也可能是此前未曾吃过感到新鲜吧，邵方觉得这简单的菜肴煞是好吃，唯有那两条鱼做得不敢恭维。

"高福，安置邵大侠到厢房歇息！"刚放下碗筷，高拱就吩咐说。

邵方暗喜，这说明高拱并没有送客的意思，遂拱手道："高先生若不嫌弃，晚生愿与先生把酒纵论天下大计、古今豪杰！"

高拱笑了笑，吩咐高福："杀只鸡炖上，招待远方来客。"

邵方安心了。或许是旅途劳累之故，他躺在厢房的一张草编床上很快就睡着了，待睁开眼时，外面已然一片黑暗。高福听得屋内有了动静，便推门去请。

菜还是那几样，只是梅豆换成了丝瓜，盛鱼的瓦盆里换成了鸡块。或许是睡足觉的缘故，邵方和高拱都是情绪饱满的样子，喝起梨花春来，觉得格外香醇。邵方夸赞了一句："好酒！"放下酒盅，边夹菜边说，"晚生敢问先生，豪杰者，何谓？"

高拱抬头向屋外张望，见院子里洒满月光，起身道："走，搬到鉴月亭去喝！"

鉴月亭建在院子西南角，一个圆顶方形亭子，亭子中间砌着一个方石桌，四边各有一张石凳，乃高家人赏月纳凉去处。高拱手拿酒壶，邵方端了两碟菜，余者高福来回跑了几趟，酒席移于亭下。

村庄初夜，月光皎皎，微风习习，煞是宜人。高拱面南坐定，抬头望月，道："局曲之士难于立功，利巧之人难于任事，自古济天下之务者，固非豪杰不能也！豪杰之士所以能成天下之事者，以心为主，以才为用。"

"豪杰何心？"坐西面东的邵方紧接着问。

高拱答："忠，可贯金石；诚，可质神明；无欲而恒清，无着而恒平。此即豪杰之心。"

"又何谓豪杰之才？"邵方不等高拱喘气，又紧追不舍地问。

"明，足以察治乱之机；断，足以剖纠结之惑；强，足以胜艰大之任；权，足以酌变通之宜；审，足以藏机；敏，足以应卒。此乃豪杰之才。"高拱不假思索地回答。

邵方频频点头，道："所谓豪杰，抱赤诚之心，怀不世之才，不袭故套，不避嫌怨，成天下大事者。可否这么说？"说着，举盏敬酒，又问，"那么，高先生以为，谁可称豪杰者？"

高拱略加思忖，道："昔周公相成王，制礼作乐，众所周知；管、蔡是其懿亲，而毅然征讨之而不少贷，此岂凡人所能为、所肯为？而周公则为之。孔子摄相鲁国，强公弱私，众所周知；杀国中威望甚高的少正卯，此岂人之所能为、所肯为？盖大义为重，毋宁灭亲；大奸是除，毋宁拂众。谋国不计身危，不恤其始之谤，真万代之师表。而后代诸贤，如萧何，如周勃，如狄仁杰，如曹玮，皆一时之杰也。”

两人边喝酒边畅谈，虽已微醺，而谈兴却似刚起。夜慢慢深了，寒意渐渐袭来，高福拿来两条粗布单子，胡乱叠了几下，给两人搭在腿上。

“高先生，对永嘉张文忠公如何看？”从周说到大明，从太祖朝说到了嘉靖朝，邵方提到了嘉靖初年的首相张璁，这是位有争议的人物。

张璁博学多才，但七次进京会试都名落孙山，直到四十七岁才得中，嘉靖元年观政礼部。因先帝以藩王入继大统，对俱已故去的伯父孝宗皇帝、生父兴献王如何称呼，引发了一场大争论，谓之大礼议。朝臣多半主张称孝宗为皇考，独张璁上《大礼或问》，主张称孝宗为皇伯父。大礼议导致一大批主张尊孝宗为皇考的朝臣遭受严酷打压，死伤流放者百人。张璁却因此深受先帝宠信，不次超擢，直至当国执政。他刚明果敢、慷慨任事；不避嫌怨、针对积弊，清勋戚庄田，罢天下镇守太监；持身特廉、痛恶贪官，又大力革新用人行政。一时苞苴路绝，百吏奉法，海内治矣！嘉靖初年国朝气象一新，有“嘉靖之治”美誉。但因大礼议中独持异议，正人君子以谄媚小人视之，张璁的声誉蒙上一层道德污垢，贬者众而扬者寡。

高拱却对张璁颇敬佩。他觉得议礼之事无关国政，大可不必掀起大风波，折腾了近二十年，消耗君臣无数的精力，故对张璁的表现并不为意，而对他主导的革新事业又大为赞赏。此时，听邵方提到张璁，高拱突然抓起酒盅，把满满一盅酒猛地喝了下去，脸上浮现出痛苦、愤懑的表情，叹息道：“先帝病革时，我即建言内阁研议遗诏，徐老躲躲闪闪，不意却背着同僚，私下起草了《嘉靖遗诏》。这《嘉靖遗诏》又翻大礼议旧案，难道还要折腾下去？照我的本意，当重墨肯定嘉靖初年天下鼓舞若更生的勋业，延续此一革新路线，开隆庆之治新局！”

邵方道：“徐老对高先生戒心很重，见高先生不好驾驭，百计排挤。高先生以不世出之豪杰，新朝甫开就下野了。时下内阁，李春芳代柄，他与陈以勤皆好折节礼士，却乏经国之才；至于张居正……”

高拱坐直了身子，说：“张太岳，且胜我！”

邵方摇了摇头，道：“高先生，阻止高先生复出者，张居正也！”

“你说甚？”高拱大惊，不敢相信自己的耳朵，“何出此言？”

“晚生从徐老处探得。”邵方道。

三

一个多月前，邵方到松江拜谒徐阶，门公见他是布衣，死活不肯通禀。他拿出一锭银子，说了不少好话，方把拜帖递进去。徐阶虽未拒见，却面无表情，冷冷地问："何事求见老夫？"

"存翁当国，持重稳妥，人望甚高，时下中枢乏人，何不出而主持？"邵方开门见山表明了来意，"晚生晋京转圜，谋复存翁首相。"

徐阶一脸不屑，以满是轻蔑的目光打量着邵方，道："你要真有这本事，何不给自己先谋个官位？不克自计而为老夫计？一介布衣，安能以相位授人？"

邵方微微一笑："不意当国数载之人，竟是井底之蛙，不知神龙屈伸变化！"

徐阶面露怒容，道："江湖术士，安知枢要！自嘉靖朝以来，唯有此一年来阁臣同心、宫府和谐，不可妄生事端！"言毕，怒气冲冲地喊了声"送客！"

讲到这里，邵方突然笑了起来："哈哈哈！徐老以为晚生真要为他复相奔走的，做梦吧！"他兀自喝了盏酒，"高先生，晚生之所以去访徐老，乃是意欲探究，徐老罢相已然一载有余，何以皇上迄未起用高先生？"

这句话，点到了高拱的痛处。他去国一年，徐阶下野。高拱以为自己复出的时机到了。多者半载，少者一两个月，就会接到起用的诏旨。可是，半年过去了，没有；一年过去了，还是没有！常常，他坐在书房读书，耳边仿佛听到有驿马的奔驰声，待出门查看，却又失望而回。他几乎每天都会到门口张望，希望看到飞奔而来的驿马……

难道，皇上把他忘了？初回新郑，皇上旋即差人送来赏赐，说明皇上是牵挂自己的，怎么说忘就忘了呢？还有好友张居正，他说过时机成熟会予以转圜，徐阶去后，内阁迄未添人，但李春芳、陈以勤无相才，唯靠张居正一人而已。然张居正焉能独自挑起如此大任？所谓时机，这不是最好的时机吗，何以一直没有起用的消息？这也是高拱迫切想知道的，但他不想在邵方面前表露，反而以责备的语气说："任用大臣，权在朝廷，樗朽人在江湖，何必关切？"

邵方不以为意，自顾按着自己的思路说下去："高先生，徐老的话含义很深啊！此前晚生差人去接珊娘，在京盘桓数月，访得徐老将国事、家事一体托付张居正矣！如此推断，则张居正对徐老必有承诺。是以晚生断言：阻止先生复出最力者，非他人，乃先生之好友张居正也！"

高拱心里"咯噔"一声，仿佛有团乱麻倏然堵在胸口。他不敢相信，也不愿相信，自己的金石之交会违背对自己许下的诺言，阻止自己复出。可细细想来，邵方此言，并非故意挑拨。刚下野时，他与张居正各相望不忘，时通书函，近来张居正的书函越来越少了；徐阶离京仅十天，张居正即上《陈六事疏》，俨然政纲。这当然不是巧合，而是刻意为之。徐阶忠告张居正阻止高某人复出、张居正不得已答应下来，也是意料之中的。如此看来，好友张居正也是左右为难啊！这样想来，高拱虽心里多少有些芥蒂，但还是很快体谅了张居正的难处。遂呵斥邵方说："不可妄言！自古论相属君王，焉能妄言臣僚左右某人可否居相位？"

邵方"呵呵"一笑："可今上沉湎酒色……"他意识到高拱乃皇上的首席老师，情谊深厚，忙收住了。

高拱手里正搓着的一颗鲜枣"咚"地一下掉到地上，微微弹跳了两下，滚出了亭子。他怅然默念了一句："难怪皇上把老师忘了，原来如此！"始则失望、继之愤恨的情绪遽然涌上心头，他握紧一只拳头，往石桌上狠狠砸了下去，刚想骂冯保，话到嘴边又咽了回去，出言道："何人胆大妄为，竟如此污我皇上？！"

邵方忙转移话题，道："朝政亦如逆水行舟，不进则退。倘若无得力人物主持，恐一路滑下去，不可收拾。先生岂忍坐视？"

"恋官之心不可有，恋君之心不可无。"高拱喝了口茶道，"若乃君恩深厚，倚任多年，一朝别去，遂漠然以忘情，亦岂大臣之道？故恋官者，患失之鄙夫也；漠然以去者，小丈夫之悻悻者也。然而恋官者常千百，恋君者不十一。但某人究是恋官抑或恋君，二者实难辨明，故世人每以漠然而去者为高，谓之有道之士，差矣！到底是恋官还是恋君，只有自审自知，不便语人。固不可戚然于其中，亦不可漠然于其外。"

邵方赞叹道："先生蒙受偌大屈辱，却依然心态平和，原来自有妙解。"他望着亭外，天已有放亮迹象，便不再绕弯子，壮着胆子笑道，"先生若能拿出二万两银子，晚生可保先生复相！"

高拱"哈哈"大笑，拱手作道谢状："樗朽是故意出谐语吧？二万两银子？呵呵，卖了我也凑不够！"他连连摇手，"莫再提，莫再提！"

邵方收敛了笑容，郑重地说："晚生自然知道先生家贫，不可能有若多银两；不必先生出一钱，宫中御用监掌印陈洪公公乃先生乡人，素仰慕先生，若得先生手札，晚生去谒陈公公，此事可立办！"

高拱见邵方非是笑谈，竟是要他以太监陈洪为介谋再起的，当即摇头："走中贵人的门路谋官，非正人君子所当为，亦必为后世所诟病。只一个"谋"字，即为高某所鄙夷，况是透过中贵人！"

邵方并不气馁，道："先生亦以狄仁杰为豪杰之士，晚生甚赞同！可当年狄公为相，正值武后临朝、男宠专权，狄公与世委蛇，自污之事非少。晚生以为，卓识奇才，为匡时济世，决不能过于爱惜一己之声名，拘束了自己的行动。"他站起身，

躬身施礼，诚恳道，“先生乃今上之师，今上又委政阁臣，正是先生建功立业之良机。先生重返中枢，展布经济，于私，则后世知先生非流俗之辈，乃谋国之干才，当世之豪杰；于公，开创一代之治，振兴大明。先生隐于郊野，不唯是先生个人之损失，更是国家之不幸！万望先生听晚生一言。”

高拱蓦地起身，腿脚麻木，没有站稳，忙扶住石桌，轻轻甩了甩腿，以深沉的语调说：“容我三思。”

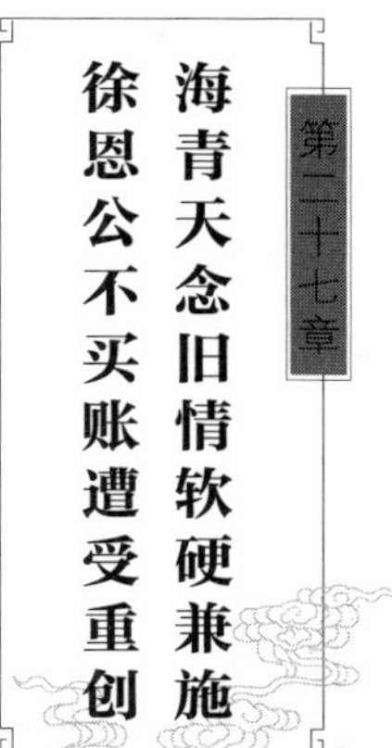

第二十七章 海青天念旧情软硬兼施 徐恩公不买账遭受重创

一

松江府地界东西一百六十里，南北一百五十二里，初只辖华亭一县。元朝时，割华亭县东北一部新设上海县，国朝嘉靖二十一年又割华亭县和上海县各一部，新设青浦县，皆归松江府所辖。华亭县与松江府县府同城，西北到苏州府一百八十里。自苏州到松江走水路最为便捷舒适，但海瑞要巡视已开工的白茆河开浚工地，还要遍访富室、劝借救灾款项，也就未坐官船，而是乘轿前往。

九月的一天午后，海瑞坐着六抬大轿，进了松江城。因《督抚条约》明定，上官出巡通不许接送迎往，府县官虽接到滚单，知巡抚莅临，也不敢出迎，遵巡抚饬令在华亭县衙等候，只是暗地差便衣一路跟踪，随时通报消息。

海瑞的大轿刚进城走了没多远，就看见一群人聚在一起，边行进边举臂高喊："还我土地！还我土地！"这群人走过去，须臾又有一群人走过来，发出同样的呼喊。海瑞正纳闷间，有一群人发现了官轿，"呼啦"围了上来，左近一群人见状也向这边涌来。海瑞因惦记去见徐阶，也就未说出自己的身份，只是掀起轿帘扫视着。

"青天大老爷，给我等小民做主啊！"一个老者对着轿子边作揖边恳求说，"那徐家四十多万亩地，还来夺我等小民的几分地，天理何在啊！"

一个中年人挤过来，说："青天大老爷，徐家无恶不作啊！他夺小的土地，小的不从，动手就打，"他侧过脸，"看，一只耳朵被打烂了！"

一个年轻人大声说："算了吧，这些官老爷，哪个不怕徐家，到十五那天放告，

去苏州说给海青天试试吧！”

“海青天未必敢动徐家，不的，他怎就不到这松江来呢？”有人提出异议。

海瑞放下轿帘，命轿夫快走。众人不知轿中正是海瑞，唯知地方官都不敢处置徐家，也就不再阻拦，复又聚拢着呼喊口号去了。

走了一箭远的路，轿子进了华亭县衙。松江知府率府县一干人等列队躬身迎候。海瑞下了轿，脸色阴沉，不发一语，背手径直往大堂走去。大堂里已然摆放好了桌椅，海瑞在正中面南的椅子上落坐，府县官员正要行参谒礼，海瑞制止道：“罢了，都入座。我观这城里大街小巷，有民众囚服破帽，率以五六十为群，沿街攘臂，叫喊呼号，是怎么回事？”

知府胆怯地说：“回大人的话，大人日前颁发教令，命大户退田，民人遂争相前去徐府索田，不得要领，便聚众游街。”

海瑞“放告”一着，令诉状盈室，多为田亩之事。虑及一一审明判决，事所难能，海瑞遂想出以教令代替审判的法子，通令大户自动退田。他知道徐阶乃第一大户，又是一品高官，且诉状所指又集矢于徐府，方决意到松江一行，意在压徐阶带头退田，以为示范。听知府所禀，徐家似乎对退田令多有抵触，海瑞不禁怒火中烧，质问道：“徐家有多少地？”

众人沉默。恐海瑞发火，知府转向华亭知县：“贵县，快回抚台大人的话。”知县嗫嚅道：“这个……”他用袍袖轻轻擦了擦额头上的汗珠，“道路传闻，有说二十四万亩者，亦有说四十五万亩者。”

“道路传闻？显系一笔糊涂账！”海瑞冷笑一声，厉声道，“本院已明令行一条鞭法，以一县之田，承当一县之役，按亩征银，差徭由官府雇募，百姓免除力差，何以松江连清查田亩的事也未做？”

众人皆噤口不敢言。海瑞即知必是徐阶从中作梗，“腾”地站起身，“本院这就去拜会徐阁老！”

“禀抚台，徐府门前早已被民众所围，恐……”知府为难地说。

“怎么回事？”海瑞问。

知府道：“往者田主为逃避赋役，投献徐府；可闻得抚台行条鞭之法，投献已不划算，欲将田亩要回，徐府不退，遂起而围闹。”

“投献乃违法之事，难道徐家竟公然为之？官府何以不闻不问？”海瑞怒气冲冲地质问道。

知府尴尬一笑：“抚台老大人，法不外乎人情。清贫之家出个做官的不易，每每倾家族之力供其读书。士子获得功名、进入仕途，安得不回报家族。是以亲族之间的投献，官府素不问罪；遂有非亲族之人改其姓，说是亲族，连人带田一体投献，官府也甚无奈。”

“难怪时下假货充斥，这弄虚作假之风，源头就是为官之人！”海瑞一甩袍袖，“本院非要治他一治不可！”说着，迈步走出大堂。

县衙东边是南禅寺，间壁就是徐府。海瑞徒步而行，远远地望见南禅寺旁是一排排精舍，不觉奇怪，问知县：“这禅寺精舍如此之多？”

知县道：“回抚台老大人的话，非为禅寺精舍，都是徐府的，乃徐府家丁、仆从所居。”

海瑞若不是事先听到过袁福澂、莫是龙所控，真会被眼前的景象所震惊。如此看来，虽“江南无细民”之说显系夸张，养这么多家丁奴仆，也足可证徐家委实为富不仁，暴横乡里之说恐非空穴来风。他默然良久，脖子一梗，快步向徐府而去。徐府首门外挤满了人。外层是攘臂高呼的民众，里层有一二百家丁，人挨人围成人墙，挡在那里。有人望见差弁兵丁簇拥着一群官员向这边走来，便“忽”地一下围拢过来。兵丁正要清道，海瑞摆手制止，对人群喊道：“海瑞在此，前来徐府，就是让徐阁老把田退给你们的！”

这一声喊，惊得众人愣了良久，待缓过神儿来，在欢呼和喊冤声中，“忽”地就闪开了一条道，海瑞命随行的府县官员回衙办事，只带海安一人进了徐府。早有家丁飞报徐阶，管家徐五小跑着到了首门，正遇见海瑞走了进来，遂躬身径直引导海瑞前往徐阶的佛堂。

徐阶一袭布衣，站在堂口迎接。施礼毕，延海瑞入室。海瑞略一打量，佛堂果萧然若僧庐，笑道：“存翁通籍四十余载，当国执政七年，如今独居禅室，不问世事，宛若苦行僧也！”

“老夫自谢政归里，杜干请，绝苞苴，丈室萧然，布衾缊袍，已然至敝，从来只有两样菜蔬下饭，偶尔以脯醢佐之。”徐阶一脸委屈地说，他叹了口气，“敝宅未曾分家，人口多，耗费大，不能不节省啊！”

海瑞未及开言，管家徐五手捧一尊银器进来了，禀报道：“老爷，小的这就差人去银店毁之？”徐阶向外摆了摆手，以无奈的语气对海瑞说，“花销甚大，入不敷出，又不能让先帝所赐流落民间，只得毁了，锻成银锭，以补家用。”

“哦？”海瑞微微一笑，从袖中掏出一锭银子，放于条儿，“存翁，隆庆元年七月底，学生奉命出京往留都赴任，拟接老母团聚。存翁命人先行赐路费北上，学生感铭。去岁差人在扬州候驾，本欲奉还，存翁却之。今日闻存翁家贫如此，学生越发当致还了。”

“这……”徐阶尴尬地说不出话来。

海瑞蹙眉道：“江南乃鱼米之乡、富庶之地。不意遭此水患，吴中大饥，流民

遍野。学生一面申明朝廷救助，一面劝借富室，以解燃眉之急。日前学生曾到溧阳劝借，有前太仆卿史公者，乃溧阳首富，学生劝其出银三万两，史公虽不情愿，到底还是拿出三万以应。”他一笑说，“学生此番拜谒，本想请存翁捐出所余以振乡里，听存翁适才言府中甚贫，学生不敢出口矣！”

徐阶越发尴尬，以反复端起茶盏饮茶掩饰，良久，才道：“所谓瘦死的骆驼比马大，敝宅再贫，终归有些转圜的法子，即使砸锅卖铁，也不能不带头捐资抚饥。况还要看刚峰的面子呢！”说着，他向外喊了声，“来人——”遂对应声而来的徐五说，“你去知会账房，即捐三千两救灾。”

海瑞忙起身揖谢，随即也向外喊了一声，“来呀，把包裹奉上！”海安应声而至，把一个包裹抱了进来，放到几案上。徐阶纳闷不已，海瑞吩咐道：“打开，请存翁过目。”待海安打开了包裹，海瑞反客为主，请徐阶上前观看。徐阶起身走到几案前，看了一眼，都是些大小不一形状各异的纸张。海瑞拿起一张，递到徐阶手里：“请存翁细观。”

徐阶只扫了一眼，顿时面色通红，方恍然大悟：海瑞把控告徐府的诉状带来了！但他喘息间即镇静下来，示意海瑞返座，笑道：“呵呵，刚峰闻时下江南有‘种肥田不如告瘦状’之谚乎？”他呷了口茶，缓缓道，“家下田宅虽不敢言无，然也原无十万，况四十五万乎？郡县田册俱可考。即使是十万亩，亦多是亲友所寄，然自老夫罢官，各见失势不足凭依，又因行条鞭法，寄存敝宅已有害无利，俱已收去。”

海瑞喜上眉梢：“哦！这么说，行条鞭法，到底对均田是有益的！”

徐阶不愿接这个话茬，继续道：“至于明白置买者，老夫已奉刚峰教令，退还原主；再加上因田租无收，不得不卖去者，已及三分之一矣！”说着，将几案上的一个簿册拿给海瑞，“这是敝宅退卖田亩清单，请刚峰过目。”

海瑞没有想到，徐阶已然响应退田令，将部分田亩主动退还了原主。他暗自算了算，按徐阶的说法，徐家田亩不足十万，退还原主及卖去者三分之一，大体在三万亩有奇了。他粗粗浏览了一下清单，慨叹道：“存翁盛德出人意表，学生感佩之至！”顿了顿，又道：“道路传闻、诉状所控，言贵府田亩四十五万有奇，存翁则言不足十万。存翁乃国之元老，出言一向谨慎，学生焉敢疑之。只是讹言四出，终归对存翁令名有损，学生即令有司清查田亩，还存翁清白就是了。”

徐阶愣了一下，他以为自己主动退田三万亩，已然给足了海瑞面子，海瑞只有感谢的份了。不意海瑞竟还要清查实数，分明是不相信自己的话，不满足徐府退田数目。这让徐阶甚是恼怒，但海瑞所说理由又冠冕堂皇，他不好反驳，只得勉强挤出一丝笑意，道：“甚好！刚峰肯加查实，有无四十五万便可立见。”随即长叹一声，“田既少则所入薄，所入薄则家人自不能多养，只观家下无歌童，无食客便可类推也。”

“哦？”海瑞道，“既然存翁提及，学生倒想问问：府外偌大一片精舍，可是贵府仆从所居？”

徐阶本意是想以无歌童戏班来证明自家田亩少、养不起，以打消海瑞清查田亩之念，就此了结退田之事。不料弄巧成拙，被海瑞一问，他竟无言以对，强忍怒气，对海瑞道：“刚峰，老夫垂暮之年，只想要个安生，别无他图了。宅中事老夫已不过问，遑论府外之事。”

这岂不证实了此老放纵子弟暴横乡里之传言？海瑞暗忖，遂开言道：“哦！那就不劳存翁了，请管家来！”

管家徐五闻巡抚相召，只得进来听命。海瑞问：“贵府家丁仆从可有一籍记之？”

徐五看着徐阶，见他闭目不语，不知该如何应对，支吾良久，也未明言。

“拿来一观！”海瑞以命令的语气说。

徐五自知隐瞒不住，只得磨磨蹭蹭去取簿册。这当儿，海瑞忽以好奇的口气说：“学生听得一则掌故，想向存翁求证。”

“哦？”徐阶一笑曰，“刚峰亦有此雅好？但不知是何掌故。”

“学生曾闻，先帝鉴于严嵩纵子为恶，常谕阁臣教子。时内阁唯存翁与袁慈溪二老，慈溪相公谓‘臣无子可教’……”海瑞不再说下去了。

徐阶脸色陡变。这件事，发生在严世蕃伏诛时。有鉴于严嵩纵子为恶，皇上特谕阁臣约束子弟，当袁炜说完自己无子可教后，徐阶说：“臣长子璠尝获罪，幸陛下矜宥；余子尚年幼。”先帝曰：“有子不教，何以不为严世蕃？”徐阶惶恐叩头谢。不到十年光景，时下徐阶纵子为恶的传闻又起，松江为之喧腾。对此，徐阶自然是知晓的。忽闻海瑞提及“掌故”，徐阶明白这是海瑞在旁敲侧击，变相告诫。这让徐阶颇是难堪。他微微一笑：“呵呵，官场上讹言流布，自是难免。道路传闻，刚峰是孝子，唯对妻女刻薄，几任正室非死即休。此等讹言，一笑置之就是了。”

海瑞不意徐阶以他的家事反击，正要解释，徐五拿着簿册进来了。海瑞沉默着，随手翻看了片刻，道：“存翁，贵府家仆数千，苍头满乡城，安知无怙势施毒于人者？强者得为借势谋利，弱者亦避徭役，也难怪诉状盈筐！”他以不容置疑的语气说，“存翁，请籍削之，留百十个以供役使可也。”

徐阶默然。海瑞不便再逼，起身深揖道：“存翁，学生奉钦命巡抚贵地，欲为江南立千百年基业。还请存翁多加教诲，学生若有得罪之处，敢请存翁宽宥！”

徐阶抱拳回礼，道：“老夫虽在野，然则门生故旧不在少数，老夫必请他们施以援手，助刚峰成功！”

海瑞听出了徐阶的弦外之音，心里默念着："哼！威胁我吗？先帝以刚爆闻名，海某照样强词谏言，这世上有我海某惧怕的人吗？"这样想着，一言未发，头也不回，快步出了佛堂。

二

徐阶带头退田三万亩的消息，很快就在江南传开了。大户之家都被要求退田的民众所围困，闻徐家已然退田，不得已之下只好效仿。越是有人要回了自家的田亩，要求退田的民众越多，一时间，江南十府一州陷入退田大战，缙绅之家鸡飞狗跳，无一日安宁。

徐府门前更是人山人海。徐家退田三万亩，仿佛往地上撒了鸡食，招来一群群抢食鸡。要求退田的民众，逢初一、十五，到苏州巡抚衙门上控，平时则在徐府门前聚集，或呼喊口号，或哭天喊地，煞是喧嚣。徐瑛又急又气，每天到佛堂问安时，都会催促徐阶想法子平息事端，"难道李春芳、张居正作壁上观？"徐瑛忿忿然道。

"兴化、江陵都已致函海瑞，只是他不听劝告，一意孤行。"徐阶叹息道。

"他们就不该差这个混蛋巡抚江南！"徐瑛抱怨说。见从阿爹这里讨不到法子，徐瑛便找到叔父徐陟，商榷对策。

"杀鸡骇猴！"徐陟目露凶光，咬牙切齿地说。他自小顽劣，脾气暴躁，早就忍耐不下去了。与徐瑛一番合计，挑选了一批家丁，手持棍棒，大声喊叫着，饿狼般地向围在徐府门前的人群扑去。来不及躲闪的民众，顿时被棍棒抡翻在地，惨叫声、哭喊声响成一片，首门前的空地到处是殷红的血迹。

十月十五，巡抚衙门前，上控的人群里有几十个或头包白布，或脖挂绷带的人，格外引人注目。他们跪在衙门前大声哭喊，一遍遍诉说着被徐家殴伤的经过。

海瑞闻知，怒火中烧，刚要喊人，旋即冷静下来，提笔给徐阶修书一封：

瑞至松江日，满领教益。唯公相爱无异于畴昔也。殊感殊感。近阅退田册，益知盛德出人意表。但所退数不多，再加清理行之可也。昔人改父之政，七屋之金须臾而散；公以父改子，无所不可。区区意促装上道不及尽，唯谅酌之。幸甚！

"即刻差人送松江徐府！"海瑞命令道。

"老爷，徐家殴伤几十人，不拿凶手吗？"海安疑惑地问。

"老爷自有计较！"海瑞得意地说，"老爷断案，关涉财产者，与其屈小民，宁屈富户，以救弊也，因财产对小民至关重要；关涉面子，与其屈富户，宁屈小民，以存体也，因面子对富户更重要。这些被殴伤者，若徐家退田给他们，他们也就满足了。若径直捕人，难存故相之体，徐家没有面子，退田之事或更难，双方皆输，殊属不可！”

接阅海瑞书函，徐阶差点背过气去。恰好李春芳回函到了，随函转来了海瑞给他和张居正的复函，徐阶看了又看，但见最后一段写道：

存翁近为群小所苦太甚，产业之多，令人骇异，亦自取也。若不退之过半，民风刁险可得而止之耶？为富不仁，有损无益，可为前车之戒。区区欲存翁退产过半，为此公百年后得安静计也，幸勿以为讶。

此前，听到海瑞要求放告、退田的消息，徐阶即致函李春芳、张居正，意在请二人提醒海瑞，不可波及徐府。显然，李、张二阁老的提醒海瑞不唯不听，反而先拿徐府开刀。徐府已然主动退田，给足了海瑞面子；不意他却不依不饶，如此不讲情面！徐阶恼羞成怒，吩咐徐瑛说："你差人知会知县，应退之田已退尽，徐府再无半寸可退，万毋再来骚扰！"他重重喘了口气，又说，"也请知县转告海瑞，老夫死后不会葬在松江，让他不必为老夫百年后事费心！"

徐瑛见阿爹终于强硬起来，又见殴伤数十人，海瑞并未追究，胆子越发大了起来。他把海瑞封送的诉状粗粗翻看一遍，见有一诉状写着："徐府田赋仅华亭一县，岁运米即达一万三千石，岁租九千八百余两，上海、青浦、平湖、长兴者不计，佃户不下万人。"徐瑛眼珠子快速转动着，道："定然有内鬼！"他带上几个贴身家丁，气冲冲地到了账房，把几个账房先生召集起来，逐一审问。见一个叫沈元亨的支支吾吾，徐瑛用手一指，"就是他，给老子狠狠地打！"

沈元亨被打得遍体鳞伤，又被徐瑛逐出了徐府，他的家人旋即加入了上控行列。

徐忠的家人也躲过徐府家丁的监视，到巡抚衙门上控。两年前，徐忠奉徐琨之命到苏州采办吴丝，因知府蔡国熙不买账，他便故意滋事，殴伤三人，被蔡国熙捕获，被杖六十、徒四年。徐忠家人找徐府求救，徐府咬定徐忠是骗子，苏州之事与徐府无涉。徐忠老父遂不停地到苏州巡抚衙门上控。

顾绍因颜料银被诓骗，按律发边卫充军。官府催缴赔纳，以致连累其父顾鼎监并其妻死。顾绍闻讯，偷偷潜回松江，具状上控。

几桩事积在一起，海瑞已难以再忍。他拍案而起，"哗啦"一声抽出一根令签，传令松江府即刻逮捕徐陟、徐瑛、徐琨，以及徐府家丁头目徐成、徐远，不得有误！

松江知府接令，即调集人马，前排兵勇手持令旗、肩抗杀威棒，后排则刀枪在手，寒光凛凛，直奔徐府。早有人惊恐地报于徐阶。徐阶没有料到海瑞会如此决绝，眼睁睁看着府衙兵勇将徐陟、徐瑛、徐琨一干人等捆了，绳索串连，牵押而去。

发生在徐府的这一幕，立时传遍松江城。民众欢呼雀跃之余，一群群涌到徐府门前，或高声叫骂，或索要田亩，或帮腔凑热闹，直把徐府当成了戏台。

"老爷，这这这……奈之何？"管家徐五惊慌失措，不断到首门向外张望，返

身再向徐阶禀报，“老爷，看这阵仗，刁民要闯进来！”

徐阶除了唉声叹气，竟也束手无策。良久，他声音颤抖地喊了一声：“来人——拿刀来！”

“老爷，这……”徐五不解，神情紧张地看着徐阶。

徐阶老泪纵横，说：“留两人在佛堂，持刀侍侧。有急老夫即自裁，免得受刁民所辱！”

徐五也只得从命。但就这样坐以待毙，毕竟心有不甘。他逼着新延揽而来的幕僚吕光，无论如何想出对策来。

吕光乃浙江人，号水山，早年犯有命案，逃亡河套，备知厄塞险要。遇赦得解，走京师，曾受知故相夏言。夏言失势后销声匿迹多年，日前投于徐阶门下做幕僚。此人见多识广，有几分狡黠，但时下这等场面，却是不曾遇到过的。武力弹压已不敢，唯有家丁围成人墙拦阻。可家丁已然在海瑞压力下削籍过半，不敷差遣。眼见徐府前后左右，日不下千余人围堵，吕光计无所出，羞于见人，躲在屋内不敢露面。挨过两日，即收拾行李，欲不辞而别。管家徐五惶惶然东走西奔，正遇吕光要走，便呵斥道：“见死不救，临阵脱逃，算什么？”

吕光蔫然退回，突然灵机一动，道：“嗯，有了！取泥粪，贮积于厅，见有拥入者，就泼他娘的！”

徐五闻言，干呕了几声，镇静片刻，无可奈何地说：“也只得如此了！”遂命人汇集水桶和府中的坛坛罐罐，由茅厕掏出粪水，摆在首门内的廊道内；又差几个家丁在此守候，一旦有强行闯入者，即以粪水泼之。

次日午，果有几个壮汉冲破人墙，闯进首门，几个家丁急忙端起两个盛满粪水的木盆，照着闯入者泼了过去。闯入者没有防备，被粪水兜头一浇，惊叫、呕吐着退了出去。

三

担任浙江布政司左参政分守杭嘉湖、开府吴兴的文坛盟主王世贞听到传闻，惊讶不已，急忙乘船到松江徐府问安。

“海瑞这个人，不结党、不怕死、不爱钱，是他的长处。”王世贞对徐阶道，“然则，不虚心、不读书、不晓理，动辄耍煞癫，殊无士大夫之风！”他又感慨道，“吴地民风本已刁险，受海瑞煽惑，更是刁民蜂起，江南鼎沸，以贱凌良，以奴告主，令人扼腕！”但只发感慨毕竟难解徐阶近忧，遂画策道，“存翁，学生意，不妨以柳跖名义，状告伯夷、叔齐兄弟倚仗父势侵夺其田产。”

徐阶一惊，旋即明白过来了：柳跖乃春秋战国时人，是盗贼无赖的代名词；伯夷、叔齐以宁死不食周粟，饿死首阳山闻名，乃是高廉君子的代名词。王世贞意在以此劝诫海瑞，投状人中不乏诬良为盗、颠倒是非的奸诈刁顽之徒，不可凭诉状为难缙绅富户。但以堂堂致仕首相之尊写这样的状子，他还是有些踌躇。王世贞又劝了几句，徐阶叹息几声，果提笔以柳跖名义，写了一封控告伯夷、叔齐的匿名状。

当天，王世贞就赶到苏州，赴巡抚衙门拜会海瑞。他是进士出身，做五品的刑部员外郎时，海瑞才中举；但时下海瑞位居巡抚，他只是布政司参政，地位悬殊，心里不免酸酸的。好在海瑞并未以部属礼相待，而是延至二堂，宾主列坐，王世贞有了面子，一脸笑意，夸赞道："刚峰不怕死、不要钱、不结党，真是铮铮一汉子；闻刚峰一意澄清、爱民如伤，可谓践行祖训第一人！"

"多谢大参谬奖！"海瑞答。大参，是对参政的尊称，他对王世贞以职务相称，一副公事公办的样子，感慨道，"今人居官，且莫说大有手段，为百姓兴其利、除其弊，只是不染一分一文，禁左右人不得为害，便出时套中高高者矣！"

王世贞心中不悦，也不得不改了称呼，以诘问语气道："抚台在朝固有持平之论，今抚此土，使元老不得保有家室，是谁之过？"

海瑞愕然曰："有这事？"

王世贞道："抚台专抑豪强，来诉者无不准行，勿论虚实。徐家大不堪，存翁命人持刀侍侧，有急即自裁；诸子皆囚服待理，人皆危之，其状惨甚！"

"存翁自取，其奈之何？"海瑞冷冷地说，"若据律法，存翁恐亦难免牢狱之灾，本院正是念及其元老身份，只是劝令他退田，依法拘押徐陟等人，虽以此昭示本院执法不阿，但亦为减缓百姓不满，已然兼顾公谊私情。此不可谓爱人以德乎？若大参真为存翁计，便是劝他退还小民田产。小民既得田产，它事自可转圜。"

"然则，退田当依律法，不能无端瓜分富户田产。律法明定，土地因不能还贷而被放款者占有，五年之内，仍可用原价赎回；超过五年则自然不能再赎回，遑论退还？如今刁民只说某地原属他家，就要求退还，显系侵夺富户田产！对此违法刁民，抚台不唯不制裁，竟一意维护，世贞断难理解！"王世贞因是苏州大户，家族田亩亦不在少数，这类事也多有经手，故所知甚详。

海瑞早有预备，回敬道："法亦明定，放贷利率不得逾三分，且不论借款多久，利息总数不得逾本金之半。徐府放贷如是乎？"顿了顿，又说，"至于超过五年不能赎回，总要用凭据说话。"

"民间借贷，每以口头协议行之，哪里都有凭据？"王世贞辩驳说。

"凡无凭据者，与其屈小民，宁屈富户！"海瑞断然道。

"抚台以为这样公平吗？"王世贞问。

“公平？徐府田亩数以万计，小民无寸土，公平乎？”海瑞反驳说，“若说公平，则当行井田制。”

王世贞见海瑞态度强硬，不再与之辩，遂拿出徐阶所写柳跖告伯夷叔齐的诉状，道：“世贞这里有封诉状，请抚台受理。”

海瑞展读之，不觉怪异；细思之，知徐阶是借以讽喻他的。遂一笑，拿过此前颁发的《示府县状不受理》文告递给王世贞。王世贞一看，开头写着：“刁讼唯江南为甚，略无上事，百端架诬，盖不啻十状而九也。”可是，接着却说，“虽十状九诬，不可弃之。十人中一人为冤，千万人积之，冤以百以十计矣！含冤之人不得伸雪，可以为民父母哉！”王世贞阅罢，冷笑道：“抚台这个教令，实则还是谕令府县，不得以刁民诬状多而不受理民众诉状。”

“来人！”海瑞传令，对进来的书办说，“再发抚示，示府县严治刁讼！”随之，边思忖边口述：

照得江南刁讼太甚，本院已约府县官无惮烦琐，不为姑息。正欲变刁讼之风为淳睦之俗也。为此，仰各府县官晓谕各百姓，今后告状须从实致词，不得一语架空，自取重罪。然乡官安静，族人家人作害，其实皆倚靠乡官名色，不可执以诬告论之。

口述毕，海瑞转向王世贞：“大参，还有什么指教？”

王世贞知海瑞对徐府事，无意从中稍加调停，大失所望，只好讪讪告辞。

徐阶虽对王世贞出面转圜不抱希冀，但得到他的禀报，还是有几分酸楚。看来，只要海瑞稳坐江南巡抚的位子，徐家的苦头只会越来越多了。

“水山，你这就到京城走一趟，越快越好！”徐阶大口大口地喘着粗气，吩咐吕光说，“京城商号里有的是银子，花多少都不必计较！”

第二十八章 倚老卖老赵贞吉咄咄逼人 格局忽变张居正进退两难

一

房尧第一行尚未入板升城池，即遭守门兵勇捆绑，押往赵全的土堡。赵全亲自分头审勘，几个人只说来此做买卖。因杜经、栗见勤与房尧第事先并不熟识，细问之下，便露出不少破绽。赵全又见几人所携颜料及金银珠宝甚多，正可收归己有，也就不再细勘，传令亲兵将四人押出土堡处斩。

“小的乃李自馨总角之交，此番是来投奔他的。”无奈之下，杜经求饶说。赵全闻听此言，越发认定这四人身份可疑，冷笑一声，向亲兵挥挥手，“砍了！”

亲兵押着房尧第四人出了土堡，迎面碰上了俺答汗的义子恰台吉。这恰台吉早就对赵全满腹怨气，在他的土堡四周布下眼线，四个南朝客商被押进土堡的消息，喘息间就报到了他那里。恰台吉闻讯，决定亲自到土堡一探究竟，正好碰上房尧第等人被押出堡门，遂举刀拦住，问：“这是要做啥？”

“这几个人乃南朝奸细，遵把都之命，拉出去处斩！”亲兵回应道。

“哼哼！”恰台吉冷笑说，“别忘了这是谁的地盘！他姓赵的无非是投奔过来保命就食的奴才，居然在这发号施令，让老子碰上了，就是不许！来呀……”他一勒马缰绳，坐骑转了个身，他挥动着手里的胡刀，对亲兵说，“把这几个人带走！”

栗见勤一副乖巧的样子，讨好地说：“嘿嘿嘿，谢大台吉救命之恩！小的几人来做买卖，带了不少货，还有银子，都被……”他抬了抬下颌，扭头看向赵全的土堡，“给收去了。”

“来呀！”恰台吉又吩咐亲兵，“去，给老子统统要回来！”

就这样，房尧第一行被恰台吉救了下来。得知救他们的竟是恰台吉，房尧第大喜。他事前已闻得恰台吉敌视赵全，本有设法接近他的设想，不意有此巧遇，遂对赵全一番痛诋，发誓与之不共戴天。这令恰台吉十分高兴，遂收留营中，以为分化汉人、打击赵全之用。房尧第一边买购马尾，一边观察时机，不久，即得以与李自馨秘密会面。

李自馨毕竟是读书人，在此蛮夷之地，尽管锦衣玉食，然而寄人篱下的滋味究竟难尝，尤其是俺答汗身边的爱将恰台吉、五奴柱，每每对他和赵全怒目相视，说不定哪一天就会死在他们刀下，是故心情极为烦闷。但他自知多年来为虎作伥、残害国朝，故思归而不敢，每每纠结不已。得知房尧第等人的来意，他苦笑道：“自馨岂无思家之心？然则，七年前率亲随秘密降归，竟被拒，焉敢再试？”

房尧第自然掌握此情况。那年李自馨秘密降归，大同巡抚急报兵部，兵部惧有后患，令勿即许之。李自馨已过了小黑河，不得不沮丧地悄然北返。房尧第知道李自馨必提此事，早有准备，遂道：“国朝对板升汉人刚颁下招降明诏，想必你已知晓。此诏把赵全排除在招降之外，就是专门让你看的，朝廷冀望你率众回归。”他又指着杜经说，“杜兄本是布政使衙门吏员，若无高层旨意，杜兄焉能前来？故请不必怀疑朝廷招降诚意。”

这番说辞让李自馨颇是动心。但他不敢贸然行事，遂以白春、魏良相、田汝光、田淮、王现五人先行试探，又以手帖密函大同总兵赵苛，表达降归之意。房尧第见事可成，遂约定先行南返，以为接应，独留杜经与李自馨相机行事。此一情形，大同总兵赵苛随即差急足投书，密禀张居正。

张居正拿不定主意。若李自馨降归是真的，一旦接纳，科道会不会群而攻之？若李自馨降归是假，到头来朝廷体面全无，惹出一大堆是非，岂不被动？可既然当初答应房尧第冒死入板升招降，如今有了进展，他若置之不理，未免不近人情。思来想去，提笔回书：

李自馨等来归之意，其诚伪固未可知，然朝廷既有诏招降，则又不可漠视，当密图之。受降如受敌，不可轻忽。轻举妄动，恐堕奸人之计。

赵苛接阅密函，不知所措，召房尧第相议。

“张阁老此函，模棱两可，委实不好把握。”房尧第道，“不妨先将白春等人来归之事呈报朝廷。若朝廷依招降明诏授职、奖赏，则李自馨降归之事方可继续行进。”赵苛然之，遂先将白春等人来归事，密奏兵部。

兵部尚书霍冀不敢决断，委郎中曾省吾谒张居正请示方略。张居正与曾省吾商榷良久，决定由兵部题奏。过了两天，兵部题本发交内阁，张居正道：“对板升汉人招降一节，元年诏书，如李自馨等明许其归顺，白春等五人率众降归，兵部题奏，将此五人各授本卫百户，赏银五十两。此奏当准，以昭大信而劝来者。”

“张居正，你说甚？老夫耳背，你再说一遍！”新入阁的赵贞吉突然大声道，以轻蔑的目光投向张居正。

李春芳、陈以勤、张居正愕然失色！

十天前，皇上忽颁谕旨，简任礼部尚书赵贞吉入阁。两天后，恰逢经筵，待讲经毕，赵贞吉突然出列，奏道：“老臣嘉靖十四年进士及第，入朝报国。二十九年秋，狂虏犯顺，臣力沮群奸封贡之议，遂为所构，贬职降用。至三十六年秋，复蒙先帝收录，升户部侍郎。到任仅一月，恨臣者暗令言官逐臣回籍。陛下继统，召臣来效。臣十年两逐，青衫去国，白头回朝，自当竭尽驽钝，以报天恩。然在籍闲住已久，年力就衰，焉能谬列中枢？”

皇上答：“卿素秉真慧，身负特操，慷慨谋国，朕已知之，不可再辞。内阁乏人，卿宜即入办事！”

赵贞吉慨然道：“近日朝廷纪纲、边防、政务多有废弛。臣欲舍身任事，未免招怨。伏望皇上与臣做主，容臣得以尽力。臣誓不敢有负任使！”

此言一出，朝班哗然！大臣当众要求皇上为其撑腰，以便由他舍身任事，这样的情形，谁曾遇到过？可皇上赏识赵贞吉，出自宸断命他入阁，众人也不便多言。赵贞吉资格老，且性情耿直，官场上都知道他是个厉害的角色，不好共事。张居正、李春芳都预料，内阁的宁静必因此老的入阁而被打破，可怎么也想不到，他首日到阁议事，竟以这样的阵势亮相！

士林体统，科举出身者，皆取字、号；除了皇上，谁敢当面直呼其名？赵贞吉竟以轻蔑的口吻直呼“张居正”，怎不令人大吃一惊！李春芳恐张居正与之争执，忙以商榷的语调道：“吉老，兵部的题奏，还是准了吧？”赵贞吉号大洲，以大或洲后缀翁字皆不雅顺，故士林即以吉老称之。李春芳念及赵贞吉乃前辈，为表尊崇，不愿以他的籍贯“内江”代称，亦以吉老相称。

“少不更事！”赵贞吉一指张居正，冷笑着说，“大张旗鼓，招降几个投靠丑虏的汉人，纯属没事找事！”

往者，凡兵部事，李春芳和陈以勤凭张居正一言而决，从不提出异议，今日见赵贞吉上来就否决了张居正的提议，李春芳不知所措，把目光投向张居正：“江陵，这……”

自看到赵贞吉入阁诏书，张居正就心情大坏。他的《陈六事疏》也好，辛辛苦苦操持了一年多刚结束不久的大阅也罢，都没能让皇上对他高看一眼。到底还是信不过他，要一个年近古稀的倔老头入阁拜相，这已让张居正颇是郁闷了；不意赵贞吉甫入阁就当众轻蔑、侮辱他，他的心里像着了火，烧得面色通红，浑身战栗。

他本想拍案而起，与赵贞吉对骂，终究还是忍住了。但他也不想示弱，脸一沉道："兴化，我执笔，照此拟票；你是阁揆，你定夺！"

李春芳为难地咂了咂嘴，正不知如何回应，赵贞吉"哼哼"了几声，道："也罢，老夫不与少年计较，就照张子说的办！"说着，"哗啦"一声合上折扇，"没事找事，走着瞧吧，丑虏必以铁骑回应！"

二

兵部尚书霍冀接到宣大塘报，急忙赶往文渊阁，习惯性地进了张居正的朝房，边擦汗边道："张阁老，宣大总督陈其学接谍报：俺答亲率虏骑数万攻蓟镇！"

"攻蓟镇？"张居正吃惊地重复了一句，"当速传檄蓟辽总督谭纶、蓟镇总兵戚继光，婴墙摆守，严阵以待！"言毕，却突然叹息一声，"大司马，时下内阁是吉老做主，你不该来见我。"

"这……"霍冀急得跺脚，"十万火急的事，到底谁说了算？"

张居正不答，却一笑道："大司马，俺答来攻，正是吉老所盼！"

"啊？"霍冀惊讶道，"怎会有这等事！"

张居正叹息道："大司马不信？喘息即可验证之。"他起身拉着霍冀的袍袖，"走，让李兴化主持阁议吧。"

李春芳见张居正和霍冀相偕而来，即知有军情要事，一听说鞑虏犯蓟，吓得脸色陡变，惊慌道："二十年前'庚戌之变'，鞑虏即是此一路线，看来此番鞑虏是要与我决战了！快，快请吉老来，大家商榷办法。"

须臾，赵贞吉进了李春芳的朝房。尚未坐定，李春芳便道："大司马，快说，快说！"霍冀刚说了两句，赵贞吉就"哼"了一声，"老夫说什么来着？果不出老夫所料！"

张居正看着霍冀，挤了挤眼。霍冀对赵贞吉顿起反感，没好气地说："军情紧急，岂是幸灾乐祸之时！"

"你这是什么话？"赵贞吉脸一红，"腾"地起身，质问霍冀。

李春芳忙拉住赵贞吉袍袖，赔笑道："吉老、吉老，快请坐，事体紧急，还请吉老画策！"

赵贞吉边坐边气嘟嘟道："克虏之道，重在料敌先发。敌欲动我先动，以我火器骑射之长，克敌弓弩骑射之短，重创敌于塞上，方为制胜之法。"

"主动出击？"张居正惊诧道，"朝廷赋予戚继光之责是守，而不是攻！"

"哼！"赵贞吉瞪着张居正，"张子，老夫问你，你小子可曾见过丑虏？抑或去过北边？”

李春芳忙打圆场：“吉老，我辈哪里像吉老见多识广，是以请吉老画策。”

“京师戒严，调近畿各镇驰援！”赵贞吉决断说。

“好好，大司马，你快照此题奏吧！”李春芳忙道。

“先说好，这是内阁的指示。”霍冀不满地说，言毕，梗着脖子匆匆而去。

须臾，兵部题奏报到会极门，司礼监掌印太监李芳闻报，火急火燎来到内阁，李春芳不时擦拭额头上的汗珠，向他通报情形。李芳悚然，命文书房散本太监在内阁守候，有本进呈，即送乾清宫批红。

掌灯时分，张居正顾自走出朝房，登轿返家。刚上了长安街，就见路人行色匆匆；到了常走的大耳胡同，竟不能通行。游七忙去探究竟，方知京师百姓闻得庚戌之变将重演，顿时陷入恐慌中，一些胆小者拖家带口要逃难，把胡同口堵上了。张居正正踌躇着要不要绕行，书办姚旷骑马追来：“禀张阁老，兴化阁老请张阁老速回文渊阁！”

张居正只得调头折返。一进内阁中堂，李春芳、陈以勤、赵贞吉和霍冀都在。新任兵部侍郎魏学曾也在座。前不久，在张居正的提议下，湖广嘉鱼人方逢时被提升为辽东巡抚，魏学曾提升为兵部侍郎。

施礼间，李春芳解释说：“蓟镇羽书，侦得虏已西行，犯在旦夕。大司马来阁通报，是以请江陵共议对策。”

张居正不觉窃笑，惊慌失措者，此之谓也！俺答虚张声势，声东击西，庙堂竟惶然失措，又是戒严，又是调各路之兵，且看还有甚样举措。他不慌不忙坐定，喝了口茶，一语不发。

魏学曾道：“元年北虏犯晋中，宣大总督王之诰请调宣府总兵马芳西援，朝廷未允准，遂有石州之陷，事后颇受非议。此番可否调马芳西援？”

霍冀道：“宣大说虏骑要犯蓟镇，蓟镇说虏已西进，再有塘报说犯宣府也未可知，拿不准嘛！”

李春芳忙道：“存翁当国，始终把守护京师、陵寝置于首位。马芳西援，万一黄台吉突袭宣府、攻南山，皇陵震动，如何是好？”

“国朝屡屡受辱，误只误在一个守字！一味取守势，就是被动挨打！”赵贞吉起身道，“宣大、蓟辽沿线诸镇，当协力共济，取此守彼攻，彼攻此守之策！”

“请赵阁老说明白些，以便下吏遵循。”霍冀没好气地说。

“亏你是本兵！”赵贞吉怒气冲冲道，“兵部要负起责任，不要各自为战！若虏攻大同，则饬令宣镇编组精锐飞驰板升捣巢，反之亦然！”

“万一黄台吉部断我军后路，奈何？”霍冀质疑道，“抑或黄台吉乘机南侵，宣镇精锐分散，马帅如何兼顾？”

“万一万一！甚事不是你这个‘万一’给坏了？”赵贞吉不满地说，“还不是怕担责！”

霍冀也不示弱，与赵贞吉大声争执起来。李春芳见状，忙劝解道：“二公不必争执，请皇上宸断吧！”

皇上虽极不情愿，但军情紧急，也不得不在平台召对。待李春芳禀报毕，皇上不悦地说：“内阁竟无主张？”

阁臣羞愧地不敢抬头，李春芳叩头道：“敢请皇上宸断！”

皇上道：“仍诫督抚将领协力战守，务保无虞！”说完，起身迈步往乾清宫走。李春芳、张居正、赵贞吉分明听见皇上叹了口气，念叨道：“若高先生在，断不至如此！”

三

大同镇败胡堡，位于朔州城西北，堡内设操守官一员，所领官军不足五百，马四十六匹，边当极冲，迤北通板升，虏骑一驰呼吸可至。隆庆三年九月的一天，俺答汗率两万骑兵，趁夜黑风高，飞驰到败胡堡前，见官军无敢出堡迎战者，一挥马鞭：“闯过去！”

一阵砍杀，堡门须臾间被冲开，两万铁骑呼啸而入……

驻跸怀来的宣大总督陈其学接报，急召宣镇总兵马芳在辕门面授机宜：“马帅，俺答南侵，始则东进，忽又调头向西，破败胡堡掠应州、山阴，恐其再调头攻大同。本部堂已传檄大同总兵赵岢率部遏于紫荆关，马帅可大张旗鼓西援，但当且进且退，以防黄台吉突袭宣府。”

此前，宣大、蓟辽各有塘报，禀报俺答动向，兵部、内阁未形成御虏方略，皇上召对，只是训谕“诫督抚将领协力战守”。内阁无可奈何之下，拟旨九边督抚、各镇将帅相机行事，确保无虞。陈其学从谕旨里读出朝廷大佬不敢担责，他便以确保大同、宣府无虞为目标排阵布局，对俺答寇应州既不能置之不顾，又要防范黄台吉突袭，遂有且进且退之计，所盼者乃俺答饱掠而去，宣大复归平静。

俺答汗闻听马芳率部援大同，担心遭两面夹击，下令撤退。陈其学闻报大喜，差人携重礼晋京呈报。

内阁中堂，张居正见奏疏暗喜，朗声道：“宣大总督陈其学奏报：有虏入大同镇七日而去。因本镇事先已探得虏情，预为整备，是以北虏无所逞。总兵赵岢等先有邀击，后有俘斩之功，宜加赏录。”读完奏本，不容他人开口，忍不住发泄压抑已久的愤懑，“初闻北虏犯蓟，庙堂惶惶，举措纷纷，费以数十万计，小题大做而已！”

赵贞吉听出张居正是在挖苦他，冷笑道："陈其学所奏，果属实否？边臣一向扬胜掩过，黑幕重重，非尔少年所解！"

张居正强忍着，在陈其学的奏疏上拟出"该部议赏"四字。他本就有与赵贞吉赌气的意思，见兵部好几天竟无题覆，遂召霍冀来见。

"张阁老，总兵赵岢与巡按御史姚继可势同水火，我担心御史会揭出什么事来。"霍冀说出了迟迟未议赏题覆的缘由，"届时岂不被动？"

"这么说，果有黑幕？"张居正质问，心里也忐忑起来。

霍冀目光游移，说："黑幕？甚样黑幕？没有的事！"兵部、兵科收受边防督抚将帅贿馈已是公开秘密，能替他们遮掩的自会遮掩，霍冀刚收了陈其学的馈赠，一听"黑幕"二字，便警觉起来。

"吉老认定有黑幕，大司马慎之！"张居正提醒说。

正说话间，书办抱来一摞公牍，张居正忙翻看，只翻了几下，就看到巡按大同御史姚继可的奏本，慌忙浏览了一遍，颓然地丢到书案上，有气无力地说："大司马，你看看吧。"霍冀一看，姚继可奏本写着："虏破败胡堡入境七日，吾兵无敢发一矢一兵一卒，敌攻陷堡寨，杀掠人畜者甚多，宜正诸臣玩愒之罪。"

"陈其学这不是欺君吗？！"张居正突然一拍书案，大声说。

霍冀一笑："嘿嘿，张阁老，陈其学久历沙场，赵岢身经百战，将才难得，当设法保全才是！"他向前凑了凑，语调变得诡秘，"倘若较真儿追究责任，岂不是尚未交手，先就败给那位老先生一局？朝廷恐无你我立足之地矣！"见张居正默然，霍冀又道，"此本下科道勘核就是了。科道那里我去疏通；边务文牍一向由张阁老看详，只要张阁老顶住，事必可解。"

张居正对霍冀本极反感，但一想到要受赵贞吉的奚落，甚或因此而去位，心有不甘，不得已只好接受他的建言。

"怎么样？嗯！"赵贞吉看到姚继可的奏本，幸灾乐祸地说，又以教诲的口气对张居正道，"尔少年尚需历练！"

张居正一言不发，顾自提笔票拟："着该科勘实以闻。"

半个月后，兵科给事中张卤奏报：

始虏谋犯我，谍者实先知之，守臣亦不惮征战以待虏顾。当虏破败胡堡入，总督陈其学令赵岢戒备紫荆关，遏制其南下，岢遂提兵远屯。虏虽有陷堡寨、掠粮畜，我军常有出边，稍有斩获。虏虽纵横两路而不敢睥睨三关，是岢遏紫荆之故。

"哼哼！"赵贞吉阅罢，冷笑几声，晃着奏本道，"似这等漫然两可，避匿不参，是何道理？"他喘了几口粗气，又道，"该科虽欲掩饰，然陈其学掩过欺君，已然坐实，当罢职拿问！"

张居正正色道："既已下科道勘实，而科道并无陈其学掩过欺君之说，内阁总不能硬给当事诸臣定罪吧？"

"上下欺蒙，利益勾连，边事是以日坏！"赵贞吉愤愤然道，"不唯要拿问陈其学，还当查查背后的勾连！若说复核，当命巡按御史姚继可核报！"

李春芳忙道："好好，下巡按御史核报！"

过了不到十日，巡按御史姚继可复勘上奏，略言：

北虏自败胡堡入寇。总兵赵苛戒备紫荆关，提兵远屯，参将方琦等皆不设备，游击施汝清等又畏葸不前，遂令怀、应、山阴间任虏蹂躏，陷堡寨大者二所，小者九十一所，杀掠男女数千人，掠马畜以万计。赵苛不自引咎，乃逞故昏以欺督抚，督抚不察其过听以欺陛下，此三臣罪可胜言哉。

"还有甚说的？"赵贞吉怒目相视，对张居正说，"张子，你说吧，该如何处置？"

张居正回避着赵贞吉咄咄逼人的目光，说："吉老明察秋毫，深谋远虑，居正仰慕不已。"顿了顿，才缓缓道，"姚御史的奏疏，当下吏部、兵部议处题覆。"

"大同失事情弊已昭布人耳，掩过欺君之罪则毋庸置疑，还要下部题覆？"赵贞吉大声质问道，"此举，不是推诿，即是掩过，老夫断不赞成。"

李春芳不愿把事端闹大，下部议处至少还能推延几天，免得目下争执不下，遂笑道："呵呵，吉老，不妨先让兵部议出个底子来，内阁再商榷之。"

赵贞吉不好再辩，却仍强硬地说："也罢，若吏兵二部胆敢朦胧题覆，要一并追究！"

过了两天，吏部、兵部题覆发交内阁：总督陈其学戴罪任事；总兵赵苛戴罪立功，参将方琦、游击施汝清等交御史提问。

"戴罪任事、戴罪立功者云，就是不追究的代名词而已！"赵贞吉气得嘴唇发紫，手颤抖不停，"吏部、兵部如此朦胧题奏，太不像话了！如此，纲纪何在？天理何在？！"

李春芳搓着手，六神无主地看看赵贞吉，讨好地一笑，道："呵呵，吉老，处分边臣乃吏兵二部权责，要不先按二部题覆拟旨？若皇上认为不妥，自可驳回。"

赵贞吉起身一甩袍袖："内阁如此姑息，令人齿冷！老夫只好陈于皇上了！"

李春芳忙追出来，恳求道："吉老直接奏陈皇上，让皇上知内阁不和，百官笑阁臣无状，对大家都不好。请吉老给春芳一个面子！"

"老夫隐忍久矣！此事断断不能朦胧过关！"赵贞吉坚持说，他向李春芳抱了抱拳，"老夫亦知事体至此，非兴化本意；然则，若兴化能够主持，又安得被张子玩于股掌？兴化愿忍受，老夫不能！"

李春芳既尴尬又惊讶，嘴唇嚅动着，却不知说什么。张居正闻言，既恨且惧，精神为之恍惚，散班回家，吩咐游七召曾省吾来见。

"太岳兄，你受陈其学的馈赠了？"曾省吾问，不等张居正回应，遂以老练的语气说，“以太岳兄的地位，非心腹之人不可收受其馈。”

张居正摇摇头，默然良久，神色沮丧地说：“三省，那个老家伙锋芒毕露、轻慢欺辱，难以忍受。思度再三，只有两条路，一则我递辞呈回老家；一则请玄翁回来。”

“万万不可！”曾省吾断然道，“太岳兄忧思天下，怀为万世开太平之志，尚未展布经济，稍遇小挫，焉能思退？至于请高相回来，道路传闻，目下徐老已被海瑞摆布得水深火热；高相复起，徐老岂不闻之惊怖，旦夕死之？太岳兄罪莫大焉！”

张居正沉吟不语。这时，游七拿着一张拜帖进来了。张居正接过一看，皱起了眉头，顺手递给了曾省吾。

“哦？此人就是江湖上常提到的邵大侠吧？啊哈。”曾省吾好奇地说，“要不我也一起见见？”

“不见！江湖术士，跑到官场到处游荡，成何体统！”张居正语带厌恶地说。

游七回话去了，张居正叹息道：“三省，你看，目下的局面如何应对？”

“赵老头儿一副舍身任事的派头，咄咄逼人，肆意张扬，书生意气罢了！岂不知一举而树众敌，让部院大臣和他斗，不待太岳兄去理会！”曾省吾接言道。

正说着，游七又进来了，禀报道：“老爷，适才递拜帖的客人让小的再报，说他是从河南新郑来的。”

不待张居正说话，曾省吾道：“不能见不能见！万一是说复高相之事，怎么应对？”他转向游七，“就说老爷从不见江湖人士，请大侠自重！”

四

看到赵贞吉的奏本，皇上顿起烦恼。往者遇事，尚有内阁可依仗，今次内阁主张不一，动辄要他宸断，委实是给他出难题。

“万岁爷，早朝时刻已到。”司礼监掌印太监李芳近前提醒说。

“你去知会一声，就说朕昨夜染恙，早朝免了！”皇上不耐烦地说。

李芳打量了皇上一眼：“可是万岁爷龙体康健……”话未说完，皇上勃然大怒：“大胆李芳！你想做朕的主？”

皇上是想回避与臣下见面，担心臣下面陈，要他当场决断，他不知该如何作答。与其在百官面前尴尬为难，不如索性免朝。可赵贞吉所奏，终归要有个说法，他叹了口气：“若是高先生在就好了！”抓耳挠腮拿不定主意，便吩咐御前牌子备舆辇。李芳传旨回来，远远望见皇上的舆辇到了西二长街，忙一溜小跑追过去，气喘吁吁问：“万岁爷这是要去哪里？”

“你管得太多了！”皇上回头呵斥一声。

李芳跪在舆辇前，道："万岁爷，科道对皇后别居屡屡上本谏诤，万岁爷总到翊坤宫而不去看望皇后，老奴恐科道又要……"

"大胆！"皇上有气无处发泄，正好撒到李芳身上，"你不必跟在朕身边，退下！"

皇上进得翊坤宫，径直来到后殿，李贵妃施礼毕，忙过去扶皇上坐定。皇上拿出赵贞吉的奏本，说："凤儿，你给看看。"话音未落，正好冯保领着太子——隆庆二年由徐阶领衔奏请立翊钧为太子——来给李贵妃请安。皇上拉着太子的手嘘寒问暖，李贵妃则把手中的文牍递给冯保，说："你也看看。"

冯保偷偷看了一眼皇上，见皇上面色并无异样，忙接过文牍细细看了起来，只见上写着：

九月间，闻虏入大同，大肆杀掠。总督陈其学握兵观望于怀来宣府之间；总兵赵岢弃镇，远避于应州方域之境；巡抚李秋、副将麻锦等皆闭门锁堡以自全。夫高位重禄之臣，有封疆守备之责者，坐视狂虏深入，屠杀生民……其罪亦已重矣！然又呈夸功献捷之疏，以欺罔天听，是诚何心哉！人臣之罪，宁复有大于此者乎？当有巡按御史姚继可历陈该镇文武之臣失事之由，及地方残伤之状以闻，一时朝廷之上，公论赖之稍明。奈何兵科漫然两可，兵部肆然庇护。蒙皇上发下内阁，令臣等看详拟票。……于是时阁臣不以臣言为然，臣亦隐忍不敢渎闻，以为俟其再查，果如奏劾所论，则请正其罪未晚也。今该巡按御史姚继可复查失事罪状益加详著，而兵部题覆，仍循回护之方，阁臣拟票，尚存姑息之意。……

"哎呀，娘娘，大同的这些文武之臣也太不像话了！"冯保感叹着道，他恐皇上责备自己干政，低声对李贵妃说，"他们还敢欺君，兵部、内阁如何还替他们掩饰？"

"兵部、内阁皆言将才难得，姑且宽囿之。"皇上没有责备冯保，反而接上他的话说，"北虏不时入寇，每次都杀、罢一批边臣，委实也不是法子。"

"啊？是这样，也难怪内阁、兵部有姑息之意。"冯保顺着皇上的意思说，他眼珠子转了几转，建言道，"万岁爷，先帝爷爷驾驭大臣，乃是令其相互制约，是以先帝爷爷虽身居西苑静摄，却大权不至于旁落。万岁爷不必为大臣相争烦恼。"他晃了晃手中的文牍，"似这等事，万岁爷不妨召见阁臣，姑为两解之。"

皇上默然良久，方道："退下！"

冯保出了一身冷汗，忙叩头退出。

"这个冯保，倒是有主张！"皇上指着冯保的背影说，"可惜他是内官，内官对朝政太有主张，不是好事。"说着，上前抚摸着李贵妃的脸颊，"李芳说朕不去看皇后，总来翊坤宫，可朕就是想来。"

李贵妃脸颊泛起红晕，眼睛妩媚地眨着，嗔怪道："哼，皇上来翊坤宫，还不是总想那事！"一句话挑起了皇上的欲望，蓦地把她抱住，情不自禁地伸出舌头，往她的朱唇送去，李贵妃也伸出嫩舌迎合，两人的舌头搅缠在一起，伴随着急促的喘息声，慢慢移向床帏……

过了一个时辰，李贵妃见皇上睁眼望着天花板沉思着，便轻轻抚摸他的前胸，说："皇上，国务要紧，还是回去理事吧！"

皇上道："若高先生在，朕就不必操心了，就能天天在翊坤宫陪凤儿了！"他叹息一声，"总有人给朕说，若请高先生回来，恐朝廷纷扰；可是，不用高先生，不唯财用捉襟见肘，仅就边防言，始终没有一点法子，反而为失事后如何追究责任闹得不可开交，不也是纷纷扰扰？"

"皇上，祖宗家法甚严，后宫不得与朝政，凤儿不好替皇上分忧呀！"

"能让朕快活者，凤儿也！"皇上又在她光溜溜的身体上摩挲了一阵，方由都人侍候穿衣，出了寝殿。

"万岁爷，小奴有一事密禀！"刚出了翊坤宫，冯保跪地奏道。

"何事？"皇上问。毕竟适才冯保建言让他有了回应赵贞吉奏疏的办法，且冯保掌东厂，有密报也属常理，遂屏退左右，"奏来！"

冯保从怀中拿出一个锦盒，轻轻打开，对皇上道："老奴给万岁爷踅摸了件宝物，请万岁爷过目。"

皇上接过一看，是根象牙雕件，再细细端详，上好的象牙上雕刻着一个美人。

"此谓之'牙美人'，万岁爷！"冯保对皇上说，"据闻当年严世蕃花重金搜求，也未到手。"

"啧啧，世间果有这般美丽的女子？"皇上瞩目于牙雕上的美姬，赞叹着问冯保。

"回万岁爷的话，此女谓之'牙仙'，老奴还真替万岁爷寻到了呢！"冯保得意地说，"万岁爷让老奴领东厂，老奴誓死回报天恩，这样一件小事，不待吩咐，老奴自会去办！"

"在哪里？"皇上两眼发光，急切地问。

冯保诡秘一笑："万岁爷召见完阁臣，回寝宫即可见到！"

适才皇上出翊坤宫时，心里一直盘算着要召回高拱，可此时他的脑海全被"牙仙"填满了。越是想"牙仙"，皇上越是对阁臣事事要他决断不满，故一到平台升座，就对跪在面前的四位阁臣道："朕继大统三载，京师两度戒严。北虏犯边，生灵涂炭，朕宵旰忧之。你们辅弼大臣，无化解之策，事后又为处分失事边臣争执不下，朕何所眷赖？"

"臣惶恐之至！"李春芳连连叩头，"所谓君忧臣辱，臣忝列阁臣之首，不能解君父宵旰之忧，羞愧无以言状，请皇上罢斥！"

赵贞吉叩首道："老臣以为，边事败坏，皆因赏罚不明，纲纪不张，故老臣昧死以求，乞望皇上做主！"

皇上适才与李贵妃一番缠绵，已是筋疲力尽，又想着会“牙仙”之事，不愿听阁臣争执，便道：“卿等当同心共济，不可存私心。大同总兵赵岢避事殃民，本有常律，姑降三级；总督陈其学降俸二级，巡抚李秋夺俸半年。”他转向赵贞吉，语调和缓下来，“赵爱卿奏本所言，皆公忠体国之语，朕心嘉悦。以后关涉国防边务，内阁要请赵爱卿先拿主意。”说完，起身而去。

张居正额头上冒出汗珠，慢慢站起身。

“张子，早前你不是拟票议赏吗？”身后的赵贞吉揶揄道，“拿你的俸禄去赏吧！”说罢，一甩袍袖，越过张居正昂然而去。

张居正步履沉重，一想到回内阁，不知赵贞吉又会说出甚样蔑视自己的话来；而这两年自己主持的边务，遭皇上一顿斥责，权力也被断然剥夺，实在无颜面对同僚。他佯装咳嗽了两声，声音低沉地对李春芳说：“兴化，居正偶感风寒，浑身酸痛难忍，需请假休沐三两日调理。”

李春芳自然准假，又一番好言相慰。

“岳翁，果病耶？”新任翰林院掌院学士张四维得知张居正患病，半信半疑，两天后的傍晚，前去张府探视，一见面就这样问。

张居正半倚半卧在床榻上，摇摇头，说：“目今人心叵测，时事艰难，吾以拙直之性，不能浮沉和光，以保荣禄，唯当引去，庶可逭责耳！”

“呵呵，此非岳翁风格。”张四维笑道。为了试探张居正，他把适才听到的一个消息说了出来，“学生听闻，大同、宣府两总兵对调。”

“什么？”张居正蓦地直起身，“这是为何？”

张四维道：“闻得赵阁老力言，一则赵岢与巡按御史姚继可势同水火，欲借以曲处之；再则大同独当虏酋俺答一面，宜以勇将镇守。”

“赵岢一直在大同镇从武，马芳则长期驻守宣府。此番对调，使二帅皆处于生疏之地，岂是兵家宜为！”张居正忿忿然道。

“呵呵，岳翁不是要‘引去’吗？何以闻此情绪激动？”张四维故意说。

“看来也只能引去了。”张居正像是自言自语，又像是回应张四维。

“岳翁，难道没有别的法子吗？”张四维试探说，转而叹息一声，“岳翁的生死之交玄翁近来如何？玄翁去国，倏忽间快三年了！”

张居正自然听出了张四维的弦外之音。这些天来，这个念头从未自他脑海中消失过。刻下，他已无踌躇余地。张四维一走，他即唤来游七，吩咐道：“你今晚即拿我的拜帖去李芳私宅，约定个会面时辰，越快越好，我要亲自去拜访！”

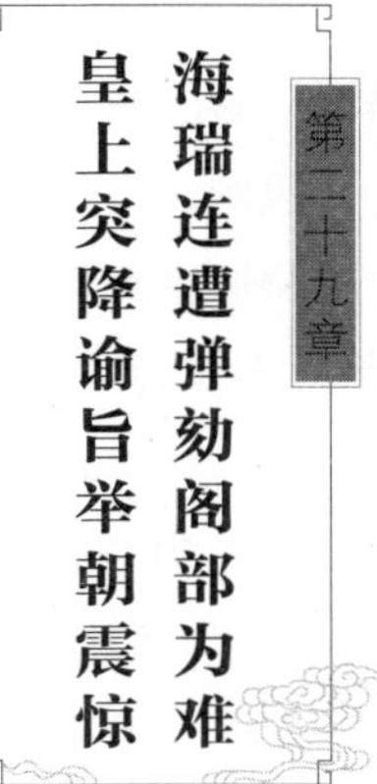

第二十九章 海瑞连遭弹劾阁部为难 皇上突降谕旨举朝震惊

一

乾清宫东暖阁，司礼监掌印太监李芳拿着一份文牍走到御案前：“万岁爷，这是吏科给事中戴凤翔的奏本。老奴以为，不宜发交内阁拟旨，故请万岁爷钦裁。”

“为何不能发交内阁？”皇上不悦地问。

“万岁爷御览一下就知道了。”李芳说着，把文牍递了过去。

皇上一看，只见上写着：

臣昨闻道路流言，皇后移居别宫已近一年，又有言睿体抑郁成病，皇上略不省问者。臣实痛之。臣谓人臣之义知而不言当死，言而犯忌亦当死。臣今日固决死然，愿陛下一听臣言，复皇后于中宫，时加慰问，则臣死贤于生。

“太过分了！”皇上大怒，把奏疏往地上用力一摔，“皇后因为有病移居别宫，也来指责朕！科道欺朕，以至于此！”

“万岁爷息怒。”李芳捡起奏疏，劝道，“言官也是一片忠心。”

皇上用奇怪的眼神看着李芳，突然大声问：“锦衣何在？”守在乾清宫外专责护驾的锦衣校尉应声而来，皇上指着李芳命令道，“把这个欺君犯上的贼人拿了，押镇抚司禁锢！”

李芳“嗵”地跪地叩头：“万岁爷，老奴不知所犯何罪？”

“哼！宫闱之事，外臣何以知之？定然是你勾结外臣，要他们出面为皇后说话！”皇上怒气冲冲地说，“内官勾结外臣，是何罪，你自当知之！”说完一甩手，命校尉把李芳押走。良久，皇上怒气稍息，把秉笔太监张宏找来，问：“你说，谁可接掌司礼监？”

“照例，当是冯保。”张宏道，“不过……”

“照例轮到冯保，可他不安分！”皇上道，“就让御用监掌印陈洪接司礼监印吧。你将此事知会内阁。”

此时，内阁中堂里，阁臣们正饶有兴趣地议起学理来。

“我大明熙洽二百年，人心丕变，文教大兴。王阳明先生语人曰致良知，湛若水先生则教人随处体认天理。春芳以为，舍天理，非良知；舍随处体认，非致良知。”李春芳虽平和，但以首相之尊，遇事受制同僚，内心颇是酸楚。他长于阳明之学，不时要有所展示，以便在心理上稍有补偿。

赵贞吉接言道：“有道君子，只要心存仁义，或儒或释或道皆无不可。老夫虽与王学一脉相承，却以儒兼禅，阳明先生之学拟禅而不言禅，而老夫拟禅之学不必不言禅。”

李春芳奉承道：“吉老善讲学，从者甚众，师事吉老者，在朝盈朝，居乡满乡。”

张居正本不愿参与他们的谈论，但一听“讲学”二字，顿起反感，便插话说：“居正窃以为，近世学者，多不务实，而独于言语名色中求之……”

话未说完，赵贞吉冷笑一声，打断了张居正：“妙理何易谈，你小子但知韩柳之文耳。”

闻此言，张居正怒火冲到了胸膛，憋得满脸通红。正在此时，司礼监秉笔太监张宏进了中堂，唤了李春芳一声：“李老先生，万岁爷让老奴知会内阁，司礼监掌印太监李芳禁锢，御用监掌印太监陈洪接司礼监印。”

“啊！”张居正禁不住惊叫了一声，沮丧不已。在裕王府时，张居正就与李芳相善，本想请李芳在皇上面前替高拱说话的。刚约好了到府拜访的时辰，不意李芳竟遭禁锢。难道这是天意？看来寄希望于高拱复起以抵制赵贞吉的路子走不通，那么就不得不慎重思虑辞职回籍之事了。他心情抑郁地回到家里，刚下轿，就见一个人从茶室走了出来，仔细端详，竟是房尧第。不待他施礼毕，张居正拉住他的袍袖就往书房走。

“招降李自馨之事未协，功败垂成！”房尧第垂头丧气地说。

“怎么回事？”张居正问。自赵贞吉入阁，张居正即知招降李自馨一事已难有结果，但他并未指示赵苛、房尧第停办此事。听了房尧第禀报，还是有些吃惊。

“日前，山西布政司承差杜经陪李自馨内侄张德霖到大同接洽，总兵马芳下令将张德霖斩杀！”房尧第沮丧地说。

张居正道：“两镇易帅，此事未来得及与马帅沟通，马帅不相信李自馨会降归，倒也符合常理。”

房尧第起身深揖道：“学生辜负了玄翁和张阁老，无地自容矣！”说完急忙告辞。

“都是那个老家伙坏了大事！”张居正心里恨恨然骂道，“任由老家伙轻慢、羞辱？”他自问自答道，“张某断难忍受！唯引去耳！”说着，展纸提笔，欲上求去之本。

“老爷，松江有客人来，已在茶室候了一个多时辰了。”过了半个时辰，游七进来禀报道。

纸张摊开在书案上，并未落笔，张居正仰脸看着天花板，一动不动，一言不发，似乎游七这个人根本就不存在。

“老爷，客人说是徐相爷差来参谒老爷的。”游七往张居正跟前凑了凑，伸出双手递过一张拜帖。

张居正默然接过拜帖，扫了一眼，他还是第一次看到吕光这个名字，眉头紧锁，踌躇良久，说：“带他到花厅来见吧。”

吕光身材矮瘦，须发全白，却行止利落。在他叩头施礼间，张居正先开口问：“存翁可好？”

“回太岳相公的话，老太爷身体倒还硬朗，只是被那海大人折腾得苦不堪言！”吕光落坐间回答道。

这些情形，张居正多已了然，但他故作惊讶：“竟有这等事？存翁大有恩于海巡抚，他焉能如此？”呷了口茶，又道，“海巡抚甫到任，我就致函于他，嘱他务必关照存翁；他回函说诸举措必以爱护存翁为宗旨。以海巡抚之为人，安得言而无信？”

“哎哟，太岳相公有所不知，那海瑞举措乖张、鱼肉缙绅，尤以欺凌老太爷为甚！”吕光快嘴快舌，把徐府受到的欺凌添油加醋述说了一遍。

张居正强忍着听了一会儿，便打断吕光：“存翁差你来，有何见教？”

“老太爷请太岳相公伸出援手，拯救于水火！”吕光道。

张居正沉吟片刻，道：“存翁所托，我自有区处。”说着，夸张地端起茶盏，表示送客。吕光见状，知趣地告辞了。

“游七，你这就去叫曾三省来一趟。”张居正吩咐说。游七转身要走，张居正又说，“那个邵大侠，你可找得到？无论如何要寻到他，我要与他一晤！”

二

西直门大街东南端，有一家名曰钱塘斋的酒楼，虽然名气远不如萃华楼，却也以烧制地道的杭州菜肴颇受浙人青睐。这天傍晚，曾省吾早早到了钱塘斋二楼的雅

间，点好酒菜，忐忑地候着要请的客人。

曾省吾多半会在湖广会馆宴客，但今日的两位客人，一位是浙江人，一位是江西人却生长在浙江，他唯恐两人耐不住湖广菜的辛辣，特意找到这里。几天前，张居正召曾省吾相见，把徐阶差人求援的事知会他，嘱他在科道中物色人选，给徐阶一个交代。曾省吾连续找了好几位言官，在湖广会馆宴客，可一旦暗示论劾海瑞，便一个个噤若寒蝉，不是佯装没有听明白他的意思，就是借故把话题岔开。曾省吾无奈，又慎重梳理了一番，觉得时下唯戴凤翔、舒化两给谏求名心切，动辄上疏批评皇上，论劾海瑞的事，或许他们两位愿意出头。

约莫过了一刻钟工夫，吏科给事中戴凤翔、刑科给事中舒化相偕而来。这二人都是嘉靖三十八年进士，时下在科道中颇是活跃。曾省吾延两人入座，先开口夸舒化："舒给谏敢言，把皇上、东厂都一顿指责！"

冯保受命提督东厂，建言皇上命东厂密察百官。舒化奏言："驾驭百官，乃天子权，而纠察非法，则责在科道，岂厂卫所得与之？"此疏一上，百官无不为之叫好。

"戴给谏也名声大噪啦！"曾省吾又夸戴凤翔说。此前，戴凤翔上疏说："今灾异频仍，皇上应勤于政事，虚听纳，以答天戒。"对这类建言，皇上一向置之不理，今番却一反常态，钦批道："然。今岁灾变异常，上天示警，朕心深切兢惕。尔内外臣工痛加儆省，修举实政，共图消弭，以仰成仁爱之意。"这也让百官大感意外。

舒化道："曾郎中看出来了吗？皇上对政府、部院是越来越不满了。"

曾省吾沉默了片刻，不想冲淡了今日的主题，忙道："哦，二位给谏，今日我要引荐一个人，给二位给谏爆些料！"说着，拍了拍手，须臾，吕光走了进来，曾省吾指着他说，"这位是存翁徐阁老的幕宾吕水山。"

戴凤翔、舒化似乎明白了曾省吾请客的用意所在，气氛顿时有些凝滞。吕光又是敬酒，又是布菜，颇是殷勤。酒过三巡，便开口历数海瑞在江南的乖张举措。

对海瑞在江南的作为，朝廷早就传得沸沸扬扬。江南十府出进士最多，在外居官者相应也最多。他们即使不是缙绅出身，也已变为缙绅；而海瑞的举措，多半对缙绅不利，是以官员们相见，免不得数落一番海瑞的不通人情。大家都感觉到，不唯江南官场，即使是朝廷里，已然充斥着对海瑞的不满情绪，只是慑于海瑞的名望，轻易不敢公开发起攻击而已。唯其如此，一旦发起攻击，则推倒海瑞的可能性极大。戴凤翔、舒化委实有些动心。

"时下吴地告状成风，若是善良百姓，虽使之诈人尚且不肯，哪里肯乘风生事？"吕光愤愤然道，"整天东奔西走告状的，有几个是善良百姓？然放告、退田之风一起，士大夫之家不肯买田、不肯放债，善良之民坐而待毙。海巡抚所行，以利民始，以害民终，岂得谓之善政哉？"

“哎呀，这恐怕就连海瑞也没有想到吧？”舒化感慨说。

吕光只字未提徐府之事，而是摆出一副为民请命、为国除害的姿态，侃侃而论，语调颇是真诚：“窃以为，海巡抚最大的失误是不知体。既做巡抚，钱粮是其职业，岂有到任之后不问里甲粮长侵收，却去管闲事。海巡抚之意无非为民，然不知天下最易动而难安者，人心也。刁诈之徒，禁之犹恐不及，况导之使然耶？今刁诈得志，人皆效尤，以至于抛家舍业，空里巷而出，数百为群，闯门要索；要索不遂，肆行劫夺。鄙人恐如此下去，过不了一两年，不止东南之事，必有不可言者。”

舒化频频点头，道：“江南乃国赋所系，宜慎选疆吏。似海瑞这般不谙政体，哪里能治理江南？”

一直沉默的戴凤翔突然扭过头去，盯着曾省吾问：“曾郎中，是不是可以认为，中枢对海瑞已然失去信任？”

曾省吾笑而不答，举盏敬酒。

“江南重地，政府不能听凭海瑞这么胡闹下去吧？”戴凤翔愤愤然道，他想以此再作试探。

曾省吾斟酌良久，道：“内阁大佬早就致书海瑞，多有劝告，可他置若罔闻。”

“郎中的意思是，政府欲动海瑞，只是没有借口，要我辈出面论劾，以便下手？”戴凤翔追问。

曾省吾笑道：“呵呵，二位给谏，这家菜馆的杭州菜怎么样？正宗吗？”

舒化义形于色道：“我辈言官，不平则鸣，与政府的态度无涉！不瞒郎中说，我看到海瑞那个《督抚条约》，琐碎无比，切切于片纸尺牍间，即觉有失体统；又闻得江南缙绅怨声载道，正欲上本一论！”

“哦？如此，正可说明朝廷到底尚有仗义执言之士！”吕光兴奋地说，似乎要为舒化论劾海瑞找到道义支撑，又道，“海巡抚固可称清官，叫鄙人看，贪官可恨，人人知之；清官尤可恨，人多不知。盖贪官自知有把柄，不敢公然为非；清官则自以为我不贪钱，做什么事都不是出于私心，刚愎自用，一意孤行，害人误国，不知凡几矣！”

曾省吾笑道：“呵呵，吕先生这几句话，只能私下说说，上不得台面的。”

“哦，鄙人倒是闻得海巡抚也有上不得台面的隐事呢！”吕光诡秘地说，“各位大人知晓否？海巡抚在南京通政任上，一妻一妾接连神秘死去！”

“喔？有隐情吗？”戴凤翔来了兴致，追问道。

“鄙人访得，这海大人自幼丧父，由寡母养大。其母甚严厉，对儿媳极苛刻。海大人对母则极孝顺，为此已然休了两任妻子……”吕光神神秘秘地说，“道路传闻，海大人这第三任妻室，乃不堪婆母凌辱自杀身亡；至于那位侍妾，索性就是因

为触怒海母，被残忍手刃！”

“喔呀！有这等事？”舒化惊讶地说，停了片刻，又道，“恐是揣测，不可妄言。”

吕光鼓动道：“科道有风闻而奏的特权，既然有此传闻，何不奏请皇上着法司澄清之？”

曾省吾见吕光已然把用意点破，估摸着事体已成了八分，下一步就是吕光的事了，自己在场反而多有不便，遂一拍脑门：“哎呀！今晚部堂有事商榷，差点忘记了。我得上紧走，失陪失陪！”说着，佯装慌张，施礼而去。

“春雨，”舒化叫着戴凤翔的字说，“怎么样？我也先走一步。”

吕光挽留不住，送舒化出了门，从袖中掏出一个小锦袋，里面装着一张金叶子，塞给他：“请大人喝茶的。”

“不可！”舒化瞪起眼睛，断然道，“如此，则上本之事某不能为也！”

吕光尴尬一笑：“呵呵，既然如此，鄙人收起来就是了。鄙人钦佩大人的风骨！”

回到包间，见戴凤翔独自坐在那里，悠然地喝酒吃菜，吕光便猜出他的心思，不觉暗喜：“只要肯收钱，就会听使唤”。遂从袖中把另一张金叶子掏出来，一并装到锦袋里，塞到戴凤翔的袖中，道：“存翁问候戴给谏，请戴给谏帮忙！”

戴凤翔“啪”地放下筷子，道：“好！吕先生爽快！”

吕光又掏出一叠文稿，捧递给戴凤翔：“请戴给谏参酌。”

三

曾省吾从钱塘斋酒楼出来，刚要上马，忽见一位头戴方巾、身着棉袍直裰的人对他拱手道：“这位可是曾郎中？”

“哦，你是何人？”曾省吾问。

“在下乃丹阳邵方是也！”那人答道，“曾郎中，不知可否借一步说话？”

“哎呀，邵大侠！幸会，幸会！”曾省吾忙拱手回礼，“正要找大侠，就请大侠与我一同到张阁老府中一叙。”

几天前，张居正即吩咐游七去找邵方，可游七四处打探也未找到邵方踪影，为此还遭张居正一顿呵斥。

邵方到访新郑的目的，就是为了斡旋高拱复出。当他提出请高拱给御用监掌印太监陈洪写封便柬时，高拱踌躇良久：“宫闱不预朝政，戚畹不干国典，臣下不得交结朋党，不得交结近侍，此乃禁条，意深矣哉！”高拱道。但他也没有阻止邵方晋京斡旋，还把张居正曾经答应时机成熟将为之转圜的话，说给邵方，暗示邵方可与张居正接洽。邵方晋京后即登门拜谒张居正，结果却吃了闭门羹。他知道张居正是故意回避，也无可奈何，只得设法接近内官大珰。

宫中能够在皇上面前说上话的，就是李芳、冯保、陈洪、孟冲几个人。可他一个江湖人士，若无得力之人引介，结交大珰并非易亊，只得以所携重金在京城采买了不少瑰异，与司礼监一个叫殷康的太监有了交通。司礼监设掌钥太监一名，例选年高德劭、为人忠厚者充任，殷康者即是。殷康过寿，邵方以所购宝物博其欢，道："此乃新郑高公之意。高公贫，没有钱购买这样的奇宝。我为天下计，尽出橐装，代此公为寿。"听邵方这么一说，殷康方知其竟有所图，不免面露难色。恰在此时，皇上突然圈禁李芳，内官大珰无不战战兢兢，不敢乓出事端，邵方所托之事就这样拖了下来。邵方无奈，只得再谋谒张居正请他相助。听说曾省吾乃张居正心腹幕僚，有意先与他一见，便外出跟踪于他。

曾省吾本来是极力反对张居正为高拱斡旋的。但势比人强，难以忍受赵贞吉欺凌的张居正萌生退意，这让曾省吾颇感不安。两害相权取其轻，要想阻止张居正引去，斡旋高拱复出是唯一选择。因此，曾省吾只得改变态度。

到了张居正家里，一见面，施礼间，张居正就问邵方："闻得尔曾到访新郑，在为起复玄翁奔走？"

对于高拱复出，张居正内心是纠结的。徐阶临行前的托付，恰可成一个自我安慰的借口。但皇上对高拱念念不忘，而对朝政越来越失望，随时可能召高拱回朝；赵贞吉也越来越视他为无物，他的忍耐已到极限，不得不思谋引退。可他妻妾儿女众多，湖广荆州高龄父母俱在，全要仰仗于他，是以在见到吕光的那一刻起，张居正已彻底打消引去念头，决计斡旋高拱复出。一旦要付诸行动，突然想到邵方也在暗中四处奔走，遂急于见他。

邵方暗忖："他明明知道上次我拜访他即为斡旋高先生复出，方拒而不见的，如今相召，语气强硬，这是何意？"这样想着，看张居正的眼神就有些异样。

张居正也觉察到了，他暗自感叹："此人非庸常之辈，对事体似已洞若观火。"两人对视的瞬间，张居正脸色阴沉下来。

邵方回避着张居正的目光，说："晚生为天下计，近来与诸大珰交游，即谋高先生再起。张阁老若肯施以援手，此事可成。"

张居正欲言又止，脸色却越发难看了。

邵方感到张宅非久留之地，便把自己的打算说了出来："陈洪乃高先生乡人，当愿意在皇上面前替高先生说话。若张阁老赐晚生一纸手札，晚生……"

张居正怒目圆睁，厉声打断他："如此说来，尔竟与中贵人游处，且声言谋玄翁复相？"望着手足无措的邵方，他冷冷一笑，"朗朗乾坤，清明之世，竟有江湖术士攀缘中贵人，谋以国相授人，岂非咄咄怪事？！"

邵方懵了，嗫嚅道："张阁老，这……"

"若真如尔所言，不唯令朝廷损威，也使玄翁蒙羞！身为朝廷重臣、玄翁好友，于公于私，本阁部都不能坐视！"张居正义形于色地说，"本阁部郑重警告尔，尔晋京谋玄翁再相之类的话，以后通不许再吐一字！也不许再滞留京师，否则，必治尔诈钱蒙骗之罪！"说完，一甩袍袖，起身而去，走了两步，又转身说："尔或可不走，等玄翁回朝。不过到那时，尔想走，"他发出两声瘆人的冷笑，"恐也走不得了！"

邵方愕然失色，忙道："晚生、晚生这就离京！"言毕，踉踉跄跄出了花厅。

曾省吾大惑不解，追着张居正进了书房，问："这，怎么回事？"

"此人所为，令朝廷损威，玄翁蒙羞，焉能不赶他走？"张居正答。

曾省吾恍然大悟，笑道："太岳兄，不止这个吧？太岳兄是怕高相回朝后，承了那个邵大侠的情吧？"

"好了，我还有事要办，三省可以走了。"张居正向外挥了挥手说。曾省吾刚走，张居正即召游七，吩咐道："你快去外边雇顶小轿，亥时一刻到后门候着。"又拿出一张拜帖，"你先去东十王府西夹道陈洪的宅子，约定亥时三刻造访。务必格外谨慎，不得为外人知之！"

到了亥时一刻，张居正着一身长袍直裰，头戴方巾，独自一人出门上了小轿，命轿夫绕了几个胡同，悄然停在司礼监掌印太监陈洪的宅前。

陈洪已在首门内迎候。适才，见了游七送来的张居正拜帖，陈洪大吃一惊。朝廷大臣不得私下与内臣交通，乃是煌煌祖制、赫赫律条所明定，张居正竟夤夜造访私宅，他岂不大感意外？但内阁大臣主动来访，陈洪又不便拒绝，便把闲杂人等支出院外，他站在首门等候。彼此相见，低声寒暄了一句，就悄然进了花厅。宾主落坐，两人的额头皆是汗珠满布，为此彼此相视一笑。

"迩来李芳得罪圈禁，老公公荣升掌印，宫府熙洽，内阁颇为大内得人而贺！"张居正恭维道。

"多谢张老先生！"陈洪一摆手道。他五十多岁年纪，圆圆的脑袋，四方脸，一副谨小慎微的样子。

花厅内一时陷入沉默。陈洪拿出张居正的拜帖，道："还于张老先生，免得有后顾之忧。"

张居正接过拜帖塞入袖中，道："呵呵，老公公谨慎端正，居正钦佩不已！"他呷了口茶，"居正夤夜叨扰，有一事想陈于老公公。"

"哦，那不妨明言。"陈洪有些紧张地说。

"新郑玄翁，乃老公公的乡党，想必老公公甚知之。"张居正缓缓道，"古人云，贤者在野，宰相之过。居正不敢冒称宰相，然亦谬赞钧轴，渴盼贤者如玄翁者，能为国展布，解君父宵旰之忧。”

陈洪神情紧张地说：“哦，是这事。”他向四周看了看，压低声音说，“老奴亦知，今日与老先生相见，大干禁条，张老先生自然不会泄于人者，故不妨实言相告：李印公乃裕邸旧人，只因在万岁爷面前数言外廷事，万岁爷才对他失去信任。目下万岁爷时常发脾气，我辈无不战战兢兢，还真不敢言外廷事呢！”他见张居正有些失望，往张居正座前凑过半个身子，又道，“近来万岁爷总是念叨高老先生，以老奴看，不待外人言之，万岁爷也必召高老先生回来。”

张居正一笑：“多谢老公公相告。”言毕，起身拱手告辞。

“高老先生有张老先生这样的朋友，真是福分哩！”陈洪半是恭维半是赞叹地说。

四

内阁中堂里，几位阁臣刚聚齐，尚未开议，赵贞吉晃着一份《邸报》，问陈以勤：“南充，这李葵庵以礼部郎中出为延平知府，外边多有议论，甚不平之，你可听到了？”

陈以勤只是一笑，并未回答。

“兴化，你听到否？”赵贞吉问李春芳，语带怒气。

“呵呵，先吃茶，吃茶！”李春芳举起茶盏说，“今次所沏之茶，是宝庆贡茶，皇上钦赐，诸公当用心品尝，呵呵！”

赵贞吉摇摇头，又瞥了一眼张居正，并不问他，而是“啪”地把《邸报》往书案上一摔，气呼呼地入了座。

张居正一反常态，慨然道：“往者严分宜、徐华亭当国，遇有中外员缺，选曹或送揭帖于内阁看过，或来谒陈述，然后注选。时下不然，内阁对铨政，只有等因奉此的份了！”

赵贞吉冷笑了几声，听不出是对张居正的不屑，抑或对吏部尚书杨博的不满。他低头拿起一份文牍，是巡按山西御史郜永春劾总理屯盐佥都御史庞尚鹏的弹章，吏部题覆：“尚鹏才堪策励，宜留用。”赵贞吉看罢，大声道：“哼哼，这庞尚鹏在山西总理盐政，就驻节杨吏部的家乡。杨吏部的亲家就是山西最大盐商，御史参劾庞尚鹏，吏部不分青红皂白，一意维护他，连避嫌也不计了，未免太过！”他唤了一声，“来人！到吏部，叫杨博来说！”

李春芳想阻止，又怕引火烧身，支支吾吾道：“吉老，这……”

“老夫倒是要看看，吏部眼里，还有没有内阁！”赵贞吉赌气说。

过了一个时辰，杨博进来了。李春芳忙起身相迎，吩咐看座奉茶。

“杨吏部，我四川李郎中，如何外放他做延平知府？”赵贞吉脸色阴沉地质问。

杨博坦然答："李郎中在部中，亦无甚才望。"

"哼哼！"赵贞吉冷笑，"我记得前不久，杨吏部在礼部任郎中的儿子升了提学，想是你儿子，因有人望，故升做提学？"

杨博语塞，一脸尴尬状。

"部永春论劾庞尚鹏心术狡猾、行事乖谬，吏部就拿'才堪策励'四字让庞尚鹏朦胧过关？"赵贞吉继续质问。

杨博虽比赵贞吉小一岁，中进士却比他早六年，以士林规矩乃是赵贞吉的前辈，如今当众受到他的一番指斥，实难忍受，"嚯"地站起身，拂袖而去！

李春芳追送了两步，又怕赵贞吉不悦，进退两难，站在那里尴尬地搓手不止。

"吏部的题覆，驳回！"赵贞吉气鼓鼓地说。

李春芳为难地说："吉老，驳回岂不是对杨吏部不信任？是不是……"

赵贞吉道："那好，明日朝会，老夫面奏皇上，让皇上宸断，你们不必劝阻！"

翌日早朝毕，四品以上官员进殿朝会。与往日无精打采慵懒地倚在御座不同，今日皇上不唯端坐，手里还拿着一份文牍御览。鸿胪寺赞礼官宣布朝会开始，皇上先开口了："朕览户部疏，"他晃了晃手里的文牍，"方知有开纳事例，不禁骇异！朕继统三载，只能靠卖官鬻爵过日子吗！"玉音沉痛中带着不满。

户部尚书刘体乾出列回奏道："启禀陛下，自陛下登极，先后开纳银一百七十二万五千六百有奇，已充边饷。"

皇上问："那么十三省户丁粮草、盐引税课银，通计三年支用，现存几何？"

刘体乾奏道："各项银两自元年以来，已给经费凡九百二十九万有奇，存者二百七十万有奇，边饷各项尚需支三百万有奇，计所入不能当所出。"

皇上叹了口气，又问："国库所入不足以供边饷，这是何故？"

刘体乾奏道："国家备边之制，在祖宗朝止辽东、大同、宣府、延绥四镇，继以宁夏、甘肃、蓟州为七镇，又继以固原、山西为九镇。今北虏猖獗，为保京师和祖陵，密云、昌平、永平、易州又与九边俱列矣！库府空而国计日绌，田野耗而民力不支。供边之费与日俱增，实已不堪重负！今岁灾异互现，恐所入减而所出增，臣等枯坐愁城矣！"

皇上突然身子前倾，扫视众臣，怒气冲冲地说："灾异频仍，多因部院政事不调，致伤天地和气！"

此言一出，众臣错愕，李春芳、陈以勤、张居正、赵贞吉四阁臣并吏部尚书杨博、户部尚书刘体乾、礼部尚书殷世儋、兵部尚书霍冀、刑部尚书黄光升、工部尚书朱衡、都察院左都御史王廷，都出列跪地，异口同声地说："臣无能不职，乞皇上罢斥！"

“都起来吧！”皇上把脸扭到一边，无奈地说，“你们明知朕不可能把你们都罢斥了，方这般说。也只会这般说，就不能想想法子，替朕把朝政打理停当？”

众人起身归位，大殿内一时陷入沉默。赵贞吉出列，朗声道：“启禀陛下，臣有话要说。”他拿出郜永春的弹章，说，“巡按御史代天子纠察四方，既然御史论劾某官，即使真假难辨，亦当令其听勘。然吏部对郜永春论劾庞尚鹏的奏疏，却以‘才堪策励，宜留用’题覆。若然，则此后有丢城失地之辈，只要说一句‘此人有才’，就可以不予追究了？臣以为吏部这等题覆，不唯不宜准之，还要问问吏部因何如此题覆！”

皇上突然提高声调，生气地说：“近来吏部不查各官贤否、应去应留，专事掩饰，殊为欺诈！”

杨博大惊失色，复跪地叩头：“臣有罪，乞皇上罢斥。”

“准杨博致仕！”皇上断然说。

众臣惊诧莫名，感到皇上像是突然变了一个人。

五

张居正不紧不慢地读着刑科给事中舒化的弹章：

海瑞着节先朝，诚一代直臣。然迂滞不谙事体，闻其在应天，科条约束，切切于片纸尺牍间，以难过客，恐非人情。夫道在日用，当官者不必出于寻常之外而别为调停；政贵于民，善治者岂在创新奇之法，以抗夫时俗？如海瑞者，宜于任清秩，以风激天下之士，盖所以全地方，亦所以全瑞也。

赵贞吉感叹道：“海瑞勇于任事，倒也难得，只是未免急于求成，又善出风头，是以不恰舆情。舒给谏的弹章，我看说得入情入理。”

“海瑞对存翁多有为难，似不符朝廷全元老体面之意。”一向不品评人物的李春芳，打破惯例，感慨了一句。

陈以勤也打破沉默，道：“江南人言籍籍，朝廷物议沸腾，这样下去，对海瑞委实不好。巡抚，海瑞似不宜再做。”

李春芳以商榷的语气说：“江陵，就照此意拟票？”

“可是，诸公并未有明确主张啊！”张居正两手一摊说。

李春芳为难地说：“不的，着吏部题覆？”

张居正道：“可吏部尚书空缺，关涉海瑞的事，他们会以为内阁回避矛盾。”

李春芳没了主意，向赵贞吉求助道：“吉老看，该如何措置？”

“用人所长，乃铨选之本。当初因何让海瑞去抚吴？”赵贞吉抱怨说，他眯睨张居正一眼，似乎认定责任在他，“倒是把海瑞当刺儿头打发出去了，如今如何收场？莫如调海瑞回都察院坐堂，足可震慑朝廷奸邪贪墨之徒！”

李春芳道：“可是吉老，科道论劾之人，反而调都察院坐堂，必遭物议。”

“海瑞乃节义之士，无论如何先要慰留。”张居正道，“拟‘海瑞节用爱人，勤事任怨，留抚地方如故’，如何？”

李春芳一副踌躇难决的表情，转向赵贞吉：“吉老，我看这事先这么办吧。目下有件事不能不办：吏部尚书不可久缺，皇上准杨吏部致仕，却未简任接替之人。春芳以为内阁当上公本，请求皇上允准尽快会推。”

“兴化说的是，吏部尚书之位不可久悬。”赵贞吉点头道。

李春芳遂亲草疏稿，四阁臣列名，当天就上呈了。可是，四天过去了，内里寂静无声，李春芳沉不住气了：“会推冢宰的公本，皇上何以还没有批下来？”

“内阁公本没有批下来，论劾海瑞的弹章可又来了！”执笔的陈以勤举着一份文牍道，“吏科给事中戴凤翔论劾海瑞七大罪。”

“哎呀，罪名这么多？”李春芳皱眉叫苦道，“如何是好？”

陈以勤不紧不慢地说：“戴给谏论劾海瑞七大罪状：一、滥受词讼，致使律法扫地，罗织成风；二、田产分赎，违例问断，致使棍徒不营活计，专谋夺产；三、客兵既已散归，而兵粮仍派如故，致使众心汹汹，莫不思乱；四、公差所省者小，而所费者大，名虽爱民，实则蠹国；五、妄禁佃户不许完租，致使佃户结赖其租，产户空赔其税；六、不遵明例，妄禁不许还债，致使强暴劫掠苟生，柔软束手待毙；七、一妻一妾同日暴卒，必有隐情。”

“看来海瑞是惹众怒了，弹章一道比一道火力猛。若再不处分他，恐科道把矛头对准内阁。”李春芳忧心忡忡地说。

“关涉海瑞，国人瞩目，兹事体大。既然皇上发交内阁，内阁还是先议出道道来，别推来推去的。”赵贞吉道。

“海瑞当有辩疏，待他的自辩奏来，内阁再议不迟！”张居正建言道。

赵贞吉一撸袍袖道：“你小子，没有受过弹劾吧？处分不处分被劾者，取决于自辩疏？”他“哼”了一声，“等辩疏，无必要！”

“不罢海瑞，江南骚动，科道也不会善罢甘休。”李春芳叹了口气道，“罢海瑞，恐后世谓我辈不容直臣，委实难啊！”

陈以勤道：“为全朝廷大臣之体，抒江南缙绅之困，还是罢了海瑞巡抚之任为妥。”

“南充所言极是。”赵贞吉道，“兴化，我看就这么办吧！”

李春芳正踌躇间，书办禀报：“司礼监掌印太监陈公公到——”

随着一声高喊，陈洪手捧谕旨进了内阁中堂：“圣旨到！”他举起手中的谕旨，喊了一声。

李春芳、陈以勤、张居正、赵贞吉跪地接旨。

“原任大学士高拱，着以原官掌管吏部事，便差官取来，吏部知道，钦此！”

“啊？！”阁臣齐齐发出惊讶的叫声，跪地接旨。

从地上爬起来，陈以勤不解地说：“本朝成宪，居内阁者不出理部事，理部事者不复与阁务。皇上怎么……”

赵贞吉疑惑地看看李春芳，又与陈以勤对视一眼，道：“阁臣主看详、拟票，若兼领铨政，则为真宰相，犯太祖高皇帝不得复设宰相之禁。”

张居正从惊诧中缓过神儿来，道：“阁臣领铨政，也不是没有先例。武宗朝焦芳以阁臣掌吏部事数日；世宗朝方献夫以阁臣掌吏部事近一月；又有吕本署吏部事旬日。”

“拟于不伦！”赵贞吉高叫一声，“你小子说的那些故事，都是十天八天临时代管，可皇上的谕旨可是让高新郑以原官掌管吏部事，是一回事吗？”赵贞吉大声诘问，仿佛破祖制让高拱掌管吏部的是张居正。

“兴化，起用新郑回阁，臣下无权置喙；但以阁臣掌管吏部，是破太祖禁令，兹事体大，内阁缄默，科道不会缄默。还是觐见皇上，陈明厉害，请皇上收回成命。”陈以勤肃然道。

李春芳一脸苦楚，不知所措，沉吟良久，方道：“这个……先找陈公公，让他把内阁的想法奏陈皇上如何？”

“也罢，总之要让皇上知道，内阁对破祖制不忍缄默。”赵贞吉以决断的语气说，“对科道也好交代，不的，科道必把矛头对准内阁。”

李春芳仿佛得了圣旨，忙差书办去请司礼监掌印太监陈洪到阁。

一盏茶的工夫，陈洪就到了。听完李春芳的陈情，他面露难色，却还是答应了。约莫半个时辰，陈洪再次来到中堂，高声道：“万岁爷口谕——”四阁臣跪地听宣，陈洪清了清嗓子，“朕意已决，内阁并戒谕科道，不得渎扰！”

中堂里顿时一片寂静。良久，赵贞吉开言道：“既然如此，戴凤翔弹劾海瑞的弹章，就批吏部题覆，让高新郑区处，他这人敢干！”

话音未落，门外响起嘈杂的吵闹声，李春芳忙起身出去查看，但见吏科给事中戴凤翔、刑科给事中舒化、都察院御史李贞元等科道十多人，个个义愤填膺，口中道：“我辈必要皇上收回成命！”

“成何体统！”张居正突然出现在科道面前，“内阁是尔等可恣意进出、吵闹的吗？”

“张阁老，阁臣兼掌吏部，权过唐宋宰相，置太祖禁令于何地？”舒化义形于

色地质问道。

“呵呵，正要去宣谕的，”李春芳挤出笑容，“内阁已然向皇上陈明厉害，皇上已有口谕：‘不得渎扰’。就是上一万道奏本，皇上留中不发，奈之若何？”

李贞元向前挤了挤：“科道闻听高新郑复起又兼掌吏部，都炸了锅啦！”

“怎么，要抗旨？”张居正厉声道。

“不敢。”戴凤翔道，“维护祖制，科道职责所在，谏诤皇上是本分！阁臣兼掌吏部一事，我辈必抗争到底！”

李春芳突然灵机一动，转身回到中堂，拿着谕旨念了一遍，一拍脑门：“哎呀，皇上谕旨只是说以原官掌管吏部事，何时说兼掌？”他向众人拱了拱手，以恳求的语调道，“诸公请回，维护祖制，内阁当仁不让！”

舒化等人这才一脸狐疑地退出了。

“兴化，你闹的什么玄虚？”回到中堂，张居正不解地问。

李春芳“嘿嘿”一笑，有几分得意：“先平息了科道情绪再说。”

“哄骗？”张居正侧脸问。

“先朝阁臣起复，也有不再任阁臣，专掌部务者。”李春芳解释道，“皇上谕旨说‘掌’而不说‘兼’，我辈即理解为是起复新郑来做吏部尚书的，这不就不违背祖制了吗？”

“哦？”陈以勤道，“既如此，去河南迎高新郑入京，不可差行人，由吏部咨兵部差官去取就是了。”

“恐皇上不是此意。”赵贞吉道。

李春芳苦笑道：“遽闻新郑起复，朝野震动。他们不便阻止新郑复出，就拿破祖制说事，一旦闹起来，内阁招架不住啊！待新郑到京，人们慢慢接受了现实，未必会再闹。”

“到底是状元出身！”张居正嘲讽了一句。

高拱复出的消息，顿时成为京城的头号新闻，一时各衙门已无心办事，官员们三三两两聚在一起，嘀嘀咕咕，不时发出“啧啧”声。

张居正散班回家，茶室里已有十多人候见。曾省吾从后门带着陈大春、吕光一同进了张居正的书房专候。待张居正刚一进来，曾省吾就问：“太岳兄，高新郑以亚相兼掌吏部？”

张居正点头，脸上挂着抑制不住的笑意。

“都说今上胆小怕事，如此破祖制的惊天大事，今上倒是断然做了！”曾省吾感慨道。

“岳翁，高新郑此来，有排山倒海之势，得预为准备啊！”陈大春提醒说。自徐阶去国，他就成了张府的常客，总是一副忠心耿耿的样子。

“得霖说什么？”张居正惊讶地问。

“焉知来日高新郑不会压制太岳兄？一旦受高新郑压制，太岳兄怎么办？若不预为准备，届时就来不及啦！”曾省吾替陈大春回答说。

张居正这才注意到徐阶的门客吕光也在。一看便知，曾省吾、陈大春和吕光听到高拱复出的消息，在一起紧急商榷过。

“妄言！”张居正厉声呵斥道，挂在脸上的笑意瞬间消失了。

大明首相

郭宝平◎著

中国文联出版社
http://www.clapnet.cn

目　录

第二十章 流言满布重臣生疑窦 宣淫无忌土司惹事端

一

京师元宵节灯会，例以正月十八收灯。至此，自入正月以来的城中游冶寂静下来。次日，都中男女即倾城而出，纷纷到西郊白云观联袂嬉游，席地布饮，谓之耍烟九。是日不唯游人塞途，且各地道士不期而集者，数以万计；大内的太监，也会在这一天散钱施斋。

隆庆四年正月十九日，为抢到好位置，到白云观耍烟九的人们即于晨曦中，或成群结队，或三三两两，涌向城门。四牌楼大街上，一位身着棉袍、戴着方巾又加了一对暖耳、足穿针线纳底粗布棉鞋的男子，带着两个仆从，踏着已然冻得有些坚硬的积雪，不紧不慢地走着。一边走，一边指指点点，相互议论着。

这正是刚刚到京的高拱，带着高福、高德于街头微服私访。

隆庆三年腊月二十二日，皇上下旨召高拱再起。内阁与吏、礼二部会揖商榷，由吏部咨请兵部差指挥一员，日夜兼程赶到河南新郑宣旨接人。大年初二，高拱接到谕旨，虽兴奋地赋诗抒怀，却也并不感到意外。他始终有一个坚定的信念：皇上是不会忘了他的，回朝只是早晚而已。令他不安的是，时光如梭，岁月匆匆，他一个望六之人，精力渐衰，来日无多，容不得从容等待。这也是他未阻止邵方晋京斡旋的原因所在。如今已是隆庆四年，按时俗纪龄，他已五十九岁，这个年纪已属老迈，亲朋故旧、乡邻同伴中，强半活不到这个年纪；忠君报国，亦到了只争朝夕的关头。从《邸报》中，他每每看到皇上对朝政无起色忧心忡忡，不满之词屡屡见诸

谕旨。每看到这些，高拱都心急如焚，夜不能寐，恨不得一步跨到京城，替皇上分劳赴怨。是以接到召命，他没有按惯例扭捏一番，而是立即轻装就道，未携家眷，先带高福和此前为长兄做管家的高德，顶风冒雪，乘驿车仆仆北上。

昨夜悄然入京，今日一大早，他就带着高福、高德上了四牌楼大街。高福、高德一路劳顿，本想睡个安稳觉，天还未亮，就被老爷硬生生从热被窝中叫起，委实不理解老爷何故如此。

“恐天亮后访客盈门，不如外出一避。”高拱解释道。两个人也只好极不情愿地随老爷出了门，只是不知老爷此行究为何事，问了几遍，老爷只是笑而不答。到得街上，高拱专注商铺店面，过了西四牌楼，就拐向草厂街而去。京城人都说，这一带虽街道不甚宽敞，却人烟稠密、店铺林立，是京城商家聚集之地。天早已大亮，街上的行人也渐渐多了起来，只是开张的店铺甚少，远不像传说的那般热闹。高拱停下脚步，四顾而叹：“如此萧条，实出意外。”

“哎呀，老爷，快看，那儿有家饭铺好像是开张了！”高福惊喜地大叫一声。京城过正旦节，向喜居家聚餐，街上酒馆饭铺也就少有开张。三个人走了个把时辰，早已饥肠辘辘，高福忽见一家卖早点的饭铺幌子摇曳、有人进出，自是喜出望外。

三人移步到了饭铺门口，正要入内，突然，一名只穿了身单薄内衣的中年人惊恐地从眼前飞奔而过，后面几个官差模样的人高喊：“抓住他！别让他跑了！”边跑边呼哧、呼哧喘着粗气，紧追不舍。不远处，传来女人和孩童的哭泣声。

高拱刚想吩咐高福前去打探原委，却见几个官员打扮的人匆匆走了过来。他们像是刚遇到一起，彼此拱手施礼，对擦身而过的追逐视而不见，旁若无人地交谈着。

“吃完饭去看看，到底真的假的。”一个人说，“若是真的，索性都知趣些，免得受辱。”

“不管真假，都不会空穴来风。高胡子脾气大，快意恩仇，报复起来怎生了得！”另一个说。

“喔呀！”高拱一惊，正欲上前查问，又听有人道，“唉，仁辅，看来这次你起复的事就不必想了。”

“仁辅？”高拱暗忖，“这不是何以尚的字吗？朝会上请皇上赐尚方宝剑杀我的那个人。”他忙瞥了一眼，几个人已走进饭铺。

“高德，你去听听适才进去的那几个人说些甚话，要做甚。”高拱吩咐高德。高德初来京城，官场上没人认得他，是以高拱差他去探听。

高德麻利地进了饭铺，高拱则带着高福继续向东走去。走出一箭地，到得一家布店门前，女子的哭声正是从里面传出的。高拱踌躇片刻，抬腿进了店门。门外虽挂着布店的幌子，店里却寸布未有，只望见一位满头白发的老妇，怀里揽着一个七八岁的孩童在哭泣。他向高福努了努嘴，示意他上前询问。

“这位大娘为啥事哭呢？适才被追的那个人，就是从你家跑出来的吧？”高福问。

老妇哽咽着恨恨然道：“还不是当行买办闹的！”

京城实行铺户当行买办之制，各行业铺户须轮流义务当差，替官府采办所需货物。高拱早就听说此制弊病甚多，商人多有烦言，正可借此了解一二，便走上前问：“官府采买货物，不是照价给钱的吗？”

老妇摇头，道：“我一老婆子家，哪知道里面的名堂，只知道谁家轮到当行买办，谁家便走了霉运！隔壁姜家姜掌柜，去年生生被逼跳井死了！”

“喔呀！”高拱叹息一声，“那我过去看看。”

老妇道：“顶梁柱殁了，生意哪里还做得下去？一家人早不知去处了。”

“商人之累！商人之累啊！”高拱感叹着走出布店。

回到街上，主仆二人往回张望，没有看到高德的身影。停了片刻，高拱问：“高福，记得你说过豆腐陈家开的商号，就在这一带？”

“哎呀，原来老爷是为了找珊娘啊！”高福恍然大悟似的，“走走走，俺带老爷去陈大爷的商号，不远不远！”

“就你能！”高拱用老家话呵斥了一句。虽说此番上街非为此而来，但之所以出门拐到草厂街，正是因为他隐约记得，以售卖各地方物闻名的陈大明商号就在此地。而陈大明与邵方是好友，或许从陈大明那里，能够打听到邵方和珊娘的消息，这当然是他所期盼的。眼看能够得到珊娘的消息了，适才的劳累感顿时消散，紧跟在步履变得欢快的高福身后，转过一个小巷，来到了“大明方物商号”前。

这是一进的院子，颇是宽敞。只是大门紧闭，了无商家气息。高福用力拍打大门，良久，才有一个仆从模样的年轻人慌慌张张地跑来打开大门，打量着高拱，问：“找谁？”

“哎哟，别磨蹭了，找你家老爷陈掌柜！”高福拽着高拱的袍袖不由分说闯了进去。年轻人见来者气度不凡，不敢阻拦，跨前一步引着高拱到了内室。

屋内已然搬空，一个中年人颓丧地在地当间抱膝而坐，似乎已没有抬头的气力。高福隐隐约约觉得此人正是陈大明，只是比过去瘦了许多，也黑了许多。他近前一步弯下腰去，惊诧地问：“这、这是咋啦？”见陈大明依然低头不语，高福大声道，“这是高阁老呢！”

陈大明勉强抬起头，吃惊地看着高拱，想从地上起身，却怎么也起不来，只得侧坐着，双手摁地，勾头道：“高阁老，失礼了！”

高拱早就知道陈大明经理的商号售卖各地方物，在京城甚是有名，今日一见，竟是如此惨状，甚惊讶，便问：“何以如此？”

“生意破产，房屋抵债。委实不舍，特来告别。”陈大明戚然道。

“破产？”高拱惊问，屈身盘腿坐在地上，“不妨说说，怎么回事？”

“唉——”陈大明长叹一声，“敝号本以吴丝、绒羯起家，怎奈徐家二公子徐琨也开了一家方物商号，垄断了京城的买卖，敝号生意就此一落千丈。鄙人原想再寻货源，遂押房贷款，到西南去了大半年，在贵州水西采买了大批天麻、漆器，雇马队返京。不料，水西土司安国亨和他的堂叔打了起来，好不容易逃出战场，货物已损失过半；又遇前去征剿的官军，把马队扣留征用……”

“你是说，贵州有战事？”高拱半信半疑，瞪大眼睛问。

“看那阵势，是要打大仗啊！”陈大明感叹说。

“喔呀，要打大仗？到底怎么回事！”高拱焦急地追问，“就你所见所闻，快说来我听！”

二

贵州西北部，川、滇、黔三省交界，山峦重叠，沟壑纵横、河谷交错，自古就是彝民聚集之地，以受朝廷册封的土司统之。自前元时，朝廷以乌江上游的鸭池河为界，分为水东、水西二土司。水西地域东北接遵义、仁怀，东南邻贵阳、开阳、息峰，南交安顺、镇宁、普安，西靠威宁、赫章，北与四川古蔺接壤。国朝洪武五年，元朝所封水西宣抚使霭翠归顺大明，入朝袭职。太祖皇帝下诏，授为贵州宣慰使，位列各土司之上；英宗皇帝则赐水西七十二世土司以安姓。自此，水西土司世代以安为姓。八年前，霭翠与奢香夫人第十二世孙安国亨袭职。此人疏通驿道，劝农辟地，察瞻贫困，颇有作为。

去年夏末，贵州总兵安大朝莅任。按制，土司为武职，当受总兵节调。新帅到任，各土司例当参谒。安国亨姗姗来迟，看着帅帐外亲兵列队两侧，刀戈相接，他却毫无敬畏样，两手空空，旁若无人，与陪同而来的亲信吴琼谈笑风生，大摇大摆地进了帅帐。

坐在高大虎皮帅椅上的安大朝见安国亨深目长身、面黧齿白、一脸傲慢，心中不悦，待安国亨行礼毕，便厉声道：“尔即水西土司？访得尔一向恃众跋扈，谒上官时也傲慢无礼，可有此事？”

安国亨坦然道：“本宣慰使内修政令，外勤王事，常思报效！”说着，手舞足蹈，高声吟诵自己的诗作一首：

冠盖同登万里澄，王回气概自今增。

吾生幸际明时会，自愧无才报未能。

安大朝没有想到安国亨汉文竟如此高深，不觉刮目相看，也就转怒为喜，夸奖了一句。安国亨洋洋得意，与吴琼鼓舞欢噪着正欲辞去，安大朝突然大喝一声："站住！"他"嚯"地起身，指着不知所措的安国亨斥责道，"尔是想反叛朝廷吗？哼哼！"他冷笑几声，"本帅视尔，就是釜中之鱼而已。尔兵有几多？能与云南、贵州、四川、湖广的官军一比吗？且不说官军，尔地盘有四十八部酋长，本帅铸四十八印信授之，朝下令，夕灭尔矣！"

安国亨忙跪地叩头不止，直到安大朝命他出去，才起身讪讪而去。

按制，土司不得筑城，安国亨的贵州宣慰使府，设在离贵阳三百里、毕节城东北一百里处大方寨子旁的螺蛳塘畔。安国亨从贵阳回到大方宣慰使府，好几天都闷闷不乐，府内亲随战战兢兢，还是有几个被他暴打。

吴琼是亲兵总领，番语谓之慕魁，他知安国亨好女色，忙找了几个女子，陪安国亨在府中淫乐。过了两天，安国亨又发起无名火，一名亲兵被他一脚踢断了肋骨。这让吴琼颇是焦急。这天午时，吴琼带其妻若姊来见。这若姊虽皮肤黝黑却五官极美，身段娇柔如水，早与安国亨私通。也正因此，吴琼方深得安国亨信任，竟命所部谒吴琼皆叩头，礼如谒土司。郁闷之际的安国亨见若姊身着薄麻裙，对他娇媚撩拨，一时兴起，命人拿来酒菜，三人围坐地上，痛饮起来。

"苴穆，"吴琼叫着彝民对土司的称呼，"那安总兵给苴穆下马威，或许是想让苴穆给他上贡。不妨备些方物银两，私下谒之。"

"哼，休想！"安国亨不屑地说，"我辈就守在水西这一亩三分地里，他奈我何？"说着，在若姊的脸颊上亲了一口，又用力撕扯若姊的衣裙。须臾，宣慰府明堂的地上，安国亨和若姊滚作一团。

此时，宣慰府同知安信走了进来。他对安国亨的宣淫场面多有目睹，是以只是夸张地咳了几声，并未退出。安国亨向外挥了挥手，以厌恶的语气说："出去！"

土司按制当向朝廷上贡，朝廷给予赏赐。安信是来向安国亨督办此事的。"苴穆，今年入贡，朝廷定方物为大木，目下尚未采伐停当，照此恐不能按期运验，苴穆用心督一下才好。上次入贡，过限一月，朝廷因我违例而只给半赏。今年不能再过限了。"安信安然地一口气把来意说了出来。

"给四十八则溪传令，谁误期，砍头！"安国亨不耐烦地说。则溪，是对土司所辖部落首领的称呼。

安信劝谏道："苴穆，这样宣淫不成体统，传扬出去，于安氏令名有损。"

"够了！用不着你来多嘴！"安国亨起身呵斥安信，"别忘了谁是主人！"

安信自然明白安国亨的弦外之音。四十多年前，安国亨的祖父去世，其父袭职。因其年幼，由祖父之弟安万铨，即安信的父亲摄宣慰使之职，直到安国亨袭职，水西

一直由安万铨掌管，属民只知有安万铨，不知有苴穆。几年前，安万铨去世，临终前，命长子安智偕母疏琼出居织金，次子安信留事安国亨，位同一国丞相。叔祖安万铨掌权四十年，安国亨对他们父子嫉恨在心，这仇恨目下都转嫁到堂叔安信身上。

可安信对眼前的场景委实看不过去。他年长辈高，又自觉理直气壮，不便对安国亨发火，就转向一旁的吴琼，用力踢了一脚，骂道："无耻！"

安国亨大怒："安信无礼！罚赔吴琼马一匹，明日交马！"

安信无奈又不甘心，灵机一动，次日出高价将吴琼之弟吴珂的马买来，赔给了吴琼。吴琼见此马乃胞弟坐骑，要也不是，不要也不是，遂将此事禀报安国亨："安信是不是故意用这个法子发泄对苴穆的不满？"

"此马赐予吴珂，命安信把自己的马赔与吴琼！"安国亨当即下令。

安信明知安国亨是在故意羞辱他，忧愤交加。当晚，他在家中借酒浇愁，酒酣之际，突然拔出长剑，长叹道："朝廷若出了奸臣，有担当的大臣要清君侧！如今苴穆被小人环绕，若不除去吴琼，则水西千年基业、八十代传承，就要毁于一旦！"他持长剑在空中舞着，咬牙切齿地说，"我必杀了这个小人！"

吴琼早在安信身边安插了卧底，一个叫阿产的安信亲随悄悄溜出寨门，一溜烟跑到吴琼寨中，把安信的话禀报于他。吴琼知道安国亨早有除掉安信之心，忙到苴穆府向安国亨添油加醋禀报一番。安国亨正在与若姊饮酒作乐，听了吴琼的话，大笑三声："命你带阿第、吴珂、吴彤、务卒、恶卒、何高，即刻捉拿安信，就地砍头！"

安信早已大醉，恍惚间有几个人影突降眼前，他举杯道："来，陪爷干了这一杯。"吴琼走上前去，手起刀落，安信的人头滚落在地。

不多时，安信被杀的消息就传遍水西各部。别居安顺州织金之地的安信兄长安智与其母疏琼，闻讯惊恸不已，悲愤交加，发誓为安信报仇雪恨。于是，安智一面整备土兵，又驰马急约姐夫、永宁土司奢效忠，合兵于朵泥桥；一面带着二百亲兵，携带重礼，与其母疏琼一起，急赴会城贵阳，向巡抚王铮告变，乞发兵平叛。

王铮对安国亨目无上官早已不满，闻报震怒，饬令毕节兵备道杨应节率兵提安国亨到案，听候发落。可是，过了十余天，却毫无动静，倒是安国亨集结兵马于朵泥桥与奢效忠开战的塘报接连报了过来。

"安国亨不服拘提，兵备道却置若罔闻，必是受了贿赂！"巡抚王铮怒不可遏吼叫道。他一边上章参劾杨应节受安国亨之贿，故违军令；一面召总兵安大朝来见，商榷对策。

在巡抚衙门二堂，王铮把安智告状之事约略说了几句，就黑着脸怒气冲冲表明自己的判断："安信乃宣慰府同知，虽属土官，也是朝廷所授，安国亨擅杀之，又不服拘提，这不是造反吗？！"

安大朝新官上任，立功心切，遂道：“请军门下令，卑职朝发兵而夕灭之！”军门，本是对总督的尊称，安大朝为表对王铮的尊重，便以军门相称。他抱拳拱手，又给王铮打气说，“这些年，南倭北虏欺我天朝，谁不窝火？灭此土夷，当可振士气、悦君心，机不可失！”

王铮提醒说：“彝人全民皆兵，又占地利，不可小觑。又访得彝族土司间无事则互起争端，有事则相为救援。战端一开，彝人血流成河，其他土司或明或暗援助安国亨也未可知。仅贵州一省兵力，不足以万全，还是奏请朝廷，调川、桂援军合剿。”

“请军门放心！”安大朝拍胸脯说，“本镇三万兵马足以灭此叛贼！”他随即“嘿嘿”一笑，“只是粮草军饷，还请军门足供。”

“一旦开战，耗费甚巨，贵州穷乡僻壤，哪里有那么多粮草军饷？”王铮为难地说。

“此番打仗也是为安智复仇，先让他出点血，解燃眉之急，也是应该的。”安大朝急于进军，便建言道。

“哦！这不失为一策。”王铮兴奋地说，“安帅可召安智商榷进军事宜，本院即向朝廷奏请出师平叛，并请调川桂援军，拨发粮草军饷！”

三

隆善寺南的一条街道里，一座四合院前，一大早就不断有人进进出出，引得附近闲来无事的市民三三两两聚在一起围观。

高德从饭铺出来，尾随那几位官员，也来到了四合院前。见几个人进了四合院，他只得等在外面。

适才在饭铺，高德听这几个人议论，说到的人和事他都一无所知，但议论的话题他听明白了：高拱回朝了！他必定要报复那些赶他走的人。这几个人还说，时下道路传闻，一个叫欧阳一敬的人闻听高拱回朝的消息，吓得肝胆破裂而死！他们几位正是要去欧阳一敬家看看，这事到底是真是假。那些人说得绘声绘色，仿佛亲眼所见，高德却听得心惊肉跳。因这事关涉老爷，他得探听明白好向老爷禀报，遂跟踪几个人来到四合院。

“这、这是欧阳、欧阳敬的家吗？”高德走到一个倚在路边槐树上的老者面前，指着四合院问。

老者打量着高德，道：“不是欧阳敬，是欧阳一敬！哦，你是哪家官爷的管家，也来打听这事儿？”不等高德回应，老者就得意地说开了，“哎呀，真是不得了啦。你知不知道，那个叫高拱的相爷是当今万岁爷的老师呢！当年呢，被人硬生生给赶跑了，如今万岁爷把他请回来了，赶跑他的那些官爷，都吓坏啦!”他抬起下颌向四合院一扬，“喏，看到了，这家老爷欧阳一敬，当年是言官，和一个叫胡应嘉的言官，带头骂高相爷；骂走高相爷，两个人被徐相爷升了官。如今高相爷回朝，京城都在传呢：回淮安老家给他老娘守孝的胡应嘉‘嘎嘣’一声就吓死了；欧阳一敬也吓得破了肝胆，呜呼哀哉了。这不，引得不少官爷来看虚实呢！”

“哎哟，俺的娘哎！”高德咧嘴惊叹道，“那，欧阳一敬死没死啊？咋没见办丧事呢？”

“死倒是没死，卧床不起是真的。”老者说，“说是递了本要辞官的，到底还是害怕呢。”

“这这这……这不是瞎传吗？”高德一时不知该怎么办，急得在老者面前转着圈来回走动。

“瞎传？”不知何时围过来凑热闹的人插话说，“听说，就连朝廷里的大官也怕了，都察院里最大的大都爷，还有刑部的尚书，都递本辞官啦！”

“都说，那个告老还乡的徐相爷，怕是老命难保呢！”另一个人接言道。

“想想看，这什么阵仗？”老者竖起拇指晃了晃，“高相爷，委实厉害！看样子，他一回来，朝廷没得安生喽！”

高德一跺脚，急匆匆往草厂街去寻高拱，好禀报探得的消息。急头白脸找了半天，也不见人影，只得沿原路回家。

此时，高拱还在听陈大明讲述他在贵州的见闻。

陈大明仅就传闻讲述一通，高拱已知水西土司生乱，朝廷要派大军征剿。此事出乎他的预料。北虏之患日亟，两广不靖。不意，贵州又冒出战事，生灵涂炭，圣忧愈深，财用更是不堪重负！他的心情沉重起来，无心再查访，叫高福道：“高福，这就回家！”说着即欲起身，可腿麻得不听使唤，高福忙搀他起来，慢慢往外走。适才高福已到左近轿行雇了顶小轿，候在院内。高拱坐进轿中，吩咐轿夫赶路。

到得家门口，不出所料，首门外站着一群人，茶室里还有不少人在候着。小轿甫落地，“忽”地走出一群穿官袍的人。

“师相——”

“玄翁！”

一群人唤着，围拢过来施礼。

高拱已经两顿饭没吃了，适才听陈大明说贵州的事，一时忘记饥饿，此时已是饥肠辘辘，双腿麻木也未完全缓过来，一下轿站立不稳，房尧第、高福急忙搀扶，才勉强站住。他向众人扫了一眼，穿官袍的大抵都是他的门生，韩揖、程文……另外一些人，多半是哪家的管家仆从来递拜帖的。他向外摆了摆手，对一群门生说：

“你们都回去！”语气有些严厉，门生们不敢说话，看着老师被搀扶着往里走。

跟在身后的高德想说话，又觉得场合不对，不说话又憋得慌，急得忽而转到左边，忽而转到右边，不住地在自己脸上抓挠。

房尧第边走边禀报说：“玄翁，礼部尚书殷世儋、户部尚书刘体乾、翰林院掌院学士张四维……”

高拱有些不耐烦：“不必细说，但说有无张太岳的拜帖！”

“呵呵，张阁老何时送过拜帖？”房尧第笑着说，“不过他的管家游七一早就来过了，等回音呢！”

高拱之所以匆匆返家，就是急于从张居正那里得到贵州的消息，忙吩咐道：“叫张太岳来见！”又对高福说，“在首门说一声，就说老爷一路劳顿，不见客！”

“哎呀，老爷，俺可有急事得说呢！”高德忍不住说。高拱没有理会他，待在花厅坐定，对房尧第说：“有吃的吗？拿些来填填肚子。”

“玄翁，翰林院张院长差人送来酒菜。”房尧第答。

“哦？这个子维，想贿赂我？”旋即一笑，“他有钱，不是花的公帑，吃一次大户无妨！”

“还有我呢！”高德忙道，“我也没有吃饭！”

高拱边往餐厅走边道：“你进饭铺怎不吃饭？”

高德哭丧着脸说：“老爷，还说呢，俺进饭铺点了两个火烧、一碗小米粥，拿出高福给俺的一张嘉靖钱钞，掌柜的却摇头，要俺拿纹银去买，说钱钞如今只是玩好，用不得。”

“喔，有这等事？”高拱吃惊地说。

高德凑上前去，道：“老爷，还有更奇怪的事呢！俺去那个叫欧阳一敬的宅子那边了。哎呀，这京城里，恁多的长舌妇呢！”

高拱在餐厅坐定，喝了口茶，虽然没有说话，眼睛却紧紧盯着高德。高德从领命进了饭铺说起，不住嘴地向高拱禀报起来。开始，高拱心里竟生出几分快意，听着听着，面色凝重起来。待高德禀报毕，高拱用力一拍餐桌，义愤地说：“这些人，想干什么？！”

“哎呀！看来，事体不简单！”房尧第道。

“张四维家距此不远，你快把他叫来。”高拱吩咐房尧第道。

高拱尚未吃完饭，张四维就匆匆赶到：“玄翁——”他唤了一声，躬身施礼。

“师相！”跟在身后的刑科给事中韩楫跪地叩头。

“伯通，你咋又来了？”高拱叫着韩楫的字，不悦地说。

“呵呵，玄翁，伯通在四维家吃饭，刚吃了一半，听玄翁召四维来见，就急急赶来了，伯通只好跟着来，吃后半顿。”张四维解释说，说着，不等高拱让座，拉住韩楫打横坐了下来。

高拱方想起两人都是山西蒲州人，便沉着脸说：“乡党、乡党，就是同乡结党，这等事，不要做！”见张四维和韩楫面色尴尬，也不在意，顾自说，“昨日车到良乡，刻意停了半日，算计好了行程，在元宵灯会收灯后悄然入城，免去接迎之礼。怎么满京城都知道我到京消息了？”

“呵呵，玄翁，阖城官员都竖起耳朵听着驿车声呢！”张四维笑道。

“师相，学生听说——”韩楫想插话，高拱打断他，问张四维：“贵州土司叛乱，要用兵？”

“是有这么回事，具体情形四维不知。”张四维答。

韩楫迫不及待地说：“师相，学生听说，有人传布，说皇上谕旨只说师相‘以原官掌管吏部事’，称‘掌’不言‘兼’，故此番师相复出只是吏部尚书，而不是阁臣。”

“什么？！”高拱一惊，夹菜的筷子“啪啦”掉落在盘子上。

“他们还说，此次到河南接师相还朝，不是从行人司差行人持玺书谕旨，而是吏部以咨文行兵部，由兵部遣指挥前往，这分明不是迎接阁臣的规制。”韩楫又道。

张四维忙替高拱捡起筷子，送到他手里，道：“起复大臣，差何官迎接本无定规，玄翁不必介怀。”

“哼，他们是怕师相复出，想制造麻烦，东拉西扯找到些形迹便造谣惑众！”韩楫忿忿然道，“师相要实施报复之说，更是弥城腾天！”

“原本想明日递本陛见的，看来还不能着急，得把事体厘清了方可。”高拱放下筷子，起身往花厅走。

“呵呵，”张四维笑着说，“四维闻得，今官场有一番议论，一人倡之，千万人和之，举国之人奔走若狂，翻覆天地，变乱黑白，此谓之讹言。时下京城虽讹言四起，也不过一两个人随口一说，不明真相者四处传布，如此而已，玄翁不必理会！”

“学生不作如是观。”韩楫道，“背后大有文章！”

“喔？伯通这么看？”高拱转头看了韩楫一眼，问。

“老爷，张爷到了！”外边传来高福的声音。

高拱快步走进花厅，在主位落座。

张四维、韩楫见状，急忙告辞。

“中玄兄——玄翁——”张居正急切的声音传进花厅。须臾，他快步走了进来，见高拱坐在花厅左侧的一张座椅上，忙趋前施礼，深情地唤道：“中玄兄，中玄兄啊！”泪水不禁夺眶而出。

高拱见张居正如此，也颇是动情，忙起身拉住他的手，声音有些哽咽：“叔大，叔大你来了，来，快来坐，坐！”

“中玄兄啊，我兄回来，弟总算有了倚仗；若兄再晚回来一两个月，弟不能存矣！”张居正握住高拱的手，语调沉痛地说。

“叔大何出此言？”高拱吃惊地问。

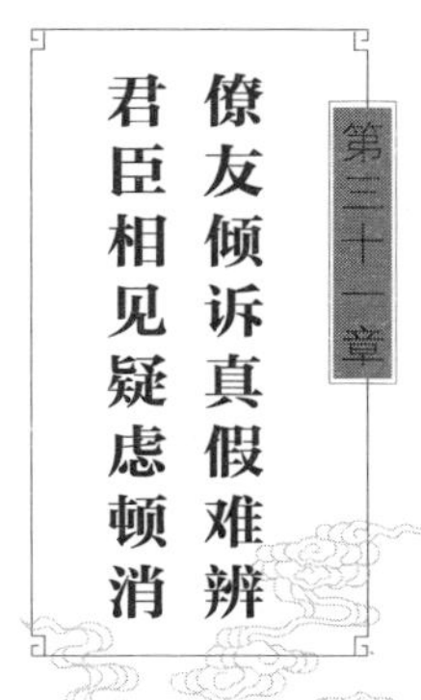

第三十一章 僚友倾诉真假难辨 君臣相见疑虑顿消

一

高拱举袖拭了拭挂在眼角的泪花，拉住张居正进了书房，两人隔几坐定。张居正道："这两年玄翁过得很郁闷吧？弟在朝廷更郁闷呢！"遂迫不及待地把赵贞吉对他的轻蔑、欺凌诉说了一遍。

"赵内江尚属风节之士、正直之臣，奸佞、阴险、刻薄之类的字眼，我委实不敢与他联系到一起。"高拱直言不讳道。张居正并不解释，又说到皇上下旨起复高拱，赵贞吉力主召对，要皇上收回成命。高拱暗忖："难道，目下京城到处在传布的那些讹言，是赵贞吉背后捣鬼？"

张居正见高拱有些走神儿，似乎对他的话存有疑问，当即转换了话题："玄翁，我把那个什么邵大侠给赶走了！"

"怎么回事？"高拱惊问。

"一个江湖术士，在堂堂帝都，斡旋相臣复出之事！"张居正义形于色地说，"且不说他没有这个能耐，便是有，传将出去，对朝廷、对玄翁，抹黑甚矣！万万不可让他一日留。"

高拱尴尬一笑："呵呵，叔大做得对。不过那个邵方倒是有些见识的。"

"即便如此，江湖术士到处夸夸其谈，恐将来史书上会将玄翁复相，归为术士花钱贿赂中贵人而得，岂不是大污点吗？"张居正忧愤交加地说。他欠了欠身子，向高拱这边靠了靠，"是以弟不妨把原委说与中玄兄。"他顿了顿，说，"去岁，虑及存翁初致仕，弟未敢提及复玄翁事；待时机一到，即约见李芳，不

巧的是……呵呵，后来弟又亲赴陈洪宅，与他密议。不过，这种事，是万万说不得的！”

高拱并不知道他被召回，契机是发自皇上还是谁的进言，张居正的一番话让他明白了。还是好友张居正兑现承诺，转圜所致，高拱顿时有豁然开朗之感！此前，他是有心结的。邵方到访新郑时说到张居正是阻止他复出的症结，他虽不相信，却也黯然神伤。他暗示邵方晋京后与张居正接洽，几个月过去却迟迟未见动静，高拱确有过张居正阻止他复出的闪念。此时，高拱暗暗嘲笑自己的狭隘，向张居正抱拳："叔大，尽在不言中！"

"元年，玄翁被举朝所攻，弟未能站出来为吾兄说一句公道话，心有愧焉！"张居正还礼道，"存翁那样对待玄翁，委实过分，若换作他人，谁能堪之？弟虽缄默，焉能无是非之辩？是以二年夏，弟与李芳谋，存翁去国矣！非弟背师忘恩，实是盼玄翁早日回朝，一新时局！"

原来徐阶去国，竟是叔大背后操纵？高拱吃惊之余，越发觉得张居正可亲可信，不愧金石之交！他激动起来，站起身握住张居正的双手，声音颤抖地说："叔大，愚兄啥也不说了。自此以后，兄弟协力同心，替皇上打理朝政，成一代圣治，中兴大明！"

"堂堂之阵，正正之旗！"张居正重复了一句当年两人香火盟誓时他曾说过的话。旋即，两人心照不宣地大笑起来。

笑过之后，两人归位，不约而同举起茶盏喝茶。高拱喝了一大口，放下茶盏，问："叔大，贵州也起战端，要征剿水西？安氏之乱真相如何，安国亨果叛乎？朝廷是否查清楚了？"

张居正正慢悠悠地品茶，闻言把盖子"啪"地用力一盖，说："非我族类，其心必异！安国亨一介小丑，叨承世官，也敢不把朝廷放在眼里，毒祖杀叔，拜将封官，斩关掠地，招祸门庭，乃自作之孽！"

"话不能这么说！"高拱正色道，"战端一开，数省兵粮征调，万千生灵涂炭，事体非小，不可不慎之又慎！"

张居正原以为高拱是支持发兵的，听他如是说，愣了片刻，又觉不宜与之争辩，便低下头，肃然道："若玄翁另有主张，弟当唯我兄马首是瞻。不过，弟有一言，不能不陈于我兄者：皇上命玄翁以亚相兼掌吏部，实已破祖制，玄翁成真宰相矣！炙手可热，触之者焦！朝野为之侧目。时下京城浮议四起，官场人人自危，都说玄翁势必报复。若玄翁甫视事即否定此前定策，浮议俨然坐实矣！百官惶惶，人心大乱，恐除旧布新之事难以推进。故弟劝玄翁非不得已则暂不推翻此前所定之策。"

高拱沉吟良久，觉得张居正乃肺腑之言，言之有理，不得不放下贵州战事的语题，转而问道：“叔大，京城何以起这么多的谣言？”

“也不都是谣言。”张居正笑道，“召玄翁回朝的差官刚出都门，都察院王台长、刑部黄大司寇就递了辞呈，皇上已允准。此二公私下说，之所以引去，乃因元年逐高之事忤玄翁，目下势难共立朝班。”

“是走是留，是他们自己的事，与我高某何干！”高拱恼火地说。

张居正一笑：“呵呵，此二人德不配位，走了也好，正可让玄翁甄拔可意之人上位。”

高拱也笑了：“呵呵，是得用些勇于任事的干才了！尤其是谙熟边务兵事又不袭故套的人才！叔大也斟酌一下，有无可用的干才，改日商榷之。”

张居正点头，又道：“兵部也有望换人！”

高拱忙问：“霍冀？我看他是恋栈之人，怎会无故引去？”

“和赵内江互构之故！”张居正说，“赵内江赶走了杨吏部，认定皇上对他宠信不移；又见皇上责备部院政事不调，似有兴革之愿，便想借机再表现一番，怎耐识见有限、不得要领，竟拿京军三大营之制开刀。霍冀对赵内江早已不满，遂与之辩论，皇上命廷议之。英国公张溶等十六人请分营练兵，如内江言；成国公朱希忠等二十八人请一仍其旧，如霍冀言。皇上从众议，赵内江弄巧成拙，迁怒霍冀，唆使给事中温纯论劾之。昨日，弹章已发交内阁。连杨博那样的老资格都斗不过内江，霍冀岂是对手？去职已成定局。”他见高拱专注地听着，遂又提醒道，“内江好斗，对玄翁之来又甚抵触，玄翁当慎之！”

“斗来斗去，甚无谓！”高拱感慨道，“叔大，我辈既已决意做一番伟业，而精力有限，内斗之事，当力避之。无关大局之事，不必介怀。”

张居正苦笑道：“非我辈有内斗之愿，是人家存心排挤，躲也躲不掉的！”他用余光一瞥，觉察到高拱情绪变得有些烦闷，恐有话不投机之嫌，忙补充说，“呵呵，玄翁此来，弟无须再担心了，从今往后，弟只存一念：全力襄助玄翁开新局！哦，对了，玄翁再相，可有政纲遍示中外？抑或让《除八弊疏》终见天日？”

这话，问到了切要处。高拱侧过脸来，看着张居正说：“时下官场袭故套、畏担当，习惯于混日子，就怕有人打破此局面。况京城浮议盈天，人心惶惶，一旦提出兴革的系统设想，公之于众，先就成众矢之的，自陷孤立；不如踏踏实实做起来，应兴应革，一件一件地做，先立规模，日积月累，渐成气候！”

话未说完，忽听外面一阵躁动，高拱、张居正两人都屏息静听，“嚓嚓”的脚步声临近，管家高福慌慌张张跑了进来。

二

高福、房尧第两人在首门与不断涌来的谒者周旋，被拦在门外的访客递了拜帖，陆续打道回府，忽见一个须发皓白的老者，一下轿，既不递拜帖，也不报姓名，却对着院内大叫："高中玄可在家？高中玄，老赵来访你！"说着，大摇大摆径直往里闯。

高福跟在老者身后，小声道："这位老爷，我家老爷不见——"话未说完，老者"哈哈"大笑："你家老爷有没有给你讲过庚戌年老夫谒见严嵩的事？"见高福摇头，他道，"那年老夫还是国子监司业，盛气谒见首相严嵩于西苑直庐，严嵩老儿避而不见。老夫斥骂门公良久，适逢工部尚书赵文华趋入，被老夫拦着骂了一顿！哈哈哈，官场的老人儿，谁不知之？"高福闻言一缩脖子，待回过神儿来，慌慌张张小跑着进内禀报。

张居正神情紧张地说："是赵内江！真没想到他会来谒。必是为离间我兄弟而来！"

"中玄！"随着朗声一唤，赵贞吉已阔步进了花厅，高拱和张居正已从书房到了花厅就座，忙起身相迎。赵贞吉见张居正在，瞪了他一眼，"张子到底年轻，腿快呢！腿快，嘴也慢不了！"

张居正镇定一笑："呵呵，吉老难道不知，居正与玄翁乃香火盟，大哥回来，作小弟的不该来谒？"说罢，拱手昂然而去。

"内江，老当益壮嘛！"高拱边示意赵贞吉入座，边道。

赵贞吉边入座，边对着张居正的背影说："世间所谓妖精者，张子其人也！"

"这……"高拱惊讶得说不出话来，良久才道，"内江，言重了！"

"中玄……噢，新郑，你不信？你听到了吧，适才他说甚？他以为一旦说了香火盟，就堵住了我老赵的嘴，休想！"赵贞吉用力抖动着衣袍，生气地说。

高拱道："呵呵，内江对江陵有成见嘛！"

"不是成见，是事实！"赵贞吉说，"此人算是把他老师徐阶那套智术学得炉火纯青，全以诈术驭人，言语反复无实。人有不合者，必两利而俱存之。怒甲，则使乙制甲；怒乙，则使甲制乙。他则回互隐伏、操纵其间，纵横颠倒、机变甚巧！"

"哈哈哈！"高拱仰脸大笑，"江陵本事甚大嘛！内江的本事更大，他隐伏机变，不是也被内江你看破了吗？"

赵贞吉见高拱不信其言，颇是着急，起身在花厅背手走了两圈，又坐下，问："他是不是说杨博是我赶走的？他是不是说，霍冀被劾是我唆使的？"见高拱不语，他侧过身去，伸手拍着高拱的手臂，"新郑啊，你当也有耳闻，时下京城浮议四起，都说新郑要恣意报复，这背后，必有人操纵！新郑，所谓知人知面不知心，慎之，慎之！”

“嘶——”高拱重重地倒吸了口气。一听赵贞吉主动说到谣言背后有人操纵，不禁悚然，越发确信这背后定有隐情。适才听张居正一番话，甚感赵贞吉可疑；而赵贞吉则近乎指实乃张居正所为。这倒让高拱无从判断，顿生烦恼，一扬手说：“不说这些，置之不理可也！”随即笑问赵贞吉，“内江此来，就是和我说这些？”

“不说这些，我老赵还真不会来！”赵贞吉坦言，他托着自己雪白的胡须，慨然道，“新郑，看到了？十年两逐，白头还朝，垂垂老矣！承蒙皇上厚恩，钦点老夫入阁。”他又指了指高拱，“新郑也是望六之人啦！”

高拱不解其意，只是顺着赵贞吉的话，慨然道：“是啊，要只争朝夕了！”

赵贞吉见高拱未会意，又道：“不瞒新郑说，听到让你兼掌吏部的谕旨，我还真有些不满。但转念一想，新郑乃皇上的老师，又是朝野公认的干才，当国执政乃新郑的本分，不意甫进新朝，竟被徐华亭以辣手逐出都门。”他苦笑了一声，“其初，我老赵还真以为是新郑不安于位，急于夺了徐的首相之位；旋即，我老赵也被赶到了留都，方悟出徐华亭并非休休有容，实乃嫉贤妒能，排斥异己之辈。不唯如此，徐家在江南真是无法无天，苏州知府蔡国熙秉公执法，竟被徐家噪船羞辱！是以我听说海瑞抚江南的诏命一下，继任苏州知府溜了，便让吏部把蔡国熙复职了！”

高拱已从四起的浮言中觉察，凡关涉徐阶之事，他必须谨言慎行，是以只是报以微笑，并未接言。

赵贞吉慨叹道：“新郑啊，你我都是受过挫折的人呢，且你我之任，都是出于皇上本意。新郑你也是磊落之士，胸无城府，我老赵也是耿直之辈，有话说当面。既如此，”他用手指了指高拱，又指了指自己，“你我就当惺惺相惜，协力专心为皇上做事。然则，有人心存诡计，交构其间，我恐新郑被其蒙骗，内阁无端生出是非，排挤倾轧，误国误己，这才登门造访，一抒胸臆。”

高拱被赵贞吉的坦诚所打动，向他拱手道：“内江，彼此打开心结，一心谋国，方不辜负皇上的信任！”

赵贞吉点头道：“我老赵自去岁入阁，愤人臣阿比成风，政体隳坏，怀私匿情，俗弊财殚，慨然舍身任事。耿耿此心，天日可鉴！此亦是赵某有望于新郑者！”他情绪有些激动，继续说，“目下国家积弊已甚，新郑刚毅爽朗，文章蕴藉，有八面应敌之才，居皇上宾友亲臣之任，振而新之，在此时也，不可让也！”

高拱被赵贞吉的话激得热血沸腾，更为他能说出这番话而感动不已，禁不住大声说：“内江，谋断相资，豪杰游处！”说着，又向赵贞吉用力拱了拱手，目光在他饱经沧桑的脸上掠过，见他不知是因为老迈还是一时激动，眼角竟挂着泪花，这与张居正所描述的那个霸道、狠毒的横臣形象，无论如何也吻合不上。但不管怎样，他二人确有误解是毋庸置疑的。时下内阁五臣，李春芳、陈以勤不足以与有为，余下三人若能同心协力，一新时局指日可待。这让高拱颇感振奋，便有意化解赵贞吉与张居正的矛盾，遂道：“内江，江陵年轻，仕途一直顺遂，或许受不得委屈，这也可以理解，不必苛求。江陵亦是有抱负之士，又不乏谋国之才，愿我辈师师济济，协力谋国，开创隆庆之治！”

“新郑，你来了，我老赵与张子，不会再有冲突了！”赵贞吉幽幽道。言毕站起身，“新郑，你也倦了，别过！”

“不、不，内江，再留片刻，我有事要与内江商榷。”高拱连连摆手，请他坐下，“内江，贵州，非用兵不可吗？”

“内阁、兵部、科道、抚臣，众口一词，皆言非用兵不可！”赵贞吉边又落座边答道。

“用兵的依据为何？”高拱追问。

“水西土司叛乱！”赵贞吉答。

“因何断定安国亨叛乱？”高拱继续追问。

“抚臣奏报。”赵贞吉如实道。

高拱提高了声调：“水西，本大明疆土；土夷，亦天子臣民。果叛乱，征剿可也；若仅是部族内部仇杀，抚臣、兵备出而主持，遵律法、酌彝俗为其两解之可也，朝廷为何兴师动众出兵挞伐？”

“喔呀！新郑可谓深谋！”赵贞吉恍然大悟似的，继之又面露难色，“可是挞伐之令已下，焉能收回？”

高拱见在赵贞吉这里有缓和余地，便试探着说：“诏命甫下，势难收回。然则，可否变通一下？此事我未与闻，不便出面，就请内江给巡抚王铮修书，嘱他不必急于进军，甚或暗中暂停征讨，待朝廷另作区处，如何？”

赵贞吉思忖片刻，道：“不妨一试。”

高拱顿感赵贞吉爽快，确是可合作共事之人，脑海里突然闪出一个念头，踌躇着要不要向他略做暗示，赵贞吉已起身抱拳：“新郑，上紧投本，早日陛见，到阁视事！”

三

紫禁城内的建极殿，是皇宫三大殿之一。殿后居中、高踞三缠白玉石阑干之上与乾清门相对者，谓之云台门。两旁向后者，东为后左门，西为后右门，即云台左右门，亦曰平台。

隆庆四年二月初二日，刚交了辰时，身着一品官袍的高拱就在司礼监掌印太监陈洪的导引下，穿过建极殿，来到后左门。在一座三楹小殿的正中，皇上已端坐在面南的御座上等候。闻得“哒哒”的脚步声传来，皇上欲起身相迎，又知礼仪不允，欠了欠身，又坐下来，身子前倾，等待高拱的到来。高拱虽急切地想看皇上一眼，但照例只能低头进殿，伏地跪拜，不敢仰视。

“先生快请起，赐座！”皇上道。

高拱听到皇上的玉音有些虚弱，不禁心疼，在谢座的瞬间，他轻轻擦拭了一下泪水模糊的双眼，慈祥的目光投向皇上，见皇上面色泛黄，瘦弱不堪，心里“咯噔”一声，以爱怜的语气道：“皇上竟消瘦了许多。”

皇上回避高拱的目光，说：“先生几次投本请求陛见，朕都没有回应，先生着急了吧？”

“老臣晋京已十余日，无时不想早仰天颜。”高拱深情答道，神情、语调中又有几分惆怅。

听到韩楫言及传闻他此次复出只是吏部尚书而非阁臣，高拱一时激愤，随即上本请辞，以便皇上再发谕旨，澄清传闻。次日，皇上颁谕：“卿辅弼旧臣，德望素著，兹特起用，以副匡赞；铨务暂管已有成命，不允所辞。”这道谕旨使得谣言不攻自破，高拱即投本请求陛见。两年多来，他日夜思念皇上，巴不得到京就能见到皇上，可是大内迟迟没有回应，拖了近十日，方有今日陛见之谕。其间，他不免心存疑虑，不解其因，暗忖：是皇上变了，抑或另有隐情？此时忽听皇上提及此事，高拱不免感伤。

皇上突然笑了：“朕知先生一旦出而视事，必夙夜尽瘁而不知自身，先生一路劳顿，朕是想让先生多休息几日。”说着，忽又叹了口气，“这两年，先生受委屈了。”

听了皇上的话，高拱顿感释然，泪水涌出眼眶，哽咽道：“臣何谈委屈！只是不能替皇上解宵旰之忧，让皇上劳累至此，臣于心不忍！”

皇上叹息一声：“朕受教于先生，岂无新治理之念？然继统三载，国事竟无大起色，能不忧心？”

高拱拭泪道：“臣必为皇上进忠直、黜谗邪，振纲纪、正风俗，崇举敦明之治！”

皇上郑重道：“记得当年在裕邸，先生给朕讲过这样的话：‘凡吃俸禄的，都是百姓供给，若不要紧的官添设太多，不要紧的人虚支饩廪，百姓岂能供得起？必是裁去冗滥官役，只是要紧当事的，才许他吃禄。’时下国库空虚，边饷供给不上，要裁汰那些冗滥官役才好。”

“皇上还记得臣说过的话，臣无上欣慰。”高拱道，“举凡边政、财用、吏治、

风俗，应兴即兴，当革即革，循名核实，尊主庇民，必达致富民强国不止。”

“先生受累。”皇上说罢，紧蹙的双眉遽然一舒，“朝政，赖先生振而新之！”

“皇上孜孜求振作、新治理，天下幸甚！”高拱振奋回应。君臣想到一块儿了，他深感欣慰。高拱急欲把握陛见良机，迅疾开启革新之局，一刻也不愿耽搁。这些天在家里，他闭门谢客，独自在书房思考。以阁臣兼掌铨政，与祖制不合，皇上毅然为之，实乃不世之遇！从与张居正、赵贞吉的交谈中可知，朝野都体认到了这一点。赵贞吉说他“居皇上宾友亲臣之任，振而新之，在此时也，不可让也”，在高拱看来，这既是鼓励，亦是鞭策。他既感兴奋，又觉压力巨大。他曾经无数次憧憬握权处势以开创一代圣治的愿景，在年近花甲之际终于要实现了，怎能不心潮澎湃！而这一切，要从陛见开始。

那么，陛见时向皇上说些什么？在接到召命的那一刻起，他就一直在思考，本已有了头绪：不妨从纠正《嘉靖遗诏》入手，把嘉靖朝前期的中兴气象与后期的弊政区隔开来，终止翻大礼议之案，使隆庆朝在震荡中得以调适，完成与嘉靖初期革新路线的对接，从而开启隆庆朝革新之局。可是，高德所禀之京城浮议，张居正所言之官场人心惶惶，皆令高拱觉察到，对徐阶及其当国时的施政不能贸然触动，否则必掀起轩然大波，使自己陷入争斗旋涡。“河清几时，日已中昃”，他暗自感叹，自己哪有精力去应付争斗，是以不得不放弃从纠正《嘉靖遗诏》入手的想法。退一步想，他深知直陈革新之必要，但他又深谙皇上的心理，因少年时期的压抑而极度缺乏安全感，稍有风吹草动，皇上就会紧张不安。皇上对他的革新主张会不会一时难以接受？是以昨夜辗转反侧良久，也没有拿定主意，遂决意今日陛见，见机行事。不意皇上主动说出期盼朝政振而新之的话，令高拱欣喜不已。

“臣窃以为，制度、律法设立之初，即做不到尽善尽美，不可能无弊；方今立国二百年矣，旧制行之既久，其弊更不可胜言，乃袭为故套，无复置议者，此士风日败，而治理所以不兴也！变法改制，当为治国切要！”高拱不失时机地向皇上陈述他的治国理念。

皇上点头道：“先生所言极是。”又以求教的语气说，“然则，众人皆谓处常则守经，遇变方用权，似乎权变乃不得已者，只能偶尔用之。”

高拱语调轻松地说：“秤之为物，有衡有权。无论是衡离权抑或权离衡，皆不可。离开权，如何量轻重？怎言不得已始用之，而得已时可不用？《易经》云：奇之为阳，偶之为阴；阳或变而之阴，阴或化而之阳，刚或摧而为柔，柔或往而从刚，其理不可定也。是故，事以位异，则易事以当位；法与时迁，则更法以趋时。故曰：‘不可为典要，唯变所适。’”

皇上听得津津有味，以赞赏的语调道：“先生说的是，法与时迁，更法以趋时！”

“臣替皇上打理朝政，无他，先一个‘实’字，踏踏实实一件一件做下去，挽刷颓风、振兴朝政；再一个‘变’字，凡不合时宜者，据实变之。唯变所适，先立规模，见其大意，而后乃徐收其效！”高拱以有力的语气说。

皇上望着须发花白的老师，饱含深情地说：“《司马相如传》曰：有非常之人，然后有非常之事；有非常之事，然后有非常之功。朕于先生，有厚望焉！”

“臣决不辜负皇上的信任，鞠躬尽瘁，死而后已！”高拱语调深沉地说。

“先生上了年纪，也要善自珍摄。”皇上嘱咐道。

“唯其如此，臣方要惜桑榆之景，只争朝夕！”高拱以坚定的语调说。他深情地注视着皇上，“皇上，务请珍摄龙体，善养精神，期无疆之万寿！”

皇上闻之，面露尴尬之色。

第三十二章 破谣言高拱忘怨布公 罢巡抚海瑞怒不可遏

一

高拱一到内阁，部院寺监、科道翰林即分批来贺。

“诸公，我闻京城讹言腾天，都说高某要报复。今日向诸公表明心迹：人臣修怨者负国，高某不敢假朝廷威福行其私！往者攻讦过高某者，高某一概忘怨布公。请诸公共鉴之。”每批来贺者，总会听到高拱慷慨激昂说出这番话来。

送走最后一批来贺的翰林，高拱未再进中堂，欲到朝房小憩，张居正拿着一份文牍跟了进来，笑道：“呵呵，这就有道难题考验玄翁来了！”说着把文牍往书案上一丢，“李兴化请玄翁拿主意，玄翁看看吧！”

高拱拿起一看，是海瑞上的《被论自陈不职疏》，他匆匆浏览一遍，仰脸道：“海瑞言戴凤翔所论‘无一事是臣本心，无一事是臣所行’，颇是沉重，还带着几分激愤。往者他总是攻讦别人，今日方知被攻讦的滋味，不好受呢！”

张居正坐下，道：“玄翁，此事不可小视。海瑞在江南一意澄清，但此公迂滞不谙事体，举措多不近人情，搞得鸡飞狗跳，朝野物议腾天，言官联翩论劾。阁部已决计罢之以息舆论，却又多有顾虑，迟迟未题奏，把烫手的山芋丢给了玄翁。”

高拱把文牍往前一推：“我看目今官场因循拖沓，倒是需要海瑞这样的人，廉节自守又勇于任事，委实难得！”

张居正郑重提醒道：“隆庆元年逐玄翁，海瑞出了大力，若顺舆情罢海瑞，必被误为报复海瑞；若独持异议保留海瑞，又被误为用海瑞报复存翁，玄翁岂不左右为难？”

“报复二字，不在我心里。”高拱淡然道。

张居正蹙眉道：“玄翁磊落，自可这样想。可一旦保留海瑞，科道那里……”

不等张居正说完，高拱一扬手：“海瑞所为，必是触动了某些人的利益，要革新总要触动既得利益，畏首畏尾何谈革新！”

张居正沉吟片刻，蓦地抬起头，看着高拱：“玄翁复出，科道抵触情绪很大。玄翁立足未稳，又与科道为敌，恐非上策。罢海瑞已是举朝共识，若玄翁独持异议，不唯背上报复存翁的恶名，科道又要纠缠不休。为一个海瑞，与科道纠缠，岂不误了大局？”

高拱默然，良久方道：“嗯，叔大提醒得对。百废待兴、万机待理，不能纠缠于一人一事。”他重重呼了口气，“吏部即题覆，罢了海瑞巡抚之职！”说着，站起身，“叔大，陛见时我已向皇上请准，午前理阁务，午后视部事。我这就要到吏部去，你知会李兴化一声。”

午时的阳光照得轿子里的高拱一身暖洋洋的。他掀开轿帘，看着轿子穿午门、端门，从承天门左券门出来，过长安街，向东南行一箭地的路程，在吏部衙门首门内落轿。轿夫一路疾行，到了吏部，头上已然热汗津津。高拱下了轿，近乎小跑着往后堂走去，官袍角裾发出“飒飒”之声。

吏部两侍郎、四司郎中、员外郎、主事，早已接到堂单，要他们于午时三刻在后堂会揖。刻漏显示已近三刻，新任管吏部事大学士高拱风风火火进来了。

此堂乃吏部会揖之所，堂的北侧放置着一圈长条几案。高拱在中间一把座椅上落座，喝了口茶，扫视众人，道：“诸位，吏部掌铨政，必其至正，乃不夺于请托之私；必其至公，乃不狃于爱憎之素。必有独运之才，乃可酌群品而当其用；必有独照之鉴，乃可破似是而识其真。归根结底要一个‘公’字。为此，本阁部要先立规矩。”他顿了顿，伸出食指，“其一，公铨选。往者选人，文选司主事、郎中与尚书三人商榷而定，本阁部改之：侍郎、员外郎都应参与选政。凡选用官员，通于后堂集议公选，文选司以天下官单俱送后堂，共同查对，揭其当升者付郎中，郎中付侍郎，侍郎呈本阁部而定升迁。”

“玄翁，这……”左侍郎靳学颜附耳道，“祖宗成例，侍郎不与选政，员外郎不得看官单，改为会商公选，恐司官会生怨气，还是……”

“只要一本公心，何惧招怨？”高拱断然道，“盖光天化日之下，十目十手所共指视，非唯人不得其私，即本阁部欲有所私，亦不能也。”说着又把中指伸出，“其二，建簿册。吏部职在知人，人不易知，幸诸位早计之：某人德，德何如；某人才，才何如，书诸册。某人不德，不德何如；某人不才，不才何如，书诸册。某人乃所亲见，某人乃耳闻，某人何人所荐，书诸册。皆签名封记，月终呈于本阁部。此后，举凡考察、推升、降调、罢黜官员，不能只凭巡按、上官、督抚一言，还要参酌簿册。慎之哉！本阁部且以此见诸君贤。”

到了用午饭的时辰，高拱却浑然不觉，继续说：“日前本阁部陛见，面陈圣听并深获嘉许者，可以一句话概括之：法与时迁，更法以趋时；也可用《易经》四字代之：唯变所适。诸位也可以认为，此即高某的政纲。目下吏治积弊甚多，人所诟病，举凡用人、考察、回避等等诸制，应兴应革，各司皆须上紧梳理，次第推行。可先从皇上宵旰所忧者边务、财用入手。边务，吏部不唯对边臣选用，还要对上至兵部、下至沿边有司的设职用人等一整套制度加以革新。财用，无非开源节流，开源非吏部所关，节流却当仁不让，要拿出裁减闲衙冗员方案，此一事先做起来，靳侍郎专责，旬日内拿出方案。”

靳学颜又附耳道：“玄翁，该用饭了。”

高拱一扬手，大声道：“民以食为天，不能逆天。呵呵，吃饭！”

司务厅也已接到堂单，高阁老每日午时皆在部用餐。待高拱进了尚书直房，司务厅厨役随即把食盒端来，将饭菜摆到书案上。高拱坐下，刚咬了口馒头，左侍郎靳学颜进来施礼。高拱抬眼一看，见他虽身材伟岸，却一脸猥琐，不悦地问：“何事？”

靳学颜点头哈腰道：“玄翁，有件事想请示。”见高拱未出声，他道，“玄翁适才有示，用人当后堂公议。下吏看，有些人选恐不宜公之于众。”说着，拿出一份文牍，道，“尚宝司丞何以尚守制期满，当起复；南京都察院右都御史刘自强考满，当推升；南京光禄寺少卿尹校考满，当推升；河南提学副使杨本庵考满，当推升。”

“何以四人不能付公议？”高拱问。

“嘿嘿，玄翁，这个……”靳学颜眨巴着一双小眼睛，“玄翁心里定然有数。”

高拱自然是知道的。隆庆元年举朝逐高，户部司务何以尚在朝会上高声大叫，请皇上赐尚方宝剑诛杀奸臣高拱，徐阶以破格升尚宝司丞以赏其功；工部侍郎刘自强则在尚书坚不赞同以公本逐高的情形下，以白头本上奏，吁请皇上逐高，遂升南京都察院正堂；御史尹校则自南京以京察拾遗，攻讦高拱无大臣体，当予罢斥，徐阶遂升其为光禄寺少卿；新郑县公举高拱长兄高捷入乡贤祠，呈报到省，独河南学政杨本庵反对，指其忍薄杀子，遂被搁置。靳学颜必是因为这些原因，方来请示的。

“掌铨政，要在至公，万不能出于个人爱憎。至于曾经攻讦过高某的，午前高某已在内阁宣示，忘怨布公！”高拱肃然道，顿了顿又道，“侍郎提到的这四人，该起复的起复，该推升的推升。此后遇到此类情形，照今日所说办理，不必有顾虑。”

靳学颜喏喏告退。刚走到门口，高拱问：“靳侍郎，科道论劾海瑞一案，不能再拖，上紧题覆。”

靳学颜回身，又眨巴下眼睛，道："原本拟以'巡抚地方，非海瑞所长'题覆；不过，用他在江南，制裁松江大户，倒是……嘿嘿嘿。"

高拱听出了靳学颜的意思，是试探高拱可否留用海瑞报复徐阶。他不想再费口舌多解释，坐直了身子，正色道："罢去海瑞巡抚一职；但不宜朦胧题覆，要以理服人。照此意拟稿，送来核签！"

二

苏州府常熟县支塘乡，有一座贺舍庙，是前元宗藩宴客的场所。国初改为庙宇，供祀猛将。隆庆四年初，江南巡抚海瑞为督疏浚白茆塘之工，临时驻节于此。古庙旁有三株古银杏，所结白果名佛指甲，质糯味香，远近闻名。这天午时，海瑞用罢午饭，正站在银杏树下仰头上望，一匹快马奔驰而来。海瑞转脸看去，隐约可见骑马者是巡抚衙门的书办。须臾，快马在离海瑞两步远的地方停下，书办下马施礼，双手呈上一份《邸报》。从他的表情看，似乎《邸报》上载有不好的消息。海瑞拿起《邸报》急忙翻看，映入眼帘的，是在他回应戴凤翔弹章所上《被论自陈不职疏》上的一段批示：

看得佥都御史海瑞自抚应天以来，裁省浮费，厘革宿弊，振肃吏治，矫正靡习，似有惓惓为国为民之意。但其求治过急，更张太骤，人情不无少拂。既经言官论劾前因，若令仍旧视事，恐难展布。相应议处，合候命下，将本官遇有两京相应员缺，酌量推用。遗下员缺，先行会官推补。

海瑞双手颤抖，满脸憋得通红，怔怔地看着不远处的工地，良久不发一语。海安见状，忙上前接过《邸报》，顺手搀扶着海瑞的臂弯往贺舍庙里走。刚走了几步，海瑞停下来，低声说："免巡抚一事，先不要张扬，以免影响河工。"

进得庙内，海瑞颓然坐在座椅上，牙关紧咬，极力抑制自己的愤怒，憋得脸色铁青，嘴唇发紫。良久，他长叹一声："唉！天下事，果不可与俗人为之也！"

海安问："不让老爷做巡抚，那老爷不是说，还有一个总督粮储的官吗？还让不让老爷做了？"

海瑞茫然的眼神里，流露出不屑的光芒："总督粮储，本就是闲差，做不做甚无谓！总归是他们容不下老爷我这样的官！"

"老爷，这个高相爷，怎么一上来就与老爷过不去，是不是因为当年老爷骂他，帮徐相爷把他赶走了，他报复老爷？"海安道，他又夸张地惊叹说，"哎呀——前一阵都在传，说这高相爷上来，非把那些赶他走的人往死里整不可！"

海瑞猛地站起身，一把夺过海安手里的《邸报》，展于案上，弯腰勾头，快速浏览着。反复看了若干遍，紧锁双眉，若有所思地扶案转回到座椅上，点着《邸报》

说："海安，你看这何以尚，当年可是请尚方宝剑要诛杀高新郑的，可这回起复了，当了南京光禄寺少卿；而原来的少卿尹校，当年违例拾遗高新郑，对其羞辱至甚，这次却调任朝廷的光禄寺少卿了。还有以白头疏逐高的刘自强，升南京刑部尚书了。"海瑞在官场无朋友，只能和海安说说心里话。此时他满肚子愤怒与委屈，不知如何发泄，也不知向谁发泄，海安适才一番话提醒了他，遂令他对《邸报》加以留心，一看就连何以尚、尹校这些人也照常起复、推升，就觉得高拱报复他之论，似乎不能成立。"高新郑若真要报复，他最想报复的当是徐阁老，而老爷我正在迫徐阁老退田，他的三个儿子也被羁押待审，高新郑何不顺水推舟，让老爷我继续做下去？"

"那会不会是徐相爷找朝廷里的人干的？"海安又问。

"我看，高新郑经过一次挫折，怕了！怕得罪科道，怕得罪徐阶的门生故旧！"海瑞说着，突然一阵大笑，"哈哈哈——哈哈哈——就连高新郑也怕得罪人了，朝廷里，没有一个是男儿！"

海安手足无措，慌了神儿，待海瑞镇静下来，问："老爷，这该咋办？"

"收拾行装，等天黑了就回苏州，交印！"海瑞吩咐道，海安刚转过身，海瑞又道，"笔墨伺候，老爷要给高新郑修书！"

海安边手脚不停地忙活着，嘴里边嘟哝道："这下，徐相爷该高兴了！"

几个月来，徐府上下，个个神经紧绷，过得胆战心惊。外面讨公道者不绝如缕；官府的传票不时送来；羁押在华亭县大牢的徐瑛等人日日求救。阖府人等都不晓得，这样与海瑞硬抗下去，还能坚持多久。府中的妇人们先就失去了耐心。这天，儿媳们怀抱幼子稚女，又来向徐阶哭诉。她们跪在斋室门外，哭天号地不止，徐阶躲在室内也暗自垂泪。

"阿爹——阿爹——"随着一声声激动的高叫，徐瑛突然狂奔而来，顾不得哭泣的女流，径直闯进了斋室，惊喜地说，"阿爹，海瑞被罢了，罢掉了！"说着，转身对门外的女流大声道，"你们都走开，走开！"

徐阶擦拭了一下泪眼，惊问："你，出来了？"

"都出来了！"徐瑛喘着粗气说，"海瑞罢职，谁还敢关咱徐府的人？谅他不敢！"说着，把从华亭知县那里拿到的《邸报》递过去，"阿爹请过目。"

徐阶慌忙举起《邸报》，急切地浏览着。

"花费千金，就将海瑞这昏官逐去，为江南缙绅搬掉了一块堵在心口的大石头！快哉！"徐瑛抑制不住激动的心情，口中喃喃。见管家徐五进来道喜，徐瑛吩咐说，"把遣散的家丁叫回来，外面谁敢再闹，棍棒伺候！"

"昏话！"徐阶把《邸报》往书案上一丢，凄然道，"驱走恶狼，又来猛虎，咱

徐家的苦日子，还刚开头！”

徐瑛也已听说高拱复出的消息，不安地问：“怎么，那高胡子真要报复？”

“高未忘情也！”徐阶像是在喃喃自语。这是刚接到的张居正来书中的一句话。正是这句话，让徐阶如坠深渊。

“‘未忘情’？那就是要报复了！阿爹，怎么办？”徐瑛哭丧着脸问，见徐阶不语，他又问，“这张居正指望得上吗？”

“哎呀！”徐五插话说，“还说呢，闻得就是张居正帮高胡子复相的！”

“你说什么？”徐瑛瞪大双眼，闪着凶光，盯着徐五，仿佛是他把高拱请回了朝廷。

徐五低头回避着徐瑛的目光，又说：“倒是也听说，高胡子要忘怨布公。”

“忘怨布公？”徐瑛以争辩的口气说，“我要是无端受那么大的屈辱，如今复出了，我……”话说一半，他突然悟出失言，忙缩了缩脖子，住了嘴。

“不过，又听说，最早弹劾高胡子的那个淮安人胡应嘉，在老家为他母亲守孝，闻得高胡子复出的消息，当场就被吓死了！”徐五又说。

“真有其事？”徐瑛惊恐的眼神停在徐五的脸上问。

徐五摇头，道：“说不好，都这么传。”

徐瑛跺脚说：“阿爹，这可如何是好？”

徐阶像是闭目养神，嘴唇却不住地嚅动着，过了许久，以少有的有力语气道：“你差人去京城，知会吕光，他不必回来，就住在京城。这边再差几个人，不干别的，专门与他联络，随时通报京城的消息！”

三

申时过半，天快黑了，高拱还在吏部直房里批阅文牍，张居正闪身进来了。

“喔？阁老降尊纡贵来体察部情？”高拱笑着说，指了指书案前的一把椅子，“我猜猜叔大此来何意，”他不假思索道，“人的事！”

张居正会意一笑：“呵呵，都察院、刑部正堂本就缺员，玄翁等待陛见期间，兵部尚书霍冀因与赵内江相构而罢去，得上紧补上啊！”

“叔大有人选？”高拱问，

“人选没有，唯选人原则，欲进言玄翁。”张居正郑重道，“还是选便于驾驭者，不的，掣肘太多，施政不畅。”

高拱沉吟良久，道：“不好这么做！用人，还是体现一个‘公’字，方可取信于朝野。反复斟酌，我意，都察院不妨让赵内江兼掌。”

张居正惊得蓦地向后一仰身，却没有说话。

高拱在赵贞吉登门造访时已然生出此念，只是顾及张居正，他没在陛见时面奏，打算和张居正商榷后再说。他预料到张居正难以接受，已有说辞："内江每遇事泥古，不通时变，且争强好胜，诚亦有之。然其忠诚许国，奋不顾身，何可掩也？都察院台长为讽议之臣，我观内江，行云流水，一过即休，未尝有丝毫芥蒂胸中，叔大也就不必对他耿耿于怀啦！"

张居正道："既然玄翁意已决，居正夫复何言？"

"执法不公，乃官场积弊之首。刑部执掌司法，一举一动，对正官风影响甚大。是以大司寇当选老成清慎，峭直梗介，不阿随之士。"高拱又说，"我看葛守礼可任之，当请皇上召回简任。"

张居正默然良久，又问："那么兵部尚书，玄翁可有人选？"

高拱沉吟片刻道："人选倒是有一位，只是目下不宜提。不妨付诸会推，让大家公认的人先做。"不等张居正回应，又笑道，"我还猜得到，叔大最关心的是，谁接替海瑞巡抚一职。"

"江西按察使殷正茂如何？"张居正脱口而出。

高拱摇摇头："叔大的这位贵同年，不是合适人选。"

张居正并不问其故，又道："贵省布政使梁梦龙如何？"

"你的这位门生，也不是合适人选。"高拱笑道。说着，从一堆文牍里检出一封书函，向前一推。

张居正拿起一看，是海瑞写给高拱的私函：

学生竭尽心力，正欲为江南立千年基业，酬上恩，报知己也。纷纷口舌，何自而起？可怪！可怪！此事古已有之，不平之恨，一笑而散矣！但生百疾举发，是实不能再当官事。家乡万里，老母年八十一，能将之而去，又能将之而来耶？是以一向不敢言疾，今则万万不得已矣！恳之君父，唯明公少加赞成，人情世态，天下事亦止如是而已矣，能有成乎！母子天性，熙熙山林，舍此不为而日于群小较量是非，万求一济，何益！何益！生去意已决，唯公成就。诸事垂成中止，不得其平而言，非悻悻然见颜面也。唯公勿以为讶。

"海瑞此函，看似坚辞，实则是对朝廷'候用待补'一语不满，想要朝廷上紧给他推补新职。"张居正把书函一晃，说，"玄翁看这句话，'老母年八十一，能将之而去，又能将之而来耶？'说得再明白不过了。"他一蹙眉，不解地说，"他不是还保留着总督南京粮储一职吗？"

"海瑞分明是不愿做闲差，且这个闲差即将革除。"说着，高拱又把一份文牍往张居正面前一推，"吏部按我的要求，拿出这个裁减冗员方案。"

张居正一看，留都各衙门共裁革冗员十一：吏部主事一员，户部员外郎二员，礼部主事一员，刑部主事一员，工部员外郎一员，都察院都事一员，通政司右参议一员，光禄寺少卿一员，国子监博士、学正各一员，太仆寺寺丞一员。看罢，张居正侧脸问："这里没有总督粮储一职啊？"

"南都御史杨邦宪上本，奏请将总督粮储裁革。"高拱又把一份文牍推给张居正，"吏部查照正统、嘉靖朝事例，总督粮储当令南京户部侍郎带管，不必专设。这样一来，总督粮储一职，也就不复存在了。只能着海瑞照旧候用，遇有员缺推补。"

"玄翁的意思呢？"张居正问。

"让海瑞做南京都察院佥都御史如何？"高拱看着张居正问。

张居正摇头道："玄翁未到时，内阁也曾议过，认为言官论劾海瑞，却调他去做言官上司，不免给人以报复言官的观感。"他眉毛一挑，"不唯如此，还有一层，也请玄翁虑及：海瑞固然勇于任事，大言抨击因循苟且，但他的着眼点与玄翁未必相合。他公开宣示'欲以身为障，回既倒之狂澜；以身为标，开复古之门路'，这和玄翁主张的'唯变所适'岂不南辕北辙？玄翁孜孜于行新政、开新局，倡言更法以趋时、改制革新，海瑞会赞成？不赞成会保持缄默否？"

高拱仰靠在椅背上，缓缓道："这么说，为大局计，不得不牺牲海瑞了！"语调中流露出无奈。言毕，蓦地向前倾身，问，"海瑞所揭徐老之事，叔大以为是真是假？"

海瑞在《自陈不职疏》和给内阁大佬、京中熟人书函中，揭徐阶不法三事：一曰产业之多，令人骇异；二曰苏松、京师广设店铺以牟利，又钻营打点，广延声誉，希图再起；三曰纵容子弟家人武断乡曲，残害百姓，小民詈怨而恨，两京十三省无有也。

"徐老甚可恶！"张居正恨恨然道。

高拱叹了口气："执法不公是大弊，海瑞所行并无大错，但却不能立足；继任者既要奉朝廷之法，又要沉稳老练，是以接替海瑞的人选，不宜用新进，要用老成。"

张居正这才明白高拱否决殷正茂、梁梦龙的原委，道："玄翁所虑极是。"

高拱道："此番晋京过保定，闻得保定巡抚朱大器官声甚佳。他早我三科中进士，资格甚老，行事稳重却又不乏锐气，我意以他补江南巡抚，叔大以为如何？"

张居正一笑道："呵呵，玄翁当年在翰苑，被选中在中秘撰理文官诰敕，对中外官员经历最是熟悉；今又悉心查访，识人用人，最是恰当！"

高拱自嘲一笑："只是如此一来，不唯又要挨海瑞痛骂，后世还要诟病高某甫掌铨就罢海瑞，不容直臣！"

张居正正色道："玄翁有大胸襟，不会斤斤计较个人得失。既然是为大局牺牲海瑞，端赖大局能否如愿一新。若时局为之一新，后世或可体谅。"

"此言甚是！"高拱一扬手道，"当务之急是安边。"

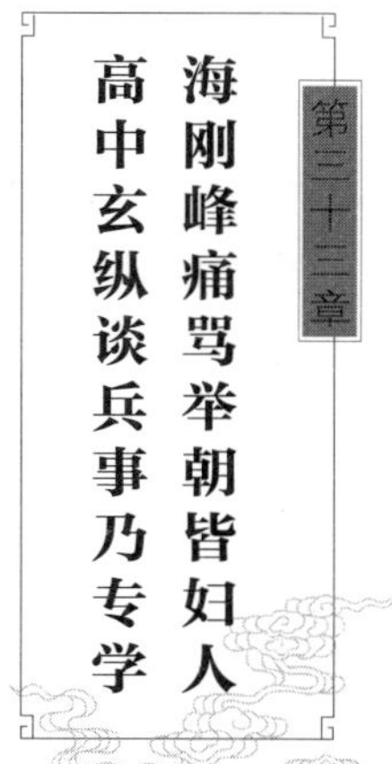

第三十三章 海刚峰痛骂举朝皆妇人 高中玄纵谈兵事乃专学

一

海瑞交卸了巡抚关防，便到了南京，盖因他还有一枚总督粮储的关防。总督南京粮储，编制只是一员，并无属僚。他又上一本，请求朝廷解除他这个职务。因已呈请辞职，除按例到南京吏部报到缴凭外，就只能在临时赁居的小院里等候。焦躁、愤懑，在这令人窒息的等待中与日俱增。

已是阳春时节，海瑞闭门不出。这天午后，海安从外面回来，走进海瑞的临时卧室兼书房，说："老爷，有急足送来一书。"

海瑞急忙拆开来看，是内阁大佬张居正写来的。展开一看，上写着：

仆谬忝钧轴，得参庙堂末议，而不能为朝廷奖奉法之臣，摧浮淫之议，有深愧焉。

读到"奖"字，又看到"奉法之臣"四字，海瑞心中涌出一股暖流，对张居正的感激之情，油然而生。读着读着，海瑞琢磨出，这是张居正向他表达歉意的。从字里行间可以读出，朝廷不会留他了！

"海安！"海瑞大叫一声，"收拾行装，回老家去！"

见海安做捂嘴状，海瑞意识到自己情绪失控，急忙到门口伸头向外查看，见没有动静，才放下心来。他怕老母为他担惊受怕，哪里敢让母亲知道这一切。

"老爷，有啥好收拾的，说走，抬腿就能走。"海安小声说，"不过，老爷，还

是再等等吧。老爷名气这么大，这朝廷里，谁敢罢了老爷的官？”

海瑞两眼发直，愣愣地在板凳上坐着。

“老爷不是说皇上啥事都让内阁做主吗，都说内阁是高相爷说了算的，难不成是这高相爷要罢了老爷？”海安又探究起这个话题来。

海瑞突然叹息一声：“隆庆元年，徐阁老不容高新郑，老爷误听人言，攻讦高新郑，回过头来看，老爷我做错了。”语调中满是惋惜，又带自责。

海安道：“老爷，小的听来听去，咋还是觉得是高相爷为了报复老爷，罢老爷的巡抚呢？”

海瑞道：“老高是个率直性子，他说要忘怨布公，我看不会是言不由衷，不然他不会罢了老爷我的巡抚。老爷看他不是报复，是被‘报复’这两个字困住了！”

正说着，忽闻外边有人叫门，海安忙去查看，是南京吏部差人来送《邸报》的。海安领他去见海瑞，差官面无表情，说：“海大人，你这个总督粮储，裁撤了！”说完，把《邸报》递给海安，转身走了。

海瑞怕自己听错了，一把夺过《邸报》，一目十行地阅看，看到裁汰南京冗员的诏书，他停住了，用手指点着，逐字逐句地看，总督粮储果然在列！

“哗啦”一声，海瑞把《邸报》向上用力一抛，跺着脚，悲愤地大声说：“想罢老子的官，罢就是了，还这样羞辱老子！”言毕，喘气声越来越大，呼气不出，憋得脸色发乌。

海安见状，忙上前搀扶，往床边挪动，又腾出一只手在海瑞胸口用力抚捋着，帮他顺气。海瑞半躺在床上，喘了一阵粗气，突然伸手把海安推开，握紧右拳，猛地砸在床铺上，赌气似的，蓦地起身下床，走到一张破旧的书桌前，提起笔，又转头对海安说：“你快去，买船票，明日就离开南京。这等世界，做得成甚事业！回老家，当农夫！”

当海瑞含泪辞别金陵、坐船南返，过饶州、至余干时，他胸中的怒火已然慢慢被一种快意所取代。他估算着，此时，朝廷应收到了他的《告养病疏》。他想象着，朝中百官会是怎样的反应。

李春芳第一个看到海瑞的奏本，嘴巴大张，良久没有合上。当阁臣传阅毕，李春芳解嘲说：“呵呵，这个海刚峰，竟说举朝之士皆妇人也！照他这么说，我这个内阁首臣，就是个老婆子喽！”

陈以勤“嘿嘿”一笑，高拱沉着脸，把海瑞的《告养病疏》细细看了一遍，反复阅看其中的一段：

今诸臣全犯一因循苟且之病。皇上虽有锐然望治之心，群臣绝无毅然当事之念……人无奋志，治功不兴，国俗民风，日就颓敝。乞皇上敕令诸臣，不得如前虚应故事，不得如前挨日待迁，必求仰副皇上求治之心，勿负平生学古之志。不求合俗，事必认真。九分认真，一分放过，不谓认真，况半真半假乎？阁部臣之志定，而言官之是非公矣。阁部臣如不以臣言为然，自以循人为是，是庸臣也！是不以尧舜之道事皇上也！

高拱又想起了三年前自己为举朝所攻，不得不像海瑞这样以告养病的借口回籍闲住，那时的心情是何等愤懑、委屈、不甘！海瑞此时的心情，他能体会得到。所不同的是，海瑞临走前直抒胸臆，慷慨陈词，而他的这些话，句句说到了高拱的心坎上。可这样忧国忧民、慷慨任事之士，却被自己亲手打发掉了，同情、愧疚和焦躁的情绪，不免袭上心头。他右手重重地拍在海瑞的奏本上，大声道："再不振作，再不认真，那就真是妇人不如了！"

"喔呀，我有些担心！"赵贞吉咂嘴道，"海瑞的自辩疏里，大骂时下的言官，说言官'逞己邪思，点污善类'。这不一竿子打倒一大片嘛！都察院里快炸锅了！不是咱老赵资历老、有本钱，还真压服不了他们。这回好，海瑞又火上浇油，竟痛骂举朝皆妇人，言官们还能不能忍得住，咱老赵不敢担保。"

赵贞吉说完，同僚都将目光转向了高拱。

"内江，转告你那些御史，"高拱冷冷地说，"海瑞去留是高某的主意，海瑞骂的都是高某，他们不必往自己身上揽！"说着，气呼呼地把眼前的文牍往外一推，道，"有精力不去盯着那些贪墨枉法之徒、颓靡塞责之辈，揭而攻之，和海瑞较什么劲？"言毕，抱拳向李春芳、陈以勤、张居正、赵贞吉晃了一圈，"诸公，海瑞的事，到此为止吧！"

"只怕止不住！"赵贞吉低头嘀咕了一句。

二

朝会的一应礼仪已毕，高拱一抖朝袍，躬身奏道："皇上，臣有本奏。"

"高先生奏来！"皇上抖擞起精神，大声道。

高拱缓缓道："臣有《议处本兵及边方督抚兵备之臣以裨安攘大计疏》一道，今将要领，面陈皇上。"不等皇上回应，他就说开了，语速亦不知不觉加快，"二三十年来，边关多事，调度为难，兵部之任尤重。然臣亲眼所睹，总督每遇员缺，惶惶求索，不得其人。岂是国家乏才？非也！实因无储养之道所致！"他顿了顿，突然提高声调道，"兵乃专门之学，非人人皆能者。若用非其才，固不能济事；若养之不素，虽有其才，犹无济于事。可兵部官员，却与他部无别，不择其人，泛然以用，今将他官调兵部，明将兵部之官迁他处，人无固志，视为传舍，不肯专心

于所职。如此，非唯无以备他日之用，而目下履职，亦有不当者矣！”

“高先生说的是。”皇上以赞赏的语调道。

“臣以为，储养兵事之官，当自兵部主事始。”高拱继续说，“兵部之官，自选拔时即应高标准，以有智谋才力者充之，并使其专官于此，闻军旅之务，习兵事之学，不复他迁。同时，要建立特殊升迁之制：边方兵备道有缺，即以兵部郎中补；边方巡抚有缺，即以边方兵备道补；边方总督有缺，即以边方巡抚补；而总督与在部侍郎时出时入，以候兵部尚书之缺。”

吏科给事中戴凤翔大步出列，道：“启禀陛下：祖宗成宪，巡抚或以布政使升迁，或以京堂外放，兵备道还要升按察使、布政使方可升巡抚。高阁老所言，与祖制不合。”

“微臣亦作如是观！”兵科都给事中温纯出列道。

皇上正专注地听说，被二人打断，不禁皱眉。因见高拱脸色阴沉下来，欲作辩驳，皇上便伸手摆了摆，拦住他，问：“高先生适才所说时出时入，何意？”

“皇上，臣观兵部侍郎与他部一样，也设二员。近年既称边关多事，而官则如旧，以至于巡阅边事，要临时抽调他官；或遇边方总督员缺，也每每临时以他官调任。补于东又缺于西，且道途遥远，动经岁时不得履任，门庭紧急之事，无人指挥。臣愚，诚中夜以思，宜于兵部添设侍郎二员，或在部协理部务，或巡阅边务，或遇边方总督员缺，即火速以一人往，可朝发夕至。因其出入中外，阅历既深，凡兵事与边关险隘、虏情缓急、将领贤否、士马强弱，皆已晓畅谙熟，方略素定，当可指挥自如，且遇有尚书员缺，即以其资深者补之。”

“一部两侍郎，乃祖制，岂可擅变！”兵科都给事中温纯大声抗议道。

“高阁老，你不是在大力裁汰冗员吗？连太医院按摩科都裁了，怎么突然又为兵部加员额？”刑科给事中舒化揶揄道。

皇上佯装没有听到两人的话，高兴地回应高拱的提议：“嗯，高先生说的是。如此，则兵事得人，边务有济！”

高拱看出来了，皇上不愿他与科道争执，遂继续陈奏：“臣又思之，养才虽足以备用，然奖惩不明，何以尽人力？体恤不周，何以尽人心？故臣又拟奖惩措施若干，俱载于疏中，不再渎扰圣听。”他又躬身一揖，“臣受皇上眷任，誓图报称，见得边事废弛，必须得人乃可振起；而用人不得其道如此，若今不为之改制刷新，恐因循愈久愈难收拾。故特为我皇上进言，以济目前之急；预为储养，以备他日之用。安攘之计，或莫先于此。伏望圣明裁断，不胜幸甚！”

皇上坐直身子，款款道：“兵事至重，人才难得，必博求预蓄，乃可济用。高先生处画周悉，具见为国忠猷，都依拟行！”言毕，做起身状。鸿胪寺赞礼官一看，忙高唱一声："散朝——"

百官在七嘴八舌的议论声中散去。刑科给事中舒化义愤填膺地说："他一上来就变乱祖制，我要上本！"

兵科都给事中温纯一晃拳头："他大权在握，你不想干了？走着瞧就是了。"

高拱却是一副凯旋将帅的神情，拉了拉张居正的袍袖："叔大，到我朝房去。"

"哦，不知兴化会不会召集到中堂议事？"张居正踌躇道。

"有事他自会到朝房找我。"高拱自负地说，一摆脑袋，"走！"

两人旁若无人，大步走向文渊阁。进得高拱的朝房，书案上铺着一张《北边关隘图》。高拱走上前去，点着图右角道："蓟镇目下有谭纶、戚继光，且修墙筑障，甚为坚固。对蓟镇，似不必过忧。"他手指向左移动，"宣大则不然。虏酋唯俺答为雄，其分住宣府境外，把都、辛爱等五部，皆亲枝子弟，一有煽动，即为门庭燃眉之灾。"

张居正道："正是。俺答与虏庭驻牧丰州滩，他的六个儿子，长子黄台吉在宣府边外，离边三百里；其他各子分别于大同阳和、得胜堡、杀胡堡、山西偏关、陕西河州等边外二三百里处驻牧。老酋俺答早已是国朝最大祸患！"

高拱手指继续向左移动，说："延绥、甘肃、宁夏三镇主要防御俺答之弟吉囊及三子，然则吉囊各部散处河西僻隅，与俺答诸部不可同语。故今之制驭诸虏，要在俺答一酋而已。"

张居正像是明白了高拱的意图，道："玄翁是说，把三边总督王崇古调任宣大总督？"

高拱突然一声讥笑："呵，叔大的恩师做的好事！"见张居正投以不解的目光，他解释道，"记得那年因三边总督陈其学无威略，致三镇损兵折将，方紧急升宁夏巡抚王崇古接替之。不知何故，这陈其学回籍听勘一年多，竟然被你的徐老师荐为宣大总督。"

"陈其学老成持重，只知袭故套，不敢越雷池一步，符合存翁的胃口。"张居正苦笑说。隆庆二年因石州失陷，宣大总督王之诰回籍听勘，徐阶提议起用陈其学接任。

高拱做了一个请入座的手势，和张居正一同隔几而坐，喝了口茶，边放茶盏边道："南京兵部侍郎李迁调两广总督；陈其学调南京兵部侍郎；王崇古调宣大总督。叔大以为如何？"

"甚好！居正早就听说，王崇古慷慨有奇气，喜谈兵事，知诸边厄塞，善韬略。他任宁夏巡抚、三边总督这些年，北虏屡残他镇，宁夏独完。调他任宣大总督，最合适不过！"张居正欣喜道，又问，"那么王崇古遗缺谁可补之，玄翁有人选吗？”

高拱笑着说：“我知叔大有人选，且知人选为谁。”说着，他伸出食指往茶盏里轻轻一沾，顺手在几案上写下了一个名字。

张居正看了一眼，笑了起来，道：“哈哈哈，玄翁知我。正是王之诰。他是居正的亲家，但内举不避亲。王之诰做三边总督，合适。”

“蓟辽总督谭纶、宣大总督王崇古，”高拱满意地说着，“北边两要地，督抚得人，三边总督，就照叔大说的，用王之诰！”

“大同尤为兵家必争之地，三面临边，东连上谷，南达并垣，西界黄河，北控沙漠，实京师之藩屏，中原之保障。”张居正说，“是以大同巡抚，亦当得人，时下这个李秋，我看不合适。我意，大同巡抚与辽东巡抚互换。调方逢时巡抚大同，李秋巡抚辽东。”

“嗯，也好！方逢时才略明练，与王崇古又有同年之谊，不失合适人选。”高拱赞同说。

“方逢时乃玄翁同年，居正同乡，便于沟通。”张居正笑道。

高拱没有接他的话，依然兴奋地说：“兵部职方司郎中张学颜，去辽东做兵备道，以为巡抚后备。往者总把那些失意之人贬到边地，边务所以不振！有才干又自知有前程者，到了边地，自然十分用心，边务焉能不振？”

张居正道：“玄翁可谓远虑。”

“叔大适才言大同尤为紧要，我深有同感。大同直当俺答一面，且连年遭虏患，当为防务之重。”高拱声调坚定地说。他目视前方，幽远而深邃，“以往，执政者所谓防务，实则唯以保京师和皇陵无虞为要，宣大总督驻节怀来，以保京、陵。此一防务方略，底线太低！我意，宣大总督驻地要西移，移到阳和去，以此向中外宣示，国朝防务底线，是确保北边安全，而不是仅仅着眼于京师、皇陵！”

“玄翁所言，居正极赞同！”张居正道，他抬眼看了看高拱，似乎有话要说，却欲言又止。

“叔大有甚话，说嘛！”高拱催促道。

张居正道：“兵部侍郎缺员，居正以为，湖广巡抚谷中虚可任之，不知玄翁以为如何？”

高拱沉吟道：“谷中虚……他是嘉靖二十三年进士，历任兵部主事、员外郎、郎中，又做过山西潞安兵备道，在浙江巡抚任上指挥剿倭，在湖广巡抚任上招抚流寇，经历倒是合适。怎么，他在贵省口碑不错？”

“楚人皆赞之。”张居正道。

“兵部侍郎例由会推，谷中虚可作人选。”高拱决断道。

三

午门右掖门内之西，与文渊阁相对，有朝房五十间，此即吏、户、礼、兵、刑、工六科的直房，谓之六科廊。刑科给事中舒化朝会后回到六科廊，义愤难平，起身走到兵科都给事中温纯的直房，吏科给事中戴凤翔也在，三人各抱拳施礼毕，戴凤翔叫着舒化的字道：“汝德，我辈弹劾海瑞，引来他破口大骂，不能就这么忍了吧？”

“汝德也是为此事而来？”温纯问道。

舒化道：“今日朝会，高阁老大谈改制，我辈不能缄默吧？我是为此事而来。”

温纯笑道：“汝德还是不能释怀？他手握铨政，又深得皇上眷倚，识时务者为俊杰，不值得！”他又转向戴凤翔，“海瑞骂街，六科俱愤愤不平，欲上本。可都察院那帮人说赵阁老有话，不让上本，说是高阁老的意思。”

舒化垂头丧气道：“就这么算了？那要我辈言官做何？”

戴凤翔一捋小胡子，脑袋蓦地晃了一下，转身就往外走，走到门口方举拳向后抱了抱，一溜小跑出了六科廊，穿过会极门，往东华门而去。一盏茶功夫，戴凤翔到了东华门外萃花楼对过的一个小巷，进了一座小院。这里，是徐阶的门客吕光的居所。

吕光吃了一惊：“戴给谏何以匆匆造访？”

戴凤翔也不入座，站在花厅门口道：“吕老，我刚听说，那高胡子压着科道不让参劾海瑞，科道啧有烦言。你找个地方，今晚我带几位科道去餐叙。”见吕光不解，他解释道，“偏要上本，一来为百官出口气，二来难为难为高胡子，让海瑞这件事缠住他！”说完转身就走，刚走两步，又返身回来，低声道，“预备着些！存翁不是有言在先，不惜代价吗？”

吕光心领神会，笑道：“老弟放心，徐家在京店铺的银子随我支领。”

过了两天，辰时已过，高拱刚进中堂，李春芳起身走到他的书案前，把手里的文牍轻轻丢过去，叹了口气道：“新郑，麻烦事又来了。”

高拱一看，一份是吏科都给事中光懋领衔，吏科三位给事中列名的弹章，参奏海瑞。只见上书：

海瑞悻悻自好，姣姣自明，假以求去，横泄胸臆，且反诬言官，丑诋孟浪，无所执据，事属乖违，法应参究。照得海瑞小器易盈，晚节不竟。愤世嫉俗，讵能体悉乎人情；市直矜名，岂知卒流于私意。致言官之论列，宜悔改图。方今尚气凌人，大逞心迹之辩；诬善败类，连及台省之臣。朝廷之体统甚乖，平生之忠义何在？乞敕下吏部，将海瑞勒致仕，以示创惩。如惜其旧有名节，姑移咨谴责，省令

改误。

另一份，是都察院河南道御史成守节领衔，参奏海瑞的弹章：

臣等俯睹《邸报》，见前巡抚佥都御史海瑞奏《告养病疏》，中间首张夸大之词，终侮举朝士人，以泄怏怏不平之气。乞严加戒谕，务使虚己有容，以图后效；改过不吝，以盖前愆。

李春芳见高拱脸色铁青，道："吏科都给事中是六科领袖，河南道掌道御史是御史领袖，他们二人各领科道联名论劾海瑞，可视为代表全体言官，分量甚重啊！"

"新郑，不是老赵不压服，前两天说得好好的，不知何故突然就冒出这两道弹章，我老赵也是大吃一惊呢！"赵贞吉忙解脱自己。

高拱怒气冲冲地说："海瑞已然罢去，似这般不依不饶，是要怎样？！"

"新郑，你别犯脾气！"陈以勤劝道，"本可径批吏部题覆，兴化担心你犯脾气，惹毛了科道，方刻意在阁一议的。海瑞大骂举朝皆妇人，又痛诋言官，他的气出够了，也该让科道出出气嘛！"

"若批吏部题覆，就八个字：已奉钦命，无容别议。"高拱余怒未消，话像是横着出来的。

"呵呵，新郑啊！"李春芳小心翼翼地说，"我看这八个字亦无不可；但终归要给科道些面子，不的，不是引火烧身吗？纵然新郑无所惧，总这样纠缠下去，你还有精力做事？"

高拱点点头，若有所思，像是自言自语："是该了断了。"说着，拉过稿笺，蹙眉沉思片刻，提笔疾书着。

午时已过，张居正用完饭，刚要下楼，高拱站在朝房门口向他招了招手。张居正走过去："玄翁怎么没有去吏部？"

"办完这件事再去。"说着，高拱带张居正进了朝房，把两张稿笺递给他，"我拟的吏部题覆，叔大看看。"

张居正一看，为吏科弹章拟的题覆是：

看得海瑞巡抚应天，更张太骤，颇拂人情，先科臣论列，已蒙圣明处分。海瑞引咎自陈，亦所宜然，却乃激愤不平，词涉攻击，委的有伤大体。今经参劾，夫复何词？但海瑞孤忠自许，直气不挠，旧日名节，委有可惜。一时激愤，乃其气禀学问之疵，揆之官常，原无败损，况已奉钦命，无容别议。

再看对都察院御史弹章的题覆：

海瑞词称请归，意甚怏愤。且固执偏见，是己非人，殊失大臣之体。御史官见其轻躁，连名纠劾，诚非过举。但海瑞已奉钦命，照旧候补，无容别议。

"呵呵，玄翁题覆甚见其妙，既给科道面子，又维护海瑞不再追究，当可息事宁人了。”张居正笑道，他把稿笺放回高拱的书案，“这件事，总算可以了之。”

“人了，事未了！”高拱说着，又拿出几张稿笺，“请叔大过目。”

张居正举起阅看，是高拱写给新任应天巡抚朱大器的私函：

夫海君所行，谓其尽善，非也；而遂谓其尽不善，亦非也。若于其过激不近人情处，不加调停，固不可；若并其痛惩积弊，为民作主处，悉去之，则尤不可矣。天下之事，创始甚难，承终则易。海君当极弊之余，奋不顾身，创为剔刷之举，此乃事之所难，其招怨而不能安，势也。若在今日，则是前人为之而公但因之耳，怨在他人而己享其成功，此天之所以资公也。如以为戒而尽反其为，则仍滋弊窟而失百姓之心，岂唯非国家之利，亦非公之利矣。

“罢海瑞巡抚，不是他做错了，是大家不适应他。”高拱边在房中踱步，边道，“我担心朱大器会错了意，尽反海瑞所为，回到无所作为的老路，不唯江南治理无望，这个导向也甚坏，是以不能不明示于他。”

“玄翁所虑可谓周详！”张居正说，“居正也有书给朱大器。我下楼取来抄本。”

“一起走，我就到吏部去，恐饭菜要凉了。”高拱说着，拉住张居正就往外走。

下了楼，张居正加快了脚步，待高拱走到西门口，张居正拿着稿笺追上了。高拱匆匆浏览一眼，但见上写着：

存翁以故相家居，近闻玄翁再相，意颇不安，愿公一慰藉之。至于海刚峰之在吴，其施为虽若过当，而心则出于为民。霜雪过后，稍加和煦，人即怀眷，亦不必尽变其法以循人也。唯公剂量，地方幸甚！

“叔大所虑，比我周详！”高拱一笑，把稿笺还给张居正，正要迈步，就听门外有急促的脚步声。抬头一看，新任兵部尚书郭乾带着职方司郎中吴兑急匆匆走了过来。

“玄翁，贵州、贵州……”郭乾气喘吁吁，支吾道。

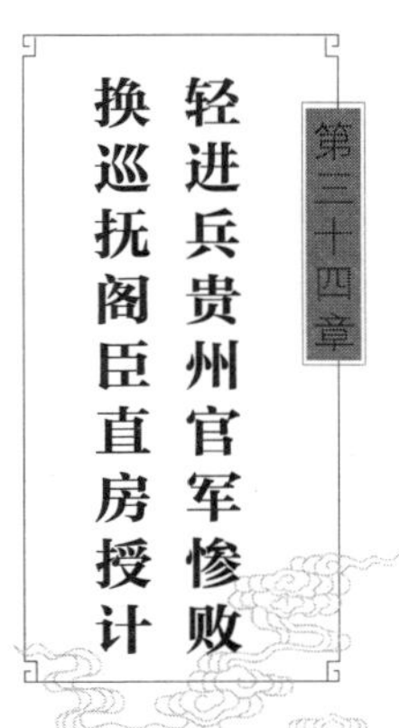

第二十四章 轻进兵贵州官军惨败 换巡抚阁臣直房授计

一

正月的贵阳，群山苍郁，一气澄清。上元节辰时刚过，北门外校场旌旗飘扬，剑戟闪耀，黑压压的人群列队站立。除了近万名官军，还有临时招募的三千苗兵，举着长枪，站在官军队列之旁。

巡抚王铮在坐南面北的高坛上，朗声宣读完朝廷剿灭叛逆的谕旨，接过侍从递过来的一只大碗，双手捧着，郑重地交到一身戎装的总兵安大朝手里，铿锵道："为王师壮行，预祝安帅旗开得胜！"

安大朝接过大碗，将碗中的水酒一饮而尽，挥臂领誓。校场上响起一片欢呼声。

誓师礼毕，安大朝跨上战马，高举战刀，拖着长腔大声道："出征——"随即，骑兵、步兵、苗兵、粮草辎重、后军，依序西行，荡起的尘土遮天蔽日。

安智就在不远处一个山丘上观礼，见大军已然出征，高兴得跳跃下山，骑马向城内奔去。

贵阳城西北角，有一个大宅院，是当年安智之父安万铨摄水西土司时所购。安智与母亲疏琼率侍从、亲兵几百人住在这里。

安智进得宅院，即到疏琼的居室禀报。疏琼闻听官军出征，悲喜交加，叫着幼子安信的名字哭泣起来。良久，才惊讶地问："智儿，你不是要为官军向导吗，怎么没去？"

安智道："儿已禀过安大帅，说要留下为官军筹措粮饷。安帅答应儿差人做向导。"

巡抚王铮召见总兵安大朝商榷发兵征剿安国亨后，安大朝召安智到帅帐晋见。

一听说官军欲征剿安国亨，安智大喜，不唯为安大朝进剿画策，还爽快地答应以兵粮数万为内应，他本人欲亲为向导。安大朝遂向王铮禀报，王铮闻报不再踌躇，一面饬令大集汉土兵勇万余，属安大朝统之；一面向朝廷奏报安国亨叛乱，请朝廷允准发兵征剿。朝廷下诏从之。

大军已出征三日，安智一直躲在宅院里静候探报。疏琼不解："儿言筹措粮饷，怎么不见动静？"

安智道："乘官军进剿之机，我与国亨小儿在朵泥桥已开战。国亨小儿已夺我地阿租、沙那，我则夺其地勒普、札果、索务，哪里还有余力为官军助饷。况且，儿不是土司，哪里去筹措数万粮饷？即使把私藏都拿出来，一时哪里买得来那么多兵粮？"

疏琼急了："那儿为何与安帅约以兵粮数万为内应？"

"无他，坚其剿国亨小儿之心！"安智眨巴着小眼睛说。他怕母亲担心，又安慰道，"如今朝廷已有诏命，儿不输兵粮，官军照样征剿，总不会中途退兵吧？"

"倘若事后官府追究起来……"疏琼担忧地说。

"不怕！"安智道，"官府追究，总要有依据，哪条哪款规定像儿这般一个小小的管事须输兵粮？"他狡黠地一笑，"儿已拿了些银子出来，这些银子与其输兵粮，不如贿官员！哈哈哈！"

此时，安大朝已率大军仆仆三百里，行至陆广河东岸，眼巴巴地盼着安智的兵粮。

"大帅，渡过河去，就是安国亨的地盘了！"奉安智之命为官军做向导的安柱指着陆广河，向总兵安大朝禀报。

"安智的兵粮何以还未见踪迹？"安大朝不满地问。

"快了快了，快到了。"安柱搪塞说，"大帅，还是渡河吧！"

"报——"探马从河对岸游过来，"禀大帅，探得安国亨不在巢中，行踪不晓！水西目下是他的两个儿子在领兵，一个叫隘目把，一个叫阿弟得费。"

"大帅，这两个小儿少不更事、胆小如鼠，若大军压境，必不战而降！"安柱鼓动说，"大帅万万不可坐失良机！"

安柱乃安万铨摄水西宣慰使时的同知，对水西及安国亨家族皆熟悉。听他这么一说，安大朝为之心动，仿佛明日就能上本报功。朝廷论功行赏，当让自己的儿子抢到首功，遂下令其子安荣统率土兵为先锋，左右中军配合作战；又传令速到会城，报请抚台，敦促安智速输兵粮。

待一切整备停当，正是午时，难得的好天气。安大朝高举战刀，大声道："搭桥渡河——"

霎时，官军有的摆放船只，有的砍伐树木。不到一个时辰，浮桥搭好，征剿大军悉数渡过陆广河。

贵阳巡抚衙门里，王铮却惴惴不安，在二堂不停地踱步。大军出征三日，他突然接到内阁大佬赵贞吉的急函，嘱他暂停征剿。这让王铮心生疑窦，左右为难。朝廷刚颁下挞伐令，何以暂停征剿？他揣度，定然是新复出的高拱对他的奏报产生了怀疑，一旦勘实，否定了他对安国亨"叛乱"的认定，即使不问欺君之罪，至少有断事不明、误报军情之失，前程断送无疑。他只能寄希望于水西之役速战速决，待官军剿灭安国亨，大局已定，就不会有麻烦了。因此，他并没有传令安大朝暂停行军。

就在这时，前线传来安大朝请他敦促安智速输兵粮的消息。王铮闻报，大惊失色！他之所以下决心奏请朝廷征剿安国亨，正是基于对安智输兵粮数万的承诺，而安大朝所带粮草，仅够五日之需，也是基于安智会输兵粮为助的承诺。不意安智竟如此食言！王铮的脸上汗涔涔而下，不敢怠慢，忙令按察司佥事日夜兼程赶往水西，抚谕安国亨；又命传令兵持密令火速赶往前线，密止安大朝进兵。

安大朝接到巡抚的密令时，安荣所率土兵正向水西腹地推进，一路抢掠，彝人起而反抗，双方已然交手厮杀。安荣率苗兵斩杀彝目以朵、杨生、阿乌等多人，各部落遂相呼应，将安荣围困。安大朝闻报，急令大军驰援解围。

"大帅，我军粮草已绝，不宜再进军。"军师对帅帐内大步徘徊着的安大朝说，"况抚台已有密令，戒我军勿得轻进。"

"撤军就是败退！"安大朝气急败坏地说。

"报——"一声高叫，探马进帐行礼，"土酋安国亨之子隘目把遣使求见。"

随着一声"宣"，隘目把的使者进帐施礼，道："我主人闻大帅大军压境，愿与胞弟阿弟得费一起，率三千兵马乞降保命。赖大帅成全。"

"哈哈哈！天助我也！"安大朝禁不住一阵大笑，快步走到帅椅坐定，对下跪的使者道，"传隘目把兄弟晋见本帅，本帅保他兄弟不死！"

"大帅，这土酋会不会是诈降？"使者走后，军师嘀咕说。

"谅他不敢！"安大朝自信地说，"不必再踌躇不决，进军！"

走不多远，探马即带隘目把、阿弟得费在路边跪迎。安大朝骑在马上，大声道："本帅命尔兄弟为先锋，直捣贼巢！"又用马鞭指着隘目把，"尔兄弟要争相立功，谁的功劳大，待灭了叛逆，本帅转请军门奏明朝廷，令袭土司！"隘目把、阿弟得费叩头称是，起身上马，带着大军向螺狮塘进发。

翻过公鸡山，绕到龙昌坪，大军已是饥疲不堪，行进缓慢，参将、游击又纷纷来乞粮草，让安大朝甚是恼火。他越发急于捕获安国亨以结束战事，遂强令急行军，违令者斩！大军又勉强行进了四五里。突然，两旁山头上冲下黑压压的彝兵，向疲惫的官军杀来。隘目把、阿弟得费见状急逃，安大朝正指望他们带路突围，两人并所带三千兵马早已间道遁去。

水西土兵合围外攻，官军饥疲，战力大减，抵挡不住，四处溃散……

二

听到郭乾禀报官军进剿水西土司惨败，张居正不敢也不愿意相信这是真的。高拱顾不得往吏部去，也忘了饥饿，急忙带郭乾、吴兑进了中堂，李春芳、赵贞吉、陈以勤闻讯，也从朝房匆匆赶到。

“王铮无能！安大朝草包！革职，统统革职！”赵贞吉怒气冲冲道。

李春芳看着高拱：“新郑，你看此事？”高拱顾自沉思着，没有答话，李春芳又问郭乾，“大司马，下一步当如何？”

“本部意，当调川桂两镇大军，合剿水西！”郭乾道。他似乎早有准备，继续说，“另请诏命四川、湖广各调粮草十万石入黔。”

已看完塘报的张居正一拍书案，愤然道：“这也太不像话了！小小土司，竟敢与官军开战！如不剿灭，朝廷威信安在？当调重兵，大事芟除，勿复问其向背。诸文武将吏有不用命者，悉以军法从事，斩首以循！”他见高拱良久未语，又道，“大率叛贼奸宄，唯当慑我之威，罕能怀我之德。如有机可乘，自当一鼓而歼之！”

“征剿弗获，且将成乱，宜急图之。”李春芳赞成张居正的主张又不愿明言，遂含混道。

“中枢不当为一省抚臣背书！”高拱一脸怒气地说，“更不能一错再错！”

自从陈大明处得知贵州水西生事，高拱深念之，到吏部领凭的官员，凡是有可能知情者，他都要留下一问，以探明事情原委。目下他已初步做出判断，单等王铮给赵贞吉回复后再作区处。不意没有等来暂停进军的消息，竟是惨败的塘报！他强抑怒火，决计不再迁就，要按自己的主张处置此变。可他的话一出口，众人愕然，只是见高拱脸色阴沉，怕他把火气撒到自己身上，都不敢说话。

“何谓叛逆？安国亨果叛乎？”高拱大声质问，他并未有等待答案之意，顾自说，“叛逆者，谓敢犯朝廷，背去而为乱者也。安国亨所为如是乎？我闻安国亨本为群小拨置，宣淫播虐，仇杀安信，以致安信之母疏琼、兄安智怀恨报复，相互仇杀。安智自度不能胜国亨，遂诉于巡抚。抚臣欲为安智申冤出气，其意固善。然只因拘提安国亨不出，觉得威信受损，竟以叛逆奏报，朝廷据此允其征剿之请。”他又一拍书案，“这一步，先就错了！”

张居正微微摇了摇头，他以为赵贞吉定然出而抗辩，赵贞吉却一脸淡然地听着。他想说又不愿在此场合与高拱争辩，遂目视郭乾，郭乾转过脸去，回避了。张居正又看看陈以勤，微微扬了扬下颌，陈以勤听适才高拱的语气渐渐和缓下来，也就接受了张居正的暗示，开口道："新郑，就算如你所说第一步错了，可安国亨与官军交战，致使我土汉将士损失过半，这总该是叛逆所为了吧？朝廷欲发兵进剿，焉能说是'再错'？"

"南充，亏你还是饱读诗书之士！"高拱像是终于抓住了发泄对手，揶揄道。他用手敲着书案道，"安国亨与安智相互仇杀，却被定为叛逆，又入境掩杀，彼彝民安肯束手就擒？故各有伤残。然未闻安国亨领兵拒战之迹，是以仍不可轻言叛逆二字！既如此，则调大军征剿之议，不可从之！"

"这……"郭乾面露难色，又不敢多言，支吾了一声。

"哼！"高拱冷笑一声，以嘲讽兼带不屑的语调说，"时下有那么股风气，动辄言征剿、喊诛灭，似乎不如此则不足以树威信、振人心，无英雄气概。果如是乎？"说着，他的语调转为沉重，"边事孔棘，国库空虚，路有饿殍，不谋拯而救之，却欲竭数省之兵粮，征自相仇杀之彝目，值得吗？果有必要吗？"他感叹一声，继续说，"治理一方，岂可遇事即思用武力，镇压下去就是有本事？非也！不用强力而使之息争相安，那才是真本事！"

李春芳怕阁臣争执下去不好收场，忙对郭乾道："大司马还有何情需通报的？"

"据急足所禀，王铮已具疏自劾，巡按贵州御史蔡廷臣具疏请治失事诸臣罪。另据本部闻，兵科都给事中温纯正具疏劾王铮、安大朝。"

高拱像是没有听到，继续说："时下的地方大员，以善欺蔽为高明！有些人，地方有事，每每隐匿不报或大事化小；而喜功者则反之，每每又以小为大，以虚为实，始则夸大事端，终则激而成之，以证明前说为实。似此，岂是为国之忠？王铮此人可谓典型！这样的人，绝对不能再用！"顿了顿，以决断的语气道，"贵州事，换巡抚，据实定策！"

"哦，那就有劳新郑了！"李春芳忙顺水推舟说。

"我来处置，诸公不必心焦！"高拱一拍胸脯道。说着，起身往外走，又回头瞥了一眼张居正。

张居正知高拱要召他议事，却佯装没有看见，低头坐着未动，待高拱已走远，方感叹一声："处置此类事，当快刀斩乱麻，一举荡平之，不唯了却一事，且对各土夷皆是震慑，令其胆寒，再不敢越雷池一步。"说完，方起身道，"居正去向玄翁陈之！"

"叔大，贵州巡抚，谁可任之？"高拱见张居正终于来了，便开门见山问。自复职到京后，吏部用人，高拱总要先与张居正私下商榷一番。

张居正知高拱持论甚坚，口气强硬，无意说服他，暗自苦笑了一声，反问："玄翁夹带中似有人选了吧？"

"说你的！"高拱以居高临下的口吻道。

"既然玄翁垂问，我看殷正茂可任之。"张居正说。

“叔大念念不忘这位同年嘛！”高拱一笑道，随即摇了摇头，“殷正茂其人，我查访过，有军旅才，也当用。不过，让他去贵州，不合适。”顿了顿，又问，“叔大看，阮文中何如？”

阮文中乃嘉靖三十二年进士，历官南京兵部车驾司主事、兵部职方司员外郎、吏部考工司郎中、湖广按擦副使兵备永州，时任太仆寺少卿。张居正没有想到高拱会看上他。但既然高拱点名，他不愿持异议，遂道：“阮子做过永州兵备道，与土夷打过交道，是合适人选。”

高拱点头道：“阮子沉毅，处置水西事，当可属之。”

“贵州得人矣！”张居正笑着说，言毕，向外喊了声，“来人！”

书办应声而来，张居正吩咐：“去，快知会烹膳处，为玄翁煮碗汤面来，多卧几个鸡蛋！”

高拱亲切的目光投向张居正：“呵呵，还真是饿了！”

三

阮文中与高拱既无渊源，也无交通，忽闻巡抚之任，颇感意外，掌灯时分，忙到吏部直房投刺谒见，高拱吩咐传请。

高拱与阮文中隔几而坐，略事寒暄，就叫着阮文中的字说：“用和，此番用你抚贵州，为处置安国亨之事，望用和勉之。”阮文中是科举后辈，且年龄也小高拱六岁，故高拱对他以字相称。

“安国亨之事怎么说？”阮文中问。他只知道日前官军征剿水西惨败，巡抚王诤上疏自劾，巡按御史蔡廷臣、兵科都给事中温纯上章弹劾之。得旨：“令安大朝革职，戴罪杀贼；王诤回籍听调，安荣等下御史按问。”这是载于《邸报》的，更多的情况，他也不甚了了。

高拱遂将他所掌握的情形，约略说了一遍。阮文中静静听着，待高拱说完，谦恭地问：“哦？那么高阁老，安国亨擅杀土官、不服拘提，岂不是抗命吗？”

“据我判断，安国亨不服拘提，乃是因安智居于省垣，他怀疑抚台偏袒安智，一旦出而受理，抚台或捕而杀之。”高拱耐心解释，“纵不服拘提，亦只是违拗而已。违拗安可谓之叛逆？”

“可是，毕竟官军剿水西大败，伤亡惨重，国人尽知，皆曰水西当灭。”阮文中又提出疑问，“此不可谓之叛逆乎？”

高拱道：“这也未必可认定为叛逆。官府不明是非轻率进兵，彝民起而自卫，各有伤残罢了。不过，此说不易服人，你到任后，要据实查访明白，看看安国亨有无领兵抗拒官军且与官军开战的形迹。若无此形迹，则不能谓之叛逆可知。”

阮文中点头，沉吟良久，又说：“学生敢请高阁老示方略。”

高拱道：“照一般人的说法，此时当集结大军剿灭安国亨以振国威。然竭数省兵粮剿内部仇杀之彝目，甚无谓！我意，此事不以武力平之，当以司法息之。用和不可循常规，要迅疾赴任；到职后宜廉得其实，而虚心平气处之。说到方略，用和当记住四字：据实定策！”

阮文中虽频频点头，却仍觉心中无底，遂愧然一笑：“呵呵，高阁老，学生敢请阁老详示。”

高拱沉吟片刻，道：“恐影响用和判断，本不愿说得太具体。既然用和追问，不妨再嘱几句。”他喝了口茶，缓缓道，“用和到后须据实查访，若如我所闻，则当去安国亨叛逆之名，而只穷究其仇杀与违拗之罪。安国亨若出面听从审理，而无叛逆之情可自明矣。这样，则只以其仇杀、违拗之罪罪之，当无不服。如此，方为国法之正，天理之公。”

阮文中若有所悟，又见高拱书案上文牍堆积如山，门口不断有人探头欲进，便起身告辞。

高拱送至门口，拍了拍他的肩膀，说：“用和啊，时下为官者，常常好在前官之事上再放大，以展示其风采。此乃小丈夫所为，非君子之道。望用和戒之。”

阮文中牢记高拱的叮嘱，日夜兼程赶赴贵阳。接印视事，便以处置水西事为首务。他派人四处探访，以期勘明真相。安智闻新抚到任，急忙求见。阮文中问：“尔告安国亨叛逆，何谓叛逆？安国亨叛逆依据何在？”

安智支吾良久，方说：“国亨小儿擅杀朝廷命官，抚台拘提又抗命不遵，抚台看，这不是叛逆吗？”

阮文中又问：“尔承诺输兵粮数万为内应，何以失信？”

安智答：“官军进剿，我辈即与安国亨战于朵泥桥，相互攻取。安国亨取我与奢效忠地九，我取其地七，无法分身。”

阮文中已心中有数，不再多问。

安国亨闻巡抚换人，忙差吴琼前来晋见。待吴琼一进大堂，阮文中大喝一声：“尔彝目安国亨，擅杀土同知，却拘提不出，是何道理？”

“宣慰使已知罪！”吴琼道，“安智居省垣诬告，抚台拘提，宣慰使恐被诱杀，故躲避不敢出。”

阮文中又道：“安国亨胆敢与官军为敌，斩杀官军甚多，可知罪吗？”

“抚台老大人容禀：官军莅临敝土时，宣慰使正在兰地与永宁土司、安智的姐夫奢效忠讲理，并不敢拒官军，更不敢与官军开战。”吴琼神情紧张地解释说。

“胡说！”阮文中怒斥道，“难道官军是自行溃散、自相残杀？”

吴琼答道：“宣慰使已然查明：官军安参将率苗兵抢掠，斩杀部酋以朵等多人，以朵的父兄子弟互为串通，率众冲败官军，官军多是奔过浮桥溺死的。”说着连连叩头，又道，“宣慰使闻官军溃败，既惊且惧，愿罚银三万五千两。宣慰使命小的禀明抚台老大人，宣慰使绝无反叛之心，前抚台竟以叛逆奏闻朝廷！蒙此大冤，宣慰使心有不甘，已差人晋京诉冤。”

阮文中综合多方情形，真相与高拱所说完全吻合，遂命幕僚速拟奏稿。

“军门，外边都说，原以为军门此来定是指挥剿灭安国亨的，不意莅任多日却毫无动静，反而四处查访，欲为安国亨开脱，必是受了安国亨的重贿。”幕僚忧心忡忡地说。

阮文中闻言陷入沉默。自到贵阳，阖省官员次第来谒，无一不是义愤填膺，请求速发大军剿灭安国亨，布政使、按察使也都力劝他速奏请朝廷集结大军征剿水西。阮文中压力本已很大，又听幕僚如是说，顿时踌躇起来，一脸苦相，道：“若奏请发兵再剿，如何向高阁老交代？还是暂不上奏，先修书于高阁老，请示方略。”与幕僚字斟句酌、反复修改，阮文中才惴惴不安地把书函交给一个亲随，命他日夜兼程，疾驰京城投书。

已是深夜，高拱正在书房与兵部侍郎魏学曾商榷秋防策，高福突然进来禀报：“老爷，贵州有急足来投书！”

高拱已从安国亨的诉冤疏中证实了自己的判断，只等阮文中报来处置之略，即可着手善后。终于等来了他的书函，忙接过拆看。看前一页，他的脸上露出笑容，还不住地说“果然如此，果然不差”；可是，看到后面，脸色由晴转阴，失望、恼怒的情绪浮现出来。

“这个阮文中！说什么水西事，‘访得其实，皆如相公所言，以国法正之可也；然省内群情激奋，誓言剿除、灭此朝食，方可树朝廷之威’。似这般依违两可的话，他也说得出口！”高拱生气地说，又苦笑一声，“选一个稳重的人，却魄力不足；魄力十足，又恐处事不稳。贵州事，难乎哉！”

“玄翁，不如快刀斩乱麻！何必为一个土司，如此费心劳神？”魏学曾建言说。

“是啊，玄翁，举朝皆曰当剿，剿固靡财损兵，却无须玄翁一人如此担责、操劳，又可免浮议，还可高举权杖，文臣武将谁人有失，任凭惩罚！”在一旁的房尧第也劝道。

高拱既失望又生气，蓦地向座椅后背一仰身子，瞪着眼道：“这岂是一个土司的事？这是要立规矩、树原则！”他越说越生气，“忽”地举起手臂，向上一指，“别忘了，上面有天！凡事，要问个理字，要合天理！”他站起身，踱了两步，赌气似的说，“贵州这件事，我必当分出是非，据实处置！非仅为节财用、省兵戈，亦为明公理、伸国法！”

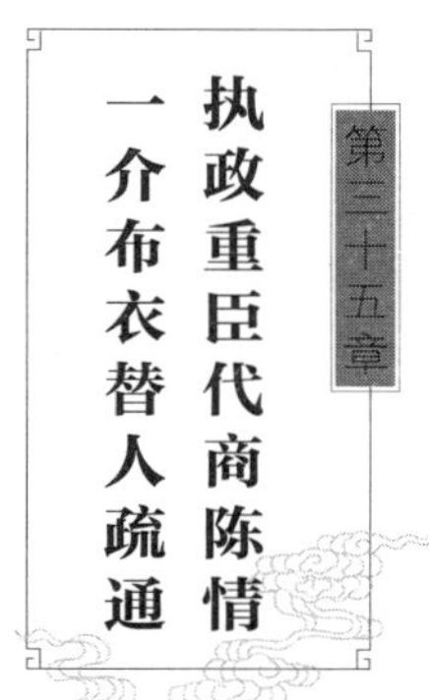

第三十五章 执政重臣代商陈情 一介布衣替人疏通

一

高拱又是忙到交了戌时才回到家，更了衣，步履迟缓地往餐厅走。夫人张氏迎过去，见他满脸疲态，嗔怪道：“你这老头儿，都说不管是在阁还是在部，总是一副精力充沛、劲头十足模样，怎么一到家，就像霜打的茄子？”

高拱不答话，坐在餐桌前，端起碗，三口两口吃了碗汤面，便起身悄然进了卧室，斜倚在叠起的被褥上，头枕双手，和衣而卧，闭目休憩。张氏进来看了一眼，心疼不已，忙去吩咐伙房熬了碗参汤，亲自端着往卧室走，远远看见高福闪身进去了。须臾，高拱匆匆走出卧室，道：“叫崇楼来。”

“这是咋回事呀？”张氏拦住去路，看着一溜小跑的高福问。

高拱一扬手，“哦”了一声，算是回应，继续往院子里走。

“喝了这碗参汤再走不中吗？”张氏在身后喊道。

“玄翁，出了什么事？”房尧第疾步赶上，问道。

“跟我到陈大明家去。”高拱说着，便往外走，又吩咐高福，“你快去雇儿头毛驴，往西四牌楼那儿追赶我们。”走到垂花门，又对房尧第说，“到得陈家，莫暴露身份，只说是陈掌柜的好友即可。”

房尧第不解：堂堂执政大臣，为何大半夜的神神秘秘微服造访一个商人？待骑上毛驴，高拱方道：“高福，你给崇楼和高德说说咋回事。”

高福支吾道：“小的，小的今儿出去，想打听珊娘……”他一缩脖子，咽回去半句话，“就去了大明方物商号。谁知道呢，这方物商号盘出去了。小的又去豆腐陈那边，还没有走到，就听说陈大明陈掌柜的，殁了，竟是自寻短见呢！”

“哎呀，那咋回事？”房尧第吃惊道。这才明白，高拱要去祭奠陈大明。可转念一想，玄翁与陈掌柜并无深交，何至于夤夜去祭奠他？这样想着，也不便多问，只得簇拥着高拱，往大街而去。

正是暮春时节，天气不冷不热。交了亥时的京城已然无有白天的喧嚣，昏昏欲睡状。几个人拐上草厂街，高拱道：“正月里初到京城，私访了两天商家，此后再无闲暇。今日到陈家，要访得陈掌柜自尽之因，一窥商业凋敝之由，以定恤商之策。”

“学生料定玄翁此行，绝非单单为了祭奠。”房尧第这才恍然大悟。

约莫两刻工夫，主仆一行到了陈宅。按事前所议，由房尧第入内祭奠，高拱则在院中背手低头慢慢踱步。三三两两的人在旁低声唏嘘议论着。

“做买卖，难啊！”一个人感叹说。

“这位掌柜的，做买卖有何难，愿闻其详。”高拱凑上前说。

那人打量了一眼高拱，见他像是读书人，不愿与之多言，便吵架似的说：“商人就是三孙子！像你们这些读书人，谁看得起商人？朝廷里头，谁替商人说句公道话？”

另一个人道：“这位先生问商人有何难，在下就一句话：商人之难，难在官府。只要官爷别没事找事，商人就不难。”

又有几个人围过来，你一言我一语，诉说着商人之难。高拱专注地听着，不时插言问询，足足有半个时辰，才在高福的一再催促下回返。一进院子，高拱一扬手道：“走，到花厅汇一汇。”

房尧第先把打探来的陈大明之死的原因说了一遍：“陈掌柜闻得汴绣既长于花鸟虫鱼、飞禽走兽，又善于山水图景，价格适中，很受京城追逐时尚者欢迎，便带人到河南开封采买汴绣。因琐事与人争执，被祥符知县谢万寿拘押，谢万寿勒索不成，严刑拷打，其中一个叫苏仲仁的伙计回京途中身亡。陈掌柜生意未做成，又不能不对死者家属有所赔偿，搜罗尽二弟家卖豆腐的钱，拿到银铺去兑换银子，银铺掌柜的却摇头拒绝。陈掌柜万念俱灰，投井而死。”

“哎哟，可不是嘛！”高德插话说，“那次俺到饭铺，人家就是不收钞，只收银子，害得俺饿了大半天！”

房尧第道：“学生倒也问了，都说钱法近些年朝廷议来议去，朝更暮改，大家都怕这些钞说不定哪天就不能用了，心里不踏实。是以索性只要银子，不愿收钞。”

眼看子时过半，已是深夜，高福从外面还毛驴回来，见花厅亮着灯，几个人还在不停地说着，遂进来催促：“天快明了，还不睡觉？”

“不睡了！”高拱站起身，往书房走，“明日有早朝，先说于皇上知道，我得去写本。”直到鸡叫三遍，他才走出书房，更衣登轿，赶往建极殿去早朝。

“皇上，臣有本奏。”早期一应典仪俱已礼成，高拱出班奏道，“臣奉召至京，两月有余。耳闻目睹，闾巷十分凋敝：有素称数万之家而至于卖子女者；有房屋盈街拆毁一空者；有东躲西藏乃至散之四方、转徙沟壑者；有丧家无归，号哭于道者；有削发为僧者；有计无所出，自缢投井而死者！富室不复有矣！”

皇上露出惊讶的表情，倾身问：“先生，因何如此？”

高拱道：“臣亦惊问其故，则曰：商人之累也。臣又问：朝廷买物，俱照时估，商人不过领银代办，如何竟致贫累？则曰：商人使用甚大，税费繁多，打点周匝，已用去大半；而官府应支之银，却未知何时付给，所办钱粮物品，多靠借贷周转，一年不还即需付一年之利，有积之数年者，何可计算？”顿了顿，又道，“至如经商，必是钱法有一定之说，乃可彼此通行。而钱法不通久矣。众说不一，愈变更愈纷乱，愈禁约愈惊惶，以致商人铺面不敢开、买卖不得做，嗷嗷为甚。”

朝会响起窃窃私语声，惊讶的目光齐齐向高拱投来。人们吃惊的是，朝廷最有权势的执政者，在堂堂的朝会上说出话来，却像来打官司的诉冤者。高拱不以为意，但他知道皇上不愿听长篇大论，他已然说得够多了，便不再细说，径直提出建言：“臣已具疏，俯请皇上特敕部院，痛厘夙弊，一切惩革，恤商资商。并请皇上特降圣谕，行钱只从民便，不许再为多议，徒乱商民耳目。”

皇上道：“先生所奏，俱见为国恤民之意。既有疏，速奏来，朕令部院亟议以闻。”说罢，停顿片刻，又道，“先生亦可集部院议奏对策。”

“臣，遵旨！”高拱兴奋地说。

“高阁老所言，不啻替商人代言的陈情表啊！”一散朝，户部侍郎陈大春就凑到高拱面前，赞叹说。

“哦，国朝二百年矣，恤商之言倒也有之；然位居执政而代商陈情，疾呼恤商者，玄翁乃第一人！”太常寺少卿刘奋庸也凑过来感叹说。

“得霖，别忘了以农为本的祖训！”赵贞吉大声对陈大春说，“重本抑末，乃国策，安得代商人说话？”

高拱佯装没有听见，昂首阔步往文渊阁走，过会极门旁，突然想起一件事，步履慢了下来。过了片刻，李春芳、陈以勤、张居正、赵贞吉次第走了过来，高拱喊了一声“内江”，便迎过去问赵贞吉：“河南祥符县知县谢万寿，科道有弹章吗？”

“哦，昨日我执笔拟票，河南巡按御史杨相上了弹章，似是酷刑致死人命，已下吏部议处。”张居正接言道。

“有弹劾就好，待议处时再算账！”高拱凶巴巴地说。

二

东四牌楼大街南头，有一座得意酒楼。这家酒楼原是吕光混迹京城时所开，后来吕光南返投于徐阶门下，酒楼就转给他的徒弟顾彬经理。顾彬五年前因为四夷馆考收未入选，其父顾祎请托未遂反被革职，他则因带头游街闹事被依律枷刑部大门前数日。事后，顾彬即混迹京城，拜吕光为师。

吕光、顾彬先后经营的这家酒楼待客有绝活：宰杀牲畜家禽，皆以惨酷取味。鸡鹅鸭鸽之类，皆以铁笼罩住，用椒浆灌之，架到火炉上，毛尽脱落，未死而肉已熟矣！驴羊猪狗之类，皆活割其肉，有肉尽而未死者，冤楚之状，令胆小之人目不敢睹。这些绝活在嘉靖中期，还仅是皇宫制作御膳之法，渐有太监偷偷效尤，又被吕光学来，成为得意酒楼的招牌，血海肉林，恬不为意。加之此处离部院衙门不远不近，遂成为京城官员时常光顾之地。

可是，到了隆庆四年春，酒楼生意陡然间一落千丈，变得冷冷清清。顾彬急得像热锅上的蚂蚁，忙把师傅吕光请来求教。吕光奉徐阶之命常驻京师，对官场情形了如指掌，三盅酒下肚，便挤眼咧嘴道："非你经理不善，实乃那个高胡子之故！他一上来就大力整饬官常，又最恶酬酢奢靡，当官的人人自危，谁敢造次？"

"真想把那个高胡子千刀万剐！"顾彬恶狠狠地说。因四夷馆考收事，他对高拱恨之入骨，如今又因高拱之故生意惨淡，越发仇恨他。

"不是不报，时候未到！"吕光眼珠子滴溜溜一转，说。

顾彬一脸苦楚："可时下怎么办？当官的不来吃喝，弟子看这酒楼只好关张。"

吕光狡黠一笑，给徒弟出主意道："关张倒也不必，门面还要立着，可以做别的买卖嘛！"

顾彬问计，吕光附耳低语了一阵，两人"哈哈"大笑起来。笑了一阵，吕光嘱咐顾彬："慢慢来，先去吏部门口找生意。"

顾彬果然差他的伙计骆柱子扮成书生状，到吏部首门外游荡、守候。这天，骆柱子见一个官员在吏部衙门前向内张望、徘徊，一脸焦急状，上前搭讪道："这位官爷，想找谁？我帮你牵线，必能办成。"

官员踌躇良久，一跺脚，跟着骆柱子到了一个拐角处嘀咕起来。

这位官员，乃河南省祥符县知县谢万寿。他是举人出身，混到知县之位已属不易。他早听说，知县三年晋京上计，若不打点则升迁无望，故到任后便想积攒些银两。但快一年了都是小打小闹，手头只攒下不过三千两银子。忽一日闻报，说有位京城来的陈大掌柜手下与本地商家争执扭打，谢万寿大喜，忙差巡检率人将京城客商一干人等拘押。原以为捞到条大鱼，不意叫陈大明的京城掌柜却一毛不拔。恼怒之下，谢万寿命人对其手下用刑。因下手过重，一个叫苏仲仁的竟被打得奄奄一息，谢万寿忙吩咐放人。陈掌柜雇车北返，未过黄河，苏仲仁就死了。陈掌柜又返回开封，到察院控告。巡按御史杨相亲传谢万寿勘问，要修章论劾。谢万寿惊惶万状，日夜兼程赶到京城，欲托人疏通。他在京城本就无有人脉，只是找到一个同榜举子，不意他道，时下京城各衙门请吃饭已很难，提到疏通，人人避之唯恐不及。走投无路之下，有人主动愿意帮忙，他便有心一试，无非是破费些银子而已。与自己的前程相比，银子目下就不算什么了。

两人嘀咕一阵，谢万寿跟着骆柱子来到得意酒楼，进了一个雅间。坐了片刻，顾彬走进来，道："官爷办何事？"他伸出两根手指，"这个数，不还价，事成之后再付。"

谢万寿一听事后付款，心里踏实了许多，点头应允。他知道，弹章会交吏部议处，考功司郎中是关键人物，遂提出欲与郎中孙大霖一见。吕光接单，即到孙大霖府上拜访。孙大霖在刑部员外郎任上到山东察狱，收了些银子，能够晋升到吏部考功司郎中，也多亏了有银子打点。是以他对收受银子，有抑制不住的嗜好。加之他多多少少知道吕光的背景，不便得罪，遂答应下来。谢万寿得以拜访孙大霖，奉上银子五百两，请他高抬贵手。

议处被劾地方官是吏部的例行公事，此次只是一个知县，且目标也只是保住官员身份，不被革职为民。高拱固然办事认真，但他要办的事太多，哪里会注意到这件小事。孙大霖遂半推半就应承下来。接到要吏部议处弹劾谢万寿的弹章，孙大霖没有批交主事，自己亲自动笔，斟酌良久，拟稿呈上。

这天午时，孙大霖忽听高阁老传召，不知何事，忙到尚书直房谒见。高拱头也不抬，问："你掌考功，参劾文官俱经你手。你说，哪个地方贪风最盛？"

"这个……"孙大霖支吾道，"各巡按御史、巡抚参劾官员，通常都差不多，够交差就行了。是以本部接到的要题覆的弹章，各省相差不大，下吏不好判定哪里贪风最盛。"

高拱抬起头，欲发火，又忍住了，叹口气道："我听说广东贪风最盛，良有司甚少，不知是否属实。"自知问不出所以然，也就不待孙大霖回应，便道，"抚、按参究官员，不能袭故套。考功司拿出改制办法来。"孙大霖点头称是，高拱又道，"巡按广东御史杨标任期已满，回京交差，你把他找来，我想向他查访一下广东官场情形。"

"下吏记住了，下吏也当多方查访。"孙大霖乖巧地说，正要施礼退出，高拱脸一沉，点着摊开在面前的一份文牍问："巡按河南御史杨相劾祥符知县谢万寿性资刚爆，擅用非刑，打死无辜苏仲仁，该如何处分？"

孙大霖心里"咯噔"了一下，考功司已拟了处分呈批，为何还要这样问？分明是不认可了。但他还是咬着牙，把已拟的题覆重复了一遍："玄翁，论法本当拟斥。

但念其初授知县，在任日浅，姑从宽处分，改调闲散，以全器用。”

“谢万寿滥刑以逞，打死人命，其酷何甚！以酷而留其官，是废朝廷之法；以酷而调其官，是残他处之民！”高拱满脸怒容，他抬眼盯着孙大霖，“若谓在任日浅，弃之可惜，则人命、国法，不可惜耶？”

孙大霖忙点头，神色慌张地说：“玄翁教训的是。下吏这就照玄翁的意思重新拟呈。”说着，伸手去取文牍。

高拱向后仰了仰身，任他把文牍拿去。孙大霖刚要走出直房，高拱突然道：“听说你察狱山东，惹了不少风言风语，怎么说？”他掌吏部以来，要求为官员建簿册以为参验，月终呈报，三个月来已有八十余册报来，吏部每个郎中的经历自是在他掌握中。适才见孙大霖满脸淌汗，神色不对，遂生疑窦。

孙大霖呆呆地站在门口，良久才支吾道：“玄翁，那、那都是……”

高拱向外摆了摆手，道：“回去好好想想，有你陈述的机会！”

孙大霖闻言，抬腿迈步，腿竟有些发软，像踩了棉花似的，晃荡了几下，直到走出好远，才恢复常态。可是，回到司里，却坐卧不安，重拟文稿的心思一时全无，呆坐了半个时辰，蓦地起身，匆匆往外走去。

三

出文渊阁正向北，过文华门，就是文华殿。今次奉旨朝议，即在此举行。几天前朝会上，高拱代商陈情，皇上口谕，可集有司议奏对策。这也正是高拱所想的。他想早日出台恤商举措，遂嘱内阁书办移司，召户部、礼部、工部、都察院、太仆寺、光禄寺堂上官及各科都给事中，到此聚议。

交了辰时，高拱走出内阁朝房，张居正闻声跟了出来，高拱料他有话要说，就站着候他。

“玄翁，今日专议恤商事，玄翁奉旨主持。”张居正走到高拱面前说，“居正意，玄翁不必多言，免得降为争论一方。居正已嘱户部侍郎陈大春、太仆寺少卿曾省吾为玄翁代言。”

高拱心头一热，道：“喔！还是叔大思虑周详。”说罢，快步往文华殿走去。进了殿，众人皆已到齐，他坐在摆放在两只铜鹤之间的一把圈椅上，看也没有看会场，就道：“钱法业已颁旨，新旧钱皆可用于贸易。此后听从民便，不得议来议去，徒增恐慌。故今日不再议钱法，专议恤商一节。户部先说。”

户部尚书刘体乾干咳了一声，道：“本部接高阁老《议处商人钱法以苏京邑民困疏》，奉旨议复，议得恤商事五：一定时估；二议给价；三严禁革；四裁冗费；

五公佥报。”

高拱仰脸专注地听着，刘体乾却再无一言。刚要质问，侍郎陈大春开言道：“适才大司农代表本部发言，卑职仅以个人立场说话。窃以为言恤商，先要端正对商业、商人之看法。”他瞥了一眼高拱，见他的脸上露出满意的笑容，也就多了几分自信，侃侃道，“卑职生于潮汕，深知时下与开国之初已然大不同。佛朗机人所租壕镜，不过弹丸之地的一个小岛，因贸易之盛，日新月异；闽浙因海禁之开，日渐繁荣。有担心商盛而农衰者，谬也！往者有‘苏湖熟，天下足’之说，可时下苏州、湖州等地，工商业繁荣，除漕粮足供外，竟需从他省调粮者，遂又有‘湖广熟，天下足’之说。天下不因苏湖之农衰而不足；苏湖却因工商业兴盛而繁荣。商业兴不唯富国，亦足以资农，非此消彼长之势，反倒有相互资厚之效。是以要富国利民，当大力恤商兴商，不必遮遮掩掩，瞻前顾后！”

“陈侍郎，你扯远了吧？说具体的！”赵贞吉不悦地提醒道。他因兼掌都察院，也参加今日廷议。

陈大春不敢得罪赵贞吉，闭口不再言。已升任户科都给事中的韩揖起身道：“访得河西务大小货船，船户要缴船料，用船商人要缴船银，进店有商税，出店有正税。河西务已有四处征税，到张家湾贩卖货物，又有商税。百里之内，辖者三官；一货之来，榷者数税，商贾所利几何而堪此？”

“户部、工部分设钞关课税，非新制，乃祖宗成例。”工部尚书朱衡辩解了一句。似是为了避免争执，紧接着说，“本部奉旨题覆高阁老陈恤商事，当务之急是，凡官府委托商家采买货物，应先多给预支银，以拯商人贫累。今后，必先预支十分之四，且半年以内当全额支付。”

新拔擢为太仆寺少卿的曾省吾接言道：“预支银两固然可苏商人之困，但这只是治标。窃以为，时下虐商最甚者，无过于‘当行买办’之制，言恤商当革此制！”

高拱记起初到京城微服私访那天，在草场街曾听一老妇提到“当行买办”致使商户家破人亡之事，此时听曾省吾说要革除，便不住地点头。

“当行买办之制，乃祖宗成法，安得轻言革之？”赵贞吉不满地反驳道，“科举之供应，接王选妃之大礼，各衙门所需之物，如光禄寺之供办、国学之祭祀、户部之草料，端赖此制供役。商人以物输于官，而官按时估付账，各得其所，并无不当。弊生于不按时给钱、脏官勒索，禁之可也，焉能因噎废食？”

曾省吾一笑道：“赵阁老所言甚是。只是，祖宗成法，只限京师，京师也只有几个衙门方可当行买办。然时下城市，凡是衙门，甚或凡是官员，即可持票令商铺买办。闻得有官员开‘至本衙交纳’一票送商铺，商铺送货上门，即说质次，命另送；再送，仍复如故。商铺遂知非为货物，实为勒索金钱。是以不少商铺见票，索性出钱免买。访得有一票而勒索商铺数十家者。故此制不改，终不可除其弊。”

“招商买办如何？”陈大春插话说，“衙门所需，张榜公示，商家自愿投帖，选质优价廉者取之。闻得居壕镜之佛朗机商人，即好竞争之法。”

“哼哼！”赵贞吉突然冷笑几声，道，“兴商虽不失富国之术，然抑末才是为政之理。衮衮诸公，朝堂之上，议这些当由吏目画策的细枝末节，岂不可笑？”

“以内江所见，当议什么？”高拱忍不住质问道。

“圣人云：君子不言利。”赵贞吉答，“商贾唯利是图，当议如何导之以义，因何处处为商人画策，助其逐利？”

“好一个君子不言利！误国害人至甚！”高拱大声反驳道，“《洪范》八政，首诸实货；《禹谟》三篇，终于厚生。足见古圣贤是极重言利的。可后世迂腐好名之人，倡不言利之说，遂使俗儒不通国体者转相传习，甚有误于国事。读书人受其毒害，要么成为只会放言高论的腐儒，要么成为言行不一的伪君子。此二者，皆失治国安邦之本意。义利之分，唯在公私之判。安得把‘义’说得玄而又玄，离百姓远而又远？在高某看来，‘义’，绝非虚无缥缈之物，高深莫测之事，是看得见摸得着的。义者何所指？乃是公众之利的总和。换言之，公众利益即为义。是故，为公众谋利即是追求义！治国安邦者，无非是千方百计为百姓谋利，既要为百姓谋利，却又说不能言利，岂不抵牾？徒以不言利为高，乃至使人不可以公忠谋国。”

这番话高拱早就想当众说出来，今日终于一吐为快，有种酣畅淋漓感。

文华殿内一时陷入沉默。

高拱见无人说话，便总结道：“恤商，一则改制，一则肃贪；而户部、工部所提恤商策，可为过渡期之办法。”他扫视一下众人，“诸公以为然否？”见仍无人说话，他又道，“待奏明皇上，敕令各衙门行之。”又慨然道，“廷议恤商，拿出对策固然重要，但不是唯一。廷议恤商本身，就是向商民宣示朝廷恤商之诚，兴商之殷。盼商民闻朝廷之意，安居乐业，奋发进取，繁荣大明！”言毕，用力挥了一下手臂，“散了！”

走出文华殿，高拱叫住户部尚书刘体乾：“子元，户部不当只知理田赋，水饷、陆饷，商税、船税、货税，要统筹之。”他突然脸一沉，“隆庆元年时，我就请户部拿松江为例列个单子，迄今也未看到。”

刘体乾拱手致歉，拉了拉高拱的袍袖，走到一旁，低声说：“玄翁，今日不妨说出真相：其实，当年松江的税银，都是就地输徐府，再由京城的徐府铸银缴部。当时听玄翁一说要列单，以为是玄翁闻知此事，要追查。”

高拱既吃惊又疑惑不解，看着刘体乾，良久才问：“他因何要这样做？”

刘体乾回避着高拱的目光，没有正面回应，只是含糊地说：“去岁已纠正了。”

第二十六章 查贪墨大佬各怀心思 议改制阁臣难求共识

一

看到吕光的拜帖，张居正迟疑了片刻，还是命游七传请。毕竟老师徐阶来书有过交代，要他以门客待吕光。正好，他也想把自己为徐阶转圜的事让吕光知道，以便他禀报徐阶。但他故意让吕光在花厅等候良久，才匆匆出来相见。未等吕光开口言事，张居正先拿出那封写给新任应天巡抚朱大器的书函递给他看。

“新郑相公有华翰致新抚朱大器，戒其不可废海瑞‘痛惩积弊，为民做主处’。我恐朱巡抚误会，仍沿袭海瑞做法对徐府不利，故急草此函，嘱朱大器对存翁慰藉之。”待吕光阅毕，张居正解释道。

“存翁赖太岳相公而活。”吕光起身鞠躬道，“太岳相公费心！”

张居正默然无语，揣度着吕光此访的目的。

“哎呀，太岳相公，访得这高相复起，口口声声要只争朝夕，什么事都急，官场散漫久矣，如今事事要雷厉风行，火急火燎，弄得人人怀惧，战战兢兢的。须知，绷得太紧，势必会断！”吕光一惊一乍地说，“又闻得他要查贪墨，恐是要报复、清洗吧？”见张居正依然沉默，吕光压低声音说，“闻得松江税银由徐府经手事，高相已知晓，大发雷霆，似要对徐府下辣手啊！”

张居正是乐于听吕光说些坊间传闻的。他也知道，其中的所谓传闻，吕光很可能是始作俑者，但无论真假，他一概不予表态，只是静静地听着。吕光摸不清张居正的心思，又怕他失去耐心，遂“嘿嘿”一笑，道：“太岳相公，前些天在下差人

去了趟荆州。哎呀，二位高堂俱健朗，委实是福气呢！”

张居正听出了吕光的弦外之音，知道他必是有事相求，便问：“吕先生有何事，不妨说出来。”

“吏部考功司郎中孙大霖，人不错。听说高相惑于谣言，欲对他不利，还请太岳相公在高相面前，替他美言几句。”吕光道。

那天孙大霖从尚书直房出来，有种大祸临头的感觉，急忙去找吕光，恳请他找张居正替自己说话。吕光是想利用官场人脉充当掮客赚钱的，经与顾彬密议后，就着手实施。不意甫开张就遇到麻烦，自然心有不甘，遂来找张居正帮忙。他早已奉徐阶之命，差人到荆州张居正的老家去探望，出手很是阔绰，令张居正的父亲张文明甚感动，想必张居正是会知晓的。是以吕光倒也有些底气。

“吕先生，要我为一个郎中莫明之事去求玄翁，不合适！”张居正拒绝道。

“嘿嘿嘿……”吕光尴尬一笑，用祈求的目光看着张居正。

张居正沉吟片刻，道：“孙大霖似是陈阁老的门生，要他去求陈阁老嘛！陈阁老乃玄翁的同年，同年之间说话到底随便些。”

吕光拱手道：“哦，那多谢太岳相公指点！”

孙大霖听吕光建言他去找陈以勤，无奈之下，只好连夜去谒。只说是被人诬陷，请老师为他洗刷。陈以勤本是多一事不如少一事之人，但禁不住门生哭诉，只得答应下来。他思忖自己从来没有求过高拱，这件小事，当不会碰壁。次日，内阁结束议事，高拱刚走出中堂，陈以勤跟了上来，支吾道：“新郑，这个……到你朝房去，有事相商。”

高拱对陈以勤找他议事感到奇怪，打量他良久，才快步进了朝房。陈以勤一进门，就问：“新郑，闻得你要查孙大霖？”也不等高拱回应，就语速极快地说明了他的意图，“他是我的门生，找我哭诉，是以不得不找你，请你斟酌。”言毕，又忙补充道，“哎，查贪墨惩脏吏，我是坚决支持的，早该这么做了！”

“南充，孙大霖一个郎中而已，不要说还没有查他；即使查了、处了，竟劳动堂堂阁老替他说话？”高拱面露愠色道，说着就要往外走。

陈以勤闻言，脸“唰”地红到了脖颈，继而变得乌青，憋了良久才道：“座主替门生说话，到哪里去论，也不丢人！”

高拱驻足，回头鄙夷地瞥了陈以勤一眼，没有理会。

“倒是你，新郑，”陈以勤以奉劝的口吻道，“孙大霖是你的部属，上官不唯不维护还主动去查属下，到哪儿都会让人戳脊梁骨！”

“居然说出这等话来！”高拱既惊且气，大声说，“失格了，南充！”

陈以勤被高拱的话噎得瞪大双眼，嘴巴张了几张，却说不出话来。

“哎呀，何事争执？”随着说话声，张居正走了进来。他适才看见陈以勤叫住高拱，就注意着这边的动静，听到两个人大声争执，就过来劝解。

陈以勤一跺脚，一语未发出了高拱的朝房。高拱回身坐下，对张居正说：“叔大，没想到南充居然拿官场恶俗来衡人，说甚座主为门生说话不丢人，不袒护属下会被人戳脊梁骨云云。”

张居正苦笑一声，连连摇头。

高拱眼珠子转了几下，像是自言自语：“看来这孙大霖果然有事。”

“孙大霖？那不是你的郎中吗？”张居正故作惊讶，“陈南充是为他说情的？”

“我闻孙大霖有贪名，又看他拟单蹊跷，便试探了一下，他就紧张万端。看来，真要查一查他了。”高拱顾自说着，“吏部的官最不能贪墨，否则官场无公正公平可言，谁还专心做事？”他叹了口气，恨恨然道，“都是道貌岸然的大佬带坏了官场风气！严嵩贪墨尽人皆知，以致政以贿成。徐老也是老而务得，原以为他只是疏于约束子弟，不意竟把松江的税银全收于华亭家中，于京邸铸银代缴，还从中做手脚，何其卑劣！”昨日听到刘体乾说出松江税银事，高拱始终不解，还是从户部一个郎中那里问出了真相，陡然间对徐阶充满鄙夷。

张居正不知该说什么，只好沉默以对。

高拱蓦地起身，大声说：“肃贪！必大刹贪墨之风！用海瑞的话说，国法所至，不知阁老尚书！”

“是以海瑞在官场无立足之地矣！”张居正接言道。他低头沉思片刻，说，“玄翁若决计拿徐老入手肃贪，居正当仰赞之。但居正请玄翁三思，目下报复的浮议渐息，而新政甫开，百事待理，孰轻孰重，自不待言。贪墨之风当刹，不过这件事却是急不得的，不然不唯肃贪难以推进，新政恐受挫折。”

高拱似有所动。

张居正笑了笑：“呵呵，明日要议的事，乃是玄翁几个月来殚精竭虑筹策而成，因适才的不愉快，居正担心陈南充会赌气掣肘。”

高拱重重叹了口气：“唉！”又颓然跌坐下来。

二

阁臣的案头，都放着厚厚一本文稿。这是高拱拟写的《改军政边政吏制议》，今日上午内阁专议此事。辰时已近，阁臣们陆续走出自己的朝房，到中堂议事。高拱刚走了几步，见张居正要进中堂，叫了他一声：“叔大，昨日廷议恤商，效果堪慰。”

“哦，那就好，呵呵！”张居正道。

高拱脸上流露出一丝不易觉察的失望情绪。

张居正明白，高拱的话，实则是对他事先安排陈大春、曾省吾代言感到满意，暗示他今日也能为其代言，而他却装作未解其意。见高拱有些失望，便为他画策道："玄翁，革新改制事，内阁有共识更好，可以一体上奏，形成声势；不能达成共识也无妨，玄翁将应兴应革之事次第上奏，皇上认可，照样可以实行。窃以为不必与人争论。"

"嗯，叔大之言甚是。"高拱由衷赞叹说。

"陈大春恤商之言甚合玄翁之意吧？"张居正笑着说，"此人虽一度误入讲学歧途，然以居正观察，也算是有识见之官。"陈大春在徐阶下野前，即千方百计投于张居正门下，张居正有意在高拱面前为他铺垫。有了昨日廷议时的表现，张居正揣度高拱对其恶感当大为减少，故特意又提示了一句。

"有识见。"高拱道。

说话间，二人进了中堂，李春芳、陈以勤、赵贞吉已然就座。不待李春芳发话，高拱即直奔主题，道："开圣治、行新政，当从吏治入手。古人云，为政在于得人。而若要得人，必有良制。是以高某理出关涉吏治而当下亟宜改制之处，供诸公参详，如无不妥，我意以内阁公本奏明皇上，下旨实行。"

"呵呵，新郑辛苦！"李春芳道，"就请新郑说明一二。"

"边患孔棘，安边弭患当标本兼治。为此，宜对军政、边政一体革新。"高拱翻开文稿，"首言军政改制。其一，兵部一尚四侍新制已成立，兵部司官精选久任，兵备、巡抚、总督储才递升之制已建，要落实。"

陈以勤摇头不语，赵贞吉似在揣摩。高拱继续道："其二，破待遇均等之制。时下官员待遇只论品级，一切均等，看似公平，实则大不公。边地文武官员诚宜特示优厚，有功则加以不测之恩，有缺则进以不次之擢，使其功名常在人先，他官不得与之同论资历。且边地官员当有休假之法。如其在边日久，卓有成绩，则特取回部休假，使其精神得息而不疲，智慧长裕而不竭。"

"未免太繁杂了！"赵贞吉道。

"袭故套最简单！"高拱忍不住反驳说，"可是，边患可弭乎？疆圉可固乎？"似是为避免争论，他接着又进入了主题，"再言边政改制。"他突然叫李春芳，"兴化，"又转向赵贞吉，"内江，"两人坐直身子疑惑地看着高拱。高拱问，"朝堂每每言边防、边患、边政、边务，何处可称边？"

"这……"李春芳、赵贞吉被问住了。

"用人行政，大而化之，焉能称治！"高拱情绪有些激动，声音也大了起来，"当划定边方，使中外周知，加意经理。"他翻开文稿，"高某多方咨商，以为当划定蓟、辽十八州县，山西二十六州县，陕西十七州县，凡六十一州县为边方之地。其他虽是蓟辽山陕所属，但不能称其为边方。”见李春芳等人点头，高拱又道，“边政改制，旨在改用人之制。边方乃国家门户，而所用官员非杂流，则迁谪；非迁谪，则多是考察定为才力不堪之人，焉能有治？国家用人，不当为官择地，只当为地择官。边方既要紧之地，尤宜以贤者处之。今后各边州县，必择年力精强、才气超迈者授之；或政绩突出兼通武事者调用。以三年为期，比内地之官加等升迁；政绩优异者，以军功论，破格擢用。如才略恢宏可当大任，即由此为兵备为巡抚为总督，无不可者。概而言之，边方州县必用良才；有边方经历之良才特加重用！”

“有魄力！”张居正赞叹道，“不失为固边兴边之良谟！”

高拱翻动一下文稿，道：“吏治要改者甚多，暂列几项先次第实行。其一，改回避之制。”他把礼部司务李贽的经历说了一遍，“李贽从福建到河南当一个县学教谕，其妻五年未见寡母，想回去省亲而不得，竟至哭瞎眼睛，何其悲哉！”

李春芳等闻之，皆唏嘘。高拱接着道，“府州县正官，有民社之寄，自当回避。非有民社之寄者，如学官、仓官、驿递官、闸坝官等等，其官甚小，其家多贫，何必非要隔省任用？路途遥遥，有弃官不任者，有离任而不得归家者，其情甚苦。如此，欲使在官者安心以修职，亦难矣！故此类官可在本省隔府地方任用，于回避之法，无碍！”

“我百思不得其解，”陈以勤以嘲讽的语调说，“祖宗定回避之制时，何以不虑及人情？二百年来朝廷大臣，因何无体察微官苦情之人？”

“玄翁，还有吗？”张居正故意问，意在提醒高拱不必辩驳。

“其二，改马政盐政官任用之例。”高拱道，“或许是受君子不言利之说的毒害，读书人普遍轻视理财衙门。马政不唯关乎财用，亦关乎边防；盐政更是攸关民生。太仆寺专理马政，盐运司专理盐政，皆国家要务，非闲局也。可近来视之甚轻。成例：太仆寺理马政之少卿与盐运使之选，皆寺监少卿与按察副使中不称职或有物议者充之。既不称职、有物议，斥退可也，奈何改用马政、盐政之官？如此，遂使奸贪苟且、政务废弛，殊非设官初意。今当破除常套，凡太仆寺少卿、盐运使员缺，必以廉谨有才望者推补。太仆寺理马政少卿，官阶当视为布政司参政；盐运使视按察司副使。俟政成之后，与之一体升迁；若有卓异，当即超擢。”

“你掌铨政，你说了算。”李春芳酸酸地说。

“还有！”高拱赌气似的说，“定边，不止北边，还有海疆。海禁既开，非有强大水军不可。故当饬令沿海各省督抚，筹建船厂，督造海船，并加意训练，以期有成。”

众人皆沉默以对。高拱把文稿向外一推，恼怒地说：“不再说了。凡应兴应革之事，高某单独具疏请旨就是了！”他从赵贞吉、陈以勤的插话中已然判断出，要内阁上公本已无可能，那就没有必要再浪费精力于此，莫不如分别具疏上奏，他相

信皇上会赞同。

“新郑所谓兴治理、行新政，就是改制、恤商乎？”陈以勤问。

“不，还要肃贪！”高拱凛然道。

陈以勤摇头道：“实不忍亲睹祖制被如此擅改！”

“那好办。有两个法子，”高拱毫不客气地说，“要不就是适才所列各事，不做；要不就是南充眼不见为净！”

陈以勤愕然道：“新郑的意思是，赶我走？”

“我无此权力！”高拱道，“当由皇上钦定。”

“好好！”陈以勤站起身，“我这就上疏求去！”

三

春夏之交，白天一天天变长了。酉时过半，日头才极不情愿地沉到西山后面，还把一抹晚霞留在天际。京城百姓到了吃晚饭的时候，高拱还在吏部直房。他与到部领凭的几位新任知县谈话毕，刚坐下来要阅批积压在案头的文牍，兵科都给事中温纯求见。

温纯由寿光知县拔擢为户科给事中，谏诤皇上、搏击大臣，甚是活跃，不久就晋兵科都给事中。高拱猜不出他因何事来谒，但对风力言官，还是要礼敬三分，虽不情愿，还是吩咐传请。温纯进门施礼，高拱手里的笔并未放下，边低头疾书，边叫着他的字说：“希文，请坐！”

温纯没有入座，拿出一个函套，道：“高阁老，学生适才收到两广总督刘焘的私函，里面……”

“喔？怎么，两广又有事了？”高拱紧张地抬起头，打断温纯的话说。岭南常有羽书塘报，高拱有心绥广，又一时腾不出手，故一听两广总督刘焘有函，他的神经顿时绷紧了。

“这里面，有礼帖一通。”温纯从函套里抽出一柬，放到高拱面前的书案上。高拱疑惑地拿起来一看，柬上列着：金色缎二匹，苏丝、汴绣各二幅。

“学生算过了，共代银二十四两。”温纯补充说。

高拱把礼柬还给温纯。确认不是两广出什么突发事变，他心情轻松了许多。但对刘焘竟以总督之尊卑礼于言官，又颇为恼火，便以鄙夷的语气道：“这么说，此乃堂堂的三品军帅、封疆大吏，万里之遥主动送给你这个七品言官的礼品喽？”见温纯点头，高拱问，“希文示于我，有上缴之意？”

“学生不敢！”温纯以奇怪的口气说，“有李御史前车之鉴。”

前不久，盐商差人开具礼帖银一千两，送至两淮巡盐御史李学诗住所，李学诗将人脏俱送知府衙门。不料此举却引来一阵风言冷语，有的说李学诗做人不厚道，有的说他是以此掩盖更大的受贿。舆论之猛烈，竟至李学诗在官场陷入孤立，难以招架，只得求去。高拱正为此而恼怒，听温纯提及，他一拍书案，大声道："是非不明，议论颠倒！对行贿受贿者不加察揭，独对拒贿者深求苛责，以致受贿者恬然以为得计，拒贿者惶然无以自容，行贿者公然以为之！"他握拳做下捶状，"绝不能容忍再这样下去了！"

"好！非高阁老者，谁敢为之！"温纯拱手道，"学生正是闻得高阁老欲加意肃贪，才特意来谒。"他转头看见书案角落处放着一把椅子，边入座边问，"闻得要拿祥符县知县开刀，可他是'酷'，不是贪，不够典型吧？"

"酷是为了贪，贪酷一体，以酷济贪！"高拱道，"是以肃贪必禁酷！"

温纯道："可是，知县，还是小了点。闻得还有司长卷入，可司长也还是小了点。"郎中，乃一司之长，官场有时也以司长称之。

高拱恍然大悟！温纯是要他拿刘焘开刀。刘焘不唯资历深、品级高，是目下总督中唯一带兵部左侍郎衔的，且在两广总督任上也颇有建树，声名卓著，会推兵部尚书时，他与郭乾呼声最高。时下两广正用人之际，因为这区区二十四两银子的礼品，就对他下手？

温纯见高拱沉吟不语，猜透了他的心思，便鼓动道："学生闻得高阁老眼里揉不进沙子，才来禀报。试想，总督贿兵科，还不是想以后为他打掩护。如此，哪里还有是非公平？官场上的风气，真就日坏一日了！"他用余光瞥了瞥高拱，见他紧蹙双眉，又道，"正是因为刘焘有政绩而贿金少，以他为典型，不啻给官场树标杆：看，那么有政绩的一个封疆大吏，就因为这点事被拿下，朝廷果是对贪墨零容忍也！如此，势必震动官场，造成声势，则人人自律，贪风可刹！"

高拱点头道："希文言之有理！"

温纯蓦地起身拱手，兴奋地说："学生这就具疏论劾！"

高拱叹息一声，埋头继续批阅文牍，交了亥时，起身回家。一到家，顾不得吃饭，就先把高福、房尧第叫到书房，一脸庄重地说："你们记住，从今往后，不管是谁的，一根草都不许要他的！"

高福点头称是，房尧第有些疑惑，揣度着发生了什么事。

"记牢，照做！"高拱又嘱咐了一句，才放心地进餐厅用饭。

房尧第本想待高拱吃完饭一探究竟的，可高拱出了餐厅就进了书房，他跟了过去，却见高拱已在提笔疾书，他是在给新郑寇知县修书：

敝邑得借寇君，可为厚幸。兹有言相告：

仆虽世宦，然家素寒约，唯闭门自守，曾无一字入于公门，亦无一钱放与乡里。今仆在朝，止留一介在家看受门户。亦每严禁不得指称嘱事，假借放贷。然犹恐其欺仆不知而肆也。故特有托于君：倘其违禁，乞即重加惩究。至于族人虽众，仆皆教之以礼，不得生事为非。今脱有生事为非者，亦乞即绳之以法，使皆有所畏惮，罔敢放纵。如此，有三善焉：一则使仆得以无寡过；一则见君持法之正，罔畏于势而无所屈挠；一则小惩大戒，使家族之人知守礼法，而罔陷于恶，岂不善哉？古人云：君子爱人以德，不以姑息。仆之此言，实由肝膈，愿君留念也。

“来人！”高拱喊了一声，房尧第早已等在门外，应声而入。高拱吩咐说：“明日一早封送！”

“玄翁，发生什么事了？”房尧第接过书函问。

高拱起身踱步，把刘焘之事简要说了几句，最后道：“崇楼试想，既然为此事要罢黜刘焘，那么自身就不能有瑕疵。人云：打铁还需自身硬，此之谓也！”

“可是玄翁，拿刘军门开刀固然有温科长所说的功用，然则换个角度看，则另有说矣！”房尧第提醒说，“若刘军门与徐老有渊源，必有报复之猜；若没有渊源，则亦有为安插心腹以细故拿下老人儿的嫌疑。”

时下凡事只要与徐阶有涉，就不得不小心从事，也正因此，高拱放弃了从徐阶入手大力肃贪的打算。他想了想，似乎刘焘与徐阶并无渊源，只要排除了这个因素，别的就不能再顾忌那么多了，是以他对房尧第的说法不以为然，道：“瞻前顾后，做得成甚事！”

“玄翁的魄力，学生钦佩不已。”房尧第道，“学生有一建言，盼玄翁纳之。”

四

陈以勤四疏乞休，皇上准其致仕，内阁遂由李春芳、高拱、张居正、赵贞吉四人组成。陈以勤的致仕没有产生任何震动，对阁务也没有丝毫影响。这天，阁议刚开始，高拱拿着一份文牍说：“巡按河南御史杨相，弹劾祥符知县谢万寿一案，吏部题覆：将谢万寿照依酷例，革职为民；另将谢万寿贪酷情状，通行内外大小衙门知道，自后务要心存仁恕，政尚宽平，体黎庶仰赖之心，以保赤子为急务。倘有苛刻残民如万寿者，抚按官据实参奏，从重处治！”

“嗯，播示中外，引以为戒！”赵贞吉赞同说。

高拱又拿起一份文牍说：“兵科都给事中温纯，劾两广总督刘焘通贿钻刺，乞敕将刘焘罢斥。吏部题覆：刘焘通柬书于白昼，虽非苞苴之为；加卑礼于言官，乃是阿谀之行。着刘焘致仕！”

“待过了这个风头，还是再起用为好。”李春芳道。温纯的弹章发交内阁时，高拱就说明了处分预案。李春芳本不赞同，因高拱坚持，他只好妥协。此时，他又以惋惜的语调表达出自己的无奈。

“孙大霖一案，”高拱继续说，“御史钟继英劾孙大霖志行粗鄙，做刑部员外郎时察狱山东，受贿两千八百两，当罢斥。吏部题覆：将本官照依贪例，罢斥为民。”

李春芳道：“往者，有论劾官贪者，多是回籍听调，抑或降级别调，甚少革职为民者。寒窗十年委实不易，偶有失足，还是要给改过的机会为好。新郑，是不是再斟酌一下？”

“斟酌？是要斟酌！”高拱揶揄道，突然提高声调，“往者对贪墨官员，最重的就是革职，这不足以震慑贪官！当奏明皇上，改制：凡被举劾贪墨之官，先要下御史或法司勘问，情节重者，必绳之以刑典！”

“新郑说的对！”赵贞吉大声道，“要刹住官场贪墨之风，非要铁腕辣手不可！班房不是专给老百姓开的，胆敢贪墨者，也得坐监牢！”

“像孙大霖这种人，若下法司勘问，劣迹或不止于此。”高拱接着说，“是以下法司勘问这一条非出台不可！”

“新郑，这三人，就这样办吧，以后的事以后再说。”李春芳只得又让一步。

“这三人也只能如此。但肃贪，只是开头，一刻不能放松。等立了规矩，以后按规矩查办！”高拱以决断的语气道。

李春芳“嘶”地吸了口气，道：“新郑，严嵩当国二十年，政以贿成，风气大坏，身在其中者罕有免俗者，搞得人心惶惶，大家不能安心做事，得不偿失。以前的事就算了吧，再有敢贪者，重处就是了。”

“刹风为上！”赵贞吉附和说，“是不能搞得人人自危。”

高拱道：“人人自危固然不好，唯有人人自警、自戒，方可刹住贪墨之风。”他扭过脸去看着赵贞吉，“内江，要引导一下。请科道把肃贪放在首位，尤其是巡按御史，要以肃贪为职志。以后巡按御史到地方，当悉心廉访，手注评语，指实直书，不要组织浮词，虚应故事。尤其对贪、酷之官，随时举劾，万不可为完成考察时汰官之数，平时却有案不纠。还要注意，纠举主官、大官固然重要，但也别忘了佐贰、驿传、钞关、教职等官，这些官员直接与老百姓打交道，可上官并无参劾之例，必俟三年大察，方可黜落。这已是制度漏洞，若巡按御史再不纠举，不无殃民废职、纵恶长奸之嫌！”

“只是，巡按御史照例不纠举钞关、教官之类……”赵贞吉为难地说。

高拱打断赵贞吉，一扬手道：“我奏明皇上，改制。”

“新郑，改吏制之疏，已连颁六道啦！”李春芳提醒说。

高拱因内阁不能达成共识，遂单独上奏，就军政、边政、吏制革新事宜，已连上六疏，皆获皇上允准颁下，朝野为之震动。高拱听出李春芳的意思，是说改制之举已经够多，要他适可而止。他淡然一笑，道："兴化，这仅仅是开头，要改的还多得很嘞！"似是为了不冲淡主题，接着又道，"不肖者罚，以示惩；贤者赏，以示劝。是以对廉能官员，要奖！"这是房尧第那天向他提出的建言，奖廉与惩贪一并实行，以消除外界误解。高拱颇觉有理，欣然纳之，并已有了预案。"本部访得潮州知府候必登能抚绥困穷，弭盗安民，我与巡按广东御史杨标面核，杨御史言：'潮州知府候必登，有守有为，廉节自持，民赖以安。但不肯从俗，又不能屈事上司，是以问之百姓，人人爱戴；问之官员，人人不喜。'诸公，听明白了？得民心者，反失官心！官场风气已然如此，再不整饬，国无望矣！"说罢，端起茶盏正欲喝茶，又放下，"两淮巡盐御史李学诗因拒贿而不自安，拒贿者倒成了过街之鼠，真是骇人听闻！当奏明皇上，对侯必登、李学诗分别褒奖，并形成制度：此后，凡推为奖廉官者，七品知县加从五品服俸、从六品知州加正五品服俸、五品知府加从三品服俸；若不忘初心，政成之日，按所加品级资格擢升！"

"喔，这是个法子。"赵贞吉说，"这个法子好！"

设于文华殿后的刻漏房差人来中堂换牌，高拱一看午时已过，忙起身往外走。张居正默然跟在他身后，出了文渊阁，高拱见张居正跟了过来，忙问："叔大有事？"

"玄翁，肃贪是个时机，居正意……"张居正支吾道，话说了一半又止住了，似乎在斟酌词句。

"说嘛！"高拱有些不耐烦。内阁商榷肃贪的议题，张居正一直沉默，高拱不悦，面对面时，也就没有好脸色。

张居正看看四周无人，低声道："肃贪是必要的，居正意要定点肃贪。对不满意的人，不妨差人查他一查，抓住他的弊病，一举拿下！"

"哦？"高拱有些吃惊，"这样做，未免欠磊落！"

"玄翁，调换不力官员，非为私，乃为国，何言欠磊落？"张居正嘟哝道，语调中流露出被误解的委屈。

高拱不想与张居正争执，迈步要走，刚走了几步，又驻足问："叔大，谍报有无板升最新动向？"

张居正因高拱不唯不纳他的建言，还以"不磊落"斥之，心里颇不是滋味。暗忖："你以为你是皇帝？一个大臣，得罪人太多太苦，能立得住？"本想把这层意思说出来，见高拱似乎无意听纳，只好顺着他的话题，语带忧虑地说："玄翁，板升连遭雪灾，今年秋防压力甚大啊！"

"无论如何，务必确保北边万无一失！"高拱以坚定的语调说。

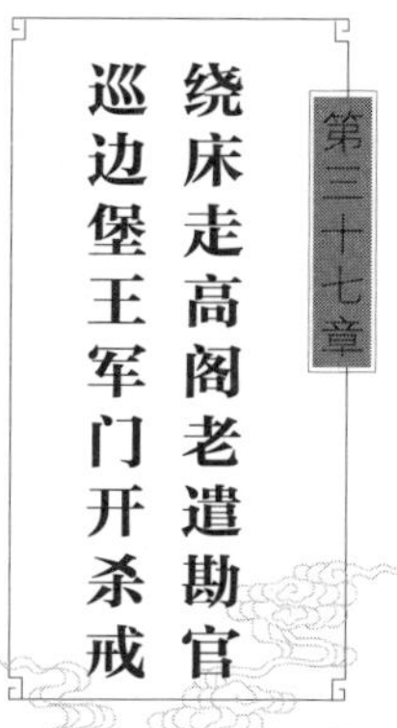

第三十七章 绕床走高阁老遗勘官 巡边堡王军门开杀戒

一

贵州巡抚阮文中的压力越来越大。官军溃败两月余，并不见整备征剿的动静；安国亨与安智、奢效忠部还在朵泥桥一带对峙，不时有塘报报来双方战事。官场议论纷纷，都说新巡抚无所作为，非黔人之福。阮文中有苦难言，把全部希望都押在高拱的复函上，每日醒来第一件事，就是问奉命赴京的急足有无音讯。

这天辰时，一匹快马奔向巡抚衙门，急足满头大汗滚下马来，小跑着进了二堂。

“高阁老怎么说？”阮文中已迎在门口，急不可待地问。急足忙把高拱的复函呈上，阮文中接过去，展开阅看：

昔执事之赴贵阳也，安国亨之事，仆曾面语其略。今来谕云云，似尚未悉仆意，特再为之明其说。

夫天下之事，有必当明正其罪，人臣自可处分者，而不可于君父之前过言之。若安国亨事，虽有衅隙，本非叛逆之实，则抚臣当自处分，本不必于君父之前过言之。何者？君父乃天下之主，威在必伸，一有叛逆，便当扑灭。若安氏之乱者，本是彝族自相仇杀，此乃彼家事，非有犯朝廷者，何以谓之叛逆？而前抚乃遽以叛逆奏闻。君父在上，既闻叛逆，岂容轻贷？而安国亨本无叛逆之实，乃祸在不测，且图苟全，地方官更复不原其情，遂激而成之，乃又即以为叛逆之证，可恨也！

今观安国亨上本诉冤，乞哀恳切，叛逆者若是耶？而地方官仍不复不为处分，仍以叛逆论之，遂使朝廷欲开释而无其由，安国亨欲投顺而无其路，过

矣！且安智与安国亨结仇，乃居于省垣，为何？安智在省垣，则谗言日甚，而安国亨之疑日深；安国亨之疑日深，则安智之祸愈不可解。此乃挑之使斗，而增吾多事也。

故愚谓安国亨之罪固非轻，而叛逆则不然；安智当别为安插，居省垣则不可。唯在处置得宜耳。以朝廷之力，即族灭安氏何难者？顾事非其实，而徒勒兵于远，非所以驭彝民而安国家也。愿执事熟思之也。

阮文中阅毕，怔怔地坐在书案前，茫然无措。幕僚走过去，拿过书函细读一遍，苦笑道："军门，我看这高阁老是位爱较真认死理的倔老头呢！"

"高阁老已然说得很明白了，剿是不能再提了，看看如何办，才算是'处置得宜'吧！"阮文中怅然道。

两人屏退闲杂人等，推掉所有事务，关在二堂，议了整整三个时辰，连午饭也未吃，终于理出了头绪，草成《巡抚条款》：

一、责令安国亨交出拨置人犯；

二、安国亨照彝俗赔偿安信等人命；

三、令分地安置疏琼、安智母子；

四、削夺安国亨贵州宣慰使职衔，由其子安民接替；

五、对安国亨从重罚款，以补军兴之费。

条款拟定誊清，用了关防大印。阮文中面色灰暗，一脸倦容，吩咐亲兵："速将巡抚条款分送安国亨、安智知晓遵行！"亲兵领命而去，阮文中有气无力地对幕僚道，"传檄毕节兵备道，命其拘提安国亨到案听勘，问其仇杀之罪。"

安国亨正躲藏在九洞山的一个山洞里。这里冬无严寒，夏无酷暑，岩洞密布，山中水，水中山，洞上桥，桥上洞，别有洞天。可安国亨无心领略美景，一副大难临头、末日将至的焦躁与颓废状。他坐在一个木墩前，与若姊对饮。任凭若姊百般挑逗，安国亨却无动于衷，一筒一筒地饮着水酒。

"苴穆，要醉了呢，还是少喝些吧！"若姊走过去，双臂环绕安国亨的脖子，用两只硕大的乳房蹭着他的后背，娇喘着说。

"你晓得吗？"安国亨哽咽着说，"我水西土司，自那大汉朝就有了，历经千年，建制最早，世袭最长，占地最广，地位最高，我为啥要叛朝廷？"

"是的呀，苴穆，都是安信多管闲事，安智无事生非，朝廷黑白不分。"若姊娇滴滴地说，伸舌舔舐着安国亨的耳垂。

安国亨摆摆脑袋，又说："趋利避害，顺应大势，乃我水西自全之策,安身之道，如今却被朝廷胡乱扣上叛逆的帽子！要真打起来，莫说一个水西，便是西南所有土司合在一起，也不是朝廷的对手嘛！看时下的情形，水西是在劫难逃了！"说着，两行泪水，顺着粗糙的脸颊流了下来。

若姊只见过安国亨的横暴强悍，却从未见他如此柔弱，一时越发淫心荡漾，扭动着脖子，伸过脸去，鼻孔中喘着粗气，口中发出淫浪声，双手用力在安国亨的前胸胡乱摩挲着，忽而嘴唇、忽而舌尖，在他的脸上、脖颈上，猛一阵狂吻。

“禀苴穆！抚台有文告送达！”吴琼小跑着进来说，“另有毕节兵备道拘提文书一封。”

“哦？”安国亨一把推开若姊，露出惊喜之色，忙接过细看，不禁蹦跳起来，“咱有活路啦！”

“苴穆，会不会有诈？”吴琼提醒说。看到抚台文告第一款就是责令交出拨置人犯，他就胆战心惊，最不希望安国亨接受条款。

安国亨刚畅出了口气，经吴琼一提醒，顿生狐疑，便问：“安智何在？”

“还在贵阳。”吴琼回答。他所差密探不时将外界消息源源不断报来，是以对各方动向了如指掌。见安国亨喜色渐消，吴琼继续说，“小的看，苴穆当三思，这必是阮巡抚诱苴穆出来，好杀苴穆！”

安国亨点头，突然双手紧抱脑袋，边在洞中躬身来回走动，边大声喊叫，“我安国亨没有叛朝廷——没有！官府逼勒如此，是何道理？朝廷就没有一个主持公道的人吗？”停了片刻，他跨步拿过壁上挂着的长剑，挥舞着说，“待灭了安智，我再去就死不迟！”

安国亨发誓要灭安智的当儿，安智也在发誓要灭安国亨。他看到抚台文告，见官府突然变了方略，不再出兵平叛，简直不敢相信自己的眼睛；又从文告中读出有开释安国亨之意，更是惊诧。遂急忙投书阮文中，拒绝接受，请求即刻发兵，灭了叛逆安国亨。

阮文中接到毕节兵备道报来安国亨不服拘提、日拥兵自卫的呈文，又闻听衙门外不时有老妪疏琼的哭喊声，一脸苦楚，忙召集布政使、按察使、戴罪立功的总兵安大朝到二堂议事。

“我已仁至义尽，彝目却骄横如此，是可忍孰不可忍！”布政使首先开言道。

“久拖不决，阖省舆论汹汹，不可再踌躇！”按察使道。

“管他什么安智、安国亨，非我族类，其心必异。朝廷当合四省之兵，灭了安氏一族，改土归流！”安大朝咬牙切齿道。

阮文中也觉除征剿外，已无计可施，只得横下心来，具疏奏请朝廷速输兵粮，合兵征剿。

二

高拱一进内阁中堂，就觉得气氛有些怪异。李春芳、张居正低头佯装看文牍，但余光却不间断地瞥向他。高拱一落座，就看见书案正中放着一份奏本，抓起来一看，是贵州巡抚阮文中的。

“喔？”高拱这才悟出内阁气氛怪异的原因所在，预感到情形不妙，来不及细看，径直翻到结尾处，竟是请求朝廷调集西南诸省大军征剿水西的。他既生气又尴尬，一时不知说什么好，神情慌乱地又从头到尾细读奏本。

李春芳笑着问：“新郑，你看当怎样？”语调中有些幸灾乐祸的意味。

高拱佯装埋头读本，暗中斟酌应对之语。良久，他故作轻松地一笑道：“嘻！阮子误矣！”

“怎么说？”一直苦思对策的赵贞吉抬头问。

“安国亨何以不出而听勘？”高拱像是与人辩论，逐个扫视了一眼李春芳、张居正、赵贞吉，见三人都坐直了身子，齐齐把目光投向自己，便悠然自答，“因时下剿抚之策未明之故也！”

李春芳等人似乎未听明白，不约而同地皱了皱眉。

高拱喝了口茶，道：“安国亨恐抚臣以勘问之名诱而杀之，自不敢出；又恐安智、奢效忠带兵掩杀，乃拥兵自卫，这并不出意料之外嘛！安得以此为由请兵征剿？”

“嘶——”李春芳等人几乎同时重重地倒吸了口气。李、张对高拱的靖彝方略本不赞成，只是保持沉默；赵贞吉虽赞成之，见久拖未决，议论纷纭，新换的巡抚也奏请征剿，此时便有些动摇，不耐烦地说：“新郑，我看也不必多费口舌，拟旨征剿算了！”

“诸公须知，明旨既下，就再无余地。”高拱回应道，不等赵贞吉说话，抢着道，“安国亨本无谋叛之意，若下旨征剿，就是以叛逆处之，以叛逆处之，即是逼其真叛，劳师费财，去做促假为真的事，何谓？”

赵贞吉一捋胡须：“新郑，这事是你主张的，你直说，该怎么办！”

高拱知道，此疏若票拟兵部题覆，则兵部必以从巡抚之请报来；但不批兵部题覆，他一时又未有对策，只得说：“此本先放一放，容我熟计之。”

“呵呵，玄翁，果有余地？”张居正到底还是没有忍住，笑着建言道，“朝廷对安酋宽大如此，实属罕见；此酋依然故我，不出而受理，无异于向朝廷示威啊，玄翁！”

高拱沉吟不语。张居正还想再进言，见高拱不断变换坐姿，神情烦躁，只得打住。

阁议散后，高拱没有去吏部，而是回到朝房，一手背后，一手捻须，低头绕床，走了一圈又一圈。

张居正饭后从中堂出来，在回廊散步，见高拱房门大开，正可再向他进言，遂走了进去，已走到内间，高拱却浑然不知，依然绕床走着，见此情景，张居正不觉惊问："哎呀，玄翁这是做甚？"

"还能是甚事！"高拱硬邦邦地回了一句，继续绕床走个不停。

"玄翁，居正看，已无余地……"不等张居正把话说完，高拱脸上露出不耐烦的神情，向外一摆手，示意他出去。张居正心里一沉，暗忖："玄翁未免太自负、太固执了！"这样想着，摇了摇头，微微叹息一声，抬脚出了高拱的朝房。

过了约莫一刻钟功夫，翰林院掌院学士张四维求见，可在朝房外唤了几声，却不见回应。他探头往里走，见书案上放着食盒，却不见人影，隐隐约约听到里间有靴子发出的"嗒嗒"声，便壮着胆往里走，一眼看见高拱绕床转圈，惊诧地问："玄翁因何环床走？"

"哦，是子维？"高拱抬头道，"思贵州阮文中奏本耳！"却未驻足，也不管张四维是否知情，边走边念叨着，"欲从之，则非计；欲不从，则失威。"

张四维"哦"了一声，明白过来了，知定然是阮文中上本请求征剿，高拱不以为然，却又苦于无对策，遂道："不妨再差人去。"

高拱蓦地停下脚步，拊掌道："喔呀，得计矣！"他顾不上张四维，疾步出了内间，大声唤道，"来人！"承差应声而来，高拱吩咐，"速到兵部，召职方司郎中吴兑来见！"转身问张四维，"子维何事？"

"呵呵，玄翁召四维午间到吏部，可四维去谒却未遇，特来此谒玄翁请训。"张四维解释道。

"哦，这事待会儿说，待会儿说。"高拱说着，走到书案前，把食盒推开，铺开稿笺，奋笔疾书。

张四维走也不是，留也不是，踌躇良久，顾自拉一把椅子远远地坐着。

"师相！"随着一声唤，兵部职方司郎中吴兑风风火火进来了。高拱没有回应，用力一顿笔，自语道："好嘞！"这才搁笔，叫着吴兑的字说，"君泽，有要事相嘱。"张四维忙起身回避，高拱摆摆手，"子维不必回避，听听此计如何。"

吴兑、张四维躬身站在高拱书案前，高拱仰脸问："君泽，你说，贵州事，该如何了之？"

吴兑眨巴着眼睛，揣摩不透高拱的意图，不便直接回答，而是表态道："若征剿，学生愿往；若抚之，非学生所长。"

"你能说出一个抚字，已属不易。"高拱苦笑道，"阮文中奏请征剿，欲从之，

则非计；欲不从，则失威。”他又重复了一遍。

“那么师相，当如何？”吴兑以急于求教的语气说。

“巡抚请兵粮征剿，安国亨奏辞辩诬，乞哀甚恳，固各有说，我欲并从之！”高拱道。

“啊？”吴兑情不自禁地惊叫了一声，“并从之？”

张四维已然猜透高拱的心思，笑而不语。

“我意，当差一风力给事中往勘。”高拱说出了他的计策，“果无叛逆之实，则只治其本罪；果有叛逆之实，再发兵征剿未晚。”他点了点书案上的稿笺，“我再给阮文中去一书，向他阐明方略。”

“学生明白！”吴兑郑重道，“阮巡抚的奏本一旦批到兵部，学生即照师相所示起稿题覆。”

“嗯！”高拱满意地笑了，但还是又嘱咐一遍，“安国亨诉冤本，阮文中请剿本，即发兵部，兵部当题覆：请钦派一风力给事中往勘，据实定策。”说罢，看看张四维，“子维，何如？”也不等他回应，又问，“君泽、子维，你们看，差谁去合适？”

“不妨差刑科给事中舒化去。”张四维建言道。

“就是他了！”高拱一扬手，“君泽，你去吧，明日办完。”

吴兑施礼告辞，高拱又追出去，把给阮文中的书函递过去：“此函，兵部速差人，日夜兼程送往贵阳。”又嘱咐道，“兵部题覆，内阁拟旨，内里批红，也就是两三天的事。一旦批红，可四处散播朝廷差勘官去贵州的消息，让安国亨早日知晓此事。”说罢，回身走到书案前，掀开食盒：“这会儿方知饿了。”

“玄翁计高！”张四维赞叹道，“遣勘官乃是为安国亨壮胆的，目的是让他自动出来受理；一旦他主动出来，事体也就明朗化了。”

“正是！是以勘官也不必急急出发，先把信号传递到就好。”高拱得意地说。说着，夹菜吃饭，边吃边对坐在对面的张四维道，“子维，今之极边地方，其险要所在，莫过宣大。宣大不备，则虏贼略无障碍而抵边关；边关失守，则长驱直捣有不忍言者！是以特调令舅担此重任。我事情太多，今后有事要你与令舅传递。”新任宣大总督王崇古是张四维的舅父，高拱遂有此说。

“四维幸甚！”张四维兴奋地说。

“那好，你转告令舅四句话。”高拱放下筷子，语速缓慢而有力地说，“一要戒贪墨。收受贿赂的官员就不会有威信，没有威信指挥战事不会有力；二要戒奢靡。武官不能安逸，吃喝玩乐会越发畏战怕死，故平时要练兵、吃苦；三要据实定策。尝谓天下有可畏之势，有可乘之机，而亦有可图之要，盼把握之；四要尽快落实军政、边政改制，不得延宕。”

“都记下了，请玄翁放心”张四维说，随即又复述了一遍。

“今年秋防，要确保宣大万无一失！”高拱又道，他伸出三根手指，“仅宣府、大同两镇兵力，已达三十万之多，数倍于虏，不可轻敌，但更不能畏敌！万勿袭故套，一味固守城池，务必给北虏以边务焕然一新、军心士气大振的印象。当然，令舅有何难处、有何需朝廷主持的，不妨直言相告，我必力为主持。这个意思，也请转达令舅。”

三

大同府阳和县，地处大同城东北，紧邻长城，为国朝极冲之地。这里，不唯城池坚固，且文武衙门众多。仅文官衙门，除了县衙外，还有位于东街的巡按御史察院、西街的兵备道衙门，而坐落在县城南街路西的一座大院，在隆庆四年春整修一新，宣大总督自怀来移驻阳和，这里便成了总督辕门。辕门左右，对称而立两座崭新的牌坊，左边一座上书“节制三镇”，右边一座上书“边关锁钥”。

这天辰时，新任宣大总督王崇古，身披斗篷，骑在一匹高头大马上，在巡抚方逢时、总兵马芳等人的簇拥下，出了县城北门，沿长城巡视城堡墩台。

长城自居庸关以西，分南北两线到山西偏关会合，称为内、外长城。外长城即居庸关西北经赤城、崇礼、张家口、万全、怀安而进入大同府的天镇、阳和、大同、左云，经右玉、平虏达于偏关。王崇古不辞劳苦，一路巡视了沿边的平远堡、新平堡、保平堡、桦门堡、永嘉堡、瓦窑口堡、镇宁堡、镇口堡、镇门堡、守口堡、靖虏堡、天成城、镇边堡、镇川堡、宏赐堡、得胜堡、镇羌堡、拒墙堡、镇虏堡、镇河堡。十天后，到了平虏城，午后登上败胡堡关墙。

“北虏掠朔州、应州，多是破此关入内。”大同巡抚方逢时道，“所谓战火洗礼，此堡为最。”

王崇古没有搭话，神色凝重地注视着关外。

“自成祖起，先后在大同境内八百里长城修筑墙堡五百多座，边墩、火路墩一千五百多个。这条带形的防御线，蜿蜒于大同北部丛岭沟壑之间，如道道重障，护卫着大同。”方逢时向北一指，向总督禀报着。

王崇古仍不语，仿佛陷入深思。他比高拱小三岁，同为嘉靖二十年进士，只是他一直在地方任职，先后出任知府、兵部道、按察使、布政使，直至宁夏巡抚、三边总督、宣大总督。虽为文官，却久历沙场，先年在沿海剿倭，此后在北边御虏，多年战火风霜，使他看上去比实际年龄要大些，精心修剪过的胡须已然灰白，消瘦的脸庞上布满皱纹，唯有两只不大的眼睛，透出刚毅与机智，为他增添了几分英气。

沉默中，王崇古手捻胡须，突然声音低沉地吟出一首绝句：

频年战骨未曾收，
居者劳劳戍者愁。
骄虏秋高时寇边，
西风一动劳宸忧。

“好诗！好诗！”众人不知是总督口占，还是吟诵他人之句，只好含糊地、不约而同地赞叹道。大同总兵马芳刚想问什么，见王崇古神色凝重，张了张嘴，又闭上了。众人见状，也都沉默无语。

王崇古向前走了几步，众人刚要跟随，他摆摆手，示意止步，只唤方逢时上前，两人并肩在堡墙上踱步。

方逢时是湖广嘉鱼人，与高拱、王崇古都是同年进士，但他年轻十来岁，少年老成，个子矮胖，走在身材魁梧的王崇古身旁，需仰脸说话。

“金湖，”王崇古叫着方逢时的号，指着关外说，“你看，村落萧条，无复有人烟，其状甚惨！”

“是啊！”方逢时感慨道，“塞下多畏北虏抢掠，久已废耕，我近边膏腴地土皆荒芜不治。临边百姓肝脑涂地，父子、夫妻不能相保。”

“岂止如此，”王崇古感叹着，“北边屯田荒芜、盐法阻坏，每年输边之费有增无减，举国拖累，疲惫极矣！长此以往，国家将无力支撑。”

方逢时两掌砸在一起，说：“然则，花钱不少，国库不支，却每吃败仗，委实令人心焦！”他突然两眼放光，叫着王崇古的号说，“鉴川，中玄年兄出而主政，又深得皇上眷倚，甫上任就力推军政、边政革新，或可有转机！”

王崇古从袖中掏出一函，递给方逢时。方逢时一看，是高拱一个月前写给王崇古的：

闻节钺已抵云中，长城有托，圣主可无北顾之忧。幸甚幸甚！仆本陋庸，谬膺重任。诚欲为主上扶纪纲、正风俗，用才杰、起事功，以挽刷颓靡之习。顾才不称心，恐终不效于用。匡我不逮，甚有望于知己。唯不惜训迪，乃征夙爱也。

“中玄年兄不唯识见超迈，且才干卓著，朝廷得其主持，真乃大明之幸！”王崇古手捻胡须，感慨了一句。他与高拱不唯有同年之谊，更因外甥张四维颇受高拱赏识，时常在他们之间传递消息，是以他对高拱知之甚深。外甥张四维转达的高拱嘱托，让王崇古有几分振奋，同时也感到压力甚大，不敢稍有懈怠。虽然到任后即马不停蹄巡视、部署，与兵部衔接，一切都已到位，但他还是心中忐忑，总觉得还有事情要做而没有做，是以整日神色凝重，心事重重。

“扶纪纲、正风俗，用才杰、起事功，以挽刷颓靡之习！”方逢时复述高拱书函中的这几句话，语调激昂，“中玄大开大阖，要大干一番了。如此，则大明中兴有望！”

“是故我辈不能辜负中玄的厚望，务必把宣大经理停当。”王崇古握了握拳头说，“不袭故套，一新气象！”

可是，两人一时也不知从何着手，心中没底，遂陷入沉思中，默默地沿堡墙走了一圈，又进堡内查看一番。王崇古一指关口：“去看看。”

一行人簇拥着王崇古往关口走，见他一路紧闭嘴唇，沉思不语，也都不敢出声。走了一箭地，王崇古驻足瞭望，一眼望见败胡堡关口有两个乞丐模样的人躲躲闪闪，他突地大声道：“来呀，把那两个乞丐拿住！”

亲兵闻声奔去。方逢时不解地看着王崇古，见他脸上遽然间浮现出笑意。

“金湖，我说这些天我心里何以不踏实，原来症结在此！”王崇古兴奋地说。旋即向不远处的亲随吩咐道，“传本部堂的命令，就地审问，速来禀报！”

不到两刻钟功夫，马芳来禀，两个乞丐，实为北虏奸细。

“果不出所料。”王崇古道，他蓦地转身，吩咐道：“将二人带到堡内操守府，本部堂要亲自审问！”

四

两名乞丐模样的奸细被带到堡内的操守府，王崇古从座椅上蓦地起身，大声道：“尔等身为汉人，却为北虏刺探谍报，该当何罪？”不等两人回答，命令道，“拉出去，砍了！”

两人吓得浑身颤抖，连连叩头，哭喊道：“大老爷饶命！”

几名亲兵刚要将两人架出，王崇古伸手制止道：“且慢，姑且饶他们不死。都先退下，本部堂要审审这两个奸细！”

两人叩头称谢。王崇古道：“尔等为汉人，当为朝廷效命。只要尔等如实供来，本官不唯饶尔等不死，且有重赏！”

“凡能为军门效力，小的万死不辞！”一个高个子说，像是读书识字之人，说话文绉绉的。他听王崇古自称“本部堂”，就猜想必是总督，因总督例带兵部侍郎之衔，故称部堂，他也就以“军门”相称。

“除了以乞丐、饥民混进口内刺探谍报外，北虏还有什么刺探谍报的法子？”王崇古问。

“禀军门，”高个子抢先答道，“墩军多与零贼交易，北虏以此刺探谍报。”

“尔可有具体例证？”王崇古追问。

高个子想了想，道：“干鲁忽赤千户下辖的前卫百户姜广亮，就常年与北虏暗中交易。”

王崇古向门外喊了声：“来人——”几名亲兵一拥而进，他吩咐道，“着马芳差人持总兵旗牌，将干鲁忽赤前卫百户姜广亮传来！”又挥挥手，示意所有人等退出，他则独自继续审问，“北虏奸细，除刺探谍报外，还有什么使命？”王崇古又问。

高个子又答：“禀军门，小的听说，北虏每欲入寇，莫不先用间谍。如欲专攻大同，就佯为移攻宣府之形，然后分遣数骑，故意诡秘地说些将发大兵攻宣府的话，使被掳汉人听到；然后又故意放纵这些听到、见到的人，回到这边来禀报。这边的军门、大帅，个个且疑且信，于是就会将人马分散到各处屯戍，调来遣去，久之便疲惫不堪。然后，他们按照摸到的谍报，专攻这边一处。虽说这边兵马多，可因为兵力分散，反而抵挡不住他们。这是他们善用间谍的好处。”

王崇古大喜，问：“尔叫什么名字？”

“小的叫王甲华，”高个子答，又指了指跪在旁边的同伙，“他叫张福。”

“好，王甲华、张福，尔等肯为朝廷效命，本部堂即收尔等为家丁。”王崇古道。不知从何时起，国朝边地督抚，都养着为数可观的家丁。这些家丁直接听命于督抚，除了护卫，还时常受命搜集传递内外军情，掌握属军动态。

“王诚，进来！”王崇古向外喊了一声。王诚是秀才出身，跟着王崇古从戎，做了他的家丁总管，带守备衔。他人高马大，脸庞黝黑，沉默寡言，施礼毕，也不说话，垂首躬身而立，单等王崇古吩咐。

“这二人交给你。”王崇古指着跪地的两人说，“过几天即命他们二人回板升。”又转向王甲华，“尔可向虏酋禀报，就说宣大督抚换人后，戒备甚严，士气大振，欲与虏贼算一次总账！”

“是是是！”王甲华点头哈腰，“小的必照军门吩咐做！”

“尔要留心北虏动静，随时为本部堂直呈谍报。”王崇古又道，言毕向外挥了挥手。

王甲华、张福感激不尽，跟着王诚出了堂门。王崇古遂将方逢时、马芳召来，道：“本部堂早就访得，这宣大一带常有人诈为口外饥民，行乞入边，侦我虚实，故虏每出其不意入，必得利而去。”

方逢时恍然大悟，道：“军门所忧，是虏情不明。这也正是我之短处。敌情不可得，而军中动静敌辄知，是以我屡陷被动，此乃一大因素。”

王崇古正色道：“各边谍报不通，每有虏入寇，不知其所往，或东遣西调，或索性就无防备。我被掳汉人甚多，北虏能用以刺探我谍报，我何不用之？当加意招抚，务结其心，令侦虏情，预来潜报，我得以专力为备，视泛然散守何止事半功倍！”

方逢时、马芳皆点头称是。王崇古沉吟片刻，以决断的语气道：“墩台哨所士卒，每人每月另发银三两，以充买道饵虏之资。”像是解释，又像是说服，他把手臂一挥，“花这些钱，获得谍报，值！”

“军门英明！”马芳恭维道。

王崇古又道：“马帅，务要选差通事、夜不收、家丁人等，授以密计，示以严法，悬以重利，仍令多赍干粮，夜行昼伏，或潜入虏营之中，或远出虏营之外，探其动静。”

正说着，亲随禀报姜广亮传到。待他一进堂门，王崇古即大喝一声：“姜广亮，尔可知罪？！”

姜广亮正不知何事被传，猛听一声大喝，吓得跪倒在地，连连叩头：“卑职不知何罪。”

王崇古冷笑一声：“哼！尔身为百户，却暗中与北虏交易，这是死罪，尔不知？”

“这、这……”姜广亮顿时吓得魂飞魄散，说不出话来。

“说！从何时起与北虏交易，何人参与，都从实招来！”王崇古命令道。

“青天大老爷啊！”姜广亮哭着说，“墩军与虏暗中交易，多的是呢，可不止卑职一人啊！”

王崇古自是知道的，但他佯装吃惊，“有这回事？”

姜广亮抬头看看方逢时、马芳，道：“军门，卑职有机密要禀。”

王崇古示意方逢时、马芳并闲杂人等退出，对姜广亮道：“说来！”

“军门，宣府总兵赵岢，暗通板升，做大买卖！”姜广亮神神秘秘地说，“卑职墩台夜不收栗见勤就被总兵差去做通事。”

王崇古没有料到姜广亮出言揭出宣镇总兵，有些吃惊，一时默然。姜广亮见他不说话，又道：“军门，卑职赚的钱，多半都孝敬了上头。”

此言一出，激怒了王崇古，他一拍书案，大声道：“那就拿尔的人头，刹刹这股邪气！”说着，大喝一声，“来人，军法从事，拉出去，斩首示众！”

姜广亮“哇”的一声惊叫：“军门饶命，军门饶命！”

亲兵不由分说，押着姜广亮往外走。马芳疾步入内，建言道：“军门，不待他招供？看看还有何人参与，一并处置？”

王崇古一笑，摇摇手说：“人心惶惶，得不偿失。杀他一人警示众人即可。”说完，起身向外走了两步，大声道，“斩首示众！”

方逢时也进来了，语带无奈地说："据闻边军与北虏暗中交易者甚众，此举会不会摇动军心？"

王崇古屏退左右，对方逢时、马芳道："此番斩杀一个百户，北虏以为我必严惩与之私通的将士。马帅，你即可暗中布置，让那些素通寇者逃往板升，采用反间计，一则招降番、汉陷寇军民，二则广为搜集虏情。"

"喔！"方逢时、马芳恍然大悟，不约而同地赞叹了一声。

"不虚此行！"王崇古喜悦地说，旋即收敛了笑容，道，"宣大防线不唯不能有任何闪失，且要有斩获。抚台、马帅，我辈当协力奋进，一新边政！"说着，起身往餐厅走，对跟在身后的王诚附耳道，"你速差人密查宣镇总兵赵岢通虏事。"

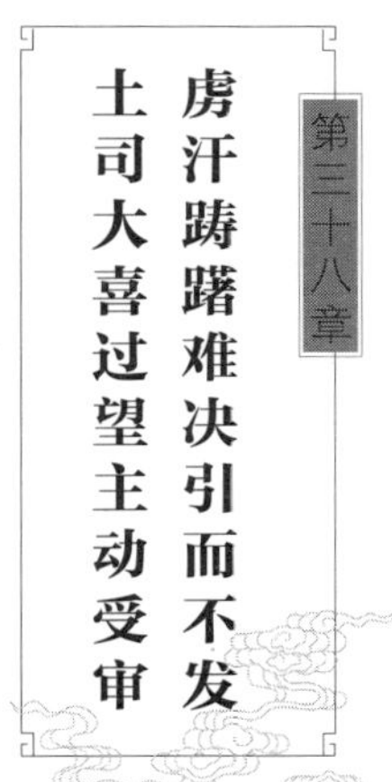

第三十八章 虏汗踌躇难决引而不发 土司大喜过望主动受审

一

开春以来，边堡墩卒叛逃板升的突然多了起来，赵全为之欣喜，忙着把他们编入各小板升，为他们腾挪田地，甚至做保说媒拉线。可是，渐渐的，赵全隐隐有些担忧，总觉得哪里不对劲儿，尤其是前几天一批汉人突然南归，赵全心里越发狐疑起来。

这天入夜，赵全正在他的土堡里喝闷酒，胞弟赵龙慌慌张张跑进来，二话不说，把一张揭帖塞到他手里。赵全一看，是一首汉文诗：

我今难过整三秋，
与人方便不到头。
智兼和会回欢悟，
未知明年收不收。

“嚓嚓”两声，赵全把揭帖撕了个粉碎，向赵龙脸上甩去，怒气冲冲地说：“少来烦我！”

赵龙往后退了两步，道：“这是写在城南白塔上的，有人抄下来四处张贴！”又一脸沮丧地感慨一声，“丰州滩已是连续五年遭灾了。”

赵全沉着脸，道：“有人在煽惑，要乱板升！”

话音未落，赵全的参议张彦文闯了进来，道："禀把都，有一群汉人，神色慌张地向宣化门那边去了！"

"是不是要南归？"赵龙问。

"去冬今春，大雪烈风，严霜震雷，杀草扬沙，牛马多死，汉人多思南归，板升人心浮动。"张彦文也是秀才出身，为显示自己与众不同，说话喜欢文绉绉的。他又向赵全面前凑了凑，刚要开口，赵全一跺脚，疾步往外走，"快，阻止他们南归！"

须臾，赵全的坐骑就疾驰到移动的人群前，他勒马举刀，大喝一声："站住！谁撺哄你们走的？"

没有人说话，也没有人敢再迈步。张彦文勒马靠近赵全，说："把都，咱们上当啦！"

"此话怎讲？"赵全问。

张彦文低声道："王崇古斩杀一个叫姜广亮的百户，严禁墩军与我私通，那些过去私通的人纷纷逃了过来。可这些人一来，板升的汉人就人心不稳，又是揭帖，又是成群南归。我正百思不得其解呢，刚刚收到谍报，说这是王崇古刻意为之，实为反间计！"

赵全勃然大怒，指着人群说："谁，谁是王崇古的奸细？"见无人吭声，他突然又用鞑靼语说了一遍，借着马灯的亮光，他看见两个年轻人似乎听懂了，赵全用鞭子一指，"你，还有你，出来！"

两个人极不情愿地挤出人群。赵全举起马鞭，"唰唰"地一顿猛抽，声嘶力竭地命令亲兵道："砍了！拉路边砍了！"又对人群高声喊叫，"谁敢逃回去，砍头！统统砍头！谁敢窝藏王崇古的奸细，全家砍了！"叫嚷了一阵，扭头对赵龙说，"你带人，把这些想跑的人赶回去，一个一个地审，把奸细查清，统统砍了！"说完，向张彦文一摆头，往土堡而去。

"我说咋这么多墩卒叛逃过来，却原来是王崇古那老儿的反间计！"一进土堡，赵全就颓丧地坐在一把太师椅上，恨恨然道，"真没想到王崇古这老儿这么狡猾！"

"听说王崇古给墩卒每月加发三两银子，专用于找路人购买谍报。他们也醒过闷来了！"张彦文凑到赵全跟前，一副老谋深算的样子，"把都，本来恰台吉、五奴柱这些贵胄对我辈就怀着敌意，恨不能杀了我辈，目今板升汉人内部也不稳了，我辈腹背受敌，吃不消啊！"

"我这就去见汗爷！"说着，赵全急匆匆出了土堡。

俺答汗的九重朝殿已建成两年了，他搬进名东暖阁的宫殿里，一旦有人求见，就像模像样地坐在仿照龙椅制成的御座上，由亲随传召。赵全进了殿，施礼毕，开口道："汗爷，王崇古到宣大用了暗招，大量奸细跑到板升来捣乱，他们是想搞乱板升，乘乱荡平丰州滩！"

"谁说不是嘞！"俺答汗道，"我说这些日子咋闹哄哄的，原来是这么回事！薛禅，你说咋办？"

赵全道："汗爷，得下个令旨，宣布汉人南归者斩！还有，再来投奔的，先不要接收！"

俺答汗满口答应："嗯，这个要办。薛禅，你来写，本汗用印。"

赵全一看俺答汗痛快地采纳了他的建言，遂趁热打铁道："汗爷，依小的看，南朝摩拳擦掌，恐怕是要出击了！"

"这话怎么说？"俺答汗知道赵全又在鼓动他出兵，有些不悦。

"小的收到谍报，王崇古不自量力地说要与汗爷清清账呢！"

"薛禅，这话你说了不止一次了，有新鲜话说吗？"俺答汗不耐烦道。说着，把双腿抬起，两名侍女跪地将他的靴子脱下，俺答汗盘腿坐在御座上，像是在打坐。

赵全又向前凑了两步，道："汗爷，时下南朝的朝廷，不是过去的朝廷了，有个叫高拱的老儿，是个厉害的主儿！谍报说，这老儿的头等大事是安边，说甚要中兴大明。他要中兴大明，首当其冲就是汗爷！他一手拔擢干才，一手革新改制，一旦打理停当，必大举北征，到那时，一切都晚了！"他舞动双臂，仰头道，"威猛的苍鹰翱翔天空，总有下地喝水、吃食的时候。眼看有人在布天罗地网，岂可无动于衷！"

"谁说不是嘞！"俺答汗眼珠子快速转动着，皱眉道，"薛禅的意思是啥？"

"得给他一个下马威！"赵全一抡手臂道，"高拱这个人，没有什么心机。他一复出就整顿官常、革新改制，还动手肃贪，南朝那些官老爷，哪里适应得了，巴不得他早点完蛋！若今年北边无事，高拱的威望势必大增，越发强势推进他的革新改制之举；若我铁骑踏破蓟州，或者大掠宣大，高拱势必威望大跌，南朝官老爷们说不定又会齐心协力把他赶走。退一步说，即使他不滚蛋，想推行他那套革新改制的把戏，也就不那么容易了。"

俺答汗捋着凌乱的络腮胡，踌躇道："可是，南朝边臣文武，谭纶、戚继光、王崇古、马芳，可都是厉害的主儿，真要干起来，恐怕……"

"汗爷，一个高拱复出几个月岂能一举扭转局面！南朝的文武官员谁不怯战？汗爷的威名远比高拱的谋略令人胆寒！"赵全口吐白沫，继续鼓动说，"再说，板升接连遭灾、人心不稳，唯有大举南下，才是活路！"

俺答汗双手合十，闭目不语。

赵全打眼望去，突然觉得俺答汗苍老了许多，似乎失去了当年的风采，雄心大减。他心里越发着急，大声道："汗爷，据谍报，高拱嘱咐王崇古、王之诰，不仅要守得住，还要伺机进攻！近来，宁夏总兵牛禀忠由小松山出塞；延绥总兵雷龙出西红山；陕西总兵吕经出收麦湖，大肆捣巢，斩吉能台吉兵勇一百六十有奇。"他一顿足，声音突然有些哽咽，"这就是信号啊汗爷！南朝要夺战争的主导权，不是咱想不想战，而是不得不战啊，汗爷！"见俺答汗还是不说话，赵全"嘿嘿"笑了两声，"汗爷，王崇古老儿不是用了反间计吗？咱给他来个虚虚实实计！"

"此计怎么说？"俺答汗睁开眼睛，有了兴致。

"今日说攻蓟镇，明日说攻宣府，后日说攻大同，总之一天一个说法，"赵全献计道，"汗爷再传令整备大军，做随时出征状，让南朝边军整日里提心吊胆。久之，他们对谍报也就不再相信，慢慢就会放松警惕。然后，我们来他个突然袭击！"

"哦？此计有点意思！"俺答汗终于有了笑容。

"汗爷，要干就干桩大买卖！"赵全继续说，"当联络黄台吉、图们汗，沿庚戌年的路线直捣京师！"

俺答汗时而眼中放光，时而耷拉下眼睑，踌躇难决。

二

听到朝廷要差勘官到贵州审勘水西土司一案的消息，恰台吉一阵兴奋，与五奴柱一番密议后，这天傍晚，两人进了九重朝殿。

俺答汗正在大殿里烦躁地踱步，见恰台吉、五奴柱进来，也不理会，顾自大步徘徊着。两人知俺答汗是为丰州滩接连遭灾、百姓生计无着而犯愁，相顾一笑，恰台吉开言道："汗爷，小的有一计，可解燃眉之急。"

俺答汗以疑惑、轻蔑的目光盯着恰台吉，不相信他会有什么妙计。恰台吉"嘿嘿"一笑道："赵全有马匹五万、牛三万、谷二万斛，干脆把它分了！"

"脱脱小儿，这样做，不敞亮，不够意思！"俺答汗摇头，大声道。

"那么汗爷，莫如再去求贡。"恰台吉建言道。早年间，他多次代表俺答汗到关内求贡，成为双方关注的热点人物；近年来赵全取代了他的地位，成为俺答汗须臾难离的肱股，恰台吉颇是失落，寄希望通过求贡夺回自己的地位，"时下正是良机！"恰台吉又补充说。

俺答汗睁大眼睛，问："什么良机？"说着，坐回御座，"说来听听。"

五奴柱上前一步道："听说过高拱这个人吗？哎呀，看来这个人了不得！"

“是啊，汗爷！”恰台吉拿出一摞文牍，“打入京师的细作搜集到不少《邸报》，小的命怯里马赤译过来了，汗爷看看？”

“你说说就是了。”俺答汗揉了揉眼睛，意在表明老眼昏花，不想看文牍。

恰台吉展开文牍道：“说是高拱一上来，就甩开膀子革新边政，《邸报》上接连登了十来份，都是高拱的奏本，什么《议处本兵及边防督抚兵备之臣以裨安攘大计疏》《议处本兵司属以裨边务疏》《议处边防有司以固疆圉疏》《议处边方久缺正官疏》，都是破旧制、新边政的。又把九边换上了得力的督抚，还把边地州县主官缺员的，一家伙给都补上了。过去都是别处贬谪到这些州县的，这次却都是从中原大县的主官调过去！据说这是为了储才，不几年这些人就会破格升迁。”

俺答汗又脱了靴子，盘腿而坐，双手合十。恰台吉知道俺答汗没兴趣听了，急忙“哗哗”地翻过两页，道：“汗爷，蓟镇、宣府、大同三镇都增兵了。蓟镇由七万八千二百六十一人增至十万零七千八百一十三人；宣府镇十二万六千三百九十五人增至十五万一千四百五十二人；大同镇五万四千一百五十四人增至十三万五千七百七十八。”

“唉，我说脱脱小儿，你头被驴踢了，还是被马踩了？”俺答汗蓦地伸开腿，眼一瞪，大声说，“这是你说的良机？猎人的枪弹多了，对狼群是良机？”

“嘿嘿嘿，”五奴柱忙道，“恰台吉是说，高拱这个人，不是常人呢！贵州水西土司的事，想必汗爷是知道的。南朝朝廷里的人、贵州省里的人，都说应该出兵征剿，可高拱就是不干，说是要据实、据实……”

“据实定策。”恰台吉补充说。

“对对，据实定策！”五奴柱兴奋起来，“官军征剿水西惨败，巡抚奏请朝廷发兵合剿，高拱还是不干。京城的细作打探到，这几天就差官去勘呢！”

“从贵州水西那件事看，高拱委实与众不同。”俺答汗一伸大拇指，“大漠战狼，长空苍鹰！”

“汗爷，新任宣大总督王崇古也与众不同。”恰台吉说，“晋商在南朝赫赫有名，而王崇古家族就是晋商魁首。他父亲王瑶、伯父王现、长兄王崇义，两个姐夫张允龄、沈江都是大商人。商人的脑子里必是做生意的事，这不正与汗爷的想法暗合吗？朝廷里有高拱，宣大有王崇古，这可是千载难逢的良机啊！”

俺答汗摇摇头。

“汗爷不信？高拱这个人与严嵩、徐阶可都不一样嘞！听说他有句口头禅，叫‘不袭故套’。”恰台吉不因俺答汗摇头而放弃，继续说。

“还有，汗爷，”五奴柱补充道，“那高拱虽不是首相，但谍报皆云，时下南朝是他说了算。汗爷，这，岂不是良机吗？”

“这样打来战去打了几十年，还是饥一顿饱一顿的，终归不是法子啊！”恰台吉嘟哝道。

“喔哈哈哈，小子们！”俺答汗一摆手说，“本汗与南朝打交道五十年了，知道他们的内情。这南朝是读书人当家的，读书人是极重气节的，他们对外只知抵抗，不敢言和；本汗甚至怀疑他们根本就不知道一个‘和’字。皇帝老儿厉害吧？他想办的事，若是大臣反对，那也是办不成的，何况高拱只是个大臣。即使他想和，也和不得，汉奸的帽子得把他压死！”

恰台吉又向俺答汗跟前凑了凑，诡秘地说：“汗爷，咱给他送大礼嘛！有了大礼，就好办了。”

“大礼？”俺答汗不解，“咱有啥大礼？”

“赵全！”恰台吉道，“把赵全送给南朝！”

五奴柱也凑过去，道：“南朝对赵全恨之入骨，让他们拿去解解恨，咱们和南朝和解。”

“哦？”俺答汗沉吟着，良久，摇头道，“南朝有句俗语，叫偷鸡不成蚀把米。送回赵全，即是向南朝示弱；既示弱，南朝里那些言官们就得鼓噪征战，以为剪除了咱的翼羽，征战必胜。如此，恐怕连皇帝也阻止不住战马的铁蹄，到时候咱可就抓瞎啦！”

恰台吉露出失望的神情，但仍不愿放弃争取，又道：“汗爷，总可以试探一下嘛！儿愿前往一试。”

“喔哈哈哈，你不怕成了石天爵第二？”俺答汗一笑，“还是想拿本汗的脑袋换银子？”

这是三十多年前的事了。俺答汗称雄大漠，面对部落炊无釜、衣无帛，必资内地以为用的局面，游骑信使，款塞求贡，不下十余次，词颇恭顺，虽屡遭拒绝，却仍不死心。嘉靖二十一年夏，俺答汗又差石天爵叩关求贡，大同巡抚龙大有把他绑送京城，诡称乃用计擒获以邀功。皇上大喜，升龙为兵部侍郎，并将石天爵处死，传首九边，又悬赏万金求取俺答首级。俺答汗闻讯震怒，率军攻掠朔州，入雁门关，直达太原、汾州，复掠大同镇、平虏卫而回，历时三十四天，共掠十卫三十八州县，抢牛马羊猪二百万头，烧毁房屋八万多间，毁田禾十万顷，杀掳人口二十多万。一听俺答汗提到石天爵，恰台吉、五奴柱无不毛骨悚然，不敢再言。

“喔哈哈哈！”俺答汗又是一阵大笑，“脱脱小儿，到底是怕死嘛！以本汗看，你真去求贡，南朝倒不会杀你，但也断不敢答应通贡。”

“那，汗爷，小的就去试试？”恰台吉胆怯地说。

俺答汗摇头，吩咐道：“打探贵州的事，看看里面的套路再说吧！”

三

京城通往南方的官道上，一匹快马刚疾驰而过，后面又有一急足快马加鞭。急促的马蹄声惊得过往旅客驻足观望，猜测着南方是不是发生了什么大事。

第一个疾驰而过的是贵州水西土司安国亨差来京城诉冤的使者，他在京城已盘桓两月，闻得土司诉冤本已批红，朝廷并未发兵征剿，而是要差官往勘，他喜出望外，日夜兼程赶往水西报信。紧随其后的，是贵州巡抚阮文中的急足，他怀里揣着高拱写给阮文中的一封急函，不敢怠慢，快马加鞭往贵阳赶去。

贵州遥遥数千里，安国亨的使者跋山涉水，不敢片刻休息，不过旬日，就赶到了九洞山。

“真有此事？”安国亨不敢相信自己的耳朵。

使者以微弱的声音道：“苴穆，千真万确！”他吃力地从怀中掏出《邸报》，欲递给安国亨，却已气力全无，喉中发出几声“咕咕”，头一歪，失去了知觉。

安国亨拿起《邸报》，贪婪地翻看着。当看到对他奏本的批复，激动得浑身战栗，大笑几声：“哈哈哈！朝廷到底出了主持公道之人，我得活命啦！”他跑出洞外，“召若姊来！”

须臾，若姊从旁侧的山洞飘然而至，安国亨一把抱住她，一边狂吻，一边撕扯着她的衣裙……

发泄了一番，安国亨方吩咐找来巡抚条款，边看边掰开手指算计着，足足过了一个时辰，才起身活动了一下筋骨，召长子安民来见。

“老子得活命啦！”一见安民进洞，安国亨一把拉住他的手拽到木墩前，搭着双肩往下一按，安民就势蹲跪下来。安国亨盘腿坐到他的对面，屏退左右，喜滋滋道：“朝廷钦差来勘，老子从未起过叛逆之心，哪来叛逆之实？这次勘官一来，老子系听勘之人，抚台必不敢杀老子！”说着，又兴奋地站起身，“尔亲往毕节兵备衙门，禀报兵备道，就说老子愿出来听勘，抚台所列五款，老子都接受！”

安民领命而去，安国亨又命人速回狮螺塘筹备银两，整备赴毕节听勘事宜。

贵阳巡抚衙门，阮文中晚安国亨三天接到了朝廷未准其奏，而是差官来勘的消息。他茫然无措地打开高拱的书函来看：

仆意，为政应求实，公忠必担当。安氏之乱，前已为公两明其说，而公乃具疏

奏请征讨计，仆不敢以为然。夫安国亨本无叛逆之实，黩兵轻杀，于义何居？然既已请剿，欲不从，则示弱损威，其体不可。思之再三，乃议以遣官体勘。安国亨若服罪是实，非敢负固，则闻勘官至，必幸其有归顺之路，而服罪愈恳，即以本罪处之；若负固是实，而所谓服罪只是虚言款我，则即发兵剿灭之。仆熟观其动静，似彼服罪是真，非敢负固也。仆言待勘官验之可也。若以百姓之财、百姓之力，而剿一自相仇杀之土彝，仆诚不敢以为然也！勘官钟君，聪明练达，可济大事。仆亦面授方略，唯公趋策之。

阮文中以为，他没有遵从高拱的嘱托，反而违背他的意图奏请征剿，高拱势必勃然大怒，待看完来函，才松了口气。良久，感叹一声道："高阁老，委实太认死理了！"

幕僚在一旁道："抚台，既然高阁老否决征剿之议，那就看舒给谏有何高招了。"

两个人对视了一下，不约而同地摇了摇头，似乎不相信差一个言官来，就能化解僵局。可是，过了两天，毕节兵备道差快马来报：安国亨已将汉彝人犯王实、吴琼、阿弟绑缚兵备衙们听候发落，他也愿出来听勘。

"哦？有这等事？！"阮文中惊喜交加，还有些将信将疑，"这死局因何得破？"

"呵呵，抚台，看来就是差官来勘这一招！"幕僚恍然大悟似的道，"安国亨感到自身有了保障，敢出来听勘了；而他敢出来听勘自辩，就证明他不是叛逆。死局岂不一招而破？"

"哎呀，还是高阁老高人一筹啊！"阮文中感叹，旋即精神抖擞地吩咐道，"本院要亲赴毕节勘问安国亨，即刻整备。"

待阮文中到得毕节，兵备道已然对安国亨审问一遍，擅杀安信、不服拘提、敌杀官军等情，都已一一问明，确如高拱所言。阮文中听完兵备道禀报，心中暗喜，只要把先前所列条款一一落实，即大功告成。他顾不得旅途劳累，即传令升堂问案。一应程式毕，阮文中先对照第一款审问安国亨："拨置人犯不止三人，其他人犯何以不交出？"

"抚台容禀，"安国亨态度诚恳地说，"其余人犯或死或逃，俱无法交献。"

"照彝俗赔偿安信人命，尔怎么说？"阮文中又问。

"杀死安信，愿认于王实、吴琼等六犯名下，卑职愿出赔偿罚银六千两。"安国亨答。

阮文中思忖片刻，觉得依照彝俗，安国亨所说也在理，便接着问下一款："分地安插疏琼、安智母子，尔如何办？"

"卑职愿将安智安插于阿傀、织金两处；将疏琼安插于卧寨。"安国亨答，"不过，卑职有一请求：请抚台令安智闲退，他的内列一职，卑职愿送还其长子安国贞，由他接替。卑职保证以后再不敢构兵仇杀。”

“革不革安智的职衔，由谁接替，无须尔多言！”阮文中道，“尔的宣慰使职衔，当削去！”

“卑职从命！”安国亨忙道，“愿革管事，由犬子安民理公务。”

“罚银尔交多少？”阮文中又问下一款。

“卑职愿出三万五千两罚银，以赔偿兴军之费。”安国亨早有准备，答道，“与前项合计，共四万一千两，卑职即可输省。”

阮文中甚感满意，但并不表态，吩咐退堂。他走出大堂，又吩咐侍从道：“走，即刻回贵阳！”

回到贵阳，阮文中顾不得休息，即传安智晋见。安智已闻听朝廷差官来勘，正欲见抚台问个明白，遂带着五名亲信到了巡抚衙门。

阮文中未等安智开口，就以命令的口吻道：“安智，安国亨已分地于尔母子，尔母子当速出省垣前往。”

“抚台老大人安得如此多变！”安智不满地说，“卑职不知其他，但知杀叛逆，改土归流！”

“呔！”阮文中突然一拍惊堂木，大声呵斥道，“安智，尔野悍无知，初怀雪弟之冤而拨弄官军，继结永宁土司而擅开战端，今又不从安插之命，可知罪吗？！”言毕，大喊一声，“来人！把这几名人犯拘押大牢！”

安智大喊冤枉，阮文中充耳不闻。待押走安智，阮文中又差人去知会疏琼。不过一个时辰，疏琼就在侍从搀扶下来到巡抚衙门。一见抚台，疏琼即跪地叩头道：“老身愿服从抚台宪命，不敢再违拗。”

阮文中这才答应释放安智，命其母子明日即出会城。

次日午后，阮文中差卫官三人，押发安智、疏琼等五百余人并军器辎重，俱背负出城，赴安插地而去。安智前脚离开会城，安国亨差人输银四万一千两随即送到。

“拟疏稿！”阮文中大喜，吩咐幕僚道。幕僚早已猜透，阮文中是想抢在勘官舒化未到前处置妥当，以收全功。是以不敢怠慢，伏案提笔展纸。

“嗯，这些个意思要写上，”阮文中闭目晃脑道，“一、安国亨罪孽非轻，然谓之叛逆非当。二、应贷其不死。释一门之隙，而可免数省兵粮调度之劳；宥一酋之死，而以免众百姓玉石俱焚之烈。这句话务必用上。三、勘官未到，彝首破胆，畏威怀德，向化输诚，不烦兵革而黔地已安。这些意思，要着重写出来。”

“呵呵，抚台，此番不唯不会丢官，必定有重赏呢！”幕僚喜滋滋道，“这

疏稿抄个副本，半路上遇到舒给柬，给他一份，他自可返京了。呵呵！抚台，大喜啊！”

阮文中感叹道：“你别说，高阁老果料事如神，还真有股子执着劲儿，非一般人可比，不服不行呢！”

幕僚道：“平息水西之乱，固然显出高阁老识见超迈，智慧超群；然则此事毕竟无关全局，他若能把北虏之患给消弭了，那才算得上柱国名相呢！”

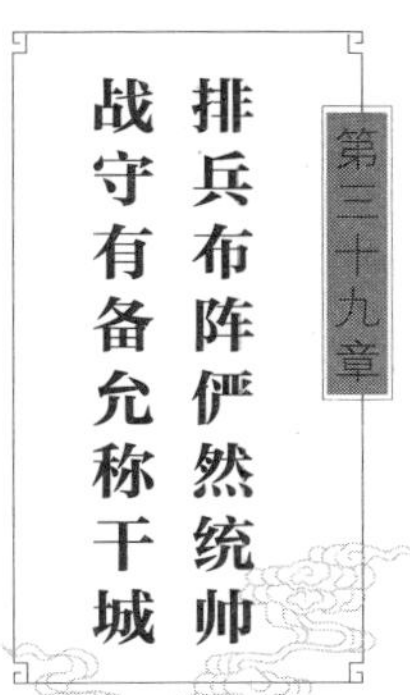

第三十九章 排兵布阵俨然统帅 战守有备允称干城

一

阳和县城，一名乞丐打着竹板走近总督辕门。守卫辕门的亲兵厌恶地看了他一眼，前去驱赶。乞丐挽了挽袖子，里面露出一块黄布条。亲兵忙道：“跟我来！”

黄布条是总管王诚派出的间谍所佩标记，亲兵已奉命见此标记即领进茶室左侧的密室。稍候片刻，王诚即快步走来，打量了一眼乞丐，说：“王甲华，你有何谍报？”

“禀将军，俺答汗带五千人马，屯于咸宁海子。”王甲华老练地禀报说。

“真确？”王诚盯着王甲华的眼睛，追问。

“真确！”王甲华自信地答。

“领赏！”王诚喊了一声，门外侍卫应声进来，带着王甲华领赏去了。王诚则匆匆走向签押房，向王崇古禀报。

王崇古沉吟良久：“北边谍报日多，今日称北虏犯蓟镇，明日说北虏攻宣府，当是赵全辈用的迷魂汤，不可中计！”

王诚道：“军门，这次是王甲华亲自来禀，听口气不像有诈。”

“嗯。”王崇古点头，“或是俺答尚未拿定主意，屯兵不前。此事先不必声张，知会马帅即可，请他见机行事。”

马芳从夜不收、尖儿手那里也得到同样谍报，只是俺答人马数量尚未清晰，得到王诚传来的谍报，他有些心动。马芳幼时曾被掳板升，熟悉虏情，也是边镇正帅

中主张且最善于捣巢[①]的，也积累了丰富的经验。既然王崇古有见机行事的授权，他也不再禀报，立即召集三万人马到镇边堡集结。

日头西沉，三万人马已吃饱喝足，马芳下令集合。他一身戎装，身披斗篷，骑在一匹高大的枣红马上，向列队整齐的三军训话："将士们听着：此番我大军乘夜色奔袭咸宁海子，统不带辎重，每人只许带三日口粮，以示死战之心！"他举起右臂，高声说，"将士须知：此战若不能胜，则本帅必不可活着回来！"他放下右臂，厉声说，"此行人噤声、马衔枚、急行军，悄无声息接近敌营，凌晨时分分两翼奇袭之！"

当马芳的三万大军抵达咸宁海子外围时，俺答汗正搂着一名美姬酣睡着。对于要不要南下，他一直踌躇难决。恰台吉、五奴柱的一番说辞，让他动心；但赵全的话也不无道理。权衡再三，为生存而战，也是迫不得已。按照赵全的画策，先屯兵咸宁海子，与黄台吉成掎角之势，让南朝摸不着头脑，分散防御；再根据情形，选取进攻路线。

"汗爷，不好啦！"恰台吉惊慌失措地跑进大帐，大声喊叫，"咱被南朝大军包围啦！"

"真的？！"俺答汗"腾"地坐起身，惊问，"谁如此大胆，敢奔袭本汗！"抬身向外一看，只见火光冲天，军营里响起一片鬼哭狼嚎声。

马芳率家丁组成的西翼，在一轮火器攻击之后，迅疾展开正面突击，直向俺答的帅帐杀来！

"传本汗命令，撤，快撤！"俺答汗边草草穿上长袍，边大声下令。这么多年来，只有他率军打官军，何时有官军敢主动出击来打他的？俺答汗一时慌了，唯一的念头就是撤退。亲兵已牵来坐骑，俺答汗竟一跃而上，接过马鞭，向空中用力挥动了几下，大声喊，"撤！"

五千人马惊慌中相互冲撞、踩踏，乱作一团，营帐、辎重也都丢弃不顾。五奴柱率亲兵在前锋厮杀，为俺答汗杀出一条血路；俺答汗策马疾驰，向北撤退。刚到公鸡山脚下，马芳另一支精骑忽地冲杀出来，俺答汗大吃一惊，知道中计，也只得左冲右突，仓皇回撤。

"鸣金收兵！"马芳下令，"速速回师！"

俺答汗率军一路狂奔八十里，才停了下来。正向赵全问计，是集结人马迎战，还是先撤回板升休整，探马来报：马芳已率军南返。俺答汗垂头丧气，一言未发，

① 明朝边军突袭蒙古部落营地、据点，谓之捣巢。当时作为反制蒙古兵马南侵的举措，明朝边军有捣巢、烧荒（把蒙古部落沿边草木放火烧毁）、赶马（驱赶沿边放牧的马匹）等做法。

策马向板升回撤。

王崇古接阅塘报，拊掌而笑，道："主动出击，多年未有，足可证我边务已有新气象！"他担心俺答受此刺激恼羞成怒，遂传令宣府、大同二镇，严密监视俺答、黄台吉动向，又密令加意搜集谍报。

一时间，阳和辕门，探马飞驰，谍报纷至。王崇古命每日分时汇总呈览。过了半个月，各方谍报趋于一致：俺答汗与黄台吉组成联军，并联络土蛮汗，欲犯蓟镇。

"火速向兵部报羽书！"王崇古下令。言毕，提笔给高拱修书一封，吩咐王诚，"你另差得力之人，专向高阁老禀报！"

次日午时，高拱已出了文渊阁，刚要往吏部去，王崇古的急足求见。他一边吩咐传请，一边快步返回朝房。刚坐定，急足进来，将一份报兵部塘报副本，一封王崇古的书函呈上。匆匆读罢，高拱吩咐："叫张阁老来。"

听到高拱呼唤，张居正三步并作两步上了二楼，刚进高拱的朝房，未及施礼，高拱便道："叔大，王崇古塘报，俺答将犯蓟镇。"

"哦？"张居正接过塘报看了一眼，道，"蓟镇塘报则称俺答要犯大同，报复马芳。"

高拱又道："王崇古意，拟屯兵不动。"

张居正边落座边翻阅王崇古的书函，阅毕，抬头看着高拱："老酋遭马芳突袭，恼羞成怒，大举进犯似不可免。至于是东是西，边报不一，委实不好判断。"

高拱扭脸喊了一声："来人，叫兵部尚书郭乾来见！"话音刚落，郭乾带着职方司郎中吴兑行色匆匆进了文渊阁，待书办通禀，引至高拱朝房，郭乾胡乱抱拳晃了晃，焦急地说："宣大塘报：俺答欲犯蓟镇。"

"大司马，蓟镇有羽书否？"高拱问。因郭乾年长，又是科举前辈，故高拱用了尊称。

"禀高阁老，蓟镇今日无羽书来，前日有羽书，称俺答传檄黄台吉、吉能，合攻大同。"

"兵部打算如何应对？"张居正问。

"若俺答攻蓟镇，即檄调马芳、赵苛率军东援！"郭乾答道，"这是常例。"

"宣大移师东援？"高拱不满地说，"北虏善于声东击西，仓促间即调军东援，不妥！"

"若如蓟镇塘报所说老酋攻大同，兵部就传檄戚继光西援？"张居正揶揄道。

"大司马，蓟镇羽书到。"随着急切的喊声，兵部司务到，把羽书递到郭乾手里，"北虏欲犯古北口、黄花镇！"

"看座！"张居正见郭乾、吴兑一直站在高拱的书案旁，便吩咐了一声。书办

搬过两把椅子放在高拱的书案前，郭乾、吴兑落座间，高拱已阅毕蓟镇的羽书，又递给张居正看。

“此番俺答大举进犯，难道是有意重演庚戌故事，破蓟镇、掠通州、围京师？”张居正蹙眉道，旋即一笑，“呵呵，老酋若真攻蓟镇，也好！蓟镇有谭纶、戚继光，且这几年修墙建堡，足可抵御。就让老酋撞一回南墙！”

二

张居正语调中流露出他当年力主调谭纶、戚继光北来守蓟镇的自豪，抬眼一看高拱，见他沉吟不语，忙补充道：“虏患孔棘，边报日至。玄翁这几个月可谓悉心经画，昕夕弗遑。念宣大尤紧要锁钥，非王崇古不可，特奏调之；又议处本兵添设赞佐，又取督抚数人于内备用，又各备兵粮之官，明战守之职，事体大定。此番老酋南犯，必让他得些教训！”

高拱对张居正的这番话甚满意，脸上浮现出自得的表情，道：“今北虏大举进犯，既露形迹，但边报不一，故御虏之策不可袭故套！概而言之，不能东调西遣、惊慌失措，被老俺牵着鼻子走！”

“玄翁的意思是？”张居正问。

高拱早已成竹在胸，道：“当分布备用诸大臣，务必做到背城列阵有人，随兵督饷有人，防卫山陵有人，护守通粮有人，俾各镇督抚诸臣，专心御虏剿杀，无牵于内顾。”他盯住郭乾，“大司马，就照此上本吧！”

“兵部当速传檄宣大、蓟辽两总督，严阵以待！”张居正补充道。

高拱对张居正的提议不甚满意，补充道：“这是老常套，说了等于没说，甚或是阁部推卸责任的借口罢了！今次要让王崇古、谭纶明白，他们的责任是御虏杀敌，不必内顾；京师、皇陵之防卫，不是他们的责任，不必顾此失彼。”

“这……”郭乾不敢苟同，支吾道，“往者秋防，俱以京师、山陵为首务，兵部直截了当饬令他们不必顾及京师、山陵的守卫，是不是……”当年庚戌之变，首相严嵩指示兵部尚书丁汝夔不可妄动，可俺答退兵后，先帝愤于围城之耻，追究责任，将丁汝夔斩首，严嵩却连一句论救的话也未说。郭乾记忆犹新，如今眼看故事重演，他后背发凉，不能不提出异议。

高拱脸一沉道：“我说过了，各镇督抚诸臣，就是专心御虏杀敌的，不必牵于内顾。”他也知道郭乾的想法，一指吴兑，“吴郎中，你把这句话记录在案，出了事，责任，高某来担！”

郭乾尴尬一笑，刚想告辞，高拱见他目光飘忽、神色游移，恐其误事，便摆摆手，道："先议一下吧，背城列阵者何人？"不等众人回应，就脱口而出，"兵部侍郎魏学曾负责背城列阵。"又问，"随兵督饷者何人？"

"太仆寺少卿曾省吾可用。"张居正道。

"防卫山陵者何人？"高拱又问，显然同意了张居正的提议。

"已按秋防策，发去京营并昌平镇人马守御防护。"郭乾道。

"尚嫌单弱！"高拱摆手道，"与其临期再行调取，各枝兵马既不归一，各该督抚等官又专心随贼战剿，难于照顾，须得一才望大臣专一经理为便。"见众人不语，他道，"顺天府尹栗永禄，可当兵革之任，年初调他领顺天府，就有此考量；今给他加都察院右副都御史衔，即可前去提督各项防护陵寝兵马。"他扫视一圈，"那么护守通粮者何人？"

张居正道："提督通州军务，关乎粮草通道，当选一位富有经验者方好。"他一笑，"玄翁，致仕两广总督刘焘，长期与北虏打交道，做过三边总督、宣大总督，就因为馈赠兵科都给事中温纯区区二十两银子的贺礼，竟被勒致仕，可惜了。至此用人之际，不妨起用，让他去提督通州军务。"

高拱一扬手道："也罢，情况紧急，非熟悉军情之人不可，就起用刘焘！"他唤来书办，吩咐道："你快去吏部找靳侍郎，就说内阁研议通州防务事，拟起用刘焘，即刻起稿，越快越好！"说罢笑了笑，"这位刘仁兄必是一肚子委屈，还是给他个台阶，不然他不会出山。"说着，提笔给刘焘修书：

边关多事，正丈夫报国之秋。辰命孔严，乃臣子勤王之日。特兹劝驾，愿早发程。仰慰九重之怀，俯作三军之气。挞彼鬼域，靖我疆场。英雄伟烈，岂不照耀今古哉！

写毕，交给吴兑："兵部以羽书加急发出！"又转向郭乾，"刘焘未到前，差兵部侍郎谷中虚暂代。"

李春芳差人来了几趟，都不敢进门打扰，他只得亲自登门，看到高拱、张居正正和郭乾议事，便退了出去。在门外徘徊良久，咬着牙又走了进来："呵呵，新郑，阁议。"

"兴化，北边羽书旁午，言俺答欲大军进犯，内阁票拟的事，兴化就辛苦一下吧，我和江陵商榷御虏策。"高拱一扬手道。

李春芳踌躇片刻，道："哎呀！辛苦新郑、江陵了。务必严防死守，确保京、陵无恙。"见高拱、张居正无人理会他，只得讪讪退出。

"还有什么不周全的？"高拱问郭乾。

"高阁老，兵部新增侍郎尚未到任，照适才所说，魏学曾、谷中虚都另有职任，兵部堂上官就剩下下吏一人……"郭乾苦着脸道。

高拱沉吟片刻："特事特办，就让吏部侍郎靳学颜暂调兵部侍郎。我这就起稿。"他一扬手，"都回吧，所议各项，上紧办！"

张居正、郭乾、吴兑见高拱已展开稿笺，拿起了笔，便起身辞去。高拱也不起身，埋头提笔写道：

敌情紧急，议处当事大臣事

据蓟辽总督谭纶报称：敌情紧急，声言欲犯古北口、黄花镇等处地方。臣等窃思，调度兵马乃兵部之事，其事至大且繁，今兵部只尚书郭乾一人在任，恐匆剧之际，难以独理。臣等看得本部侍郎靳学颜，才略恢弘，可属大计。合无暂令协理兵部事务，待事宁之日，回部管事。其黄花镇切近陵寝，虽有发去京营，并昌平总兵人马防守，尚属单薄，节报敌势甚大，临期不免再行调兵，各枝兵马既不归一，各该督抚等官随贼战剿，又恐难于照顾，须得一才望大臣专一经理为便。臣等看得顺天府尹栗永禄忠贞谋猷，可当兵革之任。合无加以宪职，令其前去提督各项防护陵寝兵马。再照得大臣受命，必面恩面辞，方敢到任，出城行事。今事既紧急，恐无时刻，合无令其不必面恩面辞，庶不耽延误事。

拟毕，令书办抄写副本，他则以阁臣名义拟写小票：

是。靳学颜着协理兵部事。栗永禄升都察院右副都御史，提督防护陵寝兵马。写敕与他，着紧去。

忙了大半天，一切布置停当，高拱才在朝房用了晚饭。目下乃非常时期，他一直在朝房过夜。文渊阁里，除了奉命值守的承差，阁臣、书办、厨役人等俱已散班，寂静无声，阁外不知是何种虫鸟发出的啁啾声清晰可闻。高拱有些累了，走出朝房，在回廊来回走了几遭，又手扶栏杆，望着窗外，月亮已升至东南。他转身回到书案前，抓起笔，给宣大总督王崇古修书：

今岁边报不一，东西各异。

唯公有定见，如烛照然。且屯兵两界不动，既免多费钱粮，又得休养兵力。于东于西，皆可为重，诚得策也。近称西有动作，当不能出公筹策之外。伫俟长驱，奏功当宁也。古云："方叔元老，克壮厥猷。"其在于今，非公而谁？

此时月已渐高，东方尚无的报；又值多雨，不知究竟如何？唯有备不懈，是则成在我者耳。冗剧不悉，统容别布。

写毕，又给蓟辽总督谭纶修书：

久劳保障，既著壮猷。今遇盘根，尤征利器。愿播张皇之武，以收全胜之效。则诚万里之长城，不止北门之锁钥矣！戮力国事，敢谓同心；弘济时艰，特资殊略。寸衷伫望，尺素布怀。不悉。

放下笔，把两书再审读一遍，装入函套，放在一边，喝了口茶，又抓起笔来，展了展下面的一张空白稿笺，写下“戚帅”两字，悬笔凝思，又把笔放下，小声嘀咕着：“嗯，叔大最知戚帅，自会修书给他。”随即一笑，口中喃喃，“戚继光，当代名将，翩翩有国士风，当不会令人失望！”

三

距京师三百里的永平府迁安县境内，燕山深处、滦河南岸，有一处城堡，名三屯营。城高三丈，周长七里，城上建有五座角楼和九座敌楼，城中央建有钟鼓楼。小城内，官府民房排列有序，七十二条胡同将城内分割成许多方块，护城河、草料场、演武厅、阅武场一应俱全。这就是蓟镇总兵府的驻地。总兵府自成体系，宛若城中小城，府门由一对高大威猛的石狮镇守。

蓟镇在九边中有着特殊地位，不唯从东西北三面环卫京师，还面对俺答、土蛮各部，虏情复杂，防卫繁重，直接关乎京师安危，故有“蓟镇固则京城无虞”之说。这也是张居正力主调戚继光坐镇于此的原因所在。

八月初的一天，日头尚未露出地面，戚继光就一身戎装，骑马出了镇府，带着一干随从巡视关隘。自接到俺答将攻蓟镇的消息，他就没有再脱衣安睡，而是不停地沿长城巡视，查看防御状况。

半个时辰功夫，戚继光来到了潘家口。守备将军率官兵列队迎接，戚继光神色凝重，倔强、威严中透出几分委屈。他挥了挥手，也不说话，快步登上潘家口敌楼，一甩斗篷，手抚佩剑，吟道：

铁衣霜露重，
战马岁年深。
自有卢龙塞，
烟尘飞至今。

吟毕，对随行的将士道：“潘家口古称卢龙塞，李广北击匈奴，曹操东征乌桓，均曾由此出塞。本帅适才所吟，乃唐代诗人戎昱的《塞下曲》。”他抽出宝剑，向空中一举，大声道，“此番虏酋来袭，本帅求之不得，自可一展军威！后人来此凭吊，除李广、曹操外，必得加上戚某大败北虏事迹！”

宝剑在阳光照耀下，发出闪闪赤光。这把宝剑有来头。当年，戚继光率军逐倭寇于大海中，夜半，突然看见波涛中闪出赤光，遂命人入海一探，原来是一古铁锚。费了好大工夫才捞起，运到岸上，经过反复冶炼，铸成宝剑三把。一把由戚继光本

人持有，另外两把赠与了文坛领袖王世贞和汪道昆。在王世贞、汪道崑的提携下，戚继光虽是武将，还在文坛占有一席之地，被誉为“词宗先生”。是以个子不高的戚继光，满身英气，又有儒者之风。

在众人一片喝彩声中，戚继光下了敌楼，快步向西，走到一座敌台前，躬身钻了进去，查看里面储备的情形。自隆庆二年到任，戚继光率全军加厚城墙，又沿长城建了三千多座空心敌台，每座敌台既可驻守数十精兵，又可储备粮食和军火。经过细细查看，见兵勇个个士气高昂，军粮、军火储备齐全，戚继光甚为满意，大声道：“本帅北调以来，遵朝廷之命，一直忙于修墙建台。本镇城墙高峙、墩台林立、烽台相望，真可谓固若金汤！北虏来袭，不啻小儿撞墙，必让他撞个头破血流！”

敌台内外，响起一片欢呼。戚继光健步跨出敌台，上了坐骑，又挥了挥宝剑，道：“赶往喜峰口，查看操演！”

喜峰口是长城一大关口。关隘由营城、荒城、关城组成，故又称“三关口”。关城正面，建有一座高达四丈的敌楼，名曰“镇远楼”。

尚未抵达喜峰口，远远地就听得杀声震天、战马嘶鸣，马踏人踩荡起的尘土升腾半空，云团般渐渐向四处飘散。戚继光下马登上镇远楼，瞭望演武场上操演的将士，过了片刻，命令道：“鸣金列队，本帅有训示！”

须臾，适才还是宛如战场的演武场安静下来，两千将士列队完毕，戚继光驰马上前，勒马高声道：“将士听着：国家养兵，乃为守土！丢一寸土地，即是丢我军人一寸脸面！有敌来犯，蹂躏我一寸土地、一个百姓，即是蹂躏我军人家园、父母，我军人必奋起杀敌，令敌有来无回！”

演武场上响起一片欢呼声。

“本帅束发从戎，二十余载，身经何止百战，敌闻戚某之名，无不胆寒！”戚继光高声道，“本帅自北调蓟镇，倏忽二载，迄未遭遇战事。闻得，朝野有议论说，蓟镇只知修墙，疲于匠作，决不能战。闻此，本帅怒发冲冠，为我蓟镇十万健儿抱不平！”他高举宝剑，大声问：“我蓟镇敢不敢战？”将士高呼：“敢！”戚继光又问：“能不能决战？”将士高呼：“能！”

原来，戚继光昨日接到张居正来书，展开一看，上写着：

今议者谓蓟镇疲于匠作，决不能战。盼戚帅督励诸将，鼓率士气，并力一决，即呶呶之口，不攻自息！

张居正与戚继光相知甚深，很了解他的脾性，喜听褒扬之词，故特意用此激将法。此法果然奏效，戚继光闻之虽深感委屈，却也跃跃欲试，要以事实来证明蓟镇到底能不能战，越发用心巡视备战，故说出话来，少了华丽辞藻，多了几许雄壮。

“我蓟镇就是铜墙铁壁，敢犯者必诛！”戚继光大声喊道，“此番俺答老酋前来送死，正可杀他个片甲不留，让那些说我蓟镇不能战者嚼舌悔死！”

“报——”随着一声高叫，探马飞驰到戚继光坐骑前，滚下马来，双手捧递谍报。亲兵接过来，欲呈递给戚继光。戚继光摆摆手，挥动宝剑，大声道：“勇士们，健儿们，继续操练！”言毕，勒马驰出演武场半里远才停下，问，“谍报说什么？”

“禀大帅：谍报称，俺答大军向古北口、黄花镇移动。”亲兵道。

“速报谭军门！”戚继光命令道。说罢，喊了声，“随本帅赶往古北口！”便策马疾驰，往古北口赶去。

密云，蓟辽总督府，谭纶接到戚继光的塘报，忙问：“戚帅何在？”

中军道：“禀军门，戚大帅正往古北口赶去”

谭纶虽刚过五十，却身材瘦弱，一脸病容，步履也显得蹒跚。他走出签押房，道：“走，到古北口去会戚帅！”

古北口是山海关、居庸关两关之间的长城要塞，为辽东平原和鞑靼、土蛮驻牧地通往中原的咽喉，历来是兵家必争之地，如同一道铁壁，横亘在北虏南下的通道上。

分别从喜峰口和密云赶往这里的谭纶和戚继光，相隔不到半个时辰相继赶到。一俟会面，双方寒暄过后，即在守备府听取各方谍报，传令蓟镇全军昼夜戒备，严阵以待。一切布置就绪，谭纶偕戚继光登上望京楼。两人向北瞭望，夜色朦胧，望不见有任何动静。

“访得俺答老酋雄才大略、多谋善战，曾横扫蒙古各部，素以闪电出击闻名，怎么变得磨磨蹭蹭、瞻前顾后？”戚继光不解地说，“闻报已然旬间，还慢慢腾腾在路上打转！”他作摩拳擦掌状，“继光手都痒痒了，巴不得老酋此刻就到，跟他速战速决，打他个落花流水！”

“戚帅，这可不是在沿海剿倭。须知秣马厉兵，决定胜负于呼吸之间，此战法适宜于南方；坚壁清野，钳制来犯之敌，此战法适宜于北方。”谭纶以老成的语气道。他之所以匆匆赶来与戚继光谋面，就是怕他求战心切，拿南方的战法搬到这里来。

“军门，是否把大军集中于古北口一带？”戚继光问，“或可在铁门关外设伏兵。”

谭纶摇头道：“不，历来吃亏就吃亏在被北虏牵着鼻子走。今次全军编组三营：东营驻扎建昌，守备燕河以东；中营驻扎三屯，守备马兰、松太；西营驻扎石匣，

守备曹墙、古石，三营互相声援，兵马可速调至各关隘。敌来，最好是将他们遏制在关外；若突破我防线攻进关来，再与他们决一死战。”

“如此，则言者又会说我辈畏敌怯战！不如与敌搏杀一场来得痛快！”戚继光道，“何况马芳奇袭俺答大营，朝野为之庆贺，倒是戚某……”

“不战而屈敌之兵，岂不更好？”谭纶打断戚继光道，“打仗打的是银子，是民脂民膏啊！你看贵州水西之乱，高阁老力排众议，不愿征剿，怎么样？和平息争，光为国库节省银子就得百万啊！”他盯着戚继光，肃然道，“朝廷已授权督抚临机设策，责任由本部堂担之！”

“末将遵命！”戚继光拱手道。

“或许是俺答闻得我戒备森严，加之戚帅威名，吓破了胆，畏畏缩缩不敢前来呢！”谭纶笑着说，顺便变相夸了戚继光一句。

“哈哈哈！”戚继光大笑，“军门大名，也足够俺答胆寒的！”

笑了一阵，谭纶指着脚下，声音低沉地说：“嘉靖二十九年，俺答率六万大军，正是从这里突破我防线，打到京师城下的。俺答大军围困京师达八日，直到朝廷答应与之谈判互市，方才撤军。此即嘉靖朝最为耻辱的一页——庚戌之变。”

“军人之耻！”戚继光痛心疾首道，“对军人来说，此乃奇耻大辱！”

“并非全为军人之过。”谭纶叹息道，“那时严嵩当国，视俺答为抢食贼，闻俺答大军南下，谓其饱掠后自会退兵，遂授意兵部避战，待俺答突破古北口，通州防线又了无战备，仓皇应战，一触即溃。此乃中枢方略之误，军人焉能尽担其责！”谭纶提高了声调，“今次不同，朝廷有高、张二相主持，中枢方略得当，我辈严阵以待，将士用命，二十年前庚戌之变历史，绝不会重演！”

“军门放心！”戚继光自信地说。

谭纶转到望京楼南侧，向西南一指，道：“那就是黄花镇，南守皇陵，即赖此关。往者北边防御，防护皇陵、京师，是重中之重。”

“军门，我军是否调兵守护皇陵？”戚继光问。

谭纶道：“此番秋防，高阁老一再申明，边防督抚专心御敌剿杀，不必内顾。想必山陵、通州防线，朝廷自有部署。”

“末将明白！”戚继光郑重道，“绝不允许北虏踏进关内一步！”

四

晚饭后，哩哩啦啦下了一阵小雨，天气陡然转凉，高福嘟哝着和高德一起，收拾了几件衣物，要给高拱送到朝房去。刚出了首门，就见两个军人打扮的人向内张望。

高福吓了一跳，忙问：“你是何人？”

一个高个子、宽脸庞的男子说：“在下乃大同镇平虏卫阎参将的旗牌官，名鲍崇德，乃房楼的朋友。”

“房楼是谁？”高福纳闷，“你咋找到这里来了？”

“想透过房楼向高阁老禀报边情。”鲍崇德道。

另一个走上前去，道：“管家，在下乃宣府总兵赵大帅的急足栗见勤。”

“你找谁啊？”高福问他。

“我也是房楼的朋友呢！找他，向高阁老陈情。”栗见勤点头哈腰道。

“那你俩说的房楼，说不定是房先生。”高福道，说着，比画起房尧第的长相，见两人喜笑颜开，频频点头，又道，“不巧，他这两天老家有事，不在。”

“有管家在就好。”栗见勤讨好地说，“俺来见高阁老。”

“哎呀，老天爷！”高福烦躁地说，“老爷忙死了，到这会儿才吃饭，哪有工夫见你们啊！”

两人正在嘀咕，要不要奉上银子，就听高福回过头来道：“喂，我说，要不，你们跟我走一遭？倘若老爷吩咐传见，我就传你们。”两人由失望转向兴奋，忙上前去接高福手中的包裹，高福制止道：“千万别，还以为你们给老爷送礼呢，你们远远跟在后面就是了。”

到得内阁朝房，高福放下包裹，拿出赵苛的名刺，嘴里故意嘟哝道：“嘁，啥人都想见老爷！”

高拱瞪了高福一眼，吩咐：“快传！前线来人，一个也不能挡，即到即传。”

鲍崇德、栗见勤战战兢兢跟着高福进了文渊阁。上得楼来，不敢抬头，进了朝房，跪地叩头毕，于门口躬身垂首而立。鲍崇德把阎参将的书函、栗见勤把赵苛的书函，恭恭敬敬呈递。高福接过去，转交给高拱。

这阎参将即阎振。隆庆元年俺答率军深入晋中，将帅皆畏敌避战，唯游击阎振在老营出战。事后得朝廷嘉奖，提升军职。因鲍崇德与房尧第时有书函往返，高拱也曾透过房尧第向阎参将了解边情。一见阎参将遣使来禀报边情，高拱甚为高兴，忙起身让座。待鲍崇德坐定，高拱便问及大同守备情形，鲍崇德禀报了一遍，最后说：“马大帅传令，整备兵马，若俺答攻大同，痛击之；若攻蓟镇，则做远袭虏巢状，以牵制俺答。”

“甚好！”高拱击掌道，“不谋而合也！”旋即提笔给阎参将修书：

来人禀报，具悉。闻君整槊人马已备，奋有斗志，甚喜。彼亦人耳，我若敢战，彼岂能得志哉？勉之勉之！树有奇勋，国恩而不轻也。

写完，封好，交给鲍崇德，命退下。待鲍崇德走后，这才问栗见勤："赵帅书中说有事要你面禀，何事？"

栗见勤道："禀阁老，小的原在大同当墩卒，赵大帅因小的通番语，特将小的带到大同去的。"

高拱一皱眉，心想，堂堂军帅，难不成要面禀此事？

栗见勤"嘿嘿"一笑："阁老，闻得军门在密查赵帅暗中与虏交易事，很不安呢。此事，小的和鲍旗牌官，都是当事人，赵大帅是照房楼的要求、张阁老的密示，召我等去板升做生意的，非赵大帅私通北虏。"

高拱听房尧第禀报过，也知房楼就是房尧第的化名，遂道："此事，赵帅不必怀惧，本阁部自会护持。"说罢，提笔给赵岢修书：

将军久在边境，劳苦而功高，仆甚知之。宜安心为国报效。圣明在上，必不负于将军。人回，布意不悉。

栗见勤拿过书函，叩头而退。刚走出不远，高拱追了出来："急足，去把阎参将的急足叫来，到我朝房。"又唤了一声，"承差何在？"

两名承差忙不迭跑了过来，高拱不说话，待栗见勤带鲍崇德返回朝房，高拱吩咐："把我给赵帅、阎参将的回书交给承差。"

鲍崇德、栗见勤不解其意，把书函从怀中掏出，捧递承差。

高拱吩咐承差："你这就去兵部，命职方司郎中吴兑差人即把书函分投赵帅、阎参将。"承差转身要走，高拱又道，"让吴兑来见。"

须臾，吴兑气喘吁吁赶到，高拱问："君泽，书函发出了？"

"禀师相，快马已出发。"吴兑抹了把汗道。

高拱指着鲍崇德、栗见勤道："这二位急足都去过板升，且俱通番语。闻得京师有不少俺答的奸细，让这二位急足盘桓数日，酒肆茶楼，大街小巷，四处闲逛，若遇疑似奸细，即作无意闲谈状，就说今次御虏，与往昔不同，一则背城列阵有人，随兵督饷有人，防卫山陵有人，护守通粮有人，各镇督抚诸臣，专心御虏剿杀；二则朝廷统一筹策调度，九边一体，彼此呼应，喘息相通，虏攻蓟镇则宣大出兵捣巢，虏攻宣大则蓟镇出兵捣巢。"

"学生明白！"吴兑脆声道。

高拱沉吟片刻，边展稿笺边道："君泽，你先到回廊，再把适才所说教给鲍崇德二人记清。"说罢，埋头疾书，又给宣镇总兵赵岢一函：

君乃多谋敢战之将，故愚特加护持，盖所以为国也。今边报孔急，正君出力为国之时。唯勉树奇勋，垂名青史，岂不为丈夫哉！报人回，草此布意，不悉。

写毕封好，唤栗见勤进来："盘桓三两日即回，届时带上。"

吴兑带鲍崇德、栗见勤施礼辞去。高拱站在回廊，遥望夜空，慨然默念道："老俺，高某自登进士就闻你的大名。今次是你我二人初次交手，该见个分晓了！"

高拱说这句话的时候，俺答汗正率三万精锐疾驰在虎子山峡谷里。黑暗中，隐约可见前面不远处一个山头怪石嶙峋，如同神兵天降，俺答汗心里突然觉得一阵慌乱，双手无意间一勒马缰，战马"咴儿"的一声嘶鸣，腾起前蹄，俺答汗身子一歪，差一点从马上跌下。几个亲兵勒马围拢上来，眼疾手快扶住了俺答汗。俺答汗吓出一身冷汗，对恰台吉道："脱脱，传令扎营。"

赵全勒马往前凑了凑，道："汗爷，适才传令日夜兼程，何以不到一顿饭的工夫突然变了？"

俺答汗勃然大怒，呵斥道："你小子说了算，还是本汗说了算？"

赵全不敢再言。

"汗爷，兵贵神速……"一向与赵全唱反调的恰台吉这回一反常态，出言帮赵全劝俺答汗。话未说完，俺答汗马鞭一举，"啪"地抽在他身上，"脱脱小儿，你不想活了？"

恰台吉并未住口，又道："汗爷，若大军不战而退，必被南朝看轻，连求贡也没有底气了。"他设想此番征战，即使不能像庚戌年那样围困京师，至少也重创官军，饱掠而去，让南朝丧胆，或可有求贡之机。

俺答汗怒气稍息，道："本汗东闯西杀，怕过谁？可这回，心里总突突乱跳，不是好兆头！"他一脸狐疑道，"巴特尔的铁骑已然到了这虎子山，明摆着要攻蓟镇，难道朝廷到这会儿还没得准信儿？可咋就没有得到南军调动的谍报？王崇古按兵不动，这是啥意思？"

赵全故作轻松地一笑："汗爷，南朝边臣向来是损人利己，各顾各，说不定是王崇古坐山观虎斗呢！"

恰台吉道："汗爷，不能就这么回去，至少也得踏破古北口，让南朝知道，我大漠巴特尔们所向无敌，想来就来，想走就走。"

俺答汗沉思良久，方道："再走走看，不可冒进！"

每接到一次谍报，俺答汗的大军行进速度，就慢下来一回，走了四五天，才到了双塔山。俺答汗刚进营帐，探马送来京师细作的谍报。

"脱脱、薛禅，本汗看，这回权当遛马了，撤回去吧！"俺答汗以从未有过的沮丧语调说。

恰台吉低声读着谍报："兵部侍郎魏学曾背城列阵，太仆寺少卿曾省吾随兵督饷，顺天府尹栗永禄加都察院右副都御史防卫山陵，起用两广总督刘焘任通州军务

总督护守粮道，责令各镇督抚武将，专事御虏剿杀；执政大臣高拱日夜筹策调度，宣大、蓟辽一体，彼此呼应，喘息相通。”他把谍报一扔，垂头丧气地说，“这两招厉害，不好对付。”

赵全觉察出俺答汗有意撤军，忙打气道：“禀汗爷，我巴特尔前锋已抵巴克营，喘息间就可踏破古北口啦！”

“别再瞎咧咧了！”俺答汗大吼一声，“撤回去！”

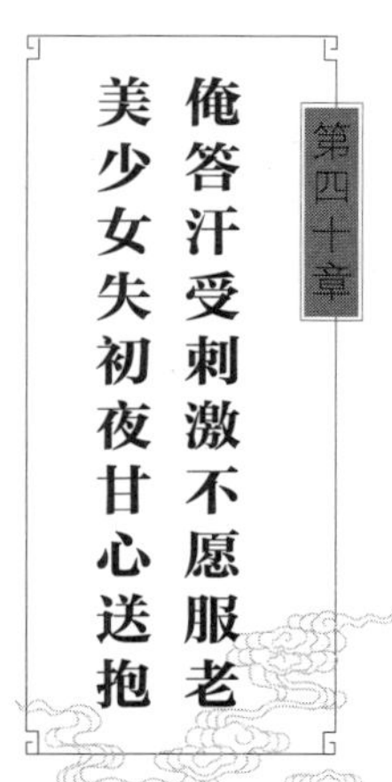

第四十章 俺答汗受刺激不愿服老 美少女失初夜甘心送抱

一

板升的九重朝殿，第一重殿，是俺答汗处理公务、召见部属的宫殿；第二重是他的寝宫，取名暖殿。自撤回板升后，两天过去了，俺答汗一直躺在暖殿的大炕上，不吃不喝，也不说话，就连他一向敬畏的伊克哈屯来劝慰，也未奏效。

“伊克哈屯，这可怎么办？”恰台吉焦急地问。

“叫把汉那吉来，或许有用。”伊克哈屯道。

恰台吉不敢怠慢，亲自到把汉那吉的营帐去请。

把汉那吉用罢晚饭，看看天色已入黄昏，正要出帐，恰台吉进来了，三言两语说明原委，把汉那吉急忙随恰台吉赶往暖殿。

“祖汗，喝了这碗奶茶吧，这是孙儿孝敬祖汗的。”把汉那吉跪在俺答汗炕前，双手举着一个托盘，托盘上放着奶茶，再三恳求着。

俺答汗睁开眼睛，看了把汉那吉一眼，微微摇了摇头。把汉那吉又道：“祖汗若不想活了，孙儿愿随祖汗而去，到天国随侍祖汗，以报祖汗养育之恩。”

“傻话！”俺答汗终于开口了，“我老了，老了，该死了！”

“祖汗不老！”把汉那吉忙道，“祖汗在孙儿心目中，永远是大漠苍鹰，雄壮无比！”

“不老？唉——”俺答汗叹口气，语调苍凉地说，“先是被马芳突袭，接着

率大军到了古北口外，还是撤了回来。过去，哪会有这等事！”说完，重重叹息一声，又闭上眼睛，口中喃喃，“日影南移，土默川雪灾连连，天不爱我，活不了啦！”

此番率三万大军围困蓟镇，俺答汗本想重演庚戌之变故事，以达与南朝通贡的目的。不料朝廷一改常套，部署严密，一旦强攻古北口，宣府、大同两镇兵马将奔袭板升，他不得不下令撤军。一世英名，竟毁于一旦。俺答汗羞于见人，索性卧床不起。他躺在炕上思前想后，求贡不成，抢掠也无机可乘，眼看走投无路，越发心灰意冷起来。

把汉那吉猜透了祖父的心思，把托盘放在炕边，劝说道：“前年祖汗不还大破石州吗？照祖汗的说法，难道是南朝的皇帝老了？”他继续说，“南朝有老话说，胜败乃兵家常事，又说识时务者为俊杰。祖汗就是俊杰！无非那个叫高拱的大臣，下了功夫，严防死守，祖汗明察秋毫、见机行事，先不去碰他罢了。难道他总能绷这么紧？孙儿先就不信呢！想那高拱一介书生，手无缚鸡之力，而祖汗沙场百战，荡平大漠，围困京师，当世豪杰，谁敢比肩？他高拱根本就不是祖汗的对手！”

“哈哈哈！”俺答汗笑了起来，“都说你小子多智、有辩才，今日方知此言不虚！”

“再说了，”把汉那吉趁热打铁，继续说，“祖汗，听说那高拱敢作敢为，说不定求贡可成。在孙儿看来，目今的形势不是变糟了，而是变好了，就看祖汗如何再展雄才大略了！”

俺答汗蓦地坐起身，拿过茶碗，将奶茶一饮而尽，把碗一扔，拍着把汉那吉的脑袋，道：“没白疼你啊！好小子！”

把汉那吉乘机向外喊了一声：“传膳——”

寝宫外传来欢呼声。把汉那吉蹦跳着出了九重大殿，跨马赴他的约会去了。

赵全闻眼线禀报，得知俺答汗起床进食，吩咐左右整备停当，骑上马，后面带着一辆厢式马车，驶向九重大殿。

待赵全下马进殿，俺答汗已然酒足饭饱，正在大殿里步履蹒跚地踱步。赵全闻出俺答汗满身酒气，不禁闭住鼻孔，换作从口中呼吸。

俺答汗瞪着眼，直直地看着赵全，问：“薛禅，你、你、你来做甚？”

“嘿嘿嘿，汗爷，小的来给汗爷解闷儿！”赵全赔笑道。

“你、你……你说蓟镇，可攻，怎……么样？”俺答汗口齿不清，以责备的口气说。

“嘿嘿嘿，汗爷，王崇古老儿派了不少奸细，把咱的行踪都摸清楚了；高拱老儿又不怕担责，全不顾成例，按他的思路明战守、布防线。小的以为，只要咱声言欲攻古北口、黄花镇，按照惯例，朝廷必调大军向此处集结，咱声东击西，杀个回马枪。谁知这高拱老儿授权督抚不必护山陵，各军纹丝不动，咱只能暂避锋芒，暂避锋芒！”赵全点头哈腰说。

“那……那……那，还说什么，解……什么闷儿？”俺答汗晃荡着身躯说。

赵全向前凑了凑，低声道：“小的给汗爷物色了一位美人儿，请汗爷消遣。”

俺答汗瞪大了眼睛，旋即一甩手道：“本汗、本汗……哪……哪有那心思！”

须臾，赵全领着一个妙龄少女进了暖殿。

“汗爷，看这肌肤，雪白细嫩，用南朝文人的话说，叫肤如凝脂！”赵全淫秽地一笑，“搂在怀里，搭手一摸，嗯，必是舒坦极了！”说着，推了推低头站立的女子，“还不快去，替汗爷宽衣！”

女子战战兢兢靠近俺答汗，赵全挤了挤眼，溜出了暖殿。

可是，到得炕上，俺答汗折腾半天，竟是不举。

“你、你为甚……不、不吭声？是不是……在嘲笑本汗？”俺答汗喘着粗气，质问躺在身旁的女子。见她仍不出声，俺答汗抬腿踢了她一脚，声嘶力竭地喊叫起来：“滚出去，滚出去！”边喊叫，边起身去抓挂在墙上的佩剑。

女子被惊得“哇”的一声，抱头往外跑。俺答汗赤身裸体追了出来，挥剑乱砍。

“老了吗？真的老了吗？老子没有老，没老！”俺答汗边自言自语，边举剑胡乱砍着。

恰台吉、赵全闻声赶来，都不敢靠近。

“说，本汗老了吗？快说！”俺答汗举剑指着恰台吉、赵全，大声问。

“汗爷，汗爷！”赵全惊恐地说，“汗爷是大漠的太阳、草原的雄鹰，英姿勃发、强悍无比，世间无人匹敌！”

“假话，假话！”俺答汗高声道，“戚继光、马芳，一定在嘲笑本汗；丰州滩的子民，也一定在窃窃私语，说本汗老了！是不是？是不是？”他用剑指着恰台吉问。

“汗爷何必多想，谁敢嘲笑汗爷！”恰台吉向后退了几步说。

“哼哼！那个女子，她……她必是心里嘲笑、嘲笑本汗！本汗真、真就老而无用了吗？”他举剑朝一把座椅砍下去，“咔嚓”一声，椅背被劈成两半，“看，本汗没……没有老！没老！”话音未落，一屁股瘫坐在地。

恰台吉闪身跑进暖殿，拿出一件袍子，壮着胆子靠近俺答汗，胡乱套在他身上。

俺答汗又挥动宝剑：“本汗、本汗老了吗？”

“五奴柱，快去叫把汉那吉来！”恰台吉溜出大殿，对躲在门口的五奴柱说。

二

把汉那吉并不在自己的营帐内，而是在一个小山坡上，搂着一个叫玉赤扯金的女子，享受着鱼水之欢。

“等过了这几天，待祖汗心情好了，我就娶你，从此日日夜夜永不分离！”把汉那吉满是爱意地说。

“把汉那吉，你要保证，大成比吉不会欺负我。”玉赤扯金捏着把汉那吉的鼻子说。

把汉那吉十二岁那年，祖父母做主，为他娶了大他三岁的大成比吉。这大成比吉是俺答汗嫁到袄儿都司部落的女儿所生，也就是把汗那吉的表姐。成婚六年，把汗那吉一直把她当成姐姐看待，并无夫妻之情。就在今年春天，把汗那吉在一次狂欢夜，遇到了秃鲁花——功臣将帅之子组成的大中军的首领——兀慎兔扯金得之女玉赤扯金，不禁为之心动，从此两人常常偷偷幽会，彼此难舍难离。不久前，祖汗答应他，等攻掠蓟镇回来，就给他与玉赤扯金办喜事。把汉那吉期盼着，却不料此番南下空手而归，祖汗甚为沮丧，喜事就此搁置下来。

“本来想，此番攻掠蓟州，必掠来南朝不少好东西，也好让你多多享用。可惜，南朝戒备森严，祖汗撤回来了。”把汉那吉遗憾地说。他侧过身，用一只胳臂弯曲着地，手掌托着半个脑袋，看着玉赤扯金，抚摸着她软而厚的手心，幽幽地说，“听说南朝繁华富盛，真想去看看。”

“嗯，我也听人说，南朝好玩的地方可多啦！若能和把汉那吉一起去南朝看看，该多好呀！”玉赤扯金充满向往地说。

把汉那吉道：“玉赤扯金，你知道吗？过去，我看到南朝有‘悔不该生在帝王家’的话，委实不解，可时下我好像突然明白了些。”

“那你快说说吧，把汉那吉。”玉赤扯金好奇地盯着把汉那吉说。

“玉赤扯金，南朝宣大总督王崇古向皇上上奏《核功实更赏格开归民向化疏》，朝廷批准了，誊黄贴在关外，抄回的谍报我看到了。那里面说，欢迎汉人、番人等归化。板升不少人都偷偷跑去了。我若不是汗的孙子，不就可以带上你跑过去了吗？”

“嘻嘻，把汉那吉，你听说过南朝有私奔这种事吗？”玉赤扯金问。

“听说过。南朝演戏，就有演私奔的事。”把汉那吉说，“可惜我生在汗家。”

玉赤扯金说：“哎，要能和把汉那吉一起看看演戏该多好呀！”

把汉那吉咂嘴道：“对不住你了，玉赤扯金，这些都只能想想罢了，就连南朝的物件，也不能给你备下呢！”

玉赤扯金抬起头，亲吻着把汉那吉的额头，善解人意地说：“把汉那吉，你别在意，只要能和你在一起，就够了。”

把汉那吉紧紧地抱住玉赤扯金，亲吻起来。突然，他感到嘴唇上一阵湿热，松开玉赤扯金的嘴唇一看，她的脸颊上挂满了泪珠。

“玉赤扯金，你怎么了？”把汉那吉不解地、心疼地问。

“把汉那吉，把汉那吉！”玉赤扯金唤着把汉那吉，把他抱紧了，喃喃道，“我怕，我好怕呀！”

把汉那吉向后仰了仰脖颈，盯着玉赤扯金的眼睛问：“玉赤扯金，你怕什么，说于我听。”

玉赤扯金摇了摇头，钻进把汉那吉的怀里：“把汉那吉，我好怕，好怕！”

“玉赤扯金，你到底怕啥？”把汉那吉紧紧抱住玉赤扯金，大声问。可玉赤扯金只是哭泣，浑身抖个不停。把汉那吉越发狐疑，他用力摇晃着玉赤扯金的身子，“说呀，你到底怕什么？为何不说与我听，玉赤扯金，难道你把我当外人吗？你心里藏着什么秘密，不能让我知道？”

“把汉那吉，我不能和你说，可是我真的好怕。”玉赤扯金不知所措地说。

把汉那吉佯装生气，轻轻一推，把玉赤扯金推到一边，他自己猛一翻身，扭过脸去，故意大口大口地喘气。

玉赤扯金扳住把汉那吉的肩膀，试探道：“把汉那吉，你生气了？”又晃了晃他，“真的生气了？可是，可是，那件事，本就不该说给你的呀！”

把汉那吉欲转身追问，还是忍住了，喘气的声音越发大了起来。

玉赤扯金急得流泪，欲去搂把汉那吉，被他一把推开了。她思忖片刻，终于下了决心似的，说：“把汉那吉，我要说与你，你千万莫要恨你的祖汗呀！”

把汉那吉“腾”地坐起身，“玉赤扯金，你说什么？恨祖汗？”

玉赤扯金重重地点头，说：“把汉那吉，你知道你的身世吗？发生过一件可怕的事！”

把汉那吉闻言，低头不语。

玉赤扯金乘机又钻到把汉那吉怀里，仰脸望着他，问：“把汉那吉，你知道那件事的，对吗？”

把汉那吉痛苦地摇了摇头。

玉赤扯金顿时如释重负，继之又一阵心痛，她伸手抚摸着把汉那吉的脸颊，含泪道：“把汉那吉，你说出来吧，你哭一场吧！”

把汉那吉突然用力摇晃着玉赤扯金，哽咽着说：“玉赤扯金，你说，真会有那样可怕的事吗？我不信，不信！你都听到些什么，都说与我，说与我！”

正在这时，随着摇曳的灯光，一匹快马向山坡奔来，骑马人焦急地唤着："大成台吉——大成台吉——"

大成台吉是把汉那吉的官称。把汉那吉听到了呼唤声，怔怔地望着远方，良久才喃喃道："是阿力哥！"

"奶公阿力哥？"玉赤扯金问，也不等把汉那吉答话，匆忙整理了衣裙，"一定有急事，快回去吧，把汉那吉。"

两人上了马，迎着阿力哥骑去，到得近前，阿力哥惊慌地说："大成台吉，汗爷、汗爷……唉，汗爷发疯了，你快去，快去！"

把汉那吉道："阿力哥，你护送玉赤扯金回家。"又近前拍了拍玉赤扯金的手臂，"玉赤扯金，给你道晚安了！"言毕，策马赶往九重朝殿。

亲兵已将大殿围住，闲杂人等通不许入内。见把汉那吉下马，忙闪出一条通道。恰台吉迎过来，叹息道："汗爷、汗爷醉了……"

把汉那吉默然无语，直奔大殿，一眼望见俺答汗穿了件宽大的袍子，袍子敞开着，苍老的躯体裸露在外，舞剑乱砍着，大殿里已是一片狼藉。

"祖汗！"把汉那吉不敢近前，远远地叫了一声。

"不许过来！"俺答汗喝道，"都滚开，滚开！"说着高高举起手中的宝剑，吃力地向屏风砍去，"本汗不老，不老！"

恰台吉、赵全、五奴柱见把汉那吉来了，而俺答汗并未消停，不禁露出绝望的神情，只好眼睁睁地看着俺答汗在大殿里折腾着。

"汗爷心里憋屈呢！"五奴柱含泪说。

"还不知道明日会发生什么？该如何应对。"恰台吉叹气道。

把汉那吉突然灵机一动，大喊道："祖汗，也儿钟金明日就到板升了！"

俺答汗正挥舞的宝剑停在了半空。

"也儿钟金，明日就到板升！"把汉那吉重复了一句。

俺答汗把宝剑丢在地上，大喊一声："来人，侍候本汗沐浴修须！"

三

次日辰时刚过，还在酣睡中的俺答汗，忽听外面传来甜美的唤声："祖汗——"

"啊！"俺答汗惊喜万分，"真是也儿钟金！"他慌忙蒙住头，吩咐恰台吉道，"脱脱，快，快别让也儿钟金进来，挡住她！"

恰台吉疑惑不解，也不敢多问，只得快步走出暖殿，去阻拦也儿钟金。

"来人！"俺答汗慌慌张张地喊着，"本汗要更衣、洗漱！"昨日折腾了几近通宵，此时俺答汗方觉累得爬不起来。侍从拥进来，手忙脚乱地为他更衣、梳理须发，忙活了近半个时辰，俺答汗方屏退众人，迈步出了暖殿，向大殿走去。也儿钟金正在大殿里四处察看，俺答汗悄悄走到她身后，一把抱住了她。

“呀！”也儿钟金吓了一跳，欲挣脱开来，却被俺答汗一把抱起，两脚离地，旋转了两圈。

“喔哈哈哈，我的小黄鹂，我的百灵鸟！你终于飞回来了，飞到我的怀里！”俺答汗松开也儿钟金，转了个身，紧紧抓住她的两个肩膀，躬身盯着她，“来来来，让我好好看看，我的小黄鹂，我的百灵鸟！”

“哎呀呀！”也儿钟金撒娇道，“祖汗这样大的力气，把人家抓疼了呢！”

“是吗？喔哈哈哈！”俺答汗大喜，直了直身子，挺胸道，“我老了吗？”

“祖汗哪里老了？我看看！”也儿钟金调皮地打量着俺答汗，“比四年前倒是又年轻了许多呢！”

“喔哈哈哈！”俺答汗仰脸大笑了一阵，又盯着也儿钟金看来看去，“嗯，也儿钟金倒是长大了，出落得，嗯……用南朝文人的话说，亭亭玉立，出水芙蓉，沉鱼落雁……”

“可是，钟金真不愿意长大呢！”也儿钟金噘着嘴说。

“那是为何？”俺答汗不解地问。

“哎呀，祖汗！”也儿钟金扭动着身子，半是撒娇、半是抱怨地说。

“哦，明白了，明白了。”俺答汗敲敲自己的脑门，“这么说，你这次来……”

“是呀，要祖汗派大队兵马送钟金去袄儿都司。叫他们看看，以后谁敢欺负我，哼！”也儿钟金怅惘加赌气地说。

俺答汗神情黯然地走到御座旁，颓然坐下，目光呆滞，不再说话。

“怎么，祖汗不愿意吗？”也儿钟金走上前去，拉住俺答汗的手说。

俺答汗眯起双目，陷入沉思，良久，才下了决心，道：“也儿钟金，我给你讲段往事。”

也儿钟金欢快地跳了起来，道：“好呀，好呀！是祖汗金戈铁马、气吞万里山河、横扫大漠的壮举吗？”

“那还是十六年前的事了。”俺答汗看着远方，说，“我率大军西征，在库库诺尔与畏兀儿沁人激战，征服了他们。有一天，我路过一座被丢弃的营地，已是空无一人。忽然，听到一个婴儿微弱的啼哭声。我命人循声去找，哭声是从残破的堆在一起的帐篷中发出的。扒开来看，果有一个婴儿，命悬一线。我命人捡起，火速送到乞儿吉斯部落，交给我的长女亚不害抚养。”

“祖汗！”也儿钟金一声惊叫，“祖汗是说……”

“对，也儿钟金，你就是那个婴儿！那个婴儿就是你！”俺答汗揽过也儿钟金，爱抚着她，“十六年来，这个秘密，就连你的祖后也不曾知晓！”

也儿钟金把头埋在俺答汗的怀里，“哇”的一声大哭起来。俺答汗抚摸着她乌黑的秀发，口中喃喃：“如今，婴儿已然长大，就要嫁人了；我也老了，老了……”两行热泪，流淌到饱经沧桑的脸上。

“不！祖汗不老！”也儿钟金止住哭声，抬起头，倔强地说。她猛地撩起裙裾，替俺答汗擦拭脸上的泪水。

“好了，不说了！”俺答汗一挥手说，“也儿钟金，陪祖汗喝酒！”遂向外喊了声，“涮羊肉！”

膳食房早就备下了各种吃食，恰台吉一听俺答汗传膳，兴冲冲地吩咐下去。须臾，桌椅、火盆、锅子、羊肉片……一应俱全，摆到了暖殿里。俺答汗拉着也儿钟金的手进了暖殿。

“来来来，也儿钟金，把外袍脱了！”说着，俺答汗替也儿钟金脱下外袍，自己也用力一甩，脱去了身上的长袍，两人近乎依偎着坐到餐桌旁。

俺答汗指着冒着腾腾蒸汽的火锅问：“也儿钟金，你知道这涮羊肉的来历吗？”也不等她回应，就说开了，“话说我大元世祖忽必烈大帝，有一年率大军南征。一日，人困马乏、饥肠辘辘……”

也儿钟金以崇拜的眼神望着俺答汗，托着下巴静静地听着。锅子里的水已沸腾起来，侍从夹起几片羊肉刚要往里放，俺答汗用手臂挡开了，亲自动手夹肉、涮锅、蘸作料，放在嘴边吹了吹，送到也儿钟金的嘴里。也儿钟金也如法炮制，喂俺答汗吃了几口。

“祖汗，钟金要敬三碗酒！”也儿钟金站起身，举起犀牛角杯，行了蹲礼，“第一碗，敬救命恩人！”说完一饮而尽。待俺答汗也喝干了，她动手为两人斟上，再行蹲礼，道，“第二碗，敬钟金心目中的盖世英豪！”再举时，也儿钟金踌躇了片刻，说，“这第三碗酒，是女人敬、敬一个男人！”饮完，伏在桌边抽泣起来。

“也儿钟金，为何哭泣？”俺答汗搬着她的肩膀问。也儿钟金只是哭泣，俺答汗追问一次，她的哭泣声就提高一次。俺答汗喝退左右人等，也儿钟金还是哭泣不止，并不答话。俺答汗不便再问，独自喝起了闷酒。

“祖汗！”也儿钟金蓦地抬起头，撸起袖子，伸出手臂，用力掐了几下，“看，我原以为，这里流淌着祖汗的血！我原以为，我的后代的血管里，也会流淌着大漠雄鹰、盖世英豪祖汗的血，可是、可是……”她突然站起身，大喊着，“我不要嫁人，我不要生孩子！”

俺答汗愣住了。也儿钟金扑到俺答汗的身上，忽儿摇晃他的身躯，忽儿捶打他的后背，大声质问："你为什么要和我说，我并不是你的亲外孙女，你是不是私心想着要我做你的女人，才把秘密说出来的，是不是？"

俺答汗心头一颤，浑身发烫，回身搂住也儿钟金，一口亲在她的樱唇上。也儿钟金分明感到，这不再是亲人的吻、长者的吻，而是男人的吻、情人的吻！这激发了她烈火般的欲望，禁不住战栗起来，如水如酥，软软地贴在俺答汗的身上，被他用力吻住的嘴里发出含糊不清的娇喘声。俺答汗被酥软的身体、娇喘的声音刺激得热血沸腾，他惊喜万分，抱起也儿钟金，往间壁的大炕上跑去。

随着也儿钟金痛苦而又欢愉的叫声，十七岁的她由少女变成了一个女人，俺答汗的女人！

俺答汗在也儿钟金身上证明了自己的强壮。他大笑着："喔哈哈哈，我不老，不老！"

两人在暖殿缠绵了一个多时辰。俺答汗健步而出，来到大殿，端坐在御座上，大声说："脱脱，你传本汗的口谕：也儿钟金，自今日起，就是钟金哈屯，本汗的三娘子！"

恰台吉惊呆了。

"还有，差人去袄儿都司，知会吉能小儿，也儿钟金，本汗已然娶了！此事与乞儿吉斯部落无关，有话找本汗来说！"俺答汗说完，发出一阵欢快的大笑声。

第四十二章 巨浪滔天漕河遭淤堵 李代桃僵爱孙失情人

一

大雨瓢泼而至，仿佛是天漏了一般，雨水下浇不息，只一个多时辰，运河两岸已是一片汪洋。近乎黄色的运河河水卷着枯枝烂木翻滚向前，近万只漕运船队绵延数十里，在黑压压的漕卒牵引下，艰难行驶着。

天色越发黯淡，远处的灯火隐约可见，邳州已遥遥在望。突然，“轰隆”一声闷响，黄河小河口决堤，霎时浊浪滔天，一泻而下，领头的几十艘漕船、几百名漕卒，瞬间被卷进巨浪，不见了踪影。后面的船队，被滚滚而来的洪流裹挟着，向南急速漂流，漕船的撞击声、漕卒的惊叫声，都淹没在发出闷雷般咆哮声的洪水里……

漕运总督、河道总督联袂向工部呈报的禀帖八百里加急送到了尚书朱衡的手里。朱衡展读，大惊失色，忙吩咐司务：“备轿，本部堂要去内阁通报。”

进得文渊阁，朱衡正上楼，见给事中舒化从西侧“噔噔”地往楼上跑，似有急事禀报，他就慢下了脚步。

舒化进得中堂，兴奋地说：“禀诸位阁老，贵州事，正如高阁老所料，学生刚过保定，即遇巡抚阮文中的急足，说水西事已平，是以学生也就折返了。”

“平息了？”张居正问。

“与高阁老事前所料完全吻合！阮巡抚奏本这一两日必到。”舒化以肯定的语气道。

"喔呀！要上史册的！据实定策，不战息争。若非新郑力为主持，势必用兵，竭数省之兵粮，胜一自相仇杀之土夷，甚无谓！凭此，后人就不能不目新郑为良相矣！"赵贞吉感慨道，他一竖大拇指，"新郑，这事，老赵钦佩你！"

高拱也不谦虚，一脸自得，道："凡事据实定策，方可有济！乃为相臣者谋国之要！"

张居正向舒化摆摆手："退下吧。"

见舒化出了中堂，朱衡疾步走了过去，一进门，便道："诸公，漕河……"

高拱正在兴头上，被朱衡一搅，顿时火起，沉着脸道："大司空一向老成持重，今日何以慌慌张张？"

朱衡手微微颤抖，从袖中掏出禀帖，不知是递给高拱，还是递给李春芳。

"大司空说说文牍大意就是了。"高拱一扬手说。

"诸位阁老，"朱衡声音发颤，"黄河在邳州决堤，漕船漂损八百艘，溺漕卒千余人，漕米失二十二万六千余石。"

"漕运总督该杀！"赵贞吉怒不可遏，大声道。

"诸位阁老，时下更揪心的是，"朱衡面色凄楚道，"运河自睢宁白浪浅至宿迁小河口，长一百八十里，已被淤塞，漕船被阻，寸步难行！"

"河道总督当革职！"赵贞吉又道。

"要是杀了两总督，漕运自此能够顺畅，那就杀！"高拱没有好气地说，"可惜杀了也不济事，难题还摆在那儿。"

李春芳叹了口气，道："漕运不畅，漕船漂损，年年如此。嘉靖年间，黄河已是屡屡决口，忽东忽西，靡有定向。进入隆庆朝，黄河水患越发严重，河道游荡越加频繁。黄淮水涨，漕河入闸之水自北往南而流，年年渐增，岁岁为患，只是今年损失比前两年委实大了些。"他示意朱衡落座，命侍从看茶，又问，"那么，大司空，工部拿个对策出来吧。"

张居正闻听漕粮损失如此之多，心疼不已，忍不住着急地说："大司空是治河名家，当拿对策。治河通漕，内阁不比你工部高明。"

朱衡道："此类事年年遇到，不外乎清淤疏浚。"

"清来清去，年年如此，把国库耗光、民力掏空，漕运也还是这个鬼样子！"赵贞吉不满地说，"漕为国家命脉所关，三月不至则君相忧，六月不至则都人啼，一岁不至则国有不可言者。你们这些主漕运的大小官员，不能再敷衍塞责啦！"

朱衡顶撞道："赵阁老，责备下吏无能，下吏不敢辩；责备下吏敷衍塞责，下吏不敢受。高明如赵阁老者，拿出高招来，下吏不效死力落实，就请赵阁老革下吏的职！"

高拱一直仰脸沉思，见赵贞吉与朱衡争论起来，便插话道："大司空，适才你说清淤疏浚，怎么个疏浚法？"

"开辟新河道，取代多处决口的会通旧河道，同时大力疏浚黄河入海口。"朱衡答。

"嘶——"高拱重重吸了口气，道："记得有人反对这个做法，言黄河入海口不能以人力疏浚，当堵塞旧河决口，恢复故道，引淮入河而归于海。是这样的吧？"

朱衡点头，道："照这个法子试行了两年，年年漕运窒碍难行，去岁漂损漕粮十余万石。"

"那今年漂损二十余万石，河道总督该不该革职？"高拱反问。

"照例是要革职的。"朱衡答，"即使下吏，也难辞其咎。"

"河道总督革职，换谁来做？"高拱问，不等众人回应，就接着说，"访得江西巡抚潘季驯是国中数一数二的治河名家，我意用他总督河道。但不能像往常那样，让谁做总督，就换成谁那套法子。"他起身踱了两步，"大司空，今年的漕船，待水势下去，转陆路设法运京；但以后怎么办？这等事，坐而论道不行，你和潘季驯要到一线去，实地踏勘。若能拿出一致的方案更好，若不能达成共识，各拿一个方案出来，廷议一次，集思广益，以利决策。"言毕，不容众人再说话，即挥挥手道，"大司空，就照这个意思办吧！"待朱衡辞出，高拱对阁臣道，"国家有两大难题，圣怀为之忧者，一则北虏，一则漕运。花钱最多，物力人命损失最重！却犹如人陷泥沼，越是卖力，陷得越深。此二患不除，国力不复振，隆庆之治无从谈起！"

"新郑——"李春芳以语重心长的口气说，"这都是几十年积累下来的老症结，几任执政者都束手无策，我辈不比前任高明多少，还是慢慢来吧！"

"高明不高明不敢说，敢直面矛盾是真的。"高拱凛然道，"据实定策，不袭故套，自会找到出路！照以往的做法，出了事，责罚一批河道漕运官员，来年依然如此，这不是法子！此事，待朱衡、潘季驯实勘后再议。"

"呵呵，"赵贞吉一笑道，"不用等他们回来，老夫就知道会是甚样结果。"

张居正接言道："玄翁，潘季驯与朱衡对治河，本就是对立的两派，今突然起用，且命他与朱衡一道实地踏勘，恐越发纷扰。"

高拱一扬手道："有些事当断则断，有些事却不能轻易拍板，所谓欲速则不达是也。对治河、漕运，我辈实不熟悉，亦无良策。若只听一面之词，决策势必草率。不如让各方都参与其间，即使相互辩论也是好的，择善从之嘛！"

众人都不再言语，兵部职方司郎中吴兑兴冲冲地进来了："诸位阁老，有好消息！"

"哦！"赵贞吉抢先道，"兵部这些年没有好消息可报了，今日有何好消息？"

"宣大总督王崇古呈来禀帖：接板升谍报，俺答正命恰台吉、五奴柱画西征之策。"吴兑喜不自禁地说。

半月来，虽陆续接到宣大总督王崇古、蓟辽总督谭纶的塘报，俺答已率军退回板升，高拱的神经却并未松弛下来。板升灾荒甚重，为求生存，抢掠不可避免，焉能掉以轻心？得知俺答要西征，即知他已暂弃南侵之念，以西征掠食求生。秋防戒备状态，自此可解除了。第一次主持秋防，以全胜而收官，高拱激动地一时说不出话来。

张居正听到贵州不战息争的消息，沉默不语，此时却禁不住拊掌大笑：“哈哈，这回老酋也服输啦！”他望着高拱，欣喜地唤了声，“玄翁！”

“几个月没有好好睡一觉了。”高拱的声音突然变得沙哑，“此时感觉疲惫极矣，只想睡一觉。”

“呵呵，玄翁终于可以安枕了！”张居正兴奋地说，“只是，俺答老酋和赵全，怕是睡不着觉啰！”

“赵全这个歹人，不知又会给俺答出甚馊主意！”赵贞吉恨恨然道。

二

莫名的惊惧情绪笼罩在赵全的心头，他不停地催促属下搜集谍报。每到黄昏时分，三十六小板升的总管就会来赵全的土堡会揖，汇总谍报，研判机宜。

“禀把都，谍报都说，宣大、蓟镇士气大振，无可乘之机。”张彦文禀报说，“南下恐无胜算，贸然提出，风险甚大。”

“可是，板升连年雪灾，食物匮乏；王崇古又施反间计，南归的百姓越来越多。”猛谷王道，“近日又因汗爷纳三娘子，汉人都觉得此地不讲礼义廉耻，人心越发思归。若无举措，恐局面失控。”

赵龙接言道：“何止如此。自从攻蓟镇不遂，汗爷对我辈颇有怨气吧。谋划西征，不让我辈与闻了。”

张彦文吸了口气，道：“高拱这老儿，主持朝政不过半年多，竟然一举扭转局面，此人不可小觑！听说他昼夜在思谋振兴，革新举措不断推出，这样下去，板升的日子更艰困了。”

“说这等话，除了添堵，还有甚滋味？”赵全呵斥道，“说点实招，实招！”

“把都息怒。”张彦文道，“窃以为，若欲有所突破，当与袄儿都司部联手。毕竟，袄儿都司部酋长吉能台吉是汗爷的亲侄子，两部东西呼应，或者汗爷率部取道河套，攻陕西、宁夏，则事或有可为。”

“哦，这是个法子！”众人几乎异口同声赞同道。

“妙计！”赵全大喜道，“王之诰志大才疏，做宣大总督时就被我牵着鼻子走，全凭着与张居正是亲家，又去做了三边总督，他那里最薄弱，当可突破。”

“只是，钟金哈屯本是许给吉能台吉之弟的，汗爷纳为三娘子，袄儿都司部会不会不愿跟汗爷联手？”猛谷王担心地说。

“把都爷！”亲兵在外门禀报，“汗爷传见！”

“诸位把总，务必严密巡逻，不准再有汉人南归！”赵全起身吩咐道，言毕，向众人拱了拱手便匆匆出门，随俺答汗的传令亲兵到了九重朝殿。进得大殿，抬眼望去，俺答汗满面春风坐在御座上，三娘子笑靥如花地坐在他的旁侧。恰台吉、五奴柱和兀慎兔扯金得等部落高层的七八个人，坐在俺答汗对面的一排椅子上。

“薛禅，来来，”俺答汗指着恰台吉左侧的一把椅子道，“坐这里。本汗特召薛禅来，虽是部落的家务事，薛禅足智多谋，也可参详。”

赵全受宠若惊，施完礼又点头哈腰良久，才入了座。

“脱脱，你来讲，吉能小儿怎么说？”俺答汗吩咐恰台吉道。

恰台吉站起身，道：“奉汗爷之命，差使者到袄儿都司知会钟金哈屯事，吉能台吉勃然大怒，言必送去钟金哈屯方罢。不的，必兴师问罪，拼个你死我活！使者并禀报，吉能台吉已整备兵马，摆阵待发！”

五奴柱站起身，道：“这、这吉能台吉未免太不懂事。当年汗爷金戈铁马荡平各部，令亲弟吉囊台吉驻牧河套。河套水丰草美、物产富饶，足以养活部落。这些年他们倒是过得美美的，只苦了汗爷，东掠西抢，无年不征战，方使我土默特阿尔德们得以存活。于公，他吉能台吉是汗爷的部属；于私，他吉能台吉是汗爷的亲侄。如今为了一个女子，竟敢忘恩负义、出言不逊、摆阵欲战，委实不懂事！”

俺答汗大手一挥，令五奴柱坐下，开口道：“吉能小儿狂妄，谁可率军教训之？”

赵全急忙起身，抢先道：“汗爷英姿勃发，雄心万丈，乃我辈福分，可喜可贺！然则，与袄儿都司开战，万万不可！一旦开战，南朝必趁火打劫，则大势去矣！”他生恐有人反驳没了说话机会，一口气说了下来。

“不可开战？那只能把钟金哈屯乖乖送去？”恰台吉冷笑道。

俺答汗蓦地起身，用力一拍长条几案：“送钟金哈屯？那就是挖本汗的心，剜本汗的肝！这个，不容商议！”

“嘿嘿嘿，”赵全狡黠一笑，“钟金哈屯让汗爷英姿勃发，使我辈得以一睹汗爷年轻时代的风采，我辈无不感谢钟金哈屯，决不允许任何人从汗爷身边夺走钟金哈屯！”

“少啰唆，有屁快放！”恰台吉瞪了赵全一眼，大声说。

“那么薛禅，你有何主意？”俺答汗兴奋地问。

赵全左顾右盼，欲言又止。

“都散了吧！”俺答汗挥手道。待众人乱哄哄议论着走出大殿，俺答汗招招手，

令赵全在他对面坐下，道，“薛禅，快说吧！”

赵全道：“汗爷，南朝宣大、蓟镇督抚得人，防范森严，恐一时无机可乘。当与吉能台吉联手，出其不意，从河套攻陕西、宁夏，打他个措手不及，给南朝些厉害尝尝！”

“喔哈哈哈！”俺答汗大笑，望着也儿钟金说，“三娘子，你看薛禅赵，念念不忘的是攻打南朝，难怪南朝上下对他恨之入骨，骂他汉奸呢！哈哈哈！”

赵全尴尬一笑，说：“汗爷，俗话说，人往高处走，又说良禽择木而栖。南朝君昏臣贪、江河日下，汗爷乃盖世英豪，雄才大略，足以威霸天下，是以小的才投靠汗爷数十年。既然投靠汗爷，理当忠心耿耿。南朝越是恨我，越说明我赵全对汗爷有赤子之忠、栋梁之用！”

“三娘子，你听听，薛禅赵委实有才！”俺答汗道，见也儿钟金笑而不语，摸了摸她的脸颊，“三娘子，今日为何不发一语？”

“祖……汗，今日事乃因钟金而起，钟金不便说话呢！”也儿钟金解释道。

“薛禅赵，听到了？”俺答汗高兴地说，“三娘子是深明大义的女子嘞！好了，薛禅赵，本汗目下只关心一件事，袄儿都司那里怎么办？”

“汗爷，莫不如趁机把称帝的事昭告天下！”赵全欠身前倾，“汗爷一旦摇身一变成为皇帝，则封后纳妃、名正言顺，谁敢不从？”

俺答汗捋着胡须，沉吟良久，道：“还有何策？”

赵全有些失望，但仍不愿意放弃争取，鼓动道：“汗爷，断然称帝，方显英雄本色！”

“这个，以后再说。”俺答汗不悦道，“你只说怎么对付吉能小儿！薛禅若无主意，走人吧！”

赵全不敢违拗，更要在俺答汗面前显示自己的智谋，便恶狠狠地挤出四个字：“李代桃僵！”

三

把汉那吉的心情从来没有像现在这样郁闷过。自己的祖父纳外孙女为妻，板升汉人被惊得目瞪口呆，走到哪里，似乎都用异样的目光在看着他、嘲笑他。这件事，也让玉赤扯金很不开心。约了她几次，都没有能带她再到那座熟悉的、见证了他们无限欢愉的山坡去。他知道，玉赤扯金突然感到害怕，那件关乎他身世的事，还有祖父纳也儿钟金为妻的事，都让玉赤扯金感到恐惧。他能体谅玉赤扯金的心情，也为此感到心痛。

今晚，禁不住把汉那吉的一再恳求，玉赤扯金终于答应赴约。“玉赤扯金，”在山坡上，把汉那吉搂着她说，“我今天就是想让你把所知道的那件事，都说与我听。”为了表示自己的诚意，他又说，“那件事，我隐隐约约听到别人悄悄议论，但是没人正式跟我说过。我要你原原本本，把你听到的都说与我听。”说着，他轻轻压了压玉赤扯金的肩膀，两个人顺势坐了下来。

“好吧，把汉那吉，这件事，你也应该知道。知道了，你就明白我为什么这么害怕了。”玉赤扯金说。她拉住把汉那吉的手，道，“我听人说，你三岁那年，你的父亲黑台吉突然去世了。汗爷和伊克哈屯只有黄台吉和黑台吉两子，汗爷和伊克哈屯对黑台吉很疼爱。听到噩耗，伊克哈屯悲痛欲绝，哭喊着要杀一百个男童、一百头幼驼从葬。汗爷果真命人到处去抓男童，杀到第四十个的时候，前来慰问的吉能台吉看不下去了，说把我杀了殉葬吧，这才阻止了杀戮。可汗爷、汗爷还是把黑台吉的三位妻子都杀了。”玉赤扯金仿佛要躲避什么似的，一口气说完，便扑到把汉那吉的怀里，抖个不停。

把汉那吉沉默着。玉赤扯金担心地说：“把汉那吉，我听老辈人说，汗爷对你非常疼爱，你不要恨他。”

“我的祖父杀死了我的母亲。我三岁就成了孤儿，由祖母伊克哈屯抚养长大。”把汉那吉抚摸着玉赤扯金的后背，仿佛是在说别人的事。

“把汉那吉，我听说，汗爷对你的疼爱超过对黑台吉。不知道会不会因为什么事，也会把我……”玉赤扯金壮着胆，终于把自己的担心说了出来。

“玉赤扯金，我向你保证，我不会让任何人伤害你！”把汉那吉两手托着玉赤扯金的脸颊，郑重发誓道。

“把汉那吉，把汉那吉！”玉赤扯金又激动又害怕，不停地呼唤着他的名字。突然，她以惊恐的语调急促地说，“把汉那吉，你有两个伯父、四个叔父，他们都有自己的驻牧地、自己的兵马，他们都比你强大。你千万不能恨汗爷，也不能违背他的意愿。失去了汗爷的保护，把汉那吉，你是很危险的呀！”

“土默特与南朝打了几十年，我要与你私奔去南朝，他们知道我是俺答汗的孙子，一定会把我们两个杀了！”把汉那吉说，“我要是平常人家，一定带你私奔，玉赤扯金！”

“把汉那吉，不要说这样的话。”玉赤扯金心疼地说。停了片刻，又嘱咐说，“把汉那吉，汗爷如此宠爱钟金哈屯，将来生了儿子，也一定受宠爱。你要听我一句话，以后，你一定要对钟金哈屯好，讨得她的欢心，将来好让她保护你。”话音刚落，她突然凄然一笑，“把汉那吉，把汉那吉，我不该说这些，我为什么要说这些？我也不知道，为什么会说这些！”

把汉那吉的心头陡然掠过一丝不祥的预感。两人都默默地想着心事，不再说话。

就在把汗那吉和玉赤扯金山坡厮守时，九重朝殿里，俺答汗正向赵全问计。当赵全说出“李代桃僵”四个字时，俺答汗一阵暗喜，急切地问：“李代桃僵，怎么个代法？”

“找一个本部落头领的女儿、貌若天仙的女子，送给袄儿都司就是了。”赵全得意地笑着说，“想必吉能台吉有了台阶，也就消气息火了。”

“喔哈哈哈！好！好得很嘞！”俺答汗拊掌大笑，突然又止住笑声，“那么谁合适呢？嗯，薛禅，你说谁合适？”

“小的不敢说，也不能说。”赵全缩了缩脖子道。

“那是为何？”俺答汗问，随即一仰身子，“敞亮点嘛！本汗点名嫁人，与你无关！”

“兀慎兔扯金得之女，玉赤扯金。”赵全压低声音说。

“玉赤扯金？”俺答汗眯起眼睛，“是不是把汉那吉要聘的那个女子？”

赵全默然。

“论出身、长相，倒是合适。”俺答汗犹豫着说，“只是把汉那吉会不会……？”

“汗爷，小的告辞了！”赵全说着，不等俺答汗允准，就施礼匆匆走出大殿。

“来人！”俺答汗高声叫道，“传兀慎兔扯金得来见！”又吩咐五奴柱道，“你这就连夜启程，火速赶往袄儿都司，去知会吉能小儿，三日后，嗯，九月初六，送新妇赴袄儿都司，命他迎亲！”

秃鲁花统率兀慎兔扯金得刚从朝殿回到家中，听汗爷传召，返身再次进殿。

“兀慎兔扯金得，你是本汗的爱将，秃鲁花的骄傲，土默特的英雄！本汗很赏识你。本汗决定，让你的女儿玉赤扯金代替钟金哈屯出嫁袄儿都司！”俺答汗笑着说。

兀慎兔扯金得一惊，道：“可是，汗爷，玉赤扯金已许聘大成台……”

俺答汗大手一挥，打断他说：“这个与你无关，你不必管！兀慎兔扯金得，明日一早，你悄悄把玉赤扯金送到九重朝殿里来，本汗差侍女侍奉，为她预备妆资。九月初六，送玉赤扯金出嫁。此事，不许与外人说起，务必瞒着把汉那吉！”

把汉那吉虽被蒙在鼓里，却还是感觉到气氛异常。他两次到九重朝殿给俺答汗请安，都被汗爷以议军机为由拒之门外；差侍女去约玉赤扯金，玉赤扯金家人也以她感了风寒为由婉拒。把汉那吉感到心慌意乱，唯有饮酒、多多饮酒，方能让自己安静下来。

“大成台吉，大成台吉！”九月初六一大早，阿力哥就在把汉那吉的帐外急切地唤了几声。阿力哥的妻子是把汉那吉的奶妈，夫妇两人看着把汉那吉长大，很是心疼他，处处为他着想；把汉那吉也把他们夫妇看作自己的亲人。

“这么早，什么事？”良久，帐内才传出把汉那吉的声音。

“你快穿上衣袍，出来一下。”阿力哥声调中透出几分焦急。

把汉那吉边系袍带边走出营帐，揉了揉眼睛。还未来得及问话，就被阿力哥一把拉住，往不远处的小山包上跑去。

“大成台吉，你看。”阿力哥指着远处说。

把汉那吉一眼望去，影影绰绰间，似乎是一个马队在移动。

“那是送亲的马队。”阿力哥说，“他们是送玉赤扯金代钟金哈屯出嫁袄儿都司的。”

“你说什么，阿力哥？”把汉那吉惊出一身冷汗。

“大成台吉，我叫你到这里来，就是想让你目送玉赤扯金，与她道别的。”阿力哥看着把汉那吉的眼睛说，“祝福玉赤扯金吧！”

“不！”把汉那吉大喊一声，“这不是真的，不是真的！”

“忘了玉赤扯金吧，大成台吉！”阿力哥声音哽咽着说。

“玉赤扯金——”把汉那吉声嘶力竭地喊道，就要追赶过去。

阿力哥死死地抱住他，劝阻道：“大成台吉，你要冷静啊！这是汗爷的决断，谁也改变不了的。”

“玉赤扯金——玉赤扯金——”把汉那吉挣扎着，喊叫着。

“大成台吉，莫这样。”阿力哥流着泪说，“让汗爷知道了，不好。”

“老俺答，你的心好狠哪！”把汉那吉大叫道，“你娶自己的外孙女，又把孙子的妻子夺了送人！把汉那吉再做你的孙子，真是奇耻大辱！我、我、我要……”

阿力哥急忙捂住把汉那吉的嘴，惊恐地说：“哎呀，老天爷！可不敢说这等话啊，大成台吉，千万千万莫再说这等话！”

突然，“轰隆！轰隆！轰隆！”远处传来三声炮响，紧接着又响起“咚咚咚”的战鼓声。

“哎呀，大成台吉，听，汗爷这是又要出征了！”阿力哥说。

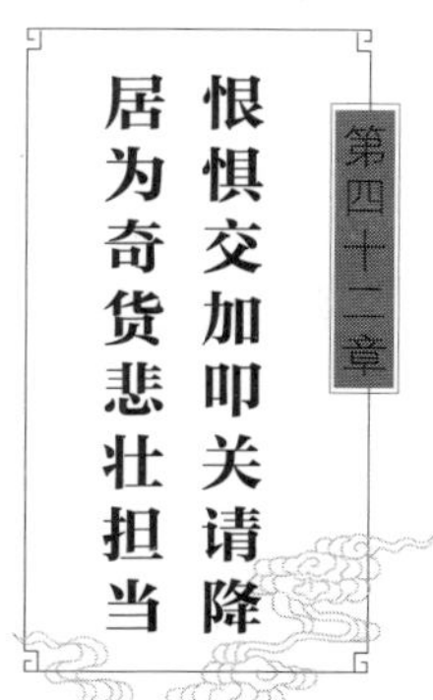

第四十二章 恨惧交加叩关请降 居为奇货悲壮担当

一

平虏卫紧邻土默特驻牧地，乃国朝极冲要塞，开国起就在此修墙建堡，“灭胡九堡”之一的败胡堡就建在平虏卫西北、长城以东十里处。这座战堡是二十多年前所筑，周长不到两里，墙高三丈余，堡内建有军营、马铺，堡开东门，门上筑楼，门外有关。败胡堡常驻军除守卫关口外，还分守长城十里边墙一道、边墩十五座、火路墩四座。败胡堡向北直通板升，边当极冲，虏骑一驰呼吸可至。北虏卜吉素躺不浪部奉俺答汗之命驻牧于十里边墙之外的凉露台、斧刃山。

王崇古巡视边堡后，训令平虏城各墩台务必时时加强提调，昼夜轮流守望，遇有警讯，昼则举烟，夜则举火。接递通报、传报得宜克敌者，记奇功；违者处以军法。

隆庆四年九月十三日，日头即将西沉，暮霭弥漫。败胡堡西北侧的烽火台上，墩卒望见一股人马，沿兔毛河直向败胡堡方向奔驰而来。“有虏兵！”墩卒一边高喊，一边慌忙举火报警。败胡堡守军看到警讯，火速部署到位。守堡操守崔景荣快步登上门楼察看，只见这股马队竟有女子在列，所着男装也与虏兵不同。他举手道：“不必惊慌，也不必再举火报警，待我盘问。”

须臾，马队到了败胡堡关口。崔景荣看清楚了，这股马队老老少少、男男女女约莫十来人，马十余匹，服装各异，并未携带兵器，只有被簇拥在正中的少年人挎了把腰剑。崔景荣疑惑不解，问：“来者何人？到此何干？”

一个通事仰脸回答：“俺答汗之孙大成台吉，叩关请降。乞将军接纳，并向太

师禀报。”

崔景荣大惊，追问道：“大成台吉？俺答汗之孙？来降？”

少年人说了几句番语，通事道：“请将军速开堡门，大成台吉要找太师说话。”

“尔为何降朝廷？”崔景荣追问。

不待把汉那吉说话，通事即代他答道：“大成台吉说了：我祖娶外孙女为妻，又夺孙妇与人，我不能再做其孙，故来投！”

“竟有这等事？”崔景荣不敢相信。

“千真万确，不敢欺骗将军！天色已晚，乞将军开关接纳。”通事恳求道。

崔景荣道：“事体重大，本将不敢做主。尔等先退出关门一箭外，耐心等待。”说着，他跑步下了门楼，命夜不收飞马驰报平虏卫参将阎振。

阎振闻报，惊诧不已，忙提调三百兵马，带上通事，急赴败胡堡勘问。到了败胡堡，等不及听取崔景荣禀报，即登上门楼向关外察看。夜色里隐约可见，不远处的一个小丘上搭起了几顶帐篷。

“既然是台吉来降，就要以礼相待，不可莽撞。”阎振对崔景荣等人道，“集结兵马，听本将号令！”

不多时，连同阎振所带兵马共七百多人集结毕，阎振将其编为三队，并命令道：“甲队登城戒备；乙队列队打开关门，待把汉那吉等进入后立即关闭关门并堡门；丙队四城巡视；夜不收、尖儿手即刻出堡，前往来路及边外侦巡。”

布置完毕，操守崔景荣率乙队列队关门两侧。“咣当——”随着厚重的关门开启，一队兵马涌出关门外，阎振带通事喊道：“关门已开，来降者入关！”

阿力哥、把汉那吉等听到喊声，“腾”地钻出营帐，牵马向关门而来。阎振吩咐下了把汉那吉的腰剑、令箭，将把汉那吉一行带入关门，这才数了数人数，五男三女八人，马十三匹，所携日用物品若干。

待关门、堡门皆已关闭，阎振带着把汉那吉一行来到操守府。他坐在公案后，仔细打量这群男女，一脸威严地说：“报上姓名来！”

“鄙人乃通事花只改，”通事自告奋勇道，他逐一指着诸人禀报说，“这位就是名把汉那吉的大成台吉，这位是大成台吉之妻大成比吉，这位是大成台吉的奶公阿力哥，这位是阿力哥之妻速害，这位是鄙人之妻铁木格，那两位是大成台吉的亲兵芒秃、颜竹。”

“尔来说，”阎振指着把汉那吉道，“尔是何人，因何来投？”

“嗯、嗯……”把汉那吉在板升一向受宠，骄娇之气甚重，此时内心又充满恐惧，一时不知该如何应对，支吾良久，方道，“我、我要与太师说话。”

“我鞑靼遵称天朝边臣如督抚者为太师。”通事忙解释说，又替把汉那吉答道，

“大成台吉今年一十八岁，俺答汗三子黑台吉所生，三岁而孤，养在祖母伊克哈屯处；伊克哈屯的仆从阿力哥之妻是他的乳娘。”接着，又把俺答汗夺妻之事说了一遍。

“既然尔祖父母对尔如此疼爱，尔就因为这事背叛他们？”阎振将信将疑，继续追问。

阿力哥接言道：“大成台吉年幼，一气之下醉了酒，大骂俺答汗为禽兽、夺人妻，言我必降南朝，请兵杀此老贼！这些话被不少人听到了，鄙人担心会有不测之祸，密劝大成台吉来投天朝。请天朝接纳，保大成台吉无虞。”

“尔等来投，俺答汗知道吗？”阎振又问。

“俺答汗率军西征去了。”阿力哥答，“鄙人担心俺答汗回来听到大成台吉骂他的话，对大成台吉不利，这才乘机来投的。”

阎振察言观色，觉得所述还算诚实，不敢再耽搁，遂命操守崔景荣到驿馆为把汉那吉一行安排食宿。

把汉那吉等人出了府门，阎振召集各队总训话：“派兵对驿馆严密监视，不得有失！”又对亲兵道，“传本将命令：各城堡、墩台日夜戒备；加派探马、夜不收出边，侦听北虏动向。”部署毕，阎振命速将把汉那吉来降及勘问情形拟成文牍。一干人等顾不得吃饭，至三更时分，塘报誊清用印，阎振传来得力心腹，命令道：“连夜赶往大同，分报马帅和方抚台！”

两匹快马出了堡门，向西北奔驰而去。阎振抬头望了望天空，即将满月的月亮悬在西边天际，无数繁星眨巴着眼睛，仿佛急切地想看到这片从未平静过的大地上即将发生的惊天大事！

“看来，要打一场恶仗了！”阎振自言自语道。

二

郊外村野偶有几声鸡鸣传来，打破了黎明前的宁静。两匹快马在紧闭着的大同城南门前勒缰停下。骑马人向城楼上挥了挥令牌，打了几个手势。须臾，吊桥放下，城门打开。守军查看了勘合，两人策马向北疾驰，在钟楼前岔道上分道扬镳，一个向巡抚衙门奔去，一个奔向帅府。

“抚台大人！抚台大人！”正在睡梦中的大同巡抚方逢时，听到值守亲兵在门外的唤声，“腾”地坐起身，大叫一声：“有谍报？”便急忙穿上衣衫，边大步往外走，边问，“何处有警？”

“平虏卫参将羽书在此！”亲兵拱手呈递。

"哦？平虏卫！"方逢时疾步走向签押房，亲兵已跑步前去掌灯。方逢时边展开羽书，边走到灯下，埋头阅看。

"啊？"刚看了开头，方逢时就发出惊叹声，边阅看边自言自语，"竟有这等事？"时而摇头道，"难以置信，难以置信！"可是，看完羽书，方逢时的脸色凝重起来，"喔呀，这可是惊天大事！"他站起身，在屋内踱步，抱肘沉思。良久，吩咐道："速传通事鲍崇德来见！"

鲍崇德已被方逢时留在巡抚衙门当差，一听巡抚传召，急忙从床上爬起来赶到方逢时的签押房。方逢时将平虏卫的羽书交给鲍崇德阅看，自己则埋头疾书。不到一刻钟，方逢时起身道："你拿上本院手柬，火速到朔州，与岢岚兵备道一起，到败胡堡译审把汉那吉，务必将情形审译真确。速去速回！"鲍崇德领命而去，方逢时在屋内又踱步良久，吩咐道："传请马帅来见！"

话音未落，亲兵来禀，大同镇总兵马芳求见。

"节堂见！"方逢时道。侍从人等忙上前为他整理冠带，还有仆从手拿湿手巾为他擦了擦脸。整备停当，方逢时迈步进了节堂。

"大同镇总兵官马芳，参见抚台大人！"马芳一身戎装，行参见礼。

方逢时还礼让座，道："马帅是为把汉那吉之事而来吧？"

"正是！"马芳道，说着笑起来，"番夷无教化，竟如此不讲伦理纲常。"

"以马帅之见，当如何处置？"方逢时问。

"无非两条路：一则拒之不纳，一则缚之请功。"马芳道，"适才闻此事，镇府左右都说，把汉那吉无非孤竖，无足轻重，不可留！"

"嗯，拒之不纳最简单，无风险，也无须承担责任。"方逢时沉吟道，"缚之请功嘛，桃松寨之事可鉴，断断不可！"

十四年前，俺答长子黄台吉的小妾桃松寨与亲随收令哥私通，被黄台吉察觉，桃松寨遂偕收令哥逃到大同叩关请降。宣大总督居为奇货，设想以桃松寨交换汉奸赵全，为朝廷立奇功。不料，鞑虏耻于失妇，黄台吉亲率大军大举南下强索，声言不交还桃松寨，将踏平大同城！边臣大惊失色，顿足长叹曰："失策矣！失策矣！悔不该纳此淫妇入城，诩为奇功！"为求解脱，急忙上报朝廷，谎称鞑虏愿以赵全交换桃松寨。兵部认为此举两全其美，极力劝说皇上纳边臣之请；皇上遂责令把桃松寨驱赶出境。边臣遣桃松寨、收令哥等出城，待桃松寨等行之白登，使人诱其自西阳河夜逃，从西边出塞；又暗中遣人引导黄台吉前去追击，在威虏堡将桃松寨一行就地处死。边臣却奏称鞑虏言而无信，不愿交出赵全，朝廷也无可奈何。不料，边臣刚刚为终于甩掉了桃松寨这个烫手山芋而庆幸之际，黄台吉大军突破杀胡口，包围右玉城且又分兵向大同、宣府进攻，战事不断扩大，边民死伤无数，官军伤亡惨重，总督也因处事不当被罢职。

马芳作为参将亲历了那场惨烈的战争，至今记忆犹新，不禁感慨道：“是啊，抚台，若留把汉那吉，必启战端，祸大同。非我辈武人畏虏怯战，委实是为此一孤竖而战，太不值当！”

方逢时蹙眉沉思，没有回应。马芳从方逢时的言谈和神色中觉察出，似乎对他的建言不太认同，至少还在踌躇，便道：“抚台，此事要不要禀报王军门？”

“嗯，待本院审译真确，自会向王军门禀报。”方逢时有些不悦地说，“马帅，如何处置把汉那吉来降一事，是我辈文臣的权责。”他蓦地站起身，提高声调，以命令的语气说，“马帅的责任是整备迎战！大同镇全军进入紧急状态，严密监视北虏动向，迅疾加强败胡堡一线防御，请马帅尽速部署！”

马芳领命而去，方逢时茶饭不思，屏退左右，一个人在节堂里时而踱步徘徊，时而安坐沉思。

次日一早，鲍崇德带着岢岚兵备道审译把汉那吉的文牍赶回巡抚衙门。方逢时看了文牍，又追问细节，鲍崇德一一作答。

“老酋果甚爱此孙？”方逢时还不放心，鲍崇德告退时，他又问了一句。

“禀抚台，卑职一再追问，阿力哥及众人都这么说。”鲍崇德答。

“此乃奇货可居！”方逢时兴奋起来，立即提笔给总督王崇古修书。足足一个时辰，他才唤来两名中军，吩咐道：“王军门以秋防事巡视宣府未归，速速赶往宣府投书，不得延迟！”

宣府，总督行辕里，掌灯时分，王崇古正在听取谍报。

“俺答老酋娶外孙女也儿钟金为妻，谓之三娘子。”家丁总管王诚禀报道。

“虏俗甚奇，不拘伦理纲常至甚！”王崇古摇头道。

王诚又道：“板升歉收，南侵不遂，板升番汉之民人心浮动，俺答甚烦躁。驻牧青海的四子兵兔台吉禀报，畏兀儿沁人一部叛乱，俺答以此为由，已率军西征。”

王崇古脸上露出轻松的神色，道：“哦！果真西征了，宣大可松口气喽！”

“报——大同巡抚羽书到！”亲兵一溜小跑进了节堂，双手捧递羽书，呈于王诚。

王崇古凝神阅看，双眉不时一挑，目光透出惊讶，紧张、沉重中又有几丝兴奋。放下羽书，他略做思考，吩咐：“白虎堂听令！”

进了白虎堂，属僚参见毕，王崇古肃然道：“大同发生惊天大事，俺答老酋之孙把汉那吉来降。本部堂有令：一、即行令山西行都司掌印王应臣、大同知府程鸣伊对来降之把汉那吉复审速报！二、札示三抚三镇，知会本部堂明日赶回阳和，令大同总兵马芳谒见！三、速派细作潜赴板升，与王甲华等接头，摸清北虏情形！”

三

俺答汗、三娘子勒马黄河岸边，预备渡河的舟船已在河中连成一排，坐在羊皮筏上的先锋官正指挥士卒加固，战马的嘶鸣声此起彼伏。

“渡过黄河，穿越贺兰山，入陇右，经扁都口，从鄂博岭进入青海！”俺答汗用马鞭指着远方，兴奋地对三娘子说。

“英勇的博格达汗，钟金与全体巴特尔以你为荣耀！”三娘子唱歌般地说。

“出身高贵的也儿钟金，大漠众生无不敬重的钟金哈屯，深明大义的三娘子！”俺答汗高声道，“见证胜利的时刻吧！”言毕，转身举鞭，大声命令道，“巴特尔们！准备渡河！”

“报——”探马高叫，飞奔到俺答汗前，滚下马来，禀报道，“大成台吉投奔南朝，伊克哈屯痛不欲生，催促汗爷速返！”

“啊？”俺答汗大惊，“可知把汉那吉目下在何处？”

探马道：“禀汗爷：谍报探知，大成台吉已入平虏卫败胡堡！”

“是死是活？”俺答汗小心翼翼地问。

“不得而知！”探马回禀。

“再探！”俺答汗命令道。转身高喊一声，“巴特尔们，美岱召有变，回师——”言毕勒马转头，“啪”地在马屁股上猛抽一鞭，双足用力一蹬，向板升飞驰而去。

经过一天一夜的急行军，回到板升。俺答汗径直来到九重朝殿最后一个院落，下马时已是步履不稳，亲兵搀扶着他走到伊克哈屯的屋门前，俺答汗焦急又胆怯地喊道：“伊克哈屯！伊克哈屯！”

伊克哈屯正躺在炕上痛苦地呼唤着把汉那吉的名字，听到俺答汗的叫声，蓦地坐起身，顺手拿起寻找把汉那吉时拄着的一根柴棒，疯也似的向俺答汗打去。俺答汗见状，吓得抱头就跑，伊克哈屯紧追不舍，追了一箭远的路，举棒照着他的脑袋击打过去，口中大叫着：“老东西，你还我的孙子！你快去给我要回来，便是南朝要你的头，也要给！我只要我的孙子！”说着，又号哭起来，“把汉那吉，把汉那吉！我可怜的孙孙，快回来吧！”

俺答汗躲闪不及，被击打了一下，“哎哟”一声叫，众亲随急忙上前护卫，也挨了伊克哈屯不少柴棒，谁也不敢吭声。

土默特人都知道，这俺答汗虽称雄大漠，却甚惧内。俺答汗十三岁成婚，乃是按鞑靼部落转房习俗，娶了其亡父的第三哈屯兀慎娘子，人称伊克哈屯，即大夫人者。她为人强悍，却也能震慑内宅，俺答汗对她敬畏有加。眼看伊克哈屯怒气不息，俺答汗只得小声吩咐：“快，先避避再做计较。”众亲随忙簇拥着他仓皇而去。

这个场面正好被王甲华看到了，他急忙骑马向南飞报。他本是赵全差往关内的奸细，被王崇古所用后，照王崇古的授意给赵全传递谍报，是以持有赵全颁发的勘合。他接到王崇古的指示，监视板升动向，尤其是俺答汗对把汉那吉南投一事的反应，因此日夜守在伊克哈屯住处外查看动静。见此场景，王甲华不敢怠慢，跑了近一个时辰，与王诚所遣夜不收接上了头，将他看到的场景说了一遍。扮作牧人的夜不收一刻也不敢停留，骑马向守口堡奔去。守口堡守备接报，即遣中军飞报总督行辕。

王崇古回到阳和辕门，大同总兵马芳已在此候驾。

“军门，不如斩了那个竖孤，以挫虏焰！”一见面，马芳就杀气腾腾地说。他在方逢时那里提议拒纳把汉那吉碰了壁，为显示自己绝非畏敌怯战，便改变了说法。

“斩之何益？”王崇古正色道，“北虏内讧，上天将把汉那吉借给我，我处置得策，安知不是止戈之机？本部堂召马帅来，就是要嘱咐马帅，军人不得对此事置喙，更不许擅自行动，只服从军令就是了。四个字：严阵以待！”

送走马芳，山西行都司掌印王应臣、大同知府程鸣伊对把汉那吉复审详报、大同巡抚方逢时的书函次第呈来。王崇古看了数遍，心中已有定计，遂召方逢时来会。

辕门节堂里，督抚二人隔几而坐，以同年身份密议大计。王崇古叫着方逢时的号说：“金湖，经多番审译，看来把汉那吉的身份、来降因由等已辨明真确，无须怀疑，接下来就是应对之策了。你大札中言，把汉那吉乃奇货可居，宜厚待以安其心，我也正有此意！”

“鉴川年兄，你是这里的最高军政长官，责任在你身上；我的建言仅供鉴川年兄参酌。”方逢时诚恳地说。

王崇古点头：“实话说，若不是中玄主持朝政，把汉那吉来降一事，本不必费周章，拒之可也！如此，则我辈既不必多费心血筹策应对，又不必担责，何乐而不为？”

“鉴川年兄，这是明摆着的。”方逢时赞同道，“居把汉那吉为奇货，与俺答老酋做交易，风险委实很大。一则俺答老酋非我辈所能掌控；再则祖制成例不允如此，朝中阻力势必甚大。是以出此策，不唯官位名誉，即使是身家性命也要押上！若朝廷无中玄年兄主其事，我辈何必冒此天大风险？”

王崇古慨然道：“中玄是大气魄、敢担当之士君子，有厚望于我辈，我辈焉能推卸责任？”他顿了顿，郑重道，“金湖，我这些日子夜不能眠，思虑再三，拟提上、中、下三策呈奏，供中枢择之！”说着，他起身从书案上拿过一叠文稿，“请金湖参详。”

“军门，有紧急谍报！”王诚在门外禀报说。

“报来！”王崇古道。

守口堡中军低头近前，单腿跪地禀报：“俺答已撤回板升。伊克哈屯以柴击俺答头，说即使南朝要你的头，我也给，我只要我的孙子！”

“再探！”王崇古命令道。转脸对方逢时会意一笑，道，“喜忧参半。”

“俺答必索把汉那吉，不会置之不顾，大同压力甚大。”方逢时道，“然则，俺答愈是看重把汉那吉，则我与达成交易的可能性愈大。”

“拒之，你我不唯无责任，且还会获朝野赞誉；纳之，则不唯要对付北虏，还要对付朝野舆论，四面楚歌，孤独求胜！”王崇古语调沉重地说，“端在运筹得当，不然祸不可测！”

方逢时晃了晃手中的文稿，道：“鉴川年兄划然决计，不惜婴天下之口，藐北虏汹汹之势，责任委实太重，年兄不妨再酌。”

王崇古站起身，背手望着窗外，悲壮地说：“金湖，我视一家百口皆鬼矣！”转过身来，用手指着自己的脖颈，“又以此颈自悬空中，方敢把此担上肩！”

方逢时以感佩的目光看着王崇古，举着奏稿道：“年兄，我愿与年兄列衔联奏！”

王崇古坐回去，手指快速地弹敲椅子把手，思忖良久，道：“也好，此可证明督抚有共识，便于中玄决断！”

“鉴川，此事关系重大，始之不谨，将贻后艰。我意，不妨先差得力之人，星夜飞报中玄、太岳二阁老，探探中枢的意思，”方逢时说着，又晃了晃手中的奏稿，“再联奏此本不迟。”

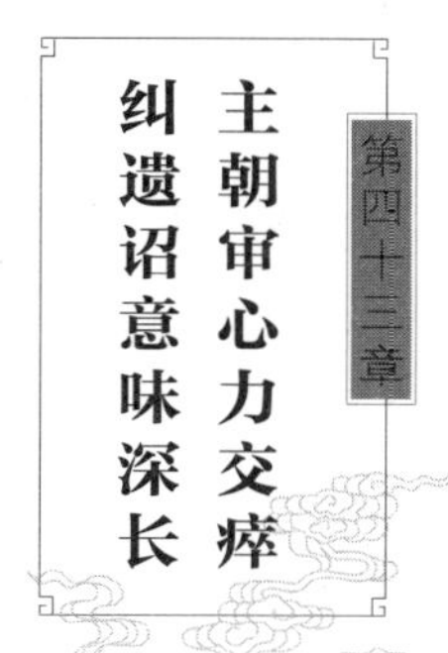

第四十三章 主朝审心力交瘁 纠遗诏意味深长

一

紫禁城外，向南第一为承天门。每年霜降，朝审刑部重囚即在承天门前中甬道西、东西甬道南设场会审，谓之朝审。

隆庆四年九月初三日，承天门前摆着几十张铺了红毡的桌子，桌上放着一摞摞厚厚的案卷。京城百姓一大早就围拢过来，旁观今年的朝审。

国制，刑部审结的死刑重犯，除斩立决外，皆羁押大牢，待翌年朝审。朝审前一个月，刑部即将各犯案卷送阅；朝审之日，事前审阅案卷有疑问处，提拘人犯到场复查。会审结果分为情实、缓决、可矜三类，呈报皇上御览，以示慎刑。皇上若在人犯名字上画钩，谓之勾决，即执行死刑；皇上未画钩的，谓之勾免，继续关押，等待来年再按既定程序执行。

朝审例由吏部尚书主持，各部院寺监正堂、五军都督府掌印官皆参加。高拱以内阁重臣掌管吏部事，整日忙得团团转，都以为他不会参与朝审。谁知刑部启动朝审的奏本一到内阁，高拱就申明要出而主持。此后的一个月，他每天夜里都在吏部直房审阅文卷，几近通宵达旦；凡有疑问的案卷集中起来，召三法司刑官面究十余日，这才于初三日正式设场开审。

交了辰时，一大群文武高官自承天门而出，五军都督府等衙门堂上官坐东向西，吏部等衙门堂上官则坐西向东。因朝审例以吏部尚书主持并主笔，故高拱坐在首座，刑部尚书葛守礼第二座，掌都察院事阁老赵贞吉第三座，其余人等依序入座。部院寺监正卿尚未坐定，突然，围观的人群一阵骚动，围在最前端的几个老者向前挪了几步，齐齐跪倒，双手拿着诉状举过头顶，大声哭喊：“冤枉啊！请青天大老爷做主啊！”

锦衣旗校一拥而上，将几名老者围住，正要动手拖去，高拱制止道："慢！状纸呈来。"

"新郑，若此处可接状，恐朝审难进行。"刑部尚书葛守礼低声劝阻道。

旗校已接了状纸，递到高拱案前。他拿起匆匆浏览了一眼，递给葛守礼，道："终归是要给人家个说法的。"

葛守礼一看，乃是仇家联袂状告已故锦衣卫都督陆炳的。当年陆炳为了媚上而将谏诤先帝的太仆寺卿杨爵拷打致死，又将论救杨爵的户部主事周天佐、巡按御史浦铉折磨致死，欠下血债。如今杨爵、周天佐、浦铉俱已昭雪四年，他们的家人屡次请求追论陆炳，皆因陆炳乃徐阶的儿女亲家，三法司不是拒绝就是搪塞，几年过去仍未如愿，是以利用朝审之机，相约到京，佯装围观，跪地喊冤。

"本部已复查杨爵等各案，三人确为陆缇帅下令拷打或绝其食而致死。"葛守礼侧过脸来对高拱说，"若内阁主持正义，则本部即可上奏。"

"奏来！"高拱断然说，又对跪地的老者大声道，"朝廷必会秉公执法，尔等且静候消息，不得再渎扰！"说罢，向侍从挥手示意，侍从大叫一声："押人犯到场——"

须臾，各旗校押本囚上前，侍从之人大声喝道："朝上跪！"

几名人犯面西而跪，不待发问，突然大喊道："冤枉——"

"跪者何人？因何罪判何刑？"高拱大声问。

"罪臣王金、陶世恩、陶仿、申世文、刘文彬、高守中，因'伪制药物'被拘押，比照'子弑父律'论死。"王金回答，又喊道，"罪臣委实冤枉啊！"

"有何冤枉，从实说来！"高拱道。

"新郑，此案乃据《嘉靖遗诏》'方士悉付法司治罪'而立，且已定案有年，我看就不必再审了。"赵贞吉提醒说。

"坏法乃天下大弊！"高拱不以为然地说，"执法必公，天下方可望治。我辈朝审，不是走形式，而要审罪犯、核事实，凡有冤者，自当复审之，岂有例外？"他转向王金，"说！"

王金道："罪臣乃秀才出身，因先帝修玄，特爱灵芝灵龟，罪臣献之，先帝嘉悦。嘉靖四十三年，特命入太医院为按摩科御医。我辈方士固乏医术，然助先帝修玄却也尽心竭力。我辈因先帝修玄而得荣宠，日夜祈求先帝长生不老，我辈自可永享富贵，万不会存害先帝之心。法司以我辈妄进汤药，内有大黄、芒硝等物，遂损圣体，致先帝崩逝之说，罪臣委实不服！"他对着高拱，大声道，"高阁老可以作证，先帝服药极为慎重，即用太医药剂，必有御札，与阁老商榷。说我辈妄进有毒药物，我辈委实冤枉！"

"住口！"赵贞吉呵斥道，"竟敢妄攀主审官为你作证，大胆！"

“罪臣看这满朝也没有敢主持公道之士。反正我也是要死的人了，索性把事实说出来吧！”王金梗着脖子道，“先帝弥留之际，胡应嘉受人指授诬陷高阁老，意图激怒先帝杀了高阁老！彼时罪臣服侍于先帝旁，徐阁老竟要先帝御览胡应嘉弹章，罪臣身为值守御医，自然不能赞同，恐先帝受刺激而……徐阁老怀恨在心，遂制造此冤狱以报复！”

王金这番话，听得众人目瞪口呆。高拱脑海里，浮现出徐阶在他面前说“老夫不会允许胡应嘉伤害到新郑”这句话时那蔼然可亲的表情；现在看来，那嘴脸何其虚伪，因而遽然变得无比丑陋！他鼻子里发出“哼”的一声冷笑，心中暗忖：“报复非君子所当为；然则也不能因为害怕被人说要报复，就被‘报复’两字捆住手脚，对关涉徐阶的任何不法情事都一味回避！”这样想着，便大声道：“王金所言先帝服药与阁臣商榷一事，非妄言。”他又转向葛守礼，“大司寇，刑部审理此案，定王金等‘妄进汤药，遂损圣体’，可有证据？”

葛守礼道：“并无证据。”

高拱道：“先帝保爱圣体，极为详慎。安肯不问可否，轻服方士之药？又安有服了方士之药受到损伤，却隐瞒不说，继续服用之理？这不符合先帝的性格！”

葛守礼道：“王金等方士，原不知医术，但乌七八糟的药物，也不可能得进于先帝服用。”

“这就是喽！在律法或事实上，王金等弑君之罪很难成立。重要的还不在这里，”高拱朗声道，“若凭推断认定王金等弑君，看似为先帝报仇，实则是诬诋先帝！何也？如此，即是说先帝陨于非命，不得善终！而自古帝王不得善终者，必取笑于后世，其名至为不美。而先帝御宇四十五载，享年六十，寿考令终。自古帝王罕有可比，安得诬为不得善终？先帝末年抱病经岁，从容上宾，并非暴卒，安得妄断乃方士所害？”

“高阁老，青天大老爷啊！”王金痛哭流涕说。

“住口！”高拱喝住他，“本阁部非欲为尔等方士开释，乃为先帝辩诬！尔等方士，恶孽多端，自有本等罪名追究。此案，当着三法司再审！”他突然意识到此乃朝审场所，遂环视部院寺监堂上官，“诸公以为如何？”

众人相顾无言。高拱大声道：“下一案！”

二

“王金一案，三法司会审，已有结果。”内阁中堂里，李春芳拿着一份文牍说，“这是三法司的复审结论。”随即读了起来：

先帝圣躬违和，委于各犯无干。钦唯我世宗皇帝，四纪御天，既三代之鲜有；六甲终命，亦五福之兼全。大渐之时，并无卒暴之患；归咎硝黄之说，何有指实之凭？事理贵真，不可妄意；法律以正，岂得轻加？故方士王金等以子弑父律论死不当；但王金、陶仿等习陶仲文之术，以旁门左道惑众，当以本罪坐为从律编戍，编置口外。

放下文牍，问："诸公以为如何？"

张居正、赵贞吉皆不语。高拱坐直身子，用力清了清嗓子，声音低沉地说："道人方士惑君邀宠，混迹太医院，骇人听闻。但法司审案，当重事实、据法条，犯什么罪就依什么罪追究，不能为了杀人胡乱编造罪名。刑部重审此案，重事实、依法条，判决公平，当准。"说到最后，嗓子几乎发不出声来了。

"北虏犯边，玄翁日夕筹策，尚未毕事，又主持朝审，可谓夜以继日，席不暇暖。"张居正道，"我观玄翁面带倦容，一脸疲惫，委实太操劳了，还是要注意保重身体啊！"

"呵呵，新郑做事太认真了。"李春芳说，"往者朝审，少者半天，多者一天，不过沿成例而已；今次新郑特奏请朝审两日，还……"

"兴化，执法不公，为天下人所诟病，我着急啊！"高拱打断李春芳，哑着嗓子道，"今次参与其间方知，堂堂最高司法者，审案竟如此草率！故特奏请朝审分为二日，以尽其详；朝审时令人犯各尽其言，面察其情，颇为尽心。身体累事小，心累啊！"

"玄翁，不要再说话了，嗓子哑成这样。"张居正关心地说。

"冤案累累！冤案累累啊！"高拱却停不下来，"此番朝审，重犯凡四百七十，审出冤者一百三十九，其余尚有情冤而证佐不够确凿者，未敢开释。"他突然提高声调，痛心疾首地说，"诸公，这还是三法司审过的案子啊！都是最高刑官办的案子啊！都是人命关天的案子啊！"

李春芳、张居正、赵贞吉皆默然无语。

高拱从一摞文牍中翻捡出几张稿笺，说："这是朝审时我边听边顺手写下的，请叔大替我说说。"

张居正走过去，拿过稿笺，道："哦，是玄翁总结的刑官不职的种种表现。"说着，读了几条，"一、黩货鬻狱。这是贪墨之徒所为。二、务为推诿。一日之事动经数日，一人之事动经数手，频年累月不能问结。这是缺乏担当。三、苟袭故事。有法律不讲，只取成例，徒积资历以待升转。这是不负责任。四、自以为是，执拗顽固。为证其是，对称冤者动辄加刑，务合己意。这是酷。五、媚上卖法。凡有权势者暗示，抑或事关权势者，则畏于权势、不顾法律。这是小人行径。"

"革弊改制以兴法治，刻不容缓！"高拱情绪激动地说，他拿出几页稿笺，"一、实行刑官久任之法。"

"来来来，我替玄翁说。"张居正主动走过去，拿过高拱手中的文牍，读道，"刑乃民命所系，刑部为司法之总。居其官者，使非律例精贯，则审狱判案，必不能当其情。然非久于其职，则阅历未深，讲究未熟，欲其精贯，亦不可得。是以刑部、大理寺堂上官以下，当行久任之法。”

“行政与司法，本有不同。目下司法之官与各部院行政之官完全一体，此制当改！”高拱嗓子沙哑，却还是忍不住解释了一句。

“二、州县正官专理民事，加意刑名。”张居正接着读道，“州县正官为亲民之官，钱谷、刑名乃其急务。州县正官当通晓律令，听断检验，不眩于人言，不拘泥己见，而民可无冤。然时下人情玩忽，不务正业者众．孜孜于迎送、参谒等项虚文，津津于一应泛常差委而乐道，刑名大事，或推诿于佐贰幕僚，纵其渔猎贪黩；或虚应故事，草率了事。当行各抚按衙门，严加禁止，详加查考，从重参究。”

“时下为官者，压力是越来越大喽！”李春芳感叹道。

“那就对了！”高拱呛白道，“奢靡成风，推杯换盏，迎来送往，游山玩水，是轻松、舒坦，可这样下去，早晚把民脂民膏榨干，令江山社稷葬送！”

张居正见无人再说话，便继续念道：“三、督令观政进士切实讲求律例。进士在内多分发刑曹，在外多为州县正官。兴法治，必从新科进士抓起。进士出炉，按例分送部院寺监观政。时下观政进士却袭故套，整日聚会取乐，无所用心。当饬令各衙门堂上官，督令观政进士讲律例，要拣选知律吏书为之辩证解说，务使其通晓律例；观政期满，要考其通晓律令如何。”

“好了！”李春芳终于忍不住制止道，“时下推出的革新改制之事甚多，恐上下一时难以适应。我看内阁不必再议，就请新郑斟酌，分时上奏，次第实行吧。”他晃了晃手中的文牍，“刑部所奏，追论前缇帅陆炳的。这是大事，当慎重商榷停当。”

“怎么追论起他来了？”张居正蹙眉道。

“冤主上控，言官论劾，指控陆缇帅任恶吏为爪牙，侦知民间谁家有钱，抓住他的小过即收捕，没其家，积财数百万。是时严嵩父子擅权，陆炳无日不登其门，文武大吏遂争相求陆缇帅在严嵩面前为其美言，受贿不可计，营别宅十余所，庄园田亩遍四方。陆缇帅为邀帝宠、媚权要，竟丧心病狂，致死忠良。”李春芳把三法司奏本说了一遍，“三法司审结，建言追论陆炳之罪，削去官阶，抄没财产，并予追赃。”

“喔呀，这又是翻王金的案子，又是追论陆炳，外间恐有针对徐阁老之议吧？”赵贞吉担心地说。

张居正支吾道：“抄家与追赃二罪可并坐吗？三法司……”他欲言又止，低头不再说话。

“新郑，你看呢？”李春芳看着高拱说，“过去的事了，免得引起外界猜测，对新郑不利。”

“对高某利与不利，不必介意！”高拱从嗓子眼里发出低沉的声音，“是非要明，

执法要公！错案，就要纠正；罪人，不能放过！不然对不起皇上，”他突然用力“嗵嗵”地拍打着胸口，几乎是用尽全力，挤出了一句话，“也对不起自己的良心！”

三

看到《邸报》，吕光大惊失色，本想谒见张居正，又恐被拒，急忙趁着夜色，登门拜谒新任工部侍郎曾省吾。

“曾侍郎，你说高胡子这是何意啊？王金的案子，翻了；又追论陆炳，竟至抄家！”吕光一见曾省吾，就迫不及待地说，“他要实施报复，对存翁下手？”

“报复未必，但他不再被‘报复’二字捆住手脚倒是真的。”曾省吾道，“他到任几个月工夫，整顿边政，大见成效，北虏到了古北口前，竟不敢入寇，秋防无虞；贵州的事，不战而息争；恤商改制裁冗员；整顿官常，惩贪墨，戒奢靡……如此等等，偏偏他用的几个人又颇孚众望，都说他善用人，掌铨最佳。高相难免信心大增，不再瞻前顾后。”

“这么说，任其为所欲为？”吕光不服气地说。

“吕先生，别忘了，今上与高相息息相通，凡是他所主张的，今上无不赞同。”曾省吾手一摊，“谁敢跟他较劲儿？怎么较劲儿？”

“听说高胡子整日忙得四脚朝天，怎么不累死他！”吕光诅咒说。

“呵呵，高相可不能死！”曾省吾意味深长地一笑道。

吕光不解：“曾侍郎是说……”

“嘘——”曾省吾以手指竖于唇上，制止吕光说这个话题。

“不管高胡子是不是报复，我担心追论陆炳，会牵涉徐府。”吕光把话题扳回来，叹口气说，“本来海瑞滚蛋后朱大器代之，徐府之事缓和了些。今次一旦地方官得到对陆炳的追赃指令，必追到徐府，一番折腾倒还罢了，无非把当年侵夺陆家的东西交出来就是了。怕只怕地方官认准这是报复存翁的信号，对徐府又不依不饶起来！”

曾省吾道：“存翁在朝善为收揽人心之举，怎么在家乡却……委实有些过了。”他一笑，“哦，在朝收揽人心，是慷国家之慨，呵呵！”

吕光面露尴尬，道：“曾侍郎，能不能出面请几个言官……”

“不妥！”曾省吾摆手打断吕光，“反正吕先生有的是钱，像戴凤翔、舒化，还可以用的嘛！”

“戴凤翔？”吕光摇头，“自从弹劾海瑞，道路传闻他受了徐府的贿，目下高胡子惩贪，他提心吊胆、精神萎靡，哪里还敢言事。舒化倒是可以找找。只是，”他扽了扽耳唇，“从何入手说事呢？”

曾省吾道："自海瑞抚江南，揭出徐府不少丑事，存翁声誉一落千丈；唯遗诏一事，还是得人心的。"

"遗诏？"吕光沉吟片刻，似有所悟，"哦，多谢侍郎指点！"

三天后，刑科给事中舒化的奏疏，发交内阁。张居正执笔，把奏本扼要说了一遍："方士王金等付法司问罪，此遗诏意；今欲赦其罪，不知其意何为？遗诏最为收拾人心，今欲弃之乎？再则，刑部虽主司法，然与吏、户等部，同为六部之一，行之已久，遽然改制，欲行刑官久任之法，此非擅改祖制乎？"

高拱怒目圆睁，厉声道："舒化乃刑科给事中，负监察司法之责，一次朝审即审出冤狱一百三十九人，平时未见他纠弹过一起，不自省过，反来质问，是何道理？此等言官，不称职！"

赵贞吉道："舒化自任言官，风采凛然，同官敬惮，并无显过，不宜遽遣。"

高拱仍是一脸怒气，道："给事中出外任，例升参议，吏部会给他找个参议的位置出来的。官升七级，不算遽遣。总之，不能再任言官！"

"呵呵，新郑今日何以怒气冲冲？"李春芳道，"嗓子刚能发声，还是不发火的好。"

"我倒是想不发火，可有些事情，让你不能不发火！"说着，他拿起一叠文牍，说，"这是吏部的文牍：嘉靖六年，距今四十多年前的刑部主事唐枢，因为反对先帝议大礼而被革职，现在七十六岁了，要升京卿；四十年前任吏科都给事中的王俊民，不知因何事被革职，已去世多年，他的孙子说是因为建言获罪，要求平反，荫一子入国子监。这样的事，每天都有。自高某掌铨以来，凡遇此等事，也只能咬牙题准。可今日看了唐枢、王俊民之事，再也忍不住了！不是为这两个人的事，"他突然提高声调，"高某独痛心于人臣为收揽人心，不惜归过先帝，凡是先帝时被遣之臣，不分青红皂白，皆予平反，难道先帝所为皆错？难道这些人反倒没有错的？而乃勿论有罪无罪、贤与不肖，但系先朝贬斥之臣，悉褒显之，不次超擢，立至公卿；凡已死者，悉为增官荫子，大慷国家之慨，这是何道理？！"

李春芳似乎明白了高拱恼怒的原因，惊问："新郑的意思是，《嘉靖遗诏》有误？"

"有大谬存焉！"高拱恨恨然道。

张居正预料到，早晚会有这么一天，高拱会对遗诏发难。他不便说话，只是怔怔地看着高拱。

"遗诏对先帝一概否定，何益之有？"高拱瞪着眼，以激辩的语调道，"嘉靖初年，君臣励精图治、锐意革新，有'中兴'之誉，因何忽略不计？肯定嘉靖前期的历史，指出后期的弊政，正可提醒后人汲取教训，方可明白持续革新的重要性！"他呷了口茶，清了清嗓子，继续道，"尽翻议大礼之案，意义何在？"又自答道，"据议大礼而定皇统世系的《明伦大典》颁示天下已久，如今凡是当时持反对立场

的都予平反，是不是说这个世系定错了，当纠正？轻者说是无事生非，重者说是故意摇乱国是！如此，置皇上于何地？再引申开来，因议大礼而受重用的张孚敬之辈，是不是都要否定？我看，否定议大礼只是表面的，实质是否定嘉靖初年君臣励精图治、锐意革新的历史！”

张居正知道高拱的底蕴，他本想接续嘉靖初年的革新路线，当时却被排斥在起草遗诏以外，未能如愿，故而耿耿于怀。如今见舒化拿遗诏来反对他的革新主张，终于忍耐不住，把积压已久的愤懑，一股脑发泄了出来。同时，无疑也有将徐阶依靠遗诏换得的资本一举予以剥夺的用意。遗诏是徐阶召他在密室起草的，尽管他也知道徐阶排斥高拱参与起草遗诏本身就是一计阴招、陷阱，但眼看着高拱痛诋遗诏存有大谬，他却不敢发一语，心里还是有些不是滋味。

“遗诏尽归过于先帝，除了为某人解脱，对新治理，有何助益？”高拱继续说，“究其实质，是为人臣不承担责任树立恶例！嘉靖朝的积弊，都是先帝之过？做臣子的担当了吗？却以遗诏推脱得干干净净！行新政，必担当！时下官场，最缺的正是担当！时政出了弊病，应由我辈辅臣承担责任，不宜存丝毫推脱之念。同理，前朝的弊病，亦不能一概归过于先帝，敢再归过于先帝者，当以大不敬罪论处！此为革新计，亦为树立担当精神计！”

李春芳一看高拱举盏喝茶，生恐他再侃侃而论下去，忙道：“新郑，你的意思我辈都明白了。”

“光内阁明白了还不够！”高拱放下茶盏道，“我要上本，请皇上下旨，昭示中外！”

此话一出口，高拱的心思就转到构思奏疏上了。他心里清楚，这本奏疏旨在定国是、裨新政，分量很重，务必反复推敲、字斟句酌。白天，阁务部事千头万绪，他又最容不得“拖”字，直到戌时过半，才忙完手头的事务，静坐吏部直房，展纸提笔，郑重写下《正纲常定国是以仰裨圣政疏》。

“嗯，先从吏部最新接到的两个要求平反的例子说起，以免太空洞。”他自言自语，遂写道：“文选清吏司案呈，奉本部送吏科抄出……”

“老爷，老爷——”门外传来高福的声音。

“叫什么叫？”高拱呵斥道，“今夜有要事，不回家了！”

“不是，老爷，宣大、宣大总督差人，”高福探进头来，不知如何才能说清楚，支吾了几声，索性道，“有惊天大急事！”

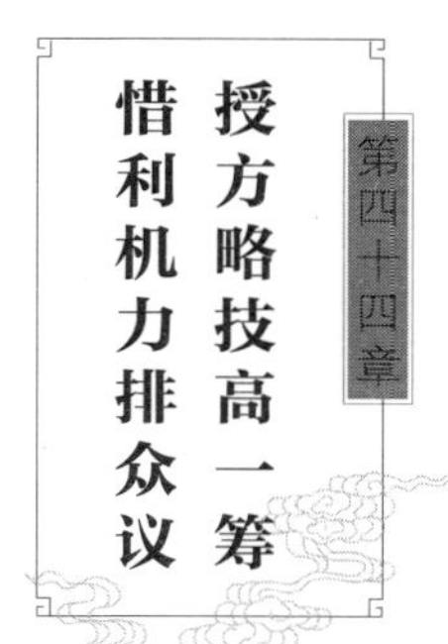

第四十四章 授方略技高一筹 惜利机力排众议

一

高拱原以为，俺答西征，宣大防御可以松口气了，突然听到宣大出大事的消息，不觉大惊，急忙登轿回府。一进家门，就急切地问："宣大使者何在？"

"禀老爷，在茶室候着。"高福答。

"快，到书房见。"高拱吩咐道。说着，快步向书房走去。须臾，王崇古的使者王诚、鲍崇德二人被高福领进高拱的书房。施礼毕，来不及看座、奉茶，高拱就问："出了甚事？"

"禀阁老，军门、抚台差我二人来谒，有重大军情禀报。"王诚说着，把一份禀帖捧递高拱手中。高拱展开一看，只见上写着：

九月十三日，有虏酋俺答亲孙把汉那吉率妻奴八人来降，称是伊祖夺其新妇，以此抱愤来投。审译确凿，当如何处之，乞示下。

阅毕，高拱蓦地起身，两眼放光，激动地说："天赐良机也！"忙对使者道，"细细说来！"

王诚、鲍崇德把细节说了一遍。高拱忽而惊诧，忽而蹙眉，不时变换坐姿。待两人说完，他问："鉴川、金湖何意？"

"军门、抚台的意思是，欲纳之，以之交换赵全！"王诚答道。这是王崇古未写入禀帖、但来之前授意于他的。

"嗯，鉴川、金湖有担当！"高拱以赞赏的语调说，又问，"可知老俺动静如何？对此孙如何？"

王诚答："禀阁老：据谍报云，俺答甚喜欢这个孙子，他的大老婆伊克哈屯把这个孙子一手养大，爱之更甚，且俺答惧内。把汉那吉出逃，是因为俺答之故，伊克哈屯于是对俺答甚怨恨，用柴棒击打俺答的脑袋，说即使南朝要他的头，她也给，她只要她的孙子！”

“甚好！甚好！”高拱拊掌道，“得策矣！”说着，疾步走到书案前，展纸提笔，刚要落笔，又放下，唤了一声，“高福，领二使者到别室等候，叫崇楼来见！”

房尧第闻讯进来了，高拱把禀帖递给他看，一面抑制不住激动的情绪，道：“宣大督抚未拒之，勇气可嘉！此乃安边利机，务必牢牢抓住！”

“玄翁，此与桃松寨因通奸事败叩关来降异曲同工啊！”房尧第笑道。

“大不同！”高拱断然说，“一则桃松寨不过是黄台吉的侍妾，而把汉那吉乃老俺爱孙；二则宣大边臣绝非意欲居奇邀功，而是舍家舍命承担重任；三是中枢非媚上邀宠的严嵩主之，而是我高某也；四是皇上不同于当年的世庙，当今皇上对虏并无执念；五是北边情势不是当年一味被动挨打的局面，北虏已知我守备严密、边政日新，随意入寇如入无人之境的局面已一去不复返了。有此五者，抓住此一利机，则不唯边患一举消弭，甚或可达成汉蒙一家、重纳大漠于朝廷治理之下的新局！”

“哎呀！”房尧第惊叹道，“玄翁大气魄、大手笔啊！能有此识见者，举国无二！”

“要在处之得策！”高拱有些得意，“宣大督抚建言要以把汉那吉交换赵全，不可！”

“哦？”房尧第露出惊诧的表情，“学生首先想到的，也是交换赵全。玄翁则以为不可，这是为何？”

高拱并不直接回答，而是反问道：“崇楼以为，当如何处之？

“照常人的想法，处置之策有三：一则拒之；一则杀之；一则易赵全。”房尧第答，他一笑，“这三策，恐俱不合玄翁思路。”

“不错，此三策格局都太小！”高拱一扬手道，“轻易将把汉那吉交给老俺，岂不示弱损威？桃松寨之事可鉴，必不可！若轻举妄动而杀之，则绝老俺系念，徒增其恨，有何意义？石天爵之事可鉴，必不可！若明言交换赵全，亦不可！”

“玄翁，为何不可？”房尧第目不转睛地盯着高拱问。

“外人来附，我自当安抚之；不能安抚，仍执还之，岂能开口与之做交易？”高拱撇嘴道，以嘲讽的语气说，“你交出一两个汉奸，我就把你孙子还给你！”他摇头，“如此，岂不失我堂堂天朝之体，见笑天下？”

“哎呀！”房尧第恍然大悟，“国格所系，尊严所关，委实不可轻言交换。那么玄翁，当如何处之？”

“哈哈哈！”高拱大笑道，“你倒反问起我来了！”

房尧第笑道："学生知玄翁已然成竹在胸矣！"

"也罢，我说说自己的想法，崇楼看怎样。"高拱道。他呷了口茶，目光幽远，"愚意：只宜将把汉那吉厚其服食供应，大大超出他的期望，使之歆羡我中土之富贵；而我又开诚信以结其心。其奶公阿力哥，既能唆使把汉那吉来降，则其人可用。他挟老俺之孙来降，则必不敢再回去。以可用之人而怀不敢复归之心，我再许之他日之利，自可令其佐我今日之计，彼必甘心为我所用。"

房尧第道："玄翁之言合情合理！只是……"

不等房尧第说完，高拱接着道："老俺闻我厚待其孙，必对我生感德之念。如其率兵来索，则我只严阵以待，而从容晓谕之：'把汉那吉来降，我天朝知他是你的孙子，方如此厚待他。你不感恩，还要怎样？你若早有你孙之见，慕义来降，则待遇又岂在你孙之下？而今却拥兵强索，能无愧焉？'只如此说，不必恶言相向，则彼当计穷，而我乃以把汉那吉作为制约老俺的工具！"他得意一笑，"况且，黄台吉素恨老俺偏爱此子，而今此子南来，则必幸灾乐祸，归咎老俺偏爱惹祸。老俺来强索，黄台吉必不肯真心相助。从此，父子之间亦当有嫌隙，而我得以喘息为备。"

"嗯，有道理！"房尧第点头道。

高拱继续道："若老俺可图，或忿沮而死，则我速将把汉那吉送回，使领其众，仍受我之名号，我并宣示中外，有敢犯把汉那吉者，我必助其图之。黄台吉素恨此子，彼此必兵戈相见，相互厮杀，无暇他顾。我可借以修战守之备，享数十年之安矣！"

房尧第频频点头。

"若老俺厚爱其孙，必欲得之；强索不成，势必求归顺！"高拱兴奋起来，"彼求我，我开始却不答应。只是放话说：'彼久作歹于中土，若非有真确证据，安得信其归顺。'此话故意让老俺闻之，再密使细作在旁为老俺说：'若将赵全等绑了献于朝廷，归顺可成，把汉那吉可得。不然，则无计可施矣！'老俺必悟。若果绑缚赵全等人前来，我即受之，并对老俺说：'观你之举，可谓诚信。今后你即为朝廷之臣，你之部落，皆我中国之赤子也。既是一家，你孙可听其归，不分彼此也！'如此，则是嘉其归顺，以大义与之，方成体面。"

"哎呀，玄翁真是高瞻远瞩啊！"房尧第赞叹道，"以常人的想法，留把汉那吉为人质，以为他日交换赵全之用。听玄翁一席话，方知这是自损尊严！不过玄翁，赵全为老俺立下汗马功劳，老俺似不会轻易答应献出赵全。"

"也不必斤斤计较于此！"高拱道，"老俺归顺，汉蒙一统，这才是大局。至于献不献赵全，只是象征罢了。汉蒙已然浑然一体，以贸易取代战争，即使赵全仍留

在老俺身边，又能怎样？况有此风波，赵全必不自安，与老俺彼此生出嫌隙，有了二心，我再用计图之，有何不可？是以，今日不可说破，只加意厚待把汉那吉及阿力哥，对老俺可置之不理；待其来求，我再徐徐应对之，方为得计。”

房尧第也大感兴奋，道：“学生不唯钦佩玄翁的襟怀识见，更钦佩玄翁的判断力。”

“此计如何？”高拱问，语调中充满自得。

“只是，千百年来，与异族抗争，养成了士大夫的爱国心肠，尤其自宋以来，士大夫极重气节，与外族交涉中一味抵抗，不敢甚至不知言和。”房尧第忧心忡忡地说，“况北虏铁蹄，数十年来蹂躏我土，杀戮我民，官民无不怀深仇大恨，言和平者，必被目为汉奸！且先帝屡降明旨，敢言互市者斩。观玄翁之意，乃是以把汉那吉来降为契机，与北虏达成和平，以贸易取代战争，以汉夷一家化解敌对，为万世开太平。玄翁，此固为大气魄、大手笔，国家、民众皆受其惠；然则，玄翁个人所要承担的风险，亦是难以估量的，还是要慎重才好！”

“是啊！”高拱慨叹道，“我朝读书人，忠君爱国之心无可置疑，唯不知何为爱国，何为误国。误以为对外一味强硬就是爱国，不知运用利机，最是令人痛心！”

“根深蒂固，一时难以扭转。”房尧第道，“是以玄翁当三思。”

“我说过，相天下者无己！”高拱慨然道，“国朝二百年矣，始终未能消弭北虏之患。无天时地利人和之象故也！今遇此良机，王崇古在外担之，吾在内主之，无论如何也要牢牢抓住，即使身败名裂，不复顾矣！”说着，快步坐回书案，对房尧第扬手道，“好了，我要将适才所言修书王崇古，授以方略。”言毕，埋头奋笔疾书起来。

一个时辰后，王崇古、方逢时的使者带着高拱的书函，疾驰而去。

夜已深了，高拱躺在床上，辗转反侧，把事态的各种可能性梳理了一遍又一遍，突然翻身坐起，披衣下床，唤道：“高福——”

高福已沉沉睡去，高拱喊了几声，他才闻声前来。

“你快去，叫张翰林来见！”高拱吩咐道。

“老爷，等天亮了不中吗？”高福揉着眼说。

“叫你去你就去，还要讨价还价！”高拱呵斥了一句，向书房走去。

高福无奈，小跑着上了西单牌楼大街，直奔丰盛胡同张四维的宅邸而去。

二

宣大总督衙门，王崇古接到高拱的书函，急忙差人请方逢时来商。“金湖，”王崇古叫着方逢时的号道，“中玄、太岳二相公，都赞同收留把汉那吉！”他抑制不住兴奋的情绪，先把张居正的书函递给方逢时，“这是太岳相公的华翰。”

王崇古知方逢时与张居正同乡，方逢时大同巡抚之任，即缘于张居正的举荐，两人关系密切，遂嘱咐王诚，不唯要请示高拱，还要到张居正府中请示。王诚、鲍崇德两人从高拱宅邸出来，即转赴张居正家中，张居正也修书一封，两人一并带回了。

“太岳相公言，有非常之人，方可为非常之事；为非常之事，方有非常之功！看来他将此事看得很重啊！”方逢时边看边说，“哦，太岳相公的意思是，以把汉那吉易赵全，此议正与我辈合！”

“可是，中玄不以为然！”王崇古笑着说。

“喔？那是为何？”方逢时不解，忙接过高拱的书函来看，看了一遍，他望着王崇古，“鉴川，经中玄一点拨，还真不该明言交换赵全。”

“是啊，所谓非常之人，中玄是也。”王崇古感慨了一句，“你看他书中事无巨细，设想了各种可能性，设计了每一种可能性的实施步骤，而立意又何其高远宏大，我辈实难望其项背！今得中玄在内主持，我辈成非常之功有望！”他情绪高昂，搓了搓手，“我意……”

话未说完，亲兵禀报：“京师张翰林差急足来投书！”

“子维？他有何急事？”王崇古疑惑不解，又自答，“会不会也与此事有关？不妨先看看他怎么说。”遂将张四维的书函拆开来看：

深夜蒙玄翁急召，嘱甥三事：一、把汉那吉来降，此事关系重大，须得机宜乃可。不者，将难以收拾。今若果如舅之使者所云，老俺爱孙甚，欲得之急，则如书函所嘱，厚待之可也；倘所言不确，把汉那吉非老俺所爱，且怒其逃，则不可厚待之，甚或杀之不恤也，以免反为其所笑。二、易赵全之议固佳，然万不可泄一语，更不可对老俺说出口，不者，则我先失一着矣！

玄翁日理万机，恐不及书，此后有所示意，即托甥转语舅父。另，玄翁意，已呈皇上特旨简任甥为吏部右侍郎，以佐玄翁办事。

阅毕，王崇古顺手递于隔几而坐的方逢时：“金湖，定然是中玄密函已交王诚，而他仍放心不下，召子维去见，又有是嘱。”他慨叹一声，“中玄甚用心啊！”

方逢时看完，道：“俺答甚爱此孙，审译如此，谍报也如此。我意，还是照中玄书中所示行事。”

王崇古点头：“那么，即按中玄所示，修改奏本上奏。交换赵全之说，呈朝廷的密奏中可以说，对外不得再提。若有知其事者，当速嘱其噤口，万勿泄于外。”

方逢时赞同，道：“既然中枢赞成收留，把汉那吉滞留败胡堡已然七日，似可即接其入大同。”

"务必照中玄所嘱，厚待之！"王崇古道，"先把奏本核定吧！"

两人遂逐字逐句推敲斟酌一个多时辰，奏疏成。略谓：

臣等熟计之，有三策焉。把汉脱身来归，非拥众内附之比，宜给宅授官，厚赐衣食，以悦其心；禁绝交通，以防其诈；多方试之，以察其志。岁月既久，果无异心，徐为录用。使俺答勒兵临境，则当谕以恩信，许其生还，因与为市。若生缚板升诸逆赵全等致之麾下，归我被掳士女，然后优赏把汉而善遣之，此一策也。如其恃顽强索，不可理喻，则严兵固守，随机拒战，且示以必杀，置其死命，其气易阻，必不敢大肆狂逞，而吾计可行。又一策也。其或弃把汉不顾，吾厚以恩义结之，其部下有相继来降者，辄收牧各边，令把汉统领，略如汉代之置属国、居乌桓之制。候俺答既死，黄台吉兼有其众，则令把汉还本土，收其余众，自为一部，以与黄台吉抗。而我按兵助之，使把汉怀德，黄台吉畏威，边人因得休息，又一策也。臣等日夜度虏之状，不出此三端。而吾应之之术，宜亦无逾此者，唯陛下集诸臣裁定可否。

拜封毕，天色已晚，王崇古面色凝重，道："金湖，朝廷接到奏本，反对者必不在少数，俺答窥我意见不一，很可能勒兵来犯，以张声势。事体紧急，我还要与三镇总兵商榷备战事，就不留金湖吃饭了。待大功告成，再请金湖痛饮！"

方逢时辞出辕门，策马向大同赶去。次日一早，即召集所属，会议迎接把汉那吉事宜。一切布置停当，遂遣中军康纶率五百骑前往败胡堡受降。

把汉那吉在败胡堡形同禁闭，熬过了九天。审译一遍又一遍，驿馆外又有重兵把守，看看这阵势，可谓插翅难飞。他心头已被绝望的情绪所笼罩，听到大同五百骑为他而来，不免惊恐外露。直到康纶知会他是要带他入镇城的，他的情绪才慢慢稳定下来。

次日，先举行受降仪式。康纶端坐府堂，两边仪仗威武庄严，把汉那吉等入内，行参见礼。随后，阿力哥代表把汉那吉陈情，泣言诚意来降，愿做大明臣民，乞求朝廷接纳。

康纶高声道："汝既言辞恳切，大同巡抚方大人有意接纳，特遣本将来此受降，即接往大同居住。"言毕，鼓声咚咚，炮声震天，马匹、花车列队相候。康纶做了一个"请"的手势，把汉那吉一行被人引导着上了车马。

九月二十三日傍晚，把汉那吉乘坐的花车在五百仪仗的簇拥下驶进大同城，沿鼓楼大街向北行驶；绕过鼓楼，往巡抚衙门驶去。

巡抚衙门早已摆列仪仗，兵勇林立，明盔亮甲，剑戟耀目。杏黄旗迎风招展，豹尾旗旗杆上的利刃发出寒光。随着一声唱喊："传——"卫兵亲随口中发出"武——"的吼声。

把汉那吉又惊又惧，左顾右盼进了大堂。按照事先的安排，暂依番俗，行参见上官礼。方逢时细观其人，才十八岁的把汉那吉骄痴之态宛然可掬，不时转脸看着阿力哥，似要从他那里讨得主意。方逢时确认，果如高拱所判断，阿力哥乃把汉那吉主心骨也。他从袖中拿出一叠文稿，看了看，提笔在阿力哥名字下多加了赏金一百两，起身高声道："尔等慕义来归，本院有赏！"

侍从高声朗读，把汉那吉、阿力哥得赏最多，其余六人各赏金帛牛酒若干。赏赐毕，方逢时又道："赐宴！"顿时鼓乐齐鸣，仆从鱼贯入内，桌椅摆设齐全，美味佳肴次第端上。须臾，大堂内觥光交错，欢快无比。

把汉那吉何曾见过这般场面，佳肴中诸多菜品也闻所未闻，勿论品尝了。他一时喜出望外，趋方逢时座前叩首道："多谢太师接纳，祝太师康健无恙！"一场宴会下来，把汉那吉竟至方逢时座前三次叩首。

大同最豪华的驿馆已腾退一清，专门安置把汉那吉一行。驿馆内敷设豪华，看得把汉那吉目瞪口呆，赞叹不已。次日早饭后，花车已在门首候着，把汉那吉、阿力哥等人穿上方逢时所赏盛装，乘花车沿大同繁华街道游览。把汉那吉兴高采烈，惊叹不已，慨然道："早就听说天朝富盛，果然名不虚传；我投奔而来，真是来对啦！"又神情黯然道，"可惜玉赤扯金不能同来。"

阿力哥道："大成台吉，以后不要再提起玉赤扯金了，好生在天朝享受荣华富贵吧！"

"怕只怕，老主子不会善罢甘休！"把汉那吉感叹了一句。

三

伊克哈屯一早一晚都要到东暖殿找俺答汗要孙子，每次都要对俺答汗一顿痛骂："黑台吉不是你的少子？他死得早，所幸留下条根，我一把屎一把尿把他拉扯成人了，就因为你这个老不死的好色淫乱，才把他逼上了绝路。你还我孙子来！"

俺答汗愧疚难当，只能任凭伊克哈屯责骂。这天，他实在忍耐不下去了，指着自己的眼睛说："你以为我不思念孙子吗？你看看，我的眼睛都哭肿了！"

"老不死的，光哭何用？你快想法子给我要回来！"伊克哈屯仍不依不饶。

俺答汗叹气道："和南朝打了这么多年，杀他们男女无数，把汉那吉此去，南朝还会让他活着回来？恐怕可怜的把汉那吉已不在人世了！"说完，双手抱头，号啕大哭起来。

伊克哈屯肝肠寸断，陪着哭了一阵，心有不甘，道："活要见人，死要见尸；一天不见，我一天不饶你。你快想法子！"

俺答汗受了伊克哈屯一番责骂，就会到三娘子那里求得慰藉。他担心伊克哈屯拿三娘子出气，把她藏在九重朝殿一间暖阁里，重兵看护，不许她露面。三娘子见俺答汗整日被伊克哈屯责骂逼迫，唉声叹气，就建言道："法力无边的博格达汗，何不遣使去南朝？说不定，这是个机会，可以跟南朝讲和的呀！"

俺答汗摇头道："三娘子，你怎知道，早年间，本汗可是无岁不求贡的。三十六年前，本汗挟大败兀良哈及入援大同兵变之威，率兵求贡，遭到拒绝。过了几年，本汗遣石天爵至大同求贡，信誓旦旦承诺说，朝廷若许贡，当令夷众牧马塞外，饮血不犯，再次被拒。次年，再遣石天爵到大同求贡，南朝竟下令杀石天爵传首九边！"

"中土的圣贤不是说过吗？两方交战，不斩来使。他们怎么就斩了求贡使者呀？"三娘子不解地问。

"谁说不是嘞！"俺答汗无奈地附和道，"可那个嘉靖皇帝老儿傲慢偏执，不可理喻！"他趴在三娘子身上，说起了往事，"三娘子，你可不知道，即使他们杀了石天爵，本汗在次年又三次遣使求贡啊！谁知那老儿一概严词拒绝。本汗以为老儿怕我管不了其他部落，只和土默川讲和没滋味，本汗就汇集四大首领求贡，承诺若答应，东起辽东、西至甘凉，谁也不入犯。可还是热脸贴上冷屁股啊！庚戌秋，本汗亲率大军南下，围困京师八日，老儿迫不得已允准开马市。那年本汗真是小心翼翼啊，亲临市场，告诫诸部首领，不可饮酒失事，入市的马呢，必身腰长大、毛齿相应方可。只是因为贫者无马，本汗就乞请朝廷允准以牛羊入市，老儿竟以乞请无厌为由，罢了马市！"

"哎呀！"三娘子既惊且气，"那老皇帝咋这么不通情达理呀？"

"谁说不是嘞！"俺答汗大手一摊，一脸无奈地说，"还不止这些呢！那嘉靖皇帝老儿，还降下明诏，悬赏本汗首级，说南朝官员敢言互市者斩！自此，本汗只得绝了求贡之念。算起来又快二十年了，这二十年，每年都抢啊杀啊，南朝对本汗恨之入骨啊！"

"哎呀，这真是的！"三娘子面露遗憾之色，伸手抚摸俺答汗的面颊，"可南朝打不过咱的呀，怎就不愿言和呀？"三娘子又问。

俺答汗道："汉人要面子。本来天天打仗，突然之间要和，谁敢言和，谁就是汉奸。用汉人的话说，人人得而诛之！"

三娘子也无话可说了，只是感佩俺答汗的练达，搂着他的脖子在他饱经沧桑的脸颊上一阵猛吻。

好几天过去了，伊克哈屯见俺答汗还是无动静，急得发狂，索性寸步不离跟着他，哭闹不止。

“不是我不动，谍报只是说，自把汉那吉进了败胡堡，就没有了声息。万一咱孙还活着，提兵南下，不是促使南朝杀咱孙吗？”俺答汗苦口婆心地劝伊克哈屯。

“我不管，我只要把汉那吉回来！你想法子，快想法子！”伊克哈屯说着，在俺答汗后背上一阵猛捶。

“汗爷！”恰台吉从外面进来了，“谍报只说败胡堡戒备森严，宣大一线大军密布，严阵以待，就是没有大成台吉的消息。”

“多差些细作，好生打探，随探随报！”俺答汗吩咐道。

“汗爷，小的有……”恰台吉看看伊克哈屯，欲言又止。

“咋的，救把汉那吉的法子，还怕我知道？”伊克哈屯往恰台吉跟前走了两步，瞪着眼说，“要不是救把汉那吉的话，你干脆别说，滚远远儿的！”

恰台吉吓得退后两步，愣了片刻，壮着胆子走到俺答汗面前，压低声音道：“汗爷，小的有一计。不如去和王崇古说，把赵全这帮人拿去，换大成台吉回来。”

伊克哈屯年迈耳背，没有听清，刚要问，俺答汗叹口气道：“汉人有句话怎么说来着？嗯，叫一朝被蛇咬，十年怕井绳。当年桃松寨的事，他们会忘了？谁再提交换，朝廷里那些言官也得把他吃了！”

正说着，赵全匆匆进殿，兴奋地喊叫着：“汗爷，好消息，好消息！大成台吉还活着！”

赵全自听到把汉那吉南逃的消息，一直提心吊胆，生恐朝廷以把汉那吉为人质与俺答汗讲和，一边日夜在无生老母坐像前祈求，祈求朝廷杀了把汉那吉，一边差一批汉人南返，随时送谍报给他。这天午时，赵全正在无生老母坐像前祈求，大同谍报至，言方逢时已将把汉那吉迎进大同城。一见谍报，赵全不禁黯然失色，立刻召集张彦文、赵龙等心腹密议良久，终于想出一计，急趋九重朝殿来谒俺答汗。

“是不是呀！”伊克哈屯从俺答汗身边跳了起来，惊喜地问，“我可怜的把汉那吉在哪儿？在哪儿呢！”

赵全道：“已被送到大同城。”他叹了口气，“汗爷，看来，南朝是要把大成台吉当人质了。”

“说啥人质不人质的呀，上紧去接把汉那吉回来！快去呀！”伊克哈屯拉住俺答汗的袍领，推推搡搡地说。

“好好好，伊克哈屯，你老人家先回去歇着，别在这搅和了好不好？”俺答汗起身恳求道，“让我安静会，议出个法子来！”

“也好，你记住，不要回把汉那吉，你老东西别想安生！”伊克哈屯一甩手，走开了。

赵全暗喜，道：“汗爷，不能向南朝示弱，只有铁与血才能让他们害怕！说不

定一听到我大军南下的消息，他们就乖乖把大成台吉送回来了！”

俺答汗摇头道：“武力强索，他们会不会将把汉那吉杀了？这个法子，本汗已斟酌良久，终不敢动兵。”

赵全道：“汗爷，我调集兵马，围攻几个城堡，但并不急于进攻，也不抢掠，只沿边堡呼喊，要求南朝交出大成台吉；不的，就踏平城堡，血洗大同！诱使南朝守军出关来战，我捕获一二名守备将军，即可与南朝交换大成台吉！”

“哦？这倒是个法子，看来也只有如此了。”俺答汗终于做出决断，“薛禅，快画南下之策！”

赵全早有预案，他拿出一张纸，摊在俺答汗面前，上面已标好了行军图，他指指点点道：“一路三万大军由汗爷亲自率领，兵临凤凰城；一路两万兵马由永邵卜率领，攻云石堡，围困威远城；再传橄黄台吉率领二万兵马为一路，在宣府、大同间，牵制王崇古！”见俺答汗尚有疑虑，他又说，“可多备牛羊，更番叠进，为日既久，则官军人马困疲，内部又吵吵嚷嚷争论不休，不待求，大成台吉可得矣！”

俺答汗当即传令：“整备兵马！”

恰台吉、五奴柱闻听俺答汗已传令整备兵马，相约一同到九重朝殿劝阻。

“汗爷，如此举动，恐反会害了大成台吉。赵全居心不良，全是为自己谋，万勿上其当！”恰台吉急头白脸地说。

五奴柱接言道：“汗爷，三十年前我土默特无汉人，并没有什么逃亡者；如今有汉人，逃亡者却日渐增多，就连少主子也逃去了！这岂不是为汉人所祸？我丰州滩留汉人何用？”

恰台吉忙附和道：“是啊，汗爷，若将板升的汉人与南朝交换大成台吉，我们南北两家就各自相安了。”

俺答汗叹息道：“小子们，你们不懂汉人。”他大手一挥，“时下必用刀枪说话，方有力量！”

“汗爷，依小的看，不妨双管齐下。”恰台吉坚持说。

“汗爷还记得鲍崇德吗？”五奴柱道，“当年他曾为汗爷喂过马，这小子刻下在方逢时手下做通事，小的设法和他接头……”

“那还不快去！”俺答汗打断五奴柱的话，“别走漏风声。”

“那么汗爷，还发兵吗？”恰台吉问。

“不发兵？”俺答汗眼一瞪，“必发兵，五奴柱这小子在鲍崇德面前说话才有分量！”

四

王崇古和方逢时的奏疏，十月九日发交内阁。李春芳只看了开头，手禁不住微微发颤，脸色煞白，看着高拱道："新郑，这、这俺答之孙来投，王崇古何以擅自纳之？这、这如何是好？如何是好！"

高拱接过一看，此奏正是按照他的函示写成，也就踏实下来。他和张居正早已商榷妥当，只等宣大奏报，即批兵部主持廷议。此时，他不慌不忙地说："照例批兵部主持廷议就是了。"

赵贞吉看着奏疏，掰着指头算了算，道："如此大事，何以迟迟未奏报？这王崇古胆子未免太大了！"

"正因为事体重大，总要审译明白，真得敌情，方可奏报。"高拱接言道，"我看王崇古不是胆大，而是心细。事体未明就惊慌失措报来，让朝廷如何处之？"

"心细？"赵贞吉反驳道，"王崇古竟敢提议与丑虏言和，这可是杀头之罪。既然心细，就该知道先帝明诏：敢言贡市者斩！知道了还悍然提出，我看他的脑袋是不想要了。"似是为堵高拱的嘴，他又补充道，"总不能说先帝的诏旨错了吧？新郑上的《正纲常定国是以仰裨圣政疏》可是极力维护先帝的，敢归过先帝者是大不敬！"

"内江，你会错意了，鄙人纠正遗诏的本意，绝不是内江所理解的那样。"高拱冷冷道，"若先帝的每条诏旨都要不折不扣执行，恐内江还在老家抱孙子呢！"

"新郑这个说法固然不错，"赵贞吉道，"我老赵当年之所以被贬谪，就是因为庚戌年反对与丑虏言和，如今老夫还是这个主张：宁愿战死沙场，也决不与丑虏言和！"他一拍书案，高声道，"言和者，汉奸也！"

高拱冷笑一声，道："内江，这话过了。若是皇上言和呢？"

"你你……"赵贞吉被呛白地满脸憋得通红，良久才赌气道，"皇上言和，做臣子的，也要谏诤！"

"新郑、内江，先不必争了，批交兵部吧。"李春芳小心翼翼地说，"看看大家有什么主张再说。"

兵部尚书郭乾接到批红奏疏，惊惧交加。他把奏疏往书案上猛地一摔，道："王崇古，真是多事！"又小声嘟哝道，"真是倒霉，才坐这位子几个月，竟遇到这等事！"他沮丧地仰坐椅中，有气无力地吩咐侍从，"请两位侍郎来！"

左侍郎谷中虚、右侍郎魏学曾前后脚进了直房，郭乾指了指案头的奏疏，摇头不已。魏学曾、谷中虚坐下来，近乎头顶头，一同阅看。魏学曾默不作声，谷中虚脸色骤变，叹息道："王崇古不该如此处置，纳此竖孤，祸患无穷！"

“大司马，当速发揭帖给部院寺监，明日就廷议，此事拖不得。”魏学曾道。

“大司马，桃松寨之事，殷鉴不远啊！”谷中虚焦急地说，“就因为督抚邀功，把桃松寨居为奇货，结果引发了一场血战。兵部尚书杨博受命兼任宣大总督，在右玉苦战几个月，才保住城池，杨博老命差点搭上啊！为避免悲剧重演，上紧把竖孤赶出关外方是上策！”

郭乾愁眉苦脸，道：“既然已经批红，就是皇上的旨意，兵部也只好主持廷议。待廷议时再说。”

次日辰时，廷议在文华殿举行。郭乾神情游移地坐在首座，仿佛着衣单薄，缩着身子，双手交插揣于袖中，眉头紧锁，道：“诸公，今日遵旨廷议。职方司郎中吴兑，先把宣大总督王崇古的奏疏宣读一遍。”

吴兑未读几句，会场上喧哗而议。虽然把汉那吉来降的消息已传遍京城，但情形到底如何，众人还是第一次听到正式说法，一个个义愤填膺，再也忍耐不住了。

“王崇古当斩！”御史叶梦熊抢先道，“先帝有明诏，有言贡市者斩！王崇古故违明诏，岂可不究？窃以为律令昭昭，何须廷议？”

“桃松寨之事，殷鉴不远，朝廷不应迎合王崇古侥幸邀奇功的颟顸之举。当驳回此奏，严词训诫！”兵科都给事中温纯道。

“祸国之举，莫此为甚！莫此为甚！”英国公张溶大声道，“秋防没有出事，好不容易松口气，王崇古就又来这一出！你收留他，北虏会认为你扣他为人质，他们只懂得金戈铁马！与北虏打仗，有胜算吗？这不是祸国是什么，嗯？咳——”英国公已年迈，说着，气得咳嗽不止。国公乃国朝最高世袭爵位，得封袭此爵者，都是战功赫赫的英烈之后；又照例兼任五军都督府都督，关涉边防大事，他们的话很有分量。

“还议什么议，嗯？依律令斩了王崇古，上紧把那个小子给送出关外就完了！”抚宁侯朱冈接言道。

丰润伯曹文炳抢过话头：“朝廷里恐有给王崇古撑腰的人，他们是同犯，锦衣卫当即刻拿下！”

“赞成！赞成！就照英国公、丰润伯说的办吧！”灵璧侯汤世隆、泰宁侯陈良弼、伏羌伯毛登、惠安伯张元善，都起身大叫道。

公侯们气势汹汹，摆出兴师问罪的阵势，想表达支持意见者都噤口不敢言。

郭乾却视而不见，默然无语。魏学曾忍不住了，拱手道：“诸位前辈，皇上命廷议，本为集思广益，自当畅所欲言，学曾得罪了！学曾以为，虏酋款塞，乃我大明之利机，不可轻易错过。”

已升任吏科都给事中的韩楫接言道：“制虏之机，实在于此。王崇古敢于担当，朝廷理应……”他的话还未说完，侍从神色慌张地进了议场，直趋郭乾座前，把一份羽书捧递给他。

郭乾脸色大变，嘴唇哆嗦着，向众人道：“北虏数万兵马，分三路，气势汹汹向宣大杀来！其中两路由俺答、黄台吉亲领！”

“真是无事生非，国库再也支撑不起一场大战了！”户部尚书刘体乾气急败坏地说，“谁惹的祸，谁筹钱去，鄙人是毫无办法的！”

“行了，准备打仗吧，别在这里耽误工夫了！”英国公张溶一甩袍袖，大声说道，起身就走。

廷议只得草草收场。

出了文华殿，郭乾站在雪地里，望着义愤填膺而去的众人，一则因为大兵压境，一则因为廷议议而未定，不知如何回奏，急得脸上汗洙直淌。

高拱也接到了宣大羽书。在内阁朝房里，他边踱步，边对坐在书案旁的张居正道：“老俺大军压境索孙，这并不出乎预料，我在给王崇古的书函里，就如何应对此种情形已有详嘱，倒是不必过于担心。只是朝廷要快些给王崇古一个明确说法，方好从容应对。不知廷议……”他说不下去了，隐隐感到廷议的结果不会如他所愿。

张居正道：“玄翁不是事先给魏学曾、韩楫有所示意吗？居正也和曾省吾几个人示意过了。”

“只怕廷议时众论汹汹，一旦否决王崇古所奏，抑或拖而不决，把汉那吉是留是逐未定，王崇古就难办了；事先设计的法子，也就用不上了。”他焦躁起来，“既然老俺大军不日就兵临城下，朝廷必得上紧给王崇古一个说法，万万不能拖！”他蓦地驻足，对张居正道，“叔大，你快去给王崇古修书，要他不必动摇，按事先画策行事！戒励诸将，并堡坚守，勿轻与战；即彼示弱见短，亦勿乘之。”

张居正慢慢站起身，却并未迈步，蹙眉道：“万一廷议……”

“那也要力排众议，照事先画策行事！”高拱断然道，“此事，我来担之！”

张居正刚走，郭乾佝偻着身子求见。高拱惊问：“廷议这么快就结束了？结果如何？”

“高阁老，北虏大军……廷议，众论汹汹……”郭乾语无伦次地说。

“行了！”高拱一扬手说，“等不得了，你即回奏，直言廷议未定论就是了，内阁来决断！”

郭乾喏喏，却仍未起身。高拱刚要发火，忽然明白了郭乾的意图，不耐烦地说：“你是想问应对俺答方略的吧？兵部传令王崇古，要他戒励诸将，并堡坚守，勿轻与战就是了。”

“高阁老，巡按御史、朝廷里的科道，本对王崇古纳把汉那吉招惹祸端义愤填

膺，无处发泄，若避敌不战……恐弹章叠上——”郭乾一脸惊惧地说。

高拱凛然道：“大司马不必惴栗。此事，我自有对策，兵部照我说的做就是了。一切由高某担之！”

郭乾拱手告退，回到部衙，一面照高拱所示传檄王崇古，一面按高拱所嘱题覆王崇古的奏本。

兵部的题覆发交内阁，李春芳一看，越发紧张起来：“这、这兵部推卸责任嘛！奉旨廷议，焉能如此回奏？真是闻所未闻！这让内阁怎么办，还是驳回去吧！”

“宣大前线大军压境，戎机十万火急，不能循常例了。”高拱拿过兵部题覆稿，“我来拟旨。”他早已斟酌好了，提笔在黄票上写道：

这虏酋慕义来降，宜加优恤。把汉那吉且与做指挥使，阿力哥正千户。还各照品赏大红苎丝衣一袭，该镇官加意绥养，候旨另用。其制虏机宜，着王崇古等照依原奏，用心处置，务要停当。

“新郑，你不能这么做！”赵贞吉沉着脸说。

“是啊，新郑，且不说王崇古所奏当不当准，廷议未有结论，内阁就径直拟旨，不合体制嘛！”李春芳接言道。

“日月在天，云霾在地。知责人以常法，不念呼吸之兵机。目下只能这么做！”高拱语气坚定地说，“若皇上驳回，高某不会恋栈，立马走人，绝不食言！”

“在紫禁城里坐而论道，谁都会！”张居正忍不住了，“时下，宣大的空气，紧张得怕是要凝固住了，多为前线想一想吧！”

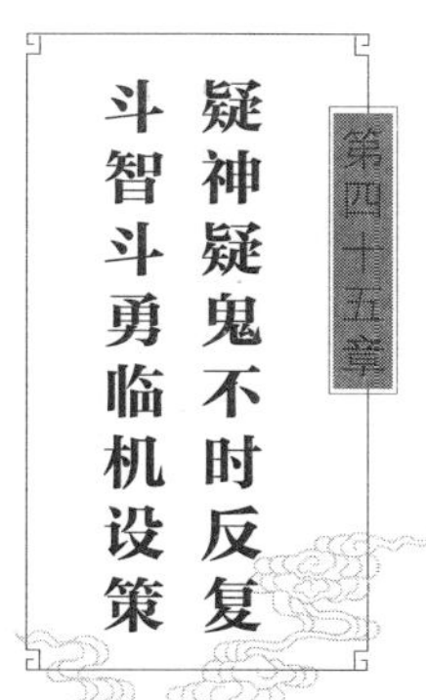

第四十五章 疑神疑鬼不时反复 斗智斗勇临机设策

一

俺答汗率三万大军，顶风冒雪直抵平虏城下。赵全勒马靠近，探身向他嘀咕了几句，俺答汗传令："扎营！不许抢掠，也不许明言索要把汉那吉！"

方逢时正在阳和总督辕门向王崇古禀报鲍崇德与五奴柱暗中接洽情形："通事鲍崇德少时被掠去土默川，曾为俺达喂马多年。前日忽有北虏捎来书函，邀他到晾马台一聚，我当即批准了。原来是俺达的心腹五奴柱在那里候着。鲍崇德把中玄的那套说辞说于五奴柱，并警告北虏不可强索把汉那吉。"

"看来俺达也是做了两手准备。"王崇古道，"这就有余地了。"

正说着，谍报至：俺达已率大军直抵平虏城下。

"金湖，客人来到家门口了！"王崇古笑道，"照中玄所示，一则严兵以待；一则从容谕之，具体如何说，中玄书函中已有指示，就按他指示办，不必出恶言。"

"可是，奏本呈上多日，朝廷迄未批复，会不会有变？"方逢时担心地说，"若朝廷不允所请，按中玄所示谕于俺达，届时如何收场？抑或俺达不信我言，必有圣旨方可作数，如何是好？"

"金湖不必担心，相信中玄不会畏首畏尾，他必会担当。就按既定之策行事。"王崇古道。言毕，突然想起张居正刚有书来，"太岳相公有大札，示我勿轻与战，不必以斩获为功。此必得中玄示意，金湖就放心好了。"

"我即回大同，差鲍崇德再去与之接洽。"方逢时起身道，"只是兵马要应付三路，大同城为之一空，心里有些不踏实。"

“我会传檄宣镇总兵赵苛西移为援。”王崇古道，又嘱咐说，“此事不可久拖，暗中上紧谈判，战事或可免。”

计议已定，方逢时匆匆赶回大同，召鲍崇德来见，嘱咐一番；又手书短柬，交鲍崇德带给率军据守云石堡的已革职副总兵田世威。此人因石州之陷，先是被下旨问斩，旋即赦其死，发往云石堡守边。鲍崇德领命，即急赴云石堡去见田世威。

在大同右卫与平虏卫之间，筑有威远城。威远城之西十里，筑云石堡以屏藩威远，可谓极冲要地。这天一早，云石堡门楼上站着几个身着盔甲的人，“嗖”的一声，一支长箭射向俺达的军阵。军阵里一片骚动，有兵士捡起一看，箭头上拴着的是一封用番文写给俺答汗的书函，忙驰报俺答汗大帐。

“好好好！喔哈哈哈！”俺答汗大喜。驻此两三天了，各城堡紧闭，官军并无迎战之势。虽则赵全力主攻破几个战堡，俘获南朝将领以交换把汉那吉，然俺答汗生恐一旦开战，激怒对方，杀了把汉那吉，故迟迟未下令。好在五奴柱那里传来喜讯，南朝有谈判之意，俺答汗越发坚定，遂传令全军，不得擅自行动。既如此，他就只能坐等。寒风瑟瑟，要等到何时？正焦躁间，忽接书函，俺答汗求之不得，忙命五奴柱前去接洽。

五奴柱只带两个侍从，策马奔向云石堡。鲍崇德、田世威已在堡外守候。

待五奴柱近前勒马，鲍崇德即用番语大声道：“大同镇旗牌官鲍崇德、旧副总兵田世威，奉王军门、方抚台之命，宣谕尔等：把汉那吉来降，既非我天朝偷袭所捕，又非诱惑所致，纯系慕义而来，此乃天意。我天朝知其为俺答汗之孙，不唯不杀，且厚待之，尔等本应感恩于我，何以引兵来索？若尔等知愧，欲求把汉那吉生还，则当输诚纳款，表请哀求。我皇上圣明，王军门、方抚台为尔等奏请，或可有望。若开战端，即是促把汉那吉速死。望省思之！”

“哦！”五奴柱面露喜色。

鲍崇德又道：“尔即回去禀报，明日此时此地，再会！”言毕，与田世威勒马转头，回到云石堡。

次日上午，鲍崇德、田世威出了云石堡，五奴柱已在堡外恭候多时。一见面，五奴柱就对鲍崇德道：“我汗爷闻使者言，很高兴。特命我邀请鲍使到大帐一见。”

鲍崇德踌躇片刻，与田世威商议。田世威道：“会不会拿你做人质？还是回去禀报抚台后再说。”

“迁延时日，久拖不决，恐会生变。我豁出去了！”鲍崇德狠狠心心道，遂向五奴柱喊道，“既然俺答汗诚意相邀，本使愿前往宣谕！”

“请请请！”五奴柱高兴地说，勒马带鲍崇德往俺答汗大帐而去。

约莫一个多时辰，五奴柱带鲍崇德来到了大帐前。进得大帐，只见俺答汗威严地端坐在虎皮太师椅上。不待鲍崇德说话，俺答汗便问："鲍使可嗅到死亡的气息在大同上空弥漫？"

"不，本使嗅到的是和平的气息！"鲍崇德答道。

"哼哼，本汗一声令下，宣大不知会有多少将士，顷刻间命丧刀下！"俺答汗以威胁的口气道。

"即使如大汗所言，也并不可怕！"鲍崇德从容道，"我天朝将士何止百万？而黑台吉的遗孤却只有一个，死了，就再也没有了。"

俺答汗倒吸了口凉气，道："转告王崇古，敢伤害把汉那吉，我必踏平大同城！"

鲍崇德不疾不徐，将昨日对五奴柱说的一番话，又对俺答汗说了一遍，并责备道："大汗本已遣使与我接洽，两家自可坐下商量，为何率大军强索？"

"喔哈哈哈！"俺答汗突然大笑起来，"鲍使，不说那些个不愉快的事啦！既然太师有意两家商量，本汗就放心了。鲍使，来来来，本汗请你品尝涮羊肉！"

一番款待，酒足饭饱后，俺答汗屏退左右，只留鲍崇德一人，两人在帐内半坐半卧。俺答汗道："鲍使，本汗愿如你所说，撤兵上本，恳求朝廷放我孙回去。为表诚意，本汗愿多多贡送牛羊，你看怎样？"

鲍崇德摇头道："皇帝富有四海，哪里看得上你那些牛羊！金银财宝也非皇帝所重。皇帝所重者，礼法；所守者，信义。"

"这……"俺答汗一头雾水。

"既然大汗诚心问计于我，我不妨出个主意。倒是有件礼物可送。"鲍崇德环视四周，压低声音道，"赵全、李自馨等人，为大汗所收留，天朝上下皆恨之。若大汗要表诚意，可执而献于朝廷，皇帝必喜，则把汉那吉必可生还。"

"哦？嗯……"俺答汗颇是心动，"待我想想。"

"那好，等大汗消息。"鲍崇德起身告辞。

俺答汗亲自送鲍崇德到大帐门口，拉着他的手道："若太师果有此意，似可一谈。"他用力把鲍崇德往回一拽，"鲍使稍候，我这里有不少好马，请鲍使任选一匹！"见鲍崇德有些踌躇，他又道，"你去选马，我要选人，随鲍使谒见太师如何？"

须臾，鲍崇德选中了一匹纯黑色高头大马，俺答汗也选好了使者，一个叫火力赤，一个叫十六，二人随鲍崇德别过俺答汗，策马向云石堡方向驰去。进了云石堡，鲍崇德未敢停留，即转往大同，谒见巡抚方逢时。

次日晨，待布置停当，方逢时在大堂太师椅上端坐，火力赤、十六照番俗晋见行礼，道："仁慈睿智的太师，大成台吉南降，乃天弃我大汗。既蒙不杀，又予厚待，我大汗感激不尽，愿执赵全等来献。"

方逢时道："尔等回去转告俺答汗：天朝仁厚，宠爱尔孙，乃尔孙再生之日。

尔果孝顺，朝廷可既往不咎，以礼遣还尔孙，彼此寝兵休士，世世昌乐，岂不休哉！”

火力赤、十六闻言，跪地叩头道：“我大汗不敢有二心，愿唯太师之命是从。”

“那好，尔等回去，转告俺答汗：一、立即退兵；二、执送赵全等来献。”方逢时威严地说，又命侍从将一份名册递过去，“名册在此，照此执送四十八人来献，以表诚意。”

火力赤、十六两人忙回禀俺答汗。

俺答汗大帐内来来往往的使者让赵全感到惊恐，他仿佛嗅到了死亡的气息。可他不想坐以待毙，遂到俺答汗大帐求见。

“薛禅何事，这么晚了还要见本汗？”俺答汗心烦地说。火力赤带回的消息，他只高兴了一阵，转而又担心起来。

赵全“嗵”地跪地，哭泣着说：“汗爷，把小的绑缚南朝，换回大成台吉吧！”

“薛禅，你听到什么了？”俺答汗问。

赵全从俺答汗的眼神中，证实了自己的猜测，遂叹息道：“小的微命无所惜，悟于慧心，不忍汗爷受南朝欺骗。”

“此话怎讲？”俺答汗走上前去，边拉起赵全边问。

“汗爷，小的收到来自京师的谍报，朝廷大臣都反对纳大成台吉，要问王崇古罪。一听说汗爷大军南下，人心惶惶，害怕桃松寨之事重演，都主张上紧送回大成台吉！”赵全拉住俺答汗的手说，“我大军已断了他们的粮道，他们最怕我大军久待不撤。目下王崇古已走投无路，急着放大成台吉回来，又怕朝廷治他的罪，就欺哄汗爷，让汗爷把我等汉人交给他。这样，王崇古也好向朝廷交代。汗爷万万不可相信他们啊，汗爷只问他一句话：纳大成台吉而厚待之，朝廷有谕旨吗？”

俺答汗正是对此心存疑虑才转喜为忧的，经赵全这么一说，越发怀疑起来。

“心地纯洁的汗爷！机谋多端的汉国根底如何相信？”赵全见俺答汗动心，继续道，“汗爷，小的微命，安得与大成台吉比？如此以轻搏重之事，又是边臣主动向汗爷提出来的，可信吗？”

“来人！”俺答汗喊了一声，“适才所传撤军令，收回！”

赵全献策道：“汗爷，南朝大军集结在平虏一线，大同城防必已空虚。当传令黄台吉破宏赐堡，直逼大同。如此，则王崇古必惧，送回大成台吉有望。”

“若王崇古杀了把汉那吉，如何是好？”俺答汗问。

赵全道：“不会。要杀，早就杀了。他们惧怕汗爷！只要汗爷大军在此，他们就不敢杀大成台吉！况且汗爷可推脱为黄台吉擅为，非汗爷所命，王崇古反而会求汗爷约束黄台吉，届时就让他们放大成台吉出来。”

俺答汗连连点头，道："薛禅放心。本汗对薛禅须臾难离，视同羽翼，岂肯交于朝廷，自剪羽翼！"

二

王崇古正等待着俺答汗退兵的消息，等来的却是黄台吉移师大同的塘报。

"传檄赵帅，驰援大同！"王崇古命令道，又吩咐道，"京师若有文书来，即到即报！"言毕，即到节堂枯坐沉思。

"难怪俺答汗反复，没有朝廷诏旨，边臣承诺终归是不作数的。"王崇古自言自语着，"只盼中玄兄能够力排众议。"他从外甥张四维的书函中，已知接到他的奏本，京城众议汹汹，反对声四起，因此隐隐有些担心。

黑夜沉沉，朔风呼啸，坐在节堂里的王崇古嘴唇紧闭，牙关紧咬，心情沉重。他知道，若高拱不能断然定策，局面即不可收拾。就目下的态势看，要比桃松寨、石天爵事引发的后果还要惨烈。他不敢想象，会出现怎样可怕的结局！

"报——"随着一声通报，王诚进了节堂，"军门，京师有急递到！"

王崇古"嚯"地起身，"快，快打开来看！"声音竟有些发颤。

王诚拆开密封，从套中取出一份文牍，王崇古一把接过，急切地阅看起来。须臾，如释重负般，长长地吐了口气，"哦——到底是准了！中玄之力也。非中玄，谁敢为之！"他吩咐王诚，"即刻送往大同，交给方巡抚，要他遣人持诏旨到俺答营中宣谕，使者即可向俺答透出互市之意。"又补充道，"提醒方巡抚，皇上已命把汉那吉任指挥使，并赐绯袍金带。明日当让把汉那吉着此服，在城中游街，夸官示虏！"

已是凌晨，方逢时并未就寝，接到辕门送来的诏旨并王崇古所嘱二事，当即作出部署。天色未明，鲍崇德已牵来俺答所赠大马，正要出发往俺答大营宣达圣旨，方逢时差人拦下，带他进了巡抚衙门节堂。

"胜负在此一举，必整备周详！"一夜未眠的方逢时仍处于亢奋中，对鲍崇德道，"既然俺答怀疑我有诈，今次还真要做些假才对得起他！"他拿出几封密帖，"这是从巡抚衙门故牍中翻检出来的，俱是汉奸头面人物如李自馨等暗地投书、表悔罪思归之意的。可惜没有赵全的，我意可检出一封加以修饰，冒充是赵全的。"

鲍崇德挑出一封，提笔在稿笺上略一改动，一封赵全的输诚书就修饰好了。怀揣着朝廷诏旨，又带上几封悔罪思归的密函，鲍崇德并李天云跨马出城，直奔平虏，出云石堡，前往俺答大帐。俺答汗一见鲍崇德，自知理亏，却先发制人道："两家当对天发誓，不许说谎！"

鲍崇德诘问道："我太师与大汗已有约，可大汗不唯不撤军，反而令黄台吉寇大同，意欲何为？"

俺答汗道："本汗说话作数，可太师只是边臣，要皇帝有圣旨才作数。"

"本使奉军门、抚台之命此来，就是来宣旨的。"说着，鲍崇德拿出了王崇古奏疏上的批红，递给俺答汗，"看，天朝皇帝已授把汉那吉指挥使，正三品之职。"

俺答汗接过去，将信将疑，命通事去译写。鲍崇德继续说："若大汗不退反进，我天朝将不再忍耐，必先斩把汉那吉，再发大兵灭大汗。"

此言一出，俺答汗脸色陡变，屏退左右，对鲍崇德道："还请鲍使指点。"

"大汗，你的事情都是那些奸人坏的。他们是亡命之徒，眼看两家要达成和议，他们便从中捣乱。他们不是为了大汗，是为自己。他们正密计害大汗也未可知，以便到天朝这里邀功请赏！"鲍崇德故作神秘地说。

俺答汗摇头道："鲍使，你是故意挑拨吗？"

鲍崇德从怀中掏出几封书函，道："大汗，这都是赵全、李自馨辈致太师的悔罪思归密函，看看就明白了！"

俺答汗大惊，忙命通事译读。听了几句，他挥手制止，对鲍崇德道："喔呀，还是太师为我着想啊！鲍使，你说我该怎么办？"

鲍崇德道："大汗，记得往者大汗无岁不求贡，若大汗退兵，执送赵全等人，我太师愿奏请朝廷，允贡开市！如此，对两家都有利！"

"喔呀！太好了！"俺答汗大喜过望，激动得起身来回踱步，"我空活一世，不知道理！太师有此好言语，我无不依从。"他喜不自禁地走到鲍崇德面前，低声道，"我本意要进贡来，都是赵全，倒骗哄我该坐天下，许我大同左右卫城，教我攻掏城堡，连年用兵，两下厮杀不得安生，乱了！今上天让我孙投顺天朝，乃不杀，又加官又赏衣服恩厚若此，我今始知天朝有道，悔我以往所为。若果肯与我孙，我愿执献赵全等赎罪。我已年老，若天朝封我一王子，掌管北边各酋长，谁敢不服？再与我些锅、布等物为生，我永不敢犯边抢杀，必年年进贡，将来我的位儿，就是把汉那吉的。他受天朝恩厚，必知感恩，不敢不服！"

"这就对了！"鲍崇德笑道，"就请传令黄台吉速速撤军。同时，先照单执送赵全等四十八人。太师见到人，即上奏请旨，封贡开市，礼还把汉那吉。"

"喔哈哈哈！好啊，好啊！"俺答汗高兴地举起双臂，挥了几挥，待回到座位坐下，突然又一脸狐疑，直勾勾地看着鲍崇德，道，"一旦交出赵全，太师不送还把汉那吉怎么办？我看，要先把我孙送出关，我再送赵全，好不好？"

鲍崇德正色道："这不妥！两家商量好的，你家先交出赵全，我家再送还把汉那吉。大汗差火力赤晋见方抚台时，也是这么约定的，怎么能说变就变？"

俺答汗一拍胸脯："鲍使，我说话作数。至于军门、太师……"他"嘿嘿"一笑，"不是本汗信不过太师。本汗听说，朝廷里多半反对两家讲和，全靠高阁老顶着呢。万一我家送还赵全，朝廷里吵吵嚷嚷不许送还我孙，高阁老一看赵全既已得手，犯不着得罪百官，不再替太师撑腰，我岂不抓瞎？"

"这个……"鲍崇德面露难色，"大汗，本使做不了主，也不敢禀报你的想法，还是你遣亲信头目与我同见军门，与他定说吧！"

"就这么说！"俺答汗爽快道，当即传来通事，口授番文函件一通：

军门、镇巡：两家不许说谎，对天发咒！今差打儿汗首领哥等五名见皇上，大取和，两家都好。或封王则一统天下，羊年取和，两家都好。三堂乞皇上，我乞讨把汉那吉，你若与我，你问我要什么，并不阻隔。你把我孙子送出来，我后边送赵全、李自馨。军门三堂回奏乞讨。

口授毕，审阅一遍，随即定下五名使者，再把五人名字加上，用了印，封交鲍崇德。又传打儿汗首领哥、张彦文等五人来见，吩咐一番。

鲍崇德带上俺答汗的使者，连夜赶往阳和城。王崇古接报，命陈列兵仗，备齐威仪，在白虎堂传见。

打儿汗首领哥一行被眼前的阵势所震慑，战战兢兢进了白虎堂，照番俗施礼毕，呈递了俺答汗的禀帖。

以番文呈递禀帖，乃先年定制。王崇古接过禀帖，又把鲍崇德已译写好的汉文看了一遍。他脸一沉，刚要发火，又忍住了。还是先听听使者有何要说。

"我大汗命我等来禀军门，"打儿汗首领哥开言道，"先年也想贡来，只是受赵全勾引，把好路断了。连年远处抢去，怕天朝捣巢，杀了老小、赶了马匹；近边驻牧，天朝烧荒，把草都烧光了，只得沿边刁抢，两家都不得安生！今把汉那吉就是天使，来投天朝，就是要两地取和。若先送大成台吉出关，愿把赵全、李自馨送来，其余如枯草，不值钱。天朝若再封一名号，还要年年进贡，管束各枝部，不许进犯。恐军门不信，特遣纯洁无瑕的使者前来。"

王崇古一拍书案："那边，黄台吉突袭大同；这边，俺答汗要求先送回把汉那吉。你们一手刀枪，一手诡诈，视堂堂督抚为孩童？"

打儿汗首领哥吓了一跳，忙把俺答汗说给鲍崇德的一番说辞说了一遍。

王崇古暗忖："俺答的担心，要说也不无道理。"

打儿汗首领哥见王崇古不语，临场发挥道："足智多谋而又英勇善战的军门啊！我大汗绝无反悔之意，只是伊克哈屯思孙心切，若就这么回去了，怕不好给伊克哈屯交差，大汗的日子不好过呢！"

"把汉那吉已是天朝三品指挥使，赵全、李自馨本就是天朝子民，尔等没有讨价还价的资格！”王崇古厉声道，“你知会俺答：本部堂愿代汝向朝廷请封，汝若有诚意，上请封的禀帖，并绑缚赵全等来献。”

“这……”打儿汗首领哥支吾着，不知如何回应。

王崇古一挥手：“本部堂是宣大总督，这等事，照例当由镇巡答复。尔等去见方抚台，商榷具体事宜。”

打儿汗首领哥只得施礼道谢，又说：“我大汗再三嘱咐我等，说天朝厚待大成台吉，很感激，命我等务必与大成台吉见一面。”

“准！”王崇古爽快地说。他拿起鲍崇德译好的禀帖，看看使者的名字，又看看下站的诸人，盯着张彦文：“尔即张彦文？”

张彦文见王崇古神色不对，不敢出声，只是惊惧地点了点头。王崇古大声道：“来人，把张彦文拿下！”

几名侍从一拥而上，将张彦文摁倒在地，捆绑结实。打儿汗首领哥大惊：“军门，这、这是何意？”

王崇古冷冷一笑：“此人乃汉人，叛投板升，不劳俺答汗绑他来送，扣押在此就是了！”言毕向外挥了挥手，“尔等速去大同，会一会天朝的指挥使把汉那吉，再谒见方抚台，商榷具体事宜。”

“走吧，到大同去见把汉那吉指挥使！”鲍崇德催促说。打儿汗首领哥无奈，只得随鲍崇德、李天云出了辕门。

三

寒风的呼啸声令大同巡抚方逢时心烦意乱。黄台吉寇宏赐堡的消息，令他坐卧不安。虽王崇古已檄调宣镇总兵赵岢驰援，他也差鲍崇德疾驰平虏卫，去知会俺答汗，要其传令黄台吉不得擅自行动。可即使赵岢驰援、俺答汗应约传令，也需时日，而黄台吉却近在咫尺，随时可能踏破宏赐堡……

凌晨时分，方逢时正和衣而卧，中军来报：“黄酋率二万骑，已于夜半杀奔大同之东塘坡，势甚猖獗！”

“啊？”方逢时大惊失色。坐下，又站起；站起，又坐下，额头上的汗珠，不时淌下，流到嘴角，涩味入口，他方举袖胡乱在脸上擦抹一把。

此时，诸将兵马已被王崇古先期调出，阳和两掖之兵亦远在怀仁城中，留在大同城内的，只剩标下三百并老弱不可战者二千人，而黄台吉已兵临城下，檄调援军已来不及了！方逢时不禁喟叹一声：“若黄台吉窥大同空虚，纵兵四掠，则附城百里之内皆鱼肉矣！”他的脑海里顿时浮现出可怕的场景，浑身不禁打了个寒战。

“不行，不能坐以待毙！”方逢时一跺脚道。说着，传令亲兵备马，直趋东门，疾步登上城楼，又命大开城门，不得禁人出入。

效法诸葛孔明空城计，以迷惑黄台吉。方逢时心里这么想着，人坐在城楼上，心里七上八下，思忖退兵之计。过了约莫半个时辰，命亲兵道：“速取把汉那吉令箭来！”

须臾，把汉那吉的令箭取到，又物色到通番语的土忽智、龚喜二人，到城楼来见。方逢时把箭交到龚喜手中，一脸肃穆，道：“黄台吉今虽奉俺答之调而来，但并非真心为把汉那吉，是以他大军寇宏赐堡，恐别有意图。闻得北虏营中往来，皆以令箭为凭。你二人执此箭速往黄台吉营。”又附耳密嘱一番，土忽智、龚喜二人随即匆匆下了城楼，策马往宏赐堡方向疾驰。

宏赐堡外，黄台吉闻得方逢时遣使携令箭而来，即在大帐传见。一见令箭，且喜且疑，道：“此非我父令箭，是我侄子把汉那吉的，乃我弟黑台吉的遗物。”

“不错，这是把汉那吉之箭，但我太师与大汗已有盟约之事却是真的。”龚喜忙解释道，“把汉之事，吾太师昨已约俺答汗，与之奏请处置。俺答汗已从，恐台吉不知，特以此箭示台吉，令台吉出关，不许坏约。”

黄台吉思忖片刻，道：“我也闻把汉那吉在镇城夸官之事。我本是来求把汉那吉的，把汉既授官，又有成约，若太师有诚意，我不是不可收兵。”言毕，与部属嘀咕一番，对龚喜道，“我要差人持此箭驰告吾父，另遣哑都善随龚使入见太师。”

龚喜、土忽智二人咬了咬耳朵，回应道：“台吉，土忽智先去禀报太师，哑都善随我一道入城。”见黄台吉点头，土忽智快步出了大帐，跨马飞奔而去。

方逢时闻报，提到嗓子眼的心稍稍落下，传令在东城楼备下酒宴，他要亲自款待来使；又吩咐备了金银首饰、绸缎布匹。夜半，黄台吉的使者哑都善入城，被引上城楼，见方逢时亲自迎接，受宠若惊，索性照汉人礼节，行叩拜大礼。席间，方逢时又把嘱咐龚喜转告黄台吉的那番话说了一遍，哑都善喏喏而应，宾主欢洽，盘桓至东方发亮，重赏送出。

黄台吉接报大喜，对前来送行的龚喜道：“回去禀报太师，谨如约！”说完，狡黠地眨巴了几下眼睛，与哑都善耳语一番，命他与龚喜再返城中晋见方逢时。

方逢时闻报，甚感纳闷，不知黄台吉葫芦里卖的什么药，不敢大意，仍在东门城楼上召见。

“太师，黄台吉劳师远征，眼看空手而归，手下头目一个个怨声载道。”哑都善“嘿嘿”笑着道，“请太师赏赐三千两银子，堵住他们的嘴，如何？”

方逢时笑道：“久闻黄台吉乃北地英豪，故我以礼相待；今却无端求赏，方知他原是好利之人，吾不敬矣！”

“太师，这、这……”哑都善支吾着，茫然不知所措。

“哈哈哈！”方逢时仰脸大笑，“贵使，请转告黄台吉：汝若与汝父同心纳款，则朝廷必有大赏，加汝官职，永受帝祉，何爱此区区三千两银子，损盛名？坏汝声望之事，吾不能做也！”

哑都善喏喏告退，即禀报黄台吉。黄台吉大惭，忙道：“哑都善，你再辛苦一趟，转告太师：北人不读书，甚鄙。蒙太师训，知罪矣.”又对龚喜道，“我感太师诚意，虽一草一木也不敢动，但经宣府出张家口返回。”

旋即，黄台吉便率大军东去。刚走出大同镇防区，即遭遇西援的宣府总兵赵岢，黄台吉传令：“我有约，战则坏约。折返！”两万兵马遂西返，由拒胡堡而出。

方逢时刚送走哑都善，即接到打儿汗首领哥来谒的禀报，他提了提神儿，即在大堂召见。鲍崇德先将谒见总督的情形禀报一遍。打儿汗首领哥开言道：“太师，我大汗的意思，请天朝先送还大成台吉，必执送赵全等给天朝，绝不说谎！”

“这个免谈！”方逢时因黄台吉已答应退兵，底气甚足，断然否决。他旋即又缓和了语气，解释道：“非不信任俺答汗，乃为堵住朝廷里那些挑刺的大臣之口。”

打儿汗首领哥从王崇古的话里已听出端倪，对此本不抱希望，又听方逢时如是说，也就不再争辩，遂道：“既如此，太师看，何时何地将赵全、李自馨二人送还？太师又何时将大成台吉送还？”

“二人？”方逢时一脸狐疑，“本院开列四十八人名册，何来二人？”

“嘿嘿，太师，”打儿汗首领哥道，“小的已禀报军门，愿把赵全、李自馨送来，其余如枯草，不值钱。军门并无异议。”

方逢时沉吟片刻，眼一瞪道：“天朝体统，巡抚非总督属员；且朝廷成例，与北虏打交道，由大同巡抚出面。既然俺答汗求情，本院给他个面子：军门要赵全、李自馨两人，另扣押张彦文一人；本院要名册中前十的另外七人。”

打儿汗首领哥见执送人数由簿册上的四十八人减为十人，再争无益，便道：“小的回去禀报大汗，再给太师回话。”又道，“小的已在军门处请准，探望大成台吉，请太师安排。”

“随时可去！”方逢时大大方方地说，又道，“你回去把本院的话转告俺答汗：执送叛人、送还把汗那吉，都是本院为汝所谋，我皇上仁德抚汝，降旨允准。若汝不先献叛人，恐皇上怒被汝欺，听诸大臣议，集精粹三十万雄师而来，汝身且不保，况汝孙乎？汝常叹日影南移，是天不爱汝，汝尚不自知乎？”

打儿汗首领哥忙施礼道：“唯太师命是从！”

“这就好！这是汝家的福分，还疑神疑鬼做甚！你回去转告俺答汗，即上请封求贡的禀帖。至于何时送还把汉那吉，天朝有天朝的规矩，要皇上下旨方可。不过请俺答汗放心，此事皇上已允准，只是具体时机，尚待请准。”方逢时和颜悦色地说，言毕转向亲兵道，“厚赏诸使者！”

打儿汗首领哥领赏出了巡抚衙门，到驿馆安顿下来，即随鲍崇德去会把汉那吉。把汉那吉着了盛装，俨然天朝武将，端坐厅堂，接见打儿汗首领哥一行。打儿汗首领哥抬眼望去，端坐者是一位绯袍金带的天朝武官，身旁侍立着亲兵，剑戟耀目，惊诧不已，喃喃道：“此天朝将军威仪，哪里会是大成台吉？”近前几步，细细端详，才认出果是把汉那吉无疑，这才喜极而泣，施礼谒见，哽咽道：“少主爷！老主子、老主母思念大成台吉啊！”

“老主子不恨我？”把汉那吉问。

“哎呀，大成台吉，老主子说大成台吉是天使，这回替大汗办成了他日思夜想都没有办成的大事啊！”打儿汗首领哥激动地说，“老主子还说，将来他的位儿，就是大成台吉的了！”

把汉那吉将信将疑，不知说什么好。

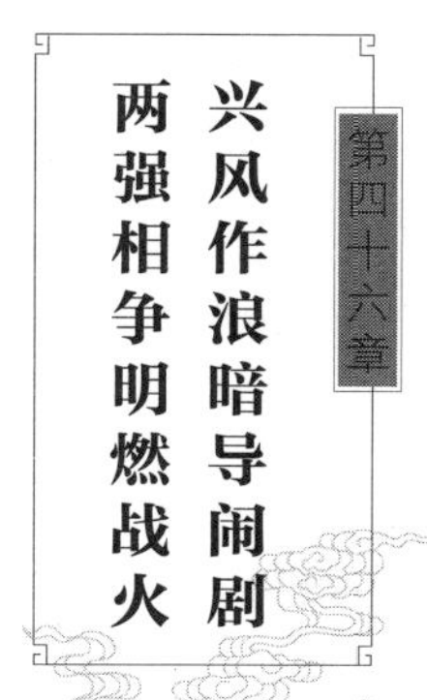

第四十六章 兴风作浪暗导闹剧 两强相争明燃战火

一

吕光拿着《邸报》看了又看。京城正是天寒地冻时节，他的头上却直冒汗。他在屋内徘徊良久，遂披上一件棉斗篷，借着积雪发出的光亮，匆匆赶到得意楼。

弟子顾彬忙将吕光引入雅间，摆上酒菜，举盏道："多亏师父指点，生意已有起色，弟子敬师父一盏！"

吕光提醒道："悠着点，别让高胡子察觉了。虽说连蒙带骗，但毕竟关涉买官卖官，他知道了，还不跳脚？必追查，不可大意。"说着重重叹息一声，"师父我的'买卖'不看好啊！"不等顾彬开言，就一摊手道，"朝野上下皆曰当出兵征剿贵州水西土司，高胡子却独持异议，就连他亲手拔擢的巡抚阮文中也奏请发兵合剿，他却仍固执己见，以遣勘官实地勘核为由，驳回了阮文中的奏议。原以为高胡子这么做是给自己找台阶，谁知安国亨还真就服帖了！这倒好，阮文中奏本大赞乃'执政面授方略'之功，兵部叙功，也说'指授出诸黄阁之臣'，简直就是归功于他高胡子一人啊！"

"可不是嘛！"顾彬附和道，"就连食客都在说，高阁老不唯敢担当，还料事如神！"

"花了徐府不少钱，不唯没有动着高胡子一根汗毛，眼看他的威望越来越高，师父我不好向徐阁老交差啊！"吕光喝了几盏酒，满脸通红，把内心的苦水一股脑倒了出来。

顾彬这才明白师父郁闷的原因，安慰道："师父不必着急，慢慢来嘛！"他眼珠子溜溜转了转，一拍脑门，道，“对了师父，昨日有两个贵州人在此喝酒，议论水西之事，说安国亨杀了安信，朝廷只是将安国亨革了任闲住，令其子安民代管宣慰事，还将苦主安智也革了职，令其子安国贞代充头目，委实不公。弟子凑过去与两人闲扯了几句，方知此二人是安智所差，驻京替他谋事的。”

吕光正夹块鸡肉往嘴里送，闻顾彬之言，“啪”地把鸡块丢在桌上，惊喜道：“哎呀！这是个机会！”他一招手，“来来来，师父有一计。”顾彬凑过来，吕光附耳向他嘀咕了几句，待顾彬归位，吕光又提醒道，“记住，让骆柱子出面，不可暴露身份！”

过了三天，快交辰时了，高拱在文渊阁前刚下轿，张居正迎上来，皱了皱眉头道：“玄翁，贵州事，恐有反复。”

“不会！”高拱自信地说，“圣旨里说得明白，安国亨敢再怀隙残害安智，或安智挟仇拽兵报复，违法构乱，定行剿治不饶。谁这么胆大，敢故违明旨？”

“可是，我听说坊间到处都在传，安智以为朝廷处事不公，极力要求改土设流。”张居正以忧虑的语调说，“这些彝目，盘根错节、各有土兵，乱恐再起。”

高拱驻足沉吟，侧过脸问：“不对吧？即使果有其事，这么快就传到京师？”他一扬手，“叔大不必担忧，不会有事。”

两人说着，一起进了中堂。李春芳拿着一份文牍道：“新郑，看来贵州的事成了夹生饭。”

“说甚？”高拱既惊且气，要质问李春芳，李春芳把文牍递给他，“你自己看吧，安智复辩前事，乞将水西改土归流！”

“安智的奏本？”高拱扫了一眼，惊诧地叫出声来。他读毕，往书案上一摔，“胡闹！”

“浮言藉藉，并非空穴来风！”张居正感叹了一句。

“新郑看，该如何处置？”李春芳问。

高拱不语，掰着手指在算计着什么，突然，他“哈哈哈”笑了起来，见众人皆惊诧莫名，高拱轻松地说：“贵州至京远甚，圣旨刚颁下一个月，安能便得往还？难道安智的急足会飞？此必安智用事之人潜驻京师，擅自而为，非必来自安智。”说罢，大喊一声，“书办，速去通政司，令拘提投本之人，执送法司究问！”

国制，民人到通政司投本，需登记身份并在京住址。故通政司当即就查出了投本人的住处，知会中城兵马司巡城御史王篆，带着中城兵马司吏目并逻卒十几人，一举将投本人拿住。

人犯带往兵马司，王篆亲自讯问，年长者如实招供道：“我二人乃被罢官闲住之人，投安智处混口饭吃，安智差我二人常驻京师，为他谋事。我二人在京日久，并未为安智做成甚事，心中忐忑，忽闻圣旨革了安智职，为其鸣不平。前几天在酒馆吃酒，正闲谈间，一年轻人神神秘秘说，朝廷大臣皆不以高阁老处置贵州事为然，若上本，朝廷必复议，发兵征剿水西，灭了安国亨，自可为安智报仇雪恨。我二人遂擅自冒安智之名上本，安智实不知也。”

“撺掇尔上本者何人？”王篆追问。

“不知其名，酒馆吃酒间无意碰上的。”人犯答。

“怎么样？”高拱一看巡城御史的禀帖，自负地一笑，“果不出所料！”

李春芳、张居正低头不语，赵贞吉一竖大拇指：‘我老赵服了！真服了！”

“百密一疏啊！”吕光看到安智驻京使者被充军的消息，沮丧地对顾彬道，“一时着急，把贵州路远、来不及打来回的事给疏忽了！”

顾彬道：“师父，还别说，这高胡子脑子是管用。徐阁老智谋够厉害了吧？却还延聘师父做幕僚，说明师父的智谋不在徐阁老之下，可居然没有算计过他！”

吕光咬牙切齿道：“我倒是要看看，到底谁能算计过谁！”他把一盏酒仰头倒进嘴里，“咕咚”咽下，“机会又来了！”他蓦地起身，背手在雅间踱步，“虏酋俺答之孙叩关请降，廷议多半反对纳之；高胡子不顾体制，竟拟旨接纳，还授官给他，朝野哗然！”他转身盯住顾彬，“上紧到处散播，就说高拱和王崇古害怕北虏，不惜卖国求和！”

“求和？谁敢和！难怪这些天京城里的气氛不对，原来是朝廷中出了大汉奸。”顾彬义形于色，又自告奋勇说，“怕是大家都憋着口气呢。我去联络些人，到街上闹一闹、喊一喊！”

“哦，那就更妙啦！”吕光大喜道，“我再联络些言官试试。”

说罢，两人兴冲冲出了得意楼，分头行动。

当晚，在得意楼一间轩敞的雅间里，坐了五六人。吕光本是约御史叶梦熊来聚的，不意他带着好几个同僚一起来了。

“呵呵，诸位都爷，”吕光对御史尊称道，“闻得高阁老整饬官常甚紧，都爷敢来吃饭？”

“怕甚，他国都敢卖，我辈还怕吃顿饭？”叶梦熊怒冲冲道。

吕光故作惊诧：“哎呀，诸位都爷或许听说了，坊间都在传，说北虏老酋的孙子诈降，王崇古接纳之；目下老酋已率大军南下了，庚戌之变要重演啦！”

叶梦熊痛心疾首道：“大宋末年，郭药师为辽朝之帅，献涿、易二州归宋。朝廷纳之，令其守燕山；后金兵来攻，郭药师兵败降金，受命攻宋。因其知宋之虚实，使金军深入而获全胜。今纳把汉那吉者，即宋之纳郭药师也！”

“敌情叵测，”御史饶仁侃唾沫飞溅，大声道，“窃以为，对把汉那吉，不宜遽纳，更不宜授以官爵，不的，将致结仇激祸！”

御史武尚贤接言道：“时下远近惶惶，京城讹言四起，我辈当乞皇上追究边臣和内阁主事者的责任。”

御史顾廷对、张问明异口同声道：“对！”

叶梦熊道：“为个人邀奇功，拿国家做赌注，我是看不下去的！”

吕光“嘿嘿”一笑：“朝廷里有人急于建功，下边的人才投其所好。”

“仰仗皇上宠信不移，何样出格越轨之事，他都做得的！”叶梦熊知吕光暗指高拱，便心照不宣地说。

几个人骂骂咧咧发泄了一通，相约上本，酒足饭饱，各自散去。

吕光追上叶梦熊：“都爷，只是朝廷里科道上本，恐不足以与高阁老抗衡。若想翻转，还是要找准突破口！”他伸头凑到叶梦熊耳边，“闻得宣大巡边御史姚继可乃贵同年，他若能抓住王崇古或方逢时的把柄上弹章，或可有转机！”

叶梦熊一阵惊喜：“姚继可乃忠君爱国之士。纳降一事，王崇古、方逢时瞒着他，他本已生怨怒，又极不赞成与北虏言和。此公必可用！”

吕光忙道：“都爷，你写封短柬，我差人去联络！”见叶梦熊不解地看他，吕光一笑，“呵呵，爱国忠君不只是官爷的事嘛！我吕某爱国之心无以表达，听说都爷坚决反对与北虏言和，吕某敬佩之余，就想帮衬着都爷做点事。”

叶梦熊甚为感动，道：“天下兴亡，匹夫有责。布衣已然如此，况我辈言官乎？”

二

打儿汉首领哥谒见王崇古、方逢时后，双方已就执送叛人、送还把汉那吉一事商妥，俺答汗遂上了一道请求入贡的禀帖，王崇古与方逢时随即联名上奏。

高拱手拿王崇古、方逢时的奏本，似有千钧重。他担心在内阁会引起争执，遂拿着奏本回到自己的朝房，召张居正、张四维聚议。

“玄翁，外间人心惶惶啊！”张四维焦急地说，“都说北虏大军压境，边臣不敢战，故而求和。”

“一派胡言！”高拱厉声道，“虏酋拥众近边者，以索孙故也。朝廷对宣大纳降的奏本未能及时批复，明诏未颁，处分意见不明，老俺心有疑虑，不愿退兵。今诏命已下，督抚方在处分，老俺若闻朝廷授把汉那吉官位，当自退兵。”

张居正苦笑道：“宣大的奏本，一则请示遣返把汉那吉，一则奏报俺答汗请求封贡、达成永久和平之意。封贡、互市、和平，这些字眼，势必刺激朝廷诸公的神经，我好有一比：这三者，就像是捅马蜂窝的三支柴棍。”

高拱点头，肃然道：“我本意，欲先封贡，再遣还把汉那吉，一时而举，于国体尤为光大。但反复思之，人心不同，恐旷日持久，内生他变，翻为不美。倒是可以先允准遣还把汉……”

话未说完，李春芳慌慌张张跑过来，一脸惊慌地说：“新郑，监生在长安街游行呢！”

“游行？因何游行？”高拱忙问。

“你听听。”李春芳已听到了街上的喊叫声，向外一指道。

高拱、张居正忙走出朝房，站在回廊侧耳细听。

“犯我中华者，虽远必诛！”

“与北虏言和者，卖国贼也！”

“先斩卖国贼，再逐虏寇！”

“汉奸不死，国祸不已！”

“添乱！”高拱一跺脚，“传令兵马司，速驱散！”书办领命刚要走，高拱又道，“晓谕监生，有何建言，可推三五人到本阁部朝房陈情。”说罢，又叫来书办，吩咐道，“你去，叫兵部职方司郎中吴兑来见。”又烦躁地一扬手，“叔大、子维，不议了，各自忙去吧。”

须臾，吴兑急匆匆小跑着进了朝房，高拱不待他施礼毕，拿起王崇古的奏本，道：“宣大的奏本，批兵部题覆。你知会大司马，就说我说的，先准遣返把汉那吉，他事另议。”见吴兑点头，又道，“别磨磨蹭蹭的，要快些办！”

吴兑刚施礼辞去，过了半个时辰，书办来禀：“高阁老，中城巡城御史王篆带兵马司逻卒前去长安街弹压，监生见状，一哄而散。”

高拱仰靠在椅背上，喟叹一声：“他们倒是好聚好散。可这一闹，人心大乱，办事更难啰！”

“玄翁，快到中堂去吧，出岔子了！”张居正在门外焦急地说。

“又出甚事了？”高拱蹙眉问，边快步走出朝房，往中堂走。

“新郑，这是文书房散本太监刚送来的，你看看吧！”李春芳见高拱进来，拿着两份文牍递过去。

高拱接过一看，一本是御史叶梦熊的《慎处纳降疏》，一本是巡边御史姚继可的弹章。

“喔呀！”高拱一惊，“皇上在《慎处纳降疏》上直接御批了！”遂以惊喜的语调读了起来：“叶梦熊不识大体，竟引郭药师故事喻今，着降两级，调外任！”

赵贞吉一拍书案，大声道：“方逢时私通丑虏，与黄酋秘使密会于东城楼，导之东行，嫁祸邻镇，其罪大焉！我看，革职算是轻的！”又转向高拱，“新郑可知，纳降势必通寇，都是纳降惹的祸！时下丑虏大军压境，京城人心惶惶，连学子们也不能安心读圣贤书了！当速罢斥方逢时，传檄宣大，死战逐寇！”他对纳降本不赞成，见御史因反对纳降竟受严厉处分，想替属下说话，又顾忌乃出自皇上宸断，不便公开妄议，遂拿姚继可弹章里指责方逢时的话撒气。

高拱这才去看姚继可的弹章，只见上写着：

隆庆四年十月初一日，虏贼二万余骑自平虏地方入境，杀掳人畜。巡抚方逢时登城，见贼势逼近镇城，乃慌忙无计，谋出下策，随差旗牌龚喜，直入虏营见黄台吉，称我太师叫这边差一人去城上答话。黄酋差贼哑都善来见。逢时引至城楼顶上，犒赏送回；又授谍者指以侵犯宣府地方。黄酋果起营侵犯洪州一带，其各该镇巡将领等官有临敌而侥幸苟免者，有畏敌而观望不进者，事迹昭然，通应并究。乞将平虏参将阎振候贼退事定之日究问；大同总兵官马芳，行令戴罪杀贼；巡抚方逢时亟行罢斥；总督王崇古免究，仍行戒谕，逐贼出境，以靖地方。

“姚御史所言，不可信！”高拱阅毕，把弹章往书案上一丢，以坚定的语调道，“抚臣临机设策，何可泄也，按臣安得知内情？”他不想与赵贞吉争辩，“这弹章，照例批交吏、兵二部题覆就是了。”

“好好！”李春芳忙道，他担心赵贞吉再争执，又补充道，“照例当如此！”

高拱早已思虑停当，吏部接到姚继可弹章，他并未批交司属，而是亲自拟稿：

除马芳、阎振等武职当兵部议覆、王崇古免究，本部俱不再议外，为照方逢时年力精强、才猷敏练，边方允赖、舆论共推。今指其通款曲于虏营，非有证据之实；嫁祸患于宣镇，亦无知见之人。况虏酋执叛乞降之时，正抚臣临机设策之日，夷情既不可尽泄，秘计亦难以自明。但当要其后效何如耳。合候命下，行令方逢时照旧安心供职，务要协赞总督，奋励将士，期收五利，其图万全。固不可偏泥己见，有疏未然之防，亦不可惑沮人言，坐失垂成之绩。通待事完奏请，取自上裁，庶人心不摇，边事有济。

拟好题覆稿，高拱并未马上签署上奏。他担心兵部题覆有异，召张居正、张四维、兵部职方司郎中吴兑到朝房来见。

“君泽，王崇古奏请封贡、遣送把汉那吉的奏本，我不是已交代你了，何以兵部迄未题覆？”高拱不悦地问。

吴兑一脸愁容道：“师相，北虏大军压境，兵部上下忧心如焚，议论纷纷。又听说科道有不少预备上本，大司马一则怕宣大事态不好收拾，一则怕捅了科道的马蜂窝，是以不敢轻易出手。”

“我的话你转达了？原原本本转达了，还是半遮半掩转达？”高拱火起，拿吴兑撒气。

"学生焉能不原原本本转达？"吴兑委屈地说，"可大司马说职在兵部，责在兵部，不可轻举，要廷议后再题覆。"

"你回去禀报郭乾：姚继可的弹章，照吏部题覆的基调，上紧题覆；王崇古的奏本，照上次我说的上紧题覆！"说着，顺手把他所撰题覆稿递给吴兑看。

"师相……"吴兑一脸苦楚，唤了一声，下面的话还未出口，高拱一扬手，"虏酋拥众近边者，以索孙故，照我说的办，必退兵。且今冬奇寒，水冻草枯，安能久住得逞？只行令督抚严加提备，安心处分便了。一二日间当得消息。当此关键时期，万不可横生枝节，先为挠阻，致乖事机。"

张居正劝道："玄翁，宣大的奏本，迟些题覆也好。目下科道怨气甚重，刚处分了叶梦熊，又驳回姚继可的弹章，再题覆宣大的奏本，给人以与科道较劲的印象。万一惹他们一窝蜂冲来，皇上也难以招架。"又转向站在一旁手足无措的吴兑，"君泽先回去，上紧把姚继可弹章先题覆了。受弹劾的边臣无法履职，万一有事，谁负其责？"

吴兑告辞而去，高拱怒气冲冲地说："叔大，姚继可甚妄，恐方逢时受此弹劾，意或灰沮，你给王崇古修书，让他曲加慰勉。"说罢一扬手，"都回吧！"

张四维施礼告辞，张居正却坐着未动。

"还不走？"高拱没好气地说。

"玄翁息怒。"张居正一笑道，"居正说迟些题覆宣大奏本，并非拆玄翁或王崇古的台。"

"那你是何意？"高拱瞪眼质问道，"宣大火烧眉毛了，你倒还替郭乾打掩护！"

"呵呵，非也！"张居正神秘一笑，"乃替玄翁计。"

"我不需要你为我着想！"高拱一扬手道。

"玄翁，科道不好惹啊，你何必与他们硬碰硬？"张居正以诚恳的语调道，"他们若上本论玄翁，玄翁就得注门籍，不是欲速则不达吗？"见高拱怒容消了多半，继续道，"先得把科道这里掌控住才好。"

"掌控科道？"高拱不解，摇头道，"皇上都拿他们没办法，遑论内阁？"

张居正郑重道："行考成法！"

"考成法？"高拱一脸狐疑，"这是个甚样法子？"

"考成法！"张居正以坚定的语气道，又解释说，"此法要义是内阁稽察科道，科道稽察部院，部院堂上官稽察属官。简而言之，科道要对内阁负责！如此，内阁驾乎部院与科道之上，部院衙门不敢懈怠，科道亦不敢放肆，岂不一举两得？"

"哎呀！这不成！"高拱连连摇头，"科道乃皇上的耳目风纪之司，舆论所在，

又是监察政府的，安得置于政府控制之下？岂不有堵塞言路之忧？”他摆手道，“叔大，此法不可行之！”

张居正流露出失望的神情，倏忽间这神情又消失了，一笑道：“玄翁放心，居正再想法子。”

三

内阁中堂里，赵贞吉拿着姚继可的弹章批红本，气呼呼地质问高拱：“姚继可是巡边御史，巡边御史弹劾官员，朝廷若不纳，当差官勘实，再予处分；怎么吏、兵二部就直接驳回了弹章？照新郑这个做法，巡按、巡边御史索性裁撤了吧！”

“宣大军情紧急，不能因小失大，当特事特办。”高拱耐着性子回应道。

“动辄破成例，岂不是为所欲为？”赵贞吉大声道，“时下各地的官员都在晋京途中，大计在即，不靠巡按御史的荐举、纠弹，吏部拿什么考察天下官员？”

“内江说到考察，我倒是想说说这里面的弊病……”

高拱话未说完，就听到一声“高老先生接旨——”的尖嗓音传来，司礼监掌印太监陈洪在几个散本太监的簇拥下走了进来，宣旨：

谕掌吏部大学士高拱

朝觐在迩，纠劾宜公。自朕即位四年，科道官放肆，欺乱朝纲，其有奸邪不职，卿等严加考察，详实以闻。

高拱接过谕旨，惊讶的目光投向张居正。似乎在问：“这就是你想出的新法子？”

张居正会意一笑。前日从高拱朝房出来，他连夜差游七去拜访司礼监秉笔太监冯保的管家徐爵，请他在冯保面前说项，让冯保向皇上进言，考察科道。宦官早就对科道不满，也知皇上早已不能忍受科道的渎扰，正不知如何约束，听到考察科道一语，无不欣然接受，遂有谕旨颁下。

“考察科道？”赵贞吉惊问，他不敢相信，盯着高拱问，“这真是皇上的意思？”

李春芳插话说：“或许是叶梦熊几位御史上本反对宣大纳降，令皇上生气了？”

“谕旨在此，焉能有假？”高拱不悦地说，“科道会同吏部考察百官，但不是说科道可免于考察。若皇上有旨，即应考察，这也是有先例的。”

“哼哼，谕旨？有人撺掇也未可知！”赵贞吉冷笑着说，随即起身道，“即使是皇上的意思，赵某也要抗旨，请皇上收回成命！我这就写本。”

不到两刻钟工夫，赵贞吉拿着文稿回来了，甫落座，就赌气似的念道：“臣俯诵考察科道谕旨，不敢仰赞。乞皇上勿以叶梦熊波及诸言官，一网打尽，以致人心汹汹，人人自危。愿收回成命，特加宽赦。”

“内江，还是算了吧。”李春芳劝了一句。

“来人！”赵贞吉喊了一声，不理会李春芳的劝阻，把奏本递给书办，“直送文书房！”

快交午时了，阁臣正要散去，散本太监前来宣旨：

赵贞吉的本子，看了。已有谕。

赵贞吉闻言，尴尬、沮丧、无奈的表情，一股脑涌到脸上，张嘴想说话，嘴唇哆嗦着，说不出话来。

高拱欲为赵贞吉解困，忙道：“京官六年一大考，皆吏部、都察院共办。但考察科道，一向是奉旨专行，嘉靖朝有过一次，都察院未参与考察。此次奉旨考察科道，若袭故事，仍应吏部一家主持。窃思考察贵精，耳目贵广，我拟上本请皇上允准，吏部会同都察院考察，庶得参伍之情，以尽大公之道。”

赵贞吉本欲向高拱发难，想不到他会有此提议，转而投以感激的目光。高拱见赵贞吉情绪平和下来，又道：“考察地方官在即，而科道有考察拾遗之责。故考察科道之事不能拖，待皇上允准都察院参与考察后就办。内江以为如何？”

“吏部主办，都察院配合，何时何地，自然听吏部的。”赵贞吉道。

“科道，耳目之官，其任甚重，务俾各持敬慎以尊君，各秉公忠而体国，无徇小名而以济事为心，无应故事而以真实为美。至于职掌所在，更要讲究，不得以私意有所出入。”高拱郑重道，“此番考察，当择其公论难容者，照不谨与浮躁不及事例，开列上请。”

“理应如此！只是，”赵贞吉顿了片刻，呷了口茶道，“新郑，此次反对纳降的，叶梦熊已然遣去，其余人等不能纳入不谨与浮躁不及之列。还有，不能仅仅因为谏诤皇上、或者元年曾经弹劾过你，就要淘汰。”

高拱脸一沉，道：“我说过，忘怨布公！无论是谁，只有一个标准：公论难容者！”

张居正不发一语，心里却一直盘算着。当晚，他就把曾省吾叫到家里，对他说：“时下正是安边定国的关键时期，科道每每横生枝节。本想通过考察科道约束、震慑之，可玄翁却拉上赵贞吉一同考察，而赵贞吉不唯处处掣肘，还极力维护那些恣意妄言、摇乱国是者，当搬开这个绊脚石！”

曾省吾道：“太岳，皇上对老赵头信任有加，恐搬不动啊！要搬得动不早就搬开了？”

“此一时彼一时也。”张居正道，“他阻止考察科道，皇上断然驳回了。只要他敢与玄翁公开较量，皇上会毫不踌躇地站在玄翁一边。”

“哦……”曾省吾心领神会，出了张居正家门，就往吏科都给事中韩楫家赶去。

韩楫因深受座主高拱的赏识，已拔擢为六科领袖——吏科都给事中，正是意气风发之时，忽见曾省吾的名刺，知他必有要事，遂出门相迎。

寒暄过后，曾省吾道："科长，时下高相正做一篇安邦奠边的大文章，而老赵头却处处掣肘，做言官的何以坐视不管？若是换成徐阶，早就授意门生故旧动手了；高相磊落，不愿这么做，门生就不能主动？非为高相，乃为国家！"

韩楫默然。当年齐康弹劾徐阶，就为老师帮了倒忙。时下的情形虽与彼时不同，但作为门生，一举一动都会关涉到座主，他不想贸然行事，决计观察些日子再说。

过了几天，考察科道在吏部后堂展开。吏部列不谨者九人、浮躁者九人、才力不及者十人。赵贞吉一看南京都察院御史岑用宾的名字在列，便道："新郑，此人元年得罪过你，还是拿掉为好。"

"凡是弹劾过高某的，就有了护身符？"高拱不满地说，"况且岑用宾是南京吏部、都察院考察报来的，为什么要拿掉？"

"我是为你着想，新郑。不的，你会落得个报复的恶名！"赵贞吉坚持说。

高拱道："'报复'二字，不在我心，在他人之口。不能因为怕落这个恶名，就处事不公！"

"那好，岑用宾暂且不说，姚继可断断不能列浮躁！"赵贞吉又道，"淘汰姚继可，不得人心，吾不忍也！"

"正是叶梦熊、姚继可反对纳降，让皇上动怒，方降旨考察科道的。叶梦熊已被贬谪，姑且不论；姚继可若不在列，皇上对考察结果必不满意。"高拱解释道。

"揣摩上意，非君子当为！"赵贞吉义正词严地说。

从辰时争执到午时，到底还是将姚继可拿掉了。列入不谨、浮躁与才力不及者共二十七人，呈报御览。得旨：

这各官既考察停当，依拟不谨的，着冠带闲住；浮躁不及的，俱降一级调外任。科道朝廷耳目之官，责任至重。今后都要秉持公正，不许恣意妄言，摇乱国是，倚借言路，报复恩仇。有这等的，重治不饶。

"怎么姚继可未在列？"韩楫看到《邸报》，不禁纳闷，忙到吏部找同乡张四维打探内情。张四维将吏部后堂里赵贞吉与高拱争执情形说了一遍。韩楫听罢，拱手而别，回到直房，即提笔拟写弹劾赵贞吉的奏本。

弹章发交内阁，张居正读道："吏科都给事中韩楫劾大学士赵贞吉庸横，考察科道恣意诋排，乞皇上罢斥之。"

赵贞吉蓦地僵住了，只有脸上的肌肉不住地抖动着。良久，突然发出令人毛骨悚然的大笑声："哈哈哈哈！"

"内江，内江，你这是……"李春芳不解而又担心地说。

“庸横？哈哈哈，真是只顾加罪，不顾条理！”赵贞吉冷笑着说，“人臣庸则不能横！如我老赵，庸或不敢辞，横则不敢当！我老赵兼掌西台，乃因高新郑权势过重，入参密勿，外立铨选。而都察院为弹压之司，可分其权。今既十月矣，高新郑坏乱选法，擅改祖制，纵肆大恶如私通丑虏之王崇古、方逢时者流，昭然在人耳目者，我老赵却噤口不能一言，有负任使如此，真庸臣也！”

“赵内江！”高拱一拍书案，大声道，“科道论你，你何以无端排诋高某？”

“哼哼！”赵贞吉又是一阵冷笑，“你高新郑借考察报复私愤，今又授意门生论劾我老赵。如你高新郑者，诚可谓横也！”

“韩楫论劾你，你反诋高某指授，那么此前给事中张卤、御史王友贤等皆曾论劾过你，难道也是高某指授？”高拱愤然道，“考察科道出自圣谕，高某岂敢借此报复？今考察事毕，曾否报复，事实俱在，人皆知之，不用我多说。至于你说高某坏乱选法，纵肆大恶，不知曾坏何法？纵肆何人，为何恶？若果如内江所言，高某罪责难逃；如不是这么回事，内江就是血口喷人！”

“我这就上疏求去！”赵贞吉起身道，“不过我也要劝皇上抑制横臣，勿使久专大权！”

“请便！”高拱不客气地说。

过了一天，赵贞吉求去兼带自辩的奏疏副本送至内阁，高拱一看，全是指责他的，冷笑一声：“也好，我也上本求去，让皇上裁夺就是了！”说罢，起身回到朝房，写好了辞职奏本，吩咐书办封交会极门。走出朝房，正要下楼，又转身吩咐书办：“叫张阁老朝房来见。”

“玄翁有何嘱？”张居正迈着轻快的步履进了高拱的朝房，抑制不住喜悦，“居正敢断言，不出一两天工夫，玄翁回来，某人卷铺盖！”

高拱未接茬，焦急地说：“叔大，上紧催郭乾，王崇古的奏本要快些题覆，不然老俺以为朝廷不允遣返把汉那吉，事态必恶化。”说着，拿出一张稿笺，递给张居正，“我已反复斟酌了好些天，兵部题覆一旦发交内阁，即照此拟旨。”

张居正脸上的笑意消失了：“玄翁提醒的是。宣大前线还不知会发生什么不测之事呢！”

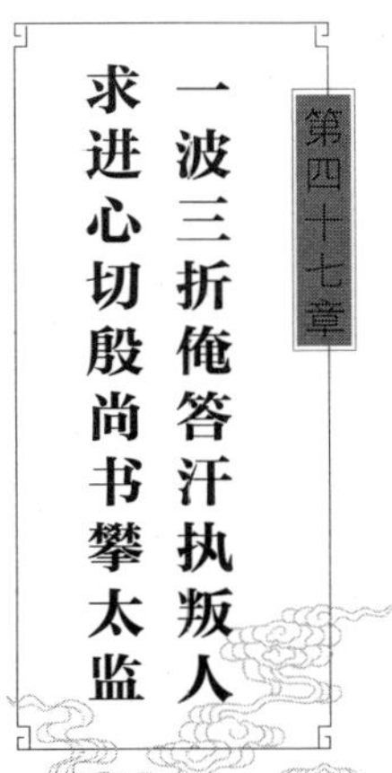

第四十七章 一波三折俺答汗执叛人 求进心切殷尚书攀太监

一

俺答汗和三娘子围坐在火炉旁，炉子火口旁侧放着一把铜壶，壶里装着满满一壶酒。三娘子不时提起铜壶，往俺答汗手里的牛角杯里续酒。

“打儿汗首领哥见到了把汉那吉。”俺答汗像是在喃喃自语，“我以为天朝必杀他无疑，还真没杀！”

“是呀，汗，还不信天朝吗？”三娘子忽闪着眼睛，关切地问。

这几天，密使往返，双方讨价还价。宣大督抚提出，俺答汗执献赵全等叛人后，即向朝廷奏请送还把汉那吉并代为求贡；奏本送出的同时，俺答汗撤军。可俺答汗有些踌躇：“三娘子，这些年，杀汉人杀得太多了，仇结得太深了。混进京城的细作谍报说，朝廷全是反对两家讲和的人，五军都督府的那些公侯扬言要杀卖国贼。谁敢主和？我把赵全送给他、撤了军，他上道奏本，朝廷若不批，我岂不是啥也没捞到？下一步咋办？”

“汗，朝廷不杀把汉那吉，还让他做了官，这可是天朝的皇上下的旨呀！”三娘子劝道，“这不明摆着的吗？朝廷不想打仗，想两家和好呢！”

“喔？俺答汗恍然大悟似的，开怀大笑，“喔哈哈哈，我的小黄鹂、百灵鸟，你这句话点醒我嘞！”

“可不是嘛，”三娘子又道，“不答应人家，无非继续打仗。汗所向无敌，战而必胜，可自此，就再也没有机会和人家说封贡互市的事了呀！”

“谁说不是嘞！”俺答汗把牛角杯一扔，蓦地起身，“我六十多了，这次机会错过去，还真就再没机会了！”他向外喊了声，“传恰台吉、五奴柱来见！”

“汗爷，是不是拿赵全？”恰台吉一进帐就兴奋地问。

“脱脱小儿，这次你说对了！”说着，俺答汗一把拉过恰台吉，又向五奴柱招招手，三人围在一起，低声嘀咕了一阵。

当晚，赵全奉召进了大帐，刚要施礼，几名亲兵一拥而上，把他紧紧抱住，不由分说，捆了起来。

“汗爷，这是为何？”赵全似乎早有预感，他没有挣扎，只是感到很痛心。他仰头看着俺答汗，平静地说，“汗爷，小的侍奉汗爷多年，曾替汗爷掠地攻城，使汗爷大得志；又每以衣服、饮食、器用珍奇之物，常常供奉。我孝顺汗爷可谓至矣！乃今为一个孩子，将我绑缚而卖，不如蒿草？”

“薛禅，对不住了。本汗老了，不想再打打杀杀的了，能够与天朝达成和平，对两家都好。只能委屈你了！”说完，命令道，“押走！”

须臾，五奴柱前来禀报：“汗爷，李自馨、赵龙……”

“别啰哩啰唆的，人都抓起来了没有？”俺答汗一挥手臂道。

“汗爷，都捉到了！”五奴柱道，“只是，周元那小子见风头不对，服毒自尽啦！”

“有种！”俺答汗伸出拇指道，“你去请鲍崇德验尸，免得说不清楚！”

次日晨，八名叛人一一验明身份，押往云石堡而来。方逢时接到禀报，传令中军康纶护送把汉那吉一行去云石堡候命。

把汉那吉闻言，大哭道：“我不回去，我不回去！”任凭康纶如何劝说，把汉那吉抱住门框，只是摇头。康纶无奈，只得求助阿力哥。

阿力哥劝了半天，还是未说动把汉那吉，只得对康纶道：“既如此，不如让大成台吉面见太师。太师的话，或许大成台吉会听。”

方逢时闻报，吩咐传见。把汉那吉按武官参谒巡抚礼，跪拜参见，恳求道：“我已是天朝之臣，天朝何忍弃我？”说完，又“呜呜”哭了起来。

“把汉那吉指挥使，非天朝弃你，乃因你祖父祖母日夜思念你，执送赵全等来献，乞与你相见，故送你去见你的祖父母。”方逢时劝慰道，“你此番回去，即可内外通好，大有利于万民。这也算是你对朝廷的报效吧！况且一旦修好，以后随时可以再来。请你记住本院的话：只要你不忘朝廷，朝廷决不会负你！”

“大成台吉，既然太师这么说，就别哭了，还是回去吧。”阿力哥劝道。

把汉那吉恋恋不舍地辞别方逢时，回到驿馆，站在屋子中央，看着为他收拾行装的阿力哥，委屈地说：“阿力哥，回到板升，见不到玉赤扯金，我越发会伤心的！”

“大成台吉，忘了玉赤扯金吧！”阿力哥心疼地说，“目今是土默川与天朝做大买卖，这买卖是大成台吉促成的，老主子不会埋怨大戎台吉，可大成台吉以后也不要再乱说话。”

把汉那吉懵懵懂懂，道：“我太想祖母了，不知她老人家如何伤心？既然要回，就快些回吧，早点见到她老人家！”

“大成台吉，快了，快见到伊克哈屯了！”阿力哥道，“咱在云石堡等着，待朝廷下了旨，就出关。”

“阿力哥，你这么一说，我巴不得一眨眼就看到祖母她老人家呢！”把汉那吉眼泪汪汪地说。

伊克哈屯也在盼着早日见到把汉那吉。得到天朝即将送还把汉那吉即的消息，伊克哈屯就急不可待地从板升向大同方向赶来，在兔毛河遇到了撤兵至此的俺答汗。一见面，她就焦急地问：“可怜的把汉那吉在哪儿？”

俺答汗一拍胸脯：“三五日内，必能见到！”

伊克哈屯每日起来，总要到河边向西南张望。两天过去了，并未见到把汉那吉的身影。俺答汗开始还安慰伊克哈屯，可又过了两天，他也坐不住了。每到午时，他就来到河边，焦躁地踱步。这天，俺答汗又在河边徘徊，一匹快马飞奔而来，到得近前，来人滚下马来，禀报道：“禀大汗，打儿汗首领哥押赵全已在云石堡外候了几日，却不见南朝来接。”

“喔呀呀！那咋回事，难道南朝反悔了？”俺答汗疑惑不解，忙回帐召恰台吉、五奴柱来见。

“定然是南朝见我大军已撤，反悔了！”恰台吉道，“好把大成台吉当人质，让汗爷以后不敢再抢边。”

“可是，他们若有诈，当接进赵全才对嘛！”俺答汗提出了疑问。

“嗯哪！”恰台吉一撇嘴道，“赵全留下来，反而让汗爷为难。咋打发他好呢？南朝是在给汗爷出难题呢！”恰台吉既想除掉赵全，又不愿接回把汉那吉。这样，赵全等人的土堡、马匹，强半就可归他所有。眼看有此良机，他自然不愿意放过，遂鼓动道，“汗爷，我大军当杀回马枪，攻云石堡，令南朝畏惧，不得不交出大成台吉！”

“恰台吉说得对！”五奴柱附和道，“细作谍报，京城里有游行的，有上本的，闹腾的欢着呢！估摸着是要反悔了。”

“不会吧？或许只是……”三娘子道，话未说完，伊克哈屯哭喊着闯进大帐，俺答汗忙命亲兵簇拥着三娘子进了寝帐。恰台吉和五奴柱见状，又是一番鼓动，俺答汗遂传令大军调头南下。

夜不收、尖儿手探得消息，飞快地向总督辕门禀报。

王崇古正在节堂内焦虑地踱步。姚继可弹劾方逢时，又牵涉到他及诸将领，顿时令战争阴云甫散的宣大上空又飘起了浓浓的火药味。好在有高拱在内强势否决了罢免方逢时的提议，保护了宣大文武官员，总算躲过了一劫。但王崇古明白，这件事本身就证明，反对纳降的力量很强大，此后每走一步都会面临严峻挑战。

"禀军门，俺答说我有诈，率大军杀奔云石堡而来！"探马禀报道。

"啊？"王崇古不由惊叫了一声。他明白，战或和在此一举，不能稍有闪失。千钧一发，不容他反复斟酌，只一盏茶的工夫，王崇古就在白虎堂连传宪令："传檄三镇总兵严阵以待！持令牌赶往平虏卫，命守备阎振，遣嫡子阎国囿，弟阎伟、阎伊，速往俺答营中为人质，知会俺答，不可背盟，俟朝廷诏旨一下，即送把汉那吉出关！"

二

听到王诚自京师返回的禀报，王崇古既惊喜又担心。没有接到朝廷诏旨，王崇古不敢擅自做主遣返把汉那吉，以致引起了俺答汗的误解，命大军调头而来。无奈之下，他只好命送人质于虏营，还不知能否平息事端。他焦急万端，可他也知道，朝中百官反对声甚大，万一……他忙吩咐端水净手，才战战兢兢地展读圣旨：

虏酋既输诚哀恳，且愿执叛来献，具见恭顺。伊孙准遣还，仍赏彩缎四、表里布一百匹。其乞封进贡一节，着总督、镇巡官详议停当具奏。

王崇古长出了一口气："这下好了，这下好了！"又忙问王诚，"玄翁有何示下？"

王诚拿出一封书函："都在张侍郎书中。"

王崇古接过一看，外甥张四维在书中转达高拱所嘱二事："一、把汉那吉是三品武官。临行时，可用绯袍金带、褐盖朱旗，奏鼓乐送之。届时要传语俺答，道把汉那吉是我天朝官人，不比寻常，着俺答好生看待，不许作践他。二、阿力哥似当留之。若遣之还，老俺甘心此人？恐有伤事体。不唯如此，彼为我千户；归降之人，我不能庇佑，卒使不保，亦非天理人心矣。况留此人，可时问虏情，亦我之利也。"

"玄翁所虑甚细。"王崇古道，又问，"你到了京师，那里情形如何？"

王诚道："下吏看高阁老很疲惫，面色苍白，眼珠发红，眼泡凸起，声音沙哑，像是好久没有睡觉了。"

"中玄太操劳了。不唯身累，更是心累！"王崇古叹息说，"革新改制本已阻力重重，宣大的事更是要力排众议，能不累吗？"

"是啊，军门，"王诚接言道，"访得皇上下旨考察言官，赵阁老上本要皇上收回成命，皇上不允；高阁老上本请与都察院一起考察，谁知赵阁老与高阁老争执得厉害。吏科的韩科长上本参了赵阁老，赵阁老说是高阁老指授，大骂不止，上本参高阁老是横臣。时下京城里不少人以‘一代横臣’称高阁老呢！”

“如今的官场，做事难、担当不易啊！”王崇古感叹道，他撩起自己的胡须，“若把汉那吉来降，拒之，何来这么多烦心事？短短两个月，须发尽白了！时下中玄比我的压力更大，心力交瘁，可想而知！”言毕，他提了提精神，“差中军连夜赶往大同，着方巡抚传令平虏卫、云石堡，并速速知会俺答，十九日押赵全等入关，二十日送还把汉那吉！中玄所嘱二事，着方巡抚照办！”

须臾，两匹快马借月光出了阳和城，向大同奔去。

方逢时同样焦急地盼着圣旨颁下。俺答大军去而复返，令他震惊不已。王崇古急命阎振将两弟一子送出关为质。昨夜探马来报，说俺答汗见到人质，惊喜道：“太师以诚待我，我背之不详！”遂下令停止进军，方逢时这才松了口气。但若延宕过久，还不知会生出何样事端。他忧心忡忡地半倚在节堂坐榻上，蒙蒙眬眬睡了不到一个时辰，亲兵禀报朝廷诏旨并军门札谕到。方逢时接过阅看，终于转忧为喜，传令在衙门专候的阳和兵备衙门参议崔镛、大同镇副总兵麻锦来见，吩咐道：“麻副帅，你与鲍崇德专责接押赵全等八叛人至威远城，严加监管，不得有失！崔参议，你专责为把汉那吉饯行，礼送出云石堡。”

二人领命，带着一干随从，策马赶往云石堡。阳和兵备参议崔镛先遵令前去面见阿力哥，转达朝廷欲留他之意。阿力哥踌躇难决，向把汉那吉说明此意，把汉那吉坚决不允。阿力哥遂向崔镛禀报道：“大成台吉保证我的安全，不如一并回去，辅佐大成台吉。”崔镛不敢擅断，急命亲随飞报方逢时决断。方逢时知留阿力哥出自高拱之意，但请示已然来不及了，遂传令崔镛，尊重把汉那吉和阿力哥的抉择。

十一月十九日酉时，云石堡关门大开，军士林立，彩旗招展，箭弩剑戟密布。打儿汉首领哥押着赵全等八人进了关门，副总兵麻锦会同通事官鲍崇德上前交接，麻锦问：“赵全，回到故土，有何要说的？”

赵全面无惧色，不服气地说：“我到胡地不过数载，建成板升城，繁华不亚于此地。若朝廷不封锁，板升早已超过大同，则大漠皆汉人天下矣！”

麻锦是武官，自知说不过赵全，向他“呸”了一口：“这片土地，快被血染红了，都是我大明子民的血！冤魂何止千万，他们要向你索命！”说完，不再理会，一一验明身份，赵全、李自馨、猛谷王、赵龙、刘四、马西川、吕西川、吕小老共八人，旋即押上早已备好的囚车，向威远城而去。

打儿汉首领哥还奉命接把汉那吉出关，与麻锦交接完赵全等人后，即被鲍崇德领进云石堡休息。当晚，崔镛设宴为把汉那吉饯行，众人俱食桌宴，打儿汉首领哥作陪。待众人入席，崔镛起身，开读朝廷谕旨并王崇古传札。宣读毕，崔镛又将皇

帝和督抚赏赐给俺答汗、黄台吉、把汉那吉的礼物逐件点明，将数目手本交与打儿汉首领哥收讫。回到主座，崔镛举盏提议，敬祝大明圣天子万寿无疆，众人随声附和，各自一饮而尽。酒过三巡，崔镛对打儿汉首领哥道："阿力哥为皇明千户，打儿汉首领哥，你要保证他的安全！"

"一定一定！"打儿汉首领哥连连答应。

作陪的旧副总兵田世威道："钻刀起誓，如何？"言毕，命侍卫人等手持长刀、对面而立、以刀相交，搭成了刀林。

打儿汉首领哥毫不犹豫地弯身钻了过去，口中念念有词，鲍崇德译道："我保证各人回到土默特，安全无恙，拥立汗爷太平大政！"厅堂里顿时响起一片欢呼声。

直到午夜，宴会方尽欢而散。次日辰时，云石堡已是彩旗招展，鼓乐齐鸣，把汉那吉身着朝廷赏赐的大红纻袍、头戴三品冠带，在崔镛等人护送下缓缓出了云石堡。崔镛奉命拨调兵马,令鲍崇德同打儿汉首领哥等随送把汗那吉。把汉那吉瞻恋垂泪北去。

兔毛河畔，俺答汗、伊克哈屯早早就站在寒风中等候着。远远看见一队人马迤逦而来。到了近前，竟也未认出把汉那吉来，直到身着皇帝赏赐的绯袍金带的把汉那吉英武光耀地下马来拜，俺答汗、伊克哈屯才不约而同地惊喜道："把汉那吉！"须臾，伊克哈屯上前抱住他，放声大哭。俺答汗也垂泪道："不意今日还能相见，都是圣天子的厚恩大德啊！"他脱下胡帽，南向厥角稽首不已。

鲍崇德露出惊喜的神色。他深谙番俗，知道彼辈只有拜天方脱帽，这是至敬大礼。

俺答汗起身道："打儿汉首领哥，你这就随鲍使赴阳和入谢，谒见太师时，禀报：我辈愿为大明之臣，岁贡方物！"

王崇古得知叛人已监押，把汉那吉已送回，如释重负，突然感到浑身像散了架似的，昏昏欲睡。

打儿汉首领哥入谢，王崇古勉力支撑，在白虎堂接见。一番客套后，打儿汉首领哥道："我大汗命纯洁的使者，禀报英武的军门：'愿为大明之臣，岁贡方物'。请太师转报圣天子！"

王崇古闻言，刚刚松弛下来的神经又绷紧了。

三

高拱躺在病榻上，嘴唇干裂，长满了燎泡。两天来，他吃不下食物，连水也不愿喝。夫人张氏急得坐立不安，暗自垂泪。张居正闻讯，忙传太医诊治，只说是劳累过度、急火攻心，并无大碍。开了几剂汤药，嘱咐卧床静养。不待高拱吩咐，夫人张氏命高福大门紧闭，在首门上张贴了一张告示：“遵医嘱：病人需静养，恕不见客。”

可是，张居正来谒，张氏只得放行。

“叔大，宣大那里怎么样了？”听到张居正的声音，高拱吃力地抬起头，问。

“玄翁放心吧！”张居正走上前去，整理了一下枕头，托着高拱的后背，让他慢慢躺好，“朝廷允准遣还把汉那吉的诏旨已颁，这时候，恐怕把汉那吉已与老酋相拥而泣呢！”

“你多费些心。”高拱嘱咐道。

“玄翁不必挂心！”张居正道，转头问高福，“用过药了吗？”见高福点头，又嘱咐，“务必按时用药。”起身在卧室察看一番，对高福说，“这屋里不够暖和，加些炭，烧暖些。”又指了指地面，“不妨勤洒些水，太干燥了不好。”待高福出去了，张居正从袖中掏出一份文牍，举在高拱面前，道，“玄翁看，这是皇上在玄翁请辞疏上的御批。”

高拱睁开眼，见皇上亲笔御批：“卿辅政忠勤，掌铨公正，朕所眷倚，岂可引嫌求退？宜安心供职，不允所辞。”阅毕，他长长出了口气，道：“有皇上这几句话，就够了。”

“还有呢！”张居正面露喜色，又拿出一份文牍，“皇上在赵内江奏疏上的御批。”他举在高拱眼前，高拱看了一眼，上写着：“准致仕，赐驰驿。”张居正收好，道：“他想与玄翁在皇上面前比高低，真是自讨无趣！”

高拱良久没有出声，突然睁开眼睛，道：“叔大，都察院让葛守礼去做，你看如何？”

“葛守礼倒是合适，”张居正边思考边说，“只是，此公速来特立独行，不是个听招呼的人。”

高拱肃然道：“要得天下治，只在用人。用人只在用三人：一个首相，一个冢宰，一个台长。台长，不能让看权势者眼色行事的人来做。”

张居正暗自撇嘴，却也不再争辩，而是问：“葛守礼所遗刑部尚书缺，玄翁有人选吗？”

高拱听出来了，张居正定然要荐人，便道：“叔大有人选？”

夫人张氏从外面进来，嗔怪道：“叔大，你哥这病是累着了。你说几句就行了，让你哥好好歇歇。”

“呵呵，嫂夫人放心！”张居正拱手笑道，“有几件事，玄翁一直牵挂，我念叨给他，他就放心了，自可安心养病。”

张氏摇头叹息而去，张居正起身送到门口，回身又坐在高拱病榻边上，道：

“潘水帘，如何？他可是玄翁的同年，还是榜眼。”

潘水帘名潘晟，嘉靖二十年榜眼。当年高拱就是接替他做的国子监祭酒。潘晟在礼部尚书任上受弹劾而闲住多年。他做过为宦官开办的“内书堂”教习，是司礼监提督东厂太监冯保的老师。前些天张居正通过游七和徐爵，托冯保在李贵妃面前提议考察科道，冯保则请张居正在高拱面前进言，起用潘晟。此番探病，张居正正是为此事而来。高拱对自己的同年潘晟自然熟悉，他摇头道：“潘水帘善文辞，不谙律令，做大司寇不合适。”

张居正不甘心：“把殷正甫挪到刑部，让潘水帘做礼部尚书，如何？”

“殷正甫已然是礼部尚书，又在裕邸做过讲官，挪到刑部，他怎么想？”高拱又摇头道，“况且殷正甫也是翰林出身，文辞尚说得过去，掌刑部，力有不逮。”

“我原想，让正甫做台长，必能听招呼。”张居正只得阖盘托出自己的想法，“空缺的礼部尚书，起用潘水帘。”为争取高拱同意，又补充道，“能力差的人，你给他高位，他必死心塌地。”

“殷正甫做礼部尚书也勉为其难，做台长更不合适。至于潘水帘，有机会再说吧。”高拱道，“刑部，就让刘自强来做。”

“喔呀，刘自强？”张居正吃惊道，“他虽是玄翁乡党，可元年白头疏之事……”

刘自强是开封府扶沟县人，比高拱晚一科中进士。隆庆元年举朝逐高时，因尚书葛守礼拒绝签署公本，刘自强竟以白头疏上奏，成为官场奇闻，传布朝野。

高拱苦笑一声，道：“掌铨政，不能有私心。这刘自强自入仕即在地方做推官，又做过按察使、巡抚，在南北两京各部院都做过，时下在南京做刑部尚书，内调就是了。”说完侧过头去，重重地喘起气来。

张居正有些失望，但却未有丝毫表露，道：“玄翁用人，正如皇上所说，公正！”他站起身，俯身对高拱说，“玄翁，安心养病，不必挂心国务。”

“宣大之事，不可掉以轻心。”高拱吃力地侧过脸，嘱咐说。

张居正又嘱咐高福一通，方出了高府。他刚走不到一刻钟，礼部尚书殷世儋的拜帖又递进来了，高福只得去通禀。高拱烦躁地说：“告示不是贴在外面吗？还递拜帖！”

“殷大老爷，我家老爷喝了汤药，不巧刚睡着了。”高福出来应酬说，“殷大老爷恁看……？”说着，故意在告示上拍了拍，怕被风刮掉似的。

殷世儋知道是被婉拒，只得快快而去。他边缓慢地迈步，边低头沉思，口中喃喃：“嘶——哎呀，这不是好兆头，说明他心里根本就未虑及我的事！”言毕，眉头紧皱，转圈搓手，一副焦急万端的样子。良久，跺脚道，“看来，也只能这样了！”

当晚，一顶腰轿过玉河桥，自十王府西夹道中段向西拐去，在一所宅子前停下。可是，轿子落地良久，乘轿人却迟迟没有出来。

快进腊月了，天寒地冻，殷世儋坐在腰轿里，冻得瑟瑟发抖，几次掀开轿帘要下轿，又缩了回去。从高宅吃了闭门羹，他就决计要来拜访太监冯保，可真到了冯保宅前，他却踌躇起来。且不说外臣私通太监乃违制干纪，假使有了这个名声，足以使人抬不起头来。他的内心在激烈挣扎着。

殷世儋与李春芳、张居正同为嘉靖二十六年进士，同入翰林院，也和张居正一起做过裕王的讲官。张居正入阁整整四年了，他却刚做了几个月的礼部尚书。隆庆元年郭朴、高拱下野后，殷世儋以为自己有了机会，等了近一年，等到徐阶下野，却是赵贞吉被皇上钦点入阁，依然没有他的份儿。待陈以勤下野，他已是急不可待；如今赵贞吉也致仕而去，殷世儋认定，无论如何也该轮到他了。本想以探病为名到高拱那里摸摸底，不意却被拒之门外。这让他感到沮丧。倘若高拱有意延揽他入阁，当不会拒而不见吧？他不想再失去机会，那就不能再被动等待。既然高拱那里已然走不通，唯一的路径就是内廷。当年在裕邸时已与冯保相识，殷世儋就想到冯保这里疏通。

“这位客官，我等在寒风里候了许久，客官到底下不下轿？”轿夫忍不住说话了。腰轿是临时雇来的，殷世儋又未着官服，一袭布衣打扮，故轿夫并不知所抬何人。

殷世儋双脚已然冻麻了，他试探着慢慢从轿中出来，跛着脚向首门走去。为了保密，他甚至没有带仆从，也不愿意递拜帖，只得亲自上前叩门。心里说：“冯保不在就好了！冯保不在就好了！”又轻轻在自己的脸颊上扇了几下，“来一趟太难了，冯保千万千万别不在家！”

“何人？”门公问。

“呵呵，厂公的故人。”殷世儋赔笑道，“烦请门公通禀，就说裕邸故人殷某来拜。”

门公打量着殷世儋，感到奇怪，不递拜帖、手本，甚至不愿说出全名，他还是头一次遇到。殷世儋忙从袖中掏出一锭银子，道：“辛苦门公，有劳门公！”又拿出一个函封，里面有礼帖一通，“烦请门公呈厂公。”

“甚模样？多大年纪？”冯保听了门公的禀报，问。

“五十上下年纪，高个子，不胖不瘦，有点驼背。”门公答。

冯保边听门公禀报，边打开礼帖一看，竟是三千两银子！他不再细问，忙吩咐传请。待一身布衣装扮的殷世儋走进花厅，冯保并未一眼认出。殷世儋鞠躬施礼，道：“礼部尚书殷世儋，拜见厂公。”

“哎呀，原来是殷尚书！故交，故交啊！”冯保忙起身还礼让座，“一阵北风居然把故人吹来啦？哈哈哈！”三千两银子，还有礼部尚书的恭恭敬敬，让冯保颇是满足，不禁开怀大笑。

“厂公乃太子爷的大伴、皇贵妃的心腹，虽暂时屈居司礼监印公之下，然则，

因掌东厂之故，威势谁人可比？朝野皆以外有高中玄、内有冯双林之称矣！”殷世儋恭维道。

“哦？哈哈哈，在下何敢与高胡……老先生比！”冯保摆手道。

“道路传闻，高新郑乃乞邵大侠走陈洪陈老公公内线被皇上召回的，厂公知此事否？”殷世儋问。

“有此一说，姑妄听之。”冯保道，“在下不知内情。本想让厂校缉拿那个邵大侠的，他倒是先溜了。”

“唉——”殷世儋叹息一声，道，“在裕邸一别，一晃六七年了。当年裕邸讲官新郑、南充、江陵俱已入阁拜相，与厂公都是天子近侍，还有缘与厂公一见；独世儋仕途蹭蹬，在部院办差，想见厂公一面，委实不易啊！”

冯保恍然大悟，善解人意地说：“裕邸讲官俱已入阁，何能独忘殷尚书？冯某必恳请李娘娘在万岁爷面前替殷尚书鸣不平！”

“世儋感激不尽！”殷世儋起身鞠躬道。

“不过……”冯保眨巴着眼睛，“我辈虽是内官，却也是父母所生；外朝高官，父母俱有封赠，所谓光宗耀祖是也。无须朝廷出一个子儿，就是个荣誉罢了，殷尚书掌礼部，冯某敢请大宗伯为家大人封赠，不知妥否？”

“这个……”殷世儋愣了一下，“似有故事，世儋必照故事为冯老公公高堂请封。”

四

尽管尚未痊愈，高拱还是坚持着上朝当直了。刚进了内阁朝房，张居正就跟了过来，关切地问：“玄翁痊愈了？”

高拱神思慵惫，话也懒得说，坐在椅子上，看了张居正一眼，指了指旁侧的一把座椅。张居正没有落座，而是走到高拱面前，道：“玄翁，昨临散班时，陈洪来传旨，皇上特旨简任殷正甫入阁！”

“他？”高拱一惊，忙问，“叔大，你看，这是出自宸断吗？”

“定然是走了内线！”张居正答。

高拱愤愤然道：“是哪个胆大的太监，想干政不成？我要上疏皇上，查……”话未说完，脸已憋得通红，不住地咳了起来。

张居正劝阻道：“玄翁，算了吧，毕竟殷正甫也是裕邸讲官，入阁算是他的本分。皇上命他入阁，也是念旧，说明皇上有情有义，怎好说三道四？”

“会是谁替他说话？”高拱喘着粗气问。

张居正摇头，道：“内里的事，很难说清。”停了片刻，又道，“玄翁，要不，起用潘水帘补礼部的缺？”

高拱本无意起用潘晟，怎奈张居正再三说项，不好驳了他的面子，只得道：“潘是新昌人，你让浙江巡抚上荐用疏吧。”

“那好！”张居正拱手道，“玄翁尚未痊愈，不要太操劳了。”走出高拱的朝房，他轻快地摇摇头，心中暗忖，“玄翁脑筋不转弯，猜也能猜到是谁替殷世儋说话的，他却懵然不知！”

看到特旨简任殷世儋入阁的诏书，张居正就断定他是走了冯保的内线。能够在皇上面前说上话的，只有陈洪和冯保。陈洪胆小怕事，不敢与闻朝政；殷世儋与陈洪素无渊源，而与冯保在裕邸时就相识。况且，就在高拱生病期间，礼部上了道为冯保父母请封的奏疏。看到这个奏疏，张居正就心生疑窦。不出所料，旋即就出中旨简任殷世儋入阁。就在昨晚，冯保的管家徐爵还到张府传话，请张居正斡旋起用潘晟一事。张居正深感冯保此人精明至甚，他可以替殷世儋说话，却不敢建言皇上起用潘晟。替殷世儋说话，是替皇上讲官鸣不平而已；而建言起用潘晟，就有引用私人甚至干政之嫌了。“厉害，此人厉害！”张居正暗自感叹，但他不愿向高拱挑明，正是因为感觉到冯保是有手腕的人，才不能出卖他。这样一路想着，刚回到朝房，高拱又差书办来叫他。

“叔大，你也看看。”见张居正进来，高拱把一封书函向前推了推，让他阅看，“我已差人去叫王鉴川的使者过来。”

张居正即知是宣大总督王崇古写来的，忙拿起阅看。乃是王崇古禀报已获赵全等九人，并请示行刑之所的。放下书函，张居正脸上露出难以抑制的笑容，抱拳道：“玄翁，可喜可贺啊！先帝悬重赏购叛人，得其一即可封爵，竟不得。今日一举获之，堪称大手笔！”

正说着，李春芳走了进来：“新郑，痊愈了？”

“勉力支撑吧。”高拱答，又问李春芳，“兴化有何见教？”

李春芳道：“殷历下入阁，我想与二公商榷，写请启给他，好择日请他到阁视事。”

“头晕乏力，”高拱点着自己的脑门说，“此事，就请兴化酌定吧。”

“江陵，你我与殷历下同年，你来草启？”李春芳以试探的口气说。张居正不便拒绝，只得辞出。

不到一刻钟功夫，王崇古的急足王诚就被书办领进高拱的朝房。高拱已然有了主张，对王诚道：“赵全等叛逆，多年勾引虏贼入犯，杀掳人民、攻陷城堡，罪恶滔天！先帝悬高爵重赏购求不得，今既得之，必当献俘于朝，明正其罪，乃理之正。且今天下假事甚多，讹言更是时常有之。若在边行刑，则今日杀了赵全，明日就会有人说赵全是那么容易得的？必是找替身冒充赵全，用以欺朝廷罢了！真这样，赵

全已斩，想找出真赵全示人，可得乎？”

“是、是、是！”王诚连连点头。

“若恐途中有疏虞，只严加防卫便了。”高拱又道，“赵全等在胡地尚可缚来，乃今到了中土，反而怕他跑了？他能跑哪里去？”他一扬手，“不必有此担心！”

王诚又点头道：“高阁老所示，卑职必禀报军门。”

“得赵全乃事小，封贡互市事大。若非有封贡互市，则北边即无和平可言，仅为易赵全而费此周章，委实不值得，格局也太小了！”他踌躇片刻，“我身体虚弱，本不想动笔，恐你不能尽言与鉴川，还是修书与他，你在外稍候。”遂吩咐书办不得打扰，闭门提笔给王崇古修书：

仆抱病，神思慵惫，然于处降一节，未尝不伏枕而虑也。今果闻赵全等皆获，则上一节已完，可喜也！而公为国之赤忠，谋事之苦心，可想见矣！然须有下节，则上节方为完美。不然，明旨既曰‘请封进贡详议来说’，是已许之矣！如不克终，则明旨无着，甚不可矣！虏自三十年前遣使求贡，则求封之心已久，但彼时当事者无人，处之不善，致有三十余年之患。今其初心固在，又有事机而又得，公在上威信既孚，处置又善，当必可成。使国家享无穷之利，而边民免无穷之害，非公之功而谁也？招降悬赏甚重，已久奉钦依，而按者以纳降为罪，诚不知此方金湖能与公同心佐成此事，厥功茂矣！古云：‘侯谁在矣，张仲孝友’。仆虽不敢望张仲，而为国之心，敢谓与张仲同。岂肯间于浮言，使大将不能成功哉？唯公安心畅意，始终此事，不必更怀忧虞也。赵全等还当解京献俘，请于皇上告郊庙而后正法，乃可以号令天下。仆病愈方二日，以事关紧切，勉强放笔奉布，唯公裁鉴焉。

写毕，高拱已是满身虚汗，吩咐书办封送急足，他则挪步到墙边的床上歪身躺下。

“玄翁，怎么样，鉴川的急足走了吗？”张居正急匆匆走了进来，问。

“我嘱王鉴川，献俘于朝。”高拱低声道。

“好！好！好！”张居正连声道，“此乃一大盛举，必令圣心大悦，群情振奋！”又俯身问，“那么封贡事？”

“封贡事，嘱他不必踌躇。”高拱道，“须有下节，则上节方为完美。”

张居正点头，沉吟片刻，建言道：“玄翁，居正意，不妨先举行献俘礼，让朝野看到纳降一事于我有利，见到实实在在的成果，封贡互市之议，或可减少些阻力。”

“哦？叔大言之成理。”高拱兴奋道，“你可再给鉴川修书，转达此意。”他抬起头，对张居正道，“大计在即，我和张子维要夜以继日忙起来了，宣大事、献俘大典等项，叔大多费心。”他蓦地坐起身，道，“此番大计，绝不袭故套，当成为移官俗、振士风、新治理的契机！”

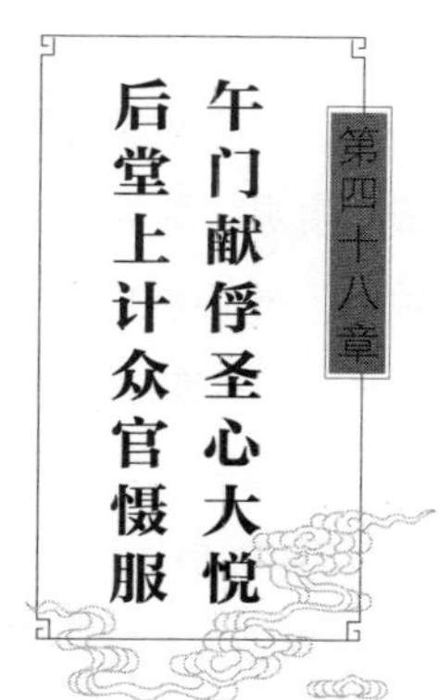

第四十八章　午门献俘圣心大悦　后堂上计众官慑服

一

紫禁城向北，有一大片水域，前元时谓之海子，是一道宽而长的水面，其东岸即为大都的中轴线。国朝成祖皇帝迁都北京时，这片水域已有多处开垦为稻田，水面大为缩小，一些狭窄处筑桥可通，遂渐次形成西海、后海、前海三大水面，统称北海子。后海建有一座海子桥，桥北为大慈恩寺旧址，宛平县学在此建有“射圃”，即生员习射之所，京城绅民即以射所称之。此处围墙高筑，墙内有开阔场地，建有联排房屋。

隆庆四年腊月二十二日，射所一带突然戒备森严，明盔亮甲的兵勇把射所围得水泄不通。傍晚时分，三顶大轿在兵勇的护卫下，抬进射所大门。侍从提着灯笼，为下轿的三位官员引路，他们径直走进一间大堂。大堂里早已放置了三把太师椅，椅前摆着一条长长的卷边几案。三人入座，侍从奉上茶水，旗校手持剑戟侍立两侧。须臾，披枷带锁的九名囚犯被押进大堂，跪在几案前。

“尔等人犯听着，”一个旗校开言道，“对面座的，中间一位是高阁老，左右两位是兵部尚书郭大司马、刑部尚书刘大司寇，特来问尔等话，尔等要老老实实回答！”

高拱一抖官袍，大喝一声：“抬起头来，报上姓名！”

“赵全！”

“李自馨！”

跪在前面的两名囚犯答道。其余七人不是浑身颤抖说不出话，就是闭口不敢出

一语。

接到高拱的书函，王崇古即奏请献俘京师，疏下兵部，题覆："赵全等为患数十年，一旦骈首就缚，宜祭告郊庙，以昭武功。"内阁票拟："叛逆元凶，纠虏入犯，荼毒生灵，罪恶滔天。奏告郊庙，献俘正法！"王崇古得旨，便命守备阎振率五百兵勇，押解赵全等并先期扣押的张彦文共九人，槛送京师。今日午时，赵全等押解到京，高拱闻报，叫上兵部尚书郭乾、新任刑部尚书刘自强，亲来射所勘问。郭乾和刘自强都大感疑惑，不知堂堂执政何以屈尊亲自审勘叛人。

"尔等俱大明子民，因何叛入胡地，为虎作伥，残害同胞？"高拱喝问。

赵全等人皆沉默以对。

"李自馨，你是秀才出身，你来说。"高拱命令道。

"这……"李自馨支吾良久，"小的知罪，小的罪该万死！"

"官府贪肆，百姓穷苦，找条活路罢了！"赵全接言道，"小的到胡地，不数年建成归化府，不唯欲使夷人归化我大明，也是为穷苦汉人辟一方乐土！"

"胡说！"郭乾怒斥道，"尔等双手沾满同胞鲜血，罪恶滔天！"

高拱不想纠缠这个话题，又问："李自馨，你说说北虏分布情形。"

"这个……俺答、老把都，兄弟，儿子黄台吉、兵兔台吉，侄子吉能……各据一方。"李自馨语无伦次地说。

赵全听得不耐烦了，道："北元共主达延汗死后，其三子巴尔斯博罗特称大汗。达延汗的其他儿子不服，遂迫其退位，达延汗嫡长孙博迪继承汗位，天朝谓之小王子者便是。博迪为安抚巴尔斯博罗特，封他三个儿子吉囊、俺答、昆都力哈为小汗。吉囊，据鄂尔多斯万户之地；昆都力哈即老把都，驻牧河套及以西之喀喇沁。俺答本为土默特万户长，但他能征善战、一统大漠，小王子反倒沦为察哈尔万户的领主而已，其后又被俺答驱逐，徙于辽东，察哈尔万户之地由俺答长子辛爱即黄台吉驻牧。"

喔呀！这赵全果狡黠异常。高拱暗忖，正要开口说话，刘自强突然大声问："赵全，嘉靖四十五年冬，你可曾差人谋刺高阁老？"

众人都被刘自强的话惊呆了。

"小的委实想过，可并未真的做过。"赵全如实回答。

刘自强还要问下去，高拱举手做制止状，又命旗校将李自馨等人带走，独留赵全，问："本阁部要奏皇上宽汝死，令汝报效，能否？"

"高阁老？"

"玄翁！"

郭乾、刘自强大吃一惊，不约而同地叫了一声。

高拱不理会，继续问赵全："若命汝征讨俺答，能用多少人马？"

“兵贵精而不贵多，将在谋而不在勇。兵多累赘，不如用少轻健。”赵全自信地说。

高拱沉吟片刻，叫着刘自强的字说，“体乾，此九名人犯，押往刑部狱中！”

刘自强用疑惑的目光看着高拱，但还是传令将赵全等人转押刑部死牢。高拱缓步走出大堂，对跟在身后的郭乾、刘自强道：“虏得吾人即用之，知吾虚实而入犯，每得利；吾得虏人即杀之，反为彼灭口。非计！我欲奏于皇上，姑缓赵全死，豢以美食好衣，对其言：‘朝廷欲用汝报效，必是汝等尽说虏情，各献破虏计，待汝言果效，乃始用之也’。如此，但有虏情即以问之，则吾可以得虏中虚实，而即以制之，岂不远过于夜不收、尖儿手侦探无实者乎？”

郭乾、刘自强这才明白高拱来此的目的，无不张大了嘴巴，驻足不敢前。高拱未闻二人回应，回过头来一看二人神情，问：“怎么，二位被吓着了？”

“请玄翁三思。”刘自强道，郭乾则重重地摇了摇头。

高拱低头沉思，暗自盘算：纳降一事，朝议尚汹汹；封贡事尚未行，若上本贷赵全不死，恐又惹纷乱，牵累封贡互市大计，得不偿失。遂无奈地叹口气道：“我知此事会惹众怒，欲饶赵全不死，断断不可。”见郭乾、刘自强松了口气，他又道，“活口幸在，乃不得一尽虏情，亦可惜也。”他转向刘自强道，“体乾，你挑选伶俐晓事的部属九人，让他们入狱中，人守一囚，隔别不得相通，日饮之酒，知会他们说，高爷要上本，饶汝死，令汝立功，汝须吐实献谋，言果有验，乃可用之。不然，汝负大罪，如何敢用？因问以虏之何所长者，何所短者，何其所幸天朝者，何所畏天朝者，何其将领几人，是何姓名，年纪各若干，所领人马各若干，某强某弱，某与某同心，某与某有隙，其所计欲如何，天朝如何可以制伏，以及纤悉动静，皆问之。日各书一纸来报。”

“哦，甚好！自强这就去办！”刘自强欢快而又恭顺地说。当年他以白头疏要求罢斥高拱，而高拱不计前嫌，让他很是感动，故此时大有士为知己者死的念头。

郭乾拱手告辞，低头向轿子走去。高拱停下脚步，低声问刘自强：“体乾，适才何以突然问起谋刺案？”

“自强到刑部后方知曾发生过这样的案子。”刘自强答，“刑部并未深查，令人愤恨，我要查一查。”

“不必声张，密查未尝不可。”高拱低声嘱咐道。

二

往年的腊月下旬，紫禁城内外，无论是宦官衙门还是部院衙门，到处是过年的气氛，趋谒酬酢，忙个不停。隆庆四年年底却一反常态，内外都在忙一件事：献俘典礼。

刑部尚书刘自强遵高拱所示，差九人进入刑部大牢，各自与赵全等人饮酒畅谈。赵全等甚悦，各尽其说；每日暮，九人各送揭帖呈报高拱，高拱阅后，送兵部阅存。经过三天，至得虏情甚悉。与此同时，刑部会同都察院、大理寺，将赵全等罪状审勘毕，奏报，并呈请腊月二十七日举行献俘礼，内阁票拟准奏。二十五日，礼部发出告示，朝廷文武百官于是日辰时，具朝服诣午门前行庆贺礼；兵部则制成《露布》，奏请内阁并皇上审定。二十六日，内官设御座于午门楼前楹，正中面南，皇上则遣礼部侍郎率郎官奏告郊庙。

二十七日凌晨时分，午门附近已是人影攒动。锦衣卫设仪仗于午门前御道东西两侧；教坊司陈大乐于御道南，西北向；鸿胪寺设赞礼二人于午门前，东西相向；设文武官侍立位于楼前御道南，文官东，武官西，相向而立；于午门前御道东稍南，设刑部献俘官位，西向；于午门前御道西稍南，设献俘将校位，北向；设《露布》案于内道正中，南向，受《露布》位于案东，西向；宣《露布》位于文武班之南，北向。

天色未明，午门前广场上刀枪林立，旌旗猎猎。文武百官入就侍立位。交了辰时，皇上常服乘舆出了乾清宫，御皇极门。钟声止，鸿胪寺赞礼官跪奏，请皇上乘舆。随着乐声，御驾至午门城楼，升御座，侍卫如仪。

长安街上的百姓、侍立的文武百官，望见黄罗伞徐徐升楼，便知皇上已到。须臾，只听鸿胪寺赞礼官一声高唱："拜——"文武百官皆四拜，就侍立位。教坊司协律郎执麾引乐工就位，跪请奏凯乐。皇上颔首，赞礼官高唱一声："奏凯乐——"协律郎举麾，鼓吹振作，乐曲激昂。凯乐响起，群情振奋，不少人忍不住拭泪。乐止，司乐跪奏："谨奏乐毕！"协律以下依次退。

凯乐初奏时，将校已押着赵全等九人，从东华门入，引俘俟立于兵仗之外。待乐毕，赞礼官又是一声高唱："宣《露布》！"

兵部尚书郭乾出列，走到《露布》案前，受《露布》，面北大声宣读："窃维圣人无外，天威夙诞于四裔……"待把赵全等人罪状及拿获经过叙述了一遍，又宣布将叛人斩于西市，枭首传示九边。

《露布》宣读毕，刑部尚书刘自强出列就奏位，赞礼官高唱："献俘——"献俘将校押赵全等出位，北向而跪。刘自强受俘，高声奏请皇上："启禀陛下，俘虏已到！"

皇上道："拿去！"先是两个御林军校尉高喊："拿去!"回音未落，又有四人齐呼："拿去!"接着，八人、十六人、三十二人……直至三百二十人放声呐喊："拿去!"气势磅礴，声震云霄。在震天动地的呐喊声中，赵全、李自馨等九名俘虏，被将校押往西华门而出，径赴西市刑场。

赞礼官又是一声高唱，文武百官行五拜三叩礼，依次退去。

皇上起身离开御座，站立了片刻，盛典带来的荣耀、满足，让他看上去比平时显得威武、健壮，消瘦苍白的脸庞上，透出几分英气。想到皇考费尽心机缉拿赵全而不获，今一举获之，献于朝廷，真隆庆朝盛世之象也！献俘之典，十来位祖宗中，有几人经历？他越想越兴奋，满脸笑意地乘舆下了午门城楼，刚走几步，即对跟在舆旁的陈洪道："传旨，着内阁集吏部、兵部议，加恩内外大小有功诸臣！"

李春芳主持集议，议定：以受俘功，加宣大总督王崇古为太子太保、兵部尚书兼都察院右副都御史衔；大同巡抚方逢时加兵部右侍郎兼右佥都御史衔；加兵部尚书郭乾太子少保，侍郎魏学曾、谷中虚各升俸一级；宣大督抚以下各有功文武官员升赏，着王崇古奏来。

次日午后，李春芳命书办前往吏部，知会一直忙于筹备大计而未到阁的高拱，明日辰时到内阁听旨。第二天，交了辰时，四阁臣已在内阁中堂专候。须臾，司礼监掌印太监陈洪前来宣旨：

此次得获赵全等叛人，除加恩督抚、部臣外，辅臣殚心运谋，劳绩可嘉，亦当特敕加恩：李春芳加支尚书俸，进中极殿大学士，余官如故；高拱加少师兼太子太师、建极殿大学士，尚书如故；张居正加少傅兼太子太傅、建极殿大学士，尚书如故；殷世儋加少保兼太子太保、武英殿大学士，尚书如故；李春芳、高拱、张居正各荫一子尚宝司丞；殷世儋并原任大学士赵贞吉，俱荫一子中书舍人。

李春芳等叩头谢恩毕，高拱即匆匆走出中堂，往吏部赶。登轿的当儿，抬头往西山一望，忽见积雪盈盈，不觉来了诗兴，站在那里口占五言古诗《早霁出苑中望西山积雪》一首：

淡淡晴日晖，冽冽晨风寒；
出苑偶西望，积雪盈层峦。
玉凤排空飞，白龙伏地蟠；
顾兹丽阳候，肃气犹未残。
将军拥貂裘，谁知战士难；
能推挟纩恩，当为驱呼韩。

"好诗！好一个'将军拥貂裘，谁知战士难'！"张居正不知何时站在高拱身旁，拊掌赞叹道，"玄翁此时心里想到的竟是前线战士，足见胸襟。快快写下来，公之同好！"

"哦？是叔大！"高拱笑笑说，"顺嘴胡诌，让文坛领袖王世贞那帮人看到了，

又会说不合复古潮流呢！”

“呵呵，那帮人，哪里有治国安邦之志！”张居正不屑地说，又伸出大拇指道，“可玄翁的诗作，不是风花雪月，‘能推挟纩恩，当为驱呼韩’，这才是玄翁此诗的诗眼！甫受皇上恩赏，即想到要为国效命，定边安邦！”他又冷冷一笑说，“那个殷世儋，刚到阁不过旬日，就受此厚封，不知是否有愧？也不知他拿什么回报皇上。”

高拱淡然一笑，问张居正说：“近日为大计事忙得不可开交，老俺那里有何动静？”

“老俺自是大喜过望！”张居正笑道，“想那老俺一生东奔西杀，多次临边请贡却一无所获，如今抢夺了美艳佳人三娘子，虽惹出一场风波，却因祸得福，有了求贡之机。他除了诵经谢天地，还将把汉那吉视为福星，已将赵全等的土地、人马，都拨给把汉那吉作为抵偿。”

“哦！如此看来，老俺是真心降服了。”高拱兴奋地说。

张居正道：“但封贡之事，关节点不在老俺，难在朝中大臣和科道。我这就给王鉴川修书，让他奏请封贡。”

“既然要闯关，就一揽子闯一次，封贡、互市一并奏来！”高拱道，“若无互市，则和平无以确保。胡地荒凉，所需非以互市，即以战争，别无选择。故无论有多少阻力，必促成互市！”

“是这样！”张居正兴奋地说。

高拱拍了拍张居正的肩膀，就要登轿，张居正道：“玄翁，道路传闻，王之诰要免三边总督？”

“哦，有这回事，没来得及和叔大说。”高拱又转过身道，“让王之诰到南京任兵部尚书，户部侍郎戴才去接他。此人持重，可任。”

张居正因高拱要调亲家王之诰的职却未与他商榷，心中有些怨气，听了高拱解释，面子上也觉过得去了，怨气也就消了多半，忙转移了话题说，“玄翁主朝审，即不袭故套，别开生面；此番大计地方官，定然也不同以往喽！”

“走形式的事，不能干！”高拱一扬手道，“必当核名实，求实效，示公正，开新风！”

三

隆庆五年正旦节，由于激动人心的献俘仪式刚刚举办，街谈巷议中，似乎北虏的威胁有减缓甚或解除的可能，就仿佛给人带来惶恐的通缉犯已然就擒，大家心里顿感轻松，这个年过得也就格外欢快。恤商之策虽然实施才半年多，但朝廷恤商信号带给人们的信心比出台的政策更具刺激力，京城的商铺陡然间增加了许多，营商的氛围愈来愈浓。除夕之夜，各商铺纷纷燃起炮仗，此起彼伏。老辈人都说，京城过年，像这般燃放炮仗的，还没有经历过。

大年初一，宫中贺年仪式毕，高拱即径直到吏部直房，埋头阅看簿册。这些簿册，都是按他掌吏部后提出的要求，记录官员履历及日常表现的。再有几天，大计就要开场，他想利用正旦节假期，将地方官员的簿册浏览一遍，免得心中无数。

衙门空无一人，只有高福在外侍候茶水。刚交了巳时，走廊里突然传来急促的嗒嗒声，像是有人往直房走来。高福正在打盹，被脚步声惊醒，抬眼一看，是巡城御史王篆带着两个随从走了过来。这王篆是湖广夷陵州人，十年前中进士，是张居正的儿女亲家，高福也认得。他刚要开口问，王篆抢先道："高管家，高阁老在直房？"

"我这就去禀。"高福知趣地说。高拱闻报，即知王篆此来，当与大计有关，遂命高福传请。

国朝自太祖皇帝起即定制：考察内外官员，分为京察、外察。京察，指对在京任职官员并带部院职衔督抚的考察，六年一举；外察，指对在外任职官员的考察，三年一举。按制，考察之年，外官皆需入京朝觐，察典随之，故考察外官又称朝觐。三年一度的朝觐，亦谓之上计、大计。由吏部会同都察院掌其事，并密托吏科都给事中、都察院河南道掌道御史咨访，将考察结果具册奏请。隆庆五年正是大计之年。自隆庆四年下半年起，全国所有任职满三年的藩台、臬台并道台、知府、知州、知县等，即陆续启程晋京。

按制，朝觐官员晋京不得私自入城，即在城南报国寺等寺庙借住候命。但高拱知道，官场的诸多禁令早已是具文，故在腊月初五奏请皇上允准，吏部咨都察院转行巡城御史及各缉事衙门，严禁馈谒奔竞，令有司务要着实防范禁缉，使内外严肃，弊绝风清。巡城御史王篆大年初一跑到吏部来谒，必是为此事而来。

果然，王篆禀报："下吏自接吏部、都察院之令，即传令兵马司对可疑之人严加盘问。适才下吏亲临崇文门，见有一骑驴的中年人，江南长相，神色慌张，遂盘查一番，从身上搜出名刺、拜帖，方知是嘉兴知府徐必进。"

"他入城何干？"高拱边翻看簿册边问。

"玄翁，前日在报国寺发现具名揭帖，正是揭发徐必进的。想来是徐必进见此揭帖有些坐不住了，欲进城趋谒转圜。"王篆说着，从袖中拿出一张揭帖，呈于书案。

高拱放下簿册，拿起揭帖，先看了看署名，叫汪在前。他攒眉思索，似乎听说过此人。

“汪在前是南直隶徽州歙县人，隆庆二年进士。”王篆善于察言观色，伶俐地说，“新科进士无不视推官为鸡肋，而汪在前却主动请求分发为嘉兴府推官。”

“哦，想起来了！”高拱接言道，“听吏部有人议起过，说汪在前本人乞求分发到嘉兴府做推官，众人奇之。”他忙埋头浏览揭帖，刚看了几行，就自言自语道，“哦，难怪他乐意去嘉兴做推官，原来是这么回事。看来，汪在前所揭，八成是真的。”遂吩咐王篆，“你把徐必进带到这里，我来问个明白。”

须臾，王篆带着徐必进进了直房。甫一进门，徐必进就哆哆嗦嗦地跪在书案前，叩头道：“高阁老，下吏……下吏……”

“嘉兴府推官汪在前之父汪炎，曾为崇德县丞。嘉靖末年，汪在前尚是生员，在崇德侍其父，可有此事？”高拱看着汪在前的揭帖，问徐必进。

徐必进喏喏道：“回高阁老，是……是有此事。”

“你对汪炎印象如何？”高拱问。

“这个……”徐必进支吾着，说不出话来。

高拱照揭帖所揭问道：“汪在前之父性迂癖，与同僚不协，被人诬告，下讼牒于嘉兴府，是徐大知府你接的案子；而你亦素憎其未讨好巴结于你，遂立意罗织，是不是这样？”见徐必进低头不敢言，高拱索性把汪在前揭帖所写一股脑说了出来，“汪炎押到知府大堂，当受笞，汪在前伏地哀泣，要代父受刑，口称生员。徐大知府益怒，当即出题，试以文。没想到，汪在前立成以献。徐大知府看完又呵骂，谓文理乖谬，称生员必是假冒，命痛惩之。这事有假吗？”

徐必进知高拱已看了汪在前的揭帖，浑身禁不住又抖了起来，汗珠扑簌簌滚落下来，嘴唇颤动着，却说不出一句话。

“那好，我再替你说！”高拱拿起揭帖，道，“想不到汪在前果然中了进士，更想不到他居然分发到你手下做推官。”他嘴角挂着一丝冷笑，“徐大知府更想不到的是，汪在前上任后，奉父母趋谒，似乎前嫌已冰释瞬间。但你失算了，汪在前只是假装与你周旋。他知你有干才却甚贪墨，遂将你纳贿之事，默籍日月，纤毫不爽。闻朝廷加意惩贪，遂在大计之际，发揭帖于报国寺。”他提高声调，“徐知府，要不要召汪推官前来对质？”

徐必进摇头道：“高阁老，不必了。”

“你违禁入城，想找谁替你说项？”高拱沉着脸追问。

徐必进沉默不语。他知大势已去，反倒解脱似的，叹息道：“防人之心不可无啊！此番大计，下吏必得贪例，也不必再等了，革职回家就是了。国制：为彰显大计之严肃，凡察典黜罢官员，永不叙用。贪酷所受处分最重，按以往律令，当革职为民，永不叙用。

"革职？你想拿贪墨的财宝悠游山林？"高拱一拍书案，"想得美！"

"往者贪酷者仅是革职为民，祥符知县谢万寿之事发生，高阁老就奏请皇上改之。"王篆接言道，"皇上已下旨允准，贪酷者先革职为民，再下法司勘问追赃。"

徐必进瘫坐在地。

"徐必进不必再考，就以贪酷定论，即下御史按问！"高拱决断说，又吩咐王篆，"上紧问，登《邸报》，到报国寺散发。"

四

出崇文门十里，就是京城赫赫有名的报国寺了。此寺宽广深邃，僧舍整洁，百官入觐者多寄居于此。今次大计，朝觐各官，照例也在报国寺寄居。

正月初六辰时刚过，吏部侍郎张四维带着考功司郎中穆文熙到了报国寺。朝觐官员数千，事前已接到札谕，早早就按职务、地域排序站立在寺院山门台阶下，众人看到《邸报》所刊嘉兴知府徐必进被处分一事，无不被令行禁止的气势所慑，故散漫拖沓之气一扫而空。

张四维健步迈上台阶，转身高声道："诸公，本部堂就关涉大计事，宣布于众。"他清了清嗓子，继续道，"今次大计，不袭故套。吏部建有簿册，上至高阁老，下至主事，皆留心查访，对各官操守、政绩及官声均有记录，故不再像以往只凭上官考语定等次。抚按特别论劾要罢斥者，也可能留；抚按特意推荐要晋升者，也可能去。要而言之，改革有三。"他伸出食指，"其一，不循常数。"说着，拿出一份《邸报》，"这里刊有高阁老《公考察以励众职疏》，曰：'数十年来，每遇考察，惩汰官员，必参照上年之数，袭为常故。其数既足，虽有不肖者，故置不论；其数不足，虽无不肖者，强索以充，可谓谬矣。自今以始，果不肖者多，不妨多去；果不肖者少，不妨少去，唯求至当，不得仍袭常故。'"张四维抖了抖《邸报》，"本部堂只是择其要者，具体实施方法，不再赘述。此疏关乎吏制者甚大，诸公当细阅之。"

"其二，"张四维依然伸出食指，道，"察典官员之处分，多有革新。"他转向穆文熙，穆文熙拿出一份《邸报》递过去。张四维接过，举在空中，说，"这里刊有高阁老的《详议调用条约以便遵守疏》，一则，贪酷不止革职为民，还要拘提追究。二则，细评等第，因材施用。往者大而化之，只评'才力不及'，拟为'调用'便了事。才力不及有各种情形，应细分之。今次考察，若只是才力不胜繁剧，犹堪以原职调用者，就注拟于'才力不及，调简僻地方'项下；若原非繁剧，亦不堪以原职调用者，就注拟于'才力不及，调闲散衙门'项下；其迹涉瑕疵，尚未太著者，姑注拟于'才力不及，降级'项下，或才力不及，不宜有司，文学犹堪造士者，则注拟于‘才力不及，改教’项下。待过堂之日，本部当面质证，考语与质证相符者，相应调用。三则，知县、推官才力不及改为教职者，不唯改府学教授，亦可改州学学正、县学教谕。此事高阁老另有奏疏，不再赘述。此疏亦有诸多具体实施办法，诸公亦当细阅之。”

“其三，”张四维还是伸出食指，“大度容错，不摘细过，免塞自新之路。”说着，又接过穆文熙递过的《邸报》，“这里有高阁老《复科道官条陈考察事宜疏》，其中说道：‘隐细之过不必指摘，诖误于前、悛改于后，无玷官箴，尚堪树立者，酌量保全’。这是鼓励各级官员要敢作为、有担当。非为私利，革积弊、改旧俗、破常套，即使有失误，改正就好。”

“其四，”张四维伸出四个指头，“稽实政以察群吏。”他抖了抖手中的《邸报》，“《复科道官条陈考察事宜疏》中说得明白，今次考察专以民事为主，名为循良者，当考其里甲均徭之何如；志在安攘者，当考其御寇安民之何如。凡忘情民瘼、有坏治道者，悉从罢黜，以昭激劝。”

众人都被张四维的话震惊了。谁也想不到，此番大计与往昔竟有如此大的革新。张四维转过脸去，考功司郎中穆文熙会意，向侍从一摆脑袋，一名侍从拎着一个布袋走上前去。张四维一摆手，侍从抓起布袋，“哗啦”一声，满袋文稿散落一地。

“诸公，”张四维一指道，“这是从匭中取出的匿名揭帖。”他扫视着目瞪口呆的众人，一笑道，“诸公皆知，朝廷有例，大计时科道得投匭，意在采集舆论。高阁老言，考察投匭，有害无益。科道二百员，既不署名，则一人可数投，这能代表公论吗？高阁老已奏明皇上，取消科道考察投匭之制；若有物议，当具名呈访单于都察院或六科，以使害人者不得行其私！”说罢，一摆手，“烧了！”

须臾，火光中，烧成灰状的纸片乱舞了一阵，归于沉寂。

“最后，转达高阁老一个提议。”张四维提高声调说，“诸公在地方任职，各地方有何贤才尚隐沦，有何凶顽尚梗正；有何利当兴，阻力何在？何害当革，何所畏而未革，皆得书面陈情。”他笑了笑，“此为自愿，不愿建言者，不强索。”

“谁敢？不认真陈述怕都会吃亏，焉敢不交卷！”有人议论说。

“哎呀，这招厉害！”有人赞叹道，“如此，天下事皆在高阁老目中矣！”

“初十日开始到吏部过堂，依序听传，进后堂。”张四维宣布说。

山西阳曲县知县曹大埜听罢，松了一口气。

曹大埜身材矮小，却有一双大而机灵的眼睛，目光永远是游移的，似乎每时每刻都在琢磨着什么。他刚到阳曲上任，四川布政使王道行正好为母守制在籍，曹大埜前去拜谒，王道行指点他说，知县按部就班升迁，做到封疆大吏实属不易；若被甄拔为科道，封疆大吏、京堂就不在话下了，而从知县里甄拔科道，是国朝惯例。

曹大埜即以此作为既定目标，精心设计。他知王道行在阳曲乃头号缙绅，是以过年过节，都会到王家拜访，奉上厚礼；平时王家有事相托，他无不关照，深得王道行的欢心，对他夸赞不已。阳曲缙绅唯王道行马首是瞻，如此一来，曹大埜的官声就在当地传开了。可他把余钱都花在本县缙绅身上，却对知府并藩、臬两台少有打点，而大计照例是凭藩臬考语并上官面陈定等级去留的，故曹大埜心中忐忑。忽闻大计不再凭上官考语定等次，他自是暗喜。只是若考语与吏部所掌握的情形不符，要过堂面质，曹大埜心里没底，便急忙打探四川布政使王道行的住处。

待找到王道行，寒暄过后，王道行冷笑道："哼哼，高新郑爱标新立异，不袭故套，此番不凭藩、臬两台考语和知府面陈定等级，那凭什么？他纵然有火眼金睛，也不可能把天下官员贤愚都了如指掌！"

曹大埜不接话茬，谦恭地问："藩台老大人，学生访得高阁老自视甚高，很较真儿。往者朝审时，吏部尚书只是在面审时露面一次即可，而高阁老事前秉烛阅卷，漏尽不休。往年朝审，矜疑人犯不越三十，此番他却审出一百三十九人。大计是他分内之事，过堂必不会走过场，不知过堂时如何应对？"

"高新郑其人，满眼都是积弊，满口都是改制，只要对他的口味就好了。"王道行指点说。他是文坛领袖王世贞的好友，心思并不在政务上。去岁王世贞在太原任山西按察使，王道行以探父病为由，竟擅自回太原，与他欢聚。王世贞对高拱恨之入骨，王道行受此影响，对高拱也没有好感，提到高拱，总是语带讥讽。

曹大埜豁然开朗，他把随身带的、此处能找到的《邸报》，都搜罗起来，足不出户，埋头阅看。自高拱复出，《邸报》上连篇累牍都是他的奏疏、题覆，加上重要御批无疑来自他的票拟，《邸报》要目，差不多就是高拱的专版了。曹大埜看得双眼发涩，又精心撰写了一篇《山西地方情形及治理》的文稿，就等着到吏部过堂了。

五

曹大埜听到传声，紧张得双腿微微颤抖，不知道是如何走进后堂的。好在照例要跪参，跪在地上，才极力抑制住颤抖。礼毕，他退了两步，在考官对面的椅子上坐下，挺直了身子。

"曹知县，这是你写的？"高拱举起一份文牍问。

"回高阁老，是下吏所写。"曹大埜答。

"嗯，以改制为统领，有识见。"高拱夸奖了一句。放下文牍，又问，"曹知县是何日启程、何日到京的？"

曹大埜没有想到高拱会问这个，暗自欣喜，道："禀高阁老，下吏腊月二十六启程，正月初五到京。"

这说明，曹大埜掐算好了时日，未提前晋京，显然就没有趋谒转圜的打算；启程与抵京日期又和路途所需时日相合，未游山玩水，优哉游哉，而是兼程赶路。高拱与坐在右侧的都察院左都御史葛守礼交换了一下眼色，露出满意的笑容。

以往朝觐考察，皆是布政使、按察使及府官面说各属下贤否，考察即照此定等级去留。此番大计，因吏部照高拱所示建簿册，平时加意体访，对官员贤否已有记录，藩台、臬台及上官面陈属下贤否，若与吏部簿册不合者，即召其人过堂面质。葛守礼恐此举得罪各省藩臬二台和知府，劝高拱审慎，高拱慨然道："为朝廷官，干朝廷事，得恤怨乎？已务避怨，可使天下无公道乎？"说得葛守礼面红耳赤无言以对，只得陪着他照做。藩臬二台及知府面陈对曹大埜评语俱不佳，但吏部查访此人在本县官声甚佳，故特意过堂面质。

轮到四川布政使王道行过堂了。巡抚对他的评语颇好，但吏部却另有记录，故召来过堂。只见他迈着方步，不慌不忙地进了后堂。礼毕，高拱问："藩台家有高堂，听说甚是健朗？"

王道行心里"咯噔"一声，顿时就明白了：他擅自回家会王世贞的事，被延访到了。这虽大干禁条，但往者却没人当回事。遇见高拱这个煞星，事事较真儿，真按禁条衡人。王道行觑了高拱一眼，露出厌恶的神情，洒脱道："家父年已耄耋，下吏正要奏请致仕奉养，请成全。"

"说得轻松，晚了！"高拱沉着脸说，"藩台总管一省民事，职守不可谓不重，而你却整日陪着山人墨客游山玩水，心思全不在钱粮上。不唯省政荒废，所到地方亦皆由府县宴请招待，靡费公帑。"他一拍几案，"王道行当以'不谨'例，冠带闲住！"

王道行嘴角一撇，拱手道："多谢成全！"

葛守礼侧身靠近高拱，附耳道："未有显过，如此定等，似过重。"

高拱道："台长，为官当勤于政务。王道行反其道而行之，从重处分，意在树立反面典型，以劝振作。"

当江西布政使刘介坐在椅子上等待发问时，高拱却只是打量着他，良久没有说话。刘介被看得浑身发毛，低头不敢直视。

"呵呵，你真成！"高拱冷冷一笑，"驿丞的胡须被你拔去了几根啊？"

刘介大吃一惊，想不到这样的事竟能传到高拱的耳朵里，只得红着脸支吾道："下吏、下吏知错，下吏只是、只是与驿丞、驿丞戏谑而已！"

"哼哼！"高拱瞪着眼说，"江西的藩库，库官都是你的心腹，你与他们时常在一起吃喝玩乐，还没有戏谑够吗？钱哪来的？克扣库银，还是拿你的俸禄？”

刘介起身鞠躬道：“高阁老，下吏也是进士出身，能有今日，实属不易。下吏知错必改，恳请留条自新之道。”

“我看你是才力不及，这个布政使做的也是勉为其难，故而戏谑成性，沉湎酒林。”葛守礼插话道，实则预先为刘介定了个“才力不及”的等级，为他保住官员身份。

高拱沉吟片刻，道：“虽定才力不及，但当从重降调！”

“多谢阁老，多谢台长！”刘介哽咽道，“必改过自新，效命朝廷！”

轮到潮州知府侯必登了，刻漏显示已交亥时。高拱传令：“外间不必再候！”趁侯必登参拜时，高拱打量了他一眼，见他身材矮小瘦弱，倒像潮汕人模样。待侯必登坐定，高拱拿起一份文牍念道：“侯必登，字懋举，南直隶应天府上元县人，嘉靖三十八年进士，历官河南洧川知县、山东登州知州、广东惠州府同知、潮州知府。居官有直声，潮人爱之。”声音已是嘶哑。

侯必登突然哽咽道：“朝廷有廉能之臣执政，国之大幸！必登总算看到了一丝希望。”

侯必登受官场排挤，藩臬两台评语建言吏部将其革职，高拱知他心绪凄楚，颇是感同身受，便叫着他的字，以亲切的语调道：“懋举，何以在潮州提到你，问之百姓皆爱之，问之官员皆不喜？”高拱愤于广东官场贪墨成风，急于体访到一位廉吏，故特意召回京交差的巡按广东御史了解情况，御史的这句话，令他印象深刻，今日一见，便特意追问其由。

“不贪之故。”侯必登答。

葛守礼一愣，不悦道：“难怪官场皆不喜。就你这句话，便把广东官场都得罪了。难道广东官场皆贪官，就你侯知府一人独廉？”

“恕下吏直言。”侯必登也不示弱。

高拱忙道：“广东旧称富饶之地，乃频年以来，盗贼充斥，师旅繁兴，民物凋敝，狼狈已甚。这是何故？”

“皆官场贪墨所致！”侯必登不假思索地答道。

高拱点头，葛守礼却不以为然，道：“照你说来，广东贪官特多，这是何故？”

“其因有三。”侯必登胸有成竹地说，“其一，人谓广东为瘴海之乡，劣视其地。进士出身者寥寥无几，贬谪者占多半。贬谪者不必说，即使是举人，前程何在？州县府的官员，因自知仕途无望，多甘心于自弃，遂以捞钱为首务。”

“哦，有道理。”高拱点头道。

“恰恰广东又是财贝所出，又通番贩海者众，奇货特多，可渔之利比比皆是，

谁不艳羡？诱惑自比他处为多。此其二。”侯必登道。

“倒是这么回事。”葛守礼捋着胡须道。

侯必登见高拱、葛守礼频频点头，越发声音洪亮：“不幸的是，岭南偏远之地，声闻不通于四方，动静尤难达于朝廷。监察百官，唯靠巡抚、巡按。即使此二人不同流合污，所劾者只能聊取一二。众人见抚按亦无能为力，越发肆无忌惮，遂成声势，贪风牢不可破矣！”

“看来，靠拿下几个贪官，也不能除此贪墨之弊。而不除贪墨之弊，何以望治？”高拱若有所思又忧心忡忡地说。他挺直身子，对侯必登道，“还是要改制！这是朝廷的事，今日不议了。懋举，越是贪官多，廉臣越是可贵！况廉而有能，公廉有为乎？只要百姓拥戴，朝廷为你撑腰！”

待侯必登离去，高拱扶着几案慢慢站起身，晃了晃，才站稳，刚要迈步，腿脚麻木，只得用手扶着案边，缓缓挪动。

三天过堂毕，吏部会同都察院合议，有布政使、副使、参政、参议、佥事、知府等五十四人，被罢斥降调如例；贪酷异常二十五人下御史按问追赃；赐贤能卓异按察使杨綵、知府侯必登、知县曹大埜等十五人，各衣一袭、钞百锭，宴于礼部。

正月十五日辰时，皇上升御座于会极门，高拱、葛守礼率朝觐官觐见。

“台长，此番大计，结果公布，迄未闻有物议。”高拱虽然一脸疲惫，却抑制不住兴奋，得意地对葛守礼道。

“不存私心，方法得当，是以至公。大计如今次者，已是多年未有啦！”葛守礼也喜不自禁地说。

“唉！”高拱突然叹息一声，“此番大计，因平时体访既久，参伍又多，以至于许多事，吏部已然掌握，其上官却茫然不知。由此可见，上官于所属贤否，亦甚浪然。朝廷责成官员核名实、祛虚浮，任重道远啊！”

皇上驾到的鞭声响起，高拱便不再说话。

“拜——”鸿胪寺赞礼官一声高唱，众人行三叩礼。

吏部早已为皇上起草了两份诏旨，此时鸿胪寺赞礼官奉命宣读敕书：

朕缵承大统，五年于兹，夙夜兢兢，唯敬天勤民是务。顾四方万国，岂朕一人所能遍察，所冀承流宣化，抚安元元，实赖尔藩臬郡县诸臣与朕分理，共图至治。兹当大计群吏之期，既令所司审核简汰，其贪虐异常者，仍尽法重按之；政绩卓异者，特赐宴赉赏，用彰彝典。今尔等各还旧任，尚益加省励，恪修乃职，守法奉公，约己惠下，俾民生乐遂，德泽旁流，庶副朕养贤求治之意。如或殃民自殖，怠玩官常，宪典具存，朕不尔贷。尔等其勉之戒之。钦哉！

“万岁，万岁，万万岁！”朝觐官边高喊，边跪地叩首。

鸿胪寺赞礼官又展开一份圣旨，读道："各朝觐官以领敕日为始，约限三日，俱要出京赴任，免妨职业。其被斥之官，除按问追赃者外，各自安心散归自省。钦此！"这是高拱特意为皇上起草的，历次大计所未有者。

礼毕，鸿胪寺赞礼官刚要宣布散朝，高拱突然大声道："启禀皇上，臣有事要奏。"

"高先生有何事要奏，不妨讲来。"皇上爽快地说。

"皇上，"高拱开言道，"臣窃以为，欲兴治道，宜破拘挛之说，开功名之路。当今用人，进士偏重，举人甚轻。时下州县正官举人居其六七，然举人升迁路狭，既多自弃，遂以贪墨自利为要。及举人出身者不能有为，则又曰'彼辈果不堪用'。然不知此为用人之制有弊所致。进士才十分之三，而使之骄；举人十分之七，使之沮，则天下之善政谁与为之？"顿了顿，接着说，"进士、举人，只是在初次授官时不同，授官之后即当一视同仁，唯考政绩，不必问其出身。举人优，即先于进士升迁、官位高于进士，无妨也。若举人果才德出众，亦可与进士一体升为京堂，即至部卿无不可者。举人与进士并用，则进士不敢独骄，而善政必多；进士不敢独骄，则举人皆益自效，而善政亦必多。"

"兹事体大，高先生可有奏本？"皇上问。

"臣这就回去写本。"高拱答。听了侯必登的一番陈词后，高拱夜不能寐，苦思冥想以制肃贪之道。用人破除资格，是他想到的第一步，遂急不可待地奏于皇上。皇上龙颜大悦，道："官员升迁不看出身，只看政绩，当著为令！"

高拱露出欣然的表情，满身疲倦也一扫而去，散朝即直奔内阁朝房，把《议处科目人才以兴治道疏》写毕，又给同年陈豫野回书：

今天下吏治不兴，小民不得乐业。仆诚患之，乃不自量鄙劣，欲为我皇上挽刷颓风，修举务实之政，遂于大计殚心竭力，以综合名实，使巧宦者罔兽其诈，而举职者莫掩其真。盖抚按所特劾而留、特荐者而去者颇多，诚不欲其徇毁誉、行爱憎也已。又集群吏于庭，谆谆告教，明示以意之所在，使知所趋向，不得仍袭旧套，崇饰虚文，冀耳目一新，人心可正，然后再从而振作之，庶可望太平于万一……

尚未写完，刑部尚书刘自强门外求见。

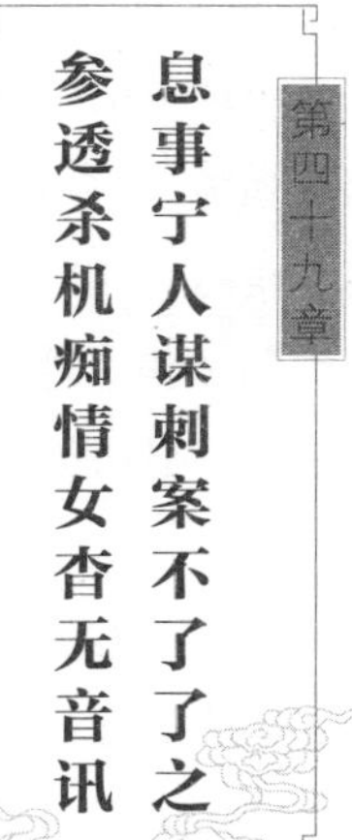

第四十九章 息事宁人谋刺案不了了之 参透杀机痴情女杳无音讯

一

刑部尚书刘自强从射所回到刑部直房，即唤司务来见，问：“嘉靖四十五年发生过谋刺高阁老的案件，刑部何以不追查？”

“黄大司寇曾着郎中王学谟专责此案，”司务禀报，“可不久，王郎中就外放山西做兵备道，此事也就搁置了。”

“这么大的案子，说搁置就搁置了？”刘自强生气地说。

司务苦笑道：“大司寇，那时高阁老已被赶出京城，徐阁老当国执政，都知高阁老是得罪徐阁老才被赶走的，谁还敢为他的事出头？也曾闻黄大司寇说，此案为北虏奸细所为，物证俱在，似可服众，且时过境迁，就不必再折腾了。”

刘自强翻阅着案卷文牍，道：“郎中禀帖里分明说此案有疑点，照理就该查下去。”

“下吏不知是何故搁置。”司务道，“黄大司寇起始确曾说过要彻查的，可后来他又打退堂鼓了。或许背后……”

刘自强埋头阅看文牍，良久才道：“搁置的原因姑且不论，这王学谟禀帖里说，当时曾有人出手相救，高阁老方保住性命。这出手相救者何人？他是预先知道有人谋刺，还是赶巧遇上的？这个人是谁？何以不找到他？”

司务摇头。

刘自强沉吟良久，道："明日，你陪本部堂去一趟灵济宫，先查看一下现场，再作计较。"

次日一早，刘自强带着司务并仆从三人，便装来到灵济宫前，细细查勘。勘毕，刘自强道："搭救元翁的义士，有三种可能：其一，是正巧路过之人，但他何以始终不露面？其二，是灵济宫里的人，但若是灵济宫里的人，何以要隐身？其三，事先听到风声，埋伏在此。我看此地能埋伏之处，无非灵济宫内或这棵古柏树上。"言毕，吩咐司务与一个仆从，"你们到灵济宫查访。"

"有人到灵济宫查访当年搭救过高阁老的义士？"陈大春闻报，一股寒气"忽倏"穿透全身，惊恐地反问了一句，正在夹菜的筷子"哗啦"一声掉落在地。

自高拱复出，陈大春每日提心吊胆，最怕的就是追查那起谋刺案。他在灵济宫里安插了眼线，随时掌握动态。眼看一年快过去了，高拱似乎没有追查的意思，陈大春内心稍安。正欲撤回眼线，不意高拱又掀起了肃贪风潮，科道尤其是各省巡按御史纷纷上章弹劾脏贪官员；没有上弹章的，怕给人以履职不力的印象，也陆续上章，一时形成相互攀比的气象，致使区区数万官员，每月即有十多人被查办。官场人人自危，不知哪天灾难会降临自己头上。陈大春再也不为自己升迁之事苦恼，他只想保住时下的位置。保住位置就是保住身家性命，夫复何求？是以他一面越发攀附高拱的好友张居正，以便万一事发有个照应；另一面则广散眼线，打探消息。灵济宫是官员时常光顾之地，这里的眼线自然十分得力。

"好了，我知道了。盯紧点，有任何风吹草动务必及时禀报。"陈大春故作镇静，吩咐道。

待眼线一走，陈大春再也坐不住了。他把饭碗一推，进了书房，闭门沉思。过了半个时辰，主意已定，便吩咐备轿，登门拜访刘自强。

"少司农夤夜登门，有何见教？"刘自强把陈大春迎进花厅，寒暄毕，便开门见山问。

"大司寇，我听说刑部要追查刺高案？"陈大春问。

"哦？"刘自强一惊，"少司农何以知之？"

"呵呵，灵济宫人多嘴杂，保不住密的！"陈大春一笑，旋即神情诡秘地压低声音道，"老实说，此事的内情，我稍有耳闻。"

"哦呀！那请少司农快说说，到底是怎么回事？"刘自强惊喜地说。若能一举查明真相，在高拱那里岂不立下大功？至少也让他看出自己的才干，是以一听陈大春知道内情，刘自强兴奋异常。

"不瞒大司寇，此事我纠结久矣！"陈大春以痛苦的声调道，"说出来，似有卖友求荣之嫌；不说，又觉得对不起新郑相公，心里难受啊！”说着，用力拍了拍胸口。

“理解理解！”刘自强道，“那么少司农，究竟是怎么回事？”

陈大春故意沉默了好大一阵，方叹口气道：“当年欧阳一敬、胡应嘉搏击新郑相公甚力，闻得先帝不豫，恐裕王继位后用新郑相公为首相，他们将遭报复，竟寻来北虏奸细，悍然谋刺！”

“嘶——”刘自强深吸了口气，半信半疑地看着陈大春。

“大司寇试想，当年逐高者不止欧阳一敬、胡应嘉吧？记得大司寇也是上了白头疏的。新郑相公复起，大司寇或许有不安，但何至于破胆而亡？”陈大春解释道，“欧阳一敬闻听新郑再相，就一病不起，以疾求去，半路即亡；胡应嘉守制在籍，闻讯破胆暴卒。他们如此恐惧，俱为此事。”

“这……这死无对证啊！”刘自强失望地说。

“呵呵，”陈大春尴尬一笑，他知刘自强在怀疑他，早想好了说辞，“不瞒大司寇，我与欧阳一敬、胡应嘉一时交情尚可，常与之诗酒相娱。欧阳一敬一次醉酒，无意间说漏了嘴，可我彼时万万不敢相信，直到二人闻新郑复相而暴卒，方确信并非醉后胡言。”

刘自强虽不全信，却也找不出破绽。他安排人在灵济宫查访两日，并未访得任何蛛丝马迹。待大计甫毕，得知高拱已回到内阁朝房，他便迫不及待地参谒禀报。

“欧阳一敬和胡应嘉？”高拱露出惊诧的表情，“他们竟如此歹毒？”

“若真是此二人，那背后必是徐阶指授！”刘自强道，“怪不得玄翁甫下野，欧阳一敬升了京堂，刚被贬职的胡应嘉竟连升七级，冒窜湖广参议之位。”

“徐老固然阴险，可痛下杀手，还不至于吧？”高拱质疑道。

“一朝天子一朝臣，徐阶为保住权位，甚事做不出来！”刘自强道，“他的子弟倚仗权势大肆敛财、利益巨大，玄翁威胁到他家族的巨大利益，痛下杀手也是可能的。”

高拱默然。

刘自强一咬牙，道：“请元翁决断，奏请皇上，着锦衣卫将徐阶拿京勘问，必可水落石出。”

“不可乱讲！”高拱责备道，“不要说此案并未坐实，即使真是徐老指授，也很难查证了。退一万步说，即使查实乃徐老指授，也不可能拿问徐老，除非有谋反罪证，否则，突然拿问致仕首相，必耸动朝野，陷皇上于寡恩薄情之地！大司寇身为法司之首，焉能出此言？”

刘自强恨恨然：“就这么便宜了徐阶？”又叹口气道，“时下死无对证，若能查访到当时搭救玄翁的义士，或可有些新线索。”

“救命义士，我已见过了。”高拱神情黯然地说。

“哦，义士何在？”刘自强忙问。

高拱不回应，而是以决断的语气说：“此事，不必再查了。查来查去，徒增纷扰。时下要做的事太多，还是以大局为重。”

送走刘自强，高拱又在朝房枯坐半个时辰才起身回家。几个月来，改制、纳降、朝审、大计，大事一桩接一桩，忙得无喘息之机，甚至回家一趟都是稀罕事。高福、高德在首门外，张氏和薛氏在首门里，齐齐地站着，等待高拱的轿子降落。

“高福，年都过完了，崇楼还没有消息？”下轿后，高拱没头没脑地问了一句。

二

房尧第出京已然两个多月了，可南下的秘密使命却未完成。

高拱复相，抵京首日即到草厂街私访，又迫不及待地去见陈大明。虽说是为了考察商情，以便朝廷出台恤商策，可高福私下对房尧第说，老爷此来必是想打探珊娘的消息。从高福的讲述中，房尧第悟出，在高拱的心里已然有了珊娘的位置，他是牵挂珊娘的。两人遂瞒着高拱在京城里四处打探，试图找到珊娘，哪怕查访出珊娘的行踪也好。前前后后查访了大半年，竟一无所获。两人暗自合计，只有横下心来，到丹阳邵大侠老家去，或可有济。他们已悄然整备停当，不巧的是，恰逢把汉那吉叩关请降之事发生，房尧第不便离开；眼看冬季来临，运河要断航，方向高拱禀报，说他欲到江南一行。

“为何去江南？”高拱问。

“时下玄翁执政，边务为首，一旦边务有振，则民生、财用必是急务。玄翁不曾去过江南，也不便去；学生就代玄翁走一趟，体察民情，以便为玄翁参议。”房尧第把早已预备好的说辞端了出来。

“哦，果是为此事？”高拱笑问。

房尧第笑着反问道：“玄翁以为学生到江南还有何事？”

高拱不再说话，已然心照不宣。尽管，他也不知道该如何面对珊娘，但对珊娘的思念、想得到她的消息却时时萦绕于心，丝丝缕缕，欲断不能。“只能秘访，万勿打我的旗号。”高拱嘱咐道。

房尧第扮作客商，带着仆从房山，从潞河乘舟，顺运河日夜兼程，一路南下。旬日即到了丹阳地界。这运河恰穿丹阳城而过，房尧第遂在丹阳码头下船登岸。

邵大侠乃丹阳首富，无人不知其大名，稍一打探，就访得邵宅在南门里，一个偌大的宅邸。房尧第到了宅前，却见大门紧闭、悄无声息，只好上前轻轻叩动门环，耐心等待。良久，首门上一扇小窗徐徐打开，里面传出一个老者的问话声，房尧第听不懂，赔笑问："门公，在下乃来自京城的客商，欲拜见邵大侠，辛苦门公通禀。"说着，把写着"房高"的拜帖递了过去。过了足足一刻钟，门公打开小窗，叽里咕噜说了几句吴语，见房尧第未听懂，摇了摇手，"哐"地把小窗关上了。

房尧第无奈，只得先在左近的曲阿客栈安顿下来。次日辰时，又去叩门。这次，门公见是房尧第，索性不再回应。反复到访几次，都吃了闭门羹，让房尧第大惑不解。既然有大侠之称，何以将访客拒之门外？不唯他被拒，房尧第留心观察了几天，偶有访客，都是同样待遇。

"这是为何？其中必有缘故！"房尧第自言自语，抓耳挠腮。思忖良久，只得写了短柬，透过门缝塞进邵宅。

邵方整日将自己关在书房，虽则展书在前，却并未看进去。京城来人，让他心生疑窦，一直差人监视着房尧第的一举一动，未发现有何异常。唯一不解的是，房高何以被拒而不去，却住在左近，每日以图谋进宅为务？今见又塞来短柬，忙打开来看，只见上书："新郑门客房某特来问候珊娘。"后面写着客栈名号。

"来人！"邵方吩咐，"到曲阿客栈，找房高，只问他新郑高老庄高宅的形制即可。"

薄暮，房尧第正在客栈读书，忽见一人来访，便知是邵方所差，以为是要传请，谁知来人开口就问："新郑高老庄，客官知道吗？"

"哦，自然是知道的。"房尧第答。

"那么客官可为在下描述一二吗？"来人面无表情地说。

房尧第明白了，邵方是来试探，看看他到底是不是高拱的门客。邵方不问京城高府，但问高老庄老宅，一则邵方到访过；二则假冒之人或许知道京城高府情形，未必知道高老庄老宅形制。房尧第不得不佩服邵方的细心。好在他在高老庄老宅住过，三言两语描述一番，来人并不接话，拱拱手，告辞而去。

翌日晚，房尧第被请进邵府。邵方在书房候着。待房尧第进来，他起身相迎，拱手道："失礼之处，乞请恕罪！"

房尧第还礼，目光扫视书房，但见书房内另辟小室，上贴红纸黑字一榜，写着："此议机密处，来者不得擅入。"

邵方突然一惊，忙吩咐仆从："快把此榜揭去！"

房尧第道："喔，邵兄，这是为何？"

邵方拱手道："房兄，邵某已吃斋念佛，不问世事了。自打京师回来，就闭门谢客、焚香诵经，屋内此榜，未曾注意到。今日忽然看到，不觉悚然，自当取下。"

房尧第仔细一看，书房内果然香烟缭绕，书案上摆着佛经，蹙眉问："邵兄以大侠闻名国中，何以突然间判若两人？"

邵方合掌道："房兄，皈依佛门，方是解脱之道！"

房尧第还要追问，邵方口念一声“阿弥陀佛”把他堵回。房尧第苦笑一声，刚说了句“邵兄，玄翁……”，邵方又念一声“阿弥陀佛”，随即一笑：“房兄，适才老衲说过了，不问世事。官场里的人，官场里的事，一概忘却！”

“那么，敢问邵兄，”房尧第无奈地说，“珊娘何在？”

邵方双目微闭，淡淡地说：“珊娘已亡故了。”

“亡故？”房尧第反问，目光紧紧盯着邵方，想从他的神情中捕捉到某种信号。良久又道，“敢请邵兄，可否差人带弟到珊娘茔前一祭？”

“不必了吧！”邵方平静地说。

“邵兄，小弟这样回去，不好向玄翁交代啊！”房尧第两手一摊说。

“交代？”邵方嘴角挂着一丝冷笑，“高先生对珊娘何曾有过交代？他们之间，何谈交代？”

房尧第张口结舌。但他不甘心，侧过脸去，用余光眯睨着邵方，突然用一种瘆人的口吻道：“邵兄，弟看你满脸恐惧，你恐惧什么？”

邵方愣了一下，旋即用轻松的语调道：“邵某心如死水，何来恐惧？”

“珊娘还活着！”房尧第又道，像是试探又像是诈他，语气却十分笃定，“邵兄，你骗不了我！”

“来人！”邵方脸一沉，喊了一声，“送客！”

三

珊娘的确还活着。四年前，她差一点死去。

正是举朝逐高的恶浪腾天之际。珊娘百思不得其解，像先生这样的男人，已然忘我为国，因何为举朝百官所不容？她想去安慰先生、帮衬先生，却又担心反而给先生添麻烦、增烦忧，几次都想拦住先生的轿子，又放弃了；几次快走到先生家门口了，又折了回去。突然间，先生邀她同游高梁桥，又答应带她回河南老家。珊娘以为，今生今世终于可以陪伴先生了，内心的喜悦无以言表。只可惜，那天在高梁桥，她脱下斗篷，感了风寒，次日就病倒了。她不敢出门，要争口气快些好起来，以便陪伴先生上路。可是，直到她病好了，却并未等到先生来唤她，却听到先生又上朝视事的消息。

“先生终归是以天下为己任的，他放不下国事。”珊娘这样想着，不知是该高兴还是抱怨。忽一日，珊娘闻得先生出京了，她急忙跑到高府打探。

“高阁老带着他三个女儿的棺柩，从水路走的。京城里的人都晓得的，议论纷纷呢！”左近的居民知会珊娘道。

珊娘愣了半天，无论如何不敢相信。她在高宅守候了一天，直到夜幕降临，才失魂落魄地回到住处。她左思右想，始终没有想明白，先生何以失信爽约。倘若先生依然在朝，对她不闻不问，她不怨先生；倘若先生没有承诺要带她回家乡，她也不怨先生。可是，先生既然已经下野回籍，因何言而无信？难道先生的心里，竟毫无珊娘的位置？这世上，难道确无真心可言？珊娘的心快要碎了。她吃不下饭，睡不好觉，先是嗓子发干，继而浑身酸疼，发起了高烧。躺在床上，朦朦胧胧、昏昏沉沉中，仿佛看到先生拉住她的手，来到海边，上了一艘大船，往一个荒无人烟的小岛驶去。巨浪滔天，风雨交加，她在船上颠簸旋转，头昏脑涨，先生正在吃力地把舵，她想上前帮先生，却动弹不得……

不知道过了多久，珊娘连抬抬胳膊的气力也没有了。清醒的时候，她意识到自己快要死了，而她还有很多话想对先生说，虽然嘴唇干裂，口中似已冒火，泪水却滚滚而下。

死了也好。珊娘心里说，这世上已一无可恋，活着本身就是痛苦，倒不如死了的好。唯一的遗憾是，她想知道先生失信的原因，却再也没机会了。

恰在这时，义父邵方差婢女邵氏夫妇前来找她。熬药、喂饭，不几日，珊娘竟痊愈了。可她已不再是从前的珊娘，仿佛成了哑巴，抑或任人摆布的木偶。她随邵氏夫妇回到丹阳，义父邵方一见，惊诧不已，忙问其故，珊娘却沉默不语。邵方知她是因高拱而痛苦，便安慰她道："高先生与今上甚关系？他回老家，不过避避风头而已，随时还会回到朝廷。不唯回到朝廷，还会执掌朝纲！"

珊娘从义父的话语中悟出了先生不辞而别的原委。看来，先生并未放弃，他已把生命托付于国事。这样想着，珊娘慢慢释然了。

可是，等了一年多，徐阶也下野快一年了，还是没有先生复出的消息。珊娘着急了，抱怨义父说："你不说先生就是避避风头吗，怎的风头还没有过呀？"

邵方郁闷地说："终于看明白了。像高先生这般，官场的人都不喜欢他。他律己甚严，近乎苛刻；律人也严，容不得贪墨享乐、懒惰无为，甚至容不得按部就班。是以朝廷里没有人想让他再出来。"

珊娘道："哼！那是他们太猥琐，不敢面对先生这样的当世豪杰、伟丈夫！"

"豪杰！这话不错。"邵方笑道，"像高先生这样的官，三百年未必出一个，若能当国执政，自是社稷之幸、百姓之福。既如此，咱布衣百姓就出头为他斡旋斡旋吧。"

珊娘高兴地跳了起来，要与义父一同去新郑。邵方道："高先生爱惜羽毛，容不得一点瑕疵，你去不是添乱吗？"珊娘只好噘着嘴走开了。

邵方一走就是大半年。珊娘整日眼巴巴地盼着，直等到除夕前夜，才盼到义父回家。珊娘顾不得礼仪，一见面就问："义父，高先生到京城了吗？"

邵方一脸惊恐，肃然道："此后，莫谈官场的人，别沾官场的事！"

"这是为何？"珊娘不高兴地说，"我何时能见到先生？"

邵方叹口气，道："杀身之祸就在眼前，躲得过躲不过，还要看老天爷开不开眼。"

珊娘越发不解，可是再问，邵方只是摇头叹息，不复回应了。过了两天，珊娘整备了一个包裹，背在身上就要出门。邵方追了出来，一把夺过包裹，把珊娘拉回屋内，道："珊娘，眼看邵氏一门不能苟活，你还要去火上浇油吗？"

珊娘这才明白义父遇到了麻烦。她眼含泪花，追问缘由。邵方带珊娘进了书房，将这大半年的经历细细说于她听。当说到他见张居正的情形时，脸上顿时呈现出惊怖的神情，嘴唇哆嗦着，道："珊娘，你不晓得，张居正目露凶光、透出杀机。我断定，此人阴险无比，我若不即刻离京，他必杀我；我虽离京，他也绝不会放过我！"

"呀！义父，这是为何？"珊娘心惊肉跳，大惑不解地问。

邵方长长地叹了口气，道："珊娘，官场上的事，不容咱布衣百姓置喙，更别说染指了。千不该万不该，我不该插足官场上的事，不该！"

"义父，那、那该怎么办呀？"珊娘焦急地问。

"珊娘，你已长大成人，不必再留于邵门。"邵方含泪道，"义父托保山给你在苏州找个人家，你悄悄嫁过去，好不好？"

珊娘咬着嘴唇，用力地摇了摇头。邵方拉住珊娘的手，流泪道："珊娘，无论如何，你不能再留在邵家了。但珊娘你千万千万不要去找高先生，不的，不唯给你、给邵家，也会给高先生招灾惹祸，你务必记住！"

"为什么会这样？为什么？"珊娘急得跺脚大哭。邵方轻轻拍了拍珊娘的后背，推开她。须臾，从别屋捧着一个红包裹递给珊娘，眼含泪花，道："珊娘，这里有金锭、银两，你拿着，我再差一个女仆给你使唤，你到苏州去吧，找梁辰鱼先生。我已修书与他，托他照顾你。"

"义父，小女怎忍心离义父而去？"珊娘抽泣着说。

邵方勉强挤出一丝笑容："常言道，女大不能留。珊娘眼看就十九岁了，留在家里终归不是法子，也该出门了。"

珊娘恋恋不舍，又在家里盘桓了数日，待过了上元节，才重新整备了行装，辞别义父一家，跨出了邵家大宅，头也不回，向码头走去。

转眼间，半年过去了，珊娘竟杳无音信。连邵方也不知道珊娘在哪里，房尧第想要找到她，谈何容易。他一路探访，镇江、常州、苏州，都走遍了，还是没有珊娘的消息。

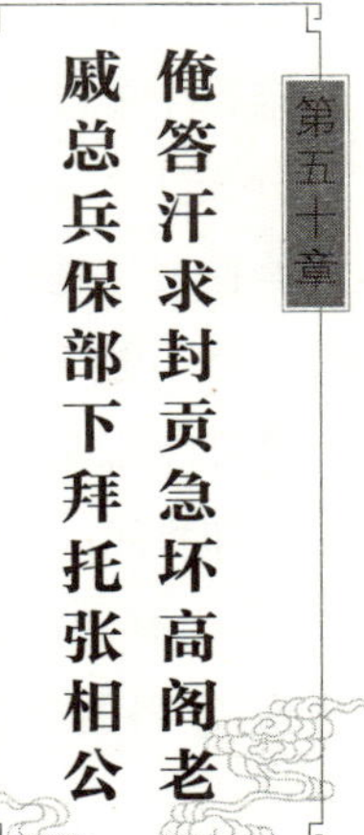

第五十章 俺答汗求封贡急坏高阁老 戚总兵保部下拜托张相公

一

土默川的夜寂静中带着喧闹。寂静得听不到任何人类的声息,但呼啸的北风夹杂着雪粒，在沉沉黑夜里狂欢，倒像一首悠长的歌，伴人入梦。九重朝殿里早已安静下来，就连守夜的亲兵扈从也都缩着脑袋，昏昏欲睡。

寝殿内，已入睡多时的俺答汗猛地坐起身，推了推躺在身边睡得正香的钟金哈屯，以惊异的语调问：“三娘子，三娘子！我做了一个梦，不会是真的吧？”

“汗，什么真的假的呀？”钟金哈屯揉了揉惺忪睡眼，惊奇地问。

“封贡互市！我做梦，梦到南朝答应封贡互市了！”俺答汗搓着布满皱纹的脸，疑惑不解地说。

钟金哈屯欠身坐起，拍了拍俺答汗的脸颊，道：“汗，这怎么是做梦？是真的呀！王崇古不是捎信来了，说待京师献俘礼成，就奏请圣天子，封贡、开市。”

“对对对！嘿嘿嘿！”俺答汗不好意思地一笑，搂住钟金哈屯，感慨道，“三娘子，是你给本汗带来了福气，你就是土默川的大喇嘛！”

钟金哈屯把头埋在俺答汗怀里，道：“不能这么说。法力无边的博格达汗东征西讨、称雄大漠，又多谋善断、把握大势，方有今日局面。”

“谁说不是嘞！喔哈哈哈！”俺答汗开怀大笑，用力把被褥一掀，两人睡前已云雨过一番，此时都赤身裸体，不免又是一番缠绵。

"汗，你越来越雄壮威武了呢！"心满意足的钟金哈屯把头枕在俺答汗汗津津的胸膛上，娇喘着说。

俺答汗喘着粗气，道："三娘子，你当为我生个小台吉！"

"一定！"钟金哈屯亲了俺答汗一口，"钟金的子孙血管里流淌着盖世英豪博格达汗的血，这是钟金的愿望呀！"她抬起头又亲了俺答汗一口，"只是、只是，钟金盼子孙不再东征西讨，被当成抢食贼。"

俺答汗蓦地坐起，吓了钟金哈屯一跳。她顺势把被窝从床尾拉上来，盖在两人身上，仰脸问："汗，怎么了？"

"中土有句古话，叫夜长梦多！"俺答汗露出焦急的神情，翻身下了炕床，披上皮袍，"得上紧去办！"说着，小跑着走出内间，大喊一声，"来人！传脱脱到大殿来见！"

恰台吉就住在不远处的一所房舍里，他是俺答汗的亲兵统帅，随时候命，听到传召，急忙跑了过去。

俺答汗命令道："脱脱小儿，天一亮，你就差贵赤到各大枝去传旨，要他们速派人来美岱召聚齐，一同赴大同请贡。"恰台吉领命而去，俺答汗这才放心地返回寝殿睡觉。

十几天后，老把都、黄台吉、吉能、永邵卜诸部所差十七人并俺答汗所差打儿汉首领哥共十八人，齐集大殿。俺答汗把早已备好的表文交给打儿汉首领哥，嘱咐道："你知会太师，本汗愿相戒诸部，永不犯边，专心通贡开市，以息边民。从今日起，南朝边民即可出二边垦田。"又嘱咐说，"尔等谨记，此去是要表归顺之心的，是求贡，不是去谈判的。"

次日一早，打儿汉首领哥率求贡使团出了宣化门，向南疾驰。

王崇古接报，传令总兵马芳、兵备道刘应箕等详审停当，方在辕门白虎堂接见打儿汉首领哥一行。

"军门，我大汗并各枝首领，俱知天朝广荡之恩，悔从前侵扰之罪，以后愿戒不犯各边，专心通贡开市，以求汉夷各遂安生。"打儿汉首领哥跪拜道，"我大汗命小的禀报军门：请封号、请贡使入京、请互市、请给首领亲属及穷夷抚赏。"

王崇古正色道："尔等回去后转告俺答汗，须各守盟誓，不许悖逆天道，败盟负恩，自取征讨！"

"不敢背盟！"打儿汉首领哥说，他转身和其余十七人嘀咕了几句，一起下跪，举起双臂，大声道，"对天发誓，永不背盟！"

"军门，小的是吉能台吉的使者哑都亥，"跪在打儿汉首领哥身后的一个夷使突然起身道，"吉能台吉命小的禀报军门：自今以后，河套各部誓不犯边，但天朝各镇兵马，惯事捣巢、烧荒、赶马，恐失大信。今愿传谕榆林、宁夏、固原各边外驻牧部落不许扰边，也乞军门传谕延绥、榆林、宁夏、固原各沿边一带将领，不再遣丁出边，远地烧荒、赶马、捣巢，共结和好！”

王崇古道：“尔等所乞请，本部堂奏报朝廷，自有区处！”待打儿汉首领哥等退去，王崇古即召幕僚来议，写好了奏本，连同俺答领衔求封贡的表文，一并呈报朝廷。

高拱忙于大计，无暇顾及，内阁照惯例批交兵部题覆。两天后，兵部题覆发交内阁，张居正一看，顿时火冒三丈，但他并未发作，而是待大计一事办竣，翌日一早，方拿着文牍去见高拱。高拱一看是王崇古的奏本，篇幅不少，正要展阅，张居正道：“玄翁双眼布满血丝，不看也罢，居正提纲挈领说与玄翁就是了。”

高拱放下文牍，慵懒地靠在椅背上。

张居正道：“鉴川此疏提出八条建议：一议封号。鞑靼诸部行辈以俺答为尊，宜赐以王号；其大枝如老把都、黄台吉及吉囊长子吉能等，俱宜授以都督；弟侄子孙等枝授以指挥，诸婿授以千户。二议进贡之额。每岁一入贡，俺答贡马十匹，可遣贡使十人；老把都、吉能、黄台吉八匹，贡使四人；诸部长各以部落大小为差，大者四匹，小者二匹，贡使各二人。通计岁贡马不得过五百匹，贡使不得过一百五十人。岁许贡使六十人进京，余在边关候待。三议贡期贡道。以春月及万寿圣节入京朝贡，马匹及表文自大同左卫验入，给犒赏。贡使自居庸关入。四议立互市。北人以金、银、牛马、皮张、马尾等物，商贩以绸缎、布匹、釜锅等物入市交易。大同以得胜堡外；宣府于万全右卫、张家口边外；山西于水泉营边外设马市。五议抚赏之费……”

高拱静静地听着，张居正说完奏本内容，接着道：“内阁接到此疏，即照例批交兵部题覆。”说着，拿出兵部题覆，递给高拱。高拱接过来扫了一眼，只见上写着：“刊示廷臣，会议可否，请自上裁。”

“这个郭乾，对纳降就甚抵触，对封贡、互市自不会赞成。但他也知玄翁持之甚坚，不便明着反对，就采取这般首鼠两端、推诿扯皮的伎俩。”张居正忿忿然道。

高拱目光直视前方，幽幽道：“若是就他一人设障碍，换掉也不难。”他站起身，提高了声调，“也好，不是刊发给朝廷百官了吗？那就等着吧，反正早晚要面对群臣。”

二

次日辰时，阁臣刚在中堂坐定，书办就把三份反对王崇古封贡互市提议的奏本放到高拱的案头。

“诸公先听听宋给谏的高论。”高拱拿起礼科给事中宋应昌的奏本，嘴角挂着讥笑，念道，“虏虽通贡，情或难测，防边则有两费，撤兵则非万全。”他把文牍往书案上一摔，“谁说要撤兵了？这给谏自己树靶子自己开弓射击，也够辛苦的了！”

“说甚‘情或难测’，先就不自信！说甚‘防边则有两费’，封贡互市一旦达成，边费加上赏费，也比往昔边费一项少不知多少！他却混淆视听，硬说花费更多！”张居正不满地说，“他就是为反对而反对，生恐事成！”

“再听听兵科都给事温纯的高论！”高拱又拿起一份文牍，不屑地念道，“虏得封号，则众且益附，是赐之翼也；入我境，则窥我文物，是启其心也’。呵呵！”他冷笑了两声，“这意思是若封贡，就是替老俺招抚众虏，好让他一统大漠，推翻大明！”

“玄翁，科道有言责，他们的建言对错姑且不论，然阁臣肆意嘲讽之，传扬出去，终归不美。”是殷世儋的声音。他入阁半月余，高拱对他却熟视无睹，这让他感到难堪，遂借机表达不满。

“哦？殷少保想的甚周到嘛！”张居正揶揄道。他本对殷世儋走内线入阁甚为不屑，对他甫入阁就因献俘礼成加恩少保，更是耿耿于怀，便刻意叫他“少保”，刺了他一句。

高拱看也不看殷世儋，故意叫着李春芳、张居正说：“兴化、江陵，你们再听听御史张国彦的高论：‘虏向入寇每旋出塞者，虞西北诸戎踵其后耳；彼无我患，则专意诸戎，诸戎必折而入于俺答，是加之左右臂而益其强也。请乞之费，岁加月倍，客饷不已，必扣主兵；主兵不已，必及市贾，市贾不已，必及内藏也’。”他看了李春芳一眼，又转向张居正，“这御史看得很远呢！”

“这御史的意思是，往者俺答南侵，之所以抢掠后就跑，是怕其他部落偷袭他；如今封贡了，俺答就可以专心去征讨其他部落了，其他部落必臣服于他，俺答的势力就会越来越大。”张居正以讥讽的语调说，“不过，这御史比温纯更甚。在他看来，若答应封贡，则俺答贪得无厌，天朝只好从军饷里拿钱，军饷不够，再从税赋里拿，税赋不够，只好从皇上的内库里拿。他以为一说要拿皇上的内帑出来，皇上就不会允准了。这御史简直就是藐视皇上！”

“江陵，这不是深文周纳吗？！”殷世儋吃惊地说。

“深文周纳？”张居正摇头，“殷少保，你看看科道的话，那才是深文周纳！难道赏赐北虏，竟会到要皇上拿出私房钱的地步？这不是危言耸听吗？这不是故意要激怒皇上吗？居心叵测，莫此为甚！”

“历下，殷少保，你先看看故牍，知道了这件事的来龙去脉再说话，不迟！”高拱没好气地对殷世儋说。

“好了好了！”李春芳忙制止争吵，“兼听则明嘛！不是还要廷议吗？届时自会有人辩驳。这几份奏本，交兵部参详就是了。”

“不说了！除了浪费时光，就是生一肚子气。等廷议吧。”高拱说着，起身道，“兴化，就要入二月了，吏部双月大选，要选用一大批府县官员，这几天就不来内阁了。”

虽然忙于铨选，可每到傍晚，高拱都会把张四维召到直房，询问宣大情形。张四维奉高拱之命，随时与其舅父王崇古保持密切联系。这天一到高拱的直房，张四维就一脸苦楚地说：“玄翁，昨夜四维接家舅书，言俺答候旨甚切，日久恐夷性不耐。”

高拱沉吟片刻，语调深沉地说：“制驭夷狄，事机来去，变在俄顷。北虏数十年蹂躏中原，无如之何；今回心内向，臣服朝廷，若不及时接之，迁延月日，不守信约，一旦决裂而去，北边岂有宁日？”他突然提高了声调，“我看那些反对者，是在为国招祸！”说着，站起身，在屋内徘徊，若有所思地说，“此事，我固然可独立决断，但事体重大，旁有窃窥媒孽者，万一出了意外，不唯事败，令舅也会跟着遭殃！”

张四维点头道：“四维这就把玄翁的这个意思函禀家舅。”

高拱举手制止道：“不必！”又走了几步，像是自言自语，“此事不能久拖，再等三天，若再无结论，我只能破釜沉舟！”

次日辰时刚过，高拱正在吏部后堂主持议事，张居正的书办姚旷匆匆进来了，走到高拱跟前，俯身低声道：“张阁老请玄翁速回内阁，有急事。”

高拱蓦地站起身，吩咐：“备轿！”

“玄翁，都怪我！”张居正在文渊阁门前候着，见高拱下轿，便走上前去，没头没脑地说。

“出了甚事？”高拱眼一瞪问。

“玄翁忙着双月大选，我因为要主持今年的春闱，这几天都不在内阁，”张居正说着，从袖中掏出一份文牍，递给高拱，“王崇古的奏本，被驳回了。”

“什么？”高拱大惊，一把夺过张居正手中的文牍，只看了一眼，“皇上已批红了，李兴化何以连声招呼也不打？”

“或许是殷历下捣鬼也未可知。”张居正道，“李兴化是老实人，对封贡互市也无成见；倒是那个殷历下，或许是自感被我辈轻视，故意捣乱！”

高拱顾不得再说话，气冲冲地快步进了中堂，手举文牍，瞪着眼睛，劈头就问：“兴化，这，怎么回事？”

“哦，新郑是说王崇古奏本发回之事？”李春芳战战兢兢地解释道，“王崇古奏

本刊发朝中百官，科道强半反对，朝臣忧虑甚多，兵部题覆发回重议，内阁也只好尊重兵部的意见，照所题票拟了，皇上也允准了。”

“事体如此重大，内阁不议？”高拱喘着粗气高声道，“真是败事有余！”

“新郑，皇上已然允准了。”李春芳红着脸，嘀咕了一声。

“那是因为皇上信任内阁！”高拱大声喊叫着说，“而内阁呢？如此不负责任，对得起皇上的信任吗？”

殷世儋见李春芳低头不敢出声，便“哼”了一声，颇是不忿地争辩道：“不就是没有经过玄翁同意嘛，又没有人刻意瞒着玄翁嘛！难道不经玄翁，内阁就不能运转了？”

“你少插嘴！”高拱向殷世儋吼道。

“玄翁，玄翁！”张居正上前拉住高拱的袍袖，请他入座，劝道，“兴化既已做主票拟，内里也批红了，就让王崇古斟酌吧！”

高拱虽是坐下了，却大口大口地喘粗气，一肚子火无处发泄，便蓦地一拍书案：“兵部可恨！去，把郭乾给我叫来！”

书办张了张嘴，看着李春芳，李春芳急忙侧过脸去。张居正见状，起身拉着书办走出中堂，嘱咐道：“你去兵部，只叫魏侍郎来就是了。再嘱咐魏侍郎，玄翁若问，就说大司马不在。”

须臾，兵部侍郎魏学曾进来了。

“本兵呢，嗯？”高拱瞪了魏学曾一眼，问。

“大司马、大司马有事不在直房。”魏学曾照事先书办所教，嗫嚅道，“玄翁有示，学曾转告就是了。”

“先帝禁开马市诏旨在前，朝臣虑其叵测在后，”高拱读着兵部的题覆，刚读了一句，就把文牍重重一摔，“你们兵部意欲何为？此番封贡互市，与先帝时开马市是一回事吗？上来就拿这个说事儿，我看兵部这是误国！”

魏学曾低着头，不敢出一言。

“玄翁，先帝时曾开马市，实质是我出高价购买北虏马匹，此番互市与之有何异？”殷世儋插话道，“先帝明禁与北虏开马市，兵部题覆是遵圣旨，错在何处？”

“知其然不知其所以然而已！”高拱一扬手，不屑地说，“况且先帝的谕旨，若每条都只能遵守，不能改易，那还如何新治理？”

张居正见高拱口无遮拦，替他捏了把汗，正思忖如何化解，殷世儋怪笑一声，道：“世儋没有记错的话，去岁玄翁所上《正纲常定国是以仰裨圣政疏》，极力维护先帝，言敢有非议先帝者以大不敬论。先帝禁开马市的诏旨，不算数了？臣子维护先帝的诏旨，错了？”

高拱被殷世儋噎住了，憋得满脸通红，良久，才冷冷一笑道：“历下确乎认真看了鄙人的奏本，记性也委实不错！可惜，你只知其皮毛，并未读懂！”他不愿与殷世儋争辩，蓦地伸手指着魏学曾，高声斥责道，“还有你，魏惟贯！你也是兵部的堂上官，素知你是赞成封贡互市的，兵部如此题覆，你反对过吗？或者向内阁禀报过吗？因何不禀报一声？”

“玄翁，正堂对本部事负其责，正堂定策，赞佐向上禀报，有欠磊落。记得玄翁是甚恶不磊落之人的。”魏学曾低声道。

“你……”高拱一拍书案，“坏了大局，会捅大娄子的！”

李春芳忙道：“新郑，封贡互市关乎国之安危，皇上若已有定见，何不宸断？既已允准刊示群臣，必为集思广益，再为区处；既要集思广益，自可畅所欲言。顺之也好，逆之也罢，都是一秉公忠体国之诚，内阁当体认之。这件事，待王崇古复奏后再议吧！”

“有体国之忠，无体国之识，必以忠国始，而以误国终！”高拱生硬地回应道。

李春芳嘴唇嚅动了几下，满脸委屈地低下头，手颤抖了几下，翻了翻案头的文牍，道：“春季的经筵要筹办，今年的会试要开场，这两件事都不能再拖了。礼部奏本发来了，内阁议一议吧。”

高拱蓦地站起身，一语未发，怒气冲冲地出了中堂。

望着高拱的背影，张居正心里突然有些发慌，暗忖：“那件事，千万别让他知道了，不然，恐非大发雷霆这么简单了！”

三

国初对行省实行分权制，设布政使司、按察使司、都指挥使司分掌一省行政、司法、军事，三司互不统属，各对朝廷负责。其中都指挥使司负责管辖设于本省卫所以及与军事有关各事，隶属于五军都督府，并听命于兵部。设都指挥使、同知、佥事等官，其中负责屯田的佥事又称佥书。

福建都指挥佥事金科与佥书朱珏，都是当年戚继光在福建剿倭时所招浙兵的头目，不唯征战勇敢，还颇有谋略，深受戚继光赏识，不到二十年已然做到正三品武将。这天早上，金科一到都司衙门，就把朱珏唤到自己的直房，诡秘一笑，问：“老弟，听说你最近发财了？”

“嘻嘻，不瞒兄台，把总朱金德有走私船，我盯他好久了，终于被我逮着了，敲了他五千两！”朱珏笑着，低声道。两人是浙江临海同乡，时常互通有无，凡事各不隐瞒。

金科一拍朱珏的肩膀："正好，兄弟前几天到同安巡视海防，访得傅都宪新故，他有一美妾，貌若天仙，兄弟要把她搞到手，你先把银子拿给我用。"

"兄台，蒲城周乡官的义女不是已然搞到手了吗？当初说她貌美赛西施，怎么还有比西施更美的？"朱珏嘲笑说，他向金科面前凑了凑，咬耳道，"兄台，你手下有个把总，和朱金德一起贩私，你何不找他敲一笔？"他嘻嘻一笑，"兄台晓得的，兄弟我也是好色之徒，用钱如流水啊！"

"时下风声紧，你可小心些，像往常那样宣淫，传出去会惹事的！"金科警告道，"闻得巡按御史任期届满，快回京了，别让他给记一笔！"

"那兄台还垂涎都宪的美妾？"朱珏不以为然地说。

"老子在海上漂泊十几年，与倭寇干了多少仗？如今太平了，得补回来！"金科嬉笑道。

"还不都是有抚台乡党罩着，不的，我们兄弟哪里敢如此？"朱珏一扬下巴说，"该请抚台乐乐了吧？"

朱珏所称抚台，乃福建巡抚何宽。他是嘉靖二十九年进士，临海人，金科、朱珏为其乡党，两人时常邀他私下赴宴，为其物色美姬消遣。

"哎！兄弟，你以为还是过去啊？"金科一脸肃穆，"那老高一复出，就大力整饬官常，又加意肃贪，官场上人人自危，抚台哪里敢像往者那么随意？"他向外摆了摆手，"行了，都多加小心。"朱珏转身要走，金科又唤他，"哎，你适才讲的那个把总，我看可敲一笔。你晚上叫朱金德喊他一起聚聚，届时我找他说话！"

"呵呵，兄台还是舍不得美妾哟！"朱珏摇摇头，嬉笑着走了。

当晚，金科果然把朱珏所说的把总召去，一顿饭下来，敲了他三千两银子。可他意犹未尽，逼那把总找到贩私的船主，又敲了船主四千两。七千两银子到手，金科差人把已故都宪的美妾，美滋滋地接到了自己的府中。

被敲诈的船主气不过，偷偷跑到察院，向巡按御史杨标告发了。

杨标巡按任期届满，正愁举劾不多，恐被怪罪；闻听此事，当即悄悄走访了一遭，果探得不少风言风语。顾不得细问，当即拟就弹章封发。

巡按御史的行踪，向为当地官场注目，杨标到都司衙门暗访的消息早被金科探知，两人惶惶不可终日，即谒巡抚何宽求助。

"巡按御史不归巡抚节制，他要上奏，如之奈何？"何宽两手一摊道。但他还是给两位同乡指了条道，"如今别无良策，只有向戚帅求助。"

金科、朱珏不敢怠慢，遂各遣一名心腹，携银二千两，日夜兼程赶往蓟镇，拜谒戚继光。

已是严冬季节，蓟镇总兵府的驻地三屯营依然喧闹。各地到这里打秋千的文人墨客络绎不绝；演武厅内、阅武场上，操练的将士身上冒着热气。天朝与西部的俺答各部即将达成和平，但与东部的土蛮汗却还处于战争状态，戚继光一刻也不敢懈怠。虽然忙得不可开交，可戚继光闻听福建的老部下差人来谒，还是很高兴，推掉了与一帮文士的雅聚，在总兵府节堂，传见了来使。来使晋谒，照金科、朱珏所嘱，涕泪交流地把被小人陷害、受御史弹劾之事述说一遍。

戚继光顿足道："这两个小子，未免太不检点！"

"大帅啊！"来使学舌道，"我家主人随大帅出生入死，如今太平了，无事可做，闲来消遣消遣，竟被小人陷害了。我家主人说，若追随戚帅，有仗打、有事做，也不会把心思用到别处了！"

"嗯，这两个小子，倒是战将！"戚继光搓手道，"可本帅只是武职，又离开福建有年，对这等事，不便说话嘛！"

"我家主人说了，戚帅当世名将，无人不敬仰，朝廷大佬也拿戚帅以国士看待。只要戚帅一句话，这事儿就化解了！"来使道。金科、朱珏追随戚继光多年，深知他爱听恭维话，行前早有嘱咐。

"也罢。"戚继光果然不再推脱，坐下提笔疾书，写了几行，即唤亲随钱佩来见，指了指来使说，"你这就带上两个人，护送此二人晋京！"说着，拿出一封书简，"到京后即去拜谒江陵相公，把本帅手书奉上。"又转脸对来使道，"带上你们的银子，到京城有用！"

钱佩领命而去。尚未出门，戚继光又叫住他，低声吩咐："你和所带的两个弟兄，就留在张府听用，不必回营了。"

五匹快马，连夜向京城疾驰。翌日晚，张居正一回府，就接到了戚继光的名刺、书柬和钱佩的拜帖。踌躇片刻，还是吩咐传见。

"游七——"听完来使的陈情，一直默然的张居正大声唤道。待游七应声来见，他吩咐道，"你去，叫兵部侍郎谷中虚来见。"

须臾，谷中虚就赶到了张府。他比张居正中进士早一科，在湖广任巡抚时，彼此书函往返，俨然知己。他也知道是张居正在高拱那里荐举他，方被纳入兵部侍郎会推人选，能够坐上兵部侍郎宝座，自是对张居正感激不尽。

"少司马，巡按御史参劾福建金科、朱珏二将，昨日内阁票拟，批交兵部题覆，少司马可看到？"张居正把谷中虚引进书房，略事寒暄，问道。

"哦？这个，参劾武将的文牍甚多，下吏回去查查看。"谷中虚答道，他眼珠子转了转，"此事，太岳相公有何吩咐？"

"戚帅来书，言金科、朱珏二将屡立战功，乞请宽宥。"张居正道，"将才难得，既然戚帅力保，我看，兵部要妥善区处啊！"

"这个……"谷中虚皱眉道，"兵部那里倒是好办，只是兵部题覆还要内阁票拟，恐高……"

张居正打断他："玄翁这几天忙于双月大选县官，不到阁，是以此事要快办！"

过了一天，兵部题覆发交内阁。李春芳一看，写着："金科、朱珏革了任，行巡抚衙门提问。"他一皱眉，以惊疑的语调道，"这兵部题覆是不是有错字？国朝不曾有巡按御史参劾武将、行巡抚提问的先例吧？当是把'按'字，错写成了'抚'字。"

张居正接过，细细阅看，兵部题覆正是照他嘱咐谷中虚的话拟成的，便道："巡抚节制一省武将，交他查办，也无不可。兵部既然题覆，拟旨如议就是了。再说，两个小小的武职，不值得内阁驳议。"

"江陵，这是你说的。此件，你来执笔拟票。"李春芳顺水推舟道。

张居正提笔在小票上写下"如该部议"四字，呈内里批红。

昨日，批红已发科抄，张居正以为此事也就完结了，看到高拱对兵部题覆王崇古奏本大发雷霆，真怕他把这几天的题覆都重新翻检一遍。倘若让他看到，岂不惹事？

见高拱怒气冲冲离开了中堂，张居正内心的慌乱仍难以平复，回到家里，忙召钱佩，叮嘱道："你速禀报戚帅，转告金科、朱珏，不可再招惹是非，以免被人盯上，扯出这桩事来！"

四

高拱在中堂发了一通火，惦记着吏部双月选官的事，急匆匆出了文渊阁。刚走到轿前，只听身后有人唤："师相，留步！"他回头一看，是归有光在两个仆从搀扶下正往这边挪步，便转身去迎。

六十六岁的归有光是当代名流、文章大家，与文坛领袖王世贞地位相当。但他科场不顺，自中举后，连考九次，历经二十七年，六十岁那年方登进士第。这科会试，高拱做副主考，又是归有光的阅卷官，是以归有光就是高拱的门生。归有光以文坛名宿却被分发做知县，与官场格格不入，曾修书向高拱倾诉苦闷。高拱掌铨后，即升调他为南京太仆寺丞，旋即调任内阁制敕房，参与纂修《世宗实录》，列文学侍从之位。他感激高拱的知遇之恩，夜以继日地翻检旧牍、拟写文稿，身体日渐不支。

一股寒风吹来，归有光稀疏、雪白的胡须飘起来，他颤颤巍巍要给高拱行跪拜礼，高拱拦住他，叫着他的号道："震川，你有何事？"

"师相，学生……学生恐不久于人世。"归有光喘着粗气说，"有几句肺腑之言，欲陈于师相。"

“震川，若身体不适，不妨多休息，不可强撑。”高拱安慰道。

归有光戚然一笑，摇了摇头，道：“师相，国朝正德、嘉靖两朝积弊多且久，财匮、兵弱、吏玩而夷狄窥伺，盗贼纵横，前之当国者俱束手无策。天下之势，不能制于微而制于有形，必有天下之才气、负天下之重如师相者，而后能之。”说着，向高拱抱拳一揖。

“多谢震川信任。”高拱一笑道。

归有光喘息一阵，道：“师相甚知，大宋至熙宁之世，承积弊之后，当宜改弦更张之日，神宗以英睿间世之资，锐然有为，始用王荆公变法。当是时，天下之士群起而争之，神宗与王荆公力排天下之议而行之不顾。然则，以天子、宰相之势，终不能以力胜天下之士。”

高拱心里“咯噔”一下，脸色严峻起来。

“师相！”归有光似乎已没了气力，哽咽着低声道，“力排众议之事，当慎之！权势在握，固可行于一时，久之则人心离散，师相即自处危地矣！”咳了几声，又道，“师相面对积弊，心中焦灼，学生甚知。然官场贪墨、奢靡已久，促迫之政，何能堪之？是以师相不可操劳过度，施政亦不可急于求成。”

高拱这才明白，归有光是劝他不要急迫，不要不顾及舆论。他只好苦笑一声：“我也想慢慢来，可是，”他掀起长须，“花甲之人，时不我待矣！”归有光还想说什么，急促的咳嗽声让他说不出话来，高拱忙吩咐仆从：“此处风寒，快送震川回家休息吧！”言毕，匆匆登轿而去。

到得吏部，尚未下轿，高拱就吩咐侍从：“叫张侍郎到直房来见！”待走到直房门口，张四维已候在那里，高拱一扬手，“子维，出师不利，令舅的奏本被发回重议了。”

“啊？这……”张四维愣住了，“御批上不是说刊示廷臣，会议可否吗？怎么直接驳回了？”

“反对声音甚高，大司马要滑头，把难题推给令舅了。”高拱边入座边道。转身一看，张四维还愣在门外，不悦地说，“磨磨蹭蹭做甚？快进来！”

张四维知高拱心里憋着火，虽挨了训斥，却也未觉难堪，边快步往里走，边道：“四维看，郭乾不唯是要滑头，他本身就不赞成！”刚落座，又忧心忡忡地说，“圣旨上明明写着要廷议，兵部就敢题覆直接驳回，内阁也票拟准了。看来朝廷反对势力大得很啊！”

“你转告令舅，务必顶住，上紧奏来！”高拱语气坚定地说。

“可是，朝廷驳回，立马再以原案奏来，会不会被诬为蔑视朝廷？”张四维苦着脸说。

"有我顶着，不必有此顾虑！"高拱断然道，沉吟片刻，又嘱咐说，"不过再上疏，要先把先帝禁开马市与此番封贡互市的不同说清楚。不的，那帮人抓住这个不放，又有先帝敢言互市者斩的明旨，委实不好招架。"

张四维一脸愁容，虽则点头，却也一副茫然无措的模样。

二十一年前，俺答率大军一路南下，突至古北口，围困京师达八日之久，投书求贡，声言若不允就攻打京城。满朝文武退敌无着，只得答应，俺答果退兵，方有大同马市之开。彼时的马市，不许商人介入，户部拨款购买绸缎布匹，运往大同，定价换取胡马，每匹马价高达银二十两。这本是屈辱退让之举，先帝耿耿于怀；俺答又提出北虏穷困之家无马，请求以牛羊入市交易，先帝即借口北虏贪得无厌，下令关闭马市，并明令有敢言封贡互市者斩！高拱心里明白，要规避先帝不准与北虏互市的明旨，不那么容易自圆其说，张四维感到为难并不奇怪。

见高拱沉吟不语，张四维心有余悸地说："若非玄翁在内主持，家舅何敢上封贡互市之议？先帝圣旨煌煌，这可是杀头之罪啊！"

高拱慨然道："若非令舅弘才赤忠，孰能为？若非某愚直朴忠，孰肯主？国之大利机，势必丧失！"他一扬手，"让令舅放心，纵有千难万险，高某承当！"

直房的氛围，顿时有股悲壮气息在升腾。沉默片刻，高拱指了指书案："子维，你坐过来。一路上我已暗自斟酌了词句，你记下来，转给令舅。"

张四维坐定，展纸提笔，看着高拱，等待他口述。高拱起身，边缓缓踱步，边口授道："查得先朝开马市之议，起于城下之盟，故虏志方骄，而叛盟抢市之祸立至。今日乞封之议，起于老酋年老厌兵悔祸之情，及感戴天朝归孙赏赉之恩，既纳款乞封爵于求孙之始，复遣谢请表式于得孙之后，遵训纠合其弟侄，传于各部落永不犯边，驻塞候命，顼首称臣，万非昔时两地为市，辱国费财、玩寇自宽之比。且今次虏酋纳款，既非请开马市，其中议开市一节，如辽东开元、广宁例，开市听夷商自相交易，亦非以官为市，靡费公帑之比。"

"嗯，似可自圆其说。"张四维记录毕，嘀咕了一句，把稿笺捧递高拱，"请玄翁过目。"

高拱摆手："不必！你火速差人送往阳和，那里的情形令人揪心！"

张四维刚出直房，迎面与魏学曾撞了个满怀。魏学曾顾不得与张四维说话，趋前几步，道："禀玄翁，广西、广西出事了！"

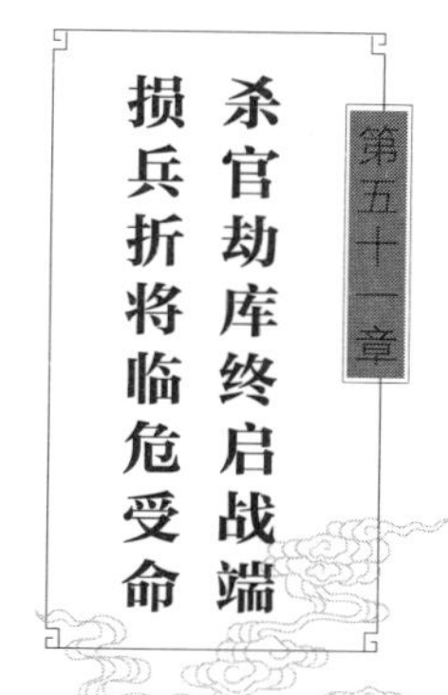

第五十一章 杀官劫库终启战端 损兵折将临危受命

一

广西会城桂林西南的崇山峻岭间有一座城池，城墙以石头砌成，周长约二里，高一丈五尺，厚六尺余，土著皆以石城称之。此城本为国朝古田县治所在，孝宗弘治年间，古田县城竟落入反叛僮人之手，距隆庆五年已有近九十载，官军迄未收复。离石城不远的凤凰山区，僮人在一座叫作古底的坝子上建了一座八角形的“金銮殿”，虽不能说金碧辉煌，也堪比官衙王府。

这天深夜，山风呼啸，阴云密布。“金銮殿”里，一排大红蜡烛照得殿内煞是明亮，虎皮交椅上坐着一位老者。他头戴黑色圆布帽，上穿小襟衫，无扣，以麻绳绑之，外加一件黑色斗篷；下穿宽脚大头裤，衣袖和裤脚俱镶红、黄两色布条，梳着长辫，须发稀疏银白。此人就是占领古田五十三年、人呼“莫一大王”的韦银豹。此时，他召集大小头领商榷军机的会议即将结束。只见他站起身，矫健地向前迈了几步，大声说：“明日凌晨出发，咱老哥要亲自率领！”

“大王，你老七十五高龄啦，就别亲自去了，兄弟代老哥统领就是了。”被封为“战江王”的二号首领黄朝猛劝阻说。

“不，咱老哥要亲自去！”韦银豹果决地说，“该过大年了，老哥要亲自弄些银子来，给弟兄们花花！”

次日凌晨，一队由精选出的五百骁勇之士组成的队伍悄然出了石城，向东北方向的会城桂林行进。这里距桂林一百六十里，仅有的一条古道从大峡谷中穿过。韦银豹和手下的弟兄对峡谷两边的高山如同家里的门框一样熟悉。五百人的队伍仿佛

一条长蛇，伴着右侧皮木江水的奔腾响声，在峡谷中默然穿行。当晚，这支队伍抵达桂林郊外，在一个山坳里停了下来。

正是一年中最寒冷的季节，北风不停地刮着，把天空中的阴霾吹得无影无踪，只留一牙残月挂在空中，倔强地发出亮光，正可为夜行的弟兄照亮。临近午夜，五百人都填饱了肚子。韦银豹传令，马匹在原地喂料，诸弟兄徒步向桂林城进发！不多时，这五百人就神不知鬼不觉地来到了城墙脚下。桂林是会城，官军防守严密，不用说城门早已紧闭，城墙上更是不时有巡更逻卒来回走动。

几声“呱呱”的鸟鸣过后，城墙里抛出了几根绳索。这是早已混进城内的弟兄所为。韦银豹一招手，几个僮勇围拢过来。“上！”韦银豹下令。僮勇们一边抓住绳索，一边人叠人翻进城内。两个巡夜的官军听到动静，警惕地向这边走来，尚未靠近，已被两支毒矢射落在墙，滚落下来。翻进墙内的僮勇都把随身携带的绳索抛出墙外，把墙外的弟兄一个个吊上城墙，翻入城内。韦银豹率二百僮勇在城外接应；黄朝猛按照事先所计率三百弟兄直奔藩库而去。

藩库乃存放一省钱粮之所，由一名从三品的参政专责其事，一名官军指挥使率军镇守。为此次行动，韦银豹早差人察看了地形，两名熟悉地形的僮勇做向导，黄朝猛带三百弟兄悄然靠近了藩库。

这天是农历腊月二十三，正是祭灶节，民间又称“小年”。晚上，家家户户均行祭灶神仪式，送灶王升天。桂林各级衙门里也是张灯结彩，文武官员聚会宴饮，多半喝得酩酊大醉，觉也睡得格外深沉。直到黄朝猛率众到了藩库跟前，仍无人察觉，偶有听到动静的守卒，也一个个成了刀下鬼。僮勇竟顺利打开藩库，一百人在外望风，二百人一拥而上，扛起银袋就走。

参政黎民衷正在酣睡，忽有卫兵直奔卧室，顾不得许多礼节，连推带喊把他叫醒。黎民衷正要发火，闻得蛮贼劫库，大惊失色，胡乱套上官袍就传令升堂。他刚进大堂，属僚卫兵尚未聚齐，蛮贼呼啦一下闯了进来，一顿乱砍，黎民衷惨叫一声，倒在血泊中。尚在赶往大堂途中的大小官员被这天降神兵吓得魂飞魄散，四处逃命。三百僮勇见人即砍，杀出一条血路，夺城南就日门而去！

次日晚，驻节梧州的两广总督李迁接报：会城混入蛮贼，省藩库被劫银七万两、金子及珠宝若干；参政黎民衷及库官十五人殉职，官军五十多人战死。

省库被劫，三品命官被杀，真是骇人听闻！李迁又惊又怕，急忙向朝廷呈塘报，请求朝廷调集大军剿除韦银豹。兵部接到塘报，不敢做主，由侍郎魏学曾前去内阁禀报。

魏学曾刚因兵部题覆驳回王崇古奏本一事在文渊阁被高拱训斥过，知道他已去往吏部，就径直到此来谒。

“这韦银豹胆大包天，视朝廷无人！”高拱怒气冲冲，“既然他找上门来下战书，那就不能再一味回避了！”说着，示意魏学曾跟他到内阁去。

“必要斩草除根！”内阁中堂，张居正看了塘报，咬牙切齿地说。

“惟贯，这回先说好！”高拱大声提醒，“李迁的塘报，兵部题覆不能含含糊糊、首鼠两端，非剿除韦银豹、收复古田不可！”

“新郑，冷静！”李春芳着急地说，“此事若好办，何以会拖近百年？不可贸然行事啊！”

“古田乃大明县治，被蛮贼所据，弘治、正德、嘉靖，三朝近九十载不能如之何，我隆庆朝必做了断，绝不容许再拖下去！”高拱语调决绝地说，“不的，还奢谈什么隆庆之治！”

“新郑，三思、三思啊！”李春芳近乎哀求道。

高拱不听劝阻，吩咐书办道：“叫归有光到我朝房来见！”说完站起身，对李春芳道，“票拟之事，辛苦兴化。”又转向张居正，“江陵、惟贯，到我朝房来议！”

张居正、魏学曾跟在高拱身后，撇下尴尬、惊诧的李春芳、殷世儋，来到高拱的朝房。

“这归有光时下编纂《世宗实录》，他通晓韦银豹之事，特意叫他来梳理一下渊源。”高拱解释了一句。

归有光虽则病魔缠身，却还在廊署做事，听到师相传召，顿时来了精神，甩掉搀扶的仆从，扔下拐杖，独自走进高拱的朝房，跪地行礼。

“震川，快起来，起来！”高拱边说边上前搀扶，把他扶到旁边的一把椅子上，“你给诸公说说广西古田之事。”

“哦，是这件事！学生好友茅坤当年曾奉旨征剿古田，学生对古田的事知之甚详。”归有光一笑说。“国朝开国之初，大批流民涌入广西桂林一带；此后，那里又成为流放人犯之处，加上官军屯田，土著僮人的田亩被大量侵夺，引起僮人不满。孝宗弘治初年，古田、马平一带发生特大饥荒，官府仍强迫民众交粮纳税，百姓不堪忍受，古田县凤凰村穷苦僮人韦朝威联络了一批勇猛之士，登高一呼，群起响应，一举攻占古田县城，占山为王，谓之‘广福王’。”

“官逼民反，此之谓也！”高拱插话说，“大凡民众造反，必是官府所逼；故治国必先治吏，非下大力气整饬吏治不可！”他伸手对着归有光示意，“震川，接着说，接着说。”

“二十六年后，韦朝威在率军攻打洛容县城时陷入官军重围，兵败被杀。”归有光继续说，“其三子韦银豹接掌父位统领僮勇，再次攻下古田县城。朝廷命副总兵张佑率广东、广西、湖广三省四万兵马进剿，结果铩羽而归。得胜以后，韦银豹称

‘莫一大王’，号‘冲天将’。”

“莫一大王何意？”魏学曾问。

“莫一，僮语力大无穷之意。”归有光解释说，接着又道，“韦银豹在古田石笋、独州山区建立大本营，在凤凰山筑宫殿，又开辟演武场，招募铁匠、木工，日夜赶制大刀、长矛和弓弩，武装僮勇，众号数万；又分古田上下六里共十二里，每里设官领民，俨然独立王国。”

“叛贼，名副其实的叛贼！”张居正恨恨然道。

“如今，韦银豹盘踞古田、称王设官已然五十多年矣！”归有光感叹道，“朝廷多次进剿，不唯未能剿除，韦银豹反而时常主动出击、南征北战，古田、永福、义宁、洛容四县方圆一千多里内都成了他的地盘，势力还达于阳朔、昭平、桂林、灵川及湖广之武洞、城步等十余府县。”

“省城百里之外即为贼垒，屹立数十载而奈何不得，岂不是朝廷执政者的耻辱！”张居正忿忿然道。

归有光又道：“这韦银豹最擅长洗劫官府、斩杀官员，震动较大者就有：古田全部官吏被其斩杀；攻阳朔县城，杀知县张士毅；攻灵川县城，斩杀阖城官吏、劫走县库银两粮谷并将县衙付之一炬；攻昭平县城，杀知县；攻桂林，杀知县并布政使子女五人，还曾袭击桂林靖江王府，以万臂斧砍破端礼门，幸守城官兵及时赶到，王府方免遭屠戮。”他喘了口气，又说，“武官死在韦银豹刀下的就不可胜数了。最令人发指者，是当年督抚差一名典史入古田石城抚谕，韦银豹竟将他烹而分食之！”

“对此等蛮贼，只有一个字：剿！”张居正气愤地说。

“剿，未必能够剿除。不的，也不至于拖这么多年。”归有光摇头道。

“始则是出师不利，连剿连败；继则是回避不敢触及，甚或以为前朝俱回避，我何必自找麻烦。”高拱嘴角挂着一丝冷笑道，“记得我到阁视事第一天，本兵火急火燎找内阁禀报韦银豹南北交攻，杀知县、袭王府，前宰却不以为意，似乎前面几朝都这么过来了，如今不理会方是上策。”他提高声调道，“正是这般不敢担当，方使韦银豹越发猖獗无忌！”他顿了顿，又道，“本想待北边之事有个结果，再说广西的事，看来等不得了！”说到这里，他喊了声，“来人，叫户部尚书刘体乾来见！”

二

户部尚书刘体乾来到高拱的朝房，刚施礼坐定，高拱便开口问：“大司农，八十万，拿得出来吗？”

“八十万？”刘体乾瞪大眼睛道，“家底，玄翁不是不知道啊！”

“能拿出多少？”张居正问。

刘体乾沉吟片刻，道：“隆庆四年国库所收，委实增加了。一则是恤商新政初见成效，商税陡增；二则东南开海贸易，年可收银数万两；三则官场振作有为，当收之税强半解上来了。嗯，或许还有一个原因，”他笑了笑，“呵呵，玄翁加意肃贪，整饬官常，贪墨、吃喝少了，裁减冗员，撤并机构，省出来不少。哦，还有，贵州水西不战息争，省出几十万。”他话锋一转，道，“可是，国库本就亏空，填补前年的窟窿就占去一多半；去岁把汉那吉来降一事，北虏于严冬大举南下，守备之费比往年多支出六十万有奇。如此一来，还是有亏空。”

“今年经费是如何安排的？”高拱问。

“北边军饷占大头，宗室藩王经费次之，再次是俸禄；再则是漕河费。”刘体乾答。

高拱一扬手道：“边费，今年可省一半。”

“啊？”刘体乾、魏学曾、归有光都吃惊地望着高拱，发出惊叹声。

“我看老俺是真心要和平的，能不能达成和平，在朝廷百官能不能体认大势、维护大局。”高拱解释说，“无论有多少阻力，必达成和平！如此，边费自可减半。”

“你们户部的人，对封贡互市就别唱反调啦！”张居正插话道。

“这……”刘体乾踌躇着，“减半……万一和平不成……”

“那好，先减三分之一。”高拱以决断的语气说，“节省出来的这些，先拿六十万出来！”

归有光好奇地问：“那么师相，还差二十万呢？”

“六十万已可支应，唯是征剿古田非易事，要打出些富余，不能出现因军饷不足半途而废的局面。”高拱解释道。他盯着刘体乾，“先让广东、福建、湖广三省凑出二十万，户部下文办！”刘体乾刚要开口，高拱伸手做制止状，“不必再说，就这么定了！”又转向张居正道，“军饷有了，关键是人；用人不当，再多军饷也是打水漂！”

说到用人，众人都沉默不语。张居正本想开口，顾忌多人在场，故欲言又止。他双手用力扶着扶手欠了欠身子，做欲起身状，高拱看出来了，张居正是不愿这么多人在场，便道：“用人之事，不必神神秘秘，公之于众才好。”见众人依然沉默，高拱指了指张居正，“叔大还记得上次提到的贵同年吗？”他笑了笑，“你提出要他巡抚贵州，我不认可。你那位贵同年之才，可用之于剿，不可用之于抚。贵州当抚不当剿，而广西已无抚之余地，当剿！”

张居正听出来了，高拱要用殷正茂，甚喜道：“殷正茂虽是文官，却有韬略，

命他去剿匪平乱，必不负众望。”

“不错！”高拱接言道，“殷正茂筮仕即任兵科给事中，又在广西、云南、湖广做过兵备道，巡抚广西，最合适不过。”

“可殷正茂时下只是江西按察使，离巡抚之位还差好几个台阶，”魏学曾提出了疑问，“且官场对殷正茂操守颇有物议，谓其有贪名。”

“学生也有耳闻。”归有光插话说，“道路传闻，朝廷知殷正茂有封疆之才，却轻易不敢信用。”

“要做非常之事，用人岂可按部就班？循资历用人，广西这件拖了九十年的事，恐怕还得拖下去！至于说有贪名，”高拱顿了顿，似乎在斟酌词句，“我不在乎！殷正茂是不是真贪，我不敢说。但我知道时下官场有一大毛病：不做事的人，不遭物议；凡做事的人，总有人挑剔。操守正者，谓之能力差；能力强者，谓之操守有亏；操守正、能力强者，谓之专横。总是有话说！可怪的是，掌铨者或爱惜羽毛，或出于私心，一旦有物议，就真不敢用了。”他一拍书案，“我就不信这个邪！即使殷正茂真贪，也要用！军饷一次都给他，事中、事后都不许查账，让他放开贪！三省藩库凑的那二十万，就让他都装到自己腰包好了，只要把广西的事平了，就是为朝廷立了奇功！”

“这……”张居正露出不以为然的神色，“传扬出去，毕竟不美。”

“哈哈哈！”高拱大笑，“越是这样，我谅他越不敢贪！”

“玄翁，是不是这样，”刘体乾道，“户部派人替殷正茂管账，如何？”

“哦？”高拱道，“好啊，你回去问问，谁愿意去，抑或谁反对把军饷一体拨给殷正茂，就让谁去！”

归有光听出高拱是在说气话，他怕刘体乾不明其意，便道：“大司农，五十年间，大军征剿韦银豹不是一两次了，每次都是惨败，不死在战场，也被追究责任，没有一个有好结果的，大司农可想好了。”

刘体乾低头不语。

高拱站起身，道：“好了，大司农回去办事吧，上紧办妥！”见刘体乾面露踌躇之色，他一扬手，“户部只负责照我说的办，若出了弊病，我向皇上请罪，与大司农无涉！”说着向刘体乾拱了拱手，又对归有光道，“震川，你也回去办事吧。”

刘体乾、归有光辞去，高拱招招手，让魏学曾坐到他右手的椅子上，对他说：“军饷有了，掌军令者人选有了，目下轮到兵部的事了，这是军机，是以让他们两位回避。惟贯，你说说，如何调兵遣将？”

魏学曾踌躇片刻：“玄翁，说真话，兵部并未有征剿古田之意，哪里会有调兵遣将的画策！”

“这也不怪兵部。”高拱大度地说，“这件事越拖，越演变成一宗事不关己的旧账。”

“哦，玄翁这么一说，我倒想起一件事来。”张居正道，“隆庆二年春，广西柳州籍的南赣巡抚张翀上了道《乞处广西地方疏》，吁请朝廷平定广西之乱，自然如石沉大海。我听殷正茂说过，此人当年因弹劾严嵩贬谪贵州都匀时，曾与任广西兵备道的殷正茂交游甚欢。”

“他是广西人，不能到广西任职，不妨调他到湖广做巡抚，为殷正茂翼助。”高拱说完，又对魏学曾道，“广西崇山峻岭，韦银豹不唯占地利，还占人和。是以此番征剿，兵马必数倍于蛮贼。”

张居正道：“广西总兵当换俞大猷去做；征剿大军，兵马要调集十万到十五万。”

“接广西塘报，兵部上下也有议论，言蛮贼凭高据险、蚁聚蜂屯、道途不通；蛮贼蓄有大量长枝、劲弩、毒矢，足以自固，非百万之师迟以岁月，未易卒拔也。”魏学曾为难地说。

“够唬人的！难怪以往当国者俱不敢碰。”张居正不以为然道。

“百万之师？还要迟以岁月？”高拱嘴角一撇，“把国库掏空也支撑不住！”他一扬手，“最多十五万，且不可久拖不克！韦银豹拖得起，朝廷拖不起！这要对殷正茂说清楚，他要说干不了，就上紧换人！”

魏学曾心里一直在盘算调兵之事，他挠了挠额头，道：“除广西各卫所外，再从广东调八千、福建调一万五千、浙江调一万、湖广调两万、贵州调五千，官军约十万；广西左右江各土州，可调集土狼兵三到五万。”

高拱稍加思忖，决断道：“那好，惟贯，你回去即与大司马说，一、发兵征剿古田叛贼，军饷着户部筹集拨给；二、调俞大猷为广西总兵官；三、调集各路兵马，这个就按适才你所说的办。此三事，兵部当速上本请旨！”他又对张居正道，“殷正茂、张翀广西、湖广巡抚之任，吏部来办；户部筹集军饷事，叔大督办。”

研议毕，各人分头去办，高拱未进中堂，径直去了吏部。刚用完午饭，魏学曾又来了。

“惟贯，怎么，征剿古田，兵部有异议？”高拱不悦地问。

“玄翁，辽东的塘报。”魏学曾黑着脸，把塘报呈到高拱手里。

高拱瞥了一眼，不觉大叫一声：“什么？辽东总兵战死？！”

三

辽东，本指九州之东方，早在秦、汉至南北朝即设辽东郡，实为山海关外国朝

大片领土之泛称。国朝在辽东废州县、立军卫制，修边墙、行军垦。作为九边军镇之一，设辽东都司辖二十五卫，镇守总兵官驻广宁，冬季则移驻辽阳；又以巡抚一员节制文武，兼理民政。这里本有建州女真、海西女真各部。嘉靖年间，因俺答汗实力强大，致力于扩大领地、封赏子孙，仍保留大元汗号的鞑靼各部名义上的共主小王子惧为俺答所并，率众自宣府、大同边外迁往辽东塞外，析居于西拉木伦河与老哈母林河一带，与其一起东迁的还有喀尔喀五部。他们不唯威逼女真各部，还西驰东骛、扰我疆场，迄无宁岁。国朝所设大宁卫、全宁卫、应昌卫和兀良哈三卫早就被其所占。

在西拉木伦河畔有一个临潢府城，乃是大辽的上京，此时已然衰败，只剩残垣败瓦，北元共主土蛮汗的汗廷就建在这里。这一天，正是国朝的正旦节，土蛮汗召集群臣议事。他坐在汗廷大堂的虎皮交椅上，问："听说俺答与天朝讲和了，天朝要封他为王，有这回事吗？"

脱脱台吉答："禀可汗，有这么回事。听说宣大总督已把请封的奏章报上去了。"

土蛮汗指着木案上的传国玉玺，冷笑一声："这是什么？这是我大元的传国玉玺！本汗才是大元的可汗！他俺答算老几？本汗的奴才而已！若俺答果真被天朝封王，他是不是就挟天子以令各部？本汗也得听他的？"

脱脱台吉叹口气说："俺答敢打到京师、插入晋中，天朝自然看重他。若要天朝看得起咱，咱也得大干一场！"

土蛮汗摇头道："戚继光坐镇蓟州，咱打不过去啊！"

"可汗，那也要干一场，让天朝看看，大元的正朔在东边，不在西边！"脱脱台吉坚持说。

"天寒地冻，不便出战吧？"土蛮汗踌躇道。

"再不整出点动静，天朝和俺答就勾搭到一起了！"脱脱台吉焦急地说，"出其不意，必有斩获！可汗，说干就干吧，抢在朝廷还没有定下封贡之前，不的，就晚啦！"

"是这个理儿！"土蛮汗终于被说动，"整备兵马，明日出发，直捣锦州！"

辽阳城内，巡抚李秋、总兵王治道、参将郎得功等文武高层齐集巡抚衙门，觥筹交错中，李秋慨然道："本院读高阁老《议处本兵及边方督抚兵备之臣以禅安攘大计疏》，不禁潸然泪下！"说着，他仰面闭目，诵道，"臣见边方之臣，涉历沙漠，是何等苦寒；出入锋镝，是何等艰险；百责萃于前，是何等担当；显罚绳于后，是何等危惧！其情苦，视腹里之官奚啻十倍！而乃与之同论俸资，同议升擢，甚者且或后焉。此臣为之太息者！诚宜特示优厚，有功则加以不测之恩，有缺则进以不次之擢，使其功名常在人先，他官不得与之同论俸资！”诵毕，眼圈一红，泪水夺眶而出。

“哎呀，抚台是委屈哩！”参将郎得功道，“抚台久历边关，做过延绥巡抚、大同巡抚，又做辽东巡抚，没有功劳也有苦劳。可是兵部增设两侍郎，推补时竟没有抚台的份；总督缺员，也没有想到过抚台，委实是委屈抚台了！”

李秋用力挤了挤眼睛，道：“不说了，大过年的，诸位多喝几盅！”说着连饮三盅，醉眼蒙胧地说，“诸位，辛苦大长一年了，今夜一醉方休！”

此言一出，宴席上顿时活跃起来，有的猜拳行令，有的彼此斗酒，好不热闹！突然，一个“雪人”闯了进来，惊叫：“禀抚台，土蛮汗率大军攻锦州，已接近松岭山！”

“啊！”李秋大惊失色，“此何时，土蛮汗攻锦州？”

总兵王治道“腾”地站起身，大声道：“抚台，当速传檄广宁诸卫、义州卫、宁远卫，协力御敌！辽阳六卫，也应驰援！”

“王帅，你去不去？我意你还是去。”李秋以商榷的口吻道，“时下朝廷整饬官常，主帅不临阵作战，恐交代不过去。”

“副总兵李成梁在广宁，末将就……”王治道踌躇道。

“王帅，你是总兵，戚继光也是总兵，可在内阁大佬眼里，你连他的扈从都不如！”李秋忿忿不平地说，“还是去吧，不的，以后就更没有地位了。”

“那么抚台要不要亲临？”王治道问。

“本院、本院就不必去了，守备辽阳要紧。”李秋道，他步履不稳，在侍卫的搀扶下走到大堂，升堂传檄。

王治道无奈，只得率数百名家丁，带着参将郎得功跨马向广宁疾驰。到得广宁，方知副总兵李成梁已集结广宁诸卫兵马，与土蛮部在松岭山激战。

“传本帅命令：兵马随本帅到义州卫，从后侧围歼土蛮！”王治道下令。

“大帅，是不是等辽阳六卫的援军赶来，再部署围歼土蛮？”郎得功建言道。

“本帅看抚台的意思，辽阳六卫未必来援。”王治道满脸愁容，摇头道，“就照本帅说的做！”

“兵马都随李副帅出战了，大帅身边无兵，还是不要轻易出城的好。”郎得功又道。

“正因如此，才到义州卫，那里兵马多。”王治道说着，跨上战马，一挥战刀，“疾驰义州卫！”

土蛮汗攻锦州，料定义州卫必来驰援，在中途埋伏了兵马。王治道在从广宁赶往义州途中，正进了土蛮汗的埋伏圈。王治道没有防备，一见山坡上黑压压的虏兵

突然围拢过来，进退已经无路，只得拼命厮杀；战不多时，就被全歼。

巡抚李秋闻报，仰天长叹："天不助我也！"一边急忙向京师呈塘报，一边吩咐仆从收拾行装。

四

高拱接阅辽东塘报，怒气冲冲地说："总兵、参将战死，巡抚却躲在城中不出，太不成样子！"

魏学曾没有接话茬，而是焦急地说："时下土蛮大举攻锦州，似有图谋，请玄翁指示应对办法。"

高拱略一思忖，道："惟贯，你快回去和大司马说，兵部火速传檄戚继光，命他驰援锦州！"

魏学曾揖辞而去，高拱快步走到后堂，侍郎张四维、各司郎中都在。高拱沉着脸在正中的位子坐下，瓮声瓮气道："辽东巡抚，换人！"他扫视了一下议场，"正好都在，现在就议新人选。"

"辽东局势委实堪忧。"张四维道，"巡抚担子特重。"

高拱道："子维，你熟悉边务，把辽东的情形简要说几句，对选准人有益。"

张四维对着高拱一颔首，道："嘉靖中以来，辽东军政败坏、边备废弛、粮饷匮乏、虏患日炽。先说军政败坏：辽东寒荒之地，官其地者，以贬谪者为多；即使不是贬谪，也有流放之感，是以到任后不思进取，心思全用在贪墨上，竟有三任巡抚因贪墨而罢。再说边备废弛：辽镇边长二千余里，城寨一百二十所，三面邻敌，而边墙、边堡、墩台皆以土筑，颓破已极。"他顿了顿，又道，"再说粮饷匮乏：辽东战火连绵，民生凋敝、满目荒凉，只有近城郭的地方间有耕种，早就不能自足，月粮十缺四五。说到虏患，就更令人忧心：女真诸部叛服无常，土蛮诸部年年入犯，岁无定处，亦无定时。"

"适才接塘报，土蛮于冰天雪地时大举犯锦州，总兵、参将两员大将战死！"高拱插话说。

张四维叹息一声："经此一役，必是士气愈懦，虏气愈骄，继以荒旱相仍，饿殍枕藉，外患内忧，势如厝火矣！"

"辽东畿辅左臂，巡抚之任实兼军务，加之此地情形复杂，局势危如累卵，尤在得人。"高拱接言道，"故辽东巡抚，比腹地巡抚更要优选。"

"从在任巡抚里选一个强干的，调转过去如何？"张四维问。

高拱摇头。

“呵呵，玄翁必是已有人选，何不说出？”张四维笑言。

高拱沉吟片刻，道：“蓟州兵备道张学颜，如何？”他一指文选司主事，“说说张学颜的履历。”

主事翻检出一卷簿册，边看边禀报：“张学颜，字子愚，直隶广平府肥乡县人，生于军户之家，登嘉靖三十二年进士，授曲沃知县，三年大计，擢工科给事中；桃松寨之事起，俺答攻右玉，建言兵部尚书杨博兼宣大总督赴前线指挥御虏，帝纳之，擢河南按察使司佥事，分巡大梁道练兵、捕盗、马政；升参议兵备汝南，再升按察副使兵备太原，受劾罢；隆庆元年起用兵部职方司郎中，升辽东宁前兵备道，整饬宁远等处兵备，兼管屯田、马政；调永平兵备道，旋改密云兵备道、蓟州兵备道，赞襄蓟辽总督整饬边务，协助戚继光练兵。”

高拱问：“张学颜兵备宁远时，恰是魏学曾在辽东做巡抚，对他做何评语？”

主事翻看簿册，答：“修险隘、练游兵，实心任事，克尽厥职。”

“嗯，难得！”高拱赞叹了一句，“张学颜久历兵事，又在辽东做过兵备道，是辽东巡抚的最佳人选。”

“玄翁，张学颜毕竟是兵备道，离巡抚差着好多台阶呢。”文选司郎中提出了异议。

“破格拔擢也有先例，但张学颜其人，未闻时誉。”文选司主事接着道。

“吏部的人，不能只会排资历、论资格！”高拱脸一沉道，“时下革新改制，你们都不关心？嗯？”见议场一片沉寂，他大声道，“本阁部上过《议处本兵及边方督抚兵备之臣以裨安攘大计疏》，业经皇上御笔钦批：‘兵事至重，人才难得，必博求预蓄，乃可济用。览卿奏，处画周悉，具见为国忠猷，都依拟行。’该疏明明白白写着，边方兵备缺，即以兵部司属补，边方巡抚缺，即以边方兵备补，边方总督缺，即以边方巡抚……”

正说着，书办悄悄走了过来，高拱停顿了一下，书办低声道：“大司马求见。”

“大抵是辽东战事，不能误了戎机！”高拱像是自言自语，边说边忙起身往直房走。远远地见郭乾、魏学曾站在直房门口，他加快了步伐，近前问，“大司马所为何来？”

“玄翁，朝廷曾给戚继光定了规矩，只准固守，不准出战。适才魏侍郎告，玄翁嘱传檄戚继光驰援锦州，恐此举……”郭乾一脸无奈地说。

高拱闻言，火气“噌”地窜到脑门，脸色铁青，一言不发进了直房，走到窗前，背对着二人站着，良久方蓦地转身：“不让戚继光出战，是因为蓟镇位在肘腋，东有土蛮、西有俺答，怕顾此失彼。此时俺答会与土蛮合谋助攻吗？”也不等郭乾回应，失望地说，“戎机不容喘息，本不想渎扰皇上；既然大司马怕担责，本阁部就

奏请皇上下旨命戚继光援辽。”说着，跨步走到座椅，边落座边提笔，就要写本。

“玄翁，玄翁，不必了。”郭乾忙走上前去，拉住高拱的手臂，“下吏这就回去传檄戚继光，这就办！”

高拱“啪”地把笔撂在书案，瞪着郭乾。郭乾尴尬一笑，慌忙揖辞而去。魏学曾也跟着往外走，高拱喊了声，“惟贯，留步！”

魏学曾转过身，道：“请玄翁吩咐。”

“辽东巡抚，谁可任之？”高拱问。

魏学曾沉吟片刻，道：“有张学颜者可。”

“得之矣！”高拱拊掌笑道，“惟贯，知人哉！”

“辽镇总兵，玄翁有人选吗？”魏学曾问。

“辽东不同内地，武官一向循辽人治辽之规。”高拱道，“李成梁骁勇多谋，可任之。”

“学曾也有此意！”魏学曾笑道，“那学曾就说是玄翁的意思，想来大司马也只好接受了。”

高拱一扬手：“兵部的事，兵部去办。”言毕，疾步走出直房，一进后堂就兴奋地说，“适才咨询魏侍郎，他谓辽抚，张学颜可用。”

众人皆默然。

高拱大声道：“张学颜其人，卓荦倜傥，时眼不能识，置诸盘错，利器当见。辽东交给他，尽可放心。文选司速起本，李秋勒其致仕、张学颜以都察院佥都御史衔，巡抚辽东！”

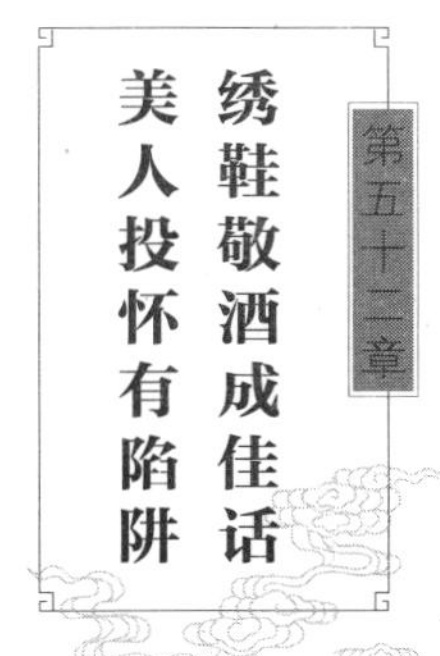

第五十二章 绣鞋敬酒成佳话 美人投怀有陷阱

一

苏州府太仓州城内，有一座新建的豪华园林，乃文坛领袖王世贞的私家庄园弇山园。此园与上海县的豫园同时建造，且同为造园名家张南阳设计，占地七十五亩，土石占十分之四，水面占十分之三，室庐占十分之二，竹树占十分之一。湖山错落，亭台掩映，竹木葱郁，花草飘香，宛若人间仙境，远非豫园可比，实乃国中首屈一指。

王世贞以文坛盟主之尊却也未放弃仕途之望。隆庆三年，除授山西按察使，他却迟迟未赴任。高拱复出的消息传出，他就奏请辞职，虽未获准，却仍滞留家中。高拱掌吏部，整饬官常，先从赴任时限抓起，给所有逾期未赴任的官员发去急字文凭。王世贞不敢再延宕，即到太原赴任，旋即因母丧归家守制，居于弇山园中。自此，各色人等摩肩接踵，纷至沓来，弇山园内高朋满座，觥筹交错，无日停歇。

这天，王世贞的入门弟子、青浦知县屠隆携松江名流何良浚、莫是龙前来拜谒，与吴中名流梁辰鱼、张献翼等聚到了一起。王世贞在弇山堂大厅设宴款待。

这弇山堂是正宗的歇山式建筑，高敞、堂皇，典雅考究，古色古香。来客先是将弇山园一阵猛夸，又对王世贞一番恭维，正要入席，一群歌妓涌了进来。王世贞皱了皱眉，梁辰鱼忙道："大表叔，这些歌妓皆是来找侄儿谱曲的，不妨在此佐酒。"

"不可！"屠隆道，"吾师正在守制，安得如此？"

梁辰鱼只得挥挥手，把歌妓赶了出去。屠隆、何良浚、张献翼几个人目光直勾勾地望着四五个绝色歌妓飘然而去，直到王世贞延请入席，他们还愣愣地站在门口不愿进去。梁辰鱼诡秘一笑道："别着急嘛！待酒酣之际，我请诸位到别室去乐一乐。"

王世贞佯装没有听到，吩咐酒菜侍候。

“诸位都听说了吧？”屠隆甫入座便道，“朝廷正为要不要答应北虏的封贡互市之请争论不休呢！”

“哼哼！”张献翼冷笑一声道，“天朝养百万兵，把老百姓血汗钱榨干了，却畏虏如虎、逢战必败，如今又议起和来！我看，天朝的官场，上上下下、文臣武将都是酒囊饭袋！”

此言一出，举座皆惊。因为王世贞的父亲王忬任蓟辽总督时，因滦河之败而被杀。张献翼口无遮拦，令王世贞颇是尴尬。

“唉！不能这么说，”何良浚为了打圆场，便反驳道，“我看和是对的。打来打去的，为了甚？秉政的高新郑倒是有识见、有魄力的人物，他敢力排众议纳降，我看和议也必能成功。和议成功了，北边不打仗了，不唯省去钱粮，这江南的物品也可贩于胡地，如此一来，多少人有了饭碗？”

“元朗，”莫是龙叫着何良浚的字说，“你说高拱有魄力、敢于力排众议，我看未必！”

“此话怎讲？”何良浚问。

莫是龙道：“海瑞抚江南，一意澄清、大刀阔斧，刚有头绪就被徐阶暗算。照理，高拱是受了徐阶欺负的，复相后却不敢留海瑞，他的魄力安在？委来一个朱大器，虽未尽反海瑞之政，却也不敢像海瑞那样对待徐阶，一味和稀泥罢了。如此，我江南无望矣！”

屠隆在青浦任知县两年，耳闻目睹徐阶家族的横暴，也深知松江百姓对徐家痛恨非常，遂感慨道：“徐老为人，奸过曹操。然曹盗大利，受奸雄名；徐盗大利，却还欲博贤相名。”言毕，摇头不已。

“为富不仁、鱼肉乡里，严嵩不肯为之！”莫是龙接言道，“若高拱有魄力，就当重创之，为民除害！”

“这么说存翁，言重了吧？”王世贞不悦道，“存翁固有纵子为恶之过，然焉能因此而一概否定？谓之奸过曹操、恶逾严嵩，大谬！”

莫是龙还想争辩，屠隆向他使了个眼色。莫是龙恍然大悟：徐阶不唯是王世贞的远亲，且为王世贞之父昭雪，故王世贞对其德之入骨，当他的面丑诋徐阶，委实不妥，也只好噤口了。

“海瑞委实不识时务，好为不近人情之事。”屠隆似要补过，忙道，又故作神秘地说，“阅《邸报》，知朱大器已升刑部侍郎，新巡抚当已首途赴任。他来了，或许局面又不同。”

“是谁来？”何良浚问。

“好啦！”梁辰鱼大声道，“官场上的事，与我辈何干？有酒有肉有美色，潇潇洒洒度时光，管他张三李四王二麻子做巡抚！”

“对对对！”众人响应道。

酒肴已备齐，王世贞举盏，众人欢天喜地一阵痛饮。

“新抚台到任，必来此拜谒元美先生，我敢打赌！”何良浚一抹嘴角说。

“呵呵，吾不愿也！”王世贞笑言，“诸位看过我写的《弇山园记》了吧？其中有这么一段，”说着，王世贞摇头晃脑诵道，“守相达官，干旄过从，势不可郄，摄衣冠而从之。呵殿之声，风景为杀。牲畏烹宰，盘筵饾饤，竟夕不休。此吾居园之苦也！”

“这几句话，表明参拜弇山园的高官显贵不绝如缕，而大表叔是厌烦与那些个高官打交道的。”梁辰鱼接言道，他一指何良浚，“元朗，你又念叨官场上的事，犯规！”梁辰鱼站起身，问王世贞，“大表叔，该不该罚元朗三盅？”

“该罚！”王世贞道。

众人也齐声附和。

“罚酒倒也没说的，”何良浚笑道，“我吃六盅，再向在座诸公敬酒，诸公务必一饮而尽，如何？”

“没得说！”张献翼、梁辰鱼不约而同拍了拍胸脯。

何良浚一笑，连饮六盅，摇摇晃晃站起身，从袖中掏出一只红绣鞋，摆到桌上，大声道，“来，满上！”

“哇——”梁辰鱼大叫一声，“我辈上了元朗的当啦！”

何良浚袖中绣鞋乃金陵名妓王赛玉所穿，何良浚每每以此鞋觞客，座中客人多因之酩酊。见何良浚又拿出了绣鞋，梁辰鱼先就大叫起来。

“元朗，若弟吃了酒，你哪天把王赛玉带来，与我辈同乐，何如？”屠隆笑问。

“不必元朗出面啦！”梁辰鱼接言道，“赛玉姑娘三天两头差人请我去呢，要我给她写些曲儿。再来请，我就说非她来太仓不可，她必来！”

“真的？”众人皆露惊喜之色。张献翼抹了抹嘴角，一抬头看见何良浚举绣鞋敬他，向后仰了仰身子：“哎呀，洒家可不敢吃这么多吧？”

“怕甚！”倒是王世贞爽快，“每人吃她一绣鞋！”

“元美兄，王大师！”张献翼抱拳拱手道，“若我辈吃了酒，大师当赋诗以纪，何如？”

“何难？！”王世贞以手击案，“吃完酒，必有诗！”

“好！”众人皆拊掌叫好。

何良浚手托绣鞋，侍者已斟满酒，张献翼只得干了。何良浚本不敢敬王世贞，不意他倒爽快，向他招手示意，遂转身走过去。王世贞接过绣鞋一饮而尽，其后诸人也只得闭眼跺脚，逐一饮之。何良浚尚未归位，王世贞便双目微闭，吟出四句：

自言长干娇小娃，
纤弯玉窄于红靴。
袖携此物行客酒，
欲客齿颊生莲花。

众人听罢，一片叫好声。屠隆忙道：“拿笔来，记下！”

“诗出大表叔，必不胫而走，”梁辰鱼笑道，“一则文坛佳话，就此诞生矣！”他向屠隆挤了挤眼睛，微微抬了抬下颔。

屠隆会意，对王世贞嘻嘻一笑，道：“先生，我辈吃醉了，这就分头歇息去。”

“咳，不必遮遮掩掩的！”张献翼大大咧咧地说，转头叫着梁辰鱼的字道，“伯龙，消受一番去也！”

王世贞笑而不语。众人正要一哄而散，外甥曹颜远急匆匆走了进来，似有事要禀报。王世贞一摆手，叫着屠隆的字说：“长卿，你官职在身，不可像伯龙他们那般任诞。”说罢，方转脸问曹颜远，“何事？”

“舅父，松江存翁来了！”曹颜远躬身禀报道。

“哎呀，存翁？他怎么突然来了？”王世贞吃惊道。

“说曹操曹操到，我辈可不愿见他！”屠隆一撇嘴，大步追梁辰鱼而去。

王世贞忙起身，吩咐曹颜远：“快，随我迎迓！”

二

王世贞一溜小跑出了弇山堂，徐阶乘坐的腰轿已然晃晃悠悠到了堂前。王世贞躬身而立，待轿子落地，抢先一步掀开轿帘。徐阶下了轿，先向王世贞拱手道：“元美，冒昧叨扰了！”

“哎呀，存翁，你老怎么突然屈驾光临？”王世贞边施礼，边用余光不时在徐阶的脸上扫过，试图从他的神态中捕捉到此行用意。

徐阶苍老了许多，双目深陷，但依然挂着惯常的微笑：“元美，迩来如何？”

“晨起承初阳听醒鸟，晚宿弄夕照听倦鸟。”王世贞答，“或蹑短屐，或呼小舟，相知过从，不迓不送，诗酒相娱。”

“元美，大作进展如何？”徐阶又问，指了指身后仆从所扛书袋说，“这都是老夫当年在内阁时，加意留存的文牍副本，供元美修史参阅。”

“哎呀，存翁，学生感激不尽，感激不尽！”王世贞欣喜地连连作揖拜谢。他私下正写一本名为《嘉靖以来首相传》的史书，此前曾向徐阶当面讨教，得到不少启发，今日见徐阶又带来了许多中枢故牍，自是喜出望外。

"元美，"徐阶亲热地唤着王世贞的字，在王世贞的引导下边往藏书阁走边道，"《嘉靖以来首相传》的书名，老夫思度再三，还是改一改为好。太祖皇帝罢丞相，祖训煌煌，不得复设。内阁首臣固然已然首相之任，朝野俱以首相称之，这是事实；但煌煌大著，惊艳当世，垂之久远，还是回避'相'字为好，以免小人拿它做文章。"

"哎呀，存翁所虑周详。那么，敢问存翁，改为何名为好？"王世贞深深一揖，以讨教的口吻道，"首席大学士？阁揆？"

"呵呵，俱无不可。"徐阶捻须道，"老夫记得，先帝有次在一个御札中，对内阁首臣曾用了'元辅'这个称呼，这是君父称臣子的，自不能套用，然这个'辅'字，却是要害所在。似可用'首辅'替换首相，书名不妨易为《嘉靖以来内阁首辅传》。"

"首辅？"王世贞低声重复了一句，"这个叫法，首相本人谦抑自称可也，若外人称其为首辅，未免……"

"呵呵，元美，历朝历代的宰相都是辅佐君王的，首相皆可称首辅。"徐阶道，"是以用此称，可示独尊君父，断不会惹祸。"

"多谢存翁指教！"王世贞感激地说。

说着，两人进了藏书阁，楼下有间雅室，只放了一张书案，两把座椅，一个茶几。侍从看茶，王世贞又吩咐整备酒席，这才问："存翁不辞劳苦，枉顾敝宅，不知有何见教？"

"呵呵，特为元美送故牍而来。"徐阶笑道。

"存翁不唯耳提面命，且以石室金匮之藏为助，学生何其幸也！"王世贞感激地说。但他并不相信年近七旬的徐阶会专门为他送故牍而来，故局促地搓着手，不时"嘿嘿"一笑。

"呵呵，以元美的名望，《嘉靖以来内阁首辅传》一旦问世，必轰动海内，洛阳纸贵。"徐阶道，"我辈忝列首臣者，诸如杨新都、夏贵溪、严分宜、李兴化，历史面目如何，端赖元美如椽之笔喽！元美要秉笔直书啊！"

"同时代人修史，若说客观公正，也不敢这么说。"王世贞回应道，"不过学生致力于客观公正，是毋庸置疑的。"

"呵呵，"徐阶一笑，"比如老夫，就远不如人家高新郑能干！你看，先帝圣旨明禁与北虏开马市，高新郑力排众议，非与北虏封贡互市不可。"他突然叹息一声，"杨继盛是白死了，你们王家的苦难，也白受了！"

这是王世贞心头的伤疤。杨继盛是王世贞的同年、好友，世人皆云杨继盛因反对开马市而被贬，又因弹劾严嵩、触怒先帝论死。王世贞为杨继盛鸣不平，为其经纪丧事得罪了严嵩、受到报复，最终导致担任蓟辽总督的父亲被杀。徐阶突然提到这件事，而且与高拱力持与北虏封贡互市联系在一起，让王世贞对高拱的仇恨又增添了一层。他沉吟不语，似乎又陷入巨大的悲愤中。

“元美，闻得去岁你的辞呈发交吏部，高新郑有言，‘吾甫出，彼即辞，何意？卧而待迁乎？’遂格而不行。”徐阶捋着胡须道，“看来高新郑对元美抱有偏见啊！”呷了口茶，轻轻叹了口气，又道，“老夫闻得，前时大计，有留都科道承中枢之望论劾元美，竟有元美守制期间‘吴姬越女之艳充斥户内，昆山弋阳之调错杂庭中’之语，用心甚是毒辣！”

王世贞从徐阶的一番话里听出两条有价值的线索：一是他当年不愿到山西赴任、呈请辞职，高拱不唯不准，还出言相讥；二是前些日子留都言官弹劾他，乃是高拱指授。王世贞对徐阶的话一向深信不疑，听完这番话，他沉默良久，方咬牙切齿地说：“学生一定把高新郑刚愎自用、睚眦必报的嘴脸原原本本描述出来，让后世子孙都知道历史上还有这样一位横暴偏狭之徒！”

“哎呀，元美，不可如此说！”徐阶嗔怪道，“高新郑刻苦学问，通经义，为文深重有气力；为人有才气，英锐勃发，议论风起，也是难得的干才嘛！”

王世贞只是笑了笑，暗自思忖：“徐阶此来，难道就是关心《嘉靖以来内阁首辅传》里怎么写他和高拱？”

侍从进来请移步弇山堂用餐。王世贞已然微醺，可还是陪徐阶小酌。酒过三巡，徐阶问：“元美可曾听说江南又易巡抚之事？”见王世贞点头，徐阶长叹一声，道，“新抚陈道基，比起海瑞来，恐越发仇视老夫！”

“哦，陈道基？”王世贞道，“此公倒是有些名望。”

新任江南巡抚陈道基比王世贞晚一科中进士，授嘉善知县，廉约明恕，吏民敬重，闻于朝廷，擢御史。巡按广西时，不唯参劾贪官墨吏，还遍询民之疾苦，兴利除弊，革除陋习；巡按广东时，正值柘林发生兵变、劫会城，广州城门尽闭，陈道基严兵把守、坐镇指挥、积望于民，擢太仆寺少卿。这些，就连在官场上三心二意的王世贞也都有耳闻。

“隆庆元年，高新郑排陷老夫，举朝厌之，小人交构其间。有人在老夫面前进言，说陈道基屡屡为高新郑鸣不平云云。”徐阶苦笑道，“也怪老夫正在气头上，一时未辨真假，竟出其为四川按察副使。从京堂贬于四川，陈道基对老夫必是恨之入骨！”

“哎呀，难怪高新郑命他抚江南！”王世贞惊讶地说，“这明摆着要修怨于存翁啊！”

“老夫对海瑞有救命之恩，尚且不能见容；如今陈道基满怀怨恨而来，老夫恐存活无望矣！”徐阶神情黯然道，“老夫古稀之龄，夫复何憾！唯是徐家大小百十口，老夫实不忍无端罹此大祸！”

王世贞终于明白了徐阶此来的用意，但一时也颇感为难，不知自己能为徐阶做些什么，只得安慰道："存翁有人望，又是国之元老硕儒，皇上也要敬三分，除了像海瑞那样的异类，谁能不敬？"

"元美，最难测者，人心也！"徐阶叹息道，"当年举朝逐高，人人口诛笔伐，何其踊跃？时下高新郑比起当年，横暴不知几倍，可有站出来攻讦者？官场上，势比人强啊！既修己怨，又能讨好当道，陈道基何乐不为？"

"那么存翁，学生可为存翁做些什么？"王世贞问。

徐阶沉吟片刻，稍带支吾道："元美声华意气，笼冠海内，陈道基到任所，必拜访弇山园。届时……"他欲言又止，举起茶盏，慢慢地品茶。良久，从袖中掏出一张礼柬，语气坚定地说，"请元美代劳！"

王世贞一看，礼金竟达万两，不觉惊呆了，良久才缓过神来，面露难色，道："只是，陈道基恐不受。"

徐阶眯起双目，神情诡异，道："正因如此，方请元美相助。"

三

徐阶在弇山园住了下来，王世贞私下里时常愁眉不展。大表侄梁辰鱼偕金陵名妓王赛玉来访，惊问其故，无奈之下，王世贞方把徐阶所托说了出来。

"徐阶在江南声名狼藉，绅民无不痛恨，大表叔何必理会他？"梁辰鱼听罢，不以为然地说。

"若无存翁，家大人能否昭雪，几时昭雪，都未可知；如今存翁有难，何忍袖手旁观？"王世贞黯然道。

"若是这样的话……"梁辰鱼凝眉沉思，须臾，拊掌道，"张献翼最喜捉弄官人大老爷，不妨叫他出面一试。"

张献翼本书香门第，自祖父以心计起家，又成为吴中富商。此人不唯是文坛名流，且因越礼任诞，妇幼皆知其大名。他每次出行都要整备五种颜色的髯口，揣于袖中，每走几步就换一种颜色的胡子。他还时常身披彩绘荷花、菊花衣裳，头戴红纱帽在街上行走，每出则儿童聚观以为乐，捉弄官场中人更是他的拿手戏。有一位尚书慕其名而访之，仆从请尚书到客厅等候，张献翼却扮成老人昂藏飘举、须发如银，扶杖从阶前过。尚书久候，却不见张献翼出来，便问其故，仆人奉命回答道："适才从阶前走过的，就是我家主人。"尚书问为何不相见，仆人答："我家主人说，尚书只是想见识其面而已，既已见过，不必再见了。"尚书既生气又好笑，只得讪讪而去。只是王世贞乃当代文坛盟主，在他面前，张献翼收敛了许多。

王世贞无计可施，也只得答应梁辰鱼，让张献翼一试。梁辰鱼便以一会金陵名妓王赛玉的名义，邀请张献翼前来太仓。闻得王赛玉到了弇山园，张献翼急不可待地赶了过来。梁辰鱼遂把王世贞的心事说于他听。

"那就与抚台大老爷玩上一玩吧！"张献翼兴奋地说，遂找王世贞问，"这陈道基何样人物？"

"闻得此人长身玉立，历宦不携家室，不置妾媵。"王世贞答。

张献翼与梁辰鱼相视一笑，道："此等人物是男人吗？"

梁辰鱼仰脸笑道："哈哈哈，那就试试看吧！"

几人一番经画，只等陈道基造访弇山园了。

陈道基风尘仆仆赶到苏州，待安顿下来，第一个就先去拜访王世贞。王世贞在弇山堂宴请，一应礼节面面俱到。过了两天，他差人到巡抚衙门呈送邀帖，言因守制不便出门回拜，特邀抚台枉驾再到弇山园一行，私人小聚。陈道基踌躇良久，虑及王世贞乃当代文坛盟主，当年就连严嵩、徐阶辈都争相与之亲近，自己焉能驳了他的面子？果应邀而来，一身便装，只带了几名侍从。这回，王世贞请梁辰鱼、张献翼作陪。

"哦，伯龙，久闻大名！"陈道基叫着梁辰鱼的字，诵出王世贞写《嘲梁伯龙》诗里的两句，"吴阊白面游冶儿，争唱梁郎雪艳词。"

众人大笑。王世贞又向陈道基引荐张献翼。

"哦，幼于？"陈道基愣了一下，旋即挤出一丝笑容，拱了拱手道，"久仰久仰！"

"哈哈哈！"张献翼大笑道，"抚台老大人是听说过洒家的荒诞不经吧？洒家本菰庐中野人，又犬马之性不知俗之尊。当下世界，物欲横流；我辈书生，醉生梦死。"

陈道基道："喔，不能这么说嘛，世运升平，朝廷宽大，物力丰裕，故文人骚客得以跌宕词场酒海，恣意任诞，亦一时盛事也！"

王世贞笑道："抚台老公祖果然站得高，说得好。但不知抚台老公祖履新，如何治江南？"

"朝廷锐意革新，地方督抚自当以兴利除弊为要务。"陈道基答道。

王世贞沉吟片刻，道："江南民风堕坏，告讦成风；抚台老公祖若能兴教化、振风纪、惩告讦，使风气为之一变，绅民必加额相庆！"

"噫，"张献翼道，"洒家闻是私人小聚方作陪的，若是说些你们官场上的事，洒家不陪着受罪。"说着，起身要走。

"哈哈哈，好好好！"王世贞忙赔笑道，"吃酒，吃酒！"

梁辰鱼道："大表叔，抚台乃闽人，又历官多省，诸如山东之秋露白、淮安之绿豆、括苍之金盘露、婺州之金华、建昌之麻姑、太平之采石，想必都吃过的，今日就吃咱苏州小瓶，也是国中名酒呢！”

“不好不好！”张献翼道，“洒家就是要遍尝国中名酒，而国中名酒，唯元美先生这里是齐备的；那些个有名气的好酒，都上来，轮着吃，品他一品，看到底哪样好。”

“甚好！”王世贞道，不由分说，即吩咐侍从把各色名酒都端来一坛。

佳肴美酒整备齐全，由王世贞带头，分别向陈道基敬酒；随即分韵赋诗，每人当场口占一首；继之梁辰鱼唱曲，张献翼献舞，热闹了一番，个个都已酒足饭饱。陈道基刚说要摇席，王赛玉在两个丫鬟的引导下飘然而至。

端的是金陵名妓，不说容貌令人见之陶醉，就是那一笑一颦，亦足以令男人魂不守舍。“这……”陈道基欲看不敢，欲罢不能，支吾着说不出话来。

“赛玉姑娘是本尊的友人。”梁辰鱼拉住王赛玉的纤纤细手道，“来给诸位助兴。”他在赛玉的嫩颊上亲了一口，指着众人道，“都是本尊的友人。”

“伯龙是国中第一词曲高手；幼于是海内乐舞翘楚；赛玉是金陵头牌，今日相遇，必少不得歌舞。”王世贞大喜道。

“赛玉姑娘，莫说与她颠鸾倒凤，便是见上一见，也是难上加难哟！”张献翼上前摸了摸王赛玉的脸颊说，“今生得与赛玉姑娘一夜欢，朝起夕死，亦可谓无憾！”

“便是这般，咱三个人加起来，也抵不过元美先生呢。奴家正为一睹元美先生风采、一掠弇山园仙境而来。”王赛玉含笑道，又脉脉含情地顾盼陈道基，“但不知这位……？”

“元美先生的座上宾，绝非凡夫俗子，记住这句话就是了！”梁辰鱼道，“你就唤他闽兄吧。”

“那好吧，在座唯与闽兄首次相见，奴家当先敬闽兄一盅酒方是。”王赛玉说着，款步走到陈道基身边，亲自把盏为他斟满，又端起酒盅，递于陈道基手中。

陈道基早已被王赛玉身上的香气扑得飘飘欲仙，又被她玉手轻轻触碰，软语蜜蜜相款，一时魂魄出窍，不由自主地慌慌张张连饮了两盅。王赛玉伸出双手，扶着他慢慢坐定。

“赛玉姑娘，来来来，洒家有话说。”张献翼伸出手掌向自己的胸前勾了勾，王赛玉一笑，踌躇了片刻，袅袅婷婷走了过去。张献翼附耳嘀咕了几句，赛玉微微摇了摇头。

“唉！”张献翼长叹一声，“洒家魅力不够，福气浅啊！”

四

梁辰鱼见张献翼在赛玉耳边嘀咕着，上前拉住她的袖口，让她归位，瞪了张献

翼一眼，道：“幼于，别想美事！”

张献翼道：“赛玉姑娘，你若与洒家一夕欢，洒家必请元美先生亲自为你写诗，再请伯龙先生为你谱曲；洒家再亲授你舞姿，此必国中一绝也！洒家敢保证，巨商大贾、风流名士、高官显贵，闻赛玉姑娘有此绝活，必纷纷然拜倒在你石榴裙下，不出半载，足可建座弇山园耶！”

“幼于，本尊能邀得赛玉姑娘，正是你适才说的绝活！”梁辰鱼道，“老实说，本尊尚未有与赛玉姑娘一夕欢的荣幸呢！”

“还是尔等布衣洒脱，可为所欲为；不像官场里的人，这个不准那个不行，拘束多了！”王世贞感叹了一句。

“哎哟，我的大表叔！”梁辰鱼不以为然地说，“官场上何时不是说一套、做一套？侄儿与官老爷打交道多了，何曾有不嫖妓的？若招待上官、同年相聚，必得有美姬侍候方尽兴呢。这已然是官场不成文的规矩啦！”

王世贞只是盯着王赛玉打量，笑道：“呵呵，难怪你们二位争风吃醋，赛玉姑娘绝代芳华，但凡须眉，谁个不动心！”

“这么说，元美先生答应为奴家写词？”赛玉忙接言道。

“那是自然，姑娘放心好了！”梁辰鱼一拍胸脯道，“何元朗那老儿拿你的绣鞋觞客，元美先生赋诗以记，时下已不胫而走，江南士林为之发狂。那只红绣鞋，已然成了价值连城的宝贝喽！”

“哈哈哈！”王世贞大笑，“别只顾说，吃酒要紧！”

于是，众人又是一番敬酒，真醉假醉，俱呈醉态。直到午夜，宴席方散。走出弇山堂，王世贞抱拳与来客作别，陈道基、梁辰鱼、张献翼被侍从搀扶着，王赛玉在丫鬟簇拥下，各自到事先安排好的去处歇息。

陈道基被安置在晏然楼二层最西头设有双重门的一间客室，幽静典雅，香气袭人。正是初春时节，又多饮了几盅，四十多岁的陈道基浑身燥热难耐，更衣上床，却无论如何睡不着觉，脑海里全是王赛玉的身影。赴弇山园的路上，他一直暗自思忖，倘若王世贞为他安排美姬侍候，当婉拒之；可此时，他却屏息静气，竖起耳朵听外面有无动静，期盼有美姬出现。良久，室外并无声息，陈道基失望地叹了口气，起身在室内踱步。

“闽兄——闽兄——”外面忽有女子轻声唤着。

陈道基一阵狂喜，顾不得多想，急忙把门打开。果然是赛玉姑娘，在两个丫鬟服侍下站在门口。

“啊！是……”因为惊喜又担心，陈道基浑身战栗，佯装有了醉意，晃晃荡荡地上前，拉住赛玉的手拽进屋内，“你、你是谁？”

“哎呀，闽兄！”赛玉嗔怪道，“怎么连大名鼎鼎的王赛玉都不认识啦？本姑娘吃多了酒，睡不着呢，去找伯龙先生，他睡得像死猪。去找幼于先生，他醉得像烂泥。只好来找闽兄，欲与闽兄对弈，消磨春光。”说着，一招手，一个丫鬟将端在手里的围棋置于书案上，另一个丫鬟则忙着茶水侍候，赛玉一挥手，“你们去吧，没有我的吩咐，不许进来！”两个丫鬟转身带上门，乖巧地出去了。

陈道基突然踌躇起来，试探着问：“赛玉姑娘，闻得你是金陵头牌，却绝少侍寝，是这样吗？”

“闽兄，本姑娘缺钱吗？虽则比不上元美先生，比起那南京的尚书侍郎来，却是富富有余的。”赛玉道，“情吗？风月场上，男人有几个不是逢场作戏？”

“那么，什么人才有幸与姑娘那个……”陈道基问。

“端看本姑娘想不想。”赛玉歪了歪头说，目光顾盼间，传递出淫荡的气息。

“哦，那么姑娘何时会想？”陈道基以挑逗的语调道。

“哎呀，热呢！”赛玉并没有回答，却扭动了一下身子，把披在身上的斗篷甩了下来。

陈道基的心“怦怦”直跳，道：“我看姑娘此时是想了吧？”

“奴家看闽兄一本正经、深藏不露，倒是好奇起来，想看看闽兄的真面目呢。”赛玉暧昧地说。

这就是暗示了！陈道基想。眼前的这位美人儿，曾令多少男人朝思暮想，曾让多少男人争风吃醋！绝代芳华，当代名妓，时下已是唾手可得，难道要坐失良机？陈道基蓦地起身，上前揽住赛玉的细腰，将她抱起，疾步往里间走去。赛玉并不挣扎，反而侧过脸去，把书案上的蜡烛吹灭了。

张献翼早已候在左近的一个房间里。他看火候已到，遂手提灯笼，焦灼地喊叫着：“赛玉姑娘在哪里？赛玉姑娘在哪里？”边叫边趴下身子，像狗一样，嗅着气息，快速向陈道基的房门爬去。

一个仆从上前阻拦：“老爷吃醉了，还是歇息吧！”

张献翼理也不理，边爬行边叫喊着：“赛玉姑娘，今夜你不来陪洒家，洒家就把这晏然楼给点喽！”爬了几步，抬头看见门外垂首而立的两个丫鬟，放声大笑，“哈哈哈，原来在这里！”他站起身，就要推门，陈道基的侍从一拥而上，将他紧紧抱住，张献翼的叫声越发大了起来。

陈道基刚脱光了衣服，将也是裸体的赛玉搂抱在怀，忽听门外传来吵闹声，惊出一身冷汗，忙停止动作。屏息细听，知是张献翼在门外吵闹，急忙推开赛玉，穿衣下床，走到门外，呵斥道：“深更半夜，何人在此吵闹？成何体统！”

“这是何人，敢训斥洒家？洒家还没有怕过谁哩！”张献翼边挣扎边大声道，

“洒家闻出，赛玉姑娘就在房内，洒家要去寻！”

“此人吃醉了，故而胡闹，带走！”陈道基故作镇静地吩咐道。

“怎么回事？何事吵闹？”随着说话声，王世贞急匆匆跑了过来，惊问。

“哎呀，元美，幼于吃醉了酒，在此胡闹，我命人把他带到别处就是了。”陈道基赔笑道。

“幼于，不得胡闹！”王世贞转身责备张献翼，上前拉住他，示意陈道基的侍从放手。

陈道基羞愧难当，极力掩饰着，摆了摆手，让侍从放了张献翼。

“元美，你这弇山园并不安静呦！”突然，一个老者嗔怪的声音传来。

“哦，存翁，学生委实有愧！”王世贞回身道，又对陈道基解释道，“存翁来访，夜游弇山园，恰好走到晏然楼，闻得这里有吵闹声。”

“他是何人？”张献翼指着陈道基问。

“幼于，你委实吃多了，”王世贞道，“这不是抚台老公祖吗。”

“哈哈！哼哼！”张献翼怪笑道，“他既然是官爷，何以嫖妓？竟敢把洒家心爱的赛玉姑娘霸占了，洒家和他拼啦！”说着，蓦地冲了过去。陈道基一闪身，张献翼冲进屋内，“哈哈，赛玉姑娘，果真在此。你好狠心啊，竟抛下洒家，跑到这里来！”

“来来来，都到屋里说，不要吵闹。”王世贞急忙招呼众人道。

“元美，这不是让抚台难堪吗？快差人来，把幼于弄走！”徐阶道，“赛玉姑娘即使在抚台的寝室，也不说明什么。让她也快走，免得污了抚台的令名！”

“对对对，快走，都快走。”王世贞道，又向陈道基作揖道，“抚台老公祖，海涵！海涵！”

“呵呵，赛玉姑娘吃醉了，闯到这里，本院正要差人把她带走呢！”陈道基尴尬地一笑道。

“赤身裸体在床上，还想掩盖？洒家去告官！”张献翼在屋内大声喊叫道。

“幼于，休得胡闹！”梁辰鱼不知何时也赶了过来，进屋拉住张献翼往外走。

徐阶叹了口气，顾自走开了。

“走，都走吧！”王世贞不悦地说，又拱手道，“今日之事，谁也不许传出去，不然让世贞不好做人。拜托各位！”

众人这才散去。王世贞拉住陈道基的手进得屋内，作揖道：“老公祖，不意今日出这等事，世贞万般愧疚！”说着，从袖中掏出一张礼柬，“存翁造访弇山园，闻得抚台在此，未备礼物，特嘱世贞以此为赠，请抚台笑纳。”

陈道基吓得后退两步。须臾，却又上前笑着接在手里，道：“改日学生必登门向存翁致谢！”

第五十三章 明里力争终成正果 暗中使绊希望落空

一

殷世儋细细阅看宣大总督王崇古参山西转运司副使丘瓒的奏疏，内有“监司当盐法更张之会，不能匡赞”一语，心“突突”跳了起来。吏部题覆，将丘瓒罢斥；但对奏疏中牵涉监司的这句话，无论是吏部、都察院还是内阁，都没有当回事。可在殷世儋看来，却是有文章可做。

“哼哼，给他来个釜底抽薪！”殷世儋坐在轿中，恨恨然道。自入阁以来，一直遭高拱、张居正冷落，已然让他难以忍受；堂堂阁老相公，却对国务无置喙余地，也让他怅然若失。“我老殷可没那么好欺负！”他冷笑一声，又自言自语了一句。

回到家中，刚一落轿，殷世儋便急不可耐地问：“吕先生到了吗？”

“哈哈哈，殷阁老，在下候阁老多时了！”吕光从茶室闪出，接言道。

“请！”殷世儋拱手道。

殷世儋与张居正一样，进士及第后，甄拔庶吉士得中，在翰林院读书。徐阶是他们的教席。馆师徐阶虽不像对张居正那样视殷世儋为心腹，却也赏识有加，荐他入裕邸做讲官，即是明证。是以殷世儋对徐阶执弟子礼甚恭。他入阁拜相，吕光持徐阶贺函并一份厚礼，登门道喜，相谈甚欢。殷世儋自然明白徐阶差吕光常驻京师的用意，本不愿与他过多交通，可入阁以来的际遇，却让他有了利用吕光的念头。当决计用王崇古奏疏里的那句话做文章时，他马上想到了吕光，遂差心腹仆从去会他，邀他散班时在府中相见。吕光求之不得，早早候在殷府，单等殷世儋回来。

两人快步进了殷世儋的书房。甫落座，吕光见殷世儋一脸兴奋中夹带着几分紧张，又引他进了书房，即知有事，便道："喔，殷阁老，今日召在下来，有机密要事？"

"不错！"殷世儋兴奋地说，"今日有一良机，不可错失，故请吕先生来商。"

"喔？"吕光两眼放光，"请相公示下。"

殷世儋镇静片刻，道："时下朝廷为封贡互市一事争执不下，众议汹汹。然高新郑挟皇上眷倚非常，排山倒海，摆出不达目的誓不罢休的姿态。若此事办理停当，高新郑必居为奇功，越发专横跋扈、势不可挡！"

"是啊！"吕光慌忙接话道，"时下已然有一代横臣之名了。可惜李兴化烂泥巴糊不上墙，张太岳又与高新郑一个鼻孔出气，仅有一个敢与之叫板的赵内江也被皇上打发了，高胡子排山倒海之势，真就是无人可挡啊！存翁言殷阁老不唯耿介，且智术超人，就看殷阁老的了！"

殷世儋咬牙道："封贡互市若胎死腹中，满心期待互市的俺答必以为被王崇古欺诈，势必恼羞成怒，纠集各枝大举南下，则局面不可收拾。王崇古惹下滔天大祸，必落得传首九边的下场；朝廷里为他撑腰的高新郑，岂可脱了干系？不下狱论死，至少也得卷铺盖滚蛋！"

"解恨！"吕光一拍大腿说，旋即又泄了气，"然则，封贡互市安得胎死腹中？"

"釜底抽薪！"殷世儋得意地说。他侧身靠向吕光，"封贡互市之事，王崇古与高新郑里应外合，缺一不可。只要搞掉王崇古，事体必逆转！"他仰天一笑，"搞掉王崇古的时机，就在眼前！"

"哦？"吕光摩拳擦掌道，"请相公明示。"

殷世儋呷了口茶，悠然靠在太师椅上，这才缓缓道："王崇古以总督身份参官，内有'监司当盐法更张之会，不能匡赞'之语。这分明是指责巡盐御史郜永春的。郜永春巡按河东，专察盐法；而王崇古老家就在河东，又是首屈一指的盐商。可以猜出，此番郜永春在河东巡盐，必与王家有隙，不的，王崇古何以捎带着指斥他？以我对官场的体认，王崇古必是担心郜永春攻讦王家，预先打好伏笔；万一郜永春疏揭王家营商内幕，王崇古即会以'因我指斥他匡赞不力，他以此报复'来转移视线。"

吕光频频点头，道："有道理！那么相公的意思？"

殷世儋道："郜永春必握有王家官商勾结的把柄，但他必是掂量该不该出手。毕竟王崇古、张四维与高新郑的关系非同一般，他担心偷鸡不成蚀把米。只要有人知会他，王崇古参官疏里已然指责他，而时下廷臣强半反对封贡互市，王崇古封贡互市八议被驳回，百官正欲追究王崇古而不得要领，郜永春必上章弹劾王崇古无疑！"他又呷了口茶，继续说，"只要郜永春有此奏，即可说王崇古力主封贡互市，实则是为王家与北虏做生意开路。如此，则封贡互市之议，安得不胎死腹中？”

“哎呀，相公果然有谋略！”吕光赞叹道，“在下这就差人去河东走一遭。”

“郜永春巡按届满，正在交接，速去为宜！”殷世儋嘱咐道，“还要知会郜永春，就说京城官场都在议论，言王崇古参官疏里捎带指责他，他却不发一语，是不是受了重贿，不敢说话云云。”

“好好好！”吕光边说边起身，“事不宜迟，在下这就回去整备，明日一早启程！”

“吕先生，你就说是做买卖的，佯装偶遇，向郜永春说些京城的新闻，不要暴露身份。另外，在他面前，不必提高新郑。郜永春是河南长葛人，毕竟是乡党，非议高新郑反而会引起他的怀疑。”殷世儋又嘱咐道。

吕光连连道：“记住了，记住了！”又“嘻嘻”一笑道，“这高胡子倡言反对搞小圈子，什么乡谊、门生，不许结伙。不的，这郜永春必是他的心腹，我辈无机可乘矣！”

殷世儋并未接话，也未起身，对站在身旁急于告辞的吕光道：“封贡互市是养虎为患，朝议汹汹，此之故也。然高新郑权势在手，一意孤行，这是祸国啊！吕先生若迂回破之，不啻为国立下大功！”

“哦？哈哈哈！还有这层意蕴？”吕光笑道。

“不唯如此！”殷世儋又道，“吕先生可知王安石误宋事？”

吕光不解其意，懵懵懂懂点了点头。

“大宋熙宁年间，积弊至甚，王安石挟神宗之眷倚，不顾天下之士反对，执意行新法。结果不唯未能复兴大宋，反而不旋踵即有靖康之耻，宋室南渡，北中国沦陷胡虏。史家公认王安石误宋！”殷世儋以忧虑的语调说，“今之高新郑，就是王安石第二！他一复出，言毕称改制，视朝中百官为无物；凡是他要做的事，无论多少人反对，照样一意孤行！刚愎自用如此，真乃我大明之不幸。推倒他，非为私怨，乃为国也，实不忍坐视我大明重蹈北宋覆辙！”

“哦！呵呵呵，相公毕竟是相公，冠冕堂皇！”吕光笑道，话一出口又觉不妥，更正道，“嘿嘿，是公忠体国，高瞻远瞩，深谋远虑。”胡乱恭维了一通，便抱拳告辞。

二

王崇古看着被退回的奏本，连同厚厚一摞反对封贡互市的奏疏副本，大感意外。桌上摆着的早餐，动也未动，王诚在一旁苦劝良久，王崇古依然双手紧抱，仰靠椅背陷入沉思。

“反对者众乃意料之中，可退回重议，则未想到。”王崇古终于开口了，忧心忡忡地对王诚说，“难道中玄顶不住压力，撒手不管了？”

“哎呀！”王诚大惊道，“若封贡互市不成，那麻烦可就大啦！”

“于公，错失一大利机；于私，一百多口身家性命！”王崇古两眼发直，颓然瘫坐在椅上，幽幽地说道。须臾，他蓦地站起身，指着王诚道，“你，这就启程去京师，谒见中玄相公！”

王诚急急忙忙出了餐厅，侍从进来请王崇古更衣升堂。王崇古摆摆手，起身进了卧室，和衣而卧，双手枕在脑后心事重重。不知过了多久，朦朦胧胧睡着了。梦境里，俺答串联各部浩浩荡荡南下，突破了守口堡、宏赐堡、败胡堡，向大同涌来。大同城内顿时火光冲天，胡刀闪闪中，一颗颗人头滚落在地。倏忽间，一群锦衣校尉气势汹汹闯进了辕门，枷锁哗啦啦戴到他的身上，一个校尉宣读圣旨：王崇古居奇邀功，处置失当，至北虏蹂躏大同，生灵涂炭。着就地处斩，传首九边！一把长长的钢刀高高举起，就要向他砍来……千钧一发之际，他蓦地惊醒，额头上满是虚汗。

听得里间动静，外间传来一个熟悉的声音：“军门醒了？”

王崇古“噌”地下床，跑到门口向外探头一看，果是王诚，不觉大惊道：“你怎么在这里？”

“禀军门，下吏出城不到百里，正遇着吏部张侍郎的急足，说张侍郎奉高阁老之命给军门投书，下吏也就随他返回了。”王诚答道。

“哦，子维的书函呢？快拿来我看！”王崇古一步跨出卧室，坐到外间的一把椅子上。

王诚递过书筒，王崇古神情紧张地抽出阅看。正是高拱在吏部直房口授、张四维记录的那封书函。阅毕，王崇古畅出了口气，吩咐王诚道：“即传令，大同巡抚、总兵，宣镇巡抚、总兵，阳和兵备道，巡按御史，辕门各官，明日酉时，白虎堂聚议！”

次日酉时，白虎堂灯红通明，带兵部尚书衔的王崇古已是正二品大员，只见他身着绯红官袍，从后面的屏风中健步走出，先免了参见大礼，开口道：“今日召诸位来，是奉旨重议封贡互市疏。请诸位各抒己见。”

封贡互市之议被朝廷驳回，宣大文武官员闻之悚然。此时若主张维持原议，似有与朝廷作对之嫌；若主张拒绝俺答封贡互市之请，后果不堪设想。是以众人都不敢说话，白虎堂陷入一片沉寂。

“本部堂思度再三，当维持原议！”王崇古只好亮出了底牌。

众人还是默然无语。

“那好，既然诸位无异议，就维持原议。唯在疏首，要加上一段话，把此番互市与嘉靖三十年开马市的区别，详述一番。”王崇古起身道，“本部堂已备了薄席，请诸位赏光！”

“这王崇古焉能如此？维持原议，急急奏来，简直就是目无朝廷！”内阁中堂里，执笔票拟的殷世儋拿起王崇古新上的奏本，匆匆浏览一遍，便丢于书案，气呼呼地说。

李春芳眼睛看着高拱，担心殷世儋的话会惹怒他，再爆发冲突，遂抢先道：“哦，历下，不能这么说。圣旨是发回重议；既是重议，维持原议亦无不可嘛！”

“既然发回重议，必是原议不妥，方发……”殷世儋争辩说。话未说完，李春芳急忙打断他：“好了，历下，批交兵部题覆就是了。”

“内阁直接拟票，下廷议就是了，何必再绕弯子！”高拱不满地说。

李春芳愣了一下，欲争辩，又恐被高拱恶语顶回，自己这个阁揆越发无有颜面；欲纳其言，又怕把矛盾引到内阁，嘴张了张，又闭上了，无助地看了张居正一眼。

“玄翁，居正以为，还是先让兵部题覆吧。”张居正说着，向高拱使了个眼色。

高拱虽不情愿，但知张居正赞同交兵部题覆必有其因，也就不再坚持。

“哦！”殷世儋突然惊叫一声，“御史郜永春弹劾王崇古、张四维的！”他拿起文牍，读起来：“臣督理河东盐政，今已告完。其中利弊，故再言之。盐法之坏，由势要横行，大商专利。如吏部侍郎张四维父张允龄，乃运司老商，霸占盐窝；宣大总督崇古弟王崇教，系运司大商，嘱托先支。此二臣者，类皆嗜利忘义、阻公营私。乞将张四维亟赐罢斥，王崇古姑行惩治。”

高拱既惊又怒，大声道：“这个郜永春，不识大体！此何时，偏来这么一手！”

“纯属搅局！”张居正附和了一句。

“行了行了！”李春芳制止说，又转向殷世儋，“历下，照例拟‘吏部知道’，交给吏部区处就是了。”又吩咐书办，“抄副本，送吏部张侍郎、宣大王军门，便于二公上疏自辩。”

高拱沉着脸，一语不发，直到阁议散了，默默起身往外走。他似乎有预感，张居正会跟出来，走出文渊阁大门，回头一看，张居正果然快步走过来了。

“叔大，宣大的奏本再让兵部题覆，又是扯来扯去，误事！”高拱烦躁地说。

“玄翁，朝议汹汹，何必直接当其冲？”张居正解释说，“让兵部来办，内阁超脱，局外掌局！”

“我是担心久拖不决，老俺久等不得，出现意外。”高拱嘟哝了一句，语气是接受了张居正的解释。

"没想到部永春又节外生枝！"张居正转了话题，恨恨然道。

"翻不起大浪！"高拱以不屑的语调道。

张居正沉吟片刻，道："会不会有人指授，迂回阻坏封贡互市大局？"

"这个就不必揣测了。"高拱不以为然地说，"巡盐御史巡按毕，论劾与之有关的官员，也是他的本分。"

张居正接言道："玄翁，巡盐御史即巡按，按臣论劾不同一般，照例是要尊重的。张四维、王崇古两位大员若因此罢去，封贡互市一事，如何进行得下去？"

"主动权在吏部，题覆慰留就是了！只是，"高拱叹息道，"时下张四维、王崇古就要注籍候旨，不能理事；更可虑者，朝臣本就强半反对封贡互市，这一闹腾，越发火上浇油了！"

"唉！"张居正也叹息一声，"方逢时丧母丁忧，王崇古又遇到麻烦，封贡互市一事，越发难了！"他突然一跺脚，"封贡互市，乃制虏安边大机大略，彼辈以娼嫉之心，持庸众之议，计目前之害，忘久远之利，遂欲摇乱而阻坏之，国家以高爵厚禄，蓄养此辈，真犬马之不如也！"

高拱闻听，堂堂宰辅国相，竟骂同僚大臣犬马不如，看来张居正真是急坏了，便笑道："呵呵呵，叔大若是村妇，遇到此等又急又气又无奈的事体，必是上街跳骂喽！"言毕，他收敛了笑容，语气坚定地说，"无论如何，不能半途而废，务必达成和平，这是大局！所谓为万世开太平，其业伟哉，千载难逢！我辈遭此际会，即使拼上身家性命，也不能错失利机！"

"断断不能退！"张居正赞同道。

高拱嘱咐道："叔大，你给王崇古修书，让他不必担心；子维那里，我和他说。"

"如此一来，本是封贡互市一件事，又凭空多出按臣论劾大臣的处分事，两件事都是逆势而行，玄翁的压力未免太大了！"张居正同情地说。

高拱一扬手："叔大不必担心，为成此伟业，何所惜！"他停顿片刻，很是郑重地说，"叔大，若我因此被挤而去，你接着干。总之，非干成不可！"说完，与张居正拱手作别，登轿而去。

三

隆庆五年二月十八日，文华殿里，朝臣廷议王崇古重新所上封贡互市奏本。兵部尚书郭乾主持廷议，他对王崇古执意维持原议颇为不满，有种被轻视的感觉，也就不再遮遮掩掩，待说明主旨后，先表态道："北虏方求贡，即要我承诺不烧荒、不捣巢；他日若要我不修堡、不设防，要不要答应？"

都督府掌府事、太子太保、英国公张溶道："上回廷议，有人说王崇古当斩，老朽以为说早了，那时只是廷议纳降与否；今番王崇古竟然上疏要求封贡互市！"他捻着胡须，冷冷道，"当斩！"说着，蓦地站起身，"先帝有明诏，有言贡市者斩！对不对？若各位眼里还有先帝，还议什么议？嗯，议什么议？！"说罢，拂袖而去。

"英国公——"魏学曾亲热地叫了一声，忙伸手拦住他，把他扶回原位，"你老适才听到宣读王崇古的奏本了吧？这奏本里，已把此番封贡互市与先帝所禁马市的不同，说得很清楚啦！呵呵。况且，即使是先帝时，辽东开元、广宁，不也开了市，听夷商自相交易吗？宣大也可以照做嘛，是不是，英国公？呵呵！"

"少司马，你举的例子恰恰证明王崇古明违宪条！"兵科都给事中温纯接言道，"先帝允辽东开市，说明先帝所禁者，非开市也，是禁宣大开市也！换言之，禁与俺答部开市也！今有言与俺答部开市者，若按先帝明诏，岂不当斩？！"

"先帝委实英主，高瞻远瞩！"大理寺卿董传策接着说，"俺答狡诈异常，杀我同胞无数，血海深仇，不共戴天，岂可遽尔言欢？北宋一味与虏讲和，备受屈辱，终至亡国！我辈后人读宋史，谁不感到屈辱？难道也让后人笑我辈屈辱讲和，为我辈感到屈辱？我不忍也！"

"哼哼！"工部右侍郎邹应龙冷笑几声，"他要锅给锅，要布给布，寇之所欲，我即与之，纯属媚寇！"他咬牙切齿道，"媚寇者，汉奸也！"

董传策、邹应龙都是徐阶的门生。前者因弹劾严嵩被贬烟瘴之地近十年，后者一疏而致严嵩罢职，是以在朝野名望甚高。他们两人说完，欲表达赞同意见者只好噤口不言。

"北虏求贡，诈也，不可恃！"刑科都给事中王之垣道，"北宋以讲和求存，招致奇耻大辱，乃我天朝历史上屈辱一页，何忍重现于今日！"

刚从应天巡抚升任刑部右侍郎的朱大器忧心忡忡地说："封贡互市，我财货日益费耗，而虏欲终不可足，奈何？"

户部尚书刘体乾坐立不安。张居正曾经当面提醒他不应反对封贡互市，但他内心又委实不认同，见议场反对者众，还是忍不住道："北虏诸部枝节甚多，一部数贡使，合起来贡使成群。一旦入贡，便充斥京师，为害将不可制也！"

"坐着说话不腰疼！"定国公徐文璧突然大声道，"坐紫禁城里说三道四，谁不会，有能耐把北虏给灭了！"他看了英国公一眼，"英国公，你老率军北征？再不成，北虏打过来，你老率军抵抗？"

"嗯嗯，咱定国公是明白人！"驸马都尉许从诚接言道，"大话谁不会说，真刀真枪试试？适才谁说人汉奸来？说人汉奸的，你去和北虏一拼！"

“嘿嘿嘿，”礼部尚书潘晟见势，畏畏缩缩道，“似可、似可尊重督抚意见。”

都察院左都御史葛守礼紧锁眉头道：“不允，必有近忧！允之，恐有远患，将不知所终。此事难全，委实不好决断。”

“委实难决！”工部尚书朱衡叹息道。

“既然拿不准，不妨放一放，何必匆匆忙忙做出决断？”户部左侍郎陈绍儒道，“无论如何，北宋讲和致辱，终归是前车之鉴。”

众人各有异辞，难以统一，兵部尚书郭乾叫苦不迭。本欲再驳回奏本，又怕激怒高拱；赞同奏本又违心且会激起众怒，斟酌再三，认为还是持两端为妥，遂题覆道：

先授俺答都督职，令诸酋各自为部，毋统摄，俟奉约一二岁，确无异志，再封贡。贡使留边城，不得入京。市期自二月至四月为率。

高拱为宣大局势担忧，眼巴巴等着廷议结果，一看竟是这般结论，气得嘴唇哆嗦着，把文牍摔在书案：“似这般依违两端的题覆，如何拿得出手？驳回去，重议！”

“这不能说是依违两端吧？”殷世儋争辩说，“兵部的题覆说得很明白嘛。先封俺答一个都督名号，不让他统摄各部各枝；先不允许入贡，待一两年后视情形而定。”

高拱并不理会，提笔拟旨：

这事情重大，所议未见停当，还再议来说。

“这……”李春芳为难地说，“我闻廷议时，诸臣言利者十之三，言害者十之七。再议，能议出新郑满意的结果吗？”

“那也要再议！”高拱赌气似的说，“要否就否，要准就准；似这般小心翼翼，毫无自信，泱泱大国之风何在？岂不传笑虏庭！”

李春芳皱了皱眉头，不再说话。

虽说驳回了兵部题奏，拟对王崇古的奏本再议，但高拱也知道形势并不乐观。他心头仿佛压了一块大石头，沉重无比。高福好久未见老爷这般愁闷了，又不敢多问，只是知会伙房为老爷精心做了一道他爱吃的炖鸡块，待高拱回到家里，扑鼻的香味已在餐厅弥漫开来。高福以为老爷必是兴冲冲地夹起鸡块品尝，谁知他却两眼发呆，对眼前的佳肴熟视无睹，半天竟未动箸。

“老爷，老爷——”高福小心翼翼叫了两声，“这是鸡块，加了黄芪、怀药炖了大半天呢！”

“谁让你多嘴！”高拱瞪了高福一眼，起身走开了。

“老爷，老爷，你还没吃饭哩，咋走了？”高福跟在身后说。

高拱没好气地说："哪还吃得下饭？少来烦我！"

他饭没有用，觉也睡不着，躺在床上辗转反侧，直到远处隐约传来了鸡叫声，竟有几分快熬到头的轻松感。早早到内阁朝房，待张居正一到，就唤他进来："叔大，你记得有成祖封北虏忠顺、忠义等王的故事吗？"

"是有这么回事。"张居正答，"内阁当藏有成祖封虏酋为王的敕谕。"

"好，待会你吩咐中书官检出，送给我。"高拱道。

"玄翁，虽有故事，但毕竟是成祖时代。"张居正苦着脸道，"嘉靖以来五十年间战争不断，结仇已深，恐非靠成祖时代的故事可以服人。若欲突破阻力，唯有请皇上发话。"

高拱摇头道："朝议汹汹，各有异辞，依违靡定，让皇上如何宸断？况我皇上仁厚，若皇上出面力排众议，科道必对皇上谏诤不已。圣心怀忧，我辈臣子，于心何忍？"他长长叹了口气，抬头看着张居正，"虏人候命久不得，恐或生变，而朝廷人情乃如此，危机迫近矣！昨夜辗转未眠，反复思之，我已做好了打算。"

"哦，玄翁有何策可解？"张居正忙问。

高拱以决绝的语调说："万一廷议不如所愿，则我直接拟旨，准封贡互市！"顿了顿，他降低了音调，语气中带着几许悲壮，"想必皇上当会纳之。只是，如此一来，势必惹起众怒，朝议哗然；则我即请皇上放归去！我去国，则矛头集矢于我，皇上免受渎扰，不伤圣怀，物议亦可息之。"张居正刚要开口，高拱伸手制止，继续道，"我虽归田，而北边之事大局已定，叔大自可善后之。"他一扬手，"布局我已想好：子维被部永春论劾，两次求去，已奉旨慰留，下一步当延揽入阁，为叔大之助。时下吏部靳学颜已致仕，只有我和子维，可先调魏惟贯到吏部。"

"玄翁！"张居正唤了一声，"不可作如是想。"

"难道要王崇古担之？"高拱道，"他担不起来！一旦封贡互市不成，北虏必大举进犯，则王崇古先就要掉脑袋。何况，他掉脑袋也挽回不了大局。"他蓦地站起身，大声道，"唯我高某担之，则大局或可维系，值！"

四

看见魏学曾应召来到朝房，高拱把放在书案上的一摞故牍向前推了推："惟贯，此内阁所藏成祖封贡文牍，其间敕谕之谆详、赉赏之隆厚，纤悉皆备。你拿去，示本兵暨各议事之臣，使其周知祖宗朝亦有此事！"

"只是……"魏学曾想说什么，高拱打断他："不必多说，争得一分是一分。你近期不要忙别的，就忙这件事。一些关键人物，需你亲自持牍去见。"

正说着，御史郜永春已站在门外候见。魏学曾拿起故牍要走，高拱拦住他，“惟贯稍候，我还有话说。”又对门外喊了声，“传请郜御史。”

郜永春进来，施礼间，高拱道：“就封贡互市一事，我有几句话要说。”他呷了口茶，缓缓道，“反对封贡互市者，动辄拿北宋屈辱求和为说辞。却不知宋弱虏强，宋求于虏，故为讲和；今虏纳贡称臣，南向稽首，是臣服于我，与宋之讲和是两回事嘛！反对者又动辄以先帝禁马市为说辞，岂不知，先帝所禁者是官府出钱买物与北虏交换马匹，形同向其纳贡！若听民间交易，何谓之犯马市之禁？反对者又动辄以虏必背盟为说辞，以前北虏累岁内犯直至近郊、残毒为甚，是封贡互市所致？纵使背盟，不过如往岁之入犯而已矣，岂能比往岁还要猖獗？然少者亦当有三五年之安，正可乘暇修吾战守之备。备既修，则伸缩在我，任其叛服，吾皆有以制之。即叛，固无妨也，独奈何舍此不计，而徒为纷纷？虏数十年犯我无状甚矣，我终岁奔命、自救不暇，竟无如之何！今能称臣纳贡、叩头呼万岁，亦可以伸吾君父之威，独奈何不敢，而畏惧至此乎？何愚者之多也？我看那些个反对封贡互市的人，不是审究利害、为国而谋，而是见事体重大，故发言相左，恐后有不谐者，则以为他有先见之明！臣子皆为己谋，乃如国事何？！”

魏学曾、郜永春连连点头。

“惟贯，你去见那些关键人物，送故牍示之，再把我这番话说给他们听。”又转向郜永春，叫着他的字说，“子元，你可把这番话说给科道同僚听。”言毕，摆摆手，示意魏学曾退出。他转身从抽斗中拿出一份文牍，递给郜永春，“子元，你看看吧！”

郜永春接过展读，竟是王崇古弹劾他的奏本：“御史郜永春指劾臣事，原无情实。缘因郜永春冬月挑渠冻馁贫民，臣行议止，遂以抱恨。又因臣举劾运司副使丘瓒，见郜永春生事虐民，故于本中指其不能匡赞。郜永春不思自任狂悖，乃挟仇捏诬臣弟王崇教为运司商人，阻坏盐法。乃访得郜永春得安邑县知县袁弘德以金银首饰脏赎，装成皮箱六个馈送郜永春，送原籍长葛。乞将郜永春论臣缘由及臣奏内事情，行接管巡盐御史会同山西抚按衙门查勘，心迹自明。”

高拱不等郜永春看完，就以和缓的语调说：“子元，我今日请你来，不是为了让你看此弹章的，因副本照例会抄送于你。”顿了顿，又道，“子元，封贡互市乃大机大略，为万世开太平之盛举，是大局。当其时也，宁委屈自己，不可阻坏大局。我不管你弹劾王崇古的是真是假，也不管王崇古论劾你的有无其事，都不会去查勘；但不许你再上本，纠缠不休！”

“可是，玄翁，如此一来，朝野岂不视学生为墨吏？”郜永春委屈地说。

“我自有区处。”高拱道，“待廷议有了结果，吏部即题覆且载于《邸报》，替你洗刷。”见部永春还是不甘心，高拱说出了他的想法，“题覆用语我已想好，要领就是：部永春本为王崇古论劾丘瓒疏中对其有指责之语，遂激而动气，劾以阻坏盐法。若王崇古无前说，则部永春必无此劾；王崇古又因部永春之劾，激而动气，遂有此劾。若部永春无前奏，则王崇古必无此劾。二臣皆出于动气，有激而然。故其所讦之词，皆不足为据。”高拱笑了笑，“至于如何处分，就是对你和王崇古戒谕，当以国家之务为急，不可求逞一己之愤，交口互攻。若再有攻讦，本部参奏纠治！”

部永春红着脸忿忿然的样子，终于还是叹了口气，道：“学生委曲求全吧！”

“识大体就好！”高拱满意地笑了。突然想起张居正的话，遂问，“子元，张太岳怀疑你弹劾王崇古背后有人指授，你说实话，有还是没有？”

部永春摇头，两只眼睛却眯成一条缝，似乎在重新审视回京途中偶遇客商一幕。高拱无心再问，又嘱咐道：“子元，别忘了，把我适才说给魏侍郎和你的那番话转告科道同僚。”

过了两天，第三次慰留张四维的圣旨下到吏部，高拱命司务到其府中去请。张四维早已接到高拱的提醒，在此关键时刻不得避去，遂撕掉首门张贴的“注籍”告示，到吏部当直。进得衙门，先到高拱直房谒见。高拱即把召见部永春情形简要说了一遍，嘱咐他道：“子维，只要部永春不再纠缠，此事也就化解了，无非有人说高某庇护子维和令舅，或言高某专横跋扈，如此而已！大局所关，岂可在乎个人毁誉？任他说去。你转告令舅，当以边务为急，一意经划，不得分心。”

张四维点头应诺。

“子维，我与太岳有厚望于你！”高拱突然动情地说。张四维露出不解的神情。高拱遂把那天与张居正说的一番话说与他听。

“哎呀，玄翁，万万使不得！”张四维一脸焦虑地说，“玄翁励精图治，大明中兴之望系于一身，岂可轻言去国！”

“要做的事委实甚多，但为安边大略、和平之局，万不得已时只好如此！”高拱解释道。

张四维甚不安，道：“玄翁，学生虽注籍在家，于边务却不敢一刻有忘。访得玄翁命人检出成祖封贡故牍，传示众臣；又对廷议中反对者的三点持论辩驳甚明，令魏侍郎、部御史广而传布，举朝悉闻之，时下局面似有扭转之势。明日廷议，或可期待。无论如何，玄翁都不能有归田之念。”

“先看看明日廷议的结果再说。”高拱回应道。突然想起张四维也是廷议与会者，便嘱咐说，“你明日当参加廷议，一俟散议，即到内阁朝房来见我。”

次日，尚未交巳时，张四维就匆匆到了内阁。正在中堂批阅文牍的高拱闻报，不觉吃惊，忙叫上张居正，一同到了朝房。未等高拱开口问，张四维即禀报道：

"此番廷议，大司马事先已先备好了簿册，分封贡、互市两节，各有'当许''不当许'簿册摆在案上，不复发言辩论，即请会议诸臣直接签名。故只用半个多时辰，即告竣。"

"结果如何？"高拱急切地问。

"封贡，二十八员以为当许；一十七员以为不当许。"张四维禀报道。高拱、张居正闻言，面露喜色，张四维又道，"互市，二十二员以为当许；二十三员以为不当许。"

"哎呀，互市反对者略多，不妙！"张居正着急地说。他盯着张四维道，"子维，你不妨去找大司马，争取在奏报疏稿中模糊一下，把封贡互市连为一体，一揽子奏请允准。"

"四维试试看。"张四维说完，急忙告辞，赴兵部而去。

高拱道："封贡已无大碍，互市稍有阻力，差不多算是平手，比预想的要好。无论兵部如何题覆，内阁必拟旨允准！"

"玄翁，明日是经筵？"张居正问。

高拱不明白张居正何以突发出此问，疑惑地看着他。

"玄翁，经筵讲毕，内阁何不当面陈于皇上？"张居正道，"部院正堂俱在，只要皇上点头，大家知封贡互市出自宸断，想必也就不再固执己见或首鼠两端，兵部题覆也就不敢再模棱两可，此事可成！"

高拱沉吟片刻，道："嗯，好在不是当初一边倒的局面了，请皇上发话也好。"

"玄翁，兴化是首席，公开场合不宜抛开他。当请其出面一同去说。"张居正建言道。

"叔大与兴化是同年，你去说，我不去。"高拱不屑地说。

张居正一笑，转身往李春芳朝房而去。李春芳名为阁揆，阁臣却甚少登其门，他一见张居正进来，喜出望外，忙道："江陵，来来来，请坐，请坐！"张居正三言两语说明来意，最后道："新郑嘱居正登门请示。"

李春芳竟受宠若惊般，连声道："甚好，甚好！"

次日，经筵讲毕，李春芳在前，高拱、张居正随其后，往御座走去。殷世儋见状，也慌慌张张跟了上去。

"陛下，臣等有事要奏。"李春芳躬身施礼道。

皇上正欲起身，又坐稳了身子，道："卿何事？"

李春芳奏道："北虏请和，督抚转奏，廷议再三。臣等窃以为，和，虽未可永保，但得一年，则有一年之便，臣等以为当许之，敢请陛下宸断。"

"高先生何意？"皇上看着高拱问。

“启禀皇上：王崇古等苦辛北边数十载，洞悉虏情，今转请封贡互市。臣以为，漠北来朝，古今盛事，而因以羁縻，实制驭长策。九塞诸虏，俺答最雄，自上谷至甘凉，穹庐万里，东服土速，西制吉丙。先年以求贡无着致愤，遂致残毒诸边三十余年，中原苦不支矣；今俨然听命于藩篱之外，若拒之，隔虏情、隘皇化，失神灵所想望。臣以为，宜从其请。”

“陛下，自议贡以来且数月，近边绝无抄犯，足见俺答不但守信义，亦见伊威令严齐。许之，安边可期。”张居正接言道。

皇上道：“此事情重大，边臣必知之悉. 今边臣既说干得，卿等同心干理，便多费些钱粮也罢。”

“吾皇圣明！”高拱带头激动地喊了一声，跪地叩头。

“大局定矣，大事成矣！”走出殿外，高拱兴奋不已，对跟在身后的张居正说。

张居正却正扭头看着郭乾，道:“丝纶一出，朝论帖然。大司马就不必为难了吧？”

郭乾“嘿嘿”一笑：“皇上宸断，经番大定，本部自当遵旨办理。”

当天，兵部即题覆：“封贡互市，事在边疆，唯边臣知之，亦唯边臣能任之，当从宣大督抚请。然套虏事体与宣大不同，宜令三边督抚更议可否。”

接到兵部文牍，高拱摇头道：“本兵无奈之状，跃然纸上！”

“皇上已降纶音，大司马还敢如何？”张居正吃惊地问，待看完题覆，苦笑道，“兵部极不情愿，到底把三边给甩出来了！”他转向高拱道，“玄翁，兵部题覆既然已同意王崇古所请，也只能如此了。至于河套，本是与俺答一体的，即使今次搁置，下一步再说就是了。”

“也罢，此事不能拖！”高拱决断说，遂提笔拟旨：“这事情你们既议处停当，都依拟行。”

放下笔，问张居正道：“怎么工部还没有揭帖上来？北边互市已定，漕运的事该上紧办了！”

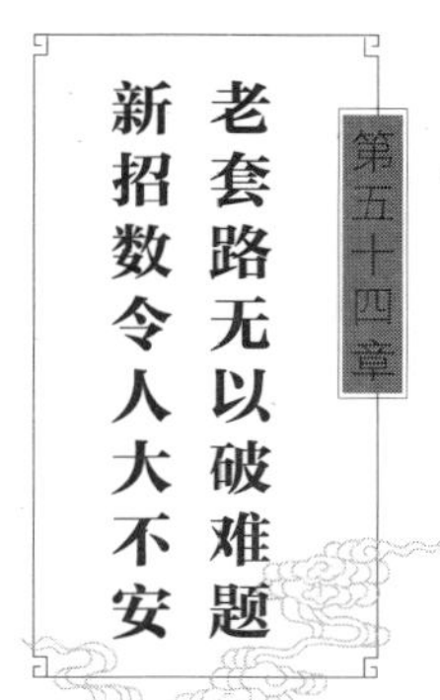

第五十四章 老套路无以破难题 新招数令人大不安

一

因黄河屡屡决口、漕运不畅，国朝的河道、漕运官员几乎被革职殆尽。贪墨之徒视为肥缺，廉洁之士目为畏途，故物色治河、漕运官员成了难题。高拱掌管吏部后就留心查考，认为江西巡抚潘季驯既有专长又勇于任事，且操守无玷，遂拔擢为都察院右副都御史总督河道，吏部发急凭催他即刻赴任。

潘季驯刚赶到济宁上任，工部就发下札谕，命他到邳州与尚书朱衡会合，实地踏勘河道。潘季驯遂赶往邳州，在夏村集与朱衡相遇。

朱衡年过六旬，须发花白，一脸威严。他叫着潘季驯的字说，“良时，此番踏勘，首要任务是保证漕运通畅。至于治理黄河，那是下一步的事。”河道总督例加都察院堂上官衔，以示宪职，但那是为了便于节制、参劾沿线府县官员，隶属上却仍归工部管辖。此番朱衡欲以上官的威严，压制潘季驯的气势。

“大司空，不制伏黄河，漕运安得畅通？此番漕运受阻，不正是由于黄河决口泛滥吗？”潘季驯个子虽矮却底气十足，他笑着回应了一句，显然不想违心服从。

“行前，新郑相公有示，盼能拿出一致的方案。”朱衡又道。

“呵呵，大司空，下吏明白。只是，新郑相公荐下吏治河，必是知下吏的主张与大司空有异，何以仍命下吏会同大司空踏勘？窃以为新郑相公的本意，必不是要下吏违心从命，不的，也不必有此布局。”

尚未出发，对话即带有火药味，随从们不禁为之担忧。朱衡沉着脸骑马前行，潘季驯紧随其后，沿着被淤塞的河道踏勘。

“良时看，运河淤塞如此严重，非开新河不可。”朱衡指着眼前已淤为平地的河道，皱着眉头道。

“大司空，开新河，黄河决口，照样淤积，奈何？”潘季驯直言不讳道，“还是疏浚故道为好，转而把开新河的人工用于治理黄河。”

两人边看边争论，行之昭阳湖，但见此处地势甚高，河决至此不能复东，朱衡大喜，道：“旧渠已成陆，势不能再用；而早年所凿新河故迹尚在，可以此为基础开新河。”

潘季驯下马，蹲在地上扒开泥土细细查看良久，起身举着一把泥土来到朱衡面前，道：“大司空请看，此处土浅泉涌，劳费不赀，又不可恃。”他又指着淤塞的河道说，“下吏一路观察，留城以上河道乃是初淤，疏浚起来甚便，还是复故道为好。”

二人始终未达成共识。朱衡无奈，只得与潘季驯各自提交一份禀帖，揭请廷议。

“玄翁正为漕运一事着急，工部的揭帖就报来了。”张居正笑道。

“哦？”殷世儋幸灾乐祸地说，“内江多次说，实地踏勘也还是这个结果，果然让他言中了！只惜他已去国。”

“廷议！”高拱决断说，又补充道，“内阁主持廷议！”

“新郑，这类事，照例当由工部主持。”李春芳提醒说。

张居正也说：“玄翁，争论不休的事，内阁何必介入？”

“不！”高拱一摆手说，“漕运、治河是国之大政，不唯命脉所系，且攸关民生。我辈不熟悉，要参加，多听为好。”又转向李春芳道，“兴化，你主票拟，不去也罢，我来主持。”

李春芳求之不得，是以欣然接受。高拱吩咐书办：“八百里加急，让潘季驯速赶来参加廷议。”

待潘季驯赶到，次日廷议即在文华殿开场。

“国朝岁供军储四百万，大抵取自江南。京师三大营，九边数十万军，升合之饷，皆自漕运致。古称千里运粮，士有饥色，今乃不啻万里矣！”高拱先讲主旨，“漕船出江、湖，溯淮、黄，入汶、济以北，储蓄众水，设闸开闭，入卫遵潞，直达京师。二百年来，但修堤、补决、浚壅、泄溢，使古道无滞而已。近岁古道不可专恃，徐、沛巨浸滔天，以至舟楫不通、粮运阻滞，圣怀为之忧，遂命廷臣会议办法。”他看着工部尚书朱衡，“工部主漕运、治河，请大司空先说。”

“本部堂亲往实地踏勘，运河淤塞严重，当在济宁南阳左近重开一条新河。”朱衡开门见山道。

“大司空之意，季驯体认，乃是先保漕运。但要保漕运，不能不先治黄河；不的，漕运势不能保。”潘季驯反驳道，“基于此，季驯认为，开新河不如复故道。若畅通漕运，当黄河、运河一体统筹治理，方是上策。”

“二位大家的法子，不是都试验过了吗？能保证漕运畅通吗？如今还抱着不放、争来争去！”吏科都给事中韩楫不客气地说。

议场响起一片“嗡嗡”声。

“朱、潘二公所争论者，只是针对洪涝年景漕河淤塞难题，实则干旱年景也不少，漕运难题更大。”刑部侍郎朱大器道，“运河自江而淮，自淮而黄，自黄而汶，自汶而卫，盈盈衣带，不绝如线。因黄河屡决、泛滥为害，遂塞张秋口，而自徐州至临清，专赖汶、泗诸水及泰山、莱芜诸县源泉以济之，诸泉涓涓如线，遇旱辄涸。而汶河至分水闸又分为二，其势遂微。每二三月间，水深不过尺许，虽极力挑浚，设闸启闭，然仅可支持，倘遇一夏无雨，则枯为陆矣！此难题也当一并考量。”

吏科给事中贾三近是山东峄县人，接言道：“宜引沁水，以济汶、卫。”

朱衡曾任河道总督，驻节济宁，对当地河流情形知之甚详，遂摇头道：“沁水之流甚微，即引之河渠，不足济长川之势，是画饼耳！”

“哎呀，如此看来，漕运难题委实棘手啊！”高拱不禁感慨了一句，“诸公有何高见？畅所欲言，大家想办法。”

“我常思之，前元也是定都北京，漕粮也产自东南，可并不靠运河，而是由海道以给京师。”御史李贞元道，“河运改行海运，不失为一个办法。”

“哦，这委实是个法子！”高拱高兴地说，“轮舶往还，费省而效捷。”

“别忘了祖制！”殷世儋瓮声道，“祖宗明旨禁海，我辈却在这里公开谈海运，不妥！”

“且不说祖制不允，”朱衡道，“海上风涛不虞，海运风险太大。”

潘季驯接言道：“成祖时无漕运，即是海运。运河之开，无风波之患，诚为良策，因之遂废海运。”

“时下运河已然不可专恃，海运因何不能一试？”高拱问，“海上风涛大，前元时不是照样仰仗海运？”

朱衡解释道：“海道风险在山东成山角，为避免此风险，缩短海运距离，元世祖时，即命打通莱州府麻湾到海沧口的胶莱河段，开胶莱运河，用益都、淄博、宁海兵万人、民夫万人开凿，五年方成。河道运粮水手、军人达二万，船千余艘，而岁运粮米只有六十万石。”

潘季驯接言道：“嘉靖二十年，曾一度全面疏浚胶莱运河，引张鲁河、白河、现河、五龙河诸水，以增胶莱运河水势；同时建海仓口、新河、杨家圈、玉皇庙、周家、亭口、窝铺、吴家口、陈村九闸，以调节河道水位，并置浮梁，建官署以守。后因倭患日炽，胶莱河再废。”

“今日是廷议漕运的，怎么扯到胶莱海道上去了？”殷世儋不满地说。

高拱似乎没有听到，掰着手指头道：“我来梳理一下：前元时为避海上风涛，开胶莱河；胶莱河过窄，运量有限。国朝嘉靖年间也曾一度疏浚，因倭患放弃通过胶莱海道漕运。”他兴奋地说，“过窄可以拓宽，倭患时下已不足虑。”他一扬手，“今日廷议，获益匪浅。当另辟蹊径，畅通漕运！”

“啊？”议场一片惊叹声，随即三三两两交头接耳嘀咕起来。

“我看也不必再议了！”高拱兴奋地说。说罢，精神饱满地走出文华殿，又回身高声道，“李御史，请随我到朝房来。”

李贞元点了点自己的鼻子，高拱点头，道：“请你把胶莱河相关情形，仔细说说。”

“玄翁之意是开胶莱新河？”张居正在旁边问。

“开胶莱新河！”高拱满脸兴奋地说。

“这……”张居正一脸疑云，“玄翁，开胶莱新河，不是一朝一夕能成，还是先命潘季驯疏浚漕河为好。”

“疏浚漕河是权宜之计，自可先办，”高拱道，“根本之策是开胶莱新河。”

张居正欲言又止，蹙眉思忖着。

二

山东巡抚梁梦龙到任不足半年，他十八年前中进士，从河南右布政使晋升山东巡抚。到任后，他时常差人到京师向高拱和座师张居正投书求教，既是出于真诚，也是示以亲近。高拱回书，梁梦龙一直置于案头，不时拿起阅看一遍：

人来，辱书教，且知宪节已抵山东，良感！良感！

今有司多袭旧套，支吾岁月；即其良者，亦不过饰虚文，奉上官为声价而已，固无实惠及民者。执事素具精炼之才，所望先之以训迪，继之以棕核，不喜其有粉饰之具，而务使其有子惠之真，乃所谓一路福星也。又山东多盗，此所关不细。有司以养寇为无痕，以捕盗为多事，此弊尤所当惩。唯执事留心焉，勿使有司者得行其欺，可谓明也已矣，可谓远也已矣！

梁梦龙从高拱书教中领悟出“务实，惠民”为施政要领，故到任后即饬令各府县棕核钱粮，将民之纳税粮、服徭役情形造册呈报。三个月间，簿册汇交到藩台衙门，梁梦龙差急足到京，向高拱、张居正禀报。

这天晚上，高拱从文渊阁来到吏部直房，梁梦龙的急足就等在直房门口。

高拱高兴地问：“梁鸣泉有书来？”

急足道：“禀玄翁，还有簿册相呈。”

高拱请急足进屋："拿来我看。"急足忙将梁梦龙书函并簿册一卷呈上，"哎呀，好！好！好啊！"高拱展读着，禁不住拍着书案，连连叫好。

"玄翁如此高兴，难得！"门外响起户部尚书刘体乾的声音，"玄翁，已是亥时了，召体乾来，是为漕运经费吧？"他一回头，见身后还跟着吏部侍郎张四维、魏学曾，还有御史李贞元，大家彼此拱拱手，站在门口。

"来来来，你们快看看，快看看！"高拱笑逐颜开，招手让刘体乾等人进来，迫不及待地把簿册递给刘体乾。

张四维、魏学曾、李贞元也凑过去，四人一起匆匆浏览一遍，"哎呀！"刘体乾抬头赞叹道，"这才是做事之人！"

"梁梦龙能干！"张四维也赞叹道，"玄翁没有选错人！"

"好！"魏学曾也附和道，"户部当向各省推广。"

"难怪玄翁高兴，这梁抚台不袭故套、不饰虚文，踏踏实实干惠及小民的事，难得！"李贞元讨好地说。当年他曾卖力弹劾高拱，这一年多来一直心怀忐忑，他知道高拱欣赏什么，便借夸梁梦龙的机会展示他颇能领会高拱的意图。

"诸位稍等，我给梁梦龙回几个字。"高拱说着，提笔给梁梦龙回书：

人来，示粮徭二册，区处周详稳妥，自非他人可到。不止仆为之喜，凡见者无不叹美之。若使抚台皆如此，天下何不治？若上官徒为虚声，无益实事，小民又更何恃？

冗甚！不得尽言，统唯情亮。

写毕，交给急足，这才满是歉意地对刘体乾几个人一笑道："皇上不允辞免吏部事，忙得我晕头转向。"

刘体乾笑道："玄翁做事太认真，只好累自己了。"

高拱无心扯别的，喝了口茶，道："漕运难题困扰朝廷久矣，各派方家观点对立。这些年，几派观点都试验过了，漕运难题到了无解的地步，得打破常规寻找新路。径行海运，风险又太大；要避开成山角，就要开胶莱河。目下，这是解漕运危机的唯一办法。"他向李贞元扬了扬下颌，"李御史简要说说。"

李贞元一副受宠若惊的样子，道："要领是避开黄河，循前元海运遗迹，在胶莱间开渠一道；漕船由淮安清江浦到新坝口、马家壕、麻湾口、海沧口，直抵天津。道里甚径，度不过千六百里，又可避海洋之险。"

高拱得意地扫视着刘体乾等人，却见他们个个眉头紧锁，默然无语，便有些不快："怎么，都不说话啦？子维，你说！"

"于国有利。"张四维道。

"那就是了！"高拱一敲桌子，"既然于国有利，还踌躇什么！"

“恐阻力太大。”张四维又道，“以运河输送漕粮，行之二百年矣，利益格局早已形成，一朝打破，谈何容易？”

“我就不信这个邪！”高拱赌气似的说，“只要于国有利，谁敢阻挠，摘了他的乌纱帽！”

“开胶莱新河，孝宗、武宗、世宗朝都有人建言，只是彼时的当国者不敢担当，”李贞元道，“今玄翁有气魄，有担当，此事可成。”

“那时的漕运还远不像时下这么棘手，老天爷似乎要与我辈过不去，连年洪涝，黄河连年决口。治河、督漕的官员都处分光了，也还是没有法子。”刘体乾感叹了一句。

魏学曾一脸愁容道：“张侍郎说得对，阻力必是不小。明里阻挠好办，就怕暗地里做手脚。”他苦笑一声，“再说，总不能把官场清洗一空吧？”

“好了！”高拱不耐烦地一扬手，“我意已决，开胶莱新河！今日叫你们来，不是议当不当办的，而是议如何办的！”

几个人不再作声，不约而同地端起茶盏，慢慢品茶。

“我思忖良久，”高拱沉着脸说，“梁梦龙能干，但开胶莱新河不要牵扯山东官员，让他们集中精力做好本省的事，钱和人都由朝廷出。今日请诸位来，即商榷选用官员、筹拨经费事，早日定下来，早日开工。”他盯着刘体乾问，“用于北边的军饷当有不少节省吧？除给殷正茂拨去的六十万两，其余的都用到开胶莱新河上！”

“嗯，往岁秋防、春防，都要调内地客军去防御，今年不再征调，只这一项，可省数十万。”刘体乾回答。

“用到河工上！”高拱决断说，“这些年，用在治漕河的钱花了多少，可是效果呢？年年投钱，年年打水漂。不能再这样下去了！把今年用于治漕河的钱拨出一半用于胶莱新河，要干就像个样子，不要像过去，犹犹豫豫、拖拖拉拉、小打小闹，几次都被拖黄了！”

“玄翁，钱的事时下似已不是难题。福建开海，月港已有‘天子东南银库’之称，也可拿出来济河工。”刘体乾道。

“甚好！”高拱脸上又现出了笑容，“再说说人的事。”

“听玄翁的。”张四维痛快地说。

高拱道：“山东藩台王宗沐是浙江临海人，任广东参议时分守惠潮二州，对大海有认知且学有渊源，才长经济，我意可任为漕运总督，总责胶莱河工暨随后海运事宜。李御史加巡按河工御史衔，督办之，他人不得掣肘！”

张四维、魏学曾点头。

“玄翁！”李贞元“忽”地站起身，鞠躬道，“内有玄翁主持，我辈在外当效死力，事必可就。不的，甘受朝廷治罪！”

“那好，大司农筹款列项；吏部上紧为山东物色藩台，人选要和王宗沐差不多的，别让梁梦龙觉得挖他墙角。待人选物色出来，一并奏于皇上。”

三

张居正的轿子刚一落地，管家游七就拿着一叠拜帖，在他面前晃了晃，着急地说：“哎呀老爷，可回来了！看，门槛要被踏破了！”

“都什么人？”张居正问。

“哎呀，户部的、工部的，反正多了！茶室坐不下，小的只好让几个大老爷到花厅里等。”游七笑嘻嘻地道，说着凑上前去，附耳低声说，“大内的冯公公差徐爵来了，小的自作主张，领他到老爷书房去坐了。”

张居正“哦”了一声，穿过垂花门，径直进了书房。徐爵忙起身施礼。张居正拱了拱手，问：“冯公公有何见教？”

“张阁老，家干父听说朝廷漕粮要改海运，有这回事吗？”徐爵问。

张居正心中不悦，道：“这和冯公公有何牵扯？”

“嘻嘻，张阁老，前年武清伯请张阁老出面，揽了给蓟镇将士供衣被的活计，布匹原料都是在江南采买，搭漕船运京的。”徐爵低声道，“听说海运风险大着呢，何必冒这么大的险？能不能不改？”

张居正暗忖：“漕船是运漕粮的，却免费为权贵运私货，这漕政该整顿！”但这个想法他没有说出口，而是笑着道：“朝廷的事，是高阁老说了算。不过你知会冯公公，他吩咐的事，我会尽力。”言毕，唤游七带徐爵从侧门而去。张居正转身回到书案前，拿起书案上的拜帖正要看，听到门口有人说叫了他一声，“张阁老，好呀，这么多大臣你不见，倒是先见一个太监的家奴！”张居正听出是曾省吾的声音，遂责备道，“三省，鬼鬼祟祟的做甚？我正要找你。”

“不用太岳兄找，我就找上门了。”曾省吾闪身出来，边往书房走边道，“外面还有一群人候着呢。”

“你找我做甚？”张居正问。

“哎呀，都坐不住啦！”曾省吾道，“山东籍、河南籍、南直隶籍、浙江籍的官员，推出代表来……”

“他们要干什么？”张居正打断曾省吾，不耐烦地问。

“还不是为开胶莱新河的事。”曾省吾道，“山东、南直隶、浙江的官员怕胶莱河一开，黄河以北的运河淤塞不治、水路不通；河南、山东的官员怕黄河水患

也不再治理。”他一笑，“呵呵，其实这固然是堂皇的理由，真正怕的，是既得利益被剥夺。”

“是啊，运河输粮二百年了，早就是一块肥肉了，不知有多少人从中揩油呢！这下他们慌了？”张居正揶揄了一句。

“太岳兄，你还是先去见见吧，人不少呢！”曾省吾向外一指说。

张居正沉吟片刻，一抖官袍快步走了出去。到了花厅，不容众人说话，他就拱手道：“诸公的来意，本阁部已然知晓。本阁部尚有要务待办，诸公就请回吧！”

众人站起身，眨巴着眼睛，弄不清张居正是何态度。有人刚要开口，张居正举手制止：“送客！”言毕，又拱了拱手，转身出了花厅。

“茶室候见的，都打发走！”回到书房，张居正又吩咐游七说。

“太岳兄，若能打掉高相开河之议，必在官场赢得人心。高相权势虽炙手可热，却也是孤家寡人！”曾省吾兴奋地说。

“这是什么话？”张居正不悦地说。

曾省吾“嘿嘿”一笑道：“不管怎么说，这次若能把高相的开河之议打掉，也算小试身手，免得朝野视太岳兄为高相的常随！”

“开胶莱新河，预示着要以海运取代河运，我不赞成。”张居正不接曾省吾的话茬儿，而是忧心忡忡地说，“运河在腹地，皆在我掌控中；而大海茫茫无际，不知通向何方，与何国相接，谁能掌控？海浪滔天，已然令人望而生畏了，何况还有海寇。若真要海运，就意味着国门洞开，漫漫海岸线顿成边防要地！闻得时下佛朗机船坚炮利，谁知道还有没有更厉害的蛮夷？何必妄生事端。”

“太岳兄忧国深远。”曾省吾道，“太祖皇帝禁海，委实是有道理的。先帝时也有喜功之人建言开胶莱河、通海运，先帝就斥之为妄生事端！”

张居正眉头紧锁，道：“开胶莱河一事，不唯工程浩巨、所费甚多、不易毕致成功，且关乎运河存废，关乎祖制国策，玄翁却轻率拍板，委实令人忧心。”

“高相这个人，常训斥别人袭故套，实则是喜标新立异！”曾省吾以不满的语调道，“太岳兄，这回你无论如何要阻罢之！”

“话是这么说，可玄翁这个人，三省还不知道吗？他认定的事，别人很难推翻。”张居正叹口气道，“但此事我不能坐视，要想个法子出来，阻罢之！”

曾省吾抓了抓宽大的脑门，道：“又不想正面劝阻，这事真难办……”

书房里陷入了沉寂。

“老爷，山东巡抚梁梦龙的急足求见。”游七在门外禀报道。

“有了！”曾省吾大喜道，“就让梁梦龙出面反对！”

张居正摇头：“梁子未必会反对。”

“你传请他的急足吧，看我的！”曾省吾一拍胸脯道。

张居正起身进了花厅，梁梦龙的急足忙起身施礼，把书函并所附簿册呈上。张居正心不在焉地扫了一眼，道：“急足何时回？”

“请张阁老吩咐。”急足道。

“你速回去，禀报梁抚台，”张居正嘱咐道，“有科道建言开胶莱新河，朝廷尚未定策。此事对贵省干扰甚大，让他上疏陈情，请朝廷罢议。”

“开胶莱新河有十害！”曾省吾接言道。他伸出手指，一一列举道，“其一，工程浩巨，所费甚多；其二，胶、莱二河水量不足；其三，胶、莱之间有分水岭，石厚且坚，不易开凿；其四，兴此大役，山东必有科派之扰；其五，胶莱新河一开，漕船自淮入海，黄河之患将不再被关注，豫鲁绅民岂不流离失所？其六，新河一开，黄河以北运河不复再用，临清一带势必衰落；其七，海船往返，易招致倭寇侵扰；其八，胶莱新河一开，运河北段势必废弃……”

急足闻言，满脸惊恐，急忙告辞而去。望着他的背影，张居正叹了口气：“梁子即使出面反对，也未必奏效。玄翁认准的事，一个巡抚反对，岂能阻罢？”

曾省吾捻须踱步，凝眉沉思。

“梁子虽是我的门生，却是玄翁赏识、拔擢，自然对玄翁感恩戴德，我鼓动他反对玄翁的决策，他知晓真相，岂不怨恨于我？”张居正又道。

“就这么办！”曾省吾蓦地停下脚步，自言自语了一句。

“三省有何妙策？”张居正忙问。

曾省吾转过身，得意地晃了晃脑袋，道：“太岳兄，拿酒来吧！”

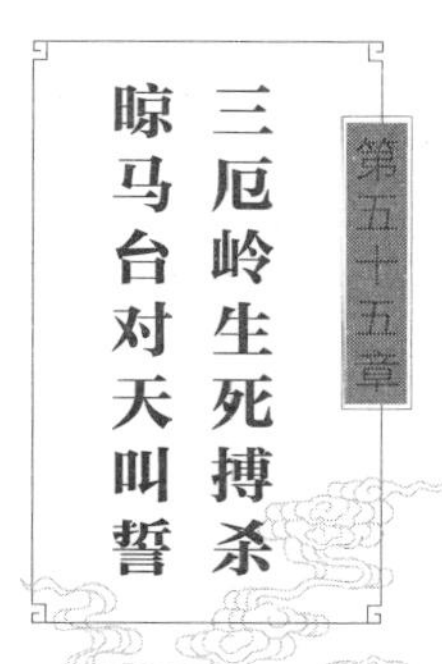

第五十五章 三厄岭生死搏杀 晾马台对天叫誓

一

江西按察使殷正茂接到即刻赴任广西巡抚的吏部札谕，立即整备行装，次日登程。此前，他已从张居正来函中得知此任缘由，颇有降大任于斯人的感慨。这天，江西巡抚徐栻率阖城官员把殷正茂送出南昌城，抱拳惜别。临上船前，殷正茂特意登上滕王阁，对执意来送行的按察副使方良曙道："俯瞰阑外长江，一望水光接天，因忆画栋飞雪、珠帘卷雨，洋洋在目。"两人并肩伫立良久，方健步下楼上舟。辞别方良曙，殷正茂沿赣江南下，过丰城、自临江而历新淦、峡江，达吉水。日暮，首站抵赣州。

"石翁，殷中丞，欢迎欢迎！"尚未抵岸，南赣巡抚张翀即率大小官员迎于码头，呼唤之声传至江面。殷正茂下船相见，登轿进了谓之虔院的巡抚衙门。免不得一番饮宴，觥筹交错，俱是官场客套。直到进了张翀的节堂，两人才进入正题。

"石翁此番肩负靖桂大任、巡抚敝省，实乃八桂绅民之大幸！"张翀兴奋地说。他是张居正的门生，比殷正茂晚两科中进士，虽年龄相当，都是四十七岁，却也是后辈。因殷正茂号石汀，即尊为石翁，"学生奉旨调任湖广，也是朝廷有意安排，以助石翁一臂之力。"

"鹤楼，"殷正茂叫着张翀的号说，"古田为蛮贼盘踞竟达近百年，如今朝廷命我戡乱，深感责任重大，非鹤楼助力不成。故特意赶来赣州，向鹤楼请益。"

"戡平桂乱，乃弟多年心愿。"张翀道，"隆庆二年初，弟就上疏请征剿韦银豹，可惜当国的徐阁老无此魄力。方今新郑相公主政，加意地方治理，广西绅民方有了盼头！"他呷了口茶，笑道，"自闻此讯，弟夜不能寐，不妨将迩来所思所虑，贡

献于石翁。”见殷正茂专注地听着，张翀接着说，“其一，弟即刻赴任，到湖广即征调永顺、保靖土兵一两万，供石翁调遣，同时保证粮道安全；其二，广西僮人聚集，呼吸相通，当施以软硬兼施、分化瓦解之计。”

殷正茂伸长脖子，急切道：“愿闻其详，鹤楼指教！”

张翀道：“八寨地处桂中，南连南宁，北接桂林，其地纵横数百里，重峦叠峰，地形险要。这里的僮人素不服从朝廷，又与韦银豹遥相呼应。故不稳住八寨，则有腹背受敌之虞；然稳住八寨，只能安抚。”

“呵呵，看来赣州我是没有白来哦！”殷正茂欣喜道，“还请鹤楼授计。”

两人密谈至深夜方散。次日一早，殷正茂即启程继续南下，从陆路骑马而行，到得小溪驿停了下来。此驿建在万山峻岭中，筑有石城，乃当年南赣巡抚王阳明所建。四十三年前，王阳明抱病出山，以南京兵部尚书、左都御史总督两广、江西、湖广四省军务，奔赴广西征剿八寨僮人叛乱，仅一月即戡平。殷正茂屏退左右，独自一人站在石城墙头，双手合十暗自祈祷：此番出征，能速战速决，胜利凯旋。

出了小溪驿即翻越梅岭。岭高路隘，盘旋而上。过岭之后，即有舟船等候。殷正茂复登舟经黄塘至韶州，历英德、清远、三水、肇庆，过小厢、大厢峡，至德庆、封川，达梧州，谒见两广总督李迁。

李迁搭眼一看，殷正茂个子不高，正值壮年，一张圆脸透出杀伐气，举手投足间给人以矫健观。一应礼节完毕，李迁请殷正茂到节堂密议。

“石汀，此番新郑相公排众议而拔擢，又命军饷一体拨付，不许户部查账，可谓信任有加，不可辜负。”李迁嘱咐道。他是嘉靖二十年进士，早殷正茂两科，算是前辈，故以殷正茂的号“石汀”称之。这李迁是南昌人，在官场素以廉洁自守著称，对任江西按察使的殷正茂多有耳闻，生恐殷正茂果有贪墨之事被讦，他这个总督对朝野不好交代，故一见面就旁敲侧击提醒他。

“哈哈哈！”殷正茂突然大笑道，“军门当是听到我殷某人有贪名吧？”

“石汀，你有干才我是知道的。访得你在广西做兵备道，剿贼屡战屡胜，唯军饷到你手里，就说不清了。”李迁笑着道。

“军门，下吏最敬仰的是乡贤胡宗宪。”殷正茂收敛了笑容，似在替自己辩解，“当年江南倭患愈演愈烈，胡宗宪总督浙闽，终荡平之。朝野物议沸腾，说胡宗宪贪污军饷、操守有亏。殊不知，打硬仗不能有条条框框，收买、奖赏，无所不用其极。按条条框框，哪里说得清楚？”他感慨一声，“时下官场做事不易，想做事就招人议论，做成事必有人挑剔！若不是朝廷有玄翁主持，这差事，我殷某人未必愿接呢！”

“新郑相公可是顶着莫大压力呢，石汀心中有数才好！”李迁见殷正茂满腹怨言，也不便训斥，只好规劝了一句，遂转移话题说，“古田近百载而未克，韦银豹经营也有五十余载，其巢穴深远，盘踞本省两府四县之地，外连湖广、贵州，其中林菁深密，蜂窝鳄穴百十余处，众号数万，委实是块硬骨头，似不可冒进。我意，当取各个击破、屯兵固守、逐渐蚕食之策。”

殷正茂沉吟片刻，道：“下吏途经赣州，张鹤楼也有此意。恕我直言，窃以为当取合兵围剿、速战速决之策，而后再屯兵固守、实力掌控，巩固战果。”

“哎呀，石汀，这未免太冒险了吧？”李迁忧心忡忡地说，“弘治以来征剿多次，都是损兵折将，其败甚惨。只一座三厄岭就没有突破的。速战速决？何其难哉！”

“军门，官军多从各地抽调，久拖必疲；加之水土不服，日久生厌，战力锐减，胜算几何？故非以速战速决不能取胜！”殷正茂坚持说。

李迁沉吟不语，似在掂量两策利弊。

殷正茂一笑道：“呵呵，军门，玄翁是大手笔呢！”

“嗯？哦，大、大手笔。”李迁支吾了一句。他不明白殷正茂何以突然冒出这么一句话，稍一琢磨，恍然大悟。殷正茂是在说高拱用人不疑、大胆授权，弦外之音是逼他不要干预征剿战事。李迁年过六旬又体弱多病，早就思归了；只是职责所在，生恐属下出事，让他的官声蒙羞，不得不用心考虑。既然殷正茂欲大包大揽，他自是乐观其成，遂道，“石汀，这征剿之事，朝廷既已授权，当由你全权谋划，统一指挥。”

殷正茂忙抱拳道：“多谢军门信任！”

“呵呵，”李迁笑道，“本部堂只做两件事：其一，为石汀调度集结兵马。时下广西本镇兵马已然集结毕；上思、宁明等处土兵、狼兵数万，也在向桂林移动；自浙江、福建调遣之鸟铳兵两万余，已溯江而上；永顺、保靖土兵待张抚台莅任后即发，预计半月左右即可集结毕，一俟集结毕，则本部堂不再过问。其二，为石汀配备得力干将。俞大猷已然赴任，归石汀全权节制，自不在话下；还有一个人，石汀可用之……”

“军门，”殷正茂截住李迁的话，“下吏猜到了，是郭应聘！”

“哦，石汀熟悉他？”李迁一惊道。

“郭应骋，字君宾，莆田人，晚下吏一科中进士。他任南宁知府时，下吏是兵备道，下吏授江西按察使，是他接的兵备道。”殷正茂说着，笑了笑，“不过此后他比我官运好，兵备道升按察使，再升左右布政使。没有想到今次我破格冒升一回，超过他了，哈哈哈！”

“甚好，甚好！郭藩台长期在广西为官且擅谋略，有他和俞帅一文一武为石汀助，本部堂可安枕矣！”李迁喜悦地说。他怕殷正茂会错了意而犯轻敌大忌，遂又

补充道，“此番征剿，是硬仗恶战，石汀当用心谋划，谋定而后动，为国家立奇功，新郑相公有厚望焉！”

二

细雨蒙蒙中，象州衙门前，几个身披蓑衣、头戴斗笠的僮人在一大批丁勇的簇拥下，下了滑竿。丁勇等候在外，乘滑竿而来者犹犹豫豫、疑神疑鬼、左顾右盼地走进了州衙。刚进仪门，知州和一位身着三品官服的官员拱手相迎。

“州老爷，你叫我等老哥来，该不会是拿我等的吧？”领头的一个老者满怀敌意地问。

“呵呵，不是本州请诸位寨老，是本省藩台郭大老爷有请。”知州说着，向身着三品官服的郭应骋拱了拱手。

几位寨老打量了一下郭应骋，见他俊朗儒雅，四方脸上挂着善意的微笑，老者们内心的恐惧顿时散了大半，反而以咄咄逼人的语气道：“哦？大官，大官！丑话说前头，我等老哥先来探探情形，大兵在别处埋伏着呢，谁敢拿了我等老哥，大兵立马杀过来！”

“哈哈哈！”郭应骋大笑，“寨老多虑了，本官不唯不会拿了诸位寨老，还重重有赏！”说着，请几位寨老进了大堂。

大堂早已摆上了座椅条案，条案上除了茶盏，还放着各色时令水果，另有干果多品。甫落座，郭应骋就开言道：“诸位寨老，可听闻二十万大军要征剿古田？”

“官逼民反，民不得不反；民若一反，官必来剿，就这么回事啦！咱广西自进了大明朝，就没过上一天消停日子，老哥我活了六十多岁，这样的事见多了！”还是那位领头的老者接了话。

“是啊，我广西绅民委实可怜呢！”郭应骋同情地说，“此番殷抚台奉旨征剿，就是为了让八桂绅民过上太平日子呢！”

“哄三岁娃娃？”老者眼一瞪，“官府说话要作数，大象生来会上树！”话音未落，另外几位寨老哄堂大笑。

郭应骋并不恼怒，和颜悦色道：“呵呵，难怪寨老不信。往昔官府委实有欺压百姓处；可国家要用钱嘛，只能从老百姓手里收。诸位寨老可能不晓得，比方说国库里一年收一百两银子，六十两得花在九边，防鞑子啊！时下朝廷正与鞑子商议，以后不打仗了，开边贸！如此，省下多少钱？还有，东边开了海禁，银子哗啦啦往回收呢！国库里有了钱，老百姓遇到个饥荒年景，自然会免了税赋嘛！本官再知会各位寨老：时下朝廷加意肃贪，正月里朝廷大计地方官，一次就抓了二十五个贪墨的藩台、知府、知县。还有，前任两广总督刘焘刘大老爷，就因为送京官二十四两银子的礼品被革了职呢！莫说贪墨，连吃喝也禁了。江西的一个藩台，因为吃喝，大计时也被革职了。诸位寨老看，这官逼民反的弊病，朝廷都在加意革除、整饬呢，消停的日子，在后头等着诸位呐！”

寨老们虽是似懂非懂，却也无言辩驳。

郭应骋又道：“再说这韦银豹老哥。当初他起来造反，或许是为官府所逼。可他成了气候，却杀官吏、抢库银，这不是强盗所为？他盘踞古田、占山为王，这不是绿林大盗？他盖宫殿、养僮勇、造兵器，不花钱？本官不信他治下的老百姓日子会更好过！若诸位寨老寨子里出了这等反贼，诸位寨老会视而不见？总之，此贼不除，我僮人不得安生。一旦剿除此贼，广西绅民必能过上太平日子！”他突然提高声调，大声道，“此番朝廷集结二十万大军前来征剿，排山倒海、势如破竹，必一举戡平韦贼！”他脸一沉，继续道，“奉劝诸位寨老不要打错了主意，无端替韦银豹陪葬！”言毕，边举起茶盏喝茶，边偷偷用余光扫视寨老们的神色。几位寨老小声用蛮语交头接耳，人人露出恐惧、踌躇、不安的表情。

“诸位寨老——”郭应骋放下茶盏，脸上挂着笑意，“一旦剿平古田，方圆千余里俱要仰仗各位守土，届时奏报朝廷，必授各位寨老以官，为朝廷守此宝地。各无主田亩，悉听寨老分配！”

几位寨老将信将疑，彼此交换着眼色。郭应骋看出，他们已然动心，遂笑道：“各位寨老，本官特意带了点银子慰劳诸位。”他一摆手，几名侍从麻利地端出几盘银子，分置寨老面前。郭应骋一指，道：“每位寨老二百两！此次邀而未到者，转告他们，两日内随时恭候他们来领。”

几位寨老一脸狐疑，拿起银子急忙告辞，郭应骋拱手相送，却叫住领头的老者，道：“这位寨老请留步，本官有几句话要说。”

老者停下脚步，郭应骋走过去，低声道：“寨老，可否为本官引来五十名八寨僮勇，听从本官调遣？待事毕即回。每位僮勇先发银五十两，此后按日照官军士卒给钱；若殉职，照官军抚恤。”说着，亲自接过侍从递来的盘子，举在老者面前，“这里还有一百两银子，权作寨老辛苦费，请收下。”待老者收了银子，郭应骋又道，“古田收复，必奏请朝廷，授寨老土官之首。”

老者终于露出一丝笑容，点头道：“此番打仗，我八寨老哥约束各寨，绝不掺和！”他叹了口气，又道，“打打杀杀，苦的都是我僮人百姓。若官军能不杀无辜，老哥我替僮人百姓给官爷叩头！”说着就要跪拜，郭应骋拦住他，亲自送出大堂。

过了两日，郭应骋带着五十名八寨僮勇并一干侍从，喜滋滋地赶回桂林。

“抚台，安抚八寨事已办理停当！”郭应骋一见殷正茂，就喜不自禁地禀报道，

"五十名八寨僮勇也已带到！"

"君宾兄辛苦啦。稳住八寨，则古田之羽翼剪除矣！"殷正茂拍了拍郭应骋的肩膀，欣喜道，"君宾兄带来的五十名僮勇，不妨以重赏诱之，命他们打入蛮贼内部，见机行事。"言毕，他转向门外，高声道，"来人！请俞帅、王参将到节堂议事！"

须臾，早已在巡抚衙门候命的总兵俞大猷、参将王世科就相偕进堂参见。殷正茂、郭应骋正斜趴在书案上低头查看《广西坤舆图》，见二将进来，拱手还礼，摆手让二人也围拢来。殷正茂把《桂林坤舆图》抽出放在案上，绕着"古田"用食指倏地转了一圈，随后一掌拍了下去，道："合兵围剿，速战速决！"见三人不语，殷正茂边在舆图上用手比画着边道，"官军八万，加上广西、湖广土兵、狼兵六万，总计十四万，对外号称二十万。此番不以三厄岭为主攻方向，而要取强兵压境、层层包围、步步为营、次第推进、渐缩包围圈之战术！"

郭应骋指着舆图道："古田石城仅有一条古道穿大峡谷而过，四周近百里俱为崇山峻岭。石城北十余里处，有一道绵亘二十余里的险关，谓之三厄岭，乃深山峡谷地带，仅容一骑；一旦进入，士卒隔绝不能相顾，大有一夫当关、万夫莫开之势。当年两广总督闵军门调集湖广、广东并本省兵马五万，浩浩荡荡大举征剿，在都狠隘与蛮贼接战。蛮贼佯败，诱官军入至三厄岭，埋伏的蛮贼从两旁的山上砍杀下来，官军死伤惨重，狼狈而撤。其后几次进剿，官军不是心存余悸莫敢深入，就是在三厄岭败退。至此，三厄岭被视为官军死亡之岭，迄未有突破者。"他抬头看了殷正茂一眼，"此番进剿，成败亦在三厄岭！"

"抚台，末将愿率一路攻三厄岭！"参将王世科道。

王世科是武状元出身，不唯能征善战，且足智多谋，他请缨主攻三厄岭，令殷正茂甚喜。但他沉吟良久，却摆了摆手，从案上拿出一份文稿，乃是进兵妙计，几个人围拢在一起，边看边议，不时修正一二处，议了一个多时辰方定案。

次日，百户以上武官皆一身戎装，齐集演武场。殷正茂着三品文官朝服，身披斗篷，腰佩宝剑，登上演武台，下达军令："此番当分兵七路合围古田！以参将梁高、卢奇率一万三千兵马为一路，从东直插古田县城；以总兵俞大猷、参将王世科率一万九千兵马为一路，由东之永福县城方向，入龙坑隘，插入韦银豹老巢古底；以参将黄应甲率一万三千二百兵马为一路，从东南洛容县城方向，入三门隘；以都指挥钱凤翔率一万零九百兵马为一路，由东北临桂方向，入都狠隘；以副总兵门崇文率九千八百兵马为一路，由永福进总甫隘；以游击丁山率一万一千四百兵马为一路，由南面洛容方向，进思管隘；以都指挥董龙率一万二千五百兵马为一路，由西部进风门隘；以都司鲁国贤率七千九百兵马，由洛容进莲塘隘。以上各路，当相互呼应，协调推进！"

殷正茂点到的武官，皆出列行礼，高唱一声："领命！"

"除以上七路外，再拨兵马，封锁蛮贼进出隘口、要道！"殷正茂又下令道，"都司李敞之领兵七百，截永福江道；守备金策领兵二千，把守怀远；守备王德茂，把守融县；都司张启汉，把守苏桥；参将马良汇，把守洛容；守备凌文明，把守义宁，湖广参将祝明，领湖广、贵州之兵防守邻近隘道。"

七名武将也出列行礼，高唱："领命！"

殷正茂抽出佩剑，对天高举，大声道："此番征剿，诸文武当上下协心，将士用命，一鼓而下！有畏缩不前贻误戎机者，本院必以军法严惩不贷！"

军令已下，殷正茂转身在一把高椅上坐定，前方不远处摆着一张长长的条案；条案上放着一排香炉，礼仪官一声高唱："焚香！"郭应骋、俞大猷代表文武将士趋前焚香，双手举过头顶，对天起誓："和舟共济，戮力同心，旗开得胜！"

三

桂林西南六十余里处群峰耸立，千姿百态，犹如一群仙人在此会聚，故得名"会仙里"。在一棵已经数百年风雨的古樟树旁，正是广西巡抚殷正茂的营帐。此番征剿韦银豹，七路大军已然奉命进发，殷正茂也亲临前线，在靠近古田县域的"会仙里"扎下大帐。禀报军情、传达军令的中军穿梭不停，马蹄疾驰，战马嘶鸣，打破了古村的宁静。

"报——"一名中军进帐喊道，"总兵俞大猷、参将王世科已率部抵达洛容城！"

"报——"另一名中军随后喊道，"参将梁高、卢奇率部沿峡谷古道，推进至都狠隘！"

各部如期推进，殷正茂心里却并不踏实。十万大军分布于莽莽群山、万千沟壑之间，委实令人揪心。

梅雨初霁，夕阳西下，残阳照进了军帐，殷正茂与郭应骋走出帐外，沿唐代开通的桂柳运河漫步。郭应骋见殷正茂眉头紧锁，一下子就猜透了他的心思，遂道："石汀兄，方圆千余里皆韦银豹控制，崇山峻岭间的住民都是僮人，分不清是民是贼，不可能都杀光。官军在其间推进，不啻陷入贼穴！"

"报——"随着一声高叫，又有中军禀报军情，"参将梁高、卢奇率部攻入古田县城！"

"哦？"殷正茂喜出望外，"韦银豹何在？"

"韦银豹退出县城，往凤凰山一带撤退。"中军禀报道。

"传令俞大猷、王世科，速向古田推进！"殷正茂下令。

"这么快就攻克石城？"郭应骋疑惑地说，"当防有诈。"

殷正茂一笑道："君宾兄多虑了吧？大军压境，韦银豹只有逃命的份了，哪儿有还手之力？"

郭应骋沉吟不语，疑虑并未消除。

果然，次日午后，中军来报，韦银豹杀了个回马枪，官军仓促应战，狼狈撤退，又在都狠隘中了埋伏，损失惨重！俞大猷闻讯，不敢贸然轻进，已撤回洛容县城。

"不准后退！"殷正茂气急败坏地说，"传令俞大猷、王世科，火速推进；传令梁高、卢奇，不惜代价，再攻石城；传令各路，昼夜推进！敢后撤者，军法处之！"

俞大猷接令，只得率部向古田进军。虽然小心翼翼，却还是不断遭遇伏击，行进迟缓。殷正茂催促进军的军令一道又一道，过了十余天，方推进到古底、军屯。俞大猷部立足未稳，又遭阻击，进退不得，眼看有全军覆没之虞！危急关头，副总兵门崇文率部赶来增援，俞大猷部方解围再进，旋即攻占韦银豹的老家凤凰村。

殷正茂接报大喜，传令各路加速推进，合围清剿。

"报——"探马喊了一声，禀报道，"据打入蛮贼内部的细作谍报，韦银豹已传令四处收兵，大军都集结于三厄岭！"

"进剿三厄岭！"殷正茂下令。

郭应骋建言道："马浪、苦利、潮水乃大石山区，韦银豹在这些地方修筑工事经画多年，重兵把守，还是谨慎进军为好。"

殷正茂不以为然，并传令亲赴前线督战。郭应骋只得带着一干幕僚随从，簇拥着殷正茂的战马，向三厄岭方向行进。只一天工夫，即赶到俞大猷的营帐。俞大猷率幕僚、侍从迎接。殷正茂进帐听取禀报，又出帐四处查看了一番，随即下令："狼兵为前军，掩护鸟铳军主攻。每进一步，后军即把四周树木砍光，见房点火，见石过刀！"

俞大猷、王世科、梁高、卢奇四位最得力将领，官军三万余，土兵、狼兵三万余，势不可挡般地向三厄岭扑去。一万多鸟铳军，有的向前方开火，有的向两旁山岭射击，"噗嗵——"而出的火焰、黑烟，遮天蔽日。不到半天工夫，就过了都狠隘，直抵三厄岭最险要处。官军尚未布阵，山岭上乱石如风，弓弩如雨，兜头向阵中飞来。顿时惨叫声响成一片，土兵、狼兵、鸟铳军乱了阵脚，挤成一团，死伤遍地。

殷正茂在后督战，闻报大怒："传令，不得后退！鸟铳军轮番开火，弓箭手一体上阵！"

"鸟铳打不着，弓箭射不到！"探马沮丧地说。

"那也要打！给我打！"殷正茂声嘶力竭地喊叫着。过了一个多时辰，前方仍无进展，却见天上乌云滚滚而来，仿佛来此看热闹般越聚越密。须臾，落下雨点，仿佛为死伤者哀伤不已，雨点也就越来越密集。殷正茂骑马伫立雨中，浑身已然浇透，却仍不愿进帐。郭应骋跑过去，劝道："抚台，石汀兄，我有一计，到帐内一议？"

"哦？"殷正茂翻身下马，拉住郭应骋的手，道，"君宾兄快说，如何攻克这死亡之岭？"

郭应骋疾步往大帐走，殷正茂只得跟在身后进帐，来不及更衣，两人即走到案前，摊开舆图，郭应骋指着三厄岭两边的山峰道："抚台，古道狭窄，我军只能摆成长蛇，不堪乱石、滚木之击。我意，命王世科带土、狼兵并弓箭手、鸟铳军，乘雨夜悄然攀山设伏，待凌晨时分突然攻山，占领山头，与敌搏杀。蛮贼既要对付山上的我军，又要顾及隘道的我军，必顾此失彼！"

"哎呀，好！好！好！"殷正茂拊掌道，传令毕，这才拉住郭应骋，"君宾兄，来来来，更衣，喝壶酒暖暖身子。"

令檄不时即传到俞大猷手中。他忙召王世科，一番部署，鸣锣收兵。待交了亥时，王世科带着精选的八百名士卒，借着"哗哗"的雨声掩护，小心翼翼地向上攀去，到得半山腰，悄然埋伏下来。

次日凌晨，关隘古道上，急促的战鼓声打破了山中的宁静，鸟铳发出的火光驱走了黎明前的黑暗，喊杀声如同惊雷回荡在峡谷。黄朝猛被这震天动地的声响惊醒，急命兵勇应战。僮勇们尚未反应过来，官军已似从天而降，从山腰冒出，边向上攀爬边以鸟铳、弓箭向上射击。黄朝猛被这突如其来的场景震住了，一时惊慌失措，不知如何应对。狼兵在鸟铳的掩护下，手持大刀、长矛，呼啸着冲了上来。

"快，撤往马浪——"黄朝猛大声喊叫着，仓皇向山下奔去。

"禀抚台，蛮贼已弃苦利据点，撤往马浪！"中军来报。

"哦！好，终于攻下一个据点！"殷正茂大喜，"传令，继续进攻！"

郭应骋道："抚台，蛮贼巢穴虽众，唯苦利、马浪、白塔山三处大且坚。拿下苦利，就是马浪和潮水的白塔山了。据谍报，韦银豹就在白塔山上。"

"哦？那就集中兵力，主攻白塔山！"殷正茂兴奋地说。

"我意先攻马浪，使白塔山孤立无援，将韦银豹困死在白塔山。"郭应骋道。

殷正茂摆手道："只要拿下白塔山，灭了韦银豹，马浪岂不不战而得？何必攻马浪？还是专攻白塔山为宜！"言毕，转身大声道，"传令诸路将领，除把守关隘外，各抽调主力向白塔山一带集结！给我团团围住，让韦银豹插翅难飞！"

四

潮水村前临平野,后连崇山弥谷。白塔山即在村旁,高峰矗立、崖壁陡峭,山后连山、易守难攻。韦银豹就率部盘踞白塔山及南面的深山大谷,居高临下、凭险抵抗。

殷正茂身穿三品官袍，身披黑色斗篷，骑在一匹枣红色大马上，对着集结已毕的七万大军，手举佩剑，高声道:“进攻！勇者赏，退者斩！”

须臾，黑压压的官军在鸟铳火力掩护下向白塔山挺进。刚靠近山脚，前锋已成仰攻队形，伴随着“呼隆隆”的轰鸣声，滚木、石块倾泻而下，夹带着前军将士的惨叫声中滚下山，伤残的官军倒了一片，挡住了后军推进之路。

“抚台，伤亡惨重，还是不要强攻为好。”郭应骋焦虑地说。

“不攻怎么办？”殷正茂急得像热锅上的蚂蚁，“攻，只有强攻！”

新一轮的攻势又被山上的滚木乱石压了下来，又有一批伤亡官军被抬走。殷正茂心里慌乱，表面却一味强硬，下令:“昼夜不停，向山上鸣铳、射箭！”

“抚台，这没用，伤不着蛮贼。”郭应骋劝道，“不如转攻马浪，先拿下黄朝猛，韦银豹失去援军，独守孤山，困也得被困死！”

殷正茂不想放弃既定战术，依然强令官军攻山。可攻了六七天，除了一批批伤亡官军外，竟毫无进展，军营里弥漫着焦灼、绝望的气息。殷正茂圆脸变成了长脸，茶饭不思，只是在大帐里不停地踱步，幕僚侍从不敢近前，只有郭应骋在帐内枯坐，仰脸看着一脸焦躁的殷正茂。

“君宾，我看不妨照你说的办，对白塔山围而不攻，命王世科率三万兵马攻马浪。”殷正茂满是歉意地说，看得出他说出这句话颇是艰难。

“抚台是统帅，由抚台决断。”郭应骋道，又提醒说，“黄朝猛率部守马浪，强攻也不易，恐不能急于求成。”

殷正茂颓然坐在郭应骋对面的椅子上，叹息一声:“大军进山眼看快一个月了，天也越来越热，拖下去，恐军心涣散，凶多吉少。”

郭应骋思忖片刻，道:“八寨带来的五十僮勇，分布于马浪一带者不少，当以重利诱之，为我提供谍报，看看有没有漏洞，以攻其短。”

殷正茂蓦地起身:“来人，传参将王世科来见！”

须臾，参将王世科进帐行礼。殷正茂道:“将军，本院命你率三万兵马，拿下马浪！”又一指郭应骋，“藩台还有交代，你照计行。”

郭应骋起身，对王世科道:“命八寨来的僮勇设法与山上的同伴接头，以为内应；要不惜重金！”

王世科领命而去，迅疾集结人马向马浪进军。马浪地势比白塔山低缓，狼兵在前，鸟铳兵随后掩护，向山上发起猛攻。不到两个时辰，大军就攻到了半山腰，正庆幸间，却遭到在白塔山同样的境遇。乱石、滚木过处，躺下一片尸首。王世科催促战鼓紧擂，不间断地向上进攻。随着又一波滚木、乱石，山上的僮勇呼啦啦猛扑下来，挥舞刀戈剑戟，一阵砍杀，把官军压了下去，王世科只得传令鸣金收兵。

次日，王世科督率大军再发攻势，仍难敌乱石、滚木，只得从半山腰狼狈撤回。如此连攻三日，均毫无进展。王世科一个人在营帐苦思冥想应对之策，直到深夜，不知何时朦朦胧胧睡着了。黎明时分，亲兵突然将王世科摇醒，说有要事禀报。须臾，进来了几个衣衫不整的僮人。

“怎么回事？”王世科疑惑地问。

“禀将军，这里有一颗人头，请将军过目！”一个僮人说着，把怀抱的一个包裹放在帐中的大案上，打开一看，果是一颗血淋淋的人头。

王世科吃了一惊，刚要问，另一个僮勇禀报道：“我辈是八寨的僮勇，奉命打入韦银豹队伍中。探知黄朝猛躲在一个山洞里指挥，夜里悄悄过去，斩杀了守卫，砍下了黄朝猛的人头来献！”

“哎呀，太好了！”王世科激动不已，传令道：“即刻发起进攻！用竹竿高高挑起黄朝猛的人头，边进攻边向上喊话！”

须臾，战鼓“咚咚”，号角“呜呜”，睡梦中的将士被惊醒，爬起来抓起刀枪，列队冲锋。马浪据点里一片混乱，官军一路仰攻，再也没有遇到大规模抵抗，薄暮即占领马浪，山上的蛮贼早已不见踪影。

王世科喜出望外，飞报总兵俞大猷。俞大猷也惊喜不已，捷报喘息间就到了殷正茂手里。

“哎呀，君宾兄，还是你这招厉害！”殷正茂激动得在营帐满地打转，“想不到八寨的僮勇立此大功！重赏！”

郭应骋一笑：“只可惜这招不能再用，韦银豹必是戒备了，对白塔山也只能围困了。”

殷正茂传令：“王世科撤回，大军务必把白塔山围牢、困死！”

官军不敢攻山，山上的韦银豹也不出击，双方僵持了十余日。殷正茂坐不住了，亲往前线察看情形。忽见有士卒押着一个僮人老者从不远处经过，忙命人把老者带来。

“尔要上山，做什么？”殷正茂问。

“山上缺水，送浸了水的蚊帐给老哥。”老者答。

“官军围得水泄不通，尔从何处可上山？”殷正茂问。

“山背，攀悬崖上去。”老者又答。

殷正茂大喜，命随从：“拿银子来，赏！”须臾，亲随拿来一包银子，殷正茂从中检出一百两的银包，对老者说，“赏尔一百两，为官军带路！”说完，对郭应聘道，“君宾，速从土兵、狼兵中挑选善攀缘者，组成敢死队，从悬崖峭壁攀缘上去，偷袭蛮贼！”

“哎呀！”郭应聘摇头，“悬崖绝壁，稍有不慎就跌入深潭，恐无人敢试。”

“重赏之下必有勇夫。先给一百两，攀上去的再赏二百两！”殷正茂道，“这可是蛮子一辈子挣不到的，必有愿者！”

赏令一下，果有一千多人报名。俱为土兵、狼兵中善于攀爬者。俞大猷命稍加检验，精选出八百人组成的敢死队，绕到山背，泅水靠近山脚，冒死向上攀缘。不多时，就听有“扑通、扑通”的声音，不断有人跌落潭中。有的冒出水面又去攀山，有的战战兢兢退了回来，有的则不见了踪影。

深夜，突然山顶有火把亮起，俞大猷一看，正是敢死队发来的信号。遂传令连夜发起总攻。经过一昼夜激战，到次日天亮时，官军终于攻到山顶，僮勇的尸体漫山遍野，惨不忍睹。官军一面加大火力攻山，一面四处搜索。突然，一股僮勇举着白旗，跑下山来，口中大喊着：“报功请降！报功请降！”

官军将来人团团围住，把总问：“何人？报何功？”

“小的是韦银豹的部将韦良台，献韦银豹首级！”一个中年模样的僮勇说。把总惊得差点跌倒，忙领着韦良台等人径直到了帅帐。俞大猷闻报，惊喜异常，亲自率一干人等谒见殷正茂。

殷正茂惊喜之余，不敢相信，问郭应聘道：“藩台，谁见过韦银豹？”

郭应聘思忖片刻，道：“五年前韦银豹曾受招抚，古田县的主薄、现为县丞的廖元和巡检王纲跟韦银豹打过交道。”

“传廖元、王纲来验！”殷正茂吩咐道。

“首级，嗯，像是韦银豹的。”廖元道，“宝剑、猿皮帽，属韦银豹无疑！”

“千真万确！”王纲附和道。

殷正茂仰天大笑，笑了一阵，吩咐道：“听本院命令：一、拟捷报，速呈报京师；二、着俞大猷差将官押送韦银豹、黄朝猛首级及韦银豹宝剑、猿皮帽至京；三、着王世科率两万兵马留此善后，大军班师！”

兵部接到捷报，一片欢腾，忙向内阁禀报。高拱闻报大喜：“明日早朝，兵部可在朝会上宣读捷报，以振人心！”

朝会上，兵部尚书郭乾刚宣读完殷正茂的捷报，会极门内外便响起一片欢呼声。皇上也情不自禁地从御座上站起身，高声道：“吏、兵二部听旨：会议升赏征古田有功文武诸臣！”

“陛下！”户科给事中曹大埜出列高叫一声，他因大计优等，擢升给事中，很想再有一番作为。此时，他因欣喜而声音哽咽，“北虏求贡称臣，蛮贼喘息剿定，此皆百年间列祖列宗欲做而未果者，今我皇上一举达成，实乃我隆庆朝新气象也！微臣为我皇上贺！”

“端赖众卿用心辅弼！”皇上高兴地说。

朝会甫散，曹大埜就快步挤到高拱身边，慨然道：“玄翁，医国之华佗也！”

走在张居正身后的殷世儋一撇嘴道：“当众说些颂扬之语，这类人，必是希求荣进之徒。”

高拱未理会，和张居正边走边交谈着，张居正笑道：“皇上太高兴了，命升赏征古田有功诸臣。呵呵，也得等李迁、殷正茂的荐疏奏来嘛！”

“既然纶音已下，先升殷正茂兵部右侍郎，巡抚如故。其余听李迁与殷正茂之荐。”高拱微笑着说，又回身叫礼部尚书潘晟，“水帘，宣大敕封之典筹备如何，何时举行？”

“禀玄翁，已筹备停当，这三两日之内即举行。”潘晟恭恭敬敬地答道。

“这就好！”高拱兴奋地说，“西南戡乱传捷，北边和议礼成，说隆庆朝新气象，倒也恰切！”

五

出大同城门向北约九十里，西距饮马河二里，东至边墙三里处，有一座极边要冲的战堡，堡方二里，高三仞，厚二仞余。堡门前是一副雕刻精美的砖饰，通体用砖块磨接对缝，平贴在门洞上方，呈垂花门庭状，幔下嵌着荷、梅、兰花样，其下饰有方形的奔兔弯月、瑞日祥月、和合如意和海晏河清四组图案。走出门洞，回身仰望，“得胜”二字石匾镌刻在堡门内侧，此即得胜堡也。堡内由北向南建有神武阁、玉皇阁、木牌楼、菩萨阁和城阁。玉皇阁偏东一箭远，为参将府，府周建有火药库、制弹房、新营房、箭岛等。另有文衙一座，内住朝廷七品命官，负责处理堡内居民日常事务。堡内驻扎官军二千四百四十八员，马骡一千一百八十九匹。此堡地处南北交峰、烈马嘶鸣的关内外咽喉要冲，南至弘赐堡二十里，西至拒墙堡二十里，成犄角之势。因得胜堡外接镇羌堡，内联弘赐堡，击柝相闻，两堡依附，烽火一传，矢镞可及，虏终不能独窥。

由得胜堡向北即是得胜口。这是一座横跨长城的石砌砖包城门，其宽度可过一辆大车，门顶上建有木楼，口外有瓮城、月城。出了得胜口不远处，就是口泉河，河南岸有一片高出地面三四尺的开阔平台。相传，北宋时杨门女将穆桂英在两狼关与辽军大战后，曾在口泉河洗马，后在此土台子上晾马，因而得名晾马台。

隆庆五年五月十六日，宣大总督王崇古率麾下文武十多人，进驻宏赐堡并在大同以北沿边五堡一线埋伏重兵，严阵以待。与此同时，又命人在得胜堡外的晾马台搭建棚厂。棚厂长阔各三丈，用线杆木料搭成，用帛五匹，红布二十匹，青绿羊绒三梭二十匹，手帕、汗巾四十方，席五十领，麻绳一百，彩亭四个，彩旗二十对。中庭设黄帏，焚香供张。十七日，俺答汗遣使打儿汉首领哥、克汉等数人先期抵达得胜堡，新任大同副总兵阎振、游击康纶，在堡内款待、延之公署商榷议程，演习礼仪。

十八日交了午时，俺答汗偕三娘子率随从骑马奔驰而来。瞬时，晾马台上鼓乐齐鸣，彩旗招展，副总兵阎振、游击康纶赍敕谕十二道，另有马车装载朝廷所赐物品，迎接俺答汗一行入了棚厂。

须臾，王崇古乘坐大轿，摆开仪仗，来到晾马台。礼仪官一声高唱："迎圣旨——"

王崇古走上晾马台，展开一道谕旨，俺答汗躬率诸夷迎诏，南向行四次叩头礼。王崇古面北宣读道：

"朕唯天地以好生为德，自古圣帝明王，代天理物，莫不上体天心，下从民欲，包含遍复，视华夷为一家，恒欲其并生并存于宇内也。迨朕继承丕绪，于兹五年，钦天宪祖，爱养生灵，胡越一体，并包兼育。朕代天覆帱万国，无分彼此，照临所及，悉我黎元，仁恩唯均，无或尔遗。尚尔仰遵天道，坚守臣节，约束尔众，永笃恭顺，使老者得安，幼者得长，保境息民，世世安乐。傥尔背初心，轻弃盟言，非尔之福，尔其体悉朕意。钦此！"

"臣俺答接旨！"俺答汗跪地叩首，双手举过头顶，恭恭敬敬接过圣旨。

接着，王崇古一口气宣读了十一道谕旨：敕封俺答为顺义王，赐大红五彩纻缎蟒衣一袭、彩缎八表里；昆都力哈、永邵卜、黄台吉授都督同知，各赐大红纻丝狮子衣一袭、彩缎四表里；宾兔台吉等十员，授指挥同知；把汉那吉，授昭勇将军；那木儿台吉等十九员，授指挥佥事；打汗台吉等十八员，授正千户；阿拜台吉等十二员，授副千户；恰台吉、打儿汉首领哥，授百户，各赏赐有差。

读毕，俺答汗行谢恩礼，撩袍脱帽，再行四次叩头礼，起身道："请天朝汉官见证，本汗……不，本王同东西各台吉、昆都力哈老把都、永邵卜大成、切尽黄台吉等三大部落夷人并各衙门原差通官在彼讲定，对天叫誓！"

说着，众夷目立于俺答汗身后，齐齐举起双臂，随着俺答汗起誓道："天朝人马八十万，北虏夷人四十万，你们都听着，听我传说法度。我虏地所生孩子长成大汉，马驹长成大马，永不犯天朝。若有哪家台吉进边作歹者，将他兵马革去，不着他管事；散夷作歹者，将老婆孩子牛羊马匹，尽数给赏别夷！”

叫誓毕，焚纸抛天。晾马台上仿佛燃放烟花，火苗四散，纸灰飘飞。接着，俺答汗命通事官宣读《俺答初受顺义王封立下规矩条约》。此为俺答汗与各枝夷人商榷所立，自我约束条款，计开：

一、投降的人口若是款贡以前走来，各不相论。以后若有虏地走入人口，是我真夷，连人马送还；若是天朝汉人走入，家下有父母兄弟者，每一人给恩养钱，分缎四匹、梭布四十匹；如家下无人者，照旧将人口送还。

二、汉人若来投虏，我们拿住送还，重赏有功夷人。我夷人偷捉汉人一名出边者，罚牛羊马一九。

三、夷人杀死人命者，一人罚头畜九九八十一、外骆驼一只；汉人打死夷人者，照依天朝法度偿。

四、汉人出边偷盗夷人马匹牛羊衣物者，拿住送还，照依天朝法度处治。

五、夷人打了无干汉人，罚马一匹。

六、夷人不从暗门进入，若偷扒边墙拿住，每一人罚牛羊马一九。

七、夷人夺了汉人衣服等件，罚头畜五匹头只。

八、夺了镰刀斧子一件，罚羊一只，四五件者罚牛一头。

九、打了公差人，罚牛羊马匹一九。

十、夺了汉人帽子手帕大小等物，一件罚羊一只。

十一、偷了天朝马骡驴牛羊者，每匹罚头畜三九。

十二、筵宴处所，夷人偷盗家活等件者，罚羊一只。

十三、讲定拨马。若进贡领钦赏，俱准倒骑马骡；若报开大市并讲紧急事情，本王与黄台吉各准拨马四匹，其余台吉各准马二匹；若是讨赏卖马者，各骑自己马匹。

“俺答委实是诚心，所担心者，唯部属分散，不好约束，故而规约所定甚细。”副总兵阎振站在王崇古身后，伸头附耳，窃窃私语道。

王崇古点头，满意地笑了笑，道：“甚好！签字！”说着，引俺答汗走向中庭摆放的供桌前，双双坐定，提笔在条约上签字。

礼毕，鼓乐声再起。王崇古伸出右臂，大声道：“顺义王，请！”

“太师请！”俺答汗道。

“呵呵，顺义王，”王崇古笑道，“照朝廷规矩，王，乃最高爵位，理应在前。”他又伸出手臂，示意俺答汗前边走。

“喔哈哈哈！”俺答汗大笑着，拉住王崇古的手臂，“太师，一起走！”

两人并排下了台阶，王崇古刚要拱手作别，俺答汗拦住道："太师，本王蒙恩受封，急于给咱们的圣天子贡方物、入贡事，得有个说法啦！"

"哦？顺义王倒是想到前头了。"王崇古一笑道："不妨说来听听。"

"军门是爽快人！喔哈哈哈！"俺答汗大笑，"吾弟老把都那边能不能也开市？他那边不开市，本王担心他还要抢掠，不好约束。"

"这个当代为奏请！"王崇古语气坚定地说。

俺答汗又道："本汗封了王，各枝头目也都有了天朝的官职，都是天朝之臣。往后行令，按天朝的规矩办；可没有个印信关防，不好为凭呢！"

"嗯，是这么回事！"王崇古赞同道，"顺义王，还有甚事，不妨都说出来。"

"喔哈哈哈，太师大善人！"俺答汗竖起大拇指，又学着汉人抱拳向上一举，"咱们的皇上圣谕里说，华夷一家，胡汉一体，无分彼此，真乃圣明天子也！大漠之人，受了天朝的感化，都愿意煮熟了吃，可惜没有铁锅，能不能拿些铁锅到市上交易？"

王崇古沉吟片刻，道："好，本部堂一并上奏代请！"他突然叹了口气，"不瞒顺义王说，朝廷百官意见纷纭，顺义王所请，朝廷能否允准，本部堂都希望顺义王不要着急，更不要背约弃盟。"

"喔哈哈哈，太师放心：本王立地成佛，绝不背盟！"俺答汗爽快地说。

"报——"一匹快马自北奔驰而来，从马上滚下一人，用番语向俺答汗禀报着。

通事向王崇古译道："老把都死了。他的大夫人一克哈屯拒绝接受天朝敕封。"

俺答汗一脸肃穆，躬身道："太师，别过！"

王崇古拱手作别，心头顿时蒙上一层愁云。

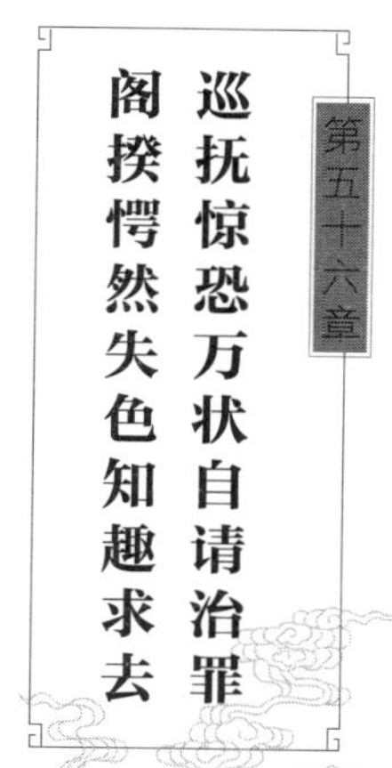

第五十六章 巡抚惊恐万状自请治罪 阁揆愕然失色知趣求去

一

殷正茂大军凯旋，班师回到桂林，两名随侍姬妾忙不迭地替他沐浴更衣，尽心侍候，直到次日午时方懒洋洋地出了卧室。他吩咐下去，晚间在公署大摆庆功宴，犒劳文武属僚。当晚，不唯巡抚衙门，桂林城的大街小巷也都张灯结彩，仿佛过节一般，煞是热闹。

休整了十天，择定吉日，殷正茂一大早即率藩、臬两台并桂林知府前去拜谒尧庙。一行人骑马出了就日门，兴冲冲地来到漓江岸边，早有舟船在江边等候。殷正茂率众属僚登上舟船，渡过漓江，正要上马，忽闻对岸有人呼唤。殷正茂摆手示意，要众人稍候。对岸中军急匆匆登上一艘小船，催促船夫用力摇橹。小船尚未靠岸，中军就起身一跃，跳到岸边，疾步跑到殷正茂面前，气喘吁吁地说："禀抚台，有至要军情！"

殷正茂屏退左右，中军这才禀报道："抚台，韦银豹……韦银豹还活着！"

"什么？你说什么？！"殷正茂脸色陡变，一把抓住中军的衣领，用力摇晃着问。

"抚台，韦银豹委实还活着！"中军向后仰着头，战战兢兢地说。

"胡说！胡说！"殷正茂大声道，用力把中军向后一推，中军踉跄几步，"嗵"地跪地，"抚台，大军班师，王世科将军善后，忽闻蛮贼残余从四面八方向凤凰山

集结，便命探马查探。打入蛮贼内部的八寨僮勇谍报，方知韦银豹还活着，在凤凰山召集旧部，要卷土重来！”

“韦银豹的首级、宝剑、猿皮帽是怎么回事，怎么回事？你说，怎么回事，快说！”殷正茂额头上冒出汗珠，双腿微微战栗，却虚张声势、气势汹汹地质问着。

中军镇静片刻，道：“禀抚台，谍报说，我大军攻上白塔山，韦银豹走投无路，就把一个相貌酷似他的人的首级斩下，命部将韦良台将首级并韦银豹常用的宝剑、戴的猿皮帽等献与我军，伪装投降，而韦银豹却乘我军上当息兵之机，带领随从悄然间道而逃！”

“这这这……”殷正茂大汗淋漓，头晕目眩，瘫坐在地。

中军与几名亲兵见状，忙上前搀扶，殷正茂站稳，用力一甩，从几个亲兵的搀扶中挣脱开来，命令道：“再探，速报！”

郭应骋一干属僚远远地看着这边发生的一切，虽不知其故，也觉察到非同寻常，但又不敢近前过问，只好呆呆地站着，等候殷正茂发话。殷正茂顾自低头向漓江岸边走去，一言不发，默然登上一艘小船，挥手示意，要船夫摇橹渡江。亲兵惊慌失措，忙往船上跳去，刚跳上两名亲兵，殷正茂见船夫还在等候，便呵斥道：“开船！开船！”船夫只得马上摇橹，一名亲兵的一条腿刚跨上船，另一条腿尚未抬起，船身一动，他站立不稳，“扑通”一声跌进水中。后面的亲兵不敢怠慢，匆忙跳上另一艘船，尾随在殷正茂乘坐的船后，向对岸驶去。

见此情形，郭应骋忙和众人慌慌张张地回身上船，船尚未靠岸，已骑在马上的殷正茂回头大喊一声：“谁让你们回来的？”不等目瞪口呆的众人申辩，他又劈头呵斥，“事先已知会尧庙，给尧祖上香，汝等因何欺诓尧祖？”他一指郭应骋，“你，代本院去！”话音未落，又改了主意，“君宾不能走，让臬台去，快去！”臬台和桂林知府所乘舟船正要转舵，殷正茂又大声吩咐说，“去到尧庙，多多给尧祖上香叩头，请尧祖保佑我八桂绅民，还有广西大小官员，平平安安！”言毕，勒马向桂林城驰去。

郭应骋从殷正茂的话语中听出大事不妙，一到巡抚衙门，来不及喝上一口茶，忙去求见，殷正茂在节堂传请。

“君宾，我完了！”一见郭应骋进来，殷正茂垂头丧气地说。

“抚台何出此言？”郭应骋惊讶地问。

“欺君大罪，身家性命难保！”殷正茂一捶书案，痛楚地说。

“欺君大罪？”郭应骋不解，“抚台忠心耿耿，一举为君父戡平古田，为国家立此大功，何来欺君？”

殷正茂连连摇头，把中军所禀说了一遍，望着愣在眼前的郭应骋，他追悔莫及道：“君宾，这，这还不是欺君大罪吗？”言毕，大声向门外喊道，“来人！把廖元、王纲给我押来！”

“哎呀！这这这……”郭应骋缓过神来，却不知该说什么，便试探着问，“抚台，会不会有人假借韦银豹指令招徕旧部？”

殷正茂又是一阵摇头，道：“君宾，大军压境，谁肯冒此风险假冒韦银豹？”

“也是，非韦银豹出面，此般情形下，旧部也不会响应。”郭应骋喃喃道。

“君宾，我这就上疏请罪！”殷正茂坐到书案前，提起笔，却不知如何落下。

郭应骋从旁参议道：“定位于误认韦银豹首级为妥。”

“急于报功，仓促间误认贼首，形同欺罔，自请治罪疏，如何？”殷正茂问。

郭应骋沉吟良久，道：“急于报功这句话，未必说了吧。”

“时下朝廷是玄翁主持，”殷正茂道，“玄翁不喜绕弯子，遮遮掩掩的，反而不好，莫如实话实说。”

“就怕别人拿你的话做文章，还是要拿捏好。”郭应骋劝道，又安慰说，“闻得玄翁敢于担当，为国惜才，或许抚台还有救。”

“重者杀头，轻者罢职，欺君之罪是解脱不了的。总之，殷某这次是完了！”殷正茂凄苦一笑，又道，“此番戡乱，君宾居功厥伟，我会向玄翁荐君宾补我的遗缺。”

“朝廷追究下来，谁能脱得了干系？”郭应骋摇头苦笑着说。

两人说着，字斟句酌完成了《急于报功仓促间误认贼首形同欺罔自请治罪疏》，殷正茂就要拜发，郭应骋拦住他：“既然抚台已命王世科再探，不妨再等等，上次就是因为太匆忙了。”

等到次日午时，王世科再差中军来报：“韦银豹活着，已把替身的家人找到，核实真确。”

殷正茂听完，冷笑一声，道：“带廖元、王纲来见！”

廖元、王纲战战兢兢进了二堂，殷正茂大喝一声：“尔等验看韦银豹首级，因何胡乱辨认？”二人刚要辩解，殷正茂一挥手，“给我绑了，推出去，砍头！”

“抚台，这……”郭应骋支吾着想劝阻，见殷正茂一脸杀气、两眼凶光，不敢再说下去。

“本院也是快要死的人了，还怕甚！我死之前，先得把这两个不负责任的小人杀了！”殷正茂大声道，说着，从案上抽出一支令签，往地上猛的一扔，“本院有令：军法从事，将廖元、王纲拉出去，砍头！”

廖元、王纲吓得瘫软在地，哭喊着求饶。殷正茂毫不理会，快步走出二堂，边高声道，“快，拜发奏疏，八百里加急！”

“抚台，自请治罪固然是补救，然则更重要的是上紧把韦银豹拿获。”郭应骋跟在身后说。

“传令俞大猷，集结兵马，半个时辰后出发，围剿凤凰山！”殷正茂头也不回，大声下令道。

二

殷正茂亲率三万大军，再闯三厄岭，气势汹汹扑向凤凰山，排兵布阵，围得水泄不通。他骑马站在山脚下，见山上并无滚木、石块下来，遂下令：“给我搜山，一块石头、一棵树、一堆草都不得放过，务必把韦银豹抓获！”

话音甫落，战鼓阵阵，大军呼啦啦向山上扑去。探马、中军在殷正茂的营帐穿梭，却未有一个消息令提心吊胆的殷正茂踏实下来。转眼间两天过去了，除了偶遇小股僮勇突袭，并未有大规模抵抗，但韦银豹却是踪影全无，了无声息。

“搜！给我用心搜！不信韦银豹能插翅飞出包围圈！”殷正茂气急败坏、声嘶力竭地命令道。

可是，又过了两天，还是没有捕捉到韦银豹的一丝踪影。恰在这时，朝廷嘉奖谕旨到了。殷正茂展读，叙广西古田平寇功，升李迁为右都御史，仍兼兵部左侍郎，总督如故；殷正茂为兵部右侍郎，仍兼右佥都御史；总兵俞大猷实职二级世袭，各赏银币有差。

“石汀兄，恭喜了！”郭应骋语调悲壮地拱手道。

殷正茂既羞愧又恐惧，叹息道：“君宾，这是朝廷收到捷报后颁下的。一旦得知韦银豹首级是假、其真身又卷土重来，说不定再接到的就是杀我的谕旨了。”说完，神情慌张地吩咐道，“封锁消息！朝廷的这道谕旨，不公布，也不准外传！”

“不能尽快拿获韦银豹，在朝廷里，即使玄翁想为石汀兄说话，也无借口。是以拿获韦银豹是当务之急。”郭应骋说罢，叹了口气，“可这里崇山峻岭、洞穴密布，拿获韦银豹实非易事。石汀兄不可太过着急了。”

殷正茂抓耳挠腮，灵机一动，大声命令：“广贴布告，悬赏捉拿韦银豹；有报韦银豹踪迹属实者，奖银三千两！”

书办拟好了文稿，让殷正茂过目，殷正茂大笔一挥，把“三千”改成“一万”。放下笔，又吩咐道：“速速刊印，广为张贴！”

又过了两天，搜山仍是一无所获，布告张贴出去，也未有上报韦银豹踪迹者。殷正茂焦躁万端，咬牙切齿地下令：“传本院军令：将士搜山查户，大开杀戒！一遇僮人，无论男女老幼，一律斩杀！”

郭应骋劝阻道："抚台，这样的话，恐激起一般僮人对朝廷的仇恨，为以后治桂埋下祸根。八寨的僮人闻讯，恐也要闹起来。"

"那就杀男不杀女，凡是男丁，无论老幼青壮，一律斩杀！"殷正茂勉强让了一步。

郭应骋又道："抚台，悬赏也好，斩杀僮人也罢，都是为了拿获韦银豹。不妨先设个期限，比如五日内无举报韦银豹行踪者，斩杀令生效。如此，恩威并施，赏罚兼用，或可有济。"

"嗯，君宾说的是。就这么办！"殷正茂点头道，"不过，五日太长，等得心焦，改三日。"

眼看三日即将期满，搜捕大军俱是空手而归，也并未有举报韦银豹踪迹者。这三天，殷正茂备受煎熬，漫长得仿佛过了三年；可当红日西沉，夜幕降临时，殷正茂又觉三天竟是转瞬即逝，快得令人难以接受。晚饭俱已端上案台，殷正茂却没有一点胃口，挥手让侍从撤去。他拿过佩剑，"倏"地抽出剑鞘，用手轻轻抚摸寒光凛凛的剑刃，嘴角挂着冷笑，对剑自语道："明日一早，本院要亲自动手，砍杀僮人，以泄心中愤懑！"

"报——"随着一声禀报，外面一阵骚动，参将王世科未等殷正茂传请，就满脸兴奋地进了营帐，大声道，"恭喜抚台，韦银豹、韦银豹……"

"拿获了？"殷正茂急不可耐地打断王世科，惊喜地问。

王世科一抹额头的汗珠，咧嘴笑着道："禀抚台，韦银豹的兄长韦银站，前来禀报韦银豹藏身处。"言毕，向外一招手，侍卫带着一个老者进来了。

"韦银豹藏在哪里？"殷正茂不等老者开口，就急忙上前追问。

"三弟在凤凰山古训村的一个岩洞里。"韦银站低头道。

"尔可带路吗？"殷正茂大喜，搓手道。

"官爷，老哥卖了亲弟，是想让官爷不要杀无辜百姓。"韦银站抬头望着殷正茂，"咱韦家父子、祖孙三代，造反百年，也是为了百姓。如今为了三弟一人，官爷要斩杀无辜，老哥不忍。"

殷正茂咧嘴一笑："你老哥深明大义，不唯可得一万两银子，还可解救无辜同胞。好好好，你这就带官军前去拿获韦银豹！"见韦银站点头，殷正茂吩咐王世科，"王将军，你亲率一万兵马前去，不能让韦银豹跑了，要抓活的！"

王世科领命而去。他见韦银站年近八旬，步履迟缓，命亲兵牵马侍候。翻山越岭走了一个多时辰，夜色里隐约可见大山半腰有一个坝子，坝子上稀稀落落建有竹楼茅舍。

"那就是古训。"韦银站向前指了指，说道。

王世科吩咐："传令下去，大军埋伏在周围。"

"三弟藏在村后一个岩洞里。"韦银站又指了指说。

王世科带着五百亲兵，撇下马匹，徒步跟在韦银站身后，悄然靠近了岩洞。正是凌晨，鸡叫头遍，万籁俱寂，远远望去，果见岩洞里微光闪烁。王世科低声对韦银站道："老哥，若大军冲进洞内，必杀个片甲不留。抚台要抓活的，这事还得老哥出面。"

正说着，忽见一匹战马嘶鸣着奔出岩洞，从旁边奔过，马背上空无一人。

"哎呀，那不是三弟的战马吗？这战马，是要跑回凤凰村老家去啊！"韦银站惊讶地说，他揉了揉眼睛，哽咽道，"天意啊！连马都明白了！"

"既知是天意，老哥就不必犹豫啦！"王世科顺势道，"我差几个士卒扮成僮人，老哥带着进洞，假意为韦银豹送信，将他制服。"

韦银站点头应允。待韦银站前脚走，五百士卒尾随而去，在洞外埋伏，等待洞内的消息。睡梦中的韦银豹被外面的响声惊醒，就要跨马出洞，马却不见踪影。正疑惑间，闻得二哥有要事来议，便放松下来。

韦银站走上前去，叫了声"三弟——"猛地扑到韦银豹身上。韦银豹未明就里，后面的几个士卒一拥而上，有的捂嘴，有的抱头，喘息间将韦银豹捆了个结实。一名士卒点上火把，洞内顿时亮了许多，韦银豹的几名亲随听得动静不对，刚要进内，外边"忽"地涌进一队官军，一顿刀砍，韦银豹的随身护卫霎时躺倒一片。

午时，五花大绑的韦银豹就被带到殷正茂的营帐。未等殷正茂开口，韦银豹"呸"了一口，大声道："老哥即是韦银豹，这回是真身，你这个狗官，屠夫！砍老哥的头献给你的皇帝小儿吧！"

"住口！"殷正茂大喝一声，"你这个反贼，竟敢蔑称天子，真是胆大包天！"

"哈哈哈，老哥就是反贼！"韦银豹道，"官逼民反，民不得不反。老哥为了百姓，死不足惜！"

"韦银豹，你少逞英雄！死到临头，还大言欺人！我问你，凤凰山的宫殿，是为谁造的？"郭应骋怒斥道，"你口口声声说什么为了百姓，我看你是狼子野心，一切为了自己称王享乐！古田的百姓，因为你受尽苦楚，你还有脸说为了百姓！"

"少与他废话！"殷正茂喝道，"押走！"

殷正茂的脸上，终于有了一丝喜色。

"抚台，当速向朝廷呈塘报。"郭应骋建言道，"窃以为，此番呈报，当建言将韦银豹押送京师，以消除疑虑。"

殷正茂点头。

"还当就治桂方略，向朝廷进呈，以昭郑重。"郭应骋又道。

“嗯，这要君宾兄多想想了。”殷正茂道，又叹了口气，“治桂之事，恐我是没有机会了。”

“石汀兄不必悲观，玄翁素恶袭故套，若不袭故套，石汀兄或可有救。”郭应聘安慰道。

三

李春芳拿着高拱拟好的小票，踌躇着道：“新郑，科道虽论劾，但郭乾并无显过，似不宜罢斥。”

“我看科道论劾得对，不宜再留！”高拱以生硬的口吻说。

几天前，户科给事中曹大埜上本，论劾兵部尚书郭乾，疏言：“郭乾谬应中枢，有负任使。北虏封贡事，廷臣集议，阴持两端，竟无可否。及纶音再下，犹漫为题覆。庸暗欺漫，无大臣体，当罢斥。”郭乾上疏引咎求去，高拱拟：“准致仕，赐驰驿。”李春芳拿着这个票拟，颇是为难，方提出了质疑。虽然被高拱生硬地顶了回来，李春芳仍不甘心，以商榷的语调说：“新郑，能不能再缓缓？罢黜本兵，此事体大，朝野会认为内阁不能容人。”

“不能容人？”高拱瞪眼道，“不错！萎靡不思振作者，朝廷是不能容之！不唯不怕议论，还要广为传布，让官场都知道朝廷的这个意思！”说着，他又拿起一份文牍，“这里就有三例：南京户科给事中张焕、御史李绍先各奏称，通政使司右参议宋训贪淫不检；延绥巡抚何东序治事乏才、遇事推诿，乞行罢斥；陕西巡抚李一元，才力疏庸，无心理事，致使府县屡有殃民事发生，宜量行降用。吏部上了《覆南京科道参官疏》，将何东序勒致仕；李一元降调闲散衙门；宋训先令回籍，科道所劾情事，行各该巡按御史作速勘明，具奏定夺。”他放下文牍，高声道，“非大刀阔斧整饬吏治不可，这三人俱为高官，正可拿来做典型！今兵部尚书郭乾又可作一例。”

“新郑，皇上仁厚，我辈做臣子的，焉能行此刻薄之事？这符合皇上的圣衷吗？”李春芳不满地说，“我看，当再议。”

“兴化是说，驳回吏部的题覆？”高拱问，他以咄咄逼人的目光射向李春芳，脸一沉，瓮声道，“若要驳回，皇上自可驳回；内阁就不要多此一举了！”

“高新郑就是内阁，内阁就是高新郑！吏部就是高新郑，高新郑就是吏部！高新郑焉能驳回高新郑？如此而已！”殷世儋揶揄道。

李春芳紧咬嘴唇，一脸无奈，低头不语。

高拱不屑地瞥了一眼殷世儋：“殷阁老，皇上对内阁有厚望，盼我辈师师济济，

协力开隆庆之治。高某每日忙得天昏地暗，无暇钩心斗角，请殷阁老记住，要帮忙，不要添乱！”似是不愿再与殷世儋纠缠，不容他说话，又忙道，“兵部尚书不宜久悬，我思度再三，当起用才望旧臣。请杨博回朝！”

“杨、杨博？”张居正一惊，情不自禁地出了声，望着高拱，又转脸看看李春芳、殷世儋，两人也露出惊诧的神情。

“不错，正是杨博！”高拱道，“这位仁兄在隆庆元年带头以公牍上疏，请求皇上罢斥高某。但不能以私怨而妨国事。况高某早就宣示忘怨布公乎？高某已三辞吏部事，皇上坚不允请，杨博当以吏部尚书原官起用，好在他才猷明远，戎务畅谙，若用之专理兵政，必然事至能应，调度不差，正可付安攘之托。待皇上允高某辞部务，再请杨博回任吏部尚书。”

李春芳眨巴着眼睛，似乎刚从梦中醒来。他本是要反对罢斥郭乾的，不知何故却又转到两巡抚、一京堂的处分上了；他不赞成吏部的处分意见，本要辩驳的，却又转到起用杨博上去了。身为阁揆却毫无主导权，还动辄被揶揄嘲讽，委实窝囊！往者遇有争执，总以他的让步收场，今次他不想就此了结，欲再把议题拉回对郭乾辞呈的票拟上。于是他轻轻咳了两声，道：“郭乾，还是当慰留。”

话音未落，却见文书房散本太监匆匆来到中堂，径直走到李春芳身边，将一份文牍递给他：“李阁老，这是皇上命小奴送来的。”

“哦，甚事？”李春芳忙展开来看，不觉一惊，“哎呀，这，这……”他忙问太监道，“皇上有旨吗？”

“皇上御览，沉默不语，只说即送内阁。”散本太监道。

李春芳拱手与太监作别间，突然露出一丝不易觉察的幸灾乐祸的神情，道：“殷正茂欺君，当治罪！”

“欺君？殷正茂？”高拱、张居正几乎异口同声质疑道。

“殷正茂押送朝廷的韦银豹首级是假的！韦银豹还活着，正在凤凰山重新召集旧部！”李春芳晃了晃手中的文牍说。

“啊！”高拱大吃一惊，起身走到李春芳面前，“拿来我看。”

“这个殷正茂，怎么搞的！”张居正嗔怪说。

“玄翁破格拔擢的干才，焉能出错？”殷世儋阴阳怪气地说。

高拱只顾看文牍，阅罢，火冒三丈地说：“这个殷正茂，堂堂督抚大员，做事如此不慎！”

张居正阅毕，满脸怒气，隐隐替殷正茂担心；殷世儋看罢，却是幸灾乐祸地一笑。

“算他懂规矩，知道主动请罪！”高拱虽一脸怒容，说话的语气却分明有袒护之意，“我不管他说什么，只看他行动如何。倘若不日扑灭复燃之焰，拿获韦银豹真身倒还罢了；不的，定重重治罪不饶！”

“啊？玄翁的意思是，殷正茂欺君之事，不了了之？”殷世儋惊诧地问。

“如此欺罔大罪，岂可不了了之！”李春芳接言道。他满腹怨气正无以发泄，终于抓住了机会，便一改往日的谦让之态，语气激昂地说，“朝廷正加意整饬吏治，殷正茂正是一个典型，急功近利，不惜欺罔朝廷！”

“是啊，”殷世儋又接着道，“前些日子，韦银豹首级押来，皇上龙颜大悦，命悬于宣武门示众，谁知竟是假的！如何向皇上交代，又如何向国人交代？！”

高拱正色道：“我说过了，若殷正茂不能迅疾扑灭复燃之焰，拿获韦银豹真身，定重重治罪不饶！目下，静候广西塘报就是了。”

“新郑，不能如此处分！”李春芳壮着胆说，“欺君之罪已然情实，难道他把韦银豹拿获了，就等于欺君之事没有发生过？”

高拱沉着脸说：“欺君？古田百年未克，殷正茂一举克之，他为何要欺君？不过是辨认首级之人粗枝大叶、朦胧认定，殷正茂急于报功，方有此误。他不是幡然悔悟、自请治罪了吗？我看治了殷正茂的罪，换个新巡抚去，时日延宕，古田得而复失也未可知。再调集大军征剿，胜负不敢断言，军饷又要支出多少？让殷正茂将功赎罪，有何不可？！”

“一个陕西巡抚、一个延绥巡抚，他们与殷正茂比，谁罪大？他们都罢职或降调，殷正茂反而安然无恙？”李春芳一反常态，瞪着眼质问道。

“不是一回事！”高拱断然道，“殷正茂是勇于任事、无意中的失误；他们是萎靡不振、有意不为。勇于任事者，朝廷当宽容；萎靡不为者，朝廷必追究。这就是时下的导向，必把官场风气扭过来不可！”

“新郑，我还坐在左边的位子上，这次我不能再让步，殷正茂务必治罪！”李春芳嘴唇哆嗦着说。

“那好，殷正茂的请罪疏，内阁拟旨，交吏部题覆；至于吏部的题覆，也不必等，就是适才我说过的话。”高拱语气决绝地说，“兴化，你若坚持治殷正茂的罪也可，等你提请皇上罢了我的职，再治殷正茂的罪吧！”说完，起身拂袖而去。

李春芳望着高拱的背影，尴尬得无地自容，良久，叹息道：“当年存翁当国，尚且不能服之，况春芳乃后辈乎？看来，我还是知趣些，走开为好！”

“如此，庶几可保令名！”张居正毫不留情地说，言毕，也起身扬长而去。

李春芳愕然失色。自高拱复出，他自知皇上对其眷倚非常，用人、行政，悉听高拱主张，自己则委曲求全，内心不无苦楚。可高拱每每不给他面子，让他实难忍

受。适才受了一肚子气，见高拱愤然离席后，内阁三人都是同榜进士，便忍不住感慨了一句，意在博得同情，求得安慰。不意张居正不唯不好言相慰，反而冷言相讥。李春芳明白了，高拱和张居正已视他为绊脚石矣！再恋栈不去，还不知会受怎样的屈辱。遂仰天长叹道："愿得此心天鉴取，早容衰翁还淮扬！"

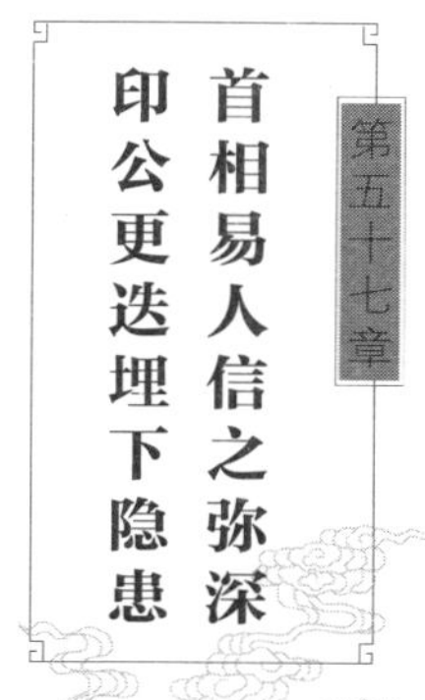

第五十七章 首相易人信之弥深 印公更迭埋下隐患

一

东安门外迤北有一座神秘的大宅院，乃是太监统领的特务机构东厂的外署。外署大厅左边还有一小厅，供着岳武穆像一轴。厅后是一堵砖影壁，上雕狻猊等兽和狄公断虎的故事。大厅西有祠堂，祠堂南有一狱，重犯皆羁押于此。署西南有门通出入，向南大门不常开。司礼监秉笔太监冯保透过李贵妃在皇上面前一番美言，得以提督东厂，被尊为厂公。他手下档头百余、番役过千，侦缉触角遍及京城各个角落。

冯保每日在大内，却也不忘到外署巡视。以他的身份在大内只能坐凳杌，出了大内则乘一顶六人抬的豪华绿呢大轿。这天辰时三刻，冯保出了东华门，改乘轿子到东厂外署理事。刚过东安门就听有人群骚动，他掀开轿帘，见有十几个男男女女从轿旁经过，一个中年人怀里捧着一个画框，画框里是一位老者的画像。冯保吩咐掌班张大受："去看看，这些人要干什么？"须臾，张大受回禀，说今日是画像中的老者三周年祭日，这些儿孙为故去的老人上坟烧纸。冯保闻言默然，心里突然涌出阵阵酸楚。想到自己活着的时候再风光，死了谁还会去上坟祭奠他？脑海里闪出"孤魂野鬼"四个字，他被这四个字吓得打了个冷战。

进得外署左小厅，冯保在岳武穆像下一把太师椅上坐定，侍从忙不迭奉茶，校尉、档头几十人齐来参见。冯保向外挥挥手："都退下吧！"

"厂公这是怎么了？"出了左小厅，一名档头低声说。

"是啊，平时都是谈笑风生的，今儿怎么阴沉着脸？"另一名档头附和着。

冯保一个人呆呆地坐着，心里却翻江倒海。他脑海里满是"香火"两个字。在

大内数以万计的宦官中，冯保最为聪明，读书识字也最多。他的书法曾经获得先帝的激赏，呼之为“大写字”。唯其读书多，才喜不时思忖些虚幻的东西。目下，他被身后断香火这件事所折磨，他不能和徐爵说，也不能和胞弟冯佑和两个侄子冯天驭、冯天骥说。徐爵是义子，一名逃犯，经冯保之手在锦衣卫任百户；弟弟和两个侄子都是白丁，冯保为他们买了功名，都在锦衣卫谋了百户的差使。虽然义子、侄子个个信誓旦旦，必以亲爹事之，但冯保心里明白，一旦他两眼一闭，义子也好，侄子也罢，指望他们每到清明、祭日给他上坟烧纸，不啻白日做梦！想到这里，冯保顿感凄凉，禁不住潸然泪下。他后悔当初不该要死要活地巴望着净身，倘若在老家深州做一个本本分分的庄稼人，老婆、孩子、热炕头不也很好吗？可当年，他也是为了一家人的活命，万般无奈才出此下策的。

一个多时辰过去了，冯保还没有动静，掌班张大受忍不住进来查看。冯保蓦地起身，一把抓住张大受的手，神情恍惚地问：“咱要香火，香火！待咱百年以后，得有香火！”

张大受吓了一跳，敷衍道：“老宗主，要香火好办，以老宗主的名义建座大寺庙，自会香火旺旺的。”

“哎呀，好！好！好！”冯保茅塞顿开，击掌大笑，“你小子比咱还灵光呢！”旋即一跺脚，“那他娘的得多少银子？咱积攒那仨瓜俩枣的，连塞牙缝也不够呢。”

“嘿嘿，”张大受讨好地一笑，“老宗主若掌了印，就是大内总管，还愁缺银子？”

话未说完，东厂旗校陈应凤垂头丧气进来了，躬身一拜，道：“禀老宗主，小的奉老宗主之命去内官监供应库索布匹，那管库太监翟廷玉骂骂咧咧就是不给。”陈应凤五大三粗，大脸庞，黑似李逵，是冯保的心腹。

“反了他了！”冯保重重一跺脚，“咱私管庄宅、买置田产，一应物料都是到御用监、内官监去取的，无非塞给本管太监些银子罢了。他姓翟的既然不识抬举，就别怪咱不客气了！”说着，向陈应凤一招手，待他近前，低声道，“你这就去陈洪那里告他，就说东厂去取公物，姓翟的非勒索一千两银子不发放，把他下狱，整不死他！”

张大受刚走，徐爵慌慌张张跑了进来，来不及施礼就气喘吁吁地禀报道：“义父，老印公滕祥下世了！”

“啊？”冯保眼睛一亮，吩咐道，“快去，把他侄子滕凤给我叫来！”

“嘻嘻，恭喜老宗主，又是一大笔银子要到手喽！”张大受抱拳向冯保揖了又揖。

“嗯！”冯保得意地说，“这滕家侍候嘉靖爷多年，买了两座大宅子，家里也必藏有宝物。”说罢，起身道，“不成，咱得亲自去一趟！”

冯保的轿子出了西南门，刚穿过东安门，见徐爵骑马过来了，身后并无滕凤的影子，不觉纳闷，掀开轿帘问：“怎么回事？”

“义父！”徐爵叫了一声，沮丧地说，“印公抢先一步去了。”

冯保眼一瞪：“他想做甚？”说罢，催促轿夫，“快走！”

进得滕祥的府中，冯保下了轿，见司礼监掌印太监陈洪正站在院子中间指手画脚，他撇了撇嘴，大步走过去，拱手道：“见过陈家！”他对陈洪一向看不起，故并不以尊称，而称以太监之间惯常的“家”。

“哦，是冯家？”陈洪故意以惊讶的语调道，“冯家怎么到这里来了？咱不记得给冯家下过札谕令牌啊！”

冯保一愣，旋即一摆手，“都退下！咱与陈家说话。”

侍从人等都退到院外，只剩冯保和陈洪两个人站在院子中央，冯保“嘿嘿”怪笑着：“陈家往者掌织染局，边边缘缘的，不知内情也不足为奇。自嘉靖年间，太监过世，都是咱打理后事的。”

“呵呵，咱听说过。”陈洪揶揄道，“前印公黄锦过世，管家将黄太监所积宝物凡二食盒进上，是谁邀截据为己有？又恫吓其银二万两，玉带蟒衣不可胜记！还有，太监张永旧宅二所，是谁恃强夺之，占作楼房？冯家，你就是这么打理太监后事的？”他一指院子，“冯家再打理下去，恐滕家的两所宅子，也打理到冯家的名下了吧？”

冯保低头沉吟片刻，蓦地抬起头，盯着陈洪：“咱以为陈家忠厚，不意却如此阴险，暗地里搜罗咱的罪证，要整咱？”他仰脸一笑，又突然收敛笑容，咬着牙道，“陈家，织染局的事，要不要咱呈报万岁爷知道？”

陈洪脸色陡变。

那还是前几年的事。当时陈洪掌管织染局。一日，织染局被人盗去蟒龙罗缎共三百余匹，陈洪惊恐万状，不敢呈报，只好私下偷偷查访。他知道冯保才略过人，遂求他帮衬。不几天，冯保即将织染局一名匠役连赃捉获，索要陈洪财物二扛，暗将获赃送回，匿不以闻，陈洪躲过一劫。如今冯保以此要挟他，陈洪自是胆战心惊。他干咳了两声，道：“冯家，两败俱伤的事，何必？滕家的两所宅子，冯家就不必惦记了；至于其家藏，俱归冯家所有，如何？”

冯保眼珠子滴溜溜转了又转，大度地说：“陈家，咱不是贪财之辈，陈家太小看咱了。”言毕，向陈洪一拱手，边向屋里走，边高声道：“滕凤何在？”滕祥的侄子滕凤身穿孝衣出来叩头，冯保弯身低声道：“咱记得滕家有件翠青大碌，他老人家早就说要送给咱留个念想的。你找来，差人送给咱。”言毕，一甩袍袖，扬长而去。

“老宗主，这滕家的房产，白白留给别人？”回到东厂外署，张大受不忿地问。

“哈哈哈！”冯保大笑，“哪有那便宜事儿！”

张大受不解，刚要开口问，冯保拍了拍他的肩膀：“你小子说的对，有了权，就不愁钱。等着瞧好吧！”

二

隆庆五年五月二十日，文渊阁里喜气洋洋。从辰时起，部院寺监堂上官、科道、翰林俱身着红衣，分批来到内阁中堂，向已移位左侧首位的高拱道贺。

李春芳连上三疏，请求致仕。三天前，皇上察其诚恳，御批准其致仕，优诏褒美，遣行人护行，赐驰驿归。依照入阁先后排序，高拱遂为内阁首相，移位左侧首位。照例，朝廷百官当着红衣为贺。

“新郑！”刚被起用、以吏部尚书衔管兵部事的杨博很是亲热地唤了一声，高大的身躯弯下来一揖，拱手至额道，“恭喜恭喜！新郑决策定贡市，岁省边费岂止百万！招水西安国亨出而就理，贵州不战息争；又慧眼识英才，百年蛮贼盘踞之地一举克之；整饬官常，恤商改制，一时经略，慷慨直任，不足二载，皆有成功。李兴化虽为阁揆，受成而已。今日终于名副其实矣。博为新郑贺，也为我皇上、我国家贺！”杨博因年纪、科举辈分都远在高拱之上，不便以“元翁”相称，即以“新郑”代称。朝廷百官，包括内阁大臣在内，以杨博资格最老，当年正是他带头逐高，迫使高拱去国；没想到高拱不计前嫌，上疏举荐召用，杨博既感动又愧疚，今日借贺喜之机，不避嫌疑，当众把高拱恭维了一番。

“是啊是啊！往者元翁实主国政，然则毕竟不是首相；终于名正言顺了，可喜可贺！”刑部尚书刘自强接言道，“复出这一年多来，元翁不遑多让，遇大事立决，高下在心，应机合节，人服其才，喻之排山倒海，未有过也！”

众人见杨博、刘自强这两位当年曾为逐高立下汗马功劳的部院正堂当众奉承，有的摇头，有的赞叹，更多的则是跟着说起奉承话。

高拱一笑，抱拳回礼，并不回应。

轮到科道了，众人鞠躬拱手，也是一番喜庆之词。户科给事中曹大埜一直想向高拱表达谢意，却不得入其门，终于有了机会，也像杨博一样，不避嫌疑，奉承道：“学生闻得，元翁复出以来，慨然以天下为己任，凡晨理阁务，午视部事，人谓公门无片楮。学生钦仰之至！”

“这算不得什么！”高拱摆手道，“大臣以体国为忠，以匡国事为美，区区小廉，细节耳，何足挂齿！”

“哎呀，钦仰！钦仰！”众御史、给事中纷纷抱拳赞叹道。

高拱拿起一份文稿道：“不过，晨理阁务、午视部事的日子，也该结束了，这是我拟好的《乞恩辞免兼任疏》，恳求皇上免了吏部的兼差。”他笑了笑，“我闻科道每以高某兼掌吏部为非，今日不妨向各位宣读辞免部事的奏本。”说着，拿起文稿读了起来，“兹者，大学士李春芳得请致仕，则阁务为重，政本之地，臣不得以暂离。若仍摄铨衡，非唯势有不能，而理亦有所不可。乞许辞免，专司阁务，庶于事体为安。”

“高风亮节，高风亮节！”科道人群发出赞叹声。

“皇上必不允！”吏科都给事中韩楫大声说，“天下之治乱系人才，人才之进退由吏部。掌吏部者，必至公至正之士不可。其人正，则君子进而小人退；不正，则小人得志而君子丧气。然所谓正者，又必有确然不易之心，然后可肩重任而不挠；有超然独运之才，然后可陶铸群流。是故，但能守正者，亦不可谓之称职；必是德才兼备，识见超迈者，方可称一流。皇上圣明，铨政非委于元翁不可；元翁掌铨政，则天下可治。”他虽是高拱门生，但在此场合，不称“师相”而呼“元翁”。

“可是，祖制……”人群里传来质疑声，随即被“是啊是啊”的声音淹没了。分不清是附和韩楫，还是赞同质疑阁臣兼掌铨政不合祖制者。

“首相掌铨，国朝二百年未之有也。”御史王元宾道，“况元翁身为首相，日理万机，再掌铨务，安得有喘息之机？皇上念及元翁已然花甲之龄，一肩而当此两重任，未必不允呢！”

高拱饶有趣味地听着，暗自揣度皇上究竟会做何决断。过了两天，圣旨下，乃皇上御笔钦批：“卿元老旧臣，才望忠正，兼选重务，不允辞。”

“叔大，你看，皇上还是不允！”高拱拿着御批，既高兴又有些无奈，对张居正道，似是征询他的意见。

张居正微微一笑，未发一语。

“再疏请辞！”高拱决断说。言毕，把堆在案上的公牍往一旁推了推，埋头写了起来。

当日，高拱的辞免兼任疏就摆到了御案。皇上看了又看，对司礼监掌印太监陈洪道：“今日刚驳回辞免疏，高先生怎么又上一本？是高先生本意，还是外间有人说三道四？”

陈洪摇头道：“老奴不知。”

皇上轻抬下颌，示意陈洪阅看高拱的奏本，陈洪拿起一看，只见上写着：

臣恭读温纶，感彻心骨。蒙皇上信之弥深，任之不二，此子于父母所不能得者，而臣则何以得哉！宜当竭忠毕力，仰答眷知，安敢再有他言？然大臣共国休戚，事理所在，义当为国求诸至当而后已。是以不避琐屑，再渎宸严。

我国家之事，皆属部臣题行，阁臣拟票。或未当，则为之驳正；或未妥，则为之调停。不嫌异同，务在参伍。所以事多得其理，而人不敢为奸，是阁之与部不容混而一也。臣昔以阁臣奉命摄铨而不敢辞，既辞不得请而不敢再者，实以名居大学士李春芳之次，其驳正调停有在，而臣可以无避耳。今春芳既解任去，而臣又忝居二辅之先，若仍领铨务，则自所题行，自所拟票，驳正调停终为未便，是谓以水济水，谁能食之？此其不可一也。

又人臣不可操权太重，今内阁平章重事，吏部进退百官，皆权所在也。臣既忝阁臣之先，而仍总吏曹之职，则操权不亦太重乎？权太重，非唯臣难以居，而国体亦非所宜。此其不可二也。

臣素任事，安敢惮鞠瘁之劳？臣素朴直，安敢徼孙肤之誉？直以事理如此，辗转再四，不敢不明陈于君父之前。伏望皇上鉴臣恳悃，容臣辞免，斯于事理为安。事理安则臣心乃安，所以竭犬马图报称者，始得展布而无不尽也。

“喔呀，万岁爷，看来高先生是实心实意要辞吏部的事嘞！”陈洪放下文牍说，“万岁爷，当准了高先生。”

“为何？”皇上不悦地问。

“这个……高先生自己说的，首相兼吏部，权太重。”陈洪道，他看高拱言辞恳切，而皇上似乎不为所动，便想说服皇上遂了高拱的心愿，又道，“往者高先生不是首相，因兼掌吏部，还被说成一代横臣，如今……”

“住口！”皇上龙颜大怒，呵斥道，“大胆奴才，竟敢如此诬称高先生！”

陈洪吓得浑身打战，忙跪地叩头，辩解道：“万岁爷，老奴不敢！老奴只不过说有人这么诬称高先生。”

“大胆陈洪，你夺了滕祥的房产，可有这事？”皇上突然问。

半个月前，前司礼监掌印太监滕祥病故，冯保本想把他的家产据为己有。不料陈洪横插一杠，冯保灵机一动，便假意顺从。待翠青大碌到手，他就送到李贵妃宫中，顺便把陈洪夺滕祥家产的事添油加醋禀报了一番，最后还以遗憾的语气说：“老奴本想把宅子送给爵爷的，这下也不能尽孝心了。”李贵妃之父李伟早就让冯保在李贵妃面前念叨，说想造所大宅邸，冯保故意把两件事勾连到一起。果然，李贵妃闻言，杏眼圆睁，恨恨然。当夜，正好皇上到翊坤宫过夜，李贵妃就把陈洪霸占滕祥房产一事，说给皇上听。

“万岁爷，万岁爷！”陈洪已然猜到，此事必是冯保密告，战战兢兢叩头道，“冯保是以小人之心度君子之腹啊！奴才并未据为已有，只是欲……”

皇上对国政尚且不上心，何况两所宅子。听李贵妃说这事，他也只是一笑了之，并未在意。可今日，陈洪“一代横臣”这句话激怒了他，陡然想起这件事，不觉越发恼怒。他打断陈洪，冷笑道：“房产的事，朕本不想深究。你可知，朕对赵贞吉甚眷顾，只因他竟敢诬称高先生一代横臣，朕毫不犹豫罢了他。如今你也胆敢如此诬称高先生，那朕也不能留你！”

“万岁爷，老奴一向敬重高老先生，并未……”陈洪哽咽道，皇上不容他再辩，

“扒了他的朝服冠带，带下去！”

两名随堂太监上前，搀起陈洪，把他的朝服冠带脱下，架了出去。

皇上余怒未消，提笔在高拱的奏疏上写道：“已有谕了！”随即把御笔重重一扔，吩咐道，“退给内阁！”一名御前牌子小心翼翼地拿过文牍，刚要走，皇上又道，“你知会高先生，司礼监掌印空缺，要他荐人。”

三

每天酉时，冯保就会到东厂外署召集档头会揖，听取简报。议事时长不一，端看冯保心情如何。皇上悉心委政内阁，对阁臣信任非常，对东厂呈报的文书看也不看，更别说当面听取禀报了。是以冯保也就根据自己的喜好，胡乱做些事情足可应付。

近日，冯保心情有些郁闷。他已决计大把捞钱，在京城和家乡各造一座以他的字命名的双林寺。可他不是掌印，捞钱的事要费尽心机，盘算来盘算去，有时还会落空。本想以滕祥宅子的事告倒陈洪，谁知李贵妃吹了枕边风，皇上却无动于衷，让他大失所望。几次做梦都梦见他像刘瑾一般对阁老尚书呼来唤去，还把几个不听使唤的科道一顿廷杖。待到梦醒，免不得惆怅良久。

今天，进得大厅，刚有几个档头说了不到一刻钟，冯保就不耐烦地一挥手说：“好了，散了吧！都是零七八碎的琐事，不值当听！”他刚回到直房，徐爵匆匆进来禀报道：“武清伯请义父这就去一趟。”

“哦，知道了。”冯保应了一声，吩咐备轿。

须臾，冯保的轿子就在十王府西夹道的一座宅院前停下。门公见是冯保，不需通报即开门请进。冯保进了垂花门便大声道：“给武清伯爵爷请安！”

武清伯亲自出迎，拉着冯保的手就往花厅走。

“爵爷，小的正想来孝敬爵爷的，爵爷就召唤小的，呵呵！”冯保尚未落座就满脸堆笑道。说完，一招手，后面几个番役抬着礼盒进来了。

“哦，又有啥好东西？”武清伯两眼放光，直勾勾地盯着礼盒问。

“呵呵，爵爷，凡是京城有的新鲜玩意儿，第一个就得你老人家先消受！”冯保笑着说。他掌东厂以来，特命档头番役仔细盯着京城崇文门进货的商贩，凡是新鲜货，不拘吃食、玩物，都要设法敲诈出一成，除自己留用外，多半孝敬武清伯和李贵妃了。也正因如此，武清伯的宅邸，冯保隔三岔五就要来一趟，来去竟无须通报了。

武清伯一看，无非是些绫罗绸缎，有些失望，示意抬走。他坐回太师椅中感叹道：“要是这么多金元宝，那才过瘾！”说话间，嘴角淌出一缕口水，他用袍袖一抹，叫着冯保的字说，“双林，你脑瓜机灵，这回请你来，是想让你给俺出出主意的。”

“哦？请爵爷吩咐。”冯保忙抱拳道。

“访得那个致仕的首相徐阶在京城开了多家铺子，听说可不少搂钱呢！”武清伯伸出双手，向内勾了勾，以钦羡的语调道，“俺也想开家铺子。双林看，做啥能赚大钱？”

冯保笑道：“爵爷，你老人家堂堂伯爵、太子爷的外祖父、当今万岁爷的岳丈、贵妃娘娘的亲父，还缺钱花吗？省省心吧。缺啥，小的孝敬就是了。”隆庆二年立太子，太子外祖父李伟受封武清伯，赐宅十王府西夹道。

武清伯摇头道：“双林哪，你可是不知道，俺是穷怕啦！当年为了混口饭吃，俺在京城干泥瓦匠，多重的活计，却还要饿着肚子，省下仨瓜俩枣，为的是养活四个娃娃。眼看养不活了，无奈之下才把唯一的丫头送去做宫女；又狠狠心，给老儿子净了身……俺对不起老儿子呢！”说着，李伟抹起了眼泪。

“爵爷，都是过去的事啦，时下不是荣华富贵了吗？况且，往蓟镇供将士衣被的活，不也是爵爷揽下了？”冯保安慰说，见李伟一脸贪婪相，冯保只得问，“那么，爵爷还想做甚买卖？”

武清伯道：“前些日子，几个做泥瓦匠的老伙计来看俺，俺看他们也穿上了绫罗绸缎，就问他们怎么发的家。原来他们有的开了饭铺，有的拉起了泥瓦队，有的贩货。他们说时下朝廷恤商，正是做生意的好时节。俺也就动了心思，差人四处打探，听说徐阶家的几个铺子最赚钱，俺就想学学他家。”

冯保诡秘一笑，道：“爵爷，小的掌东厂，没有不知道的事。那徐阶老家开有织场，搭漕船运到京师；京营十万将士一年四季穿的盖的，都是他家供应，焉能不赚钱？”

“哟呵！”武清伯既羡慕又嫉妒，一撇嘴道，“那徐阶老兄早就下台了，这回咱要撬了他的生意！”

冯保点头哈腰道：“小的差东厂的人到江南采买布匹，搭漕船运京，京师三大营的铺盖衣物俱由爵爷专供，他人通不许插手！”

“啊呀呀！”武清伯咧嘴笑着，“那、那就快点，快点办吧！”

“嗯，小的这就去找兵部尚书杨博、户部侍郎陈大春办这些事。”冯保说着，忙起身告辞。

兵部尚书杨博刚回到家中，冯保的拜帖就递了进来。他吃了一惊，想不到冯保如此胆大妄为，竟敢公然投帖拜谒朝廷大臣。本想断然拒之，可冯保不唯掌东厂，还是李贵妃的心腹，他委实得罪不起，只得传请。

“大司马，博老！”一进花厅，冯保就毕恭毕敬鞠躬施礼，他也知太监私下会大臣干纪违制，不能久留，便开门见山道，“小奴受武清伯之托，特请大司马帮忙的。”

“哦？”杨博道，“武清伯有何吩咐，杨某敢不效命？”

“呵呵，武清伯一辈子劳碌惯了，闲不住嘞！”冯保笑道，“京营铺盖衣物，就让他老人家专供，如何？”

杨博捻须沉吟，良久方道：“武清伯的事，没有不应之理。只是朝廷恤商策接连出台，所有官用物资皆以招商买办，通不许垄断。”

“咳！”冯保不屑地说，“条条框框还能拘束到皇亲国戚身上？”

“呵呵，”杨博一笑道，“请冯老公公回禀武清伯，此事杨某当尽力促成！”

冯保拱手，即是感谢，又是作别。

“厂公，有大喜事！”冯保出了杨博家，刚要登轿，心腹旗校陈应凤跑过来，禀报道，“印公陈洪被万岁爷罢去啦！”

四

高拱接到皇上的御批，一见“已有谕了”四字，即知皇上烦了，坚不允他再辞吏部兼差，势不能再辞。他只好白天在内阁，晚上再到吏部直房，办理铨务。侍郎张四维、魏学曾也不便散班回家，每日晚间都在直房候着，随时听候高拱召唤。

又是掌灯时分，高拱进了吏部直房，吩咐书办召张四维、魏学曾来见。待两人施礼坐定，高拱开言道：“前日皇上命人传谕，要我密札荐司礼监掌印者。这两天思度再三，尚未拿定主意，想听听你们的想法。”

“哎呀，大内的事，外廷不便插手吧？”张四维劝阻说，“玄翁还是不提的好。”

“皇上知玄翁秉铨公正，善识人用人，方命玄翁荐人的。”魏学曾不以为然地说，“皇上既已有谕，焉能推脱？”

“照时下的阵势，该是冯保接替。不过……”张四维踌躇道。他知道高拱之所以踌躇未决，必是对冯保不满，是以他刻意留下余地，不再说下去。

“冯保在太监中算是识文断字的一个，”魏学曾道，“只是此人为人狡黠，不安于位，不可不防。”

“正是！”高拱接言道，“此人不唯狡黠且野心勃勃，我看，不能荐他！”

张四维“嘶”地吸了口气，道：“可是，冯保位居陈洪之后；陈洪去职，照例应由冯保接替。若玄翁不荐他，他必怀恨在心。此人乃李贵妃心腹，不像李芳、陈洪，了无根基。”

“得罪一个野心勃勃的太监，乃为国，非为私利，不必顾忌。然则，正因为虑及冯保乃李贵妃心腹，而皇上颇眷宠李贵妃，我才踌躇再三的。”高拱如实告白道，“李贵妃一吹枕边风，皇上岂不为难？”

“皇上大事面前敢做主张！”魏学曾道，“玄翁兼铨务，委实不合祖制，然则皇

上就是不改初衷，恐先帝也未必敢如此坚持呢。足见皇上不是外间传说的那样遇事不做主。皇上之所以让玄翁荐人，安知不是皇上看穿了冯保非安分守己之辈？不的，顺理成章让冯保接任不就完了吗？”

高拱点头道：“惟贯说的不无道理。我看就荐孟冲接任。孟冲侍候先帝多年，老成持重，虽为人迟钝些，倒也不妨事。内里像李芳、陈洪这样的，委实少见。”

张四维还是有些担心，低声道：“只是冯保……”

“一个太监，翻不起大浪！”高拱不屑地说，“太监干政，无不是朝中大臣或瞻前顾后不敢抑制，或为一己之私为虎作伥所致。若察其迹即抑制之，哪里会有太监干政之事发生。今既知冯保非善类，自应抑制，不可放纵！”

这样一番议论后，高拱遂密札荐御用监掌印太监孟冲接任司礼监掌印太监。皇上接阅密札，看到孟冲二字，并未迟疑，当即传谕，命孟冲掌司礼监印。

消息传出，冯保的掌班太监张大受急匆匆赶往翊坤宫。

冯保正在翊坤宫里。他并不知皇上命高拱荐人之事，接到陈洪被罢的消息，冯保确信掌印太监非己莫属，只是他不想放弃东厂，便以掌印兼掌厂恳请于李贵妃。今日，冯保已是连续两天围在李贵妃身边恳求她在皇上面前替他说项了。

“咱是知道的，掌印秩尊，视为元辅；掌厂权重，视为总宪。掌印不掌厂，这是祖宗的规矩。”李贵妃道，“你这般贪心，咱怎好在皇上面前开口？”

冯保“嘿嘿”一笑道：“好娘娘呢，那高胡子不是首相吗？他掌吏部，不是也不合规矩吗？万岁爷就是不让他辞，可见万岁爷想办的事，并不为祖制所拘束，内里仿行外廷，掌印兼掌厂，说不定万岁爷能答应呢！”他压低声音说，“老奴不掌厂，武清伯爵爷那里，还能不能天天有新鲜玩意儿，老奴真不敢保证呢！”顿了顿，又补充道，“还有，老奴不掌东厂，差人去江南采买之事，也就不好办了。老奴兼掌东厂，无非为了方便孝敬武清伯爵爷罢了。”

“冯保，真有你的！”李贵妃嗔怪道，“咱说不过你，替你在皇上面前进言就是了。”

冯保喜滋滋地叩头致谢。刚走出翊坤宫坐上凳杌，正要吩咐侍从起凳，却见张大受满头大汗跑了过来，气喘吁吁地说：“老宗主，不、不好了，孟冲、孟冲……”

“孟冲死了？”冯保问。

“孟冲，掌印了！”张大受躬身扶住自己的双膝，喘息着说。

“什么？”冯保闻言，差点从凳杌上跌下去，“这是真的？”

张大受上前附耳道：“老宗主，是高相密札所荐。”

“高……”冯保愣了片刻，咬牙切齿地骂道，“姓高的，老子与你不共戴天！骑驴看唱本，咱走着瞧！”

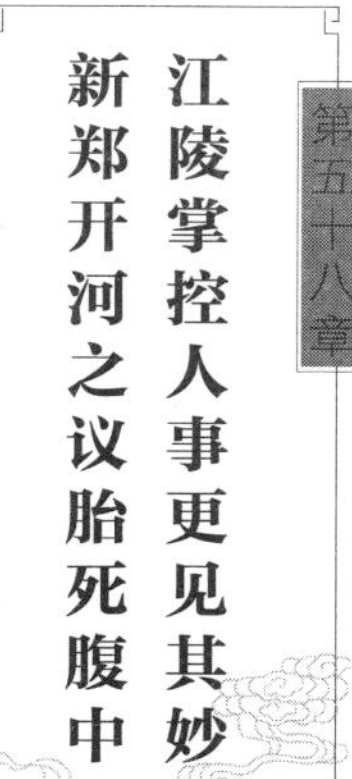

第五十八章 江陵掌控人事更见其妙 新郑开河之议胎死腹中

一

山东巡抚梁梦龙将簿册呈报高拱、张居正阅看，自是想受到二阁老嘉勉的。他展读高拱复函，喜上眉梢，又问急足："师相没有复函？"

急足道："江陵相公让下吏禀报抚台，朝廷有科道建言开胶莱新河，嘱抚台上疏阻罢之。"

梁梦龙一脸茫然状，用力晃了晃脑袋，似乎要让自己清醒过来。良久方问："开胶莱新河到底谁的主张？"

"江陵相公说是科道建言。"急足答。

"师相有没有说，因何反对开胶莱新河？"梁梦龙又问。

"曾侍郎列十害以闻。"急足说着，把曾省吾的话转述了一遍。

梁梦龙听罢，沉吟良久，道："请藩台节堂来见！"

"其功难成，不足济运，当建言止之。"布政使王宗沐听罢，直截了当地说。

梁梦龙面有难色，道："恐玄翁认同开河之议。不的，以张阁老的地位，没有必要迂回。时下漕河淤塞，运道受阻，玄翁不愿在老套路上打转，遂有此议也未可知。"

"呵呵，"王宗沐露出不以为然的神情，笑道，"谁不知江陵相与新郑相乃金石之交，若江陵相反对，自可直截了当陈情于新郑相，何必迂回？难道抚台的话比江陵相更有分量？若果是新郑相决策，江陵相鼓动抚台反对，岂不是把自己的门生往火坑里推？想必江陵相不会做这种事吧？”

梁梦龙默然。暗忖：师相曾经暗示，是他在玄翁面前举荐，方有其巡抚之任。可分明是自己在河南任布政使时有人望，玄翁赏识其才学方破格任用自己的。从这件事足以窥出，师相与玄翁，恐非展示于人的至交知己这么单纯。

王宗沐见梁梦龙良久不语，又道：“抚台，都说新郑相是有大气魄的，脑子里无条条框框，与北虏封贡互市这样的事，他敢决断，通海运这件事，不亚于前者。下吏以为，从运河入淮河，自淮河入海，不必非开胶莱河不可！”

“此事体大，恐难决断。”梁梦龙摇头道。

“正因如此，我辈反对开胶莱河，新郑相又想畅通运道，只好决断通海运。通海运这件事，二百年来反反复复提起都不能实行，也只有新郑相敢决断，这个机会不能错过！”见梁梦龙踌躇难决，王宗沐以诚恳的语调道，“抚台，通海运，破海禁，其功厥伟，史书上是要记一笔的！”

“就如与北虏达成和平一样，时人多无识见，众议汹汹，必讥我辈为喜功多事。”梁梦龙叹气道。

“可时下漕运不畅，朝廷焦头烂额，此正是我辈主张通海运者的良机。”王宗沐道，他突然一缩脖子，“不过，新郑相炙手可热，触之者焦，抚台委实要三思。”

梁梦龙踌躇良久，方叫着王宗沐的字说：“新甫，我意不必贸然上疏，先给高、张二老投书，言明利害，再做区处。”

“难为抚台了。”王宗沐同情地说。

当日，梁梦龙的书函就以八百里加急，送往京城。

这天辰时，高拱阴沉着脸进了中堂，把一份文牍重重往书案上一摔，气呼呼地说：“这个梁梦龙，恨人！竟为开胶莱河列出十害，骇人听闻！”他昨晚收到梁梦龙投书，阅罢，气得连拍书案，今早仍余怒未消。

“山东绅民，自是不欲兴此大役，梁梦龙替我山东绅民说话，倒是有些担当。”殷世儋面露喜色，怡然自得地说。

“哦，梁子怎么说？”张居正不露声色，边问边起身走到高拱的书案前，拿过梁梦龙的书函看了一遍，“呵呵，委实有些耸人听闻。”

“他也没有到现场踏勘，怎么就知道此事难成，嗯？”高拱像是和人争辩，“定是有人背后撺掇他！”说着，把目光转向殷世儋。

“梁梦龙是玄翁一力拔擢，忠心耿耿，谁敢挑拨？”殷世儋忙解脱自己。

“呵呵，山东籍官员反对开河，也可以理解。”张居正暧昧地说。

“江陵，你此话何意？”殷世儋不满地质问道。

“此地无银三百两！”高拱冷冷一笑道，不容殷世儋再辩，就大声道，“梁梦龙不明就里，不体认朝廷苦心，又误以为要青、登、莱三府负担开河费用，故而反对甚力。须得明示于他。”言毕，烦躁地推开一堆文牍，提笔给梁梦龙修书：

承示开河利害种种，体国忧民之意，溢诸言表，钦佩！

但运道不通，修治已久，劳费无算而绩效茫然，京师坐困矣！忧无所出，故有新河之议。计其道里非遥，费亦不多，若得遂成，则二道并行；若有一道之塞，亦自有一道之通，此万年之利也。今措处银两，既有项下，断不用山东之财。而任事之官，也各有应承之者，且自谓事必可就，不则甘愿治罪，故不用山东之官操办之。此处商贾通舟久矣，粮船往来有何可虑？愿公赞成其事，不可再为难辞。况此事前人已为之，功且垂成而废，实为可惜。今因旧增拓，当事半而功倍，仆亦计之熟矣，千万其勿阻也！

待书函封发出去，高拱才稍稍平复了情绪，继续票拟章奏。

张居正也接到了梁梦龙的书函，但他没有复函。此时，他在思忖着，何时实施曾省吾的画策。

那天，曾省吾献计说，一旦梁梦龙上本反对开胶莱新河，即向高相建言，差委科道官实地踏勘；既然山东官场反对开河，只要人去了，必受梁梦龙、王宗沐所左右。此时，张居正想到了一个人。待用罢午饭，高拱正欲躺下休憩片刻，张居正走了过来，道：“玄翁，开胶莱河之事，朝野哗然，反对声甚嚣尘上。朝廷尚且如此，山东官场勿论矣！梁子既然投书反对，玄翁虽以书教之，恐梁子也不好就此收回前请。不如差一玄翁信得过的科官前去踏勘，由科官奏请，朝廷再据此定策，彼此都好下台阶，如何？”

“哦……”高拱双眉一耸，“这倒是个法子。”

“工科都给事中胡槚乃玄翁门生，我观胡科长其人有定见，甚沉稳，不随众，不妨差他去。”张居正又道。

“叔大所虑周详，”高拱投以感激的目光，“我嘱吏部给他发文凭。”

二

当晚，胡槚应召到了张居正府邸。

“玉吾，”张居正叫着胡槚的号说，“我素知玉吾有干才，不随众，值得信赖，必可大用。但必介入朝廷急务，方可获得时望。”

胡槚闻言，知有使命，喜不自禁，深揖致谢。

张居正又道：“胶莱河之议起，朝野一片哗然，反对者甚众，内阁压力很大。

故特向玄翁荐，命你去山东踏勘胶莱河。”

“哎呀！”胡檟吃惊道，“此事，元翁已然决断了吧？”

“呵呵，玄翁若决断，何必差你玉吾去实地踏勘？差玉吾之举本身就说明，玄翁尚未最后定策。”张居正道，“玉吾是玄翁的门生，此番胶莱河开与不开，端赖玉吾一言而决！”

“责任重大，学生诚惶诚恐呢！”胡檟搓手道，“还请张阁老示下。”

“呵呵，想必玄翁会有嘱托，你照玄翁说的办就是了。”张居正以亲切的语调说，“我意，玉吾到了山东，要多听听梁梦龙、王宗沐的意见。此事毕竟要山东官场赞同方可。”

胡檟躬身致谢毕，又问：“张阁老对开胶莱河何意？”

“玄翁主张，我不能反对。”张居正道，“但此事体大，恐仓促决断遗患无穷，故借玉吾一行。梁梦龙是我的门生，他必全力协助玉吾完成使命。”

“胡科长，恭喜啊！”曾省吾突然笑眯眯地进了花厅，“科长，万勿为求荣进，随声附和，那样必身败名裂！”

“三省什么话！”张居正责备道，“玉吾是有主见的人，不的，我也不会荐他，玄翁也不会差他。”又笑着对胡檟道，“玉吾，去山东走一走甚好，抚台、藩台定然悉心招待，你不要有压力。”

曾省吾冷笑一声，道：“开胶莱河以通海运，百年来不时有人提出，结果都不了了之。我查了，凡是建言开河的，没有一个好下场的。”

“曾侍郎！”张居正严厉地喝住曾省吾，“你意欲何为？”

“善意提醒，为国家，为胡科长，也为首相。”曾省吾理直气壮地回应道。

张居正脸一沉，道：“玉吾有主见，又深明大义，无须曾侍郎多言！”

曾省吾躬身道：“好好好，不说了。”

“呵呵，”张居正转向胡檟，笑着说，“玉吾，朝野对开河议论甚多，你心里有数就是了。”

胡檟愁眉苦脸出了张居正府邸，心里七上八下，辗转不能入眠。

与胡檟同样不能入眠的是山东巡抚梁梦龙。陈情开河十大害的书函送出后，梁梦龙一直惴惴不安。他知道，高拱是以直面矛盾、破解难题为职志的，每每奋不顾身，创为剔刷之举；如今，面对漕运难题，必是见故套无以解之，方有开河通海之意。自己却公然阻挠，触他雷霆之怒，后果堪忧！他越想越惧，蓦地从床上腾身而起，提笔再修一书，命急足夤夜登程，快马加鞭，疾驰京城。

“哈哈哈！”正在吏部直房与张四维议事的高拱，接阅梁梦龙投书，不禁放声大笑，“等的就是梁梦龙的回心转意。”说着，把书函递给张四维阅看。

“呵呵，梁子的意思是说，”张四维道，“他前书陈开河之害，乃是为通海运计，非阻挠开河；若玄翁意已决，他提议请山东布政使王宗沐主其事。”

“直接通海运，子维以为如何？”高拱问。

“阻力太大，不妨一步一步来。”张四维道。

高拱沉吟片刻：“阻力大，倒不必过虑；只是漕粮京师命脉所系，全寄托于海运，究竟如何，我委实无把握。”他仰脸向外喊了声，“叫胡槚来见！”

胡槚几次求见都未能见到高拱，闻听座师召见，急忙赶往吏部。进得直房，高拱正在埋头写着什么，胡槚施礼问安，他也没有抬头，只是“嗯”了一声，继续书写。等了约莫一刻钟，高拱方搁笔抬头，叫着胡槚的字道：“嘉木，到山东踏勘河工事，两日内就启程。”说着，拿出一封书函，“梁梦龙刚差人投书来，极言通海运之利，又言若朝廷决意开胶莱河，王宗沐可任此事，似已不再反对。这是我给他的回书，你带上。”胡槚接到手里，高拱又道，“你先看看。”

胡槚展读，只见上写着：

承书谕，洋洋数百言，词谊恳切，足征忧国之殷，幸甚！

新河虽言自科道，而意则仆出。盖见漕河不利，忧无所措，故为此也。今奉旨，差科臣勘处，旦夕且至矣。科为胡君，忠诚明远，可属大事。愿协心共计，务成此事，则社稷之福也。王宗沐云云敬领，通海洋、设大臣二节，待勘议明白再处。

胡槚看完，揣入袖中，问：“师相对学生有何训示？”

高拱想了想，道：“适才你也看了书函。漕河不利，忧无所措，方有开河之计。虽则只是百里余的河道，却关乎命脉通畅与否，干系重大。此番踏勘，当认真、务实，万不可走马观花。”

“学生谨记。”胡槚躬身道。

“还有，”高拱又道，“山东官场反对声甚大。此前，梁梦龙有书来，言开河十大害，耸人听闻。我素未闻梁子有此般见解，他又未及实地一看，安得遂有十大害之说？此必有司告梁子者。嘉木到了山东，要注意，耳根子不能软，不要人云亦云。差你去，本意自然是欲促成此事，但我不要求你必顺承我的意思，当然更不许顺着山东官场的意思，据实说话就好。”

“学生谨遵师相教诲。”胡槚鞠躬道。又问，“师相，梁巡抚乃张阁老门生，不知张阁老对开河有何见解？”

高拱从不曾想过，听胡槚一问，笑道：“叔大？哦，他未曾表达过反对之意，差你去踏勘，还是他的建言。”顿了顿，以肯定的语气说，“叔大不该反对，也不会反对！”说着，突然显得烦躁起来，不悦地说，“嘉木，你怎么婆婆妈妈的？不管谁反对、谁赞同，你都不要先入为主，据实判断就是了。”

胡槚不敢再多言，急忙辞出。

已是深夜，月朗星稀，胡槚禁不住哆嗦了一下。他摇了摇头，口中喃喃："师相是太自负，还是太粗心？琢磨事，他倒是心够细的，阁务铨政，事必躬亲；琢磨人，他就未必是把好手喽！"忽地一阵冷风吹过，胡槚"嘶"的一声，倒吸了口凉气。

三

山东巡抚衙门里灯火辉煌，佳肴满桌，款待钦差胡槚。巡抚梁梦龙、布政使王宗沐并臬台、左右参政等大小官员，围坐在胡槚左右，殷勤敬酒，款款布菜，令胡槚应接不暇。

"抚台，如此奢华，若师相闻知，学生如何向师相交代？"胡槚拘束地说。

"元翁怎么会知晓嘛！"梁梦龙一笑道，"科长到得齐鲁大地，一百个放心！"言毕，举盏敬酒。

酒过三巡，席上争先恐后叫了起来："给谏！""科长！"

"一个一个说。"梁梦龙举手向下压了压，道。

"开胶莱河，鲁民闻之惊恐！"有人说。

"是啊是啊！阖省百姓，无有赞同者！"有人附和道。

"不在于老百姓反对，关节点是开河也是白费功夫！"又有人说。

"呵呵，难怪师相嘱我要小心！"胡槚醉眼蒙胧，向前一指道，"抚台投书师相，反对开河，师相就断定，必是有司鼓动所致！不的，抚台刚到山东，又未实地踏勘，何以有十害之说？"扭头一看，王宗沐正站在他身后要敬酒，胡槚也不起身，举过酒盅，扭脸与王宗沐碰了一下，继续说，"尤其是藩台。谁不知藩台是水利名家，必是藩台有主张，说与抚台的吧？"

王宗沐闻听此言，脸色煞白，勉强敬完了酒，用力捶了捶自己的脑门，道："哎呀，突然疼痛不已，摇席了！"言毕，向胡槚抱拳辞去。

"科长不必烦恼，实地踏勘就是了。我请藩台亲自陪同科长到莱州一行。"梁梦龙拍了拍胡槚的肩膀道，又指了指部属，"科长一路鞍马劳顿，多敬几盅酒，解解乏。"

众人轮番敬酒，胡槚已醉了八成，舌头有些不听使唤。梁梦龙见状，忙宣布散席，他拉住胡槚的袍袖，亲自送到驿馆，命侍从奉茶摆果。

"胡科长，弟有句话，说与科长，供科长酌之。"梁梦龙很是郑重地说，"河漕似安而多劳费，海运似险而属便利，一任其劳，一任其便，当以海运化解当下漕运难题。胶莱河乃是前元废渠，为海运故道，岂不知，渠身太长，春夏泉涸无所引注，秋冬暴涨无可泄蓄，南北海沙易塞，舟行滞而不通。何必非要开河？直接海运，既节省又便利，明春即可实行。弟知元翁凡事只争朝夕，不容拖沓，故为元翁计，开河不如直接通海运。科长若促成此事，必有大功勋于国家。”

胡槚坐在椅中，上身不住地晃荡着，闭目不语。

“元翁凭科长一言而决，故我辈千疏，不如科长一语。”梁梦龙奉承道。说着，伸手在胡槚的手臂上轻轻一拍，“科长，明日弟陪你去趵突泉一游。泺水发源天下无，平地涌出白玉壶，值得一看呢！”

梁梦龙刚走，王宗沐又来了。

“藩台？你，你不是头疼吗？”胡槚勾头道。

“天使在此，抚台命弟全程陪同，弟躺不住啊！”王宗沐道。他上前拉住胡槚的手，“科长，山东反对开河，元翁疑乃弟主使，弟委实冤枉啊！弟一向主张开海运，开河毕竟向海运进了一大步，弟哪里会危言耸听罗列十大害？只是建言与其开河，莫如直接改海运。但元翁若定策，弟必效死力办成此事。适才弟已修书呈送元翁，向元翁禀明此意；也请科长向元翁陈明。”

胡槚一笑，拍了拍王宗沐的肩膀：“藩台适才是、是装病？这，这么说，地方官场的人，惧、惧怕师相如此？”

“呵呵，不是惧怕，是敬畏。”王宗沐边落座边道。

“那么，藩、藩台是、是主张开河了？”胡槚口齿不清地问。

“大海可航，何烦胶莱河？”王宗沐道，“此事关涉各方利益，非同小可，唯元翁有此魄力。一则河运已然难以为继，一则有元翁这般敢担当、敢决断的大手笔当国，正是机会。窃以为，科长当促成海运，为国家立奇功！”

胡槚一笑，道：“朝廷、朝廷也、也有人反对开河，但他、他们怕的，恰恰是、是海运。”

“我辈是为国家、为元翁计，反对开河，无私利存焉！”王宗沐拍着胸脯说。见胡槚不复回应，笑道，“科长，听说过李开先吗？他辞官二十余载，写了不少艳曲，名妓争相求购。明日弟陪科长去见识见识？”

胡槚忙摆手。

“哈哈哈，不是去会名妓，去看戏！”王宗沐一笑道，“他写了部《宝剑记》，国人无不晓。晚上去看戏，就这么定了！”言毕，拱手告辞。

王宗沐刚出了房门，两名美姬闪身进来了。胡槚一惊：“何人差你们来的？”

“客官！”一个美姬扭动着腰肢走过来，“闻听客官是从京城来的客商，吃醉了酒，咱姐妹来侍候客官的。”

“这、这……”胡槚支吾着，歪在椅背上，打起鼾来。两个美姬走过去，不由

分说，架起他往卧室走去……

胡槚在济南已是身不由己，白天由梁梦龙亲自陪同，游览名胜古迹；晚上则是王宗沐陪着，看戏听曲，足足盘桓了三天，方启程前往莱州。

高拱却已催促文选司呈报主持河工的任职奏稿。这天晚上，他一进吏部直房，就看见疏稿已拟好，摆在书案上，他提笔签上了自己的名字。放下笔，却又拿起来，把名字涂掉，向外喊了声："请张侍郎来见！"待张四维进来，高拱抬头道，"子维，王宗沐任漕运总督这事，不妥当吧？"

张四维一惊，道："玄翁，遵你老人家的指示，腾挪了好几个人，才停当了，怎么又不成了？"

高拱一拍疏稿："王宗沐反对开河，让一个反对开河的人去主持河工，恐不适宜。"

话音刚落，司务禀报：山东布政使王宗沐急足呈来书函。

"哦！呵呵，就这么巧！"高拱笑道，接过书函展读，阅毕，仰面大笑，"哈哈哈，这胡槚刚到济南，王宗沐忙着解脱自己啦！"突然，他收敛了笑容，转而怒气冲冲地说，"这个胡槚，口无遮拦，什么话都存不住！"言毕，把王宗沐的书函递给张四维，他则展纸提笔，给王宗沐回书：

承书谕，多感。新河之议本出仆意，盖见漕运不通，忧无所出，故议及此。初梁抚有书来，力言不可，云其害有十。仆间语胡给谏云，梁子素未讲此，又未及至地方一看，安得遂有十害之说，此必有司以告梁子者。然非专指公也，而胡君岂忘之耶？仆若知公意有异同，便当明以相告，期成国事，何乃为后言乎？且梁子二次书来，既变前说，而又云公可任此事。仆方望公成之，而岂以为有所阻也？愿公勿之疑也。

写毕，也递给张四维阅看。

"玄翁，这么说，漕运总督还让王宗沐来做？"张四维阅毕，问。

高拱点头道："不管王宗沐初时是否赞同，至少他时下已然表明态度，还是由他来做为好。像他这般熟悉海洋，又熟悉水利，且勇于任事的人，并不多。"说着，重新在任命王宗沐、李贞元的奏稿上签上了自己的名字。

张四维拿过奏稿，道："玄翁，既然差胡给谏去踏勘，还是待他来了禀帖，再呈报奏本不迟。"

"还会有意外吗？"高拱瞪着眼反问，旋即扬了扬手，露出不耐烦的表情，"等几天就等几天吧！这个胡嘉木，不知道着急！"

"呵呵，玄翁的门生，还能不知座师的脾气？他不敢久拖的，玄翁就耐心等几天吧。"张四维安慰道。

四

张居正刚回到家，正在用晚饭，游七禀报：山东巡抚梁梦龙急足到。

“传请！”张居正爽快地说。

急足送来的却是胡檟的书函。张居正展读，不禁拊掌而笑，吩咐游七，“叫曾侍郎来见。”

“太岳兄，何事这么急？”曾省吾一见张居正就问。张居正并不言语，带他一同进了书房，把胡檟的书函递给曾省吾。

“哈哈哈！”曾省吾大笑，“果不出所料！就算他胡檟是不随众，一到山东，恐怕也只有随梁、王二人了。”

“胡檟必是怕玄翁雷霆之怒，方先投书给我的。”张居正边呷着茶边道。

“哈哈哈！”曾省吾又是一阵大笑，“胡檟自知，一旦踏勘结论是胶莱河开不得，必激怒高相，不能再做高相的腹心之徒矣！这回，他要死心塌地跟定太岳兄了！”

“哪来那么多废话！”张居正呵斥了一句，“以三省之见，当如何区处？禀报玄翁？”

“万万不可！”曾省吾断然道，“当回书给胡檟，让他上疏，一旦上疏，开河之议就算胎死腹中了！”

张居正略一思忖，提笔回书：

新河之议，原为国计耳。今既灼见其不可，则亦何必罄有用之财，为无益之费；持固必之见，期难图之功哉！幸早以疏闻，亟从寝阁。

胡檟接阅张居正函示，当即将早已备好的奏稿拜发。

“叔大！”这天一早，高拱在文渊阁前下了轿，正看见张居正往里走，便在后面叫了一声。待张居正回身，高拱皱眉道，“胡檟去了十好几天了，怎么音讯全无？”

“哦！玄翁，此事体大，胡给谏必是细细踏勘，不敢马虎。”张居正回应道。

“虏患都能消弭，难道漕运这个难题破解不了？”高拱拉了张居正一把，示意他边走边说。

“虏患能不能弭，实则取决于识见与魄力，”张居正道，“漕运则不然。

“漕运难题不能破解，何尝不是囿于识见？”高拱一扬手道，“总在老路上修修补补，劳而无功，终归不是办法。”

张居正默然，跟在高拱身后，进了中堂。刚一落座，高拱端起茶盏，边用盏盖轻轻拨拉着，边扫视着书案上的文牍，一眼看见胡檟的奏疏，不觉一惊，忙放茶盏，滚烫的茶水洒在手腕上，他轻声“呦”了一下，顾不得擦拭，就抓过阅看：

臣细察勘分水岭，皆流沙善崩，虽有白河一道，徒涓涓细流，不足注灌。至如

小胶河、张鲁河、九穴，都泊稍有洪淤，亦不深广。胶河虽有微源，然地势东下，不能北引……

高拱从开头行文的语气中，已觉察结论不妙，忙先省过中间，直接阅看结论：

苟率意出内帑百万之费，以开三百里无用之渠，如误国病民何？臣请亟罢其事，并令所司明示新河必不可开之端，勿使今人既误而复误后人也。

“这……”高拱颓然地瘫坐在座椅上，良久无语。

张居正走过去，关切地问：“玄翁这是……”高拱指了指书案上的文牍，张居正拿起阅看，匆匆阅罢，道，“哎呀，胡给谏踏勘的倒是细致，只是如此一来，胶莱河工，恐要……”

高拱重重地吐了口气，陷入沉思。

“玄翁，此疏批交工部题覆？”张居正请示道。

高拱一扬手：“开胶莱河，罢议！”说着，起身往外走，“这会儿脑子有些乱，好好理理思路再说。”

张居正也跟了出来，一脸愧色道：“玄翁，居正亦未料到胡檟会上疏反对开河。早知如此，当初不该建言差他去。”

“与你叔大何干？”高拱硬邦邦地说。

张居正又道：“胡檟直接上疏，当是怕误了事机，也是体认玄翁办事高效之意，玄翁不必生气。”

高拱一扬手道：“这个我倒是没想过。”

“胡檟疏言什么‘误国病民’，什么‘今人既误’云云，委实有些刺耳，心还是好的。他是玄翁的门生，谅不会故意讥讽玄翁，玄翁不必介怀。”张居正继续劝慰道。

“胶莱河之议罢，漕运难题如何破解？被困死？”高拱烦躁地大声道。他一心为漕运难题无解而忧虑，并未想那么多，是以对张居正的劝慰便生出几许反感。

张居正听出高拱的语气不对，便噤口不复再言。

高拱蓦地扭过脸来，问：“叔大，行海运，如何？”

“海运？”张居正一下子没有反应过来，只是重复了一句，随高拱进了朝房。待高拱坐定，张居正走过去，坐在书案旁的一把椅子上，“玄翁，开胶莱河不就是为行海运吗？既然胶莱河不可开，海运恐不敢贸然行之。”

“实在不行，通海运也是办法。”高拱像是自言自语。

“喔呀！”张居正惊讶地说，“海运风险大，为避险方有开胶莱河之议。今胶莱河之议罢，再议海运，岂不又回到原点啦？”

“无论如何，必破解漕运难题！”高拱说着，一只拳头重重地砸在书案上。

张居正忙道：“玄翁既有此议，居正必仰赞，不妨付诸廷议。”

高拱连连摆手：“不议就可预知其果，必是反对声一片。”

“迩来为漕运事，居正也是忧心如焚，遍询访于诸名家，”张居正缓缓道，“闻得潘季驯又有新法，谓之‘束水攻沙’，倘若此法可治黄河之患，则漕河淤塞之忧自可解之。”

高拱仰面望着天花板，道：“看来，国朝非进士不入翰林；非翰林不入内阁之制，当改！”

张居正惊得向后蓦地一仰，愣住了。

高拱叹口气道：“我辈登进士就在翰林院，一直到入内阁，都是御用文人那套寻章摘句的活计，书读的委实不少，可对地方情形、江河湖海太不谙熟，遇到像漕运这般难题，就很难决断了。”

张居正默然，心里暗忖着：玄翁竟说出改“非翰林不入内阁”之制，委实令人震惊！

“待棘手的事打理停当，再说改政体。”高拱顾自说着，“漕运之事，待多方咨访后再定。”说着，起身往外走，长叹了一声，“阁务不能停啊！”

张居正跟在高拱身后往中堂走，望着高拱的背影，他像是突然发现，眼前的高拱已然苍老了！而自己虚龄只有四十六岁，正当年，是大展鸿猷的时候了！从罢阻开河之议一事看，中玄兄还真不如小弟老练呢！这样想着，一到中堂即提笔给胡槚修书：

疏至，言其不可成之状，即过玄翁，玄翁慨然请罢。盖其初意，但忧运道艰阻，为国家久远计耳。今既有不可，自难胶执成心。盖天下事，非一人一家之事，以为可行而行之，固所以利国家；以为不可行而止之，亦所以利国家也。此玄翁之高爽虚豁，可与同心共济，正在于此，诚社稷之福也！

又给梁梦龙修书：

胶莱新河，始即测知其难成，然以其意出于玄翁，未敢遽行阻阁，故借胡掌科一勘。盖以胡为玄翁所亲信，又其人有识见，不随众以为是非。且躬履其地，又非臆料遥度者，取信尤易也。今观胡掌科奏疏，明白洞切，玄翁见之，亦慨然请停。不必阻之而自罢矣！

与张居正的轻松畅快相比，这一天对高拱来说却格外漫长，又格外疲惫。晚上，高拱在吏部衙门下了轿，往里走了几步，顿感步履沉重，转身正欲登轿回家，梁梦龙的急足闪身唤了声：“元翁，请留步，胡科长有书来。”说着，把胡槚的书函呈上。高拱拿在手里，突然有了精神，快步进了直房。灯下展读，方知胡槚是解释反对开河原因的，不唯开河委实不可行，亦不必行，以海运代河运，同样可解漕运难题。

高拱终于露出一丝笑容，自言自语道：“嗯，还算是明白人，凡事不能只说不行，要说怎么办才行，这样的人还是可用的！”说着，提笔给胡槚回书：

新河之议，本出仆意，然非有成心也。今执事查勘详悉，明示不可，不循仆意，亦可谓无成心矣！愿即题止可也。盖可开则开以济运，所以为国也；不可开则止，以免无利之害，亦所以为国也。而我何与焉？其初献议之人，亦须善慰遣之，无让其失策，恐阻将来任事者之心。至于海有可通之路，闻之甚喜。但不知事果何如，殊切悬企。倘有下落，愿早示知，若得谐此，则于国有万分之利，而又无一毫之劳费，纵使新河可开，亦不及此，而况云不可耶！执事忠于谋国，委曲明尽，而又不依违顾望，徒事迎承，仆实心服之。

人回，草草布意，以安执事之心。抚、藩二员，亦乞告以仆意，恐其不喻，谓与初议相左，而意或有不畅也。

写毕，即唤张四维来见，嘱咐道：“督河工之职，不再任命；漕运总督之任，亦暂缓呈奏。”

“怎么，玄翁，情形有变？”张四维吃惊地问。

高拱一笑：“或可谓之因祸得福，也未可知呢！”似不愿再言，忙转移话题道，“宣大开市在即，不会有甚闪失吧？”

“家舅言，已暗中戒备，以防不测。”张四维道。

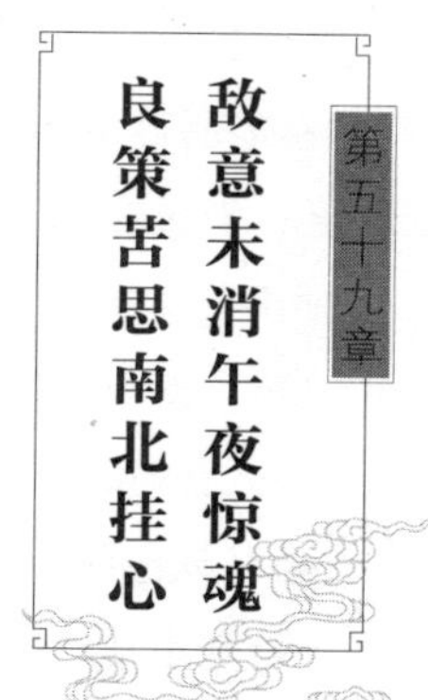

第五十九章 敌意未消午夜惊魂 良策苦思南北挂心

一

已过了亥时，高拱还没有回家。王诚等不及了，问得他每晚俱在吏部直房理事，便请高福带路，赶到吏部去谒。

“又出事了？”高拱见王崇古又差人深夜来谒，边展开王崇古的书函，边问。

王诚道：“禀元翁，老把都死了，他的大老婆接掌权柄，拒绝朝廷敕封，有异志。”

高拱听罢，神情淡定，边展读王崇古书函边吩咐：“叫子维来。”

须臾，张四维进了直房，高拱已阅罢王崇古的书函，见张四维进来，把书函向他推了推，道：“子维，令舅来报，言老把都之妇有异志，又上本为老俺陈乞四事：一、请给王印；二、请许贡使入京；三、请给铁锅；四、请抚赏布缎米豆，散给所部穷丁。”

张四维神情紧张，忙埋头阅看。

待张四维阅毕，高拱道：“老把都之妇拒绝敕封这件事，令舅甚着急，我看大可不必！有些话，我早就想对令舅说了，终未得一告，今不妨就如何处置老把都死后事宜，略陈其要。”他呷了口茶，“老把都之妇既有异心，则任其扬去。彼既不贡，吾亦不与之互市；彼如作歹，吾严兵以待，无非一战而已。切不可委曲迁就，请求其受封、互市。盖天下之事，人有求于己则重，己有求于人则轻。为一酋所轻，则诸酋皆轻吾，而携持要索之事恐将不免，顺服不得持久矣！况诸酋皆正服顺，而此一老妇又能如何？吾只加厚诸酋，而于其长子吉能恩礼皆备。此老妇者，置之不理，不以一言相通，故示决绝之状。彼必自无意思，摇尾乞怜，吾乃数其罪而容之，则伸缩之机在我，自可以制驭诸酋。不然，便任其去，亦无害也。”

“玄翁所言，四维甚赞同。”张四维点头道。虽百官皆以“元翁”尊称高拱，但张居正、张四维、魏学曾几个人却以为称“玄翁”略显亲切，相约不改。

“呵呵，”高拱笑道，“然令舅之意是此事须完全，恐将老把都一部排除在外，终是缺憾，美中不足。”他一扬手，“令舅的这个想法，我不赞成！”

“那么玄翁的意思是？”张四维略显尴尬，忙问。

“必有缺憾而后可保其完全。”高拱道，“对北虏，彼若全顺，吾全礼之；彼若全背，吾全不礼；彼若有顺有背，吾则有礼有不礼。做成此等规模气象，使彼常有恐失荣利之惧，而吾则加厚抚赏，又有以悦其心。如有不驯，便少加顿挫，以示不甚要紧之意。斯为羁縻之理也！”他向前倾了倾身子，对着张四维道，“子维，与北虏打交道，与其说是应对北虏，莫如说先要应对自己人！朝廷百官，有多少双眼睛盯着呢，巴不得挑出弊病来。若过于迁就求全，朝廷里那些人难免以此为话柄，轻者攻讦为媚虏，重者扣上汉奸的帽子，不可不慎重。”

“哎呀，醍醐灌顶！醍醐灌顶！”张四维连连道，“有些缺憾，正可证对北虏无委曲求全之意，亦可证主动权操诸我手，非坏事也！家舅可能未虑及这一层，故而着急。”

高拱沉吟片刻：“令舅所言四事，可准而无他议者一；可准但需再议者二；难准者一。”高拱伸出右手，扳着大拇指继续说，“授予老俺印信，使其相传为重，此可准。”又扳着食指和中指道，“请给铁锅和抚赏二事，不是不可，而是需有限制。”最后，他又竖起食指，“贡使入京，不能准！”

张四维点头道：“朝臣强半反对互市，即担心国朝货物资敌，尤其是铁锅、斧头，都说一旦可与北虏交易，则北虏用于打造兵器，故最为朝臣所忌。”

“正是这个理儿！”高拱接言道，“须知廷议时互市并未通过，只是请皇上发纶音，内阁强压兵部题覆方勉强过关；兵部题覆中，加了诸多限制。如今要开市，上来就允许铁锅交易，岂不激起众怒？是以这一件不能允准，但也不能粗暴回绝。”顿了片刻，又接着道，“因北虏委实需要铁锅。闻得北虏嫁女、儿子分家，有一口锅各分一半的，其情可悯。我之不与，他怎么办？还是要抢，欲和平而不得，岂不因噎废食？我意用广锅不用潞锅，因广锅薄而不能回炉再炼；先用以充抚赏，而不准上市交易，使彼不可多得铁，以堵朝廷反对者之口。”

“明白了！”张四维终于舒了口气，道，“实则铁锅可供给，但选定为广锅；先不准入市交易，只以抚赏的名义给予。”

高拱苦笑道：“往者北虏每岁入犯，所抢铁器何止千计？这些没人说，一说允许铁锅交易，就大喊资敌！这就是天朝缙绅的故态。遽然改变谈何容易，只能慢慢来。先变通一下，下一步再说铁锅入市的事。至于抚赏一事，老俺能顾及穷苦百姓，也是难得，宜给之。”他一扬手，“不唯给抚赏，且不妨从厚赏赐。拿出节省军饷的十分之一用于赏赐也不为过，然须议出定数，每年都照这个数抚赏，免得以后再行添乞，徒生纷乱。”

“办事难啊！”张四维叹息道，“非有魄力、识见如玄翁者，北边和平难期！”

“贡使入京不能准。”高拱继续说，随即又苦笑一声，“照理，贡使入京本属常例，也无关利害，还可慰老俺之心，本无拒绝之理。”

“是啊，玄翁何以言此事不能准？”张四维不解地问。

高拱道：“不是为了防北虏，乃是为了防自己人！一旦北虏有背盟之事，一有迹象，官场上的人就会说：看看，贡使入京，就是带路南犯的；谁提议让贡使入京的？当追究责任！是以只可厚赏以遂北虏艳利之心，而不必令其贡使入京，乃为稳妥。此非以应对虏人，乃为应对天朝之人；应对天朝之人者，乃为令舅今后考虑也，不能不慎之！”

“哎呀，是这样，是这样！”张四维道，“我会和家舅说清楚的。”

“子维，这层意思，你这就去说给本兵。”高拱吩咐道。

张四维和杨博不唯是山西蒲州同乡，且是姻亲。张四维的表妹亦即王崇古之女嫁给了杨博之子；杨博的孙女则字于张四维次子。故张、王、杨三家关系密切，如同家人。从吏部衙门出来，张四维就直奔杨博府邸。

“呵呵，只要令舅奏本一到兵部，就照新郑所示题覆。”听完张四维的转述，杨博笑着说。他为官圆润。当年严嵩、徐阶当国，遇事必先请示，待阁揆点头，方题覆上本。如今高拱执政，又事先主动与他沟通，他更无不从之理。王崇古奏本批交兵部，兵部遂照高拱所示题覆，内阁票拟：“从兵部议”。

张四维急忙给王崇古修书：

题覆今晨始上，大要皆如舅意，唯贡使俱留边，此亦极便。士大夫中无见识人多，异日虏或由居庸入犯，必竞为危言相射；若虏使不入京，则呶呶者无藉口。此玄翁美意。甥意，舅须申戒诸边，开市之后，不可视小贪得，失信于虏也。

王崇古先已从王诚那里得到了高拱对处置老把都死后事宜的指示，遂豁然开朗，愁云消散；又接张四维书函，知朝廷对他所奏俺答入贡事的答复及背景，甚为欣喜。于是他忙吩咐下去，一面知会俺答汗，约定开市时日；一面整备开市一应事宜，务必做到万无一失。

俺答汗接到王崇古札谕，惊喜万分，抱起三娘子转了两圈才放下，伸出双臂，仰天大笑，道：“苍穹作证，茫茫大漠，万千生灵，终于有安生日子过啦！”言毕，

大声喊道，“传本汗的命令，让大小各枝首领都给我听好，谁敢再犯边抢掠，本汗拿他点天灯！”

“汗，别光顾高兴了，互市的事，得预备呢！”三娘子笑着提醒说。

“喔哈哈哈，谁说不是嘞！”俺答汗咧嘴笑着，“传本汗的命令：大小各枝，统统把肥壮的马匹预备下来，不许拿瘦弱病老的马匹往市场上赶！”又对恰台吉道，“挑选几个懂事的，去大同一趟，接洽开市事宜！”

大同总兵马芳却有些紧张：“军门，开市如同开关。关门大开，甚是危险，不得不防啊！”

“本部堂倒觉得俺答不会胡来。”王崇古自信地说。

“为防有变，镇兵还是有所戒备为好。”马芳建言道。

“秘密部署，没有本部堂命令，任何人不得擅自行动！”王崇古下令。

二

内阁中堂里，张居正手拿捷报，兴奋地说：“玄翁，这殷正茂果有韬略，不旋踵就生擒了韦银豹！”

高拱正仰面沉思，似乎没有听到张居正的话，故未做回应。

“此番征剿古田，破巢六十有二，俘获牛马器械以万计，功劳委实不小！”张居正继续说，“殷正茂不唯懂军机，也是明白人，捷报将征剿大胜，首归功于‘天子保治，留心四夷，而硕辅元老锐意安攘之烈’，可谓确当！”

高拱欠了欠身，微微点头。张居正以为他在回应，正要接着往下说，却见他忽而摇头，忽而点头，似完全沉浸在自己的思绪里，便唤了声：“玄翁——”

“喔，叔大说甚？”高拱似从梦中惊醒，抬头看着张居正问。

“殷正茂报捷，并请示处置韦银豹的办法。”张居正晃了晃手中的文牍道，“又以古田既平，欲修举盐法，以足兵食，富庶广西，特条陈八事。”

“那还用说吗？”高拱似在与人争论，“韦银豹务必押解京师正法，不然，在广西斩了韦银豹，京师必有浮议，谓所斩未必真身。至于殷正茂所上各条，拟旨：饬殷正茂及时修举，兼行两广总督、湖广巡抚协心共济！”又补充说，“殷正茂因属下误认贼首，事涉欺罔，圣旨里当一并提及，囿之不究！”

张居正一听，即知高拱事先看过捷报和殷正茂的奏本。可是，这么大的喜讯，他因何未有兴奋状，反而心事重重的样子？正思忖着要不要问一句，高拱开言道：“此番征剿古田，斩首达七千四百六十有奇，官军也遭重大伤亡。这都是人命啊！我着人查过，开国以来，调集大军征剿广西叛贼即达一十六次之多，可每每是征剿捷报甫上，逆焰复起。今古田虽平，安知不会死灰复燃？似这般反反复复，没完没了，不唯广西生灵涂炭，绅民亦无安居乐业之望，朝廷又何堪其负？”

张居正这才明白，原来高拱在谋善后治本之策。他不假思索地建言道：“蛮贼如蔓草，当旋生旋除！大率盗贼奸宄，唯当慑朝廷之威，罕能怀朝廷之德。如有机可乘，一鼓而歼之，不复问其向背，虽被掳之人，亦不足惜之！总之，非铁血威慑，不足以压服！”

高拱以惊异的目光盯着张居正，不悦地说：“僮人，亦朝廷赤子，焉能以斩草除根之策待之？治本之策，在导民风之向上，致乱民乐业而向化。”

“玄翁，非我族类，其心必异！对待土夷，不能心慈手软，非高压不能慑服！”张居正争辩道。

高拱似不愿与张居正争论，从容道：“自调殷正茂抚桂戡乱，即知戡平古田当无悬念，至关紧要者是善后。我多次访咨桂籍缙绅、在广西任过职的官员，已有初步谋划，大要还是围绕减轻僮人负担、导民风之向上为方略。时下可做的有这么几端。”他呷了口茶，缓缓道，“一、录田复业。古田经此一战，必有大量田亩失主，当迅疾清丈出宜耕之田，对无主绝田，一半可募兵屯戍，且耕且守；一半当招徕流亡的僮人回乡，授其田亩，复业耕种。二、减轻赋税。当按田亩好坏分类起科，不能大而化之。三、兴办学校。招徕僮人子弟入学读书，成绩优异者可酌才录用，委官赐职；各集市当设公约所，每月召集乡村成年僮人，传教礼仪两次。四、改流官巡检为土司巡检。巡检为镇压之官，维持一地治安，流官难以施展，不如僮人治僮，以因地制宜，因俗而治。”

“改流官为土官？”一直冷眼旁观的殷世儋突然插话说，“改土归流是大趋势，元翁却逆其势，改流为土，这不是倒退吗？”

高拱鼻孔中轻轻“哼”了两声，语气坚定地说：“不管倒退还是前进，只问其利弊如何耳！若既对当地百姓有利，又对国家有利，就行之，否则即改之！”

张居正知高拱已有谋划，恐轻易不会改变主张，便不再坚持己见，转而顺着高拱的意思说：“玄翁所言，俱深谋远虑之策，居正赞成！不过……”他停顿了一下，觑了高拱一眼，见他在等着自己的下文，遂继续说，“为稳定局势，还要辅之镇压之策……”

“说，叔大，说下去！”高拱见张居正欲言又止，分明是试探他的态度，遂抬抬手道。

张居正道：“古田虽据会城不远，然崇山峻岭、方圆广辽，名位专而事权重，且临近两县不少地方也被韦银豹割据，善后当与古田相同。基于以上两点，县会不堪临制，非任重官、戍重兵不可。当升格为直隶州，辖古田、永福、义宁三县；再

借鉴当年王阳明治八寨的做法，在古田分置镇、堡，各镇、堡均设镇、堡长统领，分拨驻军。文臣当增设兵备道一员，武将置参将一员。”

“增设兵备道，与减轻桂民负担不符！”高拱道，“我已着吏部研议，裁撤广西冗官冗衙，正要将广西驿传道事务并入清军道。清军道佥事可管古田兵备之事。”

张居正点头道：“玄翁所虑周详。”

高拱一扬手道：“以上各策迅疾付诸实施，当不会再重现死灰复燃的局面，古田可保永宁！”

“呵呵，玄翁，古田就改永宁州吧！”张居正顺势道。

“永宁？”高拱眼珠转了几转，“甚好！”他指了指张居正，“你起草奏本吧，以内阁公本上奏请旨。”说完，起身道，“我到吏部去。”

“玄翁照例是晚间方到吏部的，怎么今日尚未交酉时，就急急过去？”张居正问。

“嗯，忽然想起一件事，要和子维说，索性提前过去吧！”高拱边说边快步出了中堂，又回头嘱咐张居正，“适才所议诸事，叔大上紧办完，戌时我即回阁签署。”

进了吏部直房，高拱一边吩咐召张四维来见，一边拿起堆积在书案上的文牍来看，是选任广西庆远府、云南姚州府、贵州安顺府这些远方知府的奏稿。再一看人名及所附履历，全是荫官出身。他重重叹了口气，脸色顿时沉了下来。

“子维，这几个府的知府，不是去年底才到任的吗，怎么又要换人？”见张四维走了进来，高拱劈头就问。

“呵呵，玄翁是知道的，远方知府向由荫官出任。”张四维赔笑解释道，“照例是不旋踵即罢去，再换一批荫官去做。”

“不成话！太不成话！”高拱手拍书案，蓦地站了起来，“父兄有大功而荫子弟，这些荫官参差不齐；然既选为知府，必是有治理一府的才干方可。”他边踱步边道，“越是边远，越要选用干才，岂可胡乱选人？这是弊病，要改！吏部这就上一道《议处荫官及远方府守疏》，我说说大略，你督办草拟。”思忖片刻，口述道，“荫官升职，率多出为云、贵、广知府，然又不旋踵辄罢去，遂使有志者皆自隳沮，无志者优游待迁，彼此成风，善政甚鲜。况云、贵、广皆称绝远，休养辅辑尤甚内地；知府一方之主，顾可令明知不称其职者苟且卒事哉！夫既用之矣，而故示之不足用，是弃其人也；既为地方设官而故选明知不可用之官，是弃其地也。人则吾人，地则吾地，求其用与治且不可得，顾奈何弃之？此后远方知府，尤当与内地一体除授升迁，不得有差别。再，若荫官果有才干、政绩，当与进士、举人出身者一视同仁，不可以杂途而轻视之。”

“如此，则边地可望治矣！”张四维感叹道，“四维这就照玄翁意思拟稿上奏。”

“正事还未说呢！”高拱一笑，摆摆手要张四维入座，又道，“西南戡乱告捷，西北开市在即。适才在内阁议及巩固西南战果，我即想到巩固北边和平。巩固北边和平，端赖互市是否成功。因牵挂大同开市一事，方急急赶来。”他喝了口茶，“闻得老俺要亲临市场，必是带有兵马护卫，稍有不慎，恐有闪失，令大局受挫。子维当速差人连夜驰赴阳和转告令舅：开市事大，戒备固然需要，然绝不可轻启事端，此其一；与北虏商洽，既不可一味满足虏之欲求，又不可斤斤计较于细枝末节，要示其天朝之富厚，以压虏势而夺之魄，权衡操纵，卷舒张弛，要有礼有节，此其二。这两桩事，务必处置停当！”

三

从开了春，得胜堡外忽然间涌来不少工匠，大兴土木。堡北一里处建起一座方形的新堡子，堡城高两丈五尺，周长一里余，石砌砖包，有垛口，开东门，门顶设门楼；门外为瓮城，开南门；瓮城外是月城，月城开东门。令人奇怪的是堡内空旷无屋，只是一片空场地。直到朝廷允准互市的诏书颁下，人们方知此堡谓之市城堡，是专为互市预备的交易场所。

除了市城堡，在得胜口东侧，沿长城脊背本建有一座大城台，乃是守口将士轮值护口时所居。距其东五六丈远，新建了一高一低两所楼阁，起始就连守口将士也不知是何建筑，用途何在；忽一日有匾额悬挂于上，方知此乃马市楼，为监管市场之长官公署。

得胜口的月城也叫望城堡，留门与得胜口相通，此时也加派了人役，乃是专门对北虏入市马匹进行检疫的。望城堡遂成检疫场。

不唯官府，民间也有闻讯赶来修建房舍的。大同富商郝树平闻得与北虏有封贡互市之议，即雇人在得胜口南门外动工兴建馆舍，谓之南致远店；又在月城北门外依山而建大店一座，谓之北致远店。前者供南来客商居住，后者专供板升商人旅居。

待一切整备停当，开市在即，王崇古率大同巡抚、阳和兵备道及大同总兵、副总兵一行，进驻得胜堡。明日即俺答入关之日，过了亥时，王崇古即早早上床睡觉。

漏下二鼓，万籁俱寂，忽有敲门声急促响起，王崇古蓦地起身，大声问：“何事？”

“禀军门！有敌情！”门外传来副总兵阎振惊慌的声音。

王崇古披衣下床，快步出了卧室，边往前厅走边问：“怎么回事？”

兵备崔镛、副总兵阎振奉命主开市之事，两人齐齐来谒，俱露惮忌之色。“探马来报，”阎振神情紧张地说，“俺答拥众自卫，人马从焦山夹道而出，不下数万！”

跟在阎振身后的阳和兵部道崔镛一脸惊恐状："军门，细作谍报称，俺答数万兵马，俱装备齐全，弓箭刀戈、粮草食物，与大军南侵之状无异！"

"马帅何在？"王崇古问。

马芳也已闻报，刚好赶来，大声道，"禀军门，马芳在此！"

"我兵马情状如何？"王崇古问。

"禀军门，得胜堡四周布有四路伏兵，但不满万人。"马芳禀报说。

崔镛惊恐道："军门，此据市场不过二三里，甚危险，要上紧转移，即刻回大同城，调集兵马前来驰援！"

"请军门即刻启程，卑职已为军门备好了马匹。"副总兵阎振道。

"再晚恐来不及了，军门！"崔镛焦急地催促道。

王崇古捻须沉思，慢慢踱着步，像是自言自语，又像是征询属僚意见，低声道："吁，今日之事，战耶，退耶？"

"今以不满万人之兵而与俺答战，绝无胜算！"副总兵阎振焦躁地说，"还是速回镇城为好！"

"势已骑虎难下，容军门决断吧！"崔镛不敢再催，只得说。

"牵马来！"马芳向门外的亲兵道，又转向王崇古，"军门，卑职去应对！"

"不可轻启事端！"王崇古想到高拱命张四维差人转来的叮咛，伸手做制止状，"君命在上，要和平、不要战争；要融合、不要敌对。如今互市即开，焉能擅自开战？"他似乎已有了决断，道，"我看俺答不会进攻。我方不是也埋伏四路兵马吗？俺答亲来入关互市，同样也会心存戒惧，故带大军以为扈从。万不可以为他带大军来，就与之一战！"说罢，吩咐马芳道，"马帅可严密监视俺答部动静，但不可暴露，当秘密为之！"又对兵备道崔镛、副总兵阎振吩咐道，"明日一早，二位率数人前至二十里迎俺答，皆吉服缓带，不得带寸铁！"

众人散去。王崇古知道，对文武诸人来说，这一夜注定是提心吊胆的不眠之夜。

晨曦初露，没有意外发生，王崇古并文武属僚暂时松了口气。

黎明时分，俺答汗已与三娘子出了大帐，正踌躇是否带兵马继续前行，忽见前方影影绰绰有马匹向这边移动。探马来报："禀汗爷，天朝差使来迎！"

"多少人马？带何兵器？"俺答汗问。

"只有十人，并未携寸铁。"探马答。

"哦？"俺答汗捋着络腮胡，"可有埋伏？"

"并未探得有伏兵。"探马又答。

"好！"俺答汗决断道，"迎接使者。"

须臾，俺答汗跨上战马，带着五奴柱等一干随从，列队恭迎。崔镛等尚未下马，就听俺答汗大声道："喔呀！天朝果有信义，诚意如此！"他一举马鞭，命令道，"所有兵马都不得再进，统统给我释弓矢、解衣甲。巴特尔们，尔等在此放马撒欢吧！"

待崔镛一行下马，俺答汗和三娘子也下了马，施礼相见，互致问候。俺答汗又命五奴柱："侍卫一百人随本汗入市，通不许携带刀剑！"说着，亲自解下腰中佩剑，扔到地上，道，"这件玩意儿，以后用不着啦！"

崔镛等人引俺答汗一行过了得胜口，进入得胜堡，一下马就径直登上龙亭。只见俺答汗郑重脱帽，跪地南向三叩首，谢圣天子之恩；又向崔镛索币祭谢其祖，忻忻然以为荣也。

当晚，王崇古来到得胜堡，设宴招待俺答汗与三娘子。照高拱所示，为让俺答歆羡天朝富饶，刻意从各地赶运来不少山珍海味，又特聘大同名厨主理，菜肴丰盛，令人垂涎欲滴。俺答汗已更了衣，身穿皇上所赐大红五彩纻缎蟒衣，拉着盛装的三娘子之手，相偕进了宴会厅。他搭眼望去，先被宴会厅的富丽堂皇之气所吸引，又被桌上的佳肴所惊呆。俺答汗嘴角挂着口水，吸溜了一声，向王崇古躬身拱手道："太师，咱这里有件礼物，献于太师。"说着，向三娘子使了个眼色。三娘子从怀中掏出一份文牍，侍从接过呈来。王崇古一看，满篇俱是番文，即知俺答又有事要他代奏，却不知是何事体。

"坐，请顺义王伉俪入席！"王崇古伸手相请。

王崇古坐主座，俺答汗坐左手，三娘子挨着俺答汗而坐，其余人等依序入座。甫坐定，俺答汗一笑道："太师，适才所呈，是吾亡弟老把都之妇驯伏之奏！吾弟故去，弟妇不受敕封，不愿称臣，太师为之烦心。这不，本王差人去劝，弟妇已然答应接受敕封，乞请在三边开市。太师看，这是不是礼物？喔哈哈哈！"

"顺义王！"王崇古款款道，"这不是给天朝的礼物，是顺义王为弟妇乞天朝赐给她礼物！"

"啊哦，哈哈哈，谁说不是嘞！"俺答汗笑笑说，"太师说的是。"

"国制，与北人交涉，俱由大同督抚转呈致送。"王崇古道，"事虽超出宣大地面，但本部堂必替顺义王转呈朝廷。"说罢，举盏邀诸人同饮。

酒过三巡，俺答汗开言道："太师，该说说马价了吧？"不等王崇古回应，他嬉笑道，"以本王说，就以二十年前开马市那次议定的马价办啦！"

王崇古脸色陡变，把酒盅往桌上用力一撴，看也不看俺答，怒气冲冲道："这是何意！"

四

俺答汗开言提到嘉靖三十年的大同马市，王崇古勃然色变。不唯那年的马市乃北虏大军围城逼迫所致，还因为朝廷反对此次互市的最主要依据，恰恰正是那年旋开旋关的短暂马市。那年马市完全是官方所为，严辑军民人等，不许私相交易。即使是马价，也全是为安抚北虏，不惜高价收买，每匹达银二十多两。无论是马市之开，还是马价之高，都是国朝屈辱的一页。

三娘子见王崇古一脸怒容，拉了拉俺答汗的袖袍，赔笑道："太师，顺义王只是随口一说而已。此等琐事，何须王爷和太师过问？"

"喔、喔，哈哈哈，谁说不是嘞！"俺答汗爽朗一笑，"小事一桩，小事一桩！"他举起酒盏，向主座侧过身，"来来来，太师，本汗……哦本王，敬太师一盅！"

三娘子起身走到王崇古身后，不由分说，抓住他的手，把酒盅举到他的嘴边，劝道："太师请饮！"

王崇古猝不及防，脸"唰"地红了，像被马蜂蜇了一下，忙甩开三娘子的手，以袖遮面饮下这盏酒。但他并没有因此转怒为喜，而是一脸严肃地说："顺义王当知，朝臣对互市多半反对。皇上宸断，允准互市，方有今日开市之事。稍有不慎，市场未开而群情激愤，后果何堪设想？"

"明白明白，太师为土默特着想，本王感激不尽。三娘子，你快敬太师酒！"俺答汗说着，连连向三娘子使眼色。

三娘子刚欲归座，又转身回到王崇古身旁。她适才已饮酒，面颊上泛起红晕，双目顾盼生辉，毕竟不到二十岁的年纪，未脱少女的天真。她脸庞上本就带着几分天然的欢快，启齿一笑，酒窝越发分明。胡地之人格外大方，毫无扭捏作态之状，早撩拨得王崇古心旌荡漾，欲多看几眼，又不能不刻意回避。闻听俺答命三娘子敬酒，王崇古不知如何是好。三娘子微微扭动身躯，轻盈地靠在王崇古身上，弯身替他斟上满满一盅酒。王崇古略带尴尬地向旁边侧身躲避，慌慌张张地拿过酒盅一饮而尽，这才笑了笑："多谢、多谢……"他一时不知该如何称呼，支吾了几声，方勉强道，"多谢顺义王夫人。"

"哈哈哈，太师，莫不如上奏朝廷，给三娘子一个敕封。"俺答汗顺势道。

王崇古点点头，道："嗯，此事可行。"他见俺答呈讨好状，遂伸出双手压了压场面，道，"顺义王，本部堂有一事相告：顺义王及各部贡使俱留边，不入京师。"

"这……"俺答汗一脸疑惑，"既然向皇上进贡，自然当亲赴京师嘛！"

"顺义王，个中缘由本部堂就不必再多说了吧。终归是为顺义王着想，为维护和平大局着想的。"王崇古轻描淡写地说。

俺答汗点头道："既然太师这么说，咱信任太师。"

"其他都好说，顺义王！"王崇古大方地说，"抚赏从厚，广锅也少不了。但先以抚赏方式供给，等开市顺利、阻力减小、和平大局巩固，再允入市交易。"

"好好好！"俺答汗连连道。

王崇古又道："此番开市，先由官府主办，再开民间贸易。至于官开马市的马价等事，顺义王可委任部属与主市的官员商谈，本部堂不与闻。"

"好好好！"俺答汗又点头道，"不过，大同附近只在得胜堡和水泉营开两处市场，还是少了些。"

"是，本部堂也认为少了。"王崇古道，"只要顺义王约束部属、遵守规约、互市顺利，边门大开、贸易繁盛，则指日可待！"

"本王早就盼着这一天啦！"俺答汗欣喜道。

三娘子刚回到座位，听王崇古一席话，又麻利地返身回去，把酒盏举在王崇古唇边，道："咱敬太师酒！"说着，就把酒盏往王崇古的口里倒去，王崇古往后仰了仰头，伸手挡住，另一只手摸索着抓起自己的酒盏，回手与三娘子碰了一下："呵呵，谢谢顺义王夫人，本部堂这就干了！"说完侧过脸去，一饮而尽。

俺答汗吃得直打饱嗝，不时拍拍自己的肚子，口中"啧啧"不已。王崇古见状，笑道："闻得顺义王伉俪要在此地观市，不妨到堡内走走看看。这得胜堡由北向南建有神武阁、玉皇阁、木牌楼、菩萨阁、城楼，都值得一看。看那玉皇阁，南门额刻'雄藩'，西门额刻'保民'，北门额刻'镇朔'，东门额刻'护国'，何等气派！你再看那木楼，高两丈五尺，宽五丈有余，顶铺琉璃瓦，下为全木结构，雕梁画栋，十分壮观。这还只是大同七十二堡之一，而大同，国朝北方九边之一而已。我中华地大物博、物产丰饶，名胜古迹难计其数，由此可见一斑。请顺义王伉俪多看看。"

三娘子忽闪着大眼睛，听得入神。俺答汗伸长脖子，听得兴趣盎然，昏花的目光中满是歆羡。

"华夷一家，胡汉一体，只要和平得以巩固，长城内外，必可同享繁荣！"王崇古慨然道。

"咱余生无他，诵经而已。"俺答汗激动地说，"土默特各枝大小头领，谁敢违约进犯、再启干戈，咱绝不饶恕！"

宴会尽欢而散。五奴柱与崔镛等随即商洽马价，议定官市上等马十二两、中等马十两、下等马七两。

次日卯时，得胜堡晨钟敲响，市城堡堡门大开，寓居南、北致远店的商人便纷纷涌入，北人以牛马、皮张、马尾，汉人以缎绢、布匹，开市交易。

崔镛、阎振等陪同俺答汗伉俪登上市城堡东门楼观望，但见人群熙熙攘攘，货

物琳琅满目，欢笑声、讨价还价声不绝于耳。

天王有道边城靖，
上相先谋马市开！

崔镛随口吟了一句，又感慨道，“此事非王少保在外担之，新郑相在内主之，安得有成？从此和平代替战争、市易代替掠夺，我国家享无穷之利，边民免无穷之害，华夷融为一家，可载史册矣！”

俺答汗脱帽道：“本王知道，此事多亏了内阁高相。请代本王向高相致意！”

正说着，忽闻市场上传来吵嚷声，循声望去，见几个人扭打在一起。崔镛忙拉住俺答汗往厅内的座椅上让，又扭头示意阎振速去查看。

须臾，阎振返回来，欲说明情形，崔镛向他使了个眼色，又微微摇了摇头，阎振“呵呵”一笑，道：“没事没事，喝茶喝茶！”

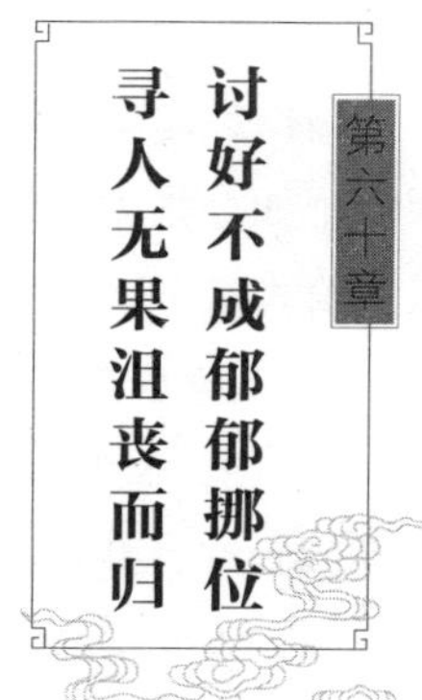

第六十章 讨好不成郁郁挪位 寻人无果沮丧而归

一

又到了天长夜短的季节。高拱从吏部直房回到家里，已交了亥时，天际还影影绰绰残留着一抹亮光。

“玄翁！”随着一声深情的呼唤，房尧第从垂花门外一闪身，出现在高拱面前。

“崇楼？！”高拱又惊又喜，但出语却满是责备，“怎么去了这么久，嗯？玩够了，还想着回来？”

房尧第躬身施礼，不知从何说起。

“跟我到书房来！”高拱吩咐一声，来不及更衣，就径直往书房走去。

“老爷，老爷——”夫人张氏闻听高拱回府，忙出门迎接，见他快步往书房走，便在身后喊道。

“有啥事，回头再说。”高拱并未止步，用老家话回应了一句。

“回头说回头说，你就没有回头的时候！”张氏不甘心，追着他进了书房，“元嗣来了，等你老半天了，你能不能见他一面呐！”

元嗣是张氏的娘家亲侄，名孟男。九年前中进士，授广平府推官，考绩优异，甄拔刑科给事中。正值徐阶发动举朝逐高，高拱下野后，张孟男即被贬谪汉中同知，一时京中舆论大哗。徐阶遂授意吏部，改调顺天府治中，再升刑部员外郎。

“见他做甚？是不是要官来了？”高拱冷冷地说。

“要官儿要官儿！你就知道个官儿！你可知，元嗣当这个员外郎都快四年了，搁别人早该升了。谁知遇上你这么个无情无义的姑父，不关照他也就罢了，还总这

么压着他！”张氏抱怨道。她好不容易逮着机会，仿佛要把多日积攒的不满一股脑发泄出来。

高拱想起文坛领袖王世贞进士及第五年内升至刑部郎中，却接连赋诗抱怨升迁太慢；如今张孟男做员外郎已四年却未升迁，委实说不过去。但他不想为他升职，以免给人留下口实，是以才刻意回避他。本是高拱不好意思见张孟男，却故作生气道：“女人家少掺和政事！元嗣若是为升官而来，以后不许他登门！”

“哎哟，俺的娘啊，看你凶巴巴的样儿！”张氏嗔怪道，“元嗣从来没说过要你升他的官，是我叫他来的，叫他带他的二小子来，就是学名叫张林宗的小小子，三四岁了，虎头虎脑，怪稀罕人的。我想和你商量，把他留在咱家里养着。”

高拱不耐烦地说：“人家有亲爹亲妈，你硬生生把人家拆开？”

“那咋办？有个小小子在跟前，我心里还舒坦些，不的，还不如死了的好！”张氏一跺脚道。

“又来了，又来了！好好好，随你，中了吧？”高拱只得松了口，又道，“你知会元嗣，我还有事，就不见他了。”

张氏无奈地摇了摇头，嘟哝着往外走，刚走几步，又回转身，“都是让你这个倔老头气的，还有件事，差点儿给忘了。老家给务润做过教席的那个刘旭，来了两回了都没遇上你，今儿个你好容易在家，我让高福叫他来？”

“他来做甚？定然是要帮他谋差事的，不见！以后也不许他再登门。”高拱不耐烦地一扬手说。

“无情无义的倔驴！”张氏骂了一句，讪讪地出了书房。

高拱忙喊：“崇楼，快进来！”

“玄翁，学生无能！”房尧第一进门，“嗵”地跪倒在地，沮丧地说。

高拱闻言，脸上顿时现出失望的神情，无力地靠在椅背上，良久无语。

“就连邵大侠，也不知珊娘何在！”房尧第声音低沉，不知是焦灼还是愧疚，声调有些哽咽。

高拱吃力地欠了欠身，伸手端起茶盏，又放下，问：“崇楼都到了哪里？”说着，从书案上拿起珊瑚串珠，在手里轻轻摩挲着。

“学生第一站就直奔丹阳。”房尧第说，“那邵大侠闭门谢客，已判若两人矣。好不容易方见上了，可他竟然也不知珊娘的下落。”

高拱在房尧第面前从未提及过珊娘。此番房尧第到江南，也是以查访风土民情的名义去的，并未把寻找珊娘一事说出口，高拱心里虽着急，也不便多问，只是静静地听着。

“学生又去了常州、宜兴、苏州、松江，”房尧第又禀报道，“回程时还到了玄翁的老家，寺庙、道观都找遍了。”说完，似有万般羞愧，抱头搓发，恨不能自扇耳光。

书房里一时陷入沉默。良久，高拱开言道：“崇楼此番查访风土民情，江南的情形如何？”

“哎呀，江南物产丰盛，苏州地界，聚居城郭者十之四五，聚居市镇者十之三四，散处乡村者十之一二，民人多不置田亩而居货招商，种地的竟没有做工、经商者多。有开纺场的，有开书坊的，有开客栈的，有开船场的，有带戏班子的……哎呀，亭馆布列，略无隙地。舆马从盖，交驰于通衢。水巷中，光彩耀目，游山之舫，载妓之舟，鱼贯于绿波之间，丝竹讴舞与市声相杂，一派繁荣之象！”房尧第感叹道。他呷了口茶，继续说，“朝廷恤商，好像把重本抑末的枷锁给摘下了，商民闻之雀跃，干的甚欢！”

高拱点头：“时下与太祖时代委实大异其趣了，可国朝治理设施，全是基于以农为本，如何治理商业都市，全无凭依。一些人还动辄祖制成例，安得有良治！”又问，“可知‘一条鞭法’试行如何？”

“玄翁主张钱法听从民便，时下江南皆用银子。”房尧第道，“‘一条鞭法’是把赋税徭役一概折合银两，有了银子自可实行。不过，有一事不知……”他欲言又止。

“还有甚不能讲的？”高拱不悦地说。

房尧第鼓足勇气似的说：“闻得江南巡抚陈道基信誓旦旦要接着海瑞铺的摊子干，一到任却整日坐在巡抚衙门里读书写字，清丈田亩、试行‘一条鞭法’之事也不提了。”

“不会吧？”高拱不解地说，“看重他守廉有为，方有此任，怎么可能无所作为？定然是得罪了人，故意坏他的官声。吴地难治，怎么做都有人说三道四，难免。”

“呵呵，或许如此。”房尧第道，抬头看了高拱一眼，“玄翁，还有些情形，不知当说不当说？”

高拱蓦地站起身，生气地说：“那你就别说！”

房尧第歉意一笑，扶高拱坐下，道：“邵大侠，是被太岳相公赶出京城的！”

“就这事？这事，叔大早就禀报过了。”高拱一扬手道。

“邵大侠惊惧万分，说张居正必当国，当国必杀他！”房尧第以神秘的语调道。

“叔大必当国，还用他说？”高拱一掀胡须，“六十啦！叔大才多大？四十出头啊！自然把担子交给他。”像是突然醒悟过来，“他还说甚？叔大当国必杀他？那是为何？”

房尧第压低声音道：“听邵大侠的意思，正因为参透杀机，邵大侠方要珊娘离

开他家，以避杀身之祸的！”

高拱不住地摇头，脑海里却又浮现出赵贞吉诟病张居正的话，一股寒气从脚跟“嗖”地窜上了脑门。

房尧第又道：“听邵大侠那口气，不唯是他，就连玄翁……也该提防着点儿呢！”

“一派胡言！”高拱大声呵斥道。他被房尧第的话说得心烦意乱，又不愿再琢磨这等事，一股无名火就照着房尧第发泄，“你去了几个月，就访得这些劳什子？”

房尧第垂头丧气，不敢再言。高拱烦躁地一扬手：“你出去吧！”

“玄翁，学生到新郑一看，正热火朝天筑城墙呢！”房尧第走到门口，又转身道，他想说些让高拱欣喜的事，“抚台亲自督办，举全省之力，墙砖四四方方，厚大倍于寻常，都是特制的。看那阵势，不久就能筑好。”

“什么？”高拱惊讶不已，“这个李邦珍，把我的话全当成耳边风，成何体统！”说着，他快步走到书案前，怒气冲冲地提起笔，给河南巡抚李邦珍修书。

二

暮春的一天清晨，河南巡抚李邦珍率分巡开封、归德、陈州三府的参政查志立，巡按河南御史杨家相，开封府知府张梦鲤，轻车简从，一路西行，巡视中牟、新郑两县。

行前，巡抚衙门已发出滚单，点出巡视地点并戒谕大小官员，概不许出迎。李邦珍一行到得中牟县城，休息了一晚；次日晨，便直奔土墙村而去。

土墙村是高拱夫人张氏的娘家。张氏父母俱已下世，尚有一个弟弟在家居住，闻听巡抚、知府、知县都来了，慌忙出迎。李邦珍拉住张氏弟弟的手，问长问短，得知他的儿子张孟男乃嘉靖四十一年进士，现在京任刑部员外郎，越发亲切，笑道：“哎呀，张元嗣，本院是知晓的，玄翁下野那年，把他调外任，引起朝野一片议论呢，足见元嗣官声甚佳啊！可本院还真不晓得，元嗣竟是玄翁的内侄呢。前程似锦！前程似锦啊！”

临别，李邦珍指着中牟县知县道：“张兄家里，你务必多关照！”

出了土墙村不远，进入新郑县地界，向西南行不过三十里，就是高拱的家乡高老庄了。新郑知县已在村边迎候，巡抚一行下了轿，抬头一望，但见村里一条大路的两侧立着不少牌坊，一问方知，这都是官府为高拱祖孙三代所立。李邦珍饶有兴趣，一一查看。

先是解元牌坊，上书：正德庚午科高尚贤。

“乃玄翁之父。”新任知县匡铎禀报道。

与之相对的，是经元牌坊，上书：嘉靖戊子科高拱。

“呵呵，这个就不必多说了。”匡知县笑着道。

再走几步，又一个大牌坊，为“父子兄弟进士”坊，仿佛过街门楼，上书：正德丁丑科高尚贤、嘉靖乙未科高捷、嘉靖辛丑科高拱。

“这个不必解释，都晓得的。”李邦珍摆手道，又咂嘴赞叹，“在此不起眼的村庄，一门三进士，难得啊！”

再前行几步，相对而立两块牌坊，左侧是“都台总宪”，乃前任河南巡抚为都察院佥都御史巡抚操江高捷而立；右侧一座为“少保宗伯”，乃嘉靖四十四年河南巡按御史为时任礼部尚书高拱所立。又走了几步，一座新立的牌坊赫然耸立，为“少师冢宰”坊，乃巡盐御史部永春为高拱所立。

李邦珍指着右侧道：“这里，早晚要立起柱国元辅的牌坊！”

说话间，李邦珍一行到了高拱老宅，长老诸人纷纷聚来，向抚台大老爷禀报：高家兄弟六人，老大高捷已故，老二蒙父荫做武官，老三乃当今阁老，老四早夭，老五举人出身，在外做官；老六贡生出身，在外做官。时下家中只有老大高捷的二位妻妾带着年幼的儿子，在县城居住。

“这高爷家可有事要办？”李邦珍问。

一个长老道：“倒是有一件事。高家大老爷入乡贤祠的事，去年被学政给驳回了，这十里八庄，都为高家大老爷抱不平呢！”

“哦？”李邦珍对开封知府张梦鲤道，“此事，当办，再报就是了。”言毕，在老宅中走了一圈，即吩咐赶往县城。

进了新郑县城，李邦珍一行即径直到了高拱大嫂家中，也只有两个老仆、几个丫鬟照看着老老小小。李邦珍略事寒暄，即吩咐新郑知县匡铎要好生看顾；又问玄翁宅邸何在，匡铎指了指后面：“那就是，不过只有一个老仆看家，并无他人。”

李邦珍见高家并无要官府看顾之事，也就不再盘桓，至县衙用晚餐。匡铎不敢奢华，只略备几样当地家常菜，拿出中牟所产梨花春酒款待。李邦珍也是清廉之士，又是在以整饬官常为己任的执政者家乡，知县做此安排，自是让他甚为满意。

“本院此番巡视，不为别的，只为玄翁。”三盅酒下肚，李邦珍讲到了正题，“玄翁在朝执政，我辈在他的家乡做官，自然要为他的家乡做些事情。这种事，玄翁不会开口，端看我辈会不会办事了！”

“禀抚台，新郑县城至今还是土墙，这两年雨水甚大，西南隅土墙已被雨水淋塌。”匡铎不失时机地说，“若能为新郑县城筑墙，也算办了一件大好事！”

李邦珍眼前一亮，旋即仰面大笑：“哈哈哈！本院尚未进城，就有此意，倒叫

贵县抢先咯！”他向外一指，“新郑乃轩辕故里、国中名邑，人杰地灵，名胜遍布，迄今还是土墙，如何说得过去？”

“抚台所谕极是！”匡铎兴奋地接言道，“下吏查得，国朝宣德元年，新郑修土城，周五里、高一丈五尺；六年，又加高五尺。如今六十余载过去，人丁繁衍、市面繁荣，早该改建拓宽。此番筑城，其工有四：一是城墙易土为砖；二是向东北拓十余雉，约四十丈有奇；三是四门各建城楼并置匾额，在四门外建月城；四是在东、西城墙上各建望楼、交楼一座，敌台四座共八座。”

“呵呵，看来贵县早有考虑嘛！”李邦珍笑道，他爽快地说，“俱当一体办成！”

巡按御史杨家相皱眉道：“连年遭灾，莫说新郑县，恐开封府也未必拿得出筑墙的银两吧？若加科摊派，与高相公治国理念不合，一旦闻之，反而会责备我辈。”

李邦珍一摆手：“唉！新郑乃交通孔道，河南门面，当举全省之力毕其役，银两、用料、工匠，自当全省统筹调度！”

开封知府张梦鲤忙道：“匡知县，还不快敬抚台！敬一盅，给你拨一千两！”

“哈哈哈！”李邦珍大笑，“不必敬酒，这是本院分内之事，不吃不喝也得把此事办成！”说着，将一盅酒一饮而尽，一抹嘴，“不唯要办，还要快办！”

回到开封城，李邦珍即修书一封，向高拱禀报，言他赴中牟、新郑查访民间疾苦，得知新郑土墙不敌雨水，西南隅已然坍塌。为新郑百姓计，急需修墙，已整备齐全，不日即可动工。此时，正值封贡互市一事沸沸扬扬，李邦珍顺便询及此事，以示留心国事。高拱正忙于处置边务，阅罢李邦珍书函，皱眉沉思片刻，提笔匆匆回书：

公议为敝县筑城，多感。第今民财敝匮，年岁凶慌，重大工程岂宜轻举？望姑罢之，待丰稔之时，不妨再议。

北敌款顺，其说甚长。中间委曲主张，授计边官，颇竭心力；而排祛浮议，则尤抱苦怀焉。更仆难终须得暇，乃可陈其略也。

李邦珍接到高拱回书，思忖良久，忙召参政查志立、巡按御史杨家相、开封知府张梦鲤来商。

“诸位看，玄翁是阻止筑城之事？”李邦珍问。

“玄翁怎好说赞成？”查志立道，“这是客气话嘛！”

“我看不像客气话，高相公其人，素来不喜虚饰。”巡按御史杨家相道。

“玄翁或是真心阻止。”开封知府张梦鲤道，“然则，待我辈把事办成，玄翁就只有高兴的份啦！”

李邦珍点头：“那就照原计划推进！”说罢，就分派差事，“查大参，自即日起，你专董新郑筑城事。新郑城墙用砖要特制，分派禹州、汝州、密县、尉氏、中牟五州县烧制；城楼等所需木料，檄许州府采运；黄河北岸人手多，卫辉府推官卫生乃本院乡党，本院即檄其协董筑城事，专责招募工匠。”

杨家相重重吸了口气：“抚台，一县筑城，岂有让别县出钱出人的道理？这么做，于高相公令名有损吧？”

“不要斤斤计较过程，上官都喜欢看结果嘛！”李邦珍不以为然地说，“只要结果是好的，过程不必细究！”

巡抚一力推动，藩库拨款，檄书四出，新郑筑城工程不久就紧锣密鼓开工了。

房尧第到达新郑时，筑城工程正在顺利进行。

三

李邦珍的轿子已穿过大梁门，却不见开封知府张梦鲤的人影，他掀开轿帘，面带愠色：“张知府怎么回事？说好要到新郑县视察筑城的，难道还要本院等他不成？”

正说着，不远处一台轿子急匆匆赶来，到了近前就要落轿。李邦珍沉着脸大声说：“已然晚了，快赶路吧！”

张梦鲤却还是落了轿，大步跨到李邦珍轿前，施礼毕，抹了把额头上的汗，道：“禀抚台，下吏刚起轿，考城知县呈来急文，说县城被大水淹没！”

李邦珍“哦”了一声，似乎是宽谅张知府迟到之意。须臾，方反应过来，忙问：“死人没有？”

“那里的绅民早有防备，倒是没有出人命。”张梦鲤禀报道，一脸焦躁地站在轿前，等待巡抚吩咐。

“本院没有记错的话，考城地濒黄河、屡遭水患，县城已先后迁过六次且都是县令操办，对否？”李邦珍问。

“抚台谙熟省情，下吏钦佩！”张梦鲤恭维道。

“既如此，知县自然当知该如何区处，无须你我代劳嘛！”李邦珍轻描淡写道，说着，手伸轿外，向前一扬，“快走吧，别误了正事！”

张梦鲤踌躇着，见巡抚的大轿已然西去，只得登轿追赶。两顶轿子在哨弁、亲兵簇拥下，一路小跑着向西驶去。李邦珍坐在轿中，恍恍惚惚中，感觉已站在会极门朝班里，朝服补子上的云雁变成了孔雀。

国朝巡抚，并无固定品级，端看加衔。李邦珍加都察院佥都御史衔，正四品，尚不及从三品的藩台为高，官服补子绣云雁，只不过有都察院职衔，为宪职，可节制一省文武。巡抚最好的出路是晋升六部侍郎，正三品，官服补子绣孔雀。李邦珍

是嘉靖二十九年进士，做过科道。巡按福建时，正值倭患最烈，他与戚继光一道督战剿倭，以军功直升京堂，外放河南巡抚。他为官清廉，官声颇佳，可任巡抚已然三年考满，却依然没有升迁，而魏学曾、朱大器这些比他晚一科的进士都官居侍郎，让李邦珍甚为歆羡。时下高拱手握铨叙大权，而他又在河南任职，若不借此良机一举而上，同年、乡党必讥其迂腐、不谙为官处事之道，那他在官场就真的没有颜面了。他刚履任时，高拱就赋长诗为赠，可惜当时未加意与之结交，如今只能以为新郑筑城来换取高拱的赏识。这自是李邦珍心目中的头等大事，也是一件急事。

张梦鲤只是五品知府，与当国执政者距离尚远，体认不到李邦珍的良苦用心，还想着省、府两级先把考城水灾之事区处出眉目再去新郑，却未料李邦珍并未改变行程，他也只能随同前往。

次日午时许，李邦珍赶到了新郑。一下轿，顾不得洗面喝茶，就直奔现场察看。总董查志立、协董卫生，新郑知县匡铎，指指点点向抚台禀报进度。

“能加快的，还要加快！”李邦珍道，他指着卫生，“卫推官，你不妨再募些人手来。”走了几步，又回头问查志立，“还有甚难题？”

“抚台，人力、物力、财力俱充沛！”查志立道，“只是，远道而来的工匠风餐露宿、自带干粮，委实有些苦辛。”

“正因如此，才要加快嘛！”李邦珍道。他突然伸出手臂在胸前抡了半圈，瞪眼道，“工匠如此苦辛，诸位都看到了；所有的钱财，一分一厘，都要花在筑城上，你们谁敢往自己腰包里装一文，”他停顿了一下，“或者吃吃喝喝，奢靡糟践，本院必重参不饶！”

众人默然点头。又走了几步，李邦珍缓和了语气，笑着说：“诸位也很操劳，本院心中有数，放心做事就是了！”

众人拱手抱拳，纷然言谢。正说着，一匹快马突然疾驰而来。

“禀抚台，京城有书来！”骑马人说着，从怀中掏出书函，递给李邦珍的随从。

“哦，是玄翁的！”李邦珍道。他向众人扫视了一眼，查志立忙使了个眼色，众人一起走开了。李邦珍这才拆开展读：

修城一节，有劳经划。仆昔力辞，实出衷悃。而公乃谓地方公益，非为仆者，且钱粮已集，工役已兴，故仆不敢复言。第闻供役者，皆邻境州县之人，则甚不可。夫新郑之城，新郑之人所以为固者，而乃使邻境之民离家室、裹馃粮，荷畚锸、疲筋力，风餐露宿为他人筑城，则岂不拂人情而敛怨乎？望亟命散之，乃所以为爱也。若夫砖石，亦只宜本县从容设处，如派于外处，不唯累及他人，而远亦难致，亦非计之得也。大抵此事非可急促而为，况既有设处钱粮，本县亦自有可雇之人、可庀之物，何待外求乎？若为仆修城，为城招怨，非仆平生之所安也。

恃爱取布腹心，唯照亮，幸甚！

李邦珍阅罢，脸色陡变，良久未缓过神来。众人望着李邦珍的背影，见他站在那里半天不动，也不敢上前打扰，急得一个个就地转圈。新郑知县匡铎忍不住了，道："抚台，该用午饭了！"

"哦！"李邦珍并未回头，道，"请查大参移步。"

查志立急忙过去，李邦珍把高拱的书函递给他。

"哎呀！"查志立刚读了几句就发出惊叹声，待阅毕，额头上已布满汗珠，他低声道，"抚台，这、这……这满纸都是失望、指责。原以为玄翁是客气，看来他前书不赞成修城并非客套啊！罪过罪过，下吏太不识玄翁了！"

李邦珍两眼发直，内心翻江倒海，一时进退失据，不知如何是好。

"抚台，这回就照玄翁说的办吧。"查志立建言道。

李邦珍沉吟片刻，道："还是回去再传檄为好。"

查志立悟出，李邦珍是顾忌在下属面前有失颜面，点头道："这样好，这样好！"

李邦珍轻叹一声，远远地对众人道："本院有急事，这就回会城。"说着，疾步往前走，待轿子一到，便登轿而去。

众人一直跟在李邦珍身后，并未看到他的表情，不知发生了什么大事，只觉得抚台有些失常，又见他竟径自登轿而去，更是大感诧异，面面相觑。

"道台，怎么回事？"李邦珍的轿子刚起，张梦鲤就迫不及待地问查志立。

"哦，没、没什么，等待抚台的公文吧。"查志立支吾道，"抚台突然觉得为一县筑城，惊扰邻境之民不妥，有意使之散去。"他上前拉住匡铎的袍袖，"明府，筑城之事恐要明府一力承担了。此事，万不可半途而废啊！"

"筑城是县令的分内事，即使只有下吏一个人，也要把城墙筑起来！"匡铎拍着胸脯说。

查志立苦笑一声："明府筑城是功，抚台、道台筑城，或许就是过啦！"

"道台，抚台何以匆匆离去？"张梦鲤好奇地问。

"别问了，抚台此时必是郁闷万端呢！"查志立叹息一声。

李邦珍岂止郁闷。此时，他坐在轿中，嘴唇紧闭，双目微眯，起始被弄巧成拙的懊恼所笼罩，继之是委屈，陡然间，怨恨充满胸间。他暗忖："高中玄如此不近人情，不用别人替他敛怨，他自己天天都在招怨！"又喃喃道："好在老子守廉，没有贪墨的把柄可抓，他愿怎样就怎样，由他去吧！不信时下的官场能容这种人长久得势！"这样想着，李邦珍突然轻松下来，吩咐道，"在前面一个驿站用饭，让他们好好整备，要吃得好一些！"

京城里，因筑城一事，高拱也是满腹怨气。

“子维、惟贯，叫你们来，只为一件事：河南巡抚李邦珍不能再做下去了。”吏部直房里，高拱一脸怒容，对张四维、魏学曾道。

“玄翁，李邦珍官声不错，为新郑筑城也是好意。撤换他，他会服气吗？”张四维劝阻道。

“官声这事，我要郑重说说！”高拱呷了口茶，坐直了身子，正色道，“今之官场，实心干理者不多，饰伪以邀虚名者不少！机警辩捷者，目为有才；狡伪熟猾者，目为有智。而恰恰那些朴实无华、不肯与世沉浮者，倒不见称于人。此吏治所以不兴、民生所以未泰。此后用人，但问其政之美恶，勿论其名之有无。如实心干理，不肯逢迎讨好者，虽无赫赫之名，亦必荐用；否则，虽有赫赫之声，亦必参究。如此，则官修实政而民受实惠。”

“玄翁所说自是正理。”魏学曾道，“李邦珍固有逢迎讨好之嫌，不过此人守廉，也是难得，不让他治理一省就是了。操江巡抚正好空缺，可把他调去，彼此颜面上也过得去。”

高拱沉吟片刻，道：“也罢！”又嘱咐张四维、魏学曾，“唯有官修实政，民方能得实惠。记住，用人，要牢牢把握一个‘实’字。”

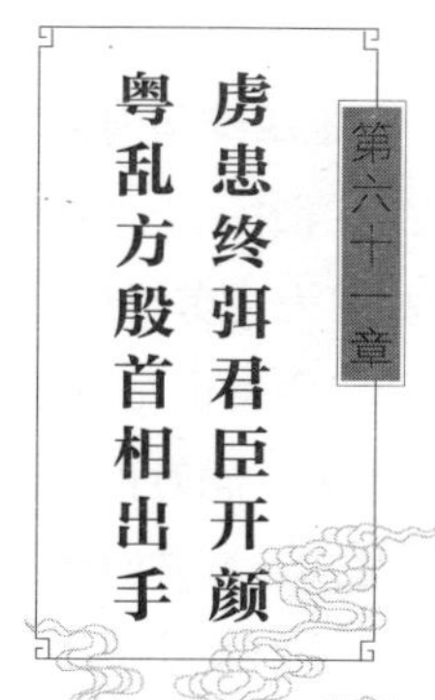

一

王崇古差来的急足知道高拱晚间总在吏部直房，也就不再到他家去谒，而是直接到吏部找张四维，再由张四维带他进高拱直房拜谒。

“得胜堡开市顺利？”高拱一见王崇古的急足就问。

“一切都很顺利。俺答住了七天，高高兴兴地回去了。”急足王诚回答。说着，把王崇古的书函捧递高拱手中。

“我闻开市首日市场上就有人打架，怎么回事？”高拱微笑着问。

“哦？”王诚惊讶地说，“元翁，这样的小事都传到京城了？”

张四维也惊问：“玄翁何以知之？四维竟一无所闻。”

高拱也不隐瞒，笑道：“房尧第在大同的朋友不少，时常通报些那里的情形，故而略知些细节。”

王诚只得道：“开市首日打架，是因为我汉人欺哄虏人。那虏人一匹马换了两匹缎、十四布；有人为虏人算账，说他的马实际只卖了五两银子，不划算，虏人回头找买马的汉人讨说法，故而争执。不过，这件事主市者当即就化解了，俺答并不知道。”

“不能这样做嘛！”高拱道，“闻此番开市，吾民欺哄虏人，得利甚多。他们早晚会明白过来的，必渐起争心，非可继之道。”他转向张四维，“知会令舅，欺哄虏人之事须明禁之。俾少有利足矣，不得如前所为。如此，即或老俺闻之，亦当感悦，谓我以一家人待之。既要和平，就要待之以诚，不要让小事扰乱大局。”说完，即

埋头展读王崇古的书函，看着看着，眉头皱了起来。阅毕，往坐在对面的张四维面前一推："难为令舅了。"

张四维匆匆浏览一遍，见王崇古所言事，一则禀报开市情形；一则代据河套的吉能请封；一则催促落实抚赏铁锅和抚赏胡地穷苦人家事。他抬起头，略带歉意地说："为套虏请封，似是三边总督的事。"

"令舅也是急于促成此事。吉能部封贡互市，已着三边总督戴才奏闻，近日当有本来，届时再说。"高拱说着，叹息一声，目光中流露出烦躁情绪，"令舅上次所奏铁锅、抚赏穷丁二事，虽经皇上允准，唯下部院实施，却又出岔子，拖拖拉拉到今日，仍未议定，也难怪令舅着急。"

张四维苦笑道："我朝缙绅看似忠君爱国、自信满满，实则毫无自信。一听要以抚赏方式供给北人广锅，科道哗然，皆难之。照那些人的逻辑，允许北人得铁锅就是资敌；那么，北人的胡马岂不也是资敌？人家倒是一点不担心，全是挑膘肥体壮的入市呢！"

"可恨！"高拱一拍书案，大声道，像是与人辩论，"铁锅，往岁入犯，抢去者有多少？能禁铁锅入胡地耶？而今便云不可，是必使抢去而后可？真是不可理喻！"

张四维道："四维听大司马说，为避舆论苛责，兵部拟以铜锅代广锅用于抚赏，谓既利其用又不可造为兵器，似亦通得。"

高拱一扬手，烦躁地说："也只好这样了。你转告令舅，朝中阻力甚大，若此议果下，不必再争，要一步一步来。待和平巩固，边贸大开，届时有人再挡，恐也挡不住了。"

"抚赏胡地穷丁事，闻得科道、户部多主张不可多给？"张四维问。

高拱脸上流露出轻蔑的表情："虏人性本贪婪，唯利是视。诱之以利，即死命亦可制。则抚赏定宜从厚，正不必惜此小费。我已多次交代户部并言于科道，其理既明，当再无苛责者。你知会令舅，晓谕二抚三镇出纳，不可吝啬。财固不可浪费，然当济事处，却还是要大大方方。留之又何所用？况抚赏所用，并未多到哪里去！"

张四维点头，又道："为三娘子请封事，恐朝廷缙绅又有说辞，家舅不敢贸然上奏，不知玄翁何意？"

高拱一扬手："这个当痛痛快快准了。你知会令舅奏来，着礼部题覆敕封就是了。"他拍了拍脑门，思忖片刻，"子维，封她忠顺夫人如何？"

"忠顺夫人？嗯，这个封号好！"张四维道，"闻得三娘子对天朝甚歆羡，老俺毕竟奔七十的人了，他若死了，这三娘子很关键。"

"子维到底是谋国之才，能想到这一层。"高拱夸奖道，"老俺侫佛，或许是追悔从前罪孽，但也说明他已无锐气，老气横秋了。若老俺咽气，照番俗，三娘子要转嫁于继任者，是以笼络三娘子，不唯是维系老俺，也是为下一步打基础。”

张四维踌躇片刻，又道：“玄翁，闻得三边总督戴才对封贡互市并不积极，欲成此事，恐还需玄翁出面私下劝说才好。”

高拱愣了一下，挥挥手，示意张四维辞出，心中遽然对戴才生出些许怨气。老把都死后，按照高拱的要求，宣大总督差人代表朝廷前去慰问其长子吉能台吉，吉能台吉请求封贡互市如宣大例，内阁拟旨要三边总督回应，戴才迟迟未回奏。关涉北虏事，王崇古或事先差人请示，或呈报奏本的同时来书禀报，书函往来不绝，戴才却迄无只言片语相投。高拱隐隐有些不快，今忽闻戴才对封贡互市有抵触，自然有些恼火。

“玄翁，戴才有奏来了。”次日辰时，内阁中堂里，三阁臣甫坐定，张居正就开口道。高拱急忙伸手，“快拿来我看！”张居正走过去递给他，高拱展读，只见上写着：

封贡宜同俺答例。东西虏各为雄长授职，应贡御马三十匹，即令其随付俺答一路总进为便。唯是互市之说，在陕西重镇，既不可招之内地，以贻祸阶，又不当使强虏混入延、宁二镇。虽号为近虏，然法纪颇严，绝无以寸帛私通者，有如引之入市，反启衅端。故互市之议，第可行之宣大，而不可行之陕西；无已则宣谕吉能，令与其部落各赴大同互市，是亦羁縻之术。

“果然是这样！”高拱顿时火冒三丈，“奏本不必下兵部议，直接拟旨！”

“这个……不妥吧？”殷世儋反对道。

高拱怒容满面，也不理会殷世儋，对张居正道：“叔大，照我说的拟旨：戴才受三边重任，套虏应否互市，当有定议，顾乃支吾推诿，岂大臣谋国之忠？姑不究，着从实速议以闻，不许含糊误事。”

“元翁，我听戴才奏本，不是没有定议，似是说互市可行于宣大，不可行于三边。”殷世儋又道，“谕旨不好说他没有定议、支吾推诿吧？”

“叔大，就照我说的拟旨。”高拱沉着脸，强硬地说。

整整一上午，高拱一直怒火难消，待散议回到朝房，侍从送来食盒，他动也未动，坐下给戴才修书。张居正用完午饭，走了进来，见食盒原封未动，便道：“怎么，玄翁吃不下饭？”

高拱没有回应，继续写着，待收了笔，把稿笺向书案边推了推，抬头道：“请叔大一阅。”

张居正接过，只见上书：

贡市一节，尊意谓止行于宣大而不行于三边，仆则以为，三边、宣大似难异同。

不然，则宣大之市方开，而三边之抢如故，岂无俺答之人称吉能而抢于三边者乎？亦岂无吉能之人称俺答而市于宣大者乎？是宣大有市之名，而固未尝不抢也，三边有抢之实，而亦未尝不市也。故兹事也，同则两利，异则两坏，愿公熟计之也。

“苦口婆心，苦口婆心啊！”张居正感叹了一声，笑道，“若王之诰仍在任，定不会如此。”

高拱默然良久，问：“叔大有何事？”

“正为此事。”张居正道，“玄翁，用人固要看才干，但若素无渊源，恐不能领会意图，上下隔膜，诸事推进难免有碍，于新政大局不利。今之官场，任事者少，识事者尤少。既如此，莫如用有渊源、善领会意图者。居正来谒，就是想结合戴才一例，向玄翁进此一言的。”

高拱正不知如何回应，忽听书办禀报：“大司马求见！”

“哦？”高拱和张居正同时发出一声惊叹，预感到兵部尚书杨博此时来谒，必有大事发生。

二

潮州“潮春丽院”一个幽静的房间里，府推官来经济正搂抱着一名美姬嬉笑着，海盗头目林道乾的师爷梁有训匆匆进来，径直在一个空位上坐下，问来经济：“纬翁召唤，有何吩咐？”

“紫金、海丰之间，名‘逃军坑’者发现有银矿，一个叫伍瑞的矿主不识抬举，只愿给咱弟兄十之一的利。我看还是新船主差人去开的好。”来经济道，“你回去知会新船主，对半分，银矿就是他的了。”

“这好说！”梁有训爽快地说，“只是矿已有主，他不答应怎么办？”

“这个你莫管，官府先差人封了他的矿，你再去开就是了。”来经济胸有成竹地说，“我回头就和海丰知县说，要他差人封矿！”

“呵呵，纬翁德高望重，潮州各县都唯纬翁马首是瞻。这个，新船主也是晓得的。”梁有训恭维道。

因知府侯必登严厉约束属下不得贪墨奢靡，引起潮州官场不满，推官来经济挑头与侯必登作对，虽未将其排挤走，侯必登还获得朝廷嘉奖，但各县知县俱知广东官场上下对侯必登甚不喜，更愿意听来经济吩咐，协力排挤侯必登之势不减反增，是以来经济在潮州地界比知府侯必登更有号召力。

梁有训回到潮阳县招收都，即将开矿一事禀报林道乾。

“干！”林道乾毫不犹豫地决断说，“既然金盆洗手，就得干些正事！”

五年前林道乾被俞大猷追剿，率众转移驶往北港，泊舟打鼓山下，在打鼓仔港造船，扩大船队，以图进取。随后从北港航海往北大年，在北大年与潮州间往返贸易，视官府为无物。官兵海上追剿疲于奔命，却一直劳而无功。徐阶当国时，只得授意广东督抚招安林道乾。林道乾接受了，率众驻扎潮阳县招收都地界，但他仍无视禁海令，在沿海收购货物，擅自开辟澄海河渡门港口，在此接济聚党、屯集货物、兴贩海外，使河渡门不到两年就成为商船往来的繁荣小港。督抚慑于林道乾势力，只要他不公开叛乱，也就佯装不知。

梁有训征得林道乾同意，随即差人携礼向来经济通报。来经济遂以巡视地面治安为名，赴海丰部署封矿一事。

国朝自正德、嘉靖以来，银两已渐有取代钱币之势，采矿遂成风尚。采矿之利使得矿井之地聚集了不少地方豪强，紫金、海丰间开采银矿的伍瑞就是其中之一。他诨号“花腰峰”，带着一批打手从粤北到此开矿。来经济以为他是外来人，只要官府强硬封矿，他必乖乖撤出。不意知县带着衙役、巡捕几十人携封条到得矿山，花腰峰非但没有轻易让步，反而持械对峙，拒不服从。来经济闻报，忙向梁有训求助，梁有训遂命八百喽啰持剑戟进山驰援。花腰峰见势不妙，只得弃矿而逃。

但花腰峰并未跑远，而是在海丰、河源一带矿山串联，拉起了一支两千人的队伍。他还偷偷刻了一枚印石，上书“飞龙传国之宝”投于池中，假装与众人捕鱼，将印石打捞出来，众人视之大惊，以为帝王符印。于是，啸聚大埔的萧晚、罗袍、杨舜等贼首，相与歃血盟誓，推花腰峰为首，号称“飞龙人主”，不唯占山为王、断绝饷道，还入海导倭寇入潮境，助其声势。一时岭东丛山深箐，延袤八百余里之地都成了山贼花腰峰的地盘，致使东起兴宁、紫金、程乡、揭阳，北至河源、龙川，西起博罗，南至归善、海丰以及东莞，无不罹其锋者。

两广总督李迁闻报，因广西征剿古田之战正酣，无暇东顾，遂传檄广东巡抚熊浃一体经画，分路扑灭山寇，务期剿灭。熊浃却不以为然，回禀总督：“山贼窃发，或因事激变，或衣食所逼，论罪不可胜诛，原情亦有可恕。若一概穷兵，恐伤和气，令行招抚，以安反侧。”他也不等李迁回复，即传令各府县广贴招抚文告。“花腰峰”遂交出布旗六面、长竹枪六枝、竹钯二把、马六匹，以示听抚。但他知官府名为招抚，实则无可奈何，因此并未解散部众，反而杀人劫掠更加肆无忌惮。受害民众期望灭贼偿命，而官府的招抚策令民众失望，一时怨言四起。巡抚熊浃又传令惠、潮二府广贴告示，严禁讹言谣传。李迁闻之大怒，命守备王诏领兵三千作为主力，又传檄驻惠州的伸威兵备道调兵合剿。此时，花腰峰正率众流劫海丰杨安、金锡等处，官军集结海丰，进屯平安，伺机进剿。兵备、守备屡次商榷进剿方略，俱不敢冒进。突然想到林道乾既受招抚，何不令其出兵与山贼搏杀？遂呈文熊抚台，传檄林道乾出兵剿寇。

“郎奶的，老子早就不想憋在这巴掌大的小港了！”林道乾对梁有训说，“还是占岛为王的日子舒坦，索性他郎奶的重新反了吧！”

梁有训深知林道乾好割据一方自雄，受招抚只是权宜之计，反叛是早晚之事，因此并不吃惊。沉吟片刻，他献计道：“时下闯海上，关键是要有大船。闻得有佛朗机舰船三艘，泊琼州铺前港，莫如偷袭过去，把船劫走！”

林道乾恨恨然道：“佛朗机人最他郎奶的可恶！前几年若不是佛朗机人插手帮了俞大猷，老子还占着南澳称王呢，哪会被赶得四处漂泊，屈辱受招？再说了，他郎奶的，这佛朗机人仗着坚船利炮，在海上搅了老子多少生意！可官府与他郎奶的佛朗机人穿一条裤子，咱哪里拼得过他！”

“广东这边未开海禁，咱不就是海贼海寇吗？官府自是要剿的。若开了海禁，光明正大做交易，官府未必就站在红夷一边了吧？”梁有训笑道。自河门渡擅自开港，他便转变了看法，力主开海禁了。

“不说这个了，老子就是想占岛为王！男子汉大丈夫，有钱有权有女人，不枉此生！”林道乾道，“明日就走，杀往琼州铺前港！”

梁有训道：“大帅，得先想法子弄船。在海上，船多为王！”他又献计道，“不能就这么走了，要捞他一笔。先破澄海县城，劫些银子来；再捉住知县当人质，让官军投鼠忌器，不敢猛追。”

两人正密议间，伸威兵备道的令檄到了，命林道乾整备手下八百人，三日内到海丰平安集结，听候调遣。

“哈哈哈，老子明日就集结！”林道乾大笑道。

次日酉时，潮阳招收都，八百人马在林道乾的率领下，向澄海进发。到得澄海县城南门外，林道乾一声令下，八百人乘夜色攻进县城，拿住知县，劫了县库，倏忽间撤退到河门渡。梁有训早已备船在此接应，待人马登船，已是凌晨时分，船队直奔琼州而去。

三

高拱的朝房里，兵部尚书杨博一边咳嗽，一边把两广总督李迁的塘报禀报给高拱、张居正：“广东山海盗贼蜂起，官军首尾难顾。山寇伍瑞横行岭东，官军剿抚不定，绅民怨声载道。海贼林道乾劫走澄海知县，又率众奔袭琼州铺前港，泊于此港的佛朗机船寻求官府保护。琼州指挥使高卓统领所部官兵与土司王绍麟所部黎兵一起出动，攻击林道乾船队。结果，林道乾设伏兵大败官军，高卓只身遁走，佛朗机船三艘被林道乾夺去。”

“看来，绥广已刻不容缓！”高拱语气坚定地说。

张居正道：“岭南不靖，也有几十年了，一旦出大事，督抚每每以招抚敷衍朝廷；当国者也睁一只眼闭一只眼，不愿面对，遂成今日乱局。”

“去岁我就剔刷广东官场之弊上过本，说广东旧称富饶之地，乃频年以来盗贼充斥，师旅繁兴，民物凋残，狼狈已甚。以求其故，皆是有司不良所致！”高拱语带激愤地说，“因此，绥广，当从换人着手！”

闻听“换人”两字，张居正、杨博都不说话了。两广总督李迁不唯是高拱的同年，还是他选任的，别人不宜说三道四。

“李迁年过六旬，老气横秋，又水土不服，整日坐在梧州辕门里不敢出门，就让他仍回留都任职。”高拱以决断的语气说，“升殷正茂为两广总督！”

张居正似乎预料到了，笑而不语，杨博却有些惊讶。他做过四年吏部尚书，知道官场对殷正茂其人的评价，高拱却如此破格拔擢，未免太不顾舆情了，遂劝道：“新郑，或可调殷正茂巡抚广东。”

“广东巡抚之设，与两广总督叠床架屋，相互掣肘，早应裁撤！”高拱一扬手说，“此后广东不再单设巡抚，两广总督例兼广东巡抚职衔，不必拘定驻扎，但遇有盗地方，便宜剿灭，候事宁之日，仍驻梧州。”言毕，抬眼看着杨博，“大司马，俞大猷久历沙场，国中名将，按臣论劾的那些事就不必深究了，让他出任广东总兵吧。兵部最好即日上本，以便与殷正茂同时到任，文武协力，早靖岭表。”

“呵呵，俞大猷尚未跳出打完仗必受参劾的怪圈！”张居正笑笑说，“受参劾尚未回到家，就又起用，也是惯例啦！”

古田之役获胜后，广西巡按御史论劾误认韦银豹首级之罪，知朝廷有人给殷正茂撑腰，不敢弹劾，而将矛头对准俞大猷，称对韦银豹首级勘核不实，应对俞大猷量罚；又劾他奸贪不法，宜从重治勘。兵部题覆：“俞大猷束发从戎，多树劳绩，今罪状不明，严遣摧折，恐将士闻而解体。但既经论劾，宜令俞大猷回籍听用。”内阁拟旨准奏。此时杨博一听要起用俞大猷，笑道：“呵呵，兵部本就不想罢俞帅的职，只是误认韦银豹首级一事，总要有人承担责任。既然朝廷要维护殷正茂，只好权且委屈俞帅。新郑要起用他，兵部求之不得。”

“那好，我这就到吏部去。”高拱站起身道，“大司马也回部办俞大猷起用一事吧。至于目下对山寇海贼，兵部传檄广东有司，加意防范就是了。待殷正茂履职，由他去彻底解决！”

到得吏部，高拱刚下轿，即命书办知会侍郎、郎中并文选司主事，即刻到后堂议事。部属皆知高拱脾气，无人敢磨磨蹭蹭，须臾即聚齐。高拱快步走进来，边走边问："赵御史参劾广东官员的弹章，下吏部题覆，办结了吗？"

前不久，广东巡按御史赵淳上疏弹劾石城县知县贪婪不职，惠州、广州两府通判和平远县知县贪酷，乞请罢斥。弹章下吏部议处题覆。吏部官员都知道，高拱一向认为广东局面狼狈皆有司不良所致，有意狠刹粤省官场贪墨之风，拟轻了怕过不了关，拟重了又觉与别省不好平衡，因此争执不休，迄未办结。见高拱火急火燎赶来，进门即问此事，恐说了未办结当场遭斥，无人敢回应。张四维只得打圆场道："正欲请示元翁。"

"不必请示。"高拱摇手道，"广东官场贪风特甚，按臣所劾，必是无可掩饰者，当从重处分！不的，不能使广东官场知所警戒！"

他抬头扫视一下议场，又道，"广东旧称富饶，如今已不成样子。虏患已弥，朝廷决意绥广，而绥广首义乃用人。今年的新科进士要多向广东分发，广东的州县长，要轮换一遍，以进士、举人充任。"

"只是，进士都不愿去啊！"魏学曾苦笑道。

"这都是惯出来的！"高拱眼一瞪说，随即又缓和了语气，"当然，也与用人导向有关。往者都是把不看好的人分发边远地方任职；又因此对边远地方的官员甚为歧视，不管不问。那谁愿意去？以后要改，边远地方更应用干才；做得好，要比腹地拔擢更快。"他扭脸看了看张四维，"记住，凡是分发广东的，都带后堂来，我给他们训话。"不等张四维回应，又道，"绥广，两广总督甚关键。拟升殷正茂为两广总督，广西巡抚由殷正茂荐人用之。现任总督李迁，南京刑部有缺，调他回任。诸位有何异议？"

众人感到惊讶，议场里传来"嗡嗡"的交头接耳声，但都不敢说话，坐在高拱右手的魏学曾踌躇片刻，道："玄翁，殷正茂本有贪名，又因误认贼首而引咎自劾，不唯不追究，还如此超次拔擢……"他瞟了高拱一眼，见他颇不耐烦，便道，"殷正茂是干才，用他主政广东也再合适不过，调他巡抚广东嘛！"

"广东巡抚，裁撤！"高拱生硬地说，"以后，总督例加粤抚兼衔。"

"那、那也只好如此了。"魏学曾无奈地说。

后堂里的气氛有些尴尬，张四维忙打圆场："呵呵，殷正茂有韬略、敢任事，百年不能如之何的叛贼，一举戡平之，朝野都信服他。朝廷以唐之任裴度者任正茂，则正茂必能以裴度之讨淮西者自任，粤贼不足平！"

"子维说得好！"高拱露出笑容，又以语重心长的口气道，"用人，是要注重舆论，但不能被舆论牵着鼻子走。明知用这个人最合适，因为怕叽叽喳喳就缩手缩脚，何以新治理？只要出于公心，就不怕说三道四。"他一扬手，"殷正茂之任，内阁已商榷过，事出非常，不再议了。文选司草道奏疏上奏，即刻就办！"文选司郎中忙起身，高拱又嘱咐道，“裁撤广东巡抚的奏疏，一并起草。”言毕，挥挥手，“散了，办事去吧！”

须臾，文选司郎中持文稿进了高拱的直房：“禀玄翁，本已拟好。”

高拱接过浏览一遍，点了点头，顺手抓起条案上放置的笔，签上名字，吩咐道：“速送会极门！”又嘱咐道，“待皇上批红，吏部即速发急字文凭，八百里加急送往桂林，命殷正茂不必候代，即到梧州接印，不得在梧州逗留，当以广州巡抚衙门为行台，履职戡乱！”

四

德胜门外有一个大校场，是京营操练场所。隆庆五年六月中旬的一天，校场上突然出现几十匹大马，每匹马的笼头上都拴着一条黄绫。这些马匹清一色是纯正的枣红色，膘肥体壮，鬃毛齐整，清晨的阳光投射过去，油光闪亮。

“哎呀，这是哪来的马？真是好马，活这么大，头回见这么好的马！”一名老者感叹道。

“是啊，难不成这就是汗血宝马？”一名年轻人惊喜地说。

围观的民众越来越多，都在赞叹，猜测。

“想起来了！”一个穿长衫、私塾先生模样的中年男子道，“听说北虏臣服天朝了，这些宝马，定是鞑子进的贡！”

“连鞑子也来朝贡？这么说我大明又强盛起来了！”老者不敢相信似的说，用力揉了揉眼睛，伸长脖子想看得更真切些。

“老人家，这不是朝贡，是进方物。”中年男子纠正说，见众人不懂，又解释道，“方物就是特产。大明十三省两直隶、各土司都要定期向皇上进方物，咱老百姓俗称进贡。”

“和朝贡不是一回事儿？”一名年轻人问。

“不是一回事儿。”中年男子解释说，“朝贡者，藩属也，是外邦；进贡者都是大明的臣子。北虏的俺答汗封的是王，他的儿子们封的是都督同知、指挥、千户，都是大明的武官。因此呢，他们都是大明的臣子呢！”

“哎呀！不得了不得了！”老者捋着白胡须说，他向东一指，“看到了吗？那是地坛。嘉靖二十九年，鞑子打过来，把地坛都烧了，北京城的城门都关得严严实实，没有一个人敢出来和鞑子拼命。谁能想到会有今日？咱们皇上，比老皇帝厉害呢！”

此时，紫禁城里的早朝，也笼罩在一片欢腾的气氛中。

前不久，三边总督戴才接到措辞严厉的谕旨，又读了高拱的书函，知封贡互市

已势不可挡，遂迅疾上奏，建议三边对套虏，如宣大对俺答例。朝廷于是敕封吉能台吉都督同知，其下各有册封；又于红山墩暨清水营开市。至此，边事协一，六镇市竣。顺义王俺答率大小头领上谢表。礼部尚书潘晟宣读顺义王谢表，署名即达一百零三人。潘晟刚读到“臣顺义王俺答、臣都督同知辛爱、臣都督同知吉能”时，朝会里竟传出喜极而泣的声音。

潘晟宣读毕，高拱激动地高声道：“臣等为我皇上贺，为我大明贺！”

皇上高兴地站起身，道：“礼部议奏，赏顺义王等上表诸臣！”

高拱带头，百官伏地叩头，三呼“万岁”。

潘晟又拿出一份文牍，是顺义王贡单。此番进贡，马五百零九匹并各配马鞍，王崇古精选上马三十四、各银鞍一副送京。

皇上道：“祭告郊庙！”

高拱又伏地叩首，三呼“万岁”。起身的当儿，不少人已是热泪盈眶，易动情者竟是泪流满面。

皇上也禁不住兴奋起来，他欠身坐正，高声道：“北虏稽首称臣，西塞以宁，烽火不惊，我边圉之民，室家相保；互市日久，塞上亦可物阜民安，华夷兼利。此不唯本朝大事件，亦为我中华历史之大事件，可划时代，必载史册！端赖卿等用心经画。元辅高先生，竭忠体国，用夏变夷，功当首叙，宜厚加升赏；以下阁臣、部院、科道、地方督抚，文武诸臣，着吏部、兵部叙功以闻！”

高拱忙躬身道：“臣不胜感戴，不胜惶惧。虏酋入贡称臣，古今希旷之事，然乃皇上盛德孚格，神武布昭所致，臣何力，敢贪天功？恳乞皇上收回成命。”

皇上摆手道：“边境辑宁，乃高先生赞襄大计，自当赏荫。拟旨来！”

“陛下！”高拱哽咽道，“臣夙抱苦心，向未敢明其意。去岁纳降事起，群议纷乱，恨不能计未就而先幸其败！臣等殚精悉虑，仰赞宸谟，成此大计。但尽此一念为国之心，即祸福所不敢计，又何敢幸功！即今封贡互市皆已竣事，三陲晏然，曾无一矢之警，境土免于蹂践，生民免于屠戮，边费之省不下百余万，即胡利之入不下数十万。有尊而无辱，有益而无损，既昭然矣！臣等为国之心始得少偿，则臣等志愿已毕，万万足矣！即臣等夙夜经画，不无少效微劳，乃职分当然，仰报皇上之隆恩者，曾无万分之一，冒叨升荫，实所未敢。伏望皇上俯垂昭鉴，特允辞免，则不唯愚分获安，而臣为国初心，亦可以白。”

皇上沉吟良久，道：“既然高先生如是说，朕就准辞吧！赐银五十两，斗牛衣一袭！”

“皇上，臣还有话要说。”高拱叩头谢恩，起身道，“今虏众内附，边患稍宁，当及时大修边政，以图永固。”

"是。高先生为朕说来。"皇上微笑着道。

高拱缓缓道："自臣入仕以来，耳闻目睹者，皆北虏拥众大举入犯，岁无宁日之耗。边境之民肝脑涂地，父子夫妻不能相保，膏腴之地弃而不耕，屯田荒芜，盐法阻坏不止，国库为之耗空，举国为之凋敝！先帝常切北顾之忧，屡下诏谕修举边务，然劳力费财卒无成效。今天佑国家，彼慕义请贡称臣，不唯名义为美，且一举息境土之蹂践，免生灵之荼毒，省粮饷不可计，中外皆得以安，此其一。强虏称臣，自可示舆图之无外，全天朝之尊，伸中华之气，使九夷八蛮闻之，足以坚其畏威归化之心，此又其一。"

"高先生说的是。"皇上禁不住兴奋地插话说。

高拱见皇上毫无倦意，心中颇是欣慰，遂继续道："今虏既效顺，受吾封爵，则边境必且无事。正欲趁此闲暇之时，积我钱粮，修我险隘，练我兵马，整我器械，开我屯田，理我盐法，次第行之，使常胜之机在我；彼若背约，我遂兴问罪之师，伸缩进退自有余地。切不可苟见一时宁息，遂尔怠玩偷安，延习故套，图苟免一身，罔顾贻患来者。伏望敕下兵部，严饬各督抚将领诸臣，务要趁此闲暇之时，将边事大破常格，着实整顿，有当改弦易辙者，明白具奏议处，勿得因循自误。为此，要有赏罚标准：钱粮比上年积下若干，险隘比上年增修若干，兵马比上年添补若干，器械比上年整造若干，其他屯田盐法以及诸事俱比上年拓广若干，明白开报，若果卓有成绩，当与擒斩同功；若果仍袭故常，当与失机同罪。如此，则边方之实政日兴，国家之元气日壮，我大明振兴在望矣！"

"好！"皇上大声道，"高先生所言，俱见为国深远忠猷，着兵部速议奏来行。"

"臣，遵旨！"兵部尚书杨博躬身道。

皇上又道："今北边熙宁，岭南山寇海贼作乱日久，已着殷正茂总督两广，俞大猷总帅粤镇，高先生悉心经画，各部院、科道、地方督抚当协力共济，不得玩忽！"

第六十二章 伤圣怀元老无地自容 通海运阁揆断然定策

一

胶莱河不可开的奏疏送走后，梁梦龙、王宗沐、胡槚俱惴惴不安，盼着京师有消息来，又怕有消息来。战战兢兢过了十来天，接到张居正的书函，方稍稍松了口气。可未见高拱只言片语，三个人还是坐卧不宁，每日晚间必到巡抚衙门节堂会揖。

这天晚上，三人又聚到节堂，王宗沐惶惶然道："张阁老是不是故意安慰我辈？"

梁梦龙、胡槚都露出惊惧神色，节堂里顿时陷入沉默。忽听门外侍从禀报："京师来书！"梁梦龙率先跑出去，一把接过，却是写给胡槚的。胡槚一看，正是师相的笔迹，双手禁不住抖了起来，良久才打开，匆匆扫了一眼，压在心头的大石头终于落了地，仰天重重呼出口气。

梁梦龙从胡槚手中接过书函，展读毕，怔了半天，方道："元翁前书知会我开河乃是他的本意，警告我万勿阻也；科长上疏说开河乃误国病民之举，我真怕触元翁雷霆之怒，把我辈一体罢斥了！"他擦了把汗，感叹道，"元翁果如张阁老所言，高爽虚豁，令人敬仰！"

王宗沐好奇地展读，面露喜色，道："哎呀，啧啧，这件事足以证明，元翁一心谋国，不计个人名利得失，不固执己见，从善如流，委实难得！"

"二公可知师相何以慨然罢议？"胡槚得意地说，"学生的奏本有理有据固然重要，但这不是要因。二公可知要因何在？"他卖了个关子，看着梁梦龙和王宗沐，等待他们回答。

梁、王二人故意不语，胡檟只得道："师相对反对他主张的人并不生气，他厌恶的是为反对而反对。二公建言不开河同样可解漕运难题，即是反对元翁主张，但又提出替代办法，元翁不唯不生气，还颇感欣慰呢！"他得意地扫视着梁梦龙、王宗沐，"放心吧，二公前程，不唯不会断送，还大大看好呢！"

"前程不前程的暂时勿论，看来通海运有望，这才是值得欣慰的。"王宗沐道，他转脸望着梁梦龙，"抚台，据下吏所知，海洋每年五月前风弱浪小，最适宜海运。下吏意，当速上建言通海运的奏本。"

梁梦龙沉吟良久，又拿起高拱的书函细细读了一遍，道："通海运，不唯关涉海禁国策，还关乎利益格局大调整。兹事体大，贸然上疏，免不得又是一番争论，元翁岂不为难？"

"喔呀，这倒是的。"王宗沐起身在室内踱步，慨然道，"佛朗机国何在？竟有大船行之国朝沿海。其船来，非为抢掠，而为贸易。此时代潮流乎？时下江南物品丰盛，若可通海贸易，我大明必有一番新景象；而国人素畏海洋，若海运得行，久之则对海洋谙熟矣，通海贸易有望因此而繁盛。此乃划时代之大事也！"他越说越激动，蓦地转身，盯着梁梦龙道，"只有新郑相公当国，识见超迈、魄力过人，方可成此大事。若失此机遇，窃以为无有再敢决断者。"

梁梦龙点头，复又拿起高拱的书函，看了片刻，兴奋地读道：

海有可通之路，闻之甚喜。但不知事果何如，殊切悬企。倘有下落，愿早示知。若得谐此，则于国有万分之利，而又无一毫之劳费，纵使新河可开，亦不及此。

读至此，梁梦龙笑眯眯地望着王宗沐："藩台，元翁的意思明白了吗？他是赞同海运的，只是心里没底；我辈就当先踏勘线路，试行一番，拿事实出来，不唯让元翁放心，也可塞反对者哓哓之口！"

"哎呀，正是此理！"王宗沐激动地说，"抚台，说干就干起来吧。"

"既如此，学生欲躬逢其盛！"胡檟摩拳擦掌道，"我这就致书师相，留此观察试行海运事。"

梁梦龙沉思片刻，对王宗沐道："新甫，你懂海洋，此事你多操办，要我做什么，提出来就是了。"

王宗沐踱步良久，道："抚台，下吏看，可双管齐下！"

"双管齐下？"胡檟好奇地问，"哪双管？"

"一则官府，一则民间。"王宗沐道，"官府这边，抚台当差定专人、雇拨海船、调拨粮米与护航官军，从速试航。民间，抚台可出告示：沿海地方，不拘军民人等，如有情愿将自有或收买之杂粮，用自家船只装载，自胶州海口起运至天津粜卖者，均给予执照；若是良民，则重加犒赏，若是戴罪之人，则允其通过试行海运赎罪。"

“好！”梁梦龙拊掌道。

“公私试航时，当把海道的口岸、日程、里数、湾泊、通禁、海防等，一体计度明白，反复试行若干次，即可奏请朝廷，建言通海运！”王宗沐兴奋地说，“对了，若能绘制海道图，则更好！”

“说办就办！”梁梦龙道，他略一思忖，“拨麦一千五百石，船十艘，差指挥王惟精率人试航，同时护卫船队。至于鼓励民间试航，就请新甫起草告示，榜示沿海各府。”

不过十几日，官船即从胶州启航前往天津，招募民间试航的告示也有了回应，先后有多人主动试行海运。王宗沐、胡槚皆亲临胶州观察，待船队出发，王宗沐即致书高拱，禀报情形。

来京投书者皆知高拱每晚亥时前后到吏部理事，便会在晚间到吏部衙门候着。这天晚上，高拱正与张四维在吏部直房议事，司务送来王宗沐的书函，高拱展读，不觉大喜：“似梁梦龙、王宗沐这般，方是做事的样子！”遂提笔给王宗沐复函：

新河之议，本出仆意，然非有成见。既曰不可，便当已之；唯理所在，已何与焉？所示海运，详考明白周悉，具见经国之猷。若果得遂，实国家无穷之利。但不知试行者有下落否？幸早示知，以慰悬悬。

有了海运这个选项，胶莱河之议虽罢，高拱并未因此沮丧，反而突然间轻松了许多。张居正大惑不解。这天，在一同去中堂的路上，他心事重重地说：“玄翁，今年漕粮又迟了，尚未过邳州。北方的雨季已到，一旦黄河泛滥，恐漕运受阻。要不要差科官前去督工？”

“不急，等等再说！”高拱漫不经心地回应道。

“等？”张居正有些惊讶，“玄翁怎的说出一个‘等’字？”

高拱轻松一笑：“不是等漕河畅通，是等山东试行海运的消息。”

张居正不语。两人进了中堂，正有河道总督潘季驯的奏疏。张居正扫了一遍，道：“潘季驯奏称，邳河工成，乞赏劳诸臣。”

“批交工部题覆。”高拱脱口而出。

两天后，工部题覆发交内阁，殷世儋执笔，票拟“如该部议。”高拱对河工已不再关注，见是工部题覆潘季驯奏疏，并未细看，就吩咐连同一摞章奏，送大内批红。他以为，皇上也会和往常一样，照例批红下发。

二

高拱每日只睡两个时辰，是不是做梦、梦见了什么，已无暇顾及。可这天夜里，刚睡下，那个奇怪的场景又出现了：苍茫无际的大海，时而波涛汹涌，时而风平浪

静。影影绰绰可见海面上商船鳞次栉比，穿梭往返。船上有中土之人，也有红发碧眼的夷人，嘈杂无比。忽而，这些舟船拥挤到一起，变成了一个硕大的车轮，呼啦啦向岸上滚来，势如破竹，所向披靡，把村庄、街巷夷为平地；田间劳作的农人们望见此轮，乱纷纷抱头鼠窜，场面可怖……

与前些年的梦境不同的是，这次，高拱正偕珊娘在岸边观海，见此情形，急命督抚、总兵率兵马围堵。可将士闻听海浪滔天，望见波涛汹涌，吓得连连后退，不敢近前。高拱被惊醒，蓦地坐起身，用力晃了晃脑袋，梦境依然无比清晰。他隔窗望去，一轮中秋的残月恋恋不舍地西移，将光线斜洒向屋内。

大海、巨轮、珊娘、将士……高拱回味着梦境，再也无法入眠。他百思不得其解，这个梦境何以屡屡出现？珊娘入梦并不奇怪，毕竟，他的脑海里会不时闪现出她的倩影；梦到大海，似乎也有解，这些天，海运的事一直挂在心里；将士见海而退，也可找到源头，国人素来畏惧海洋，将士也不例外。只是，那只硕大的巨轮，又是何意？

“不想了，不想了，想不明白！”高拱自言自语了一句，披衣下床，到书房去，自己动手掌灯，翻出《大明坤舆图》来看，“喔呀，不看不知道，一看吓一跳，国朝由东到南，边上全是海洋！”他怔怔地看着，突然脑海里闪现出一个可怕的念头：时下佛朗机人已然远渡重洋来到家门口，谁知还有哪个国家也在日夜赶造大船，正欲向这片大海驶来？倭寇毕竟不是国家正规军，已然让国朝难以招架，若是别国官军乘船打过来，这一大片海岸线，如何守卫？这样想着，冷汗不禁涔涔而下。

“呵！”他自嘲一笑，“毕竟没有发生，何必自己吓唬自己？不去想它就是了。”

“不成！皇上把国政托付给我，我安得如此得过且过？”他喃喃自语道。

“可惜啊，我不懂海洋。”高拱叹口气道，“往者兵部尚书一向从北边督抚中选用，对海防也是一窍不通。时下北边安攘自如，而海防却无人虑及，甚至没有通海防的干才，此乃隐忧！”他在脑海里梳理心目中的干才，突然拊掌一笑，“嗯，殷正茂似可造就！绥广一旦有成，就把殷正茂调到朝廷，他在广东剿海贼，必习得不少海洋的学问、海防的方略。让他掌兵部，他说怎么办，就全力支持他去办。终归要未雨绸缪，把诸事都办理停当！”这样想着，他方轻松下来，但低头看到花白胡须，又急躁起来，“只争朝夕，先把规模上紧立起来才好！”

一转身，见高福揉着眼睛站在门口，吓了一跳，嗔怪道：“黑灯瞎火的，站这里做甚？”

“还说呢，老爷，深更半夜的老爷点灯做啥呢？”高福抱怨道。

“好了，备轿去吧！”高拱一扬手道。

“轿夫白天睡觉，夜里侍候老爷上下朝，”高福嘟哝着，“可小的白天夜里都没空睡觉，熬死人呢！”

高拱不说话，回卧室更衣去了。

今日比往日到阁要早，可一下轿，却见司礼监掌印太监孟冲已在文渊阁门口候着。

“孟公公，怎么回事？”高拱吃惊地问。

“高老先生，万岁爷发火啦！”孟冲焦急地说，“老奴特来知会高老先生一声。”

“谁惹皇上发火了？为何事？”高拱问，脸上露出怒容。

“高老先生，是为漕运的事。”孟冲道。

“啊？”高拱大惊。他以为是宫里的太监宫女惹皇上生气，命孟冲来找他，要他替皇上出气的，万万没有想到皇上是为政事发火，自是大吃一惊。

孟冲同情地看着高拱，又道：“自高老先生复相，万岁爷没有一件事不满意的，从来没有驳回内阁的票拟；可这次，万岁爷委实不高兴，把内阁小票都撕碎了！”

“这……”高拱的牙齿开始在口中打架，脸色陡然变得煞白。

“事呢，倒也不大，可正因为从未有过这等事，老奴特来知会高老先生一声，待会看到批红，别不当回事。漕运的事，好像万岁爷挂心了呢！”孟冲说罢，急匆匆告辞而去。

高拱愣了片刻，一路小跑着到了朝房，书办承差正在掌灯，他火急火燎地吩咐：“快，快去工部，把朱衡给我叫来！”又指着一个承差道，“你快点去，把内里的批红本子都拿来，拿给我看！”

须臾，书办把批红本都抱到高拱的朝房，他站在桌旁，快速翻检着，终于看到一道皇上御笔钦批的奏本，只见上写着：“今岁漕运比常更迟，何为辄报工完？且叙功太滥，该部核实以闻。”

快两年了，皇上对内阁的票拟，只有这回没有照批。而且，看皇上的御批，委实怒气冲冲。看来，皇上是在为漕运忧心，为内阁部院未能找到办法而生气。圣心怀忧，已经让高拱心疼不已了，何况又是自己没有把事体打理停当所致。高拱脸上火辣辣的，有种无地自容的感觉。

“朱衡怎么还没来？”高拱大声喊道。

书办、承差都不敢搭话，只是小跑着到外面去迎。过了小半个时辰，朱衡急匆匆赶来了，正要施礼，高拱一扬手，不耐烦地说：“罢了！潘季驯河工的奏本，工部是怎么把关的，嗯？”

朱衡愧疚地一笑：“新郑是知晓的，朱某与潘季驯治河见解一向对立，他上的本子，我给他驳回，必有打击报复之嫌，是以本部就照单全收了。”朱衡虽与高拱同岁，中进士却早九年，是前辈，是以他不称“元翁”，而以籍贯称之。

“办理政务，安得掺杂个人恩怨？”高拱气呼呼说，“河工之类的事，内阁一向尊重工部的意见；工部不把关，岂不坏了事体？”说着，指了指书案上的钦批文牍，“自己看！皇上生气了，驳回！”

“皇上改票或驳回的事，很常见；只是新郑当国，这类事不曾发生过，偶尔一次，新郑也不必太烦心了。”朱衡阅罢，反而劝慰起高拱来。

高拱顿足道：“若这里有地缝，我都想钻进去，无地自容！”

“呵呵，”朱衡一笑，“新郑太求万全十美，是以操劳苦辛，倍于常人。恐国朝二百年，当国者无一人似新郑这般操劳。”

“岂止万全，还要未雨绸缪，方不辜负皇上的不世眷倚！”高拱感慨道。

“也是，如皇上这般眷倚新郑者，不唯本朝，历朝历代所未曾有之。”朱衡也感叹了一句。

高拱缓和了语气：“此事，也怨我没有把关。既然皇上要工部核实以闻，工部打算怎么回奏？”

“疏浚河道是为了运漕粮，是以最终还是应以粮运迟速为检验标准。至于筑了几个导流渠口就要请功，委实不该。不妨遣官到实地复勘一下。再者嘛……”朱衡欲言又止。

“走，到中堂去说。”高拱起身往外走，朱衡跟在身后，进了中堂，书办手忙脚乱地把文牍抱了过来。

张居正和殷世儋在中堂久候，未见高拱进来。正纳闷间，看他沉着脸，身后跟着朱衡，即知有事，也不敢问，只是望着他，等待他发话。高拱坐下，呷了口茶，声音低沉地把原委三言两语说了一遍，对朱衡道：“大司空，你说吧！”

朱衡把适才的话又重复了一遍。

“你未说出口的话，我替你说！”高拱大声道，“河道总督潘季驯，革职！”

“啊？”殷世儋发出惊叫声。张居正愣了一下，张了张嘴，却噤口不言。

“潘季驯辛辛苦苦疏浚河道，即使报功太滥，训诫就是了，也不至于革职嘛！”殷世儋质疑道。

“皇上是为漕运的事着急。”张居正开口说，他看着高拱，“漕运已是紧急时刻，河道的事，还是有人要管。革了潘季驯的职，命他戴罪管事如何？”

高拱沉吟片刻，道：“差礼科给事中雒遵往邳州等处查勘河工。”言毕，一扬手，“大司空，回去快办吧！”

“新郑，对潘季驯的处分？”朱衡心里不踏实，追问道。

“适才张阁老不是说了吗！”高拱不耐烦地说。

“玄翁，既然皇上挂心漕运，是不是上紧拿出个法子，也好让皇上放心。”张居正以请示的语气道。

"心里乱，先不议这事了，大家都好好想想。"高拱摆手道，他一拍书案，"君忧臣辱。漕运的事，非彻底解决不可！"

"说得轻巧，此事要好办，早办了！"殷世儋低声讥笑道。

三

"子维、惟贯，来来来，到我直房来！"高拱站在吏部直房的门外，兴奋地大声喊道。

张四维、魏学曾闻声，都一脸狐疑地走过来。适才，高拱刚进吏部时还是一脸愁容，满腹心事，两人问其故，方知发生了皇上驳回内阁票拟之事，看来高拱压力甚大。何以喘息间，情绪陡变？

"快看，梁梦龙写来的。"张四维、魏学曾刚进直房，高拱就笑容满面地把一封书函递给张四维。

"哦！海运试行成功了？"张四维眼里放光，"难怪玄翁高兴。"

"你再看看最后几句话。"高拱急切地说。

张四维读道："海防至重，沿海卫所疲顽岁久，今行海运，兼饬海防，是不但有俾于漕政，兼有俾于军事。"

"嗯，这倒是有见地！"魏学曾赞叹道，"时下沿海一带设防，年久失修，若不加修缮，恐有后顾之忧。行海运，顺便又能整饬海防，一举两得。"

"不唯设施可得修缮整备！"高拱拊掌道，"国朝将士，素惮于海。若行海运，必多造海船，护航的将士又因之习于海战，海防必无忧矣！要梁梦龙上紧奏来！"说着，提笔给梁梦龙回书：

海运试有成效，具见谋国之忠。须详审停当，备悉具奏，厥功非细！

人回，冗不能宣，统唯心亮。

"玄翁，行海运之事，阻力甚大，不可轻举。"张四维担忧地说。

高拱瞪着眼道："不必多言，任王宗沐为漕运总督的奏本，明日即上！"说着，提笔给王宗沐修书：

公素衔弘略，久屈而伸，督漕重任，特为圣主登用。盖艰大之事，须仗出群之才，乃有济也。且公运务夙谙，方今兴海运，自可与梁抚彼此相成。区区之望，正在于此。愿益展令猷，茂扬丕绩，以不负所举。

张四维瞥见高拱在函套上写下王宗沐三字，劝阻道："玄翁，王宗沐运督之任尚未奏报，万一皇上……"

"若皇上再驳回一次，那我还有脸恋栈？"高拱自信地说，"海运事急，此书让

梁梦龙急足一并带回，王宗沐即可以新身份上吁请海运的奏本，与梁梦龙呼应，形成声势。”

张四维自知劝也无益，退而求其次，建言道：“既然玄翁嘱梁梦龙正式奏请行海运，可在疏文中特意说明，应以河运为主，海运为后备；万一河运不通时，海运可补充之。如此，可减少阻力。”

“喔？子维有些心计！”高拱赏识地看了张四维一眼，“面嘱急足即可，书函里就不写了。”又一拍脑门，“山东巡按御史到期了吧？挑选一个生于海边、熟悉海洋的人去做为宜。海运事大，巡按御史若不懂其道又指手画脚，非把事搞砸不可！”

魏学曾叹了口气：“时下若不袭故套做事，乐于成全者少，欲坏之者多，是得在人事上提前布局。”

三人正说着，户部尚书刘体乾、工部尚书朱衡慌慌张张地赶来求见。“元翁，接凤阳急报：黄河决口，漂没漕船八百艘，下丕复淤，漕路中断！”刘体乾焦急又无奈地说。

高拱听罢，良久无语，慢慢站起身，道：“看来，是老天爷非要国朝行海运不可喽！”他一扬手，“漕河先不必急于疏浚，行海运！”

“那么漕河复淤、漕运中断之事，如何区处？”朱衡问。

“刚疏浚，又淤塞，白花花的银子打了水漂，委实可惜！”高拱惋惜地说，“潘季驯已然革职了，逮治他？”随即一扬手说，“不是他的责任嘛！总在老套路里打转转，走不出来的。潘季驯也就不再追究了，照旧戴罪管事；漕运总督照例罢职，换人！”

漕河淤塞、运路不通的消息很快就在京城传开了，朝野一片哗然，竟至人心惶惶，一股不安的情绪在京城里弥漫。高拱却一反常态，不急不躁。

“玄翁，漕运之事，中外汹汹，还是上紧议处为好。”张居正坐不住了，这天一早，他来到高拱的朝房，提醒道。

“漕运总督不是换人了吗，还议什么？议也议不出所以然，白费功夫！”高拱不以为然地说。

张居正本对王宗沐出任漕运总督大不以为然，更让他不满的是，高拱似乎不再像往昔那样，用人的事与他事先商榷，故心里存着一股怨气，却又不愿表露，强忍着建言道：“潘季驯有挽黄入淮之法，似可一试。”

高拱道：“治理黄河不是一朝一夕之事，只要不与漕运绑在一起，自可从容去做。”

“那么，玄翁的意思是，海运？”张居正试探着问。

“梁梦龙、王宗沐试航成功，海运既可恃，为何不通海运？”高拱以不容置疑的语气道。

张居正怅然若失，急忙转向殷世儋的朝房，叫着他的字道："正甫年兄，元翁有意通海运，年兄赞成吗？"

"此公就喜标新立异！"殷世儋忿忿不平地说，"通海运，必弛海禁，国策废矣！"

"海禁一弛，他日更有可忧者。"张居正叹息道。

"内阁即是二比一，朝臣中反对者当更多。为维护国策祖制计，当反对之！"殷世儋道。

张居正沉吟片刻，道："漕运，国之命脉，譬如人之动脉，必在体内，若置诸体外，恐人命不可久保。"言毕，匆匆回到朝房，提笔给胡檟修书：

始虑新河难济，臆度之见，不意偶中。自胜国以来二百余年，纷纷之议，今日始决。非执事之卓见高识，不能剖此大疑，了此公案。后之好事者，可以息喙矣！

海运一策，亦不得已而思其次者，尚需风洋无阻，乃可图之。仆犹虑海禁一弛，他日更有可忧者耳！

写毕，又审读一遍，暗忖：胡檟当能从中领悟我的意思。又给梁梦龙修书一封：

胶莱河罢议，不唯宽东土万姓财力，且使数百年谬计，一朝开豁，不致复误后人，诚一快也！海运……

写到"海运"二字，他踌躇了一下，心想，梁梦龙力主海运，就不直接和他说这个了，让他自己悟吧。遂重新写了一遍，这才封交书办送出。

"叔大何以姗姗来迟？"见张居正进了中堂，高拱不悦地说，随即道，"叔大敦促议漕运之事，正好，梁梦龙、王宗沐的奏疏，力言通海运，这不就是破解漕运难题的法子吗？"

"唉，还是迟了一步，奏疏已然到了！"张居正暗自道。

"梁梦龙的意思很明白了，"高拱拿着他的奏疏说，"海道，南从淮安到胶州，北从天津到海仓，他差人从淮安运米两千石，从胶州运麦一千五百石，海道无碍。从淮安到天津约二十天即可抵达。每岁五月之前，风势柔顺，便于扬帆。且漕船行驶近海，有岛屿相连，遇风浪随时可靠岸。若船坚固，再择适当天气出行，可保平安。故建言朝廷此后以河运为主，以海运为后备；万一河运不通，海运可补充之。海运不唯可补河运，且有助于海防。"

"照梁梦龙这么说，还要河运做甚？"殷世儋冷笑道，"他说的看似头头是道，就是忘记了王道——禁海祖制！海运通则海禁弛，这就是变相破祖制！"

高拱未做理会，继续说："新任漕运总督王宗沐也有疏，言海运一事，虑者担心风波，自淮安而东海中多岛屿，可以避风，计无便于此者。既然梁梦龙、王宗沐都这么有把握，又亲自试行过，还有甚可踌躇不决的？"

张居正勉强一笑："呵呵，照梁、王二公所言，河运委实无必要了。"

“有人说得好！”殷世儋道，“漕运，国之命脉，把漕粮这一国之命脉置于巨大的风险中，未免太鲁莽！”

“玄翁，此事体大，还是付诸廷议为好。”张居正建言道。

“去，叫户部尚书刘体乾、工部尚书朱衡到内阁来！”高拱转身吩咐书办。

须臾，刘体乾、朱衡相伴而来。

“梁梦龙、王宗沐建言通海运，户部、工部怎么看？”高拱开门见山问。

“内阁三臣，二人反对，一人支持。”殷世儋接言道。

“历下，这从何说起？”张居正忙道。

刘体乾、朱衡皆沉吟不语。

“隆庆三年、四年、五年，连续三年黄河决口、漕河不通，遂有海运之议。”高拱解释道，“而今运河疏浚之费，闸座捞浅之工，其费每岁岂止巨万哉？诚然海上风涛不虞，商民可通，漕船即可通。梁梦龙、王宗沐皆云风险可避。海运一行，则不唯诸费尽可省，漕运可通，亦使将士因之习于海战，海防可固。”

“海洋漫无边际，诚不敢拿漕粮冒险。”朱衡嗫嚅道。

“通海运，黄河依然要治，漕河依然要疏，岂不是又多了一笔开销吗？”刘体乾疑虑重重地说。

“通海运，治河即可从容而做。”高拱回应道。

“哦？”殷世儋面露喜色，“看来户部、工部也是反对的！”

高拱沉着脸，把梁梦龙、王宗沐的奏疏往书案一摔，“山东巡抚和漕运总督的奏本，户部、工部题覆！先说好，谁反对通海运，谁就负责漕运！漕粮若不能及时足额运到，立马走人！”又一拍书案，“反求诸己：海运若失败，高某片刻不留，立马滚蛋！”

众人见高拱如此说话，都不敢再言。

“那好，当如梁梦龙、王宗沐议，通海运！”高拱决断道。思忖片刻，又道，“工部、户部速商兵部，要在东部、南部诸省布点，开厂造海船，一则用于海运，一则用于护航的官军，锤炼一支强大的水军出来！”

刘体乾、朱衡并未起身，而是以求助的目光看着张居正。

张居正抬起头，道：“玄翁，居正看大司农、大司空皆面露难色，心中无底。海运可通，但未必都押在海运上，不妨先拨出三分之一漕粮走海运。况且雇船、雇招水手，也非一朝一夕所能周详。不知玄翁意下如何？”

高拱沉吟良久，道：“既如此，照叔大所说也好。总之，只要海运得通，待有了成效，再全面实施，阻力或许会小。”他一扬手，“就这样定了，各位回去整备！”

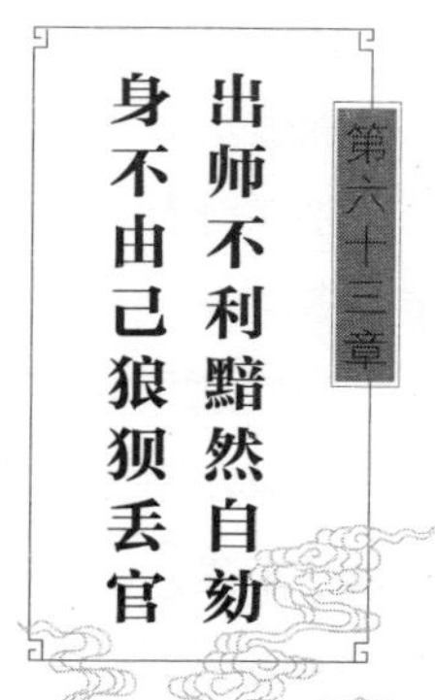

第六十三章 出师不利黯然自劾 身不由己狼狈丢官

一

松江城十字大街，十余顶大轿由南向北赫赫煊煊向知府衙门而来，前有哨弁、差役鸣锣开道，其后紧跟着的是手举“肃静”“回避”牌子的兵丁。两扇牌子的中间，有一根高高的旗杆飘下来一幅锦缎制成的条幅，上书“都察院佥都御史提督军务巡抚应天等十府陈”十九个墨字，条幅后跟着陈道基的六抬大轿，驻节松江的苏松常兵备道，府、县官员等的轿子依序紧随，仪仗威武，城里的百姓纷纷驻足观瞻，议论纷纷。

“哎呀，是抚台大老爷来了！”有人指着条幅，大声说。

“这怎么回事？海青天可是严禁接送迎往的，朱抚台时也照着做的。这场面，有两年不见了呢！”有人接言道。

“做官的，谁不喜欢排场！”有人撇嘴说。

坐在轿中的陈道基虽未听到百姓的议论，却也五味杂陈，惴惴不安。

两个多月前，陈道基在弇山园午夜惊魂、狼狈而回。他没有料到，在有天下第一私家园林之称的弇山园里，竟然会发生那样的一幕，心中虽有疑窦，却也不敢相信堂堂的文坛盟主王世贞会设圈套陷害他，只怪自己忽略了江南文人越礼任诞、蔑视权威的习性，跌进争风吃醋的桃色陷阱。他回到巡抚衙门一直提心吊胆，生恐张献翼、梁辰鱼故意张扬出去，为官嫖妓的罪名足以使他名誉扫地。过了些日子，一切如常，仿佛什么事也未曾发生，陈道基稍稍松了口气，遂下了札谕，要巡视松江府。

松江知府接到札谕，忙与兵备道相商。海瑞曾有官员出行不得接送迎往的禁令；朱大器继任后也是照此做的，而陈道基的札谕只说巡视松江、一切从简，却并未重

申禁止出迎。官员们都明白，上官札谕里的所谓一切从简云云，多半是口是心非的漂亮话而已，做不得真的。这样揣度着，方有了今日的煊赫场面。

陈道基对属官出迎既不责备，也未有欣喜之情，而是一脸麻木状。到得知府衙门，松江府大小官员行参谒礼，陈道基也面无表情地端坐接受。待参礼毕，已耗去半个多时辰，知府问："抚台老大人有何训示？"

"差人拿本院的拜帖去徐府，本院要拜谒存翁。"陈道基一脸抑郁地说。

知府以为抚台是来察看清丈田亩、推行条鞭法情形的，故做了精心准备，见抚台只字未提，已颇感不解。又听抚台说要谒见徐阶，这才明白，抚台此行必是专为谒见徐阶而来，并不关心政务，他绷紧的神经方松弛下来。

不到半个时辰，徐阶差管家徐五来请。知府陪同陈道基，在大批侍从的护卫下徒步前往徐府。远远望去，徐府首门人头攒动，大呼小叫声不绝于耳。

"抚台大老爷，那些都是想讹诈徐府的刁民。"徐五赔笑道。

陈道基默然，看了知府一眼。

"呵呵，江南讼风甚盛。"知府附和了一句。他听说陈道基与徐阶有旧怨，是替高拱来报复徐阶的，便故意未下令清场。时下见陈道基只是沉着脸并不说话，只好命侍从清道，簇拥着他进门。

突然，一个中年人猛地扑了过来，大声喊道："抚台大人，为学生做主啊！"

侍从忙不迭地将他按倒在地，陈道基茫然地看着，微微摇了摇头。

"你是何人？"知府问。

"学生姓顾名绍，顾绍是也！"被压倒在地的顾绍大声道，"徐府诈骗颜料银……"

话未说完，徐五就大声道："此乃刁民，总想讹诈徐府，最是无赖！"

陈道基无心听诉，顾自向前走去。刚走几步，一个中年人又大叫起来："抚台大老爷，给草民做主啊！徐家仗势欺人，松江暗无天日，百姓怨气冲天！"

哨弁、差役冲过去，把他也按倒在地。

"什么人？"陈道基问。

"抚台大老爷，那人叫沈元亨，本是徐府的账房先生，因贪污银子被赶出去了，故而怀恨在心。"徐五答。

陈道基默然无语，被簇拥着进了徐府首门。

"喔呵呵，抚台老大人！"徐阶在首门内拱手相迎，"多谢抚台老大人看顾老夫！"

"存翁安泰！"陈道基一揖道。

"忍辱含垢苟活罢了！"徐阶凄凄哀哀道，举袖在脸上擦拭了一把，回手拉住陈道基的袍袖，边往佛堂走，边叫着陈道基的字问，"以忠，到得江南，都去过哪里？弇山园去过了吗？"不待陈道基回应，笑道，"呵呵，弇山园可是文人骚客的地盘，去了，要当心！”

陈道基脸“唰”地红了，愣怔了一下，仿佛一个窃贼，刚伸手去偷，被人当场捉住，既悔又惧，浑身冒汗。他又暗自佩服徐阶的虚伪，那天夜里张献翼大闹时，此公明明在场，此时却说这等话。

徐阶拉了陈道基一把，道：“老夫当国时，误听小人之言，委屈以忠了；以忠不以为意，一到江南就来看顾老夫，真令老夫感动啊！”

“哦哦，岂敢！岂敢！”陈道基尚未缓过神来，懵懵懂懂支应了一句。对徐阶，陈道基确曾心怀怨恨，也风闻此番命他巡抚江南，乃高拱修旧怨之举，既能报被徐阶排挤贬谪之仇，又能讨好当国者，焉能不动心？况且，就连曾蒙徐阶大恩的海瑞，也愤而出手惩治徐阶家族，可见这徐家所作所为委实过分。像海瑞那样惩治徐阶家族，当是民心所向。如此，一石三鸟，何乐不为？然而，弇山园之夜使得陈道基不得不改变思路。徐阶虽则下野三年，但他毕竟在内阁长达十五年，门生故旧遍朝野，不是轻易能够撼动的。以海瑞的操守，自是经得起检验，却仍因“不近人情”而遭罢，遑论有把柄被人攥在手里的自己。不管内心怎么想，他都不能不表达对徐阶的尊重。

进了静室，宾主落座，陈道基从侍从手中接过一个包裹，恭敬地说：“此为学生在广西任职时珍藏的千年灵芝一棵，特献于存翁，表达敬意。”待徐阶接过，又道，“学生此番拜谒存翁，是想向存翁求教施政要领的。”

“兴教化，惩告讦！”徐阶毫不谦辞，斩钉截铁地说，“如此，则公私两便，抚台名节可全！”

陈道基从徐阶的话语中听出了威胁的味道，又想起王世贞也曾提醒他以“兴教化，振风纪，惩告讦”为要务。他顿时明白了：弇山园之夜乃是为保全徐阶而设下的圈套！越是这样，事体越是严重，已无回旋余地可言。他用袍袖轻轻擦了一把汗，赔笑道：“学生谨遵存翁训教！”

“老夫三犬子受刁民诬告，前抚海瑞不问青红皂白，竟下令拘提勘问。海瑞被劾去，三犬子俱开释。不意朱大器来后，又把三个犬子拘去！”徐阶忿忿然道，“如今一年有余，也未勘出所以然。以忠，似这般冤案，当平反昭雪。”

“哦！那是，那是！”陈道基点头道，转脸吩咐知府，“存翁三子先放出来吧。”

“以忠，兴教化，好说；惩告讦，你准备怎么做？”徐阶追问。

“哦，这个……”陈道基支吾了片刻，道，“檄下所司，狠刹告讦之风。”

“发教令固然是个法子，但未必奏效。”徐阶以教训的语调道，“当务之急是对那些告恶状的刁民，严厉制裁！必要时，要杀他几个，以儆效尤！”

陈道基闻言悚然，可还是点了点头。

“像整日围在敝府门前的顾绍、沈元亨之流，俱是无赖刁民，不应容其逍遥法

外！”徐阶恶狠狠地说。

“贵府，”陈道基抹了把汗，对知府道，“存翁是国之元老，府前似这般整日喧嚣，成何体统？”

“奉教！”知府道，“明日即差哨弁、差役清场。”

“还有什么清丈田亩、条鞭之法，”徐阶以轻蔑的口气说，“标新立异，骚动江南，扰乱人心，当明令禁之！”

“待学生一一梳理，凡不合人心者，必废止之。”陈道基忙不迭应承道。

二

皇上一看高拱又上了一道请辞管吏部事的奏本，眉头皱了皱，问孟冲：“朕不准高先生辞吏部事；高先生三番五次请辞，你说，该如何区处？”

孟冲躬身道：“万岁爷，老奴不敢乱说。不过以老奴看，高老先生委实太操劳，万岁爷赏高老先生就好。”

皇上闻言，不禁露出调皮的笑意，提笔批道：“卿兼部事，秉公持正，朕心嘉悦。赐羊酒一坛、牛衣一袭、银五十两，以酬劳绩，不准辞。”写毕，在孟冲眼前一晃，“高先生若再辞，就是变相讨赏！”

孟冲咧嘴一笑：“呵呵，这下高老先生必不好意思再请辞了！”

高拱接到御批，笑着摇了摇头，不好再提辞吏部事了，只得两边兼顾，忙得没日没夜。

这天，已是二更时分，高拱方从文渊阁匆匆赶到吏部直房。

正值酷夏，直房里尚存几分闷热。他顾不得许多，用湿手巾擦了把脸，尚未坐下，侍郎魏学曾手里拿着一叠文稿匆匆进来了：“玄翁，这里有份署名揭帖，顾绍、沈元亨二人所具，告讦徐阶的。”说着，把文稿放在高拱面前的书案上，“刑部、大理寺也接到同样的揭帖，大司寇嘱我务必面禀。”

高拱拿起揭帖，匆匆浏览了一遍，但见帖中举报徐氏家族诓骗、侵吞松江税银；宵小投献田地于徐府以逃避赋役；徐家在京城东安门外开设布店，兼具徐府眼线功能，专门对进京上控徐府罪恶的乡民进行拦截等，触目惊心！

“徐华亭，真乃伪君子也！”高拱面露厌恶之色，“严嵩所为固然不堪，但至少他在家乡是做善事的，至今乡民感颂其德；而徐阶，照这样看，恐怕他死了都不敢葬在家乡！”

“此公委实太善于伪装了！”魏学曾附和道。

“换作他人，非要好好整治不可！”高拱恨恨然道，旋即长叹一声，“不去管他了，要做的事情太多，一旦捅了这个马蜂窝，又是一番纷扰，于大局不利，转给松江府就是了。”他把揭帖往魏学曾面前一推，向外摆了摆手。

“转去松江府，就如石沉大海一般。”魏学曾苦笑着说，拿起揭帖转身向外走，刚迈步又止住，回身道，“玄翁，闻得有科道上疏为张齐申冤？”

“是有两个科道上疏，说彼时的大司寇和台长，阿附权宰，穿凿附会制造冤狱，请法司重新审理。”高拱淡淡地说，“已批交刑部题覆了。”

“弹劾玄翁者，皆平安无事；弹劾徐阶的人就要家破人亡，徐阶未免太狠毒了！”魏学曾忿忿不平地说，他眉头一皱，“可是，若给张齐昭雪，岂不同样引起纷扰震动？”

“那不同，这事关乎一家人的身家性命，不可置若罔闻。”高拱道，“张齐若真是冤枉的，就该昭雪。法司依法复查就是了。”

“差点儿忘了。”魏学曾又说，“苏州知府蔡国熙考满，晋京候补，几次来部，俱未能见到玄翁。他似有话要对玄翁说，甚盼玄翁能拨冗一见。”

高拱继续兼吏部事，每每到了亥时，才忙完阁务，随即赶往吏部理事；有时阁务缠身，过了午夜也就不便再到部，想谒见他的，一时也不知在哪里能够找到他了。

高拱问：“蔡国熙既已考满，官声颇佳，文选司拟出晋升职位了吗？”

“拟升河南学政。可听蔡国熙的意思，他有想法，想当面陈于玄翁。”魏学曾答。

高拱闻言不悦，埋头批阅文牍，魏学曾只得悄然退出。高拱忽然想到应天巡抚陈道基，不妨向蔡国熙访咨一下，是不是果如房尧第说的那样无所作为。遂道：“传蔡国熙来见。”

魏学曾已到了门外，但高拱的话他听到了，忙吩咐承差去请蔡国熙。高拱抬起头，想到江南重地，用陈道基是要他大有作为的，如今却无声无息，颇是不解。蓦地想起陈道基抵任后曾投书来，一直没有给他回复，或许有了误会？遂推开文牍，展纸修书：

前辱书教谆切，甚感。乃既久不能奉答，忙剧可知。

仆本陋庸，谬膺重任，苟可以谋国，而仰报皇上之眷遇者，不敢自有其身，但不知能济一二否？今海内贤杰渐次登用，第旧习虚套难尽改革，乃与诸贤共倡务实之风，以正人心、挽颓俗。或者行之既久，元气渐盛，客邪可望消也。

苏松田粮不明，小民受累已极。若不一申其白，徒为容隐，则民困何时苏也？今宜将田地粮石，尽行查明，时下民纳粮者若干，其为势豪侵占而小民赔纳者若干；势豪为谁，并名下地亩多少，逐一开出奏闻，下部议处，庶可有厘正之期。不然，民困愈极而事有他出，非所以为安也。

刚交付书办封发，蔡国熙正好到了，高拱沉着脸，叫着他的字道：“春台可知，本阁部整饬官常，不容官员私下钻谋？”

蔡国熙踌躇片刻，鼓足勇气道：“学生自然是知道的。可学生还是想请求元翁成全一件事：苏松常兵备道缺员，学生愿补此缺。”

高拱不悦地问：“为何？”

蔡国熙向高拱的书案挪了挪，道：“目下江南的情形令学生忧心如焚，只好向元翁请缨，奋不顾身，为朝廷收拢民心。”

“喔？陈道基出抚江南，誓言兴利除弊，春台怎言江南情形不堪？”高拱问。自房尧第和他说起陈道基整日在巡抚衙门读书写字那天起，他就心有不安；又听蔡国熙如是说，越发起疑。可陈道基是他选任的，总是希望这些传言不实。

“元翁，抚台到任，政纲乃六字：‘兴教化，惩告讦’，凡是诉冤上控者，俱以刁民目之，大肆抓捕。有徐府前账房沈元亨者，竟以奴诬主之罪，下狱论死！”蔡国熙痛心疾首地说。

“喔，沈元亨？”高拱伸出两根手指，在脑门上弹了弹，“适才看到有揭帖，其中就有署名沈元亨的。”

“被徐府家丁抓回去了！”蔡国熙忿忿然道，“徐府到处堵截，欲以重处沈元亨，威慑上控者。”

“闻得江南讼风甚盛，有‘种肥田不如告瘦状’之说，陈道基矫枉过正，以此端正民风也未可知。”高拱故意轻描淡写地说。

“徐老子弟横行乡里，罪恶昭彰，海瑞将其拘押。陈抚台到松江一行，回到苏州即传檄松江府开释之。”蔡国熙忿忿不平地说，“苏松乡民闻之哗然，俱言时下官场官官相护、暗无天日！”

高拱露出惊讶的表情：“难怪都跑到京城上控。”

“清丈田亩、试行条鞭法乃朝廷所期、民众所盼，海瑞断然而行之，陈抚台却俱搁置不行。”蔡国熙又道，“总而言之，尽反海瑞之政！江南民心因之涣散，对朝廷充满怨气。”

“这个陈道基，安得如此！意欲何为？”高拱终于听不下去了，一拍书案，怒气冲冲地说。

蔡国熙继续道：“元翁，治理江南、收拾人心，非痛裁劣绅不可；欲痛裁劣绅，非拿徐氏子弟开刀不可。若不痛下决心、铁腕行政，江南积弊无革除之望，大是大非无澄清之日。学生每思之，无不痛心疾首、忧心如焚！”

高拱重重出了口气，道：“时下北边暂安，正要集中精力以修内治，而江南乃财富所出，修内治，必从江南始。不意陈道基居然连清丈田亩、试行条鞭法也搁置不行，我看他是不想要自己的乌纱帽了！”说着，蓦地站起身，背手在室内踱了几步，气呼呼地说，“巡按御史是干什么吃的，何以不出一言？！”言毕一扬手，“也罢，抚按全都换了！”

“元翁，苏松常兵备道有治安之任，重在判案谳狱，学生愿不顾毁誉，担此澄清一方之任，以抒民怨，收人心。”蔡国熙顺势道。

高拱坐下，点头道：“江南难治，苏松特甚。官商云集，盘根错节，爱惜羽毛者视为畏途，徇私贪墨者越治越乱。春台不避艰难，委实难得！”语调颇是亲切，“时下松江绅民纷纷到京上控，说明上自巡抚下至知县，都畏势避难、不敢触及，是需要春台这样有官声、敢担当之士出任艰巨。”

“元翁，学生必秉公执法，不敢徇私！”蔡国熙郑重地说。

“春台，治理苏松，自身必廉，廉方能公，公则人心服之。是以当坚守一个‘廉’字，把握一个‘公’字，用心做事，秉公做事，必有所成。”高拱嘱咐道。

送走蔡国熙，高拱忙召张四维来见，问：“子维可知陈道基在江南政绩如何？”

“闻得陈道基以治刁民为务。”张四维道。

“刁民？”高拱冷笑，“刁民都是贪官、土豪激成！倘若执法公正，何来刁民？不思治本，竟以治所谓刁民为务，这不是助长执法不公、助长倚强凌弱吗？就凭这一点，陈道基抚江南，不够格！”

“陈道基本不是这样的人，或许他有苦衷？”张四维道。

“他有甚苦衷？”高拱眼一瞪道，“若有苦衷，必是有私心，抑或有把柄，那就更不堪再用！”

“可是，迄未有论劾者。”张四维为难地说。

“因此，巡按苏松御史，也要换人！”高拱断然道，“你找台长商榷，选个勇于任事、无瞻徇之气的风力御史去做。”

张四维面有难色道：“可是，巡按苏松御史时限未到，无故撤换，恐……”

“袭故套、不干事的人，就是要换！这是用人导向，要上上下下都明白才好！”高拱打断张四维，“时下朝廷重心要转到修内治上来，用人导向要与之配合。还有，”高拱又吩咐道，“你明日与文选司说，蔡国熙升苏松常兵备道，拟稿速报。至于江南巡抚，也提出人选，与处分陈道基一并奏报。”

蔡国熙要升苏松兵备道的消息很快就在官场传开了。张居正闻报，忙找高拱核实。

“玄翁，蔡国熙做学政更合适吧？”张居正进了高拱的朝房，开门见山道。他知道，徐阶子弟曾羞辱过蔡国熙，一旦他升苏松常兵备道，驻节松江，又以受理案件为职任，即使不刻意报复，只要秉公执法，势必对徐阶不利。徐阶去国时曾将家事托付于他，至少在表面上要维护徐阶，这似乎是他道义上的责任。明知蔡国熙来者不善，他却置若罔闻，心有不安。

高拱扬手道：“江南难治，担子特重。蔡国熙知苏州多年，廉节有惠政，苏民爱之；他又熟知地方情形，就地晋升，更利于展布。”

张居正知高拱意已决，也就不再争辩，转而建言道：“闻得陈道基要罢斥，不妨让张佳胤接替，玄翁以为如何？”这张佳胤比张居正晚一科中进士，长期在地方任职，历经云南、广西、河南多省，时下任山西按察使。他是文坛领袖王世贞的弟子，而王世贞对徐阶德之入骨，必会促请张佳胤保护徐阶，是以张居正有此提议。

“张佳胤有官声，尤其擅长处置棘手问题。”高拱点头道，“待我嘱吏部司属议上。”

只过了旬日，陈道基就接到了《邸报》，忙命仆从整备行装，当夜就悄悄出了苏州阊门，灰溜溜地往老家晋江而去。

广西桂林，殷正茂与陈道基一样，在同一天离开了任所。

三

殷正茂接到任命他为两广总督的谕旨，大感意外，忙叫来郭应聘对酌，慨然道：“原以为被扣了顶贪墨的帽子，此生仕途、功名就此完结，不意有巡抚广西之任；中了韦银豹金蝉脱壳之计，欺君之罪已然坐实，侥幸不死，也要葬送前程，不意又有总督两广之任。有非常之人如玄翁者主持于内，我辈方得做非常之事成功于外，真不世之遇也！”说着，禁不住潸然泪下。

“玄翁既决计绥广，必全力支持，石汀兄又可大展宏猷了！”郭应聘钦羡地说。

“玄翁执政不过一载余，困扰百年的虏患就消除了。北边稳定下来，朝廷方有余力经略岭南，这是环环相扣的。”殷正茂感慨道，“此番到得广东，必不负玄翁期许，做一番事业出来！”

“安定岭表，石汀兄可载史册！”郭应聘伸出拇指道。

“唯有遇到玄翁这般识人用人的非常之人，方有我辈今日。不瞒君宾说，当年仕途蹭蹬，又担贪墨恶名，还真动心大捞一把算了！可自有抚桂之命，贪墨之念便遽然全消。此番户部拨付军饷，我一分一厘都不会装自己腰包！”殷正茂道，“所余二十余万两，都留给君宾兄。”

“留给我？”郭应聘苦笑道，“我暂时看摊儿罢了。”

“玄翁有示，桂抚听我荐人，我自然举荐君宾。估计不阅月，朝廷诏旨即可颁下。”殷正茂笑着说，“君宾抚桂，委实是八桂绅民的福分呢！”

郭应聘拱手致谢，慨然道：“果如此，则我辈赶上吏治清明之日，敢不效死力？”

两人边喝边谈，竟至质明，才依依惜别。

殷正茂离开桂林，日夜兼程、水陆并用，赴梧州接印；随即赶赴广州，以巡抚衙门为总督行台。新授都督同知、广东镇总兵俞大猷，也赶到广州履任。文有藩臬两台，左右参政、参议、佥事，兵备道，知府；武有总兵副总兵，参将、守备、游击，纷至沓来，照例谒台。殷正茂慷慨激昂，发誓不灭林道乾、伍瑞这些海贼山寇，决不回梧州辕门。遂在广州行台备齐仪仗，赫赫煊煊之势，令人望而生畏。

这天，是殷正茂到广州履职刚满一个月的日子，他邀上总兵俞大猷、巡按御史赵淳，拟游览一下广州城。刚出了辕门，忽有中军来禀：海贼林道乾偕大批倭寇分道进犯石城。

"啊！"俞大猷大惊，他曾长期在广东剿倭，还不曾听到过倭寇海贼涉足位于雷州半岛北部的石城县，"那里海防甚疏，官军不多，恐难以抵御！"

殷正茂有些慌张，急忙转回行台，带着俞大猷和赵淳进节堂商议军机。"俞帅，我意你当率部驰援！"殷正茂一时拿不定主意，口气不甚坚定。

"军门，倭奴凶狡，人多势众，林道乾又狡诈无比，照例当调土兵围剿。"赵淳建言道。

殷正茂一摆手："势已燃眉，远需何济？况兵贵先声，必须大将亲行。今宜移缓就急，重申赏罚，迎敌勇战！本部堂也要亲自出征！"

当日午时，俞大猷已集结五千兵马，殷正茂登上帅船，命令即刻启航。刚驶出粤江，忽有探马快艇来报：倭寇杀千户黄隆，又攻陷神电卫城！

神电卫城是国朝在粤西海防要塞，不唯是高州、宁州、双鱼、信宜、阳春等五个守卫千户所的指挥中心，还是电白县治所在。城墙坚固，敌楼、窝铺林立，官军千余，马匹、弓兵数百，另有炮台三处，置大炮十余门。这样的要塞城池，竟然失陷，令殷正茂大为吃惊。他愣了半天，不发一语。

"军门，倭寇海贼势力甚大，当再调兵马围剿！"俞大猷在旁催促道。

"失陷城池，督抚是要被治罪的！"殷正茂沮丧地说。

"军门，这只是谍报，未必真确。"俞大猷安慰说，"倭寇本为抢掠而来，意不在攻城略地，只要调集大军围剿，或斩杀，或退敌，城池可保。"

殷正茂一身豪气顿时减半，只得硬撑着召集幕僚会议军机，旋即传令：檄佥事李材、许孚远，参政江一麟，副使陈奎、吴一介，参议周鸣埙，分头督集所在官兵，随军作战。

各路兵马水陆两路，日夜兼程，分头向神电卫城扑去。攻占神电卫城的林道乾，不唯有潮州府推官来经济这个内线，在海上也布有线报，官军动向早已了如指掌。得知殷正茂亲率大军前来围剿，他忙向梁有训问计。

"大帅，攻陷神电卫不是目的，是让海上各路兄弟知晓大帅的实力！"梁有训道，"官军来剿的消息不必外泄，更不必在此与官军交战，让各路小股海贼倭寇在此盘桓，我当迅疾撤离！"

“撤到何处？”林道乾问。

梁有训一脸诡秘状，道：“闻得朝廷里当国的高拱，奏请沿海各省督抚督造海船，两广总督李迁遂下令在广州粤江边设厂，日夜赶制大船。这回，不妨偷袭广州，把造好的大船抢走！”

“这他郎奶的过瘾！”林道乾大喜道，“这就悄悄撤走，移师会城！”

林道乾率手下三千喽啰，绕开官军航道，船队悄然向广州驶去。

殷正茂抵达雷州，召集文武，一番部署，下令夺回神电卫城。官军将士没有想到总督会亲临前线，士气为之大振，只一阵猛攻，盘踞卫城的倭寇便闻风而逃。殷正茂传令追击，务必攻克倭巢。官军兵分几路，向左近的竹洲岛、岭仔屿进发。

不几日，神电卫全境倭患肃清，岭仔屿上的倭巢被攻克，俘获并斩杀倭寇海贼一千零五十七人，首战告捷。电白县知县蒋晓、锦囊所千户侯安邦，因弃城逃遁，被殷正茂下令绑缚广州，等待奏明朝廷后发落。

殷正茂正思忖如何向朝廷报捷，中军来报：“林道乾率贼众攻打会城，掠去战船十六艘；奉巡按之命前去驰援的东莞守备李茂才战死！”

“林道乾不是在神电卫吗？”殷正茂不敢相信，气急败坏地质问左右，“怎么他神不知鬼不觉跑到广州去了？”

“军门，海贼常年漂泊海上，来去无踪，官军实难对付！”俞大猷叫苦不迭道。中军私下禀报说，林道乾还在广州海珠寺题诗讥讽俞大猷，让他感到既恨又愧。

殷正茂恨不能自抽嘴巴，气得就地连转三圈，才停下脚步，颓然道：“不唯失陷神电卫城，会城还突遭攻掠，被劫去大船十六艘，岂不是罪上加罪？本部堂只好向朝廷请罪，听候发落吧！”

“在广西因为韦银豹之事，军门也曾自劾，朝廷不唯未追究，还照样晋升为总督。”俞大猷安慰殷正茂道，“此番自劾，想必也不会有事。”

“情形不同。”殷正茂摇头道，“那次毕竟一举收复了古田，当国者还有藉口为我说话；可这回不同，被海贼攻陷城池，又被劫去大船，显系掌军令者指挥调度失当，还有什么可解脱的？若是先帝时，就是按律论死。文坛领袖王世贞的父亲王忬，不就是因为滦河之战被北虏攻破了滦河防线，以比照失城池要塞律下狱论死的吗？”

俞大猷见殷正茂心灰意冷，知劝也无用，便焦急地说，“当务之急是赶紧追剿林道乾！不的，真显得官军无能，贼势就越发嚣张了！”

“对付海贼，指挥海战，委实非本部堂所长！”殷正茂叹了口气，神情黯然地说，“俞帅在沿海御敌数十载，该如何应对，不妨为本部堂画策。朝廷未治罪前，本部堂不敢松懈。”又吩咐左右，“把广东遍地海贼山寇情形都汇集起来，本部堂要向朝廷禀报。”

俞大猷道：“军门，佛朗机人性犷悍，器精利，尤在倭奴之上，不妨即传檄，命其相助。不的，待回到广州再调集兵马，恐贻误军机。”

殷正茂点点头：“此事听俞帅的。”

“只是，借佛朗机之力剿倭，万一有人追究，恐对军门不利。”俞大猷反而踌躇起来，说出了他的担忧。

“俞帅，本部堂已然是戴罪之身，还怕甚？”殷正茂道，“剿倭要紧，就按俞帅所说办！”

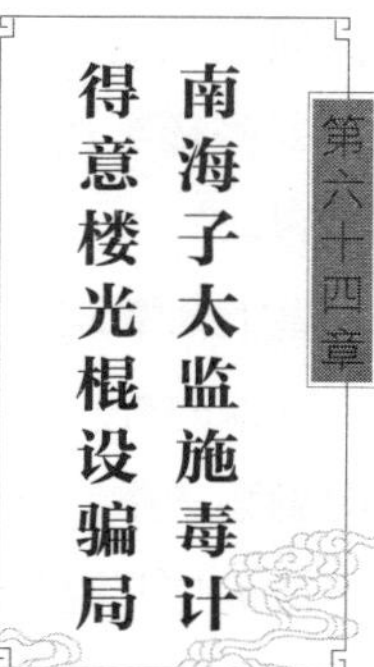

第六十四章 南海子太监施毒计 得意楼光棍设骗局

一

京城南二十里有座皇家苑囿，因苑内有永定河故道穿过，形成大片湖泊沼泽，草木繁茂，禽兽、麋鹿聚集，前元时即是皇家猎场，谓之“下马飞放泊”。国朝成祖皇帝迁都北京，扩充飞放泊，并在四周筑墙建殿，架桥辟门，俨然汉唐之上林苑。苑内不唯有饮鹿池、眼镜湖、大泡子、二海子、三海子、四海子、五海子等水域，还有大量雉兔、黄羊、麋鹿、老虎等珍奇动物。与城中的北海子相对应，谓之南海子。正德朝阁老李东阳将卢沟晓月、琼岛春阴、金台夕照、太液秋波、玉泉趵突、蓟门烟树、居庸叠翠、西山晴雪、南囿秋风、东郊时雨列为“燕京十景”，南囿秋风，即是指南海子之秋景。

中秋时节的一天，司礼监秉笔、提督东厂太监冯保带着东厂几个心腹档头，坐着轿悄然来在南海子。他似乎无心赏景，更无打猎之趣，进了北大红门径直向苑内庑殿行宫而去。到得殿前，冯保屏退左右，只带着义子兼管家徐爵进了殿。一番察看，又指指点点嘀咕了一阵，这才出了殿门，一挥手，让轿子跟着，他徒步走过七十音桥，登上晾鹰台，手搭凉棚向四处细细观望。

“干父，何时动手？”徐爵靠在冯保身边，低声问。

“等机会，不会太久！”冯保眯着眼说，“你那里务必查实核准，不可有差池，只有这一次机会！”

“嘻嘻，干父，这等事，儿在行！”徐爵嬉皮笑脸道。

冯保喉咙里发出轻微的“嗯”声，似乎大事已决，满意地走下晾鹰台，登轿回城。

随后的日子里，冯保一直在等待时机。过了旬日，掌印太监孟冲染恙休沐，冯保闻之大喜。这天午后，他来到乾清宫，面见皇上：“万岁爷，老奴给万岁爷又做了些稀罕物，万岁爷要不要御览？”冯保卑躬屈膝，脸上挂着讨好的、谦卑的笑容。

皇上慵懒地问：“甚样稀罕物？”

冯保向外一招手，东厂的两个心腹档头各自抱着一个沉甸甸的锦盒进来了。冯保向御案一指，“放下，打开给万岁爷御览。”

档头打开锦盒，一摞精美的瓷盘呈现在皇上面前。皇上有些失望，冯保上前拿起一只盘子，点着盘心上的画：“万岁爷，请御览！”

皇上细观，竟是一幅春宫图，顿时来了精神，两眼发光，恨不能贴上去观赏。

冯保狡黠一笑，摆了摆脑袋，档头麻利地把十二只盘子在御案上一溜摆开。冯保一使眼色，两个档头知趣地走开了。他又转身吩咐两个御前牌子：“尔等在门口把守，万岁爷正忙，不许任何人来渎扰！”

皇上专心致志地看了又看，那图上的男女赤身裸体，交媾姿势各异，不少姿势就连他也不曾尝试过，一时竟被图中男女刺激的喘息急促，满脸泛红。

“老奴特差东厂靠得住的档头，到景德镇为万岁爷烧制的。”冯保得意地低声禀报道，“后续还有碗碟，必让万岁爷开心方可！”

“唉！”皇上轻声叹息一声，又贪婪地看了起来。

“嘻嘻，老奴知道，”冯保机灵地说，“西域美姬和扬州牙仙，皇上已然觉得腻了，想找个似图中女子这般风骚的！”

皇上重重地咽了口唾液。

冯保叹了口气：“唉！万岁爷，这深宫大内戒备森严，科道阁老耳聪目明，贵妃娘娘痴情万般，即使老奴物色到了，也委实不易带进来。”他突然拊掌一笑，“嘻嘻，万岁爷，老奴倒有个主意，定然让万岁爷尝尝鲜儿！”

“快说！”皇上抬头盯着冯保，催促道。

冯保低声道：“万岁爷，天子幸南海子狩猎乃是祖制。万岁爷何不御驾一行？”他挤了挤小眼睛，“届时，呵呵，万岁爷，老奴为万岁爷备好就是了。”

“哦！”皇上惊喜道，“这是个法子。”旋即又泄气道，“只恐科道谏阻，阁臣不允。三年前朕几次要去，徐阶都力阻，虽然到底去了那么一趟，可科道叽叽喳喳没完没了，闹得朕委实心烦！”

“皇上执意要去，谁敢阻拦？”冯保打气道，他一拍脑门，“对了，北虏所献贡马，挑了十四养在南海子，那可是顺义王为万岁爷专贡的。万岁爷最爱骑马，就说去骑贡马，谅阁老、科道谁也不敢阻拦。”

皇上沉吟片刻，道：“冯保，你到内阁去，问问高先生，看他何意。若高先生不阻拦，朕就去。”

冯保踌躇着，一听要见高拱，他还是有些胆怯，便建言道：“万岁爷索性下道手谕，让高老先生整备就是了。”

皇上摇头，不悦地说：“让你去你就去，如此啰唆！”

冯保忙躬身道：“老奴领旨！”说着，一路小跑出了乾清宫，往文渊阁而来。

“喔，冯老公公！”张居正一眼看见冯保风风火火进了中堂，忙叫了一声，起身相迎。殷世儋也起身抱拳施礼。高拱眼皮向上一翻，瞥了冯保一眼，仰坐在座椅上，沉着脸，默然不语。

“万岁爷命本监前来传口谕。”冯保盯着高拱，“高老先生接旨！”

高拱闻听，忙撩袍跪地。

“万岁爷口谕：顺义王俺答贡马养在南海子，朕欲幸南海子骑贡马，问问高先生何意。”冯保一本正经地说。

高拱起身归位，张居正忙吩咐书办为冯保看座。

“你先回去复命，待内阁商榷后，上本。”高拱瓮声瓮气地说。

冯保并不入座，以着急的语调说：“哎呀，高老先生！万岁爷立等老奴回话呢！”

高拱看了张居正一眼，问：“叔大何意？”

“哦！皇上乃向玄翁垂询，自是玄翁拿主意。”张居正道，“不过，皇上幸南海子，倒是祖制。英宗皇帝曾连续四年幸南海子，武宗皇帝也驾临过三次，今上于隆庆二年已幸南海子一次。何况，北虏贡马在此，皇上欲骑贡马，也能体现封贡互市的绩效，非一般狩猎游玩可比。”

高拱沉吟片刻，道：“天顺三年十月十日，英宗幸南海子，内阁三臣李贤、彭时、吕原，俱护驾前往。此番皇上幸南海子，我辈三阁臣亦当照例护驾。”

“这……”冯保不禁叫了一声，“万岁爷、万岁爷只说他去，没说让……”

“放肆！”高拱打断冯保，呵斥道，“天子巡幸，阁臣护驾，乃是国政，你一个内官，安得置喙？”

冯保不敢顶嘴，只得灰溜溜地出了文渊阁，向皇上复命。

“朕就知道，高先生处处为朕着想，不会谏阻。”皇上兴奋地说。

“可是万岁爷，若高老先生去了，咱可就没好戏看啦！”冯保焦躁地说。他眼珠子滴溜溜转了几圈，建言道，“万岁爷，高老先生年已花甲，万岁爷怎忍心让他护驾？领了他的好意就成了呗。”见皇上还在踌躇，又道，“老奴听说，广东那边山贼海寇闹得正欢，辽东也老有警报，万岁爷把大事小情都托付高老先生打理，他外出一大天，万一有十万火急的军情，不给误了吗！”

皇上一指冯保：“你再跑一趟，把这番话说给高先生。”

冯保二次进了中堂，却不见高拱的人影。

“冯老公公，”张居正笑着说，“适才书办在玄翁耳边嘀咕了一句，似有机密之事，刚到朝房去了。”

“传……”冯保刚要说传高拱来接旨，又打住了，与张居正抱拳拱手，“我到朝房传旨。”

“冯老公公且留步！”张居正唤了一声，跟上来，低声道，“闻得迩来京城有不法之徒向各衙门投揭帖，攻讦元老，造谣惑众，东厂当严密缉拿！”

冯保“嘿嘿”一笑：“张老先生，照例，这是兵马司的事，东厂呢也不是不能去缉拿，就怕有人说东厂手伸得太长。”他一指高拱的朝房，“时下不是人家当家嘛！”

张居正一脸尴尬，抱拳一揖，默然而去。

冯保继续往高拱朝房走，到了门口，只听屋内传来高拱惊讶的声音：“竟有这事？”

二

午时的棋盘街煞是热闹，行人熙熙攘攘，三三两两相伴着往酒肆餐馆而去。在靠大街东北角一家不太起眼的酒馆里，房尧第头戴儒巾、身穿青衿、脚登镶边云头履，坐在靠窗的一张小方桌边，只点了一碟油炸花生米、一碟凉拌耳丝，半壶小烧，慢慢地自斟自饮着，余光却不时打量着进进出出的客人。

不久前的一天，高拱仿佛是无意间对房尧第说，松江有顾绍、沈元亨二人到各衙门投揭帖，一时官场浮议四起，崇楼有暇，不妨到街上走走，听听市井闲言。房尧第颇觉惊异，此前高拱每每告诫他们不许外出交通酬酢，何以突然主动要求他外出？从高拱的神色里，房尧第觉察到，此事有蹊跷，且非同小可。自此，他就时常到棋盘街闲逛。

房尧第把一粒花生米投进嘴里，正要举壶斟酒，忽听得邻桌的几个人边喝酒边议论着。

“原以为高相爷是个清官，却不知，他自个不捞钱，却让他的外甥在外头捞钱呢！”

“想升官又没门路，就得找人家外甥。好比做生意，总得投本钱嘛！”

“这可比做生意强多啦，一本万利！咱要是有那资格，也找外甥买个肥缺。”

“高相爷时下替皇上执掌大明，你以为他只管官儿的事？未必买官，像打个官司啥的，找外甥，准成！”

房尧第大惊，忙凑上前去，佯装外地来京的官员，问：“不才乃举子出身的县丞，正愁京城没有门路，不知客官可否引荐于高相爷的外甥？”说着，唤来店小二，“这几位客官的酒钱，我来付。”

几位陌生人打量着房尧第，半信半疑，一个中年人道：“我辈并不认识他，只知他时常到这个酒馆来。你在此候着，运气好的话或许能遇上。”中年人突然一努嘴，向房尧第使了个眼色，房尧第抬眼一看，有两个人从身旁走过。一个头戴折叠似瓦楞的瓦楞帽，约莫四十多岁年纪；一个戴着长尖顶带檐的圆型边鼓帽，二十岁上下，像是前者的仆从。

“外甥？”房尧第张了张嘴，却并未出声。

中年人点了点头。房尧第抱拳谢过，回到自己的座位，用余光瞟着两人，却见戴瓦楞帽的中年人远远地打量着他。房尧第忙低头饮酒，忽而又做仰面沉思状。须臾，戴边鼓帽的小厮走过来，坐在房尧第的对面，问：“客官是从哪来？怎的独自喝闷酒？”

房尧第灵机一动，叹了口气，用家乡话道：“鄙人贡生出身，在边鄙小县混了个县丞，做了些年头了，朝中无人，仕途蹭蹬。家里倒是有些积蓄，就想到京城里走动走动。”他又叹了口气，“只是这京城并无人脉，是以苦恼。”

“算你走运！”小厮伸过手去拍了拍房尧第的手腕，指了指带瓦楞帽的中年人，“咱家主人是有些来头的，自可帮衬你。”

“那最好不过！”房尧第佯装惊喜，“但不知你家主人有甚门路？”

小厮伸长脖子，凑到房尧第面前，压低声音道：“客官，咱家主人是河南人……”话未说完，戴瓦楞帽的中年人起身往外走，小厮边起身边道，“客官若有意，就到得意酒楼门口去找咱！”

房尧第兑了账，即往得意酒楼而去。远远的，就看见适才的小厮正在门口张望。

“嗯，咱看客官是实心实意。不的，不会这么远跟过来。”小厮迎上去，笑着说。

“适才老兄说你家主人是河南人，难道和朝廷里的首相是一个地方的？”房尧第问。

“岂止一个地儿！”小厮得意地一竖拇指，“首相他老人家的外甥呢！”

“骡子！”那个戴瓦楞帽的中年人从酒楼出来，叫着小厮，“你瞎拉扯啥呢？”果然是一口河南腔。

“嘿嘿嘿，老爷，”小厮嬉皮笑脸地说，“这位客官大老远到京城来，你老人家菩萨心肠，就帮衬帮衬他呗！”

“帮衬帮衬，俺喝西北风去？”中年人一瞪眼说。

“呵呵，这位老兄！”房尧第走过去，抱拳施礼，“老兄若能帮衬鄙人，鄙人自不会让老兄白忙。”

“那你想要个啥位儿？”小厮问。

“腹地的知县最好不过。”房尧第故意抬高要价。

中年人摇头：“胃口够大的哈！”转了转眼珠，“也罢，无非多跟俺娘舅磨磨嘴儿！”他伸出三根手指，“拿过来，俺保你旬日到吏部领凭！”

房尧第忙作揖道：“多谢老兄相助！”他现出为难的表情，“只是身边未带这么多银两，到客栈取来，明日奉送如何？”

“嗯，也中。”中年人道，他指了指脚下，“明日午时，还到这个地儿来。”

房尧第谢过，疾步往文渊阁找高拱而去。高拱从中堂出来，一见房尧第大白天跑来，即知有要事，忙带他进了朝房，听完他的禀报，自是大吃一惊，脱口而出“竟有这事”，遂恨恨然顿足道，“可恨！崇楼即去知会巡城御史王元宾，明日到得意酒楼，将诓骗人财的光棍拿获！”

次日午时，房尧第如约前来，见小厮在此候着，便问：“你家主人何在？”

小厮道：“客官把银子交给咱就行。”

房尧第道：“那不成，要见你家主人方可。”

“有啥不中？交给他就中。”戴瓦楞帽的中年人剔着牙走了出来。

房尧第大咳一声。须臾，早已埋伏在附近四合院里的巡城御史王元宾，率同中城兵马司指挥，带着一干吏目逻卒，“呼啦”围了上来。

两个人尚未缓过神儿来，就被逻卒扑倒在地，绑了个结实。

三

京城到了九月上旬，室内已有寒气；但到户外稍一走动，即觉神清气爽，格外宜人。冯保提议皇上此时幸南海子，内廷外朝俱无反对之声，整备了三日，果然成行。高拱起初放心不下，本欲护驾前去，可冯保传谕，说皇上念及高先生年迈，国事繁重，阁臣并部院大臣，俱不必护驾了。遂由冯保率厂卫扈从仪仗，出了大明门往南海子而去。

穿过北大红门，御驾在七十音桥前落轿。冯保上前躬身引导，皇上缓步登上晾鹰台。举目瞭望，只见金风瑟瑟，落叶萧萧，碧空如洗。园内团泊、大泡子、三海子片片秋水，波光粼粼、游鱼戏逐、莲藕飘香，成群的水鸟不时从芦苇中惊起。参天的古树上起落着远来的鸦雀，枯黄茂密的蒿草中，时有禽兽出没鸣叫。九门八庙、宫墙碧瓦，浑然一体，熠熠生辉。凉水河、凤河犹如两条玉带，在阳光照耀下，更显秋水长天，漫无边际。置身这野趣横生的苑囿，着实令人赏心悦目、心旷神怡。

冯保无心赏景，不时把目光投向站在远处的徐爵，手心里竟渗出黏糊糊的汗液。

“朕前年来南海子，但见榛莽沮洳，宫帷不治。怎么，这两年又修缮了？”皇上高兴地问。

冯保打了个激灵，“哦”了一声。他一直在想心事，并未听清皇上的话，只得“嘿嘿”笑了两声。

“回皇上的话，”守卫南海子的提督答道，“顺义王贡马送来南海子，高阁老便吩咐修缮了一番。”

“哦！高先生当知朕早晚要来骑马的。”皇上欣慰地说。

“贡马已牵来，请万岁爷驰骋！”冯保为适才的走神儿而紧张，此时不敢再大意，忙躬身道。他又指着一匹枣红色高头大马说，“万岁爷请御览，这就是汗血宝马。看它体型饱满，头细颈高、四肢修长，衬以弯曲高昂的颈部，委实令人欢喜。这种马快绝迹了，难得顺义王孝顺，还觅得来一匹。”

皇上满脸微笑，指着汗血宝马身后的几匹马问：“那些个马，怎的矮小如此？”

冯保早就做足功夫，要在皇上面前显示自己的才学，遂笑道：“万岁爷，那是蒙古马。这种马体形矮小，其貌不扬，可在风霜雪雨的大漠草原上，却能扬蹄踢碎狐狼的脑袋；在战场上，又不惊不诈，勇猛无比，鞑靼人有‘千里疾风万里霞，追不上百岔的铁蹄马’的说法呢！”

“哦，原来如此！”皇上一笑，“那就骑它一骑！”说着，转身往下走，刚下到第二个台阶，腿就抖了起来，站立不稳。冯保忙用力搀扶，一步一歇，好不容易下了台阶。

“万岁爷若是累了，不骑也罢。”冯保建言道。

皇上踌躇着。他是以骑贡马名义来南海子的，若不骑马，担心臣工又会说三道四；但自知身体虚弱，对骑马突然有了恐惧感。冯保猜透了皇上的心思，道：“万岁爷，让人牵着马，万岁爷骑上去溜溜就成了。”

“哦，如此甚好！”皇上解脱似的说。

扈从人等小心翼翼地把皇上扶上一匹矮马，两名锦衣校尉牵马慢行。

“快备好午膳！”冯保吩咐，“今儿个万岁爷累了，早些用膳，多午睡会儿。”说完，手搭凉棚，佯装遥望骑马的皇上，向无人处走了几步，徐爵麻利地跟了过来。

“两年前大阅时，万岁爷骑在马上，何等神武！”冯保既惋惜又得意地说，“才两年光景，身子被女人掏空喽！”

“嘻嘻，这不都是干父的功劳！”徐爵嬉皮笑脸地说。

“该打！”冯保嗔怪道，依然歪着脑袋向皇上张望，语速急促地问，“都齐备了？”

“万无一失！”徐爵答。

冯保定了定神儿，忙回到队列中。不多时，皇上骑马回到了晾鹰台下，冯保忙扶皇上下马，徒步走进旁边的庑殿行宫，吩咐更衣侍候。

用过了午膳，冯保吩咐厂卫校尉，围护行宫，任何人不得渎扰万岁爷午睡。所有扈从也一概屏退，只冯保一人，导皇上进了寝宫。

上好的炭火早已把寝宫烘得暖洋洋的，冯保掀开棉帘，就有一股暖流扑上身来。他亲自替皇上解下斗篷，扶坐于外间的御榻上，几案上备好了一小碗温开水，冯保从怀中掏出一个小巧的锦盒，打开来，对皇上道：“万岁爷，这些黑色粉末，乃腽肭脐末，好使呢！”说着，拿起案上的一根金调羹，先尝了一口，再请皇上服用。用毕，冯保又扶皇上起身，掀帘进了内室。

窗帘已然拉上，室内只点着两根大红蜡烛，有些昏暗。宽大的龙床帷幔中，隐隐可见两名赤身裸体的女子在搔首弄姿。皇上的心跳陡然加快，有些急不可耐，冯保“嘿嘿”一笑，领皇上先走到条案前，打眼细观，竟是那套带有春宫图的碟子。

“万岁爷，今儿个就让万岁爷尝尝鲜儿！”冯保得意一笑，又向帷帐里的女子道，“好生服侍，重重有赏！”言毕，躬身退了出去。

皇上适才所服腽肭脐，是上好的春药，口中淡淡的咸味渐渐褪去，浑身便燥热起来。两个女子蛇一般缠在皇上身上，边替他解带宽衣，边呻吟挑逗，一个摩挲着皇上的前胸，一个用舌尖裹舔着皇上的耳根，淫态百出，花样翻新。

光线昏暗，皇上看不清女子长相，只觉得女子不够丰满，美中不足。但女子的床上功夫委实是他从未体验过的，引导着他不停地转换姿势，动作娴熟，身段妩媚，娇喘声摄人心魄。不知鏖战了多久，皇上体力终于不支，在两名女子的轻柔抚摸下，沉沉睡去。

见皇上发出鼾声，两名女子悄然下床，麻利地穿上衣裙，出了寝宫。冯保专意在外候着，两名女子一出寝宫，即吩咐两人登上停在行宫院内一辆带轿厢的马车。两名女子尚未坐稳，马车就在冯保的催促声中，驶往南门。

马车出了南小红门，刚走了不足两里路，徐爵骑马追了上来，对扮作车夫的东厂档头陈应凤附耳道：“此为风尘女子，嘴不严，传出去对圣威有损，灭口！”

陈应凤从腰间掏出一把寒光闪闪的匕首，回身钻进轿厢，只听两声惨叫，两个女子瞬时丧命。

“到一僻静处，把车烧了。不得走漏半点儿风声！”徐爵恶狠狠地吩咐道。

当晚，一回到家里，冯保就把徐爵叫进卧室，问：“那件事，不会有差池吧？”

“两名女子已然……”徐爵做了一个抹脖子的动作，“隐患已除，干父尽可放心！”

冯保一摇头：“咳！那点善后的事，我儿自会做得干净利落。我是说……”他挤了挤眼，未把后面的话说出口。

“干父放心，不出两个月，必有验证！”徐爵一拍胸脯道。

“哼哼！”冯保咬牙切齿道，“高胡子，你的好日子，快到头了！”

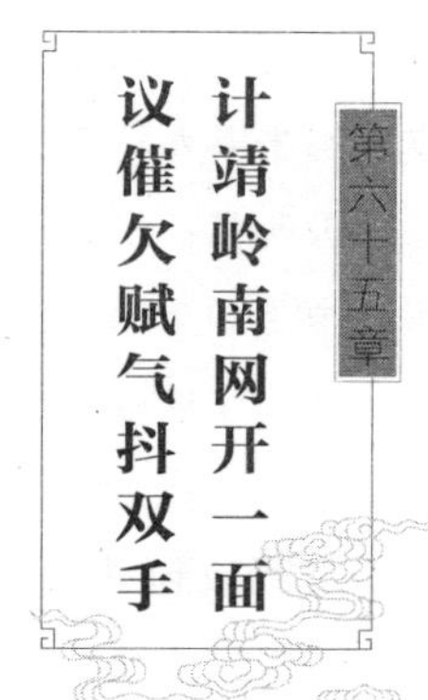

第六十五章 计靖岭南网开一面 议催欠赋气抖双手

一

深秋时节，夜晚已是寒意逼人。高拱下了轿，把身上的斗篷往胸前裹了裹，脸上挂着笑容，低头往吏部直房里走。张四维迎上前去，道：“呵呵，难得玄翁这么轻松。”

“昨日皇上幸南海子，骑顺义王贡马，龙颜大悦！”高拱抑制不住兴奋的情绪，“今日午时传旨，赐某大红牛纻丝衣一袭，软带、崖瓢、宝刀各一件。”他一摇手，“不是为赏赐高兴，是为皇上高兴。那些个蒙古铁蹄，原本是践踏我土、残害吾民的，如今受我皇上驱使驰骋，不过一载余，真乃天翻地覆也！”

“四维为皇上高兴，也为玄翁高兴！”张四维笑着说。

“是啊！”高拱突然感慨一声，道，“几十年了，只有今年，北边七镇秋防无事，没有从内地调一兵一卒，边军也未放一枪一炮。不唯粮饷节省过半，多少生灵得全性命。这是隆庆朝的大喜事啊！”

“为玄翁贺！”张四维拱手道。

“呵呵，今日忽接令舅奏本，心里怦怦，展读之，方知是奏报互市结果的。”高拱笑着，从袖中掏出奏本，递给张四维看。两人进了直房，张四维忙凑到灯下展读，只见上列：

大同镇：得胜堡，顺义王俺答部，官市马一万七千两；私市马螺驴牛羊六千两，抚赏费九百八十一两。

新平堡：黄台吉、兀慎部，官市马七千二百两，私市马螺牛羊三千两，抚赏费五百六十两。

宣府镇：张家口堡，昆都力哈、永邵卜、大成部，官市马一万九千九百两，私市马螺牛羊九千两，抚赏费八百两。

山西镇：水泉营，俺答、多罗土蛮、委兀慎部，官市马二万九千四百两；私市马螺牛羊四千两，抚赏费一千五百两。

合计官市马七万零三百两，私市马螺牛羊二万二千两，抚赏费三千八百四十二两。

阅毕，张四维笑道："呵呵，据闻私市交易三倍于官市，只是不便掌握罢了。"他把文牍放到书案上，慨然道："不出几年，北边就会一片繁荣。到那时，谁想打仗也不得人心喽！"

"老俺真意归顺之心不必怀疑了。今年互市很顺利，明年即可多开。时下才四处，要开他十四处才好。"高拱得意地说，顿了顿，一指张四维，"子维，你知会令舅，各部夷人众多，要广召四方商贩，使之自相贸易，民得其利，官收其税。北边不唯不花钱，还要给朝廷解税！"说罢，"哈哈"大笑起来，"别担心，解税，那是以后的事喽！"

"可期，可期！"张四维点头道，"时下虏患已除，唯辽东、岭南尚需用力经画。"

"辽东我还不太担心。已制定蓟辽一体方略，有戚继光坐镇三屯营，张学颜、李成梁文武干才，蓟辽两镇遥相呼应，土蛮翻不了天！"高拱自信地说，"唯岭南，山寇海贼，犬牙交错，猖獗至甚，民怨沸腾。殷正茂虽能干，但对付海贼并无经验，两广海防也非易事。如何经画，我并无策略，唯全力支持殷正茂，由他据实定策。"

"呵呵，广东要特殊化，这个四维知道。"张四维一笑道，"玄翁刷新吏治，远方州县也要差委强干者充任。此议一出，云贵两广都争相向吏部要人。时下肃贪、考察都不敢马虎，内地州县正官缺员也不少，可玄翁特嘱今年新科进士多分发广东，可见对广东另眼相看啊！迄于昨日，分发新科进士共计二十人，另从各省举人中委派三十五人，授以州县正官。前几批玄翁都集堂下诫勉训教，这最后一批约莫十余人，俱已到部领凭，玄翁看何时有暇？"

高拱笑道："总算兑现了承诺。"说着，起身从书柜中翻检出一封书函副本，递给张四维，"年初广东赵巡按投书来，吁请此事。这是我给他的回书。"

张四维一看，只见上写着：

闻宪节已到地方，良慰。广中狼狈已甚，唯有处分有司是第一义。乃今入选者，已无科甲之人，只待会试后方可为之。又须秋冬间始可到任，便是阅岁才能周匝。远方之难及固如此，令人无可奈何。然有君在地方，须当极力振饬，务洗从前苟且之政，以拯此疲民，庶有更生之望。凡有当行事，宜不惜见教，即当为君行之。

张四维由衷赞叹道："玄翁念兹在兹的，是洗苟且之政、拯疲弱之民。照这样不懈抓下去，不出三年五载，局面必是一新。"

高拱一掀花白长须道："唯愿老天爷多给几年寿限，好让高某拼上老命，达成隆庆之治，振兴大明！"言毕，略一思忖，"明日午时，给赴任的县官们训话。"

张四维刚走，高拱翻开急需批阅的文牍，提笔蘸墨，正要落笔，魏学曾进来了，边走边禀报道："玄翁，学曾适才听兵部的人说，广东陷城失船，殷正茂只得自劾，这回恐怕保不住了。"

"殷正茂运气这么差？"高拱皱眉道，心里有些烦躁。望着堆积如山的文牍，一扬手道，"什么保住保不住，不要听人瞎说！"

话虽这么说，高拱却忐忑不安。次日一到内阁，就问书办有无广东奏本，书办转身去查，须臾就把殷正茂的自劾疏呈于他的案头。高拱忙抓起来细细阅看，心里一沉，良久沉默不语。

"元翁，二位阁老在中堂等候多时了。"书办提醒道。

高拱这才抓起殷正茂的奏疏，起身往中堂走。进了中堂，把奏疏往张居正书案上一丢，一语未发，坐到自己的位子上，举盏喝茶。

"喔呀，倭寇竟陷神电卫城！"张居正边看边吃惊地说，"哼！林道乾掠会城，抢去大船十六艘？这还了得！"

"这殷正茂怎么回事？"殷世儋沉着脸说，"失陷城塞，按律当逮问！"见高拱、张居正都默然无语，他越发有了底气，故意烘托紧张气氛，又补充道，"若是先帝，非砍殷正茂的脑袋不可！曾跣、杨守谦、朱纨、张经、李天宠、王忬、杨顺、胡宗宪、杨选，二十年间被杀或自杀的督抚就在十人以上，逮治的就更多了。与殷正茂相比，这些人的罪过未必更大吧？"

"行啦！"高拱以厌恶的语调大声说，但旋即又软了下来，"神电卫城，随即就收复了嘛！"他向执笔票拟的张居正一颔首，"殷正茂的自劾疏，批交吏部题覆吧！"

"元翁，批交吏部题覆，世儋无异议；但吏部题覆不能再袒护殷正茂。"殷世儋正色道，"殷正茂上次在广西犯了欺君之罪，元翁力主宽宥，世儋为维护内阁团结，未再反对。今次不同，失陷城塞，其罪甚大，调度失策，其罪不轻，恕无可恕，囿无由囿！"

高拱冷笑道："殷阁老，你这些话何不向皇上说？殷阁老若能让皇上下旨，高某必按殷阁老说的办。不的，吏部自会区处，用不着你殷阁老对吏部指手画脚！"

殷世儋顶撞道："元翁，殷某也是辅弼大臣，难道对国政，不能说一句话吗？"

高拱不客气地说："皇上悉心委政内阁，大明开国二百载，臣子未有如今日之遇合者，我辈幸遇之，自当同心同德，协力共济，要助力，不要掣肘！"

"殷某自以为是为元翁助力的！"殷世儋也不示弱，"元翁把执法不公目为官场大弊，可一旦到自己这里，怎么就忽略不计了呢？江南巡抚陈道基有甚大错？说罢斥就罢斥；辽东巡抚李秋，并未有失陷城塞之罪，说罢斥就罢斥！而对殷正茂，何以如此袒护？何谈一个'公'字？"

"对混日子和勇于任事者，就是要区别对待！"高拱寸步不让，"勇于任事者，做事过程有失误，当宽即宽；浑浑噩噩不思进取，导致事体败坏者，绝不容忍！这就是高某的用人原则，照这个原则做，就是公！"

"哼哼！"殷世儋冷笑道，"谁勇于任事？元翁赏识者也；谁浑浑噩噩？不入元翁法眼者也。如此而已！"

"不必空口争论，看绩效！"高拱一扬手道，"绥广，时下非殷正茂不可。朝廷给他一两年光景，若殷正茂绥广无着，高某愿与他一同去职以谢天下！"

话已说到这个份儿上，殷世儋不便再言，只是摇头叹息而已。

二

刚用过午饭，吏部两侍郎，各司郎中、员外郎，皆被召入后堂，听高拱给即将赴任广东上任的州县正官十余人训话。

"玄翁给十几个县官训话，何以把我辈俱召来？"魏学曾不解地问张四维。

"玄翁绥广之意甚坚，偏偏殷正茂履职不力，上了自劾疏，百官哗然，颇是棘手。玄翁召我辈来，或为此事？"张四维揣测道。

"本阁部给诸位讲一件往事。"吏部后堂里，高拱开讲道，"嘉靖二十二年，余授编修，时台长为河南封仪人王公廷相，道艺纯备，为当世名臣。王公不唯是家父至交，且是余在大梁书院时之授业师。庶吉士散馆之日，王公嘱余曰：初入仕途，宜甚交游。一日，余又谒王公，王公延入座，对余道：昨雨后上街，见一轿夫穿新鞋一双，自灰厂历长安街，皆择地而落脚，小心翼翼，恐污新履；转入京城，渐多泥泞，偶一沾濡，便不复顾惜，遂任意践踏，满履皆污矣！"

"嗯，是这个理儿！"堂下有人低声道。

"王公对余曰：'居身之道，亦犹是耳。倘一失足，将无所不至矣！'余退而佩服王公言，终身不敢忘。今以此嘱于各位。"高拱一扬手，"总之，守廉，方有公正；而守廉，当从起始、从点滴加意警觉。"

堂下又响起一阵议论声。高拱呷了口茶，又道："我再给诸位讲一个正在发生的事：我的老家新郑，被称为六省入京孔道。北距郑州九十里，南距许州一百二十里，西南距禹州九十里，东北距中牟九十里，西距密县八十里。皇华络绎，日且数至，马疲夫困，穷于应付。天下驿传之累，无过于新郑者。照北直隶境内的做法，驿站设置，乃于府县治所设一主驿，相距九十里者，中间设腰站。河南地方有人提议在郑州与新郑间设郭店驿，这是好事。可是郭店驿只配马驴二十五匹，比新郑的永新驿少二十八匹，反而在廪夫供给上，与郑州、新郑二驿看齐。”说着，他拿出一份文稿，“这是我给开封知府张梦鲤的书函，读给诸位一听。”

设驿一节，初以郑州、新郑马驴既多，而郭店独少，往来不支，反以为累。故有与县驿相同之说，止就马驴言也。若夫廪给则不必有，铺陈则不必备。盖添马驴所以苏民困也，若添廪给、铺陈以奉过客为何？故愿于此处再裁酌也。

高拱读完，望着众人，似在等待众人品味出他的意涵。过了一会儿，他一扬手，“设驿站的目的是苏民困；而添廪给则为奉过客，出发点与落脚点背道而驰。我说此事，是想知会诸位：办一件事，是惠民还是惠官？是迎合上官还是满足百姓？立足点务必站准了。凡是增加民众负担的，不可去做；反之，就大胆去做。官之实政兴，则民之实惠至！这，是朝廷期许于诸位的。”

众人以为，讲到这里即可以散去，心急的已然欠身欲起。高拱扫视一周，道：“适才是讲给新官们听的。当然掌管铨政者，即当如此品鉴官员。”顿了顿，提高声调道，“绥广乃大局，广东偏远，顾九阍远于万里，孤臣又在万里之外，吏部安得遍知那里的官员政绩、民望如何？凡是殷正茂举荐的人，吏部不得设障碍，照单全收！”

张四维和魏学曾对视了一眼，“看来，殷正茂是过关喽！”魏学曾小声嘀咕道。

后堂里响起一片“嗡嗡”的议论声。高拱眼一瞪，又扫视了一圈，议场顿时安静下来，他继续说：“吏部近来因荐举过滥，参劾过数位督抚，并奉圣旨，严禁不许滥举，已成明例。但广东不可拘此例。”

“啊？”议场响起几声惊叹。

高拱笑了笑：“不必惊诧！”说着又严肃起来，“广东财货所出，旧称丰裕，固乐土也。只缘近年以来，法度废弛，官其地者贪虐特甚，习以成风，而抚按亦不可以胜究。于是民不聊生，盗贼四起。贪虐既不加惩，而处置又不得当，于是良民皆化而为盗。高某诚为国忧。去岁曾上《议处远方有司以安地方疏》，特就整饬广东官场建言皇上，荷蒙谕允，吏部即照此办理。时下，广东总计州县八十，其掌印官每三处用进士一、举人二，皆拣其年力精壮、才气通敏者以充。诸位都知道，凡是自京赴任广东者，高某皆集于堂陛，谆切戒勉，教以弭盗安民之理，而歆以功名上进之路。如此，方有望易乱以为治。”

张四维频频点头，手指司务，又指了指高拱的茶盏，示意加水。

高拱兴致正高，继续说："然则，诸位明白，劝惩，毕竟只是口头说说，必落实于黜陟方才有效果；而朝廷之黜陟，靠的是举劾。今广东有司既皆进士、举人出身，使抚按举荐同于他省，则广东官场必曰：吾辈科举出身者多，而抚按举荐同于他省，则虽尽力効命，未必有望升迁，于是隳其志以玩愒者，将有之矣！故吏部当于广东举劾，另立科条：一、广东举荐不拘数额，不得以举荐过滥参劾广东督抚和巡按御史。二、广东巡按御史不必依照成例，非要等到回京复命时方可递交参劾、举荐单子。当时时体访，务在真确，果有殃民不职应拿问者，及时拿问，应参奏者，及时参奏；果有弭盗安民、茂著循良之绩者，随时举荐。若吏部另行体访真确，亦不拘多寡，尽数行取超升。然则，无论是督抚、巡按御史还是吏部之官，谁徇私市恩，一旦发现，重参不贷！如此，则贤才虽众，然各有上进之途，自不至于相碍而体悉既周，必多有奋励之志，庶乎善政可兴，而数年之间，可有安平之望。"

议场鸦雀无声，都在专注地听着。

高拱站起身，高声道："广东造乱数十年，欲一朝靖之，非大破常格不能为功。今高某欲为国家奠此一方，还一个富饶繁荣的广东于岭南！诸位当体认，协力齐济，共底于成！"

这几句话，听得众人热血沸腾。高拱一扬手："散了！"说着，未等众人起身，他率先快步走出后堂，要往内阁赶。

"玄翁且留步！"张四维追上去，在身后喊了一声，他扭脸看了一眼高拱的直房，意在请高拱到直房说话。高拱自知内阁里文牍如山，票拟皆等他裁示，不愿耽搁，继续往轿子走去。

张四维只得紧追几步，道："玄翁，户部送来咨文，要把三十一员州县正官降调，此事……"

高拱打断张四维："户部有何权力要吏部降调三十多名州县长？"

"户部也是照例行事。"张四维解释说。他一皱眉头，"棘手的是，这三十一人中，有七八个都已升迁了。"

"你随我到内阁，"高拱道，又吩咐书办，"你去知会户部尚书刘体乾，让他这就到内阁去。此事，大有必要好好说道说道！"

三

内阁中堂里，高拱沉着脸对户部尚书刘体乾道："大司农，说说吧，何以要一下子降调三十一员州县长？"

刘体乾一欠身："元翁，张阁老、殷阁老，张侍……"

"行啦！"高拱不耐烦地一扬手，"直截了当些！"

刘体乾尴尬一笑："诸公皆知，自嘉靖以来，国库空虚，财用日蹙。时下虽有好转，但填补往者亏空，还需时日。国库来自税赋，税赋端赖州县征缴解运。若赋税都不能按时征缴解运，州县长不能算称职。是以本部咨行吏部，请将三十一员州县正官照例降调。"

"既有律令前例，还议什么？"殷世儋不解地说。

高拱不理会他，道："不能大而化之，泛泛而论！"他抖了抖手中的文牍，"我看户部的咨文，要降调的，分两种情形：一是积谷数少于八成以上者，葭州知州尹际可等二十五员属此类；一是赋税未完五成以上者，洛阳知县鲍希贤等六员属此类。那就一类一类来说。先说积谷不足者。"他放下文牍，盯着刘体乾问，"大司农，积谷何来，又有何用？"

刘体乾暗笑，堂堂首相竟有如此幼稚之问。但他还是一本正经地答："积谷皆出于脏罚纸赎；乃为备荒之用。"

"这就是了！"高拱一拍书案道，"既然出于脏罚纸赎，必是这个州县有官司，方有脏罚纸赎；天下州县，一年有多少官司，这些官司有多少脏罚纸赎，是相同的吗？是可以定额的吗？若不论地方贫富、词讼多寡，而一例取足其额，则民贫讼简之州县，何处去取？取不足额就要降调其官，道理何在？"

"元翁，这是朝廷律令，户部也是依例行事。"刘体乾道。

"只怕官恐降调，遂别起事端，逼迫小民，以求足数；民反受其害，律令安得诱官逼其民乎？"高拱一扬手，"这条律令，当改！就从这回起，奏请改之！"

"呵呵呵！记得这知州尹际可刚升迁不久嘛！"殷世儋突然怪笑着道，"元翁，你是怕不好收场吧？因为怕不好收场就擅改祖制，难怪人说元翁有气魄呢！"

一股怒气夹杂着怨气，"忽"地冲上了高拱的脑门，但怕争执起来误事，他还是忍住没有发火，两只手却微微颤抖起来。

"没有定额恐也不成！"张居正插话道，"那些贪墨之徒岂不有机可乘，都装了自己的腰包？"

高拱点头道："我看，今后积谷，要取消统一定额，各照地方情形以为多寡之数。地方富庶，词讼又多者，积谷不足其数，当参奏拿问；怠玩不用心者，重则参究，轻者自行惩戒，明开考语送部，待考察时再降调。如此，则庶事既可办，而官民两得其安。"说完，一扬手，"积谷不足应降调的二十五员，就照这个来办。大司农，再说第二类。"

"赋税未完五分以上者，照例降调。行之已久，户部历来是照此办理的。"刘体乾道，似乎还觉分量不够，又补充道，“从无例外。”

“从无例外？”高拱被刘体乾狗尾续貂的“从无例外”四字激怒了，他突然用力一拍书案，“那是懒政！”

刘体乾愣了片刻，一脸委屈地说：“这、这从何说起啊，元翁？”

“我来问你！”高拱余怒未消，出语硬邦邦的，“天下州县长征缴赋税，都是当年征、当年完的吗？”

“拖欠之风甚烈，可恨！”张居正接言道。

高拱缓和了语气：“这就是说，一个州县长到任，既要征缴当年赋税，又要追缴积年逋赋。”又以揶揄的语调问，“是这样的吧，大司农？”

“元翁所言极是。”刘体乾擦汗道。

“那你户部是否知道，赋税未完五成的一个州县长，是因为征缴当年赋税不足，还是追缴积逋不足？”高拱说着，把手一摊，“一个新官到任，费劲巴拉地把当年的税赋征缴上来了，因为前任所欠没有追缴到位，两者一合计，不足五成，就要降调？”

刘体乾不敢再言，殷世儋冷笑道：“律例俱在，不降调，难道要升他的职？”

“律令就尽善尽美？行之既久，就无弊？”高拱反驳，“凡事先要看看合理与否，再说该如何区处。拿祖制故套做挡箭牌，何谈振作？”

“呵呵！”殷世儋嘲讽道，“理？元翁说的就是理，连祖制都不放在眼里，何况我辈人微言轻。”

“历下，不必冷嘲热讽！”高拱以平和的语气道，“此事本不必拿到内阁议论，吏部直接奏明皇上就是了。唯是赋税关乎国计民生，时下北虏款顺，内阁正宜将精力放在民生上。是以刻意拿来一议，不是这些个州县长多重要，而是赋税重要，改革弊政重要。望诸公能体认此意，协力共济，意气用事的话，少说为好。”不等众人回应，他断然道，“我看，赋税征缴不足五成的州县长降调，这条律令，也要改！”

“喔呀！玄翁。”张居正以惊诧的语调说，“此事体大，可谓国之柱础，不可轻易撼动啊！”似是怕被高拱打断无进言机会，张居正以极快的语速道，“据居正所知，死皮赖脸拖欠税赋者，非小民，反倒是些富户，俱狡猾可恶之徒，彼辈并不全额拖欠，还承诺过后补交余额，实则过期即不再缴纳，甚至捐纳官身以免除官府惩治。官府追征两三年后，即不能再指望彼辈补缴了，朝廷也只能每每蠲赦逋赋，以清旧账。而这无疑鼓励了逋赋之徒，守法者反而纷纷效仿了。逋赋不能尽力追缴，则当年之赋亦不可能顺利收缴，此恶性循环是也。”

高拱一听，张居正话里话外也站在了自己的对立面，不觉动气，瓮声道：“降调州县长，你说的弊病就可祛除了？”

“以示朝廷纲纪严明，绝不宽贷！”张居正回应说，“要富国强兵，先要国库充盈；或曰，国库充盈，乃富国强兵的标志。而要国库充盈，必下大力气督促州县长征缴赋税。这是国务的重中之重！对那些不能完成征缴数额的州县长，不唯降调，当是革职，摘他的乌纱帽，或可有济！”

“这样做，不啻逼州县长行苛政，导官吏重殃其民！”高拱粗声大气地说，一想到这是对张居正说话，手禁不住又抖了起来，语气越发严厉，“生财自有大道，聚财断不可变成敛财！聚财有两种，一种是桑弘羊式的，务损下以媚上，国库虽充盈而民财刮尽；一种是刘晏式的，以养民为先，民富而国强。前者必敛怨于民，国事日去；后者利于私亦利于公，国称其能，而民亦戴其惠！”

张居正并非故意与高拱作对，反而以为严明纲纪也是高拱的一贯思路，是在替高拱说话，没有料到会惹得他如此光火，不免既惊讶又委屈，铁青着脸低头不语。殷世儋则幸灾乐祸地轻声一叹，仰坐在椅上，目光在张居正脸上瞟来瞟去。张四维见此情形，忙道：“呵呵，那么依玄翁之意，该如何区处？”

“征粮完税乃有司第一事，积欠太多，州县长自是不称职，论法是当降调。”高拱情绪平复下来，缓缓道，“但方催征之时，降调以去，则摄官既不尽心，而新官至日，又未必能得要领，亦未必果胜前官。彼此延误已逾数月，是欲急而反迟。况且，若前任积逋数多，后任所征只能充抵欠数，而当年之额又转成逋赋，实非事理所安。”

“哦！经玄翁这么一说，还真是这么回事！”张四维笑着说，转脸对着张居正，“张阁老以为然否？”

张居正觉得憋屈，本不愿接话，又觉张四维有意缓和，若置之不理，恐误会加深，遂勉强一笑：“终归是玄翁看得准。”

高拱有几分得意：“那么怎么办呢？”他环视诸人，自答道，“当细化科目，因地制宜，形成新制。”

“喔？请玄翁明示其详！”张四维兴趣盎然地说。

高拱瞥了一眼沉默不语的刘体乾，“这本是大司农该做的事，本阁部替你做了！”语气中却分明有几分自得，“此后，征缴税赋，要量化考核。总体想法是：其一，州县征税，以当年赋税为正征，所占分数要多；以历年积欠的为带征，陆续补足，所占分数要少，总计分数若干，议定降格。其二，当降者止降一级，不必调去，仍在本地视事，俟完足之日始复原官，复官之日，始计俸考秩，行取升迁。州县长既知正征、带征俱不能免，而又望有出头之日，则征缴必不敢怠懈。”

张居正微微摇了摇头，暗忖：“非严刑峻法不足以济事！”但他不愿再争，仰

脸做专注倾听状。

“然则！地苦其官固然当禁；官苦其地，也是要避免的。”高拱提高声调道，“有些地方，即使竭尽全力，恐还是难以完成。这，就要因地制宜了。”

“越发烦琐了！”张居正心想。

“对原系地方凋敝、百姓逃亡、田地抛荒甚多之州县，若不另定标准，则必严刑以求必办，遂使民之逃亡、地之抛荒益多，而地方凋敝益甚。故这些地方，当宽严时限而令其存恤贫困，招集流亡，开垦荒田，待民困稍苏，再徐行补征。对这些地方的州县官，就不能只盯着征缴赋税论高下。若他到任，能够苏民困就是本事，历年的积欠完不成指标，我看照样可以升迁；若上任后无所作为，或整天为完成征税指标闹得鸡飞狗跳，致使本州县愈加凋敝者，就当重参罢黜。”说完，他边举茶盏，边打量着张居正、刘体乾，等待他们回应。

众人皆不语。高拱又转向张四维，张四维忙道：“呵呵，玄翁所讲深邃，四维和诸公，都在慢慢领会呢！”

高拱脸沉了下来，气呼呼地说：“子维，你这就回部，照我适才所说，草道《议处欠粮欠谷官员以图实效疏》，呈请圣裁。待皇上允准，即照此实行，谁敢玩忽，重参不饶！”他又转向刘体乾，“大司农，记得我早就说过，为国理财，要注重开源。前几天，浙江金华知县考满来部候选，我问他税赋情形，金华县一年的商税，不足七两，真是骇人听闻！该好好琢磨琢磨这等事了，别光盯着田赋，荒僻之地，你不给他倒贴已然活不下去了，还天天盯着催征，老百姓能不造反吗？”

刘体乾擦着汗，不出一语。高拱一扬手：“此事就这样办了！”说完拿起殷正茂的自劾疏，“绥广之事日急，殷正茂自劾，当上紧给他个说法，不能拖。”

张四维见阁臣开议他事，忙给刘体乾递眼色，二人起身施礼而去。

“既然元翁一再说殷正茂勇于任事，不妨宽大，革职闲住就是了。”殷世儋以宽宏大量的语气道。

高拱蹙眉沉思，突然灵机一动，道：“失陷城塞等事，是前任设防不当所致，当追究李迁的责任；殷正茂，照旧供职。”说完，又一扬手，“此事就这么办！”

“元翁，刑部尚书刘自强求见。”书办走过来，低声禀报道。

大明首相

郭宝平◎著

目　录

第六十六章 旧案重提触动江陵 人犯供词惊煞新郑

一

刑部尚书刘自强正在朝房门外踱步，见高拱走过来，忙上前施礼。

“何事？”高拱也不回礼，径直进了朝房，坐在书案前，看着跟进来的刘自强道，“说吧！”

“元翁，前些日子，给事中周芸、御史李纯朴上疏，为因弹劾徐阶而入狱的御史张齐申冤。”刘自强禀报说，“刑部立案复查，现已查明：当时刑部所判张齐受盐商贿而为其代言纯属子虚乌有，乃台长王廷、刑部尚书黄光升为媚徐阶，以揣度之词屈打成招。”

“有这等事？”高拱吃惊地问，“此事似发生在隆庆二年，彼时我在野，并不知晓来龙去脉。”

“哦！”刘自强忙解释道，“隆庆二年，御史张齐奉命到宣大赏军，回朝后，上疏言事皆格而不行。后张齐论劾首相徐阶，台长又论劾张齐是受贿为盐商代言，法司据此下张齐狱，抄其家，张齐父子均获罪！”

高拱问：“那么刑部复查，竟是法司为媚权势构陷的？”

“典型的打击报复之举！”刘自强道。

高拱摇摇头，叹息道：“堂堂朝廷重臣，怎能做出这等事？”

“难怪这王廷和黄光升二人，在元翁复出之初就乞休辞官，原是心虚！”刘自强冷笑一声道。

高拱突然烦躁地说：“刑部判决的事，大可不必先禀报于我。”

“可……”刘自强支吾着。

“体乾，”高拱叫着刘自强的字道，“做法司首长，要持正，敢担当，万不可媚权势。去岁翻王金一案，朝野哗然，都说是我在报复徐老。彼时葛守礼葛老做大司寇，经他复审定案，众人渐息喙。何以如此？端赖葛老特立持正，人所信服。体乾既掌刑部，亦当如此。”

“元翁教训的是。”刘自强躬身道，又以请示的口气说，“刑部就此上奏？”

高拱没有回应，刘自强讪讪而去。门外又有人唤道：“元翁！”话音未落，巡城御史王元宾躬身进来了。

“是说那个假冒我外甥的事？”高拱问。

“正是。”王元宾又上前两步，走到书案前，开门见山道，“元翁，此人叫刘旭，倒是元翁老家人。”

“刘旭？是他！”高拱既不解又愤恨，“他做过高家的教习，一个读书人，怎就跑到京城诓骗？”

自高家不再聘刘旭做教习，他就与人合伙做起了贩枣生意，不唯没有赚钱，反而赔光了家当。听说高拱以国相兼掌吏部，刘旭就想来京城找他谋个差事做，不想吃了闭门羹。无奈之下，他在吏部衙门前徘徊，意欲拦轿一会高拱，却被得意酒楼的伙计、诨名骡子的骆柱子遇到，上前搭讪。骡子一听口音，这刘旭竟是河南人，满口应承可为他找饭碗，便带他去见得意楼老板顾彬。

顾彬这几个月专心做诓骗官员的生意，虽得手过几回，可揽生意的活计并不好做。一听刘旭的情形，他喜出望外，遂让他以高拱外甥的身份到棋盘街招摇，生意果然兴隆了许多。

高拱先是一脸怒容，继之现出无奈的表情，喟叹道：“自严、徐二人当国近三十载，卖官鬻爵、政以贿成，把官场风气彻底败坏了！时下说哪个官员贪墨，谁都信；说哪个官员清廉，半数以上的人会怀疑。既然有人假冒，必是相信真的外甥能做成此事。高某掌铨近二载，何尝有花钱买官之事？可就是有人不信。不然，骗子哪里会有市场？”

“元翁说的是。刘旭其人是受人蒙蔽，下吏只是杖他三十棍，送刑部枷锁一个月。”王元宾道，“据顾彬招供，他是受冒充元翁表侄的人启发，方让刘旭冒充元翁外甥的。”

“这么说还有？”高拱惊问。

“还有。”王元宾肯定地说，“据下吏所知，不唯有冒充吏部堂上官亲属的，也有冒充刑部、户部、工部及寺监堂上官亲属的。”

高拱深感纳闷，问：“那些个光棍公然诓骗，并不能兑现承诺，怎么还有人上当？”

“毕竟是官员，受骗了，谁敢去讨要？”王元宾道。

“兵马司是干什么吃的，何以不缉拿？”高拱火起，一拍书案，质问道。

王元宾刚接任巡城御史，节制兵马司，自忖这话不是对着他的，遂以超脱的口吻道：“想来是怕万一是真的，反倒惹麻烦，是以多一事不如少一事吧。”

“这真是……”高拱气得一顿足，蓦地起身，“担当！担当！为官要有担当！”他边踱步边说，“自身要正，自身正，还怕什么？”他一扬手，叫着王元宾的字说，“国贤，你回去，抓到的人该怎么办就怎么办，接下来要清查一次。我这就给皇上写本，此事你要上紧做，用心做！”

王元宾施礼告退，高拱坐下，提笔写本：

禁奸伪以肃政体疏

照得辇毂之下，各行事衙门在焉，而天下官吏生儒军民人等，辐辏于此。必须奸伪屏息，然后政体肃清。乃一向有无籍光棍，号为走空之人，专一指称各衙门，打点诓骗人财。而吏部掌管升选，其指称吏部诓骗者尤多。动则十数成群，或作主人，或作仆役，或作宾客，或作亲朋，做成圈套，相互勾引，哄诱外来之人。或曰：有银若干，可补某官；或曰：有银若干，可任某地。但得财物出手，即行诓骗。虽日后无一所验，然皆系为官之人，谁敢索取？即欲声言索取，而彼已搬移潜躲，莫可寻觅。待被骗之人领凭而去，仍出为之谲诡。猾贼变幻百端，坏乱政体，莫此为甚。臣于近日亦曾自行访获，如顾彬等数辈，或称臣之外甥，或称是臣表侄，诓骗人财，咸有证据，已送法司。然此辈实繁，今虽访获一二，若画脂镂冰，旋复如旧，不足以为惩也。伏望皇上敕下厂卫及巡城御史，严加缉访挨拿，务期尽绝。如歇家敢有窝藏，许两邻举首；若不举首，事发一体连坐重罪。庶奸徒无所容，而各衙门亦可以行事矣。

奏疏交书办呈会极门收本处，高拱又疾步回到中堂，边落座边叫着张居正和殷世儋的字道：“叔大、正甫，数十年来，官场风气败坏得令人实不忍闻，看来整饬吏治之事，还要持续抓下去，一刻也不能松懈！”

张居正、殷世儋俱不知高拱为何发此感慨，愣了片刻，一时都没敢接言。

“思之悚然！”高拱又感慨了一声。

二

曾省吾拿着《邸报》进了张居正的府邸，张居正照例将他引进书房。尚未坐定，

他就把《邸报》往张居正面前一摔：“太岳兄，高相意欲何为？”

张居正默然。

“高相给张齐平反，就是不给太岳兄面子！”曾省吾愤愤不平地说，“简直是不把太岳兄放在眼里！”

几天前，刑部上奏复查张齐案结果，请朝廷为张齐平反，并追究构陷张齐的前都察院左都御史王廷的责任。皇上准吏部题覆，下旨为张齐平反，复御史任，王廷削秩为民。曾省吾一见《邸报》，便心中惶然，用罢晚饭就来找张居正问个明白，可说出话来，却全是激将的口气。

“此事未必是玄翁授意刑部办的。”张居正解释了一句。

“就算高相没有授意，安知不是那个刘自强为了‘赎罪’承望而行？”曾省吾以争辩的口气说，“退一万步说，即使是刑部依法公正办的案子，高相难道不知道，此事牵涉徐相，而太岳兄有保护徐相的道义责任，他却毫不避嫌，恣意而为，置太岳兄于何地？”

“玄翁做事，认死理儿！”张居正苦笑道。

“他认理不认人不当紧，太岳兄在他手下，日子就难过喽！闻得蔡国熙一到松江，就拿徐府开刀。若徐老再听到给张齐平反的消息，必大不安，他求到你门下，你怎么办？”曾省吾着急地说。

“唉！”张居正叹息一声，“徐家也委实过分！”

“不管徐家如何，徐相是你张太岳的恩人，谁都知道；徐相拜托你保护他，这也尽人皆知。”曾省吾道，“你忍气吞声，那你必落得忘恩负义的恶名！”

张居正头靠椅背，仰脸闭目，良久不语。

“依我看……”

“不必再说！”张居正厉声制止道。

“好好，不说！张齐平反也好，徐阶倒霉也罢，与省吾何干！”曾省吾赌气道，“但有一件事，与我相干，不能不说。”见张居正已然无动于衷，他从袖中拿出一封书函，“哗哗”地抖了抖，“太岳兄，你看看吧！”

张居正依然闭目不睁，纹丝不动，问：“甚事，你说就是了。”

“江陵县沙市镇江边建起了一座造船厂，占了好多地，雇了好多工！”曾省吾以抱怨的口气说，“荆州乃至湖广的缙绅无不痛惜，吁请制止！”

“为通海运、练水军。”张居正道，“沙市邻长江，船只便于下海，西部又有林木可采，是以在沙市建厂。”

“海运？海运对湖广有何利？如果我没有记错，太岳兄是不认同通海运、开海禁的！”曾省吾脸红脖子粗，大声说，“以不认同之事蹂躏自己的家乡，身为国相，又号称与首相刎颈交，若不能制止，我看你在湖广籍官员、士子面前如何交代！”

“不要再说了！”张居正蓦然起身，大声斥责道。

曾省吾也不示弱：“太岳兄，不能再这样下去了！”

张居正烦躁地在书房踱步。游七悄然进来，禀报道：“老爷，吕光求见。”说着，把拜帖递了过去。

“不见！”张居正不假思索地说。

“吕光是徐相安插在京城的，他必是奉了徐相的旨意来见太岳兄，你避而不见总不是办法。”曾省吾劝道，起身接过拜帖。

“在京城安插眼线，这本身就容易招惹是非。”张居正道。

曾省吾边低头看拜帖，边道：“徐家在京城有商铺，他来照顾生意，谁能说什么？”他“哦”了一声，一字一顿地读起了拜帖，“徐、府、管、家、徐、五……这么说，徐老又差管家来了？”

张居正不语。游七走上前去，附耳嘀咕了一句，张居正向后仰了仰身，瞪了游七一眼，道：“退……”刚吐出一字，便一摆手，“算了，传请！”

吕光和徐五在花厅候了足足半个时辰，张居正才现身，两人忙作揖施礼。张居正拱了拱手，问：“存翁安好吧？”

“张阁老！”徐五哽咽道，“蔡国熙一到松江，就发牌追逮徐家三位少爷！”

“因何逮他们？是何罪名？”张居正问。

“蔡国熙一到松江，大街小巷都说，徐家当年‘噪船’羞辱过他，必是恨徐家的，‘呼啦啦’就围住了兵备衙门，投递状子。”徐五比画着说，“嗯，蔡道台就发牌追逮，说是投献，还有殴伤人命。哎哟哟，罪名多着啦！”

张居正撇了撇嘴，暗忖：“徐家未免太不成话，告状的困宅邸、围衙门、匍匐京城，似这般激起乡人众怒的真是闻所未闻！”他慢慢品茶，问：“投献、殴伤人命，有这等事吗？”

徐五无语，转脸望着吕光。吕光一笑：“嘿嘿，太岳相公，这等事嘛，说有就有，说无即无。”

“此话怎讲？”张居正沉着脸问。

“嘿嘿嘿，”吕光狡黠一笑，“若高相不报复存翁，此事即无；若高相要报复存翁，此事即有。”

“你的话，我听不明白。”张居正不悦地说。

“只有紧紧咬住‘报复’二字，让高相投鼠忌器，则徐家方可免此大难！”吕光老道地说，“朝廷给张齐平反，是报复存翁；抓徐家三公子，是报复存翁！总之，高相心胸狭窄，睚眦必报，这个舆论一旦形成，让高相自己掂量吧！”

难怪存翁要延揽吕光于门下，此人果有智谋。张居正暗忖。他慢慢放下茶盏，“松江绅民晋京上控的不少，他们往各衙门投帖，丑诋徐府，言之凿凿，不唯对存翁威信损害甚大，也使得官府不能不有所行动。”

“小的即奉命来堵截接回的。”徐五忙道，“时下只剩一个顾绍还没有弄回去。”

张居正站起身：“回去禀报存翁，竭尽全力以保全，居正自不待嘱！”

“嘿嘿嘿，张阁老！”徐五咧嘴一笑，“老爷的一份心意，已给了游……”

张居正打断他，以严厉的语气道：“时下朝廷要清查走空之人，速速回去，万勿再盘桓京城！”

三

出了张居正府邸，徐五满头大汗，问：“吕先生，张阁老命我辈速速回去，咋办？要撤吗？”

吕光道：“你没明白张阁老的意思？我辈把甚事都说成是姓高的报复存翁，顾绍却在京投帖，猛揭内情，言之凿凿，待朝野都认为徐家真该惩治，那就无可挽回了！”

徐五神情慌张，道：“可是，张阁老也说了，厂卫兵马司清查走空之人，万一被拿住，不是更坏事儿？”

“哼哼，我看也是虚张声势，吓唬人的。”吕光冷笑道，“三教九流，生儒军民，外地在京的人多了，他都拿？拿住又怎的？我辈违了哪家的法？”

“可、可、可是……”徐五支吾着。

“我问你，存翁差你晋京，干甚的？”吕光质问，“事，你都做成了吗？你就这样回去，如何向徐府交差，嗯？”

徐五低头不语，用袍袖一遍遍地擦汗。

“别怕花钱，时下是紧要关头，须臾不敢懈怠！”吕光拉了一把发愣的徐五，“上紧些！”

“呃呃，是是是。”徐五喏喏，跟在吕光身后，心里却七上八下，乱了方寸。

就在江南巡抚陈道基拜谒徐阶回到苏州不久，抓捕刁民行动随即在苏松二府轰轰烈烈展开，徐阶大大松了口气。过了几天，松江知府拿着顾绍和沈元亨的诉状来通禀：有顾绍、沈元亨二人晋京上控，转行松江府查勘。徐府一番打点，松江府也就延宕不理了。顾绍、沈元亨迟迟未见动静，即知是徐府做了手脚，于是二人躲过监视，再赴京城。徐阶闻报，忙召徐五来见，密嘱再三，徐五遂衔命赴京。他日夜兼程，行之徐州，欲在城里住上一宿。入了城，先进了一家酒馆，忽闻有人唤：“孙伍！”

徐五不觉吃惊，回头一看，乃是以前的东家少爷孙克弘。

孙克弘乃松江华亭县人，其父孙承恩曾任礼部尚书，他以父荫得官，时任湖广汉阳知府，因公干路过此地，不意竟遇到了先年的仆人孙伍。

“呵呵，少爷，小的早改名字了，时下叫徐五。嘿嘿嘿。”徐五笑着说。徐五在孙家多年，聪明伶俐，积有田产。一见左近凡有田产的纷纷投献徐阶名下，遂将田产等项值银一千五百两，进献徐府，充为家人，改名徐五。先是拿着两万两银子为徐府在松江街上开典当铺，后被提升为管家。

“哦！那么徐管家要到哪里去啊？”孙克弘问。

“到京城去，替徐府办事。”徐五得意地说。

孙克弘知徐府人脉广联，或可从徐五处打探些官场内幕，遂邀他一起吃酒。徐五自是欢喜。席间，天南地北一番神侃，听得孙克弘意犹未尽，又留他与自己一同住宿。此时徐五已有几分醉了，掰着手指头细数京城高官，哪个是徐阶的门生，哪个是徐阶提拔，吹嘘了一通，又问孙克弘：“少爷做了几年知府了？”

“三年多了。”孙克弘答。

“少爷的前任是啥出路？”徐五又问。

“升河东盐运使。”孙克弘答。

“哎哟哟，我的天老爷唉，这可是大肥缺！”徐五咂嘴道，突然一拍大腿，“少爷好运气，遇到小的，盐运使出缺，就该少爷去做了！”

孙克弘摇头道：“不敢想！”

“哎！小的替少爷跑，必能成！”他一拍胸脯道，“少爷岂不知江陵张相公？他是咱家老爷的得意弟子，时下高相公用的人，哪个不是张相公所荐？”又伸出手掌，手心向上，颠了几颠，“大肥缺，花点本钱是小意思喽！”

孙克弘果然心动，写了一封禀帖，备了两份礼柬，又另付徐五辛苦费银二百五十两，拜托徐五玉成此事，再有重谢。徐五额外得了二百多两银子，一路上潇洒了许多。进得京城，先投石碑胡同陈家客栈住下，方到徐家在东安门外的一个商铺与吕光接上头，了解官场动向，召集徐家在京人员徐堂、徐信、徐学究、张恩、沈耀、唐艾一干人等并健仆若干，布置协力搜寻顾绍、沈元亨下落一事。

吕光谙熟官场规矩，知绅民上书投本，无论是保举官员或举报官绅，俱应在通政司登记姓名及在京歇家。稍一打点，即在通政司查得顾绍、沈元亨二人住处。

沈元亨本是徐府账房，只因徐瑛怀疑其向仇家泄露徐家田亩私密，被徐家解雇并遭殴打，尚无不共戴天之仇，被连蒙带骗劝回了松江。顾绍就不同了，他本是在官之人，因被徐瑛骗去颜料银，按律赔纳，以至连累父亲、妻子枉死。他孑然一身，只有复仇一念支撑着，他也知徐家在京打手众多，故早有防备。徐五带人到通政司

所记歇家去寻时，顾绍早已搬走了。

倏忽间过了三个多月，还没有找到顾绍人影。突然间，又有顾绍、沈元亨具名的揭帖投往都察院、吏部、刑部衙门，徐五闻讯，心急火燎，雇请不少人埋伏于大理寺、户部衙门前，终于探得顾绍行踪。恰在此时，徐府又差人来，知会吕光、徐五，苏松兵备道蔡国熙，依都察院所移顾绍、沈元亨诉状，发牌追捕徐家三子徐璠、徐琨、徐瑛。

徐五一边与顾绍周旋，一边奉徐阶之命到张居正府邸拜谒，紧急求助。

在吕光看来，“报复”二字就像咒语，只要一念，高拱就不得不罢手，甚至不惜自损令名，不得不罢了海瑞的官。如若不然，只一个海瑞，早把徐府惩治了，哪里还轮得到蔡国熙重新拘提徐家三位公子？时下救徐家，还得念“报复”咒语，而顾绍到处投揭帖，所揭又历历有据，法不可恕，再不上紧制止，恐“咒语”也就失灵了，故他把控制住顾绍看作第一要务。

可徐五却顾虑重重。他是投献于徐府的，这本身就大干法条，一旦查出就要充军。还有，途中他吹嘘替孙克弘跑官，得了二百五十两银子，到京后方知，自高拱掌吏部，跑官之事已绝无可乘之机，他也就打消了替孙克弘请托的念头，把潇洒后所余百八十两银子存在徐信处，以为投资。他担心万一被拿，此事败露，自己落个鸡飞蛋打。

吕光见徐五六神无主，便决断道：“局势严峻，不可再踌躇，花钱消灾吧！”又道，“管家，你的事你办，老朽不能出头，老朽有老朽的使命。今日到张府，老朽也只是引路，你们有何勾当，与老朽无关，老朽也一无所知！”

四

日头西沉，中城石碑胡同突然出现一队兵马司逻卒，他们直扑陈家客栈而去，眨眼间就把客栈团团围住。

半个月前，高拱上《禁奸伪以肃政体疏》，司礼监照内阁拟旨批红：“近来无籍棍徒，潜往京师，奸弊多端。地方官全不缉查，好生怠玩。这所奏依拟通行，五城御史严加盘讦拿究，敢有容隐的，一体治罪不饶。歇家不举者，与同罪。还着都察院榜示禁约。”谕旨颁下，都察院出了榜示，五城巡城御史督率兵马司，全力缉拿走空之人，民众或主动、或被迫，也不时到兵马司举报。巡按中城御史王元宾接到店家密报，言陈家客栈有可疑人员鬼鬼祟祟出没，即批交兵马司差一档头，带着三十多名逻卒，前来缉拿。

此时，客栈的一个房间内，有几个彪形大汉把一个中年人围在中间，坐在中年人对面的另一个中年男子，从袖中拿出一份文稿，皮笑肉不笑地说："嘿嘿嘿，顾兄，颜料银之事，徐家三少爷并未有意诓骗，只是想拿回张银所欠银子。不意出了这么多事，三少爷也很内疚，命小弟前来会顾兄，愿以两千两来补偿顾兄。"他一惊一乍地"哎哟"了一声，"顾兄啊，我徐五忙活了半辈子，田产房屋都算上，才一千五百两啊，你一下子就得两千两呢！"

被叫作"顾兄"的就是顾绍，手拿文稿的是徐府管家徐五。

顾绍听了徐五的话，摇着头，恨恨然道："说什么不是诓骗！他骗了颜料银，搞得我家破人亡，拿两千两能抵偿两条人命吗？"

"嘿嘿嘿，顾兄，那是你顾家的人不担事儿、自寻短见，与徐家无干系。"徐五道，"就算是徐家诓骗了你，你又能怎样？把徐家搞倒了，你家两条人命就换回来了？"他突然仰脸大笑，"哈哈哈！你也不想想，谁能搞倒徐家？"他伸手拍了拍顾绍的手臂，"顾兄啊，别犯傻，识时务者为俊杰！"

"徐家做的事，天理难容！"顾绍冷笑一声道，"别以为就徐家人聪明。你来京后找我，我却躲在暗处跟踪你；你去了谁家，干了甚勾当，我都了如指掌！"

"你吓唬谁啊？"徐五撇嘴道，有些心虚。

"别忘了，沈元亨做过你们徐家的账房。"顾绍道，"还有那个徐忠，你应该认识吧？当年去苏州为美玉商号采买吴丝，出了事，徐家却一口咬定他是骗子，他家里人到官府控告，又被徐家打折了腿。沈元亨和徐忠可都在徐府做事多年、有内线，徐府做的那些龌龊事，我透过他们也了如指掌！"

徐五狞笑道："嘿嘿嘿，废话少说！你只要在这张契书上签字画押，两千两银子便是你的，回家购地买屋，过你的安稳日子！"他鼻孔中发出重重的"哼"声，"不的，休想走出这房间半步！"

徐五从张居正府邸回到住处，苦思冥想了一夜，终于想出了一个主意：与顾绍签署一份契约，徐家给付顾绍银两千两，顾绍息讼。他又委托歇家出面与顾绍联络，将他哄圈于客栈。徐五拿出契约，胁迫他签署。

一名彪形大汉怒目圆睁，挥拳在顾绍头顶上扬了扬，正要落下去，忽听门外有动静，忙开门察看，不禁"啊"的一声尖叫，一群逻卒"忽"地冲了进来，众人吓得魂飞魄散，想要逃走，却已来不及了。

"给我搜！"档头命令道。

须臾，徐五所带物品被搜了个遍。

"这是什么？"档头拿出一个函封，问徐五。

徐五叹了口气，低头不语，后悔不迭。昨日只顾想哄圈顾绍的事了，孙克弘交给他的禀帖、礼柬还未来得及销毁。档头看了一眼禀帖、礼柬，道："这不正是替

人买官的吗？统统带走！”

“什么？徐阶的管家？！”巡城御史王元宾一听禀报，不禁大惊，“我要亲自勘问！”

须臾，徐五被带到王元宾的直房，跪地叩头。

“你叫什么名字？”王元宾问。

“小的叫徐五。”徐五答。

“我问的是你的原名。”王元宾道。他从顾绍的揭帖里已然知晓，投献徐家的人都是改了姓的，故有此问。待徐五答毕，王元宾拿着孙克弘的禀帖、礼柬问：“这是怎么回事？”

徐五把徐州遇到孙克弘的过程，交代了一遍。

“这个呢？”王元宾拿着尚未签署的契约问。

“顾绍在京城上控，徐相爷担心有损声誉，特命小的把他阻劝回去，这是小的想的一招。”徐五答。

“既然答应替孙克弘买官，你都找了何人请托？”王元宾又问。

“这个……”徐五支吾着，“没、没找谁。小的晋京后，听说仕路清明，不敢请托。”

“你投献徐府，大干法条；又替人买官，故犯禁令。”王元宾一拍书案，“你可知罪？”

“小的知罪！”徐五叩头道。

“既然知罪，当思将功赎罪！”王元宾道，“在京城几个月，还做了些甚事，一一招供明白！”

徐五踌躇片刻，暗忖，若把张居正抛出来，说不定能躲过一劫，遂道：“小的奉徐相爷之命，馈送张阁老银三千两，请他出面解救徐家三位公子。”

“江陵张相公？”王元宾吃惊地问。

“是。小的昨日刚去的。”徐五道。

王元宾不敢再问，命将徐五带走，再带顾绍来问。岂知，刚问了几句，顾绍的供词就惊得王元宾目瞪口呆，摇头不止。

顾绍以为王元宾不信其言，指天发誓，又主动出主意道：“御史若不信，不妨先将可证之事查明。朱堂、沈信、沈学究等人，各年月不详、投献徐府，分别改名徐堂、徐信、徐学究，领徐阶长子徐璠本银二万两，在东安门外开布店，倚势在京营求重利。御史只要把几个人拿来一问便知真假。若此事为实，则他事谅也不虚！”

王元宾当即命人将徐堂等人拿到，稍一讯问，几个人就承认了投献徐府、奉差驻京打理徐家生意的事实。王元宾不敢怠慢，慌慌张张赶往吏部衙门，求见高拱。

高拱正在直房和张四维议事，书办禀报巡城御史王元宾求见，他一扬手道："城中治安之事，不必报我。"言毕，继续与张四维说话。不多时，书办又来禀，王元宾称有机密要事禀报。高拱这才很不情愿地同意了。王元宾一进直房，正要施礼，高拱不耐烦地说："国贤，有事快说，三言两语！"王元宾看了一眼张四维，张四维会意，忙起身告辞，高拱伸手向里一摆，"子维不必回避。国贤，你说就是了。"

王元宾不敢啰唆，将拿到徐五等人一事一语带过，先把徐五所供徐阶馈贿张居正银三千两之事说了出来。

"有这等事？"高拱惊讶地说。

"徐五供称，乃是昨日之事。"王元宾道。

张四维一听，即认定此事不虚。他一年三节、婚丧嫁娶送给张府的银子，岂止这个数。可高拱眼里揉不得沙子，这等事不能让他知晓，遂解释说："呵呵，真假难辨，不必细究。退一步说，江陵相公府中人丁兴旺、宦囊羞涩，徐老作为他的恩师，补贴弟子家用也是人之常情。况且，人犯供称馈赠，并未说是不是亲自交给江陵相公，江陵相公未必知情。"

"顾绍却称，徐府所贿不是三千，乃三万两！"王元宾又道。

高拱打了个激灵，向后仰了一下，张四维又抢先道："未免夸大其词，不足信。"

王元宾继续说："顾绍还供称，徐老念及徐家为恶多端、民愤极大，恐为当道所扼，意欲谋求东山再起，以压人心。徐五等人来京，除阻拦上控者外，即奉命为此事打点、开路，拟重贿冯保，托冯保在李贵妃面前美言。"

"希图再起？"高拱又是一惊，"此老竟存东山再起之意？"

"下吏窃以为，此老为压人心计，或可起此意。"王元宾道，他继续转述顾绍供词，"据顾绍称，徐家在京豢养武健士多名，若逼迫太甚，将刺杀元翁！"

"啊？！"张四维发出惊叫声。

高拱陡然色变，怒目圆睁。

王元宾道："下吏访得，徐家在京颇蓄武健士，称是嘉靖末年为备非常之举。可时过境迁，武健士俱在。"

"还有什么，都说出来！"高拱脸色铁青，喘着粗气说。

王元宾踌躇片刻，道："顾绍还称，元翁报复徐阶之说，乃出自江陵相公。"

"不、不、不会的！"张四维既惊且恐，出语竟磕巴起来，连连摇手，"玄翁，这、这顾绍必是恐江陵相公维护徐老，故意挑拨，万不可信！"

高拱仰面不语，嘴唇却在微微颤抖。良久，蓦地一欠身，手拍书案，大声道："这顾绍在京挑拨是非，付法司押解回籍！"

“这……”王元宾不解地看着高拱，“那么，此案如何了结？”

高拱沉吟片刻：“斟酌上奏，不得牵涉张阁老！”言毕，无力地扬了扬手，“国贤，你去吧！”

王元宾喏喏告退，高拱瘫坐椅中，嘴唇紧闭，良久，长长吐了口气，道：“我受皇上恩遇隆厚，方开诚布公以图报称万一，国事已然忙得不可开交，哪有心事顾及这等钩心斗角的事。徐老之事，一切忘却，即有反侧，当令自销，正不必与之计较！”言毕，痛苦地摇了摇头。

张四维感到浑身发冷，起身向门外喊道：“司务何在？速加些炭火来！”

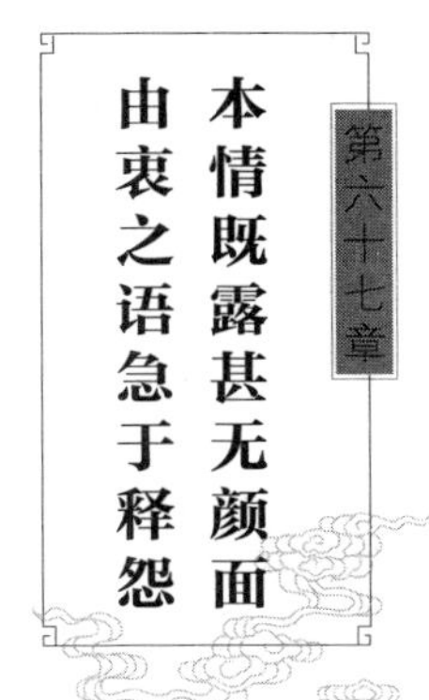

第六十七章 本情既露甚无颜面 由衷之语急于释怨

一

高拱辗转反侧，不能入眠。王元宾转述的顾绍供词，一遍又一遍在耳边重复着。他又想起复出回京后赵贞吉的一席话，想到房尧第转述的邵方预测，浑身燥热难耐，只得披衣下床，在室内徘徊，自言自语着：“叔大别吾三载，乃不能进德，遂成斯人乎？”说完，又摇头。黑暗中，当年那个跟在他身边，以渴盼、敬仰的眼神向他孜孜求教的年轻人的形象，蓦地浮现在眼前。

窗外刮起了大风，“呜呜”的叫声令人悚然，何处未关严实的门窗不时发出“哐啷哐啷”的声响，搅得人心烦意乱。

“不去想这些了！”高拱边摇头边自语道，又顾自一笑，“世间诸多事，不去想，也就等于没有吧！”

次日一早，高拱在文渊阁前下了轿，影影绰绰，就看见张居正在前面徘徊，远远地迎了过来，拱手道：“玄翁，睡得可好？昨夜的风好大啊，吵得人不得安眠！”

“叔大有心事？”高拱故意说，“睡不好觉啦？”

“是有件烦心事。”张居正蹙眉道。

高拱思忖片刻，决计把话挑明，免得憋在心里难受，也有失知己之道。但他又恐贸然说出伤了张居正的自尊，遂以打诳语的口吻道：“叔大，造物主偏心得很呐！”

“呵呵，何事触发玄翁感慨？”张居正笑问。

高拱拍了拍张居正的肩膀："你看啊，你张叔大一人就得了六个儿子，而我却一个也没有嘛！"

"哦，玄翁是指这个。"张居正一笑，"玄翁有所不知啊，多子多费，弟甚为衣食忧！"

"哈，不会吧？"高拱仰脸一笑，"你徐老师最近不是给你馈送了不少吗？哪里还要为衣食忧，嗯？"

张居正脸上的笑容遽然间僵住了，愣了片刻，突然举起右掌，肃然道："居正敢对天发誓！"他停顿了一下，"若我张居正受了徐华亭的贿，让六个儿子一天内死光！"

"咳，叔大你这是何必！"高拱摆手道，"昨日巡城御史拿到几个松江人，言有其事，我随便这么和你通通气罢了！"

张居正脸色苍白，喘着粗气，神情局促，不发一语。

"叔大，你适才说有件烦心事，何事？"高拱问。

"哦哦……"张居正如梦方醒似的，"时辰已到，该开议了。择机再说吧！"言毕，抱拳施礼，慌慌张张转身进了阁门。

"叔大惶甚，是不是不该说破？"高拱自言自语了一句。

一上午，张居正都低头不语，似在回避高拱的目光。

"叔大，来来来，我有事要说。"阁议甫散，未走出中堂，高拱就叫住张居正，带他进了自己的朝房，三言两语把拿获徐五、顾绍之事略述几句，解慰道，"叔大不必介怀，无非是小人告讦，我是不信的，已嘱巡城御史执顾绍付法司解回；至于徐五供词，我已嘱王元宾不得词涉叔大，你尽可放心！"

张居正拱手至额，道："毕竟是玄翁光明！"

"你不是有烦心事吗？说吧！"高拱以关切的语气说。

"呃，嗯嗯，这个……"张居正支吾着，镇静片刻，勉强挤出一丝笑意，"玄翁，蔡国熙到松江，即下令追逮存翁的三位公子。时下道路传闻，俱言此举不是玄翁指授，就是有司承望，报复存翁。此事，不唯存翁苦辛，恐对玄翁声名也不利。是以居正敢请玄翁出面解之。"

高拱仰面沉思着。

"玄翁，居正亦知徐甚可恶！"张居正解释说，"徐家在苏松也委实过分！"他叹息一声，"然则，存翁乃居正馆师，去国时又当众将家事托付于居正，道义所及，居正终归不便置若罔闻。"

"叔大的难处，我体谅。"高拱道，"时下国事刚有起色，我也不想让这种事干扰大局。"他倾身向着张居正，"徐家三位公子都是荫官，不比小民，兵备即使拘逮，也要巡按御史勘问。上月巡按赴任时，我即面嘱，对徐府事当予宽假，我再给他修书解之，叔大以为如何？”说着，展纸提笔，略加思索，写成一函，向前推了推，“叔大，请一阅。”

张居正把纸笺倒过来，低头阅看：

存翁三子，仆已奉托宽假。近乃闻兵道拘提三人，皆已入官，甚为恻然。仆素性质直，语悉由衷，固非内藏怨而外为门面之辞者也。观昨顾绍在京搬弄是非，已执送法司发遣去讫，则仆之本情可见也。兹特略便布意，必望执事作一宽处，稍存体面，勿使存翁垂老受辱苦辛，乃仆至愿也。千万千万！

“玄翁光明正大，宅心平恕，居正越发仰佩！”张居正以赞叹的语气道。

话是这么说，可张居正的心里却很不是滋味。颜面，一向是他最看重的。他衣着一向考究，甚或常常还要涂些香料，总以俊朗儒雅、文质彬彬示人，要的就是颜面。如今被人攥住把柄，仿佛白雪融化，洁白掩盖下的污浊遽然坦露于外，掩饰已然来不及了，情何以堪？他感到，这一天是他入仕以来最难熬的一天。

“游七——”一进家门，张居正神情抑郁，没好气地唤了一声。游七躬身应答，张居正却不再说话，顾自往书房走。进得书房，方指着游七道：“你，这就去找吕光，知会他，我已在玄翁面前再三陈情，玄翁对我已有微嫌。徐府事，我会尽力，但也请存翁别做计较。”游七刚要走，张居正又嘱咐道，“不要让外人知晓。见了吕光，也不许多言！”

“老爷，连这些个事儿都不晓得，小的还敢在京城混吗？嘻嘻！”游七低头一笑道。

“少油嘴滑舌！”张居正呵斥了一声，旋即换了语气问，“近来和徐爵常走动吗？”

“冯太监的管家徐爵？这个……老爷一向不许小的出去交通的。”游七抓了抓耳朵，“再说了，小的总觉得，徐爵见多识广，小的怕他看俺不起呢！”

“去吧去吧！”张居正摆手，烦躁地说。

游七骑着毛驴，一路小跑到了吕光的住处。这是吕光租住的一所民宅，在胡同深处，只有极少人知道。听完游七的转述，吕光两眼一瞪：“微嫌？这么说，姓高的是要下狠手了，连太岳相公说项，也让他起疑了？”

游七摇头：“小的啥也不晓得。”

“那么，‘别做计较’又是何意？还有甚样法子？”吕光像是问游七，更像是自问。

游七装作一脸懵懂状，两眼不住地眨着，摇头不止。

吕光起身，从一个匣子里拿出一锭银子，递给游七：“嘿嘿，管家辛苦，回去

禀报太岳相公，多谢了！”游七推辞了一下，还是接住了。送走游七，吕光伏案疾书，又把一个仆从叫到面前，吩咐道：“快马飞报存翁！”

二

高拱掀开轿帘正欲下轿，看见张居正正向文渊阁里走，分明是扭头向这边扫了一眼，却加快了步伐，闪身进了阁中。这几天，张居正显得很拘谨，眼神闪躲，与他相对，似乎甚难为颜面。对此，高拱自是察觉到了，但又不知该如何为其解慰，生恐再提那个话题，反而让张居正越发难堪，也只好听之任之。

阁臣刚在中堂坐定，轮值执笔的殷世儋就一惊一乍地说：“哎呀呀，巡城御史王元宾所上这道《缉获钻刺犯人孙伍等疏》，厚如簿册，头绪庞杂，若不一字一句读完，恐诸公如坠雾中，不明就里。”

高拱轻叹一声，想刻意回避的话题，不得不再次提起。他担心王元宾把握不住，疏涉张居正，忙道：“历下，既然此疏冗长，就不再说了，批交吏部题覆就是了。”说着，看了张居正一眼，却见他低头抚弄着案上的毛笔，摆出一副若无其事的样子，但目光游离，不停地变换坐姿，一看便知他内心十分紧张。

殷世儋以为高拱会如获至宝般地高兴，却见他露出不耐烦的表情，甚是不解：“元翁，此事干系重大，关涉前宰，内阁还是先议一议为好。”

“历下，需回避吗？”张居正问。

“回避？”殷世儋一脸茫然地反问。

高拱从殷世儋的神情中判断出，王元宾此疏未关涉张居正，也就松了口气，道：“说干货！”

殷世儋边翻看边道：“中兵马司申文称，犯人一名孙伍，年四十五，直隶松江府华亭县人。供状：先年为汉阳知府孙克弘家仆，后积有田产，见得徐阁老位居首相，势焰逼人，将原主背讫，并田产等项值银一千五百余两进献徐府，充为徐家人，改名徐五。”

“这就是投献，损国家、利富豪，大干律条！”高拱突然一拍书案，大声道。

“继续？”殷世儋问了一句，低头又读起了疏文，“亦有华亭人朱堂、王忠、沈信、沈学究陆续投入徐府。朱堂改为徐堂，沈信改为徐信，并同雇工唐艾，领徐璠本银二万两；王忠改为徐忠，沈学究改为徐学究，与蔡元、张恩、沈耀，领徐瑛本银一万八千两，俱于东安门外，假以开张布店为由，倚势在京营求重利。”

“苏松乃财赋所出，似这般都投献到豪门，赋税岂不都转嫁到小民头上？”高拱越听越气愤，“难怪吴地贫富悬殊愈演愈烈，皆豪富之家贪得无厌所致！也难怪江南缙绅不能容忍海瑞！”

殷世儋一副幸灾乐祸的样子，待高拱说完，继续读道：“比徐阁下辞官回籍，因在京店铺颇有厚利，将徐堂、徐信等仍留在京，照前营利，不行收止。又借此百计内外钻刺打点，希图起用，往来探报消息；并将原籍上控之人拦阻，不得诉奏。有顾绍、沈元亨投递各衙门揭帖为证。”

“顾绍搬弄是非，不足为凭！”高拱烦躁地一扬手道。

殷世儋颇感惊诧，又见张居正神色异乎往常，越发迷惑不解了。

“历下为何停下来？”高拱催促道，“不必细读了，把结论说说就是了。”

殷世儋翻看了片刻，道：“接下来就是顾绍被骗颜料银，来京上控，徐家差人堵截劝阻；孙伍路遇孙克弘，孙克弘请托谋盐运使缺等情及人证物证。奏疏最后说：为照湖广汉阳知府孙克弘，例属故违，法当参究。伏乞圣明敕下吏部，将孙克弘特赐罢斥。再照原任大学士徐阶，往事忠其与否，皆皇上所照鉴。独思皇上笃念旧臣，放归田里，亦可谓优厚而无负于阶矣！为阶者，当阖门自惧，恬静自养可也。夫何自废退以来，大治产业，黩货无厌，越数千里开店铺于京师，纵其子揽侵起解钱粮，财货埒等于内帑，势焰熏灼于天下。乡人顾绍等讦奏，尚不知省，复令孙伍等故违明旨，潜往京师，强阻词奏，探听消息，各处打点，广延声誉。迹其行事，亦何其无大体也！苟迷而不返，自生厉端，是使皇上不得终其笃旧之仁，而奉法之吏必任矣！臣窃为阶惑之。再乞皇上敕旨戒谕，天语严重，俾令省图，恬静山林，灭迹朝市，以终余年。庶君恩臣度，可保终始，而朝廷亦共享和平之福矣！”

“拟‘吏部知道’就完了！”高拱一扬手说，“议别的。”

“元翁，此事吏部会如何区处？”殷世儋忍不住问。

“吏部题覆，不是还要内阁拟旨吗？”高拱显得极不耐烦，“时下不必再花费工夫在这件事上。”

次日，吏部接到了王元宾的奏本。张四维阅毕，不敢批司，送给魏学曾看。魏学曾看了一遍，愤愤然道：“可恶！”两人相对唏嘘良久，议定待晚间高拱到部，请示办法后再批司办文。

“玄翁，王元宾这句话，就是‘朝廷亦共享和平之福’这句，委实分量不轻！”当晚，高拱一到吏部直房，张四维、魏学曾就跟在身后进来了。魏学曾拿着王元宾的奏本，指着末尾道，“一个下野的阁揆，人虽未死却阴魂不散，搅得朝廷不得安宁！他不消停，朝廷竟不得享和平，令人扼腕三叹！”他把奏本往高拱书案上一丢，“他居然还想东山再起，以压人心，真是可恶！”

高拱叹口气道：“疏中有‘臣窃为阶惑之’之语，我也为徐老惑之，不知他何

以如此。”

“为恶多端，利益巨大，为自保又为保利，必百般弄权！”魏学曾道，“自玄翁复起，京城官场就一直暗流汹涌。这背后，少不得徐阶的影子！以学曾看，这就是一颗毒瘤，不如痛下决心，一举割除之！”

张四维曾暗中资助徐璠开店铺，说不定王元宾疏中所说徐忠等人领徐琨本银一万八千两，就是他给的。是以此时他也有些心虚，生恐高拱决计彻查，忙道：“玄翁，确庵，徐老久历内阁，两朝元老，皇上宽厚，岂肯不终笃旧之仁？况且，徐老门生故旧遍朝野，牵一发而动全身，纠缠这件事，必干扰大局，得不偿失。”

“子维说得对，”高拱叹口气说，“时下北边稍安，绥广靖辽尚未有成；海运正在筹办，恤商之策还要不断推出，整饬官常、改革旧制以行实政更是千头万绪，全力投入尚嫌局促，哪里有精力用于这些纷扰之事？”

“就怕树欲静而风不止！”魏学曾道，“不上紧防风，终遭其摧折也未可知。”

“惟贯，不说了！”高拱扬手道，“此事我已斟酌良久，只究孙克弘钻求升官一事，他事就不触及了，不了了之吧！”说着展纸提笔，写了一段话，推给张四维，“照此题覆吧！”

张四维一看，只见上写着：

看得巡视中兵马司御史王元宾题称，湖广汉阳知府孙克弘钻求升官，乞要罢斥。为照孙克弘不思圣世清明，乃敢妄图钻刺，官常不谨，已可概知。法纪甚严，自难轻贷。既该御史参论前来，相应议拟：合候命下，将孙克弘姑照素行不谨例，冠带闲住，以为夤缘求进者戒。

魏学曾接过扫了一眼，道：“玄翁，徐的事只字不提？王元宾奏本里请求皇上戒谕徐老，也回避掉？”

高拱满脸痛楚地摇了摇头，道：“不要因枝节事扰了大局！”

三

听到高拱的脚步声过了垂花门，夫人张氏迎了出来。她抬头看了看天，笑吟吟地说：“西边红彤彤一片，敢情是日头从那边出来了？”

正是日落时分，高拱就回家来了，他知夫人是嗔怪他平时都要到深夜方回，也就笑着回应道：“夫人生日，啥事都得放下，回来给夫人祝寿！”

“难得你有这份真心！”张氏动情地说。

“除了夫人，我还有谁嘛！”高拱接言道。

此语一出，张氏转脸垂泪。高拱浑然不觉，问：“都准备了啥好吃的？梨花春拿一瓶出来。”

张氏忙拭泪，略显惊诧，道：“以为叔大会跟你一起来，知道叔大爱吃鱼，特地买了两条。”

往年张氏过生日，官场上的人高拱一概回绝，却唯独张居正例外。可今年他没有来。见夫人问及，高拱一扬手：“叔大昨日就请假休沐，说是患了伤风，涕泪交流，自是不能来了。”

正说着，高拱五弟高才远远地在垂花门喊了声：“三哥，三嫂。”高才是举人出身，任前军都督府经历司从七品都事一职。

“师相、师母，学生正与师叔相遇，闻得来给师母拜寿，学生就跟来了。”韩楫闪身作揖施礼道。他是高拱的门生，前不久由吏科都给事中升通政司右丞，再升太常寺少卿，提督四夷馆。

高拱一看有外人来，沉着脸，对高才道：“老五，你坏了我的规矩！”

“好了！今儿高兴，”张氏笑着道，一伸手，向里扬了扬，“来都来了，进屋进屋！”

“下不为例！”高拱瞪眼道，总算没有把韩楫赶走。众人正要进屋，高德禀报，张居正的管家游七来谒。说话间，游七带着两个小厮，捧着礼盒快步走过来，叩头道：“禀高爷，今天是奶奶的寿诞，俺家老爷病了，不能来给奶奶祝寿，差小的给送些土产，权作寿礼。”说着，命小厮打开礼盒，游七指着里面的礼物，一一唱出：“洪湖莲子二斤、荆州花糕两盒、笔架鱼肚二斤！”

“收下！”高拱道，又吩咐高福，“拿些新郑大枣，给叔大带去。”

张氏要留游七吃饭，游七连连辞谢，匆忙叩头告辞，众人这才进了正房；在厨房帮忙的高才之妻、孟男之妻及高拱的侧室薛氏，也被唤来。高拱和张氏在八仙桌旁的太师椅上坐定，先是娘家侄子张孟男率妻与二子跪拜祝寿；继之，五弟高才率妻与独子务本跪拜祝寿；再接着，是高拱的侧室薛氏跪拜祝寿。门生韩楫本要跪拜，被高拱拦下了。礼毕，因家里餐厅狭窄，容不下众人，高拱与内侄张孟男、五弟高才、门生韩楫及侄务本、门客房尧第，加上寿星张氏共八人，坐在餐厅用餐，其余人等围坐在花厅里临时摆放的一张桌子旁用餐。说笑声不时从这个一向寂静的宅院中传出，这在高府实属罕见。几盅酒下肚，少言寡语的高才借着酒劲儿道：“三哥，再过两个来月，就是三哥的花甲寿诞，得好生张罗张罗，到酒楼摆上几桌！”

高拱半是嗔怪半是自嘲地说：“日用尚且不足，哪有闲钱到酒楼摆宴？”话音未落，高德来禀：松江徐府差人来投书。说着，把徐阶的名刺和吕光的拜帖递了过来。

“哦？”高拱吃惊地说，“徐府的事已不了了之，怎么徐老又特意差人来？”他

叹了口气，起身道，“带他到花厅……哦，花厅摆了桌了，”又坐下，“就带他到这来吧。不就是投书吗，叫他来吧！”

吕光躬身跟在高德身后，刚进餐厅就“嗵”的一声跪下，伏地痛哭起来。张氏见自己寿宴上有人跪地大哭，不觉生气，伸头一看，竟是一白发老者，又动了恻隐之心，吩咐高福上前搀扶。吕光却无论如何不起身，抽泣道：“元翁，中玄相公啊！可怜可怜我家老爷吧！老人家快七十了，胞弟惊吓而死，三个儿子被追逮，四个孙子孙女接连夭折，他老人家生不如死，投了西湖，被仆从救起，已奄奄一息！”他哭声凄厉，边哭边诉说徐府的可怜状，直哭得张氏陪着一起掉泪。

“元翁，中玄相公！存翁言，此生没有做过伤天害理之事，唯当年对新郑相公不起，愧疚万端，祈求新郑相公宽恕！若新郑相公不能宽恕，他死不瞑目！”说着，吕光哆哆嗦嗦从怀中掏出徐阶的书函，举过头顶，“存翁上书，请相公过目。人之将死，其言也善，乞相公纳之！”

高拱一脸凝重，眉头皱了又皱，道：“你回去禀明徐老，高某已奉托有司宽假，会再致函蔡国熙，请他宽之！”

吕光连连叩首致谢，告辞而去。韩楫先拿过徐阶的书函看了一遍，道：“其词甚哀！”

张氏也好奇地拿过阅看，阅毕，拭泪道：“怪可怜的，你就手下留情吧！”

“你看看你说的！”高拱生气地说，“就好像我真的报复他了！”

韩楫冷笑道：“哼哼，这大抵是效法申包胥伏哭秦廷那套把戏！”

“这是哪一出？”张氏好奇地问。

韩楫解释道：“春秋楚国伍员，因被楚王灭族而奔吴，率吴兵破楚。楚人申包胥乞师于秦，秦王曰：‘楚王无道，当伐之’，不应所请。申包胥立依于庭墙而哭，日夜不绝声，秦为所感，遂救楚。”

张氏听完有些心烦：“哎呀呀，不说这些烦心事了！”她转向张孟男，“快敬你姑父一盅酒，平时也没这个机会。”

张孟男不声不响敬了一圈，又闷声坐下了。张氏见高拱若有所思，兴致似已被徐阶的书函一扫而光，只好吩咐端上了长寿面，众人都吃了一碗，寿宴草草收场。

“伯通，奇怪，我前些日子还致函巡按御史，要他对徐府事千万宽假，怎么徐老还这样凄凄哀哀来求我？”高拱边往书房走，边问跟在身后的韩楫。

“学生来谒，也是想和师相说这件事的。”韩楫道，“师相刚复出时，京城谣言四起，说师相要报复徐阶。最近，突然间这样的谣言又甚嚣尘上，这背后必是有人操控。”

“以伯通之见，何人操控？”高拱问，又一指旁边的座椅，“坐下说。”

“师相，对江陵相公，不可不防。”韩楫道。

“叔大？”高拱摇头，“且不说我与叔大乃金石之交，他这样做，目的何在？”

“师相，至少也与他有关。他的门客曾省吾，号称小诸葛，是他出的主意也未可知。”韩楫神神秘秘地说，“江陵相公志向高远，非久居人下之辈。然他资历浅，人脉不足，一旦把报复徐阶的帽子扣在师相头上，则不唯可束缚师相手脚，还可把徐阶的旧势力收入门下。”

“不可能！不可能！”高拱连连摇头，脸上却现出烦躁不安的神色。韩楫还要说什么，他摆手道，“伯通，不必再说。无论如何，徐府事要早日了之，不能让此事干扰大局。我这就给蔡国熙修书。”说着，移步书案前，展纸提笔，抬头见韩楫跟了过来，向外一扬手，“伯通，去吧！”便埋头疾书：

存翁令郎事，仆前已有书巡按，处寝之矣！近闻执事发行追逮甚急，仆意不如此。此老系辅臣，家居且老，而目见其三子皆抵罪，于体面颇不好看。故愿执事特宽之。此老昔仇仆，而仆今反为之者，非矫情也。仆方为国持衡，天下之事自当以天下公理处之，岂复计其私哉！唯执事体亮焉。

放下笔，在屋内徘徊良久，又坐下，给徐阶回书：

仆观古人，有以国家之事为急，而不暇计其私怨者，心窃慕之。今以仆之不肖，乃荷圣主眷知，肩当重任，诚日夜竭其心，力图所以报称者之不暇，安敢以小嫌在念，弄天子之威福，以求其快哉！

且近时人亦有不乐彼此之遂平者，仍为未解之说。其意以为称仆未解，则可以贾怨以收恩；若明言无他，则就中无可作为矣。此意仆已识破，故一切不理，付之罔闻，久当自灭也。愿公亦付之罔闻，则彼无所施计矣！

“玄翁宽厚如此，朝野体谅者却不多，委实令人痛心！”房尧第抄好了副本，对高拱道。

“不为别的，只是不能让此事牵扯精力！”高拱道，“更不能影响与张叔大的情谊。”话一出口，忙拉住房尧第的袖子，“崇楼，先不要封发，明日给张叔大阅后再寄。”

次日早，高拱进了朝房，即命书办把他写给蔡国熙的手书送给张居正一阅。过了一刻多钟，门外响起脚步声，高拱以为张居正过来了，抬头一看，是他的书办来谒，把张居正写给蔡国熙的书函呈来。高拱看了一眼，上写着：

唯公在姑苏有惠政，士民所仰，故再借宪节以临之。乃近闻之道路云：存翁相公三子，皆被重逮。且云：吴中上司揣知玄翁有憾于徐，故甘心焉。此非义所宜出也。玄翁光明正大，宅心平恕，仆素所深谅。即有怨于人，可一言立解。且玄翁有手书奉公，乃其由衷之语，必不藏怒蓄恨，而过为已甚之事也。且存翁以故相终

老，未有显过闻于天下，而使子皆骈首就逮，脱不幸有伤雾露之疾，至于颠陨，其无乃亏朝廷所以优礼旧臣之意乎？亦非玄翁所乐闻也。仆上惜国家体面，下欲为朋友消怨业，知公乃有道君子，故敢以闻，唯执事审图之。

高拱看到“玄翁光明正大，宅心平恕”一语，颇是感动，“到底是叔大知我啊！”把书函递于书办，“快封发出去！”

书办出去了，高拱有些怅然，默念着张居正函中“为朋友消怨业”这句话，长叹一声：“但愿这怨业早消，别再像阴魂般在京城游荡了！”

一

广东镇总兵俞大猷风尘仆仆来到总督行台，进了节堂，正要依例叩拜，殷正茂上前扶住他："俞帅免礼，情形如何？"

"禀军门，佛朗机人厉害啊！"俞大猷抹了把汗，以惊叹的语调说，"他们兵不满千，追剿林道乾于海上，而贼皆扶伤远行，不敢与之战！"

因林道乾突袭广州劫走大船，殷正茂一面上本自劾，一面听从俞大猷的建言，传檄壕镜的佛朗机人协助剿贼。他刚回会城不几日，俞大猷就带来了林道乾远遁的消息，殷正茂叹息一声："我也该收拾行装了。"

"朝廷的谕旨到了？"俞大猷问。

殷正茂站起身，神情黯然地说："估摸着也快到了。轻者革职，重者拿问，总之是要离开广州了。"他挤出一丝苦笑，"来广州几个月了，还没有去城里转转。今日去转转，算是辞别。"说罢，吩咐侍从到间壁察院请巡按御史赵淳一同前去。

俞大猷道："军门，末将调些兵勇扈从？"

殷正茂摆摆手："戴罪之人，哪里还敢备威仪。我和赵御史带几个随从就是了。"话音未落，忽有亲兵慌慌张张禀报："军门，朝廷谕旨、《邸报》到！"

殷正茂愣了一下。他盼着谕旨，又怕谕旨真的到了。把谕旨、《邸报》捧在手里，心"怦怦"跳着，走到书案前，却不敢展读。他闭目想象着可能出现的字句，不免呼吸急促，双手有些颤抖。良久，他蓦地睁开眼，紧闭嘴唇，细细阅看。

“啊！”殷正茂惊叫了一声。

俞大猷吓了一跳，以为朝廷对殷正茂的惩治超乎意料，忙问：“军门，怎么样？”

“俞帅！”殷正茂唤了声，有些哽咽，把谕旨递给俞大猷。俞大猷一看，只见谕旨上写着：

殷正茂素有才略，兹初任事，其督率将领、司道等官，悉力驱剿，务期荡灭。其地方机宜，悉听破格整理，敢有梗挠者，奏闻重治。

“喔呀！”俞大猷也惊诧不已，“这……朝廷对军门，可谓厚爱！”

“怎么，军门今日终于有心情出去转转了？”门外响起巡按御史赵淳的声音。见屋内并无回应，他大步跨进来，正要施礼，却见殷正茂一脸肃穆，眼眶里似乎还含着泪花，不觉奇怪，又转向俞大猷，见他一脸惊喜，双手把谕旨递了过来。

“啊！”赵淳阅罢，惊叫一声，愣住了。良久，手忙脚乱地拿起《邸报》匆匆翻阅。须臾，又一声惊叫，道：“哎呀，原来是这么回事！”他举着《邸报》走到殷正茂面前，“军门，南京刑部尚书李迁勒致仕，说神电卫城池失陷是他在任时设防不周所致。”

“不用说，朝廷是让李军门替殷军门承担了责任！”俞大猷道。

“哎呀！这李大司寇可是元翁的同年好友啊！”赵淳道，“不唯把两广总督的位子腾挪出来，又让他替军门担责，足见玄翁对军门信任之切了！”

殷正茂紧咬嘴唇，良久方感慨道：“俱为平岭南、靖两广！殷某敢不效命？”

“是啊，圣旨不唯没有一句责备军门的话，反而授予军门整饬两广的全权，信任无以复加啊！”赵淳附和着感叹了一声。

“快快，俞帅、按院，都快坐下！”殷正茂突然焦急地说，“当上紧发兵，重创山寇海贼！俞帅，赵御史，有以教我！”

赵淳沉吟片刻，道：“军门，下吏可为军门荐一二人，为军门画策、驱使。”

“哦，何人可用？”殷正茂面露喜色，忙问。

“一为澄海人许瑞。只是，”赵淳踌躇片刻，“此人身份特殊，不知军门敢不敢用。”

“只要可用，就要用，何来敢与不敢？”殷正茂不悦地说。

赵淳一笑：“那就好。此人乃广东第一海盗曾一本的舅父。他追随曾一本多年，隆庆三年曾一本被俘，许瑞收其余众，龟缩于惠州一带，屡表愿受招抚之意。”

殷正茂沉吟片刻，没有表态，而是问：“还有谁？”

“潮州知府侯必登。”赵淳道，“此人进士出身，莅任五载，尽心治事，熟知海贼山寇情形。”

“甚好！也不必召他前来了。”殷正茂大喜道，“绥广，先要灭寇安民；而海贼山寇，以惠潮为甚。即移行辕于惠州，本部堂要亲临前线，指挥战事！”

“军门是两广总督，惠州偏于一隅……”赵淳提醒说。

“时下绥广乃首务，广西有郭应骋做巡抚，我放心！”殷正茂语气坚定地说，“三两日就启程！”

“呵呵，军门，这游览市面……”赵淳问。

“顾不上了！”殷正茂道，“待岭南底定，可以给朝廷交差了，再游览不迟！”

赵淳一笑：“那下吏先把广州城给军门略述一二。”他从袖中掏出一张舆图，比画道，“广州城有七门，城东北隅有粤秀山，西北有九眼池，为一方胜概。此地天气甚暖，乃阳泄阴盛之地，冬不雪，花不谢，草木不凋，民人多湿疾，亦风气使然。其俗贱五谷而贵异物，然珠翠牙玳与五金诸香皆产自交南海岛，非中国所有。市肆唯列猪和鱼。猪只有十斤左右，要卖整头的；鱼却有几十斤，反倒剖析而售，举国也就广州城有此奇事。至于果实种种，唯荔挺为最，荔奴次之。鸟则多孔雀，兽多麋鹿。”

殷正茂无心细听，支吾了一句。赵淳、俞大猷见总督蹙眉沉思着，知他在思考战事，也就不再盘桓，施礼辞去。

过了两天，整备停当，用罢早饭，殷正茂正要传令启程，亲兵送来京师书函一封，殷正茂急忙展读，乃高拱所写：

先承书教，谆切如得晤对，已多感慰。继又辱示倭奴猖獗，土寇相勾为乱，忧怀可想也。然有公在镇，诚何足虑？顾此非一朝之积，所谓因循姑息，废弛痿痹正是。向来久贻之病，若非一大振刷，终亦若斯而已。公素负大志宏略，今当盘错，正利器可施之日。凡可改弦易辙、灭寇安民者，不妨见教，便当为公行之。古云：‘侯谁在矣，张仲孝友。’仆固不敢望于张仲，然力为主持于内，俾豪杰得以成功于外，同心戮力，共翊王室，则寸衷固自许焉，而曷敢有一毫之不尽哉？其诸藩臬守令等官，有当在地方者，或不宜者，或他处之人有可用于广者，幸一一示之，即为措处。官皆得人，事自可办也。

又：仆昔曾具题议处广中有司，今又为议处荐举以激励之。原稿特录上，幸刻成册，二司守令各给一册，使彼知庙堂相待之意。如此，当必有劝也。又稿三通，亦守令所宜知者，附之后可矣。冗甚！放笔布复不伦，幸亮。

阅毕，殷正茂立即传令：“行程调整，午后再启程！”又吩咐传请俞大猷来见。待俞大猷一进节堂，殷正茂便道：“俞帅，林道乾在海珠寺题诗讥讽于你，说明什么？说明他不惧官军。然夷人不满千，林道乾却不敢与之战，何也？佛朗机人船坚炮利之故也。若夷人转而攻我城池，我何能御之？”

俞大猷尴尬一笑，解嘲道：“夷人全是为贸易而来，倒是不会攻我城池。”

“有备无患！”殷正茂道，“况倭寇自海上来，近海岛屿每每被海贼作为临时据点，若官军仅在陆地防御，岂不被动？故练成一支有战力的海上作战队伍甚为必要。我本拟战事稍息再向朝廷提出治粤方略，可元翁华翰有‘凡可改弦易辙、灭寇安民者，不妨见教，便当为公行之’之嘱。我看，造坚船利炮、训练水军之事刻不容缓，当向朝廷建言。”

两人商榷一番，起了一道奏稿，即时封发。俞大猷擦了把汗，憨憨一笑：“都快九月了，广州的天气还是这般炎热，真令人受不了！”

二

九月初的辽东，却已寒意渐浓。高尔山下的抚顺城，草黄叶枯，一派萧杀。远远望去，东门楼匾额上成祖皇帝谕赐“抚绥边疆，顺导夷民”八个鎏金大字，清晰可见。这几天，抚顺城东不远处的一个偌大的土堡，人头攒动，热闹非凡。远近的百姓都知道，这是马市开市的日子。

辽东边外，除西、北面对鞑靼左翼外，还有建州女真、海西女真与东海女真三部，环东、北而居。早在成祖时，禁止女真诸部入京上贡，而代之以开马市，各部以贡马入市，朝廷给价并抚赏。不同城堡的马市，对女真不同的部落开放。抚顺城东的马市，专待居于抚顺关以东的建州女真，每月开市二次，分别为初一至初五、十六至二十。

马市土堡入口狭长，入市者需排队鱼贯而入。在入口处，设有提督马市公署，新上任的沿江台备御将军夏汝翼端坐在抚夷厅，紧盯着入口处。建州右卫都督王杲，率各部酋长依次进至堂上，贡土产。只见王杲昂头挺胸进堂，也不施礼，却大声道：“快拿酒来，大冷天的，先喝几盅暖暖身子！”夏汝翼脸一沉，并不理会他，待参见毕，方依例宴请王杲及所部各酋长。

“来来来！”夏汝翼举盏道，“诸位远道前来给朝廷贡马，辛苦啦！本官慰劳诸位！”

王杲不起身，把自己盏中的酒倒在碗里，又夺过邻座两个小酋长的酒，也倒在碗里，端起来一饮而尽，抹嘴道：“这么喝着，才他娘的过瘾嘛！”说着，拿起碗在桌子上“嗵嗵”撴了几下，“拿酒来，给老子倒满！”

夏汝翼坐下，瞪眼看着王杲。王杲岔开双腿，两膝微屈而坐，腿还不住地左右快速晃动着。夏汝翼蓦地起身，一把抓住他的衣领，用力一提，把王杲拖出室外，狠狠地向台阶上用力一丢，大声道：“来人！先验马，别等他喝醉了，分不出好坏来！让他看着，一一验明马之肥壮，照实给价！羸弱者不得如以往那样给高价！”

这王杲虽无力统御建州女真各部，毕竟实力最强、地位最高，当众受此屈辱，委实咽不下这口气，怏怏引去。他路上即吩咐手下传令集结人马，一回到部落，就率兵马调头而返，由大柞口突入，马踏东州，掠去人口一百九十四口。辽东巡抚张学颜闻报大怒，传檄总兵李成梁火速来见。

自隆庆元年起，总兵驻广宁，只有冬季方移驻东宁卫，与巡抚同城。李成梁在广宁镇府接到檄文，当即起身，星夜赶到辽阳，次日一早就参谒张学颜。

“李帅，建彝王杲桀骜不驯，入马市傲慢无礼，马市官抑之，竟又怀忿侵扰，掠我边民。今必大兵征剿，灭此蟊贼！”张学颜恨恨然道，“你这就集结人马，亲率大军征剿！”

张学颜有干才，又被破格拔擢，遂慨然有吞胡之志。他履任不久，高拱即题请整饬边备，皇上下敕各边督抚遵行，训练兵马，务皆精壮；哨探虏情，务得真确；调遣应援，务中机宜，必做到有备无患。张学颜遵行唯谨，经画周详，号令明肃，总兵李成梁对他敬畏有加。

“抚台，末将是武人，本不该置喙。但末将乃辽人，在此摸爬滚打四十年，对夷情还算熟悉。故愿向抚台进一言，不知当否？”李成梁拱手道。他四十余岁年纪，身材不高，皮肤黝黑，小眼睛。其先祖乃高丽人，国朝永乐年间渡过鸭绿江移至铁岭，世代从军。李成梁投入军旅也超过了三十年，去岁升任辽东镇总兵。

“请李帅知无不言！”张学颜诚恳地说。

“鞑虏才是咱的强敌！”李成梁道，“土蛮东迁，兀良哈三卫本是缓冲地带，却被其吞并。三卫一失，辽东与鞑虏屏藩全无，土蛮是鞑虏的共主，速巴亥是喀尔喀五部的盟主，他们相互勾结，实为国朝大患！”

张学颜沉吟片刻：“土蛮见俺答受封，大受刺激，似有以战促贡之势，当加倍提防！”

“抚台！”李成梁顺着自己的思路说，“建彝与鞑虏不同，早就归附咱了，建州三卫虽是用他们的人，可都是朝廷发的话。他们内部早打成一锅粥了，海西、建州、东海三部之间互撕，三部内各枝相互火拼不断。依末将看，我不必费劲巴力地征剿，以夷制夷就行啦！”

张学颜点头：“不错，此乃驭御建彝方略：分其枝，离其势，以贻国朝之安。”

李成梁又道：“目下建彝三部，海西最强，王台还能笼络住内部各枝；建州王杲也就那么回事，内部也不听他的，不劳王师征剿，也翻不起大浪来！末将有一计，敢请抚台俯纳。”

“请讲！”张学颜道。

李成梁小眼睛快速眨巴了几下，道：“朝廷以海西王台为东夷长，命其统管建彝，抚台可传檄王台，命他勒令建州王杲交还掠去的人口。若王杲从命，则我不征已胜；若王杲不从，王台岂不是没有面子？就可命他做先锋，讨伐王杲！”

“嗯，李帅言之有理！”张学颜点头道，“目下土蛮以战求封，要全力对付，对建彝行以夷制夷之策为上！不过，此事非督抚可擅做主张，待我奏明朝廷方可。”

张学颜自抚辽以来，就军政、民生接连上疏，所有修险隘、开屯田、理盐法、造火器、置阵车、申驻守、弛禁例等，高拱无不照单全收，甚至为辽东减税的请求，也颁旨允准。可是，收到张学颜对王杲先抚后剿的奏本，高拱却踌躇难决，遂召兵部尚书杨博、兵科都给事中温纯到阁来议。

温纯拿过奏本一看，只见上写着：“于王杲宜行宣谕，令送还掠去人口，准其入市通贡，仍厚加抚赏。如执迷不顺，则闭关绝市，调集重兵，相机剿杀。”他把奏本一摔，“哼”了一声，气鼓鼓道：“简直不成话！王杲这厮，嘉靖三十六年偷袭抚顺，杀死守备彭文洙；嘉靖四十一年辽镇副总兵黑春统军剿之，被王杲设伏生擒后磔死。真是骇人听闻！近几年，辽镇指挥王国柱、陈其孚等数十人，都先后死于王杲刀下，可谓视杀汉官如乂草芥！如今又来挑衅，辽抚号称得人，辽镇气象为之一新，既如此，对王杲这厮，岂可姑息之？”

张居正撇了撇嘴，但他不与温纯正面争论，而是对着高拱道：“玄翁，目今西虏臣服，东虏以战索封，何其嚣张！如何应对，乃大战略。但无论如何，辽东劲敌乃东虏，对建彝仍当羁縻。所谓小不忍则乱大谋，不可因偶发小事打乱大布局！”

“大司马，有何高见？”高拱问杨博。

“江陵言中枢有大布局，自当服从大布局。”杨博道，“只是这王杲委实太猖狂，总是要给他些教训才好。”

高拱沉吟片刻，道：“督抚在第一线，大体要尊重他们的建言。张学颜先抚后剿方略总体可准；但王杲既然入市傲慢无礼，就先把抚顺的马市关了。不唯让王杲，也让俺答辈知晓，互市是朝廷对彼辈顺服的嘉赏。如此，边略可一以贯之。”他转向张居正，“叔大，照此拟旨！”

张学颜接到谕旨，略感意外。但既然关闭马市以为惩罚是谕旨明示的，他不敢不遵。遂立即传檄清河守备，关闭抚顺马市；传檄开原兵备道，命其亲往海西寨，宣谕王台勒令王杲交还掠去人口。

王台明知王杲从不认可他的“东夷长”身份，海西、建州两部还不时火拼，无奈朝廷明旨，他不得不遵。在兵备道所差二百名官军护送下，王台亲走建州寨宣谕。

“你算老几？”一见王台，王杲就不客气地说，“老子凭什么听你的，老子就不交还，你能咋地？哈哈哈！”

王台无功而返。张学颜闻报，传檄驻扎辽阳的副总兵赵完，整备辽阳、沈阳等处兵马，征剿王杲。

建州各枝酋长闻听抚顺关紧闭，不许进入互市，怨声四起；又闻大军即将征剿建州右卫，遂纷纷找到王杲，要他向官府求情。王杲无奈，忙叩关请罪，乞请入关交还人口。

“不许！”张学颜闻报，断然拒绝道，“他没有资格与官府直接说话。”

王杲只得亲到海西寨，找王台负荆请罪，请他代为恳请；王台却端起架子，严词拒绝。王杲再去叩关，守备传令，还是要他找王台出面说话。

正在与王杲纠缠期间，土蛮汗差脱脱台吉来谒，上表求封。张学颜遂密令开原兵备道，暗中晓谕王台，王杲此番再请，不可拒绝。他要把精力用于对付土蛮汗上，一面依例向朝廷奏请土蛮汗请封事，一面调兵遣将，谨防土蛮汗大举进犯。

三

殷正茂和张学颜的奏本同时发交内阁。张居正一看殷正茂要增设造船厂，火气一下子窜上脑门，语带怒气地说：“殷正茂要在肇庆建船厂，又要增设水军，他以为国库里银子堆积如山？！”

“殊不知，国库依旧空空如也！”殷世儋以揶揄的语气道，“广东要建船厂、练水军，福建、浙江、直隶、山东、辽东呢，都如法炮制？”

“如法炮制就对了！”高拱一瞪眼道，“广东、福建以剿倭而造海船、练水军；浙江、直隶、山东以护海运而造海船、练水军。总之，强海防，是务必要做的。”

张居正对此极不赞同，但他不愿与高拱正面争辩，而是以提醒的语气道：“可是玄翁，入不敷出，奈何？”

高拱一扬手：“国库一时空虚并不可怕，可怕的是，当做之事拖着不做，贻误后世！”

张居正顿感脸上阵阵发烧，欲辩又止，拿殷正茂撒气，道：“殷正茂不得要领！不是剿海贼，严海禁，却……”

高拱打断他：“叔大，海，已然禁不住了！”

张居正自信地一笑：“那是朝廷没有强硬起来。我看殷正茂不得要领；若得要领，当奏请朝廷，把沿海之民强制内迁！”

“不再议了！”高拱语气强硬地说，“殷正茂受命平岭表，凡可改弦易辙、灭寇安民者，朝廷当为其行之！”

张居正喉头像着了火，又像是塞进了一团棉花，憋气、灼热，真想拍案而起，痛痛快快与高拱辩论一番。但他还是忍住了，又随手拿起张学颜的奏本：“辽抚张学颜奏，土蛮汗请封贡，如俺答例。”

“此事体大，应批交兵部主持廷议。”殷世儋建言道。

“不必廷议，即知结果。”高拱冷冷地说，扭脸吩咐书办，“请大司马来，一起商榷。”

兵部尚书杨博应召进了中堂，阅罢张学颜奏本，缄默不语。高拱问：“土蛮乞封，大司马有何高见？”

杨博道：“正要领教，兵部遵内阁主张行事。”

殷世儋一笑道：“这土蛮汗毕竟是鞑靼共主，至今还抗着大元可汗的皇旗，对俺答获封顺义王颇不以为然，说他不过是奴才，安得封王。土蛮蔑视俺答，是好事！不妨也封他为王，所谓一山不容二虎，如此，则鞑靼东西两翼必有内争！”

“不妥！”张居正断然道，“东虏于我天朝，非有如西虏恳款之素，非有叩关纳降之机，非有执叛谢罪之诚，胁迫无礼至此，堂堂天朝，何畏于彼而委曲求全？”

“嗯，叔大所言有道理。”高拱边思忖边道，“土蛮请封，我即许之，是令俺答轻其封号，继之轻我天朝，右翼和平之局，或会发生动摇。”

杨博接言道：“土蛮一求封，我即许之，那天朝的封号未免太不值钱。不过，许之，有许之的道理；不许，有不许的道理，此关涉国朝边防大略，当深思熟虑以定策。”

“是这个道理。”高拱点头道，“俺答诚心求贡数十载，得之不易，甚为珍惜；今若轻许于土蛮，则俺答对所得封贡将转而轻视，他日且别有请乞要挟于我，启衅渝盟，必自此始。如是，则威亵于土蛮，惠竭于俺答，两头落空！”

“绝非危言耸听！”张居正附和道，“往昔东虏敢大举深入，以西虏为之助。今东虏求贡而不获，西虏越发珍惜来之不易的封贡，必不愿助东虏。东虏不得西虏之助，则彼此嫌隙愈构，其势愈孤，而我以全力制之，纵彼侵扰，必不能成大患。是我一举树德于西，耀威于东，计无便于此者！若谓之方略，可谓之‘西怀东制’。此方略大要为：对西，当以巩固和平为要，故应怀柔之；对东，当绝其封贡之请，遏制之！这也是巩固西部和平之所需。威不立则惠不行。只有对东树威，则对西施惠方有效果。”

杨博一蹙眉，顾虑重重地说：“建州三卫也是时顺时叛，对东虏一味遏制，辽东压力未免过大。”

张居正道：“正因为建彝时顺时叛，才要对东虏强力打压。让建彝明白，敢挑战天朝者，必受重创！如此，则建彝不敢轻易启衅。故东怀西制不唯让俺答怀德，也足可威慑建彝。”

杨博仍不放心，道：“辽东一镇，孤悬于关外，恐终难抵御土蛮及叛服不定的建彝。”

高拱沉吟良久，方道：“我看还是据实定策。目下照叔大所说西怀东制是合适的，无论是土蛮还是建彝，敢启衅者，当予痛剿。鉴于辽东压力过大，要辅之蓟辽一体。辽东有战事，蓟镇当驰援之！戚继光国中名将，可恃！”

张居正见高拱接受了他的建言，甚慰；但听到“蓟辽一体”四字，他又忐忑起来，只是他不愿在部院大臣面前与高拱争执，欲言又止。

高拱起身道：“此番驳回求封，土蛮必恼羞成怒，辽东局势严峻！大司马，兵部当传檄戚继光，令其备战，随时准备出击！”

杨博点头，起身要走，张居正忙道：“大司马请留步！”他见蓟辽一体之说就要付诸行动，就不得不说了，“玄翁，居正欲进一言。”

“说吧！”高拱道，“议事，自当畅所欲言嘛！”

“蓟镇乃京师门户，与他镇不同，”张居正很是着急地说，“盖此地原非边镇，切近皇陵，故此镇以贼不入为功。调戚继光北来，即郑重授命：据守而贼不入，即为上功。蓟门无事，戚帅之事即毕。若蓟辽一体，动辄出击，与此宗旨相悖，需熟思之。”

“此一时，彼一时也！”高拱一扬手道，“俺答顺服，蓟镇自当调整职守，以威慑东虏、建彝为要，防东虏、建彝，焉能不出战？不的，辽镇岂可独御强敌？”

“俺答顺服，黄台吉却未必驯服。初迟迟不肯受封赏，继之又索其投我之叛将史大官，拗悍可知。”张居正争辩道，“且黄台吉与其父不和，分歧即在是否尊崇土蛮共主。至今黄台吉还有特使常驻土蛮汗庭，万一黄台吉与土蛮东西呼应，而戚继光东援，则京师、皇陵之安全岂不堪忧？”

“叔大多虑了！”高拱不以为然地说，“黄台吉索其叛将，我已断然拒绝，彼并不敢再言。况俺答、昆都、吉能诸部既已顺服，黄台吉一枝其势已孤，安能独逞即逞？即使黄台吉逞强，宣大以全力应之，又何所畏？”他一扬手，“众既归而一人难叛，黄台吉不足虑！”

张居正见高拱所持甚坚，说也无益，便不再言语。

“大司马，兵部即传檄戚继光！”高拱语气坚定地说，“不管是土蛮还是建彝，敢犯者，必大加一挫，令其胆寒，亦令俺答知畏，则和平可固！”似是为了终止此一议题，不等众人回应，把殷正茂的奏本一举，道，“大司马，此疏，兵部题覆当准奏。”

杨博点头道：“绥广事大，兵部必全力襄助。”

高拱露出满意的笑容：“朝廷全力支持，就看殷正茂的了。”

四

殷正茂的总督行辕就设在惠州朝京门内不远处的一座院落内。督署左近有一口水井，谓之腒井，专供官府使用，乃是隋代所凿。进惠州城的当天，殷正茂就信步走到腒井，欲一览千年故迹。尚未走到井前，突然有数十位老者围拢上来，跪倒在他的面前，口中哭诉着什么。殷正茂听不懂当地方言，幸有一位老者是秀才出身，替他做了通事，殷正茂方明白：惠州百姓号泣，请讨温七、花腰蜂等山寇。

听完哭诉，殷正茂无心赏景，怒气冲冲回到行辕，恰好应召前来的潮州知府侯必登候在茶室，见军门一脸怒容，便问其故。一听军门乃为山寇残害百姓而动怒，也把惠潮一带贼状略陈一番，最后道：“军门，惠潮百姓苦山寇久矣，若不征讨，无颜对粤东父老！”侯必登建言道。

“本部堂意，是先剿海贼，再征山寇。”殷正茂道，“既然惠州百姓号泣，明府又有此论，就只好改变策略，先征讨山寇了！”

侯必登道：“军门，广东山寇与海贼相互勾连，不好说先征山寇还是海贼，当一体统筹。不妨设法先将海疆倭寇驱离，使之不与山寇合力；然后专意讨山寇，再反过来集中攻海贼。”

殷正茂本就心情郁闷，又见侯必登对他指指点点，心中不悦：“本部堂自有方略！”

侯必登却继续进言：“军门，粤东官员众多，上至兵备道、分巡道、巡海道，下至知县，对山寇多主招抚，时下花腰峰伍瑞、温七这些山寇，名义上都是受招抚的，军门若决意征讨，当集文武训示，统一思想。不的，不宜仓促出兵。”

“兵贵神速！”殷正茂越发厌烦了，“明府先回潮州，待剿灭山寇，再议海上事。”

“军门，山寇狡猾多端，又熟悉地形，仓促强攻恐非上策。”侯必登又道。

殷正茂终于不耐烦了，道：“本部堂自会经画，不劳明府指点了！”

侯必登知殷正茂对剿山寇甚自信，不愿别人置喙，只好告辞而去。

当晚，殷正茂即召集左右并伸威兵备道、惠州知府商议军机，连夜传檄：参将谢敕，率两万兵马从西江入壁明溪；参将梁高，率一万兵马从平政入伐大安峝；都司经历所照磨曾尚仁，领乡兵两千守牛牯迳，此三路兵马直指花腰蜂；指挥吴学颜率两万兵马征剿温七。

大军尚在途中，花腰蜂已探得消息，率众间道由麻榨山出，背穿牛牯迳而来。都司经历所照磨曾尚仁所率乡兵刚行之牛牯迳，尚未布阵毕，做梦也未料到花腰峰的人马会突然出现在眼前，未及对阵就被花腰峰的人马一阵砍杀，乡兵四散而逃，曾尚仁被俘。花腰峰传令："弟兄们，打出曾尚仁的旗号，前锋换上乡兵服装！"

殷正茂坐在节堂，闭目晃脑，正在斟酌向朝廷报捷的词句，想象着高拱接到捷报的喜悦情形，忽见亲兵来报：照磨曾尚仁部被花腰峰缴械，曾尚仁被执而去！

"什么？"殷正茂大惊，"曾尚仁所领乡兵，是为监视花腰峰逃遁的，花腰峰怎么神不知鬼不觉先到了牛牯迳？"他气急败坏地吩咐亲兵，"传令谢敕，速率部追击！"

参将谢敕率军刚抵达壁明溪，却不知花腰峰去向，正待打探，忽见曾尚仁的乡兵向这边移动，不觉疑惑："曾尚仁所领乡兵，不是奉命守牛牯迳吗，怎么到这里来了？"话音刚落，已近前的"乡兵"突然手持刀枪剑戟冲杀过来。谢敕大惊失色，还未弄清是怎么回事，一颗流石"砰"的一声打中了他的脑袋，当即晕倒在地。亲随手忙脚乱把谢敕抬上马，左右夹护着夺路而逃！

参将梁高所率兵马到了大安崗，按事先经画，当与谢敕部同时从两翼发起进攻。他连发信号，火焰冲天，始终不见回应，却见探马惊慌失措来禀，方知谢敕部已溃散。梁高闻报，急令撤退！

指挥吴学颜所率另一路兵马征剿温七而来，一路上小心翼翼，生恐中了埋伏，且探且进，待抵达指定地点，探马来报：温七已率部遁入碗窑，依附花腰蜂，二贼已合兵！吴学颜正不知进退之际，又有探马来报：征剿花腰峰的大军已然大败而去！闻此，吴学颜胆战心惊，不敢久留，遂传令撤兵。

殷正茂接报，沮丧万端。他把自己关在节堂里，不许任何人打扰。

"禀军门，照磨曾尚仁求见！"别人求见可以不报，但曾尚仁是被花腰峰掳去放回的，有军机要禀明军门，亲兵只得在门外禀报。

殷正茂闻听是曾尚仁，先是一惊，忙吩咐传召。曾尚仁正叩头施礼间，殷正茂就怒气冲冲地说："你被山寇所执，就该自裁，还有脸回来？"

曾尚仁浑身颤抖，嘴唇打着哆嗦，道："禀军门，下吏该死！山寇花腰峰放下吏回来，是要下吏禀报军门，他已受招抚，官军不该剿他，盼军门消除误会，他甘愿为军门效力。"

殷正茂怒不可遏，抬脚踢向曾尚仁，大喝一声："滚！"又向门外大喊，"来人，传檄俞大猷，命他亲率三万大军，征剿山寇花腰峰！"

亲兵正要领命而去，殷正茂一扬手："慢！"适才的一脚，似乎把满腔怒气发泄大半，他突然冷静了下来，"暂缓传令，召潮州知府侯必登来见！"

侯必登接令，满脸不悦："做知府的，难道专为侍候上官？似这般呼来唤去的。"他故意延宕了几天，方再赴惠州。

殷正茂等得焦心，见了侯必登，却也未发火，反而歉意一笑："不听明府言，吃亏在眼前。请明府有以教我！”

侯必登不卑不亢，道：“卫所官军早已疲沓，征剿山寇，靠他们不成！下吏反复阅看军门刊发的新郑相公绥广文牍，知朝廷对军门百般倚重，何不奏明朝廷，效法戚继光，招浙江土兵以训练之？”

“招浙兵事，可奏明朝廷！”殷正茂痛快地表态道，“只是，总不能等招好兵了再剿寇吧？此事不能等，不知明府有何妙计？”

“各股山寇分分合合，加之官府剿抚不定，盘根错节间，也就有隙可乘。”侯必登道，“可尝试离间计，以各个击破。”

“哦？”殷正茂拊掌大喜，“此计甚好，明府亲自上阵如何？”

“下吏乃一潮州知府，何敢僭越？”侯必登摇手道。

殷正茂一笑：“那好，本部堂这就奏明朝廷，一则请招浙兵，一则请升明府为兵备道，赋予弹压地方之责！”

侯必登向殷正茂拱了拱手，又道：“军门，山寇海贼受招，官员与之明来暗往已不是秘密，是以行事务必谨慎机密。”

“玄翁多次说过，广东狼狈，皆因有司之不良！”殷正茂道，“本部堂这就传令，禁绝官员与受招山寇海贼交通！”他又低声问，“明府可知，何人与山寇海贼交通？不妨抓个典型惩治，以儆效尤！”

“本府推官来经济，形迹可疑。”侯必登道。

殷正茂点头：“我请巡按到潮州一行！”

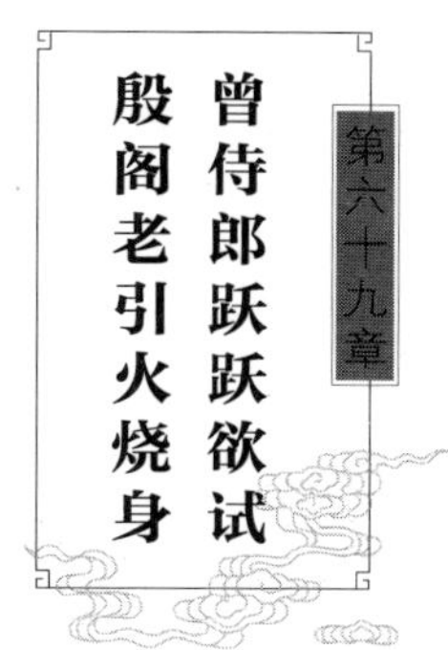

第六十九章 曾侍郎跃跃欲试 殷阁老引火烧身

一

曾省吾刚走过张府的垂花门，就听见后院传来呵斥声，急忙加快脚步，绕过前院正房，穿过回廊的门庭，只见张居正一手提着罩灯，一手举着鞭子，长子敬修、次子嗣修、三子懋修、四子简修、五子允修、六子静修和管家游七排成一行，跪在院中。

“太岳兄，这是做甚？”曾省吾疾步上前，夺过张居正手中的鞭子，“敬修、嗣修都是做父亲的人了，安得如此？”说着，拉着张居正往书房走，又回头对跪在地上的几个人道，“快起来吧！”

张居正虽是怒气冲冲的样子，却暗自感谢曾省吾来得及时，让他下了台阶。

“为了何事嘛？”曾省吾问。

“不争气的东西！”张居正恨恨然道，“不好好读书，却被吕光差人邀去吃酒。”

曾省吾一笑：“咳，这算什么嘛。这哥儿几个够老实的了，被你管束得服服帖帖，知足吧！”

“没一个有出息的！”张居正仰面长叹一声，“发愁啊。”

张居正的儿子们自幼就被他严厉管束、读书习文，以便科场得捷。但不知何故，迄今为止，六个儿子中连一个中举的都没有，这让张居正焦虑不已，渐成心病，动辄找借口把儿子们教训一番。

曾省吾也替张居正发愁，情急之下，以试探的口气道：“太岳兄，要不，我和湖广学政私下通通气？只要有一个出来了，后面的也就带出来了。”

张居正摇摇头，又发出一声叹息。他不是没有动过这个念头，但一想到眼里揉

不进沙子的高拱，他就浑身一紧，不敢再想下去了，哪里谈得上真的去做。

“太岳兄，不为自己想，也得为你这群儿子想想了！”曾省吾突然把手一扬，“早点把那尊神送走吧。”

“三省，你怎么这么说话？”张居正生气地说，“堂堂朝廷宰辅重臣，为私利逐同僚？”

“失言，失言！”曾省吾举手在嘴巴边做拍打状，“太岳兄，久居人下，滋味不好受吧？内阁受了气，回家拿儿子当出气筒？”

张居正扭过脸去，向外一摆手：“你要总这么说话，以后也就别来了！”

曾省吾并不在意：“太岳兄，我看《邸报》上说，广东又在肇庆建船厂了，还要训练水军。看来，想取缔沙市镇的船厂，难了！湖广士绅对太岳兄岂不失望？”他向张居正面前凑了凑，“他们失望不失望倒还在其次，太岳兄对什么通海运、建船厂、练水军，内心极不赞成，可也无可奈何，能不憋屈？”

张居正把头靠在椅背上，目光幽远而深沉，低声道：“近来，我每思本朝立国规模、章程法度，可谓尽善尽美，远过汉唐，本不必复有纷更，唯仰法我太祖高皇帝可也。时下官场弊病，乃法纪松弛、萎靡不振所致。整饬官常，着力点当放在复祖宗之旧上；然则，在玄翁眼里，唯改弦易辙为功，维护祖制、遵守成宪即被贬为袭故套，不值一哂！”

“是啊，若不是他蔑视祖制，也不会力主开海禁、通海运、建船厂、练水军啦！”曾省吾语速极快地说，“为国家计，太岳兄，”他狡黠地挤挤眼，“是不是当……”

“不可乱说，更不可乱来。”张居正有气无力地说。

“有些事，不必说，更不会乱说。”曾省吾诡秘一笑道，“闻得吕光到高府伏地一哭，官场越发议论纷纷，报复的帽子他想摘也摘不掉啦！那个陈大春，往日还想巴结高相，时下再也不提这话了吧？存翁的门生故旧怕是个个心存畏惧，巴不得高相明天就滚蛋呢。”他得意地笑了两声，像是突然想起什么，伸长脖子问，“记得太岳兄说到过，高相有意让张四维入阁？”

“闲谈时说过。”张居正答，他以惊异的目光直视曾省吾，“你要做甚？”

曾省吾伸出手臂，向下做搅拌状，眉毛向上一挑，眼皮一翻，“浑水方好摸鱼，先要把水搅浑！”

“不可胡来！”张居正呵斥道。

曾省吾站起身，一拱手：“太岳兄放心好了。”说罢，匆匆出了张府。

只过了不到半个时辰，曾省吾就坐到了殷世儋家的花厅里。寒暄数语，曾省吾长叹一声：“唉！这阁老相公，外人看来风光无限，岂不知，满腹委屈无处诉说吧？”

殷世儋知曾省吾乃张居正门客，颇是警觉，只是微微一笑，并不搭话。

“可是，凡是点过翰林的，还是钻谋着要坐坐文渊阁的椅子呢！”曾省吾又说。他顿了顿，压低声音，“道路传闻，高相要延揽张四维入阁呢。哎呀！”他突然一惊一乍地说，“殷相公知道吗？有人说，巡盐御史郜永春论劾王崇古、张四维，乃殷相公指授，张四维对殷相公至今不能谅解。省吾怀疑张四维钻谋入阁是为赶走殷相公的。省吾念及殷相公乃张相公同年，瞒着张相公跑来多一句嘴。”

殷世儋的脸色顿时变得铁青，鼻子里发出“哼”的一声。

曾省吾又道：“道路传闻，与北虏互市，举朝反对，高相却一意孤行，是误信了王崇古之言。而王崇古力主互市，实是为了王、张两大家族的买卖！”

殷世儋暗自好笑，这话，不就是他曾经向吕光授意过的吗？

“可惜，郜永春弹劾王崇古、张四维，硬生生被高相压下了，但科道都憋着一口气呢。”曾省吾又道，他躬身问殷世儋，“殷相公，听说王崇古不唯攻讦过郜永春，后来又有奏疏，语侵前任巡盐御史周思充，连高相都看不下去，致函王崇古，斥责他一通，又亲自出面各加抚慰，有这事吗？”

“江陵泄露于你的？”殷世儋反问，却变相证实了曾省吾的说法。

曾省吾坐直身子，盯着殷世儋问：“省吾没有记错的话，周思充是殷相公的门生吧？他父亲周思斗是殷相公的同年吧？他奉命巡盐河东，难道受了王、张两大盐商的贿？连高相的同乡郜永春都不顾高相面子，弹劾王、张两家败坏盐法，他周思充做了一年的巡盐御史，怎么对张、王两家未有一句指摘？”

“三省是为此而来？”殷世儋终于明白了曾省吾的来意，又追问道，“衔命而来？”

“呵呵，殷相公知省吾与某人的关系，衔命是衔命，不衔命也是衔命，反正某人都脱不了干系！”曾省吾绕着弯子道。

殷世儋沉吟道：“近些日子，我看江陵神色不对，似有故意回避新郑之意。三省可知，二公有嫌隙了？”

“江陵相公有远虑啊！”曾省吾含糊了一句。

“远虑？虑什么？”殷世儋问。

“呵呵，远虑就不去管它了，近忧可不敢大意呢！”曾省吾神情诡秘地说完，起身告辞。

殷世儋呆坐良久。想到入阁以来的委屈，本已恶气郁积，如今高拱又要拉张四维入阁，明显是要赶他走。这未免太跋扈、太不留余地了吧？就连张居正的门客都看不下去，出马鼓动，谁还维护他高新郑呢？想到这里，殷世儋蓦地起身，咬着牙，从嘴里蹦出八个字：“先发制人，外围侧攻！”

二

十月中旬，京城街头的树枝上残存的几片叶子摇摇欲坠地挂在枝头，顽强地与寒风周旋着。天阴沉沉的，日头从阴霾中不时探出头来，却也是奄奄一息的样子。空中不知不觉间飘下几片雪花，不到半个时辰，又不知不觉间住了，没有留下任何痕迹。

高拱照例早早到了文渊阁，外面飘雪花的事他也毫无察觉。他埋头在中堂里审核票拟，书办不时将一摞摞文牍从他的案头抱走，又抱来新发下的文牍，放到他的面前。他顺手拿起一份一看，脸上露出既吃惊又愤怒的表情，声嘶力竭地说："这御史，意欲何为？！"

张居正和殷世儋俱低头不语。

高拱怒而不息："朝廷好不容易消停了，又来挑事儿，唯恐天下不乱！"

张居正突然觉得高拱有些可怜。大权在握，却只会发怒，除了显示自己的粗暴外，于事何补？他暗忖：若是我，哼哼，叫他吃不了兜着走，看谁还敢指手画脚！但他不露声色，问也不问一句，顾自拿着一份文牍，做细阅状。殷世儋似乎预感到高拱所说的御史就是周思充，心里有几分紧张，装作漫不经心地问："元翁因何动怒？何人挑事儿？"

本指望张居正会关切地问一句的，他却没有回应，高拱有些尴尬，见殷世儋接了话，也就顺势把周思充的弹章大意说了出来："御史周思充论劾张四维，说他隆庆四年十月初十以翰林学士升吏部右侍郎，十二月十二日，又升左侍郎，皆攀附钻谋而来。如今又觊觎阁臣之位，不知廉耻；又言其舅王崇教、其父张允龄皆贩盐豪商，狼狈为奸、败坏盐法、谋求暴利，一家人官为商助、商为官谋，奸邪如此，乞将张四维罢斥。"

"言官论劾一个侍郎，不值得大惊小怪吧？"殷世儋道。

高拱脸涨得通红，大声道："张四维从右侍郎升左侍郎，只有两个月，这事是有的。可这违例了吗？"他看着张居正，"叔大，你从翰林院学士升礼部右侍郎，不到八个月吧？从右侍郎到入阁，也就十天吧？我不是说叔大不该升迁，我是以此举例说，到了这个层级的官员，只要不违例、又有空缺，并不受历俸的局限。张四维任右侍郎两个月，正好左侍郎致仕，他转任左侍郎，也是顺理成章，有何可挑剔的？"顿了顿，又道，"除了这一桩，其余的，都是臆断！"

"这是对着玄翁来的。"张居正突然阴森森地说。

"不仅仅对着我，叔大也在内！"高拱像是早就洞察了一切似的，自信地说。

张居正愣了一下，不知高拱因何会有此论。

“明摆着的，”高拱解释道，“科道对封贡互市本极反对，今见事成，积怨无处发泄，又觉你我不宜撼动；而子维为封贡互市事穿针引线、联络沟通，出力不小，遂将矛头指向他。”

张居正暗笑，却爽快地认同了高拱的说法，又佯装不解地说：“只是何以突然此时发难，令人疑惑。这背后，有没有文章？”他转向殷世儋，“历下，你说呢？”

殷世儋一笑：“周思充做过巡盐御史，他论劾盐商，有何奇怪的？”

“说的是啊，当年何以不论劾，过了这么久突然论劾起来？”张居正紧追不舍。

“这……”殷世儋一时语塞，他重重咽了口唾沫，“御史见张四维冒升有异于常，看不下去了，也未可知吧！”

“历下，周思充是你的门生吧？”张居正一笑道，“难怪历下这么清楚呢。”

“江陵，你……”殷世儋惊讶地看着张居正，紧张得说不出话来。

高拱盯着殷世儋，顿起疑心。殷世儋被看得神色慌张，道：“元、元翁，难道凡是门生做的事都是座主指授？若这般说，元翁的门生也不少，那是不是凡是元翁门生论劾谁，背后就是元翁指授？这样胡乱揣测下去，朝廷永无宁日了！”

“历下，你何必往自己身上揽呢？”张居正两手一摊道，“没有人怀疑到你历下的吧？”

“好了，不要被这些节外生枝的事干扰大局！”高拱一扬手，含怒道，“此疏不批交吏部题覆了，内阁直接拟票，慰留张四维！”又吩咐书办，“抄本，送给张侍郎，上疏自辩。”

张四维接到弹章，似乎听到“嗖”的一声，后背有冷风吹过，不免脊背发凉。他呆坐片刻，当即写好辞呈，交司务封发，然后不声不响地走出了吏部首门，钻进轿中。轿子转上长安街，穿过长安左门向西而行，张四维掀开轿帘，抬头望了一眼承天门，又缓缓放下轿帘，突然有种解脱感，轻叹一声，喃喃道：“离开此是非场，正其时也！”一股莫名其妙的庆幸感涌上心头，瞬间把笼罩在胸中的愤懑、不快情绪，驱得烟消云散！

“张得，收拾家当，老爷我要辞官回籍了！”一进家门，张四维就吩咐道。

张得望去，老爷脸上分明带着笑意，不敢相信他是真的要走，踌躇着想探个究竟。张四维沉下脸来，呵斥道：“还不快去，阖家人等都动起来，越快越好！”

张四维注门籍、督促家人收拾行装，皇上三次下旨慰留，他都不为所动。

“阁臣也无非三次慰留就保全了体面，子维一个侍郎，还这么扭扭捏捏的做甚？”这天晚上，高拱一到吏部就把魏学曾叫到直房，生气地说，“你这就代我去见他，要他收回这道辞呈，明日就来当直！”他以为，张四维一再请辞，无非是照例行事；三次慰留，体面无伤，就该出来视事了。谁知张四维并未接受慰留，而是

又上了一道辞呈，高拱这才有些着急了。

魏学曾不敢怠慢，当即赶往张四维府邸。张四维虽则闭门谢客，但魏学曾衔高拱之命而来，他不敢拒之，亲到首门迎接。

“哎呀，这是……”过了垂花门，魏学曾一看，院子里已是狼藉一片，不觉吃惊，站着不动了，叫着张四维的号说，“凤磐兄，你铁了心要走？”

“非走不可！”张四维决绝地说。

“玄翁不放你走，凤磐兄也要走？”魏学曾问。

“让玄翁失望了，心有愧焉！”张四维拱手道。

“这是为何？”魏学曾不解地问。

“确庵兄……”张四维欲言又止，叫着魏学曾的号，向他拱手，“拜托我兄，回去禀明玄翁，四维意已决，千万千万拟旨放我回去！”

魏学曾大惑不解，却也不再多问，道：“既如此，我上紧去禀报玄翁吧！”说着，转身就走。

“确庵兄，”张四维在身后叫了一声，语气很是郑重，“玄翁乃不世出之豪杰，朝政得玄翁主持，乃大明之幸！”他抱拳揖道，“四维拜托确庵兄，多替玄翁分劳！”声音竟有些哽咽。

魏学曾苦笑道：“既如此，我兄何以临阵脱逃？”

张四维只是作揖：“弟愧疚不已，就拜托确庵兄了！”

魏学曾无奈，只得回禀高拱。

“什么，家当都收拾好了？”高拱闻报，有些不敢相信，“没有回旋余地了？”

魏学曾点头，神情肃然。

“子维没有说原委？”高拱追问。

“子维似有心事，却欲言又止。”魏学曾声音低沉地说，“学曾察觉，子维此去非因被劾，当另有缘由！”

“那会是甚缘由？”高拱像是自问，又像是问魏学曾。

魏学曾摇头。

高拱沉思良久，却无论如何也猜不出张四维执意归去到底是因为什么。

三

东华门外，坐北朝南的一个大院落就是四夷馆所在。这天上午，提督四夷馆少卿韩楫正在埋头阅看一份文牍，忽听禀报，工部侍郎曾省吾来见，他甚为惊讶，神色茫然地起身相迎：“哎呀，哪股风把少司空吹到敝馆来了？”

“呵呵，伯通兄，”曾省吾边落座边道，“新郑相公倡导实政，不许务虚文，工部自当照着做嘛！”说着，伸头向外扫视了一眼，“新郑相公又甚看重四夷馆，把最得意的弟子委来主持，又有扩招译字生之议，本部哪里敢怠慢，来察看一下，看看四夷馆馆舍要不要修缮、扩建。”

“敝馆正有此意！”韩楫道。他起身从书案上拿起适才还在阅看的文牍，“这不，敝馆已拟好了奏本，正要奏请扩建馆舍。”说着，目光不时向曾省吾脸上扫去，暗忖：此公足智多谋，非善类，不可不防。

“伯通兄的事，工部必促成。上本就是了。”曾省吾大度地说。言毕，起身道，“那就不必察看了，等上了本，工部当题覆准奏，一切照伯通兄的想法办。”

“难道是我多疑了？”韩楫送曾省吾上轿，心中暗想。

“伯通兄心事重重，太敬业了！”曾省吾躬身上轿，脑袋已钻进轿厢，又退回两步，“伯通兄，朝野谁人不知，新郑相公最赏识的人乃蒲州双杰：张子维与韩伯通。如今张侍郎被人一疏劾去，新郑相公怏怏不乐，伯通兄也别只埋头职业，多去看看你的师相嘛！”

“师相最恶趋谒酬酢，无公事不敢参谒。”韩楫警觉地回应道。

“呵呵，也是！”曾省吾钻进轿中，轿子上了轿夫肩上，他掀开轿帘，“伯通兄也要当心呢！吏部左侍郎说赶走就赶走了，下一个目标，或许就是伯通兄了。”他伸出手，拍了拍韩楫的肩膀，“官场上的事，伯通兄还不明白？做得再好，官守再过硬，都不重要，重要的是看你是谁的人！伯通兄不妨再细细看看周思充的弹章，醉翁之意不在酒。主使者的用心，恐非劾去张侍郎就罢休的！”

韩楫听得直冒冷汗，却未敢接话，只是抱拳相送。回到直房，思忖良久，忍不住写了邀帖，邀同年程文、宋之韩晚间到府一聚。

程文、宋之韩都是言官，同年中最与韩楫交好。当晚，在韩楫的花厅里，三人把曾省吾的一番话翻来覆去琢磨了几遍，依然猜不透他的用意。

“曾省吾是张阁老的幕宾，朝野都晓得高、张一体，想来他不会设圈套吧？”程文道，“或许只是善意提醒？”

“我辈是不是太小心了？管他姓曾的说什么，事实是，”宋之韩道，“那些人已然拿师相最赏识的助手开刀了，若不迎头痛击，显得师相软弱可欺！”

“我看算了！”程文缩了缩脖子道，“别人攻讦师相无风险；若我辈替师相攻讦别人，师相必不轻饶，齐康兄即前车之鉴！”

韩楫不耐烦了，道：“不成，这般世儋攀缘太监入阁，本是大干天条的！正人君子早就该说话了，顾忌师相不愿朝廷纷扰、干扰新政，才忍了下来。谁知此公入阁，不唯不帮忙，却一味掣肘，今竟越发不知天高地厚，发起进攻来了。我咽不

下这口气！”张四维是韩楫的同乡好友，又都是高拱最赏识并一力拔擢的人，韩楫对张四维去职自是愤愤不平，何况曾省吾危言耸听地说他或将是下一个被攻讦的目标，越发让他对殷世儋愤恨不已。

程文不安地说：“殷历下果真是幕后主使？万一误会了，岂不是给师相逼出个政敌吗？”

“他没资格做师相的政敌！恐怕也没有做政敌的机会了！”韩楫恶狠狠地说，“二位年兄不必出面，我去找与师相无渊源的御史发难！”

三人密议良久，选中了几位御史。

此时，在张居正的书房里，曾省吾正向张居正禀报他去四夷馆面见韩楫的情形，得意地说：“殷世儋在文渊阁的日子，长不了啦！”

“三省，逐历下，何益之有？”张居正问。

“逐殷即为保张。”曾省吾解释说，“一旦殷世儋被逐，则高相在朝野必落得不容人的名声。”他“嘿嘿”一笑，“就像‘报复’一语让高相缩手缩脚一样，一旦不容人的名声传扬开来，他必不敢有逐张之举。捆住对方的手脚，再谋逐之，可保万无一失。一旦高、张嫌隙公开化，举朝同情心必倾向于太岳兄矣！”

“可玄翁并无逐我之心。”张居正道。

“高不逐张，张即不逐高？”曾省吾摇头道，“那岂不是久居人下、委曲求全？高相无儿无女，安知太岳兄的难处？他无所谓，可太岳兄就不同了，六个儿子立在那里，只能进，不能退！太岳兄言不为私情而忘大义，高相再这样折腾下去，恐祖制、成宪也被他践踏殆尽了吧？梦回高皇帝时代、中兴大明，还有望吗？”

张居正默然良久，道：“历下以寻章摘句见长，有‘体齐鲁之雅驯，兼燕赵之悲壮，禀吴越之婉丽，是文坛一巨手’之谓，佐理国政捉襟见肘，居相位不如领文坛。”

“就是嘛！逐殷，于国有利。”曾省吾一拍扶手道，“太岳兄无须做甚，明日见到殷相，不经意间提醒他一句，要他防备韩楫即可。这也是同年之谊嘛！”

过了两天，雾气迷蒙的清晨，张居正刚从轿中走出，抬头望见殷世儋的轿子就在眼前，他整理了一下冠带，缓步进了文渊阁首门。殷世儋随即也走了过来，张居正转身与殷世儋寒暄了一句，低声道：“年兄，有暇不妨邀蒲州韩伯通少卿一叙。”

殷世儋愣了片刻，听张居正呼自己“年兄”，即觉奇怪，听完他的话，越发疑惑起来；欲问其故，张居正却快步走开了。

待进了中堂，尚未议事，高拱突然烦躁地说：“又来了！才消停不过半年。”说着，把一份文牍传给张居正，“叔大，你拟旨，慰留！”

张居正一看，是御史赵应龙弹劾殷世儋的弹章。他默读一遍，佯装生气地说：“这御史论劾历下援太监入阁，无资格协理国政。他这样说话置皇上于何地？难道皇上是凭太监任意操纵的？当言辞切责！”

“算了吧！”高拱一扬手道，“慰留历下就是了，少招惹那些科道为好。”

殷世儋一听有御史弹劾他，先是愣了片刻，方恍然大悟：原来张居正以年兄呼之，又刻意提到高拱的门生韩楫，是以同年身份提醒他的。不用说，赵应龙充当的是韩楫的打手。“哼哼！”他冷笑两声，“世儋椎鲁朴钝，不能曲事某公，终究不见容矣！可世儋与高、张二公一样，皆皇上特旨简任。科道诬世儋事小，诬皇上事大，故虽无恋栈之心，却不能不呈请宸断！”

四

掌灯时分，高拱的轿子出了承天门，穿过长安街，刚过公生左门，忽有十几个书生模样的人拦在轿前。

“怎么回事？”高拱问。

“我辈是潮州籍的监生，”跪在轿前的一名年轻人抬头道，“禀阁老，闻得侯知府年久该升，吏部要升他的职；若侯知府遂升去，百姓无主，必皆随之而去。乞高阁老怜我潮州百姓，留侯知府管潮州事。”

“官久不升，何以示劝？”高拱答道，“不过尔等诉求，朝廷自会斟酌区处。”

拦轿诸人叩头，连声称谢。一到吏部，高拱即召魏学曾到直房，将适才情形略言一遍，笑着说：“殷正茂荐侯必登升伸威兵备道，潮州书生遮道请留。惟贯，你说怎么办？”

魏学曾道：“昨日还有几位潮州籍的士夫向学曾陈情，言潮州不可一日无侯必登。学曾即命文选司细查，查得潮州兵备员缺，不如将侯必登升参政，带宪职管潮州兵备事。”

“甚好，拟本速呈！”高拱满意地吩咐说。

侯必登的任职诏书批红当日，殷世儋回到了内阁。

殷世儋连上两疏自辩，内阁拟旨慰留，批红一下，高拱就吩咐书办，将谕旨即刻送至殷世儋府上，请他到阁视事。接到第二次慰留谕旨，殷世儋本想再上一疏，三获慰留，体面可保全，但疏稿已拟好，他又撕碎了。心里有些打鼓，担心这第三疏一上，万一高拱拟旨允准，大内必照票批红，岂不弄巧成拙？遂不再扭捏，次日即到阁视事。

高拱见殷世儋讪讪进了中堂，拱手道：“历下，明日冬至，行祭天礼，辛苦你代劳！”

殷世儋求之不得。他长期在礼部任职，谙熟典礼，也很享受典礼带来的荣耀感。

可越是深感荣耀，越是对遭受弹劾耿耿于怀。祭礼毕，百官正要散去，殷世儋快步走到韩楫面前，大声道："闻少卿欲有憾于我？奉劝少卿一句：你要赶我走也无所谓，只是你不要让人当枪使就好！"

韩楫一惊，缓过神儿来，追了几步，对正要上轿的殷世儋道："殷阁老，攀援太监这般不光彩的卑鄙勾当，已曝于光天化日之下。若是韩某，必立马走人，绝无颜面再立朝班！"

百官纷纷围拢过来，殷世儋躁得面红耳赤，花白的胡须向上撅了又撅，一顿足，挥拳欲向韩楫打去。礼部尚书潘晟一把拉住他，低声道："相公息怒，不可在大庭广众之下失了风度。"

"哟呵！"韩楫一撸袖子，道，"想打架？不妨约个地方对决，免得你在这众目睽睽之下丢人现眼！"

"韩少卿，不可无礼！"潘晟呵斥了一声。

"诸公作证，是他为老不尊，无端挑事儿！"韩楫手指殷世儋道。

"本阁部不与尔等小人计较！"殷世儋自找台阶道。说着，钻进轿中，催促轿夫道，"快走！"

"诸公看看，这哪有相公之体？"韩楫冷笑着道。

早有人飞马向高拱、张居正禀报。两人面面相觑，不敢相信。须臾，殷世儋气鼓鼓地进了中堂，落了座，举盏喝茶，"噗"地一口喷在地上，喊道："来人！"书办趋前躬身侍立，殷世儋呵斥道，"瞧瞧，茶水冰凉，竟不知给换热茶？"

"成何体统！"高拱大声道。

殷世儋憋着一股火正无处发泄，闻听此言，"腾"地站起身，指着高拱道："你也知体统？若知体统，就不会如此专横霸道，先逐陈公，再逐赵公，又再逐李公，如今又要逐殷某！这文渊阁难道是高家的私邸不成？这首相的位子，难道你会永远坐着不成？！"说完，挥拳往书案上砸去，"哐啷"一声，茶盏被震得跳了起来，在书案上滚了几下，"啪"地摔在地上，碎成一片。

高拱愕然失色，随即轻蔑一笑："阁臣乃皇上的亲信之人，进不由高某，退亦不由高某。高某从无逐人之心，也无逐人之举；若殷阁老要退，高某不会阻拦！"

"你想让我退，我偏不退！"殷世儋含怒落座，冷笑道，"皇上留我，你奈我何？"

张居正看不下去了，道："历下，失态了！"

"失态？"殷世儋突然大笑起来，"哈哈哈！是，殷某哪里比得上江陵，一向道貌岸然！"

"疯狗！"张居正心里骂了一句，不再理会他。

瞬间，中堂里的气氛仿佛凝固住了，三位阁臣都有窒息感。

“诸公，下吏奉首相之召，前来听训。”正在这时，工部尚书朱衡进了中堂，边抱拳施礼边道。

“大司空来得真是时候！”高拱一笑道，“有件棘手的事，想与大司空商榷后再题覆。”

朱衡躬身道：“请明示。”

高拱拿出一份文牍，晃了晃，道：“礼科给事中骆遵上本，言黄河为患，治非其人。嘉靖四十四年大司空曾总理河道，治河有方，今治河诸官皆称，大司空誉望久著，官属乐从。雒遵建言，暂令大司空总理河道，整修河防。可大司空久绾部章，安得外放河道？然则……”他举盏呷茶，不再说下去了。

雒遵乃高拱门生，朱衡揣测他的建言恐是高拱之意，高拱欲言又止，未出口的话，朱衡也已猜出，遂道：“新郑不必为难，下吏愿总理河道。”

高拱满意地点头，道：“虽通海运，但黄河不能不治，运河不能不通。此为国之大事。国有大事，不可拘于常规。我意大司空以工部尚书兼都察院左副都御史衔加河道总督，前去经理治河。待成功之日，再另行题请，回部管事。”

“吏部颁敕，下吏即启程！”朱衡爽快地说。

送走朱衡，高拱有意把殷世儋苛责带来的不快丢到脑后，如常议事办文。三阁臣虽各怀心事，但内阁的气氛，表面上渐渐恢复了常态。

仅仅过了两天，御史侯居良的弹章又摆到了高拱的案头。他转给张居正，道：“你来拟票。”

今日本是殷世儋执笔，一份文牍却交张居正票拟，殷世儋刚要提出异议，蓦地悟出不妙，冷笑一声：“江陵，不必为难了！”

张居正道：“历下有预感？嗯，不错，是论劾你的。御史侯居良言历下‘始进不正，求退不勇’，历下，你拿去阅看，上本自辩吧！”

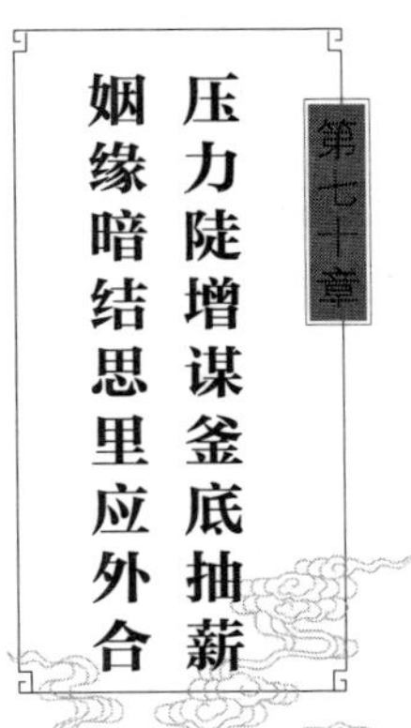

第七十章 压力陡增谋釜底抽薪 姻缘暗结思里应外合

一

苏松巡按御史李贞元出了察院，一看间壁的兵备衙门被黑压压一片告状民众所围。他踌躇良久，方硬着头皮，只带两名亲随，弃轿徒步前往。刚走到上控人群前，就听有人喊道："让开让开，是找蔡苏州的，别挡道！"又有人喊："不是蔡苏州，是蔡道台！"乱嚷嚷声中，人群闪开一条通道，李贞元顺利进了首门，抹了把汗，畅出了口气，直奔大堂而去。蔡国熙闻报，忙将李贞元迎入二堂。

"兵宪，"李贞元以官场对兵备道的尊称问蔡国熙，"怎么这几天上控的人越来越多了？"

"缙绅可享免赋役特权，但即使官至极品如徐阶者，律令明定只可免除六千亩的赋税。"蔡国熙解释说，"本道已榜示，超过律令规定之外者，以偷税论处。此榜一出，投献徐府者纷纷要求退田，徐府置若罔闻，来控者自是有增无减。"他又以得意的口气补充道，"徐府横行乡里，残害百姓的事罄竹难书，受害者知本道一向不畏权势，也纷纷前来控告。江南士民期许本道，不亚于期许海瑞矣！"

"这么说，兵宪真要到徐府拿人？"李贞元问，不等蔡国熙回应，又说，"学生赴任前，元翁面示宽假徐府事，前些天又有华翰来，恳言对徐府事做宽处，以存元老体面。"说着，把高拱的来书递过去。

蔡国熙看也不看，起身从书案上检出两封书函，递给李贞元："按院，这是内阁高、张二老的华翰，无不是为徐阶求情的。"

"既如此，兵宪执意要拿人？"李贞元问。

"不唯要拿人，还要勒令徐府退田！"蔡国熙斩钉截铁地说。

"兵宪三思啊！"李贞元提醒说。

蔡国熙起身走到门口，指着首门外的人群道："按院，看看那些号泣的民众，即或铁石心肠，能不寸断？"他又回身走到书案前，指着一摞簿册，"看看这些，都是投献的证据！投献徐阶名下的田亩数十万之多，国家的赋税就这样生生被徐府侵吞了！上损国家、下欺百姓，我辈为官者还要替他掩护，良心何安？！"

"徐老在朝善收人心，颇能迷惑人。当年我就跟着他卖力参劾新郑相公。可来松江几个月，所见所闻，真是不忍言。"李贞元一脸厌恶，"只是，高、张二老要我辈……"

不等李贞元说完，蔡国熙一扬手："不管！苏州籍的高官名流何其多也，本道守苏州时，要是被上官的面嘱书示左右，一件事也做不成，哪里会有蔡苏州之誉？"

"兵宪，惩治不法自是本分，然则，"李贞元捋了捋胡须，"访得兵宪曾受徐府'噪舟'之辱，不可不避挟私报复之嫌。"

"哼哼！报复？"蔡国熙冷笑道，"朝廷命官可以肆意羞辱？本道就是让他看看，王法俱在，公理犹存，不管是谁，都要知道天高地厚！他徐府胆敢羞辱朝廷命官，必须付出代价！不然，为官者岂不都要在豪势面前唯唯诺诺，谁敢为百姓撑腰？"

正说着，排军来报："禀兵宪，整备停当！"

蔡国熙起身拱手道："按院，本道要亲率排军到徐府拿人，就不奉陪了！"

李贞元只得起身作别，蔡国熙又道："按院，吴地难治，端在豪势作祟；不除豪势，江南无宁日！是以还请按院依法勘问，还百姓以公道，为国家挽损失。"说罢，他亲送李贞元出了二堂，这才到大堂向排军训话。不多时，百名排军个个身着戎装，手持刀枪，威武煊赫，出了兵备衙门，直奔徐府而去。上控民众见此阵势，也都跟在排军之后助威，松江城一时为之轰动。

徐府门丁数十人，拿着棍棒人挨人站在首门，个个被眼前的情形吓得呆若木鸡。蔡国熙下了轿，两名旗牌官手持令旗，用力一挥，大喝一声："回避！"门丁闻之，浑身战栗，马上闪躲一旁。蔡国熙在排军簇拥下进了徐府，直奔徐阶禅室而去。徐阶早已闻报，却也无计可施，盘腿闭目坐在床上，双手合十，口中喃喃，似在念诵佛经。

蔡国熙一步跨进禅室，也不施礼，语气生冷地说："徐阁老，本道到贵府办理案件，多有骚扰，还望海涵。"

徐阶动也不动，说了声"兵宪请便"，继续念经不已。

"那好！"蔡国熙命人把一簿册展于徐阶面前，"本道查得，徐阁老名下有四万亩田产，乃非法侵占，兹勒令入官！”又命展开另一簿册，“徐阁老名下，已查明投献有据者二万亩，勒令退出；其余田亩待查明后再做区处！”说着，把一份公牍展于徐阶面前，“此为执法公牍，请收讫、照办！”

徐阶嘴唇哆嗦着，连诵几声：“阿弥陀佛！阿弥陀佛！阿弥陀佛！”

“还有，”蔡国熙肃然道，“本道接到数以千计的控状，控诉贵府徐璠、徐琨、徐瑛三人，本道审勘真确，可坐实者三罪：接受投献、诈骗官府颜料银、殴伤民众！犯此三罪，依法当予拘提！兵备衙门行牌已久，三人犯拒不到案，今日本道前来提拿！”

徐阶抖了一下，道：“老夫不闻窗外事久矣！”

蔡国熙胸有成竹。他一到松江，就驳回了松江府对以“恶仆诬告主家”罪被判死刑的沈元亨一案。沈元亨被释后，蔡国熙知他掌握徐府机密，多次延请密谈，并嘱他找仍在徐府听用的熟人探听徐府动静。昨日得到线报，知徐阶禅室书柜后有一暗室，一有风吹草动，徐璠三兄弟即躲藏于此。蔡国熙闻报大喜，遂亲率排军来拿。他对着书柜扫视一眼，冷冷一笑，大声道：“来人！”几名排军“呼”地拥了进来，蔡国熙一指书柜，“给我搜查人犯！”

眨眼工夫，书柜被移开，一个暗门露了出来。几名排军边大声吆喝，边提刀而入，刚闪进门去，徐璠三人就耷拉着脑袋走了出来。

“绑了！”蔡国熙命令道，“押走！”说完，向徐阶一拱手，转身而去。

徐璠、徐琨眼巴巴地看着徐阶，徐瑛则哭喊不停。徐阶目送三子被推搡着带走，老泪夺眶而出。须臾，门外就响起一片女人和孩童哭天喊地的声音。

“高新郑，相逼何甚！”徐阶突然目露凶光，咬牙切齿地说，大喊一声，“召吕光来见！”

吕光几天前奉召回到松江，徐阶知蔡国熙正清查徐府田亩，遂把来路不明的一万亩地拨给了吕光。他正带人查看，忽听徐阶召见，忙匆匆赶往徐府。

“水山，事迫矣！”徐阶拉住吕光的手，洒泪道，“适才蔡国熙已然勒令将你那一万田亩入官了！水山，眼看我徐家要人财两空、家破人亡了。还要辛苦水山，再赴京城！”说着，指了指书案上已备好的礼物，“将玉带、宝玩送给张叔大！”

“存翁，上次因为三千两银子的事，高胡子已然对张相公起了疑心。”吕光道，“恐这回张相公未必……”

“要的就是这个效果！”徐阶冷峻的目光投向吕光，“水山，张叔大非久居人下之辈，城府深不可测，高新郑不是他的对手。既然二人已然有隙，正可火上浇油。此番晋京，只一件事：助楚伐郑！”

“助楚伐郑？”吕光品味着，点了点头，“新郑实力强大，存翁有何妙策？”

“里、应、外、合！”徐阶一字一顿地说，“你见到叔大，就说老夫以此四字为赠。”

二

张居正把长子敬修叫到书房，拿出家书命其阅看。张敬修战战兢兢读罢，躬身垂首道：“儿不肖，不能替父分忧！”

“你祖父母年已古稀，想住所像样的宅子，也不为过。”张居正沉着脸说，“可为父供尔等兄弟读书、成家，已不堪重负，竟不能为你祖父母一了夙愿，能不愧疚？”他叹息一声，“今日召你来读家书，不为别的，就是盼尔等用心举业，早得功名，亦可一慰年迈人之心。”

敬修点头称是，踌躇片刻，道：“父亲，时尚每以襁褓子女缔结婚姻，简修之女已逾周岁，不妨找一个巨贾之家结亲，也好……”

“混账话！”张居正打断他，“堂堂宰辅孙女，安得许于商贾？你少操闲心，于兄弟中带个头儿，乡试得中，为父就阿弥陀佛了！”言毕，无力地摆摆手，命敬修退下。

敬修退去，张居正心绪烦乱，呆坐良久，又铺开纸笺，可提笔在半空，却久久未落下。

“老爷，福建巡抚何宽的急足求见！”游七禀报道，说着，把拜帖呈于书案。张居正拿起一看，拜帖里夹着一份礼柬，列银二千两；而所谓急足，竟是何宽之子何敞！他不觉一惊，忙吩咐传见。

“相爷，大事不好！”何敞一进花厅，就跪倒在地，叩头道。

张居正不悦道：“何事惊慌？简要禀来。”

“相爷，巡按御史杜化中，一到福州就追查旧案，把金科、朱珏二将拘押了！”何敞惊恐地说，“小子奉家父之命、二将之托，特乞相爷转圜！

“此前我让兵部把此案移巡抚勘问，就是要何巡抚把这个案子捂住的。贵为封疆大吏，怎么连这件小事都办不利落，又惹事端！”张居正烦躁地说，“究竟是怎么回事，尔如实道来！”

何敞道：“禀相爷，承蒙相爷转圜，案行巡抚衙门勘问，家父委转运使听理……”

“转运使？你没有记错？”张居正打断他，问。

“相爷，是转运使。”何敞道，“二将使了银子，俱从轻拟。二将以为事结，把家父宠妾父母接到家中维持，有些招摇。杜巡按……”

“糊涂！”张居正听不下去了，恨恨然，“委按察使可，委兵备道亦可，安得委转运使问理？这不是授人以柄吗？！”他把拜帖并礼柬往地上一摔，“拿去！”

“相爷，相爷！”何敞叩头道，“此事……”

“退下吧！我会设法转圜的。”张居正说着，怒气冲冲转身进了书房，吩咐游七，“叫曾侍郎来！”

曾省吾并不知悉前因，刚一听到杜化中的名字，便一摆手道：“太岳兄，等等！这杜化中可是高相的乡党，会不会是高相要对太岳兄下手了？”

“下手？不至于吧？”张居正蹙眉道，“可如此一来，把柄捏在人家手里，就被动了。”

“这么说，太岳兄这个……嘿嘿。”曾省吾挤眼一笑，“可以理解，可以理解。太岳兄老少几十口，哪像高相老绝户！”

张居正正色道：“我是看戚帅的面子，将才难得，有意保全！”

“那是那是，太岳兄做事是有原则的。”曾省吾忙道，“只是何宽太糊涂，大抵为了二将的银子，竟然把案子委给转运使，真是耸人听闻，委实说不过去。”

“废话太多！”张居正嗔怪道，“是让你来画策的，不是让你说三道四来的！”

“这件事嘛，”曾省吾眼珠子一转，“说好办，也好办！戚继光不是正要招浙兵吗？让兵部出个咨文，就说戚继光要调二将去浙江招兵，从福建把人捞出来就是了。难道他杜化中还敢不放人？”

“嗯，是个法子！只是，万一大司马……”张居正踌躇道。

“谷中虚是左侍郎，上回已收了二将银子，他自会去办。”曾省吾自信地说，又挤挤眼道，“万一老杨博那里卡住，太岳兄亲自和他说，难道他会不办？此公最会做人。”

张居正快步走出书房，吩咐游七：“叫钱佩来！”

“你速回蓟镇，禀报戚帅，让他火速呈文兵部，取用革职福建游击将军金科、佥事朱珏，到浙江招兵。”张居正吩咐钱佩。钱佩本是戚继光亲兵，被委于张府听用，兼带沟通联络，故戚继光与张居正得以喘息相通。他领了张居正之命，连夜驰往三营屯而去。

“只怕杜化中不依不饶，弹章到了朝廷，还是有麻烦。”张居正回到书房，又惴惴不安起来。

“嘿嘿！”曾省吾揶揄道，“太岳兄，烦恼了？惧怕了？觉得权势不够了？”

张居正默然。

“嘿嘿，太岳兄放心吧！”曾省吾胸有成竹地说，“杜化中上弹章也好嘛！高相查问起来，都是兵部出的公牍，他不纠缠，此事了之；他纠缠不放，岂不是让杨博

难堪？杨博的人望谁能比肩？得罪了他，高相在朝廷就真的孤立了！”他又狡黠一笑，“嘿嘿，太岳兄，我早就在外散布说，杨博以吏部尚书召回却管兵部事，都是高相把着铨政大权不愿撒手。想来，杨博对高相不能无怨气。”

“三省，要谨言慎行！”张居正以警告的语气道。

“太岳兄，高相很自负，且心思都在政务上，他哪里有暇在意这些！”曾省吾不以为然地说。

张居正摇头道：“那几个门生，也不是善茬！还是审慎为好。”

“太岳兄，殷相的事，还没了？”曾省吾问。

张居正道：“昨日历下的第二疏一上，圣旨今日就下了，走人！”

“老殷丢官，老高损威，受益者，唯太岳兄！”曾省吾拊掌道。

“内阁只剩两人，有些尴尬。”张居正叹息道。

“太岳兄，千万不能添人！”曾省吾道，他压低声音，“时下内里孟冲虽掌印，但他是呆头鹅；冯保狡黠有野心，对高相恨之入骨，当与他结盟，里应外合。即使不赶走他，也可玩他于股掌！”

听到“里应外合”一语，张居正仿佛被震了一下，蓦地向后仰了仰身子。昨日吕光衔徐阶之命夤夜造访，备述徐府惨状，又说徐阶有四字相赠，正是“里应外合”四字。恩师久历官场，与严嵩斗法二十载，老谋深算，智术过人，张居正闻听“助楚伐郑”已是心动，又闻“里应外合”之计，更是为之一振。父母高堂、众多儿子带来的压力，福建旧案新发带来的不安，恩师求援的呼喊，让他想到了“釜底抽薪”四字。可是，唯其如此，张居正才越发惶然。他叹了口气，说出了自己的担忧：“大臣交结太监，传出去毕竟不美。万一玄翁察觉，发动门生攻讦，不是自蹈死路吗？”

“不会！”曾省吾自信满满，“高相外粗暴、内重情，太岳兄与他有香火盟，他不会对太岳兄下狠手。真遇危机，几句好话就能化解！”

张居正重重吐了口气，陷入沉思。

“太岳兄，当年徐相为和严嵩斗法，与缇帅陆炳结儿女亲家，又把一个孙女许给严嵩之孙；严嵩一倒台，徐相为除后患，便将孙女捂死，这些事，太岳兄都是晓得的。”曾省吾一咬牙，“舍不得孩子套不住狼。官场上，要想整垮政敌，不能有妇人之仁，也不能儿女情长！”

张居正已明白曾省吾的意思，惊讶地看着他，目光中既有惊诧，又有跃跃欲试的冲动。

曾省吾冷冷一笑：“太岳兄，徐爵乃冯保心腹，本是逃犯，狡黠伶俐。他有一子刚满周岁，当与之暗接姻缘！如此，则张冯同盟可成，大内操纵于太岳兄之手矣！”

张居正浑身战栗，说不清是激动还是恐惧。他镇静片刻，蓦地站起身，走到窗前，伸手“哗”的一声拉开窗帘，窗外漆黑一团，景物都淹没于密不透风的黑暗中。良久，转身道：“三省，殷历下就要回济南了，他说要在滦水之滨的元代万竹园故址筑室读书，乞我赠联一副。我与历下有同年之谊，不便回绝；然时下心绪烦乱，不能成句，你替我拟一副来。”

三

入冬后的京城整日被烟霾笼罩，让人分不清是晴是阴。这天，早起已是阴霾低沉，到了午后风雪大作，雪片被狂风卷起、吹碎，变成了粉状，在空中狂舞。

“瑞雪兆丰年，来年当是个好年景！”高拱进了中堂，望着窗外道。甫落座，突然声色俱厉地说，“官场怪事层出不穷，可恼！”

“哦？”张居正警觉地抬头望了一眼高拱，“何事惹玄翁生气？”

“前几天查出上计被察典的官员朦胧在任，已是骇人听闻；昨日又查出，还有假冒他人之名为官的！”高拱气鼓鼓地说。

张居正松了口气，苦笑一声，道：“太祖时代，一个严字，一个俭字，就把官场治得服服帖帖，风清气正，各安其业；是以当下整饬吏治，非用辣手不可！”

高拱顾自说：“顺天府文安县有一个叫刘添雨的童生，照四十以上五十以下许投帖入拣的成例，到吏部入拣，呈堂考试合格，除授山西安邑县递运所大使，领凭去讫，迄今一年半。谁知，刘添雨本人并未与选，尚然在家。岂不怪哉？查了吏部的故牍，他的文引及保结俱在。那冒名刘添雨者，是何人？是真文假人，还是文亦是伪造的假文？”

张居正摇头道：“居正不谙铨务，说不好。”

高拱感叹一声：“近年以来，人心涣散、法度废弛，当官者率务以市私恩。更有甚者，买官卖官之事竟屡禁不绝！这个假刘添雨若不是使了银子，绝不可能朦胧过关！”他目光盯着张居正，问，“叔大，你是知道的，我掌铨后用了这么多人，可收过一人一文钱？也一再约束吏部司属，决不允许受贿，可钻谋买官者还是不绝于途，以致刘旭、顾彬之流还假冒外甥招摇诈骗，这到底是怎么回事？”

张居正心里“咯噔”一声。自那次当面说起徐阶送他三千两银子之事后，他对高拱无意间提到的每个话题都充满戒备。难道，今日高拱这番话又是意有所指？

见张居正沉吟不语，高拱恨恨然大声道：“查出来花钱钻谋的、选人受贿的，决不轻饶！”

张居正颇觉刺耳，脸上火辣辣的，低头拿起一份文牍，问：“玄翁，梁梦龙调

任河南巡抚，阮文中调任湖广巡抚？”

“敝省为北中国第一大省，也是第一税赋大省，当选才干出众者任之。至于阮文中，在贵州巡抚任上做得不错，给他换到湖广去，也是应该的。”高拱轻描淡写地说。

张居正心中不悦。往者，每用一个重要官员，高拱总是和他商榷后再行文，近来却少有相商，就连门生梁梦龙任职、湖广巡抚易人的事，事先也无一字相告。看来，适才高拱说起选人受贿的话题，弦外有音！想到这里，张居正既惶恐又生气，在高拱面前如坐针毡。

高拱见张居正心神不宁，问：“怎么，叔大哪里不舒服？”

“哦哦！是，受了风寒，头昏脑胀。”张居正顺势说，“正想向玄翁告假，回去休息休息，养精蓄锐，免误公事。”

高拱虽不知张居正所言是真是假，却也不便阻拦，一扬手：“那就回吧。”

张居正五官缩成一团，做痛苦状，缓缓出了中堂。侍从为他披上厚厚的棉斗篷，这才出门登轿。回到家中，一下轿，他骂了声：“这鬼天气！”就疾步穿过回廊，问迎上来的游七道：“都备好了吗？”不等回应，继续说，“菜品多用江陵特产，就在书房用饭！”说着进了书房，提笔给新任江南巡抚张佳胤修书。张佳胤乃他向高拱所荐，这层意思，他先要表达：“自公在郎署时，仆已知公。频年引荐，实出鄙意。”他住笔读了一遍，颇觉上口，正得意间，忽然醒悟似的，忙丢下笔，“哗”地将纸笺揉作一团，“哎呀！玄翁已起疑心，此类话不能再说！”蹙眉斟酌良久，复提笔写道：

前具札奉公，言徐府事，乃推玄翁之意以告公也。近闻存翁三子皆拘提到官，不胜唏嘘。业已施行，势难停寝，但望明示宽假，使问官不敢深求，早与归结，则讼端从此可绝，而存翁之体面、玄翁之美意，两得之矣！仆于此亦有微嫌，然不敢避者，所谓“老婆心切”也，望公谅之。

写毕，即命游七封发。游七刚要走，张居正突然想起有来谒的官员呼游七“楚滨”，遂问：“这‘楚滨’二字怎么回事？”

游七愣了片刻，“嘻嘻”一笑：“小的取了个号。”

“取号？”张居正瞪大眼睛怒斥道，“你是哪榜进士？莫说奴辈，即使武将，取号也遭人耻笑！你一个苍头，竟敢擅用号？真是胆大包天！你非把张某人的脸丢尽不可！”

游七嘴角嚅动了几下，低声道：“小的不敢了。”临要出门，又小声嘟哝道，“老爷要请的客人，也有号的。”

张居正四十多岁年纪，耳聪目明，听了个真切，忙问：“你说甚？”

“人家号樵野！”游七赌气说。

张居正怔住了，良久方一扬下颌：“行了。你快去，到首门候着。”

“老爷吩咐避人耳目，小的就约到了酉时三刻，还有小半个时辰呢。”游七嘀咕道。

“那也去候着！客人一到，即引进书房。”张居正呵斥道。他心里憋着一股火，也知道这火气何来，然愈是这样，他愈感到焦躁，大步在书房转个不停，大口呼出的全是悲壮气息。

“禀老爷，徐管家到了！”不知过了多久，游七在门外喊道。

“快请快请！”张居正一脸笑容，这笑容是游七从未见过的。

“小的徐爵，叩见相爷！”徐爵闪身进门，跪地叩头。

“哦，不可不可！”张居正趋前搀扶，“徐管……哦，樵野，请落座。”

游七惊诧不已，忙捂住嘴巴怕发出声来。徐爵则一愣，想不到堂堂相公阁老，竟知道他的号且以号呼之，又惊又羞，连道：“不敢不敢，相爷见笑了。”

“哪里！樵野走南闯北，见多识广，论才干识见，远在翰林院那帮腐儒之上，怎的就不能有号？”张居正道，“况这号也取得恰到好处，自谦而又旷达。甚好！”

游七正在倒茶，闻听此言，暗自撇嘴。

徐爵“嘿嘿”一笑，面带尴尬。走南闯北是真，但那是因犯了杀人罪而被发配充军，在戍所不耐寂寞，偷偷跑到北京，打通关节，投奔到冯保门下。若不是冯保见其机警灵巧，极擅观风察色，设法给他洗清了罪名，他还在边地苦熬呢，哪里奢望成为相公阁老的座上宾？他也知道，张居正如此礼遇，自是因干父冯保之故，遂道：“义父常在小的面前说起相爷，说张老先生的学识、才干、为人，举朝无人可比。”

“过奖！这话，用在冯老公公身上，倒是恰当不过。”张居正笑着说，“不要说时下内官二十四衙门，便是国朝二百年来，内官里也出不了一个冯老公公。可惜啊！”他叹息一声，“做御膳监的孟冲都做了印公，却把冯老公公晾在一边。”

徐爵不敢搭话，只是“嘿嘿”笑了两声。与张居正隔几而坐，他忐忑不已，屁股不敢坐实，只微微跨了椅边，躬身不敢直起。又见仆从一阵穿梭，在一张桌子上摆好了酒肴，也不敢多问，直到张居正伸手说出“请”字，方知是款待他的。徐爵受宠若惊，踌躇不敢就座。

“樵野不必过谦，坐！”张居正拉住徐爵的手，走到桌前，把他按在椅中，他则转到对面坐下，“今日专请樵野共饮！”

徐爵欠身欲逃似的，茫然不知所措，忙对正在斟酒的游七道：“游兄、游兄陪陪嘛。”

“谅他不敢！”张居正瞪了游七一眼道，举盅伸到徐爵面前，“樵野，干了！”

徐爵仰脸一饮而尽，放下酒盅，突然跪地叩头道：“相爷有何吩咐，小的万死不辞！”

张居正起身将徐爵扶起，笑着说：“樵野太见外了。”说着又端盅相敬，“樵野，来来来，好事成双！”

徐爵满腹疑惑，战战兢兢又喝干了，一抹嘴，道：“相爷如此礼遇，小的何敢承受？”

“吃菜吃菜！”张居正把一个鱼头夹到徐爵的碟中，见徐爵惶然不敢动箸，劝了又劝，两人埋头吃了几口。张居正又举盅相敬，放下酒盅，微微咳了两声，道：“不瞒樵野说，今日还真有一事要与樵野商榷。”徐爵又要起身跪地，张居正连连摆手，“使不得使不得！”可是，良久，张居正嘴张了几张，话却还是未能出口。徐爵见状，忙起身敬酒，方才打破尴尬。

“樵野，是这样的。”张居正仿佛鼓足了勇气，“闻得樵野麟子满周岁，犬子简修正有一女与贵麒麟相当。若樵野不嫌弃，愿结为婚姻！”

“啊？！”徐爵惊叫一声，手中的酒盅“啪”的一声掉在地上，摔了个粉碎。他怔怔地坐着，用力摇晃了几下脑袋，似乎想让自己从梦中醒来。

“只是，此事暂时不宜公开，待时机成熟，再行订婚礼。”张居正郑重地说。

“相爷——”徐爵带着哭腔喊了一声，跪倒在地，叩头不止，“小的肝脑涂地，也要为相爷效命！”

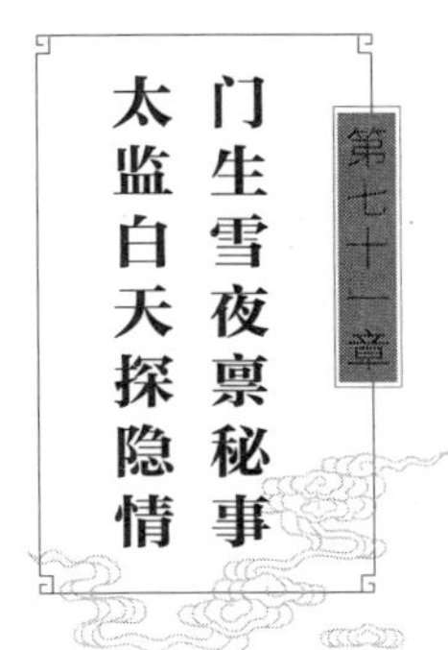

第七十二章 门生雪夜禀秘事 太监白天探隐情

一

入夜，雪也越下越大了，京城大街小巷已被落雪积满，行人稀少，车马绝迹。巡城御史王元宾见此情形，吩咐兵马司档头各带逻卒，四处巡查，以便及时救助受难之人。他也亲自领着几个逻卒出了衙署，沿十王府夹道一路向北巡查。走到大纱帽胡同东口，王元宾下意识间向里拐去，这里是张居正的府邸所在。自从上次审勘孙伍、顾绍，牵涉到了张居正，王元宾每次路过这座偌大的宅邸，总觉得里面藏着无数秘密，又似乎在酝酿着惊天阴谋。绕过宅邸，王元宾又穿进甜水井胡同，抬眼望去，一片白茫茫的，四周寂无声息。突然，张居正宅邸的后门“吱嘎嘎”响起来，一顶小轿闪了出来。随即，两扇门又“哐啷”一声快速关闭了，仿佛怕人窥视似的。

王元宾勒住马，吩咐一个逻卒：“你，悄悄跟上，看此轿到哪里去。”过了不到一刻钟，王元宾刚出甜水井胡同，身后传来“嚓嚓”的踏雪声，扭头一看，跟踪小轿的逻卒踏雪追了过来。他一挥手，命档头带人继续巡逻，他则勒马停在原地，等逻卒近前说话。

逻卒气喘吁吁地禀报道：“小轿，小轿进了厂公的私宅。”

王元宾不敢相信，追问：“你是说，进了冯保的私宅？”当得到肯定的答复后，他稍一思忖，打马奔向韩楫的宅邸。

“真的？”韩楫也颇是惊诧，抓起一件斗篷，“走，随我到吏部去，禀报师相。”

高拱刚忙完阁务，赶到吏部直房审签公文。他要求司属务必把当天该办的事办完，自己不能不带头这样做。新任宣镇巡抚吴兑的急足投来一书，关涉边务，不能延宕，高拱看了一遍，即展纸书答。写了一半放下笔，用力揉了揉眼眶，顺口唤道：

"叫子维来！"话刚出口，蓦然想起，张四维出都已旬日矣，忙对应声而来的书办道，"口误，叫魏侍郎来。"书办领命而去，高拱仰靠椅上，突然觉得心里空落落的，不禁长叹一声，自问，"子维，为何执意要走？"

"禀元翁，"司务在门口道，"张侍郎差急足来投书。"说着，奉书函走了过来。

"哦，子维有书来？快拿来我看！"高拱兴奋地站起身，伸出手臂去接，亟不可待地展开来读。读到"具札仰谢明德，临翰泫然，不能自制，自后望台光益远矣"时，他的眼圈湿润了。再读下去，口中却不时发出诧异的"嘶嘶"声，眉头不觉间皱了又皱，头不住地微微摇着。

"玄翁！"魏学曾唤了一声。

高拱却还在沉吟，魏学曾又唤了一声，高拱这才蓦地抬起头，怅然道："惟贯，你看子维说了些甚！"

魏学曾把张四维的来书读了一遍，默然不语。

"子维此书，令人费解。"高拱伸手把书函拿过来，"你看，他这句话：'讹言勃兴，可骇可怪，盖阴有鬼物害人。'这是何意？"

"玄翁，子维似是察觉到了什么，有幕后黑手要操控政局，谋害正人君子！"魏学曾道。

"幕后黑手？"高拱不解，旋即摇头道，"过虑了！时下政局，外人安得操控？"

魏学曾沉思着，不再说话。

高拱又道："惟贯，你再看这句话：'自古豪俊，莫不同心共济，左挽右推。今翁与岳翁夙投心契，非一日矣。二翁之交，胶漆金石不足比拟。所深愿者，二翁相得，社稷苍生无穷之幸；所过计者，二翁识量作用不同，人情各有所便，而窥伺者又多方传致离析矣'。他这是何意？"

魏学曾黯然道："玄翁，学曾今日方知子维何以执意要走了。他与玄翁、江陵相公皆相善，恐夹在中间难处。"

"有这么严重？"高拱不以为然地说，"我与叔大有香火盟，岂有与他斗法之理？"

魏学曾不禁摇头，暗忖：你不与他斗法，就能同心共济？玄翁太自负了。但他不愿说出口，以免有煽惑交构之嫌。

"我看子维也是过度敏感了。"高拱说着，一扬手，"好了，不说这些了！朝政千头万绪还忙不过来呢，哪有心思瞎琢磨！惟贯，你记住一件事：在广东潮、惠任过职的官员，无论已提调朝廷还是到京候选听调，尽量让他见我，我要了解那边的情形。绥广这件事，我心里没底，需多方查访。"见魏学曾点头，他把吴兑的书函推到魏学曾面前，"吴巡抚新到任，书来计事，一下子就有十二端，可从者六，不可从者五，我已有定见，自可书答；唯抚赏穷困一端，一时拿不准。”

两人正聚精会神议论着，书办在门外禀报：“元翁，提督四夷馆少卿韩楫、巡城御史王元宾求见。”

“来做甚？”高拱反感地说，头也未抬，继续和魏学曾说话，“凡出一策，不能只知眼前好用否，必从长计议，方可持久。倘若一直是吴兑任巡抚，这个抚赏办法自然是好的；只恐继任者不能持正，用这个办法就容易出弊病了。”

魏学曾歉意一笑：“玄翁，学曾更拿不准了。”

“这也难怪，新事物，前所未遇。”高拱一扬手，“也罢，让吴兑斟酌，试行两年再定制。”

“这样稳妥些。”魏学曾点头赞许道。虑及有人候在门外，他便起身告辞。刚走到门口，高拱突然叫住他：“惟贯，留步！”待魏学曾转身回来，高拱仰脸问，“惟贯，钻谋买官之风没有刹住？”

魏学曾思忖片刻，道：“玄翁加意肃贪，有人算了笔账：迄今为止，平均三天即有一官因贪墨而受惩。朝廷掌铨者，上自玄翁，下至吏目，我看没人敢卖官。”

高拱蹙眉道：“惟贯，你未正面回答。”

魏学曾良久不语，突然向外一指，道：“玄翁，韩楫做过吏科都给事中，专门对口监察过铨政；王元宾是巡城御史，常缉拿走空之徒，不妨向他俩垂询。”

高拱见魏学曾似有苦衷，不便强求，向外摆了摆手：“你走吧，让他们进来说话。”

“好大的雪啊！”韩楫大声说着，与王元宾相偕进门施礼。

“伯通、国贤，”高拱叫着两人的字，迫不及待地问，“钻谋买官之风是否刹住？”

两人面面相觑，不知高拱何以一见面劈头就问这个。韩楫把王元宾让到魏学曾适才坐的椅子上，自己又从旁边搬过来一把，在高拱对面坐下，道：“师相，恕学生直言，没刹住！”

“没刹住？”高拱面露惊诧，还夹带几分尴尬，“你说，谁买官？向谁买官？”

“谁买官学生不敢说，但向谁买官，学生却心知肚明！”韩楫抖抖袍角的残雪，道。

“谁？”高拱睁大双目，以咄咄逼人的语气问。

韩楫一脸惧色，低声道：“谁在师相面前说得上话？”。

高拱似有所悟，无力地仰靠椅背，问：“你们，来做甚？”

二

冯保每天总要跑到翊坤宫李贵妃那里消磨个把时辰，不是陪太子嬉戏玩耍，就是向贵妃说些市井趣闻，逗她开心。自端午又现怀孕之象，皇上就不再近她的身子了，二十六岁的贵妃免不得烦闷。多亏冯保这个鬼机灵会哄人，加之东厂里掌握的趣闻委实不少，是以时常把贵妃逗得开怀大笑。

这天午后，虽然天上飘着雪花，冯保还是依例到了翊坤宫，李贵妃已然显怀，蹙眉在前厅踱步。冯保闪身进来，叩头施礼毕，讨好的笑意在脸上洋溢着："禀娘娘，老奴刚从爵爷府上来，爵爷近来开心多了！"

李贵妃的父亲、武清伯李伟，经冯保从中联络，把为京营几十万将士做军服的生意揽了下来，又以漕船向京师运送布匹。听说高拱已决意漕粮海运，李伟生恐海上风险难测，整日烦闷不已。李贵妃牵挂娘家的事，嘱咐冯保为老爷子解颐，冯保自是卖力。今日冯保本是来邀功的，可是，对冯保的话李贵妃却充耳不闻，问也不问一句，顾自紧锁双眉，想着心事。冯保"嘻嘻"一笑："娘娘，前些日子爵爷茶饭不思，老奴心急如焚呢！就苦思冥想，想出了个法子：此后不再搭漕船了，不就是花些运费吗？东厂是吃干饭的吗？让京城的商家凑凑就是了。"

"听说皇上那里用膳的碗碟上都是些乌七八糟的春宫图，是真的吗？谁干的？"李贵妃根本不接冯保的话茬儿，突然转身问。

冯保一愣，旋即"嘿嘿"笑了两声："难怪娘娘面带愠色，原来是为这档子事儿！"他早有准备，一旦李贵妃问起，就推到已被贬黜的陈洪身上，"娘娘，陈洪不过一个烧火做饭的，当了掌印，靠啥讨取万岁爷欢心？"

"不用说，那些个春药，叫什么名来着？"李贵妃杏眼一转，甩了甩手中的香帕，"也是陈洪那个坏东西搜罗来送给皇上的吧？"

"听说叫温纳济，俗称海狗肾。山东登州所产。"冯保跟在李贵妃身后，躬身伸颈，仰脸看着李贵妃，"陈洪和高胡……高老先生是同乡，俩人一个鼻孔出气儿，说不定，就是高胡……老先生搜罗转给陈洪的！老奴看那陈洪呆头呆脑，没啥主意，烧制那些个带春宫图的瓷器，没准儿也是高老先生出的主意！"

"胡说！"李贵妃呵斥道，"高先生是皇上的老师，对皇上忠心耿耿，皇上对他可说是须臾难离，他做这缺德事儿，有啥好处？"

"娘娘哎！"冯保一顿足，做出痛心疾首的样子，"你可是不知道啊！高老先生就是巴不得万岁爷沉湎酒色，不的，大权怎的都落到他手里？时下举朝只怕一个高阁老，谁还怕万岁爷？"

李贵妃凝眉思忖，觉得是这么个理儿。不禁微微颔首，恨恨然道："这些个男人，一个个嗜权如命，没有一个好东西！”

“依老奴看，张老先生倒是不错！”冯保转到李贵妃左侧，“俊朗儒雅，不像那个高胡……老先生，整天咋咋呼呼，粗声大气。再看人家张老先生，楚衣鲜美耀目，举止深沉稳重；而那个高老先生呢？邋里邋遢，一看就不是讲究人儿！”

李贵妃初到裕王府做宫女时，见过裕王的几位讲官，觉得高拱不修边幅，不怒而威；而张居正从来都是衣服熨得折缝分明，长须梳理得一丝不苟，给人以儒雅、俊朗的印象。她的父亲、弟弟都身材矮小瘦弱，裕王也瘦骨嶙峋，难得见到张居正这样儒雅俊朗的男人，当时见之，就怦然心动，在和裕王缠绵时，闭上眼睛，常常想象着是那个俊朗的张先生在她身上……一听冯保夸起张居正，李贵妃脸颊顿时泛起红晕，口中却呵斥道：“外廷里的人，你一个内官，少说三道四！”

冯保嬉皮笑脸道：“娘娘问起那些个事儿，老奴不能不如实禀报呀！那以后娘娘再问啥事儿，老奴即使知道，也不敢说了。”

李贵妃正为皇上的事着急，又觉得自己理亏，便道：“我说不过你，这会儿也没工夫扯闲篇儿。你这就到乾清宫，看看皇上近来龙体可好。替我劝劝皇上，多保重龙体。”

冯保求之不得，出了翊坤宫，坐上凳杌，往乾清宫而去。进得东暖阁，御案前空空如也，只有两个御前牌子照例守在门口。冯保持有翊坤宫的牙牌，又是秉笔太监提督东厂，御前牌子只得如实相告，说印公过文书房看文书去了，万岁爷正在龙床上休息。冯保暗忖：大白天躺床上休息？定然是龙体有恙。冯保轻手轻脚到了御榻前，皇上半倚半卧，大睁着双目，目光呆滞无神，眼窝深陷，急促的喘息声清晰可闻。几个暖殿太监、宫女躬身站立一旁。

“小奴给万岁爷请安！”冯保跪地叩头，“贵妃娘娘和太子爷记挂万岁爷的龙体，着小奴来问安。”

皇上看了冯保一眼，迟钝地眨了眨眼，未发一语。

“这风雪交加的，万岁爷独卧御榻，不免凄冷。”冯保跪行着靠到御榻边，关切地说。他伸出手掌，在皇上的腿上轻轻地来回敲动着，低声道，“谁不知万岁爷做王子的时候过得很憋屈；前几年呢，内阁里又是明争暗斗的，闹得万岁爷也不得安生。目今好了，高、张二位老先生都是万岁爷可以眷倚的大忠臣，君逸臣劳，盛世之征。两位老先生能把朝政打理得停停当当的，万岁爷就安心享清福吧！”

这番话说到皇上心坎儿上了，投向冯保的目光显得格外柔和，苦笑着道：“只是……只是力不从心。”

冯保从怀中掏出一个锦盒，小声说：“万岁爷，温纳济好用吧？东厂悉心罗致，贡奉给万岁爷。”说着，转身对两个暖殿太监道，“这药滋补龙体，侍候万岁爷服用

时，尔等要先尝药。这是秘方，不可对外人道。”

退出乾清宫，冯保到翊坤宫回禀李贵妃：“娘娘，万岁爷龙体还算康泰，然……”他故意踌躇片刻，“以老奴看，万岁爷龙体或许有些隐疾。”

“隐疾？！”李贵妃一惊，嗔怪道，“休得胡说！”黑白分明的眸子转了又转，问，“你有没有劝他清心寡欲、珍摄龙体？”

冯保暧昧地一笑：“嘻嘻！老奴哪能不劝呢！老奴劝万岁爷养精蓄锐，待贵妃娘娘身子方便了，再沙场搏击！”

李贵妃面颊一红：“少耍贫嘴！”

冯保灵机一动，道：“娘娘若不放心，何不差老奴到太医院打听一下万岁爷的龙体到底如何？”

李贵妃驻足片刻，道：“皇上的龙体安泰与否，是谁都敢随便查问的吗？”

“娘娘，皇后娘娘病恹恹的，无心打理后宫的事，娘娘自应当仁不让呢！不的，万岁爷的龙体，谁人悉心保养？”冯保撺掇道，“老奴这就拿娘娘的牌子去见皇后，领她的牌子到太医院问问，如何？”

李贵妃朱唇轻启：“也好。”

冯保叩头一拜，喜滋滋而去。一番辗转，到得太医院，说明了来意。御医拿出皇上的脉案，让冯保过目。冯保细细观瞧，心“怦怦”乱跳，手微微颤抖，额头上不知不觉冒出虚汗来。

“娘娘不必挂心！”冯保俯首回禀李贵妃道，“万岁爷近时受了风寒，谅无大碍。”说完，又敷衍了几句。他目光躲闪，不敢与李贵妃对视，找了个借口匆匆赶回私邸，专候徐爵从张居正家回来。

乾清宫里，时常感到不适的皇上遵照医嘱，已经有些日子未近女色了。三十五岁的年纪到底把持不住，得了冯保所献的温纳济，不免跃跃欲试，挨到交了戌时，还是吩咐暖殿太监，要召幸嫔妃。暖殿太监请皇上翻了牌子，须臾即把一名妃子抬到。皇上折腾了一阵，突然昏厥过去。

“快传御医！”执事太监慌了神，吩咐一个御前牌子，又对另一个御前牌子道，“快去知会高老先生！”

三

雪还在不停地下着，吏部首门前的积雪已有半尺厚。承差在尚书直房的火盆里又加了几块尚好的红罗炭，室内的寒气被逼退了。

韩楫伸手拉了拉王元宾的袍袖：“师相问呢，你快说啊！”

王元宾欠了欠身："元翁，午后风雪大作，下吏亲领兵马司承差四处巡视……"

"简单说！"高拱心里烦躁，打断了他。

王元宾支支吾吾，把适才所见禀报一遍，韩楫接言道："不是冯保，就是徐爵。太监暗中交通阁臣，绝非光明正大之事。"

高拱闭目不语，脸颊上的肌肉闪电般跳了几跳。暗忖：冯保与叔大交通，意欲何为？为钻谋买官之人说项？他微微颔首，似乎找到了答案，蓦地一拍座椅扶手，道："伯通，你说清楚，钻谋者到底向谁买官？"

"师相进退人才，有人却专意假借。"韩楫以嘲讽的口气说，"师相进一人，某人必曰：此吾荐之玄翁者也；罢一人则必曰：吾曾劝止，奈何玄翁不听。如此，不唯笼人收恩，还纳贿无数。此人所共知，唯师相一人蒙在鼓里而已。是故，无人相信时下买官之风已刹住，钻谋买官于是难绝！"

高拱早就隐隐有此感觉，又想到上午在内阁说起这个话题，张居正沉默以对，竟至提前离去，遂对韩楫的话有了八分相信，瞬间生出对张居正的怨怒。既然韩楫未点名，他也不便说透，只好把一腔怒气撒到韩楫身上。他拍桌瞪眼，呵斥道："即知之，何以不言？！"

"师相，"韩楫抱拳赔罪，"外人皆道师相与某人乃金石之交，禀报师相，岂不有挑拨离间之嫌？师相知之，又能如何？肃贪，能肃到某人头上吗？"

"有贪必惩，勿论何人！"高拱虚张声势道，心里却也不得不承认，即使张居正真像韩楫所言纳贿无数，自己也不会动他，只能自慎，不复与言部事而已。

"师相，此话若在半年前甚或一个月前说，学生都相信；可目下，学生不信矣！"韩楫一缩脖子说。

"此话怎讲？"高拱瞪着眼问。

"国贤，你说，"韩楫盯着王元宾道，"那些个街谈巷议都说些什么？"

王元宾道："殷阁老致仕消息一传出，讹言腾天，说元翁无容人之量，连逐陈、赵、李、殷四同僚，跋扈横暴云云。"

"还有呢，你怎么不说了？"韩楫催促道。

"这个……"王元宾支吾着，"还说，就剩张阁老了，是他的小兄弟，也未必能容。"

高拱大怒，蓦地起身，一跺脚："这混账话谁说的？拿来勘问明白！"

韩楫"哼"了一声，道："猜都能猜到！"

高拱一扬手："谁让你胡乱猜测？"

"师相，有人已然在布局了，师相的棋子不知不觉间已被人吃掉一个了！"韩楫脸上露出因窥破暗局而自鸣得意的神色，"去张侍郎，就是人家开始走棋了！张

侍郎心知肚明，故恳辞再三，死活不愿再留京师！”

高拱气虽未消，却还是笑了：“伯通，不要再胡思乱想、胡说八道了！叔大赏识张子维，不亚于高某！”

“是，赏识张侍郎的才干，也赏识他的出手大方。三节两寿，银子‘哗哗’的上兑！”韩楫一撇嘴，旋即正色道，“师相有所不知，攻张侍郎，是为了挑拨殷、高；去殷，是为了污名化高；污名化高，名为自保，实则转守为攻！这就回到适才学生那句话上了，一个月前师相要动谁，或不难；目下不同了。”

“你到底想说什么？！”高拱不耐烦了，他心乱如麻，烦躁之情溢于言表。

韩楫窥出师相的烦躁并非对他，故并不畏惧，缓缓道：“师相复出，即有报复之说，这报复二字，用以束缚师相手脚，不敢制裁徐阶家族违法，不敢对那些攻讦过师相的人不利。如今讹言再起，说师相无容人之量，同样是要束缚师相手脚；师相一旦对某人有所不利，必被目为再逐同僚。如此，某人可为所欲为，即使明里暗里算计师相，师相却投鼠忌器，不敢轻易动他了！”

高拱蓦地打了个激灵，凝神沉思片刻，长叹一声：“伯通，诛心之论，有害无益！”

“师相不信？”韩楫一翻眼皮，“这不又有动作了？与太监勾搭上了！”

“男子汉大丈夫，安得像妇道人家似的嚼舌头根子！”高拱脸色铁青，“不要说你说的那些诛心之论、猜测之言真假难辨，即使是真的，又如何？一心谋国，专心做事，谁奈我何？”

韩楫一脸苦楚，摇头叹息。

王元宾面露羞愧之色，埋下头去用脚踢了踢韩楫，暗递眼色，向外轻轻摆了摆头。

“师相，学生这样做，不唯为我师，也为国也。”韩楫以诚恳的语调说，“自古帝王总是防范宰辅，阴收其权；而今上却反之，唯恐师相权力不足，不顾祖制，授师相全权！委任之重、信任之专，亘古未有！而师相又是不世出之豪杰，治国安邦、运筹帷幄，谁可出其右者？此般大格局若能持续，大明中兴一举可成，天下苍生何其有幸！大明社稷何其有幸！”说着，潸然泪下，“何忍破局？何忍师相被人算计？”

高拱被韩楫一番肺腑之言所打动，鼻子一酸，几至落泪，起身踱了几步，蔼然道：“伯通，不必忧心。为师与叔大曾相期以相业，携手振兴大明，他焉能背我？况皇上圣明鉴察，岂容宵小为所欲为？”

韩楫又一阵摇头，叹口气道：“师相，还有件事，本不想说，见师相如此相信友情盟誓，学生还是说了吧！”说着，他拿起高拱书案上的一支笔，又扯过一张纸笺，写了起来。写毕，向里推了推，拉了拉王元宾，躬身一揖：“学生告辞！”

高拱扬扬下颌：“你写的什么？”

“殷阁老前日离京，江陵相公为其送行所作对联一副。”韩楫答道，又深深一揖，与王元宾转身而去。

高拱走过去一看，上写着：“山中宰相无官府，天上神仙有子孙。”

“有子孙”三字像一把利刃，刺进了高拱的胸膛！他想捂住胸口，可手抖得厉害，吃力地半趴在书案上才没有倒地。

“叔大是无意，还是故意？”高拱口中喃喃，痛心疾首道，“看来，兄弟情义，不复存矣！”

“元翁，印公差人来见！”门外响起书办的禀报声，未等高拱回应，一个御前牌子慌慌张张地闯了进来，“高老先生，万岁爷……”

高拱蓦地转过身来，声音颤抖地问：“皇上、皇上怎么了？”

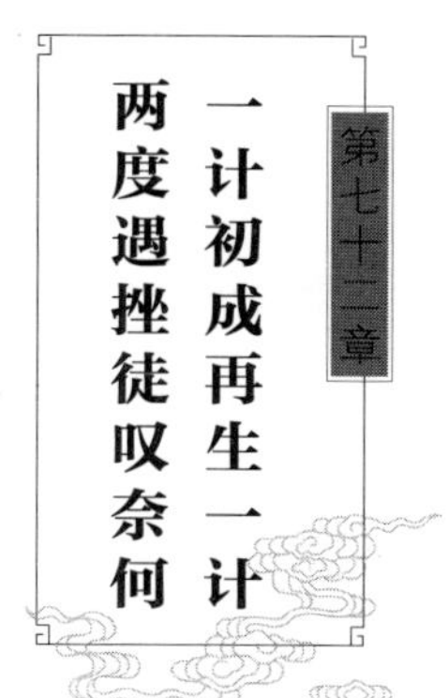

第七十二章 一计初成再生一计 两度遇挫徒叹奈何

一

高拱闻听皇上昏厥过去，顿时惊出一身冷汗，急忙向乾清宫赶去。一路上他大声催促轿夫，到了会极门，轿子不能再入，他下了轿，踏着半尺厚的积雪，跌跌撞撞往前跑，蹬起的雪屑在他身后一阵乱飞。跑到乾清门前，已是上气不接下气，不由得弯下身去，双手按扶在膝部，边大口大口地喘气，边喊："来——人——"

乾清门是内廷与外廷的分界，即使贵为首相也不得擅入。尽管高拱心急火燎，却也只得在门外焦急等候。须臾，掌印太监孟冲从内里走了出来，低声道："高老先生，万岁爷已苏醒过来。"

"皇上因何昏厥？"高拱拉住孟冲的袍袖，急切地问。

孟冲摇头，指了指内左门边上的九卿直房："外面寒冷，请高老先生先到那边直房候着，御医出来，即去向高老先生禀报。"

高拱到了直房，喝了口热茶，心绪稍宁。等了不到半刻，不见御医来，他坐不住了，又走到乾清门前，来回转圈，转一圈向内张望一下，再转一圈，再张望……

"哟！高老先生，莫冻坏了身子！"是孟冲的声音。他小跑着过来，身后跟着两位御医。

高拱目光落在御医的脸上，见御医眉头紧锁，心里不禁"咯噔"一声，"快快快！"他拉住御医的袍袖，"到直房去，说说皇上的病情。"

"皇上得了什么病？"一进直房，高拱屏退左右人等，只留两位御医在室，迫不及待地问。

两位御医你看看我、我看看你，都不说话。高拱一顿足：“皇上春秋正盛，哪会有大病，无非偶感风寒罢了，有甚不能说的？”

“元翁，皇上疾患，这个、这个，是、是‘疳疮’。”一位御医吞吞吐吐地说。

“疳疮，这是甚病？”高拱问。他身体一向健朗，除去年因操劳过度病倒外，多年来很少求医问药，故对各种疾病素无了解。

“元翁，这个病……”另一位御医在同僚的催促下，支吾良久，“我辈也拿不准，似是恶疮。”

“不就是生疮了吗！”高拱像是自我安慰，“生疮算甚事？诸位医术精湛，悉心为皇上诊治就是了。”

御医点头称是。

高拱又道：“需注意些甚事？本阁部即上问安疏，向皇上进言。”

御医又是吞吞吐吐说了半天，高拱急了：“圣躬违和，做御医的不能无责！早日把皇上的微恙医好了，算是将功补过！此后要加倍用心，不得有半点闪失！”又吩咐说，“御医须臾不可远离，就在这直房里轮直，皇上何时痊愈，何时撤回。”说完，他命御医再进乾清宫看诊，又对前来见他的孟冲千叮咛万嘱咐一番，要他一切以皇上的龙体为重。然后才拖着疲惫的步履，缓缓往会极门走去。

此时，在冯保的私宅里，徐爵已详细地向冯保禀报了此番应邀到张居正府邸的经过，冯保边听，边不住地“哎呀呀，哎呀呀”，高兴得满脸通红。徐爵刚一住嘴，他就搓着手道：“哎呀，哎呀，老天爷，这是哪缕光照到咱头上啦？忒好啦，忒好啦！咱早有这个意思，就怕那张老先生爱惜羽毛，不敢与咱结纳呢！”

“那姓高的就是皇上的替身，权势忒大，可别让他察觉了。不的，咱和张阁老都得玩儿完！”徐爵提醒道。

“哼，玩不死他！”冯保一咬牙，恶狠狠地说。言毕，拉住徐爵的袖口进了卧室，把他下午在太医院看到的皇上脉案，逐字逐句说与徐爵听。冯保年近半百却记忆力惊人，即使在自己的私宅，依然把声音压得很低，道，“脉案上有‘疳疮’二字，又有‘发热、疲倦、头痛、喉痛、关节痛、厌食’等字眼，孩儿啊，你看，是不是那种病？”

“哎呀，干父！”徐爵兴奋地叫唤一声，“到底是染上了！”

“小声点儿！”冯保拍了拍徐爵的脑袋，“不想要了？”话虽这般说，他自己也抑制不住兴奋的心情，用力搓着手，口中喃喃，“俺父子出头之日，就要到了！”说着，猛一转身，拉住徐爵的袖口，惊恐地问，“孩儿啊，这个秘密，不会有人知道吧？”

自孟冲经高拱所荐接任司礼监掌印太监，冯保的希望落空，失落郁闷之余，便生出对高拱的无限仇恨。但高拱不唯大权在握，且皇上对他的倚重非同寻常，冯保绞尽脑汁也想不出一个报复他的计策来。还是徐爵足智多谋又心狠手辣，竟献上釜底抽薪之计。冯保闻之，浑身战栗，惊出一头冷汗，忙捂住了徐爵的嘴巴。弑君大罪，谁敢为之？徐爵诡秘一笑道："不是动手杀人，是利用他好色的弱点，神不知鬼不觉……"

徐爵乃好色之徒，混迹于风月场。他从狐朋狗友那里知道有一种叫"杨梅疮"的花柳病，传染性极强，一旦感染即不治。冯保一听，果然为之心动。一番密谋，徐爵找到两名感染杨梅疮的红尘女子，冯保则说动皇上幸南海子。皇上与两女子缠绵了一场，冯保天天盼着皇上染病的消息，眼看两个月过去了，却未见异常。他有些坐不住了，遂设法到太医院查看了皇上的脉案。徐爵听了，正是感染杨梅疮的症候，两人自是欣喜若狂。可这毕竟是弑君大罪，冯保的心"嗵嗵"跳个不停，额头上的虚汗涔涔而下。

"干父放心！"徐爵一拍胸脯，"绝对无人知晓。这件事，永远烂在咱父子肚里啦！"

冯保这才平静下来，好奇地问："孩儿啊，你给为父说说，那到底是啥稀罕病，也让为父心里有点谱。"

徐爵狡黠一笑，道："干父，这个玩意儿是海外传来的，先是岭南人传染上，又传到吴越，吴越人就称为广疮。这玩意儿生的疮活像杨梅，于是都叫它杨梅疮。"

"生个疮，咋就是不治之症呢？"冯保不解，"记得小时候在老家，一到冬天，生冻疮的人多着呢，管都不用管，天一暖和就好了。"

"杨梅疮可不是冻疮，厉害着呢！"徐爵说，"天朝没有治这个病的药，得这个病，也就一两年的事儿！"

"一两年？"冯保叫了声，露出失望的神情，"咱还要忍高胡子这么久？"

"今上身子早被掏空啦，没病都晃晃悠悠的。病来如山倒，孩儿看他支撑不了一两年！"徐爵给冯保打气说，"以孩儿看，整治高胡子的事，目今就可着手！"

"俺巴不得明早一起床，就听到高胡子完蛋的消息！"冯保恨恨然道，又盯着徐爵问，"孩儿看，该从何入手？

徐爵道："干父，那高胡子不知笼络人心，又是肃贪又是禁奢啦，得罪多少人哪，还能趾高气扬的。他靠的甚？还不是今上的信任。搞垮他，得从这里入手！"

冯保手托光秃秃、肥腻腻的下巴，若有所思："孩儿是说，来他娘的个离间计？"

二

从乾清门走到会极门，高拱几乎是蹚着地上的雪慢慢挪步，感觉双脚重得抬不起来了。他没有回家，在内阁朝房里过的夜，因牵挂皇上的病情，一夜未眠。从御医支支吾吾的神情中，高拱预感到皇上的病情恐非微恙，心里就像压了块大石头般，异常沉重。他揣度，皇上之疾大抵是纵欲过度所致，遂字斟句酌写了一道问安疏，建言皇上珍惜龙体、澄心涤虑、进御有常。写完了问安疏，已是凌晨了，他和衣而卧，却了无睡意，熬到交了卯时，封送了问安疏，又候了一会儿，文书房散本太监带着几名小火者来送文牍。高拱走过去，吩咐："回去请印公交了辰时到内阁中堂来一趟。"

"辰时，中堂。"散本太监重复道，想不明白高拱何以交代这么细致。

高拱之所以这么交代是为了避嫌。一个人私下与太监相会是坏规矩的，必得等张居正到了，堂堂正正内外对接。是以待张居正一到，高拱便把皇上昨日昏厥之事知会于他。皇上健康固然是国家最高机密，但也不必刻意瞒着内阁同僚；况且他还要当面向孟冲问询皇上的病情。

"哎呀，皇上病了？"张居正表情夸张地张大嘴巴，"这可如何是好？不知皇上所患何疾？"

"偶感风寒罢了，无大碍。"高拱故意轻描淡写地说。

张居正低头不语，似乎在思忖着什么。过了片刻，他拿起一份文牍，脱口而出："礼部的这份奏章上得及时！"见高拱不解其意，他晃了晃文牍，"奏请太子出阁讲学的。"

高拱脸一沉，气鼓鼓地说："成什么话？圣躬违和，却说什么太子出阁讲学'及时'，这是何意？"

张居正既尴尬又吃惊，脸上的肌肉顿时僵住了。

高拱怒气未消，又道："历朝历代，读书人从未像我辈这般受皇上信任，得以放手施政，真乃万年不遇！皇上万寿无疆，我辈自可立规模、新治理，振兴大明！况皇上春秋正盛，偶患微恙，何来'及时'二字？"

张居正被高拱一顿呵斥，不禁面红耳赤，忍了又忍，虽满腹怨恨，却报以歉意的微笑："玄翁……"刚开口要解释什么，司礼监掌印太监孟冲进来了。

"司礼，你掌印大内，知职守否？"高拱劈头盖脸呵斥道，"保养圣躬，唯此为大！可目下怎么样？皇上正值壮年，仰窥圣容，微减于前，尔太监知愧否？"

"高老先生，这、这、这……"孟冲被高拱几句话训斥得晕头转向，支吾着不知如何作答。

高拱一扬手："什么这的那的！说甚都苍白无力，事实最有说服力！啥也别说，此后，千万千万把心思用到保养圣躬上！"他突然怒目圆睁，大声道，"皇上若有三长两短，即使高某不要你的命，有人也会要了你的命！"

孟冲蓦地打了个激灵，便呆若木鸡，仿佛是被高拱的话吓傻了。

张居正接言道："读本、批红这些事，有好几位秉笔太监呢，印公多把心思放在皇上身上才……"

高拱未等张居正把话说完，又怒气冲冲地道："回去知会尔辈内官，谁敢导皇上于酒色，高某决不轻饶！"言毕，手向外一摆，以厌烦的语气道，"去吧！"

孟冲灰溜溜而去，高拱依然心神不宁，坐卧不安，见张居正低头不语，烦躁地说："叔大，你适才说甚？礼部奏请太子出阁讲学？"

张居正并不搭话，起身把文牍递给高拱。高拱匆匆扫了一眼，蹙眉道："这个不成！"他喊了声"来人！把礼部尚书潘晟叫来！"

须臾，体貌俊伟的礼部尚书潘晟进来施礼。他与高拱同年，且是那一科的榜眼，倒是满腹经纶，只是办事能力欠缺，高拱对他多有不满。他叫着潘晟的号，举着文牍，不悦地说："水帘，贵部这个方案，不成！"

潘晟闻听阁臣有召，心里本已"突突"直跳，又见首相脸色铁青，上来就否决了礼部的方案，吓得虚汗直淌，嗫嚅道："此是本部依成例而定。"

"太子年幼，而讲官亦皆新人，今只委之讲官，阁臣不在侧，于心未安。"高拱说出了缘由。

"元翁，东宫出阁讲学，"潘晟解释说，"故事：阁臣仅看视三日，以后便不复入。"

"成例，就不能改？"高拱道，"阁臣再忙，也不能忽略太子讲学之事，除照成例看视三日外，阁臣每五天还要到文华殿看视一次。"

潘晟"嘶"地吸了口气，道："兹事体大，本部不敢擅改。"

高拱一脸厌烦，刚要发火，又压住了："你不敢改，我来改！叔大，拟旨！"说着，口述道，"东宫在幼，讲官皆新人，事未妥者，何人处之？望皇上容阁臣每五天到文华殿看视一次。"

一直沉吟不语的张居正，脸上顿时流露出令人不易觉察的惊喜而又紧张的神情，建言道："玄翁，礼部也是照例行事，内阁驳正，亦要有依据才好。居正敢请玄翁上本，太子出阁讲学，阁臣每五天到文华殿看视一次，皇上允准了，即可照此行之。"

"也罢！"高拱决断说，"毕竟是破成例的事，不奉明旨，恐不宜遽行。"他转向潘晟，"水帘，礼部的本也无须改了！"言毕，提笔写成了奏本：

臣窃唯东宫在幼，讲官皆新从事，恐事未妥者，何人处之？臣切愿入侍，而故典未有，未奉明旨，既不敢以擅入，而惓惓之心又甚不容已。为此谨题：望皇上容臣等五日一叩讲筵看视，少尽愚臣劝进之忠。

高拱写毕，一抬头，正与张居正目光相遇，张居正忙侧脸翻检文牍。高拱觉得张居正神情异常，以为是受了自己几句呵斥所致，自忖不该那样严词以对，但歉意的话却又说不出口，只是低声嘀咕了一句："叔大，时下内阁就你我二人，有事多商榷。"

张居正一笑："居正唯玄翁之命是从。"心里却在琢磨着上紧给冯保转送密帖。

冯保从徐爵手里接到张居正的密帖，即把东厂的事一概丢在一边，专心候在文书房，等着高拱的本子。会极门收本处送来公牍，他必上前查看。见到高拱的奏本，冯保像捡着了宝贝，塞进袖中就往乾清宫跑。

皇上尚在病中，孟冲遵阁臣所示，须臾不敢离左右，见冯保进来，正欲阻拦，冯保晃了晃手中的文牍："高老先生的本，耽搁不得。"说着，近前将高拱的奏本读了一遍，皇上听罢，露出欣慰的笑意，吃力地说："高先生考虑周到。"

"东宫幼小，还着阁臣每日轮流一员看视才好。"冯保小心翼翼地说。

"也罢！"昏昏欲睡的皇上轻轻颔首道。

过了一天，高拱的奏本发下，专责票拟的张居正首先看到了，正是照他透过徐爵传递给冯保的密帖批下的。他佯装吃惊，大声道："哎呀，玄翁的本竟被驳了！"他摇着头，惋惜地说，"难以置信，难以置信！"

高拱一惊，大步走到张居正书案前，抓起阅看，脸色陡变，双手禁不住颤抖起来，眼前一黑，身子晃了一下，就要跌倒。张居正忙伸手扶住，把他搀扶到座椅上

"这、这是怎么回事？"高拱不住地摇头，表情痛楚。突然，大声对张居正道，"叔大，你说，这是怎么回事？"自复出以来，高拱所有的奏本，无论争议多大，皇上一向照准，怎么这件事，竟然被皇上驳回？而且看批红的话，分明是嫌五日一看视的提议，乃是对太子的疏慢！他仿佛当头挨了一记闷棍，顿时被打蒙了。

"呵呵，"张居正笑着，虽则目光闪烁，却早已成竹在胸，缓缓道，"玄翁不必介怀。我皇上从未体验过父爱，对太子关爱有加，也不难理解。"

"可是……"高拱用力摇头，疑惑地看着张居正，"依例阁臣只是在起始三天到文华殿看视，此后就不再去视学，而我建言五日一视，已是破了成例，难道……"

张居正忙插话道："玄翁，不必再计较了吧，小事一桩嘛！"

高拱见张居正神色飘忽，遂紧紧盯住他，想从他的眼神中捕捉到某种讯息。张居正不敢与高拱对视，端起茶盏，埋头喝茶。高拱突然重重叹了口气，道："叔大，我看，内阁增补一两位阁臣才好。"

“哦？这……”张居正支吾着，突然灵机一动，“玄翁，居正听说，内里有人在动作，要把潘晟送入内阁。”

高拱吃惊道：“有这回事？那定是冯保无疑！潘晟做过内书堂教官，是冯保的老师。”

张居正点头：“是啊，玄翁。若潘晟入阁，居正不知局面会如何。”

“休想！”高拱断然道，“冯保狡黠贪婪，如今又想引外援干政，岂可坐视！”

当晚，高拱把门生、刑科都给事中宋之韩召到吏部直房，将从张居正那里听到的冯保为潘晟谋相位的话，说了一遍，拳头紧握道：“往者陈洪力言当逐冯保，我不以为然；如今他要把手伸向外朝，不能再坐视。”

宋之韩一撸袖子：“学生早就查访到冯保不少罪脏，这就上章弹劾这个阉人！”

高拱摇摇头：“冯保是李贵妃的心腹，又是太子大伴，弹劾他岂不让皇上为难？”

“可是……”宋之韩不知所措，话未说完，高拱一扬手，“清除朝廷里的隐患。他冯保再有能耐，又能跑到外朝发号施令？”

三

工部侍郎曾省吾看到《邸报》上刊出的潘晟致仕的消息，不觉一阵惊喜，一散班，就直奔张家府邸。

“太岳兄，一箭双雕啊！”一见张居正，曾省吾就抑制不住兴奋的情绪，伸出拇指道，“若内阁添人，朝廷大臣中点过翰林的，论资历、地位，必是潘晟无疑；潘晟果入阁，以他和冯保的师生之谊，结为盟友，就没有太岳兄什么事了！今高相不避嫌疑，让门生出面劾潘晟徇私失职，并拟旨罢去，除掉了太岳兄的心腹大患，还让冯保对高相的仇恨又添一层！妙，妙啊！”

张居正含笑不语。

“要趁热打铁！”曾省吾撸胳膊挽袖子道。他眨巴下眼睛，“离间计火候还不够，当再加把火！”

“恐玄翁生疑，反倒不美。”张居正蹙眉道。

“放心，我有一个成败都得益的画策！”曾省吾“嘻嘻”一笑，“快拿好酒来吃，吃了酒，好去办事！”

张居正也不多问，吩咐游七备下酒菜，与曾省吾对饮。酒过三巡，曾省吾起身别去，径直赶往高拱之弟高才的宅邸。

高才去岁方内调前军都督府经历司，任从七品都事。这个职位虽属文官，却只

办文牍，无非为都督府起草文稿而已。举人出身的高才新到京城，又无同年、僚友，加之三哥一再嘱咐他不得与朝廷百官交通。因此之故，高才一向低调，就连三哥家也极少登门，不少人并不知道他是高拱的胞弟。他与曾省吾素无交通，忽见曾省吾名刺，不免令他疑惑。踌躇良久，觉得拒之门外似有不妥，只得到首门亲迎。

“德卿！”曾省吾叫着高才的字说，“怎么一脸疑惑，是不是有些意外？哈哈哈！”曾省吾爽朗地笑着，“别紧张，今次登门，只为一事而来。”

“哦，侍郎大人请见教。”高才谦恭地说，躬身前引，请曾省吾到花厅入座。

“德卿啊！”曾省吾边落座，边以亲切的语气道，“令兄元翁，以首相而兼掌铨政，冗忙可知。访得再过半个多月，就是他老人家的花甲之寿了，总不能无声无息吧？唉——”他叹了口气，“元翁无子，律己甚严，张罗此事，非德卿莫属。德卿是知道的，江陵相公与元翁乃生死之交，他向我提及元翁寿辰之事，我就冒昧来访，欲与德卿一同画策，为元翁办一场像模像样的寿庆！”

高才越发疑惑，不知曾省吾何以如此主动张罗三哥的寿庆之事，便如实回应道：“前些日子家嫂寿辰，曾说起过这事，家兄言：日用不足，遑论酒楼摆宴。听家兄的想法，是一切从简。”

“喔？元翁说起‘家用不足’？”曾省吾眼珠子滴溜溜一转，面露喜色，“元翁清廉守贫，家如寒士，尽人皆知。为他老人家祝寿，何须他老人家自掏腰包呢？也就是元翁，律己太苛；若是他人，此一寿诞，收个万把两寿礼根本就不在话下。元翁自然不会收礼，但摆宴庆寿无论如何是要做的。”他欠身向高才这边靠了靠，“德卿试想，元翁没有子嗣，若无人为元翁张罗寿庆，他老人家必会伤感。”

高才颔首，问：“那么以侍郎大人之见，如何整备此事？”

“德卿不必费心，元翁门生故旧不少，只要和他们说一声，此事必能办妥。”曾省吾道，又提醒说，“喔，不可张扬出去，私下整备就是了。不的，场面就太大了。以元翁的为人，不必奢靡，摆他十几桌宴席，再请戏班子唱场戏，也就够了。”

“多谢侍郎大人提醒。”高才拱手道，“待禀报家兄后筹办。”

“哦，不妥！”曾省吾摇头，“这等事，要瞒着元翁方可。待筹办停当，元翁或许责备，但心必甚慰。若提前说了，让元翁如何表态？”

高才点头，觉得曾省吾所言俱在理上，送曾省吾出门时，竟有几分感动。

曾省吾一路上在脑海里把他所熟知的科道梳理了一遍，突然有一个名字让他感到兴奋，回到家里，当即就差人去送邀帖。

次日晚，曾省吾坐了一顶雇来的小轿，往西直门方向而去。

西直门内有一家叫钱塘斋的酒楼，在一个幽静的雅间，户科给事中曹大埜独坐其中，慢慢地品茶。他接到曾省吾的邀帖到此餐叙，已等了一刻钟了。

“梦质久等了！”曾省吾歉意一笑，叫着曹大埜的字说，快步走到主位落座。曹大埜乃四川巴州人，与曾省吾邻郡，彼此熟悉。曾省吾深知此人荣进之心甚切，是以选为可用之人。

酒肴上齐，又寒暄了几句，曾省吾突然感慨一声：“梦质，在官场，若不能进入核心圈子，再卖力也是枉然！”

曹大埜一惊，不知曾省吾何以突然发出这般感慨，细细品味，又觉乃肺腑之言，遂点头道：“请侍郎大人指教。”

“要想进入核心圈子，就得把握时机，立奇功。”曾省吾又道。

曹大埜两眼发光，心“突突”直跳，忙举盏敬酒。

“梦质，你是不是以为，你上计时优叙得以擢言官，是高相赏识你？”他用手指一敲桌子，“错！”顿了顿，道，“是我求江陵相公在高相那里为你美言，方得正果。”

曹大埜愣了一下，忙躬身作揖，又举盏敬酒。暗忖：若果如此公所言，何以一直未提及，延宕至今又说出来？

曾省吾又道：“梦质，你以为高相权势熏天，人不敢碰吧？”他又一敲桌子，“错！”

“错？”这次曹大埜有些不信，伸着脖子问。

“梦质听说了吧？前两天，高相上本言阁臣五日一视太子学，皇上大怒，说不意高先生对太子如此疏慢！御笔钦批，要阁臣每日轮流一员看视。看出来了吧？皇上并非像朝野传闻的那样信任高相！”曾省吾一脸神秘地说。

“哦？”曹大埜的小眼睛里，闪出惊异的光芒。

“梦质，你听说了吧？有人道高相有干才，执政不久，中外事骎骎就理，太平功业，旦夕可致！”他又一次伸出手指，重重地敲在桌面上，“错！”

曹大埜既觉好笑又觉吃惊，抿嘴不语。

“高相复出，就干了两件事：报复徐阶，赶走同僚！”曾省吾轻蔑地说，“事实摆在那里呢！徐阶三子被逮了吧？陈、赵、李、殷四阁老致仕了吧？高相整天忙乎这些，唯江陵相公埋头做事。”曾省吾盯着曹大埜问，“你说高相做了什么正事？开胶莱新河吗？这倒是他想干的，可江陵相公略施小计，他就没干成嘛！”曾省吾得意地说，又自问，“除掉汉奸赵全、封贡互市？这件事，完完全全是江陵相公一手做成！不瞒梦质说，办这件事，江陵相公三计只用其一，而已！”

曹大埜惊诧之余，悟出了曾省吾的意图，道：“侍郎大人对学生有何吩咐？”

曾省吾伸长脖子，压低声音，道：“梦质，皇上病重，闻得高相的门生们却在张罗为他大摆寿宴，简直是目无君父！一旦寿宴开办，望梦质仗义执言，上章弹劾！”

曹大埜“嘶”地吸了口凉气，嗫嚅道：“这……”

“高相大奸似忠，实则大不忠也！”曾省吾愤慨道，“太子出阁讲学，他疏慢至甚，大不忠一也！皇上病重，他大摆寿宴，大不忠二也！圣躬违和，他昨日闻巡边御史禀报辽东备战情形，竟露出笑容，大不忠三也！杨博本为冢宰，高相既上本将其荐起，又把着铨政不放，欲使天下只知首相而不知皇上，大不忠四也！张四维……”

“等等！”曹大埜伸手拦住曾省吾，不解地说，“新郑相公三番五次请辞兼职，皇上不允，还奖赏他，朝野都说，他若再辞，就是变相讨赏哩，安得说新郑相公把着铨政不放？”

“书生之见！”曾省吾责备道，“弹章只要这么一说，杨博会感激你。杨博掌吏部是早晚的事，你替他说话，他自会酬答。”他重重咽了口唾沫，继续说，“昨日，吏部提请起复张四维，这张四维才被弹劾回籍不过月余，何以又起？他贿赂高相一千金哪，梦质！高相嘴上说肃贪，自己却大开贿门，此大不忠者五！”

曹大埜又吸了口气：“闻得新郑相公片纸不入，安得受贿一千金？”

“书生！到底还是书生！”曾省吾用手指点着曹大埜道，“你是言官，言官可风闻而奏！既然你听到有这么个传闻，自可上章！这是你的本分嘛！”

曹大埜心惊肉跳，缩了缩脖子，为难地说：“这……”

曾省吾举盏一饮而尽，抹嘴道；“梦质，你是自己人，不妨直言相告：目下皇上病得很重，”他四下扫视一番，低声道，“乃是不治之症。”抬头又警觉地扫视一圈，继续说，“孟冲呆头呆脑如同木偶，厂公冯太监在内主事，而他和江陵相公已结为兄弟，冯太监就是张相公！二公已决计逐高！”

曹大埜目瞪口呆，怔怔地看着曾省吾。

“高相视祖制如无物，江陵相公为社稷计，不得不如此。”曾省吾解释道，“里应外合，胜券在握。梦质，你做了先行官，江陵相公当国，必以督抚相酬！”

曹大埜脸上的肌肉跳个不停，心潮澎湃，面色通红，端起酒盏顾自饮干，道：“学生唯侍郎之命是从！”

“呵呵呵！”曾省吾突然冷笑起来，“梦质也可把今晚我会你之事向高相告密请赏。”他轻轻敲着桌面，“只可惜，高相一向厌恶不磊落之人，你若告密，不唯不会有赏，恐要被冷落几年呢！”说着，“哈哈”一笑，伸过脑袋，露出惊喜的表情，“而梦质若帮了张、冯，那就是立了奇功，必有大酬！”

曹大埜又是一阵激动，须臾，忐忑道：“侍郎大人，只学生一人，恐势单力薄。”

“不会！”曾省吾一拍胸脯，“必能形成攻势！”

四

高才反复斟酌了两天，方登门拜访提督四夷馆少卿韩楫，把曾省吾造访的经过说了一遍。韩楫疑心顿起："筹办师相寿庆，我辈当仁不让，小诸葛这么积极，意欲何为？挖陷阱？"

"不会吧？"高才不以为然地说，"听曾侍郎话里话外，此是江陵相公之意；江陵相公乃家兄香火盟，何至于此？我看是出于善意。"

韩楫不愿在高才面前说那些高层内幕，也猜不透曾省吾这样做究竟是何用意，只得说："等等看，事体恐非表面这么简单。"他揣摩不透曾省吾的用意，遂又找同年好友程文、宋之韩聚议良久，还是没有议出所以然。眼看高拱寿诞之日临近，韩楫坐不住了，这天交了戌时，便壮壮胆，到吏部直房求见。

"又跑来做甚？"高拱头也不抬，对正施礼的韩楫不耐烦地说。

韩楫不以为意，顾自在高拱对面的一把椅子上坐下，看了埋头批阅公牍的师相一眼，不觉大惊："哎呀！"高拱被惊得蓦地抬头，韩楫又发出了一声尖叫，"哎呀呀！师相面色晦暗，眼袋凸起，双目中满是血丝，这是怎么了？"

高拱苦笑着，托起白须："老矣！"

韩楫摇头，一脸痛惜之情。

高拱还没有从奏本被驳回的打击中缓过神儿来，加之为皇上的病情忧心如焚，一直在内阁朝房过夜，多日不曾安眠，精神也不复此前那般饱满，甚或有些萎靡，仿佛一下子苍老了许多。但他不愿在韩楫面前提及，便问："伯通何事？"

"师相寿诞，门生们想……"

不等韩楫说完，高拱一扬手："圣躬违和，哪里有心事做寿！谁也不许张罗此事！"

"哈！"韩楫突然怪笑一声，"我明白了，果然是圈套！"

"伯通！"高拱呵斥道，"你也是京堂了，还这么不稳重，一惊一乍的！"

韩楫语带激愤地把曾省吾找高才提议大摆寿宴的事说了一遍，恨恨然道："正所谓黄鼠狼给鸡拜年，没安好心！一旦大办寿庆，必有弹章上奏！"他一蹙眉头，"嘶"地吸了口气，"对了，师相，这几天百官突然议论纷纭，说师相五日视学的奏本被驳，分明是皇上对师相不满，原以为皇上对师相言听计从，却也是假象欺人！"

高拱面色通红，一拍书案："谁这么无耻，乱嚼舌头根子！"

韩楫拱手一揖："师相，他们已然里应外合，行离间计了！"

高拱一惊："离间计？"

"他们也深知皇上对师相眷倚非常，若要撼动师相，必从离间君臣关系入手！"

韩楫自信地说，“这两桩事联系起来看，实质即在于此！”

“皇上知我，我也知皇上，他人离间，岂可得逞？！”高拱不以为然地说。

韩楫焦急地说：“至少，能做此模样，使人疑望揣摩，敢于对师相动手！一旦群起而攻之，恐皇上也难保全师相了！”他蓦地起身，抱拳一揖，“师相，得反制啊！”

“怎么反制？”高拱问。

“科道上章，弹劾他勾结太监，大干天条！”韩楫恶狠狠地说。

高拱摇头：“你有何证据？”

韩楫道：“科道风闻而奏，只要把此事挑明了，众目睽睽，他还敢卖众，冒天下之大不韪？”

“如此，叔大颜面尽失，何以存身？”高拱摇手道，“叔大毕竟是难得的干才，当留有余地。况且……”他欲言又止，一扬手道，“不说了。总之，不许这么做！”

韩楫揣摩到了高拱的心思，无非是怕舆论说他连自己的盟兄弟都不容，投鼠忌器罢了。但他也不便说出口，无奈地叹息一声，又建言道：“师相既然不愿撕破脸，不妨增加阁臣，也好有个见证，他或许会有所顾忌。目下内阁只有二相，一旦师相被劾，就要注籍回避，岂不是将命运交到他与冯保手里？”

高拱点头，那天接到皇上驳回阁臣五日一视太子讲学的奏本，高拱就想到过这一层，只是担心启动起来，遂了冯保纳潘晟入阁的私愿，方未付诸实施。

韩楫起身向高拱一揖：“我让他偷鸡不成蚀把米！”说着，匆匆辞别。

“不许胡来！”身后响起高拱的警告声。

须臾，韩楫的小轿到了张居正的府邸，投帖求见。

“这么晚了，相公不见客！”管家游七出面回绝。

“请管家回禀太岳相公，韩楫此来，为元翁寿诞事，请相公务必一见，只说一句话。”韩楫拱手道。

游七只得通禀，张居正不得不传见。韩楫在花厅等了近两刻钟，张居正方走过来，面无表情地回礼让座。

“张阁老，师相的寿诞快到了，门生委托学生向张阁老求寿序，不知张阁老能否赏脸。”韩楫开门见山道。

“伯通，你当知之，我与玄翁乃生死交，玄翁花甲寿诞，我自当奉呈寿序，这还用他人来索吗？”张居正不冷不热地说。他从韩楫的神情和此番夤夜来索寿序的举动判断出，高拱恐不会大张旗鼓办寿庆了。遂叹息一声，“伯通啊，玄翁无子嗣，我与他有香火盟，玄翁花甲之寿，本想为他好好办场寿庆的，不巧的是圣躬违和，我看你们这些门生，千万不可再张罗寿庆了！”

韩楫虽对张居正心存愤恨，但真的面对他时，还是被他的威重所震慑；又听他如是说，心里不禁打鼓：“难道是我多疑了？”他不敢再勾留，起身施礼告辞。

“这小子不是善茬儿，来做甚？”张居正回到书房，曾省吾劈头就问。他是携曹大埜拟好的弹章来请张居正过目的。

“你挖的陷阱，人家识破了，不跳！”张居正沉着脸说，“知会曹给谏，万勿上章。还要劳驾三省，替我写篇寿序来。”言毕，烦躁地摆手道，“算了，还是我自己来写。以我与玄翁的关系，别人写，恐味道不对。”

曾省吾愣了片刻，旋即“哈哈”一笑：“太岳兄，不必郁闷。成败皆有收益！”他呷了口茶，侃侃道，“迄今为止，太岳兄一直是以生死交身份与高相相处的，目下道路传闻高、张失和，高相对太岳兄也多有猜疑。论地位、实力，太岳兄不是他的对手，况还有徐府、福建两案的麻烦在，一旦公开决裂，对太岳兄不利。不可让朝野窥破暗中对高相动手之事，表面上要始终维系香火盟，为他张罗寿庆，就证明了这一点。是以此事一启动，太岳兄就大有收益了。寿庆不搞就不搞嘛，你写篇情真意切的寿序，外人一样得出太岳兄忍辱负重、重情重义的结论，高相也会为之动容，戒备之心自然降低。”

“不愧小诸葛之誉！”一向深沉的张居正禁不住夸赞了一句。

次日早，一见高拱，张居正便道：“玄翁，昨晚韩伯通造访，居正嘱他不可张扬玄翁寿庆事。不是居正不想为玄翁办像样的寿庆，委实是时机不巧，想来玄翁当能体谅！”

“一切以君父为重。”高拱道。他拿出一份文稿，“叔大，目下内阁只你我二人，我还兼掌铨政，委实忙不过来。转过年，太子就要出阁讲学，阁臣要每日轮视，人手就越发紧张了。我意，奏明皇上，为内阁添人。公本我已拟好，你把名字署上吧。”

“哦？”张居正有些吃惊，可他并未形之于色，接过文稿问，“玄翁有人选吗？”

“照例会推，廷臣多数认可者进，以免科道说三道四。”高拱答道，边盯着张居正，观察他的反应。

“玄翁所虑甚周，居正无不仰赞。”张居正看也不看，说着就欣然提笔，在文稿上写下了自己的名字。

高拱有些疑惑，暗忖：是叔大未洞悉玄机，还是自己被韩楫这些门生的鼓噪所惑，误会了他？这样想着，对张居正的一股怨气，竟消了大半。当晚一到吏部，就吩咐魏学曾，会推阁臣在即，上紧整备。

第二天午时，皇上的批红送到了内阁，高拱接过一看，只见上写着：

卿二人同心辅政，不必添人。

张居正见高拱脸色不对，忙问：“怎么，皇上又驳回了？”

高拱沮丧地依靠在座椅上，嘴唇嚅动着，手禁不住又抖了起来。

"唉！"张居正阅罢，叹了口气，惋惜地说，"皇上也是太眷倚玄翁了，玄翁只好能者多劳了。"顿了顿，把批红朗读了一遍，安慰高拱道，"玄翁不必郁闷，朝野知皇上信任我兄弟如此，我兄弟见知于皇上如此，必越发敬畏玄翁，内阁威信也势必大增。"他仰天感慨一声，"皇上信任如此，夫复何言！"

"哼，兄弟！"高拱冷笑着，"真是好兄弟啊！这下，叔大满意了？"

张居正一惊："玄翁何出此言？"

高拱不想点破，一扬手："罢了！政务繁重，哪有精力扯这些！"

话虽这么说，高拱的心情却又一次如坠深渊。一个月里，先后有两个奏本被驳，仅这一点，就令他备受打击。何况，这背后，分明隐藏着阴谋！

"玄翁，遵示已将翰林出身、有资格入阁的人选登出。"当晚，魏学曾守在高拱直房门口，一见他进来，就跟在身后禀报道。近来高拱情绪不好，魏学曾怕办事拖沓被斥责，遂督促各司一鼓作气把会推的人选先理出。

"用不着了！"高拱一扬手，声调沉重地说。

"玄翁？"魏学曾不解，"皇上不允？"

"叔大和冯保不允！"高拱恨恨然道。他憋着一肚子气，在魏学曾面前也不避讳，"必是张叔大捏旨付保诳奏，皇上在病中，未及深思即准了他！"

魏学曾目瞪口呆，不敢置喙。

"张、冯阴谋，我洞若观火！"高拱忿忿然道，"此二人方谋我，若再有阁老在，则旁观有人不便。今只二人在阁，则我一旦遭劾，即当回避；而彼独在阁，则可与冯保内外为计，以制吾之命，其谋至深！"

魏学曾浑身直冒冷汗，低声问："玄翁，当如何应对？"

高拱顿时没有了底气，颓然而坐，良久方长叹一声："皇上既已有旨，奈之何？"

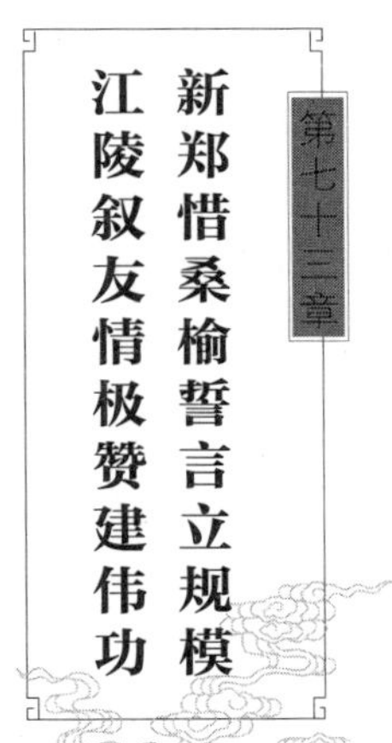

第七十三章 新郑惜桑榆誓言立规模 江陵叙友情极赞建伟功

一

隆庆五年腊月十三日，是高拱六十寿辰。无论是衣冠人物还是平民百姓，花甲寿庆总是最在意也是最隆重的。可是，皇上还在病中，整日昏昏沉沉，高拱忧心如焚，事先传话门生故旧，是日，任何人不得为他庆寿。

夫人张氏知道，老爷是非常重视这个生日的，只是嘴上不说罢了。前几天得暇，老爷手书“景仰”二字，吩咐房尧第裱后悬于书房门庭，以为书斋之名。问其故，方知是取周武公老而向学之义。他自知已垂垂老矣，却又不服老，还想有一番大作为。但张氏也看出来了，入冬以来，老爷的情绪突然低落了许多，时常闷闷不乐甚或长吁短叹。是因为皇上的病？似乎也不全是。她揣摩不透，只是暗暗为他担心。她也曾设想为他做个风风光光的寿庆，即被老爷断然制止，也只能按照家乡习俗，在腊月十三这天早起，破例拦下他，让他在家吃了一碗长寿面、一个煮鸡蛋，又把他扶到正房的堂屋坐下，她和薛氏异常庄重地给他叩首祝寿。望着老爷几乎尽白的胡须，张氏伏地叩首的瞬间，不禁泪流满面。

高拱见状，心里一阵酸楚，脑海里却闪现出珊娘的影子，一股愧疚感涌上心头，躬身扶起张氏，哽咽道：“启祯她娘，起来，是俺对不住你呢！”说着，命丫鬟把张氏、薛氏扶出堂屋，房尧第带着高福、高德几个人要给他叩首拜寿，他一扬手，“罢了，已然晚了，快走吧！”

轿子到了文渊阁，高拱一下轿，张居正带着新任通政司右通政韩楫、翰林院学士申时行，在门前迎接。进了高拱的朝房，张居正从书办手里接过一个锦盒，双手捧过头顶，恭恭敬敬呈递给高拱。

“这是什么？”高拱接过去，问。

张居正上前打开锦盒，露出一册精美的函套，上书：少师首相新郑高公六十寿序合辑。张居正从函套中掏出一本册子，道：“此乃居正等为玄翁祝寿的寿序。”

“诸门生集资刻刊，未花一文公帑！”韩楫在旁解释说。

高拱接过册子翻看，最上面的两篇，是张居正所撰《翰林为师相高公六十寿序》《门生为师相中玄高公六十寿序》，再下来是张四维从山西蒲州老家差人送来的《寿高端公六十序》，接下来是礼部侍郎吕调阳的《高中玄相公六十寿序》、翰林院掌院学士马自强的《寿少师高公六十序》等。

“玄翁，”张居正道，“今日乃玄翁花甲悬壶日，本应摆酒称觞，无奈玄翁恳辞；然上寿寿国，其次寿身，居正等不能不略表寸心，是以居正请韩通政代表诸门生、申学士代表翰林诸大夫，为玄翁拜寿。”

话音未落，韩楫走过去，把高拱扶出，申时行把座椅搬出，坐北朝南放好，张居正扶高拱坐下。待坐定，先是申时行，继之韩楫，叩首拜寿。最后，张居正恭恭敬敬站在高拱面前，饱含深情地说：“中玄兄，弟何德何能，追随我兄二十有余年！兹又奉皇上手诏，谕以同心辅政。兄之才十倍于弟，弟何足仰赞我兄万一。唯以兄素以教弟者而共相励翼，以仰副皇上委托，则弟已深感荣幸矣！兄台在上，小弟为我兄拜寿！”说着，一丝不苟地行叩拜大礼。

高拱端坐椅中，望着恭恭敬敬行礼的张居正，暗忖：“叔大说某之才十倍于他，或许夸张，但倍于他还是富富有余吧？他追随我这么多年，会忍心背叛于我？”

叩拜间，张居正的目光不时落在高拱的身上。看着自己多年的师友已是须发皆白，额头上的皱纹又密又深，眼泡高高鼓起，委实是一位年迈人了，暗想：“中玄兄，对不住了。你老矣，不妨让弟来做吧！请放心，弟会比中玄兄做得更好！”这样想着，他一抖官袍，匍匐于地，叩首间，默念着，“中玄兄，你出身官宦之家，上无父母需赡养，下无子女需抚育，怎知弟的苦衷？可是，为了存翁所送三千两银子，竟然当面嘲讽，弟颜面尽失。弟欲为诸子谋前程，中玄兄若知之，不知还会怎样！中玄兄让弟如何安于位？”

“不不！弟非为权位也。”张居正又在心里说，“弟这也是为社稷计啊！解海禁、通海运，后患无穷啊中玄兄。弟若当国，必断然饬禁！中玄兄说甚以养民为先，因地制宜，积年逋赋征缴不够数额，州县长亦可升转！如此，国库何时方能充盈？国库不充，何谈富国强兵？弟若当国，完税不力，一律摘了他的乌纱帽！还有贵州彝蛮、广西僮蛮，说甚要引导民风向上，以使‘乱民乐业而向化’。妇人之仁！弟若当国，此辈敢为乱，必不问向背，斩草除根！中玄兄，行实政，弟极赞成，但祖宗之法行之不通者，人不力也，不议人而议法，何益？动辄改弦易辙、不允袭故套，长此以往，国将不国！弟若当国，必遵祖制，效法太祖高皇帝，只需严与俭二字，国即可治，振兴大明，重现开国初期蓬勃向上的景象，亦必可期！”

张居正的这深情一拜，看似给高拱拜寿，但更像是与二十年的友情诀别！是以当最后一次叩首时，他竟伏地良久，不愿起身。

“叔大，起来说话！”高拱抬抬手说。

张居正依然伏地不动，高拱只得上前把他扶起，一扬手道：“好了，不再说祝寿的事了。”

申时行把座椅搬回原处，请高拱归位。高拱请张居正在对面的椅子上坐下，转脸对韩楫、申时行道：“你们快回去当直。”

韩楫、申时行施礼告辞，张居正嘱咐道：“祝寿文集即发南北两京各部院寺监、科道翰林。”

“不可！”高拱忙道，“发给门生故旧即可，不必广为散发。”

“照玄翁说的办。”张居正道，“此外再有人索求，自可陆续馈赠。”说着，起身拱手道，“今日不同以往，玄翁权且在朝房歇息片刻吧，居正得上紧去看详。”

高拱起身相送，走到门口，忍不住道：“叔大，太子出阁讲学在即，张子维起用为讲官，可他却一再疏辞，在老家一直不愿出山。你可知子维因何如此？”

张居正摇头道：“这，居正委实不明就里。张家乃豪富之家，子维自可悠游山林，居正向往之至！”

“道路传闻，子维是因高、张失和，恐夹在中间难以自处，方坚辞不就的。”高拱直言道，“叔大听到过吗？”

“高、张失和？”张居正惊讶地说，他双手一摊，“这，这从何说起啊！”说着，把右手手背狠狠地砸向左手手心，“唯恐天下不乱的宵小，什么谣言都敢造！玄翁，这等事要查，看看是谁造的谣，狠狠地收拾他！”

高拱苦笑着道：“但愿是谣言。”说罢，向外摆摆手，“去吧。”

二

望着张居正的背影，高拱满是疑惑，小声自语道：“看看他写些什么再说。”说着，快步回到书案前，细读张居正的两篇寿序。他翻开《翰林为师相高公六十寿序》，只见上写道：“今少师高公，起家词林，已隐然有公辅之望，公亦以平治天下

为己责。”

他点头，“还是叔大知我！”又接着读下去，“尝与余言：‘大臣柄国之政，譬之提衡’，余深味其言，书之座右，用以自镜。”高拱又点头，“嗯，是我说与叔大的，亏他还记得，当作座右铭！”他慨叹一声，继续阅看，“其后与公同典胄监，校书天禄，及相继登政府……”高拱又一次抬起头，仿佛回到了当年带着张居正领国子监、校《永乐大典》时彼此亲密无间的岁月。

“彼时，金石之交，真是金石之交啊！”高拱又慨叹了一声。他呷了口茶，继续往下阅看，“则见公虚怀夷气，开诚布公。”读到这一句，高拱眼睛为之一亮，反复读了几遍，确认没有看错，“叔大说出这样的话，总算没有白交一场，到底是知己啊！”

感慨了一阵，再读下去：“有所举措，不我贤愚，一因其人；有所可否，不我是非，一准于理；有所彰瘅，不我爱憎，一裁于法；有所罢行，不我张弛，一因于时。无兢兢以贬气，无屑屑以远嫌。身为相国，兼总铨务，二年于兹。其所察举汰黜，不啻数百千人矣。然皆询之师言，协于公议。即贤耶，虽仇必举，亦不以其尝有德于己焉，而嫌于酬之也；即不肖耶，虽亲必斥，亦不以其尝有恶于己，而嫌于恶之也。少有差池，改不旋踵；一言当心，应若响答。盖公向之所言无一不售者，公信可谓平格之臣已！”

高拱心里热乎乎的，用手指轻轻敲打着书案：“叔大这些话，可谓公允之言！”

“余无似，获从公后，二十有余年。兹又奉皇上手诏，谕以同心辅政。自唯驽下，公之才十倍于余，何足仰赞其万一。亦唯以公素所以教我者而共相励翼，以仰副上之委托，则余已有荣幸焉！”

读了这几行字，高拱眼前浮现出当年两人“相期以相业”时的场景。联手执政，振兴大明，正是两人的共同愿景，如今愿景已变为现实。张居正若真如所说的这样，“以公素所以教我者而共相励翼”，该有多好！他一拍书案道，“看看下一篇，叔大说些什么！”翻开《门生为师相中玄高公六十寿序》，小声读了起来：

天佑国家，必有耆硕魁垒之士，以据鼎轴而斡机衡，然后其主不劳，而休美无疆之业，可衍而昌也。自昔有道之长莫如周，周之盛莫如成王，成王相业莫如周公。周公身为太傅，操冢宰之权，而天下不疑，周道以隆，天下归德焉。老成人之重国家固如此。今少师中玄相公，相肃皇帝及今天子有年矣。入则陈王道之闳，启乃心，纳乎圣听；出则兼冢宰之重，鸠众才，庀乎主职。以余所睹，按周公之往迹，抑何符也！

“叔大把高某誉为周公，过誉了！”高拱含笑道，“不过，史称周公为相八十年，恐也是传说而已。若上天再让我辅佐今上八年，振兴大明，当不在话下！”

公尝授经天子，天子改容而师事之。比参大政，发谋揆策，受如流水。其著者：肃皇帝凭玉几而授顾命，天下莫不闻，论者乃罪方士，污蔑先皇，规脱己责，公为抗疏辩之。君臣父子之义，若揭日月而行也。

“喔呀！”高拱有些意外，“叔大对我纠正《嘉靖遗诏》竟是赞同的，而且公开说出来了，不容易！”

虏从庚子以来，岁为边患，一旦震惧于天子之威灵，执我叛人，款关求贡。中外相顾骇愕，莫敢发。公独决策，纳其贡献，许为外臣，虏遂感悦，益远徙，不敢盗边。所省大司农刍粟以钜万计。

“喔！这件事，闻得朝野私下有些议论，说封贡互市乃叔大主导，叔大自己站出来，以‘公独决策’四字澄清了。”高拱满意地点着头。

曹、沛、徐、淮间，数苦河决。公建请遣使者按视胶莱河渠，修复海运故道，又更置督漕诸吏，申饬法令。会河亦安流，舳舻衔尾而至，国储用足。是时方内乂安，四夷向风，天下翕然称治平矣。公犹弗康，日兢兢与九卿百执事讲究实政，甄别吏治，问民所疾苦，抚摩而噢咻之。虽桑土绸缪，不劬于此矣！

“这二年孜孜求治，辛劳万分，实过于农夫之经理田亩。叔大这话，说的是实情！”高拱捋了捋变白的长须，颔首自语。

始公方柄用，遭忌者言，郫娄不可诘辩，公避居东山，意豁如也。居二年，再入政府，众谓是且龁龁诸言者，公悉待之如初，未尝以私喜怒为用舍。逾年，再上疏请解铨务，上手诏慰劳，恩礼有加焉。虽赤写逊肤，不泰于此矣！

“喔呀！”高拱惊叹，“叔大出面说出我高某复出没有报复谁，有分量！”

公才略盖世，又天子师也，而滋益恭，亲贤爱士，实能容之。一事之善，称不容口；一言之当，决若江河。虽吐握延续，不勤于此矣。昔周公修此三者，令闻长世，为国元老。而公之功德烂然，后先争烈。年已六十，聪明步履，有逾少壮，其于上寿，犹缀之也。今天子基命宥密，孰与成王贤，其委任公不在周公下，薄海内外皆跷足抗手，歌颂盛德。即余驽下，幸从公后，参与国政，五年于兹。公每降心相从，宫府之事，悉以咨之，期于周、召夹辅之谊，以奖王室。此神明之所知也。由此言之，国家休美无疆之业，溢于成、周，虽有巧历，莫之能得。兹于公而卜之矣！

“喔？叔大是要释群疑吧？让朝野皆知，高、张甚谐，有周、召夹辅之谊！”高拱长叹口气，“若真如此，实我大明之幸啊！”

嘉平之十又三日，为公诞辰。公所举乡、会士百有余人，蕲余言介寿，而余为举其大者著于篇。夫春阳煦物，百卉咸荣，而迎曦含旭，桃李为最。诸君皆公桃李也。公今行周公之道，萃宇宙之太和，跻一世之仁寿，而况近在门墙者乎？宜其感悦爱戴，倍于恒情云。

两篇寿序看完了，高拱陷入沉思中："或许，都是宵小交构其间，使我与叔大生出诸多误会？"他坐不住了，起身往中堂走，恰好张居正拿着一份文牍迎面走了过来。

"玄翁，居正正要到朝房请示。"张居正快步迎上去，把文牍捧递于高拱。两人复回高拱的朝房，隔着书案面对面坐下。张居正指着高拱手中的文牍道，"辽抚张学颜请与土蛮互市，与西怀东制方略不合，本应拟旨驳回，但兹事体大，还是请玄翁决断。"

高拱匆匆看了几眼，置于案上，道："先放放吧！"

张居正一脸狐疑，暗忖："往者遇到此类关涉边务的文牍，玄翁总是火急火燎的，容不得半点延宕，今日为何说出'先放放'的话来？"

三

张居正已有两个多月没有在高拱的朝房里与他面对面而坐了，一旦坐下，时而感到局促，时而又感到亲切。但私下直面高拱，心里总是忐忑，竟至额头上冒出汗珠，几次想走，又怕高拱不悦，越发如坐针毡了。高拱却是想和张居正交心一叙的。他把《少师首相新郑高公六十寿序合辑》向外推了推，道："叔大，这里的文章，你都看过吗？"

"看过，颂玄翁伟功，祈玄翁寿无涯！"张居正答。

"我不这么看。"高拱面色严峻地说，他拿起文集，翻开，"申时行说自我受命以来，海内易听改观，中外百司相劝，在位蒸蒸，臻于治理；张四维说这二年因我一切与之改弦更始，海内大小官吏兢兢修实，不敢作诳语，民无官扰，得安心田亩；叔大则言海内乂安，四夷向风，天下歙然称治平。"他把文集合上，"可在我看来，目下污习未殄，吏治不兴，民穷如故，每一思之，不觉汗颜！"

张居正"嘿嘿"一笑："玄翁过谦了。"

"我着急啊，叔大！"高拱蓦地起身，侧过脸去，微微仰头，眼睛不住地眨着，良久，转过脸来，幽幽地说，"叔大是知道的，这二年来，高某实夙夜尽瘁，不敢自有其身。"

"为国辛劳如玄翁者，古往今来，实属罕见！"张居正拱手道。

"孔子云：'苟有用我者，期月而已可也，三年有成。'孔子以至圣之才，当一诸侯国之任，尚需三年，况粗陋如我者，而又当天下之任！"他掀起白须，"叔大，为兄老矣！之所以求治如此之急者，盖因国家积弊已久，改革之务甚钜！可惜岁月易逝，我已年老，故每自惜桑榆之景，勉效犬马之忠，诚欲先立规模，见其大意，而后乃徐收其效。”

“立规模？”张居正心里说，“国朝立国规模、章程法度，尽善尽美，远过汉唐，还要你来立规模？不就是无视祖制，标新立异、改弦易辙吗？”他瞟了一眼高拱的银须，“至于要整顿积弊，你老了，有我在嘛！只要效法太祖高皇帝，革除积弊，易如反掌，无须像你老这般折腾！”心里这么想，嘴上却说：“玄翁，今上春秋正盛，对玄翁眷倚非常，玄翁自可从容做十年、二十年！”

“五年，只要五年！”高拱伸出一个巴掌，“叔大，你我同心协力再做五年，我即可心安理得悠游山林，届时叔大也不过五十出头，继续做下去，再做十年，我看大明必是欣欣向荣之象！”

张居正摇手道：“居正才学安得与玄翁比？只要玄翁在，居正永远追随其后！”他拿起书案上放着的文牍，问，“玄翁，要不，张学颜的奏本发兵部题覆？”

高拱见张居正神色不宁，似不愿交心倾谈，便淡淡地说：“此疏不必复。”

“不必复？”张居惊讶地说。他对张学颜提出允许与土蛮部互市本极不满，只是碍于高拱的情面，忍住未发，原以为高拱也会为之恼火，吩咐拟旨训诫，却不料竟以“不必复”处之，那岂不是默认了张学颜的提议？

“不必复！”高拱重复道。他拿起张学颜的奏本，“你细读此奏即知，开原、广宁本有马市，虽为建彝所开，但鞑虏时而入犯，时而入市。既然开了马市，对入市者岂能俱熟其面貌，一一分辨出是建彝还是鞑虏？故张学颜建言，如遇土蛮部近边搭话，不必追究，不必拒绝。朝廷如何表态？若允准，则传之西虏，必以为我对东对西已无差别，西怀之策岂不瓦解？若驳回，则罔顾实情，徒发无法执行之文，朝廷威严何在？故默许其入市方是上策。”

张居正默然。暗忖：照这么说，与东虏也可暗中互市，所谓东制云云，必无从谈起。但他却并未说出口，而是起身道，“照玄翁所示办。”

见张居正施礼而去，高拱意犹未尽，怅然若失。有些话，很想向知己倾吐，又突然觉得万般孤独，并无可倾吐之人。正抓耳挠腮之际，突然想起，四十多年前与他同在乡试中中举的宁陵人符汝登前几日来书为他祝寿，书中多知己言，遂提笔给他复函，一吐胸臆：

辱书问，且有诲言种种，悉关机要。兄所谓身处江湖，心忧廊庙者，非耶？仆本薄劣，谬当重任，乃不自知其不肖，欲为主上进忠直，黜谗邪，振纪纲，正风俗，崇举敦明之治，实夙夜尽瘁，不敢自有其身。顾二年且余，曾无寸效。污习未殄，吏治不兴，欺负尚存，民穷如故，每一循省，不觉汗颜，诚有当寝而遽兴，临食而忽叹者。孔子云：“苟有用我者，期月而已可也，三年有成。”夫以大圣

之才，当一国之任，然犹期月而可，三年有成；薄劣如仆，乃当天下之任，而顾求治如此其急者，岂不自量？盖念夫国家之弊久矣，数十年来，曾无整顿之人，仆幸有斯志，然年已六十矣。河清几时，日中已昃，故每自惜桑榆之景，勉摅犬马之忠。于是明祖宗之法，以唤醒久迷之人心；破拘挛之说，以振起久隳之士气。事务乎循名核实，而志在乎尊主庇民，率之以身，诫之以言，使天下皆知治道如此而兴，非若向者可苟然而为也。如其得行，当毕吾志；如其不可，以付后人；倘有踵而行者，则吾志亦可毕矣！此则仆之隐衷，朝夕在念，不能忘者。是以措置之际，自不觉汲汲，诚欲先立规模，见其大意，而后乃徐收其效，非敢谓太平之治，可一朝而致也。

兄固高朗，又在静观，试为思其何如？苟可训迪我者，不惜金玉则幸焉。冗剧不悉，统唯心亮。

写毕，刚要封送，听到外间一阵骚动，隐隐约约听到“辽东”二字。

“辽东？”高拱闻之一惊，“难道辽东出事了？”

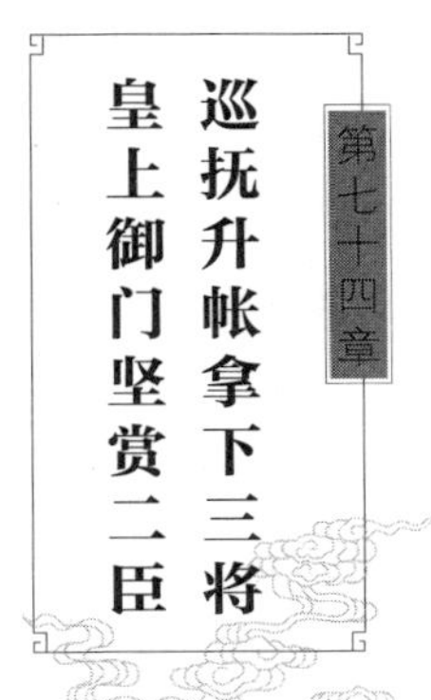

第七十四章 巡抚升帐拿下三将 皇上御门坚赏二臣

一

接到朝廷拒绝土蛮汗求封的谕旨，张学颜当即将辽东镇总兵李成梁召到节堂，密议军机。时下已入冬，李成梁已移驻辽阳，一盏茶的工夫即赶到，行参见礼毕，张学颜把朝廷不允土蛮汗求封的诏书递给他看。

“末将明白，就是预备打大仗呗！”李成梁一笑道。

张学颜道：“李帅骁勇多谋，输忠为国。只要你我同心协力，必使朝廷无东顾之忧。”

“没得说！”李成梁一拍胸脯道，“末将唯抚台之命是从，就请抚台吩咐！”

“此番请李帅来，不是吩咐，而是要听听李帅有何难题，需本院代为解决的。”张学颜一笑道，“李帅尽管说来！”

“抚台老大人！”李成梁甚感动，拱手道，“自抚台莅任，兵马缺额已补足，粮饷也已足备，火器、战车也造了不少，又夜以继日整修边堡。这些，过去真是想都不敢想，目今还真就做到了！要说末将也没啥难题了。”顿了顿，他“嘿嘿”笑了笑，“末将治军，与戚继光不同，戚帅搞什么连坐法，末将不搞那玩意儿！末将率先冲杀，感召将士，并对有功将士厚赏，允以荣华富贵以激士气。说白了，就是靠末将个人威望。如此一来呢，将士如不绝对服从，就坏事儿了！”

张学颜听出来了，忙问：“何人不服从，李帅道来，本院参究！”

李成梁又“嘿嘿”一笑：“副总兵赵完，接令后总是嘀嘀咕咕，说末将凡事不和他通气云云，总之牢骚怪话一箩筐，扰乱军心！”

"哦？"张学颜眼珠一转，想到三天前赵完来谒，把一千两银子的礼单悄悄压在他的书案上，顿时有了主意，"访得赵完贪墨军饷，行贿上官，本院正要参奏。还有谁？"

"宁远左参将杜蹬、开原右参将刘沄，阵前不能身先士卒，一开战尽找安全的地儿躲，这还能带兵打仗？"李成梁又道。

"畏敌如虎，不堪再用！"张学颜断然道，"参罢之！"又问李成梁，"还有吗？"

李成梁想了想道："正安车营参将马文龙是员勇将，兵部来文书要调他分守山海关，他正遵抚台钧谕筑堡抚夷，夷人敬畏他，干吗要调他走？"他又"嘿嘿"一笑，"不过，朝廷既然已下了文，恐怕不好办，抚台也不必为难。"

张学颜微微一笑道："实不相瞒，本院之任乃新郑相公之功；本院所请，新郑相必设法满足。这四人皆武官，归兵部管，请新郑相公出面，必能办成！李帅放心就是了。只是，这件事要绝对保密，本院自有区处！"

送走李成梁，张学颜随即写成处分辽镇武将疏，又给高拱修书一封，八百里加急送往京城。他估算了时日，传檄各分巡道、守备以上各将领，某月某日至巡抚衙门会议军机。

过了二十多天，兵部咨文到了，张学颜压住不发，但等升帐时当众宣布。又过了旬日，到了会议的日子。这天上午，一应仪仗摆列就位，巡抚衙门内外一派庄严肃穆。只听一声炮响，文武官员在二门外分列肃立。须臾，二声炮响，军乐声中，承启官高声传呼，文武官员缓缓前行，进了巡抚大堂，东西相对肃立。张学颜身着四品文官朝服，在左右簇拥下从屏风后昂然走出，端坐虎皮太师椅上。先是六监司一一报名参拜；继之李成梁出列，行叩拜大礼，以下武将依次跪参。

礼毕，张学颜起身训话："辽东一镇，延袤千余里，北拒诸胡，南扼朝鲜，东控福余真番之境，实为神京左臂。朝廷超次拔擢，命本院抚辽，学颜虽愚钝，唯知效愚忠，誓为国家奠此一方！"他声音洪亮，抑扬顿挫，闻者为之倾倒。

"朝廷已制定西怀东制、蓟辽一体方略。"张学颜又道，"东西皆制，事所难能；东西皆怀，则怀之难久，非东制无以西怀。是以九镇安危系于辽东！日前，朝廷已驳回土蛮求封乞请，同时传檄戚继光，与我辽东协力破敌。时下辽东战事，可谓箭在弦上，一触即发，文武官员当体认大局，严阵以待，务必遏制土蛮，威慑建彝！"

文武肃然聆听，神情各异。

张学颜把目光转向西向的文官："辽东无州县之设，六监司理民政，兼兵备，分理一道兵马钱粮诸项事宜。然则，"他顿了顿，"诸监司虽兼军务，却不与武将同叙功过。功过既不相关，则计议未必协衷，干事未免观望！本院已奏明朝廷，得旨允准：此后，地方有功，道、寺与将领酌量同叙。如无警，稽查不密、修理不实，完报不速，器械不备；如有警，收敛不尽，贴守不严，以致多掠人口，袭陷城堡，亦应及时查参！”

开原兵备道、宁前兵备道、辽东苑马寺、辽东行太仆寺等六监司正官凛然躬身，以示听命。

“辽东安危，端赖我军人！”张学颜又转向武将道，“本院已奏明朝廷，得旨允准：以后参、游等将，如营伍废弛，修理延缓，器仗不整，收保不预，逗留不进，隐匿失事，轻率失机等事，本院先以军法处置。轻则提问，重则拿解法司，尽法重处！”言毕，他脸一沉，高声喊道，“宁远左参将杜蹬！开原右参将刘沄！”

杜、刘二将闻声出列：“末将在！”

张学颜拿起兵部咨文，道：“尔等身为将官，畏敌如虎，不堪再用，革职！”说完，一挥手，“赶了出去！”

几名亲兵走过来，把目瞪口呆的杜、刘二人拉出了大堂。

“副总兵赵完！”张学颜又喊了一声。

赵完吓得双腿战栗，哆哆嗦嗦出列，“嗵”地跪倒在地。

“赵完身为副总兵，贪墨军饷，行贿上官，拿解法司！”张学颜厉声道。

几名亲兵架起瘫软在地的赵完出了大堂。

众文武见状，面色俱变，个个直冒冷汗。

二

张学颜一次升帐，拿下二参将一副帅的消息很快传到了土蛮汗的耳朵里，如一盆冰水兜头浇了下来，他顿时冷静了许多。

一个月前，张学颜差人通报，天朝驳回了他的求封之请，土蛮汗闻之怒不可遏，当着张学颜特使的面，传令整备兵马，倾巢出动，还以颜色。来使早有应对之词，神情自若地说，天朝戚继光、李成梁二帅，厉兵秣马、摩拳擦掌，望眼欲穿，就怕你们不去呢！这句话果然起了作用，一向强硬的脱脱台吉这次一反常态，私下劝谏，说天朝既然驳回求封之请，必是有备而来，不可轻举。散布于关内外各处的细作又不断传回谍报，不是说戚继光率军出关操练，士气正旺；就是说辽镇兵马器械粮草墙堡俱今非昔比，张学颜部署严密，列阵以待。土蛮汗已是大为沮丧，今又闻张学颜此举，越发意识到，此时绝非与官军开战良机。战非良机，不战大失颜面，土蛮汗左右为难。

“可汗，我有一计，可一箭双雕。”脱脱台吉足智多谋，向土蛮汗献计，“张学颜对女真诸部，厚此薄彼，对海西女真一味怀柔，建州女真愤然不平久矣。建州女

真中王杲实力最强，前不久刚被海西女真的王台勒令交还所掠人口，又被停了马市，不唯部众坐困，他心里也窝着火，不妨撮哄他去与李成梁厮杀！”

“何来一箭双雕？”土蛮汗不解地问，“本汗咋没整明白？况且王杲会不会上你的当，你有把握？”

“呵呵，可汗，是这样，”脱脱台吉道，“我亲自去见王杲，就说咱求封被拒，誓要教训教训天朝，与他相约行事，让他联合喀尔喀速巴亥先动手，他必欣然相从。”脱脱台吉诡秘地说，“咱再把这个消息秘密知会张学颜。”他得意地一笑，“一来，让王杲替咱出口恶气！二来，咱向张学颜通报敌情，算是示好立功，再求封王，就有话说了，免得天朝总说咱是以战求封。”

“是这个理儿！”土蛮汗大喜道：“快快照计行事！”

脱脱台吉当即启程，到建州寨密会王杲。王杲正为被迫交还所掠人口的事郁闷万分，部族内各枝酋长又乘部众愁困、怨声载道之际跃跃欲试，向他发起挑战，他越发坐不住了。闻听土蛮汗愿与他东西夹击，大掠抚顺、辽阳、沈阳，教训张学颜，自是求之不得。他当即召集各酋长，一番煽惑；又与喀尔喀泰宁部联络，纠集兵马，设计线路，伺机向抚顺方向进发。

王杲兵马未行，脱脱台吉已差人向开原兵备道王之弼密报：王杲纠集泰宁部，聚精兵六千余，将从卓山方向入犯。王之弼大惊，羽书飞报张学颜。张学颜闻报，传檄总兵李成梁火速整兵马，设方略，列阵以待。

这天，建彝六千余踏着积雪，浩浩荡荡突破险山堡，向抚顺一带挺进。数千快马荡起的雪屑遮天蔽日，其势甚盛。

李成梁已在卓山设下埋伏，建彝兵马一翻过卓山，即陷入官军的埋伏圈。只听一声炮响，黑烟夹带着火光在敌阵腾起，建彝还未回过神儿来，官军铳炮齐发，顿时火光滚滚，建彝兵马受到突如其来的惊吓，慌作一团，阵脚大乱。

“杀——”随着一声高喊，总兵李成梁跃马冲出，奔向敌营，所到之处，刀光闪闪，血浆四溅。

不到一顿饭工夫，黑压压的官军把建彝兵马团团围住，合拢冲杀。建彝见官军众多，精锐非常时可比，战不数合，便四散而逃，弃马腾山穿林奔去。官军士气愈振，乘胜追杀，长驱直抵建州各寨。

一路奔逃的王杲刚回到寨中，闻听官军杀来，爬上马背就向深山逃去。彝兵多弃马钻入堡垒，两个酋长领兵齐力拒战，官军用铳炮四面攻围夺垒，两酋长转眼间成了刀下鬼。

李成梁担心土蛮乘机入犯，传令清理战场，班师还营。

张学颜接报：此战计斩敌首五百八十有八，斩酋首把儿太、宁公提二人，获彝马六百余匹、明甲二百一十三副，彝器无算；阵亡军士八名，射死官马二十二匹。

“哎呀！哎呀！”张学颜惊喜不已，“国制：斩虏首至百一十者为大功，宣捷称贺。兹当五倍而余！起稿，快起稿！”他兴奋得声音颤抖，“叙功，报捷！”

捷报到京，外而通政司，内而司礼监文书房，见之者无不雀跃。散本太监喜滋滋把捷报送到内阁，对书办人等道：“快看，快看，辽东大捷！”书办人等一时兴奋，顾不得内阁肃穆之地，也纷纷喊出声来：“哎呀，太好啦，太好啦！辽东大捷！辽东大捷！”

正在朝房封发给好友符汝登复函的高拱，因为心里牵挂着辽东，对“辽东”二字格外敏感，闻听外间喧闹声中似有“辽东”二字，忙起身走出朝房，大声问：“辽东何事？”

寂静了片刻，就闻楼梯上“蹬蹬蹬”一阵响，书办把捷报捧递过来，禀报道：“元翁，辽东捷报！”

“捷报？！”高拱眼前一亮，急忙展读，口中不时赞叹，“哎呀！好！好啊！”阅罢，忙问，“皇上御览了吗？”不等书办回答，一把将捷报塞到他手上，“快，快呈皇上御览！”书办转身下楼，高拱快步进了中堂，以惊喜的语调道，“叔大，辽东大捷，斩敌首近六百，此为嘉靖以来所未有啊！”

“玄翁用对了人，方有此捷！”张居正起身拱手道，“居正为玄翁贺！”

“皇上看了，该有多高兴啊！”高拱像是自言自语，又像是说给张居正听，眼眶不禁湿润，泪花在眼中打转。在心里说，“我真是老了，禁不住想流泪！”

须臾，文书房散本太监匆匆来报：“万岁爷御览捷报大喜，病也减轻了许多，说都是高先生荐人得当，运筹有方。”

张居正闻言，脸上的笑容僵住了。

三

皇极门是紫禁城内最大的宫门，也是外朝宫殿的正门，建成于永乐年间，时称奉天门，嘉靖四十一年改称皇极门。门前有广场，广场两侧是排列整齐的廊庑，习称东朝房、西朝房，并有会极门和归极门东西相对。内金水河自西向东蜿蜒流过，河上横架五座石桥，习称内金水桥。

隆庆五年腊月二十五日是钦天监选定的吉日。这天清晨，尚未交五更，朦胧中，午门城楼上响起一通鼓声，文武百官自午门东西掖门列队而入，进入两侧的朝房静候。锦衣校尉、旗手手执仪仗、旗帜，在内金水桥南侧的御道两旁分列站定；一群执事太监则从宫内走出，在丹墀下分列肃立。须臾，头戴红缨铁盔帽、身穿铁

甲，手持弓矢刀剑的锦衣将军走上丹墀，侍朝护驾。一应仪仗列毕，午门上响起钟声，文武百官各于左右掖门外序立，皇极门和左右掖门徐徐开启，百官依次过内金水桥，至皇极门丹墀东西相向而立。一名手持静鞭的太监从内走出，在丹墀一角站定挥鞭，三声鞭响过后，队列里顿时鸦雀无声，哪怕一声咳嗽也会被御史纠弹。随着一声“驾到”，皇上的舆辇徐徐抬出，在金台御座前落降。百官躬身垂首，不敢仰视。

皇上在御座坐定，鸿胪寺赞礼官入班，高唱一声：“入班行礼！”文武百官俱入班，行一拜三叩礼，分班侍立。行礼间，高拱用余光窥视皇上，只见他头戴衮冕，身穿衮服，透过帽卷上端垂下的十二根五彩旒，可望见皇上苍白、消瘦的面庞上挂着难以抑制的笑意。

今日虽是皇上御门，却非同往日的御门听政，皇上和百官都着吉服，在这不年不节的日子，必是有大喜庆。去岁，也是这个时候，午门前行献俘礼；今年年底这一回，皇上在皇极门御门，则是行辽东宣捷大礼。

最高兴的莫过首相高拱了。病重的皇上闻辽东大捷喜讯突然有了精气神儿，病情大为好转，当天就下了病榻，到东暖阁省阅文牍。兵部建言，祖制，斩敌一百一十当宣捷称贺，今五倍于此数，宜具仪宣捷。高拱起初担心皇上的龙体，票拟择时举行。皇上御览，改票命钦天监选择吉日及时举行。又连降手诏，指示加恩阁臣。看到皇上病愈，高拱比听到辽东大捷的喜讯还要高兴。今天，他身穿文官一品吉服，严寒天气却未戴暖耳，精神抖擞，满脸豪气，步履虎虎生威。

鸿胪寺官展开红纸，以洪亮、高亢的声调，面宣辽东捷音：

建彝王杲等敢于深冬冰冻之时纠众入犯，势甚猖獗。总兵官李成梁督率官兵效死血战，始而夹剿前锋，终而直捣巢穴，斩首六百之多，计功逾五捷之外！且斩有酋首二人，夺有明甲二百余副，夷马六百余匹，其余夷器甚多，官军损伤甚少。不唯近而土蛮见之寒心，亦且远而俺答闻之丧胆。兹唯大捷，允谓无前！皆赖我皇上天威震迭，神武布昭，嘉纳辅臣之议，特颁敕谕，督责边臣，尽心防御，以故一时文武诸臣，仰承庙算，委身奋志，立有奇功！今具仪于御前宣捷称贺，足可扬我皇上中兴之大烈！

致辞毕，文武山呼：“吾皇万岁！万万岁！”

兵部尚书杨博出列，致辞称贺：

辽东以至甘肃，九边皆与虏邻。我太祖驱逐于前，我成祖犁庭于后，虽天威震迭，如霆如雷，然二百年间，竟不免侵轶之扰，甚至攻陷边城，践踏畿甸，枢筦之司，时无停牍，封疆之吏，日事奔驰。固未有若今隆庆五年之全盛者！在西虏则纳款称臣，绝无烟尘之警，钱粮节省者不赀，生灵保全者无算，干羽之舞真再见于虞廷；在东则斩虏首六百，几于巢穴之空，馘其名王二人，夺其甲马千数，挞伐之威，殊有光于周雅！仰唯皇上圣德，神功出自天授，上增二祖之光，下垂万世之宪！臣等浅昧，何所揄扬！唯向我皇上贺，恭祝我皇上万寿无疆，我大明民富国强！

皇上闻“未有若今隆庆五年之全盛者”一语，已是激动不已，欠身端坐，待杨博说完，百官“万岁，万万岁”声音未落，就起身扬手道：“端赖众卿辅佐，将士用命，叙功！”

吏部左侍郎魏学曾出列跪奏：“启禀陛下：遵陛下札谕，臣等与兵部议定奏上，辽东巡抚张学颜，锐志筹边，实心任事，功收三捷，虽总兵效命之忠，谋出万全，咸巡抚发纵之力，赏升右副都御史，巡抚如故，赏银二十两，纻丝二表里；总兵官李成梁，名腾九寨，勇冠三军，血战全胜之略，数十年来罕有其俦，功本殊常，恩当破格，升署都督同知，荫一子正千户世袭；余各加恩有差。”

“高先生功当首论，何以没有？”皇上问。

“启禀陛下，”魏学曾答，“内阁拟票，独不拟阁臣，陛下特颁御札：‘卿等运筹制虏，功当首论，宜加升荫，拟敕来行，钦此！’臣等奉御札拟旨，高、张二阁臣上本辞免。”

皇上欠身看着高拱，道：“高先生宜承朕眷，叙功加恩。”

高拱出列跪奏道：“皇上，臣等迭荷温纶，恩眷隆厚，不胜感戴！但臣等备位内阁，谬蒙皇上心膂之托，竭忠效力，理所依然，委的不敢言功。伏望皇上纳臣之言，容臣等照旧供职，以图报称，斯于愚分获安。”

杨博出列跪奏：“启禀陛下，辽东巡抚张学颜、总兵李成梁联袂上奏，言‘大学士高拱，奏请练兵马、整器械等诸事，又请皇上颁敕谕，责令臣等将一应战守事宜着实整理，定庙谟于密笏之中，收肤功于边陲之上。辽东宣捷，当论首功！’兵部奉御札议处题奏，看得辅臣高拱，禁中颇牧虏情，如在目中。定贡市于西陲，善谋善断，授方略于东服，至再至三，竟成偃武之休，当叙功，以示渥恩。”

皇上点头道：“卿言极是！朕着吏、兵二部叙辅臣功，卿等奏来。”

杨博道：“启禀陛下，臣等议得，辅臣高拱、张居正，运筹制虏，茂着忠勋，兹特加恩：高拱加柱国，进兼中极殿大学士，给与应得诰命；张居正加少师兼太子太师，余官俱如旧。二辅臣还各荫一子锦衣卫正千户世袭。”

“皇上！”高拱声音哽咽地喊了一声，再次出列奏道，“人臣各有所职，尽其职而有所建树则为功。臣等乃辅弼之臣，职守无所不兼，必使阴阳调和，纪纲振饬，百官奉职，万姓乐生，礼教流行，风俗淳美，兵强财足，四夷咸宾，然后其职乃尽，尽其职乃可言功。可是，目今水旱时闻，漕渠未利，纪纲之废弛者未尽修复，官僚之纵肆者未尽汰清，百姓尚尔流离，风俗尚尔薄恶，国库告匮，行伍不充，诸如此

者，皆是臣等赞襄罔效，职守未尽之过，怎敢言功？故敢不避烦渎，恳切陈情，伏望陛下收回成命，俾臣等安心供职，勉图报称。”

张居正跪在高拱身后，严寒中，头上却冒出汗来。自辽东传捷，他高兴之余，也不免有几分惆怅。皇上也好，辽东的文武大员也罢，甚至就连兵部，言必称高拱用人得当、运筹有方，功当据首。内阁就两个人，突出一人，势必贬低另一人，这让张居正愤懑不已。更让他不满的是，皇上屡屡手诏加恩，高拱却一再辞免，他虽不得不署名，内心却期盼辞而不准。荫一子锦衣卫正千户，还可世袭，这样的机会实属罕见！高拱无子，自可固辞；可他已有六子，出路除了科场，就是恩荫。时下科场得售者尚无一人，他越发指望恩荫了。见高拱还在固辞，每一个字听起来都那么刺耳，那么令人生厌！

“卿等功在社稷，宜承恩眷，勿再固辞。”是皇上的声音。

张居正忙叩头，大声道：“谢陛下盛恩！吾皇万岁，万万岁！”

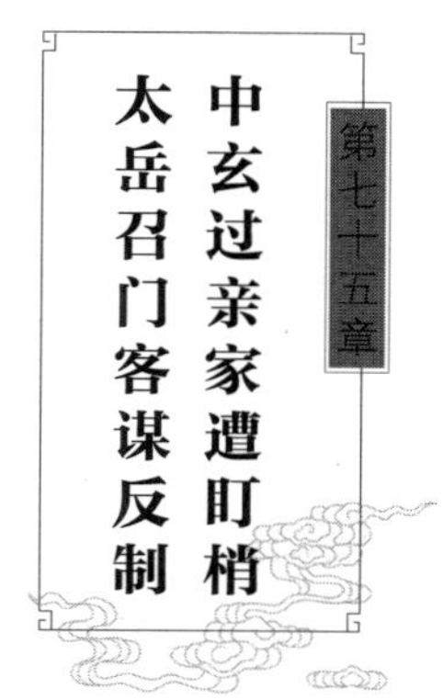

第七十五章 中玄过亲家遭盯梢 太岳召门客谋反制

一

隆庆六年的正旦节格外热闹。北虏之患终于过去，辽东一隅也传来捷报，举国为之振奋，目为大明中兴之象，京城百姓无不欢欣鼓舞。且不说嘉靖年间鞑虏围城，就是隆庆初年，春秋两季也必戒严，人心惶惶，莫说安居乐业，连踏踏实实过日子也是奢望。如今不同了，北边达成了和平，朝廷的恤商策又次第落实，京城的商号店铺陡然间增加了许多。买卖人喜欢讨吉利，是以售卖鞭炮的摊贩和各大寺庙的生意都比往年红火，除夕的鞭炮声近乎彻夜未息，初一一早又噼里啪啦响了起来，京城里弥漫着鞭炮的火药味。

京师习俗，过年这天早起吉利。孩童为了捡拾未开炸的炮仗，四处奔波着，大人们则穿梭着互相拜年。

“过年好！过年好！”认识的不认识的，凡相遇，总要拱手说句这样的吉祥话。

“哦，赵兄，许久不见了，忙些甚事？”一个中年男子对另一个中年男子说。

“不瞒钱兄说，北边太平了，与鞑子开了市，兄弟预备开春儿到宣府、大同一带做边贸，前些日子到南边去采买了些布匹绸缎。”被称为赵兄的中年人答。

“哦，咱哥俩儿想到一块儿喽！不过呢，兄弟不是去北边做边贸，是去南方。”被称为钱兄的中年人道，“兄弟一想，目今太平了，福建那边开了海禁，兄弟何不去那边采买些洋货来？京师最喜时尚，苏州、广州的货已然不新奇了，洋货想必好销。”

“可不是嘛，海外的洋玩意儿，鞑子的马尾、羊皮，天南地北的货物都云集京

城了。不唯棋盘街、灯市口这些繁华之地，就连一向凋敝的安定门、德胜门外的关厢，货架上也摆满了。”

两个人正说着，又有人走上前来，拱手拜年。

“孙兄？”赵姓男子吃惊地问，“你不是摊上场官司吗？怎么样，赢了还是输了？”

“理在咱这儿，自是赢了！”被叫作孙兄的中年男子得意地说。

“赢了？花了不少银子吧？”钱姓男子好奇地问。

“还真没花钱！”孙姓男子道，“哥俩儿，告诉你们吧，自去年高阁老主持朝审，取出案卷一一参详，一家伙就开释冤狱一百三十九名啊！谁还敢乱断案？朝廷又加意肃贪，听说平均三天就拿下一贪官，当官的人人自危，谁敢徇私枉法？”

“官府里也能讨公道了？哎呀，那不容易啊！”

“我辈有幸，看来要遇到清明之世了！”

赵、钱两人感慨着说。

“二位兄台，兄弟想做大买卖，不知二位兄台愿不愿意合伙干？”孙姓男子问。

“兄台说说看！”赵、钱二人眼睛放光，忙问。

“朝廷要实行海运了，听说了吧？”孙姓男子道，“既然通海可运漕粮，自可运货物。何不雇了大船，顺着朝廷漕运的线路，走海路从南方运货？不说关卡少了多少，也不怕黄河决口、运河淤塞了。”

“嗯，好主意！”赵、钱点头道，“走走，喝上两盅，合计合计！”

市井言谈，遇到东厂的侦事番子，或许可达天听，但除非敏感话题，侦事番子未必有此兴趣。是以赵、钱、孙三人的这番交谈，并不会传到朝廷里去。

朝廷里，百官的兴奋并不亚于市井村夫。初一的清晨，在震耳欲聋的鞭炮声中，午门响起了鼓声。新年第一天，百官照例着吉服入宫贺岁。在朝房等候皇极门开启的空隙里，朝臣们还沉浸在几天前宣捷典礼的喜悦中，除了彼此拜年的吉祥话，就是议论着目今西虏臣服、东虏必被辽东大捷所慑服，京师再也不会受到鞑虏的威胁了，实为开国二百年所未有，可喜可贺！

高拱独自沉思着，隆庆六年该办些什么大事。持续推进吏制改革，是一件；绥广，是一件；海运，是一件；清丈田亩均赋役，要不要铺开？

“玄翁，午门的钟声响了！”张居正提醒说。

“呃呃，那快走吧！”高拱慌忙起身，快步出了朝房。

正旦节贺岁，皇上可升御座，亦可不升座，众臣只是在皇极门丹墀列班，向金台御座跪拜贺岁。今天，皇上并未升座，鸿胪寺赞礼官照例高唱：“行礼！”百官行礼如仪。礼毕，高拱向众人拱手道：“在此拜年了，诸公不必登门！”话音未落，众人或三三两两，或同僚结队向高拱躬身行揖礼，祝贺新年。高拱抱拳晃了晃，快步而去。

出了会极门，高拱本想到文渊阁继续办事，又想到一年四季无暇陪陪夫人，新春佳节里，她必是为膝下无子而伤感，也就打消了到文渊阁的念头，登轿回府。轿子刚到门口，杨博的轿子紧随其后也到了，跟着前轿要进大门，高福上前拦阻，正好高拱从轿中走出，杨博掀开轿帘："呵呵，新郑，未遵钧嘱，乞请宽谅！"

"哦！是大司马！快请快请！"高拱迎上去，待杨博下轿，拱手施礼毕，拉住他就往花厅走。

花厅的几案上摆着一碟炒花生米，一碟新郑干大枣，一碟葵花籽，还有一碟点心，添了几分过年待客的气息。

"大过年的，说件高兴的事。"一落座，杨博就笑着说，"迩来有些故旧对我说，一些荒僻州县，因朝廷定下与民生息的政策，不以追缴欠税定州县长升迁，州县掌印官松了口气，转而关注民生，鸡飞狗跳追缴欠税的局面一举扭转，民得安居乐业，俱感戴朝廷盛德。连荒僻州县都出现了新气象，隆庆之治，隐然已成！"

"差之甚远，差之甚远！"高拱摆手道，他一拍胸脯，"不过，我倒是有信心，若再有三年五载，想必有成。"

"是啊！"杨博慨叹一声，"皇上委政内阁，眷倚辅臣；内阁两相又俱为人杰，委实是难得的历史机遇啊！"他呷了口茶，"新郑，我看了江陵的两篇寿序，情真意切，叙周、召夹辅之谊，赞新郑才略盖世、功德灿然，读之无不动容，高、张失和之议为之消弭。博垂垂老矣，只盼内阁二相同心同德、珍惜遇合，携手振兴大明！"

高拱明白了杨博的来意，一拍扶手道："博老，这何尝不是我的心愿啊！"

"道路传闻，新郑要逐江陵，我是不信的。"杨博道，"但讹言四起，究竟不是好事。"

"逐江陵？！"高拱惊讶地说，"谁说的？信口雌黄！"

"不可再起政潮了。"杨博感叹道，"今日局面百年未有，来之不易，唯愿不破局才好啊！"说着，起身告辞。

"不会破局，也不容破局！"高拱自信地说。

二

送走杨博，高拱低头边想着心事边往夫人房里走，张氏恰巧从屋里往外走，两人差一点撞了个满怀。

"难得你还记得有家室！"张氏嗔怪了一句，拉他进屋，"她爹啊，俺想和你商

量件事。”没有外人在场时，张氏一向按老家的习俗称呼高拱。

“哦，有事？那快说吧！”高拱正觉无话头，一听有事相商，精神倍增。他在床前的一把椅子上坐定，张氏坐在床沿，拿出一张邀帖伸手递过去：“这是曹亲家送来的，叫俺看，还是去一趟为好。”

高拱接过邀帖，看了又看，表情沉重，沉吟不语。

“她爹，还是认下吧，曹亲家为人不赖。”张氏劝道。

曹亲家名曹金，号傅川，与高拱同为开封府人，与张居正同登嘉靖二十六年进士。高拱三女五姐出生不久，就与曹金次子治和定了亲。八年前，十四岁的五姐殁了，未能成婚。曹金只得又为儿子治和另定亲事。照开封地方习俗，新定未婚妻相当于接续亡者，亡者父母若认可，即可认其为“续闺女”。曹金曾与高拱提及此事，高拱未置可否。前不久，二十二岁的治和举行婚礼，高拱因皇上在病中未去参加。如今过年，大年初二照例要走娘家，曹家拿不准该不该让治和夫妇到高府“走娘家”，高拱认不认这个“续闺女”，就差人送来邀帖，请高拱过府贺喜。若去贺喜，就意味着认下这门亲事。可提到曹家，高拱就会想起聪明慧懿的五姐，不免心如刀绞；何况认了亲，此后还要经常走动。

“俺知道你心里难受。可续上亲事，以后治和添了孩儿，叫咱姥爷、姥姥，可膝下承欢，老来也有个抓挠。”张氏又劝道。

高拱想到当年夫人以死相逼要他纳妾添丁，他敷衍过去了，又回绝了珊娘，内心就对夫人有了几分愧疚，也体谅她的苦楚。既然夫人一再相劝，高拱也只好答应。他吩咐高福雇了两顶小轿，在大年初一的午时，来到曹金府上。

曹金进士及第后授南通州知州，迁山东兖州府同知，累迁陕西左布政使，入为顺天府尹，前不久改刑部右侍郎。他家人口多，赁了一个两进的院子，倒比高府还要轩敞些。正在花厅接待访客的曹金，闻得高拱夫妇便衣来访，急忙跑出花厅到首门迎接，径直把高拱夫妇引入正堂，在八仙桌两侧坐定。曹治和夫妇忙前来叩头行礼，认下了亲事。曹金夫人要带高拱夫妇到治和小两口的卧室去看看，高拱连连摇头。

“那是女儿的卧房，照例该去看看的。”张氏劝道。

高拱只得跟在夫人身后进了新房，抬头一看墙上挂着“书中自有黄金屋，书中自有颜如玉”的条幅，正色道：“怎么挂这个？给我摘下来，摘下来！”

众人莫名其妙，一时不知所措，张氏道：“你这个倔老头，唱的是哪一出啊？”

“什么黄金屋、颜如玉！”高拱不屑地说，“诚如此训，则所养成者，岂不都是些淫逸骄奢、惨民蠹国之人？！”

“你说说你，竟这么较真儿！”张氏嗔怪一声，也无可奈何。治和哭笑不得，只得命人取下。

已是用午饭时分，曹金夫人带着新娘子，婆媳二人一边一个搀扶张氏去后院入席。曹金又吩咐就在正堂摆下酒宴，只他和治和两人陪着高拱。酒过三巡，曹金道：“当年治和定亲时，亲家翁曾说待告老还乡时欲卜居汴京，怎么样？我让治和为亲家翁操办操办吧？”

高拱摆手：“不提这个了。”他当年确有卜居汴京之意，因为只有五姐一女，为了能够他日与五姐朝夕相处，让她为自己养老送终，方与家在开封的曹家结亲。可五姐已殁，说这些只能勾起心中的隐痛。是以他不愿再谈这个话题，遂叫着曹金的号说：“傅川，你说，内政民生，当务之急是何事？”

“清丈田亩、平均赋役！”曹金不假思索地说，“时下，朝野对亲家翁的治国思路已然明晰：主张处理政务要严谨务实、讲究实效，不能图虚名；消弭外患，营造和平的外部环境；大力改革吏治，裁淘冗员，选贤任能。亲家翁复出二载，面对困局，以排山倒海之势大开大合，消弭边患、改革弊政，天下翕然称治平！然目今贫富悬殊越来越严重，若要长治久安，非均赋役不可！”

高拱点头：“消弭外患是创造条件，改革吏治是手段，目的还是富民强国。故清丈田亩、平均赋役委实是当务之急。不过，此事恐一时还不能铺开。”

“哦？”曹金不解地看着高拱，“这是为何？时下外患已弭，正可集中精力于内政民生。”

正说着，门外有人兴奋地高声道：“给元翁拜年啦！”

高拱抬头一看，是尚宝寺卿刘奋庸，正恭恭敬敬行叩拜大礼。

“哦，亲家翁，亮采适才来给我拜年，正遇亲家翁光临。”曹金忙解释道，“都是同乡，过年走动走动，也是人之常情。”

“是只走动走动吗？”高拱脸一沉说。

刘奋庸提督四夷馆时，高拱因四夷馆无缅语译字生，刘奋庸却恬不为意、钻谋出差，故对他生出恶感；近来刘奋庸又屡托曹金在高拱面前为他美言、乞求荣进，更让高拱厌恶。是以一见刘奋庸，高拱就满脸不高兴，出语毫不客气。刘奋庸脸“唰”地红了，低头不敢再言。他已施礼毕，等着曹金请他入座。曹金恐高拱生气，不敢说话，场面一时甚尴尬。

“呵呵，既然遇上了，奋庸怎么也得给元翁敬盅酒吧！”刘奋庸走过来，拿起酒壶为高拱斟上，“元翁，奋庸表达下心意。”

“你的心意我知道。”高拱端坐不动，“你屡托乡人为你说项，他们都替你说过话了。我一直不同意为你升职，你还敬我酒？”他一扬手，“罢了，你可以走了！”

刘奋庸尴尬万端，求助地看着曹金。曹金给治和使了个眼色，治和起身，把高拱的酒盅端起，道：“岳父大人，小婿给岳父大人敬酒。”又拉了拉站在旁边的刘奋庸，刘奋庸举起酒盅，碰了碰，治和把酒盅捧递于高拱面前，高拱接过酒盅，一饮而尽。

曹金忙说：“亮采，元翁干了，你也快干了吧！”待刘奋庸干了一盅酒，曹金拉了拉他的袍袖，示意他快走。

“躁急孟浪之辈！”高拱望着刘奋庸的背影，轻蔑地说，“一心想着升迁，到处钻谋。越是这样，越不升他的职！”

“喝酒喝酒，不能让别的事扫了兴！”曹金端起酒盅敬酒。

高拱喝了一盅酒，道：“傅川，你不是问清丈田亩的事何以一时还不能铺开吗？这就是原因所在。”

曹金一头雾水，不敢接话。

“污习未殄，吏治不兴。”高拱忧虑地说，“官场上不图虚名、不袭故套、踏踏实实做事的能占几成？我担心清丈田亩之事贸然推开，这帮官僚借机扰民、骚动海内，反而把好事办坏，要么半途而废，要么不真不实成为数字游戏，如何是好？”

“哎呀，这一层我确乎未曾想到！”曹金恍然大悟似的，“亲家翁所虑周详。”

高拱一攥拳头，道：“隆庆六年，还是要把整饬吏治放在首位！驰而不息抓下去！”

曹金点头。两人又就吏制应兴应革事项议论良久，直到张氏差人来催，方知酒席已进行了一个多时辰，高拱这才起身告辞。

高福、高德跟在两顶轿子旁，刚拐了个弯，高福隐隐约约觉得有人跟踪，猛地回头一看，见两个人闪身躲进一个院墙角里。

“老爷，好像有人跟踪呢！”回到高府，高拱刚下轿，高福就低声禀报说，“这些天，小的总觉得，咱院子附近也有人盯着。”

“你说甚？”高拱大吃一惊，“盯梢？盯我的梢？谁如此胆大妄为！”但转念一想，东厂的侦事番子盯大臣的梢也是常事，也就不再耿耿于怀，一扬手道，“不管他，看他能盯出个子丑寅卯！”

三

正月初六，正旦节五天的假期结束，又赶上三、六、九上朝的日子，百官照例在午门内两侧的朝房候着，等待午门的钟声响起。

“叔大，边境稍宁，今年要把重心放在整饬吏治上。”高拱对坐在他身边的张居正说，“这几天在家无事，我拟了道《明事例以定考核疏》，把这件事办好了，方可把官员导入综核名实的实政轨道，吏治当有起色。”

“玄翁辛苦。”张居正拱手道，“务必综核名实，行实政，求实效。”

“今年再持续抓一年，吏治好转，内政民生诸改革即可次第推进了。”高拱说着，从袖中掏出一张稿笺递给张居正，“叔大，我事太多，怕忘了，这定考核的奏疏今日即上，届时你照这个来拟票。”

正说着，掌印太监孟冲匆匆走过来，到高拱面前，躬身道：“高老先生，万岁爷口谕，免朝。”

“免朝？”高拱愣了片刻，忙起身拉住孟冲的袍袖走到朝房外，低声问，“皇上龙体康泰否？”

“万岁爷龙体欠安。”孟冲皱眉道，“自去冬患病，咱看一直也没有好利索过，这两天又沉了。”

“治啊，用心诊治！”高拱焦躁地说，“说给太医院，快点把皇上的病治好！你也要悉心侍候着，千万千万不能让皇上生气，千万千万让皇上节制起居！”言毕，一扬手，“快去吧，务必侍候好皇上！”

“鸿胪寺！”回到朝房，高拱喊了一声，“知会文武，皇上偶感风寒，今日免朝，都回衙悉心办事。”说完，大步出了朝房，往文渊阁而去。

内阁中堂里，高拱和张居正的案头文牍已堆积如山。两人埋头阅看、拟票，无暇抬头。张居正刚批阅了两份文牍，一眼看见巡按福建御史杜化中的弹章，上写着：“为被劾贪秽将领钻刺部院大臣及司府勘问等官，致图脱网，恳乞圣明严行究问，以正法纪，以昭公论事。”

“哎呀，这个案子，到底是发了！”张居正心说，神色遽然紧张起来，细读一遍，额头上冒出虚汗，但又不能不不提笔拟票：“兵部、吏部知道。钦此！”拟毕，塞在文牍下，直到散班时分，方命书办一并转呈高拱审定，他则站起身：“玄翁，已交了戌时，居正先告退了。”言毕，匆匆出了中堂。

“速叫兵部侍郎谷中虚来见！”一进家门，张居正即吩咐游七道。

须臾，谷中虚进了张府，径直被引进书房。张居正劈头道：“子声，福建的案子发了！巡按御史杜化中的弹章已发到内阁了。”

“哎呀！”谷中虚大惊失色，禁不住抖了一下，“弹章说些甚？”

“子声，有你的份儿！”张居正一指旁边的座椅，示意谷中虚坐下，“弹章说金科诈骗银七千两；朱珏侵削军饷、索银五千两，刑毙无辜，业经前巡按御史弹劾在案。金、朱二犯不知悔改，反以二千金请托戚继光，行贿兵部左侍郎谷中虚，以求解救。谷中虚竟违制转交福建巡抚问理。金、朱又以七百金和丝布等物，送福建巡抚何宽，何宽令福建转运使李廷观、福州府推官李一中问理。金、朱又送廷观、一

中七百金，各从轻拟。福建按察使莫如善老而昏庸，听其舞文弄法。金、朱又各捐千金贿于戚继光，戚继光差人到京转圜，兵部咨行福建巡抚，将金科、朱珏督发赴浙江招兵，纳贿招权，支吾卖法，情罪甚重。乞将金、朱递回福建严究，乞敕吏、兵二部将戚继光戒谕，谷、何、李罢斥，莫如善致仕，李一中降用。”

“哎呀，完啦完啦！”谷中虚吓得脸色灰白，不住地打着冷战。他知道时下只有张居正可以救他，遂试探着问：“弹章里没有提到太岳相公吧？这事，中虚可是照太岳相公指示办的。”

“这就想出卖我？我若当国，这种人绝不再用！”张居正暗忖，对谷中虚生出几分厌恶，但他丝毫未表露，一脸悲壮地说：“我也是为国惜才。金、朱二将在福建有战功，所犯之事，罪止罢斥。戚帅惜其才，欲置之部下为用，正巧赶上蓟镇要到浙江招兵，这才让你早结其案。今有人揪住不放，居心叵测！”

“可是，太岳相公，武将受劾转巡抚勘问，确乎是违制。”谷中虚胆怯地说。

张居正沉吟片刻，道：“既已如此，就要设法顶住！武将处分由兵部题覆。你明日就和大司马说，就说我张某说的，务必要保护戚帅，开豁不问；金、朱二将也不必深究，胡乱了事可也！”

“一定，一定办到！”谷中虚道，“可是，文臣由吏部题覆，新郑相那么严苛，肃贪正愁没有抓住‘大老虎’呢，断不会手下留情！还请太岳相公转圜！”谷中虚声音颤抖地说。

张居正沉着脸道：“武将是你兵部勘问，只要保护住戚帅，轻处金、朱二将，后来的事情就遮掩过去了。”

这话是为谷中虚打气的，张居正心里并不踏实。他一夜辗转，好不容易入睡，又被噩梦惊醒。一想到要到内阁面对高拱，他就有些忐忑。这么多年来，他把到文渊阁视为畏途还是第一次。轿子在文渊阁前停下，张居正良久才出来，步履格外沉重。

“这事，要彻查！”一进中堂，高拱就举着杜化中的弹章怒气冲冲地说，“国朝二百年来，曾未有巡按所劾行巡抚勘问之理；而巡抚差委勘问案件，不交按察使而交转运使，越发怪异！国朝二百年，可曾有过转运使问刑之事？这等咄咄怪事居然发生在隆庆朝，可见官场纲纪松弛、规矩无存到了何种地步！”

张居正低头不语，良久，以试探的语气道：“玄翁，戚帅已站不住了，蓟镇到浙江招选南兵的事是不是就算了？”

高拱本以为出了这样的怪事，张居正也像他一样感到气愤，不料他不唯不附和自己，却默然良久冒出这么句话，不禁火起，遂没好气地说：“两回事！巡按御史弹劾武将，兵部不理，却行巡抚勘问，这等怪事岂是戚帅操纵得了的？”

张居正不敢再言，低头阅批文牍，心里却七上八下，一整天都如坐针毡。

四

张居正独自在书房枯坐，越想越可怕！万一高拱揪住此案不放、一查到底，不费吹灰之力，轻轻松松就可把自己赶出朝廷，而且还戴上一顶贪墨的帽子，名誉扫地！他一顿足，追悔莫及，自语："贪官污吏的银子，万万不能收！"转念一想，若是自己当国，这等事算得了什么，哪里还要受此煎熬，过提心吊胆的日子！

已交了子时，一个身材娇小、皮肤白皙的女子拿着一件棉袍进了书房。她是当年巡抚湖广的谷中虚送给还是国子监司业的张居正的。

她径直走到张居正身后，抱住他的脖子，撒娇道："老爷，夜深了呢。菱儿来请老爷去睡觉。"

"去去去！"张居正掰开她的手，呵斥道，"睡觉睡觉，你只知道睡觉！我哪里睡得着觉！让我安静会儿。"

菱儿平时最受张居正所宠，不意今日却受此冷遇，泪珠断线似的滚落下来。张居正看也不看她一眼，起身背手在屋内焦躁地徘徊。菱儿无奈，只得讪讪地出了书房。看着她的背影，张居正心里一软，自语道："不，我不能被人赶走！不的，这一家老小何以安身？"

次日，到了内阁，张居正语调低沉地对高拱道："玄翁，居正思度再三，觉得既然戚帅站不住了，招南兵的事还是算了吧！"

"嗯？"高拱诧异地盯着张居正，"怎么又说这话？戚继光本事再大，焉能操纵兵部？何以总往他身上推？"他侧过脸，歪着头观察张居正的表情，"叔大，我看你神色不对，怎么？病了，还是有心事？"

"玄翁，"张居正试探着问，"福建案子的事，玄翁知道内幕吧？"

"内幕？"高拱有些惊诧，又有些生气，"杜巡按在万里外，我何以得知？"

张居正沉吟片刻，难为情地说："居正以为玄翁知之。连日熟观玄翁动静，玄翁实不知。今乃敢以实情禀告：金、朱二将皆可用，居正故扶持之，为国惜才而已。前兵部题覆，将金、朱的案子转福建巡抚勘问，乃居正意；居正亦曾有书指示巡抚何宽，要他从宽区处。今杜巡按上本参揭此案，一旦查实，居正还有何颜面？愿玄翁曲处！"

"哦，难怪！"高拱一扬手，"巡按既有弹章，总不能置之不问吧？我意只令听勘，勘来便好了。"

"玄翁，这……"张居正红着脸说，"非要勘？"

“我说过了！”高拱脸一沉道，“不要因此事分心，快把我上的《明事例以定考核疏》拟了旨。改革吏治的事，要以开年第一道旨颁发下去！”

张居正默然。

当晚，张居正即召曾省吾到了书房，道：“三省，有件事本不想让你掺和进来，以免节外生枝。可没有想到，玄翁不念情谊、不给面子！”他慨叹一声，“也好！从此以后，做什么即可心安理得了！”

曾省吾哈腰侧脸，问：“福建的案子发了，对不对？”

张居正点头，蓦地瞪大眼睛，问：“你何以知之？”

“定然是高相在暗中查访。”曾省吾道，“我看他那几个门生上蹿下跳，到处打听此事呢。我正要来知会太岳兄的。”他曲起手指，在扶手上快速弹动，“这是人家设的局。看来，太岳兄处境危殆！”

张居正摇头：“我倒不信玄翁会故意设局，拿此事做文章来赶走我。可彻查下去，轻者颜面丢失，重则狼狈去国，不堪之至！”

曾省吾一笑：“不必烦恼，好办！”

“好办？”张居正有些不信，“三省，切不可儿戏！”

“让案子变性，可也！”曾省吾诡秘地说，举盏悠然地呷起茶来。

“一口气说完，别卖关子！”张居正嗔怪道。

“得给人这样一个印象：高相揪住福建的案子不放，并不是真肃贪，而是要整你张太岳！”曾省吾放下茶盏，一抹嘴道，“如此，性质就变了，变成政争了。一旦转化成政争，朝野的同情心必往太岳兄这边倾斜。何以言之？一来，太岳兄那两篇寿序，朝野读来无不动容，皆云太岳兄珍惜友情，对高相尊崇有加；二来，内阁几位同僚都被他赶走了，连金石之交都不放过，高相还有甚威信可言？”

“理是这个理，然则如何转化？”张居正问。

“反守为攻，把水搅浑！”曾省吾得意地说。

“怎么说？”张居正问。

“劾高！”曾省吾恶狠狠地说，“只要发动攻击，则高相对太岳兄不利的举措必被视为政争；劾高弹章要说他高某人受贿，这样把水搅浑，他再说你受贿的事，朝野也就不信了！有也是无，无也是有，谁搞得清？”

张居正沉吟不语。

“太岳兄，这几天徐爵传递了什么新消息吗？”曾省吾问。他已从张居正这里得知，冯保命东厂盯梢高拱，一有动向即命徐爵知会张居正，故有此问。

“说是初一这天，玄翁过曹金府中喝酒。”张居正道，突然又想起了什么，补充道，“嗯，还有，据徐爵报，玄翁去曹府那天，正好刘奋庸也在，可不多时，刘奋庸就垂头丧气出了曹府，口中还骂骂咧咧的，似是对玄翁有怨气。”

曾省吾眼珠子飞快转动着，顾自重重地点着头，口中喃喃：“刘奋庸，刘奋庸……”

“劾高的人，不好物色吧？”张居正担心地问。

“是不好物色，可诱之以利，总有投机者可用。”曾省吾道。

“还是不要轻举妄动。”张居正不放心，“时下玄翁全权在握，一旦发动就没有退路了。万一玄翁反制，岂不弄巧成拙？”

曾省吾“嘿嘿”一笑：“太岳兄，实言相告，非省吾多谋，乃是徐老暗中指点！徐老差吕光常驻京师，方便多了，请客吃饭、馈赠银两，都是他出。时下徐老一心要扳倒高相，松江与京师喘息相通，吕光随时把徐老的主意知会于我。太岳兄不信我，还能不信徐老？那可是宦海沉浮几十年的老手啊！”

张居正对徐阶经常差人在松江和京城之间穿梭自是知情，也知道吕光在京师的使命，是以对曾省吾的话并不吃惊。他眉毛一挑，问：“存翁以为可以发动？”

曾省吾点头：“找准时机、里应外合，必玩高相于股掌！”

张居正踌躇着，还是不能决断，遂道：“先不忙出手。福建一案要查清，尚需时日，再等等看。”

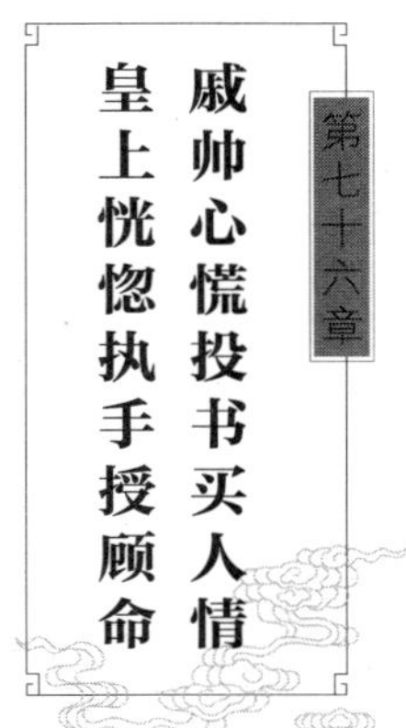

第七十六章 戚帅心慌投书买人情 皇上恍惚执手授顾命

一

戚继光从张居正那里得到福建案发的消息，顿时紧张起来。为金、朱二将之事，他曾差人拜托张居正门下，调取二将入蓟镇，也是按照张居正授意做的。这意味着，张居正也卷入了此案，目下再向他求助已不可能，唯一的办法是求助于高拱。固然，高拱与张居正一样赏识他，可他素知高拱眼睛里揉不进沙子，与他打交道比不得与张居正，可以重礼相送、美色相娱；可倘若总是公事公办式的，又怎能求得他的谅解？

“这可如何是好？俺老戚最重名望，这事捅出去，一世英名岂不毁于一旦？”戚继光在镇府节堂越想越着急，长叹一声，“早知金、朱这两个小子如此不堪，何必替他们遮掩？”抓耳挠腮，想不出办法来。忽有亲兵禀报：有名叫刘旭者求见。

“不见！”戚继光把手扬过头顶，烦躁地说。他虽是武将，却雅好诗词，文坛领袖王世贞是他的好友，山人墨客，成群结队到蓟镇打秋风，他多半会礼貌周全，殷勤款待。可今日本有烦心事，刘旭其人又从未耳闻，是以断然回绝。

“大帅！”亲兵又道，“客人说，他从河南新郑来，是高阁老的亲戚。”

“啊？”戚继光大喜，“快快有请！”

刘旭因冒充高拱外甥行骗，在得意楼被兵马司抓获，枷锁一个月后释放。他没有回河南老家，在京城四处游荡，听说戚继光一向款待山人侠客，遂灵机一动，来到三营屯。到后方知，来打秋风的都是小有名气的文人墨客，人人都有诗作奉上。

他两手空空、无名小卒一个，根本就接近不了戚继光。这天，他瞅准机会，以河南话对亲兵口称高拱亲戚，须臾就被传请。

戚继光见到刘旭，试探着问了问河南新郑的情形，刘旭对答如流，把高家祖上几代、时下兄弟数人说得一清二楚，不由人不信。

“刘兄远道而来，在蓟镇多留些日子，本帅差人侍候！”说着，戚继光传下帅令，命两名亲兵解除本职，专意侍候刘旭，好生款待，不得有误。

送走刘旭，戚继光提笔修书一封，差人日夜兼程送往京城。

吏部直房里，高拱正与兵部尚书杨博商榷处分戚继光一事，司务禀报，戚继光差急足投书一封。

“呵呵，说曹操，曹操到。”高拱微微一笑，命将投书呈来，他则继续与杨博说话。

杨博处事圆润，武将处分虽职在兵部，且张居正已透过谷中虚有明确授意，但他知道高拱和张居正已然失和，恐贸然按张居正的授意题覆，遭高拱驳正事小，卷入高、张之争事大。故他欲事前与高拱沟通，达成共识后方起稿。杜化中的弹章发交兵部，杨博压了几天，知高拱每晚必到吏部来，便差人在门口候着，闻得高拱已到直房，便徒步来谒。

高拱待杨博说明来意，沉吟良久，道：“戚继光国中名将，功勋卓著，唯好宾客排场，有不廉之名。照理当从巡按所请，予以训诫。然正因戚帅好排场、计较名衔，必是甚好颜面。况时下蓟辽一体，东虏虎视眈眈；建彝时服时叛，有戚帅坐镇，蛮彝不敢窥蓟门，朝廷无东顾之忧。是以对戚帅当加意保护，可考虑兵部差员到蓟镇私下诫勉，不做公开训诫。”他边说边拆开戚继光的书函。

“新郑所虑周详。”杨博附和道，“戚帅从戎多年，嘉靖季年，墨臣当国，政以贿成；先帝又以刑立威，动辄斩杀将帅，将帅无不战战兢兢，纷然以重礼贿廷臣，习以成俗，戚帅焉能免俗？时下朝廷加意肃贪，文武凛然不敢再贪，想来重名望如戚帅者，已幡然自新矣！”

“唯愿如此！但福建一案，戚继光卷入其中，行止有污，当严厉诫勉之！”说着，高拱抖了抖戚继光的书札，举在眼前匆匆浏览。

“那么金、朱二将？”杨博又问，“新郑有何考虑？”

高拱一拍书案：“可恶！”

杨博愣住了。

“那个假冒我外甥的刘旭，竟又到蓟镇行骗，太可恶了！”高拱顾自说，顺手把戚继光的书函递给杨博阅看。

杨博阅罢，方知是戚继光向高拱禀报他必尽心款待刘旭之事，遂笑道：“呵呵，我看也是周瑜打黄盖呢！你看戚帅匆匆忙忙投书来禀此事，必是想以此与新郑套近乎，买个人情，也是怕对他严处吧？”

高拱站起身，道：“戚继光来函倒提醒了我。今年春防，宣大等七镇由督抚临机决断，不必刻意部署；当集中精力于蓟辽，方略只一个字：战！对胆敢侵扰之东虏建彝，当大加一挫。如此，不唯使东虏胆寒，而西虏亦知畏，则和平可固！”言毕，向杨博一拱手，迅疾回到书案前坐定，提笔给戚继光回书：“巡按所劾事，仆已与大司马商……”

“不可！”高拱住笔思忖，“朝廷之事，不可泄于武将，况示恩于人，非大臣体。”想到这里，把稿笺撕碎，再展开一张，写道：

其刘旭者，乃一无家荡子。昔年曾在敝县教书，去岁行骗于京师，今又到蓟镇行诈，须得重惩解回，乃可为戒。不然幸脱于此，又将行诈于彼也。

今岁蓟镇事体，较之往时关系尤为重大。何也？西人新附，而东人尚然内窥，若遂得志，则有以阴启西人之心，虽得贡市，不足为罕也。必须大加一挫，则不唯东人胆寒，而西人亦知畏，贡市乃可永焉。况西人不动，则东人无援。吾无西忧，则得以专力于东，以防秋之全力，专用于失援之敌；若再不得一胜，则天下之事更无可为。岂唯将军之辱，而愚亦无面目立于庙堂矣！

读了一遍，高拱自语道：“接阅此函，戚继光当能明白，对他不会严厉追究了。”再读一遍，顾自点头，“嗯，对戚继光要用此激将法。只要戚继光大张旗鼓做痛击土蛮之势，就足以震慑土蛮，蓟门可无忧矣！”

放下稿笺，又给张学颜修书：

出塞大捷，数十年所未有者，非公壮猷，何以至此！上览奏，喜动天颜，且示恩于西，而又立威于东，国势乃益强矣！

大捷策勋已有成命，今土蛮虎视眈眈，防备宜周，仍期一捷，斯国威益振！盖土蛮自谓强于建彝，故敢乘吾战胜解严而窥伺之，以为吾气且骄，吾力且疲，而因遂可以得志也。今须整肃人马，愈加奋励，彼出吾不意而吾亦出彼不意，大加挫衄，则西北诸酋皆落胆矣！

李帅威声大著，诚为可喜！然从此须当自慎，倘恃胜轻事，则有不宜。公幸代仆一告之，亦爱助之意也。

想了想，李成梁屡有禀帖，不给他回复，恐生误会。遂又给李成梁修书：

将军逐寇长驱，有此大捷，可谓奇伟丈夫！圣主褒功，恩礼隆厚，岂人之所易得哉！今土蛮虎视眈眈，若敢进犯，须再得一大挫，则国威益振！是在将军奋力耳！然须慎重，计出万全乃可。

书函封发毕，高拱背手在直房踱步，自忖：“嗯，料俺答不敢渝盟，土蛮、建

彝不敢跳梁，隆庆六年当是祥和之年！”本是越想越高兴的事，可这种兴奋情绪一闪而过，旋即心头一沉，像有块石头堵在胸口。

“皇上，你还年轻啊，病快些好起来吧！”高拱望着窗外漆黑的夜空，慨叹了一声。

二

隆庆六年二月是闰月。进入正月下旬，皇上的病情加重，手臂上出疮化脓，太医院搜捡偏方，加意调理，过了一个多月方稍稍见好。

闰二月十二日，皇上终于出而视朝，御门听政。已有近两个月没有一睹天颜了，得知皇上病愈视朝，百官早早就在午门外等候入朝的鼓声。鼓声响起，百官鱼贯而入，在朝房里候着。须臾，午门鸣钟，百官入班。

高拱和张居正并未在候班朝房里，而是在内阁批阅文牍。听到钟声响起，他们方自阁而出，快步北上。过了会极门，高拱抬头一看，隐隐约约望见御道上像是皇上的舆辇停在路中。

“叔大，快看！”高拱用手一指，回头望了一眼跟在身后的张居正，疑惑地说，“那是不是皇上的舆辇？”

“哎呀，皇上不御座，竟是要往文华殿去吗？”张居正也感到奇怪。

“快过去看看！”高拱说着，越发加快了步伐，朝袍发出“哗啦、哗啦”的响声。

舆辇那边的人也看到了高拱和张居正，几名太监飞跑着迎上来，道：“二位老先生，二位老先生！万岁爷宣老先生觐见！”

高拱小跑着往舆辇方向赶去，气喘吁吁到了近前，只见皇上怒容满面，已下了金台，正要往舆辇上坐。一群衣着华丽、执掌朝会仪仗的太监环跪于舆辇四周。皇上一见高拱，怒容顿消，不待他跪地叩头施礼，伸手一把牢牢抓住他的袍袖，咽了口唾沫，想要说什么却未能说出口。

“皇上为何发怒？今将何往？”高拱忙问。

“我不还宫了，不还宫了！”皇上赌气似的说。

“皇上不还宫，去何处？”高拱吃惊地说，以慈祥的目光望着皇上，劝道，“望皇上还宫为好。”

听高拱如是说，皇上稍做沉思，道：“你送我。”

高拱道：“臣送皇上。”

皇上畅出了口气，仿佛有了依靠，放开高拱的袖袍，又抓住他的左手，用另一只手把黄袍向上拉了拉，露出左臂，委屈地说：“先生看，我腕上的疮尚未落痂。”

高拱刚要细观，皇上却一甩手，迈步往金台走去。

张居正跪在地上叩头，皇上并不理会。他伏地听到皇上与高拱的对话，又听到皇上和高拱沿御道北上的脚步声，才慢慢抬起头，缓缓起身，见皇上抓着高拱的手往北走，欲跟上去，又恐皇上不悦；退回去，又恐百官轻看，一时进退失据，甚为尴尬。他神情黯然地望着不远处的君臣二人，心中怅然："皇上心目中只有高，何有张？"

"张阁老，发生了什么事？"张居正闻声看去，是锦衣卫都督朱希孝。他在朝班中看见这边情形异常，忙带几名校尉赶来查看。待走上前来，见张居正独自站在御道上，便问了一句。

张居正摇头，道："缇帅，皇上神色有异，我看你我不妨也跟上去吧？"说着，拉了拉朱希孝的袍袖。

朱希孝踌躇着，但他身为锦衣卫都督，负有护驾之责，也担心发生意外，便道："也罢，远远跟在后面吧。"

高拱被皇上紧紧拉住，只得紧随其后。到了金台上，皇上停下脚步，眼巴巴地看着高拱，突然愤恨地说："我祖宗二百年天下以至今日，国有长君，乃社稷之福，怎奈东宫小呢！"

高拱大惊失色，怔住了。

皇上既焦急又无奈地重复道："国有长君，乃社稷之福，怎奈东宫年幼！"一语一顿足，一握高拱的手，语调突然变得哽咽，"太子年幼，以天下累先生！"

高拱看着皇上，一脸茫然。他不愿听到这样的话，也不相信皇上会有不测，遂不住地摇头，安慰道："皇上万寿无疆，何出此言？"

皇上沉吟良久，告状似的说："有人欺负我！"

"是何人无礼？祖宗自有重法，皇上说与臣，当依法处置，替皇上出气！"高拱像哄孩子似的道，又关切地说，"皇上病新愈，千万不要发怒，恐伤圣怀。"

皇上踌躇着该不该说出来。

自去年秋天幸南海子，回来不久，皇上就觉得身体不适，总感到疲倦、头痛、关节痛，不想进食，连幸嫔妃的力气也没有了。服用冯保秘献的春药，勉强能行房事了。可渐渐的，身上长出了不少斑疹，虽不痛不痒，却不断溃烂，很难结痂。御医只说染上了疳疮，却又说这疳疮不同一般，甚难治愈。委实如此，治了几个月，病情不唯未减轻，反而一日比一日严重了。皇上隐隐觉得这病与他乱交有关。可这等事，九五之尊的皇帝怎么能说出口？在南海子私幸民女的事一旦暴露，他这个皇帝在历史上会是什么名声？是以皇上究竟没有勇气说出来，无奈地一顿足，道："甚事不是内官坏了，先生你怎知道？"

高拱对太监阉党向无好感，听到皇上这样说，本想问问是怎么回事，又怕皇上说起来会动气，故欲言又止，默不作声。

皇上拉着高拱的手继续往前走。皇极门外两侧，文武百官已站立良久，众人以诧异的目光看着皇上拉着高拱穿过了皇极门，下了丹墀。

“端茶来！”皇上停下来，吩咐了一声。

孟冲一边命内侍快去端茶，一边吩咐执事太监搬过一把椅子，北向而放。皇上看了一眼，想坐，却又未入座。孟冲似乎明白过来，忙把椅子转为南向，皇上这才入座。

高拱的左手还被皇上紧紧攥着，他跟着皇上转过身，躬身立在座旁。一名内侍用托盘端来一盏茶，皇上用左手端起茶盏，一连喝了四五口，看着高拱道：“我心稍宁。”说着，站起身，依然抓住高拱的手不放，迈步由东角门入，径直往乾清门而去。

乾清门为紫禁城内廷的正宫门。入了此门即属内廷，是帝后嫔妃寝宫所在。是以走到乾清宫门口，高拱站住了，皇上拉了他一把，他依然未动，仰身向后，道：“臣不敢入。”

皇上却不放他的手，又向里拉了拉，扭头看着高拱，一脸眷恋的神情，以恳求的、恋恋不舍的语气道：“送我！”

高拱的目光与皇上对视了片刻，见皇上颜色相顾，眷恋之情蔼然，不禁潸然泪下。他也不忍就此与皇上作别。自十一年前结束裕邸长达九年的讲官生涯，从来没有像今日这般单独与皇上如此亲密地接触过了，高拱感到既幸福又心痛。他分明感到，这个他看着长大、教大的少年，如今虽是九五之尊，却依然像当年一样依恋他，从他这里寻找安全感，获得父爱的满足。皇上的手已然汗津津的了，却还是舍不得松开，高拱想透过自己的手传递给皇上力量和关爱，也暗暗祈祷着，把皇上的病转移到他的身上，由他代皇上忍受病痛，甚至去死！

正在高拱思绪万千、泪流满面之时，皇上把他的手抓得更紧了，迈步进了乾清门。高拱扬起右手，乘皇上不注意时，用袍袖在脸上蘸了蘸，抹去了泪痕。他猜不透皇上执意拉住他进宫，所为何事。

三

既得了皇上口谕，高拱满腹疑惑地挪动脚步，随皇上顺着乾清门内高台甬路，走过月台，径直进了乾清宫。

远远地跟在身后的张居正和朱希孝在乾清门前停了下来，踌躇不敢进。

“缇帅，既然首相进去了，都是臣子，你我不妨也进去吧？”张居正望着朱希孝道。

“这……”朱希孝踌躇不决。

“走吧！”张居正拉了朱希孝一把，大步进了乾清门。

皇上进了东偏殿寝宫，在御榻上坐下，显然走累了，大口大口地喘着粗气，但还是抓着高拱的手不放。张居正、朱希孝近前，跪地叩头。高拱想叩头，因左手被皇上牢牢攥住，他鞠躬弯膝，身子却跪不下去，甚局促。皇上见此，方缓缓地松开了手。高拱这才跪地叩头行礼，张居正、朱希孝也随着他再叩头。皇上气喘吁吁，不发一语。三人遂辞出乾清宫，退到门外候旨。

须臾，御前牌子走出来：“宣阁臣觐见！”高拱、张居正复入，站在乾清宫外的丹墀上。内里传出皇上的声音：“近前来！”高拱和张居正这才进到乾清宫内，见皇上已升座，忙趋前跪地叩头。

皇上缓缓道：“朕一时恍惚。”喘了口气，又说：“自古帝王后事……”

听到“后事”两字，高拱脑袋“嗡”的一声，顿时心如刀绞，皇上又说了些什么，他竟没有听清，恍惚间似是预备后事之意。他强忍住内心的痛楚，屏息静听，“卿等详虑而行。”皇上的这句话，他听清楚了。

高拱本想说，皇上春秋正盛，不必多虑，静心调理就是了。可话到嘴边又咽回去了。皇上口谕是让他预备后事的，他这样说岂不是不遵旨？皇上也会对自己的后事不放心；若说遵旨，似乎认同了皇上不久人世的判断，他内心不能接受，也不愿让皇上再这样想。是以他只是默默地流泪，叩头而出。

出了乾清宫，高拱停了下来，对张居正道：“在此候旨。”

天已大亮，两人默默地站在宫门外，各自想着心事，听着宫内的动静。过了片刻，御前牌子出来传旨：“着高老先生在宫门外莫去。”

张居正闻言脸色遽变，讪讪地转身要走。

“叔大，且留步。”高拱伸手拦住他，“时下百官还在皇极门外候着，我留下，你出去，让人看出二阁臣皇上重一个轻一个，对你不好。你暂且同留，我奏知皇上就是了。”说着，对御前牌子道，“你去奏知皇上，二阁臣都不敢去。”

张居正虽被高拱挽留，心里却甚不是滋味。他真切地意识到，在今上的心目中，高拱是不可取代的，他张居正安心辅助他还好，若生取而代之之心，则只能自毁前程、自取其辱！而高拱适才的一席话也让他明白，高拱对他虽有猜疑，却并未绝情，还在为他着想；而他却在暗地里算计盟兄，伺机整垮他！这让他生出些许内疚，看了一眼高拱，道：“玄翁年纪大了，总这么站着不是法子。”正巧，一个内侍从宫中出来，张居正向他招了招手，“你去请印公出来一见。”

须臾，孟冲从里面走出来，张居正迎上去，拱手道："印公，元辅年迈，不可久站，命人在乾清门内北向设座、奉茶。"

孟冲想了想，道："张老先生，咱看万岁爷没啥事儿，不如二位老先生到内左门那边的九卿直房里去候着吧。都这个时辰了，咱叫御膳房给二位老先生送吃的去。"

张居正看着高拱，等待他决断。高拱沉吟良久，他不相信皇上真的会出意外，这么守着反倒不吉利，便点头道："也罢。"又对孟冲道，"你差人去皇极门外知会百官，到朝房候着。"言毕，他和张居正由一个执事太监前引下了丹墀，出了乾清门，来到九卿直房。须臾，内侍抬来了食盒，摆上几案。高拱喝了几口小米粥，把碗一推，就再也吃不下去了。

就这样，高拱和张居正在内左门直房一边批阅文牍，一边候着乾清宫的消息。薄暮，突然刮起大风，大风卷着沙尘遮天蔽日，夕阳仿佛被裹进风沙里，一片暗红色。一个内侍顶风进了直房，先扭脸把刮进嘴里的沙尘吐了吐，传旨道："阁下着在乾清宫门外宿。"

高拱忙道："你去回奏皇上，祖宗法度甚严，乾清宫系大内，外臣不得入，昼且不可，况夜宿乎？臣等不敢宿此。然不敢去，当出端门，宿于西阙内直房。有召即至，有传示即以上对，举足便到，距离很近。"

过了一刻钟，内侍复来传旨，说万岁爷允准了。于是，高拱、张居正起身，戴上内侍拿来的面罩，顶风往西阙内九卿直房宿夜。

夜深了，风仿佛刮累了，呜呜地喘息着。高拱躺在床上辗转反侧，不能入眠。裕邸九年的往事，一幕又一幕在脑海闪现。又想到复出两年余，朝政刚有起色，边患甫弭，正可集中精力于大修内政之时，正值壮年的皇上却病倒了。万一皇上不起……他不敢再想下去，索性披衣而坐，望着窗外的夜空，泪水止不住地流淌。

五更鼓声响过，左右掖门开启，高拱忙叫上张居正，入乾清宫问安。皇上还在昏睡，两人只是与孟冲低声交谈数语，退了出去。

漫长的一天过去了。又过了一天，内侍传旨：圣体稍安。

高拱欣喜不已，在直房里提笔写成一道札子："臣闻圣体稍安，不胜庆幸。今府部大臣皆尚朝宿不散，宜降旨令各回办事，以安人心。而二阁臣仍昼夜在内，不敢去。"写毕，又拟旨："说的是。百官各回办事。"一并封送。

不多时，内侍进来禀报："高老先生的札子，万岁爷御览，以为然。"

"快办文降旨！"高拱吩咐。

过了不到半个时辰，执事太监捧圣旨到。高拱忙吩咐："快去午门内宣旨！"

外廷闻旨，百官皆散，人心稍定。高拱、张居正仍夜宿西阙门内直房，日日上疏问安。

又过了三天，已是十八日了。高拱和张居正入乾清门问安，孟冲前来禀报：万岁爷圣躬益安。高拱闻之欣喜不已，命以内阁公本移司，将此消息遍告各部院衙门。午时，用了饭，他提笔写下问安疏：

今日伏闻圣躬益安，中外臣民罔不欢忭。乃臣切闻往哲有言：调理疾病，尤当谨于少愈之时。盖客火初退，不可有触，当以惩忿为要；元气初还，不可有挠，当以寡欲为要。以此自持，日复一日，则客火尽消，元气尽复，自壮盛矣！此真调摄之术也。皇上圣明，必然洞见，何待臣言。但犬马微忠，实有不能自已者。伏望皇上平气宁神，倍加静养，勿以思虑劳心，勿以动作劳形，节慎起居，多进粥食，以保卫天和。不止今日如此，即大安之后，仍复如此。久之，自然圣躬强固，精神倍增。万万年无疆之寿，端在于是。臣下情无任忠爱，惓恳仰望之至。

过了一个多时辰，执事太监来禀："高老先生的问安疏，万岁爷命发下落科。"

"喔呀？怎么，问安疏照例都是留中的，此疏何以发下？"

执事太监道："万岁爷见高老先生大疏，很是欢喜，连着看了好几遍，又命司礼监抄写了一副，放到几上，说要随时阅看，照着做呢！"

高拱忙接过一看，上有皇上亲笔御批："朕知道了。"不觉喜上眉梢，道，"皇上御批，字体有力，看来是平愈了！"

"不错，万岁爷说，觉益平愈，要咱来慰劳老先生，说老先生可以出而还家了。"

"哎呀呀，好啊好啊！"高拱高兴地不知所措，在屋内踱了几步，吩咐孟冲，"好生看顾，不可惹皇上生气！"

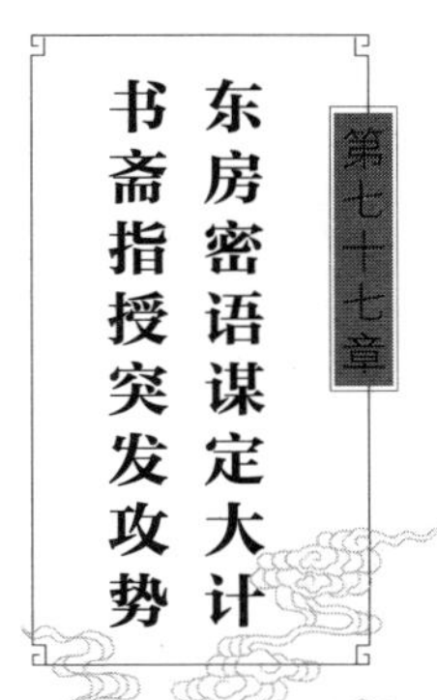

第七十七章 东房密语谋定大计 书斋指授突发攻势

一

文华殿东厢房是太子讲学之所。每日早朝散后，或无早朝交了辰时后，内侍在文华殿东厢房正中面西设座，左侧摆书案，内侍导太子入座，侍班、侍读、侍讲等官入内叩头，分立左右两侧。内侍展书，先读“四书”，左班侍读官出列，走到书案前陪伴太子诵读十遍，读毕，退回原班站立；太子再读史或经，右班侍读官出列伴读十遍，退回原班。稍事休息后，交了巳时，太子复升座，侍班、侍读、侍讲、侍书等官员，依原班站立左右，左班侍讲官出列，讲解此前所读四书的大意；再由右班侍讲官讲解所读史或经文的大意。讲书结束，通事舍人清理书案。侍书官出列，至书案前辅导太子写字，讲解笔法、笔画、端楷。写字毕，课程结束，太子命赐讲官等酒宴，各官叩头而退，太子回宫。

除侍班官张四维尚在赴任途中外，其余侍班官礼部尚书高仪等，侍读官翰林院学士马自强等，侍讲官翰林院编修陈邦经等，校书官翰林院检讨许国等，侍书官内阁制敕房中书马继文等俱到职。这些太子的辅导官皆由高拱精心挑选，吏部疏荐、内阁公本上奏获任。

国制，内阁提督太子讲学，礼部并詹事府提交讲学内容要目：先讲经书，再讲《贞观政要》。高拱批注：“先知本朝之事为主本，后可证以异代之事。宜将列祖列宗《实录》所载，如何慎起居，如何戒嗜欲，如何进君子退小人，如何务勤俭，如何开言路，如何赏功罚罪，如何安抚百姓，如何镇抚四夷八荒，撮其紧切者，编辑成书，进呈御览，日讲数条。”讲学内容，即与此前有异；皇上又据冯保建言，着

阁臣每日轮流一员看视，阁臣要到文华殿现场提督讲学。

这天，轮到张居正到文华殿看视太子读书。辰时，他到了东厢房讲所，给太子叩头，监视讲官讲读。讲读间歇，张居正照例到文华殿东小房喝茶歇息。陪太子的内侍由冯保率领，他见张居正进了东小房，三步并作两步跟了过去。

张居正坐在炕席上悠然地品着茶，冯保笑眯眯地进来了，拱手道："张老先生辛苦！"

张居正忙起身还礼："老公公辛苦！"

冯保身后跟着他的掌班太监张大受，乃冯保心腹。冯保向外摆摆头，张大受会意退出，站在门外不远处，观察外间动静。

国朝太祖皇帝最忌宦官干政，故严禁太监与外臣私下交通。冯保虽早与张居正结成联盟，面对面密谈却还是第一次。当初张、冯之所以捏旨阁臣每日轮流一员看视，可借机密会也是重要动因。

"亲家翁！"冯保坐在炕席上，扭脸叫了一声。

张居正竖起中指，放于唇上，摇了摇头。

"呵呵，张老先生，目今，"冯保向北指了指，"已油干灯枯，时局当一新。"他又指了指间壁的东厢房，"还是个娃娃，大局谁可掌之？"

"自然是首相。"张居正故意说。

"哼哼！"冯保冷笑，"那要看谁来做首相了。张老先生自然是知晓的，本朝的体制，内阁也好、部院也罢，无内里的批红，任何文书都是废纸一张！若没有内里的支持，首相就是有天大的本事，也无以施展！"

张居正暗忖：冯保其人，在太监里委实是有识见之辈，他这句话说到点子上了。

"咱也知晓，"冯保呷了口茶，继续说，"本朝祖制，内官、外戚、后宫俱不得干政。可若万岁爷是个娃娃，内里总要有人拿主意吧？难不成内阁怎么拟票，大内只能照单全收？这成什么话？"他"嘿嘿"一笑，"首相若是通情达理、谙熟世故如张老先生者，另当别论；若是他高胡子，尽做些伤天害理绝人情的事，凭什么要照单全收？"

照冯保的意思，玄翁在新朝恐怕很难有施展机会了！张居正心想，主少国疑，宫府对立，政局焉得稳定？如此看来，赶走玄翁对稳定大局有利！又暗自琢磨冯保"内里总要有人拿主意"这句话，这个拿主意的人会是谁？难道冯保打定主意要干政，事先把丑话说前头？刘瑾、王振专权的丑剧要重演？

冯保见张居正沉吟不语，故意咳了几声，肃然道："咱知晓咱是内官，不能干政。可太子爷生母李娘娘，那可不是凡人。小万岁爷听他生母的话是孝道。咱侍候李娘娘多年，忠心耿耿，到那时，咱给她出出主意，总是应该的吧？咱出的主意，想必李娘娘是会听的。”言毕，冯保得意地咧着嘴，摇头晃脑。

一句话点醒了张居正：李贵妃才是新朝的关键人物！她可以名正言顺控驭皇帝，冯保也在她的掌控中！她自然晓得今上对玄翁的空前眷倚，如她执意要继续用玄翁，恐怕冯保也不敢造次！

冯保又一阵干笑，道：“咱知晓张老先生深有城府，不妨把话说透：张老先生主外，咱主内，宫府一体，开一代新治，如何？”

“老公公，为国家计，为大局计，居正愿与老公公携手！”张居正终于开口了，“但老公公也晓得的，居正与玄翁乃生死交，无论对玄翁做何事，居正只能隐身，不能让人察觉。公开决裂的事，居正不能做！”

“放心，冯某替你背黑锅！”冯保一拍胸脯，“反正高胡子也知晓咱恨他！”他伸过手臂，拍了拍张居正的手腕，压低声音道，“今上不是要内阁预备后事吗？你心细，要好好琢磨。你我里应外合，暗中把这事打理停当，到时来他个措手不及，让高胡子一边凉快去！”

张居正不语。

“不能等，马上就动手！”冯保一咬牙，目露凶光，“物色人弹劾高胡子！”

张居正不解，暗忖：在今上心目中，玄翁是不可替代的，只要今上还有一口气，想撼动玄翁，恐不可能。既然今上已油尽灯枯，何必这时无事找事，激怒他？遂道：“万一皇上发怒，岂不弄巧成拙？”

“就是要激怒他，免得夜长梦多！”冯保脱口而出。话已出口，又感到后怕，缩了缩脖子，“这个……咱是说，要把水搅浑，越乱越好。到时咱奏请李娘娘，让张老先生出来控制局面。”

那天，皇上在御道执高拱手所说的话，早有心腹太监禀报了冯保，听到皇上说“有人欺负我”这句话，冯保就已心虚，又听皇上说出“甚事不是内官坏了”这句话，冯保浑身冒冷汗。他担心皇上已然怀疑他的病与南海子之行有关。固然，皇上居深宫大内，对杨梅疮之类的说辞、来历一无所知，御医也不敢说透，但倘若高拱起了疑心，命人查访，事情败露也未可知。果如此，必是大祸临头！战战兢兢了十来天，思谋着要促皇上速死。弹劾高拱，必激怒皇上，激怒他就是促他速死。做这件事，冯保无能为力，只有仰仗张居正在外操控。是以今日铺垫了良久，最终落到要张居正物色人弹劾高拱这件事上。

张居正听出了冯保的弦外之音，后背阵阵发凉。但他内心深处何尝没有这样的闪念？今上活一天，他就只能屈居人下，稍不驯顺，轻者被斥责，重者……倘若玄翁的那些门生故旧煽惑，已被人拿住把柄的他，恐随时可能被逐出朝廷。想到这里，他叹了口气，道：“玄翁动辄改祖制，有人早已不忍坐视。居正多方劝阻，方风平

浪静至今。既然老公公有此意，居正不再阻拦就是了。”

当晚，张居正就把曾省吾召到书房，问：“物色到人了吗？”

“虽然费了些力，还是物色到三人。”曾省吾道，“要发动？”

“动手吧！”张居正以决断的语气道。

二

看到工科都给事中胡槚的奏疏，张居正既紧张又兴奋，他佯装吃惊道：“这胡槚乃玄翁门生，竟上这等本，委实令人不解！”说着，起身把胡槚的奏本递给高拱。

高拱接过一看，胡槚疏陈纷更、倾陷、苛刻、求胜四事，是指责言官的，但字里行间，似另有所指：

祖宗立法，至精密矣，而卒有不行者，非法敝也，不得其人耳。今言官条奏，率锐意更张。部臣重违言官，轻变祖制，迁就一时，苟且允覆。是为纷更。

看到这里，高拱已是怒不可遏，又见他在结尾处说：

要在大臣取鉴前失，勿用希指生事之人。希指生事之人进，则忠直贞谅之士远，而颂成功、誉盛德者日至于前。大臣任己专断，即有阙失，孰从闻之？盖宰相之职，不当以救时自足，当以格心为本。愿陛下明饬中外，消朋比之私，还淳厚之俗，天下幸甚。

“一派胡言！”高拱一拍书案，大声道：“把胡槚给我叫来！”

张居正道：“玄翁，时下不患言官不言，患其言之冗漫无当，言愈多，而国是益淆乱。是以胡槚以言官身份而上疏指斥言官，倒也难得。”

“哼哼！”高拱冷笑道，“我看他名义上是责言官，实质是阻挠行新政，说什么轻变祖制，就是反对改革弊政嘛！说什么宰相当以格心为本，回到严嵩、徐阶当国时代，整天讲学以正人心就对了？”他气得无心批阅文牍，在中堂来回踱步。待胡槚一进中堂，刚要施礼，他就呵斥道：“嘉木，你是何意？”

“师相……”

“别叫我师相！”高拱不容胡槚说下去，“今天请你来，是要拜师于你的。你说做宰相的，救时不足论，当以格心为本，你来教教高某和张阁老，怎么个格心法？”

胡槚瞟了一眼张居正，心中窃笑：“哼哼，你老以为江陵相公对你老动辄改弦易辙、标新立异、变更祖制很赞同？”听着高拱的呵斥，胡槚越发认为自己的选择是对的。他虽是高拱门生，对擅改祖制甚反感；自奉命到山东实地踏勘、奏请停开胶莱新河，胡槚对张居正掌控事体的手段多了几分钦佩，是以回京后有意与张居正接近。但见同门的韩楫冒升京堂，又颇是歆羡，以为韩楫腾出的吏科都给事中的位置应该由他来补上，最终并未如愿，暗自对高拱产生了怨恨。禁不住曾省吾的一番诱惑，遂以指斥言官的名义上疏暗刺高拱。今见高拱不顾体制，召言官而面詈，便暗忖："师相如此意气用事，岂是江陵相公的对手？"

见胡檟缄默不语，高拱一扬手："好了，你回去收拾行装，准备到外地任职吧！"

"啊？！"张居正故作惊诧，"玄翁，玉吾并未……"

"叔大不必多言！"高拱打断张居正，"六科官不能久任，分期补外任，是成宪；吏部正在外补科官，凡是没有在州县做过的，都要下去！"

胡檟脸庞上挂着一丝冷笑，一言未发，施礼而去。高拱望着他背影道："指名攻讦高某者，我不敢外放；指桑骂槐干扰大局者，不可使之处朝廷！"

"胡檟疏中责言官动辄构陷大臣，是维护大局的嘛！"张居正故意说。

"让他到陕西按察司做佥事，了解一下民间疾苦，体验一下是救时重要，还是格心重要！"高拱怒气冲冲地说。

"玄翁，喝口茶，消消气。"张居正关切地说。心里却说："这才是序曲，生气的时候在后面呢！"

次日一到内阁，张居正翻开文牍，又是一声惊叫："哎呀，这是怎么了？这刘奋庸也来凑热闹。可恶！"

刘奋庸大年初一给曹金拜年，本欲拜托他在高拱面前为其说项，闻听高拱到了曹府，激动不已，以为终于可以当面向高拱求情了，又有曹金在旁帮衬，高拱念及同乡之情，升迁当有望；不意却遭一番羞辱，既绝望又愤恨，整个正旦节假期，他都在郁闷中度过。曾省吾正愁物色不到出面参劾高拱的人选，听张居正转告刘奋庸大年初一垂头丧气出曹府的消息，喜出望外，忙差吕光出面，拿着曾省吾的名帖去拜，请他去钱塘斋赴宴。

到了酒楼，曾省吾一见刘奋庸，就用惊诧、怪异的目光打量他良久，叹息道："刘尚宝啊，你怎么把乡党高相得罪了？我听到一个确切消息，说要贬你到外地去。以你老兄的资历、能力，当个侍郎、尚书也绰绰有余，目今居然连这个小九卿的位置也得给人家的门生腾挪出来了，还要拿你当跑官的典型，以为整饬吏治中的反面教材。老兄的运气太差了吧？今日特请老兄来喝顿酒，解解闷。"

刘奋庸已然收了吕光一条玉带，又见是曾省吾相邀，即猜透了他们的用意，内心本还有些踌躇，闻听曾省吾一番说辞，顿时打消了顾虑，愿与曾省吾携手。两人密议良久，起稿成疏，照曾省吾指定的日期，准时奏上。

高拱只看了开头"陛下践阼六载，大柄渐移"一句，已觉味道不对，待看到"总大权"一节，手已抖得拿不住文牍了：

今政府所拟议，百司所承行，非不奉诏旨，而其间从违之故，陛下曾独断否

乎？国事之更张，人才之用舍，未必尽出忠谋，协公论。臣愿陛下躬揽大权，凡庶府建白，阁臣拟旨，特留清览，时出独断，则臣下莫能测其机，而政柄不致旁落矣。

又见在“览章奏”一节，竟然有“恐权奸蔽壅，势自此成”之句，文牍“哗啦”一声掉在地上。高拱无力去捡，飞快地眨着眼睛，仰面慨叹：“叔大可证，这二年来，我实在是夙夜尽瘁，不意竟被诬为权奸，天理何在？”

张居正暗忖：“大权独揽，却委屈成这个样子，还做什么首相？”嘴上却道：“小人之见，何必与他一般见识。既然刘奋庸此疏是劝谏皇上的，皇上自有英断。”

高拱手还在不住地抖着，听张居正这么一说，回过神儿来，大声道：“来人，叫孟冲……不，孟冲还要侍候皇上，叫冯保来！”

张居正心里“咯噔”一声，难道玄翁察觉了什么？

三

冯保忽闻高拱有召，心里直打鼓。他恨高拱，但是更怕高拱，不知今日相召所为何事，生恐私下与张居正结交之事被高拱察觉。在未与张居正沟通前，他不愿面对高拱，遂找来心腹张大受，耳语一番。张大受领命，一溜小跑到得内阁，禀报道：“高老先生，厂公让小奴知会高老先生，贵妃李娘娘吩咐厂公办事，一时不得空儿，待办完事，即来内阁领命。”

高拱倚在坐椅上大口地喘着粗气，听完禀报，一拍书案：“你们这些阉党，整天干什么吃的？皇上皇上你们侍候不好，文牍文牍你们不上心，养你们何用？！”

张居正这才明白，高拱是有气无处撒，拿太监出气。他只觉得好笑：面对对手进攻，如此漫无对策，何以立足？倘若我当国，莫说攻讦者无中生有，便是凿凿有据，也必让他家破人亡！看谁还敢出头挑战！这样想着，他不觉生出几分快意，慢悠悠地呷着茶，袖手旁观。

高拱手还在抖着，勉强从地上把刘奋庸的奏本捡起，“哗啦哗啦”地抖动着，“这文牍是旁敲侧击攻讦高某的，拿给内阁，让阁臣如何票拟？何以不检出呈请御览？”

张大受嗫嚅不敢言。

高拱用力把刘奋庸的奏本往张大受的脚下一扔：“拿去！”

张大受弯腰捡起，刚要走，高拱又拦住他：“慢着！皇上在病中，看到此疏必会生气。”他一顿足，“唉！这些小人，攻讦高某事小，摧残皇上事大！”他也自知，这样的奏本不能不呈请御览，只得无力地一扬手，“去吧，知会孟冲，此疏要趁着皇上精神好的时候再呈览。”

待张大受刚走，张居正像悟出了什么似的，道：“哎呀！玄翁，连续两天，胡檟、刘奋庸接连上疏言事，旁敲侧击，不会有什么阴谋吧？”

“阴谋？”高拱一蹙眉，“谁搞阴谋？”他眯起双目，思忖片刻，心烦意乱地说，“算了，随他去！攻讦高某，无非说些不着边际的空话，还能说出什么？”他抄起一份文牍，“明日太子讲学的讲稿要详审，上紧把讲稿审定，发回讲官去改定，不能再拖了。”

“居正来审改。玄翁累了，不妨去朝房歇息片刻。”张居正道。

“哪能歇息，喘息的空儿都没有啊！”高拱感叹一声，埋头阅批文牍。

“哼哼，明日，你不想歇息也得歇息了！”张居正心里说。

第二天，是高拱看视太子讲学的日子。高拱早早来到中堂，他打算先把急务打理一下，再到文华殿去。刚坐定，司礼监文书房散本太监就拿着一份文牍进来了，径直走到高拱书案前：“高老先生，户科给事中曹大埜上章弹劾高老先生，已呈御览。这是抄出的副本，按例送高老先生阅看，以便上章自辩。”

“弹、弹劾我？”高拱用手指着自己的鼻子，一副不敢相信的样子。说着，抓起弹章阅看，只见上写着：

大学士高拱，蒙陛下任用，今掌吏部事，宜小心辅弼，奉公守正以报。乃专肆日甚，放纵无忌。臣不暇悉举，谨以其不忠之大者略陈之：

前者圣躬违和，拱言笑自若，且过姻家曹金饮酒，大不忠一也。太子出阁讲学，拱建言五日看视一次，无人臣礼，大不忠二也。自拱复用，朝廷善类为之一空，大不忠三也。侍郎曹金，拱姻亲，无一才能，升刑部侍郎；给事中韩楫，拱门生，历俸未久，升通政使，大不忠四也。杨博以吏部尚书起用，拱却久掌铨政，坚不辞免，凡黜陟去留，不恤清议，引用非人，排斥善类，甚于严嵩，大不忠五也。徐阶一代元老，拱以私恨多方害之，必置于死地，大不忠六也。俺答归顺，圣威所致，拱乃扬言于众，攘为己功，大不忠七也。昔严嵩止于子世蕃贪财纳贿，今拱乃亲开贿赂之门，吏部侍郎张四维被论去职，贿拱八百金，起用为东宫讲官，招权纳贿，脏私大露，大不忠八也。官员乃陛下所任，拱每当选授，即于部堂戒谕，夺陛下威福，大不忠九也。言官乃陛下耳目，拱则结为心腹，专交章谏诤陛下，而拱之罪恶，则隐讳不言，天下人故皆知有拱，而不知有陛下，大不忠十也。请如先帝处严嵩例，特赐罢黜。

看到一半，高拱的双手已是抖个不停，待看完了全文，浑身颤抖起来，脸憋得通红，连声道：“小人，十足的小人！”又像想起什么，找到“太子出阁讲学，拱建言五日看视一次”这一句，他发出了一声冷笑，“哼哼，果然，他们里应外合，

故意捏造出我疏慢的证据，今日终于端出来了！端出来，狐狸尾巴也露出来了！”

“喔？玄翁，怎么还在这里，不是要到文华殿看视吗？”是张居正的声音。

“好啊，叔大，真是金石之交啊！我走开，你来做！”说完，起身往外走。

“玄翁，怎么回事？”张居正一脸茫然的样子，“文华殿……”

“喔呀！”高拱这才想起看视太子讲学的事，忙说，“叔大，你快去，快替我去！”

“玄翁何以不去？”张居正故意追问。

“我要注门籍，回家等皇上的谕旨去。”高拱冷冷地丢下这句话，头也不回，径直走出文渊阁，登轿回府。

张居正追了几步，踌躇片刻，急忙往文华殿赶去。文华殿东厢房里，太子已然升座，侍读等官也候在两侧，就是不见高拱的影子。正纳闷间，张居正气喘吁吁地进来叩头，礼毕，方忿忿然道：“有人论劾元辅，元辅注籍矣，臣临时代替。延误了，请太子殿下恕罪。”说罢，又跪地叩首，方归班位，监视讲读。

“张老先生！”讲读间歇，张居正刚在东小房炕席上坐定，冯保就慌慌张张进来了。

“皇上看到弹章了？”张居正问。

“看了，万岁爷大怒，气得说不出话来！”冯保小声道，“良久方说，处治曹大埜。孟冲吩咐拟旨。”说着，从袖中掏出一张纸条，“请张老先生过目。”

张居正一看，上写：“曹大埜这厮排陷元辅，着降调外任。”他摇了摇头，指着纸条道，“把‘这厮排陷元辅’换成‘妄言’，再把这个‘降’字抹去。”

冯保试着念道：“就成了‘曹大埜这厮妄言，著调外任’了。”他一拍手，“好，这一改，就可以让人知晓，万岁爷并没有为高胡子被劾发雷霆之怒，哪怕深文周纳弹劾高胡子，也没有什么大不了的！”

张居正笑而不语。

“表面上看与适才所拟差不多，孟冲那个呆头鹅看不出来。万岁爷病甚，到他面前含含糊糊念叨一句，也就朦胧过关了。”冯保得意地说。

张居正突然想起一件事，低声问：“胡槚和刘奋庸的言事疏，皇上御览了吗？”

冯保向后一仰身子，道：“孟冲那个呆头鹅，只记住高胡子嘱咐他不能惹万岁爷生气，拿到胡槚和刘奋庸的本，只是禀报说有人上疏言事，万岁爷也不问所言何事，命发部院知道。”

张居正微微颔首。暗忖：“三疏连发，人必疑幕后有人操纵，矛头必指向张某，得想出一个可以解脱的法子来。”

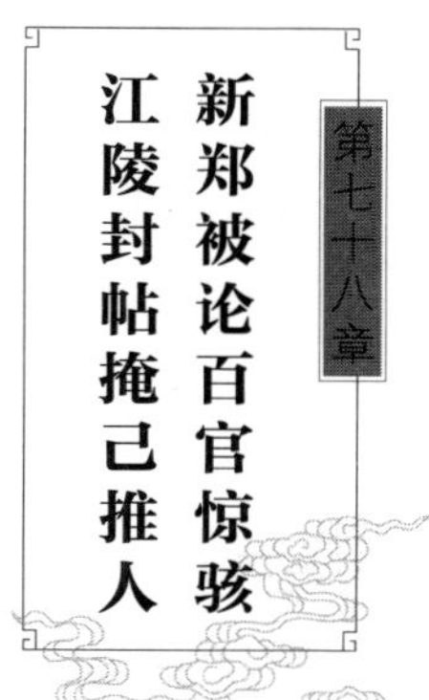

第七十八章 新郑被论百官惊骇 江陵封帖掩己推人

一

文华殿太子赐宴一散，翰林院掌院学士马自强就叫上翰林院检讨许国，一同到了高拱府上。

注门籍的高拱得到通禀，踌躇片刻才吩咐传请。从文渊阁回到家，他一直躺在床上，拒见访客，连午饭也吃不下。接到通禀，他暗忖：马自强、许国是太子讲官，今日轮到自己去文华殿看视，因被劾回避不能前去，会不会出了什么事？

两人进了花厅，见高拱一袭布衣，疲惫、萎靡，似乎站起来的气力也没有了，坐着未动，只是拱拱手算是还礼。两人尚未入座，高拱就叫着马自强的号、许国的字，瓮声问："乾庵、维桢，今日讲读可顺利？"

"顺利。"马自强答，"元翁，小人构陷，不必介怀。"

高拱冷笑一声："列我十大不忠，谓比秦桧、严嵩更甚。我到曹侍郎家认亲，也是一大不忠；曹金晋升侍郎、韩楫升京堂，也是我的大不忠。曹是嘉靖二十六年进士，与他张叔大同年，论能力、政绩，资格，早就该晋升侍郎；韩是吏科都给事中，吏科掌科与都察院河南道掌道御史升京堂，是惯例，怎么到了韩楫这里就是我任用私人了呢？又说我受了张四维的贿，真是昧良心不怕雷劈！"

"啊？竟是毛举细故，深文周纳？"许国吃惊地说，旋即一笑，"呵呵，也是，师相操守行止，委实无可挑剔。也好，弹章让朝野看看，对师相威望无损，倒是把小人的嘴脸暴露无遗了。"他是高拱的门生，故以师相相称。

"元翁，"马自强一指许国，"自强和维桢有一事当禀知元翁：国法甚严，内官

不得交通外臣。可连续两天，江陵相与冯保两人屏退左右，在东小房私晤。此事非同小可，不敢不报。”马自强是张四维的儿女亲家，素知亲家翁钦仰高拱，故特意叫上高拱的门生，把他们亲见宦官与外臣勾结的事实向当国者禀报。

“人家事先已做成了局，如之奈何？”高拱一脸无奈地说。

马自强闻听此言，怔了一下，对许国道：“维桢，该告辞了。”

出了花厅，马自强低声对许国道：“维桢，元翁只知谋国，不知谋身。你看，元翁全权在握，皇上无比信赖，对手又大干天条，明明可以反戈一击，一举把冯、张拿下，他却说如之奈何？那别人还能说什么？你是元翁门生，我劝你不要卷进来，超然些；元翁不是他们的对手。”

许国默然。

两人到得首门，听得门外有人在争论着什么，出去一看，是韩楫、程文、宋之韩、雒遵几个人。一见马自强、许国出来，围上来问：“师相还好吧？”

“围在门口吵吵闹闹的，生恐人家不知道是元翁的门生？”马自强以责备的语气道。

“乾翁，你来评评理。”韩楫向马自强求助道，“他们说学生在通政司，接到曹大埜的弹章事先应禀报师相。是，当年严嵩当国，特意让他的义子赵文华掌通政司，每有弹劾严氏父子的，赵文华都事先禀报严嵩。可那是因为严氏父子为恶多端，恐先帝讦问，事先得知弹章内容好预为应对。师相何人？国朝二百年，操守行止谁人可比？怕什么？事先禀报，徒增师相烦恼罢了。”

马自强摇摇头，苦笑一声：“好了，既然元翁不让进门，就散了吧。你们帮不了元翁！”

“帮不了？我看帮得了！”韩楫赌气道。说着，向众人拱手，“告辞，我去兵部走一遭！”

“哦，这不是姚书办吗？”韩楫刚骑马走出不远，迎面遇到内阁书办姚旷骑马而来，便勒马问，“书办到何处去？”

姚旷下马施礼，道：“奉张阁老之命，给元翁送张阁老的书柬。”

“张阁老的书柬？”韩楫重复了一句，他“嘶”地吸了口气，眯眼思忖良久，摇了摇头，向姚旷一拱手，“别过！”说罢，打马往兵部而去。

杨博上了年纪，午间在直房里间的床上打盹，闻司务通禀，甚不悦。但韩楫也是朝廷九卿之一，又是乡党，不便回绝，只得懒洋洋地起身，抹了把脸，站到直房门口迎接。

“博老知道了吧？”施礼坐定，韩楫一副愤愤不平的表情，问。

“知道了。”杨博答。

“学生看过弹章，毛举细故，深文周纳，堪称笑料！”韩楫以不屑的语气道，“十大不忠有一条，说皇上起用博老，高却把持铨政不放。尽人皆知，师相辞免再三，皇上坚不允辞，曹大埜那个小人居然列为师相的大不忠一罪！”

杨博面无表情，问：“新郑差伯通来的？”

韩楫摇头，道：“博老，自己人，不妨直言相告：于私，当年徐、高不和，博老带头上公本逐高，师相复出后不计前嫌起用博老，就冲这一点，博老欠师相一个人情；于公，师相复出这两年，功绩有目共睹，隆庆之治隐然已成，大明需要师相。是以学生敢请博老带头上公本，挽留师相。”

“他们赶不走新郑。”杨博淡淡地说。

“学生也知他们赶不走师相；但要让那些小人知道，公道自在人心！”韩楫激动地说，“让他们知道，众怒难犯，别再躲在阴暗角落打如意算盘了。”他蓦地欠身向杨博靠了靠，“哎，博老，难道他们不掂量掂量，能不能赶走师相，何以像小丑一般跳梁？”

“人心难测，不好揣度。”杨博一笑道。

“必是张、冯指授，博老以为然否？”韩楫又问。

“呵呵，伯通，还是不胡乱揣度为好。”杨博捋着胡须，以老道的口气说。

“张这个人，虚伪之至！”韩楫以鄙夷的语调道，“你看他在给师相的寿序里说……”

杨博不愿别人在他面前搬弄是非，不等韩楫说完，就起身道：“伯通，明日弹章上了《邸报》，老夫即上公本挽留新郑。”

“好！”韩楫抱拳道，“学生这就到礼部去……”

话未说完，杨博打断他：“伯通，看在同乡的份上，我劝你不要深陷其中。在朝廷立足，要知进退，远祸为上！”

韩楫悚然而怔，良久，叹息一声：“也罢，反正他们攻不倒师相！”

出了兵部衙门，韩楫突然感到心寒。马自强、杨博，一个是翰林院的掌院学士，一个是兵部尚书，都是有名望的缙绅，一个说“帮不了元翁”，一个说要“远祸”。是非呢？公道呢？真是人心不古，难怪小人敢为非作歹！

二

听到曹大埜论劾高拱的消息，百官多半既吃惊又好奇，猜不出他劾高拱些什么；待看了弹章，个个摇头耻笑。联想到胡檟和刘奋庸相继所上条陈疏，又见皇上在曹大埜的弹章上御批“曹大埜妄言，调外任”，都隐隐感到幕后必有操控之手。故一时人情骇愕，揣测议论，似乎预感到，一场宦海风波已然起于青萍之末。

当晚用罢晚饭，程文、宋之韩、雒遵等一帮门生，不约而同到了韩楫府上。

“太轻了！对这等宵小，当重重惩治方好！”程文顿足道。

宋之韩一脸疑惑：“皇上眷倚师相，对赤裸裸的诬陷之词不发雷霆之怒，轻描淡写给个调外任的处分，真是令人费解！”

“上本！请皇上严遣姓曹的。”雒遵撸着胳膊道。

“刘奋庸久不徙官，怏怏风刺、动摇国是，更不是东西！他们是一伙的，不能让他漏网！”程文接言道。

“师相竭忠报国，万世永赖，曹、刘之辈宵小，构陷首相，罪不可胜诛！”宋之韩恨恨然道。

“还有胡檟呢，这个叛徒！”程文扭头向地上“呸”了一口，“他那个陈事疏，通篇就是反对师相的实政、改制政纲的。他和姓曹的、姓刘的，都是一伙的！”

“政见不同，正常。”宋之韩道，“我闻对胡檟的观点，朝野罕有以为非者。他已然调外任了，不提也罢，打击面太宽不好。”

“说够了吧？”一直不说话的韩楫瞪着眼说，“和曹大埜之流较劲不值得。打蛇要打七寸，得对准幕后黑手才是上策。可师相的为人诸位不是不知道，他会同意我辈攻击幕后黑手吗？”

“当年师相失徐阶欢，徐阶的门生故旧群起而攻之；只一个齐康站出来论劾徐阶，不唯遭徐阶的门生故旧围殴，还被师相呵斥，降调外任。”程文痛心疾首地说，“师相总是说相天下者无己，不敢有其自身。可不谋其身，被人家谋去，还有谋国的机会吗？师相总想息事宁人，我看这次不能听师相的，得干起来！”

雒遵叹了口气：“算了，先别说什么幕后黑手了，只要求严遣曹、刘，挽留师相就是了。听说科道里不少人都上了本，部院寺监也有本上，我辈随大流上本算了。”

“说到这，我对大司寇有看法。”刑科都给事中宋之韩道，“午间我到尚书直房找他，对他说，当年为助徐阶逐高，不惜上白头疏，这回该上个公本了吧？”

“说得好！”程文拊掌道，“师相复出，不计前嫌用他掌刑部，他刘自强这回该表现表现了吧？”

宋之韩鼻腔里发出“哼”声，不满地说：“可他却说，不能一错再错。师相曾郑重嘱咐他，掌司法者要特立持正，万不可媚权势；还要他像当年的葛守礼葛老学习。是以这次他不上公本，也不上独本，要超然。”

“当年齐康弹劾徐阶，凿凿有据；而今曹大埜论劾师相，可谓信口雌黄。”韩楫激愤地说，“可当年除了刑部葛守礼，部院俱上公本要求严遣齐康，并硬说师相是幕后指授者。而今呢？吏部不可能上本；户部尚书刘体乾一向不仰赞师相政纲，必不会上本；礼部尚书高仪谨小慎微，也不会上本；刑部刘自强也要超然；工部朱衡带河道总督衔在外治河；只剩兵部博老要上公本，无非是请皇上慰留师相罢了，做做样子而已！”

“师相无心机、无权谋，又爱惜羽毛，真叫人替他着急！”雒遵顿足抱怨道。

“走吧，回去上紧起稿，专攻曹、刘两个小人！”程文起身道。

几个人怏怏而散。

冯保预料到会有反击，也有些紧张，生恐弄巧成拙。他一夜没有睡好。次日卯时就先到司礼监文书房翻检文书，凡劾曹、刘，挽留高拱的都一一检出。他数了数，六科公本一，独本三十三；都察院十三道公本一；部院公本一；太常寺等衙门公本一，凡公本四、独本三十三。他又把内容匆匆浏览了一遍，这才紧赶慢赶到了清宁宫，接太子往文华殿去听讲。

礼毕，冯保溜出东厢房，到东小房去见张居正，尚未落座就通报道：“张老先生，外廷上了三十七本。”

张居正面无表情，道：“老公公，当是三十八本。”

冯保正用茶盏盖拨茶，张嘴刚要吸溜一口，又停住了：“不会吧？咱亲自数过的。”

“居正也有本，为玄翁申理，只是以密揭奏上，直达御前，不经文书房罢了，也应算在内。”张居正道。

“张老先生，真有你的，佩服，佩服！”冯保揶揄道。

“有言在先，无论如何我不能公开与玄翁决裂。”张居正道，又问冯保，“各本可有关涉你我的？”

冯保“嘿嘿”一笑：“无非劾曹大埜诬陷元辅，而恐高胡子必不肯留，劝万岁爷特加信任，勿令去。咱看这些本都是做做样子的，无关痛痒。”

张居正道：“估计后续还会有本，一旦词涉你我，当设法遏制。不的，传扬出去会坏事！”沉吟片刻，又道，“这些日子风声紧，老公公就不必到东小房来了。有事命徐爵、游七通传。”他向文华殿东厢房一指，“那些个讲官都是玄翁所荐，难免不向他通禀。”

“谨慎些也好。”冯保点头道，“最好再物色些人，继续弹劾高胡子。只要锲而不舍攻下去，就像隆庆元年那样，高胡子非滚蛋不可！”

张居正沉吟不语。他知道，物色人选委实不易，关键是高拱没有把柄可抓，在两京科道中发动这么久，也只有胡櫃、刘奋庸、曹大埜三人响应，再想物色人，已无可能。

冯保从袖中掏出一份文牍，递给张居正："高胡子又上一本乞休。"

此前，高拱已上本请辞，言："既经言官论列，理宜引退，幸特赐罢免。"皇上慰留，口授谕旨："卿忠清公慎，朕所深知。妄言者已处分矣，宜安心辅政，以副眷倚，不允所辞。"这些张居正都看到了，且差人送到高府。高拱再次求去，也是意料之中的。张居正只是想看看高拱说些什么。他展开一看，上写着：

大臣之道，上之以身报国，次之不敢以身辱国。今臣奉职无状，既不明报国，若再不明进退之节，而徒靦颜在位，是诚以身辱国。臣之罪愈大矣，天下后世其谓臣何？

"倒是没有说为别人让位之类的话。"张居正暗忖，也就放心了。

冯保却有些担心，道："高胡子会不会学徐老先生以退为进的把戏，以辞职相要挟，把张老先生排斥走？当年齐康论劾徐老先生，他坚辞不出，门生故旧遂称高胡子是幕后黑手，非罢斥他不足以息争，一下子把高胡子赶走了。"

"我料玄翁无此意，亦无此手腕儿！"张居正道，"玄翁的乞休疏经御览，皇上必再降谕旨慰留，我即亲自去府上接他到阁视事。"

"够朋友！"冯保嘲讽地一笑，"嘿嘿，不愧是生死之交！"他突然脸一沉，"张老先生，为今上预备后事的事，你上紧些办，别让人家省过闷儿来，把咱给闪了！"

"老公公放心，居正心里有数。"张居正道，见冯保起身告辞，又嘱咐道，"居正与老公公结交之事，不可暴露于光天化日之下。一旦有人本中论及此，势必紧急灭火，万不可令其势蔓延！"

三

高拱已注籍在家三天了，不是躺在床上，就是关在书房，不愿见人，也不愿说话。夫人张氏也好，房尧第、高福也罢，想找他说句话、替他宽宽心，都被拒之门外。

眼看天就要黑了，高福到书房叩门："老爷，该用饭了。"

"不吃，别来烦我！"高拱不耐烦地说。高福刚要走，高拱蓦地坐起来，道，"高福，你这就差高德回老家去。"

"老爷，回老家有啥事？"高福问。见高拱不理会，只得讪讪而去，叫高德前来听命。

"高德，"高拱叫了一声，嘱咐道："皇上历次颁赏的银两，我一直不让用，积攒了一千多两。新郑城里老宅后边有一块空地，你回去一趟，把那块地买下来，我有用。"

正说着，门公来禀："老爷，宫里孟公公来宣谕。"

高拱大步走到门口，把门推开："快请！"

孟冲在一干侍从的簇拥下已进了花厅，见高拱走过来，一抖朝袍，道："高老先生接旨！"随即，扯着尖嗓，捧读谕旨："卿辅政秉铨以朴忠，亮直不避嫌怨，致被浮言，朕已具悉，何乃再疏求退？宜遵前旨，即出辅理，以副朕倚毗至意，慎毋再辞。"

高拱叩头，起身接过谕旨，请孟冲入座。

"高老先生，老奴不敢坐，得快点回去侍候万岁爷。"孟冲乖巧地说，"高老先生，万岁爷特意差老奴来宣谕，就是不允高老先生再辞了。明日就到阁视事吧！"说着，转身往外走。

"龙体可安？"高拱跟在孟冲身后问。

"唉！"孟冲叹口气道，"辽东又传捷报，说是东虏进犯，李成梁和他们干了一仗，斩首这个这个，嗯嗯，斩首一百六十五级，还有一个头头脑脑也被斩首。"

"哦，那太好了！"高拱露出笑容，"看来没有白费心思一再叮嘱他们。"

"可不是咋的？"孟冲压低声音道，"兵部有本，说、说例当宣捷。万岁爷看了，倒是高兴，最后却皱着眉头说：'勿宣，犒赏就好。'叫老奴看，万岁爷是怕龙体撑不住啊！"

高拱脸上的笑意顿时消失了，抱拳道："印公，千万千万侍候好皇上啊！"送走孟冲，高拱又回到书房，高福进来问："老爷，还要不要高德回老家买地？"

"咋不要？明日就走！"高拱吩咐道。高福转身退出，高拱边踱步边沉思着：照例当再上疏求去，可皇上言辞恳切，若再求去，徒伤圣怀。

高福在门外禀报："老爷，通政司韩楫求见。"

"传请！"高拱答。他正想了解外间的情形，也听一听韩楫对下一步行止的意见。

"小人构陷师相，《邸报》一出，人情骇愕，汹汹愤激，不平之甚。已上本四十余。但此番通政司既未上公本，学生也未单独上本。"韩楫甫落座，就开门见山地说，"因曹、刘乃卒子，受人操控，不值一攻！要攻，就攻幕后黑手。而此事当师相认可后方可为之。学生今来，即为此事。"

高拱起身，从书案上拿过一封书简，递给韩楫："伯通，张叔大差姚旷送来的密帖，你看看。"

韩楫正想问那天姚旷来送书简的事，展开一看，上写着："曹大埜是赵贞吉乡人，闻此事乃赵所为。"

"师相相信吗？"韩楫抬头问。

高拱又起身，拿出一封书函，道："此为赵内江回乡后所寄，阅此便知。"

韩楫展开来读："仆抵家，闭门追思往咎，慨然叹曰：今之世，唯高公能知我，唯高公能护我，唯高公能恕我……"阅毕，韩楫慨叹道，"学生读赵老此书，愈觉此公乃坦荡君子，他绝不会干出偷鸡摸狗的卑鄙勾当！"说着，突然发出"哼哼！哈哈！"一阵怪笑，"欲盖弥彰！师相的那位金石之交，想掩己而推与人，为先入之说以惑师相也！"又一拍扶手，"伪君子，真小人！"

"伯通言重了。"高拱沉着脸道。与张居正相交多年，竟是与小人结为兄弟？高拱感情上不能接受。

"师相，"韩楫欠身道，"他在给师相写的寿序里，说北虏封贡一事，'公独决策'，可他在给他的乡党李幼滋的书函里，竟说'赖主上纳用愚计，幸而时中'；还说'计然三策，今始售一'，把封贡互市的功劳尽归己有。时下南都官场不明就里，俱以为东师奏凯、西虏款贡都是他的功劳呢！虚伪不虚伪？阴险不阴险？"

"叔大不进德如此，大异于往昔！"高拱感叹了一声。

"师相，既然他取而代之之心毕露，竟然指授小人攻讦师相，若不一举拿下，必养虎为患。"韩楫露出凶光，"学生意，师相当坚卧不出，学生再发动科道，揭其勾结太监丑行，还有纳贿等事，轻者逐出朝廷，重者置于刑典！"

高拱摆手道："伯通可知皇上病甚？我此时安得求去？若屡请不止，徒苦圣怀，更非宜！我今当以君父为急，焉能与此辈计较？"

"可是，师相，若不反击，恐师相被其谋去！"韩楫痛心地说。

"我说过，相天下者无己。"高拱感慨道，"只知报国，不敢有自身。况叔大追随我多年，谅他也不会如此绝情！"

"师相！"韩楫带着哭腔道，"不……"

高拱一扬手："伯通，不必再说！"言毕，起身走到门口，大声向外喊道，"高福！整备停当，明日一早上朝！"

这一夜，高拱终于睡了个好觉。清晨，他正要上轿，高福慌慌张张跑过来通禀："姚旷来禀，张阁老须臾就到。"

话音未落，首门传来张居正的声音："玄翁——"

"你来做甚？"高拱沉着脸说。

"居正来迎玄翁出而主政。"张居正不以为意，笑着说，"玄翁受此委屈，居正也该来看看；虽则来迟了，也是表达一下心意。"

"若叔大真有心意要表达，把精力都用到谋国上就好。"高拱冷冷地说。

"但是玄翁的事，居正不能不放在心上。"张居正道。他又向高拱面前凑了凑，压低声音道，"闻赵贞吉布散流言于南北，今北果有矣；恐南都亦有之，玄翁不可不防！”

“哼哼！”高拱紧紧盯住张居正的眼睛，“正所谓明枪易躲，暗箭难防！”旋即一扬手，“我有什么可防的？用人行政从无私心存焉，能奈我何？”说着，躬身上了轿，“起轿！”

张居正回避着高拱的目光，侧脸道：“呵呵，是啊。皇上对玄翁之眷倚，古之罕有。宵小不知天高地厚，想撼动玄翁？笑话！”一眼望见高拱已然起轿，忙小跑着钻进自己的轿中，吩咐道，“快，前引，前引！”

两顶轿同时在文渊阁前停下，高拱下轿，顾自往前走，张居正快步跟上，高拱头也不回，瓮声问：“辽东捷报是怎么回事？”

张居正答：“哦，东虏喀布喀的速巴孩，见我大败建彝、朝廷宣捷，以为我气且骄，必恃强轻敌，竟犯长胜堡、清河堡，李成梁大败之，斩首……”

高拱已从孟冲那里知道了战果，遂打断张居正：“不出所料！好在我事先叮嘱再三。”又问，“有何事要我来定的？”

张居正心说：“等你定，难道我不能定？”但口上却说，“倒是无疑难事，唯程文、宋之韩各有一本，劾刘奋庸、曹大埜朋谋诬陷元辅，事甚悉，乞重处。居正已拟旨吏部题覆。”

“吏部还能怎么题覆，只能为他们讲情。”高拱冷笑一声说，忽然想到看视太子讲学事，“叔大，今日还是你去看视，我先处理阁务。”

张居正估摸时辰已到，转身要走，高拱扭脸道：“记住，东小房是阁臣看视太子讲学的直房，不是与阉党喝茶密语之所！”

“哦？这……”张居正愣了一下，脸“唰”地红了，旋即“呵呵”一笑，“玄翁提醒的是。”心里却恨恨然，“我不是婴孩，竟如此不留颜面！”

高拱有了几分快意，一进中堂，就吩咐书办：“去吏部，叫魏侍郎来见。”

须臾，魏学曾赶到了，施礼间，高拱道：“这场风波，上紧止息吧！科道劾曹、刘的弹章，打算怎么题覆？”

魏学曾并未直接回答，低声道：“曹大埜失意怏怏甚，偷偷知会我，言劾玄翁非本意，乃曾省吾所指授。”

“哼！我早知道此人不是东西，上蹿下跳！”高拱又是一声冷笑，“哪个省巡抚缺员？”话音未落，一扬手道，“川南土司屡叛，其首领阿大等盘踞九丝山僭号称王，屡抗官兵，曾省吾不是多谋略、精力过剩吗？把川抚的位子腾挪出来，给他加兵部侍郎、副都御史衔，巡抚四川，把叙、泸局面稳住。”又问，“殷正茂又向吏部要人了吗？”

“是。他要山东参议陈奎到广东去做兵备道。”魏学曾答。

“那就快办！”高拱一扬手道，“凡关涉广东的事，要特事特办！”说着，把一张稿笺递给魏学曾，“程文、宋之韩劾曹、刘的题覆我已拟就，拿去，照此办文。早办早了，免得分散精力！”

魏学曾一看，上写着：

奋庸尝供事裕邸，效有勤劳；大埜少年轻锐，亦言官，未足深咎。当宥奋庸，复大埜职。

“玄翁，这……”魏学曾为难地说。

高拱向外摆摆手，示意他出去，又吩咐书办：“这几天的文牍里有没有漕运、两广的？速翻检出来给我看。”

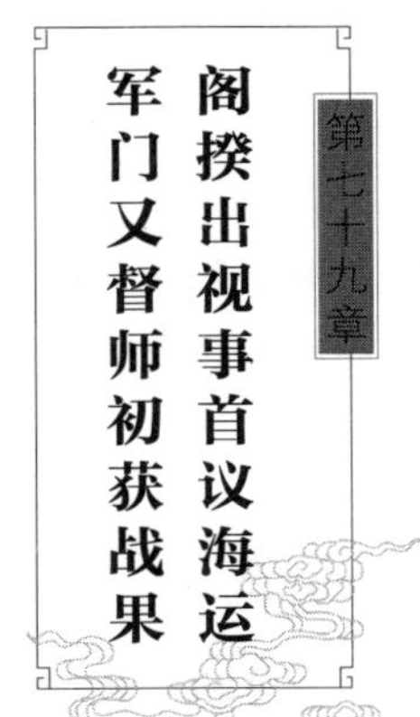

第七十九章 阁揆出视事首议海运 军门又督师初获战果

一

书办奉高拱之命，把他注籍四天来内阁收到的关涉漕运和广东的文牍，一一检出；已发部院题覆的，则将登录的事由摘要呈上。高拱坐下细阅，一眼看见漕运总督王宗沐的奏本，乃条陈海运七事，已批户部、工部题覆，“怎么回事？”他不禁疑惑，更放心不下，即吩咐道：“快去，叫户部尚书刘体乾、工部侍郎曾省吾拿上王宗沐的奏本来见！”

想到海运，忽然又想起殷正茂所要的陈奎，乃是为协办海运事，专门从广东选到山东的。日前陈奎来函禀报筹备海运事颇详，还寄来一张线路图，高拱阅之甚喜。把陈奎升调广东，他委实有些不舍。踌躇片刻，心想：“算了，殷正茂既然要，不可不给！”说罢，提笔给陈奎修书：

> 海运事宜，处分详悉。披图即如见之。仆所望于执事者，可为不负也。

“算是有个圆满结果！”他低声自语道。

待刘体乾、曾省吾一到，高拱便焦躁地说：“记得王宗沐说过，海运当在五月前完成，可避风波，怎么到现在还在条陈海运的事？”

刘体乾把王宗沐的奏本递给高拱，他一看，上写：

> 迩来因漕船漂流，朝廷复议海运，而百官害怕风波。夫风波在海，三尺童子知之，利害自当有辨，海上风波，无妨大计。若主于河而协以海，以海运佐河运之缺，自可万全无虑。

高拱"啪"地把奏本往书案上一拍，道："海运已定策，到此时还要苦口婆心说这些，定然是有司胆小怕事不敢推进！"他用手一指刘体乾，"户部是不是阻挠？"又指了指曾省吾，"工部呢？有人阻挠吗？"

"元翁，户部不敢阻挠。"刘体乾面无表情地说，心里却发出冷笑："问谁阻挠，莫如问谁赞成更便于回答。朝廷里，除了你高新郑，谁还赞成？就你高新郑，自恃全权在握，刚愎自用，一意孤行！"停顿良久才道，"时下是王宗沐不敢……"

高拱不容刘体乾再说，打断他："王宗沐？他建言海运最力，他有何不敢！"

刘体乾噤口不言。

"工部，未闻有人公开阻挠。"曾省吾以懒洋洋的语调道。

高拱瞪着眼扫视二人良久，道："去岁漕粮延时到京，工部奏请议赏河工，皇上断然驳回，说漕粮比往年迟，却赏河工，于理不通。若今年漕粮再迟到，如何向皇上交代？圣躬违和，再伤圣怀，罪莫大焉！"他突然提高了声调，"丑话说前头，谁阻挠海运，导致漕粮迟到，就摘谁的乌纱帽，绝不宽贷！"说罢，又低头看王宗沐的奏疏，乃是条陈海运七事：定运米，议船料，议防范，议起剥，议回货，议护航、崇祀典。看罢，抬头问，"这七事，俱可行否？"

"本部正在研议。"刘体乾答。

"户部的司属比王宗沐更了解海运？"高拱瞪着眼说，"议来议去议到海上风波大起，欲海运而不能就达到目的了，是吧？有何可议处，说来听听？"

"元翁，闻有商家欲租船，海运货物北上贩卖，山东已有商贾私造大船专做租船生意。"刘体乾答，"本部所忧者，乃漕粮海运，则民船必如影随形，海上贸易，自南而北渐次兴起。如此，海禁国策全线突破矣！"

"说来说去还是抵触！"高拱气鼓鼓地说，"官船可海运，民船自然也可海运，有何可议的？行之既久，对后世即是祖制。莫以祖制吓唬人！"他一扬手，"不必再议，速题覆，争取明日就下诏！"他掐指算了算时日，突然发火道，"海运，去岁已定策，迄今户部、漕运衙门竟漫无区处，未做整备，等到火烧眉毛了才开议？"

"户部已拨节慎库银一万五千两，王宗沐已雇海船三百余艘，募水手、岛人三百余。时下业已整备停当，漕粮也已运抵淮安，入淮即可到海。"刘体乾禀报道。

高拱松了口气："那就好。"又感到不解，"那何以不上紧入淮出海？"

"正是王宗沐，不敢挽漕船入海。"刘体乾把适才被高拱打断的话，说了出来。

"那是为何？"高拱越发疑惑了。

"王宗沐知朝野赞成海运者寡，生恐一旦入海，漕粮漂欠，必受参劾，也不好向朝廷交代。"刘体乾解释说。

“河运每年都是几十万上百万石漂欠，海运有漂欠也不奇怪，何惧之有？”高拱道。但转念一想，反对海运的人正无借口，王宗沐担心漂欠也是为维护海运声誉，遂道，“王宗沐有何要求？”

刘体乾道：“元翁可能有所不知，往者漕粮漂欠，虽因黄河决口所致，亦多有运军贪侵，凿舟自沉者……”

“等等！”高拱伸手做制止状，惊讶地问，“你说凿舟自沉？”

“已将漕粮侵盗，凿舟自沉即可计入漂欠，以为掩盖。”刘体乾解释道。

“什么？”高拱蓦地起身，“太恶劣，令人发指！”他大步转出书案，在中堂焦躁地踱步，“漕政到了这种地步，再不好好整顿，对不起纳粮的百姓！”回身盯住刘体乾，“远水不解近渴，目下先想个应急之策，把今年的事办了。户部有没有应对之策？王宗沐有何建言？”

“王宗沐建言改制。”刘体乾道，“他给户部上了禀帖，言‘宜先议优恤，并行连坐制。’”

“户部何意？”高拱急头怪脑地问。

“漕制行之已久，贸然改制，恐科道责难。若改之，不妨付诸廷议。”刘体乾道。

“廷议来不及了！”高拱焦急地说，“不就是怕担责吗？我来承担！连同禀帖一同奏上，内阁拟旨允准。要快，免得王宗沐提心吊胆，误了运期。”言毕，一扬手，不耐烦地说，“好了，上紧办吧！”

刘体乾、曾省吾喏喏告退。高拱还在踱步，口中喃喃：“要做的事何其多，何其多也！”忽然想到，海道在山东，山东巡抚已换人，需向他嘱咐一下。遂回到书案前坐下，给新任山东巡抚傅希挚修书：

海运一事，乃仆日夜在念者。首运在即，望公鼎力助之，以期一举功著。仆不忧者，有公图计，必可望成。

东邦多盗，而近来有司全不为意，且务为蒙蔽，玩以殃民，民至有被杀被劫而不以报官者，曰：“官为不理，徒益重寇怒也”。以故寇日猖而民日益受害，无所告诉。此养乱之道，非细故也。愿公一并加意，则所以为地方造福者不小矣！

写毕，又拿过一张稿笺，在上重重写上：“整饬吏治、改革漕政、缉盗安民，刻不容缓，上紧推进！”他放下笔，倚靠椅上闭目思忖片刻，又提笔在“刻不容缓”前加上“底定岭表”四字。提笔端详了一会，又落下，再加“户部改革”四字。这才放下笔，喊了声，问：“广东没有本上？”

书办来禀：”近日未有广东的奏本。“高拱心里嘀咕：“这殷正茂怎么回事？”

二

两广总督殷正茂移辕门于惠州，本欲大征山寇，不意却出师不利，各路兵马铩羽而归。一则并未折损朝廷命官，二则朝廷已授予靖粤全权，故他未将此事奏报朝廷。又听潮州知府侯必登言剿山寇不能急于求成，遂改变主意，一面奏请朝廷允其招募浙兵，并请授侯必登兵备之职；一面照巡按御史赵淳所荐，札委潮州知府侯必登与海贼许瑞暗中接洽，伺机招抚。

侯必登接到军门札谕，召来左右，了解了许瑞的身世，亲自到城南隶属澄海县的下外莆许瑞老家，与许氏族长密语一番，回城听候回音。

许瑞也是读书人，只是屡试不中，与人合伙出海经商，又被官军当作海贼追捕，折了本，无奈之下才追随其外甥、广东第一海贼曾一本多年。几年前，曾一本被捕杀，许瑞收其余众西遁，活动于惠州与广州之间。随着年岁增长，他厌倦了漂泊生涯，又闻听殷正茂受朝廷特遇，发誓靖粤，已在打造大船、训练水军，越发有受招抚之意。正愁求抚无门，忽听军门差人招抚，急忙带上几名随从谒见侯必登。侯必登故意延宕不见，以试其诚。等了三四天，侯必登命人传见，许瑞如约而来。侯必登即觉许瑞乃诚心受抚，又与他闲谈了几次，以为此人对剿倭必大有助益，遂亲自带上许瑞前往惠州。

殷正茂闻报，在节堂召见许瑞，正色道："尔从倭多年，烧杀抢掠，为恶多端，本当斩尔首、灭尔族。念尔俯首受招，姑不究！尔当助官府破倭，以赎前罪。"

许瑞身材瘦小，眉宇间却透着几分机灵。他伏地连连叩首："罪民知罪，必为军门效死命！"

"若尔破倭立功，本部堂当奏明朝廷，授尔官职！"殷正茂许诺道，看了许瑞一眼，"起来说话！"

许瑞起身，躬身垂首而立，不待殷正茂问，就把海贼情形一一道来。最后，他又献进剿之策道："目今海贼以林道乾最盛，他已回屯马耳澳，在拓林也有贼巢。军门可分路夹击，必大败之。"

殷正茂与侯必登相视一笑，甚为满意，对许瑞道："尔即回去候命。本部堂随后传檄于尔！"

许瑞叩首退出，殷正茂抱拳向侯必登一晃："恭喜侯道台！"说着，拿起书案上的《邸报》，"朝廷诏命已发，剿灭山寇之事，本部堂全权委于道台办理。"

侯必登拱手道："军门，停留于纸上的招抚已不足震慑山寇，反显得官府无能，应采取强硬措施，先断其与外界交通，再各个击破。"

殷正茂为之一振："招抚是官府无能的表现，不能再以招抚糊弄朝廷！"

两人密议一番，议定：按照许瑞之计，传檄总兵俞大猷率部绕道福建海域，屯兵铜山；参将王诏率部，从海丰出发向回屯于马耳澳的林道乾夹击。与此同时，侯必登则专注剿灭山寇之事，尽力避免山海之贼相合，或官军致力于剿倭而惠潮再受山寇之掠。

侯必登接印后，传檄差遣千百户十三人，在山寇与各乡交通要道巡捕，凡有接济者即擒之。不日即抓捕多人，截获一批弓矢、马货、布帛，并以军法将所捕之人斩首示众，潮惠各府县为之震动，再无敢接济山寇者。

花腰峰闻之大惧，又听说殷正茂已调大军向潮阳一带集结，坐卧不安，对温七道："看来官府这回是要动真格的，好汉不吃眼前亏，还是收敛些吧！"遂传令不许出山抢掠，并遣人至府县，求如旧听抚。

侯必登将计就计，传檄花腰峰："汝既向化，余复何疑？大兵为倭而来，汝若归顺，可以精锐从征，立功自赎。"

"怎么办？"花腰峰问温七。

"只能敷衍啦！"温七道。

二人遂传令集结队伍，磨磨蹭蹭延宕时日，不愿出山。

回兵马耳澳的林道乾得知殷正茂已移辕门于惠州，知必有大军来剿，是留是逃，举棋不定。梁有训自告奋勇，愿出马耳澳试探官军风向，并与山寇相约。林道乾从其请，梁有训遂率两千余人循海壖至海丰，扎营于金锡都。正欲差人秘密上山联络花腰峰，却见他的同伙弟兄徐二前来投靠。

徐二与花腰峰有隙，闻得梁有训屯兵金锡都，即偷偷率所领三百人前来，向梁有训献计道："帅丞，目今这些地方都很穷，没啥可抢的。倒是有一个花贼，这些年掠得不少财宝美女，如攻他，那些个美女金帛不都归你老人家了吗？"

梁有训求之不得：花腰峰惧怕被抢掠，必求和，则山海相合，让殷正茂海陆受敌，不敢轻举妄动。遂当场应允，并故意将要攻打山寇的消息泄于花腰峰。

花腰峰闻听林道乾要来攻打他，大惊失色，又担心官军乘机攻袭、首尾难顾，急得团团转。温七淡定地说："大军要来剿倭，他林道乾还有心思抢掠？必是来与我辈相约，共同对付官军的。"

"哦，有道理！"花腰峰转惧为喜，遂差心腹带着美女二人、马十匹、银二百两，前往金锡都，送给梁有训以结好，相约合兵对付官军。

殷正茂得到谍报，急召已移驻惠州的侯必登来见，焦急地说："山海之贼相合，则其势愈盛，我岂不顾此失彼？"

"军门，"侯必登道，"山寇不足忧，所患者海贼也。今下吏侦知有山寇头目徐二者，投靠海贼，可将计就计。"

“将计就计？”殷正茂问，“道台有何妙计？”侯必登三言两语，略述一二，殷正茂遂转忧为喜，“本部堂这就到前线督剿海贼，道台可照计行事。”

侯必登回到兵备衙门，即移檄花腰峰：“汝党有徐二者，往倭中诱倭攻汝，汝知之乎？汝既为我用，我示汝知；汝其善为备，不必再出山剿倭。”

“这侯道台倒是真诚待我。”花腰峰接檄，对温七道，“如今又传檄不必出山，我辈观察下情形再定吧！”

与此同时，侯必登又修书两封，差人分送巡海道、分巡道。

这天傍晚，两名身背黄色包袱的壮丁出现在金锡都附近，行色匆匆。梁有训的巡哨望见，即策马驰追，二壮丁弃包裹逃匿。巡哨捡起包袱，打开一看并无财物，竟是两封密书，忙向梁有训禀报。梁有训展开密札一看，只见上写着：“花腰峰已受抚，愿出兵三千与官军协力攻海贼，并已送美女、金银、马匹等以蒙蔽海贼，海贼颇信之；花腰峰部属徐二也已伪降海贼，以做内应。当见机行事，如期速进。”

“这……”梁有训将信将疑，踌躇良久，吩咐亲兵，“传徐二带其心腹来见，就说本丞要宴请他。”

徐二兴冲冲来到大帐，梁有训一声令下，亲兵手起刀落，徐二和他的五名心腹头目顿时身首异处。

“不管真假，不得不如此！”梁有训对心腹道，“已侦知殷正茂集结大军两路夹击马耳澳，此地不敢久留，即刻返航！”

三

殷正茂得知花腰峰已被稳住、梁有训已从金锡都撤退，当即率亲兵三千出了惠州城，到前线督师，设行辕于潮阳县东南二十里的海门城。

海门城始建于洪武年间，坐临大洋，城墙高两丈，周围九百七十丈，有四门，乃海防要塞。殷正茂在城内千户所千户署设下军帐，传檄俞大猷、王诏两路大军同时向马耳澳进发。

传令中军刚要出发，被许瑞拦住，他对殷正茂道：“军门，时下海上多西南风，从海丰来者顺风，一二日可到马耳澳；由铜山去马耳澳为逆风，两军应审风势，约期同时到达。不的，不是被林道乾各个击破，就是让他逃脱。”

“哎呀，差点误了大事！”殷正茂猛醒，“你给掐算下时日，再传檄。”

此时，梁有训已回到马耳澳向林道乾禀报了官军动向。

“他郎奶的，不能坐以待毙，老子给他来个出其不意！”林道乾吐了口唾沫道。

“大帅说的是。”梁有训道，“我当东去，与俞大猷一战，若胜则回师对付王诏；若不敌，可遁去外洋，再作计较。”

如此计定，林道乾率大船五十艘、小船八十艘倾巢出动，向铜山突袭。

俞大猷接到殷正茂的令檄，率大小船一百零五艘、将士万余，排成扇形向马耳澳围拢而来。刚出铜山，忽闻林道乾海船冲来，急命迎战。自随佛朗机人追击林道乾，俞大猷惊诧于佛朗机战船火器的厉害，在战船上也设置了仿古火器之制制成的铁棒雷飞、母子火兽等炮，另有最能及远的涌珠大炮。遂下令以火炮向敌船猛轰。

林道乾多年在海上，身经百战，手下喽啰又习于海，操纵舟船甚是谙熟、灵活，遂以小舟四处突袭，两军激战，火光冲天，海浪四溅。

激战一昼夜难分胜负，梁有训建言道：“大帅，看这阵仗，不必恋战，向拓林撤退吧？”

“也罢，好汉不吃眼前亏！”林道乾决断说。

海贼边战边撤，乘潮退转头向拓林方向逃遁。

许瑞闻林道乾已主动出袭，忙率队追击；又侦知林道乾主力逃至柘林，意欲与那里的部属会合并将藏匿于此的宝藏带走，忙向殷正茂禀报。

殷正茂令王诏追击，直追至玄钟澳方停，当日泊入港湾，相度风势再战。过了两天，俞大猷率部赶到。许瑞查勘风向、风势，以为可出港再战，殷正茂遂下令两路向柘林冲击。

林道乾刚把藏匿于拓林的财宝装上船，官军围剿而来，他只得下令应战，边战边向深海撤退。火炮声、船只撞击声震天动地，激战一昼夜，众海贼四散溃逃，林道乾率残部向深海逃遁。

许瑞奉殷正茂之命四处侦查，一说林道乾逃往暹罗北大年；一说林道乾已投水而死。

“不管林道乾是死是逃，总之，沿海大股倭患已消除矣！”殷正茂闻报大喜道。他终于扬眉吐气，大声吩咐，“报捷！”

“军门，罪民冒昧说一句逆耳之言：倭患，除不了。”许瑞小心翼翼地说。

“嗯，怎么说？”殷正茂瞪眼问。

许瑞道：“军门可知，潮州百姓种地的都是老弱病残，壮丁都去逐海洋之利，往来海上如履平地；若不开海禁，潮州的百姓都是海贼，哪里剿得尽？堂堂正正开了海禁，百姓光明正大做生意，那时海贼就不难剿灭了。”

“广东开海禁？”殷正茂沉吟良久，“此事体大，本部堂不敢贸然奏请，还是先投书新郑相公请示后再说吧。”

许瑞又道：“军门，以罪民看，广东的出路在海上。只要堂堂正正开了海禁、

百姓有了活路，哪里还有那么多山寇海贼？此后官府要稳定广东，也得重海防。罪民在海上漂泊多年，深知广东海防委实不严，军门当奏请朝廷加意海防。”

殷正茂听了许瑞一番话，冷静了许多。他没有急于报捷，而是先召集幕僚，商榷良久，写成加强海防的条陈；又给高拱修书，建言广东开海禁；捷报则对此番剿倭战况轻描淡写，重点为许瑞请功。

高拱从文华殿看视太子讲学回到内阁，看到了殷正茂的条陈和捷报，多日来的愁容为之一展，欣喜不已，道：“昨日还在说殷正茂，今日就有捷报来。叔大，批兵部题覆吧！”又道，“殷正茂失利时当鼓励，今日他取胜，倒是要压他一压。”

张居正则眉头紧锁：“照殷正茂条陈，广东光武将就要增设多个，兵马必随之增加。目今当紧缩，他却要扩张。国库何日能充盈？”

高拱拿起条陈细细阅看，只见上写着：“重振广东，出路在海；稳定岭表，当严海防。臣督粤以来，无时不以之为念。粤省海防拟分东、中、西三路：东路扼全粤之上游，于柘林、碣石各设把总，而惠潮则增设海防参将；南粤增设漳潮副总兵以控之中路；防省会之大洋则于虎头关增设把总，广海设守备，而广州增设海防参将；西路遏番贼突入，而涠州则有游击，雷廉增设副总兵常驻，琼州、白沙寨则有把总，崖州又有参将。各路文武齐备，则海防可保无虞。”

“我看殷正茂的条陈当准！”高拱把文牍往书案上一放，重重拍了拍，又举着殷正茂的书函道，“殷正茂大札，力言欲听民人与番人互市，且开海口诸山征其税。一旦海禁大开，严海防是应有之义。不唯广东，沿海诸省皆当如此！”

张居正内心是坚决反对开海禁的，但出于对高拱的尊重，往者一直隐忍，今日终于忍耐不住，道：“玄翁，且不说祖制国策，就从事实来说，北边皆敌，防御压力已然很大；东、南茫然海洋，本是天然屏障。一旦海禁大开，不能不加意防御，国库何堪重负？居正百思不得其解，因何要开海禁，把茫茫海洋变成边防线？”

“禁得住吗？”高拱眼一瞪，大声质问。

“那要看是不是真心要禁！”张居正一咬牙，“一则把沿海之民迁徙腹地，一则严刑峻法，敢出海者格杀勿论，看禁得住禁不住！”

高拱感到惊讶，若是过去，他必循循善诱，给张居正讲解一番，让他跟上自己的思路；如今他已无心这样做，故沉着脸道：“等你当国，你来禁；目下我当国，照我说的办。”言毕，大声对书办道，“差人去兵部知会大司马：一，殷正茂的条陈，题覆准奏；二、殷正茂捷报低调处理，奏请抚民许瑞授职一事，不允！广盗未靖，尽剿诸贼以后，再一并授官！”

“如此，大明要被你引向何方？还是太祖高皇帝缔造的大明吗？”张居正痛心疾首，心里说道，蓦然起身，“该用午饭了。”说着，一甩袍袖，大步走出中堂。

望着张居正的背影，高拱生出几分紧迫感，对书办道："把食盒给我端来。"说着，提笔给殷正茂修书：

广东事理，前已略言其意，想达左右。兹剿倭报捷，良可喜也！条陈海防事，已令本兵题覆，不有异同。如此，处处有兵，处处有粮，威力既盛，伸缩在我，以剿以抚，皆可成功。然倭尚可平，而地方之贼难于卒灭；地方之贼不可灭，固倭之所以来也。而地方之所以多贼者，实逼起于有司之贪残，而养成于有司之蒙蔽。及其势成，计无所出，乃为招抚之说，以苟且于目前。于是我以抚款彼，而彼亦以抚款我。东且抚，西且杀人，非有抚之实也，而徒以冠裳、金币、羊酒宴犒，设金鼓以宠与之。事体如此，诚为可恨！有司将领，固有称贼首为翁者。相对宴饮欢笑为宾主，而又投之以侍教生帖者。百姓之苦如彼，而贼之荣利乃如此，斯不亦为贼劝乎？柰之何民之不为贼也？而广之遍地皆贼，实由于此。

今幸有公在彼，必须痛剿一场，使诸山洞海洋之贼皆就殄灭，然后抚恤疮痍，休养生息，乃称平定！不然而犹循故事，恐日复一日，广非国家有矣！已令本兵覆题，发银两招浙兵以副公之用，其伸缩操纵，任公便宜为之，他人更不得以阻挠。公其为皇上整顿此方，复如当年之富庶，是不世之功也！陈奎已用之广东矣，苏愚待有副使缺补之，其他尚有当更置者，不妨见教，即为处也。至于征剿之事，尤须将领得人，乃可奏功。广东自大将偏裨而下，果孰可用当留，孰不可用当去，何人可待，孰宜于彼、不宜于此，孰宜于此、不宜于彼，所当更调，可即奏上，当拟行之。仆当与公戮力协心，必为主上奠此一方！苟可为公助者，纤毫不敢自惜也。有将有兵有粮，则贼平有日矣！

听民与番人互市一节，尊谕极是，自可上本奏请。

仆所以籍籍于此者，尤有深意。夫广东之敝极矣，整顿而使之如旧亦甚难矣！非公在彼，孰能经略；非仆在此，孰肯主张？故整顿此方，必当在此时也！过此以往，但少一人，事必无济，广东终无宁日矣！公有雄负，成此不难，时不再来，可不念哉？

冗中放笔无论，不能尽意，唯照亮。千万！

高拱写毕，边抓起食盒里已凉的馒头，边又翻看文牍，忽见张四维的乞休疏，不觉火起："这个张子维，不成话，怎么又上本？难不成，朝廷还召不回来他了！"

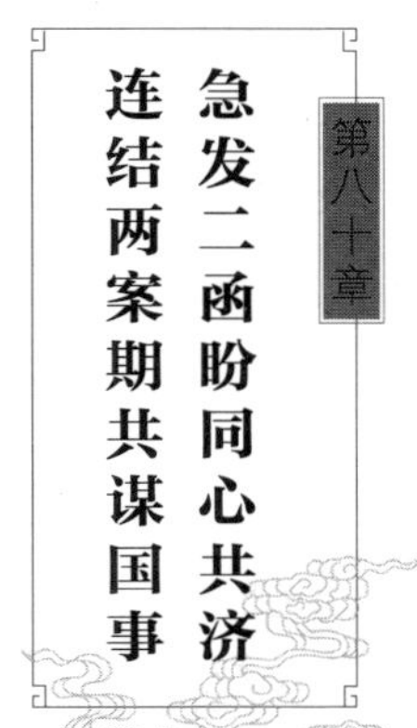

第八十章 急发二函盼同心共济 连结两案期共谋国事

一

一开春，天气渐暖之时，张四维坐上豪华马车，带上一干仆从，悄然自山西西南端的蒲州北上，一路游山玩水，三月中旬到达山西东北端的阳和县城。

自被劾辞职返乡不久，张四维就接到太子侍班官的任命。他已三次上本坚辞不就，高拱、魏学曾多次来书敦促，朝廷再发严旨，命他就道赴任。他知道一旦入都，夹在高、张之间难以自处；但太子侍班官即是太子师保、未来内阁大臣的首选，弃之委实可惜，加之高拱敦劝，他不好再辞，只上本说身体有疾，一俟康复即刻首途，遂起身到了阳和，请大舅王崇古为他的行止拿主意。若舅父主张赴任，他即从阳和赴京；否则，再议推脱之策。

到得总督辕门，与大舅略事寒暄，王崇古就将外甥领进后堂，把一份《邸报》递给他。张四维一看，大惊失色："这曹大埜狂夫小人，可恨！"他突然冷笑一声，"竟然还诬称甥送给玄翁八百金以求起用！说玄翁别的，或许有人信，说他纳贿，谁会信？不瞒大舅说，江陵相公多子，过年过节甥都有馈赠；玄翁那里，片纸不敢奉送。这些人居然攻讦玄翁纳贿，真能把人活活气死！"

"子维，你自入仕即在翰苑，幸遇新郑、江陵二相激赏，得晋京堂。你太顺了，经历也太单纯了，不知宦海险恶。"王崇古以长辈的口吻道，"人家这样说中玄，安知不是为了把水搅浑，让人真伪莫辨？"

"大舅是说……"张四维顿时醒悟，"与福建案有关？"

王崇古不语，又拿出一封书函，递过去："子维，你再看看这个。"

张四维一看，是张居正写给大舅的，只见上写着：

曹大埜劾玄翁之事，既恼鄙怀，又费措划。言者谬妄，至波及令甥子维，尤为可恶！方事起时，仆即具揭入告主上，为玄翁申理。幸圣明过听仆言，信之愈笃，而言者被遣不恤，此主上之明也。

"到处都在传，说曹大埜之举乃赵内江主使。"王崇古补充了一句。

"这话，怕也出自江陵相公吧？"张四维以揶揄的语气道，"赵老在野之人；玄翁全权在握，孰重孰轻，曹大埜不知掂量？江陵相公太急于撇清了，反而欲盖弥彰。"他凑到王崇古面前，指着书函，"看他书中所说，不唯此事与他无关，且他不出面在皇上面前恳请，似乎玄翁就得罢官。"张四维因在舅父面前，也就不再隐晦，"玄翁与今上的情谊，岂是一本荒唐弹章所能离间的？要靠江陵相公全力恳请？字里行间还流露出今上对他江陵相公信任有加。"他摇了摇头，"当局者迷啊！江陵相公聪明过头了。"

"子维，此话不可为外人道。"王崇古皱眉道，"高、张都很赏识你，你双方都要维持；不管谁输谁赢，届时都会用你。照目今的局面，你还是躲开为好。曹大埜弹章里不是诬称你贿中玄八百金吗？就算捎带着把你也弹劾了，你正可以此为由再疏乞休。"

"可惜啊！"张四维叹息道，"玄翁复出二载，局面一新，隆庆之治初见雏形，再有三到五年，大明振兴有望，何忍猝然破局！"

"权势诱人啊！"王崇古感慨道，"自嘉靖朝，阁臣俨然宰相，首相权势无可敌者，遂成攘夺猎物。远的不说，夏言、严嵩、徐阶，他们的首相之位哪一个不是从前任手里夺来的？江陵亦人杰，自不甘久居人下。"

张四维摇摇头："江陵相公固为人杰，然其格局、识见俱不可与玄翁相较！玄翁是大手笔、大格局，头脑里无条条框框，敢破敢立、大开大合。破海禁、通海运；饬吏治、安边防；恤商贾、修内治，大有为大明开新局之势。江陵相公以尽复祖宗之旧为宗旨，效法太祖高皇帝而已。然玄翁粗暴激进，直拙自负甚或意气用事；江陵相公心思缜密，沉稳渊重、藏而不露。两相作用不同，正可珠联璧合，若能同心共济，真乃社稷之福。"

"中玄端赖今上非常眷倚，不恤招怨，触动利益太多。清流责他轻变祖制，务实者恨他绳官严苛，今上在一日，无人撼动他；一旦……恐难立足。"王崇古忧心忡忡地说，突然一声惊叹，"哎呀！子维，你与江陵同岁啊！万万不可开罪他，万万不可！"他一指旁边的书案，"你即刻就修本，我差人即送京师。"

张四维不敢怠慢，起身走到书案前，稍加思忖，提笔起稿，须臾成篇，先说本欲病愈后赴任，再说曹大埜弹章连污及己，以自辩口气痛斥曹大埜之诬；后说虽无此事，却遭言官论劾，说明德不足以服人，无颜再立朝班，乞请罢斥。写毕，递给王崇古阅看。

王崇古看了一眼，点头道："不要蹚浑水，远祸为上。封发吧！"

下一步的行止总算有了着落，张四维不再纠结，但他的心情却越发沉重了，仿佛看到乌云滚滚压来，惊雷已然在天际响起，暴风雨就要来临，而自己牵挂的人却浑然不知，还在郊野辛勤劳作。他恨不得一步跨过去，把他接回屋内，免受风雨摧残。

"呜呜"的风声使得阳和的夜比蒲州多了几分诡异。张四维躺在床上辗转不能成眠。此刻，玄翁当还在直房忙碌着吧？他的眼前浮现出吏部直房里与高拱商榷边务、遴选官员的情景，爽快的笑声，抑或发怒的面容都让他感到亲切。暌违半载，玄翁健朗如初吗？他翻了个身，风声越发尖厉了，如泣如诉，仿佛不停地向他呼唤。他索性披衣下床，挑灯修书。先写给高拱，再写给张居正。他反复斟酌，生恐劝和不成，反增误会。

晨起，张四维即将书函呈王崇古过目。

王崇古阅罢，叹息道："恐一片苦心，付诸东流！"

"不忍破局，尽力挽回。至于效果，看天意吧！"张四维感慨道。

"对了，子维，江陵的小妾又为他生一子。你要投书给他，当备些贺礼一并送去。"王崇古提醒道。

二

又到了暮春时节，京城依然多风，风沙刮得人睁不开眼睛。交了戌时，风虽渐弱，街上却少见行人。高拱在文渊阁用罢晚饭即赶往吏部直房，他已多日无暇来理部务了，一进首门就吩咐司务："叫魏侍郎来见。"

魏学曾进得直房，高拱正埋头阅看文牍，头也未抬道："惟贯，子维连上三疏请辞未准，又因曹大埜弹章里诬及他，昨上本自辩，乞请罢斥。看来他真是要躲清静了。"

"呵呵，玄翁别忘了，子维出身商贾之家，商人自有商人的精明。"魏学曾以揶揄的语气道。他早就看出来了，高拱对张四维赏识有加，顶着物议提携，而张四维却三番五次请辞，无非是两边都不想得罪罢了，心里不免对他生出几许鄙夷。

"惟贯，不可轻视商人。大明富强，需要商人！"高拱一摆手道，"不成，张子维是干才，有识见、能成事，又年富力强，不能让他悠游山林……"话未说完，司务来禀：张四维急足来投书。

"料他会有书来，果然就来了。"高拱说着，展开阅看，只见上写着：

顷自家舅所得《邸报》，见狂夫流言，披猖无忌，殊增愤懑。我翁心事勋业，已轩揭天地，薄海内外，共所闻见，而彼狂乃欲变乱黑白耶！可恨！可恨！

夫以台端精忠谋国，冲虚好贤，士论明甚。乃彼狂敢为此言者，实以无似不允公议，遂借隙以行其私耳。曹疏固孟浪，观其词指，其处心积虑深矣！无乃内江阉党，今犹存者耶？

此事生在远，不得其详。翁与岳翁，心同道同，知契非一日，岂茫昧之说所能遽间？然二翁局面不同、作用不同，故取人亦异。人各为知己者图厚，则必有生枝节处。在二翁，生保其无他肠也。况事真伪，久必辨白。望台端大观，付之不理，徐观其后何如？且君子之交，难合易疏；而小人之情，多端无定。以台端豁达大度，与何物所不容？生受知二翁俱深，而翁之爱生尤笃。今又在二千里外，得以自申其说，无嫌可避，伏望台端伏垂听焉。今国家之事，倚重二翁，天下士方冀幸太平，功业庶几三代者，幸舍小嫌存大计也。

“子维真是苦口婆心啊！”高拱读罢，递给魏学曾看，“他也提及赵内江，看来赵内江指使曹大埜弹劾我这个说法，已流布中外了。”

魏学曾只是埋头阅看，并不回应。

“哦！”高拱像是想起什么，伸过手去，“来来来，我再看一眼。”说着，从魏学曾手里把书函抓过去，指着上面道，“惟贯，子维不是说有病不能赴任吗？怎么，他是从王崇古那里看到的《邸报》，说明他人到了大同嘛！”他蓦地起身，道，“惟贯，时下官员动辄以生病为由规避，得定个规矩！”

“按制，京官可以请假回籍养病，外官则无此例，”魏学曾道，“此制委实不甚合理。京官滥用养病之权，动辄以养病为由规避；外官一概不能养病，未免太一刀切了。”

高拱坐回去，看着魏学曾：“起稿，定《中外官员养病之例》，核心是官员确有疾病，无论京官外官，俱得养病；但以养病为由规避烦难或京官规避外调者，一律致仕！奏荐起用病愈官员，须由抚按官考核裁酌，不得徇私滥举。”

“学曾记下了，不日即可上奏。”魏学曾道。

高拱突然叹了口气：“子维劝我没用，目今要大修内治，多少事要做？我倒是真心希望与张叔大同心做下去，待规模初定，把位子交给他。”

魏学曾苦笑一声，不接话茬。

高拱沉吟片刻，道：“惟贯，有些话本不该说，不过你是佐铨大员，说也无妨。张叔大也很赏识子维，他若上紧回来，我和叔大商榷荐他入阁。他入阁从中调和，局面或许会缓和些。是以他的辞呈不能准，明日即题覆，就说事已白，宜遵旨速赴任。”他一扬手，“好了，这事不再说了。”

魏学曾见高拱一脸疲惫，坚毅中透着几分无奈，不觉一阵酸楚，却又不知如何劝慰，低头沉默着。

高拱起身，在室内踱步，边道：“惟贯，时下边患无忧，当大修内治。你做过巡抚，有两件事要你帮我画策。”他伸出食指，“第一桩，缉盗安民。梁梦龙是干才吧？他出抚山东，我几次致函给他，敦促此事，可迄今未见明显成效；我又给新任巡抚修书，除了海运，就是这桩事。梁梦龙转任河南，我给他的答书还是这桩事。看来靠书函这个法子不行，得立规矩。”

魏学曾道：“这是件大事。容学曾斟酌，择日再禀。”

“多找些在府县做过的官员访咨。”高拱说着，又伸出中指，“再一桩，就是户部改制。时下裁革冗员、整饬吏治，各环节大体都立了规矩，就连盐政、马政也已大破常套重新定制，唯户部改制未做。”

“户部改制？”魏学曾惊问。

“恤商惠民，户部至关重要。理财，王政之要务。后世因腐儒君子不言利之谬种流传，竟视理财官为浊官！如今户部官劳倍于人，然必俸资倍于人而后方得升迁，其升迁出路又劣，官场讥之为‘钱粮衙门出身’。户部如此，各省转运司更甚。钱粮衙门，国用民生所系，盖重任也。官此者，若贪墨，诛之可也；不然，都是国家的官员，为何劣视之？因此之故，有志之士不乐就此。若不幸到了钱粮衙门为官，一个个志夺气沮，务支吾了事、徒积日月以待迁，而经制之略置之不讲，不复闻有善理财者矣！理财无人，国用日蹙，而民生乃益困。是以户部不改制，无以足国用而厚民生。”

魏学曾叹道：“哎呀，这也是大事，当审慎。不的，必是沸沸扬扬，朝廷无宁日。”

“此事早该做，只是一时顾不上，必在年内着手。”高拱以坚定的语气道，“这两件事俱关乎国计民生，非做不可！把这两件事做成了，清丈田亩之事方可铺开。”

魏学曾心想：“人家还容你做下去吗？此何时，玄翁竟无一丝危机感！”他不便明言，只好侧面提醒一句：“玄翁，曾省吾抚川诏书已下。”

“发文凭，限他一个月内到任！”高拱露出厌恶的神情。

“不知张阁老会做何想？”魏学曾试探着说。

“给他加兵部侍郎、副都御史，并没有贬他的意思。”高拱不以为然地说，“还有何说的？他借曹大埜之口，骂我奸恶过于秦桧、严嵩，我若真像他所说，轻者让他滚蛋，重者其命难保。此事，我做不出来嘛！让他到四川去建功立业，不要把生命浪费在搬弄是非、构陷离间大臣上，朝廷也可少些是非，集中精力做事。他曾省吾若能像殷正茂、张学颜那般做出番名堂来，我照样升他的官！”

魏学曾不语，暗忖：“玄翁太自负，想事情又未免太简单了。你这么想，人家可未必这么想。”

三

曾省吾一进张居正的书房就恨恨然道："看来，高相拿我开刀，是要向太岳兄动手了！"

"三省，这是好事。"张居正若有所思地说。

"到了决战时刻，他把我打发到万里之外，你还说是好事？"曾省吾梗着脖子说。

张居正刚要说话，游七进来，递给他一个书套，又附耳低声咕哝了几句。张居正不耐烦地一摆手，让游七出去。打开书套，是张四维的急函。展开一看，上写道：

今二翁同心，翊宣元化，天下骎骎然向理，假之岁月，太平之业端可坐致。乃心膂之间，不免有挠惑若此，古人所以嫉彼谗人，欲投诸豺虎而不恤也。

玄翁弘毅疏宕，是以不免于轻信而骤发，然性故明达，而与翁相知又深，未有旬日不悟，悟而不悔者。伏望台明念天下之重而略小嫌，敦久要之好而无失其故。翁与国同休戚，且素知玄翁心者，宁可不委曲周旋，如周公之与召公，以求济大事哉！

张居正一言不发，将书函递给坐在旁侧的曾省吾。

"嚯！"曾省吾怪笑一声，"如周公之与召公？你张太岳就活该做人家的助手？"

"三省，适才我讲你外放是好事，不是玩笑话。"张居正一脸肃穆地说，"一则，你曾三省有军旅才，做一回封疆大吏，叙、泸一带都掌蛮作乱，正可施展，建功立业；二则，玄翁明知你曾三省是我的挚友，连声招呼也不打就外放你，足见他已不再珍视往昔香火盟矣！"

"哈哈哈！"曾省吾笑道，"我得说句公道话，明明是你张太岳先不珍惜香火盟的，又反过来说人家。"他眉毛一挑，"唉，我还是不明白，他不珍视香火盟怎么就成好事了？"

张居正一欠身；"三省，两件事让我彻底打消了顾虑，精神再也没有负担了。"

"哦，是这样！"曾省吾悟出来了，不住地点着头，抬眼问，"另一件，何事？"

"开海禁，通海运。"张居正道，"前几日殷正茂有本，一口气增设好几个副总兵、参将，说要固海防，玄翁竟欣然同意，还说甚不唯广东，此后沿海各省都要如此。"他突然激动起来，"把本是天然屏障的海洋变成边防线！造大船、练水军、固海防，民脂民膏投到无底洞里去，祸国殃民，莫此为甚！稍有谋国忧民之心，焉能坐视？而玄翁却务快己意，颟顸专恣！前年贵州水西安氏作乱，我主张痛剿，玄翁却费尽心机去调和，说甚不战息争，自以为得计！殊不知，让西南蛮夷轻视朝廷，动辄作乱。好在那是一时一地，我还可以隐忍，可海禁之事大不同，国策、国计所关，子孙万代之事，我不能眼睁睁看着玄翁误国如此！"

"加上他外放你的亲信，是以再也不必有精神负担，自可放开手脚谋高了？"

曾省吾把自己的会意说了出来，他“嘁”地一笑，“早该如此啦。官场上，情比纸薄，重情必害己！要想施展抱负，就得握权处势；而揆诸本朝首相上位形迹，要想握权处势，就得不择手段！莫忘了，历史是胜利者书写的，胜利者就代表正义、代表真理，何必瞻前顾后，心事重重？太岳兄才四十多岁，干他十年二十年，富国强兵、中兴大明，必名垂青史，成为后人眼中的名臣良相。谁还去追问你的权位是如何得来的？唐太宗杀兄逼父，照样是明君。本朝成祖起兵夺位，可你翻开史籍，找得到这四字吗？没有！满篇所载俱是成祖挽救大明，无他老人家起兵，大明江山就断送！这就是历史。”他被自己的一席话所振奋，满面红光，双目炯炯，两手相合，不住地搓揉着。

张居正静如止水，良久才道：“三省，你快整备赴任吧，别磨磨蹭蹭的让人起疑心。到了四川，对都掌蛮要痛剿一场！待平定了都掌蛮，再召你回来。”

曾省吾从张居正的话语中听出了他的自信，来时的不快已然烟消云散，只是还有些担心，道：“我走了，毕竟少了画策之人，吕光可用。不唯此人足智多谋，且他与徐相喘息相通，有他在，不啻徐相在侧。”

张居正点头。

“老爷，吕光求见。”门外响起游七的声音。

张居正与曾省吾相视一笑，吩咐游七道：“传请。”

须臾，吕光被引进花厅，张居正走过来，一改往日的冷峻，笑着道：“吕先生，多日不见，存翁安好？”

吕光忙施礼，道：“太岳相公，徐府大难临头，急求相公相助！”

“哦？”张居正惊讶地问，“怎么回事？”

吕光道：“蔡国熙不依不饶，不唯又追查出二万亩所谓侵占的官田充了公，徐府三公子都判了重刑！”

“怎么判的？”张居正急忙问。

“三子皆革去功名，长子徐璠、次子徐琨充军发配，三子徐瑛编氓，另有管家等坐戍十余人。”吕光哭丧着脸说，“据闻，巡按御史已上本，这三两天就该到了。”说着，抱拳向张居正揖了又揖，“存翁生不如死，唯把希望寄托在太岳相公身上了。”

张居正蓦地起身，在花厅踱步，边道：“我和玄翁多次修书，要他们宽处，蔡国熙竟置若罔闻！”

吕光也起身，跟在张居正身后道：“相公的同年、被劾家居的平湖陆光祖特意去向蔡国熙求情，蔡国熙言乃为存翁身后计，不如是，存翁不安！这和那个海瑞说的如出一辙。姓蔡的和海瑞一样，油盐不浸！”

“勘问三位公子时，有没有牵连到朝廷里的人？”张居正问。

“这个……”吕光支吾道，“这个，在下不得而知。不过以存翁的机敏，许多事，他未必让公子们晓得。”

张居正沉吟片刻，转身对吕光道：“吕先生，你回去收拾一下，明日就在敝宅左近赁屋居住，便于及时通气。”

四

张居正见高拱走进中堂，抱拳施礼道：“玄翁，曾省吾已陛辞，今日就首途赴任。”

“哦？好！”高拱道，“曾省吾有军旅才，家乡又距川南不远，风土人情有近似处，他到那里可施展一番。你转告他，要像殷正茂、张学颜那样好好做，做出政绩来，照样升他的官。”说着，就有几分得意，“殷正茂、张学颜经常书函不断，请示方略。他也同样，随时可向我请示方略。”

在高拱看来，随着曾省吾陛辞离京，曹大埜弹劾他一案掀起的风波算是止息了。此前，他曾奏请宽宥刘、曹，皇上御批：“此辈朋谋诬陷，情罪可恶，宜重治如法。以卿奏姑从宽，大埜如前旨，奋庸降一级调外任。”吏部接旨，念及曹大埜乃巴县人，将其调往离家乡较近的陕西乾州做判官，刘奋庸则降一级调湖广兴国知州。今日曾省吾又乖乖离京，足以证明没有人能够撼动他。是以他特意向张居正解释了一番，表达他不再介怀的和解之意。

张居正低头窃笑，口中道：“自当经常向玄翁请示方略。”说着顺手拿起一份文牍，走到高拱书案前，“玄翁请看看这个。”说完转身往外走，去文华殿看视太子。

高拱一看，是苏松巡按御史李贞元的奏本，奏报审勘徐阶三子一事。只见上写着：

戍其长子璠、次子琨，氓其少子瑛，家人之坐戍者复十余人，没其田六万亩于官。

“真是像阴魂一般纠缠不散！”高拱恼怒地把奏本往书案上一丢，“刚说可以消停了，麻烦事又来了！”他知张居正特意让他看，必是有话要说，就又把奏本往外推了推，“待叔大回来再议。”

午时，张居正回到中堂，高拱劈头问：“徐老三子，判重了吗？”

“罪有应得！”张居正道，“若不是存翁之子，定然还要重于此。”

“那还有甚说的？”高拱一脸怒容道。

张居正道：“记得玄翁说过，天理就是人情。以人情论，存翁在政府十余载，士林谓之一代名相、国之元老。若三子系罪，竟至充军，士论何谓？居正乃存翁弟子，不能为恩师进一言，何以自处？玄翁当国者，本与存翁有嫌，此案一旦公之于众，士论谓玄翁何？玄翁固无报复之心，而必落报复之名。如此，谁能获其益？”

高拱闻听“报复”二字，越发恼怒，黑着脸道：“叔大，记得我给你讲过，为人之理，始于立心；立心之本，在于忠信。苟有不实，便欠光明，便为心害。丈夫心事，当如青天白日。你在给我的寿序里说，‘再入政府，众谓是且齮龁诸言者，公悉待之如初，未尝以私喜怒为用舍’，可我听说，你常常提醒徐老，说高实未忘情也，端赖你从中调和。你怎么能这样，嗯？”

“玄翁，”张居正面红耳赤，刚要辩解，高拱打断他，以居高临下、师长教训弟子的口吻道：“寿序里，你还说‘北虏款关求贡，中外相顾骇愕，莫敢发，公独决策，纳其贡献，许为外臣’，可你给李幼滋书函里怎么说的？都是你的功劳，还说三计只用其一！怎么能这样做人，嗯？”

张居正额头上冒出虚汗，思忖片刻，道：“挑拨之言，玄翁若信之，以之责居正，居正夫复何言？”

高拱的怒气宣泄得差不多了，又见张居正一副羞愧难当、委委屈屈的样子，便缓和了语气，道：“我说过，省得一件闲事，便是一件治道。过去的事，无论真假都不提了！”他拿起李贞元的奏本，“徐老的事也该早日了结。我拟旨，明言判得太重，令改谳就是了。我再给苏松巡按御史和蔡国熙修书，让他们务必宽解。”

张居正松了口气，道：“玄翁磊落！只是……”他欲言又止，生恐再把高拱刚熄下去的火再挑起来。

“只是什么？”高拱边拟票边问。

“哦，没什么，没什么，居正只是想早结此案。”张居正小心翼翼地说。

“不能纠缠个没完没了！”高拱烦躁地说，拿过一叠稿笺，提笔先给巡按御史李贞元修书：

承谕徐宅事，具见委曲处分，情法两尽之意。但此老尚在，而遂使三子蒙辜，于心实有不忍者，故愿特开释之。来奏已拟驳另勘，虽于原议有违，然愚心可鉴谅，必不为罪也。

写毕，他用左手举起，向张居正晃了晃：“嗯，拿去看看。”右手提笔又给蔡国熙修书。

张居正起身接过，见高拱正写出“春台”二字，知是写给蔡国熙的。他有话要说，恐高拱写完了再说又被他责怪不早说，遂清了清嗓子，道：“玄翁此前已多有札谕，可蔡国熙似乎铁了心要依法行事，居正担心，此事还会反复折腾个没完。”

高拱闻言，把笔往架子上一撂，道：“你说怎么办？”

张居正不语。

“也罢，为了大局，只好委屈奉法之官了！”高拱叹了口气，“正好山西学政缺员，就调蔡国熙去吧！徐案，转交松江府勘理。”

张居正心想：“要的就是你这句话！”但却以关切的语气道，“蔡国熙也是奉法

行事，把他调走，不唯亏待了他，玄翁也会因此受他的抱怨！”

“顾不了这么多了。”高拱又喟叹一声，“我这才体会到，当国者为大局计，不得不对事实让步，牺牲一时一地一人，也是出于无奈。”说着，他把未写完的书函“嚓嚓”撕成细条，又揉成一团摔在地上。

“玄翁谋国周详！”张居正赞叹一句，“时下皇上病重，人事纷扰越少越好。”踌躇片刻，又道，“那么玄翁，福建的案子……”

五

巡按福建御史杜化中的弹章，内阁照例拟旨发交吏、兵二部题覆。吏部题覆：“除总兵戚继光等由兵部径自查复外，为照兵部侍郎谷中虚、福建巡抚何宽，俱大臣，若果受贿纵奸，则是重干法纪，岂容轻贷？但事出风闻，靡所证据，未经勘实，何以正法而服其心？令回籍听勘，待事明之日，另行奏请处分。”兵部题覆：“将金科、朱珏送法司勘问。”

张居正自知，一旦勘问起来，内幕揭出必授人以柄，这一直是他的一块心病。是以当高拱欲了徐案时，他遂借机试探。

高拱明白张居正的意思，知道只了了徐案而不了此案，恐与他和解依然无望，遂一咬牙，道：“都了了吧！”旋即吩咐道：“来人，去叫刑部尚书刘自强来见！”

“玄翁，正是用午饭的时节。”书办提醒道。

“把食盒拿来！”高拱吩咐，又道，“去叫！”

刘自强正在用午饭，听到高拱有召，放下碗筷匆忙赶了过来。见高拱、张居正都在中堂，边用餐边阅看文牍，他施礼站定，等待吩咐。

高拱咽下一口馒头，问：“福建的案子，几个月了，金科、朱珏二犯，何以还未审结？”

刘自强看了一眼张居正，斟酌道：“元翁，杜巡按所劾二将罪状有二，一则贪恣侵剥，二则用贿营求。目下贪恣侵剥已审结，可谓罪不容诛；唯用贿营求，关涉……”他又瞥了一眼张居正，欲言又止。

“关涉到何人？”高拱故意问。

“关涉……关涉大臣。”刘自强含糊地说。

“我也知关涉大臣！巡按弹章里指名兵部侍郎、福建巡抚，都是大臣。除了这二人，还有谁？”高拱追问。

张居正佯装埋头吃饭，却停止了咀嚼，侧耳细听。

刘自强为难地看着高拱，向他使眼色。

“哦，记起来了！”高拱道，“张阁老和我说过，此事他曾参与其中，给兵部打招呼、给巡抚投书。是不是金、朱二犯咬住了张阁老？”

“这个……”刘自强不敢说。

“有左验吗？”高拱继续追问。

“是以拖了这么久。”刘自强又含含糊糊答道。

“行了，不能再拖了！”高拱一扬手，“巡按御史指称二犯用贿营求，二犯也供了，但总要有左验吧？巡按御史可以风闻而奏，不足为凭；人犯口供，安知不是自保之计？既然金、朱二犯贪恣侵剥，凿凿有据，以此将二犯定罪就是了。至于用贿营求，因无左验，不必再纠缠下去了。刑部上紧奏来，早结此案。”言毕，向外摆摆手，示意刘自强退出。

张居正紧绷的神经松弛下来，暗暗舒出了口气。

高拱待刘自强出了中堂，一推食盒：“虽则二犯用贿营求之事不再追究，但谷中虚、何宽不能再用！”

“不堪再用！”张居正忙附和，“目今二人回籍听勘，吏部题覆是要把巡按御史指称其罪勘实，再另行奏请处分。玄翁的意思是不再勘问了？”

高拱道：“既然金、朱用贿营求之事不再纠缠，对谷、何二人也不必再勘下去了。不的，何以了此案？”

张居正悬着的心终于落地，道：“玄翁果断！既然不再勘问，以何名目罢斥二人？”

高拱检出一份文牍，道：“这是吏科给事中涂梦桂的弹章，论劾谷中虚两任巡抚，再贰本兵皆有贪声，脏私狼藉，乞要亟行罢斥。既然巡按御史杜化中论劾于前，科官再劾于后，似难再留。”

“那么何宽呢？”张居正急切地问。

高拱道：“至于何宽，近几天我让吏部清理各省督抚举荐事例，要严厉处分举荐过滥的督抚，何宽在列。正可以他举荐违例为由，给他个革职处分。”

“玄翁为了大局计，可谓费尽心机了。用心良苦，用心良苦！”张居正感叹了一声。

高拱苦笑一声：“唉！我的除八弊疏稿，叔大看过的，第一弊就是执法不公。如今我当国，却把秉公执法者调开；我教大司寇要特立持正，不能看权势者眼色，却又指授他如何大事化小，抵牾啊！”

“玄翁非为己，乃为国，为皇上！”张居正忙道，“为了达成隆庆之治，一时一事，玄翁就不必介怀啦！”

高拱抬头看着张居正，问：“叔大，你说大唐开元之治，谁的功劳最大？”

“自然是玄宗的宰相姚崇！”张居正不假思索地答。

“不错。可是，姚崇的副手卢怀慎也功不可没啊！”高拱慨然道。

“哦？”张居正一笑，“世人讥怀慎伴食宰相，玄翁谓怀慎有大功，居正愿闻高论。”

高拱道：“姚崇，救时良相，怀慎居其次，使其一起私念，横生旁出，动辄掣肘，姚崇又何以展其救时之略？而怀慎宁甘受无为之名，而终不捣乱，使姚崇得以展其才，以济国家之事。非有体国之诚意，忘己之公心，哪里做得到？因此，我说姚崇之有功于国，怀慎自然也有份。我看，怀慎之品格，非常人所能及！”

张居正尴尬一笑：“居正谨遵玄翁教诲！”

高拱喟叹一声，道：“叔大，皇上病重，内阁只你我二人，共谋国事吧！”说完，起身出了中堂。

回到朝房，高拱歪倒在床上，睁眼细思似还有未了之事，喃喃道：“嗯，徐老那里当说清楚。不的，此老不甘心，再煽惑门生故旧起事端，还是了而不能了！”这样想着，起身走到书案前，提笔给徐阶修书：

仆不肖，昔在馆阁，不能顺奉公意，遂致参商，狼藉以去。暨公谢政，仆乃召还，佥谓必且报复也。而仆实无纤芥介怀，遂明告天下以不敢报复之意。天下人固亦有谅之者。

然人情难测，各有攸存。或怨公者，则欲仆阴为报复之实；或怨仆者，则假仆不忘报复之名；或欲收功于仆，则云将甘心于公？或欲收功于公，则云有所调停于仆。然而皆非也。仆之意盖未得甚明也。

古云：无征不信。比者，地方官奏公家不法事至，仆实恻然。谓公以元辅家居，岂宜遂有此也。且兔死狐悲，不无伤类之痛。会其中有于法未合者，仆遂力驳其事，悉从开释，亦既行之矣。则仆不敢报复之意，亦既有证，可取信于天下矣。盖虽未敢废朝廷之法，以德报怨；实未敢借朝廷之法，以怨报怨也。

念昔仆典试时，曾以题字致先帝疑，公为解护，仆实心感之。当公不悦仆时，仆曾明告公云：公即仇我，然解先帝疑一节，终不敢忘，必当报效。别公而去，言固在耳，公不记忆之耶？今此之举，固当日初心无敢变也。然既有以取信于天下，则乃可有辞门下，故敢奉告，布区区之意。

今以后愿与公分弃前恶，复修旧好。勿使借口者再得以鼓弄其间，则不唯彼此之幸，实国家之幸，缙绅大夫之幸也。丈夫一言，至死不易。皇天后土所共鉴临，唯公亮之。

封发了给徐阶的书函，高拱用力伸了个懒腰，感到浑身松快了许多。终于把这两件棘手的案子了了，可以集中精力做关乎国计民生的大事了。

“但愿不要再出什么岔子了。”他抱拳向上晃了晃，似在向上天祈祷。

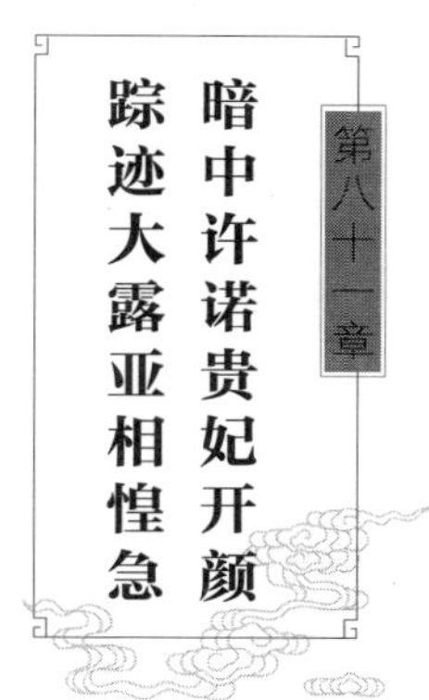

第八十一章 暗中许诺贵妃开颜 踪迹大露亚相惶急

一

东华门向东不远处，十王府夹道南头西侧有一条呈东西走向的胡同，长不过半里，谓之大纱帽胡同。张居正三年前就把家搬到了这条胡同东头的一个三进院落里，三进院各有庭院，又以回廊月门连为一体，庭院东侧还辟有一个花园。

这天晚饭后，张居正身着一袭深蓝色茧绸直裰，头戴方巾，穿过后院的月门，信步来到花园，绕着一座假山悠闲地漫步。因福建一案终于了结，他心里的一块石头落了地，顿感轻省。初夏的微风暖中带凉，令人有种沉醉感，街头的喧闹声透过高墙传来，仿佛要为静谧的花园添上几分生机。

“老爷，吕先生有要事相禀。”游七走过来禀报道。因花园只与后院相连且常有女眷出入，外人不便涉足，游七是管家又是表亲，有事就由他来通禀。

张居正不说话，出了花园，穿过回廊，径直往前院正房东间的书房走去。

刚走到书房门口，吕光就跟了过来，躬身施礼道：“相公，存翁有密函一封。”说着，从袖中掏出密帖，捧递过去。

张居正接过密帖，进了书房，在书案前坐下，展开阅看：

唐宋时，主上为嫔妃所生者，御极后，尊先帝皇后为太后，生母为太妃，盖分嫡庶也。国朝列帝非皇后所出者，御极后，亦依唐宋旧制。景帝初登极，尊皇太后孙氏为上圣皇太后，生母贤妃吴氏为皇太后。宪宗初元，尊先帝皇后钱氏为慈懿皇太后，尊生母贵妃周氏为皇太后，但无徽号，以示稍别等威。此二例未引发朝政震动，然识者则过之。

“喔呀，不谋而合，不谋而合！”张居正当即明白了徐阶此帖的用意，兴奋不已。

一个多月前，张居正与冯保在文华殿东小房初次密议，就萌发了俘获太子生母李贵妃芳心的念头。他闻得李贵妃和她的娘家人都很贪财，可莫说自己并无余赀，即使奉送厚礼，未必就能赢得她的格外青睐。这事，一直困扰着他。读了徐阶的密帖，张居正不唯找到了打开困局的突破口，而且还证明了自己的思路与徐阶是吻合的。徐阶久居中枢，又任礼部尚书多年，他发来这样一个密帖，表明他对李贵妃在未来朝廷权力格局中关键地位的认识与自己不谋而合。以徐阶的老辣，他对朝政走向的判断当是可信的。张居正对恩师的及时指点心存感激。

“游七，你去请徐爵来！”张居正抑制不住兴奋的情绪，起身吩咐道。游七刚要走，张居正又改变了主意，“罢了，此事恐他人转达不清，需面陈厂公。”

次日，正是张居正在文华殿看视。待讲读间歇，他向站在太子旁侧的冯保递了个眼色，头微微向东摆动了一下。冯保心领神会，闪身进了东小房。

“嘿嘿，张老先生，今日必有要事。”冯保拱手道。

张居正还礼，道：“老公公，皇上的龙体怎样？”

冯保一撇嘴，起身凑到张居正面前，躬身附耳道：“色若黄叶，骨立神朽，恐有叵测。”他直起腰，“不知老先生预备好了吗？”

张居正摆摆手，示意冯保坐下。他侧过脸，左肘搭在茶几上，上身倾向冯保，低声道：“此事，若不经李娘娘认可，恐生意外。”

冯保也把左肘搭于茶几，侧过身，伸过脑袋道：“不瞒张老先生，咱在李娘娘面前不少为老先生美言。咱看她对张老先生倒也有好感呢！”旋即叹了口气，“可娘娘对高胡子打理朝政颇认可，若事先和她挑明，事恐不协。”

“当谋连为一体、一荣俱荣之策。”张居正胸有成竹地说。

“喔？那最好不过！”冯保两眼放光，“老先生有何妙策？”

“本朝圣上为嫔妃所出者，御极后，常制当尊生母为太妃，然景帝和宪宗有尊生母为皇太后的先例。”张居正又压低声音，“届时，当尊李娘娘为皇太后；不唯如此，当再加徽号，与正宫并尊。”

“李娘娘必大喜过望！”冯保兴奋地说，旋即一搓手，“然则，如此大破常格，行得通吗？”

“行不通！”张居正道。顿了顿，又道，“是以才要采取断然措施！”

冯保恍然大悟：“呵呵，咱明白！”

张居正掀起茶盏，又“啪”地盖上，道：“只要李娘娘点头，则诸事可行！”

冯保大喜，忙起身道：“咱这就去翊坤宫走一遭！”

“这就与李娘娘说这事，大不敬吧？”张居正踌躇道。

“咱把握得住！”冯保一拍胸脯道。说着，他向张居正抱了抱拳，疾步走出东小房。

“哦？厂公，匆匆忙忙有何急事？”出了东小房，一个人差一点与冯保撞了个满怀。他一闪身，向冯保发问。

冯保一愣，定睛一看，此人认得，是御史张齐。

张齐当年在行人司曾奉命护送被逐的高拱回河南老家，皇上在平台召见他，一时令朝野为之震动。不久，他又奉圣旨晋升御史，更令百官为之瞠目。隆庆二年张齐因弹劾徐阶，虽导致徐阶下野，他也被都察院左都御史王廷指控，竟至下狱。几个月前，张齐一案经刑部重审昭雪，复其职。

“哎呀，是张都爷！”冯保亲热地叫着坊间对御史的尊称，“嘻嘻，都爷忙着，咱替太子爷办事去。”说着，打躬抱拳，就要走。

“慢着！”张齐正色道，“厂公适才从哪里出来的？”

“哦……这个这个……”冯保支吾着，向东小房摆了摆脑袋。他知道言官不好惹，连万岁爷都要让三分，何况太监。是以摆出一副谦恭样，脸上挂着讨好的、僵硬的笑容。

“张阁老还在里面吧？”张齐向东小房内一指，问。

“哦？都爷找张老先生啊，想必是在的。”冯保忙抱拳一揖，不待张齐反应过来，来不及唤他的掌班，连凳杌也不坐了，一溜烟似的跑开了。

二

翊坤宫后院寝宫里，李贵妃看着熟睡的婴儿暗自垂泪。这个女婴刚出满月，皇上多次说来看视的，却一直没有来过。李贵妃知道，不是皇上不想来，而是皇上龙体衰萎，力不从心了。

“可怜见咱这小公主，还没有见过爹的面……”说着，李贵妃的泪水又断珠似的滚落下来。公主的奶娘徐氏劝了又劝，还是没能让李贵妃平静下来。她忧心的是，以不满二十七岁的年纪，不敢想象未来岁月该如何度过！

李贵妃在裕邸时，因博得王妃陈氏的欢心，被安排在书房侍候裕王，那时她就暗暗拜冯保为师，识字读书，这些年大有长进，经史子集委实读过不少。她深知，无论是皇家还是民间，嫡庶之分如同天壤。按制，文臣武将，若嫡母在堂，生母不得受封；即使生母亡故，亲子也不得丁忧守制，甚至不能奔丧、扶棺一恸。在皇家，太子无论谁所出，都须尊正宫皇后为嫡母，实为过继于皇后名下。倘若皇上驾

崩，太子御极，皇后就是皇太后，朝廷一应礼仪尊崇俱为正宫所独享。李贵妃乃贫贱之家出身，唯其如此，她越发有股不服输的倔强，事事都要努力争取。眼看皇上一天不如一天了，不知道能不能熬过这个夏天。皇上一旦驾崩，她一个宫女出身的妃子，今后就只能独居深宫、枯灯相伴、了此一生了。想到这些，李贵妃自是难抑悲痛，珠泪涟涟。

“娘娘，冯太监来了。”一个宫女进来禀报。

“他怎么这个时辰跑来了？”李贵妃像是自问，暗忖：冯保必是有事要禀。遂擦了把泪，到前殿升座。

冯保行了礼，看了看李贵妃身后的两个宫女，故意做出欲言又止的样子。李贵妃会意，遂屏退闲杂，吩咐冯保近前说话。冯保上前盯着李贵妃端详，夸张地惊诧道：“哎呀，咱的美人儿娘娘哎！这是咋的了，谁惹娘娘生气了？”

“莫要贫嘴，有事说事！”李贵妃杏眼一瞪，嗔怪道。

冯保“嗵”的一声跪地，叩首道：“娘娘先恕老奴的罪，老奴方敢奏事进言。”

“行啦！”李贵妃突然脸一沉，“在本宫面前，你还有啥话不敢说的，嗯？”

冯保这才爬起来，跪行到李贵妃座椅边，仰脸道：“娘娘，万岁爷……万岁爷这病，娘娘可知是咋回事？”又自答道，“是杨梅疮！”

“杨梅疮？”李贵妃重复了一遍，“这是啥病呀？”

冯保诡秘地说：“娘娘，这杨梅疮又叫广疮，是从岭南那边传过来的。得了这个病，谁和他同床，谁就得传染上，治不了的！”

“啊？！”李贵妃大惊失色，慌忙低头看着自己的下身，又蓦地转脸盯住冯保，声音颤抖地问，“你咋知道？”

“嘿嘿，娘娘哎！”冯保道，“老奴提督东厂，坊间的事哪样不知道？”

“那，皇上咋会得这脏病？”李贵妃又问。

“娘娘，孟冲那呆头鹅本是一个伙夫，冒升掌印，为希宠固位，挖空心思给万岁爷找乐子。万岁爷得这病，早晚的事！”

“那、那、那……”李贵妃神色慌张，看着自己的下身，“咱也……”

冯保道：“娘娘放心，这大半年娘娘有孕在身，没有和万岁爷享鱼水之欢，不会的。”他一蹙眉，哭丧着脸道，“只是，以后，千万不可让万岁爷沾身儿了。”他佯装惊恐地捂住嘴，“娘娘，这是天机，连万岁爷也不知情，一旦泄露出去，万岁爷的圣威岂不一落千丈？以后太子爷坐了江山也没有面子，是以老奴不敢说，今日只敢说与娘娘一人。”

李贵妃用香帕掩面，抽泣起来。

冯保道：“既已如此，娘娘伤心也于事无补了。万岁爷着内阁预备后事，娘娘莫如把心思用到预备后事上。”

李贵妃侧过脸去，用香帕擦拭泪水，道：“那是外廷的事，容得妇道人家插手？”

“娘娘哎！”冯保伸手轻轻为李贵妃捶腿，“皇后娘娘凤体欠安，又一向不讨圣心欢喜；而娘娘是太子爷的生母，后宫的事，娘娘不操心，谁操心？”

李贵妃沉吟片刻，推开冯保的手：“起来说话。”

冯保见李贵妃神色凝重，即知她已动心，又道：“娘娘，这大明江山是太子爷的江山，外廷的大臣哪个没有私心？安得全仰仗他们？太子爷尚在冲龄，做母亲的焉能不替儿子操心？万一万岁爷……主少国疑，内里总要有人做主吧？依老奴看，这做主的人，非娘娘莫属！”

李贵妃眼睛眨了又眨，露出一丝笑容，旋即叹了口气：“祖宗有规矩，哪里轮得到后宫！”

“轮得到！”冯保语气坚定地说，又“嘿嘿”一笑，“是以老奴建言娘娘操些心预备后事。”

李贵妃眼前一亮，忙道：“说来咱听！”

“娘娘，老奴和张老先生密议，届时要两宫并尊！”冯保道。

李贵妃目光中流露出期待的光芒，问：“并尊？怎么个并尊法？”

“尊娘娘为皇太后，与正宫娘娘并加徽号，”冯保盯着李贵妃的眼睛道，“创本朝一个先例！”

李贵妃蓦地起身，身子因为惊喜而微微战栗。须臾，又颓然坐下，怅然道：“坏规矩的事，外廷岂容得？”

“张老先生还说，届时，晋武清伯为武清侯，造一座京城最大的侯爷府，荣华富贵冠国中，世袭罔替！”冯保又道。

“说说罢了。”李贵妃一笑道，语气却是试探性的。

冯保道：“兹事体大，焉敢儿戏？只是，高胡子这头倔驴……”

“嗯？你大胆！”李贵妃瞪了冯保一眼，打断他，嗔怪道，“高先生最为皇上所尊崇，你却口出污言秽语，胆儿够肥的你！”

冯保打了自己一个嘴巴，道：“高老先生是个倔老头，他自是不允两宫并尊，也不会同意为武清伯晋侯爵。可还有张老先生呢，倘若他说了算数，必可办成此事，只要一个条件……”

“那你快说呀！”李贵妃急切地道。

“待太子爷登极，把高胡子赶走！”冯保咬牙道。

“呀！”李贵妃惊叫一声，“皇上对高先生眷倚非常，高先生也很卖力，把朝政打理得件件停当，朝野共知。闻得那次皇上拉住高先生的手，说‘东宫年幼，以天

下累先生！’此顾命之意。主少国疑之际，怎得就赶走高先生？”

“娘娘居深宫，不知外廷事。”冯保咽了口唾沫道，“这两年，那高胡子忙于逐同僚，哪有心思打理朝政？都是张老先生默默做事，功劳反都算在高胡子的头上了。有张老先生在，朝政自可放心！”他“嘻嘻”一笑，“娘娘，那高胡子粗暴霸道，看着就让人心烦；人家张老先生，四十多岁，俊朗儒雅，凡事好商量，看着就让人心里舒服。”

李贵妃两腮陡然间泛起红晕，忙举手以袍袖掩饰。

“届时，张老先生主外，娘娘主内，宫府一体，大明振兴指日可待！”冯保继续说。

李贵妃脸颊绯红，含笑扬手，道：“好你冯保，口无遮拦，又是主外主内，又是一体的，反了你了！”

冯保没有料到李贵妃竟说出这番话，知她已是春心荡漾，不禁暗喜。遂拉住李贵妃的手，暧昧地一笑：“娘娘，老奴一心只想着娘娘，只要娘娘想要的，老奴必竭尽全力促成！”

李贵妃抽出手，侧过脸去，羞怯地说：“冯保，既如此，你和张先生商榷着办吧，千万不可走漏风声！”

冯保心“扑通扑通”跳个不停，叩头辞出。他的掌班张大受已带着凳杌在宫门外候着。冯保坐上凳杌，吩咐：“快，到文华殿！”

讲读已散班，张居正没有急着走，他预感冯保还会回来通报重要消息。刚在东小房坐定，冯保就笑眯眯地进来了。他向外一指，道：“适才御史张齐在这边探头探脑……”

不等张居正说完，冯保已坐下，伸过头去，声音颤抖地说：“张老先生，事协矣！”

“哦！”张居正惊喜不已，“娘娘允准了？”

冯保收敛了笑容，正色道：“张老先生，快些预备吧！咱要说清楚，首相你来做，印公兼厂公，咱来做。”

张居正讨好地一笑：“那是自然。”

“东宫年幼，必有顾命；咱，也是一个！”冯保又道。

“啊？！”张居正惊讶地张大了嘴巴，看着冯保，说不出话来。

冯保沉着脸道：“咱不出手，你坐不上首相的位子！”说完，蓦地起身，一甩袍袖，昂然而去。

三

内阁中堂里，高拱伏案批阅文牍，已然半个时辰没有抬头了，刚欠了欠身，又顺手抓起案上的一份文牍，举在手里，仰靠在椅子上阅看。刚看了两眼，不禁发出一声惊叹：“哎呀，张御史这本……”忙俯下身子细看，看着看着，忽而面露喜色，忽而又眉头紧锁，心中涌出阵阵忧虑，一时竟拿不定主意如何拟票。他把奏本推到一旁，拟待张居正从文华殿看视回来再说。

张居正回到中堂，端起茶盏喝茶，一眼看见书案正中放着一份奏本，忙放下茶盏阅看，乃是御史张齐的言事疏。再一看，不禁大惊失色，只见上写着：

昔赵高矫杀李斯，而贻秦祸甚烈。又先帝时，严嵩纳天下之贿，厚结中官为心腹，俾彰己之忠，而媒孽夏言之傲，遂使夏言受诛而已，独蒙眷中外，蒙蔽离间者二十余年，而后事发，则天下困穷已甚。

这不是暗指他与冯保之事吗？顿时，张居正面赤气粗，头上冒出虚汗。此本一出，则交通冯保谋逐高拱之事，岂不挑明于天下？若不遏制于萌芽，必有乘其后而大发者，何以收拾？冯保这个太监，真不知道轻重缓急，以为只要不是指名参劾的本子就不必留意。岂不知这样的本子就是引子，挑起事端的引子！安得发下？

高拱见张居正面色惶恐，心里颇是纠结。他希望挑明张居正交通冯保之事，如此一来可遏制两人的图谋；可又担心引发政潮，闹得纷纷攘攘，既不能集中精力做事，又给重病在身的皇上增添烦恼，不免左右为难。是以他想看看张居正做何反应再说。

“这御史如何比皇上为秦二世？”突然，张居正蓦地奋起，把张齐的奏本重重往书案上一摔，大声道。

高拱无论如何也想不到张居正会说出这样的话，便沉着脸道：“叔大这话从何说起？”张居正惶急道：“张御史暗指大内出了赵高，岂不是暗指皇上为秦二世？”高拱一瞪眼，刚想斥责他两句，又恐引起争吵，还是忍住了，只是淡淡地说：“拟票‘该衙门知道’就是了。”

张居正心慌意乱，没有说话，埋头给冯保写了一封密帖，强忍了大半天，一到散班就匆匆往家赶。回到府中，顾不得更衣，就吩咐游七：“你快去找徐爵，让他把这封密帖转呈厂公。”

次日辰时，高拱刚要往文华殿去，散本太监来到中堂门口道：“高老先生，御史张齐的本留中不发了。”

“留中不发？”高拱问，“本已散下，内阁也拟票了，为何留中不发？”

散本太监道：“万岁爷说，这张齐如何比我为秦二世？”

高拱转脸看着张居正："叔大，这不是你昨日说的话吗？"

张居正尴尬地低下头去，不敢直视。

高拱摇着头，走出中堂，只听身后散本太监道："张老先生，你可不知道，万岁爷看了张御史的本，气坏了，说要廷杖他呢！"高拱止住步，又听散本太监道，"厂公也气得顿足说：'廷杖时我便问他，今日谁是赵高？'"

"张御史知道了吗？"张居正问。这一切，都是他在昨日密帖里教给冯保的，要他收本不发，并将要廷杖张齐的话宣传内外。

到了午时，高拱从文华殿一出来就听到要廷杖张齐的事。回到中堂，尚未坐定，他就问张居正："叔大，到处都在议论，皇上要廷杖张齐？"

"居正也听到了。"张居正答，"或许只是道路传闻？目今法网不密、讹言腾天，玄翁，这股风该狠刹！"

高拱急于避嫌，不想把这把火引到自己身上，决计超然处之，也就不再说话。

张齐在都察院里听到消息，顿时出了一身冷汗。他看到朝政已入正轨，天下翕然而治，切盼这般局面得以维系。曹大埜弹劾高拱，张齐恨得咬牙切齿，但他没有立即上本，而是暗中访咨，以期查出逆流的源头。高、张失和因曹大埜之疏而近乎公开化，又风闻张居正已与冯保结为一体，张齐扼腕顿足，四处打探，欲找到左验。听说张居正视学时，常常与冯保在东小房密语，他便借故到东小房附近跟踪查看。那天，果然遇到冯保从东小房出来，传言得到证实，当即回到家中起稿，写好了一份弹章，指名参劾张居正、冯保。可是，弹章写好后，他又踌躇了。兹事体大，靠他一人之力恐难济事。反复斟酌，他决计以上疏言事的方式隐晦揭出，或可引出后续动作。没有想到，奏本甫上，引起天威震怒，竟要廷杖！一旦实施，恐性命难保。他左思右想，急忙到左都御史葛守礼的直房求助："台长老大人，都听说了吧？下吏只是提醒皇上，不要让历史悲剧重演，怎么就说我把皇上比作秦二世？这不是深文周纳吗？老大人要替下吏主持公道啊！"

"传言而已。"葛守礼面无表情地说，"若皇上有旨下，本院自会上疏论救。"

"冯保已然发话，说廷杖时要问我'今日谁是赵高'。"张齐哭丧着脸说，"言外之意是要杖死下吏啊！"

葛守礼不语，良久，方叹息一声，道："御史，回家看看吧！"

张齐闻言，心彻底凉了。出了葛守礼的直房，他骑上毛驴，失魂落魄地往家赶。回到家中，忙召集一家老小，把事情说了一遍，吩咐买南蛇胆、预备棺木，交代了后事。次日，他让家人带上被褥，到了朝房，随时听拿。

御史王篆感到事情蹊跷，忙登门拜访张居正。他们既是同乡又是儿女亲家，故王篆也就不绕弯子，开门见山问："亲家翁，张齐买南蛇胆、预备棺木的事传遍京城，这事如何了？”

“再困他几日，让他尝此滋味！”张居正道。

过了两天，官场议论纷纷、人心惶惶，都说廷杖言官绝非皇上本意，必有奸人用计。王篆坐不住了，又找到张居正，忐忑道：“目今张齐日夜在朝房听拿，其本虽未发，而所言事却已流传各衙门，皆知其说矣！又有传闻，说曹大埜抱怨曾省吾指授他弹劾高阁老，舆论对亲家翁越来越不利。张齐事一日不了，则添一日说话。”

“借以威众，看谁敢再说三道四！”张居正恨恨然道。

王篆急了：“当局者迷！岂知目今已是人情汹汹，科道里不少人攘臂切齿，欲论亲家翁！尚可激之乎？”

“嘶——”张居正重重吸了口气，对王篆道，“你快去朝房，知会张齐，就说张相公致意，君可归家，奏本已不下，无事矣！”

突然之间，张齐安然无恙地回家去了，次日又照常来院当直，让不少人大惑不解。都察院、六科，言官们不是在朝房窃窃私语，就是三五成群，躲在某个隐秘的角落里悄悄议论。

王篆找来给事中吴文佳、御史周良臣，嘱咐道：“你们好生打探，看看科道里有何动向，随时知会我。”这二人都是张居正的门生、同乡，又是常到张居正府上去的，知道王篆是在替张居正做事，都愿听他吩咐。

当晚，吴文佳和周良臣就到了王篆府上，一见面，周良臣就以惊恐的语调道：“不得了！御史都说，大臣勾结宦官，士林之耻，我辈有言责，焉能不言？”

“是啊！”吴文佳接言道，“六科也蠢蠢欲动。说既然张齐讽讦张居正与冯保交通有惊无险，咱何不群起而攻之？”

王篆急忙赶到张居正家，道：“闻得科道各相约，要具本劾亲家翁交通冯保，嗾使言官诬陷首相，联翩弹章，旦夕且上！”

张居正大惊，急得搓着手，边在书房踱步，边道：“如何是好？”

王篆呆呆地坐着：“踪迹大露不可掩矣！若新郑相借机发难，亲家翁凶多吉少啊！”

“快快，快叫吕先生来见！”张居正惶急无计，顾不得王篆是客人，指着他吩咐道。

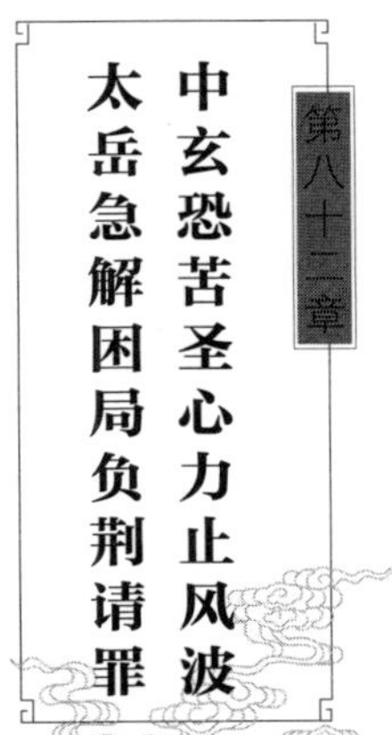

第八十二章 中玄恐苦圣心力止风波 太岳急解困局负荆请罪

一

张居正惶急之中召吕光来见，并不是真的以为吕光有甚高明处，而是因为吕光与徐阶保持着密切联络，徐阶远观时局，不时将画策知会吕光。但如何应对目今局面，徐阶事前并无指点。吕光听完张居正的讲述，沉吟片刻，道：“相公追随存翁多年，必知当年存翁与严嵩暗中角力，几番被置于险境都是如何化解的。”

当年，徐阶的三个门生同日弹劾严嵩，结果三人俱遭严遣，严嵩对徐阶愈发猜忌。徐阶为自保，登门向严嵩谢罪，还把自己的一个孙女字于严世蕃的一个儿子。张居正熟知这段历史，也听出了吕光的言外之意。

“大丈夫能屈能伸！”吕光又道，“官场上，要想当大爷，就得先学会装孙子！”

张居正颇觉刺耳，脸一沉道：“我乃为国家，”看了一眼吕光，“也为存翁，方有逐高之谋。”他已有计在心，摆摆手，“散去吧，我还有事。”

王篆、吕光出了书房，张居正坐到书案前，展纸提笔，埋头起稿。

几天前，冯保竟提出在遗诏中写明他要同受顾命的要求，让张居正大感震惊！国朝太祖皇帝严禁宦官干政，在煌煌诏书中授太监以顾命，未免骇人听闻。张居正一时难以接受，也不敢贸然起稿，甚或萌生退意，不再与冯保交通。偏偏在这个节骨眼上，张齐把他交通冯保之事挑明了；本想以困张齐几日威慑敢言者，不料却弄巧成拙，科道大有群起而攻之势，倘若再不牢牢抓住冯保，则处境危矣！他不再踌躇，照徐阶透过吕光传达的“步步为营”的指点，一口气把《遗诏》《遗旨》《与皇

太子遗诏》写完，反复修改了多遍，直到满意为止。他拿出一个红纸套，亲自把几份密揭封好，走到门口，唤游七来见。

“你把密揭送给徐爵。”张居正说着，把红纸套递给游七，“须格外小心，千万不可外泄。”

游七麻利地把红纸套塞进怀中，转身往外走。刚走到垂花门，张居正小跑着追了出来，喊道：“游七，回来，回来！”游七转身回来，张居正要回红纸套，走进书房，放到书案上，“科道正四处搜罗证据，万一被人盯上，岂不坏事？还是谨慎些好。”

游七见张居正在书房踱步沉思，便悄然退出。刚走出去，又听张居正唤他：“你去玄翁宅邸四周转转，观察一下他家里是否有客人，回来禀报。记住，不要让人察觉。”

不到半个时辰，游七来禀：“高阁老府外拴着三匹马，似有客人。”

“嗯。”张居正点点头，向外摆了摆手：“去吧！”待游七退出，张居正从鼻孔中发出一声冷笑，“哼，必是那几个不安分的门生去煽惑玄翁！”

正如张居正所料。此时，虽已是深夜，在高拱的书房里，韩楫和程文、宋之韩这三位门生正在极力说服高拱，抓住这次机会一举将冯保、张居正驱逐出京。

“这不是小事，师相！”韩楫激愤地说，“大臣勾结宦官，作为当国者焉能不断然处置？目今科道已然相约行事，师相不能无动于衷啊！”

“师相，于公于私都不能踌躇！”程文道，“冯保与江陵相为何结为一体？矛头就是对着师相的，师相若不反制，必受其害！”

“不需师相发动，科道已然控弦待发了，只要师相预为准备，禀明皇上，届时拟旨严遣，大事可成！”宋之韩道。

“谋我？不是已然试过了吗？奈我何？”高拱不屑地说，“曹大埜攻我时，江陵密帖告我，暗示南都也有弹章，又说大理寺有人上本。结果，都没有嘛！稍有良知者都知道抓不住我甚样话头，论劾我，拿什么话头论劾？”

韩楫痛苦地摇了摇头，起身欲走。

高拱叹息一声，道：“你们可知，皇上病得很重，若闻有人害我，必盛怒。这个时候安可怒圣怀？他人之事，自有阁臣处之；谋我之事，则何人处之？必皇上亲自处之。今皇上水浆不入口，而能处乎？安得以此苦圣心？”

“可是，师相，不能眼睁睁看着他们里应外合，害你老人家啊！”程文近乎哽咽着说。

“人臣杀身以成其君！今日，宁吾受人害，事不得白，也不能让皇上为我忧心！”高拱语气悲壮地说。他一扬手，以决绝的语调说，“不必再说！”略一思忖，又道，“明日到衙门，知会六科的吴文佳，都察院的周良臣、刘浑成、王璇，到内阁朝房见我！”

“师相，我辈去知会，似不妥。”程文嗫嚅道。

“也罢，明日让书办去知会。”高拱一扬手道。

韩楫已猜出高拱召四言官的用意，不禁仰天长叹一声，拉了拉程文的袍袖：“不早了，走吧，走吧！”

给事中刘浑成，御史王璇已备好了弹劾张居正、冯保的奏本，闻听高拱有召，以为必是嘉勉他们的，故兴冲冲来到文渊阁。一眼看见湖广籍的给事中吴文佳、御史周良臣这两位张居正的幕宾也在，一脸的笑意陡然僵住了。

施礼毕，高拱正色道：“今日请诸君来，有一事相托。”

吴文佳几个人俱一脸疑惑，躬身道：“请元翁吩咐。”

“闻科道将有本上？”高拱问。

吴文佳、周良臣不知何意，低头不语。刘浑成见吴、周在侧，也不敢多言，嗫嚅道：“科道当是闻得曹大埜受人指使诬陷元辅，欲为元翁白而已。”

“眼见大臣勾结宦官、大干天条，言者何忍缄默？”御史王璇补充道。

“此必不可！”高拱以坚定的语气道，“皇上病重，一闻此说，必盛怒。愿诸君以君父为重，我宁受害，宁事不白，特鸿毛耳。安可此时苦圣心？”

吴文佳几人这才明白了高拱的用意。吴、周自是面露喜色，点头称是；刘浑成、王璇蹙眉不敢言。高拱扫视了一下四人，肃然道：“诸君回去，遍告同僚，就说高某说的：上本参劾冯、张的事都不许做！但有一人上本，则我即日辞归！”

“遵示！”吴文佳道，向其余三人摆了摆头，起身揖别。高拱送至门口，抱拳道，“拜托诸君了！”

四人回身还礼，匆匆而去，一路上俱默然无语。出了文渊阁，吴文佳、周良臣一道，刘浑成、王璇一道，窃窃私语起来。

“禀报江陵相公吧？”周良臣道。

“相公在文华殿看视，此时不在啊！”吴文佳道。略一思忖，又道，“我看还是谨慎点好，未知止得众言官否？若止不住，而先禀报此事，恐是非弄在你我身上，还是不必禀报吧，看看再说。”

二

高拱送走四位言官，刚要到中堂去，忽见乾清宫执事太监神色慌张地跑了进来，气喘吁吁地说：“高老先生，万岁爷疾重！印公说，阁下宜赴宫门候宣。”

“啊！”高拱脸色陡变，一顿足，“快走快走！”说着，小跑着出了文渊阁，突然想起张居正还在文华殿，便道，“快，快去请张阁老！”

文华殿东小房里，张居正把一个红纸套交到书办姚旷手里：“速送厂公。”话音未落，乾清宫执事太监跑进来禀报，请他火速赶往乾清门。张居正来不及多说，跟着执事太监出了东小房，看见高拱满头大汗踉踉跄跄走了过来，迎上前去问：“玄翁，出了什么事？”

高拱气短，说不出话来，向北摆手，示意快走。两人刚走过文华殿后殿的恭默室，只见姚旷手持红纸套，自后飞走而过。

“纸套，与何人？”高拱喘着粗气，问了一声。

姚旷止步，答：“与冯公公。”言毕，即疾步而入。

高拱侧脸看了张居正一眼，见他面赤惶怖，不敢对视，便问：“给冯保送的？内里是什么？”

张居正干笑一声：“玄翁太忙，皇后、贵妃娘娘吩咐冯保预备遗诏，居正代为草之，送过去供娘娘参酌。”

高拱默然，暗忖：“我当国，凡事当由我同众而处，独奈何于此时私言于太监？”但他牵挂皇上，已无暇细究，便不复再问，只加快步伐，往乾清门而去。

到得乾清门，只见太监、宫女、御医穿梭不停，两人在门厅的梢间内落座，高拱的朝服透出片片汗渍，大口大口地喘气。张居正举起茶盏慢慢地呷着茶水。

约莫过了一刻钟，孟冲进来，向高拱、张居正禀报：“万岁爷适才昏过去了，御医会诊，目下已苏醒，咱禀报万岁爷二位老先生在宫门听宣，万岁爷口谕：不必候着了。”

高拱松了口气，抓起茶盏，猛地喝了一大口，道：“印公须多留心，太医须臾不得离左右。”

“那么玄翁，居正还是到文华殿去吧？”张居正起身，问高拱。

高拱沉着脸：“皇上病重，天就要热起来了，春季讲学就提前结束吧。”

“也好，居正这就去文华殿，把玄翁所示奏明太子，宣布于讲官。”张居正说着，向高拱躬身一揖，匆匆而去。

高拱在梢间写了问安疏，吩咐执事太监送进皇上的寝宫，方拖着沉重的步履回到文渊阁。

这一天，高拱脑袋昏昏沉沉，精神恍恍惚惚，连说话的气力也没有。他本想把午前召见四言官的事说给张居正，但一想到他竟预写遗诏私下付之冯保，心里就又气又怒，索性不开口说话。到了散班时分，一言不发地起身慢慢往外走。

“玄翁很疲倦，不要到吏部去了吧？”张居正关切地说。

高拱"嗯"了一声，继续往外走。

张居正吩咐一名正在收拾文牍的书办："你跟在玄翁轿子后，看轿子往吏部去还是往府中去。"

须臾，书办来禀："元翁的轿子出了承天门拐向西去了。"

"哦，那就是回府了。"张居正说着，起身往外走，匆匆登轿，吩咐道，"往玄翁府中去。"轿子上了长安街，刚穿过长安右门，他又吩咐说，"调头，先回府！"

轿子调头向东回到府中，张居正吩咐："在此候着，待我更了衣，即去玄翁府上。"说着，快步往中院走去。

游七跟在身后不解地说："老爷，就为了换身衣裳，走那么多冤枉路，不值当吧？"

张居正不理会。须臾，由两名丫鬟侍候着换上了一身深蓝色茧绸直裰，戴上四方巾，又往外走。

"老爷，为啥非换衣裳再去见高爷？"游七忍不住又问。

"你懂什么？"张居正瞥了游七一眼道，"穿官袍见，那是同僚；穿便装见，就是兄弟。"

游七恍然大悟，投以敬佩的目光。

入了夏，天变长了，酉时已过，日头才极不情愿地缓缓沉去。薄暮的京城，街道上熙熙攘攘，张居正的轿子沿着长安街向西疾驰。见是一品文官的大轿，街上坐轿的官员迅疾回避，骑马的官员慌忙下马施礼。张居正坐在轿中闭目沉思，心中忐忑至极。轿子到了高府首门前，张居正掀开轿帘，正看见游七拿出一张拜帖，忙呵斥道："不许递拜帖！我来高府，何时递过拜帖？连这个你也记不住！"

游七咧嘴一笑，疾步上前叩门。门公闻听是张居正来谒，一边开门，一边唤高福。高福走过来，见是游七。再一看，张居正从轿中出来了，忙躬身施礼。

张居正笑了笑："玄翁何在？你禀报玄翁，居正来谒。"

"老爷在床上躺着呢。小的这就去禀报。"游七边说边把张居正引进花厅，侍候了茶水，就一溜小跑进了高拱的卧室，"老爷，江陵张爷来了，在花厅候着呢。"

高拱躺在床上，想到皇上的病情不觉垂泪。忽闻张居正来谒，翻身向里，没好气地说："他来做甚？不见！"

高福不敢再言，愣怔片刻，忙到张氏屋里求助。张氏一边骂着"倔老头儿"，一边走到高拱的卧室，劝道："她爹，叔大兄弟许久不来，来一趟，你咋能不见？"

"在内阁整天在一起，有啥不能说？"高拱道，依然侧脸向里，动也不动。

"在衙门和在家里能一样吗？"张氏道，"来家里，几句知心话，平常的那些个心结也就打开了。叔大兄弟也是阁老相公，他这一来就是个姿态，你咋能不见呢？"

高拱已被夫人说动，却向外一摆手，以不耐烦的老家的语调说：“中了，中了！叫他等一会儿吧！”他故意又躺了片刻，才慢慢起床，要茶来喝。喝完了一盏茶，净了手，沉着脸往花厅走。

三

已在花厅候了小半个时辰的张居正，一见高拱走过来，忙起身相迎，躬身深深一揖：“居正给玄翁请安！”

高拱故意咳了一声，也不还礼，径直在左边的椅子上落座。张居正跑过去，坐在右边的椅子上，这是他往昔常坐的位子。曾经的废寝忘食、商榷治道的场景，恍然就在昨天。可是，风云际会，已经身在中枢的昔日盟兄弟彼此猜忌着，场面变得很是尴尬。

“玄翁，居正昨晚就想来谒，一则时辰晚了，一则玄翁家里有客人，延宕到了今日。”张居正以讨好的语调说。但言外之意，却是在提醒高拱，他知道那些个门生故旧在煽惑挑拨。

高拱摸不清张居正的底细，不知昨日他已来过，还是差人来过；也不明白他这句话是话里有话，还是随口一说，索性不回应，端坐不语。

张居正想说什么，又咽了回去。

“高福，退下吧！”高拱一扬手道，“不许人来打扰！”

自吕光说到徐阶与严嵩角力时遇到危机如何应对这句话，张居正就决计放下身段，以负荆请罪的方式求得高拱的谅解，化解危机。但真的面对高拱的时候，他的自尊心又让他一时难以出口，嗫嚅再三，每每欲言又止。花厅里，陷入难堪的沉默。

高拱瞥了张居正一眼，见他表情举止大异于往日，似有话在心却难以出口，忍不住道：“你有什么话要说？”语气居高临下。

“玄翁，这个这个……”一向出口成章的张居正，红着脸，支吾起来，“曹大埜，这个、这个参劾玄翁之事，谓我不与知，居正、居正不敢如此说！”他斟酌词句，吃力地说。不等高拱回应，就起身走到高拱面前，深深打躬作揖，“事已至此，都怪居正一时糊涂，请玄翁、中玄兄，饶恕小弟的罪过！”

高拱用力一拍扶手，又蓦地高举右手，食指指天，大声道：“天地、鬼神、祖宗、先帝之灵在上，我高某平日如何厚待你，今日乃如此。为何负心如此？啊？！”

张居正愣了一下，面色通红，脸上阵阵发烧。他举起右手，发起了毒誓：“玄翁以此责居正，居正将何辞？但愿玄翁饶居正一次，居正发誓必痛改前非。如再敢负心，我有七子，当一日而死！”

高拱被张居正的毒誓吓了一跳，但他不想就此罢休，依然沉着脸大声诘问：“昨姚旷封送密帖与冯保，你说是‘遗诏’。我当国，事当我行，你奈何瞒我，而自送遗诏与冯保？我观封帖，厚且半寸，都写些什么？安知其中无谋我之事？”

张居正“嗵”的一声双膝跪地，叩首道：“玄翁以此责居正，居正何地自容？今但愿中玄兄赦罪，容弟改过！”

高拱并未问出所以然，但看着眼前的张居正一脸委屈、叩头谢罪，心顿时软了下来，摆摆手，以吩咐的口气道：“坐下说话！”

“多谢玄翁体谅！”张居正爬起来，又躬身一揖，退回、坐下，慨然道，“居正忆昔中玄兄多年的教诲，愧疚不已。居正入仕，每遇困境，总有中玄兄指点。若非追随中玄兄，居正安有今日？玄翁是兄长亦是恩师，望玄翁仍以弟、以生蓄居正。”

高拱很受用，虽未说话，但脸上的表情却由愠怒变得和蔼起来。

“居正闻得，科道有欲上本劾居正者，玄翁知否？”张居正试探着问。

“嗯，科道啧啧有言。”高拱摆出一副轻松驾驭大局的姿态，一扬手道，“你不须困心，我已托四言官遍告科道，力止之矣！”他瞟了张居正一眼，“怎么，叔大不知道？吴文佳、周良臣皆楚人，用此二人者，就是想让他们告知你。竟未告叔大知之？”他摇摇手，“事情都过去了，你就放心吧！”

张居正脸上掠过一丝不易觉察的笑意，旋即起身，又一次走到高拱面前，躬身一揖：“中玄兄爱弟如此，弟夫复何言！”

“好了好啦！”高拱又摆摆手，“坐下说话，坐下说话。”他突然叹息一声，“叔大，皇上、皇上……”他说不下去了，飞快地眨了眨眼睛，顿了顿，语调沉重地说，“一切当以君父为重，千万不能再闹出什么风波了。”

“玄翁说的是。”张居正侧身重重点头。

高拱暗忖：“叔大发誓痛改前非，正可借机检验一回。”便道：“叔大，目今要大修内治，要做的事情太多，内阁里只有我们两个人，实在忙不过来。这事，我看不能再拖下去了！”语气是决断性的，像通报自己的决定。

“玄翁说的是，”张居正忙道，“居正听玄翁的。”

“想必，这回内里不会驳回了吧？”高拱故意说。

张居正尴尬一笑：“皇上病重不能理事，既然玄翁定了，内里谁敢驳回？”

高拱得意一笑：“看结果吧！”

张居正明白高拱的意思，却不愿再回应。他见此行目的已然达成，再勾留下去恐节外生枝，遂起身告辞。

“游七，你这就去，传吴文佳到府！”出了高府，张居正掀开轿帘，吩咐游七道。

张居正刚进家门，吴文佳正好也到了，站在垂花门向张居正躬身施礼。张居正

阴沉着脸像是没有看见，顾自往书房走去。吴文佳提心吊胆地跟在身后，待进得书房，张居正转身瞪着吴文佳，大声呵斥道：“如此大事，为何不禀报？”

吴文佳浑身一颤，故作茫然状，心里却在盘算应对之词。

“玄翁明知你是楚人，特召你去，就是要你禀报的，你何以不禀报？”张居正盯着吴文佳，大声质问。

“这个……”吴文佳支吾着，嗫嚅道，“学生欲禀报，周良臣说万一止不住，是非惹到我辈身上，还是不禀报的好。我二人共闻，学生也不敢独自禀报。”

游七端着托盘进来送茶，张居正走过去，一扬手，“哗”的一声，托盘被掀飞，两只茶盏“啪”地摔了个粉碎。

吴文佳不知一向喜怒不形于色的张居正，何以如此震怒失态，吓得“嗵”的一声跪在地上，连连叩头。

“哼，这个周良臣！”张居正咬牙切齿地说，“以后不许他再进家门！等着瞧！”又对吴文佳吼道，“滚！”

吴文佳又叩了两个头，爬起来灰溜溜地退出书房。

“哼，要是早点禀报，老子何必受此屈辱！”望着吴文佳的背影，张居正恨恨然，自语道。又对正在低头捡拾茶盏残片的游七道，“夜深人静时你去见徐爵，知会他，内阁上公本请求补阁臣，厂公不可再驳回。”沉吟片刻，又吩咐道，“你这就去高府，给玄翁送二斤莲子去。”

游七一伸舌头：“老爷，适才去，何不带上？又跑一趟。”

“你懂什么？”张居正呵斥了一声，“快奉茶来！”

游七侍候了茶水，拿上二斤洪湖莲子，骑上毛驴赶往高府。

高拱正在书房徘徊着，闻听张居正差人送来莲子，仿佛又回到了以往亲密无间的岁月，吩咐道：“拿些新郑大枣让人带去。”

“看来，以后尚可同心相济，共谋国事。”高拱自言自语着，“唯皇上的病情……”他沉吟着，突然眼睛一亮，“对！若再有捷报，皇上喜悦之下，病情当大为好转！”这样想着，他快步走到书案前，提笔给殷正茂修书。

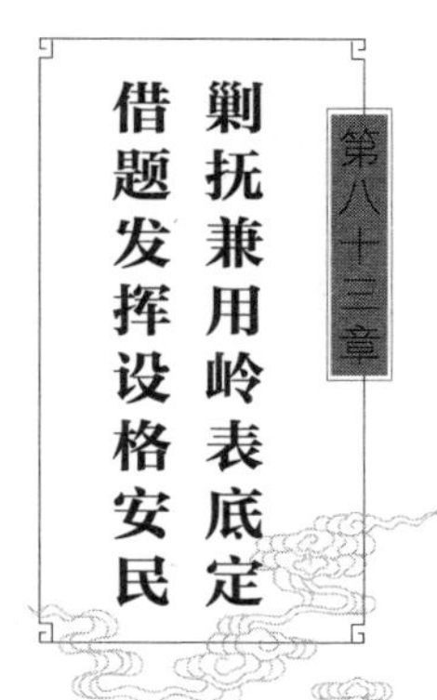

第八十三章 剿抚兼用岭表底定 借题发挥设格安民

一

两广总督殷正茂接阅高拱札谕，不觉热血沸腾，当即传檄，令粤东诸道、府掌印官、参将以上武将克日到总督行辕会议军机。

是日，惠州行辕仪仗齐备，总督升帐。文武行参拜大礼，按序站定，殷正茂从虎皮交椅上起身，清了清嗓子，大声道：“广东狼狈已久，民怨沸腾。朝廷励精图治，决计奠此一方。今海贼已平，对山寇，必须痛剿一场，使诸山洞海洋之贼皆就殄灭，然后抚恤疮痍，休养生息，乃称平定！这是高阁老的话。遵朝廷所示，当集结兵马，迅疾出征，剿灭山寇！诸公有何高见，不妨直言相教。”

话音甫落，兵备道侯必登出列，道：“军门，广东山寇众多，盘踞深山多年，相互勾连，官军征剿多次，终不能克奏肤功。今次贸然征剿，恐重蹈覆辙。”

殷正茂本意是召他们来听命的。他从高拱来书中读出了他的急切。这两年，要人给人、要钱给钱，高拱对他的信任、扶持，可谓不遗余力。既然高拱如此急切，又明示要痛剿一场，哪里还有商榷余地？一接到来书，殷正茂就召集幕僚议定了军机，征剿方案也已制成，适才让文武众官发表高见，不过是客套话。他以为众人必是一番赞同，外加奉承，不意侯必登站出来反对，他甚不悦，不客气地说：“你的意思呢？”

“剿抚并用。”侯必登很畅快地道。

“哼！”殷正茂一声冷笑，把高拱来书里的话用上了，“往者执事诸公计无所出，乃为招抚之说，以苟且于目前。于是我以抚款彼，而彼亦以抚款我。东且抚，西且

杀人，非有抚之实也，而徒以冠裳、金币、羊酒宴犒，设金鼓以宠与之。事体如此，诚为可恨！”但这次他没有明说这是高拱来书中的话，恐有失总督威严。

众人悚然不敢出声，都用余光偷偷扫向侯必登。侯必登却昂然而立，又要说话。殷正茂不容他开口，便怒气冲冲地说：“既然诸公尚有异议，都回去思虑周详了，申时再议！”言毕，一甩袍袖，疾步而去。

“哼！这个侯必登，难怪官场人人不喜，愣头青！”殷正茂回到节堂，气鼓鼓地说，“说甚‘重蹈覆辙’！哼，乌鸦嘴，大不吉利！”

话音未落，亲兵禀报：“侯道台求见！”

殷正茂本想拒见，又怕他下午再持异议，不妨先警告他两句，也就没有好气地说：“传！”

侯必登快步走进节堂，施礼毕，殷正茂也不让座，沉着脸，把高拱的书函一推，示意他阅看。

“玄翁多次说，广东官员贪墨者多，良有司寡。然则独独赏识一个侯知府，全力保护、拔擢，你不可辜负玄翁！”殷正茂从旁提醒了一句。

“正因如此，下吏方不揣浅陋，知无不言。不然，委实对不起玄翁。”侯必登把书函恭恭敬敬放到书案上，“玄翁识必登，必登斗胆说句大话——必登知玄翁。玄翁不是囿于条条框框的人，他老人家最讲一个实字，据实定策！”

殷正茂沉吟不语，斟酌着该如何回应侯必登的一番说辞。

亲兵来禀：“禀军门，京城八百里加急送来急件！”

侯必登转过身去，以示回避。殷正茂打开一看，是高拱的书函，忙展读，只见上写道：

仆昨所以力言招抚之非者，为往日之旧套言也。若使彼之归款非伪，而吾之处置得宜，则盗亦可用。但威足以破其胆，而恩足以结其心，使果为吾用而立功，胡不可者？不然，则直有剿除而已，此在公斟酌为之，仆非有成心也。大抵天下之事，在乎为之出于实，而处之中，其机则未有不济者。

“哎呀！”殷正茂发出惊叹声，暗忖，“定是玄翁怕我受他前书的拘束误了军机，遂匆匆再修此书。人言玄翁刚愎、师心自用，只是看表面罢了。”他看了侯必登一眼，心想：“此公言玄翁施政只一个实字，还真让他说对了！”遂缓和了语气，叫着他的字道，“懋举，你言剿抚并用，愿闻其详。”又示意亲兵给侯必登让座。

侯必登落座，道：“军门，粤东山寇众多，最著者为花腰峰、温七、叶茂、蓝松三。花腰峰盘踞紫金龙窝，与温七合流。叶茂、蓝松三则盘踞长乐七障目，往来劫掠于长乐、通衢、龙川、兴宁之间，积十余年，部众已达万人，屡抚屡叛；又与花腰峰、温七时合时分。此番我大军压境，若一味征剿，则是逼山寇协作也。粤东山峰叠嶂、绵延千里，山寇出没其间、相互接应、见首不见尾，官军只能被他们牵着鼻子走，疲于奔命、劳而无功。是以往者大军数次征剿都铩羽而归。”

殷正茂默然。

侯必登继续说：“军门，此番海贼已平，大军压境专剿山寇，花腰峰等闻之，定然胆战心惊，必再施求抚之计，我自可将计就计，分而治之。”

殷正茂本是端坐着，闻言一欠身，把脑袋伸向侯必登：“懋举，再说详细些。”

“此番只说征剿花腰峰，则叶茂势必来援，我可……”侯必登拿过书案上的纸笔，边说边画，殷正茂频频点头。两人商榷良久，定下方略。

申时一到，殷正茂升帐，他不再客套，昂然而立，大声道：“本部堂已有方略，诸公听令！”他扫视众人，下令，“着俞帅率两万兵马并狼兵三千，直趋紫金龙窝，征剿山寇花腰峰！”说罢，一扬手，“散了！总兵官俞大猷、兵备道侯必登留下议事！”

众人面面相觑，面带疑惑出了白虎厅。

“俞帅，此番征剿花腰峰，要大张旗鼓，一则振奋民心，一则威慑山寇！”殷正茂嘱咐道，“侯道台随军参赞，剿抚大计，由道台决断，俞帅当听节制！”

“遵命！”俞大猷郑重道。

白虎厅外，一名亲兵走过来找到参将王诏，与他耳语几句。王诏随亲兵到了节堂。须臾，殷正茂进来了，带王诏走到墙上挂着的一张舆图前，指点着道：“将军带一万人马在横坡设伏，一旦叶茂来援花腰峰，即在此地歼灭之！然后直捣长乐叶茂、蓝松三老巢，一举清剿之！”

部署完军机，殷正茂神清气爽，正要到院中漫步，亲兵禀报：“江西来人求见。”一看拜帖，是他在江西任按察使时的老部下方良曙的师爷袁铮，不觉纳闷，忙吩咐传请。

“军门，出事了！方公委学生来求军门出手相救！”袁铮一见殷正茂，边叩头边心急火燎地说。

二

江西南康府安义县，地处赣西北，离会城南昌不远。国朝武宗正德十三年析建昌县五乡所置，设县不足一甲子。隆庆六年二月初三夜三更时分，县城北门西边一空处，几十个黑影鬼鬼祟祟摸到城墙边，搭上软竹梯翻墙而入。这伙盗贼，为首的名叫项伯十一，只见他一挥手里的长刀，四十余人跟在他身后，直奔县衙而去。

安义小城的子夜，万籁俱寂，街上已不见行人。偶有一两个起夜的人，望见一

伙手持刀枪的强盗，也不敢声张，生恐引火烧身。

一伙人顺利到得县衙，麻利地逾墙而入。

安义小县，官员甚少，负责治安的巡捕由典史张谨兼任。近来本县盗贼猖獗，他不敢大意，深夜又起来查哨，刚出房门，忽听县衙里有响动，伸头细观，见一群黑衣贼人各持刀枪，来者不善，一旦出声，恐性命难保。他不敢集兵捍拒，忙悄然躲进屋内。

项伯十一如入无人之境，冲进后堂，抬脚把门踹开，一把把熟睡中的知县曾知经从被窝里扥出来。知县不过二十五六岁的白面书生，抬眼细看，早被吓得浑身战栗，抖个不停。项伯十一抓起床边的一件长衫胡乱套在他身上，吩咐用绳子绑了，一挥手："给我搜！"

众喽啰翻箱倒柜，把后堂翻了个遍，只搜出几件首饰，并无多余钱财。

"说，财宝藏在哪里？"项伯十一大声恫吓知县道。

知县曾知经浑身哆嗦着，道："并、并无财宝。"

"糊弄谁？"项伯十一冷笑道，"做县官的，哪个不贪上几万两银子！"

"本县说的、说的是实话。"曾知经解释道，"本县隆庆二年进士，隆庆三年秋方分发安义。近年朝廷加意肃贪，哪里敢贪墨？"

"他奶奶的，倒霉！"项伯十一骂骂咧咧，指着床上的被褥，"贼不走空，把衣被给老子拿上！"

两名喽啰上前把衣被卷成一团，绑成包袱背上了肩。一名喽啰上前道："大哥，劫一回县衙，只得这一捆破烂玩意，传出去让人笑话。既然来了，索性把县库劫了！"

曾知经脸色煞白，忙道："各位好汉，劫县库非同小可，劝诸位收手为好。"

项伯十一踌躇片刻，一咬牙，道："也罢，老子走江湖，不能让人笑话！"他指着背包袱的两个喽啰，又一指知县，"好生看着他！"说罢，带着三十多人冲向县库。

库吏万以和、书手吴仕来被惊醒，起身查看，一名喽啰一伸铁标枪扎了过去，两人一人挨了一枪，疼得躺在地上打滚。又一名喽啰从万以和腰间解下钥匙，打开县库，其余人等喘息间即把县库搜罗一空，得银二千八百九十五两，零金九钱八分。

"他奶奶的，堂堂一个县库，才这点碎银子！"项伯十一失望地摇头道，他一指二堂，"去，看看那里还有没有货？"

众人进了二堂，翻检半天，一无所获，气得项伯十一挥刀把一只卷箱砍了个稀巴烂，又把查盘簿册堆到院中，点火烧毁，这才押着知县出了县衙。走到青云楼，一名喽啰低声问："大哥，把这县官办了？"

“翻箱倒柜也没有搜出钱财，这是个清官。”项伯十一道，他鬼头鬼脑地四处看了看，不见一个人影，对押着知县的两名喽啰道，“放了他！”

两名喽啰把知县推到青云楼南侧，项伯十一带着众人一溜小跑到了北门，守城逻卒不敢阻拦，项伯十一打开城门，出城而去。

巡捕典史张谨这才集兵尾随，到得青云楼，忽听知县呼救，忙四处搜寻，在青云楼南侧墙角下找到了曾知经。

“快，快回衙，申报上官！”曾知经吩咐道。

“当追……”张谨本想说当追捕强盗的，又咽回去了，改口道，“快，扶知县老大人回衙！”

回到县衙，曾知经换上官服，连夜具由申报。巡抚徐栻、巡按御史任春元接报，急行司道查勘挨拿。

江西布政使司左参政方良曙正在饶州督造瓷器，闻报大惊。他本分巡南昌道，但九江道道台缺员未补，由他带管。道台以维系一方治安为首务，自己辖下竟发生劫掠县库大案，自是不敢稍息，星夜赶到安义，查勘现场。得软竹梯三驾并铁标枪十根，又把知县曾知经所述贼首长相，命画成像，广为张贴。不几日，即拿获项伯十一并喽啰十一人，追出赃银六百四十九两。他一边继续挨拿漏网人犯，一边急差师爷往广东，向殷正茂求助。

殷正茂与江西巡抚徐栻乃同年，他任江西按察使时，方良曙任按察副使，两人颇投契。殷正茂升广西巡抚，方良曙升参政。大体是这些缘故，方良曙才差人向他求助。

听完袁师爷的陈情，殷正茂一笑道：“安义，本是居宅求安、行商讲义之意。看来安义不安，盗贼倒也有义呢！”

袁师爷苦笑一声，道：“不瞒军门说，方公资俸已满，前些日子向吏部供职的一位同乡打探，据说吏部建了什么簿、簿册……”

“哦，那是新郑相公掌铨后命吏部建的，咨访、记录官员贤否的册子。”殷正茂补充道。

“对对，”师爷道，“据簿册所记，方公的官声甚佳，就连新郑相公也颇赏识，有意推升到湖广去做按察使。谁知突然就冒出安义县劫库案，闻得时下新郑相公大力整饬官常，势必问责，方公前程蒙尘。是以方公忐忑不安极矣，特差学生来求助。”

“哦！”殷正茂收敛了笑容，“方参政摄兼两道，遥制之权，势难尽御。况且捕获贼赃，勤劳可原。巡抚只要替他说话，应该没事。我这就给徐巡抚修书，请他关照，对方参政免究就是了。”

袁师爷忙跪地叩首：“学生替方公谢过军门！”他抬起头，踌躇片刻，“军门为

当朝首相所赏识，朝野皆知。若军门再给新郑相公修书……”

殷正茂摇头道：“新郑相公可不是看私人情面就网开一面的人。给新郑相公修书替人说情，反倒激起他的反感，就不必再提了。巡抚奏本里替方参政开脱，想来吏部不会不给面子。”

袁师爷不敢再说，又叩了两个头，起身从怀中掏出一张礼单，放在殷正茂的书案上。殷正茂佯装没有看见，提笔给江西巡抚徐栻修书。

“来人！”写毕，殷正茂向外喊了声，亲兵应声而来，殷正茂吩咐道，“备两匹快马，星夜赶赴南昌。”言毕，拿起礼单，笑道，“当初我在江西，阖省官员都说殷某贪墨，唯方良曙替我鸣不平。我若收下这礼，岂不辜负了方兄？”说着，起身把礼单并书函交到袁师爷手里，“速回，免得误事。”

三

俞大猷率大军来剿的消息令花腰峰胆战心惊，忙与温七商榷对策。

“怕他个鸟！”温七一拍胸脯道，“以前征剿过多少回了，也没把老子怎样，还不是以招抚为名下台阶？”

“这回怕不同。”花腰峰忧心忡忡地说，“那几回都是因为海贼猖獗，官军多处用兵、不敢恋战；这回海贼已平，官军专意征剿我辈，来者不善啊。”

温七这才悚然道：“这倒是。还请花帅拿主张。”

花腰峰自知无力抵抗，一面差人飞马约叶茂驰援，一面差人投书求抚。

“进剿，先不理会！”侯必登把求抚书一丢，决断道，“封锁要道，断其交通！”

俞大猷照计行事，并不急于进兵。

花腰峰闻听官军拒抚，又封锁了出路，急得像热锅上的蚂蚁，翘首以盼叶茂的援兵，仍每日数度差人投书求抚。

这天，侯必登把花腰峰的急足召进帐内，道：“尔回禀伍瑞，求抚不能只靠乞求。我送他七个字，尔密告之，不得让他人知晓。”说罢，故作神秘地附耳密语。

花腰峰闻听“与我温七即汝抚”七字，默然良久。他问亲随：“叶茂那边有消息了吗？”

叶茂接到花腰峰的求援，与蓝松三密议良久，唇亡齿寒，照例互援为上策。遂由蓝松三留守老巢，叶茂亲率三千人马驰援。行至横陂，忽闻战鼓“咚咚”，还没有明白是怎么回事，又听“轰隆”几声炮响，队伍即淹没在浓浓黑烟中，火光处，被炸死、炸伤、惊吓的人马黑压压倒了一地。官军以狼兵为先锋，乘势冲杀过来，叶茂几千人马被截成几段，首尾不能相顾，不是被砍杀，就是抱头鼠窜，激战不到半天，已是全军覆没，只有叶茂在几个亲兵护卫下狼狈而逃。一口气逃到韩江边，叶茂正想喘口气，一队官军冲杀出来，把他团团围住。叶茂还想抵抗，被一箭射下马来，几个官军士卒围过来，叶茂忍痛起身，挥刀乱舞，随着“嗖嗖嗖”几声响，叶茂即被射成了马蜂窝。

花腰峰闻知叶茂援军已全军覆没，遂捶胸顿足，吩咐亲兵，请温七率所属头目至大帐商议军机。待温七一到，埋伏在大帐内的兵勇一拥而上，将温七等人拿下。

次日，花腰峰差部将押温七等六人去见俞大猷。

殷正茂闻报大喜，传令将温七等六人押往惠州，磔于闹市。惠州绅民加额相庆，有些商家还放起了鞭炮。殷正茂听着“噼里啪啦”的响声，不由心花怒放，吩咐亲兵：“整备行装，到前线督师！”

在紫金寨不远处的大帐里，侯必登侦知：温七被斩后，他的部卒已四散而逃，这伙山寇时下只有花腰峰一万余众，遂商俞大猷道：“以往招抚，都是无奈之举；今次不同了，受抚就要听从调遣。若命其解散部众，是逼其再叛，当用计瓦解之。我意，可命花腰峰从其部众中挑选三千精锐，仍由其率领，编入征剿蓝松三的队伍，其余解散之。一则以贼攻贼，兵法所贵；一则寇脱其巢，伸缩在我。如其不从，大军再进山清剿不迟！”

花腰峰得令，叫苦不迭。可虑及已被官军团团围住且孤立无援，他别无选择，只得从命。待他领兵下山，侯必登、俞大猷设宴款待。

酒过三巡，侯必登端起酒盏，对花腰峰道：“你交出温七，即立一大功；今次又率众受抚、前去征剿蓝松三，望再立新功。海贼许瑞乃巨盗曾一本之舅，可谓血债累累。然受抚后征剿林道乾有功，军门即奏请朝廷授职；朝廷虽未即授，却也明示先厚其赏，待贼平后一并授职。是以你自可安心征战，待平了长乐山寇，必奏明朝廷授你官职。”

花腰峰心稍安，举盏痛饮。俞大猷接言道：“本帅已有主张，命尔率五百锐卒为先锋，其余两千五百人分别编入把总俞尚志、翁思海部。”俞大猷久历沙场，经验丰富，他恐花腰峰阵前倒戈，故将其部众肢解，化整为零，以防不测。

侯必登自是赞成，见花腰峰面露难色，遂肃然道：“伍瑞，目今你已别无选择，死心塌地跟俞帅冲杀，否则只有死路一条！”

花腰峰忙跪地叩首：“愿效死命！”

晚宴结束，俞大猷对侯必登道：“道台，军门已到了永安，当将此事面禀。”

“军门已授权，就不必再禀了！”侯必登不以为然地说。

俞大猷心中忐忑。忆及每次打了胜仗，弹章即接踵而至，他小心了许多。侯必登只是道台，而他身为总兵，当直接向总督负责。遂带上几十名亲兵，连夜飞马赶往几十里外的永安县城。

永安是新设县。隆庆三年，朝廷批准割划归善县古名都、宽得都，长乐县琴江都共三都，设立永安县，取永远安定之意，以安民镇为县治，新筑县城。仍然隶属惠州府。殷正茂的行辕就设在县衙里。

多年来，这里屡受山寇蹂躏，百姓困苦，商业凋零，县城里交了戌时便漆黑一片，了无生机。殷正茂刚要就寝，忽听俞大猷来谒，忙到二堂来见。听完俞大猷禀报，殷正茂喜不自禁，可旋即一蹙眉："如此大事，侯必登何以不来禀报？"

"已将花腰峰部众肢解，不会出事。"俞大猷答非所问，搪塞道。

殷正茂沉吟良久，道："俞帅，照计行事就是了。"言毕，吩咐亲兵为俞大猷安置住处。俞大猷刚要推辞，殷正茂道："哎！俞帅年迈，不必连夜奔波了。"

俞大猷刚辞出，殷正茂即吩咐亲兵召永安知县来见。

黎明时分，城门刚刚开启，俞大猷就出了县城东门，走不到一箭远，一匹快马从旁疾驰而过，向东北方向狂奔。俞大猷心中嘀咕："像是传宪令的。要传给谁？何以军门昨夜没有提及？"回到营帐，俞大猷即问侯必登："道台，军门有宪令来？"

侯必登摇头。俞大猷不再说话，传令集结兵马，向长乐方向进发。刚走出不远，把总俞尚志飞马来报："禀大帅，花腰峰部卒二人蛊惑人心，声称招抚是假，早晚必被灭，不如早点溜走！此言在军中散播，军心不稳。"

"召花腰峰来见！"俞大猷吩咐。

须臾，花腰峰疾驰而来，勒马施礼。俞大猷命俞尚志将情形复述一遍，花腰峰闻言，当即把二人召来，斩首示众。侯必登闻报甚慰，对俞大猷道："俞帅，看来这伍瑞是真心效命，不必再担心了。"

俞大猷颔首。

大军过了韩江，即与参将王诏部会合。一番密议，兵分四路，向七障目围拢而去。

蓝松三因叶茂被歼已是惊恐不已，又闻官军四面围剿，花腰峰也参与其间，更是魂飞魄散，硬着头皮下令迎战。

山高潭深，路径难觅，官军行进迟缓，又有蓝松三部众时而出其不意伏击，官军损兵折将，俞大猷只得传令收兵。

侯必登道："俞帅，我看要下决心，还是要花腰峰率五百精锐为前锋，其余各路人马，都要花腰峰部众为前导，或可有济。"

“万一花腰峰临阵倒戈，与蓝松三里应外合，后果不堪设想啊！”俞大猷忧心忡忡地说。

侯必登不以为然，道：“识时务者为俊杰，我看花腰峰是个明白人。他把温七献出，表明他已对形势做出判断，不留后路了，此番自可大胆用之。”

俞大猷斟酌良久，道：“军门授命道台领军，末将唯道台之命是从！”

侯必登遂召集各路统领一番部署，官军方重新发起攻击。花腰峰率部为先锋，其后是三千狼兵，一路砍杀，所向披靡。各路人马有熟悉地形的花腰峰部众为前导，进军果然顺利。激战不到两昼夜，即攻克叶茂、蓝松三的老巢。俞大猷传令搜山，务必斩草除根，不留后患。

次日辰时，花腰峰还在营帐酣睡，有亲随推醒他，说是参将王诏有请。花腰峰迷迷糊糊问：“参将找我有事？”

王诏的亲兵道：“军门有赏，将军代颁。”

花腰峰不解，暗忖：“怎么叫参将颁赏？”心虽有疑，想到自己的部众已散于各处，五百精锐也已死伤多半，只能逆来顺受了。

“拿下！”花腰峰一进王诏的大帐，就听一声高叫，几名埋伏的力士一拥而上，把他按倒在地。王诏走上前来，手起刀落，花腰峰已是身首异处。

“肢解了他！”王诏又命令道。一队兵马早已在外听命，王诏吩咐拿上告示，各持花腰峰遗体一块，报沿途村落曾被其掳掠受害者展示。

部署停当，王诏来谒俞大猷：“大帅，末将已奉军门密令，将花腰峰肢解，传之各村，以平民愤。”说着，把殷正茂的密札并事先刻好的告示拿给俞大猷看。

俞大猷这才明白，必是那天在永安听完他的禀报，军门即召幕僚写好了花腰峰的罪状，连夜印制，次日即命亲兵密送王诏。他默然良久，道：“此事，当报于道台。”

侯必登闻报，大惊失色，一言未发，跨马往永安而去。殷正茂正在行辕得意洋洋地口授捷报，忽闻侯必登求见，忙亲自出门相迎。此番征剿山寇，多亏侯必登画策方如此顺利，殷正茂对他心存感激，破例出迎。

侯必登满脸愤懑，竟不施礼，大声质问道：“军门，此番荡平山寇，伍瑞之功甚大。他既已受抚，本当为之请赏，何以遽然斩杀？”

“懋举，辛苦了，来来来，进屋说。”殷正茂虽不悦，却也强颜欢笑，拉住他的手，欲往后堂去。

侯必登一甩，把殷正茂的手甩开，继续质问：“军门，这样做，诚信安在？”

殷正茂脸一沉：“懋举，伍瑞罪大恶极，粤东绅民恨不得食其肉，不杀反赏，必失民心。本部堂焉能不顺从民意？”

“为了收买民心，背信弃义，非君子之风！”侯必登激愤地说。

殷正茂大怒：“这成什么话？！”言毕，转身往后堂走。

侯必登躬身道：“军门，下吏这就上本求去！”

殷正茂不理会他，大步进了二堂，对伏案起稿的幕僚道：“捷报改写！先报捷，不报功。要快，八百里加急呈报！”言毕，转身走到后堂，坐下呷了口茶，沉吟片刻，蓦地抬头，问亲随，“巡按御史何在？”

四

兵部尚书杨博一向是不早不晚，交了辰时必进直房。这天，他刚进兵部首门，就看到几个司属在走廊里兴奋地谈论着什么，似乎被那件令人兴奋的事情所吸引，没有人注意到他从旁走过。一进直房，职方司郎中就兴冲冲地闯进来：“大司马，岭南底定！”说着，把殷正茂的捷报呈到杨博手中。

“哎呀！哎呀！”杨博不停地感叹，良久，颤颤巍巍起身，大声道，“走，到文渊阁去！”

从尚书直房走出来，杨博就感受到了弥漫于兵部上下的喜悦气息，众人奔走相告，到处可听到惊喜的欢叫声。

杨博坐在轿中闭目沉思。自嘉靖八年进士及第，至今已四十三年，何时像这两年勃勃向上，战无不克，大明复兴之象已著。不管是否赞同高拱的政纲，都不能不钦佩他的识见和才干。再有三年五载，大明振兴可期。这样想着，一进内阁中堂，边拱手施礼边兴奋地说：“新郑、江陵，广东……”突然看见新入阁的浙江钱塘人高仪，忙补充道，“哦，还有钱塘，广东底定了！”说着，把捷报递给高拱。

高拱接过捷报，手微微颤抖着看了一遍，慨然道：“岭南造乱之邦，终得乐业而向化。再苦干几年，必为国家再造繁荣富庶的广东！”

“新郑，为了绥广，你辛苦啦！”杨博突然动情地说。说着，向高拱躬身抱拳一揖。

高拱忙还礼，嘴唇嚅动着，却说不出话来，泪水忍不住涌出眼眶。多少个日日夜夜，为了绥广，他废寝忘食；多少个万籁俱寂的子夜，他在灯下给殷正茂修书，指示方略。脑海里稍一梳理，正式的奏疏就有《议处远方有司以安地方并议加恩贤能官员以彰激劝疏》《议处广东举劾以励地方官员疏》《议革广东巡抚疏》《议处广东兵备知府等官疏》《议留副使王化立功赎罪疏》《改参政陈奎兼潮州兵备疏》，仅给殷正茂的书函就已有六七封了。为殷正茂的一时失利而担责，为他选用文武官员、筹集军饷，为他提出的建船厂、练水军，招浙兵、划信地，开海禁、强海防……治粤举措能获朝廷认可而与部院沟通。如今朝廷资历最老的杨博一句“辛苦了”，让高拱备感欣慰、激动。他转过脸去，用袍袖擦拭泪水，大声道：“快，把捷报径送乾清宫，呈皇上御览！”

“这……”张居正道，“玄翁，径直呈报，似不合规矩。”

“此何时，讲那些规矩！”高拱一扬手道，“快送去！”

书办拿起捷报，快步而去。杨博看了张居正一眼，皱了皱眉，抱拳告辞。高拱起身送到门口，道：“大司马，广东昔称乐土，狼藉数十载，要重现昔日荣光，必立章程、定法制，凡关涉兵部的，务必鼎力支持。”

“自不待嘱！”杨博拱手道。

高拱转身回到书案前，提笔给殷正茂修书：

渠魁既得，地方既平，一省宴然，皆公之力。而计其所费又甚省约，非有经济弘猷而又出诸为国之忠赤，何以能此。公真社稷之臣，非时流能伍也。忆昔识荆，即仰公为大用之器，以今观之，诚为不爽矣！仆素无他长，唯有一念为国之心，死不敢易。柱石如公，敢不为国爱护！公其畅意行之，唯以济国事为主，余更无他虑也。

数十年造乱之乡，一朝靖谧，诚为可喜。然善后之计，更须深图，种种停妥，乃可望于久安。有公在镇，必获良策，凡所当行者，不妨见示，当为行之

“新郑，江西巡抚徐栻有奏本，安义县县库被劫。”高仪拿着一份文牍道。他入阁不几日，今日轮值，由他执笔票拟。

高仪字子象，号南宇，与高拱同登嘉靖二十年进士第，同选庶吉士，又同窗三载，同授编修。他资历深，为人平和，又以清廉著称于朝，故在会推阁臣时位列第一，入阁办事。因是同年，故以籍贯代称高拱。

高拱只顾埋头修书，思绪还未从绥广中转移出来，加之高仪声音又甚微弱，他良久没有回应。高仪有些尴尬，转脸向张居正求助：“江陵，你看……”

张居正一听“劫库”，知事体严重，本想说话，又忍住了。

对高拱极力主张内阁添人的用意，张居正洞若观火，第一次上本时，他与冯保合谋，驳回了。此次迫于无奈，没有再阻止。他以为高拱会上本请皇上特旨简任张四维入阁，结果却付诸会推，选出一个书呆子高仪来。此公寻章摘句或许是高手，治国安邦却不逮远甚。张居正内心鄙视高仪，相信高拱也不会欣赏他。果然，一到高仪执笔，就一副诚惶诚恐、无所适从的样子。县库被劫，自是大事，关键是看抚按奏本中对一应官员的处分建议是否到位，但他不想指点高仪，只是微微一笑，叫了声：“南翁，”因张居正是科举后辈，又比高仪小八岁，便以尊称称之，“你执笔，拟稿就是了。玄翁若认为不妥，再照他的意思改嘛！”

高仪心虚，但更怕别人轻视他，听张居正这么一说，便不再请示高拱，径拟："该部知道。"

高拱把给殷正茂的书函交书办抄副本、封发，这才叫着高仪的号道："南宇，适才你说甚？"

"哦，江西巡抚徐栻的奏本。"高仪说着，起身把奏疏递给高拱。

高拱接过一看，竟是盗贼劫掠县库之事，不觉怒火冲上脑门，再看徐栻的奏本，写着：

看得知县曾知经，本当照例革职，但素甘清苦，年力盛强，若竟弃捐，犹可怜惜，似当降调，以存器使者也。带管九江道左参政方良曙，寄重一方，摄兼两道，虽一次之例，责不容辞；而遥制之权，势难尽御，且捕获贼赃，勤劳可原。巡捕典史张谨，畏惧不行集兵捍拒，致盗贼得逞，理应革职。乞将张谨革职，曾知经降调，方良曙功过相准，免予追究。

"南宇，这是大事，内阁要先议一议，再交部题覆，部院照内阁的意见题覆，不然内阁再驳回，岂不误事？"高拱强忍怒气，语带责备地对高仪说。他沉吟片刻，吩咐书办，"速去，召六科都给事中、都察院河南道御史并吏部侍郎魏学曾到阁！"

须臾，吏部左侍郎魏学曾、吏科都给事中骆遵、户科都给事中吴文佳、礼科都给事中陆树德、兵科都给事中温纯、刑科都给事中贾三近、工科都给事中程文、都察院河南道掌道御史王元宾等科道领袖陆续进了中堂。众人不知首相急急相召何事，却俱为殷正茂的捷报所鼓舞，人人笑逐颜开，进得中堂，无一例外都先说此事。

吏科都给事中骆遵道："岭南不靖，连年用兵不得要领。元翁以殷石汀为总督，促其剿除，勿致养寇，而广东州县长又多选科班充任，宽其荐额，勿拘成数，遂使广东造乱之邦，乐业而向化矣！"

一向寡言少语、持正特立的礼科都给事中陆树德也抑制不住兴奋情绪，慨然道："元翁于诸边情形，无不熟谙而洞悉之，故边人有事来请，元翁辄为指示方略。政府不谙边务，而边人能立功于外者，难矣！"

"广东一个省底定，可还有十二省并两直隶，盗贼满地，民不得安枕。"高拱不唯未露喜色，且一脸阴云、语气沉重地说。

众人面面相觑。只知广东海贼山寇聚啸、数十年剿抚无功，未闻各省两直隶有此状况，首相何出此言？

五

高拱向高仪一招手，道："南宇，把江西巡抚徐栻的奏本给诸公说说。"

高仪心里不悦。堂堂阁老相公，做文吏的事？可他又不好把高拱顶回去，只得有气无力地一字一句，把徐栻的奏本读了一遍。

“诸公都听到了。”高拱开言道，“一个安义小县，四十余盗悍然劫库，此事若发生在以前，我不敢说，”他突然提高声调，“发生在高某当国的隆庆六年，我不能忍！”顿了顿，他放缓了语速，“今海内虽称乂安，而盗贼殊为可虑。聚众杀劫，四处皆然！倘若是饥寒交迫之辈铤而走险，或可理解。然据闻，今盗贼中多为健侠之徒，吃喝嫖赌、挥金如土，自相雄视、击剑杀人，肆行荼毒而无人敢招惹者。”他扫视众人，问，“何以如此？”又自答道，“究其故，皆起于有司之养寇，而成于上官之不察！”

“照元翁这么说，盗贼劫库也好、杀人也罢，都是为官者的责任？”兵科都给事中温纯一向亢直，对高拱的政纲又多有不满，遂以揶揄的语气问。

“不错！”高拱断然道，“正因如此，今日方请负有监察之责的诸位来此一议。”不等众人回应，继续说，“迩来，本阁部多方访咨，略知其情：那些个玩忽职守的县太爷、巡捕官，平日不留心武备，对健侠之徒又不行惩禁，任其所为。及至聚而为盗，则又自先畏惧，不敢出声。巡捕官又往往受盗贼之贿，不行缉拿；既有拿获，又多放纵，却只蒙蔽上官，以为地方无盗，而上官亦甘受蒙蔽。为何？”他又扫视众人问，又自答道，“假若当下无事，上官即可论资升转。习以成风，彼此相效，以为为官诀窍！于是有司蒙蔽日益甚，而盗贼之猖獗日益不可制。良民受其残害无所控诉，直至杀官劫库、势不容匿，乃始申报；上司又以重为轻，以多为少，支吾了事。上官更为推脱规避己责，睁一只眼闭一只眼，此所以盗贼日益滋蔓而不可图也！”

“居正所知，正如玄翁所言！”张居正插话道，“玄翁言盗贼横肆，责在官员，乃是一针见血的灼见确论！”

高拱喝了一大口茶，继续说：“倘若有司肯以捕盗为务，一露头即打掉，则安得积而为多？倘若地方官肯以稽查为务，凡健侠不务正业者，必加惩禁，有出而到他处者，必令里甲报知，穷其所往而拘治之，安得肆意流毒于外？倘若上司也以捕盗为务，日行体访，凡有盗地方及蒙蔽不以申报者，必加重究，议罢其官，则彼安敢不捕？海内之所以多盗，其故可知。”

众人皆点头称是。

“回到安义县这桩案子上。”高拱又说，“盗贼聚集至四十余，入城劫库，则平民受害不知凡几。只因县库被劫不得不申报，设若不是县库，只是平民百姓受害，大抵又会不理不问！此等官员，岂可轻饶？诸位说说，该如何处分？”

“抚按奏本所拟，学生看尚属妥帖。”温纯道。

“妥帖？”高拱冷冷一笑，“四十余盗入城劫库，巡抚、巡按岂可无责？奏本不唯无一句自责之语，还替下属开脱，朝廷就照单全收？如此，哪里有振作之象？”他一扬手，“不可！”

“上上下下，都要问责！”张居正接言道。

“除典史张谨革职这一条可准，其余俱重议！”高拱大声说，“先说巡抚、巡按御史，要通行戒饬。左参政方良曙，抚按奏本里说甚‘遥制之权，难以尽御’，诚如是，则远地不必令官代管；既代管，又说遥制不能尽御，可以免责，是何道理？念及其事发后捕盗有功，可不革职，姑予降俸一级处分。知县曾知经，抚按奏本说什么年力强壮、操守素清，只给一个降调的处分。诚如是，只要不贪，出多大的事，也能保住乌纱帽？县库失盗，县官之重罪，犹乃曲为回护；设若是平民受害，更不会追究官员责任了！养乱之道，孰大于此？然此乃近时相沿故套，踵而行之，而不自知其非，故套牢不可破！官以蒙蔽为当然，而盗以抢掠为当然，民之安危，谁怜之安之？知县当革职，以儆效尤！”

张居正道：“应当革职！”

高拱因得到张居正的仰赞而欣喜，道：“话是这么说，可毕竟过去不曾立过规矩，大家都袭故套。”他一扬手，“目下就要立规矩，仍不振作者，严厉追究，绝不宽贷！”他转向魏学曾，“惟贯，吏部题覆时，要把我适才说的那些话都写进去。不是为了说服皇上，是为刊于《邸报》，让天下官员都警醒起来！”

“是。”魏学曾道，又建言说，“玄翁，不妨把最近所议条格一并纳入，一俟批红，即成法令，正可一体遵循。”

“甚好！”高拱赞同道，又向众人解释说，“边境稍安，正可大修内治。修内治，当从安民做起。是以我与魏侍郎多方访咨，议成缉盗安民条格，尚未呈报，正可一体奏上。”又转向魏学曾，“惟贯，你把所拟条格说说。”

魏学曾知道，时下高拱最关注此事，随身带着与高拱商榷多日形成的条格疏稿，遂从袖中掏出，展读道：“各州县掌印巡捕官，有盗贼至十名者降一级，二十名者降二级，三十名以上者罢其官；各兵备道及该道官所属，有盗贼合至五十名者降一级，七十名者降二级，百名以上者罢其官。有隐匿不行参奏者，听吏部、都察院及科道官参奏重治。若地方有盗贼，即行申报上司，就便捕灭；或上司官闻地方有盗，即拨兵马，就便捕灭者免究，仍录叙其捕盗之功，量多寡为升赏。曰罚必罚，更无假借；曰赏必赏，更不食言。则庶乎捕盗有人，而盗息民安可望于万一。”

“诸位，如何？”高拱扫视众人，问。

“已然量化，便于考核，此往者所无。缉盗安民之法，无过于此者！”吏科都给事中骆遵赞叹道。

都察院河南道掌道御史王元宾接言道："立了规矩，执行者与监察者都便于权衡了。此后，巡按御史再也不能凭一己好恶品评地方官了。"

高拱向科道拱手道："诸位是科道领袖，回去与同僚广为传布此事。"

众人刚要施礼，兵科都给事中温纯突然冷笑一声，道："立了规矩也实行不了，徒落苛刻之名而已！"

六

高拱听了温纯的话，勃然大怒，一拍书案，指着他道："温科长，你说这等阴阳怪气的话何意？把话说清楚了！"

"学生是要说清楚的，可尚未说完元翁便拍桌子了。"温纯并无惧色，揶揄道，他向前走了两步，"诸位阁老都知道，天下州县正官，皆初仕者为之。即如安义知县，不过二十五六岁，原本只知读书应试，一旦登科，即授以民社之寄，还能指望他怎样？百姓告状，他能升堂审案已然不错了，要求太多，他做得到吗？朝廷何不体谅之？"

高拱听罢，沉默了。

"呵呵，走吧走吧，阁老们忙得很呢！"程文打破沉默，拉了温纯，与几名科道官一起施礼而去。

众人散去，高拱呆坐良久，闭目沉思。书办走过来，附耳道："元翁，适才管家高福来，说河南巡抚梁梦龙的急足来求回书。"

高拱这才想起，梁梦龙转任河南巡抚，他几次去书，力促他把弭盗安民作为首务；前日梁梦龙差人投书，禀报弭盗之法，尚未顾上给他回书，遂道："稍候！"便提笔给梁梦龙回书：

承示弭盗之法，可为曲尽。自此中原之民得安生矣！大抵多盗之故，只是有司蒙蔽，以有为无，而盗亦有应对有司之法，不劫府库与有名大家，恐声著而累有司，不得不捕也；却只于小官与百姓之家任意为之，有司见事小，不必闻于上官，故亦不问。及至养成大势，则劫库与有名大家亦公然为之，而莫敢谁何矣！自此而上，非揭竿而呼之耶？仆所以抱深忧者，非为身家计，盖为国家虑也。

今遍地皆盗矣，其势愈盛，而有司愈怯，可不亟为之处乎？然所以剪除之者，又非可以急遽为也。必是务修弭盗之实，而不可为弭盗之文。弭盗之实，在未生者防之，使不得生；已形者制之，使不得逞。是处有兵，可以随手而用。凡有动作一二，即捕获之，勿俟其多。又宽首脏未尽之法，使捕者有利可艳而肯自向前。其贼伙众大者，必密招贼中之人，宥其罪，许以擒获贼首而遂有其财，且得以永为良

民，利之所在，其中必有自变者。大抵有心算之，用计为上，正不必多出榜文，激之而使愈为备也。

写毕，交书办拿去，高拱起身在室内踱起步来，口中喃喃道："看来，欲求治，必大改革！"

"大改革？"高仪不解地重复了一句。

"比如，适才温科长言州县正官俱用初仕者，此制，我看得改！"高拱深沉地说，"州县长者，守令也，亲民之官，最为紧要。若天下守令得人，则安民有望。然目今州县长俱为初仕者为之，进士登科即授州县正官，民事既非素谙，掌铨者对其守身之节、爱民之仁、处事之略更是一无所知，乃待其事败，然后罢黜，可民已受其害矣！继任者又是初出茅庐的书生，亦复如是。这不是以官安民，是以民试官。即使所谓循吏，因其民事未谙，我看多半也是善于饰虚文以媚上，为急政以求名者，勉习时套，以求荣进，而以实政惠民者，恐不多见。非读书人个个都不好，委实是制度所致！是以不改制度，所谓安民，恐流于口号罢了！"

高仪被高拱这番话吓着了，摇着头道："哎呀！新郑啊，国朝二百年都是如此，岂可轻言改之？"

高拱觑了高仪一眼，嘴角一撇，目光中有几分不屑。高仪虽是他的同年，操守良佳，可书虫而已，入阁以来，凡关涉实政的都不知所措，哪里有甚治国安邦之才？此前，高拱只是对高仪个人有些不满，可突然间，他明白过来了，这也是祖制所致！非进士不入翰林，非翰林不入内阁，是成宪，阁老非翰林出身者无缘。此制不改，相公阁老中有治国安邦之才者，与州县长中有谙民事之才者一样难觅！他不禁感慨道："何止州县长选任之制，阁臣选任之制，何尝不是亟待改之？"

张居正被高拱的话震惊了，蓦地抬头，想说什么，又忍住了。高仪不敢相信高拱会说出这样的话，以右手把在耳后，侧着脸，惊诧地问："新郑说甚？"

高拱一吐为快："太祖罢丞相，分其权于六部，而皇上亲裁之。后置内阁，以翰林官任之，备顾问，并不平章政务。但慢慢演进，阁臣虽无宰相之名，而有其实。然阁臣仍非翰林官不得其选。须知，翰林官选时靠的是诗文，教的又是诗文，岂非所用非所养，所养非所用乎？还美其名曰'储相'，岂不令人扼腕！"

"新郑，别忘了，若不是非进士不入翰林，非翰林不入内阁的成宪，你未必能坐在这里。"高仪提醒道。

"不错，我辈是此制受益者。"高拱道，"可为国家计，此制弊端甚多。适才所言，翰林官以诗文优者得选，又教之以诗文，从无治理地方的经验，安能治国？此其一。再则，非翰林官不能入阁，他衙门官既无辅臣之望，亦不复为辅臣之学，治国之才难得矣！"

张居正没有想到高拱会走得这么远。他一掌铨政就推兵部官重选特养之制；主持一次朝审即慨叹冤案累累，又推刑官久任之法；恤商策次第实行，就着手重订户部及天下理财官选任之制，如今竟至对州县令选任、阁臣选任也要改制，这是国之大臣敢触及的？他再当国几年，太祖、成祖的祖制恐荡然无存矣！他心里说："玄翁，你委实走得太远了，居正不能坐视！"这样想着，他因暗中与冯保谋逐高拱而仅存的一丝歉意顿时消散了，神色显得轻松了许多。

高仪和张居正对视了一眼，原以为他也像自己一样惊骇不能收舌，却见他轻松自得。高仪被高拱一番话震惊之余，又被张居正的神情所惊，突然"嘿嘿，嘿嘿"笑了几声，痛心疾首道："不忍闻，不忍睹！"

高拱知此事非同小可，也不想争辩，默默地回到座位，尚未落定，书办禀报："元翁，适才御前牌子来知会，皇上命内阁制敕房速差二中书到乾清宫去！"

"啊？"高仪大吃一惊，他入仕后一直在翰林院和礼部做事，对国朝礼仪规制最谙熟，却不曾听说过皇上直接召内阁制敕房中书到乾清宫的事，"这，这是怎么回事？"

"哎呀！"高拱也有些吃惊，"皇上清醒了？皇上要制敕房中书去做甚？"

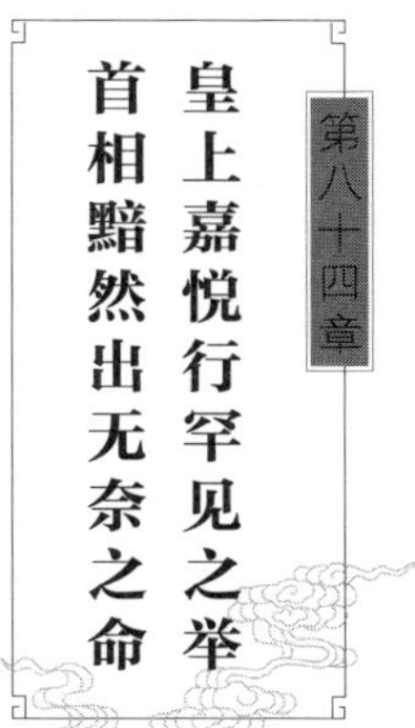

第八十四章 皇上嘉悦行罕见之举 首相黯然出无奈之命

一

内阁制敕房中书全称中书舍人，进士出身，从七品，掌机密文牍，受命起草各类敕书、诰命。皇上绕过内阁，钦点中书舍人到乾清宫，当是起草敕书、诰命的。可这等事，何不委于阁臣？既然皇上不想让阁臣插手，高拱也不便问，心中疑惑的同时又隐隐感到不安。本来，绥广告捷，缉盗安民的条格也起稿上奏，高拱许久没有像今日这样轻松了。可皇上召中书这件事却让他遽然间沉重起来，急忙差人到乾清门打探，询问皇上的病情。书办去不多时，回禀：“元翁，内里说，皇上闻广东捷报，连阅数遍，天颜欢忭。”

高拱这才舒了口气。午后，漕运总督王宗沐差人报来禀帖，言所运漕粮已过海，安抵天津。高拱喜不自禁，忙吩咐书办：“速将禀帖径呈皇上御览！”

过了半个时辰，书办回禀：“元翁，皇上御览漕运禀帖，拊掌大喜，正坐在御榻口授敕书！”

高拱一则高兴，一则疑惑，不知皇上口授什么敕书，居然瞒住内阁，委实令人不解。这一天他有些心神不宁，一散班，没有在内阁用餐，也没有到吏部去，而是径直回家。

张氏一听老爷今日回家吃饭，高兴地亲自到厨房吩咐做几样老爷爱吃的菜肴，可话音未落，高福来知会：“老爷说，今晚斋戒，吃素。”

匆匆用了晚饭，高拱又吩咐烧水沐浴。张氏不解，待高拱沐浴更衣进了书房，方走过去问道："她爹，咋回事呀？"

"我有件事求皇上，是以要斋戒、沐浴，以示虔诚。"高拱一脸庄重地说，也不容张氏再问，向外摆摆手，示意退出，他则提笔起稿。

次日辰时，高拱下了轿，没有到内阁去，而是独自一人穿过会极门，一路北行，径直来到乾清门。未听说皇上召见，首相却大步往乾清门而去，见者无不骇异。

到得乾清门，高拱止步，大声道："来人，叫孟冲来见！"

一个执事太监不敢怠慢，吩咐小火者给高拱搬来一把椅子，他则小跑着进了乾清宫，禀报孟冲。须臾，孟冲一脸疑惑地走了出来，惊问："哎呀，高老先生，怎么一大早到这儿来了？"

"皇上龙体如何？"高拱问。

"大好！"孟冲道，"昨日已能下床，还能开口说话了。"

"喔呀，那太好了！"高拱欣喜道。说着，从袖中掏出稿笺，捧在手里，郑重道，"请孟公公把此本呈皇上御览。"说罢，向孟冲一拱手，转身大步而去。

高拱尚未走到内阁，他亲自到乾清门递本的消息就传开了。

"元翁亲自去乾清门递本，你听说了吗？"

"怪哉，何事还要堂堂首相亲自去递本？必是机密大事。"

"再机密的事，也不必首相亲自递本吧？反而传得沸沸扬扬。"

……

冯保刚进文书房看本，就有内侍来禀。尚未听完，已是大惊失色！广东报捷、海运成功，皇上一高兴竟能下床了，神神秘秘召内阁制敕房中书口授着什么，高拱又突然亲自到乾清门递本，君臣的怪异举动，难道……冯保越想越可怕，下意识摸了摸脖颈，仿佛一把钢刀"倏"地一下砍了下去，吓得他浑身颤抖。他蓦地起身，忙召张大受："看来要出大事啦！你快去，知会张老先生，快让他想法子！"

张居正一个人坐在中堂，不见高拱的人影，正纳闷间，忽听有内官来禀事，抬眼一看是张大受，不觉吃惊：众目睽睽，冯保差张大受来，不怕招惹是非？正想起身回避，张大受径直走过去，压低声音，气喘吁吁地说："首相径到乾清门递本，厂公要张老先生快想法子避祸！"

"啊？"张居正不禁叫出声来，脑子里一片空白。良久方缓过神儿来，颓然道，"完了！快回去，知会厂公，把来往的文字速速销毁！"言毕，一脸惊恐地向外摆摆手，示意张大受快走。

须臾，高拱进了中堂，张居正暗暗察言观色，却也看不出有何异常。他知道高拱没有城府，倘若真的向他和冯保动手，绝不会如此淡定。

"叔大，有心事？"高拱看出了张居正举止反常，一副心神不宁、坐卧不安的样子，便问。

“呃呃，没、没有。”张居正支吾了一句。看看刻漏，尚未交午时，这个上午委实太漫长了。

“高老先生！”随着一声尖嗓发出的叫声，文书房散本太监进来了，“高老先生的本，万岁爷御批，命小奴径送高老先生，副本抄送工部。”

“啊？这么快！”高拱惊喜地起身接过，兴奋不已，“哎呀，皇上钦笔，是皇上的字！哎呀，皇上能写字了，皇上的病要好了！”

张居正神经紧绷，额头上冒出虚汗，心“突突”跳个不停。

“叔大，你看，是皇上的御笔！”高拱举着文牍，走到张居正书案前，递给他看。

张居正忙伸头看过去，见是一道《恭建楼堂尊藏宸翰乞赐名额以崇圣泽疏》。

他浏览一遍，方知，高拱父祖三代，得皇上所颁诰命、敕书达十七道；他拟用积攒下的皇家所赐银两，建一座小楼，专门安放这些圣旨。

皇上御批：“览卿奏，俱见忠敬，楼名与做‘宝谟’，堂名‘鉴忠’，着工部制扁送安。”

原来是这么回事！张居正大大松了口气，抹了把汗，拱手道：“哎呀，恭喜玄翁！”

“高兴，为皇上病情好转高兴！”高拱喜不自禁地说。

张居正暗忖：玄翁神神秘秘，原是为自家建阁收藏圣旨的事！若玄翁上道密札，要皇上把张某和冯保赶走，皇上断断不会踌躇，必是照做！幸亏玄翁不是那样的人！可是，皇上会不会察觉了什么？他何以绕开内阁，破例要中书去照他的口授起草诏命？

二

夕阳透过窗棂照进文渊阁，走廊上的影子仿佛是一幅画，被日头临别前抹上了重重一笔。三阁臣埋头文牍，都没有注意到室外的这道景致。因为午前大内送来皇上为高拱《恭建楼堂尊藏宸翰乞赐名额以崇圣泽疏》的御批，内阁里一时为皇上病情好转而振奋，耽搁了批阅文牍，是以散班时分到了，三阁臣都未起身。

突然，中堂外一阵躁动，一名书办进来禀报：“司礼监印公奉旨前来向元翁宣谕！”

“高老先生接旨！”孟冲尖着嗓子高唱一声，在一应侍从的簇拥下进了中堂。

高拱、张居正都很纳闷，不知皇上突发谕旨，所为何事。

“臣接旨！”高拱应了一声，撩袍跪地。

张居正、高仪已走到高拱身后，正要下跪，孟冲道：“谕旨不是给内阁的，是

给高老先生个人的，二位老先生不必跪接。”说着，展开长长的黄色丝绢，递给身后的中书舍人，“你来宣读。”

中书舍人马继文是太子的侍书官，又奉旨为皇上起草诰命，他字正腔圆，郎朗读道：

奉天承运，皇帝制曰：朕躬膺骏命，嗣守鸿基，愿得不二心之臣，共致大有为之治。天唯纯佑，邦欲中兴。笃生名世之英，茂翊格天之业。昭宣异烈，诞霈殊恩。咨尔光禄大夫柱国少师兼太子太师吏部尚书中极殿大学士兼掌吏部事高拱，振今豪杰之才，稽古圣贤之学。养气极其刚大，为众人所不能为；析理入于渊微，发前哲所未尝发。精忠贯日，贞介绝尘。吁谋为百辟之师，风采系万民之望。在先帝爰立作相，托以代言；暨渺躬先学后臣，赖其训志。偶遭谗忌，周公遂以居东；迨黜庸回，司马于焉再相。既端揆席，载摄铨衡。朕思观德化之成，卿乃以天下为任。赤心报国，力扶既隳之纲常；正色立朝，顿折久淆之议论。内弘启沃，外竭勋勤。尽鞠瘁以不辞，当怨嫌而弗避。澄清流品，虞廷之黜陟唯明；登进材贤，汉室之循良最盛。士风丕变，吏治勃兴。泽普于民，如乔岳大川之无私，而均蒙其利；诚孚于众，如青天白日之无隐，而皆信其心。且值国家多事之时，先为社稷万年之计。乃通海运，乃饬边防，乃定滇南，乃平岭表。制降西虏，坐令稽颡以称藩；威挞东夷，屡致投戈而授首。盖有不世之略，乃可建不世之勋；然必非常之人，斯克济非常之事。既大书于彝鼎，宜显示于朝廷。兹特加尔勋柱国，进兼中极殿大学士，锡之诰命。仍荫一子为世袭锦衣卫正千户。

於戏！文武成功，卿既征于历试；安危注意，朕益切于眷怀。讵止风云龙虎，庆会昌时；固将带砺山河，永垂盟府。卿其尽摅闳蕴，懋赞大猷；罔俾皋夔名绩，专美于前。庶几尧舜君民，亲见于世。钦哉！

张居正一听是颁给高拱的诰命，心想：原来神神秘秘忙活了大半天，是为这事。他放心了。可是，听到皇上称赞高拱“振今豪杰之才，稽古圣贤之学。养气极其刚大，为众人所不能为”时，就露出惊讶的神情；再一听“精忠贯日，贞介绝尘”一语，更是惊异；再听“乃通海运，乃饬边防，乃定滇南，乃平岭表。制降西虏，坐令稽颡以称藩；威挞东夷，屡致投戈而授首。盖有不世之略，乃可建不世之勋；然必非常之人，斯克济非常之事”，竟难以自持，站立不稳，微微晃了两晃，手心里汗津津的。他看了高仪一眼，却见高仪也被诰命中的用语震惊了，茫然不知所措。

马继文宣读毕，孟冲又唱了一声：“高老先生接旨！”

高拱伏地不起，哽咽道：“拱不敢受！”

孟冲走上前去，搀扶高拱，道：“万岁爷已然颁下，哪里能不接呢！”

“皇上——”高拱不愿起身，突然放声痛哭起来，“何以如此啊，皇上！”

“这……”孟冲不知所措，“高老先生，还是起来接旨吧！”

“皇上！”高拱哭着说，“这是亘古未有之事啊！让臣如何敢受？”

张居正还在震惊中，呆呆地站着不动，高仪只好独自上前，帮着孟冲一起搀扶高拱，劝道：“新郑有不世之功，皇上有不世之遇。既然诏命已下，焉能不接？”

高拱在孟冲和高仪搀扶下颤颤巍巍起身，双手接过诰命，又跪地叩首：“臣谢皇上永世难报之恩！吾皇万岁！万万岁！”

张居正这才缓过神儿来，忙趋前与高仪一同搀起高拱，将他扶到座位上。

“新郑，这是怎么回事？”高仪的声音有些发颤，惊诧中夹带着几分恐惧，“我读书少，自从盘古开天地，从未听说过皇帝出自宸断、发自圣心，如此褒扬一位大臣的。皇上对新郑评鉴之高，本朝二百年，绝无仅有！”

张居正两颊因震惊而僵硬着，他勉强挤出一丝笑意，抱拳道：“居正为玄翁贺！”

高拱痛苦地摇摇头，道：“我不忍皇上有此一举。”

高仪被高拱的话点醒了，恍然悟出了皇上的用意，瞥了张居正一眼，只见他神情黯然，低头沉思。中堂里顿时陷入沉寂。良久，高拱起身回到朝房，用湿手巾擦了擦脸，坐了片刻，这才又回到中堂。他不愿再说起皇上这道令人惊诧的诰命，为了转移视线，问张居正：“殷正茂报捷，当论功行赏，捷报里似未见他为文武官员请功，这是怎么回事？”

张居正目光呆滞，似未听到高拱在说什么，茫然看了高仪一眼，高仪摇了摇头。

高拱只得自语道：“喔，或许是急于报捷，一时尚未厘清？再等等，想必会奏来的。”

过了两天，并未见殷正茂的请功疏，却见侯必登的奏本：“为患病不能供职，仰负天恩，乞赐罢斥，以免贻累地方事。”

高拱大吃一惊，道：“侯必登突然以患病为由乞请罢斥，必有缘故。”

“想必与殷正茂有关？”张居正提醒道。

高拱正想修书向殷正茂问明情形，听张居正这么一说，也就作罢，道：“那就先等等再说。”

又过了两天，巡按广东御史赵淳论劾侯必登的弹章放在了高拱的案头。

高拱越发惊诧了：“这，到底是怎么回事？”

三

几个月前，殷正茂听潮州知府侯必登言，潮州府推官来经济形迹可疑，遂差人请巡按御史赵淳到潮州一行。巡按御史只七品，却不受总督节制；相反，还可监察

总督，是以殷正茂并未向他交底。但总督对朝廷说话，分量毕竟比巡按御史要重。既然总督有此意，赵淳也不便违拗，遂风尘仆仆巡视潮州。

巡按御史两年一轮换，随时可以弹劾文武官员，回京复职时还要开列两张单子，上奏朝廷。一张举荐贤能官员，一张弹劾贪墨及不职官员，朝廷罕有不照单全收者。是以他出巡一地，当地官员无不战战兢兢，极尽讨好之能事，接待上不敢稍有闪失。虽然朝廷禁奢，不许接送迎往趋谒酬酢，但潮州天高皇帝远，闻听巡按莅临，驻守潮州的分巡道、巡海道和潮州府的官员，早早就来到接官亭迎接。

赵淳下了轿，在接官亭里摆放的一把座椅上坐定，举盏呷茶，道府官员一一拜见，却独独不见潮州知府侯必登的人影。赵淳不过二十多岁年纪，进士及第做了三年知县即被拔擢为御史，还做不到喜怒不形于色，潮州府同知杨汝聪见按台面带愠色，忙解释道："侯知府奉军门之命为征剿山寇画策，不能前来迎迓，请按台老大人恕罪！"

"呵呵，哪里话？"赵淳一笑，指了指站在两旁的道府官员，"照理说，诸公也不应来接，不能讲这个排场嘛！"但心里对侯必登便生出几分不满，暗忖："我听玄翁说侯必登乃循吏，就向军门极力推荐，他攀上总督这棵大树，就视我为无物？"

到得潮州城，分巡道金柱设宴款待，侯必登并未出来作陪，只是饭后到驿馆投帖参谒。略事寒暄，侯必登道："军门曾刻刊新郑相公议处广东有司的疏稿，言广东狼狈，皆有司之不良。此言甚真确！沿海官员，多有与山寇海贼暗中交通者，请按台务必查出几个，以为整饬官常的典型。"

赵淳大起反感，硬邦邦地问："那么明府可知，谁暗通山寇海贼？"

侯必登未敢说出来经济的名字，但他知道来经济时常以各种名义出没于拓林镇，遂道："拓林镇乃山寇海贼穿梭之地，按台不妨到那里访咨。"

赵淳虽极不情愿，却也有意前去。推官来经济闻听巡按要到拓林去，惊恐万状。这天午夜，他投帖参谒。赵淳问："闻得潮州地方，官员多有与山寇海贼交通者，推官有耳闻吗？"

"按台，学生就与山寇海贼交通过。"来经济道。

赵淳一怔，以咄咄逼人的目光盯住来经济。

来经济一笑："呵呵，按台不必惊诧。按台晓得的，多年来官府对山寇海贼常有招抚之举，既然招抚，自会与之交通，这不奇怪。学生就时常到拓林与之接头，以行招抚。"

赵淳顿生疑窦，暗忖："侯必登与来经济不合，人所共知，会不会是侯必登想陷害来经济？"遂问："访得推官与侯知府不合，竟至公开互讦，是怎么回事？"

来经济早有说辞，道："前任已故熊巡抚大征曾一本，驻扎潮州，因府皂殴打标兵几死，批行学生究问。学生秉公而断，并未护短，将府皂责治。侯知府遂以此怀恨学生。

赵淳恍然大悟似的，道："哦，是这么回事啊！"

"知府对此事耿耿于怀，遂伺机报复学生。"来经济又道，"隆庆三年，学生蒙委，管广济桥桥务，知府自捏揭帖，言学生贪污桥税，并差人核查。以知府之尊，挟虎狼之威，提拘商家照簿认税，孰肯有不认者？显系挟仇团陷。学生不服，禀明道台主持公道。道台差人来查，查得学生管桥一年，抽银八千五百余两，而前后两年，则分别为四千八百余两和四千三百余两，遂申斥知府，为学生洗冤。知府对学生之恨，遂不可解。"说完，他委屈地一抽鼻子，"学生所言，乃一面之词，按台自可找上上下下的人访咨。"

赵淳已被来经济的说辞所打动，点头道："两位道台都与本使说过侯知府的不近人情，看来，上下对他都甚不满。"

来经济踌躇片刻，道："学生访得按台乃温州人士，据沿海之地，对海中宝物必是识货的。"说着，从怀中掏出梁有训送他的两颗夜明珠，递给赵淳，"按台，此物为招抚林道乾时，林的师爷所赠。学生多次想上缴，又怕上官拿这个做文章。今日送给按台老大人，此物可传之子孙。"

赵淳怦然心动，一想到将夜明珠传之子孙，若干代后，玄孙们还拿出来念叨乃几世祖所传，委实是件美事；可转念一想，高拱加意肃贪，万一……他忙摆手道："这个不成！本差身为监察官，焉能收礼？"

"按台，这不是府库中物，本就是私人馈赠。"来经济道，"学生家在内陆，无人识货，藏之无用。按台收下，留作在广东任职的纪念未尝不可。此物唯学生一人知之，学生不说，他人不会知晓。"言毕，把夜明珠放在书案上，起身抱拳一揖，疾步离去。

赵淳的心"突突"直跳，暗忖："若访得来经济无事，侯必登为众人所不容，便将此物收下；否则，退给来经济。"这样想着，忙把夜明珠收好。他当即打消了去拓林访咨的念头，而是把全部精力放在查访侯必登与来经济互讦一事上，整日在潮州城内四处访咨。

侯必登闻报颇感失望，感叹道："看来，巡按到潮州也是做做样子的。"这句话喘息间就传到赵淳的耳朵里，他不禁大怒："难不成巡按御史要听命知府？本差来潮州，就是要把侯必登与来经济互讦的事查清楚！"

一番访咨，驻潮州的两道、府辖各县，众口一词，与来经济所说几无异同，众人无一为侯必登美言者，反而对来经济或同情或钦佩，竟无指摘者。

赵淳本已起稿，要给高拱投书，陈述对侯必登其人不可信用。忽见《邸报》刊

出，侯必登升补广东布政司右参政仍兼佥事职衔管潮惠兵备事，赵淳叹息良久，书函也就未封发。

到潮州两个多月，赵淳并未查出大案，只对澄海知县不职提出弹劾，便收拾行装，收好夜明珠，直奔惠州，再转永安，向殷正茂通报情形。殷正茂因密谕参将王诏斩杀花腰峰而受侯必登一番责问，恼怒不已，又听侯必登言要上辞呈，恼怒的同时多了几分担忧，便想到要找赵淳商榷。他午前刚问："巡按御史何在？"午后就接到了赵淳的拜帖，忙吩咐传请。

征剿山寇大获全胜的消息早已在永安小城传开，赵淳一见殷正茂的面，免不得一番恭维祝贺，殷正茂客气了两句，便迫不及待地问及潮州巡视情形。赵淳把巡视情形大略说了一遍，喟叹道："玄翁一力提携侯必登，却不知，侯必登在潮州官场甚不得人心，不唯上官难以忍受，还与下属互讦，委实不成样子。"

"侯必登要辞职。"殷正茂道，"我担心他在辞呈里说些什么话，让玄翁对我辈生出误会。"

赵淳自收了来经济的夜明珠，说话的底气就远不像以前那么硬朗了，在殷正茂面前，一副讨好状，试探着问："军门的意思呢？"

"不能让玄翁听侯必登的一面之词。"殷正茂道。

赵淳思忖片刻，道："下吏这就上本！"

"本中说甚？"殷正茂关切地问。

"只说潮州之事。"赵淳善解人意地说。

四

日头早已落山，偶有知了不知趣地发出几声鸣叫，给街上的喧闹多凑了一分热闹。

高拱心里想着侯必登的事，在内阁用了晚饭后，就赶到吏部，把侍郎魏学曾、考功司郎中穆文熙叫到直房。他把侯必登的辞呈和赵淳的弹章并排摊开在书案上，皱眉道："巡按的弹章很值得玩味。"说着，拿起弹章读道，"据其近日与本府推官来经济相讦者度之，不过以乞休为名，暗引党己为援，不附己者一概波及之，以售其必报之恨耳。"他又拿起侯必登的辞呈，"可侯必登的辞呈里，却没有巡按所猜度的内容，只是说他感患瘴疟，继生疮疡，医治失方，毒流在足，动履艰难，恳乞罢斥回籍，无一语关涉他官，也无一言关涉他事。"

"蹊跷！"魏学曾道，"必是闻听侯必登上本乞休，一些人猜度他会在本中告状，惶惶不安，遂出此弹章！"

考功司郎中穆文熙笑道："呵呵，巡按的弹章很长，主题是围绕侯必登与来经济互讦展开，说来说去就是三件事。一是来经济秉公惩治殴打标兵的府皂开罪侯必登；一是侯必登报复来经济，拿来经济贪污桥税说事，字里行间全是替来经济说话；三是说侯必登声称患病是欺罔。”

“哼！”魏学曾冷笑一声，“要么是受了来经济的贿赂，要么是侯必登开罪了他，抑或二者兼而有之！”

“如此，则侯必登当留！”穆文熙道，“他可是元翁树的循吏典范，不能这么不明不白让巡按一纸弹章给搞掉！”

“惟贯，你说呢？”高拱问魏学曾。

“学曾看，要留侯必登，还要查赵淳！”魏学曾恨恨然道。他突然自嘲一笑，“不过……此事，若殷正茂肯替侯必登撑腰，他何至于乞休？侯必登因开罪了殷正茂不得不乞休也未可知，如此，事情就难办了。”

“魏侍郎所言极是。”穆文熙道，“赵御史明知侯必登是吏部加意所树循吏，元翁对侯必登激赏有加，却上本弹劾，必是殷军门对侯必登也大不满。”

高拱吸了口气，道：“岭南新靖，善后事宜堆积如山，当集中精力立章程、定法制，不能节外生枝。”

“巡按御史的弹章，吏部例当信其言。”魏学曾伸手拿起弹章，“可赵淳说侯必登逞一已好刚之气，辄欲睚眦害人，无故称病，擅自奏渎，明系紊乱法纪，似此不忠之臣，所当亟行罢斥。”他放下弹章，“明知里面有蹊跷，还照他所说，罢斥了侯必登？”

“非也！”高拱断然道，“侯必登之事要妥善区处。待赵淳巡按到期，差新巡按去，务必彻查此案！不唯要把此案查个水落石出，还要以此为典型，把整饬吏治之事引向深入！”

“可是，”穆文熙为难地说，“元翁，吏部题覆巡按弹章，要么照单全收，要么再复查。可元翁之意不复查，又不照单全收，究竟该如何区处，请元翁示下。”

高拱突然长叹一声，语调深沉地说：“皇上在诰命里，赞高某‘尽鞠瘁以不辞，当怨嫌而弗避。澄清流品，虞廷之黜陟唯明；登进材贤，汉室之循良最盛。士风丕变，吏治勃兴。泽普于民，如乔岳大川之无私，而均蒙其利；诚孚于众，如青天白日之无隐，而皆信其心。’我受之有愧啊！”说着，他起身从书架上翻出一封书函，“这是我给友人的复函，这里有一句话，”他读道，“今海内贤杰渐次登用，第旧习虚套难尽改革，乃于诸贤共倡务实之风，以正人心，或者行之既久，元气渐盛，客邪可望消也。”读罢，放下书函，“广东只一个侯必登，朝廷褒奖有加，却不容于官场，足见目今官场客邪之气甚盛。整饬吏治，任重而道远啊！”说完，他站起身，在屋内踱步，“时不我待，时不我待啊！”言毕，蓦地回身坐下，语气急促地说，

"题覆当驳斥赵淳的弹章，对侯必登要肯定。"

"那么，侯必登照旧供职？"穆文熙不解地问。

高拱神情黯然道："事已至此，侯必登照旧供职已不可能，给他换个地方吧！"说着，转脸看着魏学曾，"惟贯，你去查一下，看哪里缺员，把侯必登补去。不要到边远地方，好像是贬他，不能给人贬他的印象！"

魏学曾道："玄翁，江西九江道缺员，正可将侯必登补上。"

"明日即起稿！"高拱点头道，又嘱咐道，"题覆赵淳的弹章，要拿捏好。"说完，思忖片刻，一扬手，"还是我亲自来写吧！"待魏学曾、穆文熙退出，高拱提笔一气呵成：

看得巡按广东监察御史赵淳题参侯必登挟嫌相构，妄行奏扰，乞要罢斥一节。

为照广东地方遍地皆盗，民不聊生，实起于有司之贪残，而成于蒙蔽因循之日久。本部于先年访得潮州府知府侯必登能抚绥穷困，制伏豪强，弭盗安民，地方利赖，特为奏请加三品服俸以示激劝。后巡按广东御史杨标至京，臣即问彼处有司贤否，标曰：知府侯必登有守有为，任劳任怨，民赖以安，但不肯屈事上司，所以问之百姓人人爱戴，问之上司人人不喜。至朝觐时，又加查访，佥同。本部遂有卓异之荐。然侯必登资俸已深，潮州士夫在京者恐其升去，每向臣等保留曰：潮州不可一日无侯必登也；又有潮州举人监生数十人，遮道告曰：侯知府年久该升，若遂升去，百姓无主，必皆随之而去，此人情如此。臣等思得，官久不升，何以示劝，会潮州兵备员缺，遂将侯必登升参政带宪职管潮州兵备事。盖所以慰士民之心，为地方计也。今该巡按御史论劾前来，其中论词多出守巡等官揭帖，夫言既盈耳，监察之官，固不容默然。详其论词并其中揭帖语意，乃是侯必登素不能奉顺上司，巡按及守巡等官既皆衔之，会又与推官来经济相讦，而推官乃巡按所信用，两司所趋附，于是遂明有左侯右来之意。侯必登忿其不胜，遂具本乞休，守巡既知侯必登恨己，闻其有奏，以为必有相攻讦之辞，遂具揭巡按，激而为此，又恐迟则侯必登之说行，而己反出其后，故如此其急也。而不知侯必登本中止自乞休，并未沿及他人，向使知其不相沿及，又岂有此论哉？今观劾词，首云侯必登与来经济挟嫌相构，妄行奏扰，大坏圣朝纲纪；又云侯必登告致仕，臣不知奏内何事，但据其近日与来经济相讦者度之，不过以乞休为名，暗引党己为援，不附己者一概波及，以售其必报之恨耳，此其情自可见。不然，两司知府官自行具本乞休者亦多矣，何以皆无劾者，而今独劾一侯必登，谓之大坏朝纲乎？且据劾词内称侯必登与来经济相讦，在上年十月，则是事已久矣，若止恶其相讦，何不即劾于始讦之时？若是劾其所讦之事，又何不少待于问明之后，而顾急举于侯必登上本之日乎？况彼此相讦事尚未明，则是非固未定也，劾则俱劾，止则俱止，又何匿来经济不劾而止劾侯必登乎？此其理亦自可知。然事既如此，侯必登实有难于处者，欲拟其去，则不唯失百姓之心，而将来任事之臣，何以自效？欲拟其留，则上司既不相容，留之何以自展？欲拟行勘，则无事可勘，欲拟罢斥，则即据劾词既未明指所坏何法，又未明指所贪何赃，不得而议罢也。但访得侯必登心既好胜，气又过刚，虽惠及于民，而不能善事上官；虽威行于盗，而不能善处寮寀，恃长纵傲，以短招尤，虽非重愆，亦有薄咎，合无将侯必登仍以现职衔，量调别省，令其痛自省改。目今广东盗贼新靖，正破格整饬之日；民生凋敝，正协力干济之时。毋得仍守成心，尚循故套，崇姑息而摧振作，奖罢熟而抑刚方，当知任事为忠，不可徒诿罪于人，当以救民为急，不可徒取便于己。如有违者，参奏重治！斯于事理两得，其拨乱反治之功，或可望于一二也。

题罢，叫魏学曾来看。魏学曾苦笑道："对弹章作如此题覆，绝无仅有。"

高拱沉着脸道："不能让人破故套，自己却从故套中跳不出来！就这么定了，抄毕签发！"他一扬手，"好了，此事到此为止，我再给殷正茂一书，略做交代。"说着，提笔给殷正茂修书：

公有报国之忠心，有勘乱之雄略，指挥一定，叛宄遂平，此数十年不能得者，乃不劳而致，功在社稷，谁能右之？其善后事宜，唯公处分，更无掣肘，愿益展弘猷，图其永久，是所望焉。

侯必登其人，前所以宠异之者，以其能守己任怨，弭盗安民故，特奖以励人心。今且被论，则任事之臣，反为徇旧套者所笑，而地方之事，其孰为振作乎？初意欲直留之，念及广东善后大局，又恐其自兹难于展布，故稍为处分，而又为之明其意。盖恐广中有司，遂以必登为戒，而不可以驱使也。然其实必登被论之由，不过如仆疏中所云而已，一览自当知也。幸以此意，遍示诸地方官，使知庙堂之上，所以念广东者如此，所以顾地方、顾百姓者如此。有志之士，固不可因侯而自为无志之人，亦不得快侯而自幸也。

写毕，高拱边端茶盏凑到嘴边，边侧过头来审阅文稿，手一抖，茶水撒到了胡须上，他忙举袍袖擦了擦。望着花白的胡须，不觉又焦躁起来，慨叹一声："时不我待，只争朝夕吧！"

司务突然出现在直房外，禀报道："元翁，南京兵部尚书王之诰差急足来投书！"

王之诰做过宣大总督、三边总督，高拱掌铨后登用贤才，取代的正是王之诰这批旧人。是以这些人与高拱一向疏离，加之这王之诰又是张居正的儿女亲家，一听说他差人投书，高拱有些惊讶。待拆阅书函，不觉大吃一惊，他顿时火冒三丈，大声道："这还了得！

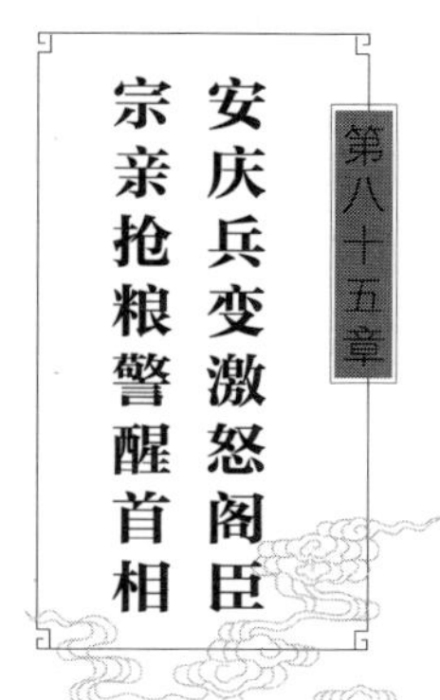

第八十五章 安庆兵变激怒阁臣 宗亲抢粮警醒首相

一

自留都南京溯江而上，北岸有一座滨江小城，谓之安庆。这里西接湖广，南邻江西，素有“万里长江此封喉，吴楚分疆第一州”的美称。

这天薄暮，巡江官船在安庆靠岸，从船上走下三个男子。为首的不到四十岁年纪，细高个，乃是南京守备太监张宏的掌班，身后两个宦官是他的侍从。

国朝留都南京，设有守备太监一员，关防一颗，看守留都的内宫摊子，为司礼监外差。隆庆五年末，守备太监出缺，钦命司礼监秉笔太监张宏出任，他的掌班太监张鲸随其前来。张鲸自入宫即按例投大太监张宏为主子，列其名下。他刚介好学，驰心声势，与师叔冯保惺惺相惜，关系密切。临来南京前，张鲸向冯保辞行，冯保向他透露了拟建双林寺的想法，张鲸心照不宣，一到南京，就日夜思忖资助冯保之策。但是师父张宏为人谨慎，约束手下甚严，张鲸不便在南京施展，遂思谋到沿江各府走一遭，看看能不能筹笔款子献于冯保。他找了个随船查看江防的借口，行牌操江巡抚李邦珍，搭官船到了安庆。

操江巡抚职在江防，可就江防事宜节制沿江各府、卫。李邦珍从河南巡抚调任此职，有些心灰意懒。既然守备太监行牌，他也不愿细问，就发出滚单，知会各府、卫接待。可张鲸下了船，却不见安庆府官员来接，倒是安庆卫指挥张志学亲自带着排军，赫赫煊煊把张鲸迎到驿馆，又设宴款待。酒酣耳热之际，张鲸终于忍不住问：“这安庆知府是什么人，架子这么大？”

张志学嘴角挂着一丝冷笑，道：“人家不得了，名门望族，谁也不放在他眼里。”

他一咧嘴，“老公公，我辈在他手下，受尽委屈啊！”

张鲸听出来了，安庆府文武不和，张志学与知府似有积怨。但他是来要钱的，虽对知府失礼不满，却还要指望他出银子，也就不愿过多介入他们之间的矛盾，举盏道：“喝酒喝酒，明日咱去会会他。”

次日用过早饭，张鲸坐上张志学雇来的轿子，到隔壁的知府衙门投帖。

安庆知府查志隆是浙江海宁县人，出身江南有名的书香世宦之家，国中望族。他是嘉靖三十八年进士，与侯必登、蔡国熙为同年好友，三人常以清介爱民相砥砺，目无余子，何况太监？但既然张鲸来拜，他也不能拒之门外，只得吩咐传请，在二堂接待。

张鲸进了二堂，查志隆方起身相迎，拱了拱手，指了指书案前的一把椅子，看也不看张鲸一眼，回身坐到对面的一把椅子上，问：“不知老公公到此，有何贵干？”

张鲸看着眼前这位三十五六岁年纪、一脸傲慢的白面书生，心中不悦，歪着脑袋问：“操江巡抚的滚单，明府没有接到？”语气中带着对知府未去迎他的不满。

“哦，本府差点忘了，老公公是来察看江防的。”查志隆淡淡地说，“本府可以保证，安庆江防无虞。若有差漏，老公公自可向操江巡抚陈情，请操江巡抚来檄。”

张鲸一听，查志隆是不想听他说话的意思，不禁怒火中烧，刚要发火，却又忍住了，他“嘿嘿”一笑，道：“明府是敞亮人！咱也就明说了吧：京师大内要人，”他抱拳向上一举，“名字就不必提了，这位极要的要人拟建寺庙，嘿嘿嘿，明府是聪明人，想必这个这个……”

查志隆佯装糊涂，道：“哦？本府愚钝，难道这位要人，要到安庆建寺庙？”

“嘿嘿嘿，怎么可能嘛！”张鲸尴尬一笑，“这个，明府……”

查志隆打断张鲸：“既然如此，京中要人建寺，与安庆有何干系？”

张鲸一愣，自找台阶道：“闻得贵宝地有座护国永昌禅寺，咱顺便来观摩。”

“来人！”查志隆起身向堂外唤了一声，吩咐道，“这位老公公要游览永昌寺，差两个差弁做向导，以尽地主之谊！”说罢，向张鲸一拱手，“请！”

张鲸见查志隆下了逐客令，只得起身大声道：“不必！”说罢，一甩袍袖，怒气冲冲出了二堂。回到驿馆，他跳脚大骂：“查志隆，龟孙子，你等着瞧！”

一直在驿馆守候的安庆卫指挥张志学大喜，吩咐左右给张鲸沏上产自天柱山的天柱剑毫茶，摆上怀宁产的顶雪贡糕，道：“老公公，这回你老人家才知道这查志隆何许人了吧？我辈真是受够他了！”

张鲸喝了口茶，语气急促地问：“一笔写不出两个张字，一家人不说外道话，咱想给京城宫里的贵人化缘，你能不能赞助些银子？”

张志学重重吸了口气，叹息道："不瞒老公公说，过去，安庆城内外都是安庆卫差逻卒巡城，委实捞了不少油水。可轮到卑职来做指挥，遇到查志隆这个煞星，不许逻卒巡城，给裁了，一星半点儿油水也没得捞了，心有余而力不足啊！"他以恳求的目光看着张鲸，"老公公若能复逻卒巡城之例，卑职每年必进贡老公公五千两银子！"

张鲸眼睛一亮，问："这查志隆有何弊病？"

张志学踌躇片刻，眉毛一挑，道："哎哟，老公公有所不知，查志隆克扣军粮，每月该拨发月粮，他都迟迟不发；即使发了，也掺进去一半发了霉的。卑职想，他必是把好粮食卖了，买些发霉的粮食以次充好！这事，我卫官兵早就忍耐不下去了。"

"哦？"张鲸一撸袖子，"他娘的！咱……"随即又泄了气，他从张志学的眼神里看出，所谓知府克扣军粮，未必是真；又想到师父张宏乃持正谨慎之人，便道，"可是，这事，守备他老人家如何出面参劾？"沉吟片刻，他一拍大腿，"奶奶的，不如闹场事出来。只要闹出事来，守备老人家就有借口上本参掉查志隆！"

"这个……"张志学踌躇着。

"一家子，知道振武兵变吧？兵变士卒杀了南京户部侍郎，最后怎么样？"张鲸鼓动道，"大不了找几个看不顺眼的卒子当替罪羊！"

张志学自然知道振武兵变。嘉靖年间，南京兵部尚书张鏊招募了一支御倭部队，由地方健儿组成，谓之振武营。按制，南京军士有妻室者，月给粮饷一石，无妻室者六斗。南京户部侍郎黄懋官奏革振武营妻室月粮，引起军士怨愤，继而发饷拖期，振武营士卒遂鼓噪哗变，杀侍郎黄懋官。守备太监何缓和魏国公徐鹏举，许犒赏十万两，乱卒乃稍定。南京兵部又出面抚揖士卒，许复月粮旧制，兵乱乃定。文坛领袖王世贞为此写过一首诗，谓振武兵变官兵"索饭得脯，索浆得酒"，国人无不知之。

可是，说出"兵变"二字，张鲸有些后怕，忙道："呵呵，咱不是鼓动一家子闹兵变，咱是说，闹出点动静来，方好对查志隆下手。"

张志学双目微眯，眼睛狡黠地眨巴着。

二

这天，是为安庆卫官兵发放三月份粮饷的日子，知府衙门前围了四百多人，由指挥张志学亲自率领。知府查志隆闻听衙门外人声嘈杂、气氛异常，忙召集衙门大小官吏、兵丁差弁做好应变准备，他则悄悄从后门出了府衙，赶往同城的操江巡抚

衙门。

操江巡抚衙门节堂，李邦珍见查志隆神色慌张，忙问：“明府何事惊慌？”

“抚台，因下吏整治为盗害民的安庆卫逻卒，张志学对下吏早已怀恨在心。”查志隆禀报道，“今日支放粮饷，张志学亲自率众围堵在府衙前，下吏恐生变，请求抚台老大人弹压。”

“喔呀！”李邦珍大惊，“可本院职在江防，怎好调兵入城？”他在节堂焦躁地踱步，不停地捋着胡须，“目今朝廷锐意振作，谁敢造次？明府是不是太敏感了？再等等看。”

知府衙门前，张志学吩咐亲兵将早已备好的一袋发霉的大米偷偷混入粮车上，粮车刚要启动，他手一挥：“慢！老子要看看，大米有没有发霉？”一名亲兵上前用刀一挑，霉米“哗”地撒在地上，众人围过来一看，顿时响起一片惊叫声。

“欺人太甚！”张志学大声道，“这是存心要害死弟兄们啊！”

“这狗官要害死我辈，我辈先要了他的狗命！”一名亲兵举刀喊道。

“对！先杀了这狗官！”人群高声附和道。一片喧闹声中，几个人带头冲进了首门。

张志学见状，大声道：“把知府衙门围了！”

听到外面的喊叫声，早有两个府丁一溜小跑到操江巡抚衙门向查志隆禀报。李邦珍、查志隆在节堂里也能清晰地听到喧闹声。

李邦珍慌了神：“本院这就传檄九江兵备道，速派兵弹压！”

查志隆道：“本府例当向应天巡抚禀报，可我知张抚台并不在苏州，恐误军机。”

待传令中军领了令檄匆匆而去，李邦珍沉吟片刻，道：“安庆并不属九江兵备道防区，邻府职官恐不愿干涉，而应天巡抚张佳胤又不在苏州，只好委应天通判以行。”遂差中军前去苏州传檄，又决断道，“我这就赴留都，事体紧急，明府不如随本院一道走，直接向南京兵部禀报。”

两人不敢乘轿，遂换上布衣、穿小巷出了枞阳门，登上巡抚官船，顺流向南京而去。

张志学只想闹事，并不真想杀查志隆，可已然哄闹了大半天，只见士民汹汹却不见官府有人出面，自知不好收场，遂吩咐亲兵：“传本指挥命令，关闭城门，任何人不准出入！”

安庆城里，几百官兵闭城大噪，人心惶惶。

张鲸的敛财之旅第一站就碰了壁，憋着一肚子火，一门心思只想收拾了查志隆，让江南的官场都知道得罪他没有好下场。一听说安庆兵变，他无心游览沿岸风光，日夜兼程回到南京，向师父张宏禀报，恳求他上章参劾查志隆。

张宏摇头道："留都有兵部，地方有巡抚，咱就不要掺和了！"

张鲸急得直冒汗，道："师父，你老人家是南京守备，是护卫留都的。说白了就是内线，有事不向万岁爷禀报，恐万岁爷怪罪。"

"再等等看。事体不明，独独参知府，是何道理？"张宏仍不松口。

张鲸不敢把内情和盘托出，只得四处打探，再作计较。

此时，应天巡抚张佳胤刚下庐山到了九江。他进士及第后就加入了文坛盟主王世贞的诗社，拜在他的门下。如今张佳胤巡抚江南、驻节苏州，而王世贞正在苏州赋闲，正值春夏之交，遂命张佳胤陪他到庐山一行。刚下山，九江府阖城官员都想一睹文坛盟主风采，在城楼设宴款待。酒席尚未开，九江兵备道慌慌张张赶来，把安庆兵变的消息知会张佳胤，道："本道不便干涉邻府事，请抚台老大人调兵戡乱。"

张佳胤闻此大惊，顾不得吃饭，带着亲兵夜趋潜山，差人连夜到安庆传令："抚台旦夕至，官兵人等俱不得妄动，须静听抚台处分。"

与此同时，南京兵部尚书王之诰也接到了查志隆的禀报，火速派兵前往弹压。张志学本无心闹大，接到巡抚张佳胤的檄牌就自动解散了。张佳胤赶到铜陵，在江面官船上与来自南京的一千余官军会合，下令将张志学等人械逮南京勘问。

王之诰接到羽书，八百里加急向朝廷呈去塘报；又给高拱投书，请示处置办法。

高拱刚把广东巡抚弹劾侯必登一事处分停当，一看王之诰的书函，得知安庆卫指挥张志学因与知府有隙，竟率部卒四百余闭城大噪，围困府衙，三日始散，不觉又惊又气，说了声："这还了得！"便提笔给王之诰回书：

盖自振武之变，朝廷法度不行，以致恶类效尤，跳梁不息。今是何时，敢尚如此！须先将有罪各官并各军舍拿获待命，庶临时不敢疏虞。歼厥渠魁，胁从罔治。戡乱之道，古今如此。只在处置得宜，以伸国威，靖地方。即以号令天下，使从今知有朝廷之法，亦是一机也。唯行之速而密焉，斯善矣！

次日早，高拱一到内阁，在回廊里便高声问："南京兵部塘报何在？"

内阁接本承差跑过来禀报："已送张阁老。"

高拱即知必是王之诰也有书给张居正，张居正一早就把塘报拿去阅看，也就不再着急。待三阁臣中堂会揖，张居正先把南京兵部的塘报读了一遍。

"此事，当重治不贷！"高拱一拍书案，怒气冲冲地说，"不必兵部题覆，拟旨：械张志学等至京鞫治！"

高仪道："新郑，与以往兵变相比，安庆这件事委实算不得大事，在南京勘问足矣，不必逮京了吧？"

高拱眼一瞪，道："不成，非逮京不可！"

"赞成！"张居正接言道，"自昔嘉靖初年，连有大同叛卒之变，不能正法；尔后，遂有辽东兵变，又不能正法；遂有山西兵变，又不能正法；遂有振武兵变，还是不能正法！而今安庆兵变作矣，假使此前有一次处置得宜，则国威有在，人知所惩，安得复有今日之事？”

“能不能正法与是不是逮京勘问没有关系吧？”高仪坚持说。

“所谓不能正法者，非不行法也。”高拱道，“彼时也有叛卒受刑者，可真正罪魁祸首却逍遥法外，只是找几个龌龊之流做替罪羊，以图了事。此非叛卒知之，天下人无不知之。正因如此，恶类敢效尤矣！今是何时，尚敢如此？绝不能图了事而袭故套。要拿京来问，查个水落石出，看看到底是怎么回事。无论涉及谁，必一查到底，不唯严惩责任者，还要以此为镜堵塞漏洞，杜绝此类事再次发生！”他又一拍书案，高声道，“我当国，绝不允许此类事再现！”

见高拱与张居正怒气冲冲、一唱一和，高仪不再说话。张居正照高拱所示提笔拟旨。写毕，交书办收走，又拿起一份文牍，只看了一眼，叹息道：“唉，又是一件恼人的事！”

三

大同城有一座藩王府邸，大小宫殿二十多座，房屋八百余间，是国中王府中最大的一座，此即代王府。首代代王乃太祖皇帝第十三子，至隆庆年间，已传十代。

初夏的一天，交了午时，第十代代王朱廷埼正在花园与王府太监总管承奉下棋，几个侍女在旁侍候着。王府长史急匆匆走过来，禀报道：“王爷，出事了！”

代王头也不抬，懒洋洋地问：“何事？”

长史道：“博野王府奉国将军、广灵王府辅国将军等纠集宗室百余人冲击知府衙门，未持红领，要将应分发给各宗的禄米白手全支；知府不允，奉国将军等竟群凶殴打知府！”

“哦？”代王这才抬起头，“报官了吗？”

“大同巡抚已派兵弹压。”长史道，“各宗乃王爷血亲，王爷有节制之责；出了这等事，当奏报朝廷。”

代王一摆手：“有劳相国起稿吧！”说着，继续与承奉下棋。

长史乃进士出身的从四品文官，号称藩王封国的宰相，故代王有此称。长史对朝廷负有监视藩王之责；对藩王，则掌章奏文书。他领命即到巡抚衙门查问事体详情。

“抚台，皇亲殴伤知府固然有罪，但朝廷拖欠皇亲禄米，各宗日子也委实难挨，能不能向朝廷把此事说清楚。”长史与巡抚商榷拟稿事，不禁感慨了一句。

“相国有所不知，”巡抚道，“山西全省各粮仓存粮一百五十二万石，而省内皇亲年俸总数却是二百一十三万石，僧多粥少啊！”

两人感叹一番，统一了口径，各自起稿，一同奏上。

两份文牍同时发交内阁，执笔票拟的张居正一看，脑袋“轰”的一声，叹息着说了声：“又是一件恼人的事！”遂把代王的奏本和大同巡抚的参章都读了一遍，高拱、高仪听罢，俱沉吟不语。

三位阁臣都清楚，藩王宗室的事既重大又棘手，一时又很难找到对策。自百年前宪宗时代起，内阁皆回避此事；即使出了事，也批交礼部就事论事、息事宁人，不了了之。

国制，皇子封亲王，亲王嫡长子封郡王，诸子授镇国将军，孙辅国将军，曾孙奉国将军，四世孙镇国中尉，五世孙辅国中尉，六世以下奉国中尉。另皇姑曰大长公主，皇姊妹曰长公主，皇女曰公主，婿曰驸马都尉。亲王女曰郡主，郡王女曰县主，孙女曰郡君，曾孙女曰县君，玄孙女曰乡君，婿皆仪宾。藩王皇亲不得干涉地方事务，不得擅自离开封地、结交地方官员，分封而不赐土，列爵而不临民，食禄而不治事。可日益膨胀的皇族人口越来越成为朝廷沉重负担。隆庆三年，现存的亲王、郡王、将军、中尉共计二万八千四百九十一人，这还不包括皇族中的公主、郡主、县主等女性成员。全国税粮总收入不足两千五百万石，而各王府的岁禄开支就达九百万石，供养皇族宗室的开支成为国家最大的开支，超过了全部官吏俸禄的总和。

朝廷设宗人府专门管理皇族宗室事宜，初以亲王领之，后以勋戚大臣摄府事，不备官，只负责把宗室陈情转报礼部。近百年来，历任内阁大佬都对宗室之事讳莫如深。如今，因宗室为抢夺禄米殴伤知府，这个难题摆到了高拱面前。

高仪见高拱眉头紧锁，知他也感到为难，遂道：“新郑，此事批交礼部题覆就是了，自可照常例了之。”

“虏患、漕运、军政、吏治、钱法、财用或已有成，或正展开中，最难啃的硬骨头唯有宗室负担一项。”沉吟良久，高拱终于开口了，“我本想待明年吏治有成再议此事，看来，拖下去终归不是法子。我常告诫官员不能回避矛盾，内阁若规避烦难，岂可表率百僚？”他看了一眼张居正，“记得叔大初入翰林，给先帝上过论时政疏，所陈时弊有五，第一款就是宗室骄恣。这么多年过去了，可曾有思路？”

张居正有些尴尬。当年他上此本把宗室骄恣列为首弊，实有所指，乃曾经在少年时代将其祖父虐酒致死的辽王。四年前，辽王被废为庶人、圈禁凤阳高墙，他的仇已报；如今高拱遽然提到，让他颇感局促，只得苦笑道：“宗室事太棘手，不敢思之，思之头疼！”突然又一挑眉毛，“河南宗室为天下之最，周王府禄米却能保

证，不知可否为他省借鉴？”

高拱道：“河南仅亲王就达七府，郡王八十余。亲王以周王为最早，乃太祖第五子。从国初至今，仅周王子孙即达四千余，宗室禄米供给自是一大难题，地方倒是想了些法子。李邦珍巡抚河南时，建言将卒后无子除封的南陵王遗产的一半免其解京，留为补充周王府禄米之用。去岁，敝县知县匡铎擢升兵科给事中，他知与敝县相邻的钧州是原徽王府邸所在，而徽王早在二十年前已因不法被废，王府群牧所改为钧州千户所，驻军千余，却也无事可干，遂建言将此千户所并入开封宣武卫，密县、新郑原输该千户所纳额粮改解省藩库，充为宗室禄粮。这两例都是特殊情形，不便推广。”他一欠身，突然提高了声调，“似这般挖东墙补西墙，也不是办法，需谋根本之策。”

“根本之策？”高仪惊讶地问，“新郑何所指？”

“不妨以周邸为例。”高拱道，“我年轻时在开封求学十余载，加之岳父在周王府做过事，对周邸事略知一二。第一代周王可谓是医学家，所撰《保生余录》《袖珍方》被翻刻了不知多少次，若是布衣百姓，凭此也可养家糊口。第二代周王擅书，写有《东书堂帖》行世，也足以养家糊口吧？我的意思是，能不能改改宗室不得参与士农工商四业的规矩，让他们尽可能自食其力？”

高仪反驳道：“一旦改变宗室不得参与士农工商四业的祖制，经商也好，做官也罢，谁能与之争胜？与其这样，不如维持原状。”

高拱顺着自己的思路继续说：“再比如，宗人府可否实体化？推贤亲王掌之，代皇上管理天下宗室。”

“新郑！”高仪突然大声打断高拱，“还是不必说这些了吧！”

高拱看着高仪，仿佛不认识他似的，又转脸看了看张居正，却见他低头沉吟，看来这二人是指望不上了，遂决断道：“兹事体大，拟旨：着礼部行札天下王府，请其各抒己见，限期报部。我辈也要多方访咨，务必啃下这块硬骨头，立一代章程！”

午饭后，高拱见高仪正往自己的朝房走，向他招了招手，待高仪近前，笑着问：“南宇，适才议宗室事，你怎么像变了个人似的？”

“新郑啊，宗室的事，还是不触及为好。”高仪劝道。

“为何？”高拱一瞪眼，不满地问。

“祖制如此，谁敢轻变？”高仪一脸愁容道，“况此何时，偏要议这等事，小心被人利用！”

高拱一撇嘴，鼻孔发出“哼”的一声，转身进了朝房。

四

张居正回到府中，下了轿，低头往中院走，心里还在思忖宗室之事。吕光从后面跟上，道："太岳相公，存翁有好消息。"

"哦？"张居正止步，转身看着吕光。

吕光道："前不久王世贞约江南巡抚张佳胤到庐山游，路上一直替徐府说情。张佳胤是王世贞的弟子，不好驳他的面子，尚未上山，就差人去松江府传令，先开释徐家三公子，案子慢慢复审。"

"这个张佳胤，竟和王世贞这帮人搅在一起，有闲工夫何不巡视各府？若到安庆巡视，发现文武不和且预为处置，或许安庆也不会发生兵变！"张居正心里说，表面上却微微点头，道："这就好。"说着迈步往前走。

"太岳相公，那件事，对相公大不利。"吕光突兀地说。

张居正却已会意，道："走，到书房去说。"

吕光跟在张居正身后进了书房，尚未落座，便道："闻得闰二月时皇上曾执手对高相说'以天下累先生'；前些日子又突然颁了那道罕见的诰命，朝野议论纷纷，都说这是皇上感激高相的辅佐之功，同时告知天下，他身后只能由高相当国，不许他人染指，大事定矣！"

张居正默然。

"相公，上次存翁嘱相公预为准备遗诏，取步步为营之策，在下以为已胜券在握。不意皇上又发此诏，把这两年的政绩都记在了高相头上，还不加掩饰地直把高相说成千古一臣！"他长叹一声，语调悲壮地说，"皇上在一日，谁能撼动高相？如今又以诰命昭告天下，大明当由高相掌舵！即使皇上……谁若敢动他，就是违背先帝遗愿！如此看来，即使此前谋略顺利达成，若无非常之举，恐也难逆转大局！"

非常之举？除了派刺客行刺，张居正想不出还有什么非常之举；可行刺的事，是万万做不得的。这样想着，他感叹一声，道："张四维屡屡投书，劝我与玄翁欢和，昨我回书与他，言已决计秋末辞职南归。"

"是麻痹高相，还是真这么想？"吕光吃惊地问。

"事若不成，何以面对？"张居正又是一声叹息，"只得如此了。"

"万万不可！"吕光打气道，"内有冯太监，外有存翁，相公不可泄气，存翁必有良策应对。"

张居正沉默着，令吕光坐卧不安，不停地欠身、晃腿。

"今日内阁议起宗室事，玄翁言要为宗室立一代章程。存翁老成谋国，不知有否良策。"张居正把内阁研议情形略述一遍，"吕先生可代为请教存翁。"

"哦？"吕光两只小眼睛狡黠地忽闪着，"我这就差人夤夜驰赴松江！"

吕光闪身出去了，张居正颓然枯坐良久。不知过了多久，两个尚在少年的儿子老五、老六牵着手进来，唤他去用饭，张居正看着两张稚嫩的面庞，笑着说："嗯，要好生吃饭。"遂起身往外走，两个幼童在前面欢快地蹦跳着，他感慨一声，"日子过得真慢啊！"

与张居正相反，高拱却不时感叹日子过得太快。转眼间，五月上旬就要过完了，他总觉得要办的事太多，而时光却飞快地流逝，每天一到内阁，都是一副焦虑不安的表情。

这天一进中堂，张居正就拿着一份文牍生气地说："南京守备太监张宏上本参查志隆。这个张佳胤，勘狱马虎！"

"怎么回事？"高拱不悦地问。

"张宏参查志隆的本子，说他稽误月粮、激变军士，又擅离职守、潜入南京！"张居正举着文牍说，"可前几天张佳胤的奏本却说查志隆敏才强力、剔弊爱人，因整治逻卒为盗得罪张志学；张志学为谋私利，遂铤而走险、率士卒哗变，欲除查志隆而后快。"

张宏本不愿掺和地方之事，怎奈张鲸软磨硬泡，说他刚从安庆回来，访得查志隆克扣军粮以激成事变，事发时又跑到南京躲起来，若不参奏，文官们官官相护、朝廷不明真相冤枉好人，或许还会激起更大的事体。张宏一听也有道理，便照张鲸所言紧急上了一道参章。而此前，江南巡抚张佳胤已上本，禀报兵变情形，极力为查志隆开脱。

"哎呀，这下麻烦了！"高仪感叹一声，"张佳胤是巡抚，他有一套说辞；张太监是旁观者，又是一套说辞。不过，张太监极重修身，常对人言：'我形虽废，自有不废者存。'俭朴寡言，休休有量，人不敢干以私。他的话，恐更可信些。"

高拱的胡须被他的粗气吹得在胸前乱舞，他用力在书案上"啪"的一拍，"是非不清，赏罚不明，事体因此而愈加败坏。这回绝不能让任何人朦胧过关！拟旨，命锦衣卫逮查志隆于京师讯问！"似乎还不解气，又道，"张佳胤身为抚臣，提督军务，不能遏事态于未萌；事后又勘狱不合、朦胧上奏，做巡抚不称职，降调！"

"新郑，是不是太重了？"高仪小心翼翼地问。

"不唯要重，还要快！"高拱余怒未消，"去，叫吏部魏侍郎来！"又转脸盯着张居正，"叔大，诏旨拟好了吗？拟好了送去批红！"又喊了一声，"来人，叫锦衣卫缇帅朱希孝来！"

锦衣卫衙署靠近承天门，离内阁不远，是以锦衣卫都督朱希孝倒是先一步到了内阁。锦衣卫缇帅虽为三品，可朱希孝是勋臣之后，皇上特赐一品。为示威严，他当直时总是身着一品斗牛服，不苟言笑。

高拱未等他施礼就开口道：“缇帅，安庆兵变，知府查志隆激成，诏旨已送批红。明日即差锦衣校尉星夜赶往安庆，逮京讯问！”

朱希孝虽口中称是，脸上却掠过几丝阴霾。锦衣卫缇帅可不是政府随意敢传召的，只是隆庆朝皇上委政内阁，方有首相召缇帅之事出现。不过为这么件事把他传来，还是有些小题大做了吧？

高拱看出来了，遂道：“非政府小题大做，委实是目今之世不容此类事件发生；一旦发生，当迅疾处置，让天下皆知朝廷威严！”

朱希孝这才露出一丝笑意，施礼而去，魏学曾正巧与他擦肩而过。

“惟贯，速为安庆物色新知府，快办！内里一批红就发红谕，克期赴任！”高拱吩咐道，“还有，张佳胤免巡抚职，南京光禄寺右卿是不是缺员？调张佳胤去。”言毕一扬手，“去办吧！”

高仪不禁摇头，暗忖：“新郑未免操切！”他想劝高拱两句，可刚叫了声：“新郑……”怕“操切”二字出口激怒高拱，便又打住，改口道，“喝口茶，消消气。”

高拱看着比他小五岁的高仪，又瞟了眼小他十三岁的张居正，一掀长须，慨然道：“我老矣，着急啊！”喝了口茶，又道，“叔大、南宇，议议为宗室立章程之事吧，我看礼部和各王府未必能拿出什么像样的东西来。”

高仪道：“新郑，皇上病重，我辈做臣子的却要改祖制、为宗室重立章程，这合适吗？”

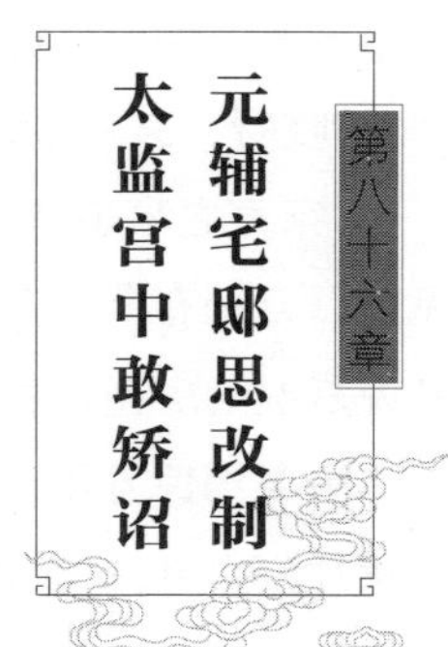

第八十六章 元辅宅邸思改制 太监宫中敢矫诏

一

隆庆六年因有闰二月，进入五月下旬，已是酷暑季节，闷热的天气让人难以入眠。高拱近午夜方从吏部回到家中，换了件长衫，手拿一把蒲扇，低着头在院中缓步而行，似有万般心事积在胸中。走了几步，问跟在身后的房尧第道："崇楼，户部要扩大，天下理财官要预养、特选、重用，你以为坊间会做何观？"

"这个……"房尧第思忖片刻，"布衣百姓对朝廷的举措，非切其身者向来漠不关心。而天下读书人，向以不言利为高，一贯鄙视钱粮衙门，突然把理财官捧得很高，估计必是冷嘲热讽。"

这不出高拱意料，他也不想展开说，又问："崇楼，你说，州县长若不从新科进士、举人中选任，该让什么人去做？"

房尧第一时不明白高拱的意思，支吾着不知作何回答。

高拱解释道："我的意思是，州县长之选，不再用初仕之人，而要用：其一，当谙熟民事；其二，对其操守才干当有所把握。有了这两点，再授以民社之任，用以理政安民，或可有望。"

房尧第歉意一笑："玄翁，学生从未想过，容学生斟酌后再禀。"

"还有，"高拱又道，"时下内阁号称政府，可阁臣只能出自翰林院，既没有地方经历，也甚少部院经历，有治国安邦之才者鲜矣！可若贸然改阁臣选任之制，阻力甚大，能不能先改两点：一则从改庶吉士的教习内容做起。比如，不再教以诗文，而以国家典章制度、古今治乱安危，必求其故；如何为安常处顺，如何为通权达变，如何以正官邪，如何以定国是；再则，翰林官与他官参用。做过地方官又在部院任

职既久，德行纯正、心术光明、政事练达、文学有长者，与翰林官参用，庶乎地方之事彼此商榷，处得其当而无舛。”

“哎呀，玄翁，这、这可是天大的事！”房尧第吃惊地说。

“宗室之事也得重立章程。目今供养宗室乃国家最大负担，天下无事尚且捉襟见肘，万一有事，何堪重负？靠加税向百姓搜刮，早晚要出大事！”高拱又道。与其说是说给房尧第听，不如说他在梳理思路，把心中牵挂的几件大事梳理一遍。

房尧第惊异不已，道：“这可都是异常之举，恐一旦提出，朝野哗然啊！”他踌躇片刻，道，“玄翁，道路传闻，皇上病重，恐非大破大立之时。”

“正因如此，我才着急啊！”高拱感叹道。他转身急促地说，“崇楼，你这两天快到左近走走，访咨一下，看看‘条鞭法’到底在北方能不能推行。”

房尧第点头称是。他有一件事压在心头好久了，没敢问，此时见高拱不停地谋划着未来要做的事，越发不解了，遂压低声音问：“玄翁，皇上既已有谕，要玄翁为他准备后事，学生怎不见玄翁提起拟《遗诏》之事？”

高拱蓦地停下脚步，眼前又出现了在恭默室偶遇书办姚旷飞走送《遗诏》于冯保的一幕。这是他心里的一个结。《遗诏》是要刊布中外的，他不相信有人敢在《遗诏》里动手脚、耍阴谋；加之张居正对天叫誓，要改过自新，高拱也就未再追究此事。一听房尧第提及《遗诏》，他的神情陡然变得凝重起来，良久方道：“皇上才三十六岁，龙体时好时坏，我想皇上会挺过去的。闰二月执手相嘱，只是一时恍惚所打妄语，怎可当真？吾不忍思之，遑论拟之！”他用力扇了几下蒲扇，“退一万步说，当今皇上孜孜求治，天下事蒸蒸日上，即使出现不测，等因奉此说几句可也；非如武宗、世宗两朝，或屡出荒唐之举，或弊政甚多，臣下寄望《遗诏》以改之。”

“学生明白了。”房尧第道，“不过道路传闻，说皇上其实已然自己安排好了身后事。颁给玄翁的诰命，即是授权玄翁辅导幼主、治理天下的。是以有些大的改制事，玄翁倒不必急于在这个节骨眼上匆忙推出。”

“高某今生得遇皇上，”高拱扔下蒲扇，抱拳向上一举，动情地说，“何其幸哉！唯愿皇上万寿无疆，余概不复想！”

房尧第弯身捡起蒲扇，一边为高拱扇着，一边道：“皇上何尝不是以遇玄翁为幸！看他明颁诰命，赞玄翁‘养气极其刚大，为众人所不能为；精忠贯日，贞介绝尘，以天下为任，赤心报国，正色立朝，尽鞠瘁以不辞，当怨嫌而弗避。为非常之人，立不世之勋！’自古做大臣的，谁可得此誉？皇上这是感激玄翁两年半来的辛劳，并期待玄翁辅导幼主、实现大明中兴！”

“崇楼，不要再说了……”高拱哽咽着道，两行热泪顺着两颊簌簌而下，脑袋“嗡”的一声，胸口像塞进了什么东西，堵得喘不过气来，身子晃了晃，眼前一黑向前栽去。

房尧第眼明手快，一把抱住了他，踉跄了两步方站稳了。高福正在回廊的一把椅子上坐着打盹，闻听“橐橐”的响动声，吓了一跳，睁眼一看，星光中依稀可见房尧第拦腰用力抱着高拱，忙跑过来，帮着房尧第把高拱搀进他的卧室。

“好了好了，我没事。”高拱向外摆摆手，轻声道，“你们都下去吧。”

房尧第和高福轻手轻脚退出。高拱歪躺在床，感觉胸口还是堵得难受，他用手自脖颈处向下重重地捋着，大口大口地喘着粗气，直到远处传来鸡叫声，方朦朦胧胧睡去。

似睡非睡间，高拱做了一个梦。梦到高老庄西边那片沙丘突然狂风大作，把三个女儿的坟头瞬间夷为平地。坟地的那棵大槐树被狂风连根拔起，槐树的根茎似乎变成了手臂，拼命抱紧大地，与狂风抗争着。终于，槐树耗尽了最后的气力，被狂风卷去，飘飘忽忽飞上了天际。他想帮那棵槐树，可怎么也迈不开步；他要去追那棵槐树，可他抬不起腿来……

“啊——”高拱一声大叫，惊醒过来，浑身已被汗水湿透。他坐起身，梦境历历在目，又在脑海中清晰地过了一遍，一种不祥的预感遽然涌上心头。

“不会！不会！”高拱喃喃自语道，“梦与现实是反着的，对！是反着的！”他起身走到屋角的盆架前，在脸盆里洗了把脸，用湿手巾擦了擦身上的汗，慢慢镇静下来。透过窗棂，看见院子里已然洒进一缕晨曦，微风中，高大的杨树上几片叶子发出欢快的“哗啦”声。高拱缓步到了书房，提笔写了一道问安疏，欲起身，却已是气力全无。

“高福——”高拱唤了一声，高福从外面跑着进了书房，高拱吩咐，“倒盏茶来。再知会伙房，端碗小米粥来喝。”

二

高拱喝了碗小米粥，即登轿上朝。天气异常闷热，他坐在轿中仍不住地淌汗，昨夜的噩梦让他心里阵阵发慌。进得文渊阁，即吩咐一个书办把问安疏送会极门收本处，又命另一个书办到南三所召侍直御医来见。

只一盏茶的工夫，侍直御医就到了高拱的朝房。不待他施礼，高拱就问：“皇上的病情如何？”

御医“嗵”地跪地，叩头道：“禀元翁，皇上已昏迷不省人事两天了，恐熬不过这几天了。”

“啊！”尽管高拱明知皇上已病危，但还是心存幻想，期盼像二月里那样转危

为安。闻听御医此言，他心跳加快像要飞出体外，顿觉一阵晕眩。

御医忙起身到高拱跟前："元翁气色不好，下吏为元翁诊治？"

高拱无力地摆摆手："皇上到底是什么病？"

"元翁，皇上……生了毒疮，又患了中风。"御医小心翼翼地答。

"毒疮？生疮，也不至于要命嘛！中风，即使是坊间百姓，瘫痪几年的有的是，何至于……"高拱喃喃絮叨着，以祈求的目光看着御医，"找偏方、做针灸，再试试吧，务必保住皇上的生命。皇上还年轻啊！咱们的皇上是好皇上啊！"他扶着扶手吃力地站起身，抱拳一揖，急促地说，"只要保住皇上的命，我给你们升职、加俸。不！还要记功荫子！好不好？"

"元翁，我辈必竭尽所能。"御医苦笑着道。

"那，快去吧，快去！"高拱向外摆了摆手。

御医辞出，高拱呆呆地坐着，心里阵阵酸楚。他在脑海里，把刚进裕王府第一次见到少年裕王直至今日的情形都过了一遍，又拿出前不久特颁的那道诰命，看了又看。胆怯的少年、宽厚的君主，上天何不假以时日，让大明在他手上复兴？

不知不觉已到午时，厨役抬来食盒，高拱摇摇头："吃不下，拿走！"

过了一会，书办来禀：新任广东巡按御史杨相来辞行请训。高拱起身，到朝房门口相候。

"元翁！"杨相见高拱亲自迎于门口，甚是感动，忙作揖施礼。

"朝廷对御史有厚望焉！"高拱边说，边拉住杨相的手往朝房里走，待落座，嘱咐道，"广东造乱多年，积弊甚多，御史必须力为处分，务解倒悬为当。不然，恐遂至于不可为也。吾于岭南事，日夜在念，凡有可言者，不妨见教，即当为行之。"

"多谢元翁信任！"杨相躬身道。

"务必到潮州一行，查一查府推官来经济的事，说不定可打开广东官场贪墨案冰山的一角。若不刹住贪墨之风，恐再好的方略也会走样。"高拱又嘱咐道，"不过广东善后事宜多而重，要把握好，不要与殷正茂冲突。"

杨相点头称是。他见高拱脸色发乌、眼泡凸起，双眼布满血丝，不敢久待，忙起身告辞。

高拱又起身相送，送到了门口，忽然想起一件事，道："你到广东，抽暇到琼州一行。我听殷正茂说，海瑞呈其《上殷军门书》，为经理琼州献策。你找海瑞谈谈，看他对时局是何看法。若他认同朝廷的施政，你可上本建言起用。海瑞操守过硬，又肯不避嫌怨任事，弃之可惜。"

杨相连连点头，又抱拳施礼而去。送走杨相，看看要交申时了，高拱才拖着沉重的步履，进了中堂。

“新郑，你可来了！”高仪拿着一份文牍道，“宣大总督王崇古有本，代顺义王乞两事：其一，俺答称已决心不再征战，立地成佛，随喇嘛僧诵经，请赐金字经并遣番僧为其讲说；其二，欲于青海湖之南建寺，请赐庙名。”

一旦说起政务，高拱突然有了精神，声调也不知不觉高起来：“好事！老俺此举乃其悔祸之机，自当成就之。”他露出难得的笑意，略做思忖，“青海建寺，就赐名‘仰华’吧。至于请赐金字经、遣番僧为其讲经，没有不准的道理。唯差去的番僧必须得人，且待遇要优厚，令其讲说以劝化老俺顺天道、尊朝廷、戒杀为善，即往西天做我佛如来，岂不快哉！”顿了顿，又道，“讲僧须用二人，若止一人，恐任其所言，别无见证……”

话未说完，乾清宫御前牌子神色慌张地跑了进来：“高老先生，高老先生，万岁爷，万岁爷……”

“皇上……”高拱一看御前牌子的神情，不敢再问，双腿一软，瘫坐椅上，欲起身而不能。

高仪急忙走过去，他以为张居正也和他一样来扶高拱，抬眼一看，却见他直趋御前牌子跟前，低声问：“厂公在乾清宫吗？”

御前牌子茫然地点头。

张居正“呼”地大出一口气，高声道：“来人！”这才转身跑到高拱身边，和高仪一起把他搀扶起来。书办人等已应声而来，张居正吩咐道，“搀扶元翁，到乾清宫去！”

两名承差搀扶着高拱，张居正、高仪跟在身后，出了文渊阁。张居正扭头向天上看了看，日头还高悬在正南偏西方，约莫是未申间。他又看了看前面的高拱，被两个承差架着，浑身颤抖，脚步紊乱，官袍已被汗水湿透，紧贴后背，可嘴里却不住地催促：“快走，快走——”

到得乾清门，承差不敢向前，高拱已不能独立行走，张居正喊了声：“来人！”几个内侍跑出来，接着把高拱搀扶住，吃力地往里走。

进了寝殿东偏室，一眼望去，皇上躺在御榻上似已昏沉不省，陈皇后、李贵妃拥于榻旁，不停地抹泪，太子站在御榻右边，稚嫩的脸上挂着泪珠。高拱“嗵”地跪在榻前，深情地唤了声：“皇上——”泪水顿时模糊了他的双眼，他强忍悲痛，没有哭出声来。

皇上听到了高拱的呼唤，左手在薄被上微微动了动，似乎在摸索什么。高拱跪行上前，伸过手去，皇上抓住了高拱的手，吃力地睁开眼睛，久久地凝视着他，两行泪珠，从已失去生机的眼眶中缓缓流出。良久，皇上又把目光转向太子，嘴唇嚅

动着，却已不能出一言。

高拱从皇上的神情、嘴型猜出，他是想说："东宫年幼，以天下累先生！"高拱五内俱焚，突然意识到皇上已口不能言，闰二月皇上在御道执手所说的"东宫年幼，以天下累先生"，实则就是亲口授顾命啊！想到这里，高拱越发悲痛，唤了声"皇上——"

"东宫年幼，今付之卿等辅佐，皇上，是想说这句话吧？"李贵妃问，虽语调哽咽，却也从容不迫，似早有准备。

皇上似乎不满意，但又不能表达。良久，只得微微颔首，又把目光转向高拱，泪珠还在向外涌着。他已没有了一丝活力，依依不舍地松开了高拱的手，慢慢闭上了眼睛。

"皇上——"高拱唤了一声，"皇上——"又唤了一声，皇上已进入弥留状态。

秉笔太监冯保近前，拿出一纸揭帖，跪呈太子："太子爷，这是万岁爷给太子爷的遗诏。"

太子可怜巴巴地看着李贵妃，李贵妃低声道："钧儿，接下。"太子方把揭帖接过去。

冯保回身对跪在太子身旁的高拱道："高老先生，此为万岁爷的遗诏。"

高拱闻"遗诏"二字，已是抽泣，他颤抖着接过来，泪眼模糊看不清字迹，瞬间难抑悲痛，大恸不能胜，终于哭出声来，边哭边向御塌叩头："臣受皇上厚恩，誓以死报。东宫虽幼，祖宗法度有在，臣务竭尽忠力辅佐东宫，如有不得行者，臣不敢爱其死，望皇上无以后事为忧。"边奏边哭，言毕已是长号不能止。陈皇后、李贵妃也失声痛哭起来。

"来人！"冯保起身道，几名内侍应声进来，冯保一指伏地大哭的高拱，"高老先生太伤心了，快扶出去！"

三

乾清宫里，两名内侍上前搀扶起伏地痛哭的高拱，一人架着一只胳臂就往外走，高拱仍大哭着扭过脸去，看着昏迷中的皇上，哭喊着："皇上……你还年轻啊！皇上啊……皇上，臣舍不得皇上啊……臣舍不得……"

内侍径直把高拱扶回内阁，张居正、高仪也跟在身后进来了。高拱已哭得瘫坐在椅上，勾头喘息着。

张居正呷了口茶，神情紧张中透出几分兴奋。仿佛两军对垒，设好了埋伏，敌人已然进入包围圈，插翅难逃，他但等着决战取胜的时刻。

高仪“嘶”的一声倒吸了口气，道：“适才听遗诏，隐隐约约听到‘卿等三臣同司礼监’之语，不会是我听错了吧？”

高拱依然勾头喘息，毫无反应。

高仪看着张居正：“江陵，你听到了吗？”

“这个……”张居正支吾着。

高仪走到高拱跟前：“新郑，《遗诏》安在？”

高拱无力地伸出右臂，左手向袖筒指了指。高仪伸手从袖中掏出，展读：

朕嗣祖宗大统，今方六年，偶得此疾，遽不能起，有负先皇付托。东宫幼小，朕今付之卿等三臣同司礼监协心辅佐，遵守祖制，保固皇图。卿等功在社稷，万世不泯。

“啊，果然有这句话！”高仪大惊，“太监顾命？呵呵，太监，太监安得顾命？”

这是张居正起草的遗诏中第一份公之于众的。他心里忐忑，却佯装惊诧，道：“喔，真有司礼监顾命之语？”拿过《遗诏》一看，“哎呀，这是怎么回事？”

“叔大，你起的稿，你当知道是怎么回事吧？”高拱有气无力地问。

“玄翁，居正委实不知啊！”张居正委屈地说，“我冒天下之大不韪，为孟冲戴上顾命大臣的帽子，目的何在？”

高拱眼前，时而是适才与皇上告别的场景，时而是三个女儿临终时的画面，肝肠寸断，无心他顾，也就不再说话。

“事已至此，多说无益。”高仪感叹一声，劝高拱道，“新郑，东宫年幼，要办的事很多，都要你来主持，不要总伤心。”

高拱道：“南宇做礼部尚书多年，谙熟一应礼仪，你多费心吧！”

高仪无奈，只得拟了文移，札谕各部院寺监，百官值守，不得散班回家；又召礼部仪制司郎中来，拟定丧礼仪注。

天已黑了，内阁烹膳处厨役送来了食盒，高拱吃不下，高仪吩咐换碗小米粥来，高拱方勉强吃了。饭毕，依然怔怔地坐着，默然无语。

漫长的一夜过去了。交了卯时，乾清宫里，陈皇后、李贵妃还守在御塌前，皇上的喉咙里突然发出“呼噜呼噜”的响声，孟冲、冯保见状，忙摇醒在一旁沉睡的太子，太子揉了揉眼睛，似睁非睁时，皇上咽下了最后一口气。

“孟冲，你快去知会内阁！”李贵妃从容地站起身，吩咐道。待孟冲出了乾清宫，李贵妃拉住痛哭不止的陈皇后的手，哽咽道，“姐姐，皇上大行，主少国疑，内里当有得力的太监主事。”说着，拿出一张揭帖，念道，“孟冲不识字，事体料理不开，着冯保掌司礼监印。”

这是冯保和张居正商妥事先起草好的，冯保闻言，心里“怦怦”直跳，一阵得

意，差点笑出声来，忙伏地假泣，道："奴才才疏学浅，不敢受命。"

"大事要紧，你不可辞劳。知你好，才用你。"李贵妃道，说罢方觉不妥，忙问抽泣不止的皇后，"姐姐说呢？"陈皇后茫然地点了点头。

内阁里，高拱闻听皇上驾崩，大叫一声："皇上啊——"跪地痛哭起来。

张居正、高仪并阁中书办人等也都跪地哭泣。众人或佯装哭泣，或受高拱哭声的感染，文渊阁里哭声响成一片。哭了一阵，高仪起身，走到高拱身边："新郑，不能再哭了，要办事呢！"

众人都起身，唯高拱还在大哭不止。高仪吩咐书办："扶元翁到朝房歇息一会吧。"

书办把高拱扶到朝房，高拱连续两夜几乎没有合眼，茶饭不思，又因悲伤过度，已是气若游丝，浑身瘫软。书办扶他到床边，把被子叠起，让他斜躺在床上。

孟冲从内阁回到乾清宫，刚进寝殿，李贵妃拿出揭帖："孟冲，大行皇帝遗旨，命冯保掌司礼监印，你这就交印！"

"遵旨！"孟冲脸色煞白，浑身颤抖着跪地叩首，战战兢兢起身，倒退着出了寝殿。

冯保追过去，道："孟家，你老人家放心，冯某不会亏待你。咱这就奏明娘娘，特准孟家月给米十石，岁拨人夫十名。"

孟冲一脸惊恐，生怕冯保拿了他，一听这话，"嗵"的一声跪在冯保面前，"孟某感激不尽！"

冯保忙扶孟冲起来，问："几位老先生闻讣怎样？"

"咱看高老先生大恸，撑不住了。"孟冲禀报道。

"他撑不住也罢，让张老先生多辛苦些就是了。"冯保说完，抱拳一揖，转身回了寝殿，与李贵妃一阵耳语后，即差司礼监秉笔太监王臻前去内阁传旨。

"传旨？传谁的旨？"高仪嘀咕了一句，忙命书办将高拱扶出，一起跪地接旨。

王臻扯着尖嗓子念道："大行皇帝遗旨：孟冲不识字，事体料理不开，着冯保掌司礼监印。"

"啊？！"高拱惊讶地叫了一声，吃力地爬起来，瞪眼道，"大行皇帝不省人事已二三日，今又于卯时升遐，而此时传旨，是谁为之？谁遣你来传旨的？"

王臻吓得双腿颤抖，低声答："是、是圣母贵妃娘娘千岁。"

高拱闻言默然，只得接过《遗旨》，细细一看，上果盖有皇帝之宝御玺。他满腹怨恨无以发泄，"哼"了一声，不再言语。

乾清宫里，冯保正指挥众内官侍候太子、皇后带众嫔妃为大行帝行小敛之礼。众人照例为大行皇帝沐浴容颜、括发、穿寿衣，并在遗体前陈设祭品。又有一群内侍奉命从冰窖里抬来几桶冰块，不断轮替着放在大行皇帝御榻四周。

冯保一边忙着，一边不时向外张望，远远看见传旨太监王臻走了过来，忙抽身走过去，问："那高老先生如何说？"待王臻把到内阁传旨情形禀报一遍，冯保不禁咧嘴而笑，"哼哼，高胡子，你的靠山倒了，看你还能横行几时！"

小敛礼毕，太子并皇后、嫔妃各自回宫歇息。冯保坐着凳杌，跟在李贵妃的轿子后到了翊坤宫。

李贵妃知冯保有事要禀，待净手洗漱毕，到了前殿，升了座，端坐着屏退左右，很是镇静地道："说吧！"

自皇上驾崩，李贵妃突然变得严肃了许多，这严肃的表情不期然现出一副雍容气。冯保在她面前也拘束了些，躬身道："娘娘，老奴想，把大行万岁爷给太子爷的《遗诏》报给外廷，娘娘以为如何？"

李贵妃问："这是为何？"

冯保讨好地说："娘娘，高胡子那脾气，不唯看不起老奴，对娘娘也有几分轻看，谁驾驭得了他？老奴要替娘娘牵制他。可老奴毕竟是内官，若把给太子爷的《遗诏》示天下，让中外皆知，老奴乃受顾命之人，先帝有托。如此，老奴就好替娘娘办事了，免得外廷那个高胡子把大权都夺去。"

李贵妃一蹙眉，道："这……公然宣示内官授顾命，恐朝野哗然。"

"娘娘尽可放宽心，有张老先生在，不会出乱子！"冯保一拍胸脯道。

李贵妃踌躇片刻，道："待明日大敛后再办吧！"顿了顿，正色道，"冯保，大行皇帝特颁诰命给高先生，大行皇帝的意思是让高先生辅佐幼主的，中外皆知；若高先生事事合作，你不可造次。"

冯保狡黠地眨巴着眼睛，道："只要高胡子让娘娘做主，不欺负娘娘和太子爷，老奴不会与他过不去！"

"好了，咱累了，你到皇后那里去看顾，别冷落了她。"李贵妃嘱咐道。

"嘿嘿，老奴明白，必让她事事顺着娘娘。"冯保一笑道。

次日晨，冯保又指挥内官为大行皇帝行大殓礼。乾清宫正殿已然安放了梓木镶金棺椁，大行皇帝遗体入棺。棺前设几筵，安神帛，立铭旌。礼毕，太子并皇后、嫔妃身着素服致奠；文武官员皆着丧服由西华门入，在乾清门外哭临。

高拱刚回到内阁，忽见内里冯保打出一报，内开：

遗诏与皇太子

朕不豫，皇帝尔做，一应礼仪自有该部题请而行，尔要依三阁臣并司礼监辅导。进学修德，用贤使能，无事怠荒，保守帝业。

“什么？！”尚未从哀痛中缓过神儿来的高拱一拍书案，大声道，“宦官安得受顾命？且此诏太子已然领受，冯保安得取而打报？”

“乱了！乱了！”高仪痛心疾首地说。

“冯保这个阉人，胆大妄为，欺先皇之既崩，欺东宫之在幼，欺君乱政，岂可容之！”高拱火冒三丈地说。

“玄翁，此何时？”张居正在旁道，“主少国疑，艰难之会，正宜内积悃诚，调和宫壶；外事延纳，收揽物情，乃可扶危定倾，岂可反其道而行之？”

“哼哼！”高拱冷笑一声，以咄咄逼人的目光直视张居正，“怕把老底揭出来？”他又一拍书案，“只要外廷里没有人卖众，与那个阉人内声外援，冯保纵有三头六臂，谅他也翻不了天！”

张居正脸一红，鼻孔中发出“哼”声，低头思忖片刻，心一横，拿过一张纸笺，把高拱适才攻讦冯保的话原原本本写出来，封在一个书套里，起身交给书办姚旷，附耳道：“送于冯公公。”

高拱既伤心又气愤，头靠椅背，大口喘气。见张居正向姚旷交代什么，似有秘事。他无可奈何地摇摇头，长叹一声。

“新郑，丧礼仪注、新皇登基仪注，你不必操心。”高仪道，“可起草《登极诏》、大行皇帝上尊谥、为新朝定年号、为皇后嫔妃上尊号，还要新郑费心。”

高拱想到太监王臻说授冯保掌司礼监的遗旨乃是奉李贵妃之命来传，当时就窝了一肚子火，强忍着没有发作。此时一听要给后妃上尊号，心想：皇后自是太后，那个不安分的宫女李彩凤，因生皇子有功，封个太妃已然足够。遂冷笑一声，道：“上尊谥、定年号，自可议一议。至于为后妃上尊号，自有成例，不必费心。别忘了，宦官不能干政是祖制，后宫不能干政也是祖制！”

张居正心中暗喜：“这话，当转报李贵妃知道！”

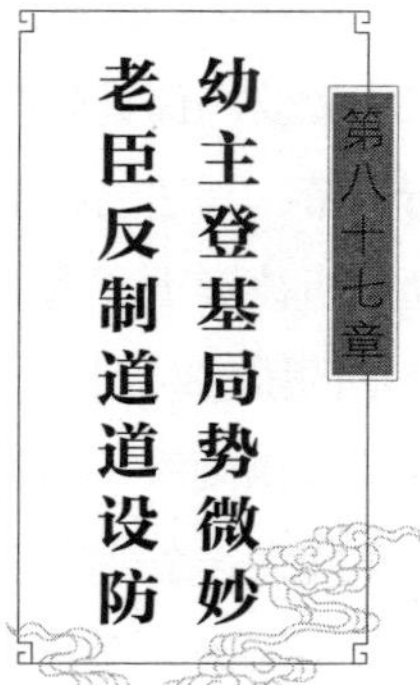

第八十七章 幼主登基局势微妙 老臣反制道道设防

一

隆庆六年六月初十日黎明，成国公朱希忠、英国公张溶、驸马都尉许从诚、定西侯蒋佑，奉旨告于南北郊太庙、社稷坛，太子着丧服，在冯保引导下到大行皇帝几筵前告受命。回到东宫，太子脱下丧服，换上绣有日、月、星、龙、山、火等十二种图案的黄色衮服，戴好垂着十二旒玉藻的皇冕，赴奉先殿及弘孝殿、神霄殿祗告天地，再到大行皇帝几筵前拜叩，随后又到皇后、李贵妃前行四拜礼。礼成，出了翊坤宫，向南而行。

半个月前的五月二十六日卯时，先帝驾崩，宫内小敛、大敛礼毕，皇后、嫔妃、太子在大行皇帝梓宫前哭祭，文武百官日赴思善门哭临。三日一过，内阁上劝进表，百官在文华殿三次劝进，太子谕曰："卿等合词陈请，至再至三，已悉忠恳。天位至重，诚难久虚，况遗命在躬，不敢固逊，勉从所请。礼部择日具仪以闻。"礼部遂上登基仪注，钦天监择定登基吉日；又差派张居正与司礼监太监曹宪，率户部尚书刘体乾、礼部右侍郎诸大绶、工部左侍郎赵锦、礼科都给事中陆树德、御史杨家相、工部主事易可久及众侍从，在锦衣校尉护送下，赴天寿山潭谷岭营视陵寝。昨日，尚宝司、教坊司、鸿胪寺已在皇极殿安设宝座、云盘、云盖，殿外朱红色的台阶上设宝案，摆好了中和韶乐。

交了辰时，午门上钟鼓齐鸣，太子到了御道，在司礼监掌印兼提督东厂太监冯保导引下，一直向南而行，登上承天门，向上天祈祷。

此时，身着礼服、早已等候在承天门外的文武百官，由鸿胪寺官员前引，走过

金水桥，穿过承天门、午门、皇极门，在殿前台阶下御道两侧，文武分班跪候。

高拱跪在御道东边最北处。他心里不时隐隐作痛，为大行皇帝的早逝而痛惜不已，又为太监冯保竟敢两度矫诏而愤懑。他脑海里正想着乾清宫里孤独地躺在梓宫里的大行皇帝，耳边响起了靴子的“嗒嗒”声，从御道传来，由远而近。不用说，这是十岁幼主祈祷毕下了承天门，正往皇极殿而来。高拱想起九年前，正是裕王之弟景王有意夺嫡的敏感时刻，一向谨遵礼法的裕王私幸书房侍女李彩凤，诞下一子，裕王惶惶然急请高拱画策，高拱做出隐匿不报的决断，直到乃祖世宗皇帝驾崩，方为此子命名。恍然间，这个被隐匿四载的稚儿转眼成了大明新主，怎不令人感慨万千！

不多时，皇极殿前传出“啪啪”的鸣鞭声，是幼主升座的信号。接着，鸿胪寺官员高唱一声：“行礼——”

众文武这才起身拾级而上，在皇极殿丹墀肃立。但见设于大殿中央七层台阶的九龙金漆宝座上端坐着身着衮服的幼主，司礼监掌印太监冯保手持拂尘，昂然立于宝座右侧，公卿百官来不及细想，即在鸿胪寺赞礼官的高唱声中，行五拜三叩大礼。礼毕。司礼监太监王臻手捧内阁起草的《登极诏书》，盖上皇帝御玺。鸿胪寺赞礼官奏请颁诏，幼主颔首许之。鸿胪寺官捧着诏书，递于司礼监太监王臻，王臻面南而立，大声宣读：

奉天承运皇帝诏曰：我国家光启宏图，传诸万世，祖宗列圣，创守一心。二百余年，重熙累洽。我皇考大行皇帝明哲作则，恭俭守文，虚己任贤，励精图治。盖临御六载，而天下晏如，四裔来宾，兆人蒙福。方燕诒之永赖，遽龙驭之上宾。顾命朕躬，属以神器。朕方茕茕在疚，不忍遽闻。而文武群臣及军民耆老人等，合词劝进，至于再三。辞拒弗获，乃仰遵遗诏，俯顺舆情。于六月初十日，祗告天地宗庙社稷，即皇帝位。朕以凉德，方在冲年。唯上帝之眷命孔殷，祖宗之基业至重。兢兢夙夜，惧不克堪。尚赖文武亲贤，共图化理。爰暨万方黎庶，与有嘉休。其以明年为万历元年，与民更始。所有合行事宜，开列于后。

新朝合行事宜，在各部院所提基础上，由高拱主持起稿、审定后呈报。计有大赦天下、蠲免钱粮、体恤孤寡、弭盗安民等共开四十二项，不知内里有否改动。

高拱屏息静听。不料，第一项就令他大为惊诧！

一，祖宗成法至精至备，所当万世遵守，近年以来，有司不考宪度，往往自作聪明，任意更变其有，称为祖宗成法者，又多迁移出入，殊非祖宗立法本意，致令事体纷纭，军民惶惑，岂成治理？今后内外大小衙门官，务要仰求祖宗之意，明考成法，一一遵行，违者以变乱成法论，其有从前更变者俱行查复，若果系时宜，不得不然，许详具事由，奏请准允乃行。

听罢，高拱脸色煞白，嘴唇嚅动着，心想：“这……这是谁加上去的？这不是把我的政纲、政绩一笔抹煞了吗？还要俱行查复，这不是瞎折腾吗？必是叔大拟好交给冯保的！张叔大，你……”想到这里，他的双手禁不住颤抖起来，恍恍惚惚间，又听到关涉官员考察的，高拱极力抑制住自己的情绪，只听王臻读道：

一，内外文职官考满原有称职平常不称职之分，其复职降黜与恩典有无，即照所考定夺，此系旧例。近来一概考称，殊非明试之义。今后各官给由，两京堂上官，在外抚按官，务要考其治行优劣，据实开报，吏部都察院仍要严加考核，分别称职平常不称职照例施行，不许一概含糊奏请。

“这、这不是把吏部改考察之制也给否了？”高拱的手抖得越发厉害了，几乎站立不稳，晃了几晃，差一点没有栽倒。

一、鳏寡孤独及笃废残疾之人，有司依例存恤，勿令失所，现于养济院者，各给米二斗、布一匹、肉二斤。

二、朝廷政事得失，天下军民利病，许诸人直言无隐。

於戏！缵大承休，唯奉累朝之成宪；布德施惠，用洽万国之欢心。将升大猷，在谨初服。昭告天下，咸使闻知。钦此！

诏书宣读毕，标志着太子已成新皇帝。百官叩拜：“吾皇万岁，万万岁！”

登基大典至此告成，冯保上前牵住皇上的手，扶他下了宝座，在众内侍的簇拥下，转过七扇雕有云龙纹的大屏风，向乾清宫走去。

高拱还愣在原地，高仪拉了拉他的袍袖，他这才回过神儿来，黑着脸，顾自低头下了台阶，忽听身后有人道：“冯保是何人，直升御座而立，共受文武百官朝拜！此自古所无之事，虽王莽、曹操何敢为之？！”

“宦官顾命，已令人骇然！今又如此，将来必有叵测之事！”又有人说。

高拱闻言，越发愤懑，索性加快了步伐，不忍再听。

出了皇极门，工科都给事中程文追上高拱，焦急地说：“师相，你老人家是首席顾命大臣，目今主少国疑，冯保肆意妄为，师相不能视而不见啊！”

吏科都给事中雒遵接言道：“是啊，师相，目今人心惶惶，不知所从，如何是好？”

高拱不说话，步子越发迈得快了。

通政司右通政韩楫也要往前追，兵部尚书杨博“咳”了一声，低声唤道：“伯通！”韩楫停下脚步。杨博向他摇摇手，韩楫会意，收住脚步，跟在杨博身后，慢慢走着。

程文、雒遵跟在高拱身后进了文渊阁。高拱进了朝房，二人也跟着走了进来。

“众目睽睽，跟着我做甚？”高拱怒气冲冲道，“不知避嫌，可知人家议论我提携门生、昵比谗佞？”

“师相做人做事一向堂堂正正，我辈是以不必避嫌！”程文道。

“说吧，甚事？”高拱坐下，喝了口茶，问。

程文、雒遵也不客气，在高拱右手的两把椅子上坐下，也都端起茶盏喝茶。程文一抹嘴，道：“自古有国以来，曾未有宦官受顾命之事，今有之，岂不令后世笑？”

“先帝绝对不可能有此意！”雒遵自信地说，“祖制煌煌，先帝怎么可能公然违背祖制，白纸黑字写进《遗诏》？”

“矫诏！悍然矫诏！”程文义愤填膺地说。

“冯保粗识三二字，言不能成文，矫诏谁为之？不言自明！”雒遵接言道。

“胆大心细，步步为营啊！”程文揶揄道，“矫诏乃灭族大罪，彼辈竟敢为之，真是胆大包天！可他们心机甚深，算计得滴水不漏！先在给内阁的所谓《遗诏》里写上同司礼监协心辅导，并不出现冯保的名字。”

“哼，若彼时在先帝病榻前直接说出冯保同受顾命，尽管师相哀痛甚深，也断难同意，势必立即引发矫诏的争论，场面一定不可收拾，鹿死谁手，实难预料！”雒遵道。

“是啊，看看江陵相心机何等缜密！”程文又道，“分了两步走，先是给内阁的《遗诏》只写司礼监顾命；先帝刚升遐，即传遗旨，以冯保掌司礼监印。原来，《遗诏》那句同司礼监协心辅导，就是为冯保量身定做的！”

“岂止步步为营，时机选择也恰到好处！”雒遵接着说，“宣布同司礼监协心辅导，是在师相与先帝诀别、无心他顾时；宣布冯保接掌司礼监，是在先帝驾崩不久、师相哀痛方殷时。看来，此事非仓促为之，必经事前周密画策！”

高拱脑海里，遽然间又重现了恭默室偶遇姚旷飞走送《遗诏》的场景，不禁有些后悔。当初若追究下去，不费吹灰之力，冯、张二人的欺君大罪即坐实矣，何至于此！结果张居正一次负荆请罪，他就将此事置诸脑后了。想到这里，他重重叹了口气，幽幽道：“唉！太轻信，太轻信了！”

“师相！”程文一脸愁云，忧心忡忡地说，“自冯保掌司礼监的所谓遗旨出，百官骇愕，相顾失色；至给皇太子的《遗诏》报出，一时人皆抄报，遍传四方，人心大骇！”

“是啊，师相！”雒遵附和道，“昨学生散班回家，看见闾巷小民都在议论此事，恐宦官专权之祸重现于今，国事日非，皆惊惶奔走不宁，人心惶惑甚矣！”

程文又道：“两人里应外合，内以蔽主，上威百僚，指鹿为马，好不容易出现的隆庆中兴之局，势必得而复失，委实令人扼腕啊！”

高拱的关注点还在《登极诏》首列新朝合行事项上，但他不能公开非议新皇的诏书，只是叹了口气道：“彼辈内外盘踞，外欲有所为，捏旨写于阉人，随即以诏旨颁下，我奈之何？”

程文、雒遵闻听此言，相顾失色。

二

朝中百官对《登极诏》里的那些说辞并未在意，只是对授冯保顾命甚感惊异、愤恨不已。程文、雒遵也摸不透高拱因何叹息，他们是因素知高拱不愿把精力用于钩心斗角之事，特意来说服他的。值此新旧交替的敏感时期，对方已磨刀霍霍，师相竟发出无可奈何的感叹，让二人既惊诧又失望。

"师相，国事且不必说！"程文蓦地起身，气鼓鼓地说，"若矫诏之事不能拨乱反正，后世岂不谓大行皇帝昏庸，竟授宦官以顾命！大行皇帝对师相眷倚之重、情谊之深，世所仅见，辞世前一道诰命已向中外宣示，以天下付师相！目今尸骨未寒，竟被宵小所诬，师相不思为先帝正名乎？！"

高拱顿时脸色遽变，起身在室内焦躁地徘徊着。

程文从袖中掏出一份文稿，走到高拱面前："师相，看这个！"

"那是什么？"高拱瞥了一眼，并未去接。

程文道："礼科都给事中陆树德，临随江陵相去天寿山之前交给学生的弹章，乃劾冯保的。"

"喔！"高拱两眼顿时放光，忙接过，坐下阅看，只见上写着：

为恳乞圣明严遣奸恶中官，以清政本，以慰群心事。

职窃唯自古有天下者，壅蔽之患莫甚于中官。盖内外间隔，奸弊易生，一借宠颜，则纵肆大作，其拙钝无能者，其为弊犹浅；其狷巧不测者，其为患则深矣。此自古圣帝明王必慎于仆从之选也。职窃见今之中官如冯保者，刚愎自用，险恶不悛，机巧善于逢迎变诈，熟于窥伺，暴虐久著，贿赂彰闻，此群情之所共愤，而昔年科道之论列屡申，先帝非不知之也。特以其逢迎窥伺之故，仅幸免圣世之诛，然终先帝之世不令其掌司礼监事，天下固有以仰先帝知人之明矣。兹五月二十六日卯时，先帝崩逝，辰时忽传冯保掌司礼监，大小臣工无不失色，始而骇，既而疑。骇者骇祸机之隐伏，疑者疑传奏之不真。举相谓曰：是果先帝意乎？则数日之前何不传示，而乃传示于弥留之后，是可疑也。是果陛下意乎？则是时陛下哀痛方切，何暇念及中官，是尤可疑也。此其机巧变诈之用，诚有不可测者，即此推之，而其神通诡秘，阳设阴施，又何事不可为也哉！

只看了一半，高拱就拊掌道："嗯，陆树德说得好，足可代表朝野心声！"

"是啊，师相！"雒遵兴奋地说，"陆树德先说，先帝察知冯保非善类，故一直不让他掌印；继之质疑冯保矫诏：让冯保掌司礼监，若果是先帝意，则数日之前何

不传示，而乃传示于驾崩之后？若果是新皇之意，则是时新皇哀痛方切，何暇念及提拔一个太监？这质问真是掷地有声！加之陆树德其人一向持正，威望素孚，他站出来质疑，委实有说服力！”

“陆树德的意思是，”程文解释道，“科道当一起上本，形成声势，一举把冯保拿下。是以他此本尚未上。”

高拱沉吟片刻，道：“先皇尸骨未寒，幼主甫登大位，本不该扰攘。但既然冯保那个阉人胆大妄为，咄咄逼人，窥视权柄，不能不反制了！”

正说着，高仪进来了：“新郑，漕运总督王宗沐有本，海运已完竣。”

高拱神色黯然：“可惜，先皇……他若知道，必是高兴。”说罢，向程文、雒遵摆摆手，示意他们退出，又叫着高仪，“南宇，坐。”

高仪指了指手中的文牍：“还有一本，操江巡抚李邦珍，替安庆知府查志隆开脱的。”

“李邦珍的本，先放放。王宗沐的本，批交吏部、户部议赏。”高拱决断道。他看了高仪一眼，“南宇，入阁月余，有何观感？”

“跳火坑！”高仪苦笑着道。

高拱双手撑着椅子扶手，仰脸看着天花板，似有无限感伤：“想不到吧？”

“江陵阴狠。”高仪道，“闻先帝驾崩，阁中哭丧。我观江陵，面有喜色，扬扬得意；传遗旨时，我辈皆骇然相顾，独江陵喜动颜色，不能自禁，阁中僚吏无不见之。是诚何心？他深结冯保，已牢不可破矣！”

高拱叹了口气：“今新主在幼，而张、冯二人所为如此，谁不为社稷忧？《登极诏》乃内阁起稿，内里却不按所拟，也不与内阁通气，就颁布中外。如此，我当国，必不能行事，欲就此归去，则先皇之托在焉，委而不顾不忠；欲依违取容，则更负先皇之托，更不忠！其将如之何？”

“新郑，或许是天意！”高仪突然诡秘地说，“不闻天道六十年一周耶？昔正德初，大珰刘瑾弄权，其时内阁刘晦庵河南人，谢木齐浙人，李西涯楚人，乃西涯通刘瑾取容，而二公遂去。今六十年矣，新郑河南人，仆浙江人，江陵楚人，楚人通大珰取容，事又相符，岂非天哉？”

高拱悚然，不悦道：“我可不是刘晦庵！彼时武宗已十有五，李西涯只是暗通刘瑾取容，如此而已。目今皇上才十龄，江陵与冯保交通，凡吾一言，当即报保，使从中假旨梗我，而彼袖手旁观，佯为不知。如此，我尚可以济国事哉？”

高仪叹息一声：“可是，又有甚法子呢？”

高拱大失所望，沉吟良久，语气悲壮地说：“与先皇诀别时，南宇当听到我说的话了。我计已决，以死许先皇，不复有其身！我只据正理正法而行。其济，国之福也；不济，则得正而死，犹可见先皇于地下。”

“新郑有何画策？”高仪问。

“自冯保掌司礼监之旨出，我就思忖，不能令其诡计得逞！”高拱道，“内阁上本，明正事体，政有所归，以防权阉借批红之权行私害人！”

高仪长叹一声，道：“新郑所言允当，自是大丈夫事；然祸福未可逆视，我固不敢助新郑行之，亦不敢劝新郑止之。”

“我这就起稿！”高拱说着，向高仪一拱手，迈步走向书案。

这件事是他半个月来反复思忖过的，是以下笔如流水，只半个时辰，洋洋数百言的奏本就完稿了。他一边吩咐书办誊清，一边在室内徘徊。

“元翁，已抄清。”书办禀报道。

高拱提笔在落款处先写上自己的名字，又吩咐书办：“请南宇阁老来。”

高仪进来，把疏稿看了一遍，道：“堂堂之阵，正正之旗。”

高拱心里一颤。这句话正是当年张居正所说，与张居正香火盟的场景，倏忽间浮现在他的眼前。如今，如高仪言，他摆出的是堂堂之阵，正正之旗，张居正若念香火盟，自当在旁效韦弦之义。这样想着，便道：“南宇，我想，此事还是要叔大知道。”

高仪手一抖，疏稿掉落在地。

“唉！”高拱长叹一声，“叔大毕竟追随我二十余年，有报国之心、治事之才，非庸碌之辈；也并未公开与我决裂，我不忍他背上勾结宦官的恶名。若他能幡然悔悟，与我辈一道行正法正理，于国于私，都是好事。”

高仪微微摇头，不发一语。

高拱喊了声：“来人，叫通政司韩通政来！”

通政司在午门内，近在咫尺，喘息间，韩楫就到了。

“伯通，内阁要上公本，须江陵也署名，你去天寿山一趟，面呈江陵。”高拱拿出封好的疏稿，交给韩楫，“快去快回！”

韩楫大惑不解：何以送一封公牍，非要他堂堂的通政使去？但他未敢问，只得点头。

高拱沉吟片刻，道：“你禀报江陵，此本是防止宦官干政的。只要内里准了这道奏本，科道已相约具本劾冯保，按此本所奏，内里只能批交内阁票拟，届时内阁拟票逐冯保，宫府为之一清，自可同心协力，继续中兴大业！这是为国立一大功。值此关键时刻，望他分清是非，不要犯糊涂，贻笑后世！”

韩楫这才明白高拱刻意差他亲往的原因。可他越发犯难了，皱眉道：“师相，学生有句话，不知当讲不当讲？”

“伯通何时学得这般不利落？”高拱不悦地说。

“师相，此时，似不宜贸然对冯保发起反制。”韩楫回避着高拱的目光，低声道。

“为何？等到他恶贯满盈、祸国殃民够了，再谋驱逐？”高拱眼一瞪道。

韩楫嗫嚅道：“学生闻得，从来除君侧者，必有内援。大抵权珰盘踞深固，非同类相戕，必难驱逐。如宪宗朝汪直，则尚铭挤之；武宗朝刘瑾，则张永残之。单靠外廷儒臣，甚难与之争胜负！”

这是杨博说与韩楫的话。适才登基大典甫散，杨博出于乡情叫住韩楫，嘱他远祸，对他说了这番话，韩楫悚然。他早看出来了，高拱凡事论是非、讲牌理，胸无城府、毫无权谋，又极爱惜羽毛，一旦对手出手，必无招架之力；加之同乡杨博屡次劝导，他慢慢与老师疏远了。可高拱不唯是座主，还一力提携他，他不忍背弃，遂拿杨博的话劝告高拱。

高拱一扬手道：“我不信这个邪！一个宦官阉人，欺君矫诏，举朝都不能奈之何？照我说的做。这就动身，至迟明日午前，务必赶回。”

三

出安定门向北，不过百里，有座天寿山。东有蟒山，西有虎峪，正合左青龙、右白虎的风水之说。南面又有龙、虎二山作为案山，温榆河二水从正北流向东南，斜贯明堂，甚合抱水之说，实为风水宝地。自成祖迁都，崩后葬于此；除景帝外，此后列宗皆选营陵于此。

子孙为祭陵，在天寿山下建有御道、阳宅。棂星门西北侧就有一座行宫，是祭陵时的歇息之处。张居正一行就住在这里。他离开京城四天了，出行前，太监顾命、冯保接掌司礼监皆已公之于众，朝野大哗！到处是质疑甚或鄙视的目光，令张居正颇不自安。到此营视陵寝，正可避嫌，委实是件求之不得的好事。又值酷暑季节，天寿山比城里凉爽许多，张居正越发感到惬意。只是未能躬逢登极大典，略感遗憾。

日头已西沉，几缕夕阳被宫墙挡住，东侧已然一片阴凉。张居正走出居室，在神道西侧漫步。远远望去，忽见几个人在大宫门下了马，正向这边走来。锦衣校尉警惕地注视着来人，待渐渐走近，看见有锦衣侍卫，方知是朝廷所差。正欲禀报，张居正已转身回到居室。须臾，就听门外道：“禀张阁老，下吏韩楫，奉命来呈报公牍。”

过了片刻，姚旷走了出来，将韩楫引进室内。张居正伏案全神贯注地查看舆图，待韩楫施礼，方抬起头，吃惊地说：“哎呀，是伯通啊，你怎么来了？”说着，起身走到旁侧的两把座椅前，“来来，伯通，请坐。”

韩楫落座，侍从斟上茶水，悄然退出。韩楫从袖中掏出套封，双手捧递，道：“张阁老，请过目。”

张居正接过，走到书案前，在灯下展读，只见上写着：

大学士高拱等谨题：为特陈紧切事宜，以仰裨新政事。兹者恭遇皇上初登宝位，实总览万机之初，所有紧切事宜，臣等谨开件上进，伏愿圣览，特赐施行，臣等不胜仰望之至，谨具题以闻。

一、祖宗旧规，御门听政。凡各衙门奏事，俱是玉音亲答，以见政令出自主上，臣下不敢预也。隆庆初，阁臣拟令代答，以致人生玩愒，甚非事体。昨皇上于劝进时，荷蒙谕答，天语庄严，玉音清亮，诸臣无不忭仰。当日即传遍京城小民，亦无不欢悦，其所关系可知也。若临时不一亲答，臣下必以为上不省理政令，皆他人之口，岂不解体？合无今后令司礼监每日将该衙门应奏事件，开一小揭帖，明写"某件不该答，某件该答，某件该某衙门知道，及是知道了"之类，皇上御门时收拾袖中，待各官奏事，取出一览，照件亲答。至于临时裁决，如朝官数少，奏请查究，则答曰：'着该衙门查点。'其纠奏失仪者，重则锦衣卫拿了，次则法司提了，问轻则饶他，亦须亲答。如此则政令自然精彩，可以系属人心。伏乞圣裁。

二、祖宗旧规，视朝回宫之后，即奏事一次。至申时，又奏事一次。内侍官先设御案，请上文书，即出门外，待御览毕，发内阁拟票，此其常也。至隆庆初年，不知何故不设览本、御案，司礼监官奏文书，先帝止接在手中，略览一二，亦有全不览者。夫人君乃天下之主，若不用心详览章奏，则天下事务何由得知？中间如有奸究欺罔情弊，何以昭察？以后乞命该监官查复旧规，将内外一应章奏，除通政司民本外，其余尽数呈览，览毕送票，票后再行呈览，果系停当，然后发行。庶下情得通，奸弊可烛，而皇上亦得以通晓天下之事。臣等又思得各衙门题奏甚多，难以通篇逐句细览，其中自有节要之法。如各衙门题覆，除前一段系原本之词，不必详览，其拟议处分，全在案呈到部以后一段，乞命该监官每日将各本案呈到部处，夹一小红纸签，皇上就此览起，则其中情理，及处议当与不当，自然明白。至于科道及各衙门条陈、论劾本，则又须全览，乃得其情。伏乞圣裁。

三、事必面奏，乃得尽其情理。皇上新政，尤宜讲究，天下之事始得周知。伏望于每二、七日临朝之后，御文华殿令臣等随入叩见，有当奏者就便陈奏，无则叩头而出。此外若有紧切事情，容臣等不时请见，其开讲之时，臣皆日侍左右，有当奏者，即于讲后奏之。如此，则事体精详，情无壅蔽。不唯睿聪日启，亦且权不下移，而诸司之奉行者，当自谨畏，不敢草率塞责矣。伏乞圣裁。

四、事必议处停当，乃可以有济而服天下之心。若不经议处，必有差错。国朝设内阁之官，看详章奏拟旨，盖所以议处也。今后伏乞皇上一应章奏，俱发内阁看详，拟票上进。若不当上意，仍发内阁再详拟上。若或有未经发拟径自内批者，容臣等执奏明白，方可施行。庶事得停当，而亦可免假借之弊。其推升庶官，及各项陈乞，与一应杂本，近年来司礼监径行批出，以其不费处分而可径行也。然不知推升不当，还当驳正。与或事理有欺，诡理法有违犯字，语有舛错者，还当惩处。且内阁系看详章奏之官，而章奏乃有不至内阁者，使该部不覆，则内阁全然不知，岂不失职？今后伏望皇上命司礼监除民本外，其余一应章奏俱发内阁看详，庶事体归一，而奸弊亦无所逃矣。伏乞圣裁。

五、凡官民本词其有理者自当行，其无理者自当止，其有奸欺情弊者自当惩治，未有留中不出之理。且本既留中，莫可稽考，则不知果经御览而留之乎？抑亦未经御览而留之者乎？是示人以疑也。又或事系紧急密切而有留中者，及至再陈，岂不有误？今后伏望皇上干凡一切本辞，尽行发下，倘有未发者，容原具本之人仍具原本请乞明旨。其通政司进封外来一应本辞，每当日将封进数目，开送该科备照，倘有未下者，科臣奏讨明白，如此庶事无间隔，而亦可远内臣之嫌，释外臣之惑。其于治所关非细，伏乞圣裁。

张居正暗自惊叹："哎呀，玄翁想的真细密啊！道道设防，只恐宦官干政。如此一来，冯保即使顾命身份还在，也是空的！政务悉由内阁处理，他无插手余地矣！"沉吟片刻，他突然一拍书案，"好！伯通，此本甚好！通览之，可谓堂堂之阵，正正之旗即时摆出！"

韩楫一笑："呵呵，张阁老，下吏不知何事，不敢置喙。"

张居正道："本朝祖制煌煌，宦官、后宫俱不得干政！先帝即以幼主托付我辈顾命辅佐，自然凡事应经内阁总览。"说着，提笔签上了自己的名字，抬头问韩楫，"伯通，玄翁有示否？"

韩楫一路上都在纠结，是不是把高拱的话转达于张居正。转达了，恐张居正怀疑他卷入其中；不转达，又觉对不起高拱。不意张居正看完疏稿，竟说出这样一番话来，顿觉释然，遂把高拱的话，原原本本禀报于张居正。

"哈哈哈！"张居正听罢，笑了起来，"冯保宦官耳，逐他，就像扔掉一只死老鼠，易如反掌，何谈大功？伯通，你禀报玄翁，只要居正能做的，绝不敢辞！"

韩楫松了一口气，起身道："张阁老，下吏这就回去复命。"

"哎，这成什么话？"张居正嗔怪道，"天寿山甚清凉，明日一早再回不迟！"说着，唤来侍从，吩咐为韩楫等人整备房间，传伙房多做饭菜。见韩楫依然踌躇着，张居正笑道，"呵呵，怕玄翁急脾气？不妨事，就说我忙，看稿晚了，怪罪不到你身上。"

姚旷带韩楫到隔壁去了。张居正坐在书案，提笔写成一帖，亲自密封好，待姚旷回来，吩咐道："你连夜回京，交徐爵火速转呈冯公公！"

第八十八章 长安街百人跪求放知府 文渊阁首相执奏讨说法

一

高拱半个多月来很少回家。昨日，内阁公本交韩楫送张居正署名，一件大事总算有了头绪，他方回家沐浴更衣。一大早，他的轿子就上了长安街，快进长安右门时，天已大亮。高福看见前方不远处，路旁黑压压跪着一群人，隐隐约约还可以听到号哭声。

“怎么回事？”高拱在轿中听到躁动，掀开轿帘问，没等高福回答，他伸出头来一看，几个书生模样的男子向这边围拢而来。

“冤枉啊！”几个人跪在轿前，大声喊叫。顷刻间，有百十号人向高拱的轿前聚拢，大声号哭，口中称冤。高福惊慌地想上前驱赶，闻讯赶来的锦衣校尉手持寒光凛凛的绣春刀，把人群团团围住。高拱摆摆手，大声道：“且慢，上前一人说话！”

一位商贾打扮的中年男子挤过来，手中高举一叠状纸，跪地高声道：“我辈是南直隶安庆府人，来为知府查志隆申冤，恳请朝廷保留知府！”

“查知府冤枉啊！”人群中响起一片哭喊声，“让查知府回安庆去！”

高拱心里一沉，示意高福接过状纸，问：“何冤之有？”

中年人道：“青天大老爷啊！安庆卫的逻卒明抢暗盗，把安庆城祸害得鸡飞狗跳，查知府到任，整治了那帮盗贼，断了那些人的财路，指挥张志学竟领兵哗变，欲杀知府。不意兵变平息，查知府也被逮！查知府是贤明知府，他是为安庆百姓

受难啊！锦衣卫逮走查知府那天，安庆城数千百姓追随到码头，号哭不止，声闻百里！我辈受安庆百姓之托，随至京师，上本诉冤。请放了查知府，让查知府回任！”

高拱听罢，沉吟片刻，道：“请转告安庆众百姓，朝廷逮查知府入京，乃为查清真相，非即治其罪。待勘问明白，果如诸位所言，必官复原职！”言毕，一扬手，吩咐轿夫，“走！”

众人将信将疑，闪开一条道，轿子在一阵哭喊求情声中继续向东而去。到得文渊阁，高拱一下轿，边往里走边喊：“书办何在？”几个书办应声跑过来，高拱吩咐，“去，叫刑部尚书刘自强来见！”

高仪见高拱黑着脸进了中堂，未知原由，故未敢出声。高拱落了座，瓮声瓮气地说：“这几天陆续接到南京兵部尚书王之诰、操江巡抚李邦珍奏本，皆替查志隆说话；张佳胤不为自己辩，却替查志隆辩，我即疑心查志隆有冤。今日见百余百姓于长安街跪道号哭，民心如此，焉能置之不理？”

“哦？是这事。”高仪道，随即指着高拱书案上的一摞白简，“通政司送来的，都是安庆百姓上的本，为查志隆申冤、恳请保留知府的。”

高拱随手翻了翻：“看来，查志隆十有八九是被陷害。”

高仪接言道：“事有蹊跷。李邦珍言查志隆并非擅离职守潜入南京，而是遵宪令去南京向兵部禀报的，王之诰也证实了这一点。张佳胤又力言查志隆因得罪从‘逻卒为盗’中获利的军官而被诬陷，还说诏逮查志隆而老幼悲号，贤声在郡邑；巡按御史刘日睿也站出来替查志隆辩护。可守备张太监与查志隆有何过节，会诬陷他？”

高拱喝了口茶，道：“上官认可或厌弃，不足为凭，如潮州知府侯必登者是；但百姓认可，殊为难得。百姓百余人追随来京，遮道号哭诉冤，事体大致已明。”

须臾，刑部尚书刘自强到了。高拱劈头问：“体乾，安庆卫指挥张志学等人，勘问得怎么样了？”

“禀元翁，”刘自强道，“此番逮张志学等二十三人下刑部狱，三法司会勘，供词前后反复、相互抵牾，甚费周章。”

高拱又问：“查志隆讯问过了吗？”

“查志隆前日刚逮到，昨日问过两次，只说是被诬陷。”刘自强答。

“到底因何起变，张志学那帮人什么说辞？”高拱追问。

“起初……”

高拱打断刘自强：“不要说过程，只说结论！”

“除张志学外，其余人犯均供称是因愤于查志隆整治逻卒、断了财路，因之怨恨于他。”刘自强答，“哗变旨在驱逐查志隆，非真欲杀之。”

“啪”的一声，高拱拍案而起，大声道：“守备太监张宏何以上本参查志隆？他得了什么好处？”

“张宏一向谨慎，怎么到了南京就变了呢？”高仪嘀咕道。

“哼！”高拱冷笑一声，“阉人，没有什么好东西！”他跨出书案，边踱步边道，“分两步走：刑部先把审勘张志学、查志隆的情形上报，内阁拟旨，待内里批红，即开释查志隆；再把张宏参查志隆的原因查明，刑部咨都察院，委巡按御史刘日睿彻查此事！”

刘自强踌躇片刻，道：“元翁，时下朝野人心惶惶，大内每有诏旨传出，百官无不骇愕，不能安心办事，委实堪忧！”

“天塌了有顾命老臣顶着，司属当安心办事才是。”高拱一扬手道，“你回去告诫部员，安心办事，不得旷废职守！明日即把勘问情形奏来，得上紧给安庆百姓一个交代。”

刘自强怏怏告退。高拱脑海里还是长安街上百余众跪哭的场景，他坐回去，以决断的语气道：“对张佳胤和查志隆的处分要纠正，都要官复原职！”

“官复原职？”高仪不解，“安庆知府不是已经让吴孔性去做了吗？《邸报》上都刊出了。”

高拱一扬手：“宁可把吴孔性调出，也要让查志隆复任安庆知府！”

“新郑，这岂不让朝野议论朝令夕改？”高仪皱眉道。

“宁可让朝野指责朝令夕改，也要让查志隆官复原职！”高拱断然道，“非为查志隆，也非为安庆，乃为国家计也！”

高仪一脸茫然地看着高拱：“新郑，不必这么较真儿吧？”

“自嘉靖初年历次兵变，对地方官每扣上激变之罪。”高拱开言道，“这是因为叛乱军人难处，而地方官易治，遂委罪地方官，遮掩了事。对此，不唯地方官知之，天下无不知之。皆因当国者暗懦规避，不肯为国任事，依违苟且一时，遂使六七十年间朝廷之法大坏而不可收拾，良可恨也！我想明白了，今日当先正叛卒之罪，而不必连及地方官。不的，军卒一旦对地方官管束不满、闭城呐喊，何愁地方官不除？此率天下而乱也。这等荒唐事，绝不允许重现于今日！”

“有道理！”高仪附和道，转念一想，又觉不妥，“不过，如此一来，地方官不再担激变之罪，不肖之辈岂不为所欲为？”

“即使地方官有罪，亦不当同时并论，先正叛乱之罪再说。”高拱以不容辩驳的语气道，“具体到安庆之事，查志隆并无激变之情，反而有循良之政。若不让查志隆复职，则那些个叛卒谋去知府之计岂不得逞？百姓岂不大失所望？此非戡乱安民之道！查志隆复职，可令奸恶之徒慑而国法张，闾阎之情通而国恩洽，使天下皆知朝廷威有必伸，非一毫所可挠；明有必照，非一毫所可眩。不唯可振一时之纪纲，而万世之纪纲由此可振；不唯可安一府之民心，而天下之民心由此安之，其于治道所关非细。”

高仪道：“新郑，就按你说的办，我无异同。”

“我即上本，待内里批红，即照此办理。”高拱说着，端起茶盏喝了口茶，又道，“给先皇上尊谥，我思度再三，当……”边说边在书案上翻找着，书办走过来禀报：韩楫求见。

须臾，韩楫满身尘土、一脸倦容走了进来，施礼毕，道：“师相，都办停当！”说着，把文牍捧递到高拱的书案。

“喔，江陵列名了！”高拱喜出望外，抬头问韩楫，“他怎么说？”

韩楫瞥了一眼高仪，欲言又止。

“不妨事，你照直说就是了。”高拱一扬手道。

韩楫这才把张居正的话复述一遍。高拱长出口气：“这就好，这就好！”说着，大声唤书办，“把此本速送会极门！”

二

冯保拿着内阁公本连着看了两遍，所陈五事，事事都是限制宦官之权的，遂恨恨然道：“好你个高胡子，不愧是点过翰林的，想得够细致、够周全！”他从袖中掏出张居正连夜从天寿山送来的短柬，得意一笑，“哼哼，任你费尽心机，洋洋千言，不如此公一语！”说着，吩咐掌班张大受，“备凳杌，去翊坤宫！”

翊坤宫里，李贵妃正心绪纷乱、坐卧不宁，一见冯保，求救似的说：“冯保，你快去给咱找些佛经来，咱要念经礼佛。”

冯保一看李贵妃满脸潮红、目光迷离，顿时明白过来，道：“可怜见的，娘娘才二十多岁啊！”

“你记住，再添座神龛。要快些办！”李贵妃扭过脸去，声调哽咽地说。

“娘娘，慈宁宫已然收拾停当，明日老奴即请万岁爷奉娘娘移居慈宁宫，那里后院就有大佛龛，叫大佛堂。”冯保道，他突然长叹一声，“独伴枯灯，念经礼佛？娘娘，这可不是你老人家的性格。”他又用力一捶自个儿的胸脯，“老奴也看不下去呢！再说，万岁爷还小着哩，娘娘哪里放心得下？”

李贵妃轻叹一声：“有顾命大臣辅佐，咱还能做什么？”

冯保一咬牙，道：“可恨那个高胡子，看不起娘娘，说后宫不得干政；还说要照例尊娘娘皇太妃，这不是想把娘娘打入冷宫吗？真是没人性！”

李贵妃闻言，泪珠禁不住滚落下来，良久，喃喃道：“可，高先生说的，不能说不在理儿上。”又面露惧色，“要你掌司礼监、同受顾命的事，外廷有什么动静？”

“生米煮成了熟饭，还能怎样？难道他们敢抗旨吗？”冯保不屑地说。

“没有吵闹起来就好。”李贵妃松了口气，又问，“对《登极诏》，朝野有议论吗？”

“京城百姓都说皇恩浩荡呢！”冯保答，“还是张老先生想得周到，在新朝应行事宜里，首列遵祖制。娘娘或许不知道，那高胡子目无祖宗成法，自作聪明，想怎么办事就怎么办事，百官怕他，不敢说话。这回一听《登极诏》上来就说不许任意变更成宪，无不拍手称快呢！那高胡子也是哑巴吃黄连，他敢说遵祖制不对？这回刹刹他的戾气，让他知道知道，什么是天威难犯！”

李贵妃在座上左右挪动着身子，嘱咐道：“冯保，近些天你要谨慎些，少出风头，别招惹了外廷。”又问，“皇后的事，办好了吗？”

“娘娘放心吧！已奉圣母皇后居慈庆宫。”冯保答，又一撇嘴角道，“慈庆宫历来是太后所居。先帝爷在日，圣母皇后被移出皇后所居的坤宁宫，和打入冷宫差不多少；先帝爷走了，娘娘让把她请到慈庆宫，她自是感激娘娘和小万岁爷呢！照娘娘的意思，以后把她供着就是了。后宫的事、天下的事，还不都是娘娘你老人家说了算！”说着，“嘻嘻”一笑，从袖中掏出一张纸笺，“一污娘娘青目，这是张老先生让老奴呈送娘娘的。”

“张先生不是去天寿山了吗？”李贵妃忽闪了几下眼睛，不解地问。

冯保狡黠一笑，挤挤眼道：“张老先生心里挂着娘娘……”

李贵妃被这句话说得脸上热辣辣的，一时心旌荡漾，心里麻酥酥的，端坐着的身子陡然软了下来，抬脚照跪在座下的冯保扬了扬，嗔怪道：“不许你胡说！”

冯保仰头偷觑一眼，见李贵妃面颊绯红，还带着几分羞怯，全无怒容，不禁暗喜，他抬手自掌嘴巴，道：“该打！老奴是想说，张老先生怕有人欺负娘娘跟万岁幼主，放心不下。老奴呢，也知张老先生一向沉稳渊重，对娘娘和万岁幼主又忠心耿耿。主少国疑之际，他放心不下；老奴呢，又觉着非仰仗他不可。”说着，把纸笺捧递给李贵妃。

李贵妃接过一看，上写两行字：

圣母皇后尊仁圣皇太后

生母皇贵妃尊慈圣皇太后

“呀！”李贵妃惊叹一声，喜色顿时洋溢于眉梢，迅疾坐直了身子，仿佛皇太后的桂冠已然戴在头上，要拿出太后的架子来。

“两宫并尊，给娘娘加徽号，此事唐宋未有，本朝也没有过这样的先例，娘娘

是开天辟地第一人呢！”说着，冯保伸出拇指晃了晃。突然，他重重地叹息一声，“可惜，目今高胡子大权在握，张老先生说了不算。”他向前挪了挪身子，“娘娘，不如以霹雳手段，把高胡子赶走吧！”

李贵妃摇摇头：“先帝在日，悉心委政高先生，他倒是把朝政打理得件件停当。先帝这才在临终前特颁诰命，说他是非常之人，立不世之勋，又执手授顾命，天下无不闻。先帝尸骨未寒，也未闻高先生有甚私弊，岂是说赶走就赶走的来？”

“娘娘，高胡子哪里是没有私弊，他的罪甚大！”冯保义形于色道。

李贵妃杏眼圆睁，惊问：“高先生有何罪？”

“高胡子他要夺万岁爷的权，钳制万岁爷！”冯保忿忿然道，说着，从袖中掏出内阁公本，“娘娘请看，这高胡子上的本。”

李贵妃接过细看，口中喃喃：“亏他首席顾命、当朝首相，在煌煌奏疏里写这么细致，像私塾先生手把手教幼童念书写字呢！”突然，她“噗”的一声笑了，“冯保，咱看，这高先生全是为了提防你呢！”

冯保叩头道：“娘娘，老奴就是娘娘的一条狗啊！替娘娘和万岁爷看家护院，嗯，还替武清伯他老人家叼些野味。娘娘身居后宫，不能出头露面，万岁爷又年幼，不得老奴替娘娘说话吗？要像高胡子这么说，那老奴没有说话余地，就等于娘娘没有说话余地。高胡子可是个眼里不揉沙子的倔驴，不唯两宫并尊、武清伯封侯无望，老奴恐武清伯供京营十几万套服装被褥的事，让高胡子知晓了，他也敢查！”

“呀！”李贵妃又是一惊，“那你快去和俺爹说，就别做了吧！”

“娘娘哎，那不是要他老人家的老命吗？”冯保一吸鼻子，“武清伯穷怕啦！”

李贵妃耷拉下眼睑：“咱多贴补他些，再让钧儿多赏赐些就是了。”

冯保一撇嘴：“娘娘哎，那高胡子可是钉是钉铆是铆的倔驴，不要说娘娘的用度，便是万岁爷的用度，怕他也把得严严实实的，哪里还有余力贴补武清伯！”

李贵妃神情黯然：“可高先生是顾命大臣，他说事事要经内阁，不让内里直接批章奏，也不能说不对。毕竟钧儿还小呢，内里直接批章奏，是谁的意思？朝野自是会质疑，倒也是这么个理儿。”

“哼！”冯保脸一黑，“别听高胡子唬人！他那是混淆视听。难不成他高胡子让人上道本，要万岁爷禅位，内里也得发交他票拟，再照他的票拟批红？！”

李贵妃一愣，皱眉不语。

冯保“嘿嘿”一笑，又掏出一张纸笺，递给李贵妃：“娘娘，张老先生都替娘娘想好了。”

李贵妃接过一看，上写着：“知道了，遵祖制。”

“怎么样，娘娘？还是张老先生靠得住啊！”冯保得意地说，他仰脸盯着目光游移的李贵妃，“娘娘，若张老先生主外、娘娘主内，老奴替你们鞍前马后效劳，娘娘想要啥就有啥，那日子，滋润呢！”

李贵妃脸“唰”地红了，忙扭过头去，嗔怪道：“冯保，不许你口无遮拦！”

“嘿嘿，老奴明白娘娘的心思！”冯保说着，又叩了两个头，“那老奴就照此批红了。”

三

高拱走进内阁中堂，尚未落座，就对正埋头阅看文牍的高仪道：“南宇，太子已是皇上，不再讲学，但日讲要完善起来。借此机会，正可调整讲授内容，当以讲治国安邦的实政为主。张子维已在赴京途中，待他回来，你和他好好商榷一下，上紧编出一套书出来。”

高仪踌躇道：“新郑，《登极诏》开宗明义要遵祖制，不许变更成宪，日讲自有成宪，改了合适吗？”

一句话点到了高拱的痛处。这几天他一直为《登极诏》里开篇就以不满的语气批评变更祖制耿耿于怀。这不唯是对他两年半来的施政变相否定，更重要的还在于，他此后的手脚势必被捆住，那些革新改制的事还怎么做？若真按《登极诏》所说进行复查，那这几年的改制势必都要退回去。但他又不能公开非议《登极诏》，更毋庸说推翻了。思来想去，还要以子之矛攻子之盾。他想到当年与朝臣争辩治道时说过的“善继善述”一语，顿时豁然开朗，思路顿明。一听高仪提到不敢变更日讲成宪，高拱把积压在心中的怨气向他撒去，揶揄道：“南宇，亏你还点过翰林！”

高仪一怔。

高拱一口喝干茶盏，往书案一撴，道：“本朝以孝治天下，遵祖制、袭成宪，即是孝。但孝有孝道，有大孝，有小孝。《中庸》有‘武王、周公，其达孝矣乎’一语。达者，变通不拘，善继善述是也。不唯祖宗之所欲为、所已为者，继承之；虽其所不及为、不得为者，亦皆继承之。不唯所不及为、不得为者，继承之；祖宗已为，有时异世殊不宜于今日者，当变通之，斟酌损益，务得其理；推衍扩充，务使幽明。使上下、亲疏、贵贱，无不欢洽，此即体仰祖宗之意，是为善继善述，可谓之达孝！我辈在政府，当效法周公，追求达孝！我看，这才是《登极诏》谓遵祖制、守成宪之深意。”

高仪苦笑一声：“新郑博学思辨，委实了得。”

高拱又道：“先皇托付我辈顾命，若缩手缩脚、谨小慎微，天下必不可治；有负先皇，也对不起幼主。先皇壮年升遐，未及达成隆庆之治；今上年幼，我辈正可

一鼓作气，务必达成万历之治！”

话音未落，刑部尚书刘自强求见。

“元翁，遵示连夜突击，把安庆兵变一案审勘毕，奏稿先请元翁过目。”刘自强一进来就说。

高拱刚接过奏稿，兵部尚书杨博也来了。

“新郑、钱塘，《登极诏》言复查有无变更祖制者，兵部如何落实？”杨博问。这两年多，高拱大力改制，关涉军政最多，一部四侍郎尤其与祖制不合，且是看得见的事，要不要改回去？这让杨博颇感为难。

“是啊，元翁，”刘自强接言道，“刑部也甚困惑，刑官久任之法刚实行，要不要废止？”

高拱正要回答，文书房散本太监匆匆进来，道：“高老先生，内阁公本批回了。”

“啊？”高拱大吃一惊，发出“呵呵”的怪笑，双手止不住剧烈颤抖起来。

高仪也惊诧不已，忙接过批红本来看，读道：“朕知道了，遵祖制。”

“这是谁的意思？”高拱突然一拍书案，蓦地站起身，指着散本太监质问道。

“这……”散本太监吓得哆嗦了一下，夹着脖子，垂首而立。

“说！”高拱又是一声吼叫。

“内里批红，自然、自然是万岁爷的意思。”散本太监嗫嚅道。

“万岁爷的意思？”高拱冷冷一笑，“哼哼，别忘了，我们的天子才十岁啊！安有十岁天子而能自裁乎？”

杨博闻言，忙向高拱递眼色，高仪也提心吊胆地叫道：“新郑，不要再说了！”

高拱火气冲天，继续道：“还不都是你们这些阉人，凡是你们想干的事，就打着皇上的名义，这是皇上的意思，那是皇上定的。你们等着，我就是拼上这条老命，也要把你们这些欺君乱政的阉人赶走！”

高仪忙向散本太监道：“公公，文书已接到，不妨就回吧。”

散本太监像得了大赦令，转身就走。高拱颓然地坐回椅子，激愤地说：“今日新政之始、辅臣百官之首，此疏乃内阁所上第一疏，要领即是请求所有公牍都发交内阁票拟，不可内批。请求不要内批的公牍就这样被内批了；再观批语，显系不纳之意！阉人从中作梗如此，若不明正其事，则自兹以后必任其所为，不复可与争矣！”

刘自强忿忿然道：“自太监顾命之诏出，冯保掌印之旨行，中外人心惶惶，方为危惧，所恃者，唯内阁可折其奸萌。今闻阁老公本内批不纳，必骇惧益甚！”

“再上本！”高拱大声道。

“新郑，三思啊！”高仪劝道。

“不是说要守成宪吗？祖宗成宪，内阁对皇上所发内旨，有认为不可行者，自当封驳，此谓之执奏。那我辈就不得不执奏一回了！”高拱断然道。说着，就提笔展纸。

“新郑，既然如此，老朽这就回去，上本劝谏皇上。”杨博起身道。

“博老，自强愿列名，联袂上本！”刘自强悲壮地说。

两人说完，施礼退出。高拱头也未抬，埋头奋笔疾书，不到半个时辰，奏稿已成。

高仪接过一看，上写着：

臣高拱、高仪谨题

臣等先于本月十一日恭上紧切事宜五件，仰裨新政。今日伏奉御批：“朕知道了，遵祖制。”臣等窃唯五事所陈，皆是祖宗已行故事，而内中尚有节目条件，如命司礼监开揭夹签，尽发章奏，如五日一请见，如未蒙发拟者容令奏请，与夫通政司将封进本辞送该科记数备查等项，皆是因时处宜之事，必须明示准允，乃可行各衙门遵行。况皇上登极之日，正中外人心观望之际，臣等第一条奏，即未发票，即未蒙明白允行，恐失人心之望。用是臣等不敢将本送科，仍用封上，并补本再进，伏望皇上鉴察发下，臣等拟票。臣等如敢差错，自有公论，自有祖宗法度，其孰能容？臣等无任仰望之至。

阅罢，高仪感叹一声：“尽人事，随天意吧！”说完，提笔署名。刚放下笔，突然一阵咳嗽，良久未止。

“南宇，你这是……”高拱起身走到高仪身边，弯身侧脸问。

“新、郑，我、我……”高仪弓腰大咳，脸憋得通红。

“来人，唤御医来！”高拱吩咐道。

高仪边大口喘气边断断续续地说：“新、新郑，对、不、住了，我、我帮不了你了……”话未说完，又大咳起来。

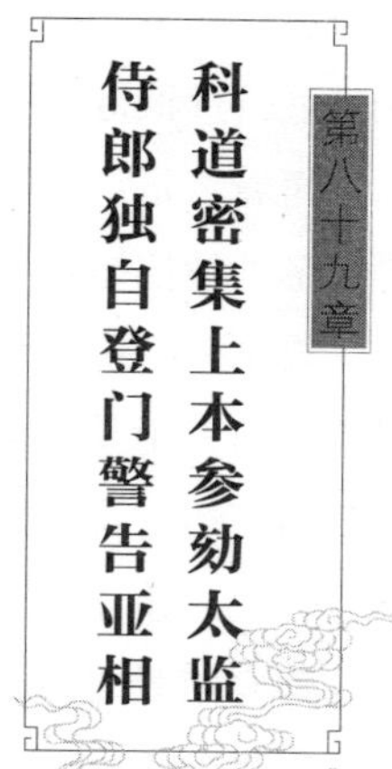

第八十九章 科道密集上本参劾太监 侍郎独自登门警告亚相

一

内阁第一疏未被采纳、二阁老执奏的消息不到一盏茶的工夫已传遍部院衙门。六科廊就在端门与午门之间御道西侧，与文渊阁近在咫尺，自是最早得到消息的。吏科都给事中雒遵闻讯，一言不发，起身去找工科都给事中程文。

“事迫矣，师相既已封还内批，与钱塘阁老联名执奏，实为不奉诏之意，对立之势已成，我辈还踌躇什么？”雒遵一撸袖子道，“六科各上公本，弹劾欺君乱政的阉人！”

“疏稿、揭帖都已备好了！”程文既兴奋又紧张，“我兄掌吏科，乃六科之首，当仁不让。去各科走走，看他们各自要不要上本。”

“自应如此！”雒遵道，“我这就去。”

不到半天工夫，六科都已联络停当，各上公本；程文又把陆树德的奏本一并交给雒遵，齐送会极门收本处。

按制，六科上本当以副本送内阁，谓之具揭。雒遵把七疏副本收齐，亲往文渊阁具揭。

张居正尚未从天寿山回来，高仪又因病请假，内阁只剩高拱一人。他一到文渊阁，散本太监就送来一摞文牍。高拱虽则因内阁执奏一事未见分晓，不免心绪烦乱，却又不愿误了朝政，故进了中堂就埋头批阅文牍。第一份是礼部奏报朝鲜国王李昖

遣使来献方物。高拱暗忖："朝鲜使臣启程时，先皇尚在。"他痛心地摇摇头，此时李昖或许还不知先皇驾崩、天朝已换新主的消息吧？闻讣必再遣使臣。这次就按常例区处，遂拟旨："该部议，给赏如例。"

再看，是宣府镇巡抚吴兑的奏本，奏报本年上半年在城并各路城堡原额、马匹等情形。他掐指算了算，好于往昔，遂提笔写道："该部知道。"

接下来一份，是三边总督戴才的奏本，与吴兑所奏一对比，相差甚远，所费却过于宣府，不禁火起："这个戴才，督理甚不力！"提笔拟旨："该部议处。严词申饬陕西三边，及时修筑边墙城堡墩壕，务期坚固垂久，不得旷时靡费。"

再看，镇守辽东总兵官李成梁奏宁前御虏功，参游等官恪遵纪律，虽无斩获之功，似有堵截之力。高拱批："下兵部议。"

每批一份章奏，高拱就会想起先皇，皆哀伤不已，暗自叹息："裕王，你如果还活着，哪里会有这么多纷扰，自可集中精力致力于隆庆之治。"这样想着，他就推开文牍，提笔在纸笺上书写着、修改着。

雒遵进了中堂，施礼间，高拱便叫着他的字问："道行，我拟了先皇的尊谥，你听听如何？"说着，举起纸笺念道，"尊谥先皇'契天隆道渊懿宽仁显文光武纯德弘孝庄皇帝'，庙号穆宗。"

雒遵愣了一下，道："师相，此何时，师相还有心琢磨这事？"

高拱眼含泪花，道："把先皇的事办理停当，我即是死了，也可瞑目！"

雒遵不以为然地说："可是，先帝是把天下托付给师相的；把天下事打理停当，才是师相的使命啊！"他怕老师生气，忙把一叠文稿捧递过去，得意地说，"师相请看，这是六科七疏的副本，俱是弹劾冯保的！"

"六科七疏？"高拱惊讶地说，"都送上去了？"

"送走了。"雒遵道，"都察院有道本，也有独本。按制都察院的本不具揭，是以目下还看不到。"

高拱拿起揭帖，边摆手示意雒遵退下，边埋头翻看。陆树德的弹章他已看过，其余六疏还是第一次看到。他先展开吏科公本，只见上写着：

吏科都给事中雒遵等，为僭横宦官坏乱朝纲，恳乞圣明速赐宸断，以杜祸本事。

职唯自古英哲之主，所以统一天下而无意外之患者，必彰法于几初而使人不敢僭，必制孽于方萌而使人不敢横。方今司礼监太监冯保，僭窃横肆，坏乱朝纲，若不明法大斥其罪，则祸奉未除，其何以号令天下而保安社稷哉！职等谨以冯保僭横之罪，著且大者，为我皇上陈之。

恭唯皇上方以冲睿之年，嗣登大君之位。据今一时之举动，实系万方之观瞻，必近侍致敬，斯远人不敢慢也。始时能谨，斯将来有法程也。近于本月初十日，我皇上升殿登宝座，始即天子位。则宝座者，天子之位也，唯皇上得御之，以受文武百官拜祝。冯保不过一侍从之仆臣，尔乃敢俨然竟立于御座之上，不复下站殿班，是其日文武百官果敬拜皇上邪，抑拜冯保邪？皇上受臣下之拜，冯保亦受臣下之拜，无乃欺皇上之幼冲而慢肆无惮之若是也，岂仆从敬主之礼哉！其在殿陛之上如此，则在梓宫前可知矣；其在初服之时如此，则将来又可知矣。冯保僭横之罪渐岂可长哉！

臣等又查祖制，凡宦官私宅闲住者，原无给米拨夫之例也。冯保乃妄奏闲住太监孟冲得月给米十石，岁拨人夫十名，是非僭乱祖制私作威福，敢于背先帝之恩，敢于挠皇上之法而大乱朝廷者乎？

近日中外臣民相顾惊疑，啧啧私语，谓冯保操权仅数十日，梓宫在殡，辄敢蔑视皇上，大肆更张，失今不治，恐不至昔年王振、刘瑾之祸不止也。皇上安用此宦竖而不亟置于法哉？

臣等窃计制恶于未炽者，其为力也易，其贻患也小，若缓之制于晚则难矣。况冯保之恶为已炽乎？伏望皇上念祖宗之基业不易保，惩小人之罪恶不可纵，大奋乾刚，亟赐宸断，将冯保付之法司，究其僭横情罪，大置法典，夺孟冲违例之给，勿事姑息，不少轻贷，庶恶本预除，而众心知警，初政肃清，而主势永尊矣。

"嗯，说的是！"高拱阅罢，忍不住大声道，又嘀咕着，"尚不如陆树德之本有力也！"刚要翻看雒遵的奏本，书办送来一份文牍。高拱一看，是吏部尚书管兵部事杨博，吏部左侍郎魏学曾，兵部左侍郎栗永禄，刑部尚书刘自强、左侍郎朱大器、右侍郎曹金，都察院左都御史葛守礼七重臣联名奏疏的副本，上写着：

吏部尚书管兵部事杨博等乞端政本以隆新治事。

梓宫在殡，礼仪繁多，事有重轻，行有先后。乞敕内阁先行开奏，裁酌既定，以次修举。仍乞照累朝故事，凡传帖章奏，悉令内阁视草拟票，或未惬圣心，不妨召至便殿面相质问，务求至当，然后涣发。二三阁臣亲承顾命，愿陛下推心委任，则成宪无爽，新政有光。

"嗯，是声援内阁的！"高拱露出了笑容，"杨博、葛守礼，朝廷资历最深的老臣，素孚众望。他们一出面，朝野视为正声，足以代表百官。我不信内阁、部院、科道，斗不过一个罪恶昭彰的阉人！"

二

大内云台右门之北、隆宗门之南，有一排坐东朝西的连房，名曰协恭堂，此乃司礼监文书房所在。凡内外章奏，都要经过文书房方可达于御前。按例，每日早晨

掌印太监过房看文书，秉笔、随堂太监也各有室，挨次细看。

这天一早，冯保下了凳杌，掌班张大受等侍从亲信簇拥着正要进文书房，掌钥太监殷康上前道："印公，这里有规矩呢！"

冯保刚要发火，突然想起掌印太监进文书房，例穿直身、单身而进，亲信掌班人等不得入机密禁近。遂停下脚步，道："太忙，待会还要到东厂去办事，朝服就不换了。"说着，向张大受等一招手，"掌班一人随侍，其余人等止步！"

以印公兼掌东厂，本朝未有，冯保为首例，大规矩已破，小规矩何用？殷康也就不敢再言，闪身让张大受进去了。

大内宦官数以万计，多半少年入宫，都要投于某一太监门下，形成本管与名下的关系，谓之拉名下。本管于名下，有抚育、管教之责，远过外朝座师与门生，恩同父子。冯保入宫多年，琴棋书画无不涉猎，又颇有心机，拉名下甚众。他接掌司礼监，先把文书房收本、散本太监换成自己的名下，不待冯保嘱咐，这些人就把他关注的文书搜罗在一起，待他一到阅本室，即刻呈上。

冯保从张居正那里已得知，会有科道上本弹劾他，但他没有预料到会一起上呈，更没有想到会有这么多。他数了数，六科七疏，都察院十三道十三疏，还有御史王元宾、张涍各上独本，计有二十二本之多！冯保心"怦怦"乱跳，手微微颤抖，打开最厚的一本来看，只见上写着：

工科都给事中程文等，为明大法劾大奸，恳乞圣断早赐剪除，以安社稷事。

职等窃唯祖宗设为刑律，以惩不恪，大小皆备而至重者，乃在于谋逆、僭窃假诏旨、漏御情、大不敬等事。有一于此，必诛无赦，其防至严也。乃今有屡犯重条，无君不道，如司礼监太监冯保者，职等闻见既真，敢畏祸而不为皇上言乎？冯保平日贪残害人不法等事，万千难尽，姑从后论，今以其无君不道之甚者先言之。

先帝升遐，人心不胜哀恸，而中外汹汹宣传，皆以为冯保所致。职等细访之，乃知冯保平日造进诲淫之器以荡圣心，私进邪燥之药以损圣体，先帝因以成疾，遂至弥留。此事无人不知，无人不痛恨者。昔弘治十八年，太监张瑜误进药饵，致损孝帝，彼时公侯科道等官合本论劾，遂将张瑜拿问拟斩。张瑜犹是差错，而冯保则有心为之，情为尤重，此其必不可赦者一也。

先帝久知冯保奸邪，不与掌印，保虽百计营求，终不能得。乃五月二十六日卯时，先帝升遐，辰时即传冯保掌印，岂非保自矫诏而为之乎？假传圣旨有条，此其必不可赦者二也。

先帝升遐后一日，冯保即打出一报，内开遗诏与皇太子："朕不豫，皇帝尔做，一应礼仪自有该部题请而行，尔要依三阁臣并司礼监辅导。进学修德，用贤使能，无事怠荒，保守帝业。"一时人皆抄报，遍传四方，人心惶惑，以为司礼岂辅导之任，内官岂顾命之臣？此自古所无者，虚实未可知也。纵有之，亦是御情秘事，岂宜明写在外，以令天下皆知？此不过冯保假此张大其权，使人畏不敢言，而因以肆其弄权之计耳。故使事之无也，又是假传圣旨，总使事之有也，亦系透漏御情，此其必不可赦者三也。

陛下登极之日，科道官侍班，见冯保直升御座而立，皆甚骇异。出以访之，累朝近侍皆云自来无此，实自冯保今日起。夫御座者，太祖高皇帝之座也，唯继统天子登之。保是何人，乃敢俨然立于其上，逼挟天子而共受文武百官之朝拜乎？此自古所无之事，虽王莽、曹操所未敢为者。而保乃为之，不轨之心岂不可见？此其必不可赦者四也。

凡此，皆冯保今日大恶，而其敢于无君不道，以至于此。乃使之日在左右，专掌枢权，岂不可畏之甚耶？

看到这里，冯保已是后背发凉，双手直抖。再往下看，竟是揭他老底的，把多年来他做的不法情事，诸一罗列，历历有据。冯保冷汗直淌，瘫坐椅上，勉强支撑着看下去：

夫以保负此四逆六罪，皆律法所不可赦者。以先皇长君照临于上，而保尤敢为如此，况在陛下冲年而幸窃掌印，虎而加翼，为祸可胜言哉！若不及今早处，将来陛下必为其所欺侮，陛下政令必为坏乱不得自由，陛下左右端良之人必为其陷害。又必安置心腹，布备内廷，共为蒙蔽，恣行凶恶，待其势成，必至倾危社稷。陛下又何以制之乎？

昔刘瑾用事之初，恶尚未著，人皆知其必为不轨，九卿科道交章论劾，武皇始尚不信，及至酿成大衅，几危社稷，方惊悟，诛其人而天下始安矣。然是时武皇已十有五龄也，犹具此逆谋，况保当陛下十龄之时，而兼机智倾巧，又甚于刘瑾者，是可不为之寒心哉！伏乞皇上俯纳职愚，敕下三法司亟将冯保拿问，明正典刑，如有巧进邪说曲为保救者，亦望圣明察之，则不唯可以除君侧之恶，而亦可以为后人之戒矣。社稷幸甚，天下幸甚，职等不胜激切恳祈之至！

冯保阅罢，满头大汗，脸色煞白，手捂胸口，急速而又小心地喘着气。张大受见状，急忙上前用湿手巾为他擦汗，手巾刚碰到冯保的脸，他“啊”的一声惊叫，从椅子上跳了起来，双目惊恐地瞪着张大受，“做甚？你要做甚？”声音瘆人，仿佛从胸腔中发出。张大受惊得后退了两步，茫然地看着冯保。冯保像是饥饿难耐的人看见食物，“噌”地伸过手去，抓起放在桌上的另一份厚厚的文书，惊慌地浏览，正是高拱、高仪联名所上内阁补本，而先前批红的内阁公本夹在后面，封驳回来了！再拿起一本，是杨博等七重臣的联名奏本，语虽温和，建言却与内阁公本如出一辙。

“完了完了！”冯保哀叹一声，颓然地坐回椅子，两眼发直，大串大串的汗珠“啪嗒啪嗒”滚落到朝袍上，他也浑然不觉。蓦地，他下意识摸了摸自己的脖子，浑身一缩，打了个寒战，惊慌地吩咐张大受：“快，快把这些文书带上，命徐爵速去谒张老先生！火速去，火速回，一刻不得延迟！”

三

内廷外西路隆宗门西侧有一座院落，乃慈宁宫。院内东西两侧为廊庑，折向南与慈宁门相接，北向直抵后寝殿的东西耳房。前院东西庑正中各开一门，东为徽音左门，西为徽音右门。正殿慈宁宫居中，前后出廊，殿前出月台，东西两山设卡墙，各开垂花门，可通后院。

冯保下了凳杌，一路迈着小碎步进了慈宁门。执事太监张诚迎过来，导引着他，顺着廊庑穿过徽音左门，再过东山卡墙的垂花门，径直来到大佛堂。昨日刚搬进慈宁宫的李贵妃正盘腿坐在佛龛前，闭目礼佛。

“娘娘！”冯保“嗵”地跪下，头近乎贴着李贵妃的右膝，带着哭腔道，“那高胡子目无君父，相逼何急！”

“出了什么事？”李贵妃蓦地睁开眼睛，问。

冯保从袖中掏出一本，道：“娘娘，高胡子把万岁爷的谕旨封驳回来了！”

“呀！”李贵妃惊叫一声，忙接过来看。

“高胡子上了补本，胁迫万岁爷非要照他说的做不可！”冯保又道。

李贵妃看罢，沉吟不语。

“有句话，老奴不敢说。但事关万岁爷的龙位，老奴不得不冒死说出来。”冯保边叩头边哽咽着说。

李贵妃神色慌乱，道：“什么话，你快说呀！”

“内阁公本批回去，高胡子一见，勃然大怒，当场大叫：‘十岁的孩童如何做天子？’”冯保以惊恐的语调道。

李贵妃闻言，顿觉“轰”的一声，上身晃了晃，差一点晕倒。她定了定神儿，哭着说：“先帝啊！你抛下俺孤儿寡母……”

“娘娘——”冯保也跟着哭了起来，边哭边说，“娘娘，得替幼主爷保住江山啊！”

李贵妃蓦地止住哭声，问：“张先生怎么还不回来？”

冯保见李贵妃心里惦记着张居正，不禁暗喜，道：“禀娘娘，张先生昨已到了巩华城，今日午后当可回京。”

昨日，冯保差徐爵面见张居正，在巩华城相遇。张居正给冯保带回一句话：“勿惧，便好将计就计为之。”正是按张居正的画策，冯保今日方拿着文牍来见李贵妃。

“张先生怎么说？”李贵妃问。她显然知道冯保暗中与张居正保持密切联络之事。

“张老先生能怎么说？他敢怎么说？他说了算吗？”冯保噘着嘴，赌气说。

这是张居正事先交代好的，不能给外间尤其是李贵妃一个他想取代高拱因而背后向高拱捅刀子的印象，以免她起疑，反而不美。冯保思之，也不无道理，就尽量保护张居正。

李贵妃叹息道：“那，就照高先生说的，上紧地把文书发交内阁吧！不的，惹怒了高先生，怕不好收场。”

“可是，娘娘，高胡子得寸进尺，老奴听说他发动科道发誓要赶走老奴！赶走老奴，还不是为了剪除万岁爷和娘娘的羽翼，使万岁爷和娘娘孤立于深宫大内，他好大权独揽！”冯保头叩得“嗵嗵”响，边叩边哭着说。冯保把科道的弹章都压在自己的直房，又担心被揭发后罹欺君之罪，不得不向李贵妃笼统地禀报一句。

“高先生何苦如此相逼？”李贵妃喃喃道。

这正是冯保想听到的。照张居正的画策，就是要让李贵妃得出高拱苦苦相逼的结论，不得不出手反击。李贵妃终于说出了“相逼”一语，该是鼓动她反击的时候了。冯保蓦地仰起头，重重地喘着气，目露凶光，道：“娘娘，高胡子不忠，不能犹犹豫豫了，不如以迅雷不及掩耳之势，把高胡子赶出京城！”

李贵妃半天不语，慢慢站起身，轻叹一声，道：“先帝识高先生二十多年，给他的诰命里，说他‘精忠贯日，贞介绝尘，赤心报国’，言犹在耳。今钧儿登基刚五天，连朝会还没有举行过一回，就忽以‘不忠’赶走高先生，岂不是打先帝的脸吗？又如何让朝野信服？”

冯保心里凉了半截，跟在李贵妃身后，气鼓鼓地说：“高胡子目无君父，竟说十岁孩童如何做天子，大不敬！该杀！”

“他要真有不臣之心，也不会公开说出来。”李贵妃低声道，像是回答冯保，又像是安慰自己，“他公开说出来，或许只是想说，皇帝年幼，不能治理天下，要他替皇帝打理。”这样一说，她心里陡然轻松了许多。

“可是……”冯保不甘心，还想说什么，李贵妃打断他：“待张先生回来，让他想个法子，不让他们赶你走就是了。”

冯保只得叩头告退。刚走几步，李贵妃又道：“冯保，咱看福建贡的枇杷、浙江贡的鲜笋真是新鲜，让钧儿赐给辅臣、讲官和各衙门三品以上官员，让大家都尝尝吧！”

“老奴谨遵懿旨！”冯保躬身道。心中暗忖：“哼，彩凤不是当年初到裕邸时手把手教她认字的那个小丫头了，懂得收买人心了，够老练的！”突然，他灵机一动，跪在地上，向李贵妃跪行几步，匍匐在她脚下，哭道：“娘娘，老奴侍候娘娘十五年了，这回一别，怕再也见不到娘娘了！”

李贵妃心一软，眼眶红了，嗔怪道：“这是什么话呢？咱说过了，要张先生帮着想法子的呀！”

“娘娘，没有法子！高胡子把老奴的活路都断了！”冯保抽泣着说，“一旦科道的弹章上来，就得发交高胡子拟旨，他会容老奴存身吗？本以为侍候娘娘、侍候万岁爷这么些年，目今万岁爷是大明的主子，老奴也风光风光，想不到却……娘娘和幼主爷即使有心，却也无力保全咱这条看家狗！老奴死不足惜，就是放心不下幼主爷啊！”

李贵妃举起香帕，轻试眼泪，蹙眉道：“冯保，那你说该咋办来？”

“娘娘！”冯保深情地唤了一声，仰脸看着李贵妃，“老奴知娘娘这些年熟读史书，当知太后临朝之事！”

“呀！”李贵妃一惊，“这可不是闹着玩儿的！”

太后临朝是冯保的杀手锏，连对张居正也未透露过，要在迫不得已时用以诱惑李贵妃驱逐高拱。故他早有准备，遂以恳求的语气道：“娘娘，远的不说，就说大宋朝，真宗爷驾崩，东宫年十一，刘太后临朝称制，后来仁宗爷亲政，大宋在刘太后、仁宗爷手里最是兴盛。后世常将刘太后与汉之吕后、唐之武后并称，还说刘太后‘有吕武之才，无吕武之恶’，那刘太后不唯为儿子保全江山，还名垂青史！老奴观娘娘性严明、有识见，远过宋之刘太后。若娘娘临朝，幼主爷江山稳固，大明中兴有望！”

李贵妃怦然心动，又自知太后临朝与祖制相悖，仿佛突然间听到了朝野哗然而议、纷纷抗争的声音，不禁战栗了一下，惊惧地说：“冯保，不许乱说！”

“难不成太后临朝比内臣顾命还要耸人听闻？”冯保鼓动道，“叫老奴看，外朝怕是宁愿太后临朝，也不愿内臣顾命。为平息纷扰，断然行之，大局可定！”

李贵妃沉吟不语。

“高胡子断然不会同意，一举把他赶走，谁还敢再反对？”冯保继续说，“让张老先生做首相，只要他赞同太后临朝，这事就成了！”

李贵妃朱唇紧闭，心乱如麻。

“娘娘，断断不能眼睁睁看着太阿倒持、大权旁落，被高胡子玩于股掌之上！”冯保激动地说，嘴角喷出一串白沫。

李贵妃心虚地说：“大行皇帝梓宫待殡，钧儿登基方五天，陡然改了章程，咱于心不安，怕是朝野也不能谅解。”

冯保用力叩头道：“拖久了，怕是想改也改不了啦！请娘娘决断！”

李贵妃摇头：“天大的事，岂是一句话就定得的？”她挪动金莲，徘徊了几步，肃然道，“容咱好生想想。你可探探张先生的口气，其余人等，一概不许吐露一字。你下去吧！”

冯保施礼告退，出了慈宁宫，方知满脸是汗，举起袍袖用力抹了抹。回到文书房，他镇静片刻，喝了一盏茶，只得吩咐把内阁上的补本发交内阁票拟。散本太监刚要走，他又拦住：“慢！先放这儿，待会再说。”

冯保压住科道几十本弹章不报闻，心里忐忑，恐被皇上和李贵妃知道，此罪非轻，仅此一事，就得走人。可一旦报闻，矫诏的事倒是不必担心，都是李贵妃首肯的。而那些陈芝麻烂谷子的事，尤其是程文弹章里说的“造进诲淫之器以荡圣心，私进邪燥之药以损圣体”，让陈皇后看了，必转怒于他。还有夺人田宅的事，也必拱起李贵妃的火来。李贵妃知武清伯爱财如命，平时不少拿宫中的珍宝往娘家送。为了营造大宅，武清伯连给京营供服装之事都揽下了，这些，李贵妃都是知道的。若得知他冯保有这么多田宅，心里岂不生嫉？冯保越想越害怕，吩咐张大受把弹章都抱来，一一浏览，凝思良久，检出御史张涍的奏本，看了又看，上写：

皇上践祚之初，凡有举措，所窥伺者何限名与器，安可假人。掌司礼监印者孟冲也，未闻令旨，革某用某，一旦传奉令旨者出自冯保，臣等相顾骇愕，莫知所为。时皇上哀痛方迫，未敢渎奏，且久窥皇上圣明，必自有说，非左右之所欺罔也。今又传奉明旨，调用张宏，臣闻其守备南京，包藏祸心，恣作威福，安庆卫指挥张志学等挟众倡乱，宏受重贿，特为奏请，驾祸知府查志隆激变，以宽志学等首恶之诛。守备如此，皇上何自察其可用？其进誉者何人？凡近习之中有欺上专擅者，不可不放逐；有导上以游逸玩好之乐者，不可投其中。时临便殿，召二三辅臣，以资启沃。前日侍讲诸臣临御之暇，令其执经诵说，一如出阁之日，及退息宫中，则视内臣老成长虑忠言逆耳者，相与周旋，则圣学日进，庶足开太平之治。

此本虽对冯保掌印提出质疑，但并不是全对着他的；而且提调张宏入京是李贵妃的主张，不妨先把这个本子发下，内阁拟旨也不便说把他冯保如何，便决计将此本与内阁补本、杨博等人的奏本一并交皇上御览后，发交内阁，试探一下。他拿上三份文书出了文书房，吩咐张大受：“你差人到张老先生家门口候着，一旦张老先生回府，即刻让徐爵去见。”

四

礼科都给事中陆树德随张居正到天寿山视营陵寝，出了巩华城，张居正的轿子慢慢悠悠，直到日头偏西方入了德胜门。一路上，陆树德心中着急，又不能超了张居正的轿子，直到入城，众人各自散去，陆树德才火急火燎地赶到六科廊。

陆树德个子不高，清瘦精干。他是浙江平泉人，其兄陆树声与高拱为同年，又同选庶吉士，正直立朝，声望素著，因愤于朝臣结党内斗，隆庆元年以礼部侍郎乞致仕，屡荐不出。陆树德颇似乃兄，率侃直，素清严，为高拱所赏识。隆庆四年，由刑部主事甄拔为给事中，敢言直谏，人所畏之，升掌科。他见先帝驾崩不到一个时辰，即传冯保掌印之旨，怒不可遏，独本劾之。随张居正到天寿山几日，他心情异常沉重，牵挂着科道上本之事，又风闻张居正交通冯保，故对他敬而远之。昨日在巩华城，忽见徐爵来谒张居正，他愤恨不已，强忍着没有发作。待入城后众人各自回家，他却直奔六科廊，一则探听上本情形，一则要把徐爵谒张居正一事公之于众。

吏科都给事中雒遵乃六科领袖，陆树德先到了他的直房，略事寒暄，各自通报所关情形，陆树德问："弹章可关涉江陵相？"

雒遵摇头："六科本无一语关涉江陵相。"

"我这就上本劾之！"陆树德说着，转身欲走。

雒遵上前拉住陆树德，叫着他的字，劝道："与成兄当知，元翁重情，对先帝如此，对江陵相亦如此，他不会对江陵相下手。与成兄劾江陵相，徒增纷扰，不如集矢于冯保那个阉人。赶走了冯保，江陵相交通内官之事，也就不了了之了。"

"总要有是非正邪、贤与不肖之辨吧？"陆树德眼一瞪说。言毕，大步出了雒遵的直房，往不远处的文渊阁而去。走到文渊阁西门口，他又止住脚步，暗忖："我去禀报元翁，似有挑拨阁臣之嫌，不妥。"遂转身回走，出了东华门，穿过长安街，进了吏部衙门。

吏部左侍郎魏学曾闻禀，吩咐传见。陆树德施礼寒暄毕，即把徐爵驰奔巩华城见张居正一事说于魏学曾，说完一拱手道："人言确翁有古大臣风，是以学生愿唯确翁之命是从。"魏学曾号确庵，陆树德遂有此尊称。

魏学曾沉吟良久，道："冯保矫诏，欺君乱政，人心惶惶，非新朝气象。目今科道已密集上本参劾，只要江陵相中立不与，冯保孤立于内，必倒无疑。于公则玄翁主持国政继续中兴大业，于私则江陵相节操得以保全。"说着，站起身，"我这就去谒江陵相，陈明利害。"

陆树德满脑子都是上章参劾，听魏学曾如是说，豁然开朗，点头道："嗯，确翁此计稳妥。"说着也站起身，"学生也随确翁同去。"

“不可！”魏学曾摆手道，“有结党之嫌，且让江陵相误以为向其施压。我一个人去，忠言相劝，或可有济。”

陆树德只得作罢，目送魏学曾上了轿，才忧心忡忡地打道回府。

张居正自巩华城回到家，唤来小妾菱儿侍候着沐浴更衣，顿觉浑身清爽了许多。出门近十日未近女色，有些把持不住，拉过菱儿便往她房里走。刚出浴室门，游七跑过来禀报：“老爷，徐管家来了，咱见他一脸猴急的，在书房候着呢！”

一句话说得张居正欲火顿灭，快步向书房走去。

“亲家老爷，张阁老！”徐爵一见张居正，就躬身施礼，边作揖边焦急地说，“贵妃娘娘也觉得高相相逼甚苦，可她老人家还是顾虑重重，下不了决心，反要请亲家老爷想法子保全家干父。”

这似乎在张居正的意料之中，他边落座边道：“所有章奏，皇上既不能内批，也不能留中不发，只能发交内阁拟旨；若皇上认为内阁所拟不妥，则需召见阁臣面奏。内阁会在弹劾印公的弹章上票拟出什么话，可以想象得出；即使皇上不认可，召阁臣面奏，毕竟皇上才十岁，最终还得听阁臣的。如此看来，保全印公，委实没有法子。”

徐爵一欠身，道：“家干父倒是想出一个法子，也向贵妃娘娘说了，贵妃娘娘说要听听亲家老爷你老人家的想法。”

“哦？”张居正露出疑惑的目光，“会是什么法子？”

“太后临朝！”徐爵道。

“啊？！”张居正大吃一惊，端在手里的茶盏晃了几晃，差点掉下来，溢出的茶水烫得他咧了咧嘴。

徐爵见状，忙放下自己的茶盏，伸过手去，从张居正手里接过茶盏，放于茶几；又用自己的袍袖在张居正的手上来回擦了几下。张居正缩回手去，两掌交替摩挲着，面无表情，心里却翻江倒海。太后临朝，祖制所不容，他若助其成，必为当世鄙夷、后世唾骂。况且一旦实行，必是李贵妃与冯保操控大权，他事事要受制女流、太监，治国安邦的抱负如何施展？与其这样，莫不如继续维持时局。虽则玄翁已有猜疑，但毕竟没有公开撕破脸皮，维系下去当不成问题。又一想，冯保如被下法司勘问，自己极力掩饰的交通太监之事必大白于天下，即使玄翁谅解，自己又有何颜面立于朝廷？

张居正反复权衡着，纠结着……

徐爵见张居正眉头紧锁，忽而仰面吐气，忽而低头沉吟，反复斟酌着，也不便多言，只得在旁侧静静地候着。正沉寂间，游七在门外禀报：“老爷，吏部侍郎魏学曾求见，在茶室候着。”

“魏惟贯？他来做甚？”张居正自语道，仰脸沉吟片刻，吩咐游七，“就说我从天寿山回来路上中了暑，病痛难忍，不便见客。”说完又一想，觉得不妥，起身把游七叫回来，“你转告他：侍郎有言，可写帖来。”

“怎么，张阁老病了？”魏学曾闻报，半信半疑，“只向张阁老进言一二，不妨事吧？”

“这……”游七支吾着，小眼睛眨巴了几下，道，“老爷上吐下泻，委实不便呢！”

魏学曾从游七的神色中察觉到，张居正是故意避而不见，顿感心寒，他脸一沉：“笔墨侍候！”游七把笔墨备齐，放到魏学曾旁侧的高脚茶几上。魏学曾凝眉稍思，提笔写道：

外人皆言相公与阉人协谋，每事相通，遗诏亦出相公手。今日之事，相公宜防之，不宜卫护。此阉恐激成大事，不利于相公也。

写毕，看了一遍，提起来用嘴吹了吹，抖了几下，叠好，交给游七：“你禀报张阁老，我在此候回书！”

“哼！哼哼！”张居正接阅魏学曾的禀帖，脸色陡变，发出几声怪笑，头上冒出虚汗。突然，他“嚓嚓”几声把禀帖撕碎，往地上一甩，咬牙道，“好你魏学曾，敢来威胁老子！”说着，蓦地起身，抬脚在纸屑上猛地踩了几下，“走着瞧！”说完，疾步走到书案前，奋笔疾书：

此事仆亦差人密访，外间并无此说。今侍郎为此言，不过欲仆去耳。便当上疏辞归，敬闻命矣！

写罢，看也不看一眼，对游七道：“拿去，给那个魏学曾！”又仰脸吐了口气，嘀咕道，“箭在弦上，不得不发！”转脸对徐爵道，“回去禀报印公，太后临朝，不失为稳定时局之策。为大明社稷计、为皇上计，居正赞同；然玄翁当国，居正不敢倡言。”

“晚生明白！”徐爵咧嘴一笑，躬身一揖，忙告辞而去。

“哼哼！”张居正望着徐爵的背影，眯起双目，冷冷一笑，“张居正不是高新郑，直肠子不懂迂回！太后临朝？真个是不知天高地厚！”这样想着，张居正露出了笑容，“我既能玩玄翁于股掌，何况一个阉人，一介女流！”

“太岳相公！”吕光在门外喊了声，语调中满含兴奋，“存翁有奇计献上！”

“喔？”张居正大喜，“吕先生快请！”

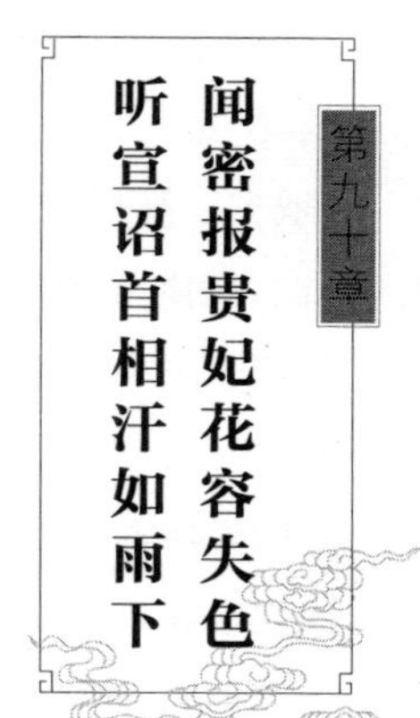

第九十章 闻密报贵妃花容失色 听宣诏首相汗如雨下

一

高拱放心不下高仪的病，用完午饭，就急匆匆赶到高仪位于天师庵草场左近的家中探视。自多年前家中失火、宅邸尽毁，高仪就一直借居在这座友人的宅子里。院子狭窄，房子破旧，大白天，高仪的卧室却黑黢黢的一片。

管家搬过一把椅子，放在高仪的病床前，高拱坐下，用力挤了挤眼睛，慢慢地才看清东西。只见高仪面容枯瘦，咳嗽不止，几不能言。高拱说了几句宽心话，就要告辞。

高仪伸出手，强止咳声，“呼噜呼噜”喘息着，问：“新郑，万一、此番内里再不纳……你、你打算怎么办？”

自封还批红，再上补本，高拱心里就一直惴惴不安。内里若留中或索性直接批红，故意与内阁的建言对着干，岂不形成僵局？这也是高拱最担心的。他回过身来，弯腰拉住高仪的手：“南宇，这个还用说吗？我只能乞请放归，这是惯例，别无选择！”

高仪闻言，又是一阵剧烈的咳嗽，边咳边不住地摇手。

“哼！”高拱直起身，冷笑一声，道，“皇上甫继位，罢黜首席顾命大臣，不唯对先皇无以交代，便是对天下又如何交代？这可是件耸动天下、骇人听闻的大事，谅冯保那个阉人不敢！”

高仪咳嗽着摇头，断断续续地说：“新、郑，善自珍、珍重吧！”

高拱抱拳揖别，一路上不断催促轿夫加快步伐。回到内阁，刚喝了一口茶，书办喜滋滋地走过来，把三份文牍放到他的书案上："元翁，文书房散本太监刚送来的。"

"哦！"高拱放下茶盏，顺手一翻，正是内阁补本，再前前后后细细一看，没有内批。高拱紧绷着的神经瞬时松弛下来，重重地吐了口气，兴奋地说："果不出所料，那个阉人，不敢再作梗了吧？"说着，一撸袍袖，提笔把早已想好的票词写了下来：

览卿等所奏，甚于时政有裨，具见忠荩，都依拟行。

他又拿起下面的文牍，是杨博等七臣声援内阁的奏本，高拱提笔拟旨："览奏，具见卿等忠心，朕心嘉悦，依议行。"

拟好两票，高拱抑制不住兴奋，真想痛饮一场。他举起茶盏"咕咚"一口，把大半盏茶喝个精光，一抹嘴："嗯，痛快！"这才捡起书案上另一份文牍，一看，是御史张涍的奏本。高拱浏览一遍，一蹙眉，暗忖："六科七疏何以未发，单单把这本发下了？"又一想，定然是冯保那个阉人大惧，故意拖着，拖一天是一天吧！"哼哼，看你这个阉人能坚持多久！"他冷笑着道，提起笔，思忖如何拟旨。又一想，不妨等张居正回来，一同商榷，看看给冯保何等处分。遂把张涍的奏本先放置一边，仰脸沉思着。忽然想到张涍奏本指张宏受张志学之贿，为其开脱，遂自言自语道，"安庆百姓翘首以盼查志隆复任，此事不能久拖。也正可借机把严纲纪顺民心之意达于天听，布之中外！"这样想着，展纸提笔写道：

正国是顺民心以遵朝廷事。

臣唯国家所以强盛尊安，虽有不逞之徒，卒莫敢犯，以纪纲振而民之爱戴深也。若纪纲废则神气弛，神气弛则人无畏惮，祸乱四起；若民心失则元气索，元气索则支离涣散，邦本不固。

……

不知不觉，已写了洋洋千言，高拱又重头看了一遍，起身道："来人，把这些文牍封送！"

书办进来，拿起文牍刚要走，高拱摆摆手道："票拟的两份即刻封发，奏本待明日交张阁老阅后再送。"

或许是国丧期，抑或时下人心惶惶无心做事，内外章奏比平时少了许多。交了戌时，文牍已批阅毕。高拱起身正欲到吏部去，书办通禀：魏学曾求见。

"惟贯，我正要找你！"一见魏学曾，高拱就兴奋地说，"皇上年幼，用人的决策程序不能再照此前老办法做，拟道《拟陈点官事宜疏》来，把程序定下来。"

魏学曾垂头丧气，拿出张居正写给他的回帖，递给高拱。

“这是什么？”高拱说着，低头扫了一眼，抬头看着魏学曾，“怎么回事？”

魏学曾把求见张居正之事说了一遍，叹息道：“看来，江陵相执迷不悟啊！”

高拱一扬手：“大局已定，不必管他！”

“大局已定？”魏学曾吃惊地重复了一句。

“不必吃惊。”高拱自信地说，“内阁所奏陈五事疏的补本发下来了，我已拟旨俱依议行，适才已封送。弹劾冯保的本子，这两天必发下，届时拟旨把他打发到南京闲住，宫府为之一清，自会风平浪静。”

“冯保狡黠，江陵相又多智术，玄翁不可掉以轻心。”魏学曾忧虑地说。

“又能怎样？”高拱一瞪眼说，“所有章奏不内批、不留中，皇上不发中旨，一切都在内阁掌握中嘛！”说罢，把话题拉回去，“适才说的《拟陈点官事宜疏》，我已想好，大意是嘉靖、隆庆两朝的做法，要改……”顿了顿，便顾自把想法说了一遍，言毕，一扬手，“你回去照此意起稿，明日上奏。”

魏学曾满脑子还是到张府碰壁的事，张居正回帖字里行间满是怒气，欲进忠言阻止他与冯保里应外合，结果很可能激他死心塌地与冯保合谋！魏学曾感到心寒，更感到忧惧。本来是想与高拱好生合计一番，不意他却全不在意，还在说改制的事。高拱说了些什么，魏学曾一概不知，只好苦笑一声，躬身告退。

高拱见魏学曾心不在焉，担心那番话他未必记得下，便无奈地摇摇头，自语道：“罢了，还是自己来吧！”言毕，一抖朝袍，吩咐备轿。

自先皇驾崩，高拱的心情从来没有像今天这样畅快过。他没有在内阁用饭，也未去吏部，而是径直回家。一进家门，就吩咐高福：“加道荤菜！”

高福一脸迷茫。打从先皇帝去世，老爷一直吃素，今天竟主动提出要加荤菜；看那表情，好神气的样子，正想问问是咋回事，房尧第快步走了过来，唤道：“玄翁，今儿回来早啊！”

“哟，是崇楼，你回来了？”高拱问，“情形如何？”

二十天前，高拱提出要房尧第到左近州县走走，了解条鞭法在北方可否实行一事。房尧第便去了固安，今日薄暮刚回来。一见面，高拱就急不可耐地问他，房尧第跟在高拱身后，边走边答：“玄翁，北方银子少，条鞭法是把一揽子赋役通以银子折算、缴纳。若在北方实行，农家只有卖粮换银子，而集中卖粮，粮价势必大跌，岂不伤农？是以学生以为，目今在北方行条鞭法，恐不便。”

“哦？是这样！”高拱道，“原想万历元年要铺开呢，看来要审慎。”

“玄翁……”房尧第支吾着，“学生一路走来，到处都在说，宦官矫诏受顾命，要干政，恐王振、刘瑾之祸重现。稍通文墨者，无不忧心忡忡啊！”

高拱一扬手：“翻不了天！”

“可，道路传闻，太岳相公与冯……”房尧第小心翼翼地说。

“独木难支。只要拿下冯保，叔大也只有顺驯。”高拱轻描淡写地说，“不说这个了，到书房去，把一路见闻，细细说来。”

两人在书房谈兴甚浓，高福几次催促用饭，都被高拱赶了出来，高福无奈，只得把饭菜端到书房去。高拱很想痛饮几杯，但想到大行皇帝，他又忍住了，情绪也突然低落了许多。两人默默用完了饭，房尧第提议到院子里走走，刚要起身，高福递来拜帖，高拱一看，是吕光，一吸气：“吕光？隐隐约约记得有这么个人。”

“玄翁，吕光是徐阶的幕宾。”房尧第提醒说。

“哦，他来做甚？”高拱蹙眉道。

二

或许是紧张的缘故，吕光坐在高府的花厅里，汗涔涔淌下。高福递给他一把蒲扇，他“呼呼”扇了几下，突然又停下，似乎在琢磨着什么，忽而又猛扇一阵……

过了一刻多钟，高拱一袭布衣，手拿蒲扇进了花厅，吕光躬身而立，待高拱在主位上坐定，他先是一揖，随即跪倒在地，道：“存翁特差在下来京，向高相公表达感激之情。”

高拱得意地摇着蒲扇，缓缓道：“起来说话。”

吕光又叩了三个头，这才起身，在西侧的一把座椅上落座，抱拳道：“起初，高相公要报复存翁之说甚嚣尘上，存翁颇不自安，至三子被逮，不得不相信传言，惶惶然不知所措，对高相公误会更深。虽相公华翰迭至，一再宽慰，存翁仍不敢相信。直到蔡国熙调任，高相公拟旨发回松江府重审徐府案，存翁方恍然大悟，知高相公乃高义之士，不唯无报复之心，反而以德报怨，竟感动得老泪纵横呢！”

“徐老相信高某就好。”高拱淡淡地说。

“岂止相信，钦佩不已啊！”吕光道，“先帝颁敕，赞高相公养气极其刚大，为众人所不能为；赤心报国，力扶既隳之纲常；正色立朝，顿折久淆之议论。以不世之略，建不世之勋。存翁诵读《邸报》，痛哭流涕，以当年不能及时让贤为悔，见客便说，新郑乃本朝第一豪杰，有新郑当国，乃大明社稷之福！”

高拱抱拳向上一举：“端赖先皇委任。”顿了顿，提高了声调，“要做的事还很多，高某无他，唯一片报国愚忠，不知有自身，誓不负先皇之托！”

吕光一抱拳：“高相公锐志匡时，夙夜在公，以天下为己任，人所共仰。存翁言：今上冲龄，新郑亲受顾命，正可再接再厉，大展新猷！”

高拱微微一笑："你回去对徐老说，望他善自珍摄，必可一睹万历之治！"

"那是那是！"吕光讨好地一笑，踌躇片刻，道，"存翁让在下给高相公捎句话：新郑励精图治，难题一一化解，唯宗室之事，最是困扰朝廷，拖累小民。此事非新郑不敢触及、不能化解。闻新郑有意为宗室立一代章程，此乃不世之功。"

高拱跷着二郎腿，仰靠在椅背上："嗯，这事是要办，必立一代章程！"他欠了一下身，"徐老有何高见？"

吕光躬身向前凑了凑，道："存翁言：宗室毕竟是皇家血脉，做臣子的很难说话；凡事都请皇上发话，也是让皇上为难；最好的法子是效法太祖高皇帝，以德高望重的亲王为宗人令，掌管宗人府。一来宗人府出面约束宗室；二来皇上、臣子不便说的话，由宗人府做替身。如此，宗室之弊易革，新章程可成。"

"哦？"高拱两眼放光，"所见略同。"

吕光心中暗喜，继续说："当此主少国疑之际，那些个骄横的宗室，不知又会闹出什么幺蛾子，最是需要强化宗人府之时。"

高拱连连点头。

"存翁言：天下宗亲繁多，贤者甚寡，唯周王最贤。"吕光又道。

"徐老也这么看？"高拱高兴地说，他撸了撸袖子，道，"此事当办，且要快办！"

"那么，高相公打算何时迎周王晋京？"吕光问。

高拱脸色沉了下来，如此机密大事，尚未成案，此公就急不可耐打听何时迎周王入京，未免越份了！他故意咳了一声，端起了茶盏。

吕光见状，知趣地告退了。

高拱走出花厅，边往书房走，边吩咐高福："叫崇楼来。"

房尧第本想沐浴更衣，见高拱今日精神饱满，兴奋不已，必会召他议事，也就不敢离开，坐在院中候着。听到高拱果然有召，忙起身应了一声，迎上去。

高拱边走边道："革宗室之弊，纾小民之困，不能再拖了。解决这个大难题，正当其时也！先从强化宗人府入手，起稿奏上，即可着手。"

"玄翁，新皇登基才几天，主少国疑，关涉宗室的事，还是等等再说吧。"房尧第劝道。

"正因为主少国疑，才要上紧把宗人府强起来，约束宗室，免得这些天潢贵胄胡来！"高拱不悦地说。

房尧第不敢再言。他知高拱召他来，照例是要他起稿的。一进书房，不用高拱吩咐，他就坐到书案前，展纸提笔，等着高拱口述。

"太祖高皇帝……"高拱缓缓地踱着步，边斟酌边口述，可一句话未完，就再也不往下说了。良久，一扬手，"此事，不打祖制大旗，寸步难行。要引用原文，

明日到阁查查故牍再说。”

房尧第听高拱说到“祖制”，忙放下笔，道：“玄翁，《登极诏》所开新朝合行之事，首件就是恢复祖制。道路传闻，是有人要牵制玄翁改制的。”

“哼哼！”高拱冷笑道，“他们肚里的墨水，还少了些。想以祖制捆住我的手脚，没那么容易！”

房尧第见高拱一副自得样，不解地问：“但不知玄翁如何突围？”

“‘达孝’二字耳！”高拱望着房尧第，得意地说，“《中庸》里说武王、周公达孝。我用这两个字，把祖制这道坎儿打通了！”顿了顿，一撇嘴道，“他们费尽心机设了两道坎儿，一道是《登极诏》里暗设的祖制，一道是冯保矫诏同受顾命，我以‘达孝’破解前者；以所有公牍不得留中、不得内批破解后者，让他们枉费心机！”他蓦地把双手合在一起，畅出口气，“好了，该步入正轨了！几件大事，要次第推开。我想了想，吏部的事，我不能再管了，得辞了。但用人的决策权，要理顺。”

“时下的做法不好？”房尧第吃惊地问。

“看怎么说了。”高拱道，“先皇把用人权都给部里，若掌铨者有私心，怎么办？嘉靖朝，权力都归皇上，难免让奸佞小人钻空子。这两个法子都不好，当改！”言毕，他一扬手，“起稿，上道《拟陈点官事宜疏》。”

下午在内阁，高拱已向魏学曾口述过一遍，这会儿，他不假思索口述道：

朝廷用人，权在皇上。嘉靖年间，世宗皇帝英断，二部奏本呈上，即御批点用。或点正、或点陪，或令另推，权自上出。至隆庆年间，仍照此例，然只点其排序在首者，且几无发回另推之例。故名为皇上用人，实则吏、兵二部自定。今皇上初登宝位，一时臣下贤否或未尽知。今后吏、兵二部推官奏本，俱先发内阁看详票拟。如内阁认为二部所选不妥，则具本恭奏。如此，庶官可得人，而亦可杜吏、兵二部徇私之弊。

房尧第埋头疾书，高拱审改一遍，不到半个时辰，疏稿已成。

“玄翁，学生会意，此疏要领是：用人，当由内阁把关。”他一挤眼，“颇有制约皇权之意。”

高拱摆手道：“不敢这么说。皇上居深宫大内，安得遍识中外官员贤否？内阁自当为皇上把关嘛！”他一扬手，“一鼓作气，把辞部务的奏本也拟出来。”说着，又聚精会神口述起来。过了半个时辰，一道《乞恩辞免部事疏》定稿：

臣昔告病家居，荷蒙先帝圣恩，召还内阁兼掌吏部事，已二年余矣！臣曾五疏辞免部务，未蒙先帝谕允。

兹恭遇皇上光登大宝，实唯新政之初，凡一应政令与一应礼文，俱属阁臣议行。且先帝梓宫在殡，山陵未造，一应丧仪，亦俱属阁臣议行。臣实竟日在阁办理，更无时刻可以到部。吏部进退百官，治乱所系。臣既身不能到，若非别委之人，必至误事。此臣所以不得不言者也。伏望皇上俯垂鉴察，容臣辞免兼任，庶臣得以专心在阁，仰裨圣政。

看了一遍，高拱道："此本发交内阁拟旨，按例不能一次就准了，还要再上一本方可，索性也预备下吧！"遂又口述，再成一疏。

待疏成，已交子时，高拱伸了伸懒腰，一身轻松，道："该睡觉了，明日还有一大堆事要办呢。"又道，"这会儿院子里凉爽，去透透气！"

两人出了书房，刚到院子里，房尧第"啊"地叫了一声，惊恐地说，"玄翁快看，那是什么？"

高拱顺着房尧第手指方向一看，但见夜空中，东北方有苍白气，鲜明如白，虹霓状。

正是六月十五之夜，天气不阴不阳，月亮时而高挂，时而被阴云遮蔽，东北方却出此奇象。房尧第曾钻研过方术，隐约感到，此非吉兆，预示着江河倒流，君子受难！但他不敢说出口，战战兢兢道，"看来，要出大事啊！"

高拱凝视良久，回头看房尧第神色紧张，道："崇楼，不要信天人感应那一套！盈天地之间唯万物。子产曰：'天道远，人道近。'想那有道之世，是非明，赏罚公，天下之人有理可讲，则不信命；无道之世，是非晦，赏罚紊，有理无处讲，天下之人徒相嗟叹曰：'此命也！'因此，人信不信命，实取决于朝政清明、世道公平与否。"

房尧第浑身战栗，顾自喃喃道："怪象！可怕的怪象！"

高拱道："或许冯保那个阉人见之，必是胆战心惊！我料他今夜不能安枕。"他一扬手，"睡觉！时不我待，当只争朝夕，竭尽全力，致大明于清明、公道之世！"

"江河倒流！"房尧第还沉浸在恐惧中，不停地小声嘀咕着，"倒流，倒流……"

三

吕光出了高府，侍从牵马迎上，他骑上去，走了约莫一箭远的路，借着月光，远远看见单牌楼东侧一片空地上，有几个人坐着乘凉，便翻身下马，凑过去，诡秘地问："哎，哥儿几个，听到什么了吗？"

几个乘凉的人不知此人什么来头，说的什么意思，都不作声。吕光低声道："唉，我可听人说，朝廷里要出大事，高阁老要迎周王入京！"

"啊！"几个人惊讶地叫起来，"光听说宦官要干政，大明又要胡折腾了，没听

说高阁老要废了幼主啊！”

吕光用手指竖在嘴上：“小声点，东厂的人听到，可不得了！”说完，回身上马，一勒缰绳，打马向南，消失在夜色里。须臾，十几个彪形大汉“忽”地围了过来，把乘凉的几个人团团围住。

“东厂的？”一个老者怯生生地问。

一个领头模样的人问：“在议论什么，嗯？”

“说是高阁老要迎立周王？”老者道，向远处一指，“呶，是他说的。”

“不是吧？好像是迎周王入京。”一位年轻人更正说。

“谁说的？”领头模样的人向老者手指的方向张望着，“没看见人哪？”又回头看着老者，“到底谁说的？说不出来，跟老爷我走一遭！”

老者吓得缩着头不敢出声，坐在他身边的年轻人道：“都这么说，传来传去，不知道谁说的。”

“就是嘛！这么说不就没事了吗！”头领说着，一摆脑袋，一名喽啰上前，拿出一张稿笺，又有喽啰拿出笔墨，放在地上，另一名喽啰把灯笼放在笔墨稿笺旁。头领道：“把适才说的话写下，画押。”见几个人愣着不动，他从腰间抽出绣春刀，恶狠狠地说，“不写？都给我押走，投镇抚司大牢！”

老者忙伏地叩头，道：“小老儿不识字，兵爷写下来，我等小民画押，画押。”

一名喽啰趴在地上，记录下几个人的话，念了一遍，几个人都点头称是，轮流画押。头领一笑：“走，回去投帖！”说着，几个人匆匆往北而去。

冯保正在大内隆德阁东侧忠义室的东小屋里焦急地等待着外间的消息，心腹档头陈应凤喜滋滋进来：“禀厂公，办妥了！”说着，把一封禀帖递给冯保。冯保展开一看，咧嘴笑着，又皱眉道：“把‘京城纷传高阁老欲迎周王入京’，改为‘迎立周王’，不是更有分量？”

陈应凤道：“厂公，小的看，不如含糊着写，更让人信服。厂公面奏时，把‘入京’再作别解，或许更妥。白纸黑字留下来恐不好。”

“是这么回子事！”冯保大喜，“用印！”说着，拿出钦赐密封牙章，陈应凤接过，用印钤封。冯保揣入怀中，“备凳杌，去慈宁宫！”

“哼哼！”冯保坐在凳杌中，得意地冷笑一声，“高胡子，咱斗不过你，徐老先生老奸巨猾，你岂是他的对手！”

松江至京师间，传递消息者穿梭不断。当徐阶得知高拱欲为宗室立一代章程时，起初只是惊讶，想不到高拱连这等事也敢碰；待闻听先帝驾崩，他陡生一计，命人飞报吕光，吕光即报张居正，两人密议一番，待吕光转往高拱府中，张居正急差游七召徐爵，把密计转报冯保。冯保接报，即差陈应凤与吕光接应，一番忙碌，制成了这封密帖。

冯保在慈宁宫首门下了凳杌，执事太监张诚禀报："万岁爷来给娘娘问安，被娘娘留下，在前殿习字哩！"

"天意，天意！"冯保大喜道，"十万火急的事，咱要见万岁爷和娘娘！"见张诚踌躇，冯保从袖中掏出一锭金子，塞到他的手里，附耳道，"坊间纷传，高胡子要迎周王入京，想必你也听到了吧？"

"这个……"张诚惊讶地张大嘴巴望着冯保，冯保向他挤了挤眼，又恶狠狠地"嗯"了一声，张诚惊恐地连连点头，"隐隐约约听说了，印公快去禀报吧！"

皇上正端坐案前，李贵妃站在他身后，低头用手指着摊开在书案上的一本书，她指一个字，皇上读一个字。已然读过一篇，皇上有些疲倦，却又不敢声张，不时抬眼看看母妃，再低头去读。又抬眼间，忽见冯保从门外进来，皇上不禁暗喜，叫道："大伴！大伴来了！"

冯保忙跪地叩头。

"大伴，为母后上尊号的事，怎么还没办呀？"皇上指着冯保问。

"钧儿，不早了，回宫歇息吧！"李贵妃不愿皇上触及这个敏感话题，忙上前拉过皇上胖乎乎的小手，摩挲着道。

"娘娘啊！"冯保突然以焦躁、惊恐的声调叫了一声，"要出大事啦，这事该让万岁爷知道啊！"说着，掏出密帖，跪行到李贵妃面前，双手呈上。

李贵妃打开密帖，刚看到"迎周王入京"四字，不禁"啊！"了一声，脸上的红晕瞬时退潮，适才还笑盈盈的面庞遽然间恍如一张白纸，两腿禁不住颤抖起来。

皇上早被适才冯保的语气吓得不知所措，一见母妃惊恐的样子，嘴撇了又撇，欲哭却又强忍着，扑向李贵妃。李贵妃弯身把皇上紧紧搂在怀里，抚摸着他的后背，安慰说："我的儿，莫怕莫怕！"

须臾，李贵妃镇静下来，拉着皇上升了座，问："冯保，会是真的吗？"

冯保叩头道："娘娘，老奴怕出事，这些天让东厂的人盯着那些个大臣，高胡子家里有可疑人员出入。"顿了顿，又道，"他脱口而出，说'十岁天子怎能治天下'，原来是伏笔，为迎立周王打伏笔！"

"那个高老头，是个坏人！"皇上突然一跺脚，大声道。

李贵妃一惊，盯着皇上，问："钧儿从哪里看出来的？"

"看他那大胡子，黑红脸，咱一见他，心里就发慌！"皇上噘嘴道。

"钧儿，你是皇帝，该称朕，不可说咱！"李贵妃尽管心慌意乱，却还是不忘教训儿子，又转过脸来问冯保，"可是，高先生冒天下之大不韪行废立，对他有啥好处？”

“娘娘！”冯保道，“行废立，谓之定策。定策之功，如同开国元勋，世代封爵，他必是受此诱惑，密谋行之！”冯保早料到李贵妃会有此问，已与张居正预备好了说辞，是以此时便脱口而出。

李贵妃搂过皇上，摇着头，潸然泪下，蓦地又抬起头，问：“可他总要有理由吧？”

“娘娘，欲加之罪何患无辞？”冯保早已成竹在胸，“他不是发动门生纠着矫诏不放吗？他不是不许留中、不许内批吗？这都是为废立做的铺垫！”

“先帝啊——”李贵妃哽咽着，绝望地叫了声，又慌慌张张地抚摸着皇上，“我的儿！”说着，放声痛哭。皇上见母妃如此情状，“哇”的一声，也哭了起来。

“娘娘啊，万岁爷啊！”冯保也假意哭喊了两声，突然跪直了身子，以惊慌的声音道，“高胡子的岳父做过周王府的审理，高胡子与周王密切交通。这两年，高胡子执掌朝廷大权，文武大员都是他提拔的，军权也在他手里，他一呼百应，一旦发动，万岁爷、娘娘无招架之力啊！”他又俯身下去，双手拍地，“娘娘啊，不敢再等了，得上紧下手啦！”

李贵妃蓦地起身，道：“走，到慈庆宫，说与皇后。”说着，拉起皇上的手，疾步往外走。

“备轿！娘娘要去慈庆宫！”冯保大声吩咐着，“万岁爷要起驾！”

四

陈皇后出身书香门第，乃大家闺秀，自入裕邸，即不受先帝所宠，她并无怨言，每天看书作画，打发时光。先帝驾崩，她已心如死灰，更不愿介入外间之事。听完李贵妃的哭诉，她心定神淡，低声细语道：“妹妹，凡事你拿主张，凡妹妹的主张，咱俱无异同，就不必知会咱了。”

李贵妃又客气了两句，施礼告辞，拉住皇上的手快步走出皇后寝殿，冯保跟在身后，低声道：“娘娘，当快刀斩乱麻，以迅雷不及掩耳之势，把高胡子赶走！”

“你快拟旨，罢黜高拱，不许他停留！”李贵妃嘴唇哆嗦着，吩咐道，“不许走漏风声！”

“遵旨！”冯保高兴地想跳起来，竟忘记施礼，就一溜小跑往出了慈庆宫，刚到门口，又站住了，回身迎上李贵妃，跪地叩头，“娘娘，此事，当知会张老先生，以后要靠他执掌外朝。”

“张先生不会走漏风声吧？”李贵妃问。

冯保一拍胸脯："娘娘放心！"说罢，爬起来复又小跑着而去。

回到直房，冯保兴奋得不能自已，提笔的手抖个不停，只好在书案上用力拍了两下，疼痛感上来了，手不再抖动，这才拟了一道谕旨，封好，交给掌班张大受："徐爵在东华门外候着，你快去交给他，让他速转张老先生核定。"

张大受踌躇道："东华门已关闭……"

冯保解下自己的牙牌，递给张大受："拿上，看谁敢不开门！"

掌印太监的牙牌乃象牙制造，有云尖，下方微阔而上圆，一边刻"忠"字甲号，一边刻司礼监掌印太监衔。张大受拿起牙牌，把密帖揣入怀中，快步出了隆德阁忠义室，直奔东华门而去。

"哐啷啷——"东华门开启，尚未大开，张大受闪身出去，徐爵听到门响，已伫立门外；接到密帖，翻身上马，疾驰大纱帽胡同张居正宅邸。

张居正早已接到徐爵的通报，得知冯保已按计上了密帖，并面奏李贵妃。事态紧急，他不敢休息，正焦急地在前院踱步。听到首门开启，忙迎过去，与徐爵在垂花门相遇。徐爵掏出密帖，递给张居正。张居正边往书房走，边撕开密封，一进书房，尚未落座，就弯身凑在灯下展读。

"事协矣！"张居正直起身，仰脸慨叹道。定了定神儿，又把冯保拟的谕旨看了一遍，见文句不顺，甚或还有错字，不禁摇头。

徐爵一看，忙问："亲家老爷怎么直摇头？"

张居正并不提文句不顺的事，而是说："怎么写皇帝圣旨？皇帝才十岁，登基才五天，就一个人决定了罢黜顾命大臣？天下人谁能信服？当把皇后、皇贵妃抬出来。"

"是是是！"徐爵连连点头。

张居正又道："迎立周王，欲行废立，未免太骇人听闻，不必在谕旨里说！"

徐爵不解："亲家老爷，不说这个，以啥借口赶走高胡子？"

"迎立周王之事，很容易查证，即使一时赶走玄翁，随时可能翻转！"张居正解释道，"玄翁逼迫皇上非照他的陈五事疏做不可，历历有据，拿这个做文章方为妥当。"

"哎呀呀，亲家老爷想得周到！"徐爵赞叹道，"咱看，就照亲家老爷的想法拟吧！"

张居正坐下，稍一思忖，提笔拟写谕旨。写毕，看了一遍，一摇头，"嚓嚓"撕掉了。

徐爵在旁等得着急，见张居正好不容易写好了，又撕掉，不解地问："亲家老爷，这是……"

张居正道："皇上还小，太深奥的话，不像皇上的；印公嘛，粗通文墨，写得太文绉绉，必让人起疑。若科道纷纷质疑，纠缠谕旨出自何人之手，岂不因小失大？"

"哎呀呀！"徐爵惊叫，"亲家老爷真是心思缜密啊！"他撇嘴一笑，"那个高胡子，粗粗拉拉，治国或许有一套，权谋嘛……"

张居正听得刺耳，不待他说完，便唤游七："带管家吃几盏酒去。"

游七进来引徐爵出去了，张居正埋头反复斟酌，改了又改，约莫大半个时辰，才封交徐爵："让印公抄了，盖上御玺，再加盖皇后、李贵妃的印玺。"

送走徐爵，张居正心里七上八下，独自在院中徘徊，忽见东北方有一片霓虹状的苍白气，心里阵阵发慌，不敢再看，转身回到书房，双手合十，闭目默念道："玄翁，你官宦世家，父母俱下世，又无儿无女，怎知居正的甘苦？"念毕，缓缓放下，蓦地又合十默念，"居正并非为一己之私为此不义之举，玄翁，看了《登极诏》居正私下加上的守祖制的话，你应该明白，居正不忍看玄翁擅改祖制，越走越远！居正是为大明社稷计，才不得不如此的！"默念了一阵，走出书房，向东北方向望去，见苍白气渐散，心里才稍稍踏实了些。

冯保也看到了夜空中的苍白气。他在直房等候张居正审定谕旨稿，左等右等不见回来，急得浑身冒汗，便出直房透气，一眼看见东北方向的奇象，吓得匍匐在地，连连叩头，向上天祈祷。直到闻得东华门开启声，才慌忙爬起，抖了抖朝袍，勾头钻进直房，端起茶盏喝茶压惊。

张大受在东华门内从徐爵手中接过密帖，一溜小跑进了冯保的直房。冯保双手颤抖着打开看了一遍，皱眉沉吟片刻，想不明白张居正何以重新拟旨，却也顾不得多问，忙抄写到谕旨用纸上，起身跑出直房，坐凳杌直趋慈宁宫。

虽已是子夜，李贵妃却毫无倦意，在慈宁宫前殿不住地徘徊。突然，她一回身，高声问："张诚何在？"

"奴才在！"站在殿外的张诚应声进殿，跪地叩头道。

李贵妃弯身低语："咱来问你，你可听到过高先生要迎立周王的传闻？"

"这个……"张诚支吾着，想到那一锭金子，还有冯保凶狠的"嗯"声，一咬牙，道，"禀娘娘，奴才隐隐约约听到了。"

"好了，你起来吧！"李贵妃怅然道，又吩咐说，"不可泄于任何人！"

正说着，冯保匆匆进来了，施礼毕，恭恭敬敬把谕旨稿捧递李贵妃。

"迎立周王之事，何以不说？"李贵妃阅罢，蹙眉问，又道，"皇帝登基方五日而逐顾命大臣，不说过硬的理由，怎么向天下人交代？"

冯保用袍袖抹了把汗，道："娘娘，此为张老先生所拟，想必张老先生深思熟虑过的。”又以惊恐的语调道，“一旦事泄，恐有不测之祸，上紧用印吧！”

李贵妃沉吟片刻，把谕旨稿递给冯保：“明日乃六月十六，正是朝会之日，朝会上宣诏吧！”

冯保眨巴着小眼睛，暗忖：“科道都要参加朝会，万一哪个愣头青抗旨，岂不麻烦？”遂道，“娘娘，万岁爷第一次朝会就罢黜首相，不吉利！不如只召五府六部堂上官宣诏。”

“也罢！”李贵妃决断说，“你和张先生要有应对之策。”

“娘娘，东厂密探俱已分头跟踪大臣，外朝有张老先生在，娘娘自可放心，万无一失！”冯保一拍胸脯道。

五

隆庆六年六月十六日，正是立秋的前一天，天气有些阴沉，却异常闷热。高拱坐在轿中，掐指一算，先帝驾崩二十一天了，新皇继位刚六天。可这些天来因为太监顾命、冯保掌印一事，人心惶惶，纷纷攘攘，竟无新朝气象。他有些着急，思忖着一旦科道弹劾冯保的奏本发交内阁，拟旨把冯保打发到南京闲住，就请皇上举行朝会，提振士气，新人耳目。这样想着，轿子到了文渊阁前。刚一下轿，书办姚旷迎上来，施礼毕，将一封禀帖呈上。高拱展开一看，是张居正写的，因中暑未痊愈，请假一日。

“哦？叔大年纪轻轻，一向身体健朗，怎么病倒了？”说完，顾自往里走。刚进了中堂，有内官来传旨：召内阁、五府、六部并都察院堂上官，辰时至会极门集议。

高拱吃了一惊，甚感纳闷。这是什么会议？既不是朝会，也不像是御前廷议，真是不伦不类！怎么事前不通过内阁？又一想，皇上年幼，诏旨当由内阁起草，怎么内阁一无所知？越想越生气，大声吩咐道：“去，快马催张阁老到会极门！”说罢，在室内背手徘徊，不到半刻，又吩咐，“再去，快马催张阁老，抬也要把他抬来！”

“嗯。”高拱颔首，似乎是悟出来了，自语道，“十有八九是为那件事！”紧锁的眉头瞬时舒展开来，脸上露出了笑容。看看时辰即到，疾步出了文渊阁西门。

会极门位于皇极殿前广场东侧廊庑正中，是一座屋宇式大门，门外即是文渊阁。高拱望去，见文武已然就班，再扭头向南看去，两个内官架着张居正缓缓走来。

“玄翁，所为何事？”走到高拱跟前，张居正有气无力地问。

高拱盯着张居正看了又看，见他脸色苍白，两眼布满血丝，似乎一夜没有合眼，忙问："怎么，叔大中暑，连觉也睡不成？"

张居正不敢与高拱对视，勾头做痛苦状，低声道，"上吐下泻，不能安枕。"又向下一指，"双腿无力，软绵绵的。"

"哦，是要好好休息休息。"高拱关切地说，"不过，今日是新皇第一次御门，你还是来一下为好，既然来了，就听听吧！"

"会是什么事，怎么事先一无所闻？"张居正嘀咕道。

高拱一扬手道："今日之事，必是为科道弹章，宣旨驱逐那个阉人的！"

"哦？"张居正若有所悟，不再言语。

"当是此事！"高拱自信地说，顿了顿，又道，"冯保侍候贵妃娘娘和皇上有年，只看科道弹章，怕是不忍遽遣，总要问个明白方好下旨。待会儿皇上若问，你不要说话，我来答对，我必以正理正法为言！"

张居正默然。

高拱心头突然蒙上一层阴影，事先无一语与内阁通气，也未命内阁草诏，难道仅凭十岁天子临机宸断？这样想着，脸上的笑意陡然消失了，扭脸对张居正道："叔大，待会答对，我只依正理正法言，恐忤上意，你可就此处置，我归去就是了！"

"玄翁只是这等说话！"张居正苦笑着道。

一抬头，已然到了会极门前的慢道上。这会极门坐落在数丈高的台基座上，却不设台阶，前后出慢道，向外倾斜，便于通行，又与内金水河走势相符。因会极门东向，若皇上御门，御座仍南向而置，文武在楼宇下南北列班。

文武重臣俱已分班列队肃立，高拱阔步走到东班最北端站定，张居正也在内官搀扶下，在高拱与杨博中间的空位处站立。

高拱侧脸向上望去，楼宇下安放着御座，却不见仪仗摆列，也未有科道侍班纠察。暗忖："既然不是朝会，不摆仪仗也好。"回过头来看了看面东而立的前后左右中五军都督府的堂上官，个个一身戎装，垂手而立，脸上却布满疑云；再转脸向南扫去，文官们不是眉头紧蹙，就是闭目沉吟，朝班被一股诡异的气息所笼罩。

午门城楼上敲响了辰时的鼓声，六名御前侍卫手持刀枪剑戟昂然走出，在御座前左右一字排开。接着，太监走出，"啪啪"几声鞭响过后，小皇上在众太监簇拥下升座。鸿胪寺赞礼官高唱一声："拜——"

文武百官跪拜，山呼："吾皇万岁！万万岁！"

拜毕，众人起身肃立，赞礼官又高唱一声："有旨！"

话音未落，秉笔太监王蓁捧圣旨出，在御座右侧站定。

众人齐刷刷跪地，静候宣旨。

高拱心里“怦”的一声，暗忖：“有旨？不是说好的，诏旨必由内阁草拟进呈吗，怎么发中旨？且听是何旨，待散了朝，要上本说道说道。”

突然，王臻一声亮嗓：“张老先生接旨——”

跪伏在地的人群中“嗡嗡”一阵躁动。高拱以为自己听错了，头微微抬起，目光向后勾视，只听张居正说了声“臣接旨——”麻利地爬起来，向前迈了几步，走到王臻面前，王臻将圣旨捧递到他的手里。

“怎么回事？！怎么回事？！”高拱暗自惊问。

“宣旨！”赞礼官高唱一声。

张居正清了清嗓子，朗读道：

皇后懿旨、皇贵妃令旨、皇帝圣旨

说与内阁五府六部等衙门官员：我大行皇帝宾天先一日，召内阁三臣在御榻前，同我母子三人亲受遗嘱，说东宫年小，要你们辅佐。今有大学士高拱，专权擅政，把朝廷威福都强夺自专，通不许皇帝主管，不知他要何为？我母子三人惊惧不宁。高拱便着回籍闲住，不许停留。你们大臣受国家厚恩，当思竭忠报主，如何只阿附权臣，蔑视幼主，姑且不究。今后都要洗心涤虑，用心办事，如再有这等的，处以典刑。

“啊！”人群中发出惊叫声。

众臣骇愕，却也不忘照例山呼：“吾皇万岁！”

小皇上不等众臣起身，“嗖”地一下滑下御座，逃也似的转身而去。

“这这这……”起身后的众人相顾失色，有的用力晃动脑袋，以便确定是不是在梦中。

高拱听到“今有大学士高拱，专权擅政”一句，已是惊得浑身战栗，再闻“着回籍闲住，不许停留”，瞬时汗如雨下，脑袋发蒙，众人皆已起身，他还跪伏在地，仿佛失去了知觉。

众人见状，俱愕然不知所措。张居正走上前去，弯身搀扶：“玄翁，起来吧！”又向内一扬手，“来人，扶玄翁！”

高拱被张居正用力掖起，双腿颤抖，脸如死灰，浑身像被大雨浇过，汗水向下流淌，胡须也被粘在了一起。他嘴唇哆嗦着，却说不出话来，双手抖得不能自已，欲迈步而不能。

魏学曾、曹金几个人想凑过来搀扶，张居正摆摆手，示意众人散去。两个内侍走过来，架起高拱向文渊阁西门而去。

张居正跟在高拱身后，忿忿不平地说：“没有想到，万万没有想到，新朝甫开，竟出这等事！居正这就上本，请皇上收回成命，不然，即请皇上将居正也一同罢斥！居正当与玄翁共进退！”

高拱紧抿双唇，仰视长空，一语不发。

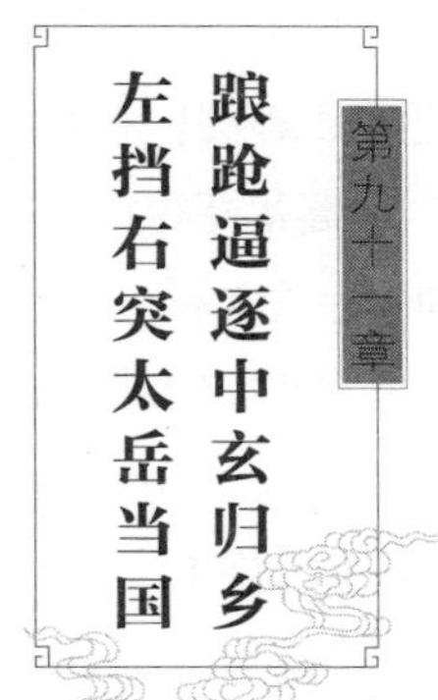

第九十一章 跟跄逼逐中玄归乡 左挡右突太岳当国

一

锦衣校尉奉旨把高宅团团围住，东厂档头陈应凤率侦事番子四处游弋。高宅男男女女尚不知外间发生了什么，正惊愕间，高拱跟跟跄跄从轿中钻出，失魂落魄地奔向书房，拿出大行皇帝两个月前所颁诰命，置于书案，他抱拳一揖，跪地叩头，大哭一声："先皇啊！裕王！你把东宫托付老臣，老臣无能啊，不能帮先皇守天下！老臣辜负了你的托付啊，裕王！"

撕心裂肺的哭声让阖府上下震惊不已，房尧第、高福慌慌张张跑进书房，张氏、薛氏也闻声赶了过来，但见高拱伏地痛哭，不时抽搐战栗，任凭家人如何劝说，哭声久久难止。

几名轿夫在垂花门嘀嘀咕咕着。一个道："娘的，平时跟着他早出晚归，一点油水也没捞着，这回怎么着也得捞一把！"

"他家也没啥值钱的家什！"另一个说。

"首饰总有几件吧？"另一个道，"趁着他们在书房，哥儿几个到别处翻翻看！"

轿夫们边骂骂咧咧，叫上他们在高家做婢女的媳妇，手脚麻利地翻箱倒柜，搜罗值钱的物件。

"开门——开门！"首门外响起"嗵嗵"的砸门声，锦衣卫百户冯驭是冯保之侄，衔冯保之命，率一干校尉催促高拱出城。他一边砸门一边高喊，"快着些，快着些滚出城去！"

高福跑出来，打开大门，作揖道："军爷，俺老家离京城两千里，总要雇俩车吧？军爷开恩，缓缓，缓缓中吧？”

冯驭一举绣春刀，大声道：“哼，皇恩浩荡，放大奸臣高胡子全乎着回去，咋还不识趣呢？小心皇上变了主意，下旨砍了他的脑袋！”

高福吓得浑身打了个寒战，忙跪地磕了三个头，爬起来跌跌撞撞跑进书房，惊叫着：“老爷，老爷，咱快回老家去吧，快点走吧！”

高拱已哭的力气全无，被房尧第搀起，扶到椅子上坐着，紧紧把先皇的诰命抱在怀里，仿佛怕有人抢去。张氏边抹泪边问缘故，高拱两眼发直，顾自默念着：“裕王、裕王……”

“高福，你去打听一下外间的情形吧。”张氏吩咐道。

“奶奶，出不去啊！”高福跺脚带着哭腔道，“外面都是兵爷，凶巴巴的，吓人呢！”

张氏一顿足道：“平时想巴结老爷的，不知有多少；老爷一力提拔的人，又不知有多少，竟没有一个敢照面的？”

话音未落，就听院中有人在喊：“姑母何在？姑父何在？”

高福忙跑出来，一看，是张孟男。

礼部员外郎张孟男闻听姑父被罢，急忙赶往高宅。冯驭恶狠狠地拦住他，不准入内。张孟男只说乃高夫人侄子，来送姑母，冯驭这才放行。他冲进院内，但见各屋房门大开，家具东倒西歪，衣被满地乱丢，却不见姑母、姑父的影子，只得在院中高声惊唤。

高福像见了救星般，哭喊道：“侄少爷，侄少爷！快来救救老爷吧！”

张孟男跟着高福进了书房，张氏一见，拉住他的手，哭道：“我的乖乖啊，该咋办呢？”

“乖乖儿啊！”高拱望着张孟男，举袖掩面拭泪，“你做符郎五年不迁，不怪姑父？我以为你会怨我，生不相见，死不相哭。刻下姑父落难，你却冒死来看我，我对不住你啊！”

张孟男道：“至亲之间，姑父大人何出此言！”

高拱蓦地伸过手，拉住张孟男：“乖乖儿，外间情形如何？”

“骇异不敢信其事！”张孟男道，“闻得吏部魏侍郎正与九卿联络，欲上疏明此事。”

高拱摇头：“既然敢对我突然袭击，事前必谋有应对之策，说啥也晚了。”

张孟男突然跪在高拱面前，从容道：“姑父大人，四时之序，成功者退。幸而得全身而退，自可悠游山林，岂不乐乎？”

高拱沉吟片刻，镇静下来，吩咐道：“来，老爷已不是一品大员了，更衣！”

张氏、薛氏跟着高拱进了卧室，见室内一片狼藉，又惊又惧，却也顾不得了，好不容易找出一件深蓝色直裰，一顶方巾，替高拱换上了。更衣毕，高拱伸手拿过官袍，又回到书房，把书案上的珊瑚串珠放入一品朝冠内，吩咐薛氏："一并包好，带回老家去。"

"老爷，还想回来？"张氏道，"老了，经不起折腾了，安心养老吧。我看这官场，容不得你这公正廉直的倔老头！"

"我只盼，能够穿着这身衣冠进棺材！"高拱伤感地说，"也好去见裕王。"

一句话说得张氏、薛氏又抹起了眼泪。

"好了！"高拱一扬手，喊道，"高福，快去雇俩马车来，明日五更就走！"

高福走过来，哭丧着脸道："老爷，家里没几个碎银子，雇不起马车啊！"

"老爷放心，学生这就去办。"房尧第闻言走进来，边说边拉住高福往外走，"别在老爷面前说这个，快去雇车！雇不起马车，雇辆骡车，先离开是非之地再说。"

高福点头，忙去屋中取银子，这才看见院里屋中已被翻腾得不成样子，值钱的家当早被轿夫、婢女洗劫一空，存钱的柜子也被撬开，里面分文不存，遂跺脚大哭："老天爷啊，不给好人活路啦！"

房尧第忙跑过来："高福，别给玄翁添堵。家财是小事，保命要紧。"说着，回到自己住的耳房，拿两块银锭："你先拿去雇车，只要能先出城就好。"

张氏要搀扶高拱进卧室休息，他一扬手："要讲规矩，明日出京不能不辞朝，我要先写个帖子，知会内里。"说着，提笔展纸，埋头起稿。

"玄翁，不是说张阁老上本论救吗，何不等等看？再说，明日就走，委实仓促了。"房尧第不甘心，劝道。

高拱摇摇头，提笔沉思着。张孟男忙拉着房尧第出了书房："明日五更要启程，家里仆从婢女四散，我辈上紧帮着收拾行装吧。"

两人进了高拱的卧房，默默地整理着文稿书籍。

"侄少爷，玄翁什么罪？"房尧第忍不住问。

张孟男低声道："说是专权擅政，通不许皇上主管。"

"这、这什么罪？"房尧第忿忿不平地说，"皇上才十岁啊，怎么主管？本朝又不许后宫、宦官干政，自然是先帝托付的首席顾命大臣、当朝首相主管了，错了？"

"嘘——"张孟男向外扬了扬下颌，摇摇头，示意房尧第当心。

正说着，张居正的管家游七带着两个仆从，抬着食盒进了院，见四下无人，便在院中唤道："启禀高爷，我家老爷命给高爷送吃食来。"

张孟男恐听到张居正的名字会刺激到姑父，忙跑出来拱手道："多谢张阁老，辛苦管家。高爷整备赶路，先小寐一会儿，食盒先放书房吧。"

游七昂着头，晃着腿道：“我家老爷病着，还强撑起稿上本，替高爷申辩呢！”

二

张居正从会极门一散班，送高拱上了轿，并未进文渊阁，而是登轿出东华门，径直回家。给事中吴文佳、御史陈三谟已奉召在茶室候着。见张居正下了轿，都跟在他身后往里走，过了垂花门，张居正止步，回身吩咐道：“你们这就回衙门，遍告科道、部院，就说张阁老正带病起稿，上本论救玄翁，别人就不要添乱了。目今钱塘高阁老病重，张阁老也未到阁，无人票拟，说也无益，反倒惹内官发中旨降祸。”

二人点头，正要退出，张居正又道：“再加句话，就说谁不知道张阁老和玄翁是生死之交，玄翁用的人，张阁老必照样信用，添乱者除外。”

交代毕，张居正大步进了书房，把昨夜已写好的论救高拱的奏本拿出来，看了一遍：

大学士张居正、高仪乞慎举措、鉴忠直，以全国体，以成君德事。

本月十六日，传奉皇后懿旨、皇贵妃令旨、皇帝圣旨，高拱便著回籍闲住，不许停留。臣仪卧病不能赴阙宣谕，臣居正方自天寿山覆视陵地回还途中，触帽盛暑，已注门籍调理。忽闻传宣，力疾扶掖趋至会极门，钦奉前谕，不胜战惧，不胜忧惶。臣等看得高拱历事三朝三十余年，小心端慎，未尝有过，虽其议论侃直，外貌威严，而中实过于谨畏，临事兢慎，如恐弗胜。昨大行皇帝宾天，召阁臣三人俱至御榻前，亲受遗嘱，拱与臣等至阁，相对号哭欲绝者屡。每唯先帝付托之重，国家忧患之殷，日夜兢兢，唯以不克负荷为惧，岂敢有一毫专权之心哉？夫人臣之罪莫大于专权，拱读书知礼义，又岂敢自干国纪，以速大戾？正缘昨者阁疏五事，其意盖欲复祖制，明职掌，以仰裨新政于万一，词虽少直，意实无他。又与臣等彼此商榷，连名同上，亦非独拱意也。若皇上以此罪拱，则臣等之罪亦何所逃？仰唯皇上登极大宝，国家多事之时，正宜任使老成匡赞圣治，岂可形迹之间，遽生疑二？且拱系顾命大臣，未有显过，遽被罢斥，传之四方，殊骇观听，亦非先帝所以付托之意也。伏望皇上思践祚之初，举措当慎，念国家之重，老成可惜，特命高拱仍旧供职，俾其益纾忠荩，光赞新政。不唯国家待大臣之体亦足见，皇上知人之明始疑而终悟，当与成王之郊迎周公，汉昭之信任博陆，后先相望矣。如以申明职掌为阁臣之罪，则乞将臣等与拱一体罢斥，庶法无独加，而人皆知儆矣。

阅罢，自语道：“嗯，谁读了会不为之动容？”顺手将疏稿塞入袖中，吩咐游七：“备轿，去天师庵草场街高阁老家。”

“老爷，不就是在疏稿上列名吗？小的替老爷跑一趟吧。”游七讨巧道。

“你？”张居正瞪了他一眼，“还有件天大的事，你办得了？”

须臾，整备停当，张居正快步登轿。轿子已启动，他又掀开轿帘，对旁边的游七道：“叫钱佩他们几个跟着，你不必去，到萃花楼给玄翁叫桌酒菜送去。”

约莫过了两刻钟，张居正赶到高仪寓所，捏着鼻子进了他的卧室。

高仪闻听高拱被逐，大咳一声，“噗”地喷出一大口鲜血。

张居正吓了一跳，待侍从收拾停当，方道：“南翁，居正此来，一则请南翁在论救玄翁的奏本上列名，一则……”他顿了顿，“冯保言于居正，说皇上年幼，当由太后临朝！”

“啊！”高仪又是一惊，“哇”地一口，一股鲜血喷出，他也顾不得了，一抹嘴，喘着粗气、嗓音嘶哑着道：“万万不可！高某宁死，不敢奉诏！”

张居正暗喜，安慰了高仪几句，匆匆辞去。回到府中，一下轿，即吩咐侍从将奏本速送会极门收本处。进了书房，提笔写了禀帖，密封好，吩咐书办姚旷：“送徐爵，转交冯公公，请他照此帖在内阁论救玄翁的奏本上批红，务必在今日批出发抄。”姚旷拿上密帖要走，张居正又道，“再到礼部去一趟，叫尚书吕调阳、侍郎王希烈来见。”

吕调阳、王希烈都是翰林出身。吕调阳是广西桂林人，但祖籍湖广，是张居正的同乡，又同为军户出身，彼此交好；王希烈是礼部左侍郎，他与魏学曾同年，也是高拱赏识拔擢的新秀。有鉴于此，张居正没有在书房接待他们，而是躺在卧室的床上，还用一根蓝布条勒住头部，不住地呻吟着，说话也有气无力。先叫着王希烈的字说：“子中，你给先帝选的吉壤甚佳。周视山川形势，结聚环抱，诚天地之隩区，帝王之真宅啊！”

王希烈在先帝驾崩后即奉诏先行到天寿山选陵址，此时被张居正夸奖，心里虽则美滋滋的，但脸上却仍是一副忿忿然的模样。他不能接受高拱被逐的现实，对张居正满腹怨恨，正与魏学曾相约联络九卿科道抗争，见到张居正，刚欲开口质问高拱被逐之事，不意却被他夸赞一番，也就默然以对。

张居正继续道：“病体不支，本不能见客，然事体重大……”说着，一阵咳嗽。

王希烈心想，再大的事体，无过于挽留玄翁，遂忍不住道：“张阁老，目今第一要务是挽留玄翁！”

张居正又咳了两声，道：“我已与钱塘联名上本，请求皇上收回成命。”他又咳了一阵，有气无力地说，“此番请二公来，事体比这个还要大。”

“啊？！”吕调阳胆小怕事，闻听此言，不觉吃惊。

张居正从夹被中伸出手，向坐在旁侧椅子上的吕调阳、王希烈招了招，两人会意，起身走到病榻前，张居正低声道："正在酝酿太后临朝，逐玄翁乃铺垫也。"

吕调阳吓得踉跄着退了几步，颓然坐到椅中，口中喃喃："怎么办？怎、怎么办？"

王希烈也是大惊失色，不敢相信："张阁老，这、这是真的？"

"钱塘阁老说了，誓死不奉诏！"张居正以此回答了王希烈的疑问。

"这这这……"王希烈退到椅中，"呵呵，呵呵，太监顾命已是骇人听闻，又冒出个太后临朝！亏他想得出！"

"岳翁，"吕调阳胆怯地道，他虽比张居正大九岁，却比他晚一科中进士，故仍以前辈尊称之，"端赖、端赖你拿、拿主张，此事可万万行、行不得啊！"

"内里发中旨，以迅雷不及掩耳之势罢黜了玄翁；安知不可再发中旨，以迅雷不及掩耳之势宣布太后临朝？"张居正又说，"是以事态急矣！"

王希烈蓦地站起身："果如此，当发动百官，伏阙抗争！"

"伏阙抗争？"张居正在枕上连连摇头，"议大礼时的左顺门血案，即是前车之鉴。世宗皇帝只十五岁，朝廷百官与之对立，最终怎么样？"

王希烈泄了气，愣了半天，才颓然坐下。

卧室里一时陷入沉默。

张居正叹息一声，道："我思忖再三，有个法子，特请二公参详。"

"喔，什么法子？"吕调阳和王希烈几乎异口同声问。

"两宫并尊！"张居正道。

"两宫并尊？"吕调阳和王希烈又异口同声重复一句。

"皇后、李贵妃并尊太后，并加徽号。"张居正顺势道。

"可、可……"吕调阳本来就有些口吃，一着急，越发结巴得说不出话来。

"成宪不允，古之未有啊！"王希烈双手一摊说。

"尊太后，有先例；同加徽号，是没有过。"张居正道，"就是两个字嘛！总比临朝称制好吧？"

"并、并尊，就、就、就不临朝？"吕调阳忙问。

"总要给点甜头，方好谏言。"张居正道，"如二公赞同，我即疏请召对，当面谏诤，使临朝之议胎死腹中！"

吕调阳和王希烈相顾点头。

"臣不密则失身！"张居正突然目露凶光，"太后临朝一事，不可对外言一字！"

吕调阳、王希烈心"砰砰"跳着，心事重重地告退。

"子中，你跑哪里了？"王希烈刚回到礼部直房，等在那里的魏学曾就叫着他的字，不悦地说，"联络九卿的事，出了岔子了！"

王希烈只顾喝茶，问也不问。

魏学曾只得道："原只是就九卿总上一疏还是各衙门分别上疏有争议，刻下到处在说，江陵相、钱塘相都生病在家，阁中无人票拟，上本无用，反会招祸。"他一捶大腿，痛心地说，"上本之事，吹了！"

"惟贯，张阁老正设法论救，还是等等再说吧！"王希烈平静地说。

魏学曾惊讶地看着王希烈。听到高拱被逐的消息，王希烈最为义愤，大喊大叫要讨说法，怎么此时突然变了一个人？他赌气似的站起身，道，"子中，原说去张府讨说法的，目今都打退堂鼓，只有吏部考功司郎中穆文熙、科道里的宋之韩愿意去，你还去不去？"

"惟贯，事情比我辈想象的要复杂，我看还是算了吧！"王希烈低头道。

"那好，你不去，我去！非为玄翁，乃为公理！尝谓公道自在人心，可没人仗义执言，未免让人寒心！"魏学曾说着，大步出了王希烈的直房。

已是午时，魏学曾顾不得吃饭，带着吏部郎中穆文熙、刑科给事中宋之韩，跨马赶到张府。张居正正在书房独自用饭，忽闻魏学曾来见，把碗往桌子上一撂，怒气冲冲地说："又是他！不见！"

游七凑过来："老爷，如何打发他，小的看姓魏的黑着脸，不好惹呢！"

张居正对游七耳语一番，游七迈着方步走进茶室，道："魏侍郎，咱家老爷躺在病床上，不好见客，不妨再进帖子。"

"哼！"魏学曾气鼓鼓地说，"我也不再进什么帖子了，我辈只想问，皇上继位才六天，就下诏逐顾命大臣，这是怎么回事？诏书出自何人之手？不可不明示，以释天下人之疑！"

"侍郎大人，你想做甚？"游七一瞪眼道，"我家老爷忍着病痛，在为高爷申辩，你们却来骚扰他，是不是怕咱老爷替高爷申辩成功啊？你们对高爷就这么仇恨？"

魏学曾闻言，心里骂了声："无赖撒泼！"却也不敢说出口，只得讪讪而去。

三

东方刚放亮，街上行人稀落。一辆骡车载着高拱和张氏、薛氏三人并全部家当，沿长安街缓缓而行，不唯未具威仪，反倒有缇骑手持绣春刀在后面威逼押送。

骡车在东华门前停下，高拱下了车，在两名内侍引导下，磕磕绊绊穿过会极门，到了皇极门前的小广场，前来陛辞。

国制，无论在任或卸职大臣，离京前均应到皇极门前向皇上辞行。多半情形下，皇上并不升座，陛辞者也只是对着空空如也的御座远远叩头而已。高拱预感到，此

番陛辞就是与紫禁城的永诀。他多么想到大行皇帝的梓宫前再看一眼，与先皇诀别。可规制所限，只能在这里对着御座叩头。他缓缓伏下身去，心里默念着：“先皇，裕王！老臣不得不走了，九泉之下再相见吧！”

高拱颤颤巍巍爬起身，刚要转身，身后传来亲热的呼唤声：“玄翁！”他回头一看，张居正走了过来。

“玄翁！”张居正又唤了一声，语调有些哽咽。他走上前来，从袖中掏出一份文牍，递给高拱。

高拱一看，是张居正为他上的本，并不细看，而是径直翻到最后，但见御批写着：“高拱不忠，朕已宽贷。卿等不可党护负国。”一看“党护负国”四字，高拱心里顿时明白了：皇上年幼，冯保文理不通，谁会写出“党护负国”一语？想到这里，高拱“哼”了一声，把文牍递给张居正，揶揄道：“叔大费心了！”

张居正也意识到“党护负国”四字把秘密暴露了，只怪当时忙乱，竟未细想，拟旨时顺手写出这么文绉绉的句子来，被高拱看穿了。他神情慌乱，忙道：“新郑据京师一千五百里，玄翁年迈，坐一简陋骡车怎么受得了？居正这就上本，为玄翁乞恩驰驿。”

高拱赌气道：“既然是罢黜，勒令闲住，无资格驰驿！”又嘲讽地一笑道，“叔大必不可上本，不畏‘党护负国’之旨再出？”

张居正表情尴尬，无奈地叹息一声：“玄翁到底只是如此！”

高拱还想发泄自己的怨愤，转念一想，既然他没有撕破脸皮，自己已为刀俎下的鱼肉，不可徒逞口舌之快，也就忍住了，道：“叔大，记住香火盟时说过的话，振兴大明！”

张居正忽闻高拱说出这句话，一时激动不已，躬身道：“居正不会忘记多年来玄翁对居正的教诲。就请玄翁放心，居正绝不辜负先帝之托，绝不辜负玄翁之望！”他提高声调，唤了一声，“中玄兄，”说着，施深揖礼，“中玄兄在上，临别之际，请受小弟一拜！”

高拱安然受之，并不回礼。待张居正直起身，他一拱手：“叔大，安葬先皇之事，托付给你了！”言毕，含泪转身向会极门走去。

出了东华门，高拱站立片刻，扭脸向紫禁城投去最后一瞥，蓦地转过头来，大步走向骡车，高福、房尧第把他搀扶着上了车，高拱悲怆地说了声：“走！”随即闭上了眼睛，两行热泪，簌簌滚落到胸前。

“快走！”骑马跟在车后的冯驭高举绣春刀，故意大声叫喊着。

会极门内，望着高拱佝偻着苍老之身蹒跚着出了会极门，张居正鼻子一酸，眼圈红了。他对着高拱的背影一揖，自语道：“玄翁，你老了，居正来做。居正必效法太祖高皇帝，把大明治理得更好！”再放眼望去，高拱的背影已看不见了，他一转身，快步往文渊阁走去。进了朝房，展纸提笔，又成一疏：

昨该原任大学士高拱钦奉圣谕，回籍闲住。查得旧例，阁臣去任，朝廷每每优加恩礼。今拱既奉旨闲住，臣未敢冒昧请乞。但拱原籍河南，去京师一千五百余里，不得一驰驿而去，长途跋涉，实为苦难。伏望皇上垂念旧劳，不遗簪履，特赐驰驿回籍。在拱感荷皇上高厚之恩，在朝廷犹存待辅臣之体，臣同官亦为荣幸。未敢擅便，谨题请旨。

写毕，吩咐姚旷速送会极门。

姚旷踌躇片刻，道：“岳翁，昨高阁老有一本，《正国是顺民心以遵朝廷疏》，是为安庆兵变善后的，还上不上？”

张居正接过一看，洋洋洒洒千言，要办的事是要复张佳胤、查志隆原职。沉吟片刻，道：“此本不上了。刑部勘问安庆兵变的奏本发下没有？”

姚旷眼明手快又心思细密，早把发下的刑部奏本与高拱的奏稿放在一起了，张居正接过，浏览一眼，提笔拟票：“此事既已审勘明白，张佳胤着回任，查志隆着吏部照原职另行委补。”拟毕，交姚旷一并封交收本处。

呷了口茶，张居正暗忖：“要发出一个讯号，稳定人心。”这样想着，遂提笔给张佳胤修书：

自公在廊署时，仆已知公。频年引荐，实出鄙意。不知者乃谓仆因前宰之推用为介，误矣！天下之贤，与天下用之，何必出于己。且仆与前宰素厚，顷者不恤百口为之昭雪。区区用舍之间，又何足为嫌哉！

蔡人即吾人，况前宰非蔡人，而公又吾人也。何嫌、何疑之有？愿努力勋名，以副素望。

尚未落款，忽有秉笔太监王臻传旨：皇上即于平台召见张老先生。

平台召见乃非礼仪性的，多半是皇上有重大军国政务要垂询。张居正早已成竹在胸，一路北行，稳步穿过后左门，来到云台。抬眼一看，盘龙御座虽已设下，却不见仪仗摆列，正纳闷间，冯保从乾清门迈着碎步走了过来。

“张老先生，来来来！”冯保慌慌张张地向张居正招手，又一指云台门，示意他过去，“张老先生，高胡子终于滚蛋了，首相你来做。”

张居正不悦，暗忖：“首相的位置，岂是你一个阉人给的？”但他不露声色，抱拳道：“还要仰仗印公奥援。”

“张老先生，”冯保小眼睛滴溜溜地转着，“刻下主少国疑，中外对逐高胡子怕也多有非议，待会儿你就向万岁爷建言，以太后临朝稳定时局，如何？”

“印公，此事我也颇费周章，先和钱塘相公通气，再向礼部两堂官吹风，

可……”张居正叹息一声，“阻力甚大，钱塘相公誓言要尸谏！”他做出无奈状，又重重吸了口气，“此时若提出临朝称制，恐不唯不能稳定时局，怕还要火上浇油，谁能掌控？”又补充道，“不过两宫并尊一事，我已和礼部说定，不会有碍，不日即可呈上。”

冯保眨巴着眼睛，思忖着。太后临朝本是他为诱使李贵妃逐高拱而临时起意，李贵妃也是半推半就，甚或犹犹豫豫，今目的已达成，冯保也不愿再节外生枝，便暧昧地一笑道：“嘿嘿，张老先生，此事咱去和娘娘圆场，但你要事事想着娘娘，让她老人家高兴！”言毕，向内一扬下颌，“不说了不说了，咱这就请万岁爷出来。”

须臾，手持剑戟的内侍昂然而来，黄罗伞和御扇徐徐而出，仪仗摆列停当，冯保引着皇上升座。张居正躬身肃立旁侧，待皇上坐定，即上前跪拜叩首。

皇上吸溜了一下鼻子，道：“皇考屡称先生忠臣。”

张居正暗想：“皇考眼里，高拱才是大忠臣，我只能做他顺驯的副手。”这样想着，一时竟不知做何答，只是叩首道：“谢皇上！”

皇上从袖中掏出一张纸条，看了一眼，抬头道：“罢了高拱，元辅张先生来做。”

“谢皇上！”张居正又叩首道，“方今要务，在守祖宗旧制，不必纷更。臣当为祖宗遵宪，不敢臆更；当为国家惜才，不敢私用。”

“辛苦先生！”皇上稚气地说了一句，随即提高声调道，“赐宴！”

张居正再叩首间，皇上滑下御座，在内侍簇拥下沿御道而去。听着御靴“嗒嗒”之声渐小，张居正这才起身，望着皇上的背影，心中暗想：一个孩子，一个阉人，一个女人，不难对付！顿时，豪迈之气在胸中升腾而出，他攥紧双拳，迈开大步，昂首往会极门走去。

四

高拱的骡车出了崇文门，这一带是京城的热闹去处，商贩云集，店铺林立，车水马龙。骡车在熙熙攘攘的街道上缓缓穿行，远远的，东厂的侦事番子紧紧盯着前后左右，查看有没有送行的官员；锦衣百户冯驭率一干校尉凶神恶煞地跟在车后，不时大声吆喝着，引得过往百姓驻足观看。

一名教书先生夹着书本走过来，他忽然想起，当朝首相昨被罢职了，这骡车上的老者，想必就是高阁老，遂惊叹一声：“快看，那老头儿就是被皇上赶走的高阁老！”

“呼啦”一声，众人向骡车涌来，指指点点着。

“唉，没听说这老头儿犯啥错，咋就给罢了呢？”

“该！”有人道，“他这几年把内阁里的人都赶走了，这回轮到他自个儿啦！”

“哎呀，老天爷！”教书先生模样的男子大声反驳，“高阁老可是好人嘞！不是他，咱京城哪里会有这繁华？商铺怕是多半要关张，他老人家亲自到街上查访，朝廷出了不少恤商策啊！”

“是啊！”一个白胡子老者道，“这高阁老把鞑子都给驯服了，咱老百姓，再也不像往年那样提心吊胆了！不易啊！”

“我听说，这高阁老是清官，这几年加意肃贪，怕是得罪了人呢！”

“听说，是被朋友背后捅刀子啦！”

“我听说，是因为高阁老眼看宦官干政，带头反对，把内里的人得罪了。”

“哼，若不是朝廷里有人与太监里应外合，太监哪有那大本事？”

一个老婆婆抱着小孙子也挤在人群里观看：“坐辆破骡车，好生可怜啊！”说着，抹起了眼泪。

“是啊是啊，做了那么多事，到头来落得这么个下场，可怜啊！”

……

高拱听到这些议论声，这才睁开眼睛，见人群多有流涕者，他心里一热，抱拳向两边默默晃了晃。

骡车驶过护城桥，再往前走就是彰义门了，出了彰义门就出城了。高福恐郊外无用饭之处，正好前边不远处有家饭铺，遂吩咐车夫靠边停车。

“不许停车！”冯驭大喝一声，“快走！”

高福走过去，躬身道：“军爷，出城怕没有饭铺，让俺在这吃了饭再走吧！”

“哼哼！”冯驭一声冷笑，“给留着吃饭的家伙还不是捡个大便宜？这会儿还惦记吃饭，不许，走！快走！”

“高福！”高拱唤了一声，“走，一顿饭不吃，饿不死！”

骡车出了彰义门，过了六里桥，高福饥肠辘辘。回头一看，押送的锦衣缇骑已然不见，遂驻足四处张望，看见左前方有家野店，高兴地说：“老爷，停车吃饭吧？”

“走！”高拱断然否决道。

出彰义门向西南是条官道，各省官员陆路晋京多半要经过这里，故不时有驿车穿梭，随着“闪开闪开”的喊声，骡车便要闪到路旁，待驿车驶过方再入道前行。驿马荡起的尘土，飘飘忽忽落到骡车上，呛得张氏咳嗽不止。

“姑父！姑母！”忽听不远处传来呼唤声。高拱掀开车帘看去，乃是张孟男骑马立在右前方的一片空地上。待车近前，张孟男翻身下马，把马背上驮着的两个布袋搬下，“姑父、姑母，侄儿来为大人饯行。”说着，解开布袋，掏出一条被单铺到

地上，解下马鞍，请高拱坐上去，又把布袋里的吃食、茶罐摆上，说了句："请！"

高拱拿起一个烙饼，卷上酱牛肉，大嚼起来。这顿饭，他吃得格外香。吃了一张烙饼，又抱起茶罐，"咕咚咕咚"喝了几大口，一抹嘴道："孩儿啊，我夜思孩儿昨日之言，嘉今日孩儿之行，真像是酷热难耐时痛痛快快洗了个凉水澡！好！好！好！"说着，泪珠潸然而下。

别过张孟男，骡车继续前行，过了卢沟桥，高拱吩咐停车，他颤颤巍巍下了车，拉住房尧第的手道："崇楼，我已是山野之人，用不上你了，就此作别吧！"

房尧第默然良久，悲怆道："玄翁，学生回京安顿好家眷，必到新郑去看你老人家。"又道，"学生忽有诗兴，口占《立秋日芦沟送新郑少师相公》一首，为玄翁送行。说着，吟诵道：

单车去国路悠悠，绿树鸣蝉又早秋。
燕市伤心供帐薄，凤城回首暮云浮。
徒闻后骑宣乘传，不见群公疏请留。
五载布衣门下客，送君垂泪过芦沟。

高拱听罢，神情黯然，抱拳道："崇楼，好自为之吧！"言毕，转身登车，吩咐车夫，"快走！"

行不到一个时辰，忽有快马来迎，高拱掀开车帘一看，乃是亲家曹金。他已在前方真空寺备下饭菜，为高拱饯行。高拱驻车进了真空寺，魏学曾在山门相迎："玄翁！"他抱拳叫了一声，哽咽着说不下去了。

"惟贯，你能来送我，我很高兴！"高拱强颜欢笑，拉住魏学曾的手一起往里走，"此后无论谁掌吏部，惟贯都要一如既往。用人，一定要一秉大公！"

魏学曾苦笑一声，把他欲联络九卿上本、到张居正宅邸讨说法及其后的情形，约略说了一遍，一摇头道："玄翁，如此，江陵相对学曾必恨之入骨，不会再用学曾了。"

"不会吧？所谓宰相肚里能撑船，你持正理、尽忠言，没有什么不对的。"高拱不以为然地说，"当年尚宝司丞何以尚，在朝会上大喊大叫，乞皇上赐他尚方宝剑，要诛杀我这个'奸臣'，我复出，不还是给他升职了？"

魏学曾暗忖：此公到这个时候还这么天真，难怪遭人暗算！他叹息一声："磊落之士不能立足，非国家之福！"

三人进了一个静室，曹金正要吩咐侍从打开食盒，忽见高福领着一个小和尚走了过来，高拱刚要出言责备，话未出口，张大嘴巴，愣住了。

"亲家翁，这是……"曹金不解地问。

高拱一扬手："都退出去！我要和这位菩萨说话。"待曹金、魏学曾满脸狐疑地离开了，高拱上前，细细打量着小和尚，"你是珊娘！"

"曾经是，可今日见到先生，放下此一尘缘，就永远不再是了。"珊娘平静地说。

珊娘自离开丹阳就到了京城，访得高拱既要主持阁务，还要处理铨政，忙得席不暇暖，不要说儿女情长，便是他自身，也不再顾及得到了。她知道，今生今世，她与高拱缘分已然尽了。这世界已了无牵挂，她想到了自我了断。这天，珊娘来到高梁桥外，沿着高拱带她走过的路径漫无目的、神情恍惚地走着，一位真空寺的禅师窥破了珊娘的内心，劝诫道："慈忍护念众生，若自杀身，得偷罗遮罪。"珊娘似懂非懂，恭恭敬敬向禅师求教，一番交谈，珊娘为之动容，遂追随禅师到了真空寺，入了空门，法号"慧云"。精心修禅两年余，她已断了尘念，唯一放不下的是高拱，盼着与他见一面，了却尘缘。她时常留心从过路的客人那里探听京城的消息。今日午前，忽见有两位高官模样的人带着侍从来到寺内，珊娘隐隐约约感到，此二人与高拱有关，一问方知，高拱昨日被罢黜，今日要路过此地，她便在寺前徘徊，果然等到了。众目睽睽，她不便上前搭话，遂把高福唤到一边，高福大吃一惊，不由分说便带她进了高拱所在的静室。

高拱见珊娘已是一身和尚装扮，透过圆帽帽檐，可知一头秀发也已削去，似不像是暂时存身，为之惋惜，道："珊娘受委屈了！"

珊娘淡然道："诸法因缘生，我说是因缘；因缘尽故灭，我做如是说。几回生，几回死，生死悠悠无定止。自从顿悟了无生，于诸荣辱何忧喜。"

高拱沉吟着，悟出珊娘是在劝慰他，却不知作何答。

"心境明，鉴无碍，廓然莹彻周沙界。万象森罗影现中，一颗圆光非内外。"珊娘又说，语调软绵，仿佛在唱歌。见高拱茫然无措，她不禁莞儿，"先生，都放下吧！"

"我自忖，今生做人做事，无愧于心。"高拱声音低沉，"唯对不住珊娘。"

珊娘摇摇头，淡淡一笑，诵吟道："体诸法如梦，本来无事，心境本寂，非今始空。理宜丧己忘情，情忘即绝苦因，方度一切苦厄。"说罢，双手合十，向高拱深深一揖，"先生珍重！"

高拱想说什么，珊娘已然转身，头也不回，走出了房门。

五

高拱望着珊娘的背影，愣了良久，方唤曹金、魏学曾进屋用饭，二人正想打探，高拱一扬手，感叹道："听禅师一席话，我心稍安！"曹金、魏学曾不便再问，打开食盒，心事重重地用了饭，簇拥着高拱出了真空寺山门。

一出山门，忽见内阁书办姚旷带着两名承差，飞马到了跟前，翻身下马，拿出一份文牍，施礼道："高阁老，下吏奉张阁老之命，来送公文。"

高拱冷冷道："是何公文？"

"乃驰驿勘合。"姚旷道，"张阁老上本，请皇上赐高阁老驰驿，又拟旨：'准驰驿'，都送上去了，并吩咐下吏到兵部写勘合伺候。"

高拱一笑："安知皇上必准？安知再无党护之说？而预写勘合送来，其内幕情理可知！"

姚旷垂手不敢多言。

高拱见张居正请驰驿的奏本尚未批红，就命人送勘合来，不唯没有丝毫感动，反而勃然大怒："欲上本救我，则上本救我；欲言党护负国，则言党护负国；欲乞驰驿，则乞驰驿；欲准驰驿，则准驰驿。"他发出一阵怪笑，"俗话说又做师婆又做鬼，吹笛捏眼，打鼓弄琵琶，三起三落，任意拨弄君父于掌中乃至此也！"说着，转身面北，抱拳上举，道，"吾皇虽幼，然聪明天纵，出寻常万倍，愿天地鬼神、祖宗先帝之灵，益加启发，早识奸谋，勿使为社稷之祸，拱虽万死亦甘心！"说罢，转身走向骡车。

众人愕然。

魏学曾回过神儿来，忙拉住高拱："不可！驰驿的本，皇上自是会准的。既然皇上有命，赐玄翁驰驿，玄翁与谁赌气？"

高拱似有所悟："我知乃张叔大所为，故不用；然既称君命，则安敢不受？"

说话间，一辆豪华驿车已驶到，魏学曾、曹金吩咐侍从把东西搬到驿车上，又搀扶高拱上了车，这才躬身含泪揖别。

换乘驿车，不仅宽敞舒适了许多，没有了缇骑逼逐，且住宿、吃饭都有供应，高拱一家的惊恐、愤懑、焦躁情绪得以舒缓。但高拱还是催促驿车日夜兼程赶路，过了保定、真定二府，驿车才如常行驶，慢了下来。

这天，已近午时，驿车正往栾城驿赶去，骑在一头毛驴上的高福回头一看，忽见后面几匹快马飞奔而来，吓得他后背发凉。正踌躇着要不要禀报高拱，"玄翁——"随着一声长唤，快马已然驰近。

高拱听到呼唤声，遂吩咐驻车，打开车帘回头张望，三匹快马到了车前，竟是张四维！高拱惊喜不已，急忙下车，叫着："子维！子维——"泪水在眼眶里打转。

"玄翁！"张四维翻身下马，一把拉住高拱的手，又唤了一声："玄翁！"哽咽着说不出话来。

"子维，你怎么来了？"高拱泪眼模糊地打量着张四维。

张四维摇着高拱的手，镇静片刻，道："四维奉召赴京，刚到逐鹿，忽见《邸报》，骇惊不敢置信。访得玄翁刚过逐鹿不久，遂飞马来谒！"

"我以为今生见不到子维了。"高拱黯然道，泪水止不住涌了出来。

"玄翁！"张四维唤了一声，放声痛哭起来。

高拱松开手，拍了拍张四维的肩膀："子维，不必难过，见了就好。你还是上紧走吧，驿道过往的人很多，传到京城对你不好。"

张四维摇摇头，止住哭声，吩咐张得："速去栾城，找家上好的酒馆！"说着，搀扶高拱上驿车，"到栾城再说。"

到了栾城驿，安顿好高拱的家眷张氏、薛氏等，张四维扶着高拱进了一家酒馆。两人对面而坐，高拱把情形约略说了一遍，随即从袖中掏出一张纸笺，叹息道："老夫被逐不足惜，遗憾的是愧对天下苍生！"说着，把纸笺递给张四维，"前日在真定遇雨，作此诗以抒怀，请子维一曰。"

张四维一看，只见上写着：

自是天家雨露宽，孤臣千里湿征鞍。
塞垣回首烟尘静，农亩关心稼穑艰。
可喜一朝驱毒暑，不眠中夜袭轻寒。
却惭未满甘霖望，徒使苍生拭目看。

"玄翁，你老人家当鼎革之日，居保济之任，开诚布公，周防曲虑，不阿私党，即古之社稷臣，何以加焉！"张四维激动地说，"玄翁欲尽破世人悠悠之习，而措天下于至治，天下人无不知之。三载于兹，玄翁领政府、摄铨衡，不知有自身，天下已治而犹以为未治，天下已安而犹以为未安。虽横遭排挤，不为自己抱冤，却有对不起天下百姓之憾，发出'却惭未满甘霖望，徒使苍生拭目看'之叹，真乃古今第一豪杰！"

高拱摆摆手，举袖拭泪，又道："前几日在良乡县夜宿，梦一伟丈夫，衣冠甚固，貌庄而和，弟子六七人侍侧。我问从者，此何人？从者曰乃孔夫子。我肃然起敬，拜见之，因问：'夫子每教人以仁，而不说缘由，弟子请夫子赐教。'孔夫子曰：'只一点真心便是。'我又问：'桃仁、杏仁，皆谓之仁，谓其纯然桃杏之理，无夹杂也；谓其根干枝叶皆具，无欠缺也；谓其生而不息也。仁之在人，亦如是耶？'

孔夫子微笑曰：'然！'又良久，乃醒，方知是一场梦。"

"玄翁做人，可谓仁人；做官，可谓纯臣。四维今生得玄翁耳提面命，实乃大幸！"张四维诚恳道。说着，为高拱斟上酒，举盏恭恭敬敬敬酒。他放下酒盏，不禁感慨："以先帝对玄翁的眷倚、情谊，方科道欲攻江陵相，玄翁若不阻止，抑或向先帝面禀冯、张内外交通一事，则江陵相必被逐；然则，玄翁乃力为解之，遂有今日之祸！玄翁可曾后悔否？”

高拱一摇头：“我何悔？彼时因先皇病笃，恐苦先皇心，故宁受吞噬而不敢以此戚先皇。今我顺以送先皇终，而未曾敢苦其心，则我本心已遂，求仁而得仁，又何怨悔之有？”

“玄翁这样想就好。终归玄翁未负先帝，也不愧先帝对玄翁的深情厚谊。”张四维哽咽道。

“细思之，所谓未负先皇，只是心未负而已！”高拱感慨道，“我乃顾命首臣，凭几之语，执手之托，盖谆谆焉！然先皇升遐仅二旬日而狼狈去国，不能再尽责矣！是以我也只是心未负，却未有以副，只可死见先皇地下，却不能说未辜负先皇执手之托。九泉下见到先皇，我心仍有愧焉！”

张四维痛苦地摇头道：“非玄翁避艰难，实为他人窥视权位。四维以为，史上未有如玄翁待江陵相之厚者；也未有如江陵相逐玄翁之狠者！”说着，又起身为高拱斟酒。

高拱一把拉住张四维，嘱咐道：“子维，你的心意我都领了。可你还年轻，今后的路还长。据我所知，叔大对你并无嫌疑，且亦甚赏识。曹大埜之流攻你，并非叔大本意，且亦是为攻我而牵连到你。你不可与叔大决裂，还是要一如既往与他亲近。此非为叔大，亦非为子维，乃为国也！你是知道的，还有很多事我未来得及做，盼你立足朝廷，把我未来得及做的事继续做下去！”

张四维苦笑道：“四维本想即上本再乞休。玄翁既然有嘱，我还是硬着头皮晋京，看看局势再说。”

不知不觉，这顿饭已吃了一个多时辰。驿车备好在外等候多时，高拱只得恋恋不舍登车。

“玄翁，珍摄啊！”张四维躬身一揖，含泪道。

“子维，你也好自为之啊！”高拱泪流满面，向张四维一抱拳，“倏”地放下了车帘。

“有朝一日，四维必白玄翁冤！”张四维像是自言自语，又像是说给高拱听。

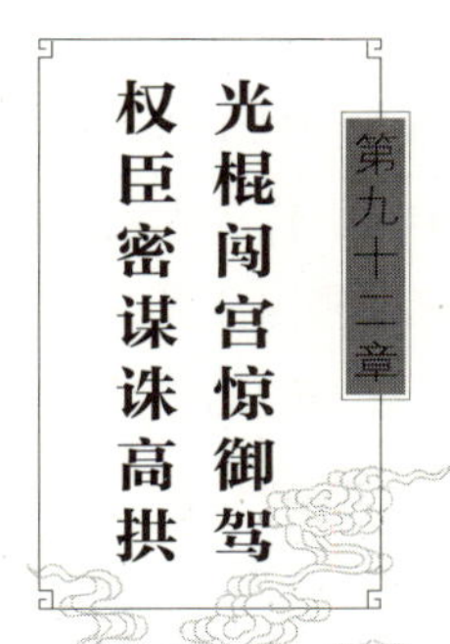

第九十二章 光棍闯宫惊御驾 权臣密谋诛高拱

一

这是一个严寒的早上。万历年号刚刚使用了十九天，睡意蒙胧的皇上就被叫醒，乘轿往皇极门听政。轿子刚出乾清门，忽见一着宦官巾服的无须男子，从西边的丹墀向御驾奔来。内侍大惊，一拥而上，把男子按倒在地，一阵乱搜，竟从袖中摸出一把匕首！

司礼监掌印兼提督东厂太监冯保忙命将惊魂未定的皇上抬进乾清宫，又差王臻到皇极门传旨，取消早朝。这才吩咐："带人犯到内署，本厂亲自审勘！"

内署就是东厂设在大内的官署，在北街东、混堂司之南。这里古槐森郁，廨宇肃然。抬头望去，官署门楣上方悬挂着一幅匾额，上书"朝廷心腹"四个大字。冯保进得至圣堂，在一把虎皮交椅上坐定，两排校尉在两侧站立，已被五花大绑的人犯在两名内侍的挟持下跪倒在大堂。

"尔何人，光天化日之下竟敢闯宫刺驾？！"冯保一拍书案，大声喝问道。

人犯吓得魂飞魄散，叩头如捣蒜，连声道："小的不敢！小的名王大臣，早就听说紫禁城很好玩，只是想混进宫来四处游逛游逛。"

"胡说！"冯保又一拍书案，"尔从哪里来，如何混进宫来的？"

"小的是南直隶靖江人，"人犯道，"闻听戚继光大帅招南兵，小的就到三屯营投军，未被收纳。一想，既然到北方一趟，不如到京城逛逛。来到京城四处闲逛时，遇着到街上采买的一宦官小哥，和他结为兄弟。昨日偷了小哥的巾服，今日就混进宫来了。"

冯保进宫多年，知道以往也偶有一些闲杂人等，利用搜检不严等漏洞混入宫中的，好奇者有之，探视亲友者有之，盗窃财物者有之，因此，适才发生的事也不足为奇。只不过，此人袖中藏有利刃，且正巧惊了御驾。此事一旦传开，对他不利。毕竟，作为大内总管，宫中出了这等事，他亦难脱干系。他也知道，对他矫诏的非议并未因高拱的被逐而平息，反而越发甚嚣尘上。万一那些人拿惊驾之事大做文章发起对他的攻讦，他岂不是百口莫辩？这样想着，冯保顿时火冒三丈，一把抽出案上的佩剑，向人犯冲了过去，举刀要砍，又停住了，大喝一声："把这个混账东西押入厂狱！"又一摆手，屏退左右，只留张大受一人，附耳道，"你去重重用刑，让那个混蛋承认他是浙江义乌人、蓟镇的逃兵，混迹京城为陈洪收留，在陈洪家窃得巾服混入宫中。"

"老宗主，这是为何？"张大受狐疑地问。

"戚继光招的都是浙江兵，而逃兵最喜投靠内官。如此，即可把陈洪抓起来一解心头之恨，再把他的宅邸田产一律接收了！"冯保得意地说，"嫁祸于他，则责任不在我辈。"

张大受恍然大悟，钦佩地看着冯保，不住地点头。

冯保沉吟片刻："你先去照适才所说知会张老先生一声，让他心里有个数，免得外朝议论纷纷。"

"来自戚帅麾下？"张居正闻报，吃了一惊，蹙眉沉吟片刻，拉住张大受到了回廊，见四下无人，附耳道，"戚帅手握重兵，地在危疑，不宜株连而贻误军国大局。你禀报印公，莫让人犯牵连戚帅，给他改个籍贯，比如说南直隶武进人，混迹京城，入前中贵人陈洪家为其所昵，遂窃得宦官巾装混入宫中。"说着，拱手作拜托状。

冯保一听张大受转报的张居正说辞，眼睛眨巴良久，突然拊掌大笑，兴奋地说："你这就去知会张老先生，我在文华殿东小房等他！"

堂堂首相被一个太监呼来唤去，张居正心中自是不悦，但他不唯放下手中文牍起身即往，见到冯保也是一脸笑意："印公相召，有何见教？"

冯保故意沉着脸，敲打张居正："咱访得，张老先生不断给人投书，解释说你不唯没有参与逐高胡子，还冒死替他解脱；既如此，是谁怂恿皇上逐的高胡子？"

张居正这半年来面授、投书，一直在向中外臣僚解释，前几日还给宣大总督王崇古复函，言"当其时，人情汹汹，祸且不测，仆犹冒死为之营诉，为之请驿，谨得解脱。"他说这些是要王崇古等人体谅他，也是让他们替自己向不明真相者解释，并不保密，是以冯保知道这些也在意料之中。但被冯保当面敲打，张居正还是有些尴尬，遂一笑道："印公，事前居正说过，居正与玄翁乃生死之交，不能给人以背后捅刀子的印象，印公也是赞同的。”说着，一抱拳，“印公多担待吧！”

“张老先生！”冯保以语重心长的声调道，“不是咱不愿担待，只怕担待不起啊！”他一指茶盏，示意张居正用茶，又叹息一声，“张老先生，你是知道的，先帝爷刚给高胡子颁敕，说他多好多难得，可先帝爷尸骨未寒，高胡子被咱给赶走了，天下人不服啊！东厂访得，目今朝野还在议论，说什么高胡子要求事必经内阁，不是擅政，乃是正理正法！”他拍了拍自己的肚子，又指了指张居正的腹部，压低声音道，“你我心知肚明，高胡子有啥罪？而你我内外交通，矫了先帝爷的诏，乃灭门之罪！”

张居正脸色陡变，疑惑地看着冯保，不知他为何说这些。

冯保脸上挂着几丝惊恐的表情，继续说：“《丝纶薄》虽然被咱偷偷藏匿了，可还是不能高枕无忧！”

《丝纶薄》专以记录皇上交代过的话，以备他日查验，防止矫诏或传旨时掺杂私货。冯保已偷偷将先帝临终前一个月的《丝纶薄》藏匿起来，以减其欺妄之迹。如今他又刻意在张居正面前提及，似乎故意让张居正感到惊悚。

张居正似乎悟出了冯保的底蕴，低声问：“印公的意思是？”

“说不定哪天有个什么茬口，高胡子复出，那……”冯保顿了顿，阴森的目光在张居正脸上扫来扫去，突然抡起右臂作刀劈手势，咬牙道，“一不做二不休，永绝祸本，杜患于将来！”

“嘶——”张居正倒吸了口凉气，浑身发冷，哆嗦了一下，支吾道：“印公，你是知道的，玄翁与居正……”

冯保打断张居正的话：“张老先生，官场上绝不能有妇人之仁！先帝爷在时，若高胡子向他告发你我，恐目今在朝廷发号施令的不是你江陵相公！”他又一抡右臂，一脸杀伐气，断然道，“当断不断，反受其乱，不可踌躇！”

张居正黯然道：“如此，后世如何看张居正其人？”

“张老先生，你是《穆宗实录》的总裁吧？难不成实录里会把我辈谋高胡子的事都如实录下来？”冯保嘴角挂着一丝冷笑。突然，他握紧拳头在眼前用力一晃，“历史，是权力写的！权力让人知道过去的东西，这就是历史！”他咧嘴一笑，“咱支持你，张老先生把国家治理好，后世照样说你是名相！”见张居正一脸苦楚，冯保又道，“张老先生，你只做一件事：内阁上本，要求追究幕后主使者！它事，咱来做！”

“何时上本？”张居正显然接受了冯保的提议，低声问。

冯保若有所思地说：“总要整备一两天，等咱消息吧！”

张居正怅然地一拱手，起身要走。冯保咳了一声，沉脸问：“张老先生，南京守备太监张鲸就是为咱造庙筹些款，巡按御史刘日睿上本弹劾他，你打算如何区处？”

“这……”张居正只得又坐下，沉吟良久，道，“唯印公之命是从！”

“把刘日睿贬走！”冯保气势汹汹地说，“此后，外朝的事，张老先生做主；内官的事，张老先生知会咱，咱来区处，不许外朝说三道四。”说完，起身一拱手，扬长而去。

张居正望着冯保的背影，一咬牙，举起拳头往茶几上砸去，快落下的瞬间，他停住了，长叹一声，起身出了东小房。

过了两天，张居正的奏本就在《邸报》上刊出，内称：

臣等窃详，宫廷之内侍卫严谨，若非平昔曾行之人，则道路生疏，岂能一径便到？观其挟刃直上，则造蓄逆谋，殆非一日，必有主使勾引之人。乞敕缉事问刑衙门，访究下落，永绝祸本。仍乞皇上出入警跸，倍宜严备。再照祖宗旧制，门禁甚严，望敕司礼监官，遵照律令，严行申饬。其该日守门内外官员，俱乞量加惩治。庶人知所警，杜患将来。

内里批红曰：

卿等说的是。这逆犯挟刃入内，蓄谋非小。着问刑缉事衙门仔细研访主逆勾引之人，务究的实。该日守门内官，着司礼监拿来打问具奏，守卫法司提了问。

与此同时，张居正差侍从钱佩携带他的密函，悄然赶往河南新郑！

次日，锦衣卫、东厂校尉十余人在冯保的心腹陈应凤率领下，奉旨出京，日夜兼程，飞马奔新郑而去！

二

新郑县城东大街有一座宅邸，名谓适志园，始建于孝宗成化初年，已有近百年历史。园内有一拱形砌就的无梁殿，按乾南坤北方位设计，以子午线为中轴，坐北朝南，下用白石铺成数层台阶，上下两层，下层称澄心洞，又名八卦洞。四面设门，前脸有三个门洞，寓意为跳出三界之外；上层称敬仰堂，面阔五丈，进深三丈，单檐歇山顶，檐下斗拱出挑，屋角高翘，绿色琉璃瓦罩顶，抱厦五间，前为木制隔墙，雕刻精美图案。这里就是高拱的居所。下层为卧室，上层为书房。

二月初时节，天气转暖，万物复苏，院内的槐树已开花，散发着芬芳香甜之气。高拱从高老庄老宅过完年就回到澄心洞居住。闻到院中槐花的香气，他出了房门，站在槐树下，仰头张望了一会儿，又伸头向院外张望着。他很想出门走走，但想到张四维来书所嘱，还是忍住了。

去年六月末，张四维在栾城与高拱拜别。一个多月后，高拱之弟高才辞职归乡，张四维托他带来一函，言：

栾城拜别北行，忽忽如失，迄今且匝月矣。都中人情事体俨如革代，不忍见，不忍言。

我翁精忠宏度，天地鬼神，九庙神灵实共鉴之，此不须言说也。唯翁心术事业，数年来已表现于天下；今又以主持国体，为阉人所逐，始终大节，虽古人无多让，幸自宽慰，无以他端介意。

前奉台谕，薄游名山川，极为高致，今则不可。且闭门谢客，绝口勿言时事，以需时月，何如?

张四维在京接近枢要，定然是探得陷阱尚深，危险尚未过去，引燃政变的烽火尚未熄灭，且有随时借风复燃之势。高拱仿佛听到了京城某个阴暗的角落里传出的霍霍磨刀声，他不得不杜门谢客，不见缙绅，不言时事，日以整理旧疏文稿打发时光。

在院中站了一会儿，高拱回到书房，拿起殷正茂的书函，又看了一遍。

去岁十二月七日，朝廷颁旨严海禁，饬令督抚“将商贩船通行禁止，片板不许下海，仍严督沿海官军往来巡哨”。殷正茂开广东海禁的提议被驳回，并接张居正函示，严令其约束沿边将士，无容勾引番人交易图利。继而命他将濒海谪戍的民众迁徙到湖广、云南、四川，以防这些对朝廷素有不满之人成为海贼向导。张居正又指示他，申言军令，对两广之瑶、僮土司，凡不驯服者，一律不得抚之，当大事剿除，歼殄无遗，勿复问其向背。殷正茂心情郁郁，遂差人给高拱投书，通报近况，感激高拱对他的提携和支持。高拱甚感动，踌躇了几天，还是决计给他回书：

公雄才渊略，亮节真心，实仆二十年所敬仰者。

岭表多艰，虽劳节钺，曾未期月，立致辑宁，俾数十年猖獗之徒，悉归王化，数千里作逆之处，尽服朝廷，公之功在社稷，何其伟也!

仆曩在政府，虽不无少效赞襄，然爱莫能助，顾何力之有焉，而公乃归功于仆，则何敢当!

人回，草此布谢。余情如海，莫克具陈。临楮不胜怅悒，统唯心照，不宣。

写毕，他看了又看，觉得没有惹是生非的话，方封好，交殷正茂的急足携去。办完这件事，高拱怅然地坐在书案前，想到此前在位时已回书殷正茂，极赞开海禁的主张，要他正式奏报，不意待奏疏到时，他已无能为力。他也不曾料到，张居正会颁诏“将商贩船通行禁止，片板不许下海”。他越想越气，又不敢发作，遂提笔在墙上用力写下“精扯淡”三字，心绪这才稍平。

“老爷，看谁来啦?”高福突然跑进来，兴奋地说。话音未落，门外响起一唤：

"玄翁！"高拱看去，房尧第出现在眼前。

"玄翁角巾野服，恂恂一布衣老啊！"房尧第强颜欢笑着说。

"崇楼！"高拱惊喜地说，突然又扭过脸去，举手摇了摇，"你不该来！"

房尧第上前一步，躬身施礼："玄翁乃至诚至纯之士，今古罕见，学生今生得为玄翁效力，于愿已足，何忍去？"

高拱以袖拭泪，转过脸来，起身拉住房尧第的手，急切问："崇楼，一路上听到些什么？"

房尧第苦笑一声，道："玄翁仓促归乡，学生来前专程去了京中，拟检书籍若干替玄翁携来。大抵是东厂密探依旧监视旧宅，飞报江陵相，江陵相竟召学生去见，问玄翁近况。学生答：抵舍病困，几不自存。江陵相为之恻然，吩咐游七以玉带、器币、杂物可值千金者相赠，要学生带来送于玄翁，以解困顿。"

"谁让你要他的东西？"高拱突然发怒，瞪着房尧第，"既做师婆又做鬼！"

房尧第忙道："玄翁息怒。京城人心惶惶，谣言四起；玄翁仍处危地，虚与委蛇为好。"

高拱默然，良久方道："子维来书，言朝廷俨如革代，情形究竟如何？"

房尧第道："想必玄翁已然知道，玄翁去国三日，钱塘高阁老就吐血而死；江陵相即荐好友吕调阳入阁。旋即，即行闰察。"

高福正为两人续茶，笑问："闰茶？俺咋没有听说过？啥地儿产的？"

房尧第仰脸一笑："此察非彼茶。指的是朝廷对京官行定期以外的考察。祖制，京官六年一大察，若执政要重新洗牌，在常例外行非常之举，考察京官，谓之闰察。"

高福红着脸，一伸舌头低头出去了。房尧第喝了口茶，把他在京城打探到的情形禀于高拱。

高拱去国不过十余日，张居正就启动闰察，察典罢黜吏部郎中穆文熙、给事中宋之韩、程文、雒遵等三十三员；右通政韩楫、尚宝承何以尚、御史杜化中、张齐、杨相等五十三员降调外任；刑部尚书刘自强、户部尚书刘体乾致仕；刑部右侍郎曹金调陕西巡抚，漕运总督王宗沐调南京刑部侍郎。此后，科道弹章不断，曹金奉旨回籍闲住；张四维上本求去，奉旨回籍调理；给事中吴文佳弹劾魏学曾，说他徇私以负高拱，面是背非，乃患得患失之鄙夫小人，魏学曾奉旨回籍闲住；又因御史刘日睿弹劾守备太监张鲸，张居正拟旨，言刘日睿欺皇上年幼，贬谪外任；又有科道弹劾原任苏松兵备副使、现任山西学政蔡国熙奸邪险诈，假道学以欺世，奉旨革职听勘。

与此同时，两宫并尊，尊李贵妃慈圣皇太后；加张居正左柱国，进中极殿大学士，荫一子尚宝司司丞；荫司礼监太监冯保弟侄一人为锦衣卫正千户；升被调任南京礼部主事的曹大埜为山西提学佥事；升原巡按广东御史赵淳为湖广参议；升礼部员外郎张孟男为尚宝司丞。

“原想让杨相去查潮州贪腐案的，如此一来，广东官场的贪风是刹不住了。”高拱关注着他去国前部署的几件事，听到新任巡按广东御史杨相被调外任、赵淳则连升七级，他叹息了一声。

房尧第喟叹道：“人谓‘高党’黜落殆尽矣！”

“高党？”高拱眼一瞪，“高某最恶结党，今竟有高党之说，真是天大的笑话！若说人以群分，倒也说得过去，被罢黜的俱正直敢言之士罢了！”

房尧第一笑：“也不尽然。当年在朝会上乞尚方宝剑要诛玄翁的何以尚，此番也被调外任，颇有替玄翁出气之意呢！”他旋即叹息一声，“玄翁太爱惜羽毛，总怕背上报复的恶名；江陵相就不同，手腕甚辣，快意恩仇，程文、宋之韩、张齐诸公一举罢黜，曹大埜则转眼升迁，魏学曾、曹金诸公也不得不灰溜溜卷铺盖走人！学生看，江陵相委实是强势人物！”

“哼哼！”高拱冷笑道，“还不是仗着冯保那个阉人！”

“奇怪的是，闻得目今国政乃全权委于江陵相，虽则江陵相处处讨好冯保，但宦官干政的局面并未出现。足见江陵相其人，手腕委实了得！”房尧第感叹道。

“哼，他跟着我学了多少学问！”高拱以揶揄的语调道，“可惜他不学我的为人，却跟着徐华亭学了不少智术。既犒赏曹大埜之流，又升张孟男职，真把徐阶那套权谋学得炉火纯青！”

“喔，对了，”房尧第又道，“闻得松江徐府案已了，徐阶三个公子皆复原官。”

“意料之中。”高拱道，他一扬手，“不说这些了，目今朝政如何？”

房尧第思忖片刻，道：“玄翁呕心沥血改制，时下俱复旧制矣！”

“尽反吾政，国事安得有望？”高拱气鼓鼓地说。

“嘶！”房尧第吸了口气，道，“江陵相厉行节俭，据说过年宫里的花灯都不许放了；又大力裁撤冗员，节省开支；诏令天下州县必按期足额征收赋税，无论历年积逋还是当年之额，凡不能完纳的，一律罢职！”

“眼里只盯着几个小钱儿，算细账，无大格局！”高拱嘴一撇道。

“江陵相又行考成法，以六科稽核六部，以内阁稽核六科；又加意课吏治，朝奉旨而夕实行，委实是雷厉风行。”房尧第又道。他一拍脑门，“对了，江陵相下诏罢海运，毁船厂！”

“啊！”高拱大叫一声，蓦地起身，连连叹息，“哎呀，哎呀，哎呀！造孽啊，造孽！”说着，他提笔展纸，写道：

海运一事，会予去位，当事者务反吾所为，随议罢。所造海舟弃之无用，沿海诸备皆废，予闻而三叹，可惜也。然此计终难寝，当必有为国谋忠者。纵他日必有行时，然又劳费一番矣！姑书记之，留于后世知……

尚未写完，高福慌慌张张跑了进来，道：“老爷，京城里张爷差人送密书。”

高拱一惊，怔住了。

“人呢？”房尧第忙问。

“人走了。”高福答。说着，把密函递给高拱。

高拱打开密函，只看了一眼，面如土色，双手抖得拿不住纸笺，房尧第忙上前扶住，方勉强看完，颓然而坐，流泪道：“大祸临头矣！”

房尧第接过一看，浑身战栗，愤然道：“冯保丧尽天良，竟诬玄翁刺驾！”又拿起书函细读，蹙眉沉吟，喃喃道，“江陵相何以密函驰告，还特意嘱玄翁切勿惊怖死。想救玄翁，还是欲胁令玄翁自裁？”

高拱双目微闭，淡然道：“先皇临终前，我曾在病榻前奏言，誓以死报。可以说，我业已以死许先皇，不复有自身！在京不得死，今得死故园。也算万幸，可见先皇于地下了！”说罢，一扬手，“高福，备酒，我要和崇楼痛饮一场！”

这顿饭吃得甚悲怆，高拱饮了三盅酒，夹起一块豆腐，却怎么也咽不下去，和房尧第相对而泣。

这时，忽听外面一阵骚动，高福一脸惊恐地禀报道：“老爷，兵爷把院子围住了！”

高拱站起身走到院中，只听门外有人大喊：“我等奉钦命逮河南高某！”

“哈哈哈！”高拱突然放声大笑，从袖中掏出一个小瓶，打开瓶盖，举在手里就要往嘴里倒。

房尧第大惊，忙道：“玄翁且慢，学生有句话要说。”一步跨过去，将高拱手中的小瓶打落在地，哭着说，“玄翁立马要死？玄翁细思之，他们只是高叫要逮河南高某，而不说具体人，且他们并未闯进门来，显系故意恫吓玄翁，让玄翁自裁。只要玄翁一死，他们就达到了目的，天下后世都以为玄翁畏罪自杀，谁为玄翁辩白？再说，弑君谋逆，当灭九族啊！玄翁一人死，高家一族岂不都要被枉屈死？”

高拱顿悟：“崇楼说的是，我不能死！”说罢，走到首门前，命高福打开大门，他挺起胸，大声道，“何人大胆，在此高声喧哗，骚扰我城百姓！高某在此，请吧！”

厂卫校尉并县衙众差弁都愣住了，陈应凤上前一步，躬身道：“高老先生，我辈奉钦命捉拿人犯到京勘问。”

高拱把双手并在一起，向前一伸：“请！”

陈应凤“嘿嘿”一笑，问：“高福何在？”

高福闻听喊他的名字，吓得浑身哆嗦，低声道：“小的就是。”

“拿了！”陈应凤大喊一声，两个校尉上前，麻利地给高福上了枷锁，往外推搡。

“且慢！”高拱拦住校尉，“高福乃老夫忠仆，与老夫形影不离，未闻他有何罪过，何以拿他？若说高福有罪过，那便是老夫指使，尔等放了他，老夫与尔等前去过堂！”

陈应凤又是“嘿嘿”一笑：“高老先生，我等奉命拿高福，待审勘明白，再拿你老人家不迟！”说完，大喝一声，“带走！”

三

东安门外，东厂外署大厅西侧有座祠堂，其南设有一狱，乃东厂羁押重犯之地。这天午时，冯保的掌班太监张大受来到厂狱，掌刑千户亲自打开一间牢门，跟在他身后的档头把一个大包裹放在地上。披枷带锁、正歪在地上的王大臣惊起，连连叩头：“大人，小人冤枉啊，小人就是想到紫禁城逛逛，并无歹意啊！”

“嘿嘿！”张大受诡异一笑，一挥手，“拿酒来，咱陪兄弟喝一场！”

“不不不！”王大臣吓得浑身战栗，“不吃酒，不吃酒，小人不想死啊！”

几个番役有的抬几，有的抬食盒，鱼贯而入，在牢房摆上宴席。张大受吩咐：“给兄弟打开枷锁！”

一名番役上前卸下枷锁，王大臣边甩着发酸的手腕，边惊异地看着张大受。张大受屏退左右，盘腿坐下，斟上两盅酒：“咱说兄弟啊，咱是来救你的呢！”说着，举盏道，“来来来，饮了！”

王大臣战战兢兢喝干了一盅酒，张大受把一只鸡腿塞到他手里，道：“兄弟，你这个事呢，弄好了，升官发财；弄不好，家破人亡！”

“大人，怎么说？”王大臣茫然地问。

张大受扭身解开包裹，把蟒绔冠服并两剑一刀摆开，刀剑柄首上都镶嵌异宝饰物，他盯着贪婪地啃着鸡腿的王大臣：“看到了，这些冠服刀剑非寻常之家可有，谁给你的？”

王大臣忙摆手：“不、不，大人，这不是小人的东西！”

“嘿嘿嘿，”张大受又是一阵怪笑，“咱也知道不是你的。但你若说是你的，兄弟哎，大哥我就能救你啦！”

“这话怎么说，大人？”王大臣飞快地眨巴着惊恐的小眼睛问。

张大受又斟上酒，举盏道：“兄弟，咱看你是聪明伶俐之人，想用你，方来设法救你。”说着，与王大臣碰杯，一饮而尽，附耳嘀咕一番。

"真的？"王大臣惊喜地叫道，旋即一垂首，"哪有这好事，大内的冯太监亲自问过小人，他不发话，谁能救得了小人？"

"咱不会骗你！"张大受一拍胸脯，"不瞒兄弟说，咱就是冯太监的掌班张大受，你是见过的，或许是你当时吓傻了，忘记了。咱就是奉了冯太监之命来救兄弟的。你替冯太监办事，冯太监替你消灾，两下合适，不是吗？"

王大臣"梆梆"地叩头："多谢大人救命之恩！小人一定照大人说的做！"

"就是嘛，咱看兄弟就是明白人！"张大受笑着说。两人欢快地推杯换盏，饱餐一顿，张大受方出了牢房，进宫复命。

冯保闻报大喜，吩咐张大受速去内阁向张居正禀报情形。

此时，张居正在朝房里被刑科八名给事中围住，不得脱身。

张居正所上追查幕后主使者的奏本一出，京城上至部院大臣、下至闾巷小民，莫不汹汹骇愕，稍有思考能力的人都从这字里行间读出了腾腾杀气。科道一个个坐立不安，欲上本明其事，可时下不唯言官选任需具揭帖禀内阁同意，且内阁稽核六科，实已将言官置于内阁控制之下，众人惧怕首相的铁腕，踌躇不敢上。刑科众给谏整日在一起议论："此事关我刑科，若我辈无一言，遂使国家有此一事，吾辈何以见人？"议来议去，想出一个法子：回避此案真假，只上本要求将王大臣从东厂移送法司审问。可是，奏本已写成，八位给事中又踌躇起来，担心贸然上奏开罪张居正，遂相偕齐赴朝房向张居正禀报。

"事已成矣，尔等还这般纠缠？"张居正听罢，沉着脸说，"本阁部早就说过，多言乱听，多指乱视。奉劝尔等，像这等惊天大案，还是不要插手的好。刑科的奏本，不许上！"说罢向外一指，"都退下！"

刑科八位给谏只得讪讪告退。张居正忙起身，躬身请站在门口的张大受入座，笑着问："印公有何示？"待张大受通报毕，他点点头，嘱咐道，"要事先预备停当，正式审勘只是走程序，如此方可万无一失。"

张大受躬身道："印公已赏东厂伙长辛儒银二十两，让他与人犯朝夕同处，好吃好喝供着；又教他如何说高阁老主使行刺事。咱这就把口供、奏本预备下来，一旦高福逮到，严刑拷打，让他在口供上画押，就万事大吉了！"

刚送走张大受，书办姚旷呈来一封急函。张居正一看，是陆光祖的。

陆光祖是张居正同年，会试时又都出自礼房，交情甚厚，年前刚起用为吏部右侍郎。他赴京途中在临清得知此事，遂火速差人投书：

此事关于治道甚重，望翁竭力挽救。万一不能保存旧相，翁虽苦心，无以白于天下后世。不肖忧之至切，夜不能寝。念与翁道义深交，敢僭昧驰告，非为旧相也。

张居正阅罢，摇摇头，把书函扔到一边。

“太岳，太岳！”门外响起气呼呼的喊声，太仆寺少卿李幼滋拄着拐杖闯了进来，“我在家养病，刚听说，等不及到府上，就径闯首相朝房了！”李幼滋不唯是张居正的同年，还是湖广同乡，刚从陕西按察副使升京堂，因病注门籍，在家调理。他身躯肥胖，茶壶、酒壶、尿壶皆不可少，人称“李三壶”，在张居正面前了无顾忌。他把拐杖“嗵”的一声在地上捣了一下：“太岳，奈何为此事？！”

张居正不悦，叫着他的字道：“义河，这是什么话？”

“朝廷拿得闯宫之人，而你即令追究主使者，今厂中称主使者即是新郑阁老。若以此杀了新郑阁老，万代恶名必归于你，将何以自解？”李幼滋不客气地说。

张居正两手一摊：“我正为此事忧不如死，奈何谓我为之？”

李幼滋无可奈何地摇了摇头，道：“该说的话我都说了，乃为太岳计。太岳三思吧！”

张居正起身欲送，尚未挪步，游七冒冒失失闯了进来。张居正刚要呵斥，游七一抹眼泪，哽咽道：“老爷，小少爷、小少爷，殇了！”

“啊！”张居正一声惊叫，瘫坐在椅中。

李幼滋回身安慰道：“太岳，不必难过啦！你看，世宗皇帝育八子，存者仅先帝一人；今上不也有两个兄长幼夭吗？皇家尚如此，何况他人？家家都有这等事，宽心些。”

张居正头靠椅背，良久不语，脸上不时掠过一丝恐惧的神情。在听到幼子夭折消息的瞬间，他心里“咯噔”一声，突然想到他曾经在高拱面前发过毒誓，难道真的应验了？他为此感到恐惧，心“怦怦”乱跳着。

游七以为张居正为失去幼子而难过，等了约莫一刻钟，见他还瘫坐着，上前轻轻推了推他：“老爷——”

“啊！”张居正一惊，双手在胸前向两边猛地一抡，仿佛在抵挡什么，把游七一吓了一跳。

“走，回家！”待回过神儿来，张居正起身道。

出文渊阁，正欲上轿，吏部尚书杨博远远地唤了声：“江陵，且留步！”

四

张居正听到吏部尚书杨博唤他，只得转身相迎。

杨博快步往张居正这边走，雪白、疏朗的胡须被风吹起，在胸前乱舞着。两人相遇，杨博气喘吁吁道：“江陵，闰察将科道近半数察典，或黜落，或调外任，缺员甚多。半年过去了，得补上了。吏部起了稿，想先请江陵过目后再正式上奏。”

杨博是元老，隆庆元年任吏部尚书时被劾去职，高拱复出后举荐起用，先帝命他以吏部尚书衔管兵部事。高拱被罢，杨博顺理成章回任吏部。他为官圆润，事事请示张居正后方走程序。

张居正心里七上八下、纷乱如麻，无心关注此事，遂道：“时下事体烦乱，待过些日子再说这事不迟。”

“江陵……”杨博欲言又止。

张居正知道杨博想说什么，便道：“博老看，那件事，当何如处？”

杨博之所以此时来找张居正，就是想就王大臣案当面向他进言的，只是不知如何开口方不会惹他不悦，故而踌躇。既然张居正主动问他，他求之不得，遂道：“新郑虽粗暴，天日在上，万万不会干这等事！此事关系重大，若果为之，恐惹事端，且举朝人人自危，似乎不可。”

张居正以为，杨博复起后未能掌铨，高拱又对杨博掌铨时的做法多有革除，杨博当对高拱耿耿于怀，此时必与己同心，这才破例向他求教。不意杨博说出这番话来，他脸一红，露出失望的神情，抱拳一揖道：“博老，居正家中有事，失陪！”

杨博怅然地看着张居正的轿子疾速而去，摇了摇头，转身往都察院走去。

张居正的轿子刚要出东华门，他突然掀开轿帘，吩咐：“转回，去佑国殿！”

佑国殿在会极门之东，供安玄帝圣像，又称关帝庙，签最灵。佑国殿居紫禁城内，平时并无闲杂人等。轿子转回到佑国殿前停下，张居正吩咐任何人不得入内，独自进了殿，恭恭敬敬叩头求签。他双手微微颤抖，抽出一签，细细一看，只见上写着：

才发君心天已知，
何须问我决嫌疑。
愿子改图从孝悌，
不愁家室不相宜。

再看签文注解，乃是：所谋不善，何必祷神；宜决于心，改过自新。

“哎呀！”张居正暗自一惊，神色黯然，步履沉重地走出殿门。

回到家中，一向不苟言笑的张居正抱住夭折的幼子，放声痛哭起来，家人劝慰良久还是未能劝住，不觉诧异。却不知，张居正固然为失去幼子痛心，但更重要的是以此释放淤积心头不能对人言的巨大压力。同时，这一刻，张居正突然感受到高拱连失三女的痛楚、无儿无女的悲凉，不忍再伤害他，心里涌出一股愧疚，遂以痛哭抒发愧意。

长子敬修见父亲痛哭不止，便向游七一使眼色，两人强行把张居正架起扶到书房。张居正坐在书案前，晚饭也没有吃，茶水凉了再换，换了又凉，他却未呷一口，只是呆呆地坐着。约莫过了一个多时辰，游七进来禀报：都察院陈瓒陈老爷来谒。

陈瓒虽比张居正大二十岁，却是同年。高拱被逐后，张居正把他从南京都察院内调任左副都御史，陈瓒对张居正甚感戴，俨然幕宾，时常到张府禀报部院情形。他一进书房，见张居正脸色不对，忙关切地说："太岳为国操劳，委实太累了，还是要珍摄啊！"

"玉泉，"张居正以虚弱的声音叫着陈瓒的号道，"都察院那帮人还算安静吧？"

"他们要上本，我费了九牛二虎之力，总算压下来了。"陈瓒表功道，旋即叹息一声，"只是御史钟继英鬼鬼祟祟、有些不安分。他是大司空朱衡的同乡，我判断可能朱衡背后给他打气，台长葛守礼也在为他撑腰。"他向张居正面前伸伸脖子，"科道安静了，九卿却不安分呢！杨博、葛守礼、朱衡，这三老对太岳怨气甚大啊！"

杨博面见张居正劝他收手，而张居正面赤意沮，颇不怿。杨博越发担忧，即赴都察院找台长葛守礼商榷办法。因杨博和葛守礼同年，彼此相厚，遂把他面见张居正的情形说了一遍，两人扼腕喟叹良久。恰在此时，工部尚书朱衡也来了，进门就道："自古宰相坐废，或不无怨望；然若怀奸蹈险，冒天下之大不韪，行刺驾之事，于古未闻！高新郑乃磊落之士，岂甘心做这等事？天下人谁会相信！所谓追究幕后主使者，无非是锻造冤案，广事株连，大开杀戒！乾坤朗朗，安得允许此等事发生？！"

朱衡的声音传到隔壁陈瓒的直房，他蹑手蹑脚走到葛守礼直房前驻足细听，虽听不真切，却也能够判断出三人都是满腹怨气，遂忙跑到张府禀报。

张居正沉吟不语，牙齿却咬得"咯咯"响。

时下的部院，张居正将好友、蓟辽总督谭纶升为兵部尚书；调亲家、南京兵部尚书王之诰为刑部尚书；调好友、南京户部尚书王国光接替刘体乾掌户部，这三人对张居正言听计从。而杨博、葛守礼、朱衡都是年近七旬、资格很老的重臣，威望甚高，张居正一时不好动他们。可施政中总觉得这三老碍手碍脚，这个说为政不可操切，那个说言路不可堵塞；关涉到吏部、工部、都察院的事体，张居正不得不恭恭敬敬与他们商榷，方可决断。对此，他本已心怀不满，又听这三老竟聚到一起嘀嘀咕咕，说不定还会结伙行动，给他设置障碍，张居正又惧又气，牙根痒痒，恨不得一举将三人逐出朝廷！这样想着，他陡然改变了主意。

张居正深知逐高之役并未全胜，人心不服，伺机翻案者有之，冷眼旁观者有之，高拱在一日，这种情形就一日不能消除。更可怕的是，本朝阁臣屡仆屡起者并不罕见。嘉靖朝首相张璁、夏言都有在花甲之后再起的经历；甚或严嵩年过八旬、被迫

还乡的路上就谋起复，若不是他和恩师徐阶智术过人，严嵩很可能再起。与这三人相比，无论是人望、才干还是政绩，高拱都远过之。一旦高拱复起，他和冯保矫诏之事势必被揭出，灭门之祸就会降临到他张居正的头上！与其这样，不如顺势诛灭高拱，以除后患！

“玄翁在一日，朝廷中对新政不满之辈就存一丝希望，必是暗中勾连、阴谋迭出，如何集中精力行新政？”张居正自语道。待陈瓒一走，张居正就跪地向南叩首，道：“玄翁，居正内要应付大珰，外要与心怀不满的重臣周旋，委实很苦啊！似这般扰扰攘攘，万历新政何时方可全力推进？为万历新政计，玄翁再最后帮居正一次吧！此后，居正必全力以赴，为复兴大明而鞠躬尽瘁！”言毕，他郑重地三叩首，方缓缓站起身，顿觉一身轻松。遂唤来游七，吩咐道：“你这就去见徐爵，知会他转告印公，那件事，要办就快些办，不要拖拖拉拉！”

五

厂卫校尉从河南逮押高拱管家高福到京的消息，一夜间传遍了京城。眼看着弑君谋逆大案就要成立，高拱命悬一线！事态进入十万火急的当口，人们仿佛已嗅到血腥之气！

都察院左都御史葛守礼再也坐不住了。起初，他暗中支持御史钟继英上疏，暗指其事而不明言，却惹得张居正勃然大怒，拟旨令钟继英回话。刑科八给事中面见张居正被训诫后，又去谒，一连五日，张居正都避而不见。看来，科道是指望不上了，而狱情甚急。葛守礼夜不能寐，遂找到杨博，相约一同到张居正府上规劝于他。兹事体大，不到最后一刻，绝对不能放弃努力。

杨博和葛守礼的手本递进去了，两人在茶室候着。张居正在书房里阅看徐爵饭后送来的文牍。他先看了东厂审勘人犯口供，见都照事先所议供述停当，便放在一边；又拿起东厂就本案审勘给皇上的奏本，奏本罗列了高拱谋刺皇上的证据，却未有结论性用语，张居正实在看不下去，遂提笔加上“历历有据”四字。刚放下笔，游七来替杨博、葛守礼通禀，张居正忙吩咐传请。

进得花厅，寒暄过后，张居正请二老坐了上座，他坐在下首陪着。待两人支支吾吾说明了来意，张居正面带愠色，不耐烦地说：“二老不必再费心了，这是铁案！目今同谋已然拿到，一旦审勘毕，依法处置就是了！”

张居正此言一出，花厅里的气氛顿时紧张起来。

“我葛某是不是乱臣贼子？”葛守礼“蓦”地起身，激动地说，“除非说我葛某人附了乱党，否则，我愿以百口保新郑！”他比张居正大二十三岁，中进士早二十一年，是名副其实的前辈。张居正看他火起，也不敢与之争辩，只得上前扶他坐下。

“是啊，江陵！”杨博附和道，“老夫敢担保，高新郑绝不会做如此大逆不道的事！”

张居正低头不语。

“江陵，你这样做，图痛快于一时，但想没想过后果呢？”葛守礼脸红脖子粗，说话的口气越来越强硬，“当年，严分宜对夏贵溪怎样？鼓动世庙把他杀了；而他呢，他唯一的儿子，被徐华亭鼓动世庙给杀了！”语调中带有几分恐吓的味道。

张居正一向喜怒不形于色，此时却也忍不住，声嘶力竭地说：“二老难道怀疑我张某人甘心玄翁？玄翁是我张某人的生死之交，我忍心吗？！二老居然如此看我！”说着，他气鼓鼓地走进书房，拿出适才正在阅览的文牍，递给杨博，“博老请看，别再怀疑我张某人、纠缠我张某人好不好？”

杨博展开文牍，象征性地扫了一眼，顺手递给葛守礼。

葛守礼只看了一眼，就露出惊诧的神情，又翻了翻，见“历历有据”四字乃张居正的笔迹，突然发出一声怪笑，把文牍揣进袖子里。

“这、这……”张居正似乎领悟到了什么，脸色陡变！“这个，这个……”一向出口成章、语气坚定的张居正突然变得嗫嚅支吾起来，表情尴尬，“东厂那些人不懂法理，我、我、我帮着改了几个字而已。”说话间，他的额头上冒出了汗珠。

“嘿嘿！”葛守礼还是怪笑，揶揄道，“葛某愚钝，但还是记得的。”他故意顿了顿，吊一吊张居正的胃口，继续说，“我朝成宪，东厂的任何文书，均须直呈皇上，非经皇上批准，任何人不得阅览；而这件文书，事关机密，不立即呈报皇上，怎么先送给政府了呢？”

此言一出，如同晴天霹雳，震得张居正胆战心惊！杨博正举茶盏的手抖了一下，“啪啦”一声落地摔了个粉碎。

“葛某做过几年刑官，记得这叫故违成宪、欺君犯上，乃是杀头之罪啊！”葛守礼不依不饶，继续说。

张居正脸色煞白，汗珠直淌，心“怦怦”跳个不停。他再清楚不过，一旦葛守礼上奏将此事公之于众，他交通宦官、故违成宪两大罪状就坐实了，而两条罪状的哪一条都足以要了他的命！张居正万万没有料到，“历历有据”四字，就像是为自己欺君大罪量身定做的！此时，他已全无主张，以乞求的目光看着杨博，期盼他出手相救。

“好了好了，与立！”杨博故意叫着葛守礼的字，以示亲近，“江陵为国辛劳，我辈哪能不体谅？”说着，起身从葛守礼袖中把文牍掏出，还给张居正，笑道，

“江陵，我和台长都知道，这桩惊天大案，江陵是局外人；可是，我们也知道，能够阻止事端演进的，也只有江陵你啊！”

“喔……博老明鉴！”张居正慌慌张张把文牍塞入袖中，抱拳向杨博、葛守礼连连作揖，“苟可效，敢不任？！”

“御史钟继英上本言此事，是他的本分，望江陵不要惩治他。”葛守礼借机提出要求。

“冯保怕是不想轻饶他。”张居正回应道，又向葛守礼一抱拳，“居正一定为钟御史说话！”

送走杨博二人，张居正坐在书房，苦思冥想善后之策，终于有了一个主意。

次日是经筵日，朝廷重臣都要列席。待讲官讲读毕，张居正上前叩首，大声道：“奸人闯宫惊驾一案，人犯王大臣妄攀主使者，很不可信。臣以为似不必兴师动众、紧追不舍；臣担心此案若处置不当，诬及善类，有伤天地和气！”

皇上事先并不知张居正会面奏此事，也未有人教他答案，一时茫然不知所措。站在两侧的部院寺监大臣更是目瞪口呆：怎么先前杀气腾腾要追究幕后主使者的张居正，突然之间又说出这样一番话？

“这到底是怎么回事啊？”

“是啊，看来有望大事化小。”

一散班，众人三三两两，低声议论着。

张居正目不斜视，上前拉住杨博的袍袖，进了东小房。

“江陵，你今日在经筵上这么一说，朝野就都知道了，首相已出面掌控局势！”杨博边落座边道，听不出是赞许还是揶揄。

张居正微微一笑，道：“博老看，此事如何善后？”

杨博沉吟片刻，道：“只要真心想了，倒也不难。”

张居正忙道：“只要能够阻止东厂那些人胡闹、维护大局、维护玄翁，居正在所不辞！”

杨博道：“江陵，照理此案当三法司会审。既然起始即交厂卫侦办，就由厂卫加外朝法司会审好了。”

“哦？”张居正拿不定主意，看着杨博，未遽然决断。

“都察院乃三法司之一，台长德高望重又做过刑部尚书，我看由他和厂公、缇帅共主会审，可给人以开诚布公的观感，也会落实江陵的意图。”

张居正点点头，幽幽地说：“博老，此事若顺利了之，当扫除障碍、排除干扰，致力大明复兴，开万历之治！”

“呵呵，恐老夫帮不上江陵忙了。”杨博怅然道，说着故意咳嗽了几声，“老夫这就上本乞休，望江陵成全。”

张居正心中暗喜，却佯装惊诧：“博老何出此言？朝廷正需老成谋国如博老者，博老焉能求去？”说罢，起身扶起杨博，“博老，内阁文牍堆积如山，居正要先走一步了。”

“呵呵，老夫跟不上江陵的步子呢！”杨博一语双关地说。

张居正抱拳又放下，道：“博老，台长、厂公好说，缇帅会不会推辞？就请博老差人先知会他一声，再上本请旨吧！”

果如张居正所料，锦衣卫都督朱希孝闻听要他出面会审王大臣一案，竟有大祸临头之叹！

朱希孝乃功臣成国公之后，接到杨博的通报，他忙到承袭成国公爵位的长兄朱希忠府上，哭诉道：“此案编造太离奇，毒害深谋、良知无存、伤天害理，朝野议论纷纭！如顺从，舆论必将把矛头对准审勘此案的人，那我朱家五世令名，岂不毁于一旦？若据实审勘，彼辈费尽心机构陷新郑阁老谋逆弑君，怎能容忍揭出真相？这可如何是好？”

朱希忠已病入膏肓，闻言不禁放声痛哭。朱希孝安慰了兄长几句，急匆匆赶到张居正府上，期期艾艾向张居正求情：“元翁，饶了我吧，老朽、老朽实在、实在难当此任啊！”

张居正也不知该如何劝说，为难地说：“此事是博老提议的，缇帅不妨找博老去说？”

朱希孝垂头丧气出了张府，赶去谒见杨博，一见面就老泪纵横，连连作揖：“冢宰，请开恩啊！”

“缇帅，别着急！”杨博一笑，安慰道，“欲借年高德劭的缇帅，成全朝廷宰相之体，哪里会是坑害于你啊！”他遮遮掩掩，但还是给朱希孝指点了迷津。

朱希孝一脸苦楚，还想推辞，杨博道：“江陵格局、手腕，与新郑大不同，况内里尚有大珰奥援。识时务者为俊杰啊！”他一掀疏朗的白须，又指了指朱希孝的银发，“我辈老矣，知趣为好。我正要上本求去，缇帅办完此案，不妨也让贤吧。如此，或可保全。”

六

二月十九日晨，风和日丽。东安门外，天不亮就净了街，厂卫校尉手持刀叉剑戟，三步一岗、五步一哨，戒备森严。到了辰时半，一向很少开启的东厂外署南大门徐徐打开，三顶大轿，在侍从的护卫下次第进了东厂大院，在祠堂前停下。锦衣

卫都督朱希孝、都察院左都御史葛守礼、司礼监掌印兼提督东厂太监冯保，一个个走出轿子，整理冠带，相互寒暄、谦让着往大厅方向走去。突然，风沙大作，黑雾四塞，人对面不相识，众皆骇惧。尚未回过神儿来，暴雨夹带冰雹，倾盆而下！

朱希孝、葛守礼、冯保俱大惊失色，慌忙钻进祠堂躲雨。

大厅里，都察院、锦衣卫、东厂各自挑选的问官已各就各位，忽听外面狂风大作，大厅的窗户上响起“啪啪啦啦”的声音，不禁相顾失色。

东厂理刑官白一清一脸惊恐地对本厂所差二问官道：“哎呀，老天爷啊！天意如此，你们不怕？高新郑是顾命元老，与此事何干？硬要诬他！我辈皆有身家子女，他日能免诛夷之祸？二公受冯公公厚恩，当进一忠言为是！”

二问官浑身颤抖着，不敢出一言。

过了约莫两刻钟，雨住风息，天气稍开朗。冯保起身，躬请朱希孝和葛守礼出祠堂，进大厅。

大厅里，在雕刻狄公断虎故事墙下的高台上，摆着一张长条桌，上以黑布覆盖。朱希孝年长，又是功勋之后，居中落座；葛守礼和冯保在左右两侧坐定。

“带人犯——”朱希孝大声喊道。

须臾，披枷带锁的王大臣被校尉带到大厅。按制，厂卫问事，必先加刑。于是，行刑校尉先将王大臣打十五大板。

“原说与我官做、永享富贵，怎么打我？”王大臣嚎叫道。

冯保忙问：“快说，是谁主使你来？”

王大臣瞪目仰面道：“是你使小人来！你自己不晓得，却又问小人？”

朱希孝、葛守礼端坐着，微闭双目，一语不发。

冯保气急败坏、面色如土，一拍桌子：“你招供说是高阁老使你来刺朝廷，如何今日不说？”

王大臣不服气地说：“是你教小人说来，小人哪里认得高阁老？”

朱希孝嘴角挂着一丝笑意。他照杨博的指点，早已密遣锦衣校尉到狱中见过王大臣，探得所谓高拱主使刺驾乃冯保所授，又警告王大臣：“入宫谋逆乃灭族之罪，难道你想把一家老小都搭进去？不如吐实，或可免罪。”王大臣顿悟。待高福逮至，朱希孝又命把高福混在镇抚司的一帮人犯中，让王大臣辨认，王大臣辨别不出。朱希孝见此，对此案底蕴已然一清二楚。但这个底他又不能一股脑揭出来，只能见好就收。此时，他厉声喝道：“大胆奴才！竟然连问官也攀扯，一派胡说，只该打死，老公公不必问他！”又一指人犯，“押下去！”他扭脸看了看葛守礼，又转向冯保，“这奴才胡言乱语，审也审不出个子丑寅卯，还是算了吧？”

冯保既羞且怒，又无可奈何，只得点头。回到宫里，他把张大受叫进直房，

“啪啪”扇了两个耳光，骂道：“狗东西，这点小事都办不利落，差点儿让老子下不来台！”

张大受吓得忙跪在地上叩头，连道：“老宗主饶命！小的明明都办停当了，小的看那朱希孝表情诡异，会不会是他差人见过王大臣？”

冯保抬脚要踢，就听门外响起“万岁爷叫老公”的喊声。这是宫里宦官间的惯例，一旦皇上要见掌印太监，乾清宫近侍太监就会喊一声“万岁爷叫老公”，宫外的宦官再接着喊，一直喊到掌印直房。冯保只得收住腿，赶往乾清宫。

皇上正在御案前温书，一见冯保进来，忙跑过去，好奇地问：“大伴，案子问明了吗？”

冯保叹气道：“那个狗奴才，一会儿说是高胡子主使行刺，一会儿又胡言乱语……”

“万岁爷爷！”突然，年已七十余的掌钥太监殷康跪奏道，“不要听他！那高阁老是个忠臣，他如何干这等事？他是臣下，行刺万岁爷对他有何益？必无此事，不要听他！”又转向冯保，“冯家，万岁爷爷年幼，你当干些好事扶助万岁爷爷，如何干这等事？那高胡子是正直忠臣，受顾命的，谁不知道那张蛮子夺他首相，故要杀他灭口。你我是内官，又不做他首相，你只替张蛮子出力为何？你若干了此事，我辈内官必然受祸，不知死多少呢。使不得，使不得啊！”

“是啊，冯家，”秉笔太监张宏附和道，“说高阁老差人行刺，天下人谁也不会信。万万不可以此兴大狱啊！”

皇上忽闪着眼睛，看着冯保。冯保低头不敢辩驳，只得道：“万岁爷放心，老奴定然把此案审勘明白。”

出了乾清宫，冯保忙差陈应凤前去内阁，向张居正讨教。

东厂会审情形，张居正已了如指掌。他忙把一直欲谒他而不得见的刑科给事中召来，吩咐道：“此事我当出面主导，只不妨碍玄翁便了。你们不必上本，也请转告科道同僚，不要再言此事。不的，若事态控制不住，谁上本谁负责！”

刑科给谏们喏喏告退。坐在一旁的吕调阳举着一份文牍道：“元翁，这是御史钟继英的回话奏本，我看留中不发算了。”钟继英上本言王大臣案事有蹊跷，当移送三法司审勘。内阁拟旨，令他回话，这是钟继英遵旨上的回话本。

“不行！”张居正断然道，“罚俸半年！”

“这、这是为何？”吕调阳不解。

“不处分他，恐科道以为谁都可随意上本！”张居正恨恨然道。

“哦，明白。借以威众，使不敢再有言者。”吕调阳低声嘀咕道。

这时，陈应凤走了进来，张居正忙起身相迎，延之朝房。陈应凤低声道：“印公让小的禀报张老先生：内边有人说话，事不谐。请张老先生拿主张。”

张居正点头：“回去禀报印公，内阁会打理停当。”不等陈应凤回应，即唤书办，“到刑部去，请大司寇来见！”

刑部尚书王之诰来到文渊阁，张居正正在朝房用午饭，他叫着亲家的号说：“西石，来，你的备下了，一起吃。”

王之诰见张居正面色憔悴，故意轻松地说：“亲家，不会是请我来吃饭的吧？”

“王大臣闯宫案，转刑部审勘。”张居正道。

“哎呀！”王之诰惊叫道，“亲家，别难为我！”

张居正一皱眉：“既然交刑部一家审，说明不是什么大案。”

“可，事先都对外散布是高新郑和陈洪主使……”王之诰支吾着。

张居正打断他：“事体是这样的：王大臣者，佣奴诡名，南直隶武进人，以浮荡入都，与一小竖交昵，窃其牌帽，闯入禁门。”他抬头问王之诰，“此何罪？”又自答，“阑入宫禁罪嘛！”

王之诰听明白了，亲家把此案经过、罪名都定好了，让他走程序而已。可他还是不踏实：“亲家，万一人犯在公堂上说出隐情……”

张居正不等王之诰说完，“啪”地把筷子往书案上一拍：“他是何人，想说就说？！”

“哦，明白！”王之诰颔首，“我这就回去布置。”

张居正也不起身，瓮声瓮气道：“速办。今夜审毕，明日上奏，速了此事！”

当夜，刑部大堂开审王大臣案。人犯王大臣被带到时，已不会说话，问官郑汝璧自问自答了一番，令王大臣画了供，遂以“阑入宫禁罪”判斩立决以奏。

闹得沸沸扬扬的一个惊天大案，就此了结。

都察院左副都御史陈瓒知道张居正很关注科道反应，向他禀报说：“科道倒是不敢上本，可私下还是交头接耳，说甚追究幕后主使者是怎么回事，逮高福来京又是怎么回事？”

张居正一捋长须：“玉泉你看，为救玄翁，须发顿白，耿耿丹心，谁可知之？”他眼圈泛红，长叹一声，“今才救得下，也对得起玄翁，对得起天地良心了！”

一连几天，张居正无心办文，接连给各地督抚、巡按修书，每函都有相同的一段话：

顷奸人挟刃入内，诬指新郑所使。上自两宫主上，下自闾阎细民，一闻此语，咸以为信；而抵隙者，遂欲甘心焉。中外汹汹，几成大狱。仆切心知其不然，未有以明也。乃面奏主上，斯事关系重大，窃恐滥及无辜。又委曲开导，以国法甚严，人臣不敢萌此念，请得姑缓其狱，务求真的，乃可正法。荷主上面允。而左右中贵人，亦皆雅相尊信，深谅鄙心，不敢肆其钩钜之巧。伏念六七日，至于旬时，果得真情。新郑之诬，始从辩释。国家元气，乃得无损。不然此公之祸，固不待言，而株连蔓引，流毒缙绅，今不知作何状矣。嗟乎！如仆苦心，谁则知之？日来为此，形神俱瘁，须发顿白，啕茶茹药，又谁与怜之？耿耿丹心，祗自怜耳。

公初闻此，必重惊骇。恐远，不详其颠末，特以奉闻。士大夫有欲知者，亦可略示其概，俾得安意无恐。

他又提笔给高拱修书，写了又毁，毁了又写，斟酌了几天，觉得还是暂时不写为好，只是差钱佩再赴新郑，给高拱送去人参、黄芪等两大布袋补品。

这些天，高拱在惊恐、愤懑中度日如年。房尧第每天都到县署西边的永新驿打探消息。接到张居正送来的补品，又访得他给督抚的书函大意，高拱"哇"的一声，吐出一口鲜血。

高拱虽怀疑此案乃冯保与张居正密谋锻造，却又不愿相信。待得知张居正四处解释，高拱方不得不信了。他一时接受不了。密谋夺他首相之位，固然让高拱耿耿于怀，但他慢慢也想开了：首相之位乃公器，张居正急不可耐要展布经济，夺了就夺了吧，毕竟他有报国之志，治国之才；但既然已然夺了首相之位，因何要锻造假案，族灭多年旧友？

"为甚？叔大，这是为甚？！"高拱仰天大叫一声，晕倒在地。

在病榻上躺了一个月，病却不见好。胸闷、头晕、浑身乏力，抬头的气力都没有了。张氏见状，只得悄悄嘱咐家人，预备后事。

清明节这天，高拱嘱咐房尧第："崇楼，你备好笔墨纸砚。"

"玄翁，不必多想，你老人家因受打击、承受不住，方才病倒的，实则并无大碍。"房尧第劝道。

高拱道："我恐不久于人世。我的冤屈可到九泉诉于先皇；可事实真相不能不留给后人，我口述，你记下，藏好。有朝一日，让后人看看，知道历史真相到底是什么。"

房尧第思忖，或许一腔愤懑抒发出来，病也就好了，也就不再劝阻，搬来几案，备好笔墨纸砚，听高拱口述。

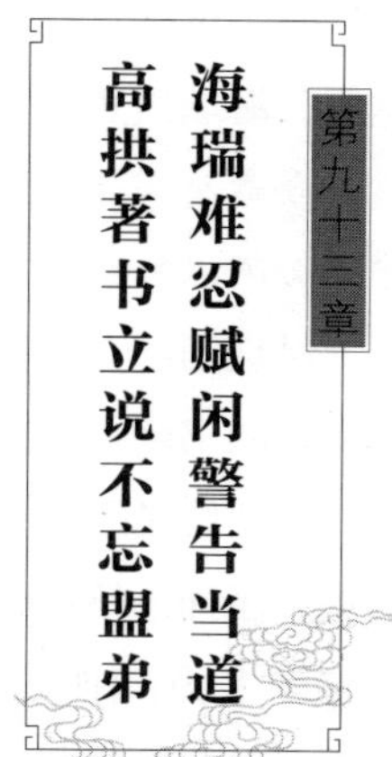

第九十三章 海瑞难忍赋闲警告当道 高拱著书立说不忘盟弟

一

时光荏苒，转眼间到了万历四年底。这年的冬天格外寒冷，就连一向温暖的琼州，竟也有几分寒意。已经赋闲八年、年近七旬的海瑞不得不翻箱倒柜，找出一件棉袄穿上，又在屋里生了火，坐在火炉前烤火取暖。

“老爷，今年这么怕冷呢？”海安不解地问。

“心里寒啊！”海瑞伤感地说。

八年里，海瑞从未心灰意冷过，时刻关心着时局。闲来无事，细思当年事，唯一后悔的是隆庆元年徐阶排挤高拱时，他上本痛骂高拱。回老家的头两年，海瑞逢人便说：“中玄是清贫守介的宰相，悔一言之误！”高拱被逐后，海瑞沉默了许久，翘首以盼朝廷召他复出的消息。可是，科道、抚按几次荐举都被张居正压下了，又听说徐阶家族的案子已全然推翻，徐家三子不唯没有治罪，还官复原职。是以海瑞对张居正满腹怨恨。

几天前，海瑞忽从《邸报》上看到巡按辽东御史刘台弹劾张居正的弹章，称张居正诬陷高拱弑君大罪、逐之诬之，又私下投书夸耀是他费尽心机保全高拱；张居正当国不几年，江陵老家就富甲全楚、府邸营建豪华无比；张居正为子弟谋举乡试，许御史舒鳌以京堂、布政施尧臣以巡抚；张居正违法干纪如此，却通不许他人非议！

读罢《邸报》，海瑞怒不可遏，激愤地说："它事勿论，但科举乃国家抡材大典，断不可任私意通关节！今张江陵竟敢作弊？"他茶饭不思，万历五年正月初一这天，海瑞愤然修书一封，给内阁亚相吕调阳：

今春公当会试天下，谅公以公道自持，必不以私徇太岳；想太岳亦以公道自守，必不以私干公也。唯公亮之。

吕调阳已九次提出辞职，均未获批准，便索性以在家养病为由，不再上朝。接到海瑞的书函，他差人转给受命主持春闱的张四维。

张四维是万历三年应召入阁的。他虽然与张居正同岁，可在张居正面前却如同书吏，虽谨小慎微，仍时常遭训斥，只得强忍着，处处赔小心。这天，张四维阅罢海瑞的书函，刚要呈张居正阅看，兵部尚书谭纶神色惊慌跑到中堂，禀报说京营一千多士卒在长安街游行！

张居正大惊："因何游行？"

谭纶道："士卒棉服里棉花甚少，竟有以茅草填充者。"

"谁这么胆大，敢以黑心棉害我军人？"张居正大怒道，"彻查严惩！"

谭纶走上前去，低声道："京营被褥服装，通为武清侯所供。"

张居正闻言，默然无语。正束手无策间，秉笔太监张大受来传慈圣太后懿旨："咱听说街上有人闹事，事出有因，内阁当秉公办事，若关涉皇亲，亦不必袒护。"

"圣母英明！"张居正叩首道，起身吩咐谭纶道，"子理，此事这么办：一、你亲自出面，请军士回营，违者军法处置；二、宣示彻查'黑心棉'一事，无论关涉到谁，绝不姑息；三、答应补发军服；四、兵部上本，明说其事，刊于《邸报》，以释群疑。"

谭纶面露难色，支吾良久，摸不透张居正何意。

"此事当与武清侯无涉，必是内库官贪墨舞弊，抓几个，砍头！"张居正决断道。顿了顿，又道，"兵部上本时，别忘了把慈圣太后的懿旨写上，写明：'慈圣太后此举至公无私，中外臣民莫不仰颂！'"

谭纶这才明白，领命而去。张居正转过脸来，对张四维道："子维，访得坊间对今年春闱多有议论，我两个儿子要赴会试，我需回避，你要办妥。"

张四维适才还纳闷张居正何以当着他的面交代处置军人闹事一事，此时方恍然大悟，忙道："请元翁放心，四维必打理停当。"

看此情形，海瑞的书函若呈递上去，恐激怒张居正。张四维只得压下了。

不久，会试、殿试张榜，张居正长子敬修、次子嗣修同登进士第，嗣修还高居榜眼！朝野为之哗然，京城讹言四起，张居正宅邸大门上不时有揭帖出现；长安街上的白头揭帖，更是随处可见。东厂秘密追查许久，也未查出散发揭帖之人，此事也就不了了之。待风声过后，张四维方把海瑞的书函转呈张居正。他只匆匆扫了一眼，冷冷道："记住，此公断不能用！"又感叹一声，"到底还是玄翁知我啊！"

几个月前，张居正接到江陵老家一函，说高拱曾差人携贺礼到江陵，贺其子敬修、嗣修乡试中举，张居正甚为感动。此时想起尚未向高拱表达谢意，又想起高拱的内侄张孟男要赴南京尚宝司之任，忙提笔修书：

春间承翰教，以舍弟、小儿叨领乡荐，重辱遣贺。仰荷厚情，拟附入觐令弟修谢。比令弟行，以冗沓忽忘之，至今为歉。兹令亲张尚宝人便，专此启谢。

张孟男赴南京上任，借便回家，遂带着张居正的书函与礼物赶往新郑。

几年来，张居正最放心不下的就是高拱。自王大臣案了结后，他闻得高拱卧病，便时常差人给他送药、送礼。开始，高拱欲拒之，夫人张氏劝道："叔大既不撕破脸，不管真假，你总是要给他颜面！"高拱无言以对，遂安然受之。但张居正所馈赠金银宝物，他一概不用；闻得他的二子终于乡试登科，便差人携礼前去祝贺。

张居正二子同登进士第的喜庆被无头揭帖给搅了，查办此案又折腾了几个月；刚消停下来，忽接江陵老家传来讣闻：七十四岁的父亲张文明去世了。按制，接到父母讣闻，不必请假，当即辞官奔丧并在家守制三年。张居正忽然想起当年徐阶曾暗示他驱逐郭朴，就是以郭朴为父守制未满便回朝复职为由，弹劾他大德已失，将其赶走的。想到这些，他不禁忧心如焚，忙召集幕僚商榷应对之策。

"时下整饬吏治，整顿驿传、漕运尚未收功；清丈田亩之事已整备良久，正欲次第实行。"张居正戚然道，"遽然归去，恐前功尽弃。"

"太岳留，天下苍生幸甚；太岳去，天下万世幸甚！"吏部侍郎、亲家王篆道。

"腐儒之见！"工部尚书曾省吾听出来了，王篆是建言张居正借机功成身退的，遂把眼一瞪，批驳道，"太岳兄握权久，一旦去，他人必谋之，即使想悠游山林，恐也不得！"

"我上本，请皇上留太岳！"大理寺卿李幼滋自告奋勇道。

"祖制、人情，都不容太岳留。"王篆忧虑地说。

张居正悚然："去不得去，留不能留，真不如死了！"

"死倒死得，去却去不得！"李幼滋肃然道，"怕甚，内有慈圣太后、冯老公公鼎力支持；外有部院大臣、九卿科道，俱为太岳一手拔擢，翻不了天！"

"义河兄所言极是。"曾省吾附和道，"太岳兄若奔丧守制，高新郑、徐华亭二老必有一人复出。华亭年近八旬，声名狼藉，而新郑……我看，大抵当是新郑复出。"

张居正拿出一封密函，递给曾省吾。曾省吾一看，乃是高拱门生胡槚所写。他前不久被升为操江巡抚，张居正特命他绕道河南看望高拱，此函即胡槚从途中密报的。只见上写着：

玄翁言：幸烦寄语太岳，一生相厚，无可仰托，只求为于荆土市一寿具，庶得佳者。

曾省吾一笑：“高新郑此乃表白无他志，安知不是故意麻痹太岳兄？退一步说，即使高新郑无复出之志，安知他的门生故旧，还有对万历新政不满的人，不百般设计把他抬出来？”

“冯保不会答应高新郑复出的。”王篆道。

“哼哼，”曾省吾辩驳道，“一旦太岳兄去国，冯保一个阉人，失去外援、独木难支，安得阻止高新郑复出？”

“内阁大佬张四维、申时行，还有户部尚书殷正茂、刑部尚书王崇古、礼部尚书马自强，可都是当年高新郑赏识拔擢过的人。”李幼滋又道，“他们内心到底是希望太岳留还是中玄出，还真说不好。”

“太岳兄，此身家性命攸关之事，不能含糊！”曾省吾道，“把利害陈于冯保，冯保必赞同夺情。只要内里赞同，外朝叽叽喳喳也无用！”

“为万历新政不至半途而废，只能如此了！”张居正以坚定的语气道。

“二公子嗣修在翰林院，遣他代太岳兄奔丧。”曾省吾又道，他挤挤眼，“嗣修当迂道新郑，去探视高相。”

不过旬日，翰林院编修张嗣修就到了新郑，造访适志园。

“哎呀呀，哎呀呀！”高拱一见张嗣修，拉住他的手，一边打量一边惊叹，“这乖乖孩儿，长这么大了！当年你出生时，伯伯我还去你家喝满月酒呢！不得了，不得了，如今登了榜眼，做了编修，哎呀！”

张嗣修在适志园吃了午饭，这才告辞。到了许昌驿，即差随从钱佩，将情形驰马飞报张居正。

张居正被反对夺情的人攻讦得体无完肤，不惜以霹雳手段廷杖上本反对夺情的五臣，血肉横飞中，朝廷才稍稍安静下来。不意操江巡抚胡槚差人飞马呈来一封密件，张居正打开一看，乃是刻刊的一本书册。细看内容，不禁大惊失色！竟是署名海瑞的一道奏本，痛骂张居正背弃人伦、不如禽兽！张居正气得火冒三丈，急召曾省吾来见。

“倒是海瑞口气，但不像海瑞所为。”曾省吾分析说，“若是海瑞所写，因何刻刊发售？必是小人借机敛财。”

“人心不服啊！”张居正喟叹一声。

“太岳兄，当差你的门生去巡按广东，密查海瑞，看能不能抓到什么把柄，把他办了！”曾省吾献计道，“至于这本册子的事，当令胡槚销毁书籍，密查奸人，严惩不贷！”顿了顿，又道，“这些事不足虑，只要高新郑那里安静就好。”

正在此时，钱佩携张嗣修密函来呈。张居正忙打开阅看，突然眼圈泛红，鼻子一酸，道："朝廷内外，多少人是我一力提携，他们表面上感恩戴德，一到节骨眼上就经不起考验，不惜背叛我！"张居正黯然道，"而玄翁……还是玄翁大度啊！这样处处提防着他，度君子之腹了！"

"目今看，高新郑委实是罕见的君子。"曾省吾看罢，也感叹了一句。

"三省，待转年回乡葬父，我欲到新郑谒见玄翁。"张居正哽咽着说，他一掀花白的胡须，"老了，念旧。"

"也好。"曾省吾道，"朝野知二翁把手言欢，或可消除以往的诸多猜疑，对太岳兄大有利。"

不久，张居正又接到家书，言高拱遣人到江陵吊唁。他不禁潸然泪下，修书答谢：

前小儿南归，方伏在苫块，情绪荒迷，不遑启报。比辱遣吊勤惓，又承厚奠，不胜哀感。小儿途中书来，言翁推夙爱，引入内舍，款语移时，垂泣而别。孤方在哀苦之中，感念厚谊，涕泗横流，所谓悲者不可累也。贵恙想已勿药。孤近尊谕旨，勉强稽留，待经理皇上大婚事，计来岁春夏间，乃得乞归。拟过梓里，当做一日淹留。今预盼此期，真以日为岁也。

高拱接阅此函，默然良久，泪珠簌簌而下，"啪嗒、啪嗒"滴落在书笺上。

二

万历六年三月下旬的一天，新郑城一大早就静了街，城墙上数十座望楼、角楼、敌台上站满了手持剑戟的兵勇，紧盯着城内外行人的一举一动。自郑州至新郑的官道上，逻卒旁午，缇骑穿梭，戒备森严。巳时过半，张居正所乘大轿在河南巡抚、藩臬二台、大梁兵巡道、巡按御史等簇拥下，向新郑城迤逦而来。

这台大轿，前面是起居室，后面是寝室，两廊各一名书僮焚香挥扇。三十二名轿夫抬着，远远望去，仪饰绘彩，光耀白日！前后鼓吹，赫赫煊煊。兵部所遣一千多名骑兵前后警戒；蓟镇总兵戚继光所差精锐神枪手、神箭手数十人随护，兼壮行色。这阵仗，不要说布衣百姓，便是督抚藩臬，也从未见过。

特制大轿进了拱辰门，因轿子过大，既进不了适志园，也抬不进县衙，便停在县衙照壁与首门之间，差重兵把守。张居正一下轿，来不及休息，就在巡抚等簇拥下徒步往适志园而来。走了几步，抬头见两座牌坊赫然立于大街之上，他驻足观看。但见，一座是隆庆六年六月河南巡抚梁梦龙所立，上书"柱国元辅"四字；一座是万历四年河南巡抚、巡按御史所立，上书"庙堂砥柱"四字，都是为高拱而立。张

居正一笑："喔，玄翁在乡梓，甚有声望嘛！"

众人猜不透张居正的心思，俱不敢出言，默然跟在他的身后，往适志园疾步而行。

适志园里早已打扫干净，闲杂人等俱已回避，显得格外寂静。高拱自万历元年被诬刺驾，备受打击，身体一蹶不振，几年来近乎缠绵病榻，早已无有当年的健朗。闻听张居正就要到了，策杖出了澄心洞，欲到首门迎候，房尧第劝阻道："江陵相今之探视玄翁，用意不可知，玄翁当卧病，以解其疑。"说着，搀扶高拱回澄心洞卧床静候。

"玄翁——中玄兄——"门外传来了张居正的呼唤声。

房尧第出门一看，张居正已屏退左右，只带两名亲随，疾步进来了，忙迎上前去施礼："元翁，玄翁病笃不能亲迎，命学生迎迓。"

"哦，玄翁病了？快，快带我去见玄翁！"张居正急切地说。

进得澄心洞，一眼望见高拱躺在病榻上，张居正快步上前，躬身施礼，旋即拉住高拱的手："玄翁——"哽咽着说不出话来。

"叔大！"高拱叫了一声，泪水簌簌而下。

房尧第搬来一把椅子，扶张居正坐于病榻前，张居正落座，拉住高拱的手不肯松开："相别六载，做梦总是梦见你啊，中玄兄！"说着抬手指了指自己的鬓发，"玄翁看，居正鬓发俱白，老矣！"

高拱挣扎着要坐起，房尧第忙上前将他托住，张居正动手把枕头竖在他身后，高拱倚上去，手颤抖着，泪水还在簌簌流淌。张居正拿起床头摆着的手巾，为他擦拭："玄翁一向健朗，何以虚弱如此？"

房尧第道："禀元翁，自被诬主使刺驾，玄翁忧惧愁苦，遂成痼疾。"

张居正略显尴尬，正要说什么，高拱突然捶被哭道："叔大，往者几死冯保手，虽赖叔大相救而存，而冯保意尚未已，奈何？"

张居正忙拉住高拱的手："玄翁，有居正在，勿忧！"

房尧第为张居正斟上茶，高拱摆摆手，示意他退出，张居正见状，也吩咐亲随退出，屋内只剩高拱、张居正两个人了。高拱低声问："叔大，我归乡六载，尚不知到底因何罪被逐。"

张居正脸一红，道："玄翁，居正原以为乃肇于要求权归内阁的陈五事疏；后来方知，实乃起于迎周王入京之议。"

"这……"高拱愣住了。

"主少国疑，慈圣娘娘本已惊恐不安，闻此必是大惧；小人借机煽惑，遂有逐玄翁之旨出矣！"张居正道。

“徐老害我！”高拱长叹一声，“万万没有料到，徐老如此歹毒！”

“玄翁，都已过去，珍摄为务！”张居正劝道。

高拱沉默良久，又问：“听说老俺还活着？北边这几年还安静吧？”

张居正突然一脸怒气：“玄翁，去年秋，礼科给事中彭应时、工科都给事中刘铉，交章论劾兵部尚书王崇古，对当年封贡互市一事至今不依不饶！”他感叹一声，“回头想想，当年不是玄翁，这件事办不成！”他突然又如释重负般，“老俺连年款贡弥恭，边圉宁谧。可惜的是，把汉那吉坠马而亡。”

“要笼络忠顺夫人。老俺死了，和平不能死！”高拱嘱咐说。

张居正不语。他不愿听高拱对国政指手画脚。默然良久，一笑道：“玄翁，赵内江去春捐馆了。”

“哦？我算算，”高拱掰着指头，口中喃喃，“赵内江年过古稀，算是高寿了。”

“嗯，除了赵内江，致仕阁臣都还在世。”张居正道。

高拱又掰着指头在掐算，嘴里念叨着：“徐老七十六了；李兴化、陈南充、郭安阳都六十八了；殷历下小些，快六十了。我也六十七了，都是快死的人了。”他突然仰脸盯着张居正，问，“叔大，我隐隐约约听说，《嘉靖遗诏》是徐老召你密草的，不会吧？”

张居正愣了一下：“呵呵，玄翁相信吗？必是存翁门客见玄翁对《嘉靖遗诏》耿耿于怀，故意散播的，意在离间。”

高拱点头道：“我说呢，我那么抨击《嘉靖遗诏》，你从未出一语；给我写的六十寿序里，你还提及此事，以我的做法为然。叔大再深沉，也不至于藏得如此之深吧？”

“玄翁知我。”张居正笑道。他不想谈及关涉过往恩怨纠葛的话题，掀了掀已然花白的长须，“过的快啊，玄翁，居正都五十四啦！”他慨叹道。

“海瑞也奔七了吧？”高拱突然问。

张居正脸颊上的肌肉跳了几跳，神情有些诡异。他纳曾省吾的建言，差巡按广东御史到琼州查访海瑞，不意御史到了琼州，在离海瑞居所不到一里地时，突然暴卒。张居正闻报胆战心惊，从此不愿再听到海瑞的名字。高拱不知内情，劝道：“叔大，海瑞名望高，弃之不用，终归说不过去，后世对你会有非议，想替你辩护的人恐也找不到藉口。”说着，急促地喘息起来。

“玄翁，不可激动。”张居正欠身，伸手在高拱胸口轻轻捋了几捋。

高拱神色黯然：“叔大，我活不到六十八了。人之将死，有句话说给叔大。我对叔大非无怨望，但我观这些年，叔大也不易。闻得目今百官凛凛，各率其职，纪纲就理，朝廷肃然，也难得！终归你追随我多年，既有报国之志，又有干济之才，

如今也算是海内乂安，四夷砻服，我也就释然了。可惜的是，海禁、海运……”话未说完，剧烈的咳嗽让他憋气，说不出话来了。

“玄翁襟怀坦荡，总会宽恕居正之罪。”张居正起身一揖，“居正牢记玄翁教诲，欲破世人悠悠之习，而措天下于至治。幸遭时遇主，起衰振隳，守祖宗法度，致力于成君德、抑近幸，严考成、综名实，清邮传、核地亩，皇上亦悉心听纳，目今正赋不亏、府库充盈，总算没有辜负玄翁期许。”说着，他突然垂首拉住高拱的手，哽咽道，“可是，居正开罪了太多的人。因皇上夺情一事，朝廷缙绅公然上本，骂居正为禽兽矣！”

高拱安慰道：“叔大，当天下之大任，富贵不能淫；处天下之大事，祸福不能动。如无不可，则可以退，可以死，可以天下非之而不顾。又如其不遇于时，则便人不知，亦嚣嚣，独善其身，遁世不见知而不悔，盖无所往而不宜也。如此，方可称豪杰！”

张居正点头：“知我罪我，唯玄翁一人！哓哓之议，居正当置之度外，愿以深心奉尘刹，不予自身求利益！”

高拱继续道：“必须识得玉汝于成之理，而坚强以持之，随事省悟，知益精而仁益熟，便是过得此关。若不能过得此关，使一旦得志，便骄淫以逞；不然，便穷愁而无以自存，不可以为人矣，况当大任乎？”

张居正一笑：“以此看来，这些年玄翁并未怨尤，必增不少学问有以教居正。”

高拱露出自豪的神情：“昔读经典，多有不敢苟同者，因做官不便分心，莫能笔之书。归田之暇，乃埋头著述，以偿夙愿。要在破腐儒拘挛之说，以明君子之道。概而言之，目今天下之势，莫说孔孟程朱，即使与太祖开国之初，早已大异其趣，必得与时俱迁，以新视野阐释经典。比如，天理不外人情，圣人以人情为天理，而后儒以远人情、灭人欲为天理，此大谬不然者，我一一辩驳之。”

“哦？可谓失之东隅收之桑榆啊！”张居正笑道，“居正以为，国朝二百年，阁臣宰辅以百计，若说学问之精深、见解之独到，非玄翁莫属。世人只知玄翁乃治国安邦之干才，尚不识玄翁为思想大家。是以玄翁的宏著当上紧刻刊。居正知玄翁家贫，恐难以付梓，当嘱抚按助玄翁刻刊。”

高拱警觉地摇头，道：“祖上留些薄田，而我除了粗茶淡饭，别无花销，刻刊著述，尚可支撑，不劳叔大费心了。”

不知不觉，已近一个时辰，张居正道：“玄翁，居正出京，皇上命所有公牍仍要送居正审批，是以一路上也无喘息之机。况玄翁年事已高，也不易久谈，今日就到这里吧。”

高拱不便再留，但还有一句话一直未及开口问，见张居正要起身，遂支吾道：

“这个……这个，叔大啊，我听说邵大侠，被人灭门了？”

“哦，万历元年，居正指示江南巡抚张佳胤干的。”张居正直言不讳，凛然道，“江湖中人，不可介入公门之事。”他旋即一笑，拍着高拱的手道，“闻得邵某人口无遮拦，说甚隆庆三年底玄翁复出，乃是他交通太监陈洪促成，对玄翁声誉有损。”

“我听说……”高拱越发支吾起来，“他、他有一义女，最后怎么样了？”

“是有一个义女。可多方查访，不知其下落，闻得早已遁入空门。”张居正道，一蹙眉，“怎么，玄翁识得？”

高拱没有回答，知珊娘未被残害，也就放心了。张居正刚走出澄心洞，高拱就哆哆嗦嗦向枕下摸了摸，珊瑚串珠还在。他紧紧攥在手里，似乎怕被人抢去。

三

张居正刚离开新郑不几日，李贽突然到访。

当年，李贽在礼部司务任上颇受高拱赏识，虽是举人出身，却不断拔擢，是以李贽对高拱心存感激。此番他要到云南赴任，特意来探望高拱。得知李贽升云南姚安知府，高拱不禁摇头：“卓吾，当年我掌铨政，一改只重进士之弊，文选司也曾报单要升你知县，被我停格，次第升你做国子监博士、礼部主事，窃以为卓吾不宜主政地方。你此番去，非好事。”

李贽道：“玄翁的性子还是一如既往率直。学生亦如此，这么多年还是改不了。”他嘲讽地一笑，“玄翁，官场容不得率直的人。”

高拱黯然道：“我当国为时甚短，未能彻底扭转士风，心有愧焉！”

“玄翁持正，暗于事儿。”李贽直言不讳地说，他仰脸感叹道，“一个国家，如果总是公正廉直者出局，则这个国家的衰败就是命中注定的了！”说罢，眼圈一红，泪水涌了出来。

高拱见李贽流泪，感慨道：“卓吾，当年不少人在我面前说你偏激，我不以为然。那些整日声色犬马之辈，倒是不说怪话，可他们口称忠、爱，实则心中只有自身；唯有忧国忧民之士，见弊端而忧、而怒，不忍缄默，这方是真正的忠君爱国之士啊！”

房尧第担心高拱的身体，走过来附耳向李贽交代了几句，李贽只得告辞。

又过了二十多天，奉高拱之命前去参加张居正之父葬礼的侄子高务观从湖广回来了，一进适志园，就唤道：“三伯，三伯——”见无人回应，高务观急忙进了澄心洞。

高拱躺在病榻上，像是在昏睡。

房尧第正在书房翻检书籍，高拱这几年新著的《春秋正旨》《问辨录》《本语》及整理的从前著作《日进直讲》等都刻刊了，房尧第想让高拱签名，留给他做纪念，抱着几本书刚下楼，正看见高务观进来，黯然道："侄少爷，玄翁这次是真的病重了。"

"哎呀！"高务观忙走到病榻前，低声唤道："三伯，侄儿回来了。"

高拱吃力地睁开眼睛，张了张嘴，没有出声。高务观从怀中掏出一封书函："三伯，这是江陵相让侄儿带回的。"说着，展开来举在高拱面前：

相违六载，祇于梦中相见，比得良晤，已复又若梦中也。别后归奔，于初四日抵舍。重辱遣奠，深荷至情，存殁衔感，言不能喻。

使旋，草草附谢。苦悰恸切，不悉欲言，还朝再图一披对也。

"叔大还要来？"高拱突然发出了声音，"也好，我正好还有两句话要对他说。"

"玄翁，若不是江陵相来使你老人家受刺激，哪里会病成这样？"房尧第道，"还是回绝了好。"

高拱摇头。

高务观一脸惊奇地说："三伯，我在江陵遇到一个南直隶太仓州的人，说是王世贞所遣。听说这王世贞被江陵相玩于股掌，对他恨之入骨，咋还差人去吊唁？哎呀，对了，他还给江陵相家的祠堂写了一篇《德庆祠堂记》，全是吹捧江陵相的。人看了，都私下撇嘴呢！"

"江陵相手腕儿了得啊！"房尧第感叹一声，拉过高务观走到院中，叫着他的字道，"子象，听说江陵相此番出行，藩臬两台跪迎、藩王皆出城相迎，真是这样吗？"

"都这么说。"高务观道，"藩王宴请，都是请江陵相居首座。"

"啊？"房尧第大惊，"这不是皇上出巡的规制吗？哎呀，江陵相越分了，危矣！"

"目今天下都在江陵相掌握中，部院大臣见了他，如同耗子见了猫，他怕啥？听说连皇上也惧江陵相三分呢！"高务观慨叹道，"三伯适才说有话要对江陵相说，千万别说出什么逆耳之言，忤了江陵相啊！"

"不会。"房尧第自信地说，"玄翁胸襟开阔，非常人可比。他又甚重情，对先帝、对江陵相，凡事俱把一个情字摆在首位。不的，他也不会落此下场。"

高务观拉着房尧第走到院子东南角的一个亭子里，在石凳上坐下，低声道："听说无论是官场还是读书人，对江陵相俱甚厌恶，可又不得不承认，他勤于国政，国库充盈，海内晏安；他当国这六七年，委实是国朝少有的强盛时期。"

"还不都是玄翁打下的底子！"房尧第一撇嘴道，"其一，若不是玄翁独主与北虏封贡互市、达成和平，以边贸取代战争；又用张学颜抚辽东、殷正茂督两广，捷报频传、打下底子，哪里会有海内晏安之势？又哪会有国库充盈之局？其二，江陵相当国，还是靠张四维、王崇古、殷正茂、张学颜、潘季驯、吴兑、梁梦龙、张佳胤、申时行、马自强这些人帮衬，历数朝廷栋梁，几乎都是当年玄翁赏识拔擢的。若说江陵相有甚高明的话，就是手腕儿了得，无论是正赋还是历年积欠，必照数强征。不然，就摘州县长的乌纱帽，国库能不充盈吗？骚动海内，鸡飞狗跳，不恤民生，不恤公议，焉能持久？我看，他已处危地矣！”

“这么说，江陵相与三伯当国施政，还是有异同？”高务观又问。

“张四维与玄翁、江陵相皆有交情，他投玄翁书中多次讲过，玄翁与江陵相格局、识见、作用不同，可谓灼见！”房尧第解释道，“江陵相学的是太祖高皇帝，崇尚俭与严，孜孜于充盈国库而已；可玄翁认为，目今与太祖时代大不同，当与时俱迁，据实定策。比如，江陵相严海禁、弃海运，玄翁扼腕叹息！兵部建梯队储才、刑官久任、重用理财官等，都给改回去了，更不要说玄翁欲做未来得及做的改制，如州县长选任、阁臣选任及为宗室立一代章程之事了。若玄翁当国十年，大明的局面必为之一新！江陵相虽说有本事充盈国库，可他的手腕别人学不来，他那套法子不可持续，一旦他去国，我担心局面不可收拾。”说着，他仰天一叹，“仅此，二人之高下立判矣！”似乎怕有人与他争辩，又快言快语道，“再说，玄翁守贫，律己甚严；江陵相则反之，他的那些事，国中传遍了。就说这回他坐的那顶轿子，要是玄翁看见了，不知该怎么想呢！”

“子象，子象——”屋里传来高拱的呼唤声，高务观急忙跑过去。

“你给算算日子，叔大何日可到？”高拱问。

“三伯，你老人家安心养病吧，何必这么着急。”高务观一笑道。

“我、我怕等不到了。”高拱戚然道，说着，两行泪水淌了出来。高务观忙拿过手巾，上前为他擦拭，边嗔怪道，“三伯，你老人家不要多想，在朝时辛劳不说，罢官回来也没闲着，著书立说。时下就安心养病吧！”

此后的几天里，高拱见人就问：“叔大何时到？”起初，房尧第或高务观还回应他，看他天天都是念叨这句话，慢慢地，也就支吾一声而已。

“叔大何时来？”这句话，成了高拱的自言自语。

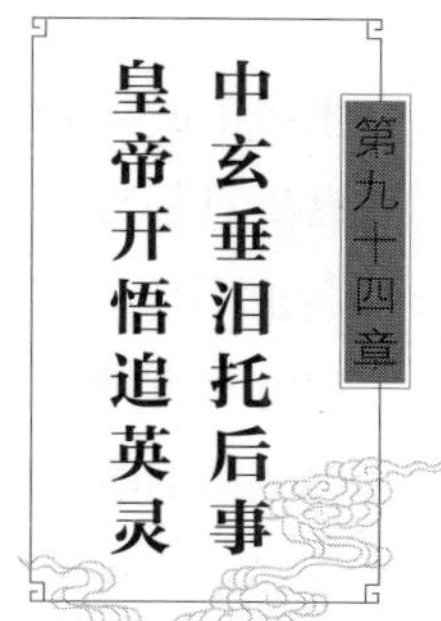

第九十四章 中玄垂泪托后事 皇帝开悟追英灵

一

万历六年六月初三，天气酷热。辰时刚过，张居正独自一人进了澄心洞。他是从江陵返京途中，刻意再谒高拱的。

高拱早已命家人将他托起，半倚在叠起的被褥上。听到张居正的脚步声，就急不可耐地哭着道："叔大，你可来了！"

张居正走上前去一看，高拱眼窝深陷，两颊也塌陷下去了，面色枯黄，奄奄一息，不觉鼻子一酸，唤了声："玄翁——"便抽泣起来。

"叔大——"高拱泪水涟涟，伸出手，张居正忙紧紧抓住，"玄翁——"他又唤了一声，泪水簌簌地滴到两人攥在一起的手上。

两人哭了一会儿，高拱重重地喘息着，以低沉的声音道："叔大，我有两句话说与你听。"吐字已含含混混，甚不清晰。

张居正不落座，弓着身子站在病榻前，将头伸到高拱面前，细细辩听，大抵明白其意，道："玄翁请讲。"

"我快死了，要去见先皇。"高拱喘着粗气，歇了歇，"有两件事，要托付给叔大。"

"玄翁不必悲观。"张居正安慰道，"不过玄翁有话，说出来也是好的，居正当不负所托。"

"我无子嗣，要务观承嗣。此事，托叔大主持。"高拱道。

张居正点头。

"我、我扪心自问，无负国家，"高拱又哭了起来，晃了晃张居正的手，"我

死后，请叔大替我、替我请、请恤典……”他似乎用尽了全部气力，再也说不出话来了。

张居正低头沉吟，良久方道：“玄翁放心。”

高拱只是流泪，再也说不出话来。张居正晃了晃高拱的手：“玄翁珍摄！古语云，高位不可久窃，大权不可久居。居正回朝后，把诸事交代停当，也要告老还乡，届时与玄翁从容话以往。”说着，俯下身去，抱住高拱大哭起来。

房尧第上前，拉住张居正：“相公请起，玄翁虚弱，让他老人家歇息一会儿吧。”

张居正止住哭声，缓缓起身，站在病榻前，深深一揖：“玄翁，就此别过。玄翁多保重！”言毕，含泪快步出了澄心洞。

高拱说不出话来，伸出手在半空，像是要抓住张居正，舍不得放他走；又像是挥手与他告别。望着张居正的背影，高拱泪眼模糊，只看见一个黑影晃动了几下，消失不见了。他头一歪，身子向下一滑，失去了知觉。高务观、房尧第手忙脚乱把高拱放平，请来郎中诊治，折腾了大半个时辰，才慢慢苏醒过来。

病榻上的高拱恍恍惚惚中已没有白天黑夜的区别，有时一整天都在昏睡，有时深夜里却睁着眼睛，嘴里发出“呜里哇啦”的声响。

这天用过早饭，已过继给高拱的高务观拿着一封书函，来到高拱的病榻前，俯身轻声道：“爹，江陵相差人送药来，还有一书。”言毕，展读道：

玄翁兄台阁下：

比过仙里，两奉晤言，殊慰夙昔，但积怀未能尽吐耳。承教二事，谨俱祇领。翁第专精神、厚自持，身外之事，不足萦怀抱也。初抵京，酬应匆匆，未悉鄙悰，统容专致。

高拱的嘴已嘬塌在一起，他吃力地张开，说了一句什么。

高务观仔细辨听，似乎明白了，趴在他耳边道：“今儿个是七月初二。”

高拱精神似乎见好，他用尚听使唤的右手抓起旁侧几案上的笔，颤颤巍巍在一张纸上写了几个字：去宝谟楼。

高务观看罢，点头，忙吩咐高福、高德在座椅上横竖各绑两根木杠，把高拱抱上去，四人抬着，来到坐落于适志园北端的宝谟楼。

宝谟楼乃先皇允高拱所请赐建，是一座青砖砌造的二层楼，屋顶歇山，绿色琉璃瓦覆盖，四边呈下重貌的穹窿拱形，面阔三间，正面辟一门，木门两扇，门坊上题着“钦赐楼堂”四字。

天气闷热，低垂的乌云遮蔽了日头，没有一丝风，宝谟楼前的几株槐树似乎已昏昏睡去。

座椅落地，高拱抬眼望去，工部奉先皇之命制作的匾额悬挂在二层门额上，上书

“宝谟”二字，是先皇御笔。他唤了声：“先皇！”又向楼内指了指，含含混混说了一句。高务观细细辩听，又一再核对，方知是要拿来先皇最后一次所赐诰命观看。祖孙三代所得诰命、敕书都已恭放在鉴忠堂内，高务观进去捧出一道诰命，放在高拱怀里。

高拱扬了扬右手，示意众人离开，他独自一人坐在楼前，低头看一眼诰命，抬头望一眼先皇御笔所书“宝谟”二字。这样反复看着、望着，约莫半个时辰，忽听他念出声来，似乎是“盖有不世之略，乃可建不世之勋；然必非常之人，斯克济非常之事”这一段。

突然，一阵旋风就地陡起，“呼”的一声把诰命卷起，飘飘忽忽地翻滚在半空。高拱一惊，伸出右手无助地乱抓了几下，大叫一声：“裕王——”便栽落椅下……

“爹，爹！”

“玄翁！玄翁——”

“老爷！老爷——”

高务观、房尧第、高福、高德哭喊着跑了过去，高拱已没了呼吸。

后事早已预备，众人一番忙碌，打理停当，一边向朝廷呈报讣闻，一边差高福晋京，携高拱之弟、在籍调理的后军都督府经历高才的书函，谒见张居正，恳请他为高拱请恤典。

高拱辞世不出张居正的预料，但闻噩耗，他还是一阵悲怆，流泪给高才回书：

三十年生死之交，一旦遂成永诀，刺心裂肝，痛何可言！犹幸比者天假其便，再奉晤言，使孤契阔之悰得以少布，而令兄翁亦遂长逝而无憾也。今嗣继既定，吾契且忍痛抑哀，料理家事。至于恤典诸事，须稍从容，俟孤于内廷多方调处，俾上意解释，孤乃具疏以请。旦夕有便，当告之贵省抚按，托其具奏报也。后有陈，乞令盛使高第来。

写毕，即交游七转给高福，带回复命。

二

远在松江的徐阶，不出一个月就接到了京城飞报。他坐上一艘小船，急赴太仓。想到海瑞、高拱连番折腾，徐府在京所开十来家商号悉数破产，多年来辛辛苦苦所占十多万亩官田被充官；又想到他和三个儿子所受的惊吓、屈辱，如今小他九岁的高拱先他而去，徐阶苍老的脸上抑制不住地笑开了花。

小船在浏河码头徐徐靠岸，近乎佝偻成一团的徐阶，手持拐杖，在侍从簇拥下蹬蹬前行。

“存翁！”如日中天的文坛盟主王世贞迎上前去，躬身施礼。

“元美！”七十六岁的徐阶精神矍铄，兴奋地说，“高新郑捐馆矣！”

“哦？”王世贞露出喜色，“高新郑亡故了？哎呀，这是个好消息。存翁终于可以安枕了！”他一指停在前面的轿子，“存翁，快请上轿，到园中痛饮！”

到得弇山园，王世贞引徐阶进了密室，几个衣着鲜丽、容颜秀美的丫鬟端来几碟小菜，置于一张精美的方桌上。两人对面坐下，先饮了几口茶，丫鬟斟上酒，两人举盏相碰，各自一饮而尽。

“知道高新郑因何而死吗？”徐阶一抹嘴问，又自答，“乃失贿致死！”

“啊！”王世贞一惊，正夹菜的筷子，“啪啦”一声散落桌上。

“张叔大归乡葬父，新郑以为皇上不会即召其回，便密遣门客房尧第入京，贿慈圣太后父武清侯谋代之。”徐阶诡秘地说，“武清侯纳新郑贿，进言慈圣，不得间。叔大既归，知其事，诮让良苦。新郑既失贿，而知其泄，忧懑发疾死！”

“竟有此事？”王世贞瞪大眼睛，将信将疑。

徐阶一笑：“呵呵，元美，你的《首辅传》，高新郑一篇可以完篇了。”

“幸其早败，也幸其先死！”王世贞得意地说，“他高新郑在后世心目中是何等人，就由世贞小子来勾画啦！存翁适才所言新郑失贿而卒，回头我就要加进去！”

徐阶自饮一盏，道：“不过还没完，新郑托叔大为他请恤典呢！”

“哎呀，高新郑这是想要为自己平反啊！”王世贞说着，也自饮一盏，伸过脑袋问徐阶，“存翁看，江陵会给他恤典吗？”

徐阶一笑：“以元美对叔大之所知，会吗？”

王世贞摇头：“江陵其人深不可测，世贞不敢断言。”

“呵呵，新郑至死，两人都维系着旧情。故，叔大必是高调为新郑请恤典。”徐阶道，“然则，最终不会给他恤典。”

“这是为何？”王世贞一脸狐疑地问。

“道理很简单，”徐阶一捋疏朗的胡须，笑吟吟地说，“叔大一直说他未与逐新郑之谋，不给新郑恤典，即说明皇上、太后迄今对新郑不能谅解；以此可证，当年逐新郑，果出自皇上、太后本意。新郑临终面托叔大此事，何尝不是窥破此玄机？不的，以新郑的性格，他断断不会向叔大开这个口的。”

“可是，谁都知道，目今江陵以摄政自居、皇权在握，他不怕外人责他寡恩薄情？”王世贞又问。

“呵呵，叔大自可将阻挠恤典的责任推给冯保。”徐阶道。

王世贞点头，道：“存翁说到冯保，世贞一直有个疑问：高新郑当年即以预防宦官干政为由，主少国疑之际匆忙与冯保开战，铩羽而归；而江陵得以当国，冯保之力实多。何以江陵却独掌朝政大权，并未出现宦官干政局面？”徐阶刚要开口，王世贞又补充道，“还有，没有宦官干政之局，江陵对冯保却又毕恭毕敬，看他给冯保所建双林寺撰的题记，公然肉麻地吹捧冯保，读之令人齿冷！”

徐阶暧昧一笑：“呵呵，别忘了，叔大和冯保身后还有一人。”

“慈圣太后？”王世贞两眼发光，诡秘地眨眨眼，“有传闻江陵与慈圣……”

徐阶忙打断王世贞：“嘘！元美，说不得的。”

“终归江陵其人城府深不可测，而权谋亘古无二！这些年，世贞屡被其簸美，玩于股掌，”王世贞恨恨然道，“世贞方今始悟！”

徐阶又自饮一盏，劝道：“人无完人嘛！叔大费尽心机与内里周旋，致力于拨乱反正、推进万历新政，委实不易，元美当体谅。”

“我赞其相业，而薄其为人！”王世贞梗着脖子道。

徐阶举起酒盏在面前晃了晃，道：“元美，《首辅传》里，关涉老夫、新郑、江陵，不可夹杂个人恩怨于其间哟！”

王世贞举盏接应：“为取信后世，世贞必一秉史家之德。待此番高新郑请恤之事有了结果，高新郑一篇即可杀青。”

“拭目以待！”徐阶笑着说。

此时，京城里，张居正也为高拱恤典一事犯愁。他已等了一个月了，既不见高府差人，又未见高家请恤典的奏本，不禁摇头嘀咕了一句：“无嫡亲子孙，终归无人尽心办事。”倒是他的同年又是高拱亲家、闲住在家的前刑部侍郎曹金，差人携重礼来谒，请求张居正替高拱请恤，张居正复函：

玄老长逝，可甚悼痛。前过新郑，再奉晤言。比时病甚，与不可了，但相与痛哭耳。追唯平昔，期许萧、曹、丙、魏，今一旦遂成永诀，每一念之，涕泗盈襟。恤典一节，前已心许，今虽启齿大难，然不敢背，已为之调解于内，俟渠夫人有疏，当为面奏代恳也。

厚惠概不敢当，谨璧诸使者。

又等了几天，还不见新郑来使，张居正坐不住了，唤来幼弟张居易，嘱咐道：“你在京城盘桓已数月，该回了。顺道到新郑去，代我祭奠玄翁。”

张居易带上祭礼并张居正给高才的书函，次日南下。

高拱的灵堂就设在澄心洞里。张居易在房尧第的陪伴下到了高拱灵前，献上张居正的祭品，哭祭一番。随后，他将书函交给高才，高才展开一看，上写着：

薄奠，敬烦从者布之灵几，表生刍之意耳。

前闻讣后，竟不见使至。比已调解于内，似有可挽之机。须令嫂夫人自上一疏乞恩，孤当为面奏陈请也。

接阅此函，高才忙赶到开封拜见曹金，二人花了两天工夫，为高拱夫人张氏草成一疏，差房尧第晋京，面呈张居正代奏。房尧第照曹金所嘱，先将高拱家里最值钱也是最喜爱的一件玉器呈给张居正。

“这是做甚？”张居正连连摆手，“使不得，使不得！”

“高夫人让学生禀报元翁，先相公一生清廉，所爱唯此器物，无子孙可遗留，谨以此献给元翁，望见此物如见先相公。”房尧第哭着说。

张居正听罢，颇是酸楚，只得收下。他展开张氏的奏本一看，洋洋洒洒千言，俱是言高拱功绩的，不禁皱眉道：“若奏本只为玄翁评功摆好，岂不是变相指责皇上当年罢黜玄翁是功过是非不分？况冯保对玄翁恨之入骨，这等奏本到他手里，必激其怒火。不如换掉，只写些乞恩的话就是了。”

房尧第遂照张居正的吩咐，另写一本呈上。张居正看罢，点头认可，把奏稿置于书案，抬头盯着房尧第道：“崇楼为玄翁谋，我早就知道；今玄翁已逝，崇楼可从吾游乎？”

“多谢元翁抬举！”房尧第起身一揖，“老仆事玄翁久，玄翁甫下世即改换门庭，吾不忍为也。老仆死，何面目见玄翁地下？且老仆背玄翁而从元翁，元翁看得起这样的人吗？”

“义士！”张居正由衷地赞叹道，“真乃高义之士啊！”

房尧第又一揖，道：“玄翁才是举世无双的高义之士，老仆方死心塌地侍候他，将来到了九泉，也还要去见玄翁，追随玄翁！”

张居正默然。

过了一天，司礼监文书官田义来到内阁，口传圣旨：“高拱不忠，欺侮朕躬，今已死了，他妻还来乞恩典，不准他。钦此！”

张居正摇摇头，有气无力地吩咐张四维道：“子维，内阁上公本，为玄翁再请！”

张四维暗忖：“此公该不会又是当年一边逐玄翁，一边上本乞留玄翁，再暗地拟旨‘不可党护负国’那一套吧？”但既然是张居正吩咐，他不敢不遵，斟酌再三，写成一本；张居正反复斟酌删改，旋即上奏：

伏蒙发下原任大学士已故高拱妻张氏陈乞恤典一本。该文书官田义口传圣旨：‘高拱不忠，欺侮朕躬；今已死了，他妻还来乞恩典，不准他。钦此！’臣等闻命震惊，罔知所措。看得高拱赋性愚戆，举动周章，事每任情，果于自用。虽不敢蹈欺主之大恶，然实未有事君之小心。以此误犯天威，死有余戮。但伊昔侍先帝于潜邸，九年有余，犬马微劳，似足以少赎罪戾之万一。皇上永言孝思，凡先帝簪履之遗，犹不忍弃，况系旧臣，必垂轸念。且当其生前，既已宽斧钺之诛，今值殁后，岂复念宿昔之恶？其妻冒昧陈乞，实亦知皇仁天覆，圣度海涵，故敢以匹妇不获之微情，仰干鸿造也。查得世宗肃皇帝时，原任大学士杨一清、翟銮俱以得罪褫职，后以大庆覃恩，及其子陈乞，俱蒙赐复原职，给与恤典。今拱之事体，实与相同。夫保全旧臣，恩礼不替者，国家之盛典也；山藏川纳，记功忘过者，明主之深仁也。故臣等不揣愚昧，妄为代请，仰唯圣慈裁察，臣等不胜战栗陨越之至。

当日，张居正拟旨：

高拱负先帝委托，藐朕冲年，罪在不宥。但以先帝潜邸讲读，朕推念旧恩，姑准复原职，给与祭葬。

是日晚，冯保命徐爵知会张居正："高胡子的祭文，褒扬当适可而止，宜寓贬词于其内；不可予以全祭，只准半祭。"

张居正遂在礼部所上恤典奏本上拟旨：

高拱准复原职，拨茔地一区，四十三亩。命工部给银二百五十两，遣本省布政司堂上官致祭。

内里批红，刊于《邸报》。张居正忙给高才修书：

玄翁恤典，甚费心力，仅乃得之。然赠谥尚未敢渎请，俟再图之。过此一番应得之例，则后来续请，根基定于此矣！

高才接函，又与高务观相商，遣使入京参谒张居正，请他为高拱创传记、撰墓铭、写行状，并依例预付润笔费并谢礼。

张居正收下润笔费，礼物退还，并以夫人名义带给高拱夫人张氏礼物一份，复函高才云：

仆与玄老交深，平生行履，知之甚真，固愿为之创传，以垂来世。墓铭一事，虽微委命，亦所不辞，仅操笔以俟。行状，当属之曹傅川可也。请文佳惠，祇领。余不敢当，辄付使归璧。

外荆室有薄物，奉令嫂夫人，幸为转致。

高才接函，又遣使携谢礼来谢，张居正收下礼物，另以他的名义备礼一份，复函云：

古语云："死者复生，生者不愧。"比者，但求不愧于此心耳，非欲布德于高家也。猥辱遣谢，深以为愧。薄具致尊嫂夫人，幸为转纳。

此时，曹金也照张居正所嘱为高拱撰写了行状，投书送阅，张居正删改了一通，致函曹金：

玄老行状，事核词工，足垂不朽。不谷不过诠次其语，附以铭词耳。

函已发出，张居正又觉言不尽意，遂再修一书：

不谷与玄老为生死交，所以疏附后先，虽子弟父兄，未能过也。叵奈中遭险人交构其间，使之致疑于我，又波及于丈。悠悠之谈，诚难户晓，唯借重一出，则群喙自息。况此乃区区推毂素心，敬闻命矣。

曹金接阅来书，一笑道："江陵相终归还是为洗刷自己在忙活！"

已是万历七年正月了，张居正得知工部所发丧葬费，河南布政使司并未及时发到高府，高拱停灵逾半载仍未下葬，遂致函河南巡抚云：

故相中玄公今尚未葬。闻恩恤葬价，有司未能时给，此仁人之所隐也。不揣溷冒，敢徼惠于下执事，唯公哀怜之。

河南巡抚接阅张居正书函，即发工部所拨丧葬费二百五十两；高府于初春，安葬高拱于县城西北郑韩古城土墙南侧。

此时，恰好王世贞去拜谒徐阶："存翁，你老人家竟未猜中，既不能说给了高新郑恤典，又不能说没有给。却原来，江陵是拿请恤典事为自己洗刷污点呢！"他揶揄了一句，"人言存翁多智善谋。可比起江陵来，到底还是有差距，足见江陵早已胜于蓝矣！"

"老夫，常人也！"徐阶道，"而叔大的手腕儿，非常人可比！"言毕，与王世贞相顾唏嘘不已。

三

万历十年七月初二，是高拱辞世四周年祭日。这一天，高务观率子孙上坟祭奠。烧纸间，纸灰一明一暗，久久不能熄灭；好不容易熄灭了，又"嗖嗖"地升腾、盘旋，一家人胆战心惊。高务观满腹狐疑回到家里，在永新驿做伙夫的邻居给他带来一个惊人的消息：十二天前，即六月二十日，张居正在京城宅邸病故了。

高务观道："难怪适才有那些怪异情形。"说着，急忙返回高拱墓前，又烧了几张纸，喃喃道："爹，江陵张相公辞世了，活了五十八岁。"

家在洧川的范守己是万历二年进士，正丁忧在籍，特来祭奠高拱，闻听张居正亡故，道："张江陵一死，必遭清算，当上本为玄翁申冤昭雪。"遂以高拱夫人张氏的名义，拟好奏本，伺机上呈。

张居正辞世的消息传到太仓，王世贞高兴不已，立即启程前往松江拜谒徐阶。徐阶半倚在病榻上，拿着刚刚接到的张居正为他八十寿诞所撰寿序，老泪纵横，哽咽不能言。

"存翁可知，隆庆二年存翁去国，实是江陵在背后捣鬼！"王世贞为撰写《嘉靖以来内阁首辅传》四处搜集朝廷内幕，为安慰徐阶，把他知道的这件事说了出来。

"老夫何尝不知。"徐阶叹口气，"所谓寿多则辱。叔大得罪了天下人，清算他是早晚的事，老夫岂不受连累？"

王世贞得知徐阶是为此事担忧，忙道："申时行为亚相，对存翁执弟子礼，又是苏州人，当上紧差人找申相联络。有他在朝廷坐镇，想来不会牵累存翁。”又道，“张四维乃高新郑亲信，务必请申相阻止他给高新郑昭雪。”

徐阶点头：“元美所言极是。申相与元美甚厚，元美也差人一起晋京如何？”

王世贞爽快地答应了。

果然不出所料，对张居正的清算自万历十一年初开始了。先是冯保被发配南京，接着科道纷纷追论张居正，直至抄家。万历十二年八月，皇上发布诏书：

张居正诬蔑亲藩，侵夺王坟府第，钳制言官，蔽塞朕聪。私占废辽地亩，假以丈量，庶希骚动海内。专权乱政，罔上负恩，谋国不忠。本当断棺戮尸，念效劳有年，姑免尽法追论。伊属张居易、张嗣修、张顺、张书都永戍烟瘴地面，永远充军。著都察院将张居正罪状，榜示各省直地方知道。

各省、两直隶遵圣旨，到处张贴大字揭帖，公布张居正罪状。

高务观见状，方把早已预备好的奏本差人送达京城。此时，张四维丁父忧回籍，申时行接任阁揆，通政司将高拱夫人张氏的奏本送内阁，申时行吩咐：“朝廷好不容易消停了，不必再节外生枝！”

张氏盼着京城能传来好消息，盼了四年，也没有等到，怀着万般遗憾故去。因她是诰命一品夫人，高务观上本，朝廷颁旨：“准照例与祭一坛，开圹合葬。工部给银五十两，遣本省布政司堂上官致祭。”

倏忽间，高拱去世已经二十四年了，万历年号使用已满三十年。这一年，对朝廷来说是难得平静的一年。自万历十年张居正病逝，随之而来的是对他的清算，国朝的党争就此拉开大幕。硝烟甫散，接着又掀起了“国本之争”。近二十年，先后有四位阁揆因此事而被逼退，部院大臣、科道翰林一百余人被罢官、发配充军。去岁，万历二十九年十月，“国本之争”终于以皇上的让步而告终，皇长子被册立太子；转过年来，行太子成婚礼。朝廷终于出现难得的祥和之气。高务观遂乘机上本，为父请谥。

皇上年已不惑，接到高务观的奏本，陷入了对往事的回忆。这些年来，在与朝臣的对立较量中，他每每以失败收场，身心俱疲。想到皇考不上朝、不理政，却事事打理停当，国泰民安、百官拥戴；而他赌气不上朝，结果不唯遭朝臣的冷嘲热讽甚或公开谩骂，国事也江河日下。想到这些，他对高拱的认识彻底转变了。他召来礼部尚书冯琦，让他看了奏本，问：“此事当礼部题覆，卿意何谓？”

“高拱有过，也有功。”冯琦不敢贸然表态，含混道。

“不！高拱大有功于国家，大有功于朝廷！”皇上以坚定的语气道，“皇考对高拱眷倚非常，赞誉有加，朕今日方悟其故。”他感叹一声，“朕若得高拱这样的元辅，何至于此？”

冯琦明白了皇上召他的意图，遂题覆：

本官器本高明，才兼谋断。爰从讲幄，入赞机廷。以辅弼之任而握铨衡，则威权不免过重；自搏击之余而当枢要，则恩怨不免太明。然其人实有忧国家之心，兼负济天下之具。即如处安国亨之罪，不烦兵革而夷方自服，国体常尊，所省兵饷何止数十万。又如授那吉之降，薄示羁縻而大虏称臣，边氓安枕，所全生灵何止数百万。此皆力为区画，卓有主持。当其成败利钝之未形，不顾毁誉身家而独任。仓皇去国，寂寞盖棺，论者谓其意广而气高，间不符于中道，要之性刚而机浅，总不失为人臣。宜加易名之典，以劝任事之臣。

内阁拟旨，内里批红：

高拱虽屡被论黜，但在阁之日，担当受降，至今使北虏称臣，功不可泯，特允所请。

四月初六日，皇上颁谕为高拱平反昭雪，赠太师，谥文襄，赐诰命一道：

奉天承运，皇帝制曰：国家于辅弼之臣，每笃始终之谊。才品程之，功实定论，采之舆评。其有绩丕著于中朝，而报未孚于物望，则荣名峻秩，朕不敢爱焉。所以彰有劝示，无私也。

故原任光禄大夫柱国少师兼太子太师吏部尚书中极殿大学士高拱，锐志匡时，宏才赞理。当饑庭之再入，肩大任而不挠。位重多危，功高取忌。谋身近拙，实深许国之忠；遗俗似迂，雅抱殿邦之略。幕画得羌胡之要领，筹筹洞边塞之机宜。化椎结为冠裳，柔犬羊于怗服。利同魏绛，杜猾夏之深忧；策比仲淹，握御戎之胜算。在昔允资定力，于今尚想肤功。溯彼远猷，洵堪大受。眷兹巨美，宁问微疵。矧公论之久明，岂彝章之可靳。是用追赠尔为太师，谥文襄，锡之诰命。

於戏！宠极师垣，冠百僚而首出；名垂衮字，耀千载以流辉。旧物既还，新恩赠渥。英灵未泯，永慰重泉。仍准后世嫡子嫡孙奉祀生员二名，春秋致祭。

皇上意犹未尽，又命礼部再赠高拱特进光禄大夫，颁敕书一道。

奉天承运，皇帝制曰：朕崇鸿号于慈闱，覃庆泽于臣庶。凡为人子，嘉与尊亲。矧笃我世臣，推恩硕辅者乎！尔原任柱国光禄大夫少师兼太子太师吏部尚书中极殿大学士赠太师谥文襄高拱，博大精详，渊宏邃密，经纶伟业，社稷名臣。家学夙著乎箕裘，史才称良于衮钺。横经潜邸，历九载之师儒；秘策金縢，受两朝之顾命。既秉成于揆席，复驭柄于铨衡。慷慨有为，公忠任事。追殚内宁之略，益宏外御之勋。岭表滇南，氛净长蛇封豕；东夷西虏，烟消堠鹭庭乌。洵称纬武经文，不愧帝臣王佐。虽谗人之罔极，旋公道之孔昭。嘉乃肤功，已晋三公之秩；稽于定论，载蒙壹惠之褒。当兹庆洽寰区，岂靳恩施故旧。爰从子请，用霈皇纶。是用追赠尔为特进光禄大夫。锡之诰命。

於戏！世赏光延溥洪，庥于燕翼悃诚。披沥徽异，数于龙章。彤管流辉，玄扃增贲。

高务观接到诏旨、敕书，不禁热泪盈眶。

他召来族人，说："先君中玄公，为咱高家争了大光！"众人点头称是。大家都知道，因高拱之故，曾祖父高旺、祖父高魁、父亲高尚贤，皆累赠光禄大夫柱国少师兼太子太师吏部尚书中极殿大学士；高拱的侄孙高瑞雏承荫都督府经历，嗣孙高楄承荫尚宝司司丞，嗣孙高杠承荫锦衣卫正千户。此番平反昭雪，皇上又加恩，高务观承荫尚宝司司丞，侄高务本袭奉祝生员。

"高氏一族，都要记住他老人家的恩德！"高务观哽咽着说。

七月初二，是高拱二十四周年祭日，高氏族人齐集高拱墓前，鸣放鞭炮，宣读皇上诰命、敕书。读毕，高务观跪在墓前，大喊一声："爹啊！你老人家可以瞑目了！"

"高阁老，好人啊！"身后传来一片喊声，高务观回头一看，十里八乡的百姓黑压压的一片，望不到头，都向墓地涌来，边走边大声喊着，"好人啊，高阁老！"

一个打扮入时的男子突然闪身扑倒墓前，大哭一声："高阁老，你老人家生错了地方啊！"

高务观大惊，忙上前搀扶，惊问："壮士哪里人，何出此言？"

男子道："不瞒兄台说，晚生乃邵大侠之子邵识途。当年张居正密令江南巡抚张佳胤对我邵家斩草除根，多亏姐夫挟襁褓中的晚生翻墙逃出，留得一命。长大成人后，循先父足迹，游走海上，结识不少西洋人，方知佛朗机诸国已日益强盛。晚生听老辈人说，先父最仰慕者乃高阁老，又闻朝廷为高阁老昭雪，特来祭奠。"

"可壮士不该出言不逊。"高务观仍未释怀。

"晚生将高阁老刻刊的大作熟读之，不禁大惊！"邵识途道，"高阁老治国要领乃更法以趋时，据实定策，力推开海禁、通海运、造海船、建水军；又欲推户部改制。兄台可知，西洋诸国日渐强盛，也正是这些套路而已。皇上昭雪高阁老，固然褒扬有加，百姓爱戴高阁老，固然仰颂不已，可高阁老真正的功勋，国人谁识之？是以晚生感慨万分。"

高务观似懂非懂，也就不再计较。

邵识途复跪地，三叩首，直起身，对着墓穴大声道："倘若高阁老执政久，断不会严海禁、弃海运；断不会毁书院，减生员；又必锲而不舍恤商工、兴贸易。还会改户部之制，重用理财官；再改内阁大臣、州县长选任之制；持续行刑官、兵官久任之制，如此，势必为我大明开创出一新局面，我中华必似巨轮，在新航道破浪前行！哪里会如今日，像破旧大船陷进泥沼不能脱身！"他又仰天一叹，"高阁老，总有一天，国人终会识君，必目为千古第一名臣也！"

附　记

高拱去世六十六年后，满洲入主中原，建立了大清。又过了二十九年，乃康熙十二年，六部衙门接到一张禀帖，是前朝大学士张居正幼子允修之孙、荆州府生员张同奎呈进的，但见上写着：

温纶出自圣朝，先帝之洪恩广被；微功掩于仇口，故相之幽迹堪怜。乞布仁慈，削史诬、革戏嘲，以维直道，以作尽荩。

原来，早在前朝天启二年，户部左侍郎等合词为张居正请恤。经朝议，认为张居正辅政十载，功不可泯，准复原职，予祭葬，谥号酌改，房屋未变价者准给子孙奉祠居住。崇祯十三年，皇上又下旨复张居正子弟原官。但朝野仍视张居正为权奸，坊间流传的私家所著前朝史书，将张居正与严嵩并列奸臣传，称他“残害忠良，荼毒海内，乃奸人之雄，忘生背死之徒，包藏祸心，倾危同列，狗彘不食其余！”坊间广为流行的戏剧《朝阳凤》，把张居正刻画为大奸巨贪，极尽嘲讽挖苦之能事。荆州张家后人越发抬不起头来。张同奎一气之下赴京上书，乞求朝廷削史诬、革戏嘲。

此时的礼部尚书是熟知前朝掌故的龚鼎孳。他是崇祯年间的进士，授兵科给事中。李自成攻入北京后，他投降了大顺军；清军入关后，他再降多尔衮，被原职留用，目下颇得皇上赏识。他接到禀帖，差人答复张同奎，朝廷正在修《明史》，届时一定给张居正辩诬；戏剧《朝阳凤》，朝廷必下旨严劈其戏板，永不许做；又请他将家中收藏的先祖史料呈于朝廷，以备修史之用。

修史诸臣得江陵张家所献史料，阅览一遍，感慨系之：“世人对居正甚恶，可史家不能意气用事。神宗初年，居正独持国柄，后毁誉不一，迄无定评。要其振作有为之功，与威福自擅之罪，俱不能相掩。”遂以此基调修成《张居正传》。

与此同时，在长达近百年修撰《明史》的过程中，对高拱的评价遇到了前所未有的麻烦。高拱的著述里充斥着“鞑虏建彝”这样的字眼，且其靖边之功最为昭著；但大清忌讳“虏”字，皇上甚至下令禁毁高拱关涉边务的著作。无奈之下，见王世贞《首辅传》里的《高拱传》，几无对高拱功绩的记载，也甚少关涉“鞑虏建彝”，索性将其改头换面照搬过来，搪塞了事。

后　记

我曾在政府机构服务多年，从事历史题材写作也有二十余载，出版过长篇历史小说。那时业余写作，且仓促成篇，因官职在身，也不便声张，但网上的评价颇高，令我深感欣慰。为圆儿时之梦，也基于某种情怀，我摆脱了行政工作，专心写作，可谓背水一战！这部小说是首战，出师顺利——选题获得中国作家协会重点扶持，可谓天时地利人和，我期待这部小说得到读者的认可。

历史小说所描述的人物、事件，乃至制度、风俗，距当代已然久远，为便于阅读，特向读者做些说明。

首相称谓。明太祖废中书省，逐渐发展为内阁辅佐皇帝处理政务体制，阁臣俨然宰辅。鉴于朱元璋废丞相，人们误以为明朝人称内阁首席大臣为首辅。事实上，时人多以“相”代称阁臣。嘉靖四十五年，郭朴、高拱入内阁，内阁首席大臣徐阶请二人到阁视事的函件名为《郭东野、高中玄二相公到任请启》。可见，官场并不回避“相”这个称呼。既然习惯于以“相”称阁臣，称首席阁臣为首相，顺理成章。嘉靖朝兵部尚书胡世宁就上疏说：“不知何年起，内阁自加隆重，凡职位在先一人，群臣仰尊，称为首相。”海瑞所呈《乞治党邪言官疏》中有“（徐）阶为首相”的话；吏部公文《复巡城御史王元宾缉获钻刺犯人孙五等疏》中，也有“见徐阁下位居首相”这样的句子。这都是呈报给皇帝的正式公文里的表述，可信度无可置疑。曾主政内阁的高拱，在《病榻遗言》里说：“科道各相约具本，劾荆人交通冯保，唆使言官诬陷首相。”同样做过内阁首臣的张居正，在给友人的私函里，也有“白首相知，犹按剑也”之句。万历朝内阁大臣于慎行著述里写着：“新郑（高拱）以首相行太宰事……”吏部尚书张翰在《松窗梦语》里记述：“穆宗宾天，首相（高拱）奉皇太后懿旨免官，祸几不测。”综上，我的看法是：笼统地以“首辅”称明代的首席阁臣约定俗成，并无不可；但具体到嘉靖、隆庆、万历时期的内阁首席大学士，当时的官场即以“首相”称之，他们也以首相自称，今人以“首相”而不是“首辅”称之，是还原当时官场的称谓，更符合历史事实，也更能揭示他们所处的实际地位。

真实与虚构。历史小说也是小说，而虚构是小说的特征。我不认为历史小说不

能虚构；同时也主张，以真实历史人物，尤其是以对历史进程有重大影响的历史人物为主人公的历史小说，应大体真实。《大明首相》这部小说的人物、情节，大部分是真实的、有依据的。哪怕是偶尔出现的一个地名，都要多方考证。不妨说，这是一部纪史（实）小说。只不过，史料上简简单单的一句话，要描述场景，展开对话，皆需要合理想象，这不能称为虚构。但如果历史学家对内容进行严谨考证，或许又认为有虚构。我不得不先向历史学家表达歉意，其实有些人物的名字、有些事件发生的时间点，我是清楚的，只是不能原原本本照搬，否则不称其为小说。比如，人物已然很多，每个人物都照历史真实搬进来，实在令人眼花缭乱。一些无关紧要的人物，有意张冠李戴，也是为减轻读者负担计。况且，既然是小说，就要有张力，因此对历史事件，不能记流水账，要根据小说的张力做出适当安排。

历史氛围。历史小说虽然不能完全重现历史，却也不能不着力营造历史氛围。而营造历史氛围，要在还原当年的制度、风俗，使用当年的名词术语。比如，当年官场中彼此称谓就很复杂也大有学问。古人有名、字、号，别人不能直呼其名，不同身份的人对同一人的称呼也不同，这本已相当复杂，还要有官称、尊称，着实令人蒙圈。以高拱为例，他字肃卿、号中玄，河南新郑人。他担任首相时，有称他“玄翁”者；又因首相也称元辅，有称他“元翁”者；有呼为“新郑”者；也有门生以“师相”称之。总之，不会直呼首相或元辅，当然更无“首辅”之称。那个时代官衔，尚书、侍郎、给事中，等等，对今人来说本已生僻，而当时官场又每每以周礼中的官职比附之，如呼兵部尚书为大司马；或约以尊称，如呼总督为制台或军门，等等。为保持历史真实，总体上使用当时的名词术语，同时兼顾读者的接受度。比如，内阁里，高拱和张居正谈到应天巡抚海瑞，如果按照当时的习惯，就会说“海刚峰”或“刚峰”，读者哪里记得住海瑞号刚峰？小说中索性就让他们直呼海瑞了。

时代背景。十六世纪中叶是世界历史的转折点。在大航海和文艺复兴两轮驱动下，西欧跨过了转型的门槛。同时代的中国也具备了向近代迈进的条件，史学界有晚明大变局之论，甚至有“隆庆开关（解海禁）”乃中国近代史开端之说。此时的大明帝国，与开国初期已大异其趣，商品经济繁荣，文化早已突破了官方意识形态的藩篱而走向多元，社会生活也变得活跃，历史即将进入拐点。但官僚队伍萎靡、贪腐、守旧，国家机器已锈迹斑斑，运转失灵，犹如一艘硕大破旧的航船陷进泥沼难以自拔。小说就是在这个背景下展开的。换言之，这部小说是站在大历史维度，以明朝官场亲历者的视角，讲述当年发生的故事，重现转型前夜那段犹暗乍明、朦胧躁动的历史。我期盼着，通过解析官场中人种种行为背后的制度、文化、心理动因，在广延的时间和空间中，完成对人治社会“官人”暨读书人的价值追问，使公平、正义、理性之光，照进历史的时空隧道。

高拱其人。对高拱这个人物，我有一个认识过程。随着研究的深入，深感这是一位非常了不起而又不幸被埋没的人物。他的超前意识不为当世所知，如果后人再不认可，对历史上杰出人物来说，就太不公平了。高拱是一位站在时代前面开风气的人物，他锐志匡时、肩大任而不挠，给因袭萎靡、积弊丛生的老大帝国带来清明刚健新风，又以忠诚、干净、担当著称。隆庆皇帝称赞高拱精忠贯日，贞介绝尘；养气极其刚大，为众人所不能为，有不世之略，建不世之勋。高拱推行的一系列改革，在旧机体上注入了新基因，他所主导的对蒙古实力最强大、对大明威胁最大的俺答部的封贡互市，使长城以外的北疆名正言顺地成为大明的组成部分，从而为中华多民族统一国家的形成和巩固奠定了基础，产生了深远的影响。不唯如此，高拱是有可能引领中华号航船驶向新航道、实现转型的杰出政治家。重新审视高拱的执政理念、施政举措、关键时刻的抉择，当代学者认为中国在明末实现转型的条件，高拱都在不期然努力创造中。高拱不仅是一位能干的有谋略的政治家，他还有着过人的理论勇气，也是一位博学精虑的思想家。最难得的是，高拱致力于移风俗，身体力行，试图以手中的权力和自身垂范，扭转官称中普遍存在的贪腐、结党、奢靡、虚饰等邪气，即使明知被阴谋包围，也坚持堂堂正正，按牌理出牌。他力推一个“公”字，公平、正义，在传统文化中，在帝制时代的官场，是最稀缺的。

但是，由于以下原因，高拱长期被埋没：一是高拱执政的时间短暂；二是清朝有意压低高拱。高拱破格选用张学颜巡抚辽东，指授方略，大挫努尔哈赤之外祖父、建州女真首领王杲，取得“辽左大捷”；高拱又以改革边政、扭转被动挨打局面著称，以少数民族入主中原的清朝心虚，对涉及明朝边防之事讳莫如深，甚至下令毁禁了高拱的《边略》一书。三是清朝官修《明史》受王世贞的影响大。高拱得罪了当时的文坛领袖王世贞，王世贞的史著对高拱评价很低，《明史》基本上照搬了王世贞的《高拱传》。此外，近年来，一些文人为抬高张居正，有意压低高拱。

高拱与官场那套厚黑学格格不入，他洞悉制度弊端又脱离不开制度的制约，这是他在官场难以持久立足的主要原因。高拱需要恢复历史本来面目，他的历史地位应该是很高的，他的执政理念、施政举措、关键时刻的抉择，虽不为时代所理解和接受，却不期然顺应了历史潮流，这都是值得重新认识的。

我无意塑造高大上的英雄。毋宁说，反而刻意避免美化或丑化任何历史人物。英国历史学家汤因比说过，从古至今，变化最小的是人性。历史小说是写历史上的人的，他们也是活生生的人，都有七情六欲。历史上找不到完人，也很难说有一无是处的坏人。至少，在这部小说里，读者看到的都是人，承担多重角色而又在既定制度规制下的人，他们的一切善举恶行，都能从人性中找到动因。写作过程中，我时常泪流满面。我想，这是因为我在写人，为他们的喜怒哀乐所触动，为正义得不到伸张而惋惜，为窥见人性中的幽暗而痛心！

喧闹浮躁的时代，手机替代书本的时代，写书、读书，都是件难得的事。尤其是以极大代价、写作洋洋百万字的历史小说，不是基于某种情怀，是很难下决心的；如果不能得到多方支持、帮助，也是很难完成的。这里，我要衷心感谢高拱研究专家、九十高龄的岳金西老先生和他的公子岳天雷老师，为我提供了大量基础性资料，也经常交流高拱研究的动态；文学评论家、诗人，中国作家协会的何向阳同学，经常给我鼓励、指导；文学评论家、作家、人民日报的李舫校友，给予我诸多具体帮助；河南省黄帝故里研究会、新郑市有关领导，尤其是高林华会长，对我的写作给予极大关注和帮助；禹成豪、石焜等朋友为本书的出版付出了艰辛的劳动。在此，向他们表达诚挚的谢忱！

2018年4月30日，于北京·大慧寺